HEYNE JUBILÄUMS REIHE

In derselben Reihe
erschienen außerdem als Heyne-Taschenbücher:

Spannung · Band 50/1
Thriller · Band 50/6
Heiteres · Band 50/7
Klinik · Band 50/19
Horror · Band 50/21
Das endgültige Buch der Sprüche und Graffiti · Band 50/26
Sinnlichkeit · Band 50/31
Noch mehr Witze · Band 50/34
Das Buch der Sprüche und Graffiti · Band 50/39
Lust · Band 50/40
Beschwingt & heiter · Band 50/47
Frauen · Band 50/49
Sex · Band 50/50
Deutsche Erzähler des 19. Jahrhunderts · Band 50/52
Sehnsucht · Band 50/53
Ratgeber Versicherung · Band 50/54
Körner, Sprossen, Keime · Band 50/57
Horror Pur · Band 50/58
Glück muß man haben · Band 50/59
Männerwitze · Band 50/62
Zauber der Leidenschaft · Band 50/65
Super-Sex · Band 50/67
Ärzte · Band 50/68
Immer fröhlich und heiter · Band 50/69
Alptraum · Band 50/71
Bürosprüche · Band 50/72
Lateinamerikanische Erzähler · Band 50/73
Louisiana · Band 50/74
Ratgeber Karriere · Band 50/75
Samurai · Band 50/76
Obsession · Band 50/77
Das Böse · Band 50/78
Ratgeber Bauen und Wohnen · Band 50/79
Viel Vergnügen! · Band 50/80
Ekstase · Band 50/81
Österreichische Erzähler · Band 50/82
Ratgeber Versicherung · Band 50/83
Grauen Pur · Band 50/84
Fröhlich und beschwingt · Band 50/85
Arztpraxis · Band 50/86
Bombenstimmung · Band 50/87
Starke Frauen · Band 50/88
Heiter und so weiter · Band 50/89
Frauenkrimis · Band 50/90
Lachsalven · Band 50/91
Romantische Liebe · Band 50/92

HEYNE
JUBILÄUMS
BAND

Geheimnisvolles Erbe

Drei Liebesromane - ungekürzt!

WILHELM HEYNE VERLAG
MÜNCHEN

HEYNE JUBILÄUMSBÄNDE
Nr. 50/93

QUELLENHINWEIS

Victoria Holt, DAS ZIMMER DES ROTEN TRAUMS/Lord of the Far Island
Copyright © 1975 by Victoria Holt
Copyright © der deutschen Übersetzung 1977
by Franz Schneekluth Verlag KG, München
Genehmigte Taschenbuchausgabe
im Wilhelm Heyne Verlag GmbH & Co. KG, München
Aus dem Englischen übersetzt von Irene Aue
(Der Titel erschien bereits in der Allgemeinen Reihe
mit der Bd.-Nr. 01/6461)

Marie Cordonnier, DAS GEHEIMNIS DER WEISSEN FRAU
Copyright © 1988 by Autorin
und Wilhelm Heyne Verlag GmbH & Co. KG, München
(Der Titel erschien bereits in der Reihe ›Romantic Thriller‹
mit der Bd.-Nr. 03/2243)

Barbara Michaels, DIE VERLORENE LIEBE/Be Buried in the Rain
Copyright © 1985 by Barbara Michaels
Copyright © der deutschen Übersetzung 1987
by Wilhelm Heyne Verlag GmbH & Co. KG, München
Aus dem Amerikanischen übersetzt von Iris Foerster
(Der Titel erschien bereits in der Allgemeinen Reihe
mit der Bd.-Nr. 01/6925)

Printed in Germany 1994
Umschlaggestaltung: Atelier Ingrid Schütz, München
Umschlagillustration unter Verwendung eines Gemäldes
von Iwan Nikolajewitsch Kramskoi, ›Die Unbekannte‹, 1883/
Archiv für Kunst und Geschichte, Berlin
Satz: Schaber, Satz- und Datentechnik, Wels
Druck und Bindung: Elsnerdruck, Berlin

ISBN 3-453-07615-X

Inhalt

Victoria Holt

Das Zimmer des roten Traums

DER HEIRATSANTRAG

1

In der Nacht vor Esmeraldas erstem Ball störte wieder einmal dieser Traum meinen Schlaf. In meinen neunzehn Lebensjahren hatte ich ihn immer wieder erlitten. Dieser stets wiederkehrende Traum war beunruhigend und schien von einer gewissen Bedeutsamkeit zu sein, die ich enträtseln mußte.

Nach dem Erwachen schüttelte ich mich jedesmal vor Angst und Schrecken und wußte eigentlich nie genau, warum. Es lag gar nicht so sehr an dem Traum selbst, sondern eher daran, daß er Fürchterliches vorauszusagen schien.

Ich befand mich stets in einem Zimmer. Einem Zimmer, das ich nun bereits sehr gut kannte, denn es war in jedem Traum das gleiche. Ein ganz gewöhnliches Zimmer. Mit einem gemauerten Kamin, zu dessen beiden Seiten Sitzgelegenheiten, ein roter Teppich und schwere rote Vorhänge. Über dem Kamin hing ein Bild: ›Stürmische See‹. Ein paar Stühle standen drin und ein altmodischer Klapptisch. Stimmen erklangen und verstummten wieder. Ich hatte stets den Eindruck, daß irgend etwas vor mir verborgen wurde. Und dann kam plötzlich dieses übermächtige Gefühl böser Vorahnung, aus dem ich mit Entsetzen erwachte. Das war alles. Manchmal kam der Traum ein ganzes Jahr lang nicht wieder, und ich vergaß ihn, und dann suchte er mich plötzlich wieder heim. Jedesmal bemerkte ich ein paar Einzelheiten mehr in dem Zimmer, etwa die dicken Schnüre, mit denen die roten Vorhänge gerafft waren, oder den Schaukelstuhl in der Ecke. Und mit jedem neuen Detail schien mir dieses Gefühl der Angst näher zu rücken.

Nach dem Erwachen lag ich in meinem Bett und fragte mich, was der Traum wohl bedeutete. Warum nur suchte mich dieses Zimmer in meinem Schlaf heim? Warum war es jedesmal das gleiche Zimmer? Warum empfand ich immer diese schleichende Angst? Meine Fantasie hatte das Zimmer heraufbeschworen, aber warum träumte ich jahrelang davon? Ich erzählte es niemandem. Tagsüber kam mir die ganze Sache immer so lächerlich vor, denn je lebhafter ein Traum dem Träumer erscheint, um so langweiliger klingt er wohl in der Nacherzählung. Irgendwo tief drinnen war ich jedoch fest davon überzeugt, daß dieser Traum etwas bedeutete. Daß eine merkwürdige, mir noch unverständliche Kraft mich vor einer Gefahr warnte und daß ich wohl eines Tages entdecken würde, was mich da bedrohte.

Wilden Fantasien nachzuhängen, lag mir eigentlich gar nicht. Dafür war mein Leben zu bitter und ernst gewesen. Seit ich von Kusine Agathas Wohlwollen abhängig war, hatte man mich ständig daran erinnert, in welcher Lage ich mich befand. Daß ich am gleichen Tisch mit ihrer Tochter Esmeralda sitzen durfte, von ihrer Gouvernante mit unterrichtet wurde und unter der Aufsicht ihres Kindermädchens im Park spazierengehen durfte, waren offensichtlich Gnadenbeweise, für die ich ewig dankbar zu sein hatte. Ich durfte nie vergessen, welch elendeste aller elenden Kreaturen ich war, eine *arme Verwandte,* die nur deshalb in den Herrschaftsräumen zugelassen war, weil sie zur Familie gehörte. Und selbst diese Zugehörigkeit hing an einem schwachen Fädchen, denn Agatha war nur eine Kusine zweiten Grades von meiner Mutter.

An Agatha war alles überdimensional: ihr Körper, die Stimme, ihr ganzes Wesen. Sie beherrschte ihre Familie, das heißt, ihren kleinen Mann – aber vielleicht war er gar nicht so klein und wirkte nur so neben ihr – und ihre Tochter Esmeralda. Cousin William, wie ich ihn nannte, hatte weitverzweigte Geschäfte und war sehr wohlhabend. Außerhalb seines Hauses sicher ein mächtiger Mann, drinnen jedoch seiner kraftvollen Frau völlig ergeben und unterlegen. Ein ruhiger Mensch, der mich oft geistesabwesend anlächelte, als könne er sich nicht genau besinnen, wer ich war und was ich in seinem Haus tat. Wäre er imstande gewesen, seiner Frau energisch entgegenzutreten, hätte er sicher viel Gutes getan. *Sie* war bekannt für ihre guten Werke. Bestimmte Tage der Woche waren ihren Komitees gewidmet. Damen, die große Ähnlichkeit mit ihr hatten, kamen dann zu uns ins Haus, und ich mußte immer Tee und Kuchen servieren. Sie sah es gerne, wenn ich bei solchen Gelegenheiten anwesend war. »Das ist Ellen, die Tochter meiner Kusine zweiten Grades«, erklärte sie dann. »Eine schreckliche Tragödie! Man mußte doch dem Kind einfach wieder ein Zuhause geben.« Manchmal half mir Esmeralda beim Servieren. Arme Esmeralda! Niemand hätte sie je für die *Tochter des Hauses* gehalten. Sie ließ den Tee in den Tassen überschwappen und kippte einmal eine voll in den Schoß einer wohltätigen Dame.

Kusine Agatha nahm es stets sehr übel, wenn die Leute Esmeralda für die *arme Verwandte* und mich für die *Tochter des Hauses* hielten. Dabei war Esmeraldas Schicksal nicht viel besser als meines. Ewig hieß es: »Schultern zurück, Esmeralda! Schleich nicht so krumm daher!« Oder: »Sprich doch endlich lauter! Nuschle nicht so!«

Arme Esmeralda! Welch glanzvoller Name, der ihr so gar nicht zu Gesicht stand. Ihre blaßblauen Augen waren oft ganz wäßrig, denn sie neigte zu Tränenausbrüchen, und das feine blonde Haar sah immer unordentlich und zerzaust aus. Ich machte ihre Rechenaufgaben und half ihr bei den Aufsätzen. Sie mochte mich recht gerne.

Kusine Agatha bedauerte sehr, nur eine Tochter zu haben. Sie hatte sich immer Söhne und Töchter gewünscht, die sie wie Schachfiguren dirigieren konnte. Daß diese einzige, ziemlich zart gebaute Tochter den ganzen Nachwuchs darstellte, schob sie einzig und allein ihrem Mann in die Schuhe. War es doch feststehende Regel des Hauses, daß Agathas Taten nur Gutes zeitigten, während alles Schlechte von anderen Leuten kam.

Sie war von der Königin empfangen und von dieser wegen ihrer Wohltaten für die Armen beglückwünscht worden. Sie organisierte Klubs, in denen diese Armen in den Pflichten gegenüber ihren ›Wohltätern‹ unterwiesen werden konnten. Sie kümmerte sich um Hemdennäherei und um die Anfertigung von Kattungewändern. Sie war unermüdlich; immer umgab sie eine wahre Aura der Tugendhaftigkeit.

Kein Wunder also, daß sowohl Mann als auch Tochter sich ihr gegenüber im Nachteil fühlten. Ich selbst merkwürdigerweise nicht. Schon lange war mir klargeworden, daß Kusine Agathas gute Taten ihr mindestens soviel Befriedigung gaben wie irgend jemandem anderen, und so war ich sicher, daß damit Schluß sein würde, sowie sie ihr keine solche Befriedigung mehr brachten. Sie spürte natürlich diesen Mangel an Anerkennung in mir und bestrafte mich dafür. Sie mochte mich nicht. Nicht daß sie von irgend jemandem außer sich selbst übermäßig eingenommen gewesen wäre; im hintersten Winkel ihres Gehirns muß sie sich aber immerhin dessen bewußt geworden sein, daß ihr Mann das Geld brachte, das ihr diesen Lebensstil ermöglichte, und was Esmeralda betraf, so war sie ihr einziges Kind und mußte wohl umsorgt werden.

Ich dagegen war die Außenseiterin, und dazu nicht einmal demütig. Sicher bemerkte sie, daß ich mich nicht halten konnte, wenn sie von ihren neuen Taten sprach. Ohne Zweifel spürte sie in mir eine Abneigung davor, ihr prinzipiell beizustimmen. Natürlich versicherte sie sich dann, daß dies dem ›schlechten Blut‹ zuzuschreiben war, das von meines Vaters Seite durch meine Adern floß, obwohl sie andererseits behauptete, von dieser Linie sonst nichts zu wissen.

Schon in den ersten Jahren meines Aufenthalts in diesem Haus wurde ihre Haltung mir gegenüber deutlich. Einmal, ich war etwa zehn Jahre alt, ließ sie nach mir schicken.

»Ich glaube, es ist an der Zeit, Ellen«, sagte sie, »daß wir beide uns einmal unterhalten.«

Da stand ich stämmige Kleine vor ihr. Mit kaum zu bändigendem schwarzem Haar, dunkelblauen Augen, etwas zu kurzer Nase und einem ziemlich langen, widerspenstigen Kinn.

Ich mußte auf dem großen Perserteppich in ihrem sogenannten Arbeitszimmer stehenbleiben; in diesem Raum schrieb ihre Gesellschaftssekretärin die Briefe und bewältigte den Großteil der Komiteearbeit, für die sie soviel Lob einstrich.

»Also, meine Liebe«, sagte sie zu mir, »laß uns einmal klarkommen. Du weißt doch, welche Stellung man dir in diesem Hause eingeräumt hat, oder?«

Ohne auf meine Antwort zu warten, sprach sie weiter. »Zweifelsohne bist du mir und Cousin William Loring (das war ihr Mann) sehr dankbar, daß wir dich hier aufgenommen haben. Wir hätten dich natürlich beim Tod deiner Mutter in ein Waisenhaus bringen lassen können, aber du gehörst schließlich zur Familie – wenn der Verwandtschaftsgrad auch nicht gerade sehr eng ist –, und so haben wir beschlossen, dich unter unseren Schutz zu stellen. Wie du weißt, hat deine Mutter einen gewissen Charles Kellaway geheiratet. Du bist die Frucht dieser Ehe.« Ihre lange Nase zuckte bei diesen Worten, ein Zeichen dafür, wie sehr sie meine Eltern und deren Sprößling verachtete. »Eine höchst unpassende Heirat. Er war nicht der Mann, den man für sie auserwählt hatte.«

»Es muß eine Liebesehe gewesen sein«, sagte ich, denn so hatte ich es von unserem Kindermädchen gehört, dessen Tante Kusine Agathas Kindermädchen gewesen war und sich deshalb in der Vergangenheit der Familie recht gut auskannte.

»Würdest du mich bitte nicht unterbrechen!« setzte Kusine Agatha fort. »Wir reden hier über sehr ernste Dinge. Deine Mutter ist gegen den Willen der Familie auf und davon und heiratete diesen Menschen aus irgendeiner völlig unbekannten Gegend, von der noch niemand je etwas gehört hatte.« Sie sah mich streng an. »Nach knapp einem Jahr warst du da, und kurz danach verließ deine Mutter ihr neues Heim völlig verantwortungslos und kehrte mit dir zu ihrer Familie zurück.«

»Da war ich drei«, sagte ich, wie ich es vom Kindermädchen wußte. Sie zog die Augenbrauen hoch. »Ich bat dich bereits, mich nicht zu unterbrechen. Sie besaß nichts, gar nichts. Ihr beide kamt zu deiner Großmutter. Zwei Jahre darauf starb deine Mutter.«

Da war ich fünf Jahre alt gewesen. Ich erinnere mich vage an sie: die erstickenden Umarmungen, die ich so liebte, und das Gefühl der Sicherheit, dessen ich mir erst bewußt wurde, als ich es nicht mehr hatte. Ich sah mich selbst ganz verschwommen neben ihr im kühlen Gras sitzen, sie hatte ein Skizzenbuch in der Hand. Immer zeichnete sie und versteckte das Buch vor meiner Großmutter. Ich spürte natürlich, daß sie irgendwie in Ungnade geraten war, und es machte mich sehr glücklich, mich als ihre Beschützerin zu fühlen. »Du liebst mich doch, Ellen, nicht wahr?« sagte sie oft zu mir. »Trotz allem, was ich getan habe.« Diese Worte klangen mir in den Ohren, wenn ich an sie dachte, und ich war richtig böse auf mich selbst als ungeschickte Fünfjährige, die nicht begriff, was los war.

»Deine Großmutter war jedenfalls schon viel zu alt, um noch ein Kind aufzuziehen«, setzte Kusine Agatha fort.

Das allerdings, dachte ich bitter. Mit ihren schmalen Lippen, den kleinen Augen und der weißen Kappe, ohne die ich sie nie sah, war sie mir unglaublich alt erschienen – eine furchterregende alte Dame, die mir einen entsetzlichen Schrecken einjagte, als ich begriff, daß ich jetzt alleine dastand, ohne meine liebende, mitverschworene Gefährtin, und daß ich in Zukunft mich selbst aus dem Schlamassel ziehen mußte, in den ich ununterbrochen geriet. Glücklicherweise war ich nicht leicht kleinzukriegen, und es gelang mir, mit stoischem Gleichmut die Anschuldigungen und Anrufungen des lieben Gottes anzuhören, in denen dauernd gefragt wurde, was denn noch aus mir werden würde. Als Großmutter starb, spürte ich keinerlei Schmerz, und ich versuchte auch nicht, so zu tun, als ob.

»Auf ihrem Sterbebett bat mich deine Großmutter«, sagte Kusine Agatha jetzt, »für dich zu sorgen, und dies versprach ich ihr feierlich. Und bin auch fest entschlossen, mein Versprechen einzuhalten. Du mußt dir dennoch darüber klar sein, daß du nur deswegen nicht im Waisenhaus gelandet bist, wo man dich zum Hausmädchen oder bei einigen Kenntnissen und Fähigkeiten zur Gouvernante ausbilden würde. Nein, ich habe dich hierhergebracht, und du erhältst den gleichen Unterricht wie Esmeralda. Du lebst bei mir als Mitglied der Familie. Bitte denke immer daran. Ich *verlange* keine Dankbarkeit, aber ich *erwarte* sie. Glaube ja nicht, daß du die gleichen Vorteile wie meine Tochter genießen wirst. Das wäre schlecht für deinen Charakter. Wenn du erwachsen bist, wirst du vielleicht dein Geld selbst verdienen müssen. Ich rate dir daher gut, zu nützen, was dir hier geboten wird. Du wirst von einer Gouvernante unterrichtet, so daß du an deinem achtzehnten Geburtstag eine gebildete junge Dame sein wirst. Du wirst auch die Manieren und Gebräuche wohlsituierter Haushalte lernen. Es liegt an dir, Ellen, dir das zunutze zu machen. Lerne, was du lernen kannst, und denke immer daran, daß du es meiner Wohtätigkeit verdankst, dich dieser Möglichkeiten bedienen zu können. Tja, das wäre es dann.«

Und jetzt sollte ich wohl hinausgehen und über diese Dinge nachdenken, mich meines Glückes freuen und eine Demütigkeit mir aneignen, die in meiner Position die meisterwünschte Tugend war und an der es mir leider so sehr mangelte. Eine Zeitlang hatte ich mir eingebildet, Kusine Agathas Blicke wohlwollend auf mir ruhen zu sehen, merkte jedoch bald, daß sie nur ihre Befriedigung darüber zeigte, meine Wohltäterin zu sein, und daß dieser Blick mit meinen Fortschritten gar nichts zu tun hatte. Im Gegenteil, alle meine unerwünschten Mängel, an denen es mir offensichtlich nicht fehlte, bereiteten ihr offenbar Freude. Ich begriff, daß ich als größere Last ihr größere Tugend einbrachte.

Für Kusine Agatha empfand ich wenig Zuneigung. Wir waren genau entgegengesetzte Charaktere, und ich merkte bald, daß ich als einzige im ganzen Haushalt wagte, ihr zu widersprechen. Solange ich kleiner war, hing die Drohung mit dem Waisenhaus über mir. Bald wußte ich jedoch, daß man mich nie dorthin schicken würde, weil Kusine Agatha es sich nicht leisten konnte, ihre Freunde erfahren zu lassen, daß sie mich so abgeschoben hätte. Mein unangenehmer Charakter war ihr eine Quelle ständigen Vergnügens. Ich glaube, sie sprach vor ihren Freunden öfter von mir als von Esmeralda. Ihre eigene Tochter war ein Nichts, ich keineswegs. Oft hörte ich, wenn ich ein Zimmer verließ: »Nun ja, ihre Mutter…« Oder: »Kaum zu glauben, daß die arme Frances eine Emdon war.« Die arme Frances war meine Mutter und die Emdons ihre hochedle Familie, der auch Kusine Agatha entstammte.

Natürlich wurde ich schlau – »listig wie eine Wagenladung Affen«, wie unser Kindermädchen meinte. »Wird irgendwo was angestellt, ist Miß Ellen immer dabei. Und Miß Esmé läßt sich natürlich immer von ihrer bösen Kusine verführen.« Ich glaube fast, auf meine Art war ich genauso mächtig im Haus wie Kusine Agatha.

Im Winter lebten wir in einem hohen Haus gegenüber dem Hyde Park. Ich liebte die Bäume, die bronzefarben und goldglänzend wurden, wenn wir vom sommerlichen Landaufenthalt zurückkehrten. Esmé und ich saßen oft an einem der oberen Fenster und zeigten einander die berühmten Gebäude. Die nördliche Aussicht ging genau auf den Park, von der Ostseite her konnten wir das Parlament, Big Ben und das Brompton-Oratoriumsgebäude sehen. Wir hörten den Muffin-Verkäufer seine süßen Brötchen mit der Glocke ankündigen und sahen die weißbemützten Hausmädchen mit ihren Gefäßen herauslaufen und seine Waren kaufen. Unser Kindermädchen ließ immer welche kommen, und wir saßen dann an ihrem Kamin zum Toasten und genossen selig die buttrig-sanfte Saftigkeit. Wir schauten den hin und her marschierenden Straßenfegern zu, barfüßigen Jungen, deren Anblick uns ganz unglücklich stimmte, sie sahen so entsetzlich arm aus; und vergossen beide Tränen über einen Mann, der hinter einer kofferbeladenen Kutsche auf dem Weg zum Bahnhof

Paddington herrannte, weil er hoffte, als Gepäckträger ein paar Pfennige zu verdienen. Ich erfand eine herzzerreißende Geschichte dazu, die Esmeralda noch mehr bittere Tränen entlockte. Sie war sehr gutmütig und so leicht zu rühren, daß ich die Geschichte dann verändern und so erzählen mußte, wie es ihre Mutter wohl getan hätte. Er stamme aus einer guten Familie und habe sein väterliches Erbe für Gin und Bier ausgegeben. Seine Frau bekäme nur Schläge, und die Kinder hätten schreckliche Angst vor ihm. Arme kleine Esmeralda! So naiv war sie und so leicht abzulenken.

Nachmittags spazierten wir nach den Unterrichtsstunden mit dem Kindermädchen zu den Kensington Gardens. Unsere Beschützerin ließ sich am Blumenbeet nieder, während wir herumtollten. »Und bleibt ja in der Nähe, Miß Ellen, sonst kriegst du was von mir zu hören!« Darüber brauchte sie sich selten Sorgen zu machen, denn ich blieb gern in der Nähe, um zu hören, was sie den anderen Kindermädchen erzählte.

»Esmés Mutter, du meine Güte, was für ein Höllenweib, ich würde ja nicht bleiben, wenn nicht meine Tante schon *ihr* Mädchen gewesen wäre. Und man soll nun mal möglichst in der Familie bleiben. Kränkliches kleines Ding, unsere Miß Esmé. Miß Ellen dagegen ist eine richtige kleine Dame. Meiner Seel', man möchte meinen, daß sie die Tochter des Hauses ist, und nicht die arme Verwandte. Paßt nur auf, eines Tages werden sie ihr noch was erzählen!«

Die anderen Mädchen erzählten auch von ihren Brotgebern und Schützlingen; ich hieß Esmeralda still zu sein, während wir lauschten. Unsere Spielgefährtinnen kreischten und wiegten ihre Puppen, während ich ganz nonchalant im Gras hinter den Bänken saß, auf denen sich unsere Kindermädchen niedergelassen hatten, und schamlos horchte. Ich war geradezu besessen auf alle Berichte über meine Mutter.

»Meine Tante sagt, sie sei sehr hübsch gewesen. Unsere kleine Dame hier ist vermutlich ihr genaues Ebenbild. Und mit der werden wir auch noch zu schaffen haben, da bin ich sicher. Na ja, hat ja noch Zeit. Zurückgekommen ist sie, sagt meine Tante, und in was für einem Zustand! Irgendwas ging schief, was, weiß man nicht genau, aber zurückgekommen ist sie. Zu ihrer Mutter, und hat das Kind mitgebracht. Du meine Güte, die ist wohl wirklich vom Regen in die

Traufe gekommen. Sie haben sie immer spüren lassen, was sie gemacht hat. Und Miß Ellens Großmutter war ja genauso eine wie ihre Kusine Agatha. Um die Heiden hat sie sich gekümmert, aber ihrer eigenen Tochter das Leben zur Hölle gemacht... Und dem kleinen Ding auch. Und dann stirbt unsere Miß Frances und läßt das kleine Würmchen zurück. Und dauernd erinnert man sie daran, daß sie nur eine Last ist. So eine alte Dame, wie Mrs. Emdon, und das kleine Kind... das *konnte* ja nicht gutgehen! Und als die starb, nahm *sie* das Kleine. Mußte sie ja wohl. Und läßt das Kind bestimmt auch nie vergessen, was man alles für sie tut.«

So erlangte ich schon in früher Kindheit vage Kenntnis über meinen Lebenslauf.

Die Sache beschäftigte mich viel. Oft fragte ich mich, wer wohl mein Vater gewesen sei, aber ich konnte nichts über ihn entdecken. Wenn ich meine Vergangenheit überdachte, hatte ich das Gefühl, nie jemandem so recht lieb gewesen zu sein. Vielleicht schätzte mich Kusine Agatha in gewisser Weise, aber bestimmt nur als weiteren Pluspunkt auf ihrem Tugendkalender.

Groß herumzubrüten lag mir nicht. Aus irgendeinem Grund, und glücklicherweise, möchte ich sagen, hatte ich den festen Glauben, daß ich das Beste aus meinem Leben machen könnte, und Esmeralda schätzte mich jedenfalls als Ersatzschwester. Sie war ohne mich verloren. Es gelang mir nie, über längere Zeit alleine zu sein, immer suchte sie mich. Ihre eigene Gesellschaft lag ihr nicht. Vor ihrer Mutter hatte sie Angst, auch vor der Dunkelheit und vor ihrem Leben. Je mehr sie mir leid tat, um so glücklicher war ich über meine eigene Lebensart.

Den Sommer verbrachten wir immer in Cousin Williams Landhaus. War das eine Aufregung jedesmal! Tagelange Packerei, und wir Kinder wurden vor Aufregung ganz übermütig und planten, was wir alles auf dem Lande tun wollten. Mit dem zweisitzigen Wagen ging es dann zum Bahnhof, dort großes Gehaste und Gerenne zum Zug, und dann der Streit, ob wir in Fahrtrichtung sitzen sollten oder nicht. Allein das schon ein Abenteuer. Natürlich wurden wir von der Gouvernante begleitet, die dafür sorgte, daß wir aufrecht auf den Plüschbänken saßen und ich nicht zu laut wurde, damit Esmeralda in Ruhe die Landschaft ansehen konnte, durch die wir fuhren. Einige

Leute von der Dienerschaft waren schon vorausgefahren, andere folgten nach. Kusine Agatha kam meist erst eine gute Woche später nach. Eine herrliche Zeit für uns. Und dann übertrug sie ihre guten Werke aus der Stadt- auf die Landbevölkerung. Der Besitz lag in Sussex – nahe genug bei London, so daß sie mühelos zurückfahren konnte, wenn eine entsprechende Gelegenheit dies erforderte. Auch Cousin William konnte so leicht seine Geschäftsinteressen verfolgen, ohne allzuoft die frische Landluft entbehren zu müssen. Esmeralda und ich lernten reiten, suchten die Armen auf, halfen beim Kirchweihfest und genossen die ländlichen Beschäftigungen wohlhabender Leute.

Einladungen gab es dort draußen genauso wie in der Stadt. Esmeralda und ich waren zwar noch nicht zugelassen, aber ich interessierte mich sehr dafür und zeichnete oft die Kleider der Besucherinnen und stellte mir vor, sie selbst zu tragen. Gemeinsam mit Esmeralda versteckte ich mich auf der Treppe, um ihre Ankunft zu beobachten. Ich sah sie in die Eingangshalle kommen, wo Kusine Agatha in all ihrer Stattlichkeit und Cousin William – im Vergleich zu ihr recht mickrig aussehend – zum Empfang bereitstanden.

Oft zog ich Esmeralda noch aus dem Bett heraus und zwang sie, mit mir durch die Geländerstäbe auf das glitzernde Gewirr da unten zu starren. Manchmal rannten wir zur Treppe vor; hätte einer von unten heraufgesehen, wären wir sofort entdeckt worden. Esmeralda zitterte daher immer vor Angst, aber ich lachte sie nur aus, denn ich wußte, daß man mich nie wegschicken würde, weil Kusine Agatha vor allem ihre Güte mir gegenüber beweisen mußte.

Ich tollte danach im Schlafzimmer herum und drängte Esmeralda, mit mir zu tanzen.

Auf dem Lande entdeckte ich auch, welch wichtige Position die Carringtons einnahmen. Selbst Kusine Agatha sprach diesen Namen mit einer gewissen Ehrfurcht aus. Ihr grandioses Haus, Trentham Towers, lag auf einem Hügel. Mr. Josiah Carrington war eine Art Landedelmann. Genau wie Cousin William betrieb er weitverzweigte Geschäfte und besaß auch in London ein Haus, in der Park Lane. Unser Kindermädchen hat es uns einmal gezeigt.

»Das Stadthaus der Carringtons«, flüsterte sie ehrerbietig, als sei es das Paradies selbst.

Den Carringtons gehörte der Großteil des Dörfchens und der umliegenden Farmen. Mr. Josiahs Frau war Lady Emily, die Tochter eines Earls. Natürlich war es einer der innigsten Wünsche der guten Agatha, mit den Carringtons auf vertraulichem Fuß zu verkehren. Und da sie zu den Frauen gehörte, die etwas nur zu wollen brauchten, um es tatsächlich zu bekommen, gelang ihr das auch. Cousin Williams Landhaus war in Georgianischem Stil gebaut, es hatte eine anmutige Säulenvorhalle und eine schwungvoll-elegante Fassade. Der Salon lag im ersten Stock. Ein großer luftiger Raum mit wunderschön verzierter Decke, ideal für Einladungen. Hier ›empfing‹ Agatha an jedem Donnerstag, den sie draußen war, und zu ihren Abendessen und Bällen kamen viele Leute. Waren die Carringtons einmal nicht dabei, kränkte sie sich sehr.

Zu Lady Emily benahm sie sich sehr freundlich und tat, als interessiere sie alles, was diese Dame unternahm, während Cousin William und Mr. Carrington ebenso leidenschaftlich Geschäftsgespräche führten.

Philip Carrington war etwa ein Jahr älter als ich und zirka zwei Jahre älter als Esmeralda. Kusine Agatha lag sehr daran, daß er sich mit Esmeralda gut vertrug. Ich erinnere mich noch an jenen Frühsommer, in dem ich Philip zum erstenmal sah. Esmeralda war ihm im Salon vorgestellt worden, mich hatte man ausgeschlossen. Dann trug Kusine Agatha Esmeralda auf, Philip zu den Ställen zu begleiten und ihm ihr Pony zu zeigen.

Ich lauerte ihnen auf dem Weg auf und ging mit.

Philip war hellblond, hatte Sommersprossen auf der Nase und ganz hellblaue Augen; an Größe stand ich ihm nicht nach, denn ich war für mein Alter recht hochgeschossen. Er schien an mir interessiert zu sein, jedenfalls merkte ich, daß er nicht beabsichtigte, Esmeralda viel Beachtung zu schenken, und daß er sich außerdem ärgerte, mit einem Mädchen hinausgeschickt zu werden, noch dazu mit so einem kleinen. »Du reitest wohl auch Pony?« spottete er.

»Und was reitest du?« fragte ich nur.

»Natürlich ein Pferd.«

»Pferde kriegen wir später auch«, sagte Esmeralda.

Er beachtete sie gar nicht.

»Wir könnten ebensogut Pferde reiten«, sagte ich. »Die sind ja auch nicht anders als Ponys.«

»Woher willst du denn das wissen?«

So ging es den ganzen Weg bis zu den Ställen hin.

Er verachtete unsere Ponys, und ich war böse auf ihn, weil ich mein Braunchen heiß liebte. Allerdings waren danach meine Gefühle für das arme Tier nie mehr so wie vorher. Er zeigte uns das Pferd, auf dem er herübergeritten war.

»Recht klein«, meinte ich.

»Trotzdem könntest du es sicher nicht reiten.«

»Doch, bestimmt.«

Eine Herausforderung! Esmeralda zitterte vor Angst und flüsterte mir warnend zu: »Nicht, Ellen, mach's nicht!«, als ich sein Pferd bestieg. Dann ritt ich es wild innerhalb der Umzäunung. Ein wenig ängstlich war mir schon zumute, aber ich gönnte ihm keinen Sieg, und außerdem mußte ich die Beleidigung meines armen Braunchens wiedergutmachen.

Danach bestieg Philip sein Tier und zeigte uns einige Tricks, damit wir ihn bewunderten. Er gab richtiggehend an. Wir beide gingen andauernd wie Kampfhähne aufeinander los. Es machte uns aber offensichtlich beiden Spaß. Esmeralda waren diese Geplänkel zuwider, sie glaubte, wir haßten einander.

»Mama wäre es sicher nicht recht«, sagte sie. »Schließlich ist er ein Carrington.«

»Und ich bin eine Kellaway«, sagte ich. »Mindestens so viel wie eine Carrington.«

In jenem Sommer erhielt Philip Privatunterricht, und wir sahen ihn oft. Damals hörte ich zum erstenmal von Rollo.

»Dummer Name«, sagte ich, und Philip wurde rot vor Zorn.

Rollo war zehn Jahre älter als sein kleiner Bruder. Philip sprach voller Stolz von ihm. Rollo muß also zweiundzwanzig gewesen sein. Er studierte in Oxford, und wenn man Philip glauben durfte, konnte er einfach alles.

»Schade, daß er seinen Namen nicht ändern kann«, sagte ich, nur um Philip zu ärgern.

»Ist sogar ein fantastischer Name, du blöde Gans! Ein Wikingername!«

»Die alten Piraten«, sagte ich verächtlich.

»Sie beherrschten die Meere. Wo immer sie hinkamen, siegten sie. Rollo war der große Anführer, der nach Frankreich fuhr, und der König dort hatte solche Angst, daß er ihm einen Riesenteil des Landes gab. Die heutige Normandie. Wir sind Normannen.« Er sah uns geringschätzig an. »Wir kamen dann hier herüber und haben *euch* besiegt.«

»Habt ihr nicht«, schrie ich. »Wir sind nämlich auch Normannen, nicht wahr, Esmeralda?«

Esmeralda war nicht sicher. Ich stupste sie. Sie hatte keine Ahnung, wie man mit Philip umgehen mußte. Nicht daß er oder ich ihre Meinung ernst genommen hätten.

»Wir waren aber bessere Normannen als ihr«, konterte Philip. »Wir waren die Herzöge und ihr nur das gewöhnliche Volk.«

»Stimmt überhaupt nicht...«

Und so ging es weiter. Sehr zum Bedauern von Esmeralda, die diese Streitereien einfach nicht ausstehen konnte.

Mehr als einmal sagte Esmeralda zu mir: »Wenn Mama wüßte, daß du mit Philip so streitest, würde sie böse werden. Du weißt doch, daß er ein Carrington ist.«

Ich erinnere mich noch, wie Rollo von Oxford kam. Er ritt mit Philip aus, auf einem weißen Roß, und als die beiden vorüber waren, sagte ich zu Esmeralda, er müsse einen Helm mit Flügeln daran tragen, dann hätte er ganz das Aussehen eines Wikingers. Wir sprachen ihn nicht an. Philip grüßte im Vorüberreiten, machte aber gleichzeitig sehr deutlich, daß er keine Zeit für zwei Mädchen verschwenden konnte, wo so ein herrlicher Mann bei ihm war. Rollo sah uns kaum an.

Er wurde natürlich auch zu uns eingeladen, und man machte viel Theater um ihn; Kusine Agatha schmeichelte ihm geradezu kriecherisch. Unser Kindermädchen sagte nachher, man könnte meinen, er sei eine Gottheit. Die gnädige Frau habe schon die Krallen ausgestreckt, um ihn für Miß Esmeralda zu ergattern. »Sicher erbt er die ganzen Millionen«, sagte sie. »Natürlich wird der junge Herr auch seinen Teil abbekommen.«

Als wir in diesem Jahr nach London zurückgekehrt waren, sah ich Rollo öfter. In den Ferien besuchte er uns mit seinen Eltern. Ich fand es herrlich, wenn die Kutschen auf der Straße vor dem Tor anhielten. Die Besucher gingen unter einer rotgestreiften Markise ins Haus, Volk sammelte sich ringsum und sah dem Einzug zu. Ich beobachtete die Szene vom Kinderzimmerfenster aus.

Es waren wunderschöne Tage für mich. Oft wachte ich genußvoll mit einem Gefühl der Erwartung auf. Die Dienerschaft plauderte häufig über die Gäste, und es wurde dabei viel von den Carringtons gesprochen. Manchmal gingen Kusine Agatha und Cousin William zum Essen in die Park Lane. Wir sahen sie abfahren und bedauerten sehr, daß das Essen nicht in unserem Haus stattfand.

Wie schon gesagt, verbrachte ich viel Zeit bei der Dienerschaft; so oft wie möglich begab ich mich heimlich an deren Tisch und hörte den Gesprächen zu. War Esmeralda dabei, so wurden sie befangen. Meine Anwesenheit machte ihnen nicht so viel aus, wohl weil mein Schicksal einmal ihrem gleichen würde.

»Unsere Miß Ellen gehört weder hierhin noch dorthin«, hörte ich einmal jemanden sagen. »Wenn sie mal älter ist, wird sie sicher als Gouvernante vermittelt. Da bin ich lieber Hausmädchen. Da weiß man doch, wo man hingehört.«

Diese Gedanken erschreckten mich nur kurz. Ich war sicher, mich zur rechten Zeit selber um mein Schicksal kümmern zu können. Im Augenblick bot mir meine Stellung im Haus die herrliche Gelegenheit, auf beiden Seiten dabei zu sein. Die Dienerschaft unterhielt sich ganz ungezwungen vor mir. Bald wußte ich, daß *er* und *sie* Cousin William und Kusine Agatha waren, daß *sie* geizig war, jede Woche die Abrechnung der Küche durchsah, jedes einzelne Detail erbarmungslos abfragte, und daß *er* Angst hatte vor *ihr* und nicht wagte, seine Stimme gegen *sie* zu erheben. *Sie* wollte gesellschaftlich vorankommen. Wie *sie* doch diesen Carringtons nachlief! Einfach schamlos! Die hatten ein wunderbares Haus, sowohl in der Park Lane als auch in Sussex. Und die Köchin hatte etwas läuten gehört, daß *sie ihn* veranlaßt hatte, das Haus in Sussex zu kaufen, nur weil die Carringtons da draußen wohnten. All *ihre* kleinen Verschwörungen gingen darauf hinaus, gesellschaftlich weiterzukommen.

Mit Kopfnicken und Augenzwinkern (von dem sie annahmen, ich sei nicht schlau genug, es zu interpretieren) deuteten sie an, daß *sie* offenbar entschlossen war, ihre Familie mit den Söhnen der Carringtons zu verbinden, und da diese zwei Söhne und sie nur eine Tochter hatte, war die Methode leicht vorauszusehen.

Ich war erstaunt. Glaubte sie wirklich, Esmeralda mit Philip oder seinem Bruder verheiraten zu können ? Beinahe hätte ich laut aufgelacht und überlegte, ob ich es Esmeralda erzählen oder vor ihr geheimhalten sollte. Es hatte keinen Sinn, sie völlig zu verschrecken. Es war ja so leicht, sie um ihr bißchen Geist und Mut nur mit ein paar Andeutungen zu bringen. Ich fand das Leben interessant. Ich beobachtete von hoch oben aus unserem Kinderzimmer die ankommenden Leute, die nach Kusine Agathas ständigem Ausspruch höher standen als ich, half unten in der Küche, wo ich gierig die Informationen aufnahm, wenn alle den Eintopf oder Hühnerauflauf mit dem guten Wein hinuntergespült hatten und müde geworden waren.

Daß mein Ursprung so geheimnisumwittert war, freute mich; ich hätte Kusine Agatha nicht zur Mutter haben wollen, was ich Esmeralda auch oft sagte, wenn ich böse mit ihr war. Cousin William war ja als Vater ganz angenehm, aber seine Ergebenheit gegenüber Agatha machte ihn nur verächtlich.

So kamen Herbst und Winter heran, hell lodernde Kaminfeuer, krachend platzende Maroni auf dem Herd. Der Muffin-Verkäufer, vorbeiklappernde Kutschen. Wir spähten hinaus zu den vorbeireitenden Leuten, und ich erfand alle möglichen Geschichten, denen Esmeralda andächtig lauschte. Manchmal fragte sie mich, woher ich denn wüßte, wer da unten war und wohin er ritt. Dann verengte ich meine Augen und pfiff vor mich hin. »Meine liebe Esmeralda, es gibt mehr Dinge zwischen Himmel und Erde, als du dir in deinem Hirn ausdenken kannst.«

Sie erschauerte und sah mich ehrfürchtig an (was ich sehr genoß). Ich sprach oft in Zitaten zu ihr, und manchmal behauptete ich dann, die Worte selbst erfunden zu haben. Sie glaubte mir. Sie konnte nicht so schnell lernen wie ich. Schade eigentlich, denn ich hielt mich daher für um so schlauer. Kusine Agatha tat aber alles, um mir dies auszutreiben. Vielleicht war es also doch gar nicht so schlecht, denn wie ich aus den Gesprächen der Dienerschaft und Agathas Verhalten mir gegenüber entnahm, galt ich nicht viel im Haus. Und irgendwas brauchte ich ja, um mein Selbstvertrauen zu behalten.

Ich war sehr abenteuerlustig, und deshalb meinten manche, ich sei ein Tunichtgut. Märkte faszinierten mich über alles. In unserem Bezirk gab es keinen, aber einige Bedienstete gingen auf einen entfernt liegenden und erzählten gern davon. Ich beschwor unser Hausmädchen Rosie, mich einmal mitzunehmen. Sie war ein kleines Flittchen – nie ohne Liebhaber, auch immer noch ohne ernsthaften Verehrer. Von ihrer ›untersten Schublade‹ wurde viel geredet, für die sie ›dies und jenes‹ sammelte und jeweils in der Küche vorzeigte.

»Auf dem Markt gefunden«, rief sie dann mit glänzenden Augen, »und spottbillig dazu.«

Endlich nahm sie mich dann einmal mit, denn sie tat ganz gern mal was Verbotenes. Unterwegs erzählte sie mir von ihrem derzeitigen Liebhaber, dem Kutscher der Carringtons. Falls es mit dem doch was wurde, würde sie mit ihm in einem Häuschen über den Ställen wohnen.

Niemals werde ich den Naphtaqualm und die rauhen Stimmen der Marktfrauen und Ausrufer vergessen. An einigen Ständen hatte man Berge glänzend polierter Äpfel kunstvoll übereinander geschichtet, daneben lagen Orangen, Birnen und Nüsse. Es war ein Novembertag, man verkaufte bereits Stechpalmenzweige und Misteln. Ich bewunderte die Töpfe und das viele Geschirr, die gebrauchten Kleider. Beäugte die unzähligen Portionen von Aal in Aspik, den man dort essen oder mit heimnehmen konnte, und schnüffelte begeistert all die appetitlichen Dünste ein.

Vor allem gefielen mir die Leute, die mit den Verkäufern zu handeln und zu feilschen verstanden und dauernd von Stand zu Stand weitergingen. Für mich war so ein Markt einer der aufregendsten Orte, die ich mir denken konnte. Mit glänzenden Augen und geröteten Wangen kehrte ich heim und versuchte, Esmeralda mit dazu erfundenen Geschichten noch extra zu beeindrucken.

Unvorsichtigerweise versprach ich ihr, sie auch einmal dorthin mitzunehmen. Von da an fragte sie mich dauernd über den Markt aus, und ich dachte mir daher weiter die verrücktesten Vorfälle aus. Jede Geschichte begann so: »Als ich mit Rosie zum Markt ging ...« Was für fantastische Abenteuer wir dort angeblich erlebten! Esmeralda hielt den Atem an vor Erregung. Und dann ging ich wirklich eines Tages mit ihr hin, und es passierte etwas, was Rollo auf mich aufmerksam machte. Der herrliche Rollo! Es war eine Woche vor

Weihnachten, ein feuchter Tag, an dem der Nebel in den Parkbäumen hing. Solche Tage liebte ich – der Park sah dann aus wie ein verzauberter Wald, ganz in sanftestes Blau gehüllt. Ich sah zum Fenster hinaus und dachte: Heute nehme ich Esmeralda mit auf den Markt.

Und dieser Tag war außerdem sehr günstig, denn am selben Abend gab es bei uns ein großes Essen. Der ganze Haushalt drehte sich um nichts anderes mehr. »Die macht's heute aber wild!« sagte die Köchin, womit sie Kusine Agatha meinte, deren Stimme man im ganzen Haus hörte: »Mrs. Hammer« – ihre seit langem an ihr leidende Gesellschaftssekretärin –, »haben Sie die Tischkarten bereit? Geben Sie ja acht, daß Lady Emily zur Rechten meines Mannes sitzt. Und Mr. Carrington zu meiner Rechten. Mr. Rollo sitzt in der Mitte des Tisches, natürlich auch rechts von seinem Vater. Sind die Blumen schon gekommen?« Sie stürmte durchs Haus wie ein Hurrikan. »Wilton« – der Butler –, »sorgen Sie dafür, daß der rote Teppich ausgerollt wird und die Markise an ihrem Platz ist. Und bitte *rechtzeitig!*« Dann zu ihrer Zofe Yvonne: »Lassen Sie mich nicht länger als bis fünf Uhr schlafen. Dann können Sie mein Bad bereiten.«

In der Küche ermahnte sie die Köchin (»als ob ich nicht selbst Bescheid wüßte«, sagte die). Ließ dreimal am Vormittag nach Wilton rufen, um ihm Instruktionen für die andere Dienerschaft zu geben.

So ein Tag war das. Als ich ihr auf der Treppe begegnete, ging sie an mir vorbei, ohne mich wahrzunehmen. Wieder dachte ich: »Heute ist der richtige Tag für den Markt.«

Unser Kindermädchen wurde zum Dienst am Büffet beordert. Wir waren also *sans* Gouvernante, *sans* Kindermädchen, *sans* Überwachung, *sans* alles, wie ich falsch zitierend zu Esmeralda sagte.

Dem Kindermädchen erklärte ich, daß wir beide uns schon selbst beschäftigen würden, und nach dem Tee, den wir heute schon um halb drei bekamen, marschierten wir los. Ich hatte mir vorsichtshalber die Nummer der Buslinie und die Haltestelle, an der wir aussteigen mußten, notiert, und wir erreichten den Markt ohne Zwischenfall. Inzwischen war es etwa fünf Uhr geworden.

Entzückt sah ich in Esmeraldas Augen tiefes Erstaunen sich ausbreiten. Wie ihr das alles gefiel! Die Geschäfte mit dem künstlichen Schnee, nichts als Watte an Fäden, die sich aber wunderhübsch machte, rund um das Spielzeug in den Schaufenstern! Ich zog sie zu den Fleischerläden, in denen die Schweine mit geöffnetem Bauch tot an den Haken hingen, neben riesigen Stücken Rindfleisch und Lammhälften, und davor der Fleischer in seiner Schürze, lange Messer schärfend, Kunden mit dem Ruf »Kauft, Leute, kauft!« anlockend. Stände gab es mit hoch aufgetürmten Obstbergen und Nüssen, und dann die Altkleiderhändler und Leute, die Aal in Aspik aus blau-weißen Schüsseln aßen. Aus einem Geschäft drang der appetitanregende Duft frischer Erbsensuppe, wir blickten hinein, und drinnen saßen Leute auf Bänken und tranken die dampfend heiße Flüssigkeit. Einen Mann mit Drehorgel und Äffchen sahen wir, seine Kappe lag auf dem Boden, und die Leute warfen Geldstücke hinein. Wie freute ich mich, daß Esmeralda der Meinung war, ich hätte den Zauber des Marktes kein bißchen übertrieben gehabt. Als die Frau des Drehorgelmannes mit ziemlich schriller Stimme zu singen begann, drängten sich die Leute um uns. Während wir noch zuhörten, wurde ein Wagen mit einer Menge klapperndem Eisengerät durch die Menge gefahren.

»Achtung, aufgepaßt!« rief eine fröhliche Stimme. »Platz da für den Lumpenheini! Aus dem Weg, bitte...«

Ich sprang aus dem Weg und wurde von der Menschenmasse bis zum Gehsteig mitgedrängt. Einige riefen den Altwarenhändler fröhlich an, und er antwortete freundlich und witzig. Ich schaute voller Interesse zu und überlegte, was das wohl für ein Mensch sei, und plötzlich merkte ich, daß Esmeralda nicht mehr neben mir stand.

Ich blickte mich rasch um. Kämpfte mich durch die Menge, rief ihren Namen, entdeckte sie aber nirgends.

Die Panik setzte nicht sofort ein. Irgendwo auf dem Markt *mußte* sie ja sein, weit konnte sie ja nicht sein. Ich hatte einfach angenommen, daß sie immer in meiner Nähe bleiben würde, hatte es ihr auch aufgetragen; sie war ja keine abenteuerlustige Natur. Überall hielt ich Ausschau nach ihr, aber sie war nirgends zu sehen. Nach zehn Minuten heftigster Suche fing ich an Angst zu bekommen. Ich hatte das Geld bei mir, das ich mit großer Mühe aus unseren Sparbüchsen geholt hatte. Wie leicht war es, Münzen in sie hineinzuwerfen, und wie schwer, sie wieder herauszukriegen. Das konnte man nur bewerkstelligen, indem man ein Messer in den Schlitz hineinsteckte, jeweils eine Münze darauffallen ließ und sie mit dem Messer herauszog. Wie konnte sie alleine ohne Geld heimkommen? Nach einer halben Stunde war ich schon sehr ängstlich. Ich hatte Esmeralda zum Markt mitgenommen und verloren.

Meine Fantasie – so aufregend lebendig zu Zeiten, da ich sie steuern konnte – zeigte sich jetzt als arglistiger Feind. Ich sah Esmeralda vor mir bei bösen Leuten, wie sie im *Oliver Twist* vorkamen, die ihr beibrachten, wie man Taschendieb wird. Natürlich würde sie es lernen und sofort verhaftet und zu ihrer Familie zurückgebracht werden. Vielleicht nahmen sie Zigeuner mit. Auf dem Markt gab es einige. Mit Walnußsaft würde man ihre Haut dunkel machen und sie zum Körbeverkaufen abrichten. Vielleicht wurde sie als Geisel festgehalten und Lösegeld für sie verlangt. Und *ich* war schuld daran. Was konnte ich nur tun? Ich wußte es genau. Vor allem zurück nach Hause gehen. Gestehen, was ich getan hatte, damit man Suchtrupps nach ihr ausschickte.

Der Gedanke war mir entsetzlich, denn dies würde man mir nie vergessen und mich vielleicht doch noch in ein Waisenhaus schikken, denn wenn ich eine solche Sünde begangen hatte, war Kusine Agatha bestimmt berechtigt, mich wegzuschicken. Vermutlich wartete sie geradezu auf eine solche Gelegenheit. Es schien mir schwer, den Markt unter diesen Umständen zu verlassen. Nur noch einmal wollte ich mich umsehen, versprach ich mir selbst, und machte mich neuerlich auf die Suche nach Esmeralda. Aufmerksam sah ich mich überall um. Einmal meinte ich, sie erblickt zu haben, und lief dorthin, aber es war ein Irrtum.

Es wurde schon spät. Etwa eine halbe Stunde hatten wir wohl gebraucht, um herzukommen, und eine Stunde war bisher bestimmt schon vergangen. Jetzt hatte ich noch den Rückweg vor mir. Ich ging zur Bushaltestelle und wartete. Wurde immer verzweifelter. Dumme Esmeralda! dachte ich, und es tröstete mich ein wenig, ihr die Schuld zuzuschieben. Blödes kleines Ding! Warum war sie nicht bei mir geblieben? Endlich kam der Bus. Was sollte ich daheim sagen? Was würde es für Aufregung geben? Ob sie am Ende doch heimgefunden hatte? Mein Gott, was war bloß mit ihr passiert!

Ich stieg aus und wandte mich unserem Haus zu. Wollte heimlich beim Lieferanteneingang hineinschlüpfen. Schaudernd sah ich von weitem die rote Markise und den roten Teppich. Die Gäste kamen gerade an. Ich rannte zur Rückseite des Hauses. Mußte Rosie finden. Sie hatte bestimmt am meisten Verständnis. Vielleicht war sie bei den Pferdeställen, bei ihrem Kutscher, dessen Gegenwart sie sicher keinen Augenblick lang missen wollte.

Sie war aber nicht dort. Also mußte ich doch ins Haus und dem erstbesten, den ich traf, gestehen, was los war. Der Köchin? Die polterte bestimmt in der Küche herum und tat eilig noch die letzten Handgriffe. Unserem Kindermädchen? Sie wußte, daß ich leichtsinniges Blut in mir hatte, wie sie das nannte, und würde mich nicht gar so arg für meine Tat schelten. »So was liegt ihr eben im Blut«, würde sie dann sagen. Also marschierte ich erst mal beim Lieferanteneingang hinein. Unten traf ich niemanden an und ging die Treppe zur Eingangshalle hinauf. Dann erst hörte ich Stimmen.

Da stand ein Polizist, sehr ehrerbietig, überlegen und selbstsicher, und neben ihm, winzig und blaßgesichtig, Esmeralda.

»Auf der Straße aufgegriffen«, hörte ich den Polizisten sagen. »Sie hat sich verlaufen. Sobald sie uns sagte, wo sie hingehörte, haben wir sie hierhergebracht.«

Es war wie ein Tableau. Eines, das ich nicht so schnell vergessen würde.

Man hatte Kusine Agatha in ihrem tief ausgeschnittenen Glitzerkleid, behängt mit Diamanten und Smaragden und Rubinen, und William, im tadellosen Abendanzug, vom Treppenabsatz heruntergeholt, wo sie die Gäste empfangen hatten, um nun ihre vagabundierende Tochter von einem Polizisten in Empfang zu nehmen.

Einige Gäste standen an der Treppe. Eben kamen die Carringtons an. Mr. Carrington, Lady Emily und der einzigartige Rollo.

Ich sah, wie Kusine Agathas stattliche Gestalt vor Scham erstarrte. Nur die Smaragde und Ohrringe zeigten durch ihr Zittern Agathas tiefe Empörung an. Esmeralda fing zu weinen an.

»Ist ja schon gut, Fräuleinchen«, sagte der Polizist.

»Liebste«, sagte Lady Emily, »was ist denn bloß passiert?«

Cousin William wollte erklären: »Unsere Tochter ist...«, wurde aber sofort von Kusine Agatha zum Schweigen gebracht.

»Wo ist das Kindermädchen? Wie konnte das passieren? Esmeralda, du gehst sofort in dein Zimmer hinauf.«

Da sah mich Esmeralda durch ihren Tränenschleier und rief: »Ellen!«

Kusine Agatha wandte sich um. Ihr Blick durchbohrte mich.

»Ellen!« sagte sie mit einer Stimme, die nichts Gutes verhieß.

Ich trat vor. »Wir sind nur zum Markt gefahren«, begann ich zu erklären.

»Wilton!« Und da stand er schon. Geschniegelt, würdevoll, der diskrete, perfekte Butler.

»Sehr wohl, Madame«, sagte er, »ich lasse die jungen Damen in ihre Zimmer hinaufbringen.« Dann wandte er sich an den Polizisten. »Wenn Sie mir bitte folgen wollen, Sie hätten doch sicher gerne eine Erfrischung, und wir möchten Ihnen auch unsere Dankbarkeit zeigen. Madame, hier kommt eben das Kindermädchen.«

Ja, da kam sie und nahm Esmeralda und mich bei der Hand. Am harten Griff ihrer Finger erkannte ich, wie zornig sie war. Da gab es einiges zu klären, aber im Moment war ich sehr froh, Esmeralda in Sicherheit zu wissen. Und noch etwas beeindruckte mich sehr. Der interessierte Blick meines einzigartigen Rollo. Kurze Zeit weilte er allein auf mir. Was dachte er wohl von mir, überlegte ich, als das Mädchen mich die Treppe hinaufscheuchte. Die Gäste hatten uns alle beobachtet, einige lächelten; und dann waren wir schon im zweiten Stock, in unserer Etage.

2

»Wir wollten doch nur mal den Markt sehen«, erklärte ich.

»Das kann mich leicht um meinen Posten bringen«, fauchte das Mädchen giftig. »Und ich weiß genau, wer das ausgeheckt hat, Miß Ellen. Versuchen Sie ja nicht, Miß Esmeralda die Schuld zuzuschieben. Die ist nur verführt worden.«

Esmeralda flüsterte: »Ich wollte aber so gerne hin.«

»Trotzdem, Sie wurden verführt!« sagte das Mädchen. »Ich kenne doch meine Ellen.«

»Schon gut, ja, es war meine Idee. Esmeralda trifft keine Schuld.«

»Ich möchte nicht wissen, was Madame Ihnen zu sagen hat. In Ihren Schuhen möchte ich nicht stecken!«

Ohne Essen wurden wir zu Bett geschickt, was uns allerdings nicht besonders störte, und ich lag dann noch lange wach, versuchte mir vorzustellen, wie es in einem Waisenhaus war.

Spätnachts, als die Gäste das Haus verließen, kam Rosie noch herein – mit blitzenden Augen, wie immer, wenn sie bei ihrem Kutscher gewesen war. Sie setzte sich auf den Bettrand und kicherte. »Sie sind mir aber eine! Miß Esmeralda hätten Sie nicht mitnehmen dürfen. War doch klar, daß die sich verlaufen würde oder sonst was.«

»Woher sollte ich wissen, daß sie so blöd sein würde!«

»Und einfach so loszumarschieren. Meine Güte, da wird es was abgeben.«

»Weiß ich.«

»Na ja, Kopf hoch, trotzdem. Auf dem Meer geht's noch stürmischer zu, wie mein erster Verlobter immer zu sagen pflegte.«

»Wie ist das eigentlich in einem Waisenhaus?«

Rosies Gesicht wurde ganz weich. »Meine Nichte war im Waisenhaus. Eine richtige Dame heute. Ist als Gouvernante gegangen. Nicht bloß so ein Zimmermädchen. Ist richtig in der Gesellschaft. Es gibt viele Waisen in dieser Welt.« Sie beugte sich zu mir und gab mir einen Kuß. Ich wußte, daß sie mich trösten wollte. Ihr Kutscher hatte sie glücklich gemacht, und sie wollte, daß alle Welt so glücklich wurde. Vielleicht war es gar nicht so schlimm im Waisenhaus.

Am nächsten Tag ließ mich Kusine Agatha kommen. Sie sah aus, als habe sie eine schlaflose Nacht verbracht.

»Wie du dich aufgeführt hast«, begann sie. »Ich verzweifle wirklich an dir! Ich weiß, das überkommt dich immer, es liegt dir eben im Blut. Aber was sollen wir mit dir tun, habe ich auch meinen Mann gefragt. Die meisten Leute würden dich jetzt aus dem Haus weisen, schließlich müssen wir ja an unsere eigene Tochter denken. Aber Blut ist eben ein besonderer Saft, und du gehörst nun mal zur Familie. Du stellst unsere Geduld auf eine harte Probe. Meine und die meines Mannes. Ich warne dich: Wenn du in unserem Haus bleiben willst, wirst du dich ändern müssen.«

Ich sagte, ich hätte ja nicht wissen können, daß Esmeralda sich verlaufen würde, und wenn dies nicht der Fall gewesen wäre, hätte keiner gemerkt, daß wir auf dem Markt gewesen waren.

»Betrug auch noch!« rief sie. »Es ist wirklich unerhört. Ich bin froh, daß Esmeralda sich verlaufen hatte, obwohl es mir den Abend verdarb. Wenigstens weiß man jetzt, was für eine bösartige Kreatur wir unter unserem Dach beherbergen.«

Sie hatte dem Kindermädchen aufgetragen, mich in meinem Zimmer zu halten, bis ich den Monolog der Portia über das Erbarmen aus dem *Kaufmann von Venedig* auswendig konnte. Vielleicht würde das helfen, mich denen gegenüber dankbar zu zeigen, die mir Erbarmen zeigten. Nur Brot und Wasser sollte ich bekommen, bis ich die Rede tadellos aufsagen konnte, und ich sollte meine Verdammung dazu nutzen, mir vor Augen zu führen, was ich Entsetzliches angestellt hatte. »Was die Carringtons von dir dachten, möchte ich mir gar nicht vorstellen. Es würde mich nicht wundern, wenn sie Philip nicht mehr mit dir zusammenkommen ließen.«

Damit wurde ich entlassen. Den Monolog lernte ich innerhalb kürzester Zeit. Später merkte Kusine Agatha, daß ich Gedichte liebte und es mir nicht schwerfiel, sie auswendig zu lernen. Daraufhin gab man mir Näharbeiten, und das war eine ganz andere Sache für mich. Schön klingende Worte und Sätze zu lesen, immer wieder zu lesen, machte mir Vergnügen. Einen Stoff zu besticken, war mir eine Qual. Das hatten sie damals allerdings noch nicht entdeckt.

Die arme Esmeralda konnte ihren Monolog nicht so schnell wie ich, und als sie ihn der Gouvernante aufsagen sollte, machte ich mich dicht an sie heran und half ihr weiter.

Um die Weihnachtszeit fing man an, die Sache mit dem Markt zu vergessen. Philip tauchte in den Schulferien wieder auf und durfte im Park mit uns spielen. Ich erzählte ihm vom Markt und wie Esmeralda sich dort verlaufen hatte; er fand das so verächtlich, daß er sie in den Serpentinenteich stieß. Esmeralda kreischte auf, und Philip lachte sie aus. Er blieb am Ufer stehen, während ich hineinrannte und sie an den Rand zog. Da kam schon das Mädchen angelaufen und jagte uns beide nach Hause zurück, wo wir uns umziehen mußten, damit wir uns nicht den Tod holten. »Das wird man mir in die Schuhe schieben«, rief ich Philip zu.

»Geschieht dir recht«, schrie er zurück. Ihm wäre es sicher ganz egal, ob Esmeralda sich den Tod holte oder nicht.

Als Esmeralda sich danach erkältete, erzählte das Kindermädchen einigen Mädchen vom Personal, was passiert war, und ich wußte, daß sie alle der Meinung waren, ich hätte Esmeralda ins Wasser gestoßen.

Arme Esmeralda! Ich glaube, wir waren alle rücksichtslos ihr gegenüber. Philip und ich, wir verbündeten uns zwar nicht gerade gegen sie, aber ihr fehlte einfach unsere Abenteuerlust, und wir waren zu jung, um zu erkennen, daß sie anders geartet war als wir. Ich erinnere mich noch, wie sehr sie sich vor dem ›Toten Mann‹ fürchtete. Allein der Name dieses Ortes konnte einen ängstlichen Menschen erschrecken, und das traf zumindest bei Esmeralda zu. Die Stelle lag nicht weit von Trentham Towers. Man mußte ziemlich weit hinaufklettern. Von oben ging es dann ganz steil nach einer Seite hinunter. Es war recht gefährlich, denn der schmale Pfad lief den Steilhang entlang und war bei Regenwetter sehr schlüpfrig. Auf dem Weg dorthin standen viele Warnschilder: BETRETEN AUF EIGENE GEFAHR! Und genau das zog Menschen wie Philip und mich erst recht an.

Nicht nur gefährlich war es dort oben, sondern auch unheimlich, und man sagte, daß Gespenster umgingen, da sich viele Menschen von dort oben hinuntergestürzt hatten. In der Nachbarschaft sagte man zu melancholisch aussehenden Leuten: »Was ist denn los mit dir? Willst du vielleicht vom ›Toten Mann‹ hinunterspringen?«

Philip und ich liebten den Platz, und wir spotteten über Esmeralda, wenn sie zögerte, mitzukommen. Philip stand gerne am obersten Rand des Abgrunds, nur um zu zeigen, wie mutig er war, und ich mußte es ihm natürlich nachtun. Einmal wurden wir dort gesehen, und als Philips Hauslehrer davon erfuhr, verbot man uns, nochmals dort hinaufzuklettern. Dadurch wurde die Sache natürlich nur noch interessanter. Wir beide liebten das Verbotene.

Der ›Tote Mann‹ wurde zu unserem Treffpunkt. »Also dann, beim ›Toten Mann‹«, sagte Philip ganz nonchalant und hoffte insgeheim, daß ich Angst haben würde, alleine hinaufzugehen. Ich tat es aber jedesmal, obwohl es mir oben richtig unheimlich wurde, besonders wenn man alleine hinkam. Die Zeit verrann immer rascher, und bald schon gab es einen neuen Vorfall, der Kusine Agatha wirklich Anlaß gegeben hätte, mich loszuwerden. Ich war vierzehn – in einem Alter also, da ich schon gescheiter hätte sein können. Es geschah während unseres Landaufenthaltes.

Philip wollte im Freien Tee trinken. Mit selbstgemachtem Feuer, Wasserkessel darüber und dazu ein Leben wie die Indianer oder Zigeuner (welche von beiden, wußte er noch nicht genau) – auf jeden Fall war das Großartige daran das Feuer. Wir brauchten einen Kessel, den sollte ich bringen.

»Habt ihr doch jede Menge davon in der Küche«, sagte Philip. »Ganz bestimmt. Bring Tee mit und Wasser und auch Kuchen. Dann machen wir ein Feuer.«

Esmeralda mußte den Kuchen aus der Küche besorgen, und ich kümmerte mich um den Kessel. Philip brachte Paraffin mit, damit ließ sich ein herrliches Feuer anfachen.

»Ich glaube, wir sind doch lieber Zigeuner«, sagte er. »Wir haben Esmeralda entführt. Sie ist aus ihrem Haus hinausgeschmuggelt worden, und wir binden sie fest und verlangen ein Lösegeld für sie.«

Sie jammerte: »Kann ich nicht auch eine Zigeunerin sein?«

»Nein, kannst du nicht«, sagte Philip barsch.

Arme Esmeralda. Immer mußte sie das Opfer sein.

Leider hatten wir bei diesem Abenteuer die Wirkung des Paraffins nicht einkalkuliert. Philip sammelte Reisig und goß jede Menge Öl darüber. Erst freuten wir uns an den hell auflodernden Flammen, dann erschraken wir. Wir konnten nicht mehr nahe daran kommen, Esmeralda lag aber mit zusammengebundenen Knöcheln und geknebelt in sehr unbequemer Lage nahe am Feuer.

Wir versuchten, der Flammen Herr zu werden, aber sie breiteten sich immer mehr aus. Ich hatte noch soviel Geistesgegenwart, Esmeralda loszubinden. Das ganze Feld schien inzwischen ein einziges Flammenmeer zu sein.

Es blieb uns nichts weiter übrig, als um Hilfe zu rufen. Alle Bedienten bemühten sich, das Feuer einzudämmen und zu verhindern, daß es auf die nahen Getreidefelder übergriff. Wir bekamen einiges zu hören.

»Noch dazu bei den Carringtons«, sagte Kusine Agatha, als wäre deren Land geheiligt. Glücklicherweise war ein Carrington auch beteiligt, aber Kusine Agatha gab mir die meiste Schuld. Ich hörte sie zu Cousin William sagen: »Ellen ist einfach nicht zu bändigen. Ich zittere schon bei dem Gedanken, was sie Esmeralda das nächste Mal antun wird.«

Wieder bekam ich eine Vorlesung verpaßt.

»Du bist jetzt vierzehn Jahre alt. Viele mittellose Mädchen deines Alters verdienen sich da schon einige Jahre lang ihr Geld. Wir vergessen keineswegs, daß du mit uns verwandt bist, und haben deshalb versucht, gut zu dir zu sein. Aber die Zeit kommt immer näher, da du an deine Zukunft denken mußt. Weder mein Mann noch ich würden dich je auf die Straße setzen, und wir werden alles tun, um dir zu helfen, obwohl du es uns so oft mit Undank gelohnt hast. Aber diese letzte böse Eskapade scheint mir wieder einmal zu zeigen, daß all unsere Bemühungen umsonst waren. Du hast einfach keine Disziplin. Man muß dich bestrafen, und zwar am besten mit dem Stock. Ich habe meinem Mann gesagt, daß er dies übernehmen soll; er wird dich in deinem Zimmer aufsuchen und sich dieser schmerzlichen Pflicht entledigen. Außerdem wirst du ein neues Sticktuch beginnen, ich werde es jede Woche kontrollieren.«

Damit war sie aber noch nicht am Ende. Es kam viel schlimmer.

»Ich habe mit meinem Mann über deine Zukunft gesprochen, und wir sind beide der Meinung, daß du dein Geld einmal selbst verdienen mußt. Schließlich kannst du nicht erwarten, daß wir dich ewig unterhalten. Wir haben dich mit Esmeralda aufwachsen lassen – leider übst du keinen guten Einfluß auf sie aus, sie wäre oft ohne dich besser dran gewesen –, in wenigen Jahren wird man aber einen Ehegatten für sie finden, und sie braucht dich dann nicht mehr. Wir werden rechtzeitig den richtigen Posten für dich suchen, denn ein Mitglied unserer Familie kann wohl schlecht als Dienstbote arbeiten. Gouvernante oder Gesellschafterin käme allenfalls in Frage. Ganz so einfach, wie du dir das wohl denkst, wird es allerdings nicht sein, denn wir möchten dich nicht in einem Haushalt wissen, in dem wir manchmal zu Gast sind. Das wäre doch sehr peinlich. Wir müssen also den Posten mit größter Sorgfalt auswählen. Inzwischen solltest du dich auf diese Zeit vorbereiten. Viel lernen, noch mehr arbeiten, vor allem an deiner Näherei. Ich werde mit der Gouvernante darüber sprechen. Und wenn Esmeralda in die Gesellschaft eingeführt ist und heiratet, werden wir wohl schon wissen, wo wir dich unterbringen werden. Ich hoffe, du bereust wenigstens, was du getan hast. Nimm deine Strafe in Empfang, du verdienst sie wahrhaftig. Geh in dein Zimmer, mein Mann kommt dann zu dir.«

Armer Cousin William. Er tat mir leid. Ganz zaghaft trat er ein, den Rohrstock in der Hand, mit dem er mich züchtigen sollte. Seine Aufgabe war ihm sichtlich verhaßt. Ich mußte mich mit dem Gesicht nach unten auf mein Bett legen, und er strich leicht mit dem Stock über meine Schenkel. Am liebsten hätte ich hell aufgelacht.

Ganz rot war er im Gesicht und fühlte sich offenbar ganz elend. Plötzlich sagte er: »So, das hat dich hoffentlich eines Besseren belehrt«, und verschwand.

Es war tröstlich für mich, über Cousin William lachen zu können, denn beim Gedanken an die Zukunft war mir nicht zum Lachen zumute.

In jener Nacht träumte ich wieder von dem Zimmer mit dem roten Teppich und wachte mit einem Gefühl übler Vorahnung auf.

3

Die Jahre vergingen immer schneller. Mein achtzehnter Geburtstag lag hinter mir. Die Zeit war nahe, da ich in die Welt hinaus und mein eigenes Geld verdienen mußte. Esmeralda tröstete mich: »Wenn ich erst einmal verheiratet bin, hast du bei mir immer ein Zuhause.«

Ich beneidete sie nicht. Sie war so gut. Etwas hübscher war sie geworden, aber wenn wir zusammen ausgingen, merkte ich jedesmal, daß die Leute mir nachschauten. Mein schwarzes Haar und die dunkelblauen Augen fielen auf. Und meine neugierige Nase – wie Philip sie nannte – wirkte stets so, als stelle ich eine Frage. Aber Esmeraldas Zukunft war wenigstens gesichert. Wir sahen es ja rings um uns geschehen. Mädchen wurden in die Gesellschaft eingeführt. Man arrangierte ihre Heirat, und über kurz oder lang waren sie junge Frauen mit Kindern. Alles wurde sehr sorgsam geplant.

Bei denen, die für sich selbst zu sorgen hatten, wie ich, sah es etwas anders aus.

Noch ein paarmal hatte ich durch Kleinigkeiten Kusine Agatha erzürnt, aber es waren keine so großen Sachen wie der Marktbesuch oder die Feuersbrunst. Auf dem Land mußten wir beiden Mädchen jetzt mehr an der wohltätigen Arbeit teilnehmen. Wir besuchten die Armen und brachten ihnen Delikatessen, wie Agatha das zu nennen pflegte – meistens Dinge, die sie für ihre eigene Tafel nie genommen hätte. Ehe wir nach London zurückkehrten, halfen wir die Kirche für das Erntedankfest zu schmücken. Gingen dann wieder zum Gymkhana und zu den Kirchenbasaren, bei denen wir selbst einen Stand hatten. Spielten die Rolle der Helfer der wohltätigen Dame, ritten in der Stadt im Park und reichten bei Agathas Festen die Erfrischungen herum. Wir arbeiteten für die Armen und für die Tory-Partei. Spazierten würdig durch den Park und lebten das Leben wohlerzogener junger Damen. Ganz langsam änderte sich jedoch etwas daran. Bald schon sollte Esmeralda in die Gesellschaft eingeführt werden, und man trennte uns immer häufiger. Esmeralda durfte mit ihren Eltern ins Theater, ich nicht. Oft ging sie mit ihrer Mutter auf Besuch aus, ich wurde alleine daheim gelassen. Die Schneiderin, die vor der Ballsaison immer mehrere Wochen im Haus verbracht hatte, kam und nähte für Esmeralda herrliche neue Kleider. Für mich gab es keine – ich besaß nur je eines für Frühling, Sommer, Herbst und Winter und erhielt jedes Jahr für jede Saison ein neues.

Irgendwie fühlte ich, daß mein Verhängnis näherrückte. Es war wie in einem Traum.

Esmeralda war nicht sehr wohl bei der Veränderung. Sie ging ungern irgendwohin ohne mich, aber ich begleitete sie kaum noch, außer zu Spaziergängen in den Park und zu Wohltätigkeitsbesuchen.

Die Carringtons rangierten weit vorne in unserem Leben. Sie waren jetzt die ersten Freunde von Kusine Agatha. Lady Emilys Name wurde tagtäglich mindestens zwanzigmal erwähnt.

An geselligen Abenden nahm auch Philip oft teil. Gemeinsam mit Esmeralda und deren Eltern ging er einmal ins Theater. Sie sahen *Lady Windermeres Fächer*, das in jenem Jahr uraufgeführt worden war. Ich hatte gehört, daß diese Komödie geradezu vor Witz sprühte, und nahm an, daß Esmeralda nur die Hälfte mitbekommen würde.

Als die Kutsche abfuhr, sah ich aus dem Fenster, und dann wartete ich auf die Rückkehr. Als Esmeralda die Treppe heraufkam, fing ich sie ab, und sie mußte mir alles über das Stück erzählen. So ungefähr berichtete sie mir den Inhalt und sagte, Philip habe die ganze Zeit gelacht. Sie seien noch zum Essen ausgewesen, und es habe ihr riesig Spaß gemacht. Hübsch sah sie aus in dem blaßblauen Kleid mit dem blauen Samtmantel darüber. Nach einem solchen Samtmantel sehnte ich mich, aber mehr noch danach, ins Theater und mit Philip essen zu gehen.

Am nächsten Tag spazierten wir mit unserem alten Kindermädchen, das noch immer bei uns weilte, durch den Park. Wahrscheinlich nahm Esmeralda sie, wenn sie heiratete, als Betreuerin ihrer eigenen Kinder mit. Agatha meinte, die Kindermädchen sollten immer in der Familie bleiben. Dann könne man sich voll auf sie verlassen. Außerdem taten das alle wohlsituierten Leute.

Seit wir fast erwachsen waren, ging das Kindermädchen immer ein paar Schritte hinter uns her wie ein Wachhund, und wenn junge Männer sich uns näherten, beschleunigte sie ihre Schritte und war rasch neben uns. Das machte mir jedesmal von neuem Spaß.

An jenem Tag trafen wir Philip im Park. Er gesellte sich zu uns. Das war natürlich ganz legitim, und das Mädchen hatte nichts dagegen. Schließlich war er ja ein Carrington.

Philip beklagte sich: »Warum bist du nicht mit ins Theater gekommen, Ellen?«

»Es hat mich niemand dazu eingeladen«, antwortete ich.

»Willst du etwa damit sagen...« Er blieb stehen und schaute mich an. »Nein«, rief er, »das gibt's doch gar nicht!«

»O doch. Weißt du denn nicht, daß ich nur die arme Verwandte bin?«

»Ach, hör doch auf, Ellen«, jammerte Esmeralda, »ich kann das gar nicht mehr hören.«

»Ob du es hören kannst oder nicht«, sagte ich, »es stimmt aber doch.«

»Wenn meine Eltern Esmeralda ins Theater einladen, werde ich darauf bestehen, daß du auch mitkommst!« versicherte mir Philip.

»Sehr lieb von dir, Philip, aber ich möchte nirgends dabeisein, wo ich unerwünscht bin«, versuchte ich zu erklären.

»Dummchen!« sagte er und schubste mich wie in alter Kinderzeit.

Ich war sehr froh, zu wissen, daß wenigstens Philip mich nicht als arme Verwandte betrachtete.

Der Ball, auf dem Esmeralda offiziell in die Gesellschaft eingeführt wurde, sollte recht großartig werden. Durch Zurückschieben von Falltüren im ersten Stockwerk konnten drei Räume in einen großen Saal verwandelt werden, der mit Pflanzen dekoriert wurde. Esmeralda bekam ein ganz besonders schönes Ballkleid in blauer Seide mit Spitzenverzierung. Die Schneiderin sagte, daß sie eine Woche damit zu tun haben würde. »Du meine Güte, all diese Fältchen und Rüschen!« jammerte sie. Ich durfte auch auf den Ball, und man versprach mir ebenfalls ein neues Kleid. Ich träumte von dunkelblauem Chiffon, der die Farbe meiner Augen noch betonen würde. Sah mich durch den Ballsaal schweben und hörte die Leute murmeln, daß ich die Schönste sei; Esmeralda machte das bestimmt nichts aus. Sie war so gutmütig und wollte außerdem nie im Mittelpunkt stehen. Sie haßte es, Aufmerksamkeit zu erregen.

Kusine Agatha ließ mich zu sich kommen. Ich hätte mir schon denken können, worum es ging. Schließlich war ich schon achtzehn Jahre alt, und die Drohungen, die meine Kindheit verdüstert hatten, waren durchaus ernst zu nehmen. »Ach, Ellen, da bist du ja. Setz dich doch.«

Ich setzte mich mit unbehaglichem Gefühl.

»Es ist dir ja sicher klar, daß du jetzt soweit bist, in die Welt hinauszugehen. Ich habe natürlich alle Anstrengungen gemacht, dich gut unterzubringen, und hatte auch Erfolg. Ich habe endlich einen guten Posten für dich.«

Mein Herz fing vor Aufregung zu klopfen an.

»Mrs. Oman Lemming – eine höchst ehrenwerte Dame – verliert im nächsten halben Jahr ihre Gouvernante. Ich habe mit ihr über dich gesprochen, und sie möchte sich dich gerne ansehen.«

»Mrs. Oman Lemming?«

»Jawohl. Sie ist eine Tochter von Lord Pillingsworth. Ich kenne sie schon sehr lange. Du weißt ja, daß ich es an sich nicht richtig finde, wenn du in einem Haus bist, das wir gelegentlich aufsuchen, aber hier sind die Umstände doch etwas anders. Du wirst natürlich sehr taktvoll sein müssen und uns aus dem Weg gehen, wenn wir dort eingeladen sind. Mrs. Oman Lemming versteht das Besondere dieser Situation. Sie ist eine sehr gute Freundin. Ich habe sie heute zum Tee eingeladen. Wenn sie hier ist, kann sie dich ein wenig ansehen, und ich hoffe, du wirst dir deiner Pflicht bewußt sein. Wenn du ihr nämlich nicht gefällst, wäre es für uns sehr schwierig, etwas Passendes für dich zu finden. Solche Posten wachsen nicht auf den Bäumen.«

Ich war am Boden zerstört – obwohl ich doch gewußt hatte, was mir bevorstand. Insgeheim hatte ich gehofft, es würde nie soweit kommen. Mein absurder Optimismus ließ es nicht zu, daß ich mir dergleichen vorstellte. Und jetzt war es soweit. Mein böses Schicksal stand drohend vor mir. Nur noch sechs Monate.

Kusine Agatha erwartete offenbar Dankbarkeitsausbrüche von mir. Als nichts kam, seufzte sie nur und zuckte mit den Schultern.

»Ich möchte natürlich nicht, daß du armselig aus unserem Haus gehst. Deswegen müssen wir jetzt auch dein Ballkleid besprechen. Ich habe das Material schon ausgewählt. In Schwarz – das ist sehr praktisch. Ich werde die Schneiderin bitten, es in einem Stil zu verarbeiten, der nicht so schnell altmodisch wird. Sicher wirst du immer wieder ein solches Kleid brauchen. Ich werde dich nicht ohne eines weglassen.«

Ich wußte schon, was für ein Kleid das war. Gerade das Richtige für die Frau mittleren Alters. Und jedenfalls eines, das mir noch lange Jahre dienen sollte. Ich fühlte mich sehr unbehaglich.

Als ich dann die ehrenwerte Dame Oman Lemming kennenlernte, bewahrheiteten sich meine schlimmsten Befürchtungen.

Sie war so stattlich wie Agatha, trug einen Hut mit ellenlangen Federn und lange, enge graue Glacéhandschuhe. Eine schwere Goldkette floß ihren riesigen Busen hinunter. An der Bluse glitzerte eine riesige goldene Brosche. Ich sah, wie ähnlich sie Agatha war, und mein Mut verließ mich.

»Das ist Ellen Kellaway«, stellte Kusine Agatha mich vor.

Die ehrenwerte Dame hob ihre Lorgnette und studierte mich. Allzu froh schien sie nicht über das zu sein, was sie da erblickte.

»Sehr jung«, kommentierte sie. »Aber das ist vielleicht gar kein Nachteil.«

»Junge Menschen kann man besser nach den eigenen Vorstellungen formen, Letty«, sagte Kusine Agatha. Wie wenig doch dieser Name zu dieser so militant wirkenden Frau paßte.

»Ja, das stimmt, Agatha. Kann sie gut mit Kindern umgehen?«

»Da hat sie leider noch wenig Erfahrung, aber sie wurde mit Esmeralda zusammen erzogen.«

Die ehrenwerte Dame beugte ihr Haupt wie ein allwissendes Orakel. Ich bemerkte, daß ihre Augen sehr nahe beieinanderstanden, und während sie mich betrachtete, sah ihr Mund sehr hart aus. Sie mißfiel mir vom ersten Augenblick an. Und der Gedanke, in untergeordneter Position Mitglied ihres Haushalts zu sein, freute mich wenig.

Dann wandte sie sich mir zu. »Wir haben vier Kinder. Hester ist die Älteste. Vierzehn. Claribel ist elf. John ist acht und Henry vier. John ist im Internat, und Henry kommt auch dorthin. Die Mädchen bleiben zu Hause, und es wäre dann Ihre Pflicht – sofern ich Sie anstelle –, sie zu unterrichten.«

»An schulischen Kenntnissen mangelt es ihr bestimmt nicht. Unsere Gouvernante sagt, daß sie überdurchschnittlich begabt ist.«

Lob aus Kusine Agathas Mund! Zum erstenmal in meinem Leben. Was aber nur zeigte, wie sehr ihr daran lag, mich loszuwerden.

Es wurde dann besprochen, daß ich einen Monat vor dem Weggang der jetzigen Gouvernante in den Haushalt der Lemmings eintreten und von der scheidenden Angestellten eingeführt werden sollte.

Der Gedanke daran deprimierte mich unglaublich.

4

Beim Spaziergang im Park stieß Philip wieder einmal zu uns. Es war geradezu schon Gewohnheit geworden. Zu dritt wanderten wir vor dem Kindermädchen einher.

»Du siehst ja heute so wütend aus«, sagte Philip.

Zum erstenmal hatte ich Schwierigkeiten, mich auszudrücken. Esmeralda kam mir zuvor. »Wegen der blöden Gouvernanterei.«

»Was?« rief Philip.

»Ach so, du weißt ja noch nichts. Mama sucht einen Posten für Ellen. Sie soll zu Mrs. Oman Lemming.«

»Einen Posten?« Philip blieb stehen und starrte mich an.

»Du weißt doch, daß ich eines Tages werde gehen müssen, mein Geld zu verdienen. Offenbar habe ich schon zu lange von Wohltaten gezehrt. Selbst Familienmitglieder können das nicht ihr Leben lang erwarten.«

»Du eine Gouvernante?« Philip brach in lautes Lachen aus.

»Ich finde das gar nicht so amüsant«, sagte ich verbittert.

»Du sollst unterrichten? Ich lach mich kaputt.«

»Von mir aus! Für mich ist es gar nicht so lächerlich.«

»Ellen meint, es würde sich noch ein anderer Ausweg zeigen«, sagte Esmeralda, »und das meine ich auch.«

»Ja, vielleicht findet sich noch was«, sagte ich. »Wenn ich schon Gouvernante sein muß, suche ich mir lieber selbst einen Posten, aber bestimmt nicht bei Mrs. Lemming.«

»Vielleicht findest du noch eine Schlimmere«, tröstete mich Esmeralda. »Erinnerst du dich an die alte Miß Herron und ihre Gesellschafterin?«

»O ja, aber die ist bestimmt nicht schlimmer als die Oman Lemming.«

»Jedenfalls werde ich dich besuchen«, sagte Philip und schob seinen Arm unter meinen.

»Das ist lieb von dir«, sagte Esmeralda sanft.

»Ach, du vergißt mich bestimmt«, sagte ich zornig. Er antwortete nicht, ging aber fest untergehakt mit mir weiter.

Es beunruhigte mich, wie schnell die Tage vergingen. Es gab mehrere Anproben bei der Schneiderin. Mein Ballkleid war aus schwarzem Samt, und wegen des Ausschnitts kam ich mit der Schneiderin in Streit. Ich wollte einen tiefen Ausschnitt, und das stimmte nicht mit dem von Agatha ausgewählten Schnitt überein. Nachdem ich die Näherin so weit gebracht hatte, daß sie die Taille enger und den Ausschnitt tiefer machte, sah das Kleid etwas besser aus, aber es machte mich einfach zu alt. Wie Kusine Agatha richtig sagte: Ich konnte es noch in zwanzig Jahren anziehen, denn es besaß eine Eigenschaft – es war zeitlos. Nein, hatte ich scharf zurückgegeben, zeitlos war es nicht, denn es hatte noch in keine Zeit hineingepaßt und würde wohl auch nie in eine passen.

Unser Kindermädchen war traurig. Jetzt mußte sie sich von ihren Schützlingen trennen. »Man kriegt sie als Babys, tut alles für sie, und dann werden sie erwachsen …«

»Sollen sie vielleicht immer Kinder bleiben?« sagte ich.

»Es ist trotzdem traurig«, gab sie zurück. »Aber wenn Miß Esmeralda Kinder kriegt, komme ich ja zu ihr zurück. Und bis dahin wird es gar nicht mehr so lange sein. Arme Esmeralda, sie wird jemanden brauchen, der sie genau kennt.«

Ich hörte das Gerücht zuerst von Rosie. Sie hatte es von ihrem Kutscher.

»Hüben und drüben gab es einige Konferenzen. Die planen wirklich eine baldige Hochzeit. Junge Leute seien so ungeduldig, sagen sie. Da habe ich nur gelacht. ›Ungeduldig!‹ habe ich zu meinem William gesagt. ›Unsere Miß Esmeralda wüßte ja gar nicht, worauf sie ungeduldig sein sollte!‹«

»Du meinst, sie planen Esmeraldas Hochzeit?«

»Ja, mit Philip«, flüsterte sie. »Natürlich hätten sie lieber den anderen für sie gehabt.«

»Du meinst den älteren Bruder?«

»Ja, den. Diesen Rollo.«

»Und warum versuchen sie nicht, ihn zu kriegen?«

Rosie preßte die Lippen aufeinander, wie um anzudeuten, daß sie mir gerne sagen würde, was sie wußte, aber nicht sagen durfte. Ich war sicher, daß es dazu einiger Überredung bedurfte, aber daß ich mit genügend Geduld schon herausbekommen würde, worum es ging. Und so war es auch.

»Na ja, da war doch vor einem Jahr… dieses Theater in der Familie… nach außen hin war es ganz geheim, ganz, ganz geheim.«

»Was denn, Rosie?«

»Ja, er hat doch geheiratet – ganz heimlich. Dauernd haben sie geredet. Nur hinter verschlossenen Türen, und die sind in der Park Lane aus dicker Eiche.«

Ich nickte verständnisvoll. »Du hast aber trotzdem was herausgefunden…«, bemerkte ich nicht ohne innere Spannung.

»Na ja, so Kleinigkeiten kamen dann heraus. Sie sind beide geflohen. Entführung und so weiter… Die Familie hatte keine große Freude daran. Und dann hat Mr. Rollo sie davon überzeugt, daß alles in Ordnung ist, und sie haben sich versöhnt. *Sie* haben wir aber nie gesehen. Das war das komische daran. Es hieß nur, Mr. Rollo sei mit seiner Frau im Ausland… Sehr komisch. Man hat sie nämlich nie im Haus gesehen. Und dann haben wir herausgefunden, wieso…«

»Was denn, Rosie?«

»Offenbar hat bei der Ehe etwas nicht gestimmt. Mr. Rollo hat einen schrecklichen Fehler gemacht. Sie ist jetzt irgendwo, ins Haus kommt sie aber nie.«

»Und er ist noch immer mit ihr verheiratet.«

»Natürlich ist er noch verheiratet, und darum müssen sie Mr. Philip für Esmeralda nehmen.«

Ich dachte lange über Rollo nach. Immer schon kam mir vor, als sei etwas Ungewöhnliches an ihm und als könne ihm gar nichts Gewöhnliches passieren. Offenbar hatte ich recht damit.

Eine gute Woche verging. Die Carringtons hatten uns ins Theater eingeladen und zu meiner größten Freude auch mich mitgenommen. Philip hatte sein Wort gehalten. Kusine Agatha war ganz empört: »Ich möchte nur wissen, warum Lady Emily Ellen ausdrücklich einlädt«, hörte ich sie den Vorfall kommentieren. »Ich finde es höchst unpassend, wo sie doch bald in unseren Kreisen arbeiten wird. Es könnte zu peinlichen Situationen führen. Ob ich mit Lady Emily darüber reden sollte?«

Wie ekelhaft sie nur war, viel mehr als je zuvor. Und vor allem deswegen, weil ich mich vor dem, was meine Zukunft brachte, so fürchtete.

Ich versuchte, mich nicht daran zu stören, aber meine übliche Methode, alles Unangenehme zu übergehen und mir einzureden, das würde nie passieren, war diesmal nicht ganz so erfolgreich wie sonst.

Wir sahen das zweite Stück von Oscar Wilde, *Eine Frau ohne Bedeutung,* im Theater am Haymarket. Mich faszinierte vor allem die Darstellungskunst von Mr. Tree, und in den Pausen diskutierte ich lebhaft mit Philip und seinem Vater, zwischen denen ich saß.

Ich bemerkte, daß Kusine Agatha mich höchst mißbilligend betrachtete, aber es war mir egal. Ich fühlte mich herrlich. Rollo war nicht dabei, und Esmeralda, die zu Philips anderer Seite saß, sprach wenig.

Am nächsten Tag kriegte ich etwas zu hören.

»Du redest zuviel«, sagte Agatha. »Das wirst du in Zukunft unterdrücken müssen. Ich glaube, Mr. Carrington war es ein wenig peinlich.«

»Das schien mir keineswegs so«, gab ich zurück. »Er war sehr freundlich und schien sich für alles zu interessieren, was ich sagte.«

»Meine liebe Ellen«, sagte Agatha in einem Ton, der zeigte, daß ich keineswegs ihre *liebe Ellen* war, »Mr. Carrington ist ein Gentleman und würde nie daran denken, seine Mißbilligung zu zeigen. Ich meine, es war doch nicht so klug von Lady Emily, dich einzuladen, angesichts deiner zukünftigen Position. Ich muß dich nochmals bitten, daß du dich in Zukunft bescheidener benimmst.«

Was immer sie auch sagte, es konnte mir die Freude an dem Abend nicht nehmen, und ich war sicher, daß Mr. Carrington sich über die Kommentare amüsiert hatte und auch über die kleinen Kabbeleien zwischen Philip und mir. Und Lady Emily war, wie ich entdeckt hatte, eine ziemlich zerstreute Person, vermutlich wußte sie nicht einmal genau, daß ich noch einmal die Freiheit genoß, ehe ich die Trauerwelt der Gouvernanten betrat.

Bald schon sollte der Ball stattfinden. Die drei Salons im ersten Stock wurden zu einem recht geräumigen Ballsaal verwandelt. Alle Zimmer hatten Balkons, auf der einen Seite mit Blick auf den Park, auf der anderen sah man interessante Gebäude. Immergrüne Pflanzen standen in schön geschmückten Behältern auf den Balkonen, die Zimmer wurden mit Blumen sehr hübsch dekoriert.

Im Eßzimmer gab es ein kaltes Büfett, man hatte dort viele kleine Tische aufgestellt. Musikanten spielten zum Tanz auf. Kosten wurden keine gescheut bei diesem Fest, denn Esmeralda wurde ja in die Gesellschaft eingeführt, und Kusine Agatha wollte alle wissen lassen – vor allem die Carringtons –, daß Esmeraldas Eltern sehr wohlhabend waren und man eine gute Mitgift erwarten konnte.

Die Erregung packte auch mich, obwohl mir mein Kleid immer noch nicht ganz gefiel. Schwarz war nicht eine meiner Farben, der Schnitt zu streng, und man konnte es kaum als ein richtiges Ballkleid bezeichnen. Als ich Esmeraldas wunderschönes Rüschen- und Spitzengebilde in Meeresblau, beinahe grün, sah, packte mich der Neid. Es ging mir dabei wirklich nur um das Kleid. Das aber bestimmt nicht eines von der langlebigen Sorte war und sicher nicht jahrelang hielt wie mein schwerer Samt.

In der Nacht vor dem Ball träumte ich noch einmal von dem Zimmer mit dem roten Teppich. Ich stand neben dem Kamin und hörte wie stets flüsternde Stimmen. Diesmal schienen sie näher zu sein. Und dann überkam mich wieder dieses verzweifelte Gefühl, ich starrte auf die Tür, und – das war neu in meinem Traum – sie öffnete sich langsam. Schreckliche Angst überkam mich. Ich konnte meine Augen nicht von der Tür abwenden. Ich wußte, daß irgend etwas Furchtbares dahinter lauerte.

Dann wachte ich auf. Ich zitterte und schwitzte vor Angst. Der Traum war unheimlich lebhaft gewesen, das war er zwar immer, aber diesmal schien das Unheil näher gerückt.

Ich setzte mich im Bett auf. Wie konnte man sich von einem Traum nur so schrecken lassen, wo er doch gar nichts weiter zeigte! Außer einem Zimmer.

Und dann sah ich, daß die Tür meines Kleiderschranks sich geöffnet hatte, und ich meinte eine Gestalt sehen zu können. Wieder überkam mich ein fürchterlicher Schrecken. Und dann sah ich, daß es nur mein schwarzes Ballkleid war. Offenbar hatte ich die Tür nicht gut verschlossen. Ich lehnte mich in die Kissen zurück und rief mich selbst zur Ordnung. Aber warum träumte ich immer wieder den gleichen schrecklichen Traum – Jahr um Jahr?

Ich versuchte, die Ahnung herannahenden Unheils abzuschütteln. Aber wie konnte ich es denn? Vor sechs Wochen hatte man mich Mrs. Lemming vorgestellt. Die Zeit meiner Anstellung rückte näher.

Jetzt kam aber erst einmal die Ballnacht. Sicher, ich hatte nur das schwarze Kleid, das ich nicht mochte, aber es reichte immerhin für den Zweck. Ich tanzte so gerne, konnte es viel besser als Esmeralda, die keinen Sinn für Rhythmus hatte. Den Gedanken an die Lemmings würde ich einfach aus dem Gedächtnis streichen.

Am Vormittag kam ein Schächtelchen an, zu meiner Überraschung war es an mich adressiert. Rosie brachte es herauf, sie hatte es am Lieferanteneingang übernommen.

»Schauen Sie nur mal, Miß Ellen!« sagte sie. »Das ist für Sie! Ich wette, von einem Verehrer!«

Und da lag in einer Schutzhülle die schönste, zarteste, hellila Orchidee, die ich je gesehen hatte. Genau der Schmuck, den ich brauchte, um mein schwarzes Kleid zu beleben.

Sicher von Esmeralda, dachte ich und dankte ihr gleich. Sie sah mich verständnislos an. »Ich wünschte, ich hätte daran gedacht, Ellen. Genau richtig für dein Kleid. Ich dachte, es gäbe sowieso für jeden genug Blumen.«

»Aber nicht für arme Verwandte«, antwortete ich. Ich fühlte keine

Bitterkeit gegenüber Esmeralda. Sie war immer so gut zu mir. Ich war nur selig, diese Orchidee bekommen zu haben.

Wer mochte sie mir geschickt haben? Vielleicht Cousin William, denn auch er schien nicht allzu glücklich zu sein, daß ich für Mrs. Lemming arbeiten sollte. Rosie hatte gehört, wie er zu seiner Frau sagte, daß ich doch gar nicht wegzugehen brauchte.

»Er hat vorgeschlagen, daß du mit Esmeralda gehen könntest, wenn sie heiratet, als eine Art Gesellschafterin und Sekretärin. Wenn sie Philip heiraten würde, hätte sie sehr viel zu tun, denn als seine Frau müßte sie viele Gesellschaften geben. Ich glaube, ihm gefällt es gar nicht, daß du weg mußt, aber sie bleibt fest dabei.«

Es war also durchaus möglich, daß die Blume von ihm kam.

Wunderschön war sie, und sie verschönte auch zweifellos mein Kleid. Jetzt fühlte ich mich nicht mehr so mausgrau. Esmeralda gab mir eine Anstecknadel mit einem einzelnen Diamanten, damit ich die Blume feststecken konnte. Ich kleidete mich sehr sorgfältig an, steckte mein Haar hoch und kam mir sehr elegant vor.

Esmeralda sah reizend aus in ihrem fantastischen Kleid, aber sie war nervös, war sich zu sehr bewußt, daß dieser Ball für sie gegeben wurde, und hatte offensichtlich Angst, einen Heiratsantrag zu bekommen.

»Wenn man doch nur nicht erwachsen werden müßte«, sagte sie zu mir. Offensichtlich war ihr der Gedanke an eine großartige Heirat zuwider. »Alle glauben, ich würde Philip heiraten, aber ich fürchte, er hat mich nie richtig gemocht. Und er hat mich doch in den Teich gestoßen.«

»Da waren wir doch noch Kinder. Männer verlieben sich oft in Mädchen, die sie als Kinder gar nicht beachtet haben.«

»Beachtet hat er mich ja ... genügend jedenfalls, um mich ins Wasser zu stoßen.«

»Ja, wenn du ihn nicht heiraten willst, kannst du den Antrag ja ablehnen.«

»Aber Mama möchte es doch und ...«

Ich wußte Bescheid. Was *sie* wollte, bekam sie auch meist.

Ich tröstete Esmeralda. Ihr Vater war auf ihrer Seite. Also warum sollte sie jemanden heiraten, den sie nicht wollte?

Einige Tage vor dem Ball hatte ich von Kusine Agatha Instruktionen erhalten. »Du wirst dich bei dem Ball nützlich machen. Im Eßzimmer kümmerst du dich darum, daß alle gut bedient werden, gib vor allem auf Mrs. Lemming acht und sorge dafür, daß ihre Wünsche erfüllt werden. Ich werde dich ein paar Herren vorstellen, vielleicht bitten sie dich um einen Tanz.«

Ich konnte mir den Abend lebhaft vorstellen. Ellen, die arme Verwandte. In düsterem Schwarz, so daß sie sich von den übrigen Gästen abhob. »Ellen, sag doch bitte Wilton, daß wir noch Lachs brauchen.« Oder: »Ellen, der alte Herr Soundso sitzt ganz allein, ich stell' dich ihm vor, vielleicht bittet er dich um einen Tanz.« Und dann würde Ellen mit dem rheumatischen alten Herrn Soundso herumstolpern, während sich ihre Füße danach sehnten, leicht über den Tanzboden dahinzuschweben. Und wie anders dann alles kam, gar nicht so, wie ich es befürchtet hatte!

Gleich von Anfang an hatte ich Philip an meiner Seite.

»Also hast du meine Orchidee doch erhalten!«

»Deine?«

»Sonst wird dir hoffentlich niemand Blumen geschickt haben?«

Und dann tanzten wir. Ob Kusine Agatha es bemerkte? Hoffentlich! Wie gut wir zusammenpaßten. Das wußte ich schon lange, denn wir hatten auf dem Land schon oft miteinander getanzt. Tänze, die wir selbst erfanden.

»Wußtest du nicht, daß ich heute abend wieder einmal die arme Verwandte bin?« sagte ich.

»Was soll denn das wieder heißen?«

»Ich muß ein wachsames Auge auf vernachlässigte Gäste haben.«

»Schon gut. Dann hab' doch ein Auge auf mich. Wenn du es nicht tust, werde ich mich sehr vernachlässigt fühlen.«

»Ausgerechnet du … einer der Carringtons«, stotterte ich.

»Aber nur der jüngere Sohn!«

»Ist Rollo der Große heute hier?«

»Rollo der Große ist weit weg. Er ist selten hier.«

»Das macht einen guten Fang der Saison aus dir, nehme ich an.«

»Jetzt paß mal auf«, sagte er. »Ich muß mit dir reden. Ich muß dir eine Menge sagen. Wo können wir uns ruhig unterhalten?«

»Es gibt noch zwei kleine Räume auf dieser Etage. Sie sind für Privatgespräche reserviert.«

»Dann gehen wir dorthin.«

»Sollten wir das wirklich tun, du und vor allem ich? Kusine Agathas Adleraugen werden bald nach mir Ausschau halten, wenn sie einen ältlichen Herrn erblickt, der vielleicht mit mir ein paar Tanzrunden schwingen will.«

»Ein Grund mehr, zu flüchten.«

»Ist das ein Spiel? Denk dran, daß wir nicht mehr vierzehn sind.«

»Gott sei Dank, und die Sache ist verdammt ernst.«

»Was ist denn los?«

»Das wirst du gleich erfahren. Ich *muß* mit dir sprechen, Ellen.«

Wir betraten eines der kleinen, blumengeschmückten Zimmer. Ein Sofa und ein paar Stühle standen darin. Ich ließ mich auf dem Sofa nieder, Philip setzte sich neben mich.

»Ellen«, begann er, »ich habe da so einiges gehört. Unsere Dienerschaft tratscht mit eurer und eure mit der unseren. Die Leutchen wissen genausoviel über unsere Angelegenheiten wie wir selbst oder sogar noch mehr. Nach dem Geflüster muß ich annehmen, daß du tatsächlich Gouvernante der gräßlichen Lemming-Kinder werden sollst.«

»Ich habe dir ja gesagt, daß es stimmt.«

»Ich konnte es einfach nicht glauben. Du und Gouvernante!«

»Die einzige Beschäftigung für eine mittellose Dame von guter Herkunft und Bildung.«

»Aber warum jetzt … nach so vielen Jahren?«

»Kusine Agatha hat ihre Pflicht gegenüber einem hilflosen Kind erfüllt. Das Kind ist jetzt zur Frau geworden und muß sich selbst durchbringen und erhält einen zarten, aber durchaus bestimmten Schubs in die grausame Welt.«

»Das müssen wir verhindern. Du darfst keinesfalls als Gouvernante zu diesem Weib gehen. Sie ist die reinste Hexe.«

Ich wandte mich zu ihm. Die Angst vor der Zukunft drohte mich plötzlich zu ersticken.

Er nahm mich bei den Schultern und drückte mich lachend an sich. »Ellen, du Dummchen, meinst du denn, ich würde das je zulassen?«

»Und womit willst du das erreichen?«

»Mit dem besten aller Argumente. Du gehst jedenfalls nicht als

Gouvernante zu diesen Kindern! Ich weiß, daß sie gräßlich sind. Ich habe immer gewußt, daß wir zwei zusammengehören. Du und ich, wir werden einfach heiraten. Das ist meine Antwort. Ich habe es mir immer so gewünscht.«

»Du willst... mich heiraten? Aber du heiratest doch Esmeralda, es ist doch schon alles arrangiert. Dafür ist doch heute dieser Ball.«

»Unsinn!«

»Da irrst du dich aber gewaltig. Der Ball ist für Esmeralda, und ich weiß aus verläßlichster Quelle, daß man während des Festes oder danach die Verlobung zwischen dir und ihr zu verkünden hofft.«

»Und die Hoffnung gründet ewig in des Menschen Brust... Aber diese ›mans‹, womit du vermutlich die Lorings meinst, werden leider feststellen müssen, daß sie sich geirrt haben. Verlobung ja, aber mit Ellen und nicht mit Esmeralda.«

»Du willst wirklich heute abend noch unsere Verlobung bekanntgeben?«

»Ja, natürlich. Für dramatische Szenen war ich immer schon zu haben. Das weißt du doch.«

»Und was werden deine Eltern sagen?«

»Sie werden sehr erfreut sein.«

»Über mich? Du machst wohl Witze.«

»Mache ich *nicht*.« Er sah mich ernst an. »Mein Vater mag dich. Er sagt, daß du sehr amüsant bist, und er mag solche Menschen.«

»Und Lady Emily?«

»Sie wird dich auch gerne haben. Vor allen Dingen will sie, daß ich glücklich bin.«

»Mag schon sein, aber als deine Frau werden sie mich kaum akzeptieren.«

»Da irrst du dich aber gewaltig. Ich habe es ihnen schon angedeutet, und sie sind ganz dafür. Beide meinen, daß ich bald heiraten sollte.«

Ich konnte es noch nicht glauben. War ganz verwirrt. Philip hatte immer gerne seine Späßchen gemacht. Sicher, ich war mit ihm gut befreundet gewesen, im Gegensatz zu Esmeralda. Immer hatte er es bedauert, wenn ich zu geselligen Anlässen, die Agatha arrangierte, nicht erschienen war. Ich hätte es wissen müssen. Aber ich liebte ihn nicht. Ganz bestimmt nicht. Denn sonst hätte mir die Vorstellung, daß Esmeralda ihn heiraten würde, Schmerz bereiten müssen. Und Kusine Agatha hatte mir meinen niedrigen Stand und die großartige Position der Carringtons so eingebleut, daß ich mir einfach nicht vorstellen kannte, je in diese Familie hineinzuheiraten – nicht einmal bei Philip. Jetzt war ich über die Möglichkeit ganz aufgeregt – leider nicht wegen Philip, obwohl ich ihn sehr gerne hatte, sondern weil eine Ehe mit ihm bedeuten würde, daß ich nicht Gouvernante bei der gräßlichen Mrs. Oman Lemming und ihrer Brut werden müßte, die genauso unangenehm war wie sie selbst. Und vor allem genoß ich wohl, die Auserwählte zu sein. Der Anblick von Agathas Gesicht bei der Verkündung unserer Verlobung würde mir Genugtuung bieten für all die Jahre der Erniedrigung, und es war wohl nur menschlich, daß mich der Gedanke daran in Hochstimmung versetzte. Und Esmeralda, die ich wirklich mochte, war bestimmt nicht darüber enttäuscht. Sie hatte ja nie einen Carrington heiraten wollen und hatte noch heute darauf bestanden, daß Philip sie verachtete, seit er sie damals in den Teich gestoßen hatte.

»Na«, sagte Philip, »du bist ja ganz stumm vor Staunen. Das sehe ich bei dir zum erstenmal.«

»Es ist auch mein erster Heiratsantrag.«

»Wir werden eine Menge Spaß miteinander haben.«

Ich sah ihn lange an. Das mochte wohl stimmen.

»Ich habe mir dich nie als Ehemann vorgestellt«, sagte ich.

»Und warum nicht? Ich dachte, das sei wohl klar.«

»Du hast es nie erwähnt.«

»Nun, dann erwähne ich es eben jetzt.«

Er nahm meine Hände in seine und küßte mich.

»Also«, sagte er dann mit einem verliebten Blick. »Was nun?«

»Gib mir bitte Zeit«, sagte ich. »Ich muß mich erst an den Gedanken gewöhnen.«

»Du wirst doch nicht plötzlich schüchtern werden, das sähe dir gar nicht ähnlich.«

»Du mußt es aus meiner Sicht betrachten. Ich bin ja in der Erwartung hergekommen, daß man Esmeraldas Verlobung verkünden wird.«

»Mit mir!«

»Natürlich mit dir. Kusine Agatha hat es sich in den Kopf gesetzt, einen Carrington zum Schwiegersohn zu bekommen. Und was sie sich in den Kopf setzt, bekommt sie auch meistens.«

»Dann wird sie sich aber mit einem Schwiegercousin begnügen müssen.«

»Zweiten Grades … nur ganz entfernt verwandt.«

»Kann uns ja im Grunde auch ganz egal sein.«

»Du gefällst mir jede Minute mehr.«

Er legte den Arm um mich. »Es wird unwahrscheinlich schön werden, Ellen. Und keine Arme-Verwandten-Dramatik mehr. Als ich hörte, daß du Gouvernante werden solltest, wußte ich, daß ich etwas unternehmen mußte. Meine Familie wünscht, daß ich heirate. Schon seit einiger Zeit plagen sie mich damit. Ich glaube, sie wollen unbedingt Enkel haben, nachdem Rollo ihnen offenbar keine bescheren wird, nicht einmal Enkelinnen.«

»Warum nicht?«

»Ach … das ist alles recht kompliziert. Seine Frau ist ein bißchen … eigenartig. Ich erzähl' dir mal darüber. Jedenfalls liegt meiner Familie sehr daran, daß ich bald heirate.«

»Du wirst aber ein sehr junger Ehemann sein.«

»Und du eine noch jüngere Frau.«

Langsam gewöhnte ich mich an den Gedanken, und er gefiel mir immer mehr. Ich mußte mir nur einfach meinen alten Freund Philip als Ehemann vorstellen. So schwer war das nicht. Ich fing an, den neuen Zustand zu genießen.

Philip erzählte mir dann, daß er mich immer schon geliebt habe, wenn er es auch in der Kinderzeit nicht als Liebe empfand. Er hatte meine Nähe stets genossen. Wenn er aufs Land fuhr, dachte er zuerst daran, ob ich wohl da sein würde. »Wie schön diese Zeiten doch waren, Ellen«, schwärmte er. Und dann sprach er von unserem zukünftigen gemeinsamen Leben. Wegen seiner Geschäfte würden wir viel reisen. Rollo erledigte zwar das meiste, aber er mußte ihm später dabei helfen. »Das macht uns bestimmt großen Spaß«, meinte er. Wir würden nach Indien und Hongkong fahren und dort auch eine Weile bleiben. Er wurde jetzt noch in die Geschäfte seines Vaters eingeführt, und ich konnte ihm auch hier viel helfen, denn in London mußte er oft Gesellschaften geben.

Was für eine glänzende Zukunft er vor mir ausbreitete! In der

Nähe seines Elternhauses würden wir unser eigenes Heim haben. Er wollte sich darum bemühen, daß ich Kundin bei der besten Schneiderin der Stadt werde. »Mit den richtigen Kleidern wirst du toll aussehen«, sagte er. »Du bist eine Schönheit, aber bisher wurde das nie richtig herausgestellt.«

»Kusine Agatha besteht darauf, mein Licht unter den Scheffel zu stellen«, spottete ich. »Nur daß es bei mir auch da noch herausleuchtet.«

»Ganz recht so. Mein Gott, Ellen, werden wir es schön haben!«

»Ja«, bestätigte ich. »Das glaube ich jetzt auch.«

Wieder drückte er mich an sich.

»Wer hätte das gedacht.« Ich lachte. »Wo du mich immer so schikaniert hast.«

»Das war bereits heimliche Liebe«, sagte er.

»Wirklich?«

»Das weißt du doch genau. Ich habe wohl schon vor Jahren beschlossen, dich zu heiraten.«

»Ein Geheimbeschluß. Einer von denen, die dem, der ihn beschließt, selbst geheimbleiben«, spottete ich wieder. »Du hast mich andauernd kritisiert.«

»Das war nur ein Symbol für meine Gefühle.«

»Und wie sieht ein Symbol deines Lobes aus?«

»Wart es nur ab.«

Wie glücklich ich war! Unsere alte Neckerei lebte weiter, und was er mir da anbot, war wirklich herrlich.

»Du weißt natürlich, daß ich keine Mitgift habe.«

»Ich nehme dich auch ohne.«

»Von Esmeralda würdest du eine schöne Mitgift kriegen.«

»Würde mich gar nicht locken. Ich will Ellen oder keine.«

Da legte ich ihm die Arme um den Nacken und küßte ihn herzlich. Und genau in dem Augenblick mußte natürlich Kusine Agatha auftauchen.

»Ellen!« schrie sie, zornig und ungläubig zugleich. Ich löste mich von Philip und stand auf.

»Was tust denn *du* hier? Diese Schande! Mit dir rede ich noch später. Und unsere Gäste hast du völlig vernachlässigt.«

»Aber nicht alle«, sagte Philip ganz frech. Es hatte ihm immer schon Spaß gemacht, Kusine Agatha zu irritieren, und das gelang ihm auch, denn sie hätte natürlich gerne ihre Indigniertheit gezeigt, aber wie konnte sie das einem Carrington gegenüber?

»Ich gehe gleich mal nachsehen…«, sagte ich. Ich wollte so schnell wie möglich weg, denn ganz glaubte ich es noch nicht, daß Philip es ernst meinte. Er versuchte, mich bei der Hand festzuhalten, aber ich hatte mich schon aus dem Staub gemacht. Was würde er Kusine Agatha jetzt wohl erzählen? Später sagte er mir, daß sie nur eine Bemerkung über das Wetter gemacht habe, was sie natürlich als überaus taktvoll ansah und als feinste diplomatische Wendung, das Thema zu wechseln.

Ich war total verwirrt. Im Vorüberlaufen sah ich mich selbst in einem der großen Spiegel. Hochrote Wangen und glänzende Augen, und das schwarze Kleid stand mir gar nicht einmal so schlecht.

Mr. Carrington bat mich um einen Tanz, ich gewährte ihn ihm. Er war höflich und charmant wie immer. Wir sprachen von dem Stück, das wir zusammen gesehen hatten, und ich setzte mich nachher mit ihm an ein Tischchen. Philip kam bald danach zu uns.

»Sie hat ja gesagt, Vater«, sagte er zu Mr. Carrington.

Der nickte lächelnd, nahm mich bei der Hand und drückte sie mir fest. »Ich bin sehr glücklich«, sagte er. »Du bist eine außerordentliche junge Frau.«

»Wir verkünden es dann beim Abendessen«, meinte Philip. »Am besten machst du es, Vater. Mutter ist zu zerstreut. Sie vergißt am Ende, wer die Braut ist, und plötzlich habe ich eine ganz unpassende Partnerin.«

Ich tanzte mit Philip; es war ein Walzer, und unsere Schritte paßten sich fehlerlos aneinander an. Schließlich waren wir ja auch zusammen in die Tanzstunde gegangen.

»Deine Kusine Agatha sieht aus wie das reinste Gorgonenhaupt«, informierte er mich.

»Von mir aus«, antwortete ich kalt. »Dieses Gorgonenhaupt kann mich nicht mehr zu Stein verwandeln, nicht mal in eine Gouvernante.«

»Ich habe das Gefühl, daß dir das Leben recht gut gefällt.«

»Ich weiß jetzt genau, wie es Aschenputtel zumute war, als es zum Ball ging.«

»Ich muß ja einen schönen Prinzen abgeben.«

»Er hat sie aus der Asche geholt. Du hast mich von Kusine Agatha und der ehrenwerten Mrs. Oman Lemming weggeholt. Die sind noch viel schlimmer als Aschenputtels Asche.«

»Vergiß es ja nicht, Ellen, ich werde dich in den nächsten fünfzig Jahren oft daran erinnern.«

»Und danach?«

»Werde ich dich bereits so dankbar gemacht haben, daß man dich gar nicht mehr daran erinnern muß. Das reicht dann für die nächsten zwanzig Jahre.«

»Komisch, sich das vorzustellen. Wir beide und *alt*.«

»Ein Schicksal, das uns alle erwartet, auch meine glückliche Ellen.«

»Ach, Philip, ich bin so glücklich. Das Leben wird so herrlich, so ... amüsant sein, nicht wahr?« Ich kam ins Schwärmen.

»Stell dir nur vor, wir beide ohne das Kindermädchen als Anstandswauwau. Und ohne die dumme kleine Esmeralda mitschleifen zu müssen.«

»Sei nicht so häßlich zu Esmeralda. Im Grunde magst du sie recht gerne, und mir ist sie sehr ans Herz gewachsen. Und vergiß nicht, daß sie heute abend einen Bräutigam verliert.«

»Ihre Eltern können das doch unmöglich ernst genommen haben?«

»Warum nicht? Sie wollten sie verheiraten, deine Eltern wollten offenbar *dich* verheiraten. Zwei von Finanzgenies regierte Familien! Was konnte es Besseres geben als so eine Fusion? Und jetzt hast du alles verdorben mit deiner Wahl – die armen Verwandten.«

»*Du* hast es verdorben. Wer hätte denn Esmeralda anschauen mögen, wenn du daneben bist?«

Nach dem Walzer brachte er mich zu meinem Platz zurück, und wir sprachen über die Zukunft. Die herrliche Gegenwart nahm mich jedoch so gefangen, daß ich gar nicht über das Kommende nachdenken konnte. Beim Abendessen verkündete Mr. Carrington dann die Verlobung. Sagte, wie froh er über den Entschluß seines Sohnes sei, einer jungen Dame den Heiratsantrag zu machen, und daß er von ihr akzeptiert worden sei. Alle sollten auf die Gesundheit und das zukünftige Glück von Miß Kellaway und seinem Sohn trinken.

Was für ein Geflüster und Gemurmel sich daraufhin im Eßzimmer verbreitete! Den großen Mitteltisch hatten Wilton und seine Leute wunderbar dekoriert. Er war überladen mit kaltem Lachs, Fleisch aller Art, Salaten und Desserts, und die schwarzgekleideten Serviermädchen mit den weißen Häubchen und Schürzen standen wie Wachen in Abständen um ihn herum, um die Gäste zu bedienen. Aller Augen waren auf mich gerichtet. Ich wußte, daß einige der ehrwürdigen Damen dachten, es sollte doch Esmeralda sein, und wenn schon nicht Esmeralda, dann wenigstens eine der eigenen Töchter, die doch viel passender gewesen wären als die arme Verwandte der Lorings.

Und da stand ich in meinem einfachen schwarzen Kleid, geschmückt mit Philips Orchidee, und war plötzlich attraktiv, weil ich die Erwählte war. Wußte, daß meine Augen glänzten, meine Wangen sanft errötet waren. Spürte, daß Philip, der mich bei der Hand hielt, stolz auf mich war. Ich war so glücklich wie selten. Ein Wunder war geschehen! Mrs. Oman Lemming hatte sich verflüchtigt wie ein Alptraum bei Tagesanbruch. Keine Erniedrigungen mehr. Einfach unmöglich, daß ich, die Verachtete, eine Carrington wurde. Und da stand Philip neben mir, zog mir, bildlich gesprochen, Aschenputtels Schuh über den Fuß und erklärte, daß er mich erwählt hatte.

Lady Emily schwebte heran und küßte mich aufs Ohr. Vermutlich wollte sie die Wange treffen, aber bei ihr ging immer etwas schief. Dann nahm mich Mr. Carrington bei der Hand, küßte sie und lächelte mich warm und herzlich an. Esmeralda kam und umarmte mich stürmisch. Liebe Esmeralda! Wenn sie auch Philip nicht hatte heiraten wollen, vielleicht hatte es sie doch ein wenig irritiert, daß sie übergangen worden war. Aber nein, sie sah, daß ich glücklich war, und war auch zufrieden.

Philip und ich setzten uns dann mit seinen Eltern zusammen. Kusine Agatha und Cousin William kamen nach einer Weile mit Esmeralda dazu. Eine Art Ritual. Die zwei Familien feierten gemeinsam das glückliche Ereignis. Kusine Agatha versuchte tapfer, ihren Zorn zu verbergen, und ich muß gestehen, daß es ihr fast perfekt gelang. Nur in ihrem Blick, wenn sie mich einmal ansah, lagen Gift und Galle.

Mr. Carrington meinte, wir sollten so bald wie möglich heiraten. Wenn zwei Menschen sich einmal darüber einig seien, gäbe es keinen Grund, dies weiter hinauszuzögern. Als ich Philip gute Nacht sagte, versprach er, am nächsten Morgen vorbeizukommen. Wir mußten so vieles gemeinsam planen, und er war wie sein Vater der Meinung, daß die Heirat baldigst stattfinden sollte.

Ich ging in mein Zimmer. Zog das ›praktische‹ Ballkleid aus, das ich nun gut aufheben würde, selbst wenn ich noch die wunderbarsten Carrington-Ballkleider bekommen würde. Bei dem Gedanken an die Ehrfurcht, mit der dieser Name in unserem Haus ausgesprochen wurde, mußte ich lachen. Bald würde auch ich so heißen.

Als ich meine Haare ausbürstete, öffnete sich die Türe. Agatha trat ein. Sie atmete heftig und versuchte offenbar, ihre Gefühle einigermaßen im Zaum zu halten.

Auf ihre Art sah sie grandios aus. Der Riesenbusen wogte, ihre Juwelen glitzerten. Äußerst passend wäre es gewesen, hätte sie in der einen Hand Gift getragen und in der anderen ein Schwert und mich aufgefordert, zu wählen.

»Ellen«, begann sie, »du hast uns ja schön zum Narren gehalten!«

Ich saß im Unterrock da, das Haar fiel mir über die Schultern.

»Ich?« sagte ich unschuldig und konnte mich nicht halten, boshaft hinzuzufügen: »Ich dachte, es würde euch freuen. Jetzt seid ihr mich doch los.«

»Tu doch nicht so unschuldig. Ich gebe zu, du hast für dich das Beste gewählt. Sicher hast du es schon lange gewußt, und unsere arme Esmeralda meinte, daß *ihre* Heirat verkündet werde.«

»Ich glaube, sie ist gar nicht enttäuscht darüber.«

»Du Undankbare! Aber das warst du ja immer schon. Von dem Augenblick an, wo du dieses Haus betreten hast, gab es mit dir nur Mühe und Sorgen. Du bist bösartig veranlagt, und die Carringtons können mir nur leid tun.«

Warum wollte ich sie immer noch mehr erregen, als ich es bereits getan hatte? Auch diesmal hatte ich nicht widerstehen können, aus dem Gefühl absoluter Sicherheit heraus. Das muß ich Philip erzählen, dachte ich, und war bereits überglücklich, in der Zukunft alles mit ihm teilen zu können. Zum erstenmal wurde mir bewußt, wie alleine ich mich immer gefühlt hatte.

»Nach deinen Worten dachte ich immer, die Carringtons seien die wichtigste Familie in ganz London«, sagte ich. »Sie werden also dein Mitleid kaum benötigen.«

»Offenbar sind sie sich nicht klar darüber, was für eine ... eine ...«

»Natter sie an ihrem Busen nähren, wolltest du doch sagen.« Ich war ziemlich frech. Aber mein Erfolg hatte mich übermütig gemacht.

»Geh ja nicht zu weit mit mir. Du hast unser Vertrauen schmählich mißbraucht.«

»Ich weiß, daß eine solche Heirat für mich nicht vorgesehen war, und Gouvernante bei den Lemming-Kindern wollte ich nicht sein. Das Schicksal hat sich eingeschaltet und hat mich aus einer Arme-Verwandten-Rolle gehoben, die – das kann ich dir versichern, liebe Kusine – oft nicht leicht zu ertragen war.«

»Wenn ich daran denke, was wir alles für dich getan haben ... dich bei uns aufgenommen ...«

»Weil du es meiner Großmutter fest versprochen hast.«

»Weil du zur Familie gehörst.«

»Und dabei nicht einmal zur engsten«, fügte ich hinzu.

Sie ballte die Hände zu Fäusten. Wußte, daß sie besiegt war. Zu sehr war mir der Sieg dieses Abends zu Kopf gestiegen. Sie wandte sich um und sagte: »Das Ganze war ein abgefeimter Plan. Aber ich hätte es mir denken können, bei solch einer Mutter!«

Mit diesen Worten ging sie hinaus. Gott sei Dank, denn wäre sie geblieben, ich weiß nicht, was ich ihr sonst noch alles erzählt hätte.

5

Wie sich das Leben für mich verändert hatte. In der Vergangenheit hatte ich über die Bedeutung der Carringtons gelacht und gedacht, Kusine Agatha bewundere sie nur so, weil sie mehr Geld hatten und den Ton in einer Gesellschaftsschicht angaben, die sie auch erreichen wollte. Es war aber mehr als das. Josiah Carrington war nicht nur Bankier und Finanzier von großem Ansehen, sondern auch Regierungsberater und Diplomat. Der älteste Sohn Rollo folgte seinem Beispiel, und Philip war auf dem Wege, es ihm gleichzutun. Lady Emily, Tochter eines Earl, hatte Verbindungen mit den höchsten Kreisen und war vor ihrer Heirat bei Hof gewesen. Im Vergleich dazu schien Cousin William, so wohlhabend er auch war, unbedeutend. Aus diesem Grund hatte man die Einheirat in eine solche Familie als äußerst vorteilhaft angesehen und selbst den jüngeren Sohn Philip gerne in Erwägung gezogen.

Daß ich, die Ausgestoßene, die arme Verwandte, das Rennen machte, war fast schon komisch. Rosie sagte mir, daß die Dienerschaft sich kaputtlache darüber. Sie freuten sich alle, weil keiner je viel von Kusine Agatha gehalten habe, und es machte ihnen Spaß, daß sie ›einen an die Birne geknallt gekriegt hatte‹, wie sie es formulierten, und daß dieser Schlag von Philip gekommen war.

Ich wunderte mich, wieviel das Personal wußte. Weniges, was in unseren Räumen passierte, entging ihnen. Rosie war als Mittlerin sehr amüsant für mich.

Philip mochten alle. Er war immer zu Späßen und Streichen aufgelegt. Mr. Rollo sei da anders. Sehr kühl und hochmütig und seit dieser mysteriösen Heirat äußerst empfindlich. Und Mr. Carrington galt als guter Herr. Er weilte oft außer Haus, hatte hier und dort mit seinen großen Geschäften zu tun. Lady Emily mochten auch alle, aber sie lebte wie in einem Traum. Konnte nie das Hausmädchen vom Zimmermädchen unterscheiden, und die Köchin behauptete, sie kenne nicht einmal den Unterschied zwischen ihr und dem Butler. Trotzdem war sie eine jener Herrinnen, die man gerne mag. Sie stocherte nie in den Abrechnungen nach und fragte nie nach Preisen für dies oder jenes. Im Hause Carrington ließ es sich gut leben.

Philip und ich bekamen ein Haus in der Nähe und konnten natürlich das Landhaus mitbenutzen, wann immer wir wollten, wie es auch die übrige Familie tat.

Das Haus auszusuchen, würde Spaß machen, und Philip wollte, daß wir gleich damit anfingen. Ich mußte mir selbst versichern, daß ich nicht träumte. Ich, die nie ihres eigenen Zimmers hatte sicher sein können, in einem eigenen Haus! Die Nachricht über unsere Verlobung hatte übrigens rasch die Runde gemacht, und da Philip ein Carrington war, wurden wir für die Gesellschaftsseite verschiedener Zeitschriften fotografiert.

Ich fühlte mich wirklich wie im Traum. Im *Tatler* war ein großes Bild von mir. »Miß Ellen Kellaway, die Mr. Philip Carrington heiraten wird. Sie lebt zur Zeit bei ihrem Vormund, Mr. Loring. Mr. Carrington ist der jüngere Sohn von Mr. Josiah Carrington.«

Ich hatte einen ganz neuen Status gewonnen. Esmeralda war ganz begeistert. Sie umarmte mich und war glücklich, mich in meinem Element zu sehen. »Es war ja von Anfang an klar. Er hat dich immer schon gemocht. Ihr habt euch immer verbündet. Philip hielt *mich* für dumm.«

Ich tröstete sie: »Gemocht hat er dich auch immer.«

»Nein, er verachtete mich«, gab sie zurück. »Ich bin eben nicht so abenteuerlustig wie ihr. Ihr zwei paßt so gut zusammen. Es ist bestimmt richtig so. Und ihr werdet sehr glücklich sein.« Sie küßte mich.

»Du bist so lieb zu mir, Esmeralda. Bist du sicher, daß du Philip nicht liebst?«

»Völlig!« antwortete sie emphatisch. »Ich hatte schreckliche Angst, daß er mich um meine Hand bitten würde und ich ja sagen müßte, weil Mama es so wollte. Und dann hat sich alles so ergeben.«

»Ich glaube, deine Mutter ist nicht allzu erfreut darüber«, sagte ich.

»Aber ich bin es«, sagte sie. »Ach, Ellen, was für eine Angst ich davor hatte.«

Kusine Agatha hatte den ersten Schock überwunden und versuchte, ihren Schmerz zu verbergen. Ich überlegte, ob sie sich damit tröstete, daß selbst die Verbindung über eine arme Verwandte besser war als gar nichts.

»Du brauchst jetzt natürlich Kleider«, sagte sie zu mir. »Wir können uns nicht nachsagen lassen, daß wir dich zu kurz gehalten haben.«

»Keine Angst, Kusine Agatha«, beruhigte ich sie. »Philip ist das ganz egal, und wenn wir verheiratet sind, kauft er mir sicher welche.«

»Rede doch nicht so dumm daher. Ist dir denn nicht klar, daß du jetzt im Blickpunkt stehst? Man wird versuchen, herauszubekommen, was er an dir findet.« Sie rümpfte die Nase, um zu bezeugen, daß *sie* die Antwort darauf nicht geben konnte. »Du mußt entsprechend gekleidet sein. Es wird verschiedene Anlässe geben ... Abendessen. Und dann brauchst du natürlich ein Brautkleid.«

»Wir legen keinen Wert auf große Feierlichkeiten.«

»*Du* vielleicht nicht. Aber du vergißt, daß du in die Carrington-Familie einheiratest.« Wieder dieses Naserümpfen. »Gewiß, er ist nur der jüngere Sohn, aber immerhin ein Carrington. Wenn du einmal verheiratet bist, wirst du dich in diesen Kreisen bewegen. Sicher wirst du Esmeralda, deine Gefährtin, des öfteren einladen wollen.«

Plötzlich fühlte ich meine neue Macht. Ein herrliches Gefühl. Ich konnte nicht widerstehen, Kusine Agatha wohlwollend zuzulächeln und großzügig zu erklären, daß ich Esmeralda gerne oft bei mir sehen würde. »Ich bin glücklich«, sagte ich. »Zutiefst glücklich. Alles hat sich verändert.« Von wegen Aschenputtel! Und ausgerechnet Philip spielte die gute Fee! Es mußte doch wahre Liebe sein.

»Ich könnte es nicht ertragen, daß die Leute sagen, wir hätten dir nicht das Beste gegönnt!« sagte sie. »Es ist nun einmal passiert, so merkwürdig es auch scheint, und wenn Philip es sich nicht noch anders überlegt, heiratest du wohl in die Familie ein. Sicher wirst du dich immer daran erinnern, welches Glück du hattest, bei uns zu wohnen, und dir stets Dankbarkeit bewahren für jene, die sich um dich kümmerten und ohne deren Hilfe du deinem Glück nie begegnet wärst.«

Ich ließ sie reden; meine neue Stellung hatte mich großzügiger gemacht, und es war ohnehin nur eine kleine Entschädigung für ihre Enttäuschung. Glücklicherweise hatte ich nie zu den nachtragenden Menschen gehört und konnte daher rasch die Demütigungen meiner Kindheit vergessen.

»Unsere Hausschneiderin wird der Aufgabe wohl nicht gewachsen sein. Vielleicht kann sie dir ein paar Hauskleider machen. Ich nehme an, Lady Emily wird dich bei ihrer eigenen Schneiderin einführen. Du brauchst ein sehr elegantes Reisekleid und vor allem das Brautkleid. Ich habe darüber gerade erst mit meinem Mann gesprochen. Er ist bereit, alle Rechnungen zu bezahlen, so daß du unbeschwert in dein neues Leben eintreten kannst. Schließlich fällt der Widerschein ja nur auf uns, und wir müssen an Esmeraldas Zukunft denken.«

Und so ging es weiter; aber ich hörte ihr gar nicht mehr zu, ich hatte im Augenblick ja so viel anderes zu bedenken.

Philip holte mich immer ab. Wir ritten gemeinsam im Park. Ich hatte ein neues Reitkleid. Ein Geschenk von Mr. Loring, sicher auf Veranlassung von Kusine Agatha, denn das Ausreiten im Park machte uns ja für die Umwelt sichtbar. Fast jede Woche wurden wir fotografiert.

»Wie gräßlich!« sagte Philip. »Wozu all das? Ich möchte nur mit dir alleine fortfahren.«

Er schien sehr glücklich zu sein, und es war herrlich, zu wissen, daß er mich so liebte. Er neckte mich zwar oft und stritt mit mir wie eh und je. Dauernd trugen wir unsere kleinen Wortgefechte aus, die uns aber beiden Spaß machten. Ich war neunzehn, er beinahe einundzwanzig. Das Leben erschien uns beiden sehr schön. Ich glaube, von der Welt wußte er nicht viel mehr als ich, und ich wußte reichlich wenig. Manchmal ist es aber besser, nicht zu wissen, was die Zukunft einem bringt.

Es war angenehm, in seiner Familie willkommen zu sein. Lady Emily benahm sich trotz aller Zerstreutheit bezaubernd, und sie gestand mir einmal, daß sie sich schon auf unsere Babys freute. Sie sprach gerne und viel, aber meist unzusammenhängend. In der Carrington-Familie gab es immer Jungen, erzählte sie mir. Rollo war ein Jahr nach ihrer Heirat gekommen, Philip erst viele Jahre später. So sehr verschiedene Jungen. »Rollo hat mir manchmal Angst gemacht. Er war so schlau. Philip ist da anders.« Und irgendwie wurde als selbstverständlich angenommen, daß wir uns mit dem ersten Baby nicht allzusehr Zeit ließen.

Der Gedanke an ein Baby begeisterte mich, und in den ersten Wochen nach dem Ball gab es eigentlich keine einzige Wolke an meinem Himmel. Ich glaubte damals wohl wirklich, daß alles immer so weitergehen würde.

Eine Woche verbrachten wir auf dem Land, da die Carringtons die Verlobung auch unter ihren dortigen Bekannten feiern wollten. Das Landhaus der Familie hatte mich vom ersten Augenblick an fasziniert, und jetzt war ich selbst ein Mitglied der Familie, und es würde von Zeit zu Zeit mein eigenes Heim sein. Das begeisterte mich über die Maßen.

Trentham Towers ging bis auf die Tudorzeit zurück, allerdings war später viel daran verändert worden. Es stand auf einem Hügel und beherrschte die umliegende Landschaft, wie die Carringtons selber ihre Umgebung zu beherrschen schienen. Seit ich zur Familie gehörte, war mir klargeworden, daß ich manches falsch gesehen hatte. Meine Meinung über die Carringtons hatte ich von Kusine Agatha bezogen. Niemand hätte mich warmherziger empfangen können. Sie waren in den Kreisen, in denen sie sich bewegten, wirklich eine große Ausnahme.

Ich sagte Philip, daß ich mir das Haus gerne ansehen würde. Meine Vorfreude übertrug sich auf ihn, wie es oft passierte, wenn mich etwas begeisterte, was ihn normalerweise wenig interessierte (eine seiner schönsten Eigenschaften), und er übernahm gerne die Führung. Die Gärten kannte ich schon. Die hatte ich ja in meiner Kindheit gründlich erforscht. Was mich jetzt interessierte, war das Haus.

Er führte mich durch die große Eingangshalle zur Kapelle, dann zum Eßsaal mit den Porträts der Familie der Mutter. Über eine steile Wendeltreppe ging es zu einer schweren Eichentür, die er für mich öffnete. »Hier siehst du die alte Waffenkammer. Es ist jetzt unser Pistolenraum.«

»Wie viele Waffen ihr habt!« rief ich. »Hoffentlich sind sie nur zur Zierde da.«

Er lachte mich aus. »Ab und zu werden sie in der Jagdzeit verwendet. Ich bin übrigens ein Meisterschütze.«

»Ich hasse das Schießen auf Tiere«, sagte ich mit Nachdruck.

»Aber einen saftigen Fasan ißt du von Zeit zu Zeit ganz gerne«, spottete er. Er hatte einen mit rotem Satin gefütterten Koffer geöffnet, in dem eine silbergraue Pistole lag und noch eine leere Mulde für eine gleiche zweite Pistole war.

»Ist sie nicht schön?« fragte er mich.

»Schön kann man so etwas wohl nicht nennen.«

»Weil du nichts davon verstehst.«

»Und wo ist die zweite? Es gehören doch zwei hinein, nicht wahr?«

»Oh, die ist sicher aufgehoben.«

»Was willst du damit sagen?«

»Nun, wenn ich zum Beispiel allein in einem Flügel des Hauses bin, höre Schritte über den Korridor herumschleichen, die Tür öffnet sich langsam, ein Maskierter tritt ein. Er will das Silber stehlen, die

Bilder, den Familienschatz. Was soll ich da tun? Ich greife unter mein Kopfkissen und ziehe die Pistole heraus: ›Hände hoch, Schurke!‹ würde ich rufen. Und was passiert? Was kann er gegen mich und meine kleine Schönheit hier tun? Der Familienschatz ist gerettet und alles nur dadurch.« Liebevoll streichelte er die Pistole, ehe er den Kasten wieder zuschloß.

»Du hast doch nicht wirklich die zweite Pistole unter dem Kopfkissen?«

»Doch, bis wir verheiratet sind. Dann habe ich ja dich zum Schutz dabei.«

»Du Dummkopf«, sagte ich. »Und ich mag so Schießzeug überhaupt nicht. Komm, sehen wir uns weiter um.«

»Dein Wunsch ist mir Befehl«, antwortete er.

Die alte Ritterkammer und die Speicher gefielen mir. Bezaubernd fand ich auch das Zimmer, in dem angeblich schon Königin Elisabeth geschlafen hatte. Selbst das Himmelbett war noch da, in dem sie geruht haben soll. Der hübscheste Raum war das sogenannte Solarium. In diesem sonnenhellen Raum wandte ich mich zu Philip und fragte ihn: »Wann werde ich Rollos Frau kennenlernen?«

Meine Frage berührte ihn unangenehm. »Wir sehen sie alle nicht. Wir sprechen nicht einmal von ihr. Es ist eine höchst unangenehme Sache und paßt so gar nicht zu Rollo. Man hätte sich nie vorstellen können, daß er in so etwas verwickelt werden könnte. Immer war er nur mit den Geschäften befaßt, Finanzierungen und so weiter ... genau wie mein Vater ... vielleicht sogar noch mehr als er. Beide sausen dauernd in der Weltgeschichte herum und beobachten die Märkte. Oft meine ich, daß sie gar nichts anderes kennen, und dann heiratet er so eine.«

»War es eine übereilte Heirat?«

»Ja, offensichtlich. Ich hörte erst davon, als es schon ein *fait accompli* war. Und nach den Flitterwochen kam alles heraus.«

»Was kam heraus?«

»Daß sie ... nervlich belastet ist.«

»Du meinst verrückt?«

»Man muß sie in ... Gewahrsam halten. Es kümmert sich jemand um sie.«

»Wo? Hier im Haus?«

Er schüttelte den Kopf. »Eine Weile war sie hier. Sie lebte in den obersten Zimmern. Aber es war sehr schwierig, wo doch immer wieder jemand von der Familie hinaufkommt. Jetzt ist sie woanders.«

»Wo?«

»Ich weiß es nicht. Wir sprechen nicht darüber. Das ist Rollos Sache. Er will es so.«

»Er muß sehr unglücklich sein.«

»Bei ihm weiß man das nie. Aber sprich ja nicht mit meiner Mutter darüber. Es regt sie zu sehr auf. Uns alle regt es auf. Am meisten wohl Rollo. Er hat aber noch nie seine Gefühle gezeigt.«

»Was mag *sie* wohl fühlen?«

»Vielleicht weiß sie es gar nicht. Solche Menschen wissen es manchmal nicht.«

»Sie war also einmal hier im Haus?«

»Ja, eine Weile hatte Rollo sie hier. Er fand eine sehr gute Betreuerin für sie – und als es immer schwieriger wurde, brachte man sie woandershin.«

»Ich würde gerne die Zimmer sehen, in denen sie gewohnt hatte.«

»Warum denn?«

»Einfach so.«

»Sie sind ganz oben.«

»Also los«, kommandierte ich, »dann zeig sie mir.«

Wir gingen die Eichentreppe mit dem schön geschnitzten Geländer hinauf, fast bis unter das Dach. Zu den obersten Zimmern führte eine Wendeltreppe. Sie waren viel niedriger und kleiner als die schönen und luftigen Räume in den unteren Stockwerken. Vier waren es – eine Art Wohnung mit ineinandergehenden Zimmern.

Manchmal glaube ich, ich habe einen sechsten Sinn; denn während ich die Atmosphäre in mich aufnahm, meinte ich, Leiden darin zu spüren. Es schauerte mich, und Philip sagte: »Ist dir kalt?«

»Nein, es war nur ein Schauer.«

»Warum schauert es dich denn?«

»Eine Geisterhand hat mich berührt, wie man so sagt.«

»Komm, gehen wir lieber wieder.«

»Nein, noch nicht. Ich möchte noch eine Weile hierbleiben. Wie sie sich wohl hier oben gefühlt haben mag?« Ich ging zum Fenster und sah hinunter. »Ganz schön weit runter da«, sagte ich.

»Vielleicht sind sie deshalb ausgezogen.«

»Meinst du, sie hätte sich selbst umbringen wollen?«

»Solche Menschen machen das manchmal. Komm doch mit runter, Ellen. Du wirst ja geradezu morbid hier. Ich kann dir nichts weiter über sie sagen. Wir sprechen nicht von ihr. Das ist Rollos Sache.«

»Und ihre auch«, sagte ich. Ich ging zum Bett, berührte die Steppdecke, die Lehne eines Stuhls. Sie hatte mit diesen Dingen gelebt. Ich wollte etwas über sie erfahren. Sie sehen. Vielleicht konnte ich mit ihr reden, ihr irgendwie helfen.

Wir sprechen nicht darüber, hatte Philip gesagt. Das war typisch Carrington. Unangenehme Dinge verschwieg man, als existierten sie nicht. So konnte ich nie werden, ich mußte dauernd an Rollos Frau denken.

Als wir auf dem Land waren, bestand Philip darauf, den ›Toten Mann‹ zu besuchen. Miteinander wanderten wir durch die Wälder bergauf bis zu einer hölzernen Bank. Wir setzten uns, und Philip sagte: »Das bringt einem alles wieder nah, nicht wahr? Diesen Platz habe ich immer sehr geliebt. Du hast dich schon ein wenig gefürchtet, alleine hierherzukommen, gib's doch zu.«

»Ja, ein kleines bißchen.«

»Es war gemein von mir, dich dazu zu zwingen.«

»Du warst oft ein gemeines Biest.«

»Aber du warst immer so überlegen, daß man dich manchmal ein bißchen bremsen mußte. Ist schon komisch hier oben, nicht wahr?«

»Ich frage mich, wie viele Menschen auf dieser Bank gesessen haben und daran dachten, runterzuspringen?«

»Wenn die Gerüchte stimmen, eine ganze Menge.«

Philip stand auf und ging wie immer zum Abgrund vor.

»Komm zurück!« rief ich.

Er fing an zu lachen. »Ellen, du hast ja richtig Angst. Hast du gemeint, ich würde da runterspringen?«

»Ich dachte nur, daß du vielleicht vor lauter Angeberei runterfällst. Man müßte wirklich ein Geländer anbringen.«

»Ich werde dafür sorgen. Es gehört ja auch noch zu unserem Besitz.«

Zu meiner Überraschung dachte er wirklich daran. Noch ehe wir nach Hause zurückkehrten, wurde ein Eichengeländer angebracht.

In London spazierten wir oft durch den Park und besprachen unsere Pläne. So konnten wir den Leuten entkommen, die uns aufsuchen und uns gratulieren wollten, und statt dessen ganz alleine miteinander sein. Wir nützten es weidlich aus. Wanderten die Serpentine entlang zu den Kensington Gardens auf der anderen Seite des Parks. In diesem Park sah ich einmal einen Mann, der uns beobachtete. Es war nichts Bemerkenswertes an ihm außer seinen ungewöhnlich buschigen Augenbrauen. Ganz leise war er herangekommen und setzte sich auf eine Bank nicht weit von uns.

Ich weiß selbst nicht, wieso er mir auffiel. Sein Anblick war mir unangenehm.

»Siehst du den Mann da drüben?« fragte ich Philip.

Er sah sich um. »Den auf der Bank, meinst du?«

»Ja, er scheint uns zu beobachten.«

»Sicher bewundert er deine Schönheit.«

»Er scheint an uns beiden interessiert zu sein.«

Philip drückte meinen Arm. »Natürlich ist er an uns interessiert. Wir sind ja schließlich auch besondere Leute.«

Der Mann stand auf und ging weg. Wir vergaßen ihn bald.

DAS HAUS AM FINLAY SQUARE

1

Eines Tages gingen wir ein Haus am Finlay Square besichtigen. Wie aufgeregt war ich, als Philip den Haustürschlüssel herauszog und öffnete. Es war ein vier Stockwerke hohes weißes Gebäude aus der Queen-Anne-Zeit, mit einem Gärtchen davor. Leere Häuser haben immer irgend etwas Menschliches an sich. Sie können einen willkommen heißen oder sehr abweisend sein.

Ich glaube nicht, daß ich ein übergroßes Ahnungsvermögen besitze, eher vielleicht eine zu starke Fantasie. Dieses Haus mutete mich ähnlich an wie die Mansardenzimmer im Landhaus der Carringtons. Es hieß mich nicht willkommen, sondern war total abweisend. Irgendwas Fremdes spürte ich darin, und zum erstenmal seit Beginn meiner Glückszeit rührte mich etwas Kaltes an. Vielleicht nur deshalb, weil das Haus etwas Wirkliches darstellte und das übrige nur Träume gewesen waren?

Mein ganzes Leben sollte ich mit Philip verbringen. All die Jahre, die noch vor mir lagen, würde ich bei ihm sein. Wir würden zusammen alt werden, einander ähnlich werden. Jeder dem anderen der wichtigste Mensch im Leben. Ein ernüchternder Gedanke.

Ich hatte plötzlich das Gefühl, in einen Käfig gesteckt worden zu sein, in einen angenehmen, vergoldeten Käfig, aber außerhalb des Käfigs war die Welt, die ich bis zu diesem Tag leider noch nicht erforscht hatte.

Ich sah zu Philip auf. Er fragte eifrig: »Gefällt es dir?«

»Ich habe es ja noch gar nicht gesehen. Ein Haus kann man doch nicht nach der Eingangshalle beurteilen.«

»Also dann komm mal mit.«

Er nahm mich bei der Hand, und wir durchstreiften zuerst die unteren Zimmer. Sehr anheimelnde Räume, aber die Wände schienen sich um uns zu schließen. »Nein«, dachte ich, »nein!«

Dann rannte Philip die Treppe hinauf und zog mich hinter sich her. Die Zimmer im ersten Stock waren hell und luftig. Sie gefielen mir schon besser.

»Hier werden wir unsere Gesellschaften geben«, meinte er. »Recht elegant, nicht?«

Danach ging es weiter in die zweite Etage. Wieder sehr große Räume. Noch ein Stockwerk und dann die Dachkammern.

»Es ist zu groß«, sagte ich, um irgendeine Ausrede zu finden.

Er sah mich ganz erstaunt an. Nach dem Maßstab der Carringtons war es recht klein.

»Wir *brauchen* all die Räume. Die Dienerschaft muß ja auch irgendwo leben. Und dann die Kinderzimmer. Was ist denn los? Du willst doch Kinderzimmer?«

»Ja, sehr gern sogar. Aber ich habe irgendwie das Gefühl, daß hier etwas ... äh ... nicht ganz richtig ist.«

»Was meinst du damit ... Geister oder so was?«

»Natürlich nicht. Es sieht nur so ...« – ich zögerte – »... so leer aus!«

Er lachte mich aus. »Wie soll es denn sonst aussehen, du Dummchen. Komm, sehen wir uns noch einmal alles an.« Er war ganz begeistert. »Genau das richtige Haus zu finden, ist heute gar nicht mehr so leicht. Und je eher wir eines haben, um so eher können wir heiraten. Fangen wir noch einmal von unten an?«

»Ich möchte lieber hier oben bleiben ... ein bißchen allein sein.«

»Warum denn das?«

»Damit ich spüre, wie sich das Haus ›anfühlt‹.«

»Närrin!« sagte er, ging aber dann doch hinunter. Da stand ich nun in der Mitte des Raumes und sah beim langen, schmalen Fenster in den Garten hinaus, der zwar klein war, in dem sich aber immerhin zwei Bäume und ein rundes Blumenbeet befanden.

Ich versuchte mir vorzustellen, ich sei allein im Haus. Ein merkwürdiges Gefühl! Ich wußte nur, daß ich hier nichts verloren hatte. Es war dasselbe Gefühl wie in meinem Traum. Merkwürdig, dachte ich und wurde unruhig, denn dieses Haus war nicht mein Haus und konnte es auch nie werden.

Ich ging in das Zimmer darunter, stellte mich ans Fenster und sah wieder in den Garten hinaus. Plötzlich bewegte sich etwas hinter mir. Hände umfaßten meine Kehle. Ich keuchte vor Entsetzen.

»Hokus, pokus, fidibus!« rief Philip. »Ich bin der Geist des letzten Besitzers. Man fand mich aufgehängt an einem Dachbalken.«

Er drehte mich zu sich herum, küßte mich, und wir lachten beide. Dann nahm er mich bei der Hand und stürzte mit mir die Treppe hinunter.

Ich konnte meine unguten Gefühle über das Haus am Finlay Square nicht abschütteln, wußte aber, daß Philip es unbedingt kaufen wollte. Er meinte, wir sollten nicht Monate mit der Suche nach Häusern verbringen. Ein Haus zu kaufen, sei auch im besten Falle eine langwierige Angelegenheit.

»Und wenn es uns nicht gefällt, können wir es ja immer noch verkaufen. Später werden wir sowieso etwas Größeres haben wollen.«

Das Haus war das Hochzeitsgeschenk seines Vaters. Ich wollte seine Begeisterung nicht trüben. Konnte auch gar nichts Bestimmtes am Haus finden, was mir mißfiel. Aber eines stand fest: Seit wir es uns angesehen hatten, schien mein Glück getrübt. Merkwürdigerweise hatte ich wieder einmal den Traum, was mich sehr verwunderte, da er mich ja erst vor kurzem, vor der großen Ballnacht, bedrängt hatte.

Das Haus beschäftigte mich so stark, daß ich eines Tages den Makler um einen Schlüssel bat, weil ich es noch einmal allein sehen wollte. Man sagte mir, daß Philip ja bereits einen habe. Ich erklärte, daß ich allein hingehen wolle, und bekam einen zweiten.

Ich kam gegen drei Uhr nachmittags an am Finlay Square. Zuerst blieb ich in der Anlage in der Mitte des Platzes stehen und betrachtete das Haus von dort aus. Wieder beschlich mich dieses ungute Gefühl. Mein erster Impuls war, sofort wegzugehen, den Schlüssel zurückzugeben und dem Makler zu sagen, daß wir das Haus nicht nehmen würden. Philip würde zwar enttäuscht sein, aber ich konnte es ihm bestimmt begreiflich machen.

Und dann schien mich eine unbekannte Kraft über die Straße zu treiben. Ich wollte gar nicht gehen, aber es drängte mich etwas hinüber. Gut, ich würde aufsperren und von Zimmer zu Zimmer gehen, mich davon überzeugen, daß es ein ganz gewöhnliches Haus war, das sich in nichts unterschied von tausend anderen Häusern.

Als ich das Gartentor öffnete, quietschte es, protestierend, wie mir schien. Ich suche ja geradezu nach bösen Vorzeichen, sagte ich mir selbst. Ich wollte solchen Fantastereien nicht nachgeben, ging rasch den Weg zum Haus vor, sperrte auf, schloß die Tür hinter mir, und dann stand ich in der Halle. Und da überkam es mich wieder. Das eigenartige Gefühl einer Vorahnung. Es war, als wolle das Haus mich wegschicken. Es hieß mich nicht willkommen. Hier drohte mir nur Unheil. War das im Grunde alles nur Einbildung?

Ich blickte zu der hohen verzierten Decke hinauf und betrachtete die wirklich wunderschön geschwungene Treppe. Und immer noch hatte ich das Gefühl, daß das Haus mich zurückwies.

Vermutlich hatte ich zuviel Fantasie, die meine guten und festen Absichten durchkreuzte. Nur eine Fantastin hatte wohl solche immer wiederkehrenden Träume und würde dann noch etwas daraus lesen wollen. Sicher träumten viele Leute und vergaßen die nächtlichen Bilder am Tag. Ich war einfach dumm.

Langsam und fest entschlossen ging ich die Treppe hinauf und studierte nochmals die Gesellschaftsräume im ersten Stock. Sie waren elegant. Mit langen, bis zum Boden reichenden Fenstern – typisch für den Baustil jener Zeit. Wunderschön die überaus einfachen Kamine, vielleicht von Adam. In Gedanken möblierte ich dieses Zimmer und sah mich selbst als Gastgeberin graziös zwischen den Gästen hin und her bewegen – eine Carrington-Gastgeberin, dachte ich und spitzte spöttisch die Lippen. »Oh, schönen guten Abend, Kusine Agatha. Wie lieb von dir, daß du gekommen bist. Philip und ich freuen uns sehr.« Und: »Ach, Mrs. Oman Lemming, wie nett, Sie und Ihre Töchter zu sehen. Zwei haben Sie, nicht wahr?« Alle waren sie begeistert, bei den Carringtons eingeladen zu sein. Ich lachte insgeheim schon im voraus über die Parodie, die ich nachher Philip zum besten geben würde.

Dann ging ich ins nächste Stockwerk hinauf. Hier würden wir schlafen. Ein kleines Zimmer hatte man bereits zum Bad umgestaltet. »Viel müssen wir nicht ändern«, hatte Philip gesagt. »Das Haus ist wirklich ideal.«

»Das Haus ist ideal«, wiederholte ich laut. Ich stand ganz still da, lauschte und meinte, spöttisches Gelächter zu hören.

Weiter ging es in den nächsten Stock, dort wollten wir die Kinderzimmer unterbringen, und dann in die Dachräume, wo die Dienerschaft wohnen sollte. Für die Kinderzimmer stellte ich mir weiße Wände und einen blauen Tierfries vor. Ein kleines weißes Holzbett mit blauer Decke.

Weit in die Zukunft sah ich schon hinein; aber schließlich heiratete man ja, um Kinder zu haben. Darum wollten es ja auch die Carringtons. Philip mußte früh heiraten, weil es so aussah, als würde Rollo nie Kinder haben. Komisch, sich Philip und mich als Eltern vorzustellen.

Und dann packte mich Entsetzen. Ich spürte mein Herz, wie es heftig schlug. In der Stille des Hauses hatte ich etwas gehört. Ich blieb stehen und horchte. Es war wieder ruhig. Hatte ich mir auch das nur eingebildet? Merkwürdig, wie manchmal ohne das geringste Geräusch eine menschliche Gegenwart zu spüren ist. Ich hatte das unheimliche Empfinden, daß jemand im Haus sei. Stand immer noch still in der Mitte des Zimmers und hörte dann wieder ein Geräusch. Nein, ich hatte mich nicht geirrt. Es war jemand im Haus.

Mein Herz schlug schmerzhaft. Wer war es? Philip konnte es nicht sein. Er hatte an diesem Morgen mit seinem Vater ins Büro fahren müssen.

Wieder horchte ich. Da, noch einmal. Ein unterdrücktes Geräusch. Das Knirschen einer sich öffnenden Tür. Und dann hörte ich Schritte auf der Treppe.

Konnte mich fast nicht bewegen, war wie versteinert. Das Haus war zum Verkauf ausgeschrieben. Da wir es noch nicht genommen hatten, warum sollte es also nicht ein anderer Käufer besichtigen?

Die Schritte kamen näher. Fasziniert starrte ich die Tür an. Jemand stand unmittelbar davor. Die Tür öffnete sich, ich schrie leise auf – Rollo Carrington stand darin.

»Nanu«, sagte er. »Ich dachte, es sei niemand hier.«

»Das glaubte ich eigentlich auch.«

»Habe ich Sie erschreckt?«

»Ich ... ich habe unten jemanden gehört und ...«

Er sah so unendlich groß aus, und mir fiel ein, daß Philip seinerzeit etwas über die Wikinger erzählt hatte. Der Name paßte wirklich zu ihm.

Obwohl ich ihn schon von früher kannte, kam es mir so vor, als sähe ich ihn jetzt zum erstenmal. Er strahlte Kraft und Macht aus und eine Art von Magnetismus. Ich hatte das Gefühl, wenn er das Zimmer betrat, müsse jedermann dessen gewahr werden.

»Sie sind Philips Bruder. Ich bin Ellen Kellaway, seine Verlobte.«

»Ich weiß. Meinen allerbesten Glückwunsch.«

»Danke. Ich wußte gar nicht, daß Sie in London sind.«

»Bin gestern abend heimgekommen. Hörte natürlich gleich von eurer Verlobung.«

Ob er wohl deswegen heimgekommen war?

»Philip erzählte mir von dem Haus, und ich versprach ihm, es mir anzusehen. Er gab mir den Sehlüssel.«

»Ich wollte es mir auch noch mal alleine ansehen.«

Er nickte. »Natürlich liegt Ihnen sehr daran, daß es euch wirklich gefällt.«

»Werden Sie Ihrem Vater raten, es zu kaufen? Es scheint mir ein recht günstiges Angebot zu sein, ganz sicher bin ich mir natürlich noch nicht.«

Er fixierte mich mit seinen Augen, und mir war unheimlich dabei, weil es mir schien, als wolle er meine innersten Gedanken erraten. Was er von mir dachte, wußte ich ja nicht.

Andauernd mußte ich an seine arme Frau denken – eine ganz schattenhafte Gestalt in meiner Vorstellung –, wie sie in den Dachzimmern von Trentham Towers gelebt hatte und er zu der Entscheidung kam, daß er eine Betreuerin für sie brauchte.

Man konnte sich diesen Menschen nicht in eine leidenschaftliche Liebesgeschichte verwickelt vorstellen, aber die mußte es doch gegeben haben, wenn er so eilig geheiratet hatte. Ich meinte, einen Zug von Bitterkeit um seinen Mund entdecken zu können. Sicher war er dem Schicksal gram, daß es seine schöne Frau nervenkrank werden ließ und er dies erst nach der Hochzeit entdeckte. Er wirkte ungemein kühl, ganz beherrscht – und diesen Eindruck hatten alle von ihm, so daß ich die Geschichte mit der wilden, romantischen Liebe nicht mit ihm in Einklang bringen konnte.

»Sind Sie schon im ganzen Haus gewesen?« fragte er.

»Nein, noch nicht richtig.«

»Wollen wir es uns zusammen ansehen?«

»Ja, bitte.«

»Dann fangen wir doch einmal oben an.«

Er sprach dann von den Schwächen, auf die man zu achten hätte, ich hörte aber kaum zu. Ich wollte eigentlich nur seine Stimme hören, die tief und bestimmt klang, wollte vieles über ihn erfahren – alles. Verglichen mit Philip wirkte er so erwachsen. Er sprach auch von Philip, und offensichtlich war ich für ihn auch noch sehr jung.

»Ich habe da schon einige Erfahrung mit solchen Käufen«, sagte er. »Man muß sehr aufpassen, Sie wissen schon.«

Wir gingen alle Räume ab und dann hinaus in den Garten. Dort blieben wir unter einem der Bäume stehen.

Ich starrte das Haus an. Es schien mir bedrohlicher denn je, und ich hatte große Lust wegzulaufen, obwohl Philips Bruder neben mir stand und mich vor allem Unglück, das über mich kommen konnte, beschützen würde.

Er ging wieder zum Haus, und ich folgte ihm. Die Wände schienen sich um mich zu schließen wie ein Gefängnis. Und es fiel mir so schwer, meine Vorahnungen abzuschütteln, daß ich schon meinte, man würde es mir ansehen. Rollo schaute mich an, als wolle er mir etwas sagen, überlegte es sich aber dann offenbar. Er öffnete die Haustür, und beim ersten Schritt nach draußen überkam mich eine ungeheure Erleichterung.

»Ich rufe eine Droschke«, sagte er, »und bring Sie dann heim.«

2

Ich weiß selbst nicht, wie ich Rollo beschreiben soll. Irgend etwas Rätselhaftes und völlig Irritierendes war an ihm. Er sah nicht halb so gut aus wie Philip, hatte ungleichmäßige Züge, strahlte aber diese Art von Magnetismus aus. Jener Typ Mann, der leise in ein Zimmer kommen konnte und doch von jedem wahrgenommen wurde. Man hatte den Eindruck, daß alles, was er unternahm, Erfolg haben mußte.

Ich mußte ununterbrochen an ihn denken. Vielleicht hatten die Umstände unseres Zusammentreffens auch etwas damit zu tun. Ich war sehr erschrocken gewesen – dummerweise –, als ich seine Schritte hörte, weil ich bereits solche Angst vor irgendeiner Erscheinung in diesem Haus hatte. Und dann war er aufgetaucht. Seit ich von seiner Heirat gehört hatte, mußte ich oft an ihn denken, und seit ich die Dachstuben in Trentham Towers kannte, beschäftigte sich meine Fantasie damit. Ich konnte mir die Eile bis zur Hochzeit und die schreckliche Erkenntnis danach vorstellen, aber irgendwie gelang es mir nicht, mir diesen Menschen leidenschaftlich entbrannt oder gebrochenen Herzens vorzustellen. Auch wenn ich mir sagte, daß er einer von jenen Menschen war, die ihre wahren Gefühle nicht zeigten.

Vielleicht lernte ich ihn im Verlauf der nächsten Jahre besser kennen. Schließlich war er ja mein zukünftiger Schwager.

Als ich Philip im Park traf, erzählte ich ihm von der Begegnung mit Rollo. Sie amüsierte ihn.

»Er kam gestern abend von Rom zurück«, sagte er. »Ganz unerwartet. Mutter hatte ihm von unserer Verlobung geschrieben.«

»Ist er deswegen heimgekommen?«

»Ja, bestimmt. Zu dem Anlaß *mußte* er einfach kommen.«

»Um die Braut zu begutachten?«

»Er kannte dich ja schon und deine Familie auch sehr gut.«

»Und dann sah er sich das Haus an?«

»Ja, sobald er von unserer Absicht hörte, es zu erwerben, wollte er es sehen. Er hält es für einen guten Kauf. Wir sollen ruhig ein Angebot machen, meint er.«

»Und er hat nichts gegen unsere Heirat einzuwenden?«

»Einzuwenden? Warum sollte er?«

»Nun, weil ihr so reich seid und ich überhaupt kein Geld habe.«

Philip fing zu lachen an. »Was du dir alles einbildest. Als ob ihn das interessieren würde. Meine Mutter war arm, als sie meinen Vater heiratete, und er hatte damals schon Vermögen.«

»Sie ist aber adelig.«

»Und du, du bist schön und gut. Und ein gutes Herz zählt mehr als jede Krone. Das solltest du doch wissen.«

»Und ein schlichtes Gemüt mehr als normannisches Blut. Habe ich ein schlichtes Gemüt?«

»Wirst du wohl, wenn du mich liebst.«

Er war so fröhlich, so übermütig, so sicher, daß es das Leben gut mit uns meinte. Immer wieder verglich ich ihn mit dem Bruder. Wie verschieden die beiden doch waren.

»Ich finde es herrlich«, sagte ich, »wie deine Familie mich akzeptiert. Kusine Agatha ist ganz verwirrt darüber.«

»Kusine Agatha ist ein böses altes Weib. Entschuldige bitte, ich weiß, sie ist deine Kusine.«

»Ganz entfernt verwandt, wie ich dir schon sagte, und du brauchst dich nicht zu entschuldigen. Es freut mich geradezu, dieses Urteil von einem Carrington zu hören.«

»Natürlich ist meine Familie begeistert. Sie will mich verheiraten, weil sie meint, daß das gut wäre für mich. Und sie wollen kleine Carringtons. Und auch Rollo ist dafür. Es löst einige Probleme und macht alles so einfach.«

»Wirklich äußerst zweckvoll«, spottete ich. »Man könnte es geradezu eine Zweckheirat nennen.«

»Für mich ist sie jedenfalls genau richtig.«

»Immerhin hättest du dir jemanden aus deinen eigenen Kreisen nehmen können.«

»Bist du das etwa nicht? Wen hab' ich denn in meiner Jugend dauernd geärgert und aufgezogen?«

»Und ich dich mindestens ebenso wie du mich.«

Und so redeten und redeten wir. Ja, ich mochte ihn. Aber etwas ungemütlich war mir immer noch zumute. Ich liebte ihn ja nicht. Er war gut und liebenswürdig, aber ich hatte plötzlich Angst vor der Zukunft.

Von Rollo wollte ich noch mehr hören. Rosie wußte dank ihrem Kutscher eine ganze Menge. »Harry hat gesagt, daß wir nächstes Jahr heiraten können«, sagte sie. »Der Oberkutscher geht, und wir kriegen sein Häuschen über den Ställen. Mr. Carrington hat es Harry schon versprochen. Ein schönes Haus. Ich werde in der Familie arbeiten, das erwartet man von mir. Harry sagt, ich komme in das beste Haus, das er kennt. Er sagt, Mr. Carrington sei oft weg, und Lady Emily kümmere sich nicht viel ums Haus. Dann sehe ich auch Sie, denn Sie kommen ja sicher öfters zu Besuch. Hier gefällt es mir wirklich nicht. Ununterbrochen stöbert und bohrt *sie,* und nie paßt *ihr* was. Die Köchin sagt, sogar wenn der Erzengel Gabriel in der Küche wäre, hätte *sie* noch was auszusetzen. Drüben ist es ganz anders, sagt Harry. Die mischen sich nicht ein. Die wollen einen nicht ununterbrochen daran erinnern, daß man nur Bedienter ist. Mr. Carrington hat viel zuviel mit seinen Regierungsgeschäften zu tun, und Lady Emily ist einfach nicht der Typ dafür.«

»Und der Sohn?«

»Master Philip? Da wissen Sie aber doch bestimmt besser Bescheid als irgend jemand anders.«

»Ich meine ja Mr. Rollo.«

»Der ist genau wie sein Vater. Nur fürs Geschäft da, heißt es.«

»Geheiratet hat er aber doch.«

»Ach, das!«

»Rosie, hast du *sie* je gesehen?«

Das Mädchen schwieg eine Weile.

Dann sagte sie: »Ich nicht, aber Harry. Er hat sie ein paarmal gefahren.«

»Wie ist sie denn?«

»Harry konnte es nicht sagen. Er hörte sie nie reden. Sie war in der Kutsche mit *ihm*.«

»Und hat *er* mit ihr gesprochen?«

»Nicht, daß Harry was hörte. Wie zwei Taubstumme saßen sie drin. Harry fuhr sie allerdings nicht oft. Dann kam sie weg, und Harry fuhr sie nie mehr.«

»Wie sah sie denn aus?«

»Das habe ich Harry auch schon gefragt. Aber Sie wissen ja, wie Männer sind. Die schauen nie genau hin. Er konnte mir gar nichts sagen. Nur, daß sie wie verkleidet wirkte. Wie ein grauer Geist kam sie ihm vor. War immer in Grau.«

»Ein trauriger grauer Geist also«, sagte ich.

»Jetzt kriegen Sie wieder Ihre Ideen. Ich weiß noch genau, wie Sie früher waren. Überall die Nase hineinstecken, und was Sie nicht rausfinden konnten, erfanden Sie dazu. Ich kenne Sie, Miß Ellen!«

Eines der anderen Mädchen kam herein. »Ja, Bessie«, sagte Rosie »was möchtest du?«

»Wollte dir nur sagen, daß Janet dich sucht.«

»Sag ihr, daß ich gleich komme. Ich habe noch bei Miß Ellen zu tun.«

Als die andere gegangen war, sagte sie: »Diese Mädchen, wie sie horchen! Sie hören meist weit mehr, als gut für sie ist.«

Wie kam ich eigentlich dazu, in meiner alten Art mit einer Bedienten zu tratschen?

Ich mußte jetzt daran denken, mich zu ändern, da ich ja bald eine Carrington wurde.

Ziemlich abrupt sagte ich daher: »Ich will dich aber nicht länger aufhalten, Rosie.«

Auch von Lady Emily erfuhr ich viel. Merkwürdigerweise mochte sie mich wirklich, was mir sehr wohltat. Sie ermutigte mich zu häufigen Besuchen, und ich ging oft zu ihr hinüber. Sie war sehr geschickt im Spitzenklöppeln, und es faszinierte mich immer wieder, ihre Finger so flink hantieren zu sehen, während ihre Gedanken von einer Sache zur nächsten wanderten.

Sie sah es gerne, wenn ich neben ihr saß, während sie redete. »Ich wollte immer eine Tochter«, erzählte sie mir. »Hoffentlich wirst du ein paar Mädchen haben. Natürlich wollen die Männer immer Jungen. Und das erste Kind sollte wohl auch einer sein. Aber Mädchen sind so zauberhaft. Immer habe ich mir ein, zwei Mädchen gewünscht.«

Aus ihren Gesprächen erfuhr ich mehr über die Carringtons, als ich bisher gewußt hatte.

Das Haus in Sussex war ihr Erbe. Sie war der einzige Nachkömmling ihrer Familie, und Trentham Towers war schon fünfhundert Jahre in deren Besitz gewesen.

»Wie schade, daß wir keine Jungen hatten. Der Titel ging an einen Cousin. Aber ich behielt das Haus. Und war so froh darüber. Einmal sah es fast so aus ... und dann bekam ich Jungen, zwei Jungen und keine Mädchen. Ist doch komisch: Meine Eltern wollten einen Jungen und bekamen mich – ich hätte gerne Töchter gehabt und bekam zwei Jungen. Du bist jetzt meine neue Tochter, Ellen. Ich glaube, wir werden einander sehr schätzenlernen. Du bist ein kluges Mädchen, und ihr beide seid noch so jung, Philip und du.«

»Meinst du vielleicht, daß wir zwei noch zu jung wären?«

»Ich habe mit siebzehn geheiratet. Es war eine gute Partie. Wir hatten gar kein Geld, und das Haus fiel schon fast auseinander. Josiah hat so viel dafür getan. Früher fror ich immer in meinem Schlafzimmer, es war so kalt im Winter. Jetzt sind wir im Winter hier und gehen nur im Sommer raus. Und die Dienerschaft... wir hatten sehr treue Diener, obwohl sie wenig Geld bekamen. Mit dem Dach gab es ständig Ärger. Ewig redeten sie von den hohen Renovierungskosten. Und dann kam Josiah. Natürlich nicht aus einer Familie wie unserer. Aber sehr reich. Und zehn Jahre älter ist er als ich. Mochte man gar nicht glauben, nicht wahr? Die Carringtons altern nicht rasch, dank ihrer Energie. Sie tun immer irgend etwas Lebenswichtiges oder so. Auf dem Landsitz, in Geschäften und natürlich auch für sich selbst. Dadurch bleiben sie munter, und munter sein heißt jung sein, sagen sie. Ich war nie sehr munter, aber dann habe ich Josiah geheiratet, und mit Trentham gab es keine Probleme mehr. Josiahs Leute – Baumeister und dergleichen – haben sich der Sache angenommen. Alles hat sich verändert, seit ich Josiah geheiratet hatte. Meine Eltern waren sehr froh, und Rollo bekamen wir ein Jahr nach unserer Hochzeit. Vielleicht hast du heute in einem Jahr auch schon...«

»Hoffentlich gelingt es mir, all diese Babys zu produzieren«, sagte ich.

»Ganz bestimmt, denn du liebst ihn ja. Ich glaube, das ist sehr wichtig. Philip betet dich an. Das tat er immer schon. Sprach andauernd von dir.«

»Ich dachte immer, er würde Esmeralda heiraten.«

»Um die Wahrheit zu sagen, Liebste, das dachte ich auch. Deine Kusine war jedenfalls dessen sicher, aber wie Philip ganz richtig sagt, du bist viel amüsanter und vitaler, und außerdem, um die Wahrheit zu sagen, siehst du viel besser aus. Wir sind ja so froh, daß ihr beide einander gefunden habt.«

Ich nahm ihre Hand und küßte sie plötzlich. Täglich gewann ich sie lieber.

»Du bist ein liebes Kind. Ich wünschte, Rollo hätte je eine wie dich gefunden... ach, unser Rollo...!«

»Du bist unglücklich seinetwegen?« fragte ich direkt.

»Ach, Liebste, wie sollte ich auch nicht – unter diesen Umständen. Er wird einmal eine Menge zu sagen haben im Geschäft. Alles, was er anrührt, gelingt. Aber er würde auch eine Frau neben sich brauchen. Ach, es ist so entsetzlich, Liebste. Aber wir sollten natürlich gar nicht darüber reden. Es macht uns alle so unglücklich. Und jetzt sollten wir doch glücklich sein! Habt ihr beide euch schon für einen festen Termin entschlossen?«

»Philip denkt an Ende Juni.«

»Was für ein schöner Monat zum Heiraten. Josiah und ich hatten auch unsere Hochzeit im Juni. Was für eine zauberhafte Trauung... natürlich in der Kirche von Trentham..., aber vielleicht ist London für euch praktischer. Ist ja auch egal, wo, wenn sich zwei Menschen lieben. London ist bestimmt besser, denn deine Kusine wird dir ja bestimmt eine große Hochzeit ausrichten wollen.«

»Das weiß ich nicht, denn ich habe ja kein eigenes Einkommen.«

»Um so besser«, sagte sie. »Ich hatte auch keines. Ich brachte nur das Haus mit, und das war ja halb zerfallen. Ist auch ganz gut so. Du weißt ja, Männer sind gerne die einzigen Versorger der Familie.«

Und so redeten wir miteinander, und unsere gegenseitige Sympathie vertiefte sich. Ich glaube, Philip war ihr Lieblingssohn, so stolz sie auch auf Rollo war. Er war ihr zu gescheit, vertraute sie mir an. Geriet ganz nach seinem Vater. Er und Josiah waren ein Herz und eine Seele. Philip kam später zu uns herein, machte es sich in einem Sessel bequem und sah uns abwechselnd an. Ich spürte, wie ihn unsere Freundschaft freute, die offensichtlich von Tag zu Tag größer wurde.

Eines Tages nahm er mich mit in die Ställe, um mir ein neugekauftes Pferd zu zeigen. Einer der Pferdeknechte fiel mir sofort auf. Ich hatte ihn schon vorher einmal irgendwo gesehen. Philip stellte mich vor und sprach in der legeren Form, die er gegenüber jedermann an den Tag legte und die ihn auch überall so beliebt machte.

»Das ist Hawley«, sagte er. »Er ist erst seit kurzem bei uns.«

Hawley begrüßte mich förmlich. Ich rätselte immer noch herum, woher ich ihn kannte.

Als wir gingen, sagte ich zu Philip: »Den habe ich doch schon mal gesehen, wo nur?«

»Vielleicht irgendwo als Bedienten. Ich weiß nicht mehr, wo er vorher war. Jedenfalls ist er eigentlich kein Stallbursche. Er wollte nur irgendwelche Arbeit haben, die wir zu vergeben hatten, und schien vertrauenswürdig. Da war gerade hier eine Stelle frei, so stellte ihn mein Vater ein... Du, ich glaube, wir nehmen doch das

Haus am Finlay Square. Es ist das beste von allen, die wir gesehen haben, das mußt du selbst zugeben.«

»Ich würde es mir gerne noch einmal ansehen, Philip.«

»Ach komm, Ellen, wenn wir uns jetzt nicht entschließen, nimmt es vielleicht jemand anders. Und wo sollen wir leben, wenn wir verheiratet sind und noch kein Haus haben? Wir werden ohnehin noch eine Weile bei meinem Vater bleiben müssen, denn bis Juni ist sicher nicht alles fertig.«

Ein leichter Schauer durchfuhr mich. So bald schon. Und ich war noch immer so beklommen.

Als ich an jenem Abend zu Bett ging, fiel mir plötzlich das Gesicht des Mannes wieder ein und wo ich ihn gesehen hatte.

Es war der Mann, der uns im Park zu beobachten schien.

3

Wir gingen zu einem musikalischen Abend bei den Carringtons. Lady Emily hatte einen berühmten italienischen Pianisten engagiert. Kusine Agatha freute sich schon. »Halb London wird dort sein«, sagte sie. »Zumindest jedermann, der jemand ist.«

»Jedermann ist wohl jemand«, gab ich zurück. »Aber selbst Lady Emily wird kaum mehr Platz als für siebzig Personen haben.«

Nie konnte ich der Versuchung widerstehen, frech zu sein, wie sie das wieder genannt hätte. Es war amüsant zu beobachten, wie mein Selbstbewußtsein ständig wuchs, besonders seit ich so oft zu Besuch in der Park Lane war. Ich wußte, daß Kusine Agatha diese Umstände völlig rätselhaft schienen. Rosie hatte sie zu Cousin William sagen gehört, daß ich offenbar nicht nur Philip verzaubert hatte, was ja verständlich sei, er sei schließlich kein Stockfisch, sondern auch Lady Emily und Mr. Carrington. Lady Emily sei allerdings schon immer etwas zerstreut gewesen, und Mr. Carrington gehe so in seinen Geschäften auf.

Die Hausschneiderin nähte von morgens bis abends. Sie machte Kleider für Esmeralda und für mich, denn auch Esmeralda sollte natürlich von der neuen Lage profitieren. Ich würde für sie Gesellschaften geben, nahm ich mir vor, und den richtigen Mann auswählen, einen lieben, zartfühlenden und nachgiebigen Menschen.

Einmal sagte ich zu ihr: »All dieses Trara sollte eigentlich für dich sein.«

Sie erwiderte: »Ich bin sehr dankbar, daß es das nicht ist. Ich könnte es nicht halb so gut wie du durchstehen. Mr. Carrington macht mir ein wenig Angst. Er ist doch so gescheit. Und ich verstehe nicht, was Lady Emily erzählt.«

Was für eine Erleichterung, daß ihr Herz nicht gebrochen war! Ich sprach mit ihr über den Spaß, den wir auf dem Land haben würden. Sie mußte mich dort besuchen, und wir würden fröhliche Partys arrangieren. Wir würden ausreiten, wie wir es als Kinder taten.

»Ich bin so froh, daß es sich so ergeben hat, Ellen. Diese Mrs. Lemming ist wirklich eine gräßliche Person. Bessie hat mir gesagt, daß sie fürchterlich mit den Bedienten umgeht und ganz besonders mit der Gouvernante. Das Mädchen kann es gar nicht erwarten, wegzukommen.«

»Wie gut, daß ich dem entkommen bin!« rief ich. »Dank meinem Philip!«

Irgendwo im hintersten Winkel meiner Gedanken wußte ich, daß ich versuchte, mir selbst gut zuzureden. Anfangs hatte alles so wunderbar ausgesehen, aber jetzt kam es mir so vor, daß es sich zu leicht ergeben hatte und allein dadurch irgendwie befremdlich wirkte.

Ein paar Tage danach gab Mrs. Emily ihre Soiree. Ich stand neben Philip; und die Leute gratulierten uns. Ein Fotograf war auch dabei. »Gräßlich«, meinte Philip, »aber sie erwischen immer meine Mutter, und sie kann einfach nicht nein sagen.«

Der italienische Pianist trug Stücke von Chopin herrlich vor, ganz verträumt und romantisch, und dann wieder pathetisch und aufrührend.

»Wir verhandeln gerade über den Preis des Hauses«, erzählte mir Philip. »Wie lange das alles dauert! Anwälte, Notare und so weiter. Rollo ist sehr daran interessiert, daß alles so bald wie möglich geregelt ist.«

Ich nickte, hörte aber kaum zu.

»Wir fahren dann auf den Kontinent. Was hältst du von Venedig oder Rom? Würde dir das gefallen?«

»Ich werde es bestimmt genießen. Vielleicht ist das Haus fertig, wenn wir zurückkommen?« schwärmte ich überglücklich.

»Rollo wird sich um alles kümmern. Er bleibt jetzt eine Weile hier in London. Mein Vater hat nicht die Zeit dafür. Anscheinend halten sie mich für unfähig, es zu tun, und wahrscheinlich haben sie sogar recht.«

»Wie nett von Rollo.«

»Oh, so etwas macht ihm Spaß.«

Das Programm war beendet; es gab ein kaltes Büfett danach. Alle sprachen über die Musik. Philip hatte einen alten Freund entdeckt und ging zu ihm. Ich stand kurze Zeit allein da.

Da sagte eine Stimme hinter mir: »Den ganzen Abend lang wollte ich Sie schon kennenlernen.«

Ich wandte mich um und sah vor mir einen der größten Männer stehen, die ich je gesehen hatte. Ich wußte sofort, daß ich ihn noch nie bei den Carringtons getroffen hatte, denn so jemanden hätte ich nicht vergessen. Es war nicht nur seine ungewöhnliche Größe und die breiten Schultern, sondern noch etwas anderes. Eine Art Aura der Macht. Er hatte dunkle, tiefliegende Augen mit schweren Lidern. Die Augen selbst strahlten jedoch ausdrucksvoll, was sie allerdings ausstrahlten, war nicht leicht zu erkennen. Eine lange, arrogant aussehende Nase hatte er, und sein Mund konnte grausam oder zart wirken, genau unterschied ich das noch nicht. Ich war nur bereits in diesen ersten Augenblicken sicher, daß er eines der interessantesten Gesichter hatte, die ich je gesehen hatte.

»Ich kenne Sie ja noch gar nicht«, sagte ich.

»Ich kam erst kurz vor dem Konzert herein. Ihr Bild war ja in den Zeitungen. Darf ich dazu sagen, daß keine der Aufnahmen Ihnen gerecht wird?«

»Sehr lieb von Ihnen, aber es stimmt leider nicht. Sie sind sogar sehr schmeichelhaft.«

»Sie sind also nicht nur attraktiv, sondern auch bescheiden. Eine schöne Kombination. Man trifft sie nur zu selten an.«

»Sind Sie ein Freund der Familie?«

»Ein Bekannter.«

»Ich hoffe, das Konzert hat Ihnen gefallen.«

»Ja, sehr. Wissen Sie schon, wann Sie heiraten werden?«

»Nicht genau. Jedenfalls im Juni. Der Tag selbst ist noch nicht bestimmt.«

»Ich würde gerne kommen.«

»Lady Emily gibt meiner Kusine eine Einladungsliste.«

Philip sah zu mir herüber. »Ellen«, sagte er, »wir sollten uns jetzt mit dem alten Sir Bevis unterhalten.«

Mein Gesprächspartner verbeugte sich und wandte sich ab. »Der alte Bevis wird lästig«, sagte Philip, »wie immer, wenn man ihn nicht dauernd umschwänzelt. Wer war übrigens der große Herr, mit dem du eben gesprochen hast?«

»Ich weiß es nicht. Er sagte, er sei mit euch bekannt.«

Philip hob die Schultern. »Muß wohl ein Geschäftsfreund von Vater oder Rollo sein. Sah auch ganz danach aus.«

»Findest du? Er sah mir eher wie jemand aus, der sich im Freien aufhält.«

»Vielleicht zieht er seine finanziellen Drähte im Nahen Osten. Gibt's 'ne ganze Menge. Ich meinte mit Geschäftsmann, daß er so mächtig wirkte. Diesen Ausdruck haben sie alle. Wie ich mal geschäftlich weiterkommen soll, weiß ich nicht. Schließlich sehe ich ganz und gar nicht so aus.«

»Vielleicht wurden sie auch nicht damit geboren, und es entwickelt sich nur so im Lauf der Zeit. Das kommt mit der Erfahrung.«

»Bilde dir das ja nicht ein. Diese Menschen wurden als Genies geboren. Immerhin, in gewisser Hinsicht habe ich mehr erreicht als sie. Ich habe dich bekommen.«

»Was dir nur immer alles Hübsches einfällt. Ich komme mir kostbarer vor als das größte Vermögen, und du machst mich langsam glauben, daß Liebe wichtiger ist als die Börse.«

»Für eine intelligente junge Dame bist du gelegentlich erstaunlich dumm. Hat dich wirklich erst der Kontakt mit den Finanzgenies der Carrington-Clique darauf gebracht?«

Dann unterhielten wir uns mit Sir Bevis, der Philip gratulierte, obwohl ihm deutlich anzumerken war, daß er im Grunde mir gratulierte. Wie viele andere konnte er nicht verstehen, wieso die Carringtons ein Mädchen ohne Geld akzeptierten. Die logische Erklärung dafür schien zu sein, daß sie so reich sein mußten, daß ein Vermögen mehr oder weniger schon nichts mehr ausmachte.

Als wir Sir Bevis wieder verließen, bemerkte ich den Bedienten Hawley, dem ich im Park und später in den Ställen begegnet war.

Philip sah, wie ich Hawley musterte, und lachte. »Ach, dein Mann aus dem Park. Man hat ihn jetzt zum Dienst ins Haus geholt. Offenbar ist er ein Alleskönner. Spielt jetzt den Diener.«

»Für wen?«

»Eigentlich für uns alle. Der Kammerdiener meines Vaters ist kürzlich gegangen, und anscheinend kennt sich Hawley in diesem Job aus. Er ist für uns alle da. Wir haben uns oft in den Diener geteilt. Mein Vater und Rollo sind so viel weg, daß für einen Diener nicht viel zu tun bliebe.«

»Wenn du älter bist, wirst du auch oft weg sein müssen, dann sehe ich mit dir die ganze Welt.«

»Ja, so wird es sein.« Ich dachte, was für ein Glück ich doch hatte. Diese plötzliche Kehrtwendung, die die Carringtons mir ermöglicht hatten und durch die alle Angst vor immerwährender Armut gebannt wurde, hatte den Verdacht in mir hochkommen lassen, daß es einfach zu schön war, um wahr zu sein. Mochte man auch sagen, daß Liebe zum Geld die Wurzel allen Übels sei, ich mußte jedenfalls feststellen, daß es bestimmt fein war, genug davon zu haben, um sich über die Zukunft nicht mehr den Kopf zerbrechen zu müssen.

Im Laufe des Abends sah ich immer wieder nach dem großen Mann aus, der mich angesprochen hatte, konnte ihn aber nicht mehr entdecken. Wäre er noch dagewesen, hätte ich ihn unschwer finden müssen, denn er war nicht der Typ, der in der Menge verlorengeht. Hätte ich doch nur die Geistesgegenwart besessen, ihn nach seinem Namen zu fragen.

4

»Offenbar macht ein Diener der Carringtons unserer Bessie den Hof«, sagte Esmeralda.

»Ja«, antwortete ich, »sie ist ja auch wirklich attraktiv.«

»Jetzt haben wir schon Rosie mit ihrem Kutscher, und nun noch Bessie mit ihrem Hawley.«

»Sagtest du Hawley?«

»Ja, ich glaube, das war der Name. Es scheint also mehrere Bande zwischen uns und den Carringtons zu geben.«

»Genau das wollte doch deine Mutter immer«, spottete ich und dachte dabei: Hawley, der Mann aus dem Park. Der gemeinsame Kammerdiener. Philip mochte mich auslachen wegen meines Interesses an ihm, aber seit ich mir damals eingebildet hatte, er beobachte uns, war mir seine Gegenwart stets bewußt geblieben.

Die Zeit verrann, der halbe Mai war schon vergangen. Stolz zeigten die Kastanienbäume im Park ihre Blütenkerzen, jeden Augenblick würden sie in voller Pracht leuchten, und ich hätte auch vor Freude strahlen sollen, wachte aber statt dessen oft morgens aus unangenehmen Träumen auf, die zwar nichts Zusammenhängendes hinterließen, aber eine vage Unruhe.

Mr. Carringtons Angebot für das Haus am Finlay Square war akzeptiert worden, die Verträge wurden gerade aufgesetzt. Philip und ich besaßen immer noch jeder einen Schlüssel. Ich wollte meinen nicht hergeben, weil ich immer wieder das Verlangen spürte, hinzugehen und dies auch ab und zu tat, wobei ich versuchte, mich mit diesem Haus zu befreunden.

Ich stand dann jeweils in den einzelnen Räumen und versuchte herauszufinden, was ich daran nicht mochte.

Einmal traf ich beim Verlassen des Hauses Bessie. Es war ihr halber freier Tag, offenbar war sie in der Nähe des Platzes spazierengegangen. Daß ich dorthin gehen würde, wußte sie, denn sie hatte gerade mit mir gesprochen, als ich den Schlüssel aus der Schublade nahm.

Sie sah mich an. »Das wird Ihr neues Heim, nicht wahr?«

»Ja«, sagte ich.

»Ein wunderschönes Haus. Hoffentlich werden Hawley und ich auch eines Tages zusammenleben können. Er möchte es gerne, hat er gesagt.«

»Dann kommt es auch sicher dazu«, sagte ich munter. »Und Rosie heiratet ihren Kutscher. Dann werdet ihr alle beisammensein.«

»Sie kommen oft hierher, nicht wahr? Das würde ich auch tun. Man muß doch alles planen. Ich könnte mich gar nicht mehr davon losreißen.« Sie ging nach Hause zurück. Ich machte noch einige Umwege.

Zwei Tage später war ich wieder im Haus. Während ich aufsperrte, versuchte ich, mir gut zuzureden: »Möbliert wird es ganz anders aussehen.« Dann stieg ich die Treppe hinauf. Langsam gewöhnte ich mich daran. Was mochte mich da anfangs überkommen haben, daß ich so wilde Fantasien entwickelte? Betrafen sie wirklich nur das Haus, oder entsprangen sie eher der Angst vor der Zukunft und dem Leben, das Philip und ich in diesen Wänden führen würden?

Wollte ich ihn überhaupt heiraten? Natürlich wollte ich das. In den letzten paar Wochen hatte ich ganz vergessen, wie erniedrigend meine Lage vorher gewesen war. Hatte aufgehört, an Mrs. Oman Lemming zu denken, die mich als Gouvernante einstellen wollte. Was hatte mir die Zukunft zu bieten gehabt, ehe mich Philip um meine Hand bat? All das hatte ich weggeschoben, bis ich Philips Bruder getroffen hatte, dessen Nähe mir klarmachte, daß man sich nicht unbedingt einen alten Spielkameraden – so gerne man ihn auch hat – zum Ehemann wünscht.

Ich heiratete Philip, um der Armut zu entkommen, und das war wirklich keine gute Basis für eine Ehe. Ich wußte es, aber wie konnte ich jetzt noch da heraus? Es ist noch nicht zu spät, sagte ich mir. Du könntest es jetzt noch ändern. Die Trauung ist noch nicht vollzogen, keiner hat seine Unterschrift unter einen Vertrag gesetzt. Noch kannst du entkommen.

Entkommen? Aber wohin? Zu Mrs. Oman Lemming? Trotzdem – auch diese Aussicht ist kein Grund zur Ehe. Warum, so klagte ich mich selbst an, hatte ich daran nicht vorher gedacht? Wieso fing ich erst jetzt an, mir damit auf die Nerven zu gehen?

Einfach deshalb, weil ich vor der Zukunft Angst hatte. Mrs. Lemming stand drohend vor mir, und es schien keinen Ausweg zu geben, der mich vor diesem düsteren Leben bewahrte, das ich bestimmt gräßlich finden würde. Und Philips Antrag war so unerwartet gekommen und versprach so viel Spaß und Freude. Erst jetzt, in letzter Stunde, wurde mir klar, daß ich in eine Ehe hineinstolperte, ohne viel vom Leben zu wissen.

Unsinn! Was für Lebenserfahrung hatten denn schon Mädchen in meinem Alter? Hatte Esmeralda welche? Was wußte sie denn schon vom Leben? Einmal ging sie am Markt verloren, das war wohl das einzige Mal, wo ihr klar wurde, daß es außerhalb ihres engen, kleinen Lebenskreises eine weite, unheimliche Welt gab.

Und doch konnte ich dieses merkwürdige Gefühl, das mich da überkam, nicht abschütteln. Das Haus lehnte mich ab. Wir wollen dich nicht hier, schien es zu sagen. Diese Räume sind nicht für dich gedacht. Wir werden dich nie akzeptieren. Ich ballte die Hände zu Fäusten. Schüttelte sie gegen das Haus. Wenn ich hier leben will, so werde ich es tun. Es ist mein Leben! Und wie könnte ich je Gouvernante bei dieser bösen Alten und ihrer gräßlichen Brut sein? Philip würde es gar nicht erlauben.

Wie beruhigend es war, an Philip zu denken. Seine Fröhlichkeit, seine Kameradschaftlichkeit, seine Güte. Und in gewisser Weise liebte ich ihn auch.

Und dann hörte ich – oder fühlte vielmehr –, daß ich nicht mehr allein im Haus war.

Wie still alles schien. Ich hatte mich wohl geirrt. Und doch – da war es wieder. Schritte auf der Treppe. Das Knirschen von Schuhsohlen auf Holz. Ganz deutlich jetzt. Schritte kamen herauf. Ich dachte an den Tag, an dem Rollo hereingekommen war. Sicher ist er es wieder, beruhigte ich mich selbst. Da er sich ja um alles kümmern will, ist er eben noch einmal hergekommen, um sich die Räume anzusehen. Langsam ging die Tür auf. Fast hätte ich schon gerufen: »Rollo!« Und dann überkam mich eine Gänsehaut, denn es war nicht Rollo. Der Mann lächelte mich an. Ich hielt die Hände hinter dem Rücken, damit er nicht sah, wie sie zitterten.

Und ich kannte diesen Mann. Es war der große Dunkelhaarige, der mich bei dem Chopinkonzert angesprochen hatte.

Ich stotterte: »Sie … wie sind Sie denn hereingekommen?«

Er hielt den Schlüssel hoch.

»Und wo haben Sie den her?«

Er lachte. »Das Haus ist doch zum Verkauf ausgeschrieben.«

»Nein, es ist bereits verkauft. Ich verstehe das nicht. Wahrscheinlich haben Sie den Schlüssel vom Makler. Er hätte Ihnen den gar nicht geben dürfen … Es ist verkauft … oder so gut wie verkauft …«

»Ach, so etwas ist doch nie ganz sicher, bis der Vertrag unterschrieben ist. Die Makler müssen bis dahin weiter Käufer suchen.«

Während er noch redete, sah er mich unverhohlen an, und mich überkam Unbehagen. Plötzlich wurde mir sehr deutlich bewußt, daß wir beide allein in diesem leeren Haus waren.

»Sie wollten sich also dieses Haus ansehen«, sagte ich, um nur irgend etwas hervorzubringen, wie banal es auch sein mochte. Er nickte und trat näher. Ich wäre zu gerne durch die Tür verschwunden, aber dazu hätte ich an ihm vorbei müssen.

»Das Haus ist ganz bestimmt nicht mehr zu haben«, sagte ich nochmals.

»Wie schade, es gefällt mir nämlich recht gut.«

»Sie verschwenden nur Ihre Zeit.« Die Augen unter den schweren Lidern sahen mich unverwandt an. Wenn ich nur wüßte, was er denkt, überlegte ich. Ich war sicher, daß mehr dahintersteckte, als er zugab.

»Mag sein«, antwortete er. »Aber wenn ich schon einmal da bin, möchte ich mich doch umsehen. Man weiß ja nie … vielleicht kommt es doch nicht zu dem Kauf, und falls es mir besonders gut gefällt, könnte ich in die Bresche springen.«

Ich war schon ganz nahe an der Tür, da machte er einen Schritt auf mich zu. Ich sagte hastig: »Ich lasse Sie allein, sehen Sie sich ruhig um.«

»Könnten wir nicht zusammen alles ansehen, ich weiß so wenig über Häuser. Ihr Kommentar wäre mir lieb.«

»Ich muß Sie noch einmal daran erinnern, daß es verkauft ist.« Inzwischen hatte ich überlegt, daß ich mit ihm die Runde machen und plötzlich im Erdgeschoß so tun könnte, als fiele mir eine Verabredung ein. Ehe er mich aufhalten könnte, würde ich die Haustür öffnen und hinausmarschieren.

»Na gut«, sagte ich also, »wenn Sie es unbedingt anschauen wollen, gehen wir. Fangen wir unten an?«

»Sehr lieb von Ihnen.« Er machte mir Platz, und während ich die Treppe hinunterging, spürte ich ihn ganz nahe bei mir. Warum war ich so verängstigt? Was war denn bloß so unheimlich an ihm? Riesengroß erschien er mir und so kräftig, daß ich mich ganz hilflos daneben fühlte. Außerdem glaubte ich nicht recht, daß er wegen des Hauses gekommen war. Und wieso gab ihm der Makler den Schlüssel, da er doch wußte, daß wir das Haus nehmen würden. Es war alles recht geheimnisvoll. »Ein hübsches Haus«, bemerkte er nochmals.

»Das findet mein Verlobter auch«, antwortete ich.

»Und Sie nicht?«

»Ich finde es ganz passend für uns.«

»Sehen Sie sich doch nur dieses Treppengeländer an. Wirklich elegant. Finden Sie nicht?«

»Ja, sehr hübsch geschnitzt.«

Noch ein paar Schritte, und ich war unten. Selten in meinem Leben hatte ich solche Angst gespürt. Ob er verrückt war? Warum war er hier? Bestimmt nicht wegen des Hauses. Warum war er mir nachgegangen? Während ich auf der Treppe stehenblieb, betete ich insgeheim. Lieber Gott, bitte laß mich hier heil herauskommen. Ich will nie wieder dieses Haus betreten. Laß mich diesem Mann entkommen.

»Sagten Sie etwas?« erkundigte er sich.

»Sehr hübsche Schnitzereien«, wiederholte ich.

»Ach ja, das fällt Ihnen auch auf? Ich mag schöne Dinge, genau wie Sie.«

Sollte ich die letzten Stufen hinunterrennen? Sicher würde er mir genauso schnell folgen. Vielleicht konnte ich es einigermaßen natürlich erscheinen lassen, etwa: »Du meine Güte, wie spät es schon ist. Ich hatte ja gar keine Ahnung! Ich muß weg. Bin verabredet mit meinem Verlobten.« Warum war er hergekommen? Er muß mich gesehen haben, wie ich hineinging. Hat er auf dem Platz auf mich gelauert? Der Makler *durfte* ihm doch gar keinen Schlüssel geben. Er muß ein Motiv gehabt haben, hierherzukommen, aber welches?

Weiter hinuntergehen, sagte ich mir innerlich. Wenn du erst einmal in der Halle bist, kannst du zur Tür rennen. Es heißt immer, in der Gefahr entwickelt man besondere Kräfte. Dann wirst du schneller laufen können als je zuvor. Das hat die Natur so eingerichtet. Ob ich die Tür schnell genug aufbekam? Ich versuchte mich zu erinnern, was für einen Verschluß sie hatte. Manche Türen bereiteten einem Schwierigkeiten, jede hat so ihre kleinen Eigenheiten. Wie ängstlich ich war, und er fühlte das sicherlich. Es amüsierte ihn. Aus dem Augenwinkel heraus sah ich die gekräuselten Lippen, die glänzenden Augen.

Wieder betete ich: O Gott, hilf mir, bitte.

Und dann wurde meine Bitte erhört. Wir standen noch auf der

Treppe und sahen die Halle hinunter, da entdeckte ich einen dunklen Schatten vor der Haustür. Auch er sah ihn. Ich hörte es an seinem heftigen Atem. Und dann öffnete sich die Tür, und Rollo trat ein.

Er war offensichtlich genauso erstaunt, uns hier anzutreffen, wie wir, als wir ihm so unerwartet gegenüberstanden. Er sah uns überrascht an. Und dann änderte sich sein Gesichtsausdruck, als sein Blick von mir zu dem dunkelhaarigen Mann wechselte.

Ich stand wie angewurzelt auf der Treppe und hörte meine eigene Erklärung wie aus der Ferne. »Ein Mißverständnis. Der Herr wußte nicht, daß das Haus schon verkauft ist. Er kann es sich aber doch ansehen.«

Rollo runzelte die Stirn. »Hat Ihnen das der Makler nicht gesagt?«

»Ich glaube, er war sich nicht ganz sicher«, sagte der Fremde. »Es schien für ihn keinen Grund zu geben, mich das Haus nicht sehen zu lassen.«

»Es war aber nicht recht von ihm, Sie in diesem falschen Glauben zu lassen«, bemerkte Rollo heftig und entschieden.

Der Mann lächelte. »Es ist wohl nicht weiter schlimm, daß er versuchte, sich einen zweiten Käufer warmzuhalten, falls der erste abspringt. Ich werde aber noch mit ihm reden. Ich wußte nicht, daß die Verhandlungen schon so weit gediehen sind. Es scheint also wenig Zweck zu haben, daß ich mich noch weiter darum kümmere.«

Er verbeugte sich vor mir und ging zur Tür, wandte sich dann nochmals um und blickte mir genau in die Augen, ehe sich die Tür hinter ihm schloß.

»Unglaublich!« rief Rollo. »Ich kann gar nicht begreifen, wieso der Makler ihm einen Schlüssel gibt, da der Vertrag doch schon so gut wie unterschrieben ist.«

»Wer ist er überhaupt?« fragte ich. »Er sagte, er sei mit dir bekannt.«

»Mit mir! Ich kenne ihn nicht. Bekannt, sagte er?«

»Ja, er war doch bei dem Konzert. Damals hat er es mir gesagt.«

»Du hast ihn also schon mal getroffen. Ich habe keine Ahnung, wer er ist. Vielleicht kennt ihn Vater. Wie heißt er denn?«

»Das weiß ich nicht. Man hat ihn mir beim Konzert nicht vorgestellt. Er stand nur neben mir und sprach mich an. Und hier habe ich ihn jetzt zum zweitenmal gesehen.«

»Schon sehr merkwürdig. Und du bist ziemlich aufgeregt, wie ich sehe.«

»Kein Wunder, wenn da plötzlich jemand ins Haus kommt und es sich ansehen will.«

Rollo nickte. »Nun, wir werden schon herausfinden, wer er ist. Mir macht die Decke im Eßzimmer ein wenig Sorgen. Ein bißchen feucht, finde ich. Der Verwalter hat mich darauf aufmerksam gemacht. Jetzt wollte ich es mir selbst noch einmal ansehen.«

Ich war immer noch wie vor den Kopf geschlagen und folgte ihm ins Eßzimmer. Rollo sah nach oben und sagte, er würde sich mit dem Baumeister darüber beraten. Dann gingen wir in den Garten. Er nahm alles sehr genau. »Ihr solltet einen Gärtner beschäftigen, auch wenn der Garten nur klein ist. Philip hat keine Ahnung davon. Und du?«

»Ich auch nicht«, sagte ich.

»Dann muß unbedingt ein guter Gärtner her. Laß es dir von jemand planen und in Ordnung halten. Dann könnte es sehr hübsch werden.«

Wir gingen wieder durchs Haus und traten auf den Platz hinaus.

»Wie lieb von dir, daß du dir all diese Mühe damit machst.«

»Schließlich ist es ja für meinen Bruder und dessen Frau.« Er wandte sich mir zu, sein Blick war immer noch abschätzend, als er sagte: »Du sollst wissen, Ellen, daß wir dich sehr gerne in unserer Familie aufnehmen.«

Ich fühlte mich unbehaglich. Konnte die Empfindung einfach nicht abschütteln.

Rollo rief eine Droschke heran. Er saß kerzengerade neben mir und sah sehr zufrieden mit sich selbst aus, als habe er eben etwas unternommen, das ausgezeichnet geglückt war.

Als wir vom Platz in die Straße einbogen, fuhr ich vor Schreck zusammen. Auf dem Gehsteig stand der Fremde und sah direkt in die Droschke hinein.

Er lüpfte den Hut und verbeugte sich vor mir. Ich blickte zu Rollo hinüber; er hatte nichts bemerkt.

Die Ereignisse dieses Vormittags konnte ich einfach nicht vergessen. In das Haus am Finlay Square ging ich nie wieder. Ich brachte es einfach nicht über mich. Ein- oder zweimal ging ich daran vorbei und sah zu den hohen Fenstern hinauf. Nichts würde mich je dazu bringen, dieses Haus wieder zu betreten.

In drei Wochen sollte die Hochzeit sein. Lady Emilys Schneiderin nähte mein Brautkleid. Meine Hochzeit würde eines der Ereignisse des Jahres werden, und selbst Kusine Agatha wurde manchmal ganz aufgeregt deswegen und hastete herum, als sei sie dafür verantwortlich. Wenn es auch nur die Heirat einer armen Verwandten war, mußte doch alles perfekt arrangiert werden, damit die Gesellschaft sah, wie man bei den Lorings für Familienangehörige sorgte. Ihr großer Schmerz war nur, daß sie all dies für mich machen mußte. Aber dann überlegte sie sich, daß es ja eine Art Generalprobe für Esmeraldas Hochzeit war, und tröstete sich damit. Und Esmeralda war natürlich Brautjungfer.

»Was für ein Theater so eine Heiraterei doch ist«, sagte Esmeralda. »Bin ich froh, daß ich nicht die Braut bin.«

Wir hatten schon die meisten Möbelstücke für das Haus ausgesucht. Während unserer vierwöchigen Flitterwochen würde man das meiste fertigstellen. Wir würden nach Italien fahren. Philip freute sich, daß ich es noch nicht kannte und er mir alles zeigen konnte. Venedig wollten wir eine Weile uns ansehen und erst weiterfahren, wenn es uns selbst danach drängte. Ich hätte aufgeregt und glücklich sein müssen, aber das Gefühl, daß entsetzliches Unheil bevorstand, verließ mich nicht.

Es ist einfach die Heirat, dachte ich. Ich bin noch nicht bereit dafür, möchte noch warten.

Aber wie konnte ich zu Philip sagen: »Schieben wir doch die Hochzeit auf, lernen wir einander erst besser kennen.« Er würde lachen und sagen: »Wenn wir einander jetzt noch nicht kennen, werden wir es nie tun.«

Es war auch nicht genau das, was ich meinte. Wir kannten einander nicht, weil wir kaum etwas von der Welt wußten, weder er noch ich. Wenn der Geist von Aladins Lampe vor mir aufgetaucht wäre und mich gefragt hätte, was ich mir wünschte, hätte ich ohne Zögern gesagt: Zeit.

Die rasende Eile, mit der die Zeit vorüberflog, erschreckte mich. Nur noch zwei Wochen, nur noch zehn Tage...

Ich wollte die Zeit aufhalten, wollte sagen: »Warte noch, bis ich bereit bin.« Ich schlief nicht besonders gut, und mein Problem nagte ständig an mir. Seit ich Rollo das zweite Mal im Haus begegnet war, schien er mir verändert zu sein. Mir war, als wiche er mir aus.

Philip war außer sich vor Freude. Offensichtlich merkte er nichts von meinen Sorgen. Ich sah ihn jetzt mit anderen Augen. Was immer mich irgendwie interessierte, begeisterte ihn, und ich mußte oft denken: Wie jung er doch ist. Ich war es natürlich auch, aber mir schien, daß ich seit jener Begegnung erwachsener geworden und Philip hinter mir zurückgeblieben war.

Es war am Sonntag vor unserer Hochzeit. Noch sechs Tage! Wir sollten in der Kathedrale am Hanover Square getraut werden, der Empfang würde bei den Lorings stattfinden. Am späten Nachmittag beabsichtigten wir dann nach Venedig zu fahren.

Ich hätte mir selbst wirklich zu meinem Glück gratulieren sollen, und manchmal tat ich es auch, aber nie lange. In meine Gedanken schlich sich immer das unabweichbare Gefühl ein, daß ich einen Fehler beging, einen gefährlichen Fehler. Ich würde nie wieder die alte Ellen sein, die sogar noch als arme Verwandte das Leben genossen hatte und oft ihr eigenes Pech verlachen konnte.

Nachmittags ging ich mit Philip durch den Park zu den Kensington Gardens. Wir wanderten herum und beobachteten die Enten im runden Teich. Dann spazierten wir über die Wiese zurück, setzten uns eine Weile an den Serpentinenteich und unterhielten uns. Philip war gut aufgelegt. Er hatte jedenfalls keine Zweifel, konnte sich dem Augenblick voll hingeben.

Ich erinnerte mich, daß er sogar in unserer Kindheit, wenn wir etwas taten, was uns bestimmt eine Strafe einbrachte, nie an die Folgen dachte. Ich habe keinen Menschen außer ihm gekannt, der so den Augenblick lieben und genießen konnte. Eine großartige Gabe. Liebster Philip! Später sollte ich noch froh sein, daß er sie besaß.

»Sechs Tage noch«, sagte er. »Kommt mir vor wie ein ganzes Leben lang. Werde ich froh sein, wenn alles vorüber ist. Bald schon fahren wir über den Canale Grande und lassen uns von dem herrlichen Gesang unseres Gondoliere umschmeicheln. Freust du dich auch so darauf?«

»Natürlich. Es wird herrlich sein.«

»Wir haben doch immer zusammengehört, nicht wahr? Kaum bin ich von der Schule heimgekommen, fragte ich schon, ob du da wärest. Natürlich mußten wir immer Esmeralda mitschleppen, aber ich wollte trotzdem bei dir sein.«

»Du bist gemein zu Esmeralda. Schon als Kind hättest du netter zu ihr sein können, und außerdem solltest du ja sie heiraten.«

»Da uns keine zwei Frauen erlaubt sind und ich mich schon für dich entschlossen hatte, wie sollte ich sie heiraten?«

»Du bist immer schon sehr eigenwillig gewesen.«

»Und du etwa nicht? Bei uns wird es oft hoch hergehen. Wir werden streiten und diskutieren und uns wieder versöhnen und lieben bis zum Ende unserer Tage.«

»Ja, das wollen wir versuchen«, sagte ich.

Er nahm meine Hand und drückte sie fest.

»Ich habe keine Bedenken«, sagte er ganz ruhig.

»Noch ist es nicht zu spät, alles abzublasen. Wenn du gerne noch etwas Zeit gewinnen möchtest ...«

»Zeit? ... Höchstens weniger! Diese eine Woche kommt mir höllisch lang vor.«

So plauderten wir auf der Parkbank, und später versuchte ich, mich an jedes Wort unseres Gesprächs zu erinnern, falls irgend etwas daraus zu lesen war, was sich auf die Vorgänge danach bezog. Doch sosehr ich mich auch bemühte, es fiel mir nicht ein, es war ein Gespräch wie viele Tausende vorher gewesen.

Am Abend waren wir noch in der Kirche, und ich ging dann mit den Lorings heim. Ich legte mich bald zu Bett, denn am Sonntag gab es nie Gesellschaften. Ich stand noch eine Weile am Fenster, sah auf den Park hinaus und dachte daran, daß ich in einer Woche schon verheiratet sei und mit Philip auf dem Weg nach Venedig wäre.

Am nächsten Morgen beim Aufstehen hatte ich keinerlei Vorahnung; am frühen Vormittag kam Rollo zu uns herübergeritten.

Rosie betrat wachsbleich mein Schlafzimmer; ich suchte gerade meine Kleidung zusammen. Bessie spähte hinter ihrem Rücken herein.

»Was ist denn los?« sagte ich.

»Ein Unfall, ich weiß nicht genau, was passiert ist. Mr. Rollo ist hier, er möchte Sie sehen.«

Ich zog mich rasch an und ging in den Salon hinunter. Rollo stand neben dem Kamin.

»Ist was passiert?« rief ich.

Dann erst sah ich, wie blaß sein Gesicht war. Angespannt und besorgt. So hatte ich ihn noch nie gesehen.

»Etwas Schreckliches ist passiert. Bitte reg dich nicht zu sehr auf.«

»Philip?«

»Ja«, nickte er. »Philip.«

»Ist er krank?«

»Er ist tot.«

»Philip ... tot! Nein, das kann nicht wahr sein! Wie wäre denn ...?«

»Er wurde heute früh tot aufgefunden.«

»Aber er war doch nicht krank.«

»Er wurde erschossen gefunden.«

»Erschossen! Aber wer ...?«

Er schüttelte langsam und traurig den Kopf. »Er hat sich die Wunde offensichtlich selbst beigebracht.«

Mir wurde schwindlig. Rollo fing mich auf und hielt mich eine Weile fest, bis ich wieder selbst genug Kraft hatte. »Das kann nicht stimmen!« rief ich schrill. »Ich glaube es einfach nicht!«

»Leider stimmt es. Es ist kein Irrtum.«

Alles um mich schien zusammenzufallen. Es war wie in einem schlimmen Traum. Gleich würde ich aufwachen, mußte ich aufwachen. Die Welt war plötzlich voller verzerrter Alpträume. Und der ärgste aller Alpträume war, daß Rollo hier vor mir stand und leise und traurig sagte: »Philip ist tot. Er hat sich selbst das Leben genommen.«

Was hatte das zu bedeuten?

1

Ich lag auf meinem Bett und wollte mich nicht rühren. Ich konnte es nicht glauben. Philip tot. Philip, der so lebensfroh gewesen war. Es war unmöglich. Und sich selbst das Leben genommen! Er, der so glücklich gewesen war! Erst gestern hatte er so überschwenglich über unsere Zukunft gesprochen. Was konnte geschehen sein, daß er plötzlich so etwas tat?

Esmeralda kam zu mir und setzte sich an mein Bett. Ich wollte niemanden bei mir haben, aber sie konnte ich gerade noch ertragen. Sie war so still. Nahm nur ein mit Eau de Cologne getränktes Taschentuch und legte es mir auf die Stirn. Ich wußte, daß mich der Geruch für immer an diesen Tag erinnern würde.

Philip sah ich dauernd in Szenen aus unserer Vergangenheit. Der Tag, an dem wir den Brand entfacht haben. Er hatte das Feuer eine Weile flackern lassen wollen, ehe wir Alarm gaben. Wie seine Augen glänzten! Und wie die Flammen tanzten! Sicher, wir würden bestraft werden dafür, aber erst wollten wir es genießen, solange es anhielt. Dann Philip auf dem Ball, wie er mir plötzlich ganz ernst den Antrag machte und mir versicherte, daß er immer für mich dasein würde.

Und jetzt dies.

»Ich glaube es einfach nicht«, sagte ich. »Es ist nicht wahr. Es *kann* nicht wahr sein!«

Esmeralda sagte nichts. Was hätte sie auch sagen sollen? Andere würden allerdings eine Menge dazu sagen und schon bald damit anfangen.

Am selben Tag stand es schon mit großen Schlagzeilen in der Zeitung: SELBSTMORD EINES BRÄUTIGAMS. *Sechs Tage vor seiner Hochzeit mit Ellen Kellaway bat sich Philip, der jüngere Sohn Josiah Carringtons, selbst das Leben genommen. Was verbirgt sich hinter dieser Tragödie?* Alle waren der Meinung, daß etwas dahinterstecke und ich Bescheid wüßte. Warum sollte sich wohl ein junger Mann, der mit allen Glücksgütern gesegnet war, wenige Tage vor seiner Trauung erschießen? Doch wohl nur, weil ihm das Leben unerträglich geworden war, hatte er diesen Ausweg gesucht.

Ich lag in meinem Zimmer; die Rollos waren heruntergezogen, um die Sonne abzuhalten. Eine Sonne, die die Kälte nicht vertreiben konnte, die sich in mir ausgebreitet hatte. Ich konnte weder essen noch schlafen, nur geschockt und schweigend auf meinem Bett liegen und mich fragen: Warum? Warum nur?

Esmeralda erzählte mir, was passiert war. Ich hatte es ihr befohlen, und so, wie sie mir immer gehorcht hatte, als wir noch jünger waren, tat sie es jetzt auch. »Der Schuß stammte aus einer Waffe vom Landhaus, er muß sie von draußen hereingebracht haben.«

»Unmöglich! Dann müßte er es ja schon geplant haben.«

Sie schwieg wieder, ich ging in Gedanken zurück zu jener Szene in der Waffenkammer des Herrenhauses. Erinnerte mich an den satingefütterten Kasten mit der silbergrauen Pistole, die er herausgenommen und so liebevoll berührt hatte. Im Kasten war eine leere Stelle gewesen, er hatte davon gesprochen, im Spaß, wie mir schien, daß er die andere Pistole unter seinem Kopfkissen habe. Was meinte er wohl damit? Hatte er es wirklich selber getan? Hatte er es ernst gemeint, als er von Dieben sprach? Aber selbst dann, wieso sollte er die Pistole gegen sich selbst richten? Hatte ich, die ihn so gut zu kennen glaubte, mich in ihm getäuscht? Gab es eine dunkle Seite seines Lebens, die er mich nie hatte sehen lassen? Ich konnte es nicht glauben.

»Er *kann* sich nicht selbst getötet haben!« rief ich. »Wir haben uns doch noch am Tag zuvor unterhalten. Stell dir vor, Esmeralda, in welcher Verzweiflung jemand sein muß, um sich selbst umzubringen. Kannst du dir Philip verzweifelt vorstellen? Ich habe ihn nie so erlebt. Du etwa? Und er war nicht der Mensch, der seine Gefühle verstecken konnte. Versuchte es auch nie. Ich kannte ihn. Niemand kannte ihn besser. Und ich sage, daß es *unmöglich* ist. *Nie* werde ich das glauben!«

Und doch war es geschehen.

Esmeralda sagte: »Reporter waren hier, sie wollten dich sehen. Es wird eine gerichtliche Untersuchung geben. Du wirst auch dabeisein müssen.«

Ich erhob mich. »Das will ich auch«, sagte ich. »Ich muß den Grund herausfinden.«

2

Es war wie im Traum. Ich sah ihre Gesichter – sie hatten sich völlig verändert. Blaß und mit gramverzerrten Mienen. Lady Emily noch verwirrter als sonst mit verzweifelten Augen, Rollo kalt und finster. Eisiger Blick. Alle sahen mich so forschend an, daß ich erschauerte.

Der Gerichtsspruch lautete: Selbstmord. Am liebsten hätte ich laut meinen Protest hinausgeschrien.

Doch nicht Philip! Er hätte das niemals fertiggebracht. Jeder, der ihn gekannt hatte, mußte das wissen. Aber so lautete eben das Gerichtsurteil.

Dann kam das Begräbnis. Ich hoffte, nicht mitgehen zu müssen. Ich lag völlig geschwächt auf meinem Bett, hatte tagelang nichts gegessen und nicht geschlafen.

»Mutter meint, du solltest aufs Land fahren«, sagte Esmeralda. »Ich soll dich begleiten. Die Reporter kommen dauernd her. Sie meint, es wäre besser, eine Weile wegzubleiben.«

Also fuhren wir weg, und Esmeralda war mir wirklich eine Hilfe! Vielleicht dachte sie insgeheim, daß ich ihr diese Qual erspart hatte, denn sie hätte ja leicht in meiner Lage sein können, wenn Philip den Antrag ihr gemacht hätte, wie es jedermann erwartet hatte.

Auf dem Land fühlte ich mich etwas besser, konnte aber immer noch nicht richtig schlafen. Wenn ich eindöste, träumte ich sofort von Philip, sah ihn mit der Pistole in der Hand neben meinem Bett. Auch mein anderer Traum kehrte immer wieder. Ich war in dem Zimmer mit dem roten Teppich, und Philip war bei mir. Er sagte: »Du hast das Verhängnis immer schon gefühlt, nicht wahr? Hier hast du es jetzt. Ich bin tot… Habe mich selbst getötet. Mußte es tun, ich konnte dich nicht heiraten.«

Ich wachte davon auf, daß ich ihn ansprach.

Alpträume.

Zwei Wochen waren wir draußen, dann kam Rollo ins Herrenhaus. Er wollte mich besuchen. Esmeralda sagte mir, daß er unten warte. Ich ging in den kleinen Salon hinunter, er verbeugte sich steif vor mir. Wie er sich doch verändert hatte, dachte ich. Wie ich selbst wohl auch.

Als wir allein waren, kam er gleich zur Sache: »Bitte sag mir, warum Philip sich getötet hat.«

»Wenn ich es nur wüßte!«

»Weißt du es etwa nicht?«

»Wie könnte ich? Wenn ich gewußt hätte, was er tun wollte, wäre es mir bestimmt gelungen, ihn daran zu hindern.«

»Es muß doch irgend etwas gegeben haben!«

»Ich weiß von nichts.«

»Wer sonst würde es wissen?«

»Er muß es ganz für sich selbst behalten haben!«

»So ein Mensch war er aber nicht!« Rollo sah mich starr an. »Es gab keinen plausiblen Grund dafür. Er hatte keine Sorgen. Es muß etwas in seinem Privatleben gewesen sein, denn mit unseren Geschäften hatte er nie viel zu tun. Bist du ganz sicher, daß es keine Differenzen zwischen euch gab? Sonst kann ich mir nämlich nichts vorstellen, warum er sich das Leben hätte nehmen sollen.«

Wie kalt seine Augen waren! Er haßte mich, weil er annahm, daß ich irgend etwas mit Philips Tod zu tun hatte. Ich konnte es nicht mehr ertragen. Verzweifelt rief ich: »Es war ein größerer Schock für mich als für dich! Ich war doch seine Braut!«

Mit zusammengekniffenen Augen trat er ganz nahe an mich heran, und ich bemerkte, daß er auch die Hände zu Fäusten ballte, als unterdrücke er einen Impuls, mich zu schlagen, mir weh zu tun, so sehr machte er mich für den Tod seines Bruders verantwortlich.

»Ich glaube, du weißt etwas«, sagte er.

»Ich habe dir doch schon gesagt, daß ich keine Ahnung habe, wie er so etwas tun konnte.«

»Es muß irgendwie mit dir zu tun haben. Vielleicht hast du ihn betrogen, und er entdeckte es. Ihn hintergangen, um damit sein Leben zu zerstören. Er hatte keine Ahnung von der Welt und nahm sich wohl lieber das Leben, als die Konsequenzen deiner Tat zu ertragen.«

»So einen Unsinn glaubst du wohl selbst nicht. Lügen … bösartige, gemeine Lügen!«

»Wer war denn der Mann, mit dem ich dich im Haus am Finlay Square antraf?«

»Woher soll ich wissen, wer er war? Er gab sich als dein Bekannter aus.«

»Du weißt genau, daß das nicht stimmt.«

»Und wer war er dann?«

»Wahrscheinlich ein Freund von dir.«

»Ich sage dir doch, ich weiß nicht, wer er ist. Er tauchte beim Hauskonzert auf und sah sich dann unser Haus an. Mehr weiß ich nicht.«

Rollo sah mich skeptisch an. »Und wie kam er ins Haus?«

»Das hat er dir doch selbst gesagt. Der Makler gab ihm einen Schlüssel.«

»Ich weiß mehr, als du ahnst. Ich bin der Sache nachgegangen. Ihr hattet eine Verabredung, und ich überraschte euch.«

»Das ist ja unerhört!«

»Ich kann nur die ganz offensichtlichen Schlußfolgerungen ziehen. Du hattest einen Schlüssel, Philip den anderen, den er mir gab. Es gab keinen dritten. Ich habe den Makler gefragt, warum er dem Mann einen Sehlüssel gab, und er sagte, er habe außer uns niemandem einen gegeben. Der Mann konnte also nur ins Haus gekommen sein, weil du ihn eingelassen hast. Lüg mich doch nicht weiter an! Du brauchst dich nicht zu wundern, daß ich mir meine eigenen Gedanken mache, wenn du mir nicht die Wahrheit erzählst.«

»Das ist barer Unsinn!« rief ich. »Ich habe ihn nicht eingelassen – ich war genauso überrascht wie du. Er hatte einen Schlüssel, und der Makler lügt!«

Rollo erhob sich. »Mit der Wahrheit hättest du mir mehr imponiert. Du kanntest den Mann offensichtlich gut. Und ich glaube, daß hier die Lösung des Geheimnisses liegt und daß du sie kennst. Philip starb, weil du ihm etwas angetan hast. Du bist für seinen Tod verantwortlich.«

»Wie kannst du so etwas sagen! Unerhört. Nichts als Lügen ...«

»Lügen allerdings, das gebe ich zu. Hier ist viel gelogen worden, und Philip ist jetzt tot. Mein Gott, wenn er dich nur nie gekannt hätte!«

Damit verließ er mich. Ich glaube, dies war die unglücklichste Zeit, die ich je erlebt habe.

3

Wie verzweifelt ich war! Ich hatte Philip verloren und mit ihm alles. Leichter wäre es zu ertragen gewesen, hätte Rollo mich nicht so verachtet! Er hatte mich verdächtigt, daß ich etwas wüßte, etwas getan hätte, ein Mensch wäre, der ich bestimmt nicht war. Er glaubte einfach nicht, daß mir Philips Tod genauso unbegreiflich war wie ihm.

Ich machte lange Spaziergänge, aber sie gaben mir keinen Trost. Ich war die gleichen Wege so oft mit Philip gegangen. Keinen Ort in der Nachbarschaft gab es, den wir nicht häufig aufgesucht hatten. Ich ritt allein aus, Esmeraldas Angebot, mich zu begleiten, lehnte ich ab. Und dann kam ich zu dem Gasthof, in dem ich mit Philip – vielleicht waren wir auch alle drei dort, aber Philip und ich dachten wohl kaum viel an Esmeralda – auf ein Glas Apfelsaft und ein Sandwich eingekehrt war. Den alten Schmied sah ich wieder, der unsere Pferde beschlagen hatte. Er grüßte mich im Vorüberreiten, aber mit niedergeschlagenen Augen, denn er wußte nicht, was er sagen sollte. Im Dorf, wo sie uns als Kinder gekannt hatten, war es das gleiche. Man sah mich verstohlen an, und ich wußte, welche Frage sich ihnen allen stellte: Warum hat Philip sich selbst getötet? Es mußte mit mir zu tun haben. Daß er lieber sterben wollte als mich heiraten. Das nahmen sie jedenfalls alle an.

Ich konnte der Versuchung nicht widerstehen, auch zum ›Toten Mann‹ hinaufzugehen. Dann saß ich auf der alten Holzbank und erinnerte mich daran, wie oft Philip und ich in den Wäldern gespielt und dann die sich heftig sträubende Esmeralda gezwungen hatten, uns zuzusehen, wie wir tapfer am Rand balancierten.

Toter Mann! Ich dachte viel nach über Menschen, denen das Leben so unerträglich geworden war, daß sie es beenden wollten, und überlegte, welche Tragödien sie wohl zu einem solchen Schritt bewogen haben könnten. Eines war sicher: Philip hatte einen solchen Zustand nie gekannt. Er konnte sich nicht selbst umgebracht haben. Aber so lautete doch das Gerichtsurteil. Wieso? Hatte ich diesen Jungen, mit dem ich einen Teil meiner Kindheit verbracht hatte, *wirklich* gekannt? Kennt ein Mensch je einen anderen? Immer hatte ich gemeint, Philip sei leicht zu verstehen. Er sagte, was ihm in den Kopf kam, und es war leicht zu verstehen, er überlegte auch selten, welche Wirkung seine Worte wohl haben mochten. Er war leger, gutmütig, vielleicht ein wenig faul, aber sehr darauf bedacht, alles zu bekommen, was gut war im Leben und leicht erreichbar, der Sohn aus reicher Familie, dem wirklich niemals etwas gefehlt hatte, was er sich wünschte. So war er mir vorgekommen. Aber was wußte ich denn von den dunklen, nie geäußerten Gedanken in ihm?

Ganz melancholisch wurde ich auf der Bank da oben. Esmeralda fragte nachher, wo ich denn gewesen sei, und als ich es ihr sagte, erschrak sie. »Dort solltest du nicht hingehen, das ist ja morbid!«

»Und entspricht genau meiner Stimmung«, antwortete ich. »Da oben kann ich an Philip denken, und es tröstet mich irgendwie.«

»Dann komme ich das nächste Mal mit dir«, sagte sie.

Aber ich protestierte: »Ich will allein sein.« Sie machte sich Sorgen um mich.

Eines Vormittags hatte ich im Wald das eigenartige Gefühl, nicht allein zu sein. Warum, konnte ich nicht sagen. Vielleicht hatte ich ein unerwartetes Geräusch gehört, ein plötzlich gelockerter Stein, Blätterrascheln, ein aufgescheuchtes Tier. Als ich dann auf der Bank saß, spürte ich, daß noch jemand da war. Und ich dachte, ob es stimmt, daß die Geister dieser armen Seelen, die ihr Leben so abrupt beendeten, nicht ruhen können und dorthin zurückkehren, wo sie zuletzt auf Erden geweilt haben. Dies meinten alle, die diesen Platz als Ort der Verwünschung ansahen.

Merkwürdigerweise stieß mich der Gedanke nicht ab, sondern war mir eher angenehm. Erst meinte ich, so mit Philip in Kontakt treten zu können. Daß er zurückkommen würde und mir sagte, woran er gestorben war.

Von da an ging ich fast jeden Tag wie unwillkürlich zum ›Toten Mann‹ hinauf, und oft hatte ich das Gefühl, beobachtet zu werden.

An einem heißen, schwülen Morgen suchte ich wieder Erholung in den kühlen Wäldern. Es war einer jener schweigenden Tage, an denen man ein Gewitter vorauszuahnen meint. Dann ging ich zur Bank am ›Toten Mann‹, dachte an Philip und wünschte mir glühend, er würde mich hören, wenn ich seinen Namen flüsterte. Wünschte mir, wieder jung und sorglos zu sein, wie damals, da es mir das wichtigste war, Philip zu übertrumpfen und ihm zu zeigen, daß Mädchen genauso gut waren wie Jungen. Ich wäre gerne zur Zeit unserer Verlobung zurückgekehrt, um diesmal weniger Dinge für selbstverständlich zu nehmen und mehr über den Mann zu erfahren, den ich heiraten wollte. Ganz egal, welche Beweise man hatte, wie das Gerichtsurteil lautete, ich konnte es einfach nicht hinnehmen, daß er sich getötet haben sollte. Es mußte eine andere Erklärung dafür geben.

Wie stets ging ich zum Abgrund vor, ehe ich zurückkehrte. Ich blickte tief hinunter ins Buschwerk und erinnerte mich, daß ich als Kind dabei immer erschauerte.

Fest umklammerte ich das Geländer und lehnte mich vor. Plötzlich schwang es mit mir nach vorne, und gleich darauf hing ich halb in der Luft. Ein erschrockener Vogel flog auf und streifte mein Gesicht. Ich dachte gerade noch: »Das ist das Ende!«, ehe ich fiel.

Dann öffnete ich die Augen und konnte vor lauter Herzklopfen kaum atmen. Weit unter mir sah ich die Baumspitzen. Ich spürte, wie meine Füße den Halt verloren, und klammerte mich an die Büsche, in die ich gefallen war.

Und dann erst erkannte ich, was geschehen war. Ich hatte das unfaßbare Glück gehabt, nur ein paar Meter weit zu fallen, ehe meine Röcke sich in den dichten Büschen verfingen, die am Steilhang wuchsen.

Einige Minuten lang war ich außerstande, irgend etwas zu meiner Rettung zu tun, und klammerte mich nur mit aller Kraft an das Buschwerk. Dann wurde mein Herzschlag wieder langsamer, und ich konnte die Lage einschätzen. Ich sah nach oben und erkannte, daß das Geländer, an das ich mich gelehnt hatte, an einer Seite aus der Verankerung gerissen war. Ich war dem Tod um Haaresbreite entronnen.

Und was nun? Eine falsche Bewegung, und ich sauste in die Tiefe. Ich mußte bleiben, wo ich war, und hoffen, daß jemand auf mich aufmerksam würde. Selten kamen Leute zum ›Toten Mann‹ herauf, und selbst wenn jemand diesen Weg einschlug, mußte er ja nicht sehen, daß ich hier an die Büsche geklammert hing.

Ich schrie, aber meine Stimme kam nur als Echo zurück. Ich spürte Schmerzen in Armen und Beinen. Die Hände waren arg aufgeschürft, wahrscheinlich hatte ich am ganzen Körper Verletzungen. Mir wurde ganz schwach, aber ich wußte, ich durfte nicht ohnmächtig werden. Ich mußte mich ganz darauf konzentrieren, mich an den Büschen festzuhalten.

Nie werde ich diese entsetzliche Lage vergessen und wie Esmeralda mich rettete. Erst nach mehreren Stunden vermißte sie mich und dachte sofort an den ›Toten Mann‹. Was sie sonst noch dachte, ahnte ich, aber sie erwähnte es nie. Die zwei Pferdeknechte, die sie nach mir ausschickte, sahen mich nicht, wohl aber das abgebrochene Geländer und untersuchten die Stelle darunter, bis sie mich dann entdeckten.

Es war gar nicht so leicht, mich da herauszuholen. Zwei erfahrene Kletterer mußten mit Spezialgerät anrücken. Es gab eine Menge Zuschauer, meine Rettung wurde sogar in der Zeitung gemeldet. Es hieß auch, daß der ›Tote Mann‹ sehr gefährlich sei und daß das Geländer nicht in Ordnung gewesen wäre, obwohl man es doch erst vor kurzem montiert hatte. Mehr Schutz würde benötigt, und man müsse sich darum schnellstens kümmern. Esmeralda pflegte mich drei Tage lang, dann hatte ich meinen Schock überwunden, und meine Kratzer und Abschürfungen waren verheilt.

Da sich Philip angeblich selbst getötet hatte, überlegte man natürlich hin und her, was dort oben mit mir passiert sei. Niemand äußerte sich darüber, aber es war zu spüren.

Ewig konnten wir nicht auf dem Land bleiben, und so ließ uns Kusine Agatha nach einer Weile zurückkommen.

Als ich das Haus betrat und ihr begegnete, war ich recht verängstigt. Ihr Gesichtsausdruck schien eine Mischung aus Verzweiflung und verhülltem Triumph: Verzweiflung, weil ich mich durch die Unglückssache wieder ins ›Gerede‹ gebracht hatte, wie sie das nannte, und verhüllter Triumph darüber, daß ich – sosehr sie es bedauerte, daß ihre Familie nicht mit den Carringtons in verwandtschaftliche Beziehung gekommen war – nach all der Aufregung Schiffbruch erlitten hatte und in die alte Position der armen Verwandten zurückkehrte, die sie nach Gutdünken plagen konnte.

Eines Tages ging ich zum Finlay Square und betrachtete das Haus. Es war wieder zum Verkauf ausgeschrieben, aber nichts hätte mich dazu bewegen können, es zu betreten. Ob die Geschehnisse den Verkauf beeinflussen würden? Es war ja bereits als unser zukünftiges

Heim in den Zeitungen erwähnt worden. Vielleicht schreckte das manche Leute ab. Auf welche Weise rankten sich wohl nach langer Zeit Legenden um einen Ort?

Während ich das Gebäude so betrachtete, kam es mir so vor, als verspotte es mich. Ich hatte ja schon früher den Eindruck gehabt, als ob es mich ablehnte und mich aufforderte, ihm fernzubleiben. Ich hatte diese Vorahnung leider nicht beachtet, obwohl sie mir voll bewußt war.

In jener Zeit ging ich nicht viel aus. Die Carringtons schienen mich zu meiden, wahrscheinlich schmerzte sie schon mein bloßer Anblick, außerdem waren sie in Trauer und gaben keine Gesellschaften. Wenn Kusine Agatha, der meine Gefühle ziemlich egal waren, ein Fest gab, bat sie mich, nur ja nicht zu erscheinen. »Wir wollen nicht noch einmal die ganze Tratscherei haben«, sagte sie mit häßlichem Lachen. »Es war zu peinlich!«

Trauernd lebte ich von einem Tag zum nächsten, wußte aber genau, daß dieser Zustand nicht anhalten konnte.

Wie recht ich hatte! Bald schon befahl mich Kusine Agatha in ihren Salon.

Da stand ich nun vor ihr, und sie sah mich mit Abscheu an. Meine kurze Glanzzeit war vorbei. Das Schicksal hatte mich wieder in die Rolle der armen Verwandten zurückfallen lassen.

»Wir werden wohl lange brauchen«, sagte sie, »bis wir diese so peinliche Sache ganz überwunden haben. Ich hatte zwar nie geglaubt, daß diese Heirat zustande kommt. Dachte immer, irgend etwas würde geschehen, was es verhinderte. Wäre es nach meinem Willen gegangen ...« Sie schüttelte den Kopf, als wolle sie andeuten, daß sie diese Ehe nie erlaubt hätte. Vielleicht hätte sie Philip sogar gezwungen, Esmeralda zu nehmen. Sie seufzte. Ich war völlig hilflos und sagte nichts. Spürte nicht mehr den Drang, ihr zu widersprechen.

»Aber hinter allen Wolken gibt es ja immer einen Silberstreifen am Horizont, und auch in diesem Fall scheint sich dies zu bewahrheiten.«

Ich sah sie überrascht an. Sie lächelte giftig-kalt. Ich hätte wissen müssen, daß meine Qual ihr Vergnügen bereitete.

»Mrs. Oman Lemming wollte an deiner Stelle jemand anderen engagieren, hat aber noch nicht die richtige Person gefunden. Da du ja jetzt doch einen Posten brauchst, hat sie in ihrer Güte beschlossen, über alle Konvention hinaus dir noch eine Chance zu geben.«

»Nein!« protestierte ich.

»Doch. Ich weiß, daß es sehr großzügig ist von ihr. Wo doch die Zeitungen so ein Theater gemacht haben wegen dir. Man könnte dich geradezu als gezeichnet betrachten. Sie meint aber, daß dies doch einmal vergessen wird und auf dich wohl auch eine heilsame Wirkung hat. Ich war nämlich völlig ehrlich mit ihr und hielt es für meine Pflicht, ihr zu sagen, daß du gelegentlich frech wirst und daß deine Stellung in unserer Familie dir zu Kopf gestiegen ist. Mr. Loring ist ja unvorstellbar tolerant – ich muß da oft eingreifen –, und er wollte nicht, daß man dir deine Position hinreichend klarmacht...«

»Du hast also gegen seinen Willen gehandelt«, konnte ich mich nicht enthalten zu sagen.

»Ich verstehe dich wirklich nicht! Soll das vielleicht schon wieder eine Frechheit sein? Jemand in deiner Lage sollte sich besonders zurückhalten.«

»Warum? Was habe ich denn getan?«

»Meine liebe Ellen«, sagte sie in einem Ton, der bewies, daß ich ihr keineswegs lieb und wert war, »wenn ein Mann sich umbringt, statt zu heiraten, werden die Leute die Frau, die er hätte heiraten sollen, immer schief ansehen.«

»Es hatte nichts mit unserer Heirat zu tun, Philip liebte mich. Er wollte unsere Bindung mehr als alles andere. Und er hat sich nicht selbst getötet, dessen bin ich ganz sicher. Gerade einen Tag bevor er starb....«

»Keine Hysterie, bitte. Vergiß nicht, wer du bist.«

»Dürfen nur reiche Verwandte hysterisch werden?«

»Ich weiß gar nicht, wovon du redest. Du bist ganz durcheinander. Es ist wohl das beste, wenn du dein neues Leben so rasch wie möglich beginnst. Nichts hilft besser als Arbeit, ein Unglück zu überwinden. Arbeit, Arbeit und nochmals Arbeit. Da Mrs. Lemming also bereit ist, dich zu nehmen, habe ich ihr gesagt, daß du Ende des Monats zu ihr kommst.«

Ich hatte das Gefühl, in meinem eigenen Elend zu ertrinken. Philip war nicht mehr, und niemand konnte mir helfen.

4

Ich mußte mein Gepäck vorbereiten. »Du brauchst praktische Kleider«, sagte Kusine Agatha. Ich sah mein praktisches schwarzes Abendkleid an. An der Stelle, wo die Orchidee gesteckt hatte, war ein kleiner Fleck. Hätte ich doch die Blume nur behalten! Sie würde mich immer an Philip erinnern, als er in jener Nacht mich und Kusine Agatha damit überraschte, daß er mich um meine Hand bat.

Ich hatte einen ganzen Schrank voll schönster Kleider. Meine Ausstattung. Sicher hätte Agatha sie mir liebend gerne wieder genommen, aber das konnte sie kaum tun. Esmeralda paßten sie außerdem nicht, da ich viel größer und schlanker war als sie. Aber was nützten mir Kleider, da ich in diese grausame Welt hinausgestoßen wurde? Mein kleines Lebensschiffchen, das einst so fröhlich mit vollen Segeln neben der reich ausgestatteten Fregatte der Carringtons einhergeflitzt war, sollte nun bald an den Felsen des Elends zerschellen, auf denen die ehrenwerte Mrs. Oman Lemming hockte, mit der verglichen Agatha geradezu als zauberhaft charmant bezeichnet werden konnte.

Manchmal war mir meine Zukunft völlig egal. Was war schon mein Elend gegenüber Philips Tod? Ich hatte meinen Verlobten verloren und war um so trauriger, als ich ihn zu Lebzeiten nicht genügend geschätzt hatte. Es gab Augenblicke, da es ganz unwichtig schien, daß ich der farblosen Gouvernantenexistenz in diesem Haushalt entgegentrieb, von dem die Bedienten nur mit Abscheu sprachen.

Am Morgen nach dem Gespräch wachte ich so deprimiert auf wie schon oft seit Philips Tod. Ein Brief war für mich gekommen. Die Handschrift auf dem Umschlag war mir unbekannt. Mit großen, dicken Lettern stand in schwarzer Tinte meine Adresse darauf.

Der Absender lautete: Far Island, Polcrag, Cornwall.

Liebe Miß Kellaway,
wenn Sie diesen Brief lesen, werden Sie sich wundern, warum ich nicht früher geschrieben habe. Ich konnte Ihre Adresse aber erst kürzlich erfahren. Der entlegene Ort, an dem ich wohne, war das

Heim Ihres Vaters. Als er vor etwa einem Jahr starb, machte er mich zu Ihrem Vormund bis zu Ihrem einundzwanzigsten Lebensjahr. Ich weiß, daß Sie dieses Alter noch nicht erreicht haben. Erst zu Ihrem nächsten Geburtstag werden Sie volljährig sein. Es würde mir große Freude bereiten, Sie hier auf der Insel zu empfangen. Ich glaube, man hat Ihnen von der Familie Ihres Vaters nichts erzählt, und denke mir, daß Sie sicher noch einiges darüber wissen wollen. Bitte besuchen Sie uns doch hier. Es würde uns großes Vergnügen bereiten.

Jago Kellaway

Ich las die Zeilen mehrmals hintereinander. Far Island. Die ferne Insel. Niemand hatte je etwas davon erwähnt. Das Heim meines Vaters. Was hatte ich bisher über meinen Vater erfahren? Nur, daß meine Mutter ihn verließ, als ich drei Jahre alt war, und mich mitnahm. Ich suchte mir einen Atlas und schlug die entsprechende Seite auf. Die Insel mußte an der Küste von Cornwall liegen. Polcrag konnte ich jedoch nicht finden.

Im ersten Impuls wäre ich beinahe zu Kusine Agatha gelaufen, um sie nach meinem Vater zu fragen. Ich zögerte aber dann, denn sie war so darauf versessen, mich zur Gouvernante bei Mrs. Lemming zu machen, daß sie imstande gewesen wäre, alles zu unternehmen, um meine Abreise zu verhindern. Und ich wurde schon bei dem Gedanken daran ganz aufgeregt. Es war irgendwie schicksalhaft, einen Brief in einer derart prekären Situation zu erhalten. Die ferne Insel – wie romantisch das klang. Und mein Vater war erst vor einem Jahr gestorben. Wie traurig, daß ich ihn nie kennenlernen durfte.

Also sagte ich vorerst nichts von dem Schreiben, nicht einmal zu Esmeralda, bis ich eine günstige Gelegenheit fand, mit Cousin William zu reden. Ihm zeigte ich die Zeilen und fragte ihn, was er Näheres wisse.

»Ja«, bestätigte er, »deine Mutter hat auf die Insel geheiratet. Irgendwas ging mit der Ehe schief, sie verließ ihren Mann mit dir. Dein Vater hat ihr kein Geld gegeben, was ja nicht weiter verwunderlich ist, da sie ihn verließ. Als sie weglief, gab sie jeden Anspruch für sich selbst und für dich auf.«

»Und wer ist dieser Jago Kellaway?«

»Offensichtlich irgendein Verwandter.«

Er sah mich fragend an. Ich spürte Mitgefühl in seinem Blick. »Leider kann ich dir wenig sagen, aber daß dies der Name der Insel war, auf der dein Vater lebte, daran erinnere ich mich noch. Wenn er jetzt tot ist und diese Leute dich einladen, wollen sie vielleicht gutmachen, was er an dir versäumt hatte.«

Er legte mir seine Hand auf den Arm. »*Mein* Wunsch und Wille ist es nicht, daß du diesen Posten annimmst. Was mich betrifft, so könntest du alle Zeit …«

»Das weiß ich, und ich danke dir dafür«, sagte ich. Ich wollte nicht, daß er irgend etwas Böses über seine Frau sagte, was ihm später leid täte. »Ich möchte daher nur sichergehen«, setzte ich rasch fort, »daß es sich wirklich um meines Vaters Familie handelt. Meinst du, daß ich sie tatsächlich besuchen sollte?«

Er nickte, und ich spürte, daß er darin eine Möglichkeit sah, meine derzeitigen Schwierigkeiten aus dem Weg zu räumen.

Am Nachmittag besuchte uns Mrs. Lemming. Ich sah sie von meinem Fenster aus ankommen. Wie mir ihre Art verhaßt war, den mit Blumen überladenen Hut schief aufzusetzen, und ihre Arroganz, mit der sie den Diener ignorierte, der ihr aus der Kutsche half.

Bald würde man nach mir schicken, und ich müßte hinuntergehen und mit niedergeschlagenen Augen dastehen, als arme Verwandte, zu der sie so generös waren. Kusine Agatha, die mich all die Jahre, die ich unter ihrem Dach verbracht hatte, nie mochte, und Mrs. Oman Lemming, die so gütig vergaß, welche Rolle ich ihrer Meinung nach in der Tragödie gespielt haben mußte, und mir die einzigartige Möglichkeit bot, mich unter ihrem Dach schikanieren und erniedrigen zu lassen!

Ich setzte mich daher sofort an mein Tischchen und schrieb Jago Kellaway. Sagte ihm, daß ich gerne zu Besuch auf die ferne Insel käme und meines Vaters Familie kennenlernen wollte.

Kaum war ich fertig mit meinen Zeilen, wurde ich schon aufgefordert, nach unten zu kommen. Ich versiegelte rasch das Kuvert.

Bessie klopfte so leise an, als täte es ihr leid, mir solch einen Befehl zu überbringen.

»Miß Ellen, die gnädige Frau möchte Sie unten im Salon sehen. Diese Mrs. Lemming ist da.«

Voll inneren Widerstands ging ich hinunter. Mein alter Widerspruchsgeist erwachte langsam. Ich würde mich nicht vor Mrs. Oman erniedrigen und verächtlich behandeln lassen. Nein, ich wollte meine Verwandten auf der fernen Insel an der Küste von Cornwall besuchen.

DAS HERRENHAUS

1

Am späten Nachmittag kam ich in Polcrag an. Etwa zehn Kilometer hatte ich noch mit der Kleinbahn von der Hauptstrecke aus zurücklegen müssen. Ein Wagen erwartete mich bei der Station und brachte mich mit meinem Gepäck zum Dorfgasthaus. Jago Kellaway hatte dies in seiner Antwort vorgeschlagen, in der er mir mitteilte, wie sehr er sich über mein Kommen freue.

»Die Insel liegt etwa fünf Kilometer von der Küste entfernt, und für die Überfahrt muß Ihnen das Meer gnädig sein. Es kann durchaus passieren, daß zum Zeitpunkt Ihrer Ankunft kein Boot übersetzen kann, und so ist es besser für Sie, im Gasthaus zu bleiben, dessen Besitzer ich gut kenne und den ich bitten werde, sich besonders um Sie zu kümmern.«

Mein ganzes Hab und Gut war in drei mittelgroßen Reisetaschen verstaut. Größtenteils Kleider, die für meine Brautausstattung angefertigt worden waren. Ironischerweise verließ ich die Londoner Gesellschaft mit besserer Kleidung, als ich je zuvor besessen hatte.

Esmeralda hatte sich tränenvoll von mir verabschiedet, Kusine Agatha machte wenig Anstalten, ihre Erleichterung über meinen Weggang zu verbergen, und Cousin William drückte mir ein Beutelchen mit Goldstückchen in die Hand und flüsterte: »Ich bestehe darauf, daß du es nimmst. Du wirst es gut brauchen können.« Immer der liebe besorgte Cousin!

Während der Wagen von der Station zum Gasthof zockelte, betrachtete ich den kleinen Ort zu meinen Füßen, der sich an die Klippen zu klammern und auch an ihnen hochzuklettern schien. Einige Häuser konnte man nur über steile Hänge erreichen, zu anderen führten Stufen, die in die Felsen geschlagen worden waren. Alle Gebäude waren aus grauem Naturstein, viele hatten verglaste Veranden, die wohl die Sonnenwärme einfangen und den Wind abhalten sollten, der hier sicher kräftig vom Meer hereinblies. Der Gasthof, ein dreistöckiges Gebäude mit einem bogenförmigen Eingang an der

Seite, befand sich an der Hauptstraße. Wir fuhren durch den Torbogen zu den Ställen hinein. Als ich eben absteigen wollte, trat ein Mann mit Lederschürze, in dem ich zu Recht den Gastwirt vermutete, in den Hof. »Sie wären also Miß Kellaway«, sagte er, »wenn ich mich nicht irre.«

Ich bestätigte, in der Tat Miß Kellaway zu sein.

»Hätten wir ein schönes Zimmerchen für Sie. Wußten schon von Ihrem Kommen.«

»Ich dachte, daß ich noch heute hinüberfahren sollte«, sagte ich.

»Du meine Güte, nein, Fräuleinchen! Dem Meer wäre heute nicht zu trauen. Haben Sie nicht die weißen Pferdchen gesehen, weit draußen wohl, aber wenn man sie sieht, weiß man, daß kein Boot zur Insel rüberfahren kann.«

»Dann muß ich also hier übernachten?«

»Ja, da bleibt nichts anderes übrig, und wir wären ja gerüstet. Haben Befehl, daß wir uns gut um Sie kümmern, bis das Boot Sie holt.«

So enttäuscht ich war, die Insel nicht am selben Tag erreichen zu können, so sehr beruhigte mich die Tatsache, daß mein neu gefundener Verwandter sich solche Mühe um mein Wohlbefinden machte.

»Jim trägt Ihnen die Taschen rauf, und morgen sind die bösen weißen Pferdchen vielleicht schon in ihrem Stall verschwunden.«

Ich folgte ihm über den Hof zu einer Tür ins Haus. Die Halle drinnen wurde beherrscht von einem niedrigen Eichenschrank, auf dem eine riesige Messingschale stand.

»Wo bist du denn, Frau?« rief der Wirt, und da trat sie schon in die Halle.

»Das wär also Miß Kellaway«, sagte er.

Mit großen Augen sah sie mich an. »Das wären Sie also«, wiederholte sie und machte einen Knicks. »Ich bringe Sie am besten gleich in Ihr Zimmer rauf.«

»Ja, ich würde mich gerne waschen«, sagte ich, »und die Bluse wechseln.«

»Das sollen Sie auch gleich«, sagte die Wirtin. »Wenn Sie mir bitte folgen.«

Der Wirt sah mir nach, während ich die Treppe hinaufging. Die Wirtin stieß eine Tür auf. »Das wär es dann«, sagte sie. »Das beste

Zimmer im Haus. Wir sollten es für Sie freihalten, falls Sie eine Weile hierbleiben müssen. Ich lasse gleich heißes Wasser raufschicken.«

»Vielen Dank.«

»Nichts zu danken, Miß Kellaway. Es ist ja unsere Pflicht und Schuldigkeit, Ihnen das Allerbeste zu bieten. Die Taschen kommen in einem Momentchen nach.«

Dann hielt sie inne. Die ganze Zeit hatte sie kaum die Augen von mir abgewandt. Ich sah sie fragend an, offensichtlich wollte sie mir noch etwas sagen. Und das tat sie dann auch.

»Ich habe Ihre Mutter gekannt. Es ist, als wären Sie es selbst.«

»Sie kannten meine Mutter? Wie interessant!«

Sie nickte. »Ich war ihre Dienerin, bevor ich geheiratet habe. Bis sie wegging, blieb ich bei ihr.«

»Ich bin so froh, hier jemanden zu treffen, der sie kannte. Als sie starb, war ich ja erst fünf, und da erinnere ich mich natürlich nicht so genau an sie.«

Sie nickte. »Da wär sie also wieder hier, unsere kleine Miß Ellen! Meiner Treu, Sie haben sich aber verändert!«

Ich lächelte. »Seit Sie mich das letzte Mal sahen, bestimmt. Ich war ja erst drei Jahre alt.«

»Wie die Zeit doch vergeht! Mir tät's vorkommen wie gestern, dabei ist inzwischen so viel passiert. Mein Junge ist jetzt drüben.« Sie machte eine Kopfbewegung zum Fenster. »Er arbeitet für Mr. Jago. Fragen Sie nur nach August. Die meisten Leute sagen allerdings nur ›Junge‹ zu ihm.«

»Das tue ich bestimmt«, versprach ich.

»Bald nachdem Ihre Mutter uns verlassen hat, habe ich geheiratet und unseren August bekommen. Ein bißchen früh geboren ist er, nicht ganz ›gar‹ gewesen. Aber sonst fehlte ihm nichts, und er ist ein guter Junge.«

Es klopfte. Ein Mädchen brachte heißes Wasser, der Bursche folgte mit meinem Gepäck.

»Im Ofen wartet dann ein gebratenes Ferkel«, sagte die Wirtin noch, ehe sie hinausging.

Ich trat ans Fenster und betrachtete die herrliche Aussicht aufs Meer. Ich strengte meine Augen an, um wenigstens einen Schimmer von der Insel zu sehen, entdeckte aber nur drohend dunkle Wolken, die der Wind über den grauen Himmel jagte, der auch die weißen Pferdchen peitschte, deren Anwesenheit mich hier auf dem Festland hielt. Wieder klopfte es, ein Mädchen kam mit Handtüchern herein.

»Kann man von hier aus je die Insel sehen?« fragte ich sie.

»Wenn's klar genug wäre, schon.«

Ich wusch mich und wechselte die Bluse und wurde immer aufgeregter, denn nun sollte ich bald etwas über meine Eltern erfahren. Bisher wußte ich nur, daß sie miteinander unglücklich waren, denn sonst wäre meine Mutter ja nicht davongelaufen. Oft hatte ich schon über sie nachgedacht und mir meinen Vater immer als eine Art Ungeheuer vorgestellt. Dieses Abenteuer war wohl genau das, was ich gebraucht hatte, um mich aus der Vergangenheit zu reißen, in der ich nur um Philip trauern und Reue empfinden konnte, weil ich ihn, als er noch lebte, nicht hoch genug eingeschätzt hatte.

Viel packte ich nicht aus, denn ich hoffte ja, am nächsten Tag hinüberfahren zu können, sobald die weißen Pferde wieder ›im Stall waren‹. Ob wohl Jago Kellaway selbst herüberkommen würde? Und wie er wohl war? Sein Brief klang sehr herzlich, und ich war schon sehr begierig darauf, ihn kennenzulernen.

Als ich die Treppe hinunterging, machte mir der würzige Geruch des Bratens zum erstenmal seit Philips Tod wieder Hunger und Appetit. Im Speiseraum war ich der einzige Gast. Mrs. Pengelly, die Wirtin, erklärte, daß es eigentlich noch zu früh zum Essen sei, aber nach meiner Reise hätte ich doch sicher gleich Hunger.

Das konnte ich ihr bestätigen, und offensichtlich war sie genauso froh wie ich, daß wir noch einmal Gelegenheit hatten, uns zu unterhalten.

»Sie müssen meine Mutter sehr gut gekannt haben«, begann ich gleich diese Gelegenheit zu nutzen.

»Ja, sehr gut. Als Sie, Miß Kellaway, noch klein waren. Und was für ein lebhaftes Dingelchen. Den ganzen Tag hatten wir zu tun, daß Sie nichts anstellten.«

»Aber warum ist meine Mutter fortgegangen?«

Mrs. Pengelly sah mich peinlich berührt an. »Tja, meine Liebe, das wird sie wohl selbst am besten gewußt haben. Ich glaube, sie und Ihr Vater haben sich nicht so gut verstanden.«

Der Wirt trat ein und wollte wissen, wie es mir schmeckte. »Herrlich«, sagte ich zu ihm. Da rieb er sich die Hände und schien sich zu freuen. Gleichzeitig sah ich jedoch an einem Blick, den er seiner Frau zuwarf, daß er sich nicht nur nach meinem Wohlergehen erkundigen, sondern auch seine Frau vor zu vielem Reden warnen wollte.

»Falls da noch was wär, was Sie wünschen...«, begann er. Ich sagte, es fehle mir nichts, und seine Frau fragte mich, ob ich Kaffee haben wolle; als ich bejahte, erklärte sie mir, daß er im Salon serviert würde.

»Ich bring' ihn dann schon rüber«, fügte sie noch hinzu, was ich für ein Versprechen hielt, unser Gespräch dort fortzusetzen. Als sie aber dann mit dem Getränk kam und ich sie weiter über meine Eltern ausfragen wollte, preßte sie die Lippen aufeinander, als sei sie entschlossen, ihren Mund nichts sagen zu lassen, was er sichtlich gerne sagen wollte. Ich nahm an, daß ihr Mann sie vor irgendwelchen Indiskretionen gewarnt hatte.

Ob es ein Geheimnis um die Insel und deren Bewohner gab? Ich trank meinen Kaffee aus und ging dann in mein Zimmer hinauf. Dort saß ich eine Weile beim Fenster und sah aufs Meer hinaus. Ein wunderschöner Anblick. Der Mond war gerade aufgegangen und legte ein silbernes Band übers dunkle Wasser. Die See schien mir ruhiger als bei meiner Ankunft, und so ging ich dann auch ruhig schlafen.

Morgen früh werden sie mich abholen, dachte ich. Das riesige Federbett in dem gemütlichen Raum war schön warm, aber ich konnte nicht gleich einschlafen. Und als ich dann endlich einnickte, suchte mich wieder der Traum heim, diesmal aber ganz vage und schattenhaft. Ich stand in dem Zimmer, das ich nur an den roten Vorhängen erkennen konnte; als die anderen Dinge, die mir in den Jahren so vertraut geworden waren – Schaukelstuhl, Teppich, Klapptisch, Kamin und anderes mehr –, Gestalt anzunehmen begannen, wachte ich auf.

Bei diesem Erwachen hatte ich aber nicht die übliche böse Vorahnung, sondern fühlte mich nur erregt und spürte den Wunsch, etwas zu entdecken – als sei ich nahe daran, die Bedeutung dieses Traumes zu erfahren. Ein paar Sekunden lang konnte ich mich nicht erinnern, wo ich war, ich stand auf, ging zum Fenster und sah aufs Meer hinaus. Ich blickte in Richtung Insel, denn es fiel mir ja wieder ein, wo ich war. Es war mir klar, daß der Traum bis zu einem gewissen Punkt meine Gefühle reflektiert hatte – ich stand ja vor einer Entdeckungsreise.

2

An jenem Morgen erhob sich der Wind wieder, und die Wellen schlugen hart gegen die Felsen. Wie enttäuscht ich war! Die weißen Pferdchen vom Vortag waren nicht in ihren Stall zurückgekehrt, im Gegenteil, es schien, als seien noch neue dazugekommen.

Ich ging hinunter. Mrs. Pengelly schüttelte bedauernd den Kopf. »Ganz schönes Treiben draußen«, sagte sie. »Heute vormittag kommt kein Boot durch.«

Ich aß das frisch gebackne Brot noch warm vom Ofen – die Butter schmolz darauf beim Verstreichen – und trank den heißen Kaffee aus einem braunen, irdenen Becher. Der Tag breitete sich aus vor mir, und ich beschloß, mir den Ort anzusehen. Abseits der Hauptstraße gab es nicht viel zu sehen. Nur noch ein paar Geschäfte und Häuser, dann war schon Schluß. Ich bemerkte, wie die Leute mich merkwürdig ansahen, vermutlich gab es dort selten Besucher.

Das Postamt war im Kaufmannsladen, ich ging hinein, einige Briefmarken zu kaufen, denn ich hatte Esmeralda versprochen, ihr so bald wie möglich von meiner Reise zu berichten.

Von der Insel aus wollte ich ihr dann ausführlich schreiben, mit allen Details, von denen ich wußte, daß sie ihr Vergnügen bereiten würden. Aber bis dahin sollte sie doch schon etwas von mir hören.

Die Postbeamtin und ihr Mann, der an einem anderen Schalter bediente, blickten beide auf, als ich hineintrat. Ich lächelte und grüßte, sie antworteten bedächtig. Während die Frau mir die Marken heraussuchte, fragte sie mich, ob ich hier zu Besuch sei.

»Ja«, antwortete ich, »allerdings nicht auf dem Festland. Ich warte, daß das Meer ruhiger wird.«

»Sie wollen also zu den Inseln hinüber?«

»Ja. Meine Familie hat mich hergebeten.«

»Und Sie waren noch nie dort?«

»Ich wurde sogar auf der fernen Insel geboren, aber seit meinem dritten Lebensjahr war ich nicht mehr da.«

»Sie sind doch nicht etwa ...«

»Ich bin Ellen Kellaway.«

Sie starrte mich überrascht an. »Na, so was«, sagte sie nach einer ganzen Weile. »Das ist ja 'n Ding!«

»Sie kennen wohl meine Familie?«

»Jeder Mensch hier kennt die Kellaways. Kellaways gibt's auf der Insel schon seit Hunderten von Jahren, sagt man.«

»Mr. Jago Kellaway hat mich eingeladen. Ihn kennen Sie sicher.«

»Ja, das ist ja der Herr der Insel, sagen die Leute.«

Mir wurde plötzlich bewußt, daß alle in der Post sich für mich interessierten, und ich dachte, daß ich vielleicht zuviel geredet hatte. Rasch zahlte ich für meine Marken und ging ins Gasthaus zurück, wo mich ein kaltes Mittagessen mit Schinken, Käse und Obst erwartete.

Ein langer Nachmittag hatte begonnen, das Meer war unverändert stürmisch. Die Wolken waren drohend wie am Tag zuvor, und die Wogen, deren weiße Schaumkronen vom Wind hoch aufgewirbelt wurden, donnerten gegen den Strand.

Ich mochte nicht drinnen bleiben und beschloß, noch mal spazierenzugehen. Ich verließ aber diesmal die Hauptstraße und wandte mich dem Hafen zu. Ein paar kleine Boote lagen dort vertäut. *Unsere Sally, Jenny, Das muntere Mädchen, Abenteurer* hießen sie. Sie tanzten auf dem Meer am Kai. Ich kam an Hummertöpfen vorbei und an einem Fischer, der seine Netze flickte und mich neugierig betrachtete. Ich rief ihm einen Gruß zu, er murmelte eine Antwort und machte an seinen Netzen weiter. Einen großen, nach Fisch riechenden Schuppen mit einer Waage darin sah ich auch. Sicher der Fischmarkt, der aber heute still und leer dalag. Keines der kleinen Boote konnte hinaus. Die Möwenschreie klangen wie Protestrufe. Normalerweise bekamen die Vögel ja ihren Teil ab, wenn der Fang eingebracht wurde.

Nach einer Weile verließ ich die Küste und folgte einem gewundenen Pfad durch den Wald. Ich dachte an alles, was ich vergessen wollte. Ich fand es so schwer, nun nie mehr Philips von Lachfältchen gekräuseltes Gesicht vor mir zu sehen, seine spöttische und doch stets freundliche Miene. Auch an Rollos anklagenden Blick dachte ich. Es schmerzte mich tief zu wissen, daß er mich in Verdacht hatte, Philip in den Tod getrieben zu haben.

»Ach, Philip«, sagte ich laut. »Ich werde niemals glauben können, daß du es selbst getan hast. Es ist völlig unmöglich, das weiß ich genau, aber was ist *wirklich* passiert?«

Und damit war ich am gleichen Punkt der Tragödie angelangt wie an jenem Morgen, an dem Rollo herübergeritten war, mir davon zu berichten.

So verloren war ich in meine Gedanken, daß mir gar nicht auffiel, wie tief ich in den Wald geraten war. Ich überlegte zwar einmal, ob ich nicht zurückkehren sollte, aber es hatte keine Eile damit, denn es lag ja noch der einsame lange Abend vor mir.

Um nicht in die Irre zu gehen, wandte ich mich aber dann doch um und ging, wie ich meinte, den gleichen Weg zurück, den ich gekommen war. Ich dachte, daß ich bald zu der Stelle kommen mußte, von der aus ich wieder Ausblick aufs Meer hatte. An diesen Platz kam ich jedoch nicht, und bald hatte ich völlig die Richtung verloren; mit Entsetzen wurde mir klar, daß ich mich verirrt hatte. Ich versuchte mir selbst einzureden, daß ich irgendwann beim Meer herauskommen müßte, aber nachdem ich eine halbe Stunde durch den Wald gegangen war, hatte er immer noch nicht aufgehört. Endlich kam ich zu einem Gatter, öffnete es hoffnungsfreudig und ging hindurch. Der Baumwuchs wurde nun spärlicher, und ich dachte mir, wenn ich hier weiterginge, käme ich vielleicht zu einem Haus und könnte nach dem Weg fragen.

Als ich eine Lichtung betrat, hörte ich plötzlich Pferdegetrappel hinter mir und sah gleich darauf Roß und Reiter. Ein Mann auf einem grauen Pferd, der bei meinem Anblick sofort anhielt.

»Können Sie mir helfen?« fragte ich ihn. »Ich habe mich verlaufen.«

»Sie sind sogar auf meinem Grund«, sagte er lächelnd. »Der Wald hier ist wegen der Fasane für die Öffentlichkeit gesperrt.«

»Du meine Güte, das tut mir aber leid! Ich versuche schon seit einer Weile vergeblich aus diesem Wald herauszukommen.«

»Wo wollen Sie denn überhaupt hin?«

»Ich wohne im Gasthaus in Polcrag.«

»Da sind Sie aber ganz schön weit gelaufen.«

»Weiter, als mir bewußt wurde, leider.«

»Am einfachsten kommen Sie am Haus entlang dorthin. Das ist zwar eine Privatstraße, aber auch die beste Abkürzung.«

»Glauben Sie, daß es dem Besitzer etwas ausmacht?«

»Bestimmt nicht«, sagte er wieder lächelnd. »*Mir* macht es nichts aus. Das Haus gehört mir. Ich bin Michael Hydrock.«

»Dann ist es also Ihr Gebiet hier. Ich möchte mich vielmals entschuldigen.«

»Ach, Fremden passiert das öfters. Man kommt ganz unabsichtlich in den Privatteil. Wir hätten mehr Tafeln aufstellen müssen.«

»Würden Sie mir freundlicherweise den Weg noch zeigen?«

»Aber gerne.«

Ich machte einen Schritt nach vorne, stolperte dabei über einen alten Baumstrunk und fiel der Länge nach ins Gras. Er sprang sofort vom Pferd und half mir auf. Was für ein angenehmes Gesicht er doch hatte! Und wie besorgt er dreinblickte.

»Haben Sie sich weh getan?«

»Ich glaube nicht.« Ich stand auf und griff dann an meinen Knöchel.

»Stehen können Sie offensichtlich noch, können Sie aber auch gehen?«

»Ich denke schon.«

»Der Schmerz kommt vielleicht erst später. Die ganze Strecke können Sie heute nicht zu Fuß machen. Wissen Sie was? Wir sind ja nahe am Haus. Gehen wir erst einmal hinein und sehen nach, was wirklich passiert ist, und dann kann ich Sie ja mit dem Wagen ins Dorf bringen lassen.«

»Das ist zu liebenswürdig.«

»Gar nicht der Rede wert. Ich helfe Ihnen auf mein Pferd und gehe selber daneben.«

»Das ist wirklich nicht nötig. Ich kann bestimmt bis zum Haus humpeln.«

»Dann verschlimmern Sie die Sache vielleicht noch«, sagte er ruhig, aber bestimmt.

»Ich mache Ihnen nun noch mehr Umstände. Erst betrete ich Ihren Privatbesitz, und dann müssen Sie mir noch Ihr Pferd geben.«

»Das ist doch das Mindeste, was ich tun kann.« Er half mir ohne weitere Worte auf das Tier und führte es dann den Weg entlang.

Den ersten Anblick des Herrenhauses der Hydrocks werde ich nie vergessen. Wir kamen aus dem Wald heraus, und da stand das graue

Steinhaus mit den befestigten Wachhäuschen vor uns; Spitzbogen am Eingang, mit gotischen Mustern verzierte Gitterbogen am Tor. Davor der glatteste, grünste Rasen, den ich je gesehen hatte. Ein herrlich bunter Pfau stolzierte voll Überlegenheit vor seiner kleinen, recht unscheinbaren Gefährtin einher. Ein tiefes Gefühl des Friedens überkam mich, wie ich es noch nie empfunden hatte. Ohne jeden erfindlichen Grund war ich glücklich, hier zu sein, obwohl ich mir den Knöchel verletzt hatte und von der Freundlichkeit und Hilfsbereitschaft eines Fremden abhängig war.

Ein Kiesweg verlief quer über den Rasen zu dem Torbogen, wir folgten ihm bis in den Innenhof. Auch hier wieder dieses Gefühl tiefsten Friedens. Kleine Grasstückchen wuchsen zwischen den Pflastersteinen hervor. Vergitterte Fenster sahen auf den Hof.

Der Mann rief: »Tom!« und half mir vom Pferd. Tom, offensichtlich ein Stallbursche, eilte heran. Er sah mich recht überrascht an und übernahm das Pferd.

»Hier entlang«, sagte mein Gastgeber und führte mich durch eine Tür ins Haus.

Wir standen in einer Halle, die nicht sehr hoch, aber wundervoll proportioniert und mit einer Stuckdecke versehen war. Den Fußboden schmückte ein Mosaikmuster; auf der einen Seite des Raums war ein kleines Podium, auf der anderen eine Galerie für die Musikanten.

»Ich glaube, ich sollte meine Haushälterin herbeiholen«, meinte Michael Hydrock. »Sie kann sicher sagen, ob der Knöchel arg verletzt ist oder nicht. In solchen Dingen kennt sie sich gut aus. Jetzt setzen Sie sich aber vor allem erst einmal hin.« Er zog an einer Glockenschnur; während ich mich dankbar auf einem Stuhl niederließ, hörte ich das Klingeln im Haus. Ich sah mich weiter um. Die Möbel waren mindestens aus dem sechzehnten Jahrhundert. Und ein schöner Teppich hing an einer Wand. Michael Hydrock folgte meinem Blick. »Das sind Ereignisse aus dem Leben von Bischof Trelawny, der hierzulande sehr verehrt wird. Hier sehen Sie ihn auf dem Weg zum Tower. Dort marschiert er durch Cornwall. Sie kennen sicher das alte Lied. Es heißt:

›Und spotten sie auch Tre Pol und Pen,
Und stirbt uns auch Trelawny ...‹«

Ich beendete die Strophe:

»›Dann werden zwanzigtausend Mann
Aus Cornwall wissen, warum.‹«

»Ah, Sie kennen es also auch!«

»Sehr gut sogar. Wie viele Stickerinnen wohl daran gearbeitet haben mögen? Es ist einfach wundervoll.«

Ein Diener öffnete. »Bitte Mrs. Hocking«, sagte Michael Hydrock, und als der Diener fort war, erklärte er: »Das ist meine Haushälterin. Sie ist schon ihr ganzes Leben hier.«

Ehe ich noch antworten konnte, war Mrs. Hocking schon da. Ende Sechzig, schätzte ich, und mit dem Auftreten einer Bedienten, die schon sehr lange bei der Familie war. Michael Hydrock erklärte ihr, was passiert war. Sie kniete sich neben mich und hob vorsichtig den Knöchel hoch. »Tut es weh?« fragte sie.

»Ein bißchen.«

»Stehen Sie mal auf!« befahl sie. Ich tat es. »Treten Sie fest auf. Mit dem ganzen Gewicht.« Auch das tat ich. »Geht's?« fragte sie. Und ich sagte: »Ich denke schon.«

»Ist nur eine kleine Verzerrung«, erklärte sie. »Heute sollten Sie noch liegen, morgen ist es sicher wieder gut.«

»Dann bringe ich Sie im Wagen zum Gasthof zurück«, sagte Michael Hydrock.

»Aber nein, ich kann bestimmt gehen«, protestierte ich.

Mrs. Hocking schüttelte den Kopf.

»Das wäre für heute bestimmt zuviel Anstrengung.«

»Ich weiß gar nicht, wie ich Ihnen beiden danken soll.«

»Aber das tun wir doch gerne, äh ...«

»Miß Kellaway«, sagte ich. »Ich bin Ellen Kellaway.«

Die Stille darauf war spürbar. Dann sagte Michael Hydrock: »Dann sind Sie sicher mit den Kellaways von der Insel verwandt?«

»Ja. Ich bin auf dem Weg dorthin. Ich wohne nur im Gasthof, bis das Wetter die Überfahrt erlaubt.«

Mrs. Hocking hatte ihre Lippen zusammengepreßt; offensichtlich mißbilligte sie es, daß ich eine Kellaway war. Warum wohl?

Michael Hydrock sagte: »Sicher hätten Sie gerne eine Tasse Tee.

Mrs. Hocking, lassen Sie uns welchen schicken? In den Wintersalon bitte. Dorthin sind es nur ein paar Schritte, Miß Kellaway.«

Wieder sagte ich höflich: »Ich mache Ihnen so viele Mühe«, wartete aber darauf, daß er dagegen protestierte und mir versicherte, was für ein Vergnügen es ihm bereite, und er tat es auch sogleich mit seinem altväterlichen Charme.

Mrs. Hocking fragte im Gehen: »Glauben Sie, daß Sie die paar Schritte schaffen werden?«

»Ganz leicht, ich glaube überhaupt, ich bin hier unter falschen Vorspiegelungen gelandet. Mein Knöchel tut fast überhaupt nicht weh.«

Er nahm mich beim Arm und führte mich zum Speisezimmer hinauf. Auch hier wunderschöne Wandteppiche; durch die großen vergitterten Fenster am anderen Ende sah ich in einen zweiten Hof. Noch einmal sechs Stufen führten von diesem Raum in ein gemütliches Zimmer mit nur einem Fenster, den Wintersalon, in dem wohl die Familie aß, wenn nur wenige zu Tisch saßen. In der Mitte des Raumes stand ein ovaler Klapptisch auf gedrechselten Säulenbeinen, die Stühle ringsum waren mit Gobelinstoff überzogen.

»Bitte setzen Sie sich doch«, sagte der Hausherr. »Wie geht's dem Knöchel nach dem kleinen Spaziergang?« fragte er.

»Ich spüre kaum etwas. Es ist bestimmt nicht viel passiert.«

Und dann sagte ich ihm, wie wunderbar ich das Haus fand, was ihm sichtlich Freude bereitete. »Ich finde es auch schön«, sagte er, »aber es ist ja mein Heim. Es gehört meiner Familie schon seit vierhundert Jahren.«

»Es muß wunderbar sein«, meinte ich, »zu so einem Haus richtig dazuzugehören.«

»Ich glaube, man nimmt es viel zu selbstverständlich. Ich wurde hier geboren und werde wohl auch hier sterben. So geht es schon seit Generationen den Männern unserer Familie. Die Frauen heiraten meistens weg. Jeder Stein ist mir vertraut hier. Es ist ein relativ kleiner Besitz, aber für mich gerade richtig. Sie sind nicht vom Land, Miß Kellaway?«

»Nein, im Grunde nicht. Wir haben zwar jedes Jahr mehrere Monate auf dem Land verbracht, aber ich habe immer London als meine Heimat betrachtet.«

Ein junges Mädchen brachte uns den Tee, Mrs. Hocking begleitete sie.

Das Tablett mit einer silbernen Teekanne aus der georgianischen Zeit und einem Wassertopf auf dem Spiritusbrenner wurde auf den Tisch gestellt, auf einer silbernen Platte lagen kleine Zuckerkuchen.

»Soll ich einschenken?« fragte Mrs. Hocking, und ich spürte ihren kalten, abweisenden Blick.

»Vielleicht würde es Miß Kellaway gerne tun«, meinte Michael Hydrock, und ich bejahte sofort.

Es war mir sehr angenehm, daß die alte Frau mit dem Mädchen verschwand. Während ich den Tee einschenkte, kam ich mir herrlich abenteuerlich vor. Der Raum war so entspannend, daß ich mich sehr wohl fühlte, und mein Retter gefiel mir jeden Augenblick mehr. Von ernster Natur, hier verglich ich ihn wohl mit Philip, aber warmherzig und freundlich.

Und plötzlich war ich mitten im Erzählen, vielleicht ein bißchen zu ungehemmt, berichtete von meinem Leben in London und erklärte, noch ehe es mir selbst recht bewußt wurde, daß ich kurz vor der Heirat gestanden hatte und mein Verlobter gestorben war.

»Das ist ja entsetzlich!« sagte er. Ob er die Geschichte schon gehört hatte? In den Zeitungen war sie ja genügend ausgebreitet worden. Es war mir inzwischen klar, daß Michael Hydrock aus Wohlerzogenheit keinerlei Neugierde zeigen und auch nicht durchblicken lassen würde, daß er die Geschichte bereits kannte, nur um mich nicht zu verletzen.

»Als meine Verwandten mir schrieben und mich einluden, fuhr ich hierher. Es ist ein Besuch auf unbestimmte Zeit. Ich dachte mir, hier in der Umgebung würde ich vielleicht die Kraft finden, Zukunftspläne zu schmieden.«

»Ein sehr kluger Gedanke«, sagte er.

»Ich wußte übrigens bis vor wenigen Wochen gar nicht, daß diese Familie existiert.« Und dann erzählte ich ihm von meinem Leben mit Kusine Agatha und Esmeralda. Jetzt, im Rückblick, kam mir alles recht gemütlich vor, wie es einem oft geht mit Dingen, die als Erlebnis selbst ziemlich unangenehm sind.

»Und ich brenne schon darauf, meine Verwandten kennenzulernen. Offenbar sind sie hier sehr gut bekannt.«

»Jedermann hier kennt Jago Kellaway.«

»Wie ist er denn?«

Michael Hydrock lächelte. »Schwer zu beschreiben, denn es gibt wohl kaum noch so einen Menschen auf der Welt wie ihn.«

»Dann werde ich wohl warten müssen, bis ich ihn sehe. Sind Sie oft auf der Insel, und kommen die von drüben herüber?«

»Ich kenne einige Leute von drüben«, sagte Michael etwas steif, und ich merkte, daß dies ein Wink sein sollte, nicht weiter nachzufragen.

Dann erzählte er mir von der Landschaft ringsum, was man sich anschauen sollte, und welche Sitten und Gebräuche man hier hatte. An Festtagen gäbe es meist Ringkämpfe, und als Preis würde ein besonders schöner Hut ausgesetzt, den der Hutmacher selbst überreichte, oder eine vom Schneider verfertigte, gestickte Weste. Es gab Wettläufe und Preiskochen für die Frauen, bei dem sie Kleidungsstücke gewinnen konnten. Getanzt wurde natürlich auch, Hammerwerfen geübt und alle möglichen anderen Sportarten.

Im Mai gab es den Pelztanz – ein Willkommensgruß für den Sommer –, den tanzten die Edelleute mittags, die Kinder um halb elf und die Dienerschaft nachmittags. Es gab auch Wurfwettbewerbe, die fast so beliebt waren wie die Ringkämpfe. Das Mittsommernachtsfest wurde am meisten gefeiert. »Es gilt der Sonne«, sagte Michael Hydrock. »Wir kennen es schon aus vorchristlichen Zeiten. Sie sollten die Leute ums Feuer tanzen sehen! Das soll gegen Hexenzauber helfen. In heidnischen Zeiten warf man zum Schutz gegen das böse Auge etwas Lebendiges ins Feuer. Heutzutage werfen sie an manchen Orten Blumenkränze und Kräuter und überhaupt Blumen aller Arten hinein. Einiges vom alten Aberglauben ist eben doch noch da. Und dann gibt es noch die Mitternachtsfeuer. Wenn Sie die erst in den Sümpfen auflodern sehen!«

Das war alles sehr interessant, aber plötzlich fiel mir ein, daß ich meinen Besuch schon längst überzogen hatte. Also dankte ich für seine Gastfreundlichkeit und sagte, ich müsse mich nun wohl auf den Weg machen. Es sei ein wunderbarer Nachmittag gewesen, und eigentlich sei ich froh, daß ich mich verlaufen hatte.

Das Ponywägelchen stand schon vor der Tür, man half mir hinein. Michael Hydrock nahm die Zügel und setzte sich neben mich. Sein klares Profil war mir zugewandt, und wieder dachte ich: Was für ein angenehmes Gesicht! Nicht irgendwie markant, aber so freundlich. Er war ein Mensch, den man sicher leicht verstehen konnte. Ich hatte das Gefühl, auf ihn könne man sich immer verlassen, er würde immer so handeln, wie es normalerweise vorauszusehen war.

Er sagte: »Ich glaube, der Wind läßt ein bißchen nach. Vielleicht ist morgen früh die See glatt genug, daß Sie zur Insel hinüberkönnen.«

»Ich hatte ja keine Ahnung, daß ich so lange aufgehalten werden könnte.«

»Es ist die geographische Lage der Insel. Sie ist gar nicht so weit entfernt, nur etwa fünf Kilometer. Aber diese Küsten haben ihre Tücken. Sogar bei schönstem Wetter ist dem Meer hier nicht zu trauen, und man sollte sich immer nur einem erfahrenen Schiffer anvertrauen. Gleich unter der Oberfläche sind riesige Felsen, die man sorgsam umgehen muß, und etwa zwei Kilometer außerhalb der Bucht von Polcrag gibt es Stellen mit Treibsand. Darum heißt die Insel angeblich auch die ferne Insel, denn so fern vom Binnenland ist sie ja gar nicht. Nur die örtlichen Bedingungen machen sie oft unerreichbar.«

»Gibt es mehrere Inseln da draußen?«

»Die Hauptinsel ist ziemlich groß, etwa fünfzehn mal sieben Kilometer. Gleich daneben ist eine ganz winzige Insel, auf der steht nur ein Haus. Dann gibt es noch eine, die ist überhaupt nicht bewohnt, eine Art Vogelschutzgebiet.«

Wir hatten den Ort schon fast erreicht, und ich sah den Anfang der Dorfstraße.

Schade, ich wäre zu gerne mit Michael Hydrock weitergefahren und hätte mir alles über das Leben hier angehört. Und vielleicht hätte ich auch noch etwas über meine Familie erfahren.

»Zu liebenswürdig von Ihnen, sich so um mich zu kümmern, wo ich doch unbefugt Ihren Besitz betreten habe«, sagte ich nochmals.

»Und ich fühlte mich schuldig, weil Ihnen der Unfall auf meinem Land passierte.«

»Wo ich gar nichts zu suchen hatte! Leider kann ich nicht behaupten, daß es mir leid tut. Es war so ein herrlicher Nachmittag.«

»Jedenfalls haben Sie ein bißchen von unserer Landschaft gesehen.

Wir sehen uns sicher bald wieder einmal, Sie wohnen ja dann gar nicht so weit weg.«

»Hoffentlich. Kommen Sie oft auf die Insel?«

»Gelegentlich, aber Sie müssen auf jeden Fall zu uns kommen, wenn Sie auf dem Festland sind.«

»Da muß ich mir aber einen schönen Tag aussuchen, ich möchte nicht unbedingt Schiffbruch erleiden.«

»Ich glaube doch, daß Sie morgen hinüberfahren können. Es sieht ganz danach aus.«

Jetzt waren wir schon mitten im Ort. Die Leute sahen sich nach dem Wägelchen um, sicher überlegten sie, wer die Fremde im Wagen neben Michael Hydrock war.

Als wir in den Gasthaushof einfuhren, sah uns Mrs. Pengelly, die zufällig draußen war, völlig überrascht an.

Michael Hydrock lächelte sie an. »Ist alles in Ordnung, Mrs. Pengelly. Miß Kellaway hat sich im Wald den Knöchel verstaucht, und ich bringe sie deshalb zurück.«

»Du meine Güte!« rief sie.

Michael sprang hinunter und half mir vom Wagen. »Wie fühlt es sich jetzt an?« fragte er, als ich auf meinen Füßen stand.

»Recht gut, glaube ich, ich spüre fast gar nichts mehr.«

»Wollen Sie nicht hereinkommen, auf einen Krug Bier oder ein Glas Wein? Oder soll ich Tee kochen?«

Er bedankte sich. »Vielen Dank, Mrs. Pengelly, ich muß leider gleich wieder weg.« Er nahm meine Hand und lächelte mir zu. »Passen Sie gut auf Ihren Knöchel auf«, sagte er. »Und wenn Sie später mal aufs Festland kommen … oder wenn Sie irgendwie das Gefühl haben, daß Sie gern … also, wenn Sie einfach zu uns kommen wollen, tun Sie es bitte. Es würde mich sehr freuen.«

»Sie waren wirklich reizend zu mir«, sagte ich.

»Nicht der Rede wert, und außerdem war es mir ein Vergnügen.« Und dann saß er schon auf dem Wägelchen, wendete das Pferd um und verschwand im Torbogen.

Mrs. Pengelly und ich sahen ihm nach.

Dann ging ich ins Haus und legte mich gleich in meinem Zimmer aufs Bett. Noch keine fünf Minuten lag ich so, da klopfte es an der Tür, und Mrs. Pengelly kam herein. Ihre Augen blitzten vor Neugierde. Offensichtlich kam es ihr sehr merkwürdig vor, daß Michael Hydrock mich persönlich zurückgebracht hatte.

»Ich wollte nur fragen, ob ich Ihnen noch irgendwas bringen darf.«

Ich versicherte ihr, daß ich im Augenblick nichts benötigte, aber sie drückte sich noch herum, und ich sah ihr an, daß sie mit mir reden wollte. Auch mir lag viel daran, denn schließlich hatte sie ja meine Mutter gekannt und auch bei uns gelebt und konnte mir bestimmt viel berichten.

»Eigenartig, daß Sie gerade Sir Michael begegnet sind«, fing sie endlich an.

»Ich wußte gar nicht, daß er *Sir* Michael heißt.«

»O doch, die Familie hat den Titel schon seit langem. Einer der Hydrocks wurde zum Ritter geschlagen. Er hat für den König gegen das Parlament gekämpft oder so, und als der König zurückkam, gab es Titel und Landbesitz für die Familie.«

»Wie ich höre, sind sie schon seit Generationen in dem Herrenhaus. Ein wunderbarer alter Besitz.«

»Die Hydrocks sind hier Herren im Gebiet, seit sie den Titel bekamen, und das ist schon einige Zeit her. Etwa ebenso lange, wie die Kellaways die ferne Insel besitzen.«

»Die Insel gehört ihnen?«

»Ja, natürlich. Sie wird auch vielfach Kellaway-Insel genannt.«

»Aber es leben doch bestimmt nicht nur Kellaways dort?«

»Du meine Güte, natürlich nicht. Es ist ein blühendes Dorf. Mit Äckern und Geschäften. Und sogar ein Gasthaus haben sie. Da machen manche Leute Urlaub, wegen der herrlichen Ruhe. Man fühlt sich wirklich wie von der Welt abgeschnitten da draußen.«

»Mrs. Pengelly, was wissen Sie eigentlich über meine Mutter und meinen Vater?«

Sie spreizte die Hände und blickte auf sie hinunter, als könne von dort eine Eingebung kommen. Dann sah sie mir direkt in die Augen. »Sie hielt es dort einfach nicht aus«, sagte sie. »Sagte immer schon, daß sie einmal weggehen würde. Es gab Streit. Es war nicht leicht, mit Ihrem Vater zusammenzuleben. Und dann ging sie eben eines Tages einfach weg und nahm Sie mit. Mehr weiß ich auch nicht.«

»Sie waren doch ihr Mädchen, also müssen Sie in ihrer nächsten Nähe gelebt haben.«

Mrs. Pengelly hob die Schultern. »Sie kam aus der Stadt. Haßte allein schon das Geräusch der Wellen, die gegen das Ufer schlugen. Sagte immer, die Schreie der Möwen klängen wie Spott. Sie kam sich vor wie eine Gefangene.«

»Gefangene?«

»So empfand sie es... Nachdem sie London verlassen hatte und auf die Insel gekommen war...«

»Und dann hat sie ihr neues Heim, den Mann und alles aufgegeben außer mir? Sie muß sehr unglücklich gewesen sein.«

»Als sie kam, war sie so fröhlich und lebhaft, und dann veränderte sie sich. Manchen Leuten bekommt die Insel eben einfach nicht.«

»Und mein Vater? Hat er nicht versucht, sie zurückzuholen?«

»Nein, er ließ sie einfach gehen.«

»Also waren wir beide ihm wohl egal?«

»Er hatte sich nie viel für Kinder interessiert, und außerdem...«

Sie unterbrach sich, aber ich bohrte weiter: »Und außerdem?«

»Ach, nichts weiter. Ich ging auch weg. Es gab keinen Grund mehr für mich, dortzubleiben. Ich ging aufs Festland zurück. Mein Vater hatte diesen Gasthof, und ich heiratete dann Mr. Pengelly; er half mir das Geschäft zu führen, und mein Vater vererbte es uns.«

»Und wer ist Jago Kellaway? Wie ist er mit mir verwandt?«

»Das wird er Ihnen selber sagen. Es wäre ihm bestimmt nicht recht, wenn ich darüber zuviel sagen täte.«

»Sie haben wohl Angst vor ihm?«

»Mit einem Menschen wie ihm möchte man es nicht gerne verderben...«

»Offenbar ist er mein Vormund.«

»Ja, ist er das?«

»So stand es in dem Brief.«

»Nun ja, dann wär es ja nur recht und billig, daß Sie unter seinem Dach leben täten.«

»Irgendein Geheimnis scheint es um die Insel oder um die Kellaways zu geben. Mir fällt auf, daß die Leute immer stutzen, wenn sie erfahren, wer ich bin.«

»Sie sind sicher nur überrascht. Hier kennt jeder jeden, und sie haben alle Ihre Mutter gekannt, wie sie mit ihrem Kind wegging, und das Kind sind Sie jetzt. Ist doch klar, daß es sie interessiert, wie Sie jetzt als Erwachsene sind.«

Sie verstummte abrupt in ihrem Gespräch.

»Und sonst weiter nichts? Wenn ich doch nur mehr von der Insel und meinen Verwandten wüßte.«

»Nun, das werden Sie wohl bald herausfinden, nicht wahr? Du meine Güte, ich habe ja ganz meine Arbeit vergessen. Gibt's wirklich nichts, was ich noch raufbringen könnte?«

Ich dankte ihr und sagte, ich hätte wirklich nichts weiter nötig. Es war mir klar, daß sie das Gefühl hatte, schon zuviel gesagt zu haben, und befürchtete, ich könnte sie dazu verleiten, noch mehr zu sagen.

Der Abend verging ziemlich rasch. Ich dachte noch einmal an alle Ereignisse des Tages, und jetzt war es mir gar nicht mehr so wichtig, ob das Meer am nächsten Tag die Überfahrt gestatten würde. Wenn das Wetter schlecht blieb, konnte ich vielleicht noch einmal Michael Hydrock besuchen.

Am nächsten Morgen aber war das Meer völlig glatt, Sonnenschein strahlte zu mir ins Zimmer herein.

Um zehn Uhr vormittags kam das Boot an.

1

Ich sah es vom Fenster aus. Ein Mann und ein Junge stiegen aus, die beiden Ruderer blieben im Boot. Der Mann war mittelgroß, gedrungen und hatte mittelbraune Haare. Der Junge war schlank, etwa vierzehn Jahre alt.

Ich ging hinunter. Mrs. Pengelly begrüßte mich. »Das Boot wär jetzt da, Miß Kellaway.«

Einer der Stallknechte brachte meine Taschen herunter, der Mann und der Junge waren inzwischen in den Gasthof gekommen. Mrs. Pengelly werkelte eifrig herum. »Ach, Mr. Tregardier, da sind Sie ja endlich. Das war wieder mal ein Wetter! Miß Kellaway freut sich bestimmt sehr, Sie endlich kennenzulernen.«

Der Mann reichte mir die Hand und betrachtete mich sehr neugierig.

»Freue mich, Sie kennenzulernen«, sagte er. »Ich bin William Tregardier, Mr. Kellaways Gutsverwalter. Ich soll Ihnen sagen, daß er sehr neugierig ist auf Ihre Ankunft. Leider waren wir von den Launen des Meers abhängig.«

»Aber heute morgen ist es ganz ruhig.«

»Still wie ein See, und wir fahren auch so bald wie möglich wieder zurück. Eine rauhe Überfahrt wäre beim erstenmal nicht das Richtige für Sie. Da hätten Sie einen schlechten Eindruck bekommen.« Er lächelte.

Mrs. Pengelly sagte: »Sie werden doch sicher noch eine Erfrischung zu sich nehmen, Mr. Tregardier.«

»Eine ausgezeichnete Idee, Mrs. Pengelly.«

»Ich werde Ihnen gleich etwas bringen. Es gibt frischen Honigwein, meine ganz spezielle Sorte. Außerdem meinen Schlehengin, frische Milchbrötchen und einen Safrankuchen noch heiß vom Ofen.«

»Sie können einen aber ganz schön verwöhnen, Mrs. Pengelly.«

»Dann setzen Sie sich doch gleich hin und machen sich mit Miß

Kellaway richtig bekannt. Ich bin gleich wieder da. Sie werden gar nicht merken, daß ich fort war.«

Und dann verließ sie uns. Mr. Tregardier lächelte mir wieder zu.

»Eine gute Seele«, sagte er, »und kümmert sich immer um uns. Früher hat sie drüben gearbeitet, und ihr Sohn ist jetzt auch bei uns. Also setzen wir uns ein wenig. Mr. Jago läßt Ihnen ausrichten, daß er sich sehr freut über Ihren Entschluß, seiner Einladung zu folgen. Das Meer war ja nicht gerade ein Willkommensgruß, aber die Familie ist da ganz anders. Und hier im Gasthof gab es doch sicherlich keine Klagen?«

»Klagen? Ich bin richtig verwöhnt worden.«

»Das war ganz in Mr. Jagos Sinn. Er hat es ja extra angeordnet.«

»Ich brenne darauf, die Insel und meine Familie kennenzulernen. Leider weiß ich über beide recht wenig.«

»Hat Ihnen Ihre Mutter nie davon erzählt?«

»Ich war doch erst fünf, als sie starb.«

»Nun, Mr. Jago hat auf der Insel das Sagen. Es ist wie ein riesiger Gutsbetrieb. Ich arbeite unter ihm sozusagen als Verwalter. Der Besitz ist ziemlich groß, und zufällig ist er eben eine Insel. Mr. Jagos Schwester und seine Nichte leben auch dort. Die Schwester führt ihm schon seit vielen Jahren das Haus.«

»Und wie ist er mit mir verwandt?«

»Das wird er Ihnen am besten selbst erklären. Ist ein bißchen kompliziert.«

»Eigenartig, daß wir in all diesen Jahren nie miteinander in Berührung kamen.«

»So was passiert öfter mal in einer Familie. Immerhin besser spät als nie.«

Mrs. Pengelly brachte Wein und Kuchen herein und bediente uns.

Etwa eine halbe Stunde später machten wir uns auf den Weg. Eine leichte Brise war zu spüren, gerade genug, das Wasser zu kräuseln; die Sonne strahlte auf uns herab. Meine Erregung stieg, je näher wir der Insel kamen.

»Schauen Sie!« sagte William Tregardier. »Der erste Anblick von hier aus ist besonders schön. Hübsch, nicht wahr? So fruchtbar und schön gelegen.«

»Wunderschön ist sie!« rief ich.

»Die ferne Insel – oder Kellaway-Insel!«

Ich fühlte plötzlich Stolz in mir aufsteigen. Schließlich war ich auch eine Kellaway, und meinen Namen mit so einer schönen Insel verbunden zu wissen, fand ich richtig aufregend.

»Da ist ja noch eine Insel!« rief ich.

»Ja, das ist die am nächsten gelegene. Heißt aus verständlichen Gründen ›Der blaue Fels‹. Dort gibt es keine Landwirtschaft, im Gegensatz zur Hauptinsel. Es ist ziemlich felsiger Boden, und im Gestein ist ein bläuliches Mineral, das unter bestimmten Lichtverhältnissen sehr schön leuchtet. Und da drüben ist noch eine Insel. Nur ein Buckel, der aus dem Wasser ragt. Auf ihm versammeln sich die Möwen und andere Meeresvögel.«

Ich blickte zur Hauptinsel zurück. Das Felsgestein auf der einen Seite fiel zu einer steilen Klippe ab, an deren Fuß eine sandige Bucht lag. Einige Boote waren dort vertäut.

»Steuern wir die Bucht an?« fragte ich.

»Nein«, antwortete William Tregardier. »Wir landen an der hinteren Seite der Insel. Dort sieht es ganz anders aus. Auf dieser Seite ist das Wasser seicht, und es gibt gefährliche Felsen unter der Wasseroberfläche. Man muß sehr aufpassen. Bevor man das Gebiet nicht auswendig kennt, ist es sehr gefährlich, hier zu rudern.«

»Wie viele Menschen leben auf der Insel?«

»Bei der letzten Zählung waren es zirka einhundert. Die Zahl steigt aber ständig an. Die Leute heiraten und haben Kinder. Viele sind schon seit Generationen hier.«

Wir näherten uns unserer Landebucht. Die Insel zeigte sich mir hier von einer ganz anderen Seite. Sie wirkte weicher, und ich konnte die kleinen weißen Häuser mit ihren orangefarbenen Dächern sehen. Eine Reihe niedriger Hügel verlief bis zum Meer – wunderbar grün bewachsen waren sie, lila Heidekraut und gelber Ginster leuchteten mir von weitem entgegen.

»Wie hübsch!« rief ich.

»An den windgeschützten Stellen ist die Insel fast subtropisch. Es gedeihen sogar ein paar Palmen hier. Unser Obst und unser Gemüse ist dem vom Festland immer voraus, aber nur in den Tälern, die vor dem Sturm geschützt sind.«

»Wie ich mich darauf freue, alles zu erforschen und kennenzulernen.«

»Das wird Mr. Jago sicher auch freuen.«

Wir fuhren auf den Sandstrand der Bucht, zwei Männer warteten dort mit Pferden.

»Ich nehme an, Sie können reiten«, sagte Tregardier. »Mr. Jago war sich dessen ganz sicher.«

»Woher will er das wohl wissen? Aber ich reite tatsächlich und hatte immer viel Spaß daran.«

»Fabelhaft.«

Eine leichte Brise zerrte an meinen Hutbändern. Ich hatte in weiser Voraussicht eine sportliche Kopfbedeckung gewählt. Einige der eleganten Hüte aus meiner Ausstattung hätten hier wohl recht deplaziert gewirkt. Mein Gepäck folgte in einem zweiten Boot, das gleichzeitig mit uns landete. William Tregardier beauftragte einen der Ruderer, sich darum zu kümmern.

»Für Sie wird wohl am ehesten diese kleine Stute geeignet sein. Später können Sie sich dann selbst ein passendes Pferd aus den Ställen aussuchen. So wird es Mr. Jago sicher wollen.«

Ich bestieg das lammfromme Tier, und William Tregardier nahm das andere. Und dann ritten wir los.

»Die Burg ist nicht weit von hier.«

»Die Burg? Ich hatte ja keine Ahnung, daß es sich um eine Burg handelt.»

»So heißt sie hier allgemein. Burg Kellaway. Sie ist schon sehr alt. Den Namen erhielt sie wohl von der Familie, als sie sich hier ansiedelte.«

Wir ritten um eine Hügelkette herum, und da lag sie schon vor uns. Wahrlich, eine richtige Burg! Mit Zinnen und dicken Steinmauern. Ein viereckiges Gebäude, dessen hohe Mauern vier runde Türme flankierten, die sich noch über das Dach hinaus erhoben. Das steinerne Vorhaus wurde ebenfalls von einem Turm überragt. Es sah richtig trutzig aus, bereit, es mit jedem Eindringling aufzunehmen. Wir ritten durch die Tore und kamen in einen gepflasterten Innenhof. Von dort ging es durch einen normannischen Bogengang in einen zweiten Hof, wo wir von einem Stallknecht empfangen wurden, der sichtlich auch auf uns gewartet hatte.

»Nimm uns bitte die Pferde ab, Albert. Das ist Miß Kellaway, sie ist zu Besuch bei uns.«

Albert zupfte zur Begrüßung an seiner Stirnlocke, und ich sagte ihm guten Tag. Er nahm die Tiere, und William Tregardier führte mich zu einer schweren, eisenbeschlagenen Tür.

»Sicher möchten Sie sich frischmachen und vielleicht auch noch umziehen, ehe Sie Mr. Jago kennenlernen«, meinte er. »Am besten lasse ich Ihnen von einem der Mädchen das Zimmer zeigen.«

Ich war ganz verwirrt. Insgeheim hatte ich mir das Haus auf der fernen Insel eher etwas primitiv vorgestellt. Auf eine derartige Burg war ich jedenfalls nicht gefaßt gewesen. Sie war ja mindestens so großartig, nein, in ihrer Art noch großartiger als das Herrenhaus der Hydrocks und offensichtlich auch viel älter.

Wir hatten das Gebäude durch eine Seitentür betreten und kamen jetzt in einen Gang, der mit einem Tisch und drei Stühlen kärglich als eine Art Empfangsraum eingerichtet war. In einer Ecke stand eine Ritterrüstung, und an den Wänden hingen Schilde und Wappen. Vermutlich war dies einmal ein Teil der Waffenkammer oder der Wachraum gewesen.

Es schien, als erwarteten mich alle hier im Haus, denn kaum hatten wir diesen Raum betreten, kam schon ein Mädchen bei der anderen Tür herein.

»Ah, Janet«, sagte Mr. Tregardier, »das ist Miß Kellaway.«

Das Mädchen knickste.

»Führe sie bitte in ihr Zimmer und kümmere dich darum, daß sie alles Nötige hat.«

»Selbstverständlich«, sagte Janet.

»Und dann …« Er sah mich an. »Etwa in einer halben Stunde?«

»Ja, das geht gut.«

»Bring in einer halben Stunde also bitte Miß Kellaway nach unten.«

»Vielen Dank«, sagte ich noch.

»Es ist uns eine Freude, für Sie zu sorgen«, antwortete er.

Janet sagte: »Wenn Sie mir bitte folgen würden, Miß Kellaway.«

Voller Bewunderung für alles, was ich hier sah, folgte ich ihr. Wir kamen durch mehrere Gänge mit steinernem Fußboden und stiegen dann eine steinerne Wendeltreppe hinauf. Von dieser ging es über eine Galerie in den Wohnteil der Burg; das mittelalterliche Ambiente wurde hier von einem etwas bequemeren, moderneren abgelöst.

»Bitte hier lang, Miß Kellaway.«

Sie stieß eine Tür auf, und wir betraten ein Zimmer, dessen Wände mit alten, rot und grau gemusterten Wandteppichen bedeckt waren. Auf dem Fußboden lag ein roter Teppich, rote Samtvorhänge mit Goldborten umrahmten das Fenster. Ein Himmelbett stand da, ebenfalls mit rotem Samt zugehängt. Das Ganze wirkte ungemein prächtig. Unter dem halbrunden Fenster in der unheimlich dicken Wand war eine steinerne Sitzbank eingelassen. Drei Stufen führten zu einem Alkoven; ich ging hinauf und sah zum Fenster hinaus. Obwohl die Burg ganz oben auf einem Hügel stand, konnte ich die Insel nicht voll überblicken. Die kleinen Häuser sahen mit ihren orangefarbenen Dächern sehr malerisch und irgendwie fremdländisch aus. Es schien eine Straße zu geben, mit Geschäften und dem von Mrs. Pengelly erwähnten Gasthof. Wie eine Miniaturstadt sah es aus. Einige Bauernhäuser konnte ich sehen, sie waren von verschiedenen, offenbar sehr gepflegten Feldern umgeben. Obstgärten gab es und sogar einen kleinen Wald und noch ein paar andere Häuser. Die zweite Insel, ›Der blaue Felsen‹, schien viel näher als sechshundert Meter zu liegen, wie man mir gesagt hatte. Nur ein schmaler Wasserstreifen trennte sie von der Hauptinsel. Dann blickte ich zum Festland hinüber und überlegte, was Michael Hydrock jetzt wohl mache und ob er noch mal an mich gedacht hatte.

»Einfach grandios«, sagte ich, als ich mich vom Fenster zurückwandte und noch einmal das Zimmer betrachtete.

»Mr. Jago sagte, daß Sie diesen Raum bekommen müßten. Es ist einer der schönsten in der ganzen Burg.«

»Das ist aber sehr lieb von ihm.«

Sie kicherte. »Man hat uns alle gut vorbereitet. Wir müssen uns ganz besonders um Sie kümmern.«

Ja, ich war wirklich sehr herzlich empfangen worden.

»Wenn es noch was gibt, was Sie brauchen« – sie wies zu einer rotgoldenen Glockenschnur –, »dann ziehen Sie nur hier dran, und ich komme sofort herüber. Wir meinen zwar, an alles gedacht zu haben, aber man kann ja nie ganz sicher sein, nicht wahr?«

In diesem Augenblick kam der Junge mit meinem Gepäck herein.

»Soll ich Ihnen beim Auspacken helfen?« fragte Janet.

»Ja, bitte«, sagte ich. Nicht, weil ich ihre Hilfe brauchte, sondern um sie noch ein wenig dazubehalten, um vielleicht ein paar Fragen stellen zu können. »Es ist gar nicht viel und dauert bestimmt nicht lange«, fügte ich noch hinzu.

»Erst bringe ich Ihnen aber heißes Wasser.«

Als sie hinausgegangen war, sah ich mir die eichene Tafelwand und den roten Schrank an, den Kamin mit dem Sims und den hohen Kerzenständern darauf. Die Zimmerdecke war mit wunderschönen geschnitzten Mustern geschmückt.

Ich öffnete eine der Taschen und nahm ein Kleid heraus. Eines von denen, die für meine Hochzeitsreise gedacht waren. Aus saphirblauer Seide, die mir besonders gut stand. Mir fiel ein, wie Philip mich zur ersten Anprobe begleitet hatte. Er guckte um die Ecke in den Anprobierraum und sagte: »Ellen, ich glaube, ich bekomme eine Schönheit zur Frau.«

Mir war plötzlich wieder ganz traurig zumute. Ich mußte an all die Pläne denken, die wir für unsere Hochzeitsreise gemacht hatten. »Venedig«, hatte er gesagt. »Gondoliere, Serenaden auf dem Canale Grande. So richtig romantisch.«

Ich hielt das Kleid noch in den Händen, als Janet mit dem heißen Wasser kam.

»Ein schönes Kleid«, sagte sie.

Ich nickte und legte es auf das Bett.

»Mr. Jago ist gerade hereingekommen. Er möchte Sie sehen, Sie sollten ihn nicht warten lassen. Jetzt ist er noch im Stall.«

»Dann werde ich mich rasch waschen«, sagte ich.

Janet schob einen Vorhang zurück, hinter dem eine Waschschüssel war. Sie goß mir das heiße Wasser ein, und ich wusch mich, während sie meine Kleider in den Schrank hängte. Das blaue Kleid lag noch immer auf dem Bett.

Ich nahm es hoch.

»Werden Sie das zum Abendessen tragen?«

Ehe ich noch antworten konnte, klopfte es an die Tür. Der Junge steckte seinen Kopf herein. »Mr. Jago ist in seinem Zimmer. Er möchte Miß Kellaway dorthin bitten.«

»Schon recht, Jim«, sagte Janet. »Jetzt aber rasch, Miß Kellaway, Mr. Jago wartet nicht gerne.«

Ich spürte, wie meine Hände zitterten. Jetzt sollte ich den Mann kennenlernen, von dem ich mir in den letzten Tagen ein eigenes Bild gemacht hatte.

Und dann ging ich in seinen Arbeitsraum hinunter, zu der ersten Begegnung mit Jago Kellaway. Ein wunderbarer Raum mit einem tiefen Erkerfenster zum Meer hinaus. Mit Holzstücken vor dem großen offenen Kamin, einer langen Bank davor, deren Muster mit dem Wandbehang übereinstimmte, eine Kassettendecke mit dem Familienwappen in der Mitte. ›Zimmer‹ war für diesen Raum ein viel zu bescheidener Ausdruck, so würdevoll und elegant wirkte alles. Janet klopfte an die Tür zum Nebenraum, und als sie sich wie durch Zauberhand öffnete, trat ich ein. Zuerst dachte ich, es sei niemand da, dann hörte ich hinter mir jemanden lachen. Die Tür war wieder zu, der Mann, der noch immer lachte, lehnte dagegen und studierte mich eingehend.

»Sie!« schrie ich. »Sie sind ... Jago Kellaway?«

Denn der Mann, dem ich da gegenüberstand, war derselbe, der mich bei dem Konzert angesprochen und im Haus am Finlay Square an jenem Morgen so erschreckt hatte, als Rollo dazukam und uns zusammen antraf. Er – Jago Kellaway!

Ich spürte, wie mir vor Schreck und Überraschung ein Kribbeln über den Rücken lief.

»Ich ... ich begreife nicht«, stotterte ich.

»Das dachte ich mir, daß Sie überrascht sein würden«, sagte er lachend und nahm mich beim Arm. Ich hatte vergessen, wie groß er war. Er zog mich weiter ins Zimmer hinein und führte mich zum Fenster. Dort legte er die Hände auf meine Schultern und sah mir ins Gesicht.

»Endlich«, sagte er nur.

»Ich möchte aber wirklich wissen ...«, fing ich an.

»Natürlich möchten Sie das. Sie sind eine neugierige junge Dame, und ich gebe zu, daß Ihnen das Ganze ein wenig merkwürdig vorkommen muß.«

»Ein wenig? Mir kommt vor, als träumte ich. Warum sind Sie nach London gekommen? Warum sind Sie zu dem Konzert gekommen?

Was haben Sie in dem Haus am Finlay Square gemacht? Warum haben Sie mir nicht gesagt, wer Sie sind? Wer sind Sie überhaupt?«

»Sie stellen so viele Fragen auf einmal, die kann ich nicht ebenso schnell beantworten. Vor allem möchte ich Sie hier willkommen heißen und Ihnen sagen, wie glücklich ich bin, Sie hier zu haben. Sie sind eine echte Kellaway und geraten ganz nach Ihrem Vater. Er war auch sehr ungeduldig.«

»Würden Sie mir bitte erklären...«

»Natürlich werde ich das. Kommen Sie, meine liebe Ellen, setzen Sie sich, und dann beantworte ich Ihnen jede Frage.«

Er führte mich zu einem Stuhl mit geschnitzten Armlehnen und einem mit Gobelinstoff bezogenen Sitz und schob mich fast darauf. Dann zog er sich in aller Gemütsruhe selbst einen Stuhl heran. Es war, als genieße er meine Ungeduld und habe es gar nicht eilig, sie zu befriedigen. Wie ein Thron wirkte sein riesiger Stuhl, mit ganz kompliziertem Schnitzwerk und einer Einlegearbeit an der Lehne, in die blauer Lapislazuli eingefügt war. Und so riesig wie der Stuhl war auch der Mann selbst. Jetzt erst konnte ich ihn richtig betrachten. Er beeindruckte mich noch mehr als damals in London. Zur mitternachtsblauen Jacke trug er eine weiße Krawatte. Seine wohlgeformten, gebräunten Hände ruhten auf den Lehnen des thronartigen Stuhls. Auf dem Siegelring an seiner rechten Hand sah ich ein ›K‹ eingraviert.

»Sie fragen also, wer ich bin? Das will ich Ihnen sagen: Jago Kellaway. Und wie ich mit Ihnen verwandt bin? Nun, das ist ein wenig kompliziert, liebe Ellen. Darum will ich es Ihnen lieber gleich selbst sagen, sonst hören Sie noch verwirrendere Versionen der Geschichte. Einer sehr häufig vorkommenden Geschichte.« Er schmunzelte. »Allerdings für Ihre Ohren ein wenig zu unfein – oder auch nicht. Sie kommen ja aus dem aufgeklärten London und werden wissen, daß auch in den besten Familien gelegentlich solche Dinge vorkommen.«

»Bevor ich es nicht gehört habe, kann ich nichts dazu sagen«, antwortete ich ziemlich scharf, denn irgend etwas an ihm provozierte mich. Er wußte genau, wie neugierig ich war, alles zu erfahren, und nahm sich absichtlich so viel Zeit mit dem Erklären. Er war nach London gekommen und hatte sich so eigenartig benommen, daß es mir einiges Kopfzerbrechen bereitete; er hielt es offenbar nur für einen guten Spaß. Ich hatte mir meinen ›Vormund‹, wie er sich selbst nannte, doch etwas anders vorgestellt, und bei aller Neugier, das Geheimnis um ihn zu begreifen, irritierte er mich maßlos.

»Ein bißchen düster ist die Geschichte auch«, fing er an. »Einer unserer Vorfahren – gar nicht so weit zurück, nämlich der Urgroßvater – hatte eine Schwester namens Gwennol. Sie war ebenso schön wie ungebärdig. In unserer Galerie hängt ein Bild von ihr, ich muß es Ihnen einmal zeigen. Die Kellaways waren eine grandiose Familie. Ihr gehörte die Insel, und sie lebte hier mit einigem Aufwand. Gwennol sollte eines Tages ebenso großartig heiraten, aber dann kam sie und erklärte stolz, daß sie ein Kind erwarte. Den Vater wollte sie nicht nennen, und sie hatte auch nicht die Absicht, ihn zu heiraten. Ihr Vater war so böse mit ihr, daß er drohte, sie aus der Burg zu weisen, wenn sie ihm den Vater des Kindes nicht nannte. Sie tat es nicht und verließ dann die Burg mit einigen ihrer Diener. Ob diese aus Liebe oder Furcht mit ihr gingen, weiß man nicht, denn es heißt, daß sie eine Hexe war und den Teufel zum Vater ihres Kindes hatte.« Wieder dieser amüsierte Blick. »Das könnte durchaus stimmen, denn von uns Kellaways kann man ruhig sagen, daß wir etwas vom Teufel in uns haben. Trifft das auch für Sie zu? O nein, bestimmt nicht. Sie gehören ja nicht der direkten Linie an. Also zog diese Gwennol auf den blauen Felsen da drüben, den Sie vielleicht schon gesehen haben.«

»Allerdings. Mr. Tregardier hat ihn mir vom Meer aus gezeigt, und von meinem Fenster aus sehe ich ihn auch.«

»Dorthin zog sie also. Ließ sich eine Hütte bauen aus Holz und Gras und lebte darin, bis ihr Haus fertig war. Das steht heute noch dort. Ihr Sohn wurde dort geboren. Es war mein Vater.«

»Jetzt verstehe ich, wie wir verwandt sind. Wir sind Cousin und Kusine sozusagen.»

»Entfernten Grades, aber beide Kellaways.« Er lächelte plötzlich und meinte dann: »Wir sollten also besser du zueinander sagen.« Ich sah ihn nur an, und er fuhr fort: »Als mein Vater starb, war ich noch sehr jung, und man brachte mich mit meiner Schwester Jenifry hierher in die Burg. Dein Vater und ich saßen im gleichen Schulraum und spielten miteinander. Einige Jahre lang verwalteten wir das Gut gemeinsam, dann wurde er zu krank, um noch arbeiten zu können, und ich übernahm alles. Letztes Jahr starb er.«

»Und er wollte nie wissen, wo ich verblieben war? All die Jahre?«

Er sah mich ernsthaft an und schüttelte den Kopf. »Aber vor deinem Tod dachte er an dich, bat mich, dich ausfindig zu machen und dein Vormund zu sein, bis du einundzwanzig bist.«

»Das bin ich ja schon bald, und er muß es auch gewußt haben.«

»Selbstverständlich wußte er, wie alt du bist. Aber du warst nicht leicht zu finden. Deine Mutter hat offenbar beim Verlassen der Insel beschlossen, sich unsichtbar zu machen.«

»Sie ging zu ihrer Familie zurück.«

»Von der erzählte mir dein Vater nichts. Als ich aber in den Zeitungen las, daß du bald heiraten würdest, fuhr ich nach London.«

»Merkwürdig, daß du mir damals nicht gesagt hast, wer du bist.«

»Das ist so eine Laune von mir. Ich habe einige, das wirst du bald merken. Ich überrasche die Leute gern. Das Leben muß bei mir dramatisch verlaufen. Und ich wollte dich kennenlernen, ehe du mich kanntest. Deswegen kam ich zu dem Konzert.«

»Aber wie? Die Carringtons kannten dich ja gar nicht.«

»Ich habe mich eben hineingeschmuggelt. Das war übrigens nicht schwer. Eine Karte mußte man ja nicht vorweisen.«

»Was für eine Frechheit!«

»Ja, eine gewisse Frechheit lege ich oft an den Tag.«

»Und wie kamst du in das Haus am Finlay Square? Du sagtest mir damals, der Makler habe dir einen Schlüssel gegeben. Offenbar gab es aber nur zwei.«

»Das hat er dir erzählt. Du weißt doch, wie diese Leute sind. Sie wollen unbedingt verkaufen, und anscheinend habt ihr noch ein wenig gezögert.«

»Und wieso warst du zur gleichen Zeit dort wie ich?«

»Ich wartete einfach, bis ich dich ins Haus gehen sah. Ist doch ganz einfach zu verstehen. Schau, ich hatte ja eine Pflicht dir gegenüber. Ich bin dein Vormund, und ich wollte herausfinden, in was für eine Familie du da hineinheiratest.«

»Und wer die Carringtons waren, hast du bestimmt schnell herausgefunden.«

»Ja, über die habe ich eine Menge herausgefunden. Und dann passierte diese Tragödie, und ich bat dich, hierherzukommen. Wird dir jetzt langsam alles klar?«

»Ja«, antwortete ich.

»Und ich hoffe sehr«, sagte er ganz ernst, »daß du lange bei uns bleiben wirst.«

»Das ist sehr lieb von dir«, antwortete ich ohne allzuviel Herzlichkeit, denn ich glaubte ihm noch immer nicht, daß dies die ganze Wahrheit war.

»Ich hoffe, es gefällt dir hier alles«, fuhr er fort. »Ich mag es nämlich sehr. Deine Mutter nahm dich von hier weg, aber jetzt bist du wieder bei uns. Du hast eine schwere Zeit durchgemacht, und ich hoffe sehr, daß wir dir helfen können, sie zu überwinden.« Jetzt sah er mich ganz offen an. Die schweren Lider hatten sich gehoben, seine Augen blickten ganz klar und sehr freundlich. Es war das ausdrucksvollste Gesicht, das mir je begegnet war. Vor einigen Augenblicken hatte er noch so mutwillig dreingeblickt, und im Haus am Finlay Square war er mir fast diabolisch vorgekommen. Jetzt wirkte er so, wie seine Worte klangen, ganz der begütigende, beschützende Vormund.

Ich traute ihm allerdings noch immer nicht ganz über den Weg, aber ich fand ihn interessant. »Und wie soll ich dich nennen?«

»Natürlich Jago. Das ist ja mein Vorname, und wir sind schließlich entfernte Verwandte. Laß dich nicht zu sehr davon beeindrucken, daß ich gleichzeitig dein Vormund bin.«

»Das werde ich bestimmt nicht. Ich bin fast mein ganzes Leben auf eigenen Füßen gestanden und brauche jetzt bestimmt keinen Vormund mehr«, entgegnete ich sehr selbstbewußt.

»Du hast aber jetzt einen, ob du ihn willst oder nicht, und dein Vormund ist mit einem äußerst starken Pflichtgefühl gesegnet oder belastet, wie man es nennen mag. So viel du auch gegen diese Vormundschaft haben magst, wird er sich verpflichtet fühlen, seinem Versprechen nachzukommen. Nenne mich einfach Jago und laß uns Freunde sein. Es ist übrigens die altbritische Form von James und geht auf uralte Zeiten zurück. Ich beschäftige mich viel mit der Vergangenheit und werde hoffentlich auch dich für einige unserer alten Bräuche interessieren können, daher weiß ich über solche Dinge Bescheid. Jago kommt von Jacobus. Es hat mit dem Spanischen überhaupt nichts zu tun, manche meinen dies, weil ja hier an der Küste ein gewisser spanischer Einfluß war. Wir wurden in den Tagen der Königin Elisabeth dauernd von Spaniern angegriffen, und als die Armada ihre Niederlage erlitt, blieb so mancher spanische Seemann an unserer Küste hängen. Jago ist aber altbritisch. Was weißt du eigentlich von alter Geschichte?«

»Sehr wenig«, antwortete ich. »Sicher hat uns unsere Gouvernante einiges darüber beigebracht, aber ich erinnere mich kaum daran.«

»Wir sind die echten Briten«, fuhr er fort. »Unvermischt mit Rassen, die sich zum englischen Volk zusammentaten. Sie kamen nicht bis zur Insel, daher behielten wir unsere alten Bräuche. Einiges wirst du selbst entdecken. Die Insel ist seit mehreren Jahrhunderten in unserem Besitz. Ein wunderbares Land: sehr fruchtbar dank des milden Klimas, das den Pflanzenwuchs fördert. Durch Felsen im Osten vor den kalten Stürmen geschützt, im Westen vor den Südwestwinden, und vom Golfstrom warmgehalten. Ich zeige dir dann die Palmen in meinem geschützten Gärtchen. Wir haben unsere Ortschaft, die Kirche, den Friedhof, den Gasthof und unsere ganze blühende Gemeinde. Wir sind unabhängig ... *fast* unabhängig vom Festland. Und es gehört alles den Kellaways.«

Während dieser Worte hatte er sich neuerlich geändert. Er blühte geradezu auf vor Stolz über seinen Besitz. Es war deutlich zu sehen, daß er diese Insel liebte, und ich erwärmte mich langsam für ihn, denn dieser Enthusiasmus war richtig ansteckend.

Ich hatte noch kaum etwas von der Umgebung gesehen, und glühte selbst bereits vor Stolz, eine Kellaway zu sein und auf Kellaway-Besitz zu leben.

Ganz begierig war ich darauf, noch mehr davon zu sehen. Er bemerkte das, und es gefiel ihm.

»Es wird mir große Freude machen, dir alles zu zeigen. Wir haben viele Feste hier. Den Mummenschanz, die Wurfwettbewerbe, Ringkämpfe, Mittsommernachtsfeuer; alle alten Bräuche werden hier noch gepflegt, wahrscheinlich mehr als auf dem Festland, und einige davon gehen noch auf vorchristliche Zeit zurück. Zuerst mußt du aber die Familie kennenlernen. Vor allem meine Schwester Jenifry. Sie hat ihren Mann vor einigen Jahren verloren, während der Typhusepidemie, die auf dem Festland wütete und auch auf unsere

Insel herüberkam. Sie ist etwas älter als ich und sozusagen die Burgherrin. Eben besucht sie einen unserer Dorfbewohner, der krank im Bett liegt. Du wirst bald merken, wie wir uns um jeden hier kümmern. Sie kommen zu uns mit ihren Sorgen – eine ganz schöne Verantwortung. Jenifrys Tochter Gwennol wird dir eine liebe Gesellschafterin sein. Sie ist ungefähr so alt wie du. Und jetzt erzähl mir von dir selbst… Von deinem Leben im Haus deiner Kusine.«

Also fing ich an, ihm darüber zu erzählen, und es schien ihn zu amüsieren; vielleicht betonte ich auch diesmal die amüsante Seite etwas mehr. Immer wenn ich von Kusine Agatha sprach, passierte mir das.

»Na, hör mal«, warf er ein, »sehr angenehm war das aber nicht für dich. Hat sie nicht eine Tochter, die kaum halb so hübsch ist wie du? Die hab' ich doch gesehen bei dem Konzert. Und offensichtlich hat Agatha dich dauernd fühlen lassen, daß du von ihrer Güte abhängst.«

Das hatte er also trotz meiner eher lustigen Berichterstattung erkannt. »Kommt ja wohl ziemlich oft vor«, sagte ich nur.

»Und dann kam dieser reiche junge Mann«, setzte er fort. »Reich und nachgiebig. Den wollte sie für ihre Tochter kapern, und er wollte dich. Ein kluger junger Mann. Und der tötete sich dann.«

»Tat er ja gar nicht. Das hätte er nie fertiggebracht. Wenn du ihn gekannt hättest, würde dir das auch klar sein.«

»Nun, es ist ja alles vorbei.« Seine Stimme war jetzt ganz weich und tröstend. »Das gehört ja alles der Vergangenheit an. Ich erwähnte es nur, weil man ja einmal darüber sprechen muß. Das werden wir nie wieder tun. Wir müssen an die Gegenwart und an… die Zukunft denken. Aber ehe wir das Thema völlig beiseite schieben, sag mir doch, was für Pläne hattest du, ehe mein Brief dich erreichte?«

»Ich sollte bei einer Freundin meiner Kusine Gouvernante werden.«

»Und du hast dich nicht darauf gefreut?«

»Der Gedanke war mir verhaßt«, sagte ich mit Nachdruck.

»Kann ich mir vorstellen. Du… eine Gouvernante! Meine liebe Ellen, das paßt wirklich nicht zu dir. Für einen solchen Posten bist du viel zu stolz. Dir steht es eher an, Gouvernanten für deine eigenen Kinder zu engagieren.«

»Aber ich bin ja nicht verheiratet.«

»Ein gutaussehendes Mädchen wie du bleibt bestimmt nicht lange allein.«

»Ich habe nicht die Absicht …«, begann ich.

»Natürlich nicht, so lange der Richtige noch nicht darunter war. Als dein Vormund sähe ich dich gerne glücklich verheiratet. Und jetzt wirst du wohl in dein Zimmer gehen wollen, um dich auszuruhen. Wenn du etwas brauchst, läute nur. Janet ist dazu da, sich um dich zu kümmern.«

Ich erhob mich mit ihm zusammen, er ging zur Klingelschnur und zog daran. Dann legte er mir die Hand auf die Schulter und drückte sie fest. Ich spürte seine kräftigen Finger, als wir gemeinsam zur Tür gingen. Gleich darauf erschien ein Diener.

»Bring Miß Ellen in ihr Zimmer«, befahl er, packte mich noch einmal liebevoll an der Schulter und entließ mich lächelnd.

Ruhen wollte ich jetzt wirklich nicht, ich war viel zu erregt. Bis zum Essen hatte ich noch reichlich Zeit, mich in der Burg umzusehen. Man hatte mir ja deutlich zu verstehen gegeben, daß ich es mir hier heimisch machen sollte. Gut, dann wollte ich eben mit einem Rundgang beginnen, um alles besser kennenzulernen.

Ich stieg die Treppe hinunter, die zu meinem Zimmer führte, und kam wieder in den Wachraum. Ganz alleine kam ich mir darin sehr fremd vor. Alles war so völlig anders, als ich es mir vorgestellt hatte. Eine riesige Burg, ein Vormund, der sich als ein Mann von höchstens dreißig Jahren entpuppte und sich sehr ungewöhnlich benahm. Seine Schwester und deren Tochter, die ich erst kennenlernen sollte. Und sie alle kamen aus dem Zweig der Familie, der es angeblich mal mit dem Teufel zu tun hatte. Meine Tage an diesem Ort, der von einem solchen Mann regiert wurde, würden jedenfalls nicht langweilig sein. Der Gedanke daran regte mich sehr an. Ich fühlte mich wohler denn je, seit Philip gestorben war. Warum mochte meine Mutter diese Burg so rasch verlassen haben? Das mußte ich unbedingt herausfinden. Wie anders wäre sonst mein Leben verlaufen, hätte sie diesen Entschluß nicht gefaßt!

Während ich da im Wachraum meinen Gedanken nachhing, kam mir alles plötzlich so bedrohlich vor, und es wurde mir bewußt, daß ich eigentlich einem sehr unbedachten Entschluß gefolgt war, als ich die Reise antrat. Oder doch nicht? Schließlich war es ja meine Familie. Ich fühlte mich wohl nur deswegen nicht so gut, weil der Mann, der mich im Haus am Finlay Square erschreckt hatte, sich als mein Vormund Jago Kellaway entpuppte. Ein etwas ungewöhnlicher Spaßmacher. Solche Leute gab es natürlich. Und er sagte auch, daß ihm Dramatik lag. Aber meine Bedenken waren nur natürlich. Ich erschauerte jetzt noch bei dem Gedanken an den Widerwillen, den ich beim ersten Betreten des Hauses am Finlay Square empfunden hatte. Dieser Raum hier, so mittelalterlich in seiner ganzen Ausstattung, mit Waffen an der Wand, zwei gekreuzten Schwertern, einer Axt, einem Mittelding von Speer und Axt, das man, soviel ich mich erinnerte, Hellebarde nannte – all das hatte mich unwillkürlich an die Waffenkammer in Trentham Towers erinnert, wo Philip mir damals die Pistole zeigte, deren Pendant ihm den Tod bringen sollte. Es war eine ganz schattenhafte Erinnerung, die da in mir aufstieg und mich an versteckte Gefahren erinnerte. Ich bildete mir ein, hier in der Burg genauso wie damals am Finlay Square vom Haus her eine Warnung zu spüren.

Ich wandte mich zur Tür. Meine Schritte auf dem Marmorboden hallten wider. Ich blieb stehen. Welch eine Stille! Es war doch dumm, ein Haus als Persönlichkeit zu sehen. Oder nicht? Wenn ein Haus schon über siebenhundert Jahre lang existiert, was muß da alles in ihm passiert sein! Wenn diese Steine sprechen könnten, was für Geschichten würden sie erzählen! In einem Haus wie diesem mußte es unendlich viel Freude und Trauer, Komödien und Tragödien gegeben haben. Ich hatte das Gefühl, daß diese Empfindungen von den Steinen eingefangen wurden und diese manchmal ihr Geheimnis preisgeben möchten.

Dumme Einbildungen, aber ich fühlte mich so unsicher. Ich versuchte, das eine Leben mit all seinen unglückseligen Ereignissen abzuwerfen und ein neues anzunehmen, dessen ich jetzt noch so ungewiß war.

Ich trat nun durch die Tür in einen Hof hinaus und sah gegenüber einen Bogendurchgang, der mitten in die Mauer hineingeschnitten zu sein schien. Er führte in einen etwas tiefer als der erste gelegenen Hof; ich durchquerte ihn und kam dann zu einem dritten, noch weiter unten. Ein paar kleine, mit Butzenscheiben versehene Fenster sahen in ihn hinab. Nochmals ein Durchgang, und dann, an seinem äußeren Ende, ein von Mauern umgebener Weg nach unten. Ich folgte seinen Windungen.

Während ich so dahinspazierte, hörte ich plötzlich Flügelflattern und das Gurren von Tauben. Gleich darauf stand ich in einem weiteren Hof. Mehrere Tauben pickten gerade Maiskörner auf, die verstreut auf dem Boden lagen.

Als ich mich ihnen näherte, flatterten einige auf und hockten sich auf die kleinen Schlupfhäuschen an den Mauern. Andere ignorierten mich völlig und pickten weiter Mais. Die meisten hatten die übliche blaugraue Farbe, ein paar waren jedoch braun. Solche kannte ich noch nicht.

Während ich die Tiere beobachtete, nahm ich aus den Augenwinkeln einen Schatten an einem der unteren Fenster wahr. Irgend jemand beobachtete mich. Ich wandte mich schnell um, da war der Schatten weg. Ich wandte mich wieder den Vögeln zu und wartete. Jetzt kehrte der Schatten zurück.

»Sind das Ihre Vögel?« rief ich laut.

Keine Antwort. Ich ging näher an das Fenster, hinter dem ich den Schatten gesehen hatte. Aber er war nicht mehr da.

In die Mauer war eine kleine Tür eingelassen. Vorher war die Tür etwas offengestanden, jetzt wurde sie ganz leise zugedrückt. Der Unbekannte auf der anderen Seite wollte mich offensichtlich nicht hereinlassen.

Ich bildete mir ein, heftiges Atmen zu hören.

Eigenartig. Nun, wenn der, der sich da versteckte, nicht mit mir sprechen wollte, würde ich ihn – oder sie – nicht weiter stören. Und dann packte mich der Impuls, doch noch einmal anzuklopfen, und ich tat es. Wieder keine Antwort. Ich rief: »Ich wollte nur etwas wegen der Tauben fragen.«

Immer noch keine Antwort. Wirklich eigenartig. Und recht unfreundlich. Vermutlich irgend jemand von der Dienerschaft. Ich zuckte die Achseln, drehte mich um und ging den Weg, den ich gekommen war.

Vielleicht war es dumm von mir, die Burg gleich auf eigene Faust zu erforschen. Sicher war es besser, dies mit einem Führer zu tun, dem es Spaß machte, mir alles zu zeigen.

Ich fand in mein Zimmer zurück, wo ich mich schon zum Essen umziehen mußte. Tatsächlich wollte ich das elegante blaue Kleid anziehen und überlegte, ob ich wohl ›das gute Schwarze‹, von unserer Verlobungsnacht auf Esmeraldas Ball, je wieder brauchen würde. Mit Philips Orchidee würde es eigentlich ganz hübsch aussehen… Schon wieder lebte ich in der Vergangenheit – konnte ich ihr je entgehen? Konnte ich je meine Erinnerungen ablegen? Während ich das blaue Kleid anzog, dachte ich daran, wie ich mir vorgestellt hatte, es am Canale Grande zum Dinner mit Philip zu tragen.

Ich schüttelte mich ärgerlich.

2

Wie klar mir doch die Erinnerung an die erste Nacht in der Burg geblieben ist.

Ein Bedienter kam in mein Zimmer und geleitete mich nach unten in den Vorraum, wo die Familie auf mich wartete. Jago stand vor dem Kamin, die Hände hinter dem Rücken verschränkt – er strahlte vor Vergnügen über die Situation, und wieder war er die beherrschende Gestalt im Raum. Ich sah links und rechts von ihm eine Frau, die ältere, etwa vierzig Jahre alt, sicher seine Schwester, die jüngere seine Nichte Gwennol, die, wie ich wußte, in meinem Alter sein sollte.

»Komm, Ellen«, sagte Jago. »Komm, lern meine Familie kennen. Das ist meine Schwester Jenifry.«

Das Herz schlug mir etwas schneller, als ich vortrat und ihre Hand nahm. Sie war fast so dunkelhäutig wie Jago und hatte die gleiche gebogene Nase, die ihr ein arrogantes Aussehen gab, was ich auch an ihm bemerkt hatte. Die Familienähnlichkeit war sehr stark.

Mit weicher warmer Stimme begrüßte sie mich. »Wir freuen uns, dich hier zu haben«, sagte sie; in ihrem Blick lag jedoch ein kühles Abschätzen, das ihren Worten widersprach. Ich wußte, daß sie mich genau betrachtete, und fühlte die gleiche Unsicherheit wie gegenüber ihrem Bruder.

»Du bist wirklich zu freundlich«, antwortete ich.

»Wir freuen uns sehr, dich hierzuhaben«, wiederholte sie. »Gwennol, das ist Ellen.«

Auch Gwennol war von gleicher Art. Fast schwarze Haare, dunkelbraune Augen, Stupsnase und ein sehr breiter Mund. Die Gesamtwirkung wurde vor allem durch ihre liebevollen, verträumten Augen bestimmt, mit denen die vorwitzige Nase und der Mund nicht im Einklang zu sein schienen.

»Hallo, Ellen«, sagte sie. »Willkommen auf unserer Insel.«

»Ich hoffe, daß ihr gute Freundinnen werdet«, sagte die Mutter.

»Du mußt Ellen noch die ganze Burg zeigen«, sagte Jago, der lächelnd von einem zum anderen blickte. Gleich darauf kam ein Diener herein und verkündete, daß das Essen serviert sei. Jago nahm meinen Arm, und wir führten die kleine Gruppe an.

»Bei dieser besonderen Begebenheit dinieren wir in der Halle«, sagte er. »Dies geschieht bei uns nur zu speziellen Anlässen und an hohen Festtagen. Und das ist heute bestimmt einer.«

Die Tür am Ende eines Riesenraumes führte zu den Küchen, die Bedienten eilten dort aus und ein. Darüber sah ich eine Galerie, am anderen Ende, im rechten Winkel zum Hauptraum, ein Podium. Die Balustrade der Galerie war mit Bändern geschmückt, die Wände teilweise mit schönen Gobelins. Die Halle mit ihrer hohen Decke, den dicken Steinwänden und dem Wappenschmuck daran wirkte irgendwie königlich. An der Eichentafel und an einem Tisch auf dem Podium war gedeckt, auf den Bänken zu beiden Seiten des Tisches saßen bereits Leute. Das war das Gutspersonal, wie man mir später erklärte, und – ich konnte dies erst gar nicht glauben – unterhalb des Salzfasses saßen die einfachen Arbeiter. So hatten Könige in alten Zeiten ihre Feste begangen.

Die von Jago arrangierte Szene war wirklich mittelalterlich, und als die Musiker auf der Galerie zu spielen begannen, amüsierte ich mich innerlich über seine Absicht, eine Atmosphäre vergangener Zeiten heraufzubeschwören. Ich war aber auch gerührt, denn es geschah ja alles zu meiner Ehre.

Als wir eintraten, erhoben sich alle. Jago führte mich aufs Podium. »Ich habe das große Vergnügen, euch allen Miß Ellen Kellaway vorzustellen, mein Mündel und meine Kusine zugleich, die eine Zeitlang bei uns bleiben wird. Wie wir hoffen, eine lange Zeit. Wir heißen sie heute auf unserer Burg und auf der Insel willkommen, und ich bin sicher, daß auch ihr euch freut, sie zu sehen – genausosehr wie ich.« Zustimmendes Gemurmel hob an, und Jago rückte mir am Tisch den Stuhl zurecht. Ich setzte mich.

Großes Stuhlgescharre, dann wurde die Suppe serviert, erst bei uns und dann am langen Tisch.

»Wie findest du das?« flüsterte Jago mir zu.

»Unvorstellbar! So etwas hätte ich mir nie träumen lassen!«

Er streichelte meine Hand. »Ist alles für dich. Damit du siehst, wie wir hier leben – und spürst, wie froh wir über deinen Besuch sind.«

»Vielen Dank«, antwortete ich. »Du bist so lieb zu mir. So bin ich in meinem ganzen Leben noch nie willkommen geheißen worden.«

»Dann haben wir unser Ziel ja erreicht.«

Nach der ausgezeichneten Suppe gab es Wildbraten. Ich lauschte der leisen Musik und dachte, daß die Halle vor dreihundert Jahren bei so einem Anlaß wohl auch nicht viel anders ausgesehen haben mochte.

Jenifry saß links neben Jago und Gwennol neben mir. Einige Leute vom langen Tisch warfen mir heimlich Blicke zu. Was mochten sie wohl von dieser Feierlichkeit halten? Aber vermutlich waren sie daran schon gewöhnt, Jago bestätigte es mir.

»Zu Weihnachten feiern wir immer nach ganz altem Brauch. Dann wird die Halle mit Stechpalmenzweigen und Efeu geschmückt, und die Weihnachtssänger und Harfenspieler führen uns etwas vor. Das ist schon seit Jahrhunderten so der Brauch.«

»Es macht dir sichtlich großen Spaß, die alten Bräuche so weiterzuführen.«

»Uns allen macht das großen Spaß, stimmt's?« Gwennol und Jenifry stimmten ihm bei.

»Wir versuchen gerade, das genaue Alter der Burg zu ermitteln«, sagte Jenifry. »Es ist ja immer wieder dazugebaut worden. Ursprünglich war es nur eine Festung zur Verteidigung der Insel. Muß recht ungemütlich gewesen sein damals; erst später machte man sie wohnlicher. Gwennol ist sehr daran interessiert, nicht wahr?«

»Wenn man hier lebt, interessiert man sich eben einfach dafür«, erklärte Gwennol. »Man entdeckt immer wieder Neues am Gemäuer, und dann versucht man herauszufinden, aus welcher Epoche es stammt und von wem.«

»Dir wird es genauso gehen, sobald du dich an die Atmosphäre gewöhnt hast«, sagte Jago zu mir. »Die Insel möchte ich dir gerne selber zeigen. Morgen machen wir einen Entdeckungsritt. Du reitest ja, wie ich weiß.«

»Ja, sehr gerne sogar. In London sind wir immer im Park geritten, auf dem Land natürlich auch weitere Strecken.«

»Das ist fein. Dann brauchen wir es dir nicht erst beizubringen. Wir müssen nur das richtige Pferd für dich finden.«

»Ich freue mich schon darauf.«

»Dann freuen wir uns auch, nicht wahr?« sagte Jago zu den beiden anderen. »Wir möchten, daß du dich hier so wohl fühlst, daß du uns gar nicht mehr verlassen willst.«

»Dafür ist es wohl noch ein bißchen zu früh. Du weißt ja, was man über Gäste sagt.«

»Nein, was sagt man denn?«

»Daß es herrlich ist, sie ein paar Tage bei sich zu haben, aber wenn sie die Zeit überziehen, kann man es nicht erwarten, sie wieder abziehen zu sehen.«

»Du bist aber kein Gast, du gehörst doch zur Familie.«

»Natürlich«, sagte Jenifry.

»Erzählt mir noch mehr über die Insel«, sagte ich. »Ich bin so neugierig darauf.«

»Von der Welt abgeschnitten wirst du dich hier nicht fühlen, dafür ist sie groß genug.«

»Manchmal kann man allerdings nicht zum Festland gelangen«, wandte Gwennol ein.

»Das kann Tage dauern«, fügte Jenifry hinzu. »Manchmal sogar Wochen.«

Jago unterbrach sie: »Das weiß Ellen schon. Schließlich hat sie ja drüben im Gasthof auf das Boot warten müssen. Aber die Leute hier haben nicht das Gefühl, etwas zu versäumen, wenn sie mal nicht auf das Festland können. Sie können ohne das auskommen und haben sogar ein eigenes Gasthaus hier. Es kommen eigens Leute her, um Urlaub vom Leben auf dem Festland zu machen.«

»Sie haben allerdings nur vier Gästezimmer, und die sind selten voll«, fügte Gwennol hinzu. »Es ist mehr ein Gasthof, in dem die Inselleute zusammenkommen, um zu trinken, zu singen und in Gesellschaft zu sein.«

»Ist auch viel besser so«, sagte Jago. »Wir wollen hier nicht so viel Fremde haben. Die bringen nur Unruhe herein.«

Mir fiel immer mehr auf, wie besessen er von seinem Besitz war. Er liebte die Insel. Für ihn war sie vollkommen. Ihr hatte er sein ganzes Leben geweiht.

»Gibt es hier auch Kriminelle?« fragte ich.

»Kaum jemals«, versicherte er mir. »Ich weiß schon, wie ich die Leute in Zucht und Ordnung halte.«

»Ihr habt also gar kein Gefängnis?«

»In der Burg gibt es Verliese, die bei den seltenen Fällen, die vorkommen, dazu dienen.«

»Und das ist gesetzlich erlaubt?«

»Ich bin Friedensrichter. Bei schweren Verbrechen, etwa bei Mord, müßte der Verbrecher aufs Festland gebracht werden. Aber bei Kleinigkeiten verurteilen wir ihn selber.«

»Ist im Augenblick jemand im Verlies?«

Jago lachte. »Hast du etwa Angst, daß ein Verbrecher ausbricht und sich in dein Zimmer stiehlt und Geld oder Leben von dir verlangt? Nein, Ellen, da ist niemand unten. Sehr selten überhaupt. Sie sind gräßlich, nicht wahr?«

Gwennol bestätigte es. »Ganz, ganz dunkel und angeblich von Geistern heimgesucht, weil die früheren Kellaways ihre Feinde dort einsperrten und sie darin sterben ließen. Es heißt, daß ihre Geister jene heimsuchen, die die Gesetze nicht beachten. Natürlich überlegt sich dann jeder, ob er etwas anstellt, damit er nicht ein paar Nächte da unten verbringen muß.«

»Ich würde sie gerne sehen«, sagte ich.

»Sollst du auch«, sagte Jago. »Es steht dir überhaupt alles zur Verfügung; erforsche, was du nur willst.«

»Ich habe sogar schon damit angefangen.«

»Tatsächlich?« Er schien erfreut zu sein. »Und was hast du herausgefunden?«

»Ich sah ein paar braune Tauben. Solche habe ich noch nie gesehen.«

»Auf Kellaway gab es immer schon ein paar braune Tauben. Erzählst du ihr die Geschichte, Jenifry?«

»Ach, es ist nichts weiter, als daß einer unserer Vorfahren von einer braunen Taube gerettet wurde. Ich glaube, sie stammen aus Italien. Er wurde nach einer Schlacht gefangengenommen, und eine kleine braune Taube setzte sich auf sein Fensterbrett. Er freundete sich mit ihr an. Sie brachte dann ihren Gefährten dazu und teilte sich mit dem Gefangenen in dessen Nahrung. Er zähmte die beiden und band ihnen Botschaften an die Füße, in der Hoffnung, daß irgendeiner seiner Freunde sie finden würde. Es schien eine nutzlose Hoffnung, aber nach langer, langer Zeit erreichte eine solche Botschaft tatsächlich einen Freund von ihm. Man sah es als Wunder an, und die Taube galt als Helfer des Schicksals. Er wurde gerettet und brachte das braune Taubenpärchen mit auf die Insel. Es heißt, daß es immer Kellaways auf der Insel geben wird, so lange es braune Tauben auf der Burg gibt.«

»Eine nette Geschichte, nicht wahr?« sagte Jago.

»Ja«, sagte ich.

Nach der Mahlzeit erhob sich Jago; Jenifry, Gwennol und ich folgten ihm zu der Tür am Ende der Halle. Die übrigen Leute blieben bei Tisch sitzen, und ich konnte mir vorstellen, wie lustig es dann da zugehen würde. Sicher waren sie erleichtert, daß der vornehme Teil vorbei war und sie ungezwungen miteinander reden konnten.

Wir tranken unseren Kaffee in Jagos Zimmer. Hier war es jedenfalls viel gemütlicher. Ich saß neben Gwennol, die viel über London wissen wollte; also erzählte ich vom Haus am Hyde Park, von unseren Spaziergängen in den Kensington Gardens und an den Promenaden entlang des Teiches.

»Wir haben auch einen Heckenweg und einen Teichgarten«, erklärte Jago. Offensichtlich lag ihm daran, daß alles auf der Insel mindestens so gut war wie das, was ich bisher kannte. Es ging ihm nichts über seine Insel, und außerdem wollte er, daß ich hier glücklich war und bleiben sollte.

Gwennol wollte noch mehr hören, also erzählte ich ihr von den Carringtons und von Kusine Agatha, von den langen Winternachmittagen und den roten Markisen und Teppichen, mit denen sie ihre Gäste empfing.

Alle hörten zu. Dann sprachen sie von der Insel, und das Leben bei Kusine Agatha schien mir entfernter denn je zu sein.

Um halb elf meinte Jago: »Du bist sicher recht müde. Jenifry und

Gwennol bringen dich in dein Zimmer hinauf.« Sie nahmen eine Kerze vom Tisch und fragten, ob ich bereit sei. Ich dankte Jago für den schönen Abend und sagte gute Nacht.

»Und morgen früh reiten wir um die Insel«, versprach er nochmals.

Wir gingen die Gänge entlang, in denen jetzt die Kerzen in den Wandständern brannten. Das sah noch mittelalterlicher aus als bei Tag. Am Ende der Halle stiegen wir eine steinerne Treppe hinauf. »Bald kennst du dich allein aus«, sagte Jenifry, »aber in den ersten paar Tagen verirrst du dich vielleicht.«

»Ein Riesengebäude, diese Burg.«

»Ja, sie ist sehr groß. Wir sind ja nicht viele. In so eine Burg gehört eine Riesenfamilie.«

Oben ging es über eine Galerie weiter, dann eine zweite Treppe hinauf, die ich schon kannte. Jenifry öffnete die Tür zu meinem Zimmer. Darin sah es jetzt ganz anders aus. Es war voller dunkler Schatten. Ganz fremd war mir der Raum. Der Alkoven war hinter dem Vorhang versteckt, dafür hatte man das Bett zum Schlafen hergerichtet.

»Einen Augenblick«, sagte Jenifry und brannte mit ihrer Kerze die im Zimmer an, zwei auf dem Frisiertischchen, zwei auf dem Kaminsims. Kerzenlicht hat etwas Eigenartiges an sich. Und da ich an jenem Tag ohnehin übererregt war von all dem Neuen, dachte ich: Ich werde heute nicht gut schlafen. Eine fatale Stimmung, wenn man gerade zu Bett gehen will.

Jenifry lächelte mich an. »Ich hoffe, daß du es bequem hast hier. Du weißt ja, daß du läuten kannst, wenn dir etwas fehlt. Hier an der rotgoldenen Schnur. Das führt genau in den Dienerraum, es kommt dann gleich jemand zu dir.«

»Ich habe bestimmt alles, was ich brauche«, versicherte ich ihr. Langsam gewöhnte ich mich an das Kerzenlicht. »Ihr seid alle so lieb zu mir.«

Wieder lächelte sie. Ich kam mir vor wie ein Kind, um das sich alle kümmerten.

Dann sah ich in den Spiegel und betrachtete mich selbst wie eine Fremde – so elegant in meinem blauen Kleid, mit unnatürlich strahlenden Augen und geröteten Wangen.

Und plötzlich sah ich Jenifry im Spiegel. Ihr Gesichtsausdruck hatte sich verändert. Eine ganz andere Frau stand da. Die Augen waren zusammengezogen, der Mund sah hart aus. Es war, als sei eine Maske gefallen und enthülle das, was darunter lag. Und es war nicht angenehm, was ich darunter sah. Als ich sie wieder ansah, hatte sich das Gesicht zurückverwandelt. Sie lächelte mich an.

»Wenn du also meinst, daß du alles hast, dann gute Nacht.«

»Gute Nacht«, erwiderte ich.

Sie wandte sich an der Tür noch einmal um und sagte: »Und schlaf gut!« Die Tür schloß sich. Ich starrte gedankenverloren darauf. Mein Herz schlug ziemlich schnell. Dann sah ich wieder den Spiegel an. Er war sehr alt, wohl auch schon fleckig. Er hatte einen wunderschönen handgearbeiteten Goldrahmen und mochte gut zweihundert Jahre alt sein. Ein Zerrspiegel, gewiß, aber wie er ihr Gesicht verändert hatte! Hatte sie mich wirklich so angesehen? Überlegen, fast bösartig, als hasse sie mich?

Ich setzte mich ans Frisiertischchen, nahm meine Haarnadeln heraus, schüttelte die Haare, bis sie locker auf den Schultern lagen und ließ sie herabhängen bis zur Taille. Das Schlimme war wohl einfach: Ich hatte mich so daran gewöhnt, nirgends willkommen zu sein, daß ich an all diese Freundschaft gar nicht glauben konnte, und darum hatte ich mir wohl den Blick von Jenifry eingebildet. Einen Augenblick lang war er allerdings schauerlich gewesen. Gedankenverloren bürstete ich die Haare und flocht sie dann. Ich versuchte, mich dabei zu entspannen und mich auf den Schlaf vorzubereiten. Ich zog den Fenstervorhang noch einmal zurück und setzte mich auf die kleine Rundbank. Die Häuser der Insel sahen ganz verschlafen aus. Nur hie und da leuchtete ein Licht auf. Das Meer lag ruhig und glänzend da. Wieder legte der Mond ein silbernes Band darüber. Welch friedliches Idyll! Wie anders als meine Gedanken! Natürlich konnte ich nicht einschlafen an diesem Tag. Ich hatte Jago Kellaway kennengelernt, der gar nicht der Fremde war, den ich erwartet hatte. Ich hatte mir ein einfaches Haus auf der Insel vorgestellt und kam in eine Riesenburg, deren stolzer Herr dieser Jago war. Hatte meine langersehnten Verwandten gefunden und würde bald mehr über meine Familie wissen. Wenn es nur schon wieder Tag wäre! Ich war ganz begierig darauf, alles zu entdecken. Wie unheimlich der flackernde Kerzenschein! Lange Schatten fielen durch den Raum. Ich ging nochmals zum Frisiertisch, sah den Spiegel und meinte, abermals Jenifrys verändertes Gesicht zu sehen, ihre böse lächelnden Lippen. Bloße Einbildung natürlich. Ich war schon müde. Morgen würde ich mich selbst auslachen, aber jetzt war es Abend, und ich mußte noch die Stunden der Dunkelheit bis zur Dämmerung durchstehen.

Als ich wieder in den Spiegel blickte, hörte ich plötzlich ein Geräusch hinter mir. Ich war so entsetzt, daß ich die Kerzen umstieß. Rasch hob ich sie wieder auf, heißes Wachs floß mir über die Hände. Ich wandte mich um, die eine Kerze hielt ich hoch und sah in alle Ecken.

Niemand war da.

Ich ging zur Türe. Sie war noch immer zu. Dann hörte ich das Geräusch wieder und entdeckte, daß es vom Schrank kam. Ich ging hin und lachte mich selbst aus. Das Geräusch kam von der Schranktür, die ich zu schließen vergessen hatte, als ich mein Kleid aufhängte.

Jetzt öffnete ich sie noch einmal. Alle meine Kleider hingen darin, das blaue von heute abend rutschte gerade von seinem Bügel und fiel zu Boden. Ich hob es auf und sah dabei, daß an der hinteren Wand des Schrankes etwas geschrieben war.

Offenbar hatte es jemand in vollem Zorn mit einem spitzen Gegenstand hineingeritzt. Ich schob die Kleider beiseite und hielt die Kerze näher hin.

Und dann las ich: »Ich bin hier gefangen. S. K.«

Wer mochte S. K. gewesen sein? Und wieso gefangen? Ein Kind, denn die Schrift sah eher kindlich aus, und so etwas kritzelte wohl auch am ehesten ein Kind an die Wand, wenn es zur Strafe in sein Zimmer geschickt wurde.

Ich stellte die Kerze wieder auf den Frisiertisch. Durch den Vorfall war ich nicht gerade schläfriger geworden. Trotzdem stieg ich ins Bett, das mir riesig vorkam, und dachte an all die Leute, die wohl schon in den letzten hundert Jahren darin geschlafen haben mochten. S. K. wahrscheinlich auch.

Ich löschte die Kerzen nicht gleich. Eine Weile wollte ich noch ihr bewegliches Bild genießen, während ich wach im Bett lag und die

Decke mit ihrem komplizierten Muster anstarrte, das in dem düsteren Lichtschein so schwer zu erkennen war.

Und plötzlich war ich wieder hellwach. Meinte, Schritte vor meiner Tür zu hören. Setzte mich im Bett auf und strengte meine Ohren an.

Was du dir heute alles einbildest! Ist doch gar nichts. Leg dich hin und schlafe. Esmeralda hätte gesagt, daß ich mich in etwas hineinsteigere. Damals, als Kind, erfand ich Geschichten über andere Leute, und nur in die angenehmen Rollen versetzte ich mich selbst hinein. Jetzt entdeckte ich, daß meine Vorstellungskraft auch gegen mich wirken konnte. Ich schlüpfte aus dem Bett und ging zur Tür. Der Schlüssel steckte. Ich drehte ihn um, und ein wunderbares Gefühl überkam mich, da ich jetzt zugesperrt hatte. Ich blies die Kerzen aus. Eine Weile lag ich noch in Gedanken an die Szenen dieses Tages da. Sie kamen und gingen. Endlich wurde ich so müde, daß ich einschlief.

Daß ich in dieser Nacht den Traum haben würde, war eigentlich vorauszusehen gewesen. Das Zimmer mit den roten Vorhängen, der Tisch, die Fensterbank, die Feuerecke … die Porzellangegenstände, das Bild des stürmischen Meeres über dem Kamin. Ich merkte, daß der Wind die Vorhänge bewegte. Die Tür ging auf. Ganz langsam. Jetzt … diese entsetzliche Angst! Die Gewißheit, in großer Gefahr zu sein.

Ich war wieder wach, und das schon so bekannte Gefühl einer bösen Vorahnung bedrückte mich. Erst wußte ich gar nicht, wo ich mich befand. Dann erinnerte ich mich, daß ich in der Burg auf der Kellaway-Insel war.

Mein Herz raste. Ich zitterte vor Angst.

Es ist nur ein Traum, tröstete ich mich selbst. Aber das Verhängnis schien näher gekommen zu sein.

DAS SKIZZENBUCH

1

Sonnenschein füllte mein Zimmer am nächsten Morgen, die Schrekken der Nacht waren völlig verschwunden. Ich läutete, und Janet kam herein.

»Haben Sie gut geruht, Miß Ellen?« fragte sie.

Ich sagte: »Ja, nach einer Weile.«

»Das ist immer so in einem neuen Bett«, antwortete sie und ging das heiße Wasser holen.

Als ich hinunterging, saßen Gwennol und Jenifry schon bei Tisch. Auch sie fragten, wie ich geschlafen hätte.

»Bedien dich selbst am Büfett«, sagte Jenifry. »Schinken, Eier, gewürzte Nieren. Wenn du gerne etwas anderes hättest, brauchst du es nur Benham zu sagen.«

Ich ging zum Büfett, nahm mir Schinken und Eier und setzte mich zu den beiden anderen. Wir sprachen gerade vom Wetter, als Jago hereinkam. Sein Blick traf mich, und er fragte eindringlich, ob ich gut geschlafen und ob ich alles Nötige bekommen hätte. In einer Stunde etwa sei er bereit, mir die Insel zu zeigen. Ob ich mich bis dahin bereitmachen könnte? Selbstverständlich, sagte ich.

»Wenn du zu tun hast, könnten ja Gwennol oder ich Ellen herumführen«, meinte Jenifry.

»Keineswegs«, erwiderte er. »Das Vergnügen lasse ich mir nicht nehmen.«

»Welches Pferd gibst du ihr?« wollte Gwennol wissen.

»Das kann sich Ellen selbst aussuchen«, erwiderte er. »Ich dachte eventuell an Daveth für den Anfang.«

»Die ist aber ganz schön lebhaft.«

»Dann passen die beiden ja gut zusammen.«

Ich konnte seinen Gesichtsausdruck nicht ganz deuten, aber er bestärkte mich jedenfalls in dem Beschluß, die lebhafte Daveth zu reiten.

Nach dem Frühstück zog ich mich um. Mein Reitkleid gehörte

auch zur Ausstattung – blattgrau, sehr elegant, ein grauer Zylinder dazu. Ich wußte, daß mir diese Kleidung sehr gut stand.

Wohlwollend beäugte mich Jago im Stallhof. »Mit deiner Eleganz stichst du uns alle aus.«

Ich lachte. »Es gehört zu meiner Ausstattung; ich kann dir versichern, daß ich früher noch nie so etwas Großartiges hatte.«

»Na, wenigstens hast du jetzt etwas davon! Ach so, wir haben ja beschlossen, die Vergangenheit ruhen zu lassen. Die Leute auf der Insel werden begeistert sein von dir. Und mir wird es Freude bereiten, dich ihnen und dir die Insel vorzustellen. Zuerst geht es zum höchsten Punkt. Von da aus überblickst du bei guter Sicht das Meer und die Insel auf viele Meilen. Dann geht's in den kleinen Ort hinunter. Stadt kann man es kaum nennen. Aber was sind schon Namen.«

Er ritt ein weißes Roß mit dunkler Mähne. Reiter und Pferd sahen fabelhaft aus und paßten zueinander. Daveth war, wie Gwennol angedeutet hatte, reichlich lebhaft, aber ich konnte sie bändigen. Jago sah ein paarmal kurz zu mir herüber, und ich freute mich über die Maßen, so eine gute Reiterin zu sein und seine Anerkennung zu finden.

Auf dem Hügel hielten wir an. Welch herrlicher Ausblick lag da vor mir! Die Burg mit ihren grauen Mauern und bewehrten Türmen – so eindrucksvoll, so uneinnehmbar, fast kämpferisch wirkte sie, schien Feinde geradezu einzuladen, es mit ihr aufzunehmen, um sie dann zu besiegen. In der Vergangenheit war sie bestimmt eine absolut sichere Festung gegen jeden Eindringling. Auch den blauen Felsen konnte ich von hier oben sehen.

Jago folgte meinem Blick. »Schade, daß das nicht mehr uns gehört«, sagte er.

»Wieso denn das?«

»Dein Großvater hat es verkauft. Er war in finanziellen Schwierigkeiten, um die Wahrheit zu sagen, eine Spielernatur. Seither hat die Familie den Verkauf wohl oft bedauert.«

»Ist das dort ein Haus?«

»Ja. Es ist das Heim jener Gwennol, von der ich dir erzählte.«

»Lebt jetzt niemand darin?«

»Doch, ein Künstler. Er erbte es von dem Mann, dem es mein

Großvater verkauft hat. Ich glaube, es ist sein Neffe oder Großneffe oder so was Ähnliches.«

»Lebt er allein dort?«

»Ja, ganz allein. Aber er ist nicht immer dort. Ich glaube, er reist viel.«

»Ist er als Künstler bekannt?«

»Über solche Dinge weiß ich nicht genug Bescheid. Da kann ich dir nichts sagen. Er heißt James Manton. Hast du den Namen schon einmal gehört?«

»Ich glaube nicht, aber ich weiß auch nicht viel über Maler. Meine Mutter war allerdings eine Künstlerin. Ich erinnere mich, daß sie immer ein Skizzenbuch dabeihatte und zu meiner Unterhaltung Bilder zeichnete. Vielleicht lerne ich diesen James Manton einmal kennen.«

»Er kommt nie auf die Insel. Er und dein Vater mochten einander nicht. Schau mal, da drüben ist das Festland. Kannst du es erkennen?«

»Ja. Ein beruhigender Anblick«, meinte ich.

»Beruhigend?« Leichtes Stirnrunzeln war seine Antwort auf meinen Kommentar.

»Ich meine, man fühlt sich nicht so abgeschlossen von der Welt«, versuchte ich zu erklären.

»Stört es dich also, von der Welt … abgeschnitten zu sein?«

»Eigentlich nicht, aber man kann doch wohl kaum vergessen, daß man auf einer Insel ist, und es ist doch angenehm zu wissen, daß das Festland nicht weit ist.«

»Es ist ganz schön weit, wenn das Wetter schlecht ist … das hast du ja schon gemerkt. Bei richtig stürmischer See wäre es Wahnsinn, hinauszurudern.«

»Aber man weiß doch, daß das Wetter sich irgendwann wieder ändert. Es dauert ja nicht ewig.«

Er nickte. »Jetzt zeig ich dir unsere Gemeinde. Es fehlt ihr an nichts. Wir sind geradezu ein kleines Königreich. Es ist viel übriggeblieben von früher, und ich möchte es auch weiterhin so beibehalten.«

Wir galoppierten über eine Wiese und kamen zum Strand. Er zeigte auf einen Holzpflock im Sand. »Bei Flut ist der bedeckt«, sagte er. »Er ist schon fünfhundert Jahre an dieser Stelle. Der damalige Herr, es muß auch ein Kellaway gewesen sein, ließ jeden Verbrecher bei Ebbe daranbinden. Man gab ihm zwei Gerstenbrote und einen Eimer Wasser und ließ ihn dann allein. Wenn die Flut kam, ertrank er.«

»Wie grausam!«

»So wurde damals Recht gesprochen.«

»Du tust es hoffentlich heute nicht mehr so«, scherzte ich.

»Nein, aber ich halte gut Ordnung hier, wie ich schon sagte. Sieh mal – dort ist der alte Taufsessel, der wird heute noch manchmal verwendet. Manchmal taucht der Freund eines Mannes dessen nörglerische Frau unter, oder es wird jemand der Hexerei verdächtigt.«

»Und das gibt es noch heute?«

Er hob die Schultern. »Alte Bräuche halten sich lang, und hier länger als auf dem Festland. So, komm jetzt, ich möchte dich mit einigen Leuten bekannt machen. Sie sollen wissen, daß du mein lieber Gast bist.«

Wir hatten eine Häusergruppe inmitten der Felder erreicht. Ein Mann, der einen Wagen lenkte, kam auf uns zu. Er griff sich an die Kappe und rief: »Guten Tag auch, Mister Jago.«

»Guten Tag«, gab Jago zurück. »Das ist mein Mündel, Miß Ellen Kellaway.«

»Guten Tag, Miß«, sagte der Mann.

»Und ein schöner Tag dazu, was, Jim?« rief Jago.

»Ja, Herr, es ist ein schöner Tag.« Er fuhr weiter.

»All diese Leute sind unsere Pächter. Jedes Stück Land gehört den Kellaways, schon seit sechshundert Jahren.« Inmitten der Häuser lag ein Geschäft, in dessen Schaufenster allerlei Waren ausgelegt waren. Offensichtlich eine Mischung von Textilgeschäft, Kerzenhandel, Eisenwarenlager, Lebensmittel- und Gemüsegeschäft. Ich beschloß sogleich, mir das Geschäft so bald wie möglich genau anzusehen.

Aus einem Haus an der Straße kam fröhlicher Lärm.

»Ich kann mir schon denken, was hier los ist«, sagte Jago. »Die haben doch ein Baby gekriegt. Das ist die Tauffeier, da darf ich nicht vorbeigehen. Ich muß hinein und dem Kind alles Gute wünschen. Laß uns absteigen und ins Haus gehen.« Er rief: »Junge, komm, halt uns die Pferde.« Wie durch Zauberkraft tauchte ein Junge auf. »Nimm meines und das der Dame«, sagte Jago.

Wir stiegen ab und gingen ins Haus. »Nein, so was, unser Herr ist gekommen«, sagte eine knicksende Frau.

Ziemlich viele Leute waren in dem Häuschen beisammen. Jago und ich fanden kaum noch Platz zwischen ihnen. Das Festzimmer wirkte gemessen an Jagos Größe wie ein Puppenhaus …

»Was für eine Ehre«, sagte der Hausherr.

»Wo ist denn das Baby?« fragte Jago.

»In der Wiege, Mr. Jago. Es wäre uns eine besondere Ehre, wenn Sie sich das Kind anschauen würden und ein Stück vom Festkuchen nehmen täten.«

Ja, sagte Jago, das wolle er tun, und ich sicher auch.

»Und ein Glas Schlehengin, Herr, zum Runterspülen.«

»Für mich gerne«, sagte Jago.

Man schnitt uns vom Kuchen ab, auch ich erhielt ein Glas Gin, der mich in der Kehle etwas brannte.

»Ich wünsch' dem Kind viel Glück«, sagte Jago dann.

»Und daß sie eine gute Dienerin ihres Herrn wird«, sagte die Mutter des Kindes.

»Ja«, schloß sich Jago an, »so soll es sein.«

Als wir wieder auf die Straße traten, wartete der Junge noch geduldig mit den Pferden. Wir bestiegen sie und ritten zwischen den Häusern weiter.

»Die meisten Häuser sehen ganz ähnlich aus«, erklärte Jago. »Weil es sogenannte lebenslange Häuser sind. Die werden in einer Nacht aufgebaut, und der Besitzer hat dann das Recht, es auf mehrere Generationen hinaus zu behalten. Der, der es gebaut hat, darf sein Leben lang drin bleiben, und dann noch sein Sohn und sein Enkel. Danach fällt es an den Herrn zurück. Auf dem Festland ist es das sogenannte Mondscheinhäuschen, das dem Erbauer für alle Zeiten gehört. Die einzige Bedingung ist die, daß mit dem Bau nach Einbruch der Dunkelheit begonnen und vor dem Tageslicht aufgehört wird.«

»Kann man denn in so kurzer Zeit ein Häuschen bauen?«

»Wenn alles gut vorbereitet ist und die Materialien herbeigeschafft worden sind, stehen in kurzer Zeit die vier Außenwände, und das

Dach ist darauf. Mehr ist nicht erforderlich. Wie hat dir der Kuchen geschmeckt?«

»War mir ein bißchen zu gelb.«

»Das ist der Safran – hierzulande eine große Delikatesse. Laß ja niemanden wissen, daß du das nicht magst.«

An jenem Vormittag erfuhr ich noch viel über die Insel. Die meisten Bewohner waren Fischer. Es gab aber auch Bauern. In den Buchten waren die Boote vertäut. Wir kamen an einigen Männern vorbei, die inmitten ihrer Hummertöpfe die Netze ausbesserten. Alle grüßten Jago ehrerbietig, und es machte mir Vergnügen, diesen Respekt zu erleben.

Einmal im Monat gab es einen kleinen Jahrmarkt, wenn die Händler vom Festland herüberkamen, sofern das Wetter dies zuließ. Dann kauften die Inselbewohner ein und versorgten sich mit Waren bis zum nächstenmal. Alles mögliche wurde da verkauft, und jeder freute sich darauf.

Er berichtete mir dann noch von anderen Gebräuchen. »Die Fischer kommen nicht gerne vor Tagesanbruch mit ihrem Fang an. Sie meinen, daß ihn sonst die Zwerge wegschleppen könnten. Man hat hier noch sehr viel Angst vor Zwergen und Gnomen, denen ganz besondere Kräfte zugeschrieben werden, und durchaus nicht immer gute.«

Ich erfuhr noch mehr über den Aberglauben dieser Insel. »Wenn das Leben beschwerlich und oft nur schwer zu verstehen ist, werden die Leute einfach abergläubisch. Fischer sprechen auf See nie von Hasen oder Karnickeln oder anderen Wildtieren. Das bringt Unglück. Und wenn sie auf dem Weg zum Boot einen Priester treffen, gehen sie ins Haus zurück.«

»Woher wohl solch ein Aberglaube kommen mag?«

»Vielleicht ist jemand mal auf dem Weg zum Boot dem Priester begegnet und nicht zurückgekehrt. Vielleicht ist es ein zweites Mal passiert. Mehr braucht es dann nicht. Der Aberglaube besteht und scheint ewig weiterzuleben. In früheren Zeiten waren die Inseln auch Zufluchtsstätten für Leute, die vor den Gerichten flüchteten. Wir hatten hier unsere eigene Gerichtsbarkeit. Manch ein Ausgestoßener siedelte sich hier an. Einige bekamen politisches Asyl und wurden Untergebene des jeweiligen Kellaway. Unsere Insel hat wirklich eine interessante Geschichte, und wir Kellaways können recht stolz auf sie sein.«

»Und die Familie hat immer hier gelebt? All die Jahrhunderte hindurch?«

»Ja. War einmal eine Frau Erbin, so mußte sie heiraten, und ihr Mann nahm dann den Namen Kellaway an.«

»Was für ein interessanter Vormittag«, sagte ich. »Und gelernt habe ich auch viel dabei. Und jetzt möchte ich noch immer weiter lernen.«

Er wandte sich zu mir, legte mir die Hand auf den Arm und sagte: »Ich möchte, daß du hier bleibst, Ellen. Ich kann dir gar nicht sagen, wie sehr ich mir das wünsche. Als ich dich in London sah, mußte ich mich beherrschen, daß ich dich nicht einfach packte und dich bat, einfach mal mit mir hierherzukommen, damit du dir deine Familie ansehen konntest, ehe du dich in diese übereilte Ehe stürzt.«

»Ich kann noch immer nicht verstehen, warum du dich nicht zu erkennen gegeben hast?«

»Einen Augenblick mal. Du warst so mit deiner geplanten Hochzeit beschäftigt, und als es dann schiefging, hatte ich das Gefühl, daß meine Chance gekommen sei. Ich wollte, daß du freiwillig hierher kommst. Das ist schwierig zu erklären. Na ja, jetzt bin ich einfach glücklich, dich hier zu haben.«

Ich meinte, echte Rührung in seiner Stimme zu hören, und wurde selbst gerührt. Seine Gesellschaft empfand ich als ausgesprochen angenehm. Seit wir einander damals beim Konzert begegnet waren, hatte er mich fasziniert, im Haus am Finlay Square allerdings auch irritiert und geängstigt. Aber an diesem Vormittag war ich der Meinung, er sei der faszinierendste Mann, der mir je begegnet war.

Er strengte sich offensichtlich sehr an, seiner Gefühle Herr zu werden. »Leider müssen wir jetzt zur Burg zurück. Ich würde dir gerne so vieles noch zeigen, aber für heute hast du vielleicht schon genug gehabt. Gwennol wird dich dann durch die Burg führen, aber höre nicht zu sehr auf ihre Geistergeschichten dabei.«

»Gibt es denn Geister darin?«

»Bei einer sechshundertjährigen Geschichte wäre es wohl merkwürdig, wenn sich nicht einige eingefunden hätten. Die meisten sind in den Verliesen. Einige Leute haben versucht, uns unser Erbe zu entwenden, denn eine Insel zu begehren, ist für manche Menschen ein unwiderstehlicher Anreiz. Ich kann es verstehen. Du auch? Es ist eine Welt in sich selbst, ein kleines Königreich. Vielleicht fängst du schon an, dies auch zu empfinden. Was meinst du?«

»Ich dachte mir, du mußt recht stolz drauf sein, wie respektvoll die Leute dir begegnen.«

»Anderes würden sie gar nicht wagen«, spottete er. »Allerdings, seit ich hier was zu sagen habe, geht es besser. Die Ernte war immer gut, man könnte meinen, die Hand Gottes liegt darauf. Es ist aber zu einem großen Teil auch die Hand Jago Kellaways. Ich habe moderne Anbaumethoden eingeführt und gute Absatzwege gefunden. Wenn man sich ein bißchen auskennt, kann man auf so einer Insel sehr viel erreichen. Aber mit deinem Vater war ich nicht immer einer Meinung.«

Ich sagte nur: »Ach?« und hoffte, daß er weiterreden würde. Alles, was er mir über meinen Vater sagen konnte, interessierte mich brennend.

»Vor seinem Tod war er längere Zeit krank. Dadurch habe ich die Zügel schon lange in der Hand.«

»Und seit damals wird es besser?«

»Das werden dir die Inselbewohner jedenfalls bestätigen können. Und du bist jetzt gar nicht sehr glücklich. Sprechen wir nicht von der Vergangenheit, Ellen. Du bist hier, und wir wollen von dem Punkt an weitermachen.«

Er lächelte mir zu, und ich bildete mir plötzlich wieder ein, in seinem Blick etwas zu sehen, was mich erschreckte. Aber ich war noch zu glücklich von dem Vormittag, um dem Gedanken nachzuhängen. Fröhlich ritt ich auf die Ställe zu.

Es war Nachmittag. Wir hatten mittags kalte Platte gehabt – Jenifry, Jago und ich. Gwennol war aufs Festland hinübergefahren. »Sie läßt sich an so schönen Tagen wie heute oft von einem unserer Männer hinüberrudern«, sagte Jenifry. Dann fragte sie, wie es mir am Vormittag gefallen habe und wo wir überall gewesen seien.

Sie war sehr liebenswürdig, und ich dachte wieder, daß mich meine Fantasie mit dem Spiegelbild am vorigen Abend wohl genarrt hatte.

Jago mußte geschäftlich weg, und Jenifry sagte mir, daß sie am Nachmittag meistens ruhe. Also beschloß ich, allein durch die Burg zu streifen. Das würde mir Spaß machen, sagte ich zu ihr.

Etwa um halb drei ging ich los. Ein wunderschöner Septembernachmittag, die Sonne ließ das Wasser perlfarben schimmern. Zwischen den Befestigungsanlagen gelangte ich in einen Hof mit einem gotischen Durchgang. Die Stufen dorthin waren in der Mitte stark ausgetreten, von Abertausenden von Schritten im Laufe der Jahrhunderte. Wer mochten all die Menschen gewesen sein, die diese Burg bevölkert hatten? Hinter dem Torbogen lag ein zweiter Hof, der mir bekannt vorkam, und dann hörte ich auch schon das Gurren der Tauben und erkannte die Stelle wieder, die ich am Vorabend aufgesucht hatte.

Und dann sah ich ihn. Er war sehr klein, die hellen, glatten Haare fast weiß. Die Augen dunkelblau, von ebenso hellen, dünn gewachsenen Augenbrauen umgeben, was ihm einen irgendwie erstaunten Ausdruck verlieh.

Er wandte sich plötzlich um und entdeckte mich. Vierzehn oder fünfzehn Jahre mochte er alt sein, schätzte ich nach seinem Gesicht. Von hinten hatte er wegen seiner Kleinheit viel jünger gewirkt.

Er hielt eine Schale Maiskörner in der Hand, ein Vogel hockte ihm auf der Schulter. Sein Gesicht wurde angstvoll, und er wollte wieder zu dem Häuschen laufen, wo ich ihn gestern als Schatten entdeckt hatte.

»Bitte, geh nicht!« rief ich ihm zu. »Ich wollte nur deine Tauben besuchen.«

Er hielt zögernd inne.

»Wenn du wegläufst, müssen deine Tauben Hunger leiden. Laß mich zusehen beim Füttern. Ich mag es, wenn sie so um dich herumgurren.« Es schien, als müsse er sich seinen nächsten Schritt ganz genau überlegen.

Mir kam plötzlich eine Eingebung. »Du bist wohl August«, sagte ich. »Ich kenne deine Mutter vom Gasthof her.« Ganz langsam breitete sich ein Lächeln auf seinem Gesicht aus. Er nickte.

»Ich bin Ellen Kellaway. Bin hier auf eine Weile zu Besuch.«

»Magst du Tauben?« fragte er.

»Ich weiß nicht viel von ihnen, aber ich habe die Geschichte über die braunen Tauben mit den Botschaften gehört, und die gefiel mir sehr.«

»Meine nehmen auch Botschaften mit«, sagte er stolz.

»Das klingt ja wie ein Wunder. Wissen sie denn, wo sie hin müssen?«

Jetzt lächelte er. »Man muß es ihnen beibringen.« Jetzt nahm er eine Handvoll Maiskörner aus der Schüssel und warf sie auf die Pflastersteine. Einige Vögel gingen zu Boden und fingen zu picken an. Andere setzten sich auf die Schale. Sie gurrten zufrieden.

»Ich glaube, sie kennen dich«, sagte ich.

»Natürlich.«

»Wie lange pflegst du sie schon?«

»Seit ich hier bin«, sagte er und fing an, mit den Fingern zu zählen; offenbar fünf Jahre.

»Ich hab' dich gestern abend da drin gesehen«, sagte ich und zeigte auf das Häuschen.

»Ich dich auch«, antwortete er.

»Ich rief dich, aber du hast getan, als hörtest du mich nicht.«

Er nickte und sah mich immer noch mit schlauen Augen an.

»Darf ich jetzt hinein?«

»Möchtest du?«

»Tauben interessieren mich sehr.«

Er öffnete die Tür und führte mich in einen Raum, in dem Säcke mit Mais und Wassertröge gestapelt waren. »Mein Taubenhaus«, sagte er. »Aber ich muß sie jetzt fertig füttern.«

Wir gingen wieder auf den Hof hinaus. Er hielt den Arm hoch, zwei Vögel setzten sich dann sofort darauf. »So, meine Lieben«, flüsterte er, »da wärt ihr ja wieder bei August.«

Ich nahm eine Handvoll Mais und warf sie aufs Pflaster. Er sagte, während er den Vögeln beim Picken zusah: »Du magst Tauben? Sie mochte sie auch.«

»Sie?«

Er nickte kräftig. »Ja, sie mochte sie. Sie kam immer her und half mir beim Füttern. Dann ging sie fort.«

»Wer war denn das?« fragte ich.

»Sie«, sagte er nur. Er sah verwirrt aus. »Und dann ist sie einfach weg.« Die Erinnerung störte ihn offenbar, und meine Anwesenheit hatte er schon wieder ganz vergessen. Er fütterte weiter seine Vögel, und da ich merkte, daß meine Fragen ihn nur noch mehr verstören und nicht zum Reden anregen würden, ging ich weiter.

2

Am nächsten Tag führte mich Gwennol durch die Burg. »Fangen wir bei den Verliesen an«, sagte sie. »Da ist es wirklich gruselig.«

Wir stolperten eine steinerne Wendeltreppe hinunter; ein Seil diente als Geländer. Gwennol ermahnte mich, gut aufzupassen. »Diese Treppe ist so gefährlich, man kann sich nie daran gewöhnen. Vor ein paar Jahren fiel eines der Mädchen hinunter und wurde einen ganzen Tag lang nicht gefunden. Die Arme war nachher fast irre, als man sie fand, weniger vor Schmerzen, sondern aus Angst vor Geistern. Sie schwor, daß eine Geisterhand sie hinuntergestoßen hätte, und nichts konnte sie vom Gegenteil überzeugen.«

Wir waren jetzt in einem geschlossenen Hof mit Pflastersteinboden. Ringsum nichts als Türen. Ich zählte achtzehn. Eine stieß ich auf, eine Zelle lag dahinter, die eher wie eine Höhle aussah und in der ein normal großer Mann kaum aufrecht hätte stehen können. An der Wand war an einer Kette ein schwerer Eisenring befestigt. Mich schauderte bei dem Gedanken, daß damit die Zellenbewohner an der Flucht gehindert wurden. Die Wände tropften vor Nässe, und es stank faulig und modrig. Wieder schüttelte es mich, ich schloß die Türe rasch wieder. Dann öffnete ich eine zweite, hinter der wieder eine solche Höhlenzelle lag. Ich erforschte noch weitere. Sie sahen nicht alle gleich aus, wirkten aber alle entsetzlich. Einige waren höher, mit kleinen Fenstern oben in der Mauer, ohne Glas, nur mit Gittern davor. Auf einer Wand war ein Galgen in den Stein geritzt. Auf einer anderen hatte jemand ein bösartiges Gesicht gezeichnet. Wie viele Menschen mochten hier entsetzlich gelitten haben?

»Wie grausam«, sagte ich.

Gwennol nickte. »Stell dir vor, du wärest hier gefangen, du würdest rufen und rufen, und niemand hört dich. Und selbst wenn sie dich hören, tun sie nichts.«

»Ich finde, man spürt das Leid geradezu, das Entsetzen, die Verzweiflung, die diese Leute fühlten.«

»Du hast ja eine morbide Fantasie«, sagte sie.

Wir gingen wieder nach oben, und sie führte mich dann durch sämtliche Zimmer, so daß ich sie gar nicht mehr zählen konnte. Wir sahen uns die vier Türme an, gingen über Galerien, treppauf, treppab. Sie zeigte mir die Küchen, den Backraum, den Butterraum, den Weinkeller und das Schlachthaus und stellte mich der Dienerschaft vor, die je nach Geschlecht an die Stirnlocke faßten oder einen Knicks machten, während sie mich mit unverhohlener Neugierde betrachteten.

Von der Halle aus führte eine Türe in ein Zimmer, das mich gleich interessierte, da Gwennol sagte, es sei der Lieblingsraum meiner Mutter gewesen. »Sie hieß doch Frances, nicht wahr? Manche älteren Dienerinnen nennen es noch heute Frances' Zimmer.«

Eine Stufe führte in den Raum hinunter. Ich betrat ihn mit Gwennol. Sie setzte sich auf eine Bank, die genau über dem Alkoven angebracht war. »Sie soll gemalt haben«, fuhr sie fort. »Dieses Zimmer kann sie aber nicht als Studio verwendet haben. Dazu ist es nicht hell genug. Ich glaube, seit sie weg ist, ist es kaum benützt worden.«

Ich sah mich um und versuchte, sie mir hier vorzustellen. Nein, hell war der Raum nicht. Das Fenster war ganz klein, mit bleigefaßten Scheiben. Es schien ein Wohnzimmer gewesen zu sein. Einige Stühle standen da, ein Tisch, ein Schrank und die Bank.

»Ob noch Sachen von ihr hier drin sind?« wollte ich wissen.

»Schau doch in den Schrank hinein.«

Ich öffnete die Schranktür und schrie vor Überraschung auf. Drinnen war tatsächlich eine Staffelei, und Papierrollen lagen daneben.

»Das muß ihr gehört haben«, sagte ich, griff nach einer Papierrolle und sah darunter ein Skizzenbuch auf dem Boden liegen. Quer über den Deckel war ihr Name geschrieben: Frances Kellaway. Was für eine Entdeckung! Meine Hand zitterte, als ich die Blätter ansah. Gwennol erhob sich von der Bank und sah mir über die Schulter. Es waren Bilder von der Burg, immer von verschiedenen Punkten aus gesehen.

»Sie war eine richtige Künstlerin«, sagte Gwennol.

»Ich möchte das Buch mitnehmen und es mir noch in Ruhe ansehen«, sagte ich.

»Warum nicht?«

»Ich finde das so aufregend. Dich amüsiert das vielleicht. Aber ich weiß doch so wenig über meine Mutter, und an meinen Vater kann ich mich überhaupt nicht erinnern. Du hast ihn ja noch gekannt.«

»Ich glaube, niemand kannte ihn richtig. Ich sah ihn sehr selten, denn junge Menschen mochte er nicht. Er war schon lange krank und hielt sich nur in seinen Zimmern auf. Ab und zu sah ich ihn in seinem Rollstuhl. Fenwick, sein Dienersekretär, kümmerte sich um ihn, besprach auch alle Geschäftsdinge mit ihm. Ein Mitglied des Hauses war er eigentlich nicht.«

»Es ist schon komisch, wenn man darüber nachdenkt. Ihm verdanke ich es eigentlich, daß ich hierhergekommen bin, und ich kannte ihn doch gar nicht.«

»Tröste dich damit, daß ihn niemand genau kannte. Onkel Jago hat einmal gesagt, er sei ein einsamer Wolf. Fenwick könnte dir wohl mehr als irgend jemand sonst über ihn erzählen.«

»Wo ist dieser Fenwick?«

»Er verließ uns nach dem Tod deines Vaters. Ich glaube, er lebt irgendwo auf dem Festland.«

»Du weißt nicht, wo?«

Sie schüttelte den Kopf, und die Fragen über meinen Vater schienen ihr langsam langweilig zu werden, denn sie wechselte das Thema: »Ob noch irgendwas von ihr in diesem Schrank ist? Schau mal, der Sitz läßt sich heben wie bei einem Koffer.«

Sie tat es und blickte hinein, entdeckte aber nur eine Reisedecke.

»Offensichtlich mehr als Sitz verwendet worden«, sagte Gwennol, nahm die Decke heraus und setzte sich darauf. Aber dann sprang sie plötzlich auf. »Komm, gehn wir zu August!« sagte sie. »Er soll mich morgen an Land rudern. Würdest du gerne mitkommen? Ich weiß schon, daß du die Insel noch nicht ganz erforscht hast, aber man muß die ruhige See ausnützen. Ich werde Freunde besuchen. Vielleicht siehst du dir inzwischen gerne die Umgebung an. Wir könnten uns im Gasthof Pferde leihen. Das mache ich oft.«

Ich sagte, daß mir das Spaß machen würde. »Es hängt natürlich vom Wetter ab. Und August rudert uns hinüber?«

»Ja, er tut es so gerne, denn dann kann er ja seine Mutter besuchen.«

»Ein merkwürdiger Junge. Ich habe ihn beim Taubenfüttern entdeckt.«

»Also hast du ihn schon kennengelernt? Man sagt, er wäre nicht ganz richtig im Kopf, aber in manchen Dingen ist er ganz gescheit. Er ist nur ein bißchen anders als die anderen Leute. Mit elf Jahren kam er zu uns. Er fiel Onkel Jago auf, als er gerade einen jungen Vogel gefunden hatte und ihn pflegte. Jago sagte, er könne ihn gut brauchen für unsere Tauben, die damals eine Krankheit hatten, du weißt ja, diese Legende mit den Tauben, ohne die wir die Insel verlieren würden. Nicht daß Jago selber dran glaubt, aber er hält solche Bräuche in Ehren, weil andere Leute daran glauben. Der Junge kennt sich gut mit Vögeln aus und überhaupt in der Natur, also nahm er ihn mit her. Die Tauben gediehen sofort viel besser. Der arme Junge, er kann gerade nur lesen und schreiben, und auf dem Festland lief er oft tagelang weg, er hat die Mutter halb verrückt gemacht. Er kam aber immer wieder zurück – war nur im Wald gewesen, die Vögel beobachten. Hier denkt er nicht daran, wegzulaufen, er muß sich ja um die Tauben kümmern.«

»Ja, seine Mutter hat erwähnt, daß er hier ist.«

»Sie hat ja auch bei uns gearbeitet. Ihrem Vater gehörte das Gasthaus, das sie jetzt mit ihrem Mann zusammen führt. August ist ihr einziges Kind. Die wenigsten Leute verstehen ihn. Ich glaube, sie unterschätzen ihn. Er ist ein sehr gutherziger Junge, und mit den Tauben versteht er sich wirklich blendend.«

»Ja, ich habe gesehen, wie er mit ihnen umgeht. Und die Tiere scheinen auch zu spüren, wie gut er es mit ihnen meint.«

»Er hat eben eine besondere Gabe dafür. Aber komm jetzt weiter, wir wollen ihn suchen gehen.«

Wir fanden ihn in seinem Häuschen. Er war gerade mit einer Taube beschäftigt und sah kaum auf, als wir eintraten.

»Hat ihr Beinchen verletzt«, meldete er. »Komm, komm, Kleines, es sind ja nur die beiden Damen, die tun dir nichts.«

»Kannst du es wieder heilen?« fragte Gwennol.

»Sicher, Miß Gwennol, das kann ich.«

Sie sah mich lächelnd an. »Kannst du mich morgen zum Festland hinüberrudern, wenn das Meer so wie heute ist?«

»Ich mache das Boot fertig für Sie, Miß Gwennol.«
»Miß Ellen fährt auch mit.«
Er nickte, kümmerte sich aber weiter nur um den Vogel.
»Kennst du dich wirklich aus?« fragte Gwennol nochmals.
»Ja, ja, Miß Gwennol, ich weiß Bescheid.«
»Und komischerweise weiß er es wirklich«, sagte sie leise zu mir. »In kurzer Zeit wird der Vogel wieder herumhüpfen, daß du ihn nicht von den anderen unterscheiden kannst.«

Nachmittags ging ich spazieren auf der Insel. Ich merkte nun selbst, wie mich Jagos Begeisterung angesteckt hatte. Abends erzählte ich ihm, was ich alles gesehen hatte.

Beim Schlafengehen war ich angenehm müde. Jeden Tag würde ich nun versuchen, noch mehr über die Familie zu erfahren, nahm ich mir vor. Ich freute mich schon auf die Gespräche mit Gwennol am nächsten Tag und einen Plausch mit Mrs. Pengelly. Als ich gerade ins Bett steigen wollte, fiel mir das Skizzenbuch meiner Mutter ein. Ich stellte eine Kerze auf das Tischchen neben meinem Bett und begann zu blättern.

Ganz offensichtlich hatte sie großes Talent gehabt. Aus ihren Zeichnungen spürte man das Alter der Steinmauern, die sie so realistisch gezeichnet hatte. Ein wunderhübsches Bild von den blauen Felsen war auch darin, das Festland dahinter konnte man gerade noch ahnen. Einige Porträts fand ich auch. Ein rundliches Kind sah mit großen Augen neugierig in die Welt. Ich starrte es an. Dann sah ich die Erläuterung. ›E. 3 Jahre.‹ Das war ich selbst. So hatte ich also ausgesehen. Ich blätterte weiter. Sah jetzt zwei Bilder von Jago – ein Porträt von links und eines von rechts. Wie sie ihm ähnlich sahen! Und doch schienen sie zwei verschiedene Männer darzustellen. Merkwürdigerweise lächelte er auf beiden, auf dem einen freundlich, auf dem anderen jedoch …? Gerade dieses interessierte mich aber. Es war so gezeichnet, daß einem die Augen überallhin folgten. So hatte ich ihn schon selbst erlebt. War es im Haus am Finlay Square gewesen? Die Lider lagen schwer über den Augäpfeln und gaben ihm einen verschleierten, beinahe finsteren Ausdruck. Der Mund war etwas verzogen. Es sah aus, als sage er etwas, was nichts Gutes verhieß.

Lange Zeit betrachtete ich dieses Bild, und die angenehme Schläfrigkeit, die ich zuvor verspürt hatte, verschwand immer mehr.

Was hatte meine Mutter mit diesen Bildern sagen wollen? Eines stand fest: Jago war nicht das, was er zu manchen Zeiten zu sein schien. Wollte sie damit sagen: ›Gib acht, es gibt zwei Jagos‹? Ich fühlte mich unbehaglich, denn ich fing an, seine Gesellschaft mehr zu genießen, als ich mir selbst eingestehen wollte.

Dann blätterte ich weiter. Noch ein Doppelporträt. Offenbar hatte meine Mutter eine Vorliebe dafür. Auch diese zwei Bilder, obwohl sie das gleiche Gesicht darstellten, waren so unterschiedlich wie die Jagos. Auf der einen Seite ein eher zurückhaltend aussehendes Mädchen mit Zöpfen; einer hing ihr nach vorne über die Schulter, sie blickte nach oben wie zum Gebet und hielt eine Bibel in den Händen. Auf der gegenüberliegenden Seite waren ihre Haare offen, sie fielen unordentlich auf die Schultern. Das Gesicht war hinter dem wilden Haarvorhang kaum zu sehen. Nur die dunklen Augen erkannte man gut und einen eigenartigen, schwer zu beschreibenden Ausdruck um ihren Mund. Irgendwie gequält, sie schien um etwas zu bitten, wollte offenbar ein Geheimnis preisgeben und wußte nicht, wem und wie. Ein erschreckendes Porträt.

Darunter fand ich nur einen Buchstaben: ›S.‹ Das Bild hatte mich richtig verstört. Ich stand auf und öffnete den Schrank, um noch einmal das Gekritzel an der Rückwand zu betrachten. Sicher war es die gleiche ›S.‹ gewesen, die da ihre Botschaft an die Schrankwand geschrieben hatte …

Wer war ›S.‹? Der Schlaf mied mich jetzt vollends. Ich wandte die Seiten weiter um, betrachtete Landschaften und farbige Bilder von der Burg, um mich daran zu beruhigen. Um die Augen der wilden ›S.‹ und das zweite Gesicht Jagos, durch das ich an das Haus am Finlay Square erinnert wurde, zu vergessen.

Und dann erwartete mich noch ein Schock in diesem Buch – vielleicht der größte, denn bei den Doppelbildern versuchte ich mir noch einzureden, meine Mutter habe sie nur aus der Fantasie gezeichnet, um zu zeigen, wie man mit ein paar Strichen einen Menschen im Bild verändern kann. Ganz konnte ich mich allerdings nicht beruhigen.

Zuerst meinte ich, eingeschlafen zu sein und zu träumen. Glaubte, daß mein Traum sich jetzt auf diese Weise manifestiere. Da sah ich es. Und es konnte keinen Zweifel geben: Es war das Zimmer meines Alptraums! Der Kamin, die Bank davor, der Schaukelstuhl, das Bild über dem Kamin... alles genau, wie es mir in meinen Träumen immer wieder erschienen war. Ich starrte, starrte und starrte. Ein einziger Gedanke hämmerte in meinem Kopf: das Phantomzimmer existierte! Meine Mutter hatte es selbst gesehen! Ob es in der Burg war? Aber die hatte ich ja schon erforscht. Das Buch fiel mir aus den Händen auf die Decke. Was bedeutete dies? Was konnte es bedeuten? Ich hatte geradezu das Gefühl, den Geist meiner Mutter im Zimmer zu spüren, wie er versuchte, durch das Skizzenbuch mit mir in Kontakt zu treten.

Was wußte sie von Jago? Sie hatte zwei Männer in ihm gesehen. Und wer war diese ›S.‹, die so bescheiden und so wild aussehen konnte? Aber das Bild des Traumzimmers plagte mich am meisten. Meine Mutter hatte es gezeichnet, so daß ich es sehen konnte. Keine Fantasiebilder mehr. Ich versuchte, mich fest an die Zeit zu erinnern, als wir bei meiner Großmutter im Garten beieinander saßen und ihr Skizzenbuch immer zwischen uns lag.

Eines wußte ich nun: Das Traumzimmer gab es. Aber wo?

1

In jener Nacht schlief ich unruhig, erstaunlicherweise suchte mich jedoch der Traum nicht heim. Als ich aufwachte, nahm ich sofort das Skizzenbueh wieder in die Hand, denn ich fürchtete plötzlich, daß ich nur geträumt hatte, was ich meinte, im Buch gesehen zu haben.

Nein, da war es. Das Zimmer, das ich so gut kannte. Jagos Bild sah jedoch im Tageslicht anders aus. Vielleicht hatte ihn nur der Kerzenschein so finster aussehen lassen.

Als Janet mit dem heißen Wasser kam, öffnete ich das Skizzenbuch auf der Seite, die mein Traumzimmer zeigte. »Wie findest du dieses Zimmer, Janet?« fragte ich sie und beobachtete sie genau.

»Oh, sehr hübsch, nicht wahr?« sagte sie nur.

»Hast du es schon mal gesehen?«

»Ist es denn ein wirkliches Zimmer?« Sie sah mich an. Offensichtlich kannte sie es nicht.

Nach dem Frühstück kam Gwennol nachsehen, ob ich fertig sei.

»Ich habe das Skizzenbuch durchgesehen«, sagte ich. »Es ist wirklich sehr interessant. Schau dir doch mal dieses Bild hier an.«

Sie schaute hinein und nickte.

»Kennst du denn den Raum?« fragte ich.

Auch sie war ganz erstaunt. »Müßte ich? Ist doch ein ganz gewöhnliches Zimmer.«

Ein ganz gewöhnliches Zimmer! Merkwürdig, so etwas von jedem zu hören. Am liebsten hätte ich gesagt: Dieses Zimmer hat mich, seit ich denken kann, verfolgt. Wenn ich es nur finden könnte, dann würde ich vielleicht begreifen, warum ich immer davon träume, und mich in diesem ganz gewöhnlichen Zimmer nicht so entsetzlich unbehaglich fühlen.

Aber es fiel mir schwer, darüber zu reden. Also sagte ich nur: »Ich dachte, es wäre vielleicht hier in der Burg.«

Sie schüttelte den Kopf, leicht erstaunt, wie mir schien, daß ich von einer so unbedeutenden Sache so viel Wind machte. Bilder interessierten sie überhaupt nicht sehr, und meine Beschäftigung mit ihnen führte sie wohl darauf zurück, daß diese eben von meiner Mutter waren.

Es klopfte an der Tür. Ich rief: »Herein!« Der Junge trat ein.

»Ist was los?« fragte Gwennol.

»Ich meinte nur, wir sollten losfahren wegen der Ebbe.«

»Ja, du hast recht«, sagte Gwennol. »Wir sind auch schon fast fertig.«

Einer plötzlichen Eingebung folgend, zeigte ich auch dem Jungen das Bild. Ich wollte nichts unversucht lassen, um herauszufinden, wo dieses Zimmer war und warum es meine Mutter so genau kannte, daß sie es naturgetreu zeichnen konnte. »Hast du das Zimmer schon mal gesehen?« fragte ich.

Er wechselte nicht gerade die Farbe – ich hatte ihn noch nie anders als sehr blaß gesehen –, aber sein Gesichtsausdruck veränderte sich. Er wirkte irgendwie gespannt, starrte das Bild an und beachtete mich gar nicht.

»Du kennst es also?« drängte ich.

»Ein hübsches Zimmer«, sagte er nur.

»Ja, aber du hast es schon einmal gesehen, stimmt's?«

Bildete ich mir das Ganze nur ein, oder verschloß er plötzlich seinen Blick vor mir? »Über ein gemaltes Zimmer kann ich nichts sagen«, erklärte er betont langsam.

»Warum nicht?« bohrte ich weiter.

»Meine liebe Ellen!« Gwennol lachte. »Du bist ja geradezu besessen von diesem Zimmer. Deine Mutter hat einen schönen Raum nachgezeichnet, und mehr sehe ich darin nicht. Was ist denn so besonders daran?«

August nickte. Sein Blick war ganz leer. Ich dachte: Er ist wohl doch dumm!

»Dann wollen wir also mal«, sagte Gwennol. »Ist alles bereit, Junge?« Sie tauschten einen Blick miteinander, dessen Bedeutung mir nicht klar wurde.

»Ja, alles ist fertig, und wir könnten los«, sagte er.

Wir verließen die Burg und gingen zum Ufer, an dem die Boote vertäut waren. Die See war ganz ruhig, unser Boot schaukelte nur leicht auf dem Wasser. Das Gesicht des Jungen wurde geradezu verklärt. Offenbar liebte er diese Aufgabe. Er sah ganz anders aus als vorhin, als ich ihn über das Zimmer ausfragte.

Ich beobachtete ihn weiter. Der unfertige, ›ungare‹ Junge, wie seine Mutter gesagt hatte. Die Hände waren fertig und sahen doch wie Kinderhände aus. Auch die Augen waren die eines Kindes, außer wenn er seinen Blick absichtlich verschloß.

»Wenn das Meer bei der Rückfahrt noch so ist wie jetzt, werde ich rudern. Kannst du rudern, Ellen?«

»Ein bißchen«, antwortete ich und dachte sofort wieder an das Rudern im Fluß bei Trentham Towers. Philip und ich waren dabei einmal gekentert. Sein Bild stieg mir immer noch so leicht bei jeder Gelegenheit auf.

»Dann solltest du üben, und nicht nur ein bißchen. Es ist recht praktisch, wenn man selbst um die Insel rudern kann. Meist ist ja jemand da, aber es ist besser, selbständig zu sein.«

Das Festland kam immer näher, bald schon waren wir am Strand. Der Junge zog die Stiefel aus, rollte sich die Hosen hoch und sprang dann hinaus. Er zog das Boot ganz auf den Sand und band es fest. Dann stiegen auch wir aus und machten uns auf den Weg zum Gasthaus.

Mrs. Pengelly kam uns entgegen; als sie ihren Sohn erblickte, war sie sichtlich erfreut und begrüßte ihn sehr herzlich.

»Willkommen, Miß Gwennol und Miß Ellen«, wandte sie sich dann an uns. »Hätten Sie gerne eine Erfrischung? Sicher wollen Sie auch Pferde haben.«

»Ich bestimmt«, sagte Gwennol. »Und du, Ellen?«

Ich bejahte, denn es war mir der Gedanke gekommen, einen Besuch auf Hydrock zu machen. Schließlich hatte man mich ja eingeladen, jedesmal zu kommen, wenn ich auf dem Festland war.

»Dann geh mal in die Ställe rüber, August, und sag deinem Vater, was die jungen Damen brauchen. Komm dann in die Küche zu mir. Ich hab' was Gutes für dich, Pasteten, heiß aus dem Ofen. Und die jungen Damen? Ein Glas Wein, während sie warten?«

Gwennol fragte: »Ist schon jemand in den Gasthof gekommen?«

»Nein, Miß Gwennol, bis jetzt war noch niemand da.«

»Dann trinken wir doch ein Schlückchen Wein«, sagte Gwennol. Wir gingen hinein, und die Wirtin brachte uns ihren Heidelbeerwein und den Safrankuchen, an den ich mich schon langsam gewöhnt hatte.

Wir saßen noch beim Wein, da hörte ich Getrappel im Hof. Offensichtlich war ein Reiter gekommen.

Gwennol saß ganz still auf ihrer Bank, ein Lächeln breitete sich auf ihrem Gesicht aus. Sie sah richtig schön aus.

»Im Salon«, sagte eine Stimme, die ich mit Vergnügen als die Sir Michaels erkannte.

Als er eintrat, erhob sich Gwennol und ging ihm entgegen. Sie hielt ihm ihre Hände hin, er nahm sie beide. Dann sah er mich, und ein Lächeln freudigen Erkennens erhellte seine Züge. »Miß Kellaway!« rief er. »Miß Ellen Kellaway!«

Gwennol sah überrascht von einem zum anderen. »Ihr kennt einander? Das gibt es doch nicht…«

»O doch, das gibt's«, sagte Sir Michael, ließ ihre Hände los und ging auf mich zu. Ich reichte ihm meine Hand, er nahm sie mit seinen beiden. »Und wie gefällt es Ihnen auf der Insel?« fragte er.

»Ich finde es ungemein interessant«, sagte ich.

»Das verstehe ich nicht«, rief Gwennol ungeduldig dazwischen.

»Es läßt sich aber leicht erklären«, beruhigte sie Sir Michael, und ich setzte fort: »Als ich auf das Boot zur Insel wartete und im Gasthof bleiben mußte, habe ich mir die Gegend hier ein wenig angesehen und mich in den Wäldern von Hydrock verlaufen. Sir Michael hat mich gerettet.«

»Ach so«, sagte sie sehr kühl.

»Sie kommen doch wieder zu mir?« lud er mich nochmals herzlich ein.

»Vielen Dank! Ja, sehr gerne, ich fand Ihr Haus so bezaubernd.«

»Sind die Pferde schon gesattelt?«

»Ich habe jedenfalls welche bestellt«, sagte Gwennol.

»Sehr schön. Wenn ihr dann fertig seid, könnten wir ja losziehen.«

»Ellen hat vielleicht andere Pläne«, meinte Gwennol. »Sie wollte sich ja eigentlich die Gegend ansehen.«

»Ich hatte aber tatsächlich schon daran gedacht, auf Hydrock vorbeizuschauen«, entgegnete ich. Ich wandte mich an Sir Michael: »Sie sagten doch, ich sei immer willkommen bei Ihnen, wenn ich einmal herüberkäme.«

»Ich wäre sogar sehr gekränkt, wenn Sie nicht kämen«, antwortete er.

»Ich freue mich schon auf das Wiedersehen mit dem Haus.«

»Aber jetzt kennen Sie ja die Burg. So grandios ist es bei uns leider nicht.«

»Hydrock ist einfach wunderschön«, sagte ich.

»Ja, das schönste Haus, das ich kenne«, bekräftigte Gwennol begeistert.

»Vielen Dank, Gwennol«, sagte Michael. »Ich finde es eigentlich auch.«

Wir gingen in den Hof, wo die Pferde schon bereitstanden. In kurzer Zeit hatten wir die Auffahrt zum Herrenhaus erreicht.

»Heute will ich Ihnen das ganze Haus zeigen«, meinte Michael. »Letztes Mal haben Sie ja kaum was davon gesehen. Wie geht's übrigens Ihrem Knöchel?«

»Nichts mehr gespürt. Schon am nächsten Morgen hätte ich gar nicht mehr gewußt, daß was passiert war.«

»Du hast dir den Knöchel verstaucht?« fragte Gwennol.

Ich erzählte ihr genau, wie es passiert war. Sie hörte aufmerksam zu, ihre Miene war dabei wenig angenehm. Sie schien über irgend etwas zu brüten.

Wir betraten die Halle mit dem großen Refektoriumstisch, den Zinngeräten und den schönen alten Bänken; wieder hatte ich das Gefühl tiefsten Friedens, wie beim erstenmal.

»Das Haus mutet einen so freundlich an«, meinte ich.

»Das empfinden wir alle«, sagte Gwennol jetzt fast barsch.

»Ja«, sagte Michael. »Es heißt bei uns in der Familie, daß das Haus einen entweder abstößt, oder man meint es längst zu kennen, kaum daß man es betreten hat. Offenbar heißt es Sie willkommen, Miß Kellaway.«

»Das hieße ja, daß ein Haus so etwas wie eine Seele hat«, antwortete ich. »Das empfinde ich auch immer so. Ich wußte gar nicht, daß das andere Leute auch tun.«

»Ein bißchen romantisch, die Vorstellung, nicht wahr? Aber da das Haus Sie so beeindruckt, möchte ich es Ihnen gerne ganz zeigen. Es ist dir doch recht, Gwennol? Wir sind seit langem befreundet«, erklärte er mir, »sie kennt das Haus genauso gut wie ich.«

»Ich würde es gerne sehen«, versicherte ich ihm, und Gwennol sagte: »Du weißt genau, daß ich nicht genug davon haben kann.«

»Sehen Sie sich doch nur die Wappen an den Wänden an. Diese Brustschilde wurden im Bürgerkrieg von meinen Vorfahren getragen. Und die Zinngefäße waren Hunderte von Jahren im Gebrauch. Ich versuche, alles so weit wie möglich in seiner alten Form zu bewahren.«

»Genau wie Jago, nicht wahr?« sagte ich zu Gwennol, denn mir lag daran, daß sie in das Gespräch mit einbezogen wurde. Inzwischen war mir klargeworden, daß sie Michael im Gasthof erwartet hatte und er der Freund war, den sie besuchen wollte. Deshalb war sie nicht allzu erfreut, als sie erfuhr, daß ich ihn schon kannte und mitritt. Vermutlich waren ihre Gefühle ihm gegenüber wesentlich tiefer als die einer normalen Freundschaft. Man erkannte es an der Art, wie sie ihn ansah. Solche Augen und diesen Zug um den Mund hatte ich bei ihr noch nicht gesehen.

»Jago würde am liebsten in die alte Feudalzeit zurückkehren«, sagte Gwennol scharf. »Er wäre gerne nicht nur Herr im Haus, sondern unser aller Herr.«

»Er ist sehr stolz auf die Insel«, verteidigte ich ihn, »und das mit Recht. Ich habe auf meinen Spaziergängen mit Leuten geredet, denen anzumerken war, wie sehr sie ihn achten. Er hat viel für sie getan.«

»Meine liebe Ellen, die haben nur Angst, etwas gegen ihn zu sagen. Wenn er auch nicht wirklich ihr Herr und Meister ist, immerhin ist er der Besitzer des Gutes. Er kann sie schon morgen aus ihren Häusern werfen, wenn sie sich gegen ihn stellen.«

»Das würde er bestimmt nie tun«, sagte ich inbrünstig.

Sie zog die Augenbrauen hoch und lächelte Michael zu. »Ellen muß offenbar noch eine Menge dazulernen«, sagte sie. Auf elegante Weise lenkte er vom Thema ab. Er wollte uns jetzt in die Kapelle führen. Wie unsere Schritte auf den Steinfliesen der Halle erdröhnten! Über eine steinerne Wendeltreppe ging es zu einer schweren, mit Eisen beschlagenen Eichentür.

»Hier hat sich so manches Drama abgespielt. In der Kapelle ist ein sogenanntes Priesterloch und auch ein Guckloch für Leprakranke. Man kann sich den Schrecken vorstellen, wenn der katholische Priester im Handumdrehen versteckt werden mußte! Einer meiner Vorfahren heiratete eine spanische Dame, und sie war so unvorsichtig, einen eigenen Priester im Haus zu halten. Eines Tages möchte ich unsere Familiengeschichte aufschreiben. In den Gewölben unter der Kapelle sind unzählige Dokumente darüber.«

»Das klingt aber sehr aufregend.«

»Es ist allerdings eine Beschäftigung, die mir nur Spaß macht, wenn ich sie mit jemandem teilen kann. Gwennol hat versprochen, mir dabei zu helfen.«

»Und nichts lieber als das«, sagte sie ganz begeistert. »Besonders bei einer Familie wie der deinen, Michael. Unsere ist ja da ein wenig anders.« Sie verzog ihr Gesicht zu einer Grimasse. »Wir sind eher der Seeräubertyp, und ihr seid die Aristokraten.«

»Dunkle Punkte gibt es wohl in fast allen Familien«, meinte Michael. »Weiß Gott, was wir in den Dokumenten alles herausfinden werden!«

»Wie aufregend!« rief Gwennol, und es sah aus, als würde sie sofort vorschlagen, mit der Arbeit zu beginnen und mich alleine weiterwandern zu lassen.

Der Fußboden der Kapelle war mit einem Mosaikmuster bedeckt. Es gab zwölf Kirchenbänke mit reicher Schnitzverzierung. Auf dem Altartisch lag ein wunderschön gesticktes Tuch, von seiner Großmutter, wie Michael erklärte, also noch neueren Datums.

»Es gibt zwei Gucklöcher«, fuhr Michael fort. »Das eine ist das sogenannte Lepraloch, von dem kleinen Raum da hinten, wo sich Leprakranke aufhalten mußten und an der Messe teilhaben konnten, ohne die anderen Besucher anzustecken oder durch ihren Anblick zu bedrücken. Das andere« – er ging nach oben – »ist in einem kleinen Alkoven, den die Damen benutzten, die nicht in die Kapelle herunterkommen wollten, weil sie krank waren oder sich sonst nicht wohl fühlten. Und jetzt führe ich euch noch ins Solarium und zeige euch von dort das zweite Loch.«

»Siehst du«, sagte Gwennol, »wie schön es ist, einer solchen Familie anzugehören?«

»Es ist wie eine Kette durch die ganzen Jahrhunderte«, meinte Michael. »Auf jedes Glied folgt das nächste und das übernächste. Zum Glück haben wir immer männlichen Nachwuchs, so daß der

Name erhalten blieb. Ich möchte auch Söhne haben, damit der Name weitervererbt wird.«

»Haben Sie schon Kinder?« fragte ich.

Er lachte. »Bis jetzt bin ich noch nicht einmal verheiratet.«

»Aber das tun Sie doch sicher einmal«, sagte ich. »Schon aus Pflichtgefühl.«

»Da müßte bei mir schon ein bißchen mehr dazukommen.«

Gwennol sah ihn mit brennendem Blick an, und ich dachte: Ja, sie liebt ihn. Ich bin im Weg. Ich sollte gar nicht hier bei ihnen sein, hätte vorgeben müssen, daß ich lieber woanders hingeritten wäre. Sie zeigte es allzu deutlich, und nur weil er zu höflich war, durchblicken zu lassen, daß er mich hier lieber nicht haben würde, meinte ich, daß ihm meine Anwesenheit angenehm sei.

»Das Solarium ist natürlich ein sehr heller Raum«, sagte er. »Er soll alle Sonnenstrahlen einfangen. Und das tut er auch wirklich. Ich glaube, früher wurde er als Ballsaal verwendet. Man kann ihn auch mit einem Wandschirm in zwei Teile teilen, aber ich liebe ihn in der ursprünglichen Form.«

Er ging voraus. Wir stiegen wieder eine Treppe hinauf, dann führte er uns durch einen Gang, und schon waren wir im Solarium. Die Sonne schien breit und hell durch die großen Fenster auf die dunkelblauen Wandteppiche, die den Raum auf einer Seite schmückten. Ereignisse aus dem Bürgerkrieg waren darauf dargestellt. Man sah die Schlachtfelder von Naseby und Marston Moor. Auf der anderen Seite des Zimmers war auf einem zweiten Wandteppich Prinz Charles im Eichenbaum dargestellt und beim Empfang in London. Ich betrachtete sie genau. Es waren wunderbare Arbeiten mit herrlichen Farbverzierungen. Michael beobachtete mich; mein Interesse schien ihn sehr zu freuen.

»Und hier ist das Guckloch«, sagte er. »Kommen Sie mal in den Alkoven. Hier saßen die Damen, sie konnten direkt von hier in die Kapelle hinuntersehen. Setzen wir uns auch ein bißchen? Ich möchte Miß Kellaway nämlich über unseren Geist erzählen, Gwennol.«

Gwennol nickte. »Die Geschichte wird dir gefallen. Es ist der netteste Geist, den du dir vorstellen kannst.«

»Es waren einmal drei Schwestern im Haus«, sagte Michael. »Alle drei wollten heiraten, aber der Vater gab seine Zustimmung nicht.

Eine lief weg und kehrte nie wieder zur Familie zurück. Die zwei anderen blieben und wurden jeden Tag verbitterter. Dieses Leben war für sie selbst und ihre Umgebung eine Qual. Sie vergaben ihrem Vater niemals, und es heißt, daß er auf dem Totenbett um Vergebung bat und sie sich immer noch weigerten. Das ist unser Geist. Er soll ein guter Geist sein. Immer streift er durchs Haus und versucht Vergebung für seine Hartherzigkeit zu erlangen, indem er den Liebenden alle Wege ebnet.«

»Das ist wirklich die hübscheste Geistergeschichte, die ich je gehört habe.«

»Er starb in diesem Zimmer«, fuhr Michael fort. »Seither sagt man, daß es für Liebende ein guter Ort sei. Damals stand ein Bett am anderen Ende, hinter einem Wandschirm. Das war sein Schlafraum. Es heißt, daß dank seiner Hilfe alle Hydrock-Ehen gutgehen.«

»Nun, dann hat er ja für seine Sünden bestimmt Vergebung verdient.«

»Ja, das hat er wirklich. Aber ich finde den Gedanken so hübsch, Sie nicht auch? Leute, die mit dem Gefühl in dieses Haus kommen, daß ihre Ehe dank des alten Hydrock gut und glücklich sein muß, werden bestimmt nicht zulassen, daß es dann anders wird.«

»Recht angenehmer Gedanke für eine Hydrock-Braut.«

Er lächelte mir zu. »Das stimmt tatsächlich. Meine Mutter hat mir die Geschichte oft erzählt, und sie war eine glückliche Ehefrau. ›Wenn du mal eine Braut hast‹, sagte sie immer zu mir, ›sag ihr, daß sie unter besonderer Obhut steht.‹«

»Und bei ihr war es so?«

»Es war wohl einfach ihre Lebensanschauung. Glück ist doch eigentlich nichts anderes. Von zwei Menschen unter den gleichen Lebensumständen wird sich der eine glücklich schätzen und der andere nichts als jammern und klagen. Als ich zehn Jahre alt war, wußte meine Mutter bereits, daß sie an einer unheilbaren Krankheit litt. Genau zehn Monate verbrachte sie noch in dem Zustand. Sie sagte es mir, weil ich die Wahrheit wissen und nicht auf irgendwelchen Unsinn hören sollte. ›Ich habe das Glück gehabt‹, sagte sie, ›ein zufriedenes Leben führen zu können, und jetzt werde ich sterben, noch ehe ich Schmerzen erleiden muß.‹ Und so war es auch. Sie litt überhaupt nicht. Wäre sie länger am Leben geblieben, hätte sie bestimmt Schmerzen erleiden müssen.«

Seine Geschichte berührte mich tief. Gwennol offensichtlich auch, denn während seiner Erzählung blickte sie Michael unverwandt an.

»Und jetzt gehen wir essen«, sagte er. »Nach eurer ›Seereise‹ lechzt ihr bestimmt schon danach.«

»Sehr lieb von Ihnen«, sagte ich, »aber ich hatte nicht mit einer Einladung zum Essen gerechnet. Vielleicht sollte ich …«

Beide sahen mich an. Ich sprach weiter: »Gwennol haben Sie wohl schon erwartet, aber mich …«

»Wir freuen uns trotzdem, Sie dabeizuhaben«, sagte Michael herzlich. »Ja, Gwennol erwartete ich. Ich bekam die Botschaft rechtzeitig.«

Er wandte sich jetzt direkt an Gwennol: »Wie immer.« Und erklärte mir dann: »Eine wunderbare Verständigungsmethode. Bei dem vielen Wasser zwischen uns können wir nie sichergehen, ob unsere Botschaften rechtzeitig ankommen. Der Junge schickt sie mit seinen Brieftauben. Er bildet sie ja dazu heran. Hat eine fabelhafte Hand. Wir haben hier auch Tauben. Wollen wir nicht nach dem Essen Miß Kellaway die Gärten zeigen, Gwennol?«

Das Eßzimmer mit dem Blick auf den gepflegten Rasen gefiel mir ungemein, und ich mochte auch diese fast greifbare Stille und Friedlichkeit. Sie kam wohl aus dem Geist des alten Mannes, der das Leben seiner Töchter ruiniert hatte und sein Unrecht wiedergutmachen wollte. Mein Stuhl war mit dunkelrotem Samt bezogen. Ich saß genau gegenüber von Michael Hydrock, einem Mann, der mit seinem Schicksal völlig zufrieden zu sein schien – eine sehr seltene Eigenschaft, wie ich wußte. Unwillkürlich verglich ich ihn mit Jago, diesem ruhelosen Geist mit seinen ewig wechselnden Stimmungen, seiner Unberechenbarkeit, die mich halb anzog und halb zurückstieß, aber immer faszinierte.

Nach dem Essen spazierten wir in der Umgebung des Hauses herum. Die Gärten waren wunderbar gehalten, wenn auch in sehr konventionellem Stil: Es gab den üblichen italienischen Garten, den englischen Rosengarten, den Heckengarten, eingezäunte Weidegründe und gepflegten Rasen. Mehrere Gärtner waren an der Arbeit, alle zupften an ihren Stirnlocken, als wir vorübergingen. Offenbar war Sir Michael ein geachteter und gütiger Herr.

Er begleitete uns zum Gasthof zurück, wo der Junge schon auf uns wartete. »Auf baldiges Wiederkommen«, sagte Michael, und diese Einladung galt zweifelsohne auch mir.

Gwennol ruderte uns zurück. Sie sah mich dabei kaum an. Irgendwie hatte sich unsere Beziehung zueinander geändert. War sie bisher eifrig darauf bedacht gewesen, daß ich mich in ihrer Gesellschaft wohl fühlte, so breitete sich jetzt Mißtrauen aus.

Bei der Insel überließen wir dem Jungen das Boot und gingen gleich zur Burg. Auf dem Weg nach oben sagte Gwennol plötzlich: »Eigenartig, daß du Michael schon kanntest und es gar nicht erwähnt hast.«

»Es gab wohl so viel anderes zu besprechen.«

»Und deinen Knöchel hast du dir auch verstaucht damals?«

»Ja, gerade als er auftauchte, stolperte ich und fiel. Da brachte er mich zu sich nach Hause und dann zum Gasthof.«

Sie lachte kurz auf. »Allzu schlimm war die Verletzung wohl nicht?«

»Nein, nur eine kleine Verrenkung. Am nächsten Morgen war schon wieder alles gut.«

»Eine sehr praktische kleine Verrenkung«, fügte sie hinzu, und ehe ich noch meinem Ärger Luft machen konnte, war sie schon ins Haus gelaufen.

Ich ging in mein Zimmer hinauf. Der schöne Tag war mir verdorben. Von nun an mußte ich aufpassen und mich vor allem von Hydrock fernhalten.

Jago sah mich vorwurfsvoll an. Wir saßen beim Abendessen, er hatte mich gerade gefragt, wie ich den Tag verbracht hätte. Ich erzählte ihm von unserem Ausflug aufs Festland.

»Was, Ellen, du verläßt uns schon so bald?«

»Es waren ja nur ein paar Stunden.«

»Auf der Insel hast du aber vieles noch gar nicht gesehen.«

»Nach dieser kurzen Abwesenheit werde ich es um so mehr genießen.«

»Du hast eine ›Silberzunge‹, wie man hier so sagt. Immer fällt dir das richtige Wort ein. Stimmt's, Gwennol?«

»Allerdings ... und bei jeder Gelegenheit«, sagte Gwennol ziemlich barsch.

»Also, wo wart ihr denn?« fragte Jago weiter.

»Bei Sir Hydrock.«

»Alle beide?«

»Ja, ich kannte Michael Hydrock schon.«

Jago legte Messer und Gabel nieder und sah mich an. Jenifrys Blick spürte ich auch deutlich auf mir. Gwennol blickte in ihren Teller. Noch einmal erzählte ich die Geschichte, wie ich Michael im Wald begegnet war und die Sache mit der Verletzung.

»Du warst verletzt?« rief Jago. »Warum hast du mir das nicht gesagt?«

»Es war nicht der Rede wert. Am nächsten Tag hatte ich es schon fast vergessen.«

»Eine dieser vorübergehenden Verrenkungen«, sagte Gwennol sarkastisch.

»Und was passierte dann?« wollte Jenifry wissen.

»Er brachte mich zu sich nach Hause, und eine Mrs. Hocking, wohl seine Haushälterin, besah sich den Fuß und sagte, ich solle eine Weile nicht auftreten. Deshalb fuhr mich Sir Michael in den Gasthof zurück.«

»Ein echter Gentleman«, kommentierte Jago.

»Das fand ich auch«, gab ich zurück.

Mir wurde plötzlich klar, daß mein Bericht auch Jago und Jenifry beunruhigte. Hierauf folgte eine Verlegenheitspause. Jago sagte dann: »Morgen zeige ich dir mehr von der Insel. Du mußt noch eine ganze Menge entdecken.«

»Danke schön«, antwortete ich.

»Ich habe Ellen schon gesagt«, mischte sich jetzt Gwennol ein, »daß sie rudern üben soll.«

»Bist du denn schon mal gerudert?« wollte Jago wissen.

»Ja, aber nicht auf hoher See. Nur in einem See, und das ist doch wohl ein bißchen anders.«

»Im Grunde ist es das gleiche«, meinte Gwennol. »Nur muß man auf See mehr aufpassen, vor allem wegen des Wetters. Bei ruhiger See ist es ganz ungefährlich.«

»Üb erst einmal von einer Bucht zur anderen«, sagte Jago. »Und in der ersten Zeit nimm dir immer jemanden mit. Morgen fahre ich mit dir. Und der Junge steht dir stets zur Verfügung, wo immer du auch hinfahren willst.«

»Doch, das würde ich gerne versuchen«, sagte ich.

»Also, dann die erste Stunde gleich morgen«, bestimmte Jago.

Sehr müde kam ich in mein Zimmer hinauf. Was für ein langer Tag! Der Besuch auf Hydrock hatte mir viel Freude gemacht, wenn auch Gwennols Eifersucht die Stimmung etwas verdarb. Jedenfalls mußte ich in Zukunft sehr aufpassen, und das tat mir leid, denn es war ein gutes Gefühl, einen so netten Freund auf dem Festland zu wissen.

Ich zündete die Kerzen auf meinem Toilettischchen an und war gerade dabei, mein Haar zurechtzumachen, als es klopfte.

Ich schrak auf. Warum, wußte ich nicht genau, aber beim Kerzenlicht fühlte ich mich in diesem Zimmer stets unbehaglich.

Nur wenige Sekunden lang blickte ich zur Tür, dann klopfte es schon wieder, und jemand öffnete. Jenifry stand da, eine Kerze in der Hand.

»Ich dachte, du schläfst schon, weil du keine Antwort gabst«, sagte sie.

»Ich wollte gerade ›herein!‹ rufen, als du aufmachtest«, erklärte ich.

»Ich möchte etwas mit dir besprechen.«

Sie stellte ihre Kerze nieder und zog sich einen zweiten Stuhl zum Frisiertisch. »Wegen Gwennol und Michael Hydrock«, sagte sie.

»Ach ja?«

Ich sah ihr Gesicht im Spiegel; die Augen waren niedergeschlagen, anscheinend wollte sie mich gar nicht ansehen.

»Er ist einer der interessantesten Junggesellen in der Nachbarschaft«, fuhr sie fort. »Gwennol und er sind seit langem befreundet beziehungsweise ...«

»Mehr als das?« half ich weiter.

Sie nickte. »Man ist allgemein der Ansicht, daß es einmal zu einer Verbindung zwischen den beiden kommen wird, wenn nicht plötzlich Hindernisse auftauchen.«

»Hindernisse?«

Ich beobachtete ihr Spiegelbild. Der Mund verzog sich, eine Weile sah sie wieder ganz häßlich aus. Rasch versicherte ich mir selbst, daß es nur Spiegelverzerrungen seien. »Eine berühmte Familie wie die Hydrocks...«, sagte sie jetzt. »Da gibt es einige, die Gwennol als nicht ganz passend ansehen, sie sind ja so unendlich stolz auf ihre Ahnen.« Ihre Lippen kräuselten sich verächtlich. »Diese Mrs. Hocking, die meint, unter einer Herzogstochter ginge es nicht.«

»Aber sie hat doch dabei wohl kaum was zu sagen.«

»Das ist eine ganz Schlaue. Die versucht immer zu intrigieren und dergleichen. Du kennst sicher solche Menschen. Eine Frau in solcher Position kann sehr großen Einfluß haben. Sie war seine Kinderfrau, sieht ihn noch immer als ihr Kind. Schützt ihn, verwöhnt ihn, niemand ist gut genug für ihren lieben Michael.«

»Er wirkt mir eher wie ein Mann, der seine Entscheidungen selbst trifft.«

»Sicher sind die Kellaways gut genug für jedermann, aber leider gibt es ja diese Geschichte mit der Bastardzweiglinie, daß wir etwas vom Teufel in uns hätten...«

»So ein Ammenmärchen glaubt er doch bestimmt nicht.«

»Die Leute sind abergläubisch. Auch wenn er es nicht glaubt, aber er weiß, was die anderen denken und welche Auswirkungen dies auf zukünftige Generationen haben kann. Die beiden kamen blendend miteinander aus, sie sollte ihm bei seinem Buch helfen. Und heute kam sie etwas... etwas verstört zurück.«

»Und warum?« fragte ich ganz offen.

Sie rückte näher. Es war mir unmöglich, ihr ins Gesicht zu schauen, denn ich wußte, daß ich wieder den üblen Gesichtszug entdeckt hätte, der mich im Spiegel am ersten Abend meines Hierseins so erschreckt hatte.

»Das weißt du doch recht gut«, sagte sie. »Du hast ihm sehr gefallen. Das ganze Spiel da mit deinem verrenkten Knöchel.«

»Das war kein Spiel. Ich habe mir den Knöchel wirklich verletzt.«

»Jedenfalls ein romantischer Anfang, findest du nicht? Sicher kamst du ihm ganz anders vor als die Mädchen, die er sonst kennt. Ehrgeizige Mütter der umliegenden Familien bringen ihm ja dauernd ihre Töchter auf dem Präsentierteller, und das sind alles Landmädchen... eine wie die andere... und da kommst du daher – ganz anders, irgendwie schon erfahren, wie es manche hier nennen würden. Natürlich erweckt das sein Interesse. Und außerdem bist du eine Kellaway aus der reinen Linie. Dein Zweig entkam der Ansteckung durch den Teufel.«

Ich war außer mir. »Jetzt hör mal zu«, sagte ich beinahe drohend, »bei meiner Ankunft lernte ich einen Mann kennen. Ich hatte mich in seinem Wald verirrt, und er brachte mich zum Gasthof zurück. Dann traf ich ihn gemeinsam mit Gwennol wieder und wurde zum Essen eingeladen. Und du unterstellst mir jetzt, daß ich ihn ehrgeizigen Müttern mit heiratsfähigen Töchtern unter der Nase wegschnappen möchte. Ich habe ihn kennengelernt, er gefällt mir, sein Haus gefällt mir. Mehr ist für mich nicht dabei.«

»Gwennol denkt aber ...«

»Gwennol liebt ihn und ist dementsprechend empfindlich. Ich kann dir nur versichern, daß ich wirklich nicht auf Männersuche bin und keineswegs den ersten besten nehmen will, der mir über den Weg läuft.«

Sie erhob sich und ergriff ihre Kerze. Mich schauderte es leise, als ich sie so dastehen sah. Sie hielt die Kerze unterhalb des Gesichts, so daß ihre Züge im Licht lagen, der Körper im Schatten war. Im Spiegel sah es aus wie ein körperloser Kopf. Ihre Haut schien leicht gerötet, die Augen waren halb geschlossen, sie sah richtig bösartig aus.

»Vielleicht habe ich zuviel gesagt«, flüsterte sie. »Aber ich bitte dich um eines: Nimm Gwennol ihren Michael nicht weg.«

»Liebe Jenifry, wie ich ihn einschätze, gehört er nicht zu den Männern, die sich wegschnappen lassen. Der trifft seine eigene Wahl.«

»Und die gilt Gwennol«, sagte sie. »Sie *galt* Gwennol, ehe du kamst.«

»Dann kannst du sicher sein, daß sie immer noch ihr gilt.«

»Gute Nacht«, sagte sie. »Du verstehst hoffentlich die Ängste einer Mutter.«

»Natürlich«, versicherte ich ihr.

Die Tür schloß sich hinter ihr; ich sah, daß sie mein Spiegelbild im Hinausgehen noch einmal betrachtete. Bestimmt stand noch etwas anderes hinter ihrem Verhalten als die Angst einer Mutter um das Glück der Tochter. Ihr Anblick gab mir böse Ahnungen ein, und es war mir, als wolle sie mich vor etwas warnen.

Doch das war nicht alles, so ereignisreich dieser Tag schon gewesen war, denn vor dem Einschlafen fand ich auch noch das erste Notizheft.

Jenifry hatte mich so verstört, daß ich wußte, ich würde unter keinen Umständen gleich einschlafen können. Also beschloß ich, Esmeralda einen Brief zu schreiben. Sicher wartete sie schon sehnsüchtig auf meinen Bericht über die ersten Eindrücke von der Insel, und ich konnte mich selbst beruhigen, indem ich ihr von den friedlichen Erlebnissen hier schrieb. Ich würde ihr von den kleinen Bauerngehöften und den hübschen Häuschen mit den orangefarbenen Dächern erzählen, den lebenslangen und den Mondscheinhäusern und allem übrigen.

In meinem Zimmer stand ein hübsches kleines Schreibpult mit schrägem, lederbezogenem Deckel und Elfenbein-Einlegearbeit. Ich hatte es schon bewundert und mein Schreibmaterial gleich darin verstaut. Als ich es jetzt aus der Schublade holen wollte, klemmte sie, und ich mußte Gewalt anwenden. Als ich schließlich Erfolg hatte, öffnete sich gleichzeitig eine Klappe im oberen Teil, die ich vorher noch nicht bemerkt hatte, und dahinter lag das Notizheft.

Ich nahm es heraus und fand auf der Innenseite mit kindlicher Handschrift die Eintragung: ›S. K. Mein Buch.‹ Offenbar dieselbe ›S. K.‹, die ihre Initialen und den verzweifelten Hilferuf in den Schrank geritzt und deren Bild meine Mutter gemalt hatte.

Ich blätterte im Heft. Auf einigen Seiten waren Eintragungen. Einzelne Sätze fielen mir auf.

»Wie ich alles hier hasse! Wenn ich nur entfliehen könnte!« Und dann: »Mein Vater haßt mich, ich weiß nicht, warum. Aber ich glaube, er mag überhaupt niemanden sehr. Sie nicht… auch das Baby nicht.« Ich blätterte nach vorne zurück. Auf der ersten Seite stand: »Das Leben auf einer Insel.«

Nur ein Kinderschulheft, dachte ich, aber jedenfalls hatte es der mysteriösen S. K. gehört. »Ich bin eine Gefangene«, hieß es wohl sicher, daß man sie zur Strafe für irgendein Verhalten hinaufgeschickt hatte, wie es den meisten Kindern einmal passiert. Aber die zwei Porträts hatten mich fasziniert, ich wollte mehr von ihr wissen. Bei der ersten Gelegenheit würde ich jemanden fragen, am besten Gwennol; aber sie würde mich in den nächsten Tagen ja sicher meiden.

Ich las den Text unter dem Titel.

»Ich soll einen Aufsatz schreiben«, las ich da. »Das Leben auf einer Insel. Miß Homer sagt, daß ich in meinem Zimmer bleiben muß, bis ich fertig bin. Aber ich schreibe keinen Aufsatz. Statt dessen schreibe ich das hier. Das ist ein Geheimnis, ich werde es ihr nicht zeigen. Sie will, daß ich über Krebse und Quallen, über Ebbe und Flut und die Landschaft schreibe. Aber die sind mir piepegal. Ich schreibe über sie und mich, so wie ich mit niemandem reden kann. Und es wird lustig sein, das aufzuschreiben, dann kann ich es nachher lesen und mich an alles erinnern. Mein Vater haßt mich. Er hat mich immer gehaßt. Meine Stiefmutter mag mich auch nicht besonders. Niemand mag mich außer dem Baby, und das ist noch zu klein und zu dumm. Meine Stiefmutter liebt das Baby. Sie hat zu mir gesagt: ›Schau mal, dein Schwesterchen. Ist es nicht süß?‹ Und ich habe gesagt: ›Ist doch nur eine Halbschwester, das ist keine richtige. Gott sei Dank, ich will gar kein dummes Baby als Schwester.‹ Baby schreit, wenn es was will, und lächelt, wenn es das kriegt, und alle kommen zu ihm und schauen es an und sagen, wie süß es ist, auch wenn es gerade noch gebrüllt hat. Ich war wohl auch mal ein Baby, aber bei mir haben sie bestimmt nicht gesagt, wie süß ich bin.« Danach kamen einige leere Seiten, dann wieder Text.

»Eben habe ich gelesen, was ich damals schrieb, als Miß Homer mich zum Aufsatz ins Zimmer schickte. Ich hab' so lachen müssen, daß ich jetzt noch mehr schreiben will. Dabei fällt mir ein, wie bös sie war, als sie rausfand, daß ich meinen Aufsatz nicht geschrieben hatte. Sie sagte: ›Ich weiß wirklich nicht, was aus dir noch werden soll!‹ Das denken sie alle, ich kann es an ihren Gesichtern sehen. Was aus der wohl mal werden wird. Ich bin sehr unruhig, aber ich kann auch eine Weile ganz brav sein. Wenn ich meinen Vater nur mal sehen könnte. Er will mich nie sehen, das Baby wenigstens ab und zu. Sogar er mag es. Wohl wegen meiner Mutter, glaube ich. Er hat sie auch nicht gemocht. Ich war der Grund dafür, hat mir einer der Diener gesagt. Komisch, wenn man der Grund für etwas ist und es nicht weiß. Und dann ist sie gestorben. Ich war sieben. Ich weiß noch, daß es gerade vor meinem Geburtstag war, und alle haben ihn vergessen, meinen Geburtstag. Sie ist auf dem Friedhof begraben, manchmal gehe ich an ihr Grab. Ich habe viel geweint; sie hat mich geliebt, erst als sie tot war, merkte ich, daß mich sonst niemand liebt. Miß Homer nicht, das Kindermädchen auch nicht. Alle sagen, mit meinen Launen werde ich noch ein schlechtes Ende nehmen. Meine Mutter hat ihre Geburtstagsgeschenke immer versteckt. Es gab immer mehrere. Vielleicht weil sie wußte, daß mir sonst niemand etwas geben würde, und es sollte so aussehen, als ob die anderen auch... Und immer war ein Geheimnis dabei. Sie sagte nie, von wem es kam. Ich sagte, daß es von ihr wäre, aber sie sagte, nein. Als sie tot war, habe ich nach meinem Geheimnisgeschenk gefragt, aber ich bekam nie eines. Also war es doch von ihr. Ich wurde immer schlimmer nach ihrem Tod. Ich machte böse Sachen, wie damals, als ich Miß Homers Haarfärbemittel auf dem Boden verschüttet habe, wo doch niemand wissen sollte, daß sie es benützte.

Und dann ist meine Stiefmutter gekommen, und alles hat sich verändert. Es ist besser gewesen, eine Weile. Stiefmutter hat mir ein weißes Stickereikleid geschenkt und eine wunderschöne blaue Schärpe dazu. Und ich durfte mit meinem Vater reden, aber ich wußte, daß er mich nicht mag und es nur tat, weil Stiefmutter ihn darum gebeten hatte. Und dann kam das Baby, und alle haben sich um das Kleine gekümmert und keiner um mich. Auch meine Stiefmutter, und sie hat sich nicht mehr darum bemüht, daß mein Vater mich mögen soll.

Ach Gott, was für ein Blödsinn, wozu schreib ich auf, was ich schon lange weiß.«

Ich wollte noch mehr wissen, aber die restlichen Seiten des Heftes waren leer. Auf einer Seite war noch etwas ausgerechnet, und darunter war geschrieben: »Ich hasse Rechnen!«

Ich legte das Heft ins Pult zurück. Jetzt war ich nicht mehr in der Stimmung, Esmeralda zu schreiben.

2

Ich nahm die Ruder, Jago setzte sich mir gegenüber. Unser Ziel war die Vogelinsel, die er mir unbedingt zeigen wollte. Sehr weit ab lag sie nicht, also war es eine gute Übungsstrecke für mich.

Ein wunderschöner Tag – diese schimmernde, glatte Wasserfläche!

»Die schönste Zeit im Jahr«, sagte Jago, »ehe die Oktoberstürme einsetzen.«

»Sind sie sehr arg?«

»Gelegentlich. Manchmal kommen sie auch gar nicht. Am Wetter ist nur eines sicher – daß man es nie voraussagen kann. Du ruderst übrigens fabelhaft, Ellen.«

»Wenn ich noch eine Zeitlang hierbleiben will, werde ich es jedenfalls lernen müssen.«

»*Wenn?* Meine liebe Ellen, ich hoffe, daß du noch sehr lange hierbleibst.« Ich sah geradeaus, sein intensiver Blick irritierte mich ein wenig. »Und warum auch nicht?« setzte er fort. »Du paßt sehr gut zu unserer Lebensart und fängst bereits an, die Insel gern zu haben.«

»Ja, ich finde alles sehr interessant. Das brauche ich wohl nicht groß zu beteuern? Ist ja wohl kaum verwunderlich.«

»Nein, und es freut mich trotzdem. Schließlich bist du eine Kellaway.«

»Ein Ort, an dem die eigenen Vorfahren seit Generationen gelebt haben, ist immer faszinierend. Ich glaube, in Kusine Agathas Haus hat mich vor allem gestört, daß ich da nicht hingehörte.«

»Aber hier gehörst du her«, sagte er ganz ernsthaft.

Ich schwieg und konzentrierte mich aufs Rudern. Die Vogelinsel kam näher, ein leuchtendgrüner Flecken im Meer. »Fahr dort zu der Bucht hinüber«, wies er mich an. Ich war stolz darauf, dies mit Leichtigkeit fertigzubringen. Irgendwie hatte ich das kindische Bedürfnis, in seinen Augen gut dazustehen. Er half mir aus dem Boot, vertäute es, und dann gingen wir zu einer Art Plateau hinauf. Rings um uns flogen Vögel auf, hauptsächlich Seemöwen, die ihre Entrüstung über die Störung laut hinauskreischten.

Jago gab mir einen der Futtersäcke, die er vom Boot mitgebracht hatte.

»Ich bringe ihnen immer was mit«, erklärte er. »Eine Art Entschuldigung für die Störung. Schließlich ist es ihr Eigentum, und man muß ihnen etwas dafür geben, daß sie ungebetene Gäste empfangen.«

»Sind sie denn so ungastlich?«

»Zweifellos. Schau dir nur die Dohlen dort drüben an. Manchmal sitzen hier auch Sturmvögel. Aber sie bleiben nur zum Brüten, dann verschwinden sie wieder. Einmal war ein ganz wunderschönes, einmaliges Tier dabei.«

»Daß du dafür auch noch Zeit findest?« sagte ich.

»Ich finde Zeit für alles, was mich interessiert, du nicht?«

»Ich glaube schon«, gab ich zu.

Er schob seinen Arm unter meinen, anscheinend, um mir den Hügel hinaufzuhelfen, aber es wirkte auf mich eher so, als ob er damit betonen wolle, daß er auch viel Zeit für mich erübrigen würde.

»Du wirst immer mehr im Inselleben aufgehen«, sagte er. »Die Landfahrten werden dich gar nicht mehr so interessieren. Merkwürdig, daß du zu den Hydrocks gekommen bist. Ein hübsches Haus, nicht wahr? Aber sehr konventionell. Gwennol hat eine romantische Seele dafür. Falls sie je Michael Hydrock heiratet, wird sie sich den Rest ihres Lebens langweilen. Das arme Kind.«

»Warum sollte sie?«

»Denk doch an das Leben, das sie dort führen würde: Gesellschaften, Jagdbälle, Wohlfahrtsarbeit, ein Tag wie der andere und Jahr für Jahr dasselbe.«

Ich gab keine Antwort.

»Setzen wir uns hierhin?« schlug er vor. Er hatte eine Reisedecke mitgebracht und breitete sie jetzt auf dem Gras für uns aus. Wir sahen aufs Meer hinaus. Wie hübsch die Hauptinsel mit ihren sanften, grünen Hügeln, den sandigen Buchten und dem Sonnenglitzer auf den orangefarbenen Dächern aussah. Und gleich daneben der blaue Felsen, der heute dank der klaren Luft noch blauer schien als sonst. Ich meinte, das Haus darauf erkennen zu können. Es war von hohen Büschen umgeben und stand nicht weit von der Bucht.

»Sag mal«, fing ich plötzlich an. »Wer ist eigentlich S. K?«

Er runzelte die Stirn. »Wer?«

»Sie muß einmal in dem Zimmer gelebt haben, in dem ich jetzt wohne. An der Rückwand des Schrankes ist etwas eingekritzelt mit den Initialen S. K.«

Er sah immer noch verwundert aus. Dann erhellte sich sein Gesicht. »Ich glaube, du meinst Silva.«

»Silva Kellaway?

»Ja, deine Halbschwester.«

»Dann bin *ich* also mit dem Baby gemeint. Ich habe nämlich ein Notizheft von ihr im Schreibtisch gefunden. Da schreibt sie etwas über ihre Stiefmutter und ein Baby. Komisch! Meine Schwester!«

»Deine Halbschwester.«

»Wir hatten denselben Vater, und die Stiefmutter, von der sie sprach, ist also meine Mutter.«

»Arme Silva, ein so tragisches Schicksal!«

»Wieso, ist sie tot?«

»Es ist fast mit Sicherheit anzunehmen, daß sie ertrunken ist.«

»*Fast* sicher?«

»Ihre Leiche hat man nie gefunden, nur das Boot. Es wurde eines Tages ans Ufer geschwemmt... ohne Silva.«

»Wie traurig. Wie alt war sie damals?«

»Es geschah vor eineinhalb Jahren. Sie wäre jetzt etwa Ende Zwanzig. Achtundzwanzig, glaube ich.«

»Und sie lebte bis dahin in der Burg, in meinem Zimmer?«

»Ja. Ein schwieriges Mädchen! Niemand weiß, warum sie damals in der Nacht mit dem Boot hinausfuhr, völlig verrückt, aber sie *war* ja verrückt.«

»Du meinst, sie war... geistesverwirrt?«

»Nein, das nicht. Nur unberechenbar. Manchmal monatelang ganz brav, und dann machte sie plötzlich wieder Szenen. Ein merkwürdiger Mensch. Ich hatte nie viel mit ihr zu tun.«

»Erzähl mir mehr darüber, ich möchte alles über die Familie erfahren.«

»Da gibt's nicht viel zu erzählen. Dein Vater hat zweimal geheiratet. Von seiner ersten Frau Effie hatte er Silva. Effie und dein Vater vertrugen sich nicht. Es gab heftigen Streit zwischen ihnen. Mit deinem Vater ließ es sich offenbar nicht leicht leben. Nicht einmal seine Tochter mochte er. Vielleicht war er enttäuscht, daß sie kein Junge war. Ich weiß es nicht. Jedenfalls hatte er nur wenig Zeit für das Kind und ertrug seinen Anblick fast nicht.«

»Arme Silva!« sagte ich. »Und sie merkte es, und es machte sie sehr unglücklich. Kein Wunder, daß sie unberechenbar war, wie du sagst.«

»Effie starb an Lungenentzündung, und ein paar Jahre danach fuhr dein Vater einmal geschäftlich nach London und kam dann mit deiner Mutter zurück. Offenbar wieder ein Fehler, denn sie konnte sich auch nicht eingewöhnen. Du wurdest geboren, und eine Weile schienst du die beiden zu versöhnen. Aber dein Vater konnte einfach mit niemandem zusammenleben. Sie fingen zu streiten an, und eines Tages ging sie mit dir weg. War einfach eines Tages verschwunden, ohne Warnung.«

»Arme, kleine Silva, wie unglücklich sie gewesen sein muß!«

»Wenn wir nur wüßten, warum sie wegging und wohin, und endlich einen Beweis finden würden, daß sie ertrunken ist.«

»Wenn ihr Boot leer an Land geschwemmt wurde, ist das nicht Beweis genug?«

»Für manche Leute schon. Aber du weißt ja, wie die Menschen sind. Und viele sehen dann etwas Unnatürliches in den natürlichsten Dingen. Gerade hier in dieser Gegend. Sie sagen, die Zwerge hätten sie geholt, solche übernatürlichen Wesen, die in unserer Gegend leben sollen. Sie sei immer ›eine von denen‹ gewesen, sagen sie, und die Zwerge hätten sie dorthin zurückgebracht, wo sie hergekommen war. Andere sagen, sie wäre unzufrieden mit ihrem Schicksal gewesen und hätte den Teufel gebeten, sie heimzuholen. Manche Leute wollen in stürmischen Nächten ihre Schreie im Sturmgetose und im Brausen der Wellen gehört haben. Einige von der Dienerschaft meinen, sie gehe als Geist in der Burg um.«

»Auch in meinem Zimmer?«

Er fing zu lachen an. »Hoffentlich habe ich dich nicht erschreckt. Dann reden wir doch lieber über ein anderes Thema.«

»Nein, das möchte ich nicht. Ich würde Silva gerne kennenlernen. Wenn sie also als Geist daherkommt, wie die Leute sagen, ist sie mir willkommen. Sie ist schließlich meine Schwester, das kann ich einfach nicht vergessen. Meine ganze Kindheit lang habe ich mich nach einer Schwester gesehnt und mußte mich mit Esmeralda abfinden, obwohl ich in Wirklichkeit eine hatte. Wäre ich doch nur in der Burg aufgewachsen!«

Er beugte sich plötzlich vor und ergriff meine Hand. »Ja, das wäre schön gewesen. Dann müßtest du mich nicht erst langsam kennenlernen. Wir wären bestimmt schon gute Freunde. Aber das werden wir jetzt auch.«

Eine Möwe kreischte über unseren Köpfen, als wolle sie uns verspotten. Jago schien sie nicht zu hören. Er sah mich ganz liebevoll an. Wir schwiegen eine Weile. Ich dachte an meine Schwester, die da so einsam in der Burg aufwuchs, während ich in Kusine Agathas Haus der unerwünschte Gast war. Die paar Sätze in dem Notizheft hatten ein Bild in mir geformt. Dieses ungewollte Kind war sich seiner Einsamkeit so sehr bewußt. Niemand konnte das besser verstehen als ich. Zum Glück war ich nicht leicht unterzukriegen. Und Esmeralda zur Gefährtin zu haben, die mir so treu ergeben war, und an ihren Lebensumständen viel mehr litt als ich, hatte mir oft den Eindruck vermittelt, daß es mir besser ginge als ihr. Aber diese arme Silva, die da in der riesigen Burg lebte und sich niemandem anvertrauen konnte! Sicher war meine Mutter gut zu ihr gewesen, aber sie ging ja fort, als ich erst drei Jahre alt war. Silva konnte da noch nicht sehr alt gewesen sein. Vielleicht zwölf Jahre.

Die Vögel umschwirrten Jago, der jetzt Futter aus seiner Tüte warf. Ich folgte seinem Beispiel und freute mich über die auf und ab schwebenden grazilen Tiere.

»Sind sie nicht wunderschön?« rief er. »Die größten wiegen nur wenige hundert Gramm. Würdest du nicht gerne so fliegen können?«

»Das muß ein herrliches Gefühl sein«, stimmte ich zu.

»Warum sie wohl so traurig schreien?«

Im gleichen Augenblick fühlte ich, daß wir beobachtet wurden. Ich wandte mich hastig um und sah einen Mann zu uns heraufklettern. Schon stand er neben uns. Jago hatte ihn auch bemerkt.

»Ach, Sie sind es, James Manton. Guten Tag, arbeiten Sie hier?«

Wir hatten uns beide erhoben. Er sagte zu mir: »Ellen, das ist James Manton. Mein Mündel, Miß Ellen Kellaway.«

»Ach, Sie sind der Künstler!« rief ich.

Er verbeugte sich sichtlich geschmeichelt. Offenbar meinte er, ich kenne seine Werke. »Sehr erfreut«, sagte er, »bin nur für ein paar Skizzen herübergerudert.«

»Sie werden also unsere Insel malen?« fragte Jago.

»Ja, und die Vögel. Von hier aus sieht man Ihre Insel am besten. Man hat hier ein gutes Licht. Schauen Sie sich nur die Farbe des Meeres an!«

Wir bestätigten ihm, daß das Meer heute noch schöner war als sonst.

»Sehr schwer einzufangen«, sagte der Maler, »aber ich probier' es einfach einmal. Ich hoffe, es gefällt Ihnen auf der Insel, Miß Kellaway.«

»Ich finde es faszinierend hier.«

Er sah einem auffliegenden Vogel nach und nickte uns kurz zu. »Guten Tag miteinander!« Dann ging er den Weg zurück, den er gekommen war.

»Ist das der Maler, der auf dem blauen Felsen wohnt?« fragte ich Jago.

»Ja, er lebt schon seit einer Weile dort. Malt viele Vogelbilder. Das kann er angeblich sehr gut. Er kam seinerzeit nur für ein paar Wochen und blieb dann einfach. Jetzt fährt er allerdings ab und zu weg, nach London, um seine Bilder zu verkaufen, denke ich.«

»Aber auf unsere Insel kommt er nie?«

»Seit dem Streit mit deinem Vater nie mehr. Wir sind höflich zueinander, wenn wir uns treffen, aber es gibt keine Besuche. Sollten wir übrigens nicht zurückfahren? Bist du schon genügend ausgeruht, um uns zu rudern?«

»Ich fühle mich überhaupt nicht müde.«

Er sprang auf, warf den Rest aus der Futtertüte den Vögeln zu, ich ebenfalls, legte sich die Decke über den Arm und lief dann Hand in Hand mit mir den Hügel hinunter zum Boot.

»Spring hinein«, sagte er. »Ich stoße es hinaus.«

»Du brauchst überhaupt nicht zu üben«, sagte er nach einer Weile. »Du bist eine fabelhafte Ruderin.«

Am Ufer der Insel vertäute er das Boot wieder. »Ehe wir heimgehen«, sagte er, »führe ich dich zur alten Tassie, zur weisen Frau der Insel.«

»Eine Art Zauberin?«

»Keine schlechte Beschreibung. Sie sagt dir dein Schicksal voraus, das magst du sicher. Alle Frauen mögen das.«

Wir wanderten den kleinen Weg hinauf und gingen zu einem Hüttchen in der Mitte eines Gartens. Unter den Kräutern darin erkannte ich Rosmarin, Petersilie und Salbei. Viele andere kannte ich nicht. Als wir uns dem Haus näherten, trat eine alte Frau aus der Tür. » Guten Tag, Mr. Jago«, sagte sie.

»Guten Tag, Tassie«, erwiderte er. »Ich habe dir heute mein Mündel mitgebracht, Miß Ellen Kellaway.«

»Guten Tag, mein Fräulein«, sagte sie und nickte mir zu.

Ich erwiderte ihren Gruß und betrachtete sie dann genau. Das runzelige Gesicht und die glänzenden schwarzen Augen erinnerten mich an einen Affen. Scharf und klug blickte sie mich an. Um die Schultern hatte sie einen grauen gehäkelten Schal geschlungen. Der schwarze Kater mit den aufmerksam grünen Augen paßte fabelhaft in diese Szenerie. Und das war wohl auch ihre Absicht, vermutete ich gewiß zu Recht. Wir betraten ein ganz vollgestopftes Zimmer, in dem es undefinierbar und sehr scharf roch. Zu beiden Seiten des riesigen Herdes waren Bänke, der Kater, der uns gefolgt war, sprang in seinen Korb und beobachtete uns von dort aus. Ich bemerkte mehrere Töpfe und Pfannen mit geheimnisvollem Inhalt auf dem Tisch und ein Kräuterbündel, das vom Deckenbalken hing.

»Also haben Sie mir heute die junge Dame mitgebracht.« Ihr Lächeln war fast schon ein Grinsen. »Das habe ich auch nicht anders erwartet.«

»Sie will alles über die Insel wissen«, sagte Jago, »und ohne dich gesehen zu haben, wüßte sie wohl nicht viel davon.«

»Ganz recht. Ich wohne schon mein ganzes Leben lang hier in diesem Haus, meine Liebe. Meine Mutter lebte hier und meine Großmutter. Deren Mutter hatte es zur Hochzeit bekommen. Eine Mondscheinhütte, in einer Nacht erbaut. Wenn auch noch manches dazukam.«

»Das muß in den Tagen meines Urgroßvaters gewesen sein«, sagte Jago.

»O ja, und was für ein Mann das war! Hat seinen Samen verstreut nach links und rechts. Es heißt ja, daß es hier auf der Insel kaum eine Familie gibt, die nicht irgendwann einmal Kellawayblut empfing.«

»Das verbindet uns alle sehr fest«, sagte Jago. »Und was hast du Fräulein Ellen mitzuteilen?«

»Mal sehen. Komm her, meine Kleine, setz dich hierher.« Sie nahm meine beiden Hände, sah aber nicht auf die Handflächen, sondern in mein Gesicht.

»O du meine Güte, da sehe ich aber vieles drin. Gutes und Schlechtes.«

»Trifft das nicht auf uns alle zu?« fragte Jago.

»Auf einige mehr als die anderen.«

Jago beobachtete sie genau. Ich war mir seiner Gegenwart genauso bewußt wie ihrer. Ich hörte sie jetzt sagen: »Sie haben viel mitgemacht, Tragödien sehe ich; haben einen sehr nahestehenden Menschen verloren. Das waren schwarze Zeiten. Aber jetzt kommen wieder Möglichkeiten. Es gibt zwei Wege, geben Sie acht, daß Sie den rechten wählen.«

»Tassie hat ganz besondere Kräfte«, sagte Jago. »Sie ist sehr geachtet auf unserer Insel.«

»Und woher soll ich wissen, welches der rechte ist?« fragte ich.

»Du wirst geleitet werden, mein Kind. Jemand steht neben dir, der dich führen wird. Du bist zu deiner Familie heimgekommen, und das war gut für dich, denn hierher gehörst du.«

Der schwarze Kater stand aus seinem Körbchen auf, streckte sich und schmiegte sich wieder an ihren Rock.

»Ich sehe auch Glück für dich, wenn du den richtigen Weg einschlägst, und Unglück, wenn du es nicht tust. Du bist jetzt auf dem rechten Weg, vor kurzer Zeit warst du es noch nicht.«

»Du solltest auf Tassies Rat hören. Die Mädchen von der Insel kommen alle zu ihr, und sie sagen, daß sie immer recht behält.«

»Ja, das stimmt. Sie wollen Liebestränke von mir, und die gebe ich ihnen. Sie wollen, daß sich irgendein Junge in sie verliebt. Das willst du nicht, meine Kleine. Dein Schicksal steht schon fest, und sehr bald wirst du es erfahren.«

Jago lachte. »Weiter, Tassie!« befahl er.

»Wenn die junge Dame den rechten Weg einschlägt, wird sie für den Rest ihres Lebens glücklich sein. Sie wird Töchter und Söhne gebären, die ihr viel Freude bereiten. Es war ein langer Weg für sie, aber sie ist bald daheim.«

»Siehst du wohl, Ellen«, sagte Jago lächelnd. Seine Augen strahlten. Ich dachte: Er verliebt sich tatsächlich in mich. Die Vorstellung erregte mich, gleichzeitig empfand ich aber auch Besorgnis. Ich wußte, daß seine Gefühle sehr stark sein würden. Bei ihm gab es keine Halbheiten. Er war noch jung, kaum älter als dreißig. Unverheiratet. Warum wohl so lange? Seit ich ihn bei den Carringtons getroffen hatte, war ich mir geradezu körperlich seiner bewußt gewesen.

Tassie schien zu dem Schluß gekommen zu sein, daß sie meine Zukunft besiegelt hatte. Ich mußte mich also jetzt führen lassen, vermutlich von Jago. Dann erzählte sie mir, was sie für die jungen Leute auf der Insel tat. »Ich zaubere ihnen die Warzen weg, die Gerstenkörner von den Augenlidern, und wenn sie Atemnot haben, gebe ich ihnen Heilmittel dagegen. Die meisten haben Vertrauen zur alten Tassie. Ich kann in die Zukunft sehen. Meine Urgroßmutter wurde als Hexe verbrannt. Heute verfolgt man uns nicht mehr, die Leute sind vernünftiger geworden. Sie können weiße von schwarzen Hexen unterscheiden, und in unserer Familie waren immer nur weiße Hexen. Vor langer, langer Zeit strandete eine Meerjungfrau auf der Insel, einer meiner Ahnen half ihr ins Meer zurück. Zum Dank dafür gab sie unserer Familie das dritte Auge, das haben wir seither besessen.«

»Solltest du also einer Meerjungfrau begegnen«, sagte Jago lachend zu mir, »dann hilf ihr ins Wasser zurück. Sie wird es dir bestimmt lohnen.«

»Es stimmt aber«, sagte Tassie. »Mein Urahn war doch das siebente Kind eines siebenten Kindes.« Sie trat ganz nahe an mich heran. »Wenn ein Zauber über dir liegt, kann ich ihn lösen, böse Wünsche kann ich abwenden; komm also zu mir, Kind, wenn du Sorgen hast.«

»Das ist mehr als eine Einladung, Ellen«, sagte Jago. »Es bedeutet, daß Tassie dich als Inselbewohnerin anerkannt hat.« Er legte einige Münzen auf den Tisch; ich sah den gierigen Blick Tassies, die es bemerkt hatte und wohl insgeheim das Geld zählte.

Dann standen wir wieder draußen in der Sonne. »Jedenfalls hat sie dir eine angenehme Zukunft vorausgesagt«, meinte Jago.

»Und sie wurde gut dafür bezahlt.«

Er sah mich direkt an. »Das hat sie wohl auch verdient.«

»Wenn die Kunden, je nach dem, was sie voraussagt, bezahlen, ist doch die Versuchung groß, Gutes zu prophezeien.«

»Ich glaube nicht, daß das bei dir der Fall war. Ich weiß, daß du ein angenehmes Schicksal haben wirst.«

»Das wird wohl nicht allein von mir abhängen«, gab ich zu bedenken.

»Du bist ja schließlich eine kluge Frau. Das wußte ich vom ersten

Augenblick an. Aber Spaß beiseite, unsere Hexe ist schon interessant. Für die jungen Leute ist der Umgang mit ihr ein Spaß, ein Abenteuer, sie nachts heimlich aufzusuchen, um ein Liebeselixier zu bekommen, das man dem Liebhaber gibt.«

»Ist sie wirklich das siebente Kind eines siebenten Kindes?«

»Und ob ihr Urahn wirklich die Meerjungfrau fand, kannst du dir selbst ausdenken.«

»Und die Leute glauben wirklich an ihre Kunst?«

»Manche schon. Wenn ihre Wünsche in Erfüllung gehen, meinen sie, Tassie habe ihnen geholfen. Und wenn nicht, dann schieben sie die Schuld auf irgendein eigenes Verfehlen. Für Tassie könnte es natürlich gar nicht besser sein.«

»Und du, glaubst du daran?«

»Mir geht es da wie den anderen: Wenn ich kriege, was ich will, glaube ich daran.«

»Und wenn du es nicht kriegst?« bohrte ich weiter.

»Meine liebe Ellen, ich kümmere mich schon darum, daß ich es kriege«, sagte er ganz ernsthaft.

Wir kehrten zur Burg zurück, und den Rest des Tages war ich in Gedanken mit diesem neuen Abschnitt unserer Beziehung beschäftigt. War sie immer schon irgendwie so gewesen, oder hatte ich mir das Ganze nur eingebildet? Als ich dann in mein Zimmer hinaufging, die Kerzen anzündete und die Schatten wieder entstanden, erinnerte ich mich an Silva. Mir kam es so vor, als ob ihr Geist in dem schwach erhellten Raum zu spüren war …

»Meine Schwester«, flüsterte ich und meinte eine Antwort darauf zu hören. Natürlich pure Einbildung. Jago würde mich auslachen. Er lachte über viele Leute. Über Tassie (was mochte er ihr wohl von den Sprüchen vorher aufgetragen haben?), über mein Benehmen in London, sowohl beim Konzert als auch im Haus am Finlay Square. Das Beunruhigende daran war, daß ich in seiner Gegenwart die Dinge so sehen konnte, wie er es wollte. Erst wenn ich sie in Ruhe für mich alleine überdachte, kamen sie mir, gelinde gesagt, äußerst unkonventionell vor. Aber er war ja unkonventionell und auch unberechenbar. Ich konnte ihn nicht richtig verstehen. Aber heute nachmittag hatte er durchblicken lassen, was er fühlte. Meine Freundschaft mit Michael Hydrock wollte er genausowenig wie Jenifry enger werden lassen. Hatte ich recht, wenn ich annahm, daß er dafür ein anderes Motiv hatte?

Er hatte Tassie mit Genugtuung zugehört, der weisen Alten, die ihren Klienten gab, was sie wollten. Sei es, um ihre Warzen oder Gerstenkörner wegzubringen, oder sie die Hochzeitsglocken hören zu lassen. Konnte es wahr sein, daß Jago Kellaway mein Mann werden wollte?

Eine beunruhigende Idee, obwohl ich eigentlich zugeben mußte, daß er mich faszinierte. Aber was wußte ich denn schon von ihm? Was wußte ich von irgend jemandem hier? »Silva«, flüsterte ich ins Dunkel hinein. »Silva, bist du da?« Ich horchte angestrengt. Die Vorhänge bewegten sich leise im Wind, aber außer dem fernen Gemurmel der See war nichts zu hören.

3

Am nächsten Tag suchte ich den Jungen auf. Er fütterte gerade eine Möwe. Sie stand auf dem Hofpflaster und aß Fisch aus einer Untertasse.

»Sie kann nicht mehr fliegen. Fand sie auf den Klippen. Ihre Flügel waren ganz verklebt. Saß ganz still auf dem Felsen und hat wohl tagelang schon nichts mehr gefressen. Außerdem haben die anderen auf sie losgepickt. Vögel sind manchmal grausam zueinander. Wenn eines verwundet ist oder anders aussieht, hacken sie es tot. Menschen sind manchmal auch so. Sie gehen auch auf Leute los, die anders sind als sie.«

Er sagte es ohne alle Traurigkeit, stellte einfach die Tatsachen fest, obwohl ich genau wußte, daß er sich mit einem Vogel verglich, der ›anders‹ war. Er akzeptierte, was das Leben ihm gegeben hatte, war zufrieden mit dem, was er bekommen hatte, und vergaß nie, daß Gott ihm die Kraft gegeben hatte, wie er es nannte.

»Wie gut, daß du sie gefunden hast.«

»Sie hat noch Angst. Aber wenn ich mit ihr rede, ist sie ruhiger. Zuerst wollte sie wegflattern und nach mir hacken, aber dann habe ich mit ihr geredet und ihr gesagt, daß ich es bin, daß ich weiß, was ich tun muß, und daß ich sie heilen kann, und da war sie ganz ruhig.

Sehen Sie, ich mache ihr die Schmiere aus den Flügeln. Aber sie soll noch nicht wegfliegen. Ich möchte sie erst füttern. Ganz schön langsam. Sie darf nicht gleich alles reinfressen. So, mein Kleines, ich paß schon auf dich auf.«

»Was ist mit der Taube mit dem wehen Beinchen?«

»Hüpft rum wie die anderen, hat völlig vergessen, daß sie mal verletzt war ...«

»Und ist hoffentlich auch dankbar.«

»Das will ich gar nicht. Ich bin schon froh, wenn sie dort sitzt und ihren Mais frißt oder von meiner Hand pickt, den Kopf schief gelegt, als wolle sie sagen: ›Hallo, Freund, jetzt bin ich wieder ganz in Ordnung.‹«

»Ich wollte dich eigentlich was fragen«, sagte ich. »Kommst du mit mir zum Bootfahren? Ich möchte rudern, du sollst nur bei mir sitzen. Ich habe Mr. Jago versprochen, daß ich noch nicht allein hinausfahre.«

Er freute sich über meine Bitte, denn sein größtes Vergnügen war es, sich um andere Leute zu kümmern, und daß ich ihm so sehr vertraute, war ihm wohl eine große Ehre.

Ich ruderte eine Weile vor mich hin.

»Sie können aber gut rudern«, sagte er. »Und bald werden Sie auch wissen, wo die Felsen sind. Wenn man nicht zu weit aufs Meer hinausfährt, ist es gar nicht gefährlich. Allerdings würde es heute auch nichts ausmachen. Aber Sie wissen ja, wie schnell ein Wind aufkommt. Die See kann gerade noch glatt wie Seide sein, und in einer Viertelstunde geht alles drunter und drüber. Darauf muß man achten, wenn man zum Festland fährt. Um die Insel zu rudern, das ist nicht schwer. Überall gibt es kleine Buchten, wo man notfalls landen kann.«

»Hört man oft, daß Leute ertrunken sind?« Ich beobachtete ihn genau. Wieder verschloß er seinen Blick vor mir.

»Manchmal ja«, sagte er.

»Und meine Halbschwester Silva?« bohrte ich. Er schwieg. »Du hast sie doch gekannt!«

»Ja, ich habe sie gekannt.«

»Denk doch mal, sie war meine Schwester, und ich kannte sie gar nicht. Als ich wegkam, war ich erst drei Jahre alt. Sie muß damals zwölf gewesen sein, oder dreizehn. Ich wüßte so gerne mehr über sie. Erzähl mir doch von ihr.«

»Sie mochte Vögel«, sagte er.

»Aha«, sagte ich. Also hatte zwischen den beiden eine Verbindung bestanden. Das hatte ich mir gedacht. »Ist sie oft zu dir gekommen und hat dir beim Füttern der Vögel geholfen?«

Er lächelte sanft. »Ja, das tat sie. Und sie kannten sie auch. Sie hockten sich auch auf ihre Schulter. Sie hat Vögel und kleine Tiere schrecklich gerne gehabt. Und war ganz lieb zu ihnen.«

»Ihr wart also gute Freunde«, sagte ich, »das freut mich.«

Er sah plötzlich ganz glücklich aus, und ich wußte, daß er Silva vor sich sah mit den Tauben oder vielleicht mit einem kranken Tier im Arm, während sie besprachen, was man am besten mit ihm tun konnte.

»Hast du viel mit ihr gesprochen?«

»O ja, sie hat immer über Vögel gesprochen.«

»Und über sich selbst? Hat sie je gesagt, ob sie glücklich ist?«

»Sie hat immer nur geredet und geredet. Als ob ich gar nicht da wäre, und dann hat sie mich angeschaut und gelächelt. Sie sagte dann: ›Ich rede immer was zusammen, was? Du hörst aber auch so gut zu, so daß ich gar nicht merke, daß du noch da bist.‹«

»Und war sie sehr unglücklich?«

Er sah mich ernst an. »Ja, geweint hat sie manchmal ganz plötzlich. Wie Silva habe ich noch nie jemanden weinen gesehen. Wie Lachen und Weinen zugleich. Sie sagte immer, wie sie alle haßte, Mr. Jago und die anderen.«

»Warum ist sie damals mit dem Boot weg, weißt du das?«

»Es war eine wilde, stürmische Nacht.«

»Ich weiß. Aber warum?«

Ich sah, wie er die Lippen zusammenpreßte. Ich glaube, er weiß was, dachte ich.

»Und sie ist ertrunken?«

Wieder nickte er mit aufeinandergepreßten Lippen. »Das Boot wurde angeschwemmt«, sagte er dann, als sei ihm eben eine Erleuchtung gekommen.

»Ist sie mit dem Boot hinaus, weil sie unglücklich war? Weil sie nicht mehr in der Burg leben wollte? Ist sie vor irgend etwas geflohen? Du weißt es doch, stimmt's?«

Er nickte. »Ja, davongelaufen ist sie schon irgendwie.«

»Aber bei hoher See hinauszufahren ...«

»Es war stürmisch in der Nacht«, sagte er. »Ich erinnere mich noch an die Blitze und den Donner. Man glaubt, das ist Gottes Zorn. Glauben Sie, daß das stimmt?«

»Nein«, sagte ich. »Wenn sie in einer solchen Nacht hinaus ist, muß sie ihren Tod gesucht haben. Bei solchem Wetter kann doch kein Boot durchkommen.«

»Das kann man nie vorher sagen, was mit einem Boot auf See passiert.«

»Aber ihres hat man ja zerschellt wiedergefunden ...«

»Ja«, bestätigte er. »Ohne sie. Ich bete, daß sie in ihrem neuen Leben glücklicher ist. Mehr kann man nicht tun.«

»Manche von der Dienerschaft sagen, daß sie als Geist umgeht.«

»Ja, das stimmt.«

»Glaubst du das denn?«

»Ich glaube, daß sie noch bei uns ist«, sagte er.

»Du glaubst also, daß die Geister von Menschen, die in ihrem Leben unglücklich waren oder Böses getan haben, nach dem Tod weiterexistieren?«

»Ich bin nicht klug genug, um das zu beurteilen.« Sein blasses Gesicht war nicht zu deuten. Der Blick schloß mich wieder aus. Ich war sicher, daß er mehr über meine Halbschwester wußte, als er zugab, und ich einfach noch nicht sein Vertrauen so sehr genoß, daß er es mir sagte.

Vielleicht tat er es später. Aber inzwischen plagte mich meine Neugierde.

DAS LECK

1

Inzwischen war ich eine gute Ruderin geworden und konnte das Boot mindestens so gut führen wie Gwennol oder Jenifry. Die beiden hatten nie wieder von Michael Hydrock gesprochen und taten so, als hätte es deswegen niemals Streit gegeben.

Jago war ständig beschäftigt. Er kümmerte sich selbst um die Landwirtschaft und auch um die geschäftlichen Transaktionen, so daß er dauernd zwischen Insel und Festland pendeln mußte. Meistens ermöglichte er es, daß wir beide ein paar Stunden des Tages miteinander verbrachten, und am liebsten war es ihm, wenn wir gemeinsam um die Insel ritten. Dabei stellte er mich den Bauern, dem Pfarrer der kleinen Kirche, den Geschäftsleuten und dem Arzt vor. Wir gewöhnten uns immer mehr aneinander, und ohne daß ich es wollte, wurde ich zunehmend in den magnetischen Kreis gezogen, der ihn zu umgeben schien. Langsam meinte ich schon selbst, es nicht ohne seine Gegenwart auch nur einen Tag lang auszuhalten.

Er freute sich über meine Fortschritte im Rudern, und eines Tages nahm er mich mit zur Bucht hinunter, und da stand der Name ELLEN auf einem der frischgestrichenen Boote. Ich war sehr stolz darauf.

Von da an ruderte ich oft selbst mit der ELLEN, aber nie weit aufs Meer hinaus. Ich umkreiste gerne die Insel und machte Halt in einer Bucht, die ich noch nicht kannte. Dort lag ich dann und dachte über eine glücklichere Zukunft nach und was mir das Schicksal wohl alles bescheren würde. Ich wollte noch so vieles erfahren, aber es schien mir, als verhielten sich die Menschen in meiner Umgebung besonders schweigsam, was eigentlich auf ein Geheimnis hinwies. Ich war überzeugt, wenn ich wüßte, was mit Silva passiert war, würde ich den Schlüssel zu allem in der Hand haben. Warum war Silva in einem heftigen Sturm mit dem kleinen Boot weggefahren – hatte sie es wirklich getan, dann gab es nur eine Antwort: weil sie lebensmüde war und der Tod für sie einen Ausweg bedeutete, aus einer Situation, die sie nicht länger ertrug.

Hatte sie beschlossen, alles zu einem Ende zu bringen? Meine arme Schwester, wie unglücklich mußte sie gewesen sein! »Ich bin gefangen in diesem Raum.« Sicher, sie war noch ein Kind gewesen, als sie das schrieb. Eingeschlossen in ihr Zimmer mit einer Hausaufgabe, die sie erfüllen mußte. Das passierte den meisten Kindern irgendwann mal. Sie hatte die Situation dramatisiert. Sie war unberechenbar, hatte Jago gesagt. Er wollte nicht von ihr sprechen. War nicht an ihr interessiert, tat sie einfach als unberechenbar ab. Das arme Mädchen hatte sich mit dem Leben nicht abfinden können und einen dramatischen Tod gefunden. Und das Boot wurde angetrieben, ohne sie... Eine einleuchtende Antwort auf die Frage, was mit ihr geschehen war.

Mein Vater – der auch der ihre war – hatte sie von Anfang an gehaßt. Vielleicht mochte er Kinder überhaupt nicht. Er schien überhaupt kein angenehmer Mensch gewesen zu sein. Er hatte mit der einen Frau gestritten, die andere – meine Mutter – hatte ihn verlassen. Ich wußte noch einiges von ihr, und diese meine Erinnerung an sie war nichts als Liebe, Sorge, Sicherheit, alles, was man sich von seiner Mutter wünschen kann. Wenn sie ihr Kind geliebt und solche Erinnerungen in ihm gelassen hatte, konnte die fehlgeschlagene Ehe dann ihre Schuld sein? Sicher gab es dafür trotzdem alle möglichen Gründe. Gute Mütter waren nicht unbedingt gute Ehefrauen. Ach, wenn sie mir nur endlich sagen würden, was ich so gerne wissen wollte!

Und dann erinnerte ich mich an etwas, was ich einmal gehört hatte. Mein Vater war meistens in seinem Zimmer gewesen und war von seinem Dienersekretär, einem gewissen Fenwick, betreut worden. Was hatte ich noch von dem gehört? Er war aufs Festland zurückgegangen. Wenn ich mit Fenwick sprechen konnte, bekam ich vielleicht etwas Neues über meinen Vater zu hören. Ich wollte es jedenfalls versuchen. Wie sollte ich das am besten bewerkstelligen? Wenn ich Jago fragte, würde er sagen: »Was dir Fenwick sagen kann, kann ich auch.« Vielleicht hatte er recht, aber von ihm erfuhr ich ja nicht, was ich wissen wollte, und außerdem ist die Meinung einer zweiten Person immer nützlich. Dienersekretäre wissen oft mehr über ihre Herren als ein enger Verwandter. Gwennol und Jenifry? Nein, zwischen uns herrschte eine zu große Spannung.

Während ich noch so überlegte, kam das Boot vom Festland. Jeden Tag fuhr eines der Boote hinüber, um die Post zu holen, soweit es das Wetter gestattete. Diesmal fand ich zu meiner Freude ein Schreiben von Esmeralda vor. Ich hatte ihr vom Festland aus über meine Reise geschrieben und dann von der Burg die ersten Eindrücke geschildert. Ich nahm den Brief und ging gleich in mein Zimmer hinauf.

Sie freute sich, daß mein Leben bei den Verwandten so interessant war. Die Burg scheine ja fantastisch zu sein. Sie würde gerne einmal hinkommen. Die Eltern hätten mehrere Bälle für sie gegeben, und sie habe einen sehr netten jungen Mann namens Freddy Bellings kennengelernt. Ein jüngerer Sohn, aber die Bellings seien reich, und ihrer Mutter läge viel an dieser Freundschaft. Es stand alles mögliche über Freddy im Brief. Seine Augenfarbe, seine angenehme Art und daß er Witze machen konnte, ohne andere Leute damit zu verletzen. Sichtlich hatte Esmeralda große Freude an ihrem Freddy, und das freute auch mich, denn ein bißchen hatte ich doch Bedenken gehabt wegen Philip, den man ihr zugedacht hatte.

»Ich glaube, die Gouvernante von Mrs. Oman Lemming hat es nicht gut. Sie sieht so verängstigt aus, die Arme. Ach, Ellen, Du hättest es nie geschafft! Wie gut, daß Du dem entkommen bist.

Wir sehen die Carringtons oft«, ging es weiter. »Lady Emily gibt wieder Gesellschaften. Philip wird nie erwähnt, aber sie sieht manchmal sehr traurig aus. Sie hat gefragt, wie es Dir geht, und hofft, daß Du glücklich wirst. Noch jemand hat gefragt nach Dir: Rollo. Er wollte wissen, wo Du hin bist und ob Du dort bleibst. Ich hatte gerade erst Deinen aufregenden Brief über die Burg und die Insel bekommen. Es interessierte ihn sehr.«

Ich ließ den Brief sinken. Wie schön, daß Esmeralda ihren Freddy gefunden hatte. Fast nicht zu glauben, daß sie sich doch verliebt hatte und Kusine Agatha sogar einverstanden war. Merkwürdig, daß Rollo sich für mich interessierte. Vielleicht tat ihm jetzt seine Härte leid. Wie weit ich doch dem allen schon entrückt war. Meine Gedanken waren schon wieder bei dem Problem, das mich jetzt bedrückte. Wie ich Fenwick finden und mit ihm über meinen Vater sprechen könnte.

Diesmal wollte ich alleine hinüberrudern. Die See war ruhig, und ich hatte viel Übung, außerdem dachte ich, daß die selbständige

Fahrt hin und zurück mir Mut geben würde, es dann öfters zu tun. Also machte ich mich in meiner *Ellen* auf den Weg. Vom Strand aus ging ich gleich zum Gasthof und suchte Mrs. Pengelly auf. Sie brachte den unvermeidlichen selbstgemachten Wein und ihre Safrankuchen, und während wir den Imbiß genossen, fragte ich sie, wo man denn diesen Fenwick auftreiben konnte.

»Sie meinen den, der in der Burg für Mr. Charles Kellaway gearbeitet hat?«

»Ja, der Dienersekretär meines Vaters.«

»Als Ihr Vater starb, ist er weggegangen.«

»Das ist ja noch nicht lange her. Wo ist er denn hin? Haben Sie etwas gehört?«

»O doch, ja. Er lebt in seinem Häuschen in Fallerton.«

»Wo ist denn das?«

»Ach, nur ein paar Kilometer von hier. Er soll eine Gärtnerei betreiben, mit Gemüse und Blumen und so.«

»Ich möchte ihn aufsuchen.«

Sie sah mich entsetzt an.

»Ja, ich möchte mit ihm über meinen Vater reden.«

Sie schüttelte den Kopf. »Ihr Vater war zum Schluß sehr krank, Miß Ellen. Es würde Sie nur bedrücken, wenn Sie erfahren, wie krank er war.«

»Ich möchte doch alles über meine Familie erfahren. Es ist so schwer, die Leute hier zum Reden zu bringen.«

»Viel kann ich Ihnen ohnehin nicht sagen. Ich ging ja schon mit siebzehn dort fort. Als Ihre Mutter weg war, hatte ich keinen Grund mehr, dazubleiben.«

»Offenbar hatte er eine recht unglückselige Natur. Meine Mutter verließ ihn doch ...«

»Sie konnte das Leben auf der Insel nicht aushalten. Das war der Grund. Sie fühlte sich immer wie eine Gefangene dort.«

»Und Silva müssen Sie doch auch gekannt haben.«

»O ja, Silva kannte ich gut. Ein unglückseliges Mädchen.«

»Wie alt war sie, als Sie dort weggingen?«

»Ich glaube, so um die dreizehn. Ganz genau weiß ich das nicht mehr, aber sie wirkte so. Mit ihr war nie was anzufangen. Irgendwie wild war sie – ging einfach raus in den Sturm, blieb stundenlang weg, daß wir oft schon dachten, es sei ihr etwas passiert. Als ob sie uns absichtlich beunruhigen wollte. Wir taten unser Bestes, Ihre Mutter und ich, und als Sie dann kamen, schien's eine Weile besser zu gehen. Silva mochte Sie als Baby. Ihr Vater wollte sie nicht bei sich haben. Er wollte sie nicht einmal sehen. So etwas habe ich noch nie erlebt... Manchmal hörte ich sie schluchzen und habe versucht, sie zu trösten... Dann ist sie herumgetanzt und hat mich ausgelacht. ›Du dumme alte Gans, meinst du denn, das macht mir was?‹ rief sie dann. Meiner Seel', das waren Zeiten!«

»Eigenartig, daß sie auf so rätselhafte Weise verschwunden ist.« Bei diesen Worten veränderte sich Mrs. Pengellys Blick. Sie ähnelte jetzt ganz stark ihrem Sohn. Es wurde mir klar, selbst wenn sie über Silvas eigenartiges Verschwinden etwas wußte, würde sie es mir nie sagen. Im Augenblick war ich aber in Gedanken ohnehin längst schon auf der Suche nach Fenwick.

»Ich möchte nach Fallerton reiten«, sagte ich ganz nebenbei. »Wie hieß übrigens das Haus, in dem er wohnt?«

»Das kann ich Ihnen nicht sagen, aber Fallerton ist nur ein kleines Dorf. Wenn Sie dort nachfragen, weiß es bestimmt jemand.«

Als ich gerade wegreiten wollte, kam Michael Hydrock. »Hallo, Miß Kellaway, was für eine angenehme Überraschung!«

»Ich bin eben auf dem Weg nach Fallerton«, sagte ich hastig.

»Fallerton? Das liegt ja auf meinem Weg.«

»Ich dachte, Sie wollten ins Gasthaus?«

»Ich wollte nur eine Kleinigkeit essen, das muß aber nicht gleich sein.«

»Ich möchte Sie aber in keiner Weise in Ihren Plänen stören.«

»Meine liebe Miß Kellaway«, sagte er lächelnd, »selbst wenn es eine Störung wäre, könnte ich mir keine angenehmere vorstellen.«

Und schon hatte er sein Pferd gewendet und kam an meine Seite.

»Ich kenne eine Abkürzung nach Fallerton«, sagte er, »die zeige ich Ihnen jetzt.«

Es wäre ungeschickt gewesen, seine Gesellschaft abzulehnen, und ohne die unglückseligen Szenen mit Gwennol und Jenifry hätte ich sein Angebot sogar freudigst angenommen. Immerhin waren ja beide heute auf der Insel, also konnte ich mir Michaels Gesellschaft wohl leisten.

»Wohin wollen Sie denn in Fallerton?« fragte er. »Das ist ja nur ein kleines Dorf.«

»Ja, das hat man mir schon gesagt. Ich suche einen gewissen Mr. Fenwick.«

»Fenwick? Ein Fenwick hat doch mal auf der Burg gearbeitet.«

»Ja, ich möchte mit ihm über meinen Vater reden.«

»Ich glaube, er war jahrelang Dienersekretär Ihres Vaters und erbte so viel von ihm, daß er sich das kleine Anwesen in Fallerton kaufen konnte. So habe ich es jedenfalls gehört.«

»Die meisten Leute, die ich frage, wollen nicht über meinen Vater reden. Und ich möchte natürlich so viel wie möglich über ihn erfahren. Irgendwie eigenartig, wenn man seinen eigenen Vater zu Lebzeiten nicht gekannt hat. Offenbar interessierte er sich nicht für mich.«

»Ihre Mutter ist ja mit Ihnen fortgegangen, nicht wahr?«

»Ja, aber trotzdem finde ich es merkwürdig, daß er nie versucht hatte, mit mir in Kontakt zu treten. Schließlich bin ich doch seine Tochter.«

»Er soll unversöhnlich und nachtragend gewesen sein.«

»Ich habe überhaupt noch nichts Gutes über ihn gehört.«

»Wäre es da nicht besser, alles lieber ruhen zu lassen?«

»Nein, das möchte ich nicht. Ich brenne geradezu darauf, alles zu erfahren.«

»Na, dann wollen wir einmal sehen, ob wir das Haus in Fallerton finden.«

Der Ritt und die Landschaft, die er so gut kannte, waren herrlich. Hier fühlte sich Michael völlig zu Hause. Er hatte ja sein ganzes Leben in dieser Region verbracht. Fallerton lag allerdings außerhalb seiner Güter, deshalb konnte er mir über Fenwick auch nichts Näheres sagen.

Bald hatten wir den Ort erreicht. Ein kleines Nest, genau wie Mrs. Pengelly gesagt hatte. Es gab nur eine kurze Straße mit ein paar aneinandergedrängten Häuschen und ein paar Farmen außerhalb. Ein Mann begegnete uns mit einem Pferdewagen, auf dem er Heu geladen hatte. Als wir ihn erreichten, band er dem Tier gerade den Futterbeutel um. Michael rief ihm zu: »Können Sie mir sagen, wo hier ein Mr. Fenwick wohnt?«

Der Mann blickte auf, und wieder merkte ich die Ehrfurcht, die bei Michaels Auftreten überall zu bemerken war. »Wenn Sie den Besitzer vom Mulberry-Häuschen meinen, der ist nicht mehr hier.«

»Und wo ist dieses Mulberry-Häuschen?«

»Immer der Straße nach, dann rechts, da ist es gleich. Es gehört auch ein Stückchen Land dazu. Er hat die Gärtnerei übernommen. Das Gemüse gedieh gut und die Blumen auch, aber er ist einfach weg. Hat den Leuten gesagt, es behagt ihm einfach nicht. Er sei so lange auf der Burg gewesen, die Gärtnerei wär nichts für ihn. Er hat sie verkauft und ist weg.«

»Haben Sie eine Ahnung, wohin?«

»Nein, leider nicht.«

»Ob es wohl jemand anderer weiß?«

»Kann ich nicht sagen; vielleicht im Gasthof, dort soll er oft gewesen sein.«

Wir dankten ihm und ritten dann zu dem angegebenen Haus hin. Alles blühte und gedieh, eine ebenso blühend aussehende Frau kam zur Tür. Ja, das Grundstück hatte Mr. Fenwick gehört. Sie hatte es vor einem halben Jahr von ihm gekauft. Mitsamt der Gärtnerei. Nein, sie wußte nicht, wo er war. Jedenfalls nicht hier im Ort.

Michael meinte, wir könnten ja auf jeden Fall in den Gasthof gehen, eine Erfrischung zu uns nehmen und uns dort erkundigen.

Das Haus hatten wir bald gefunden. Ein uraltes, verwittertes Schild hing über der Tür: *Die Strohpuppe.* Wir gingen hinein. Wir waren offenbar die einzigen Gäste. Wir bestellten Apfelmost und etwas zu essen. Es gab die üblichen Pasteten und kalten Aufschnitt.

Als uns die Wirtin den Imbiß brachte, fragte ich, ob sie wüßte, wo ein gewisser Mr. Fenwick jetzt wohne.

»Meinen Sie den vom Mulberry-Haus?« fragte sie. »Der ist nicht lange geblieben. Das war nicht das Richtige für ihn. Mehr ein Bediententyp.«

»Bei Ihnen war er ziemlich oft, wie ich höre.«

»Ja, er kam regelmäßig. Unser Most hat ihm am besten geschmeckt und meine Pasteten auch. Die gleichen, die Sie jetzt essen.«

Ich sagte, daß mich das nicht überrasche. Darüber freute sie sich, aber mit Mr. Fenwick konnte sie uns nicht weiterhelfen. Sie hatte keine Ahnung, wohin er gezogen war.

»Kein sehr erfolgreicher Vormittag«, sagte Michael, »aber macht nichts, den finden wir schon noch. Ich werde mich erkundigen, es ist bestimmt nicht allzu schwer. Wie gefällt Ihnen das Lokal?«

»Ich finde es zauberhaft, vor allem den lustigen Namen.«

»Ist Ihnen auch das Schild aufgefallen?«

»Ja, es sah wie eine Garbe aus, die zu einer Puppe zusammengebunden ist.«

»Stimmt genau. Wenn die Ernte zu Ende ist, machen die Leute hier diese Puppen und stellen sie überall auf. In der Halle war auch eine, haben Sie's nicht gesehen? Es soll eine gute Ernte im nächsten Jahr bringen.«

»Im Gasthof in Polcrag sieht es ganz ähnlich aus wie hier. Der offene Kamin, die eichenen Deckenbalken.«

»Aber so eine irdene Lampe haben sie nicht.« Er hob das Gerät am Tisch hoch. Es sah aus wie ein Kerzenständer. »Sehen Sie das Loch hier oben«, fuhr er fort. »Da gießt man etwas Öl hinein und führt dann einen Docht ein. Ich mag das sehr, wenn solche alten Gebräuche erhalten werden. Viele dieser Lampen gibt es nicht mehr.«

Ich nahm das Ding in die Hand und untersuchte es näher. Ich bestätigte, daß es sehr eigenartig sei, dachte aber eigentlich nur an Fenwick und die nutzlose Suche nach ihm.

Er lehnte sich über den Tisch zu mir herüber und streichelte meine Hand. »Kopf hoch«, sagte er. »Ich verspreche Ihnen, daß ich Fenwick auftreiben werde.«

»Vielen Dank. Sie sind wirklich sehr hilfsbereit.«

»Gar nicht der Rede wert. Es ist mir ein Vergnügen. Wissen Sie was, wenn ich etwas herausfinde, schicke ich Ihnen eine Nachricht mit der Brieftaube. Wär das nichts?«

»Ja, das wäre lustig«, antwortete ich. »Und unserem Jungen macht es bestimmt einen Riesenspaß.«

»Gwennol und ich schicken einander ja oft Botschaften durch Tauben.«

»Ja, das hatten Sie mir schon erzählt.«

Wir verließen das Lokal und ritten zurück. Schon von weitem erkannte ich zu meinem Entsetzen, daß weiter draußen wieder die weißen Pferdchen ihre Mähnen schüttelten.

»Ein kleiner Küstenwind«, sagte Michael. »Nichts Aufregendes. Man wird Sie bestimmt sicher zurückbringen, aber Sie sollten gleich aufbrechen.«

»Ich bin allein herübergerudert«, sagte ich.

»Ach so?« Sein Gesichtsausdruck veränderte sich, er sagte aber nichts mehr, bis wir den Gasthof erreicht hatten.

Die schaumweißen Wellenkämme hatten sich inzwischen vermehrt.

»Ich rudere Sie hinüber«, erklärte er plötzlich.

»Das ist doch nicht nötig«, protestierte ich.

»Ich bestehe aber darauf. Es kann unterwegs schwierig werden für Sie. Bei solchem Seegang braucht man Männerhände an den Rudern.«

»Und ich war so stolz darauf, alleine herübergekommen zu sein.«

»Da war die See auch noch glatt. Das ist eben immer der springende Punkt. Solches Wetter tritt urplötzlich auf.«

Michael arrangierte alles. Er mietete ein etwas größeres Boot als die *Ellen,* damit wollte er mich hinüberrudern; die *Ellen* sollte jemand vom Gasthof übernehmen, und mit dem Mann würde er dann im starken Boot zurückkehren.

Ich fühlte mich unbehaglich auf dem Rückweg. Nicht wegen der Gewalt der Elemente, sondern ich stellte mir vor, was Gwennol und ihre Mutter wohl diesmal denken würden, wenn sie herausfanden, daß ich an Land einige Zeit mit Michael Hydrock verbracht und er mich zurückgebracht hatte. Ganz bestimmt weckte es wieder Mißtrauen in ihnen.

Je weiter wir uns vom Festland entfernten, um so schwächer schien der Wind zu werden.

»Ich hätte es leicht allein geschafft«, behauptete ich.

»Schon möglich«, antwortete Michael. »Aber es wäre mir nicht recht gewesen, Sie alleine hier draußen zu wissen.«

Wir stiegen aus und standen nebeneinander. »Sie kommen doch noch mit rauf?«

»Ich glaube nicht, meine Zeit ist knapp.« Wir warteten gemeinsam, bis die *Ellen* anlegte.

»Es war riesig nett von Ihnen«, sagte ich.

»Und für mich das allergrößte Vergnügen.« Er sprang in das große

Boot zurück, der Mann vom Gasthof stieg dazu. Ich winkte ihnen noch eine Weile nach.

Auf dem Weg zur Burg hinauf traf ich Jenifry. An ihrem Blick erkannte ich, daß sie unsere Ankunft gesehen und wohl auch bemerkt hatte, wie er beim Abschied meine Hand hielt. Und gleich wieder wegruderte.

2

Ob Jenifry Gwennol wohl davon erzählt hatte? Ich merkte plötzlich, daß mich beide verstohlen beobachteten. Sie mochten mich wohl für schuldbewußt halten. Am nächsten Tag fuhr Gwennol hinüber, und ich blieb auf der Insel. Plötzlich fiel mir ein, daß ich zu Tassie gehen könnte. Vielleicht hatte sie in Jagos Abwesenheit eine andere Weissagung bereit.

Sie saß vor der Tür ihres Hauses, ihr runzliges Nußknackergesicht verzog sich bei meinem Näherkommen zu einem Grinsen. Ich sah den Kater unter ihren Röcken hervorschauen und mich mit glühenden Augen anstarren.

»Kommen Sie herein«, forderte sie mich auf, und ich folgte ihr ins Zimmer. Im Kamin brannte ein kleines Feuer, der Kräuterduft kam mir heute viel kräftiger vor als beim letztenmal.

»Da wären Sie also heute ganz allein, Miß Ellen«, sagte sie. »Ich hoffe, es geht Ihnen gut.«

»Ja, danke, ich hoffe, es geht auch Ihnen gut.«

Da mußte sie lachen. Offenbar kam es ihr unmöglich vor, daß sie, die anderen Leuten Krankheiten wegzaubern konnte, selbst welche haben konnte.

»Und was kann ich für die junge Dame tun?« fragte sie. »Soll ich Ihnen die Karten lesen, soll ich die Kristallkugel nehmen oder Ihre Handlinien deuten?«

»Letztes Mal haben Sie mir eine schöne Zukunft vorausgesagt. Die genügt mir eigentlich. Vielleicht sehen Sie heute nicht so Gutes.«

Das schien sie zu amüsieren. »Es hat Ihnen also gefallen – und nicht nur Ihnen?«

»Ich möchte über jemand anderen etwas erfahren.«

»Ach so?« Sie legte den Kopf auf die Seite und sah jetzt aus wie ein listiger Affe. »Nein, Kater«, sagte sie zu ihrem Tier, »so etwas sind wir nicht gewöhnt, was, mein Püppchen?«

Der Kater miaute, als gäbe er eine Antwort.

»Über jemanden, der tot ist ... vielleicht auch nicht.«

»Geistern kann man keine Zukunft voraussagen«, sagte sie ziemlich scharf.

»Aber wenn Sie in die Zukunft blicken können, können Sie vielleicht auch in die Vergangenheit sehen. Ich möchte etwas über meine Halbschwester Silva erfahren.«

»Ach so! Das arme Mädchen. Sie hatte ein trauriges Leben.«

»Ist sie mal zu Ihnen gekommen?«

»Oft sogar, vor allem kurz vor ihrem Ende. Da hatte sie auch allen Grund, es zu tun.«

»Was für einen Grund?« fragte ich aufgeregt.

»Sie machte sich Sorgen um ihre Zukunft.«

»Niemand scheint hier über sie reden zu wollen.«

»Ist doch ganz natürlich ... wo das mit ihr war. Vielleicht liegt sie auf dem Grund des Meeres bei den Fischen. Armes Mädchen, armes trauriges Mädchen!«

»Können Sie sie auf dem Meeresboden sehen?«

Sie sah mich mit schlauem Blick an. »Manchmal ja und manchmal irgendwo anders.«

»Aber wenn Sie wirklich Unsichtbares sehen können, wie Sie behaupten, müßten Sie doch sehen, ob sie tot ist oder nicht.«

»Viele behaupten, sie weinen zu hören, wenn der Wind heult.«

»Und sie ist wirklich ertrunken?«

»Das Boot kam ja wieder herein. Wo sollte sie da wohl sein?«

»Dann wissen Sie also auch nichts Genaues?«

»Das habe ich nicht gesagt. Ich sagte nur, daß manche ihren Geist zu hören meinen und das Boot ohne sie zurückkam.«

»Warum ist sie zu Ihnen gekommen?«

»Um ihr Schicksal zu erfahren.«

»Wie war sie eigentlich? Sah sie mir ähnlich?«

»Nein, sie hatte ganz blonde Haare, wie ihre Mutter. Von den Kellaways war gar nichts an ihr. Vielleicht wurde sie unglücklich geboren und wußte es.«

»Warum denn das?«

»Kannst du ein Geheimnis bewahren?« fragte sie.

»Ja«, sagte ich begierig. »Das kann ich versprechen.«

»Ihre Mutter kam zu mir, ehe sie geboren wurde. Sie wollte sie weghaben.«

»Warum denn?« fragte ich ganz erschrocken.

»Sie wird wohl ihre Gründe gehabt haben.«

»Wie war denn ihre Mutter?«

»Ach, Madame Effie gehörte auch nicht in diese Gegend. Ihr Vater holte sie sich immer von weiter her, jedenfalls auch Ihre Mutter. Und dann wunderte er sich, warum sie sich immer wegsehnten. Er kam geschäftlich viel herum. So wie jetzt Mr. Jago. Und dann kam sie zu mir und sagte: ›Tassie, ich bin schwanger, aber ich kann dieses Kind nicht austragen.‹ Ich sah sie an: ›Es ist schon zu spät. Zwei Monate früher wäre es noch gegangen. Jetzt traue ich mich nicht mehr, etwas zu tun.‹«

»Armes Kind! Also nicht einmal ihre Mutter wollte sie.«

»Es ist traurig, ein unerwünschtes Kind zu sein. Sie wußte es von dem Augenblick an, wo sie nur irgend etwas verstand.«

»Dann müßten Sie sich doch an mich als Baby erinnern.«

»O ja, sehr gut sogar. Aus Ihren Augen schien der Sonnenschein, wie Madame sagte.«

»Wurde es dann eine glücklichere Familie?«

»Es gibt Menschen, die können mit niemandem und nichts zufrieden sein. Und Ihr Vater war einer von diesen Menschen, mein Kind.«

»Was ist in den Tagen, bevor sie wegging, passiert?«

»Sie kam zweimal zu mir … in der Woche, ehe sie wegging.«

»Wirkte sie sehr unglücklich?«

»Bei ihr konnte man nie ganz sicher sein. Sie lachte und lachte, und man wußte nie, ob es Lachen oder Weinen war. Und dann sagte sie: ›Alles wird sich ändern. Ich bleibe nicht mehr lange hier, Tassie.‹ Dann sprach ich mit ihr, und sie wollte, daß ich ihr aus der Handfläche lese. Da fand ich aber wenig Angenehmes, das habe ich ihr jedoch nicht gesagt. Manchmal erzähle ich die bösen Vorahnungen nicht.« Sie starrte über meinen Kopf hinweg, als sähe sie dort irgend etwas. »Wenn es Dunkelheit gibt, sag' ich das nicht immer, sondern nur: Aufpassen! Denn ein dunkler Schatten der Gefahr hängt vielleicht über uns allen … mir … Ihnen … ja, auch Ihnen, Miß Ellen. Das meine ich.«

Ich schaute ungemütlich über meine Schulter und lachte dann über mich selbst. Da sagte sie: »Ja, das rate ich allen: Aufpassen ... immer aufpassen. Und über Miß Silva kann ich Ihnen sonst nichts sagen.«

Das war wohl das Zeichen, zu gehen. Wo ich doch gerade erst anfing, mehr über alles zu erfahren. Ich legte einige Münzen in die Schale auf dem Tisch und sah wieder ihre gierigen Augen mitzählen. Wie damals bei Jago.

»Kommen Sie wieder, meine Liebe«, sagte sie noch. »Immer wenn Sie glauben, daß Sie es brauchen.«

Ich dankte ihr für alles und ging hinaus in den Sonnenschein.

3

Zwei Tage später, als das Meer sich wieder beruhigt hatte, ruderte ich zum Festland hinüber. Diesmal wollte ich ins Gasthaus gehen auf ein Glas Wein und dann in die Geschäfte, denn Weihnachten war nicht mehr ferne, und da ich bestimmt länger noch auf der Insel bleiben würde, mußte ich ja für jeden etwas haben. Ich wollte nicht lange an Land bleiben, das nahm ich mir fest vor. Und in der Nähe der Küste konnte ich das Wetter auf dem Meer gut beobachten.

Nachdem ich das Boot festgemacht hatte, ging ich erst in die Geschäfte, fand ein paar Kleinigkeiten und blieb dann vor einem Fenster stehen, hinter dem ein Bild aufgestellt war, das mich interessierte. Eine Meereslandschaft an einem hellen Sommertag mit sehr viel blauem Meer und weiß überschäumten Wellen, die an einen goldgelben Sandstrand schlugen. Am meisten faszinierte mich jedoch eine Wolke weißer Möwen, die über dem Meer auf und ab schwebte. Der Kontrast zwischen den weißen Vögeln und dem blauen Meer war einmalig schön eingefangen. Das Bild möchte ich haben, dachte ich. Es erinnerte mich so sehr an die Vogelinsel drüben, und ich wußte, wo immer ich mich befinden würde, durch dieses Bild würde ich mich zurückversetzt fühlen.

Und dann fiel mir ein, daß dies das ideale Weihnachtsgeschenk für Jago wäre. Kaum hatte ich diesen Gedanken, da war meine Freude darüber, ihm das Bild zu schenken, schon größer als die Vorstellung, es für mich selbst zu behalten. Ich ging in den Laden und bat den Verkäufer, ob ich das Bild, das den Titel *Die Möwen* trug, näher anschauen dürfte. Er brachte es vom Schaufenster herein. Der Preis schien mir angemessen, und je genauer ich es betrachtete, um so mehr gefiel es mir. Ja, ich würde es kaufen, sagte ich.

Während dieser paar Minuten kam ein Mann aus dem Raum hinter dem Laden. Ich erkannte ihn sofort. Es war James Manton, der Künstler, der auf dem blauen Felsen wohnte und den ich mit Jago auf der Vogelinsel getroffen hatte. Seine Augen strahlten, einen Augenblick lang dachte ich, wegen meines Anblicks. Dann verstand ich. *Die Möwen* waren sein Werk, und er freute sich als Künstler, wenn sich jemand so dafür interessierte.

»Ach, Sie sind's, Miß Kellaway?«

»Ja, ich erinnere mich an Sie«, sagte ich.

»Sie kaufen also meine *Möwen?*« fragte er.

»Schon beim Vorbeigehen am Schaufenster hat mich das Bild ungemein fasziniert. Ich hatte den Eindruck, daß ich es unbedingt haben muß.«

»Was gefällt Ihnen denn so besonders dran?«

»Vor allem die Farben und die Vögel ... sie sind so lebendig. Man meint, daß die Bilder aus der Leinwand heraustreten müßten. Und das Meer ... so ruhig und schön. Ich glaube, ich habe es noch nie so schön gesehen, aber sicher werde ich es einmal so erleben.«

»Und ich freue mich, daß Ihnen mein Bild so gut gefällt«, sagte er. »Es ist schön, einen Käufer zu finden, der erkennt, was das Bild ausdrücken möchte. Nehmen Sie es gleich mit?«

»Ich wollte es eigentlich schon, natürlich könnte ich es mir aber auch schicken lassen.«

»Sind Sie allein herübergekommen?« fragte er.

»Ja, ich beobachte aber dauernd das Meer. Ich möchte nicht hier steckenbleiben.«

Er lachte. »Ich habe eine Idee. Wir gehen jetzt zum Gasthof und trinken eine Tasse Tee, während das Bild verpackt wird. Und dann trage ich Ihnen das Paket zum Boot – einverstanden?«

»Eine fabelhafte Idee.«

Und so kam es, daß ich mit James Manton im Gasthof von Mrs. Pengelly starken Tee trank und dazu Kekse mit Marmelade aß.

Er fragte mich, wie mir das Leben da drüben auf der Insel gefiele. Ich sagte, daß ich mir manchmal gar nicht wie auf einer Insel vorkäme.

»Sie sind auch auf einer größeren Insel als meine«, sagte er, »das macht eine ganze Menge aus.«

»Ich glaube, Sie kannten meinen Vater sehr gut«, sagte ich, denn ich wollte alles erfahren, und dies schien eine gute Gelegenheit zu sein.

Sein Gesicht verhärtete sich. »Ja, ich kannte ihn«, sagte er.

»Und Sie mochten ihn nicht sehr?«

»Ich möchte nicht über ihn sprechen, Miß Kellaway.«

»Aber ich möchte es, und keiner scheint dazu gewillt zu sein.«

»Sie können kaum erwarten, von jemandem, den er als seinen Feind betrachtete, das zu hören, was Sie hören möchten.«

»Er betrachtete Sie als seinen Feind? Da war er doch sicher im Unrecht.«

»Ihr Vater meinte, immer im Recht zu sein.«

»Seine erste Frau ist gestorben, und ...«

»Er war grausam zu ihr. Wäre er anders zu ihr gewesen ...«

»Wir wollen doch nicht annehmen, daß er sie getötet hat?«

»Es gibt mehr Möglichkeiten, einen Menschen zu töten, als ihm ein Messer ins Herz zu stoßen oder ihm Gift in die Suppe zu mischen. Man kann auch durch Grausamkeit töten. Ihr Leben war entsetzlich. Er war eifersüchtig und ekelhaft.«

Sein böser Tonfall erschreckte mich. Vorher war er mir so ruhig erschienen. Ein gutmütiger Mann, der nur für seine Kunst lebte. Nun schien sein Haß auf meinen Vater ihn mit Leben zu erfüllen, mit einer Vitalität, die er vorher nicht gezeigt hatte.

»Sie kannten sie also gut?« fuhr ich fort.

»Ja, ich kannte sie und Ihre Mutter. Ihre Mutter war eine Künstlerin. Sie hätte eine ausgezeichnete Malerin werden können, aber er verachtete die Malerei. Natürlich hatten sie und ich eine Menge gemeinsam.«

»Aha. Und sie war auch unglücklich mit ihm.«

»Deshalb verließ sie ihn ja mit Ihnen.«

»Machte ihm das viel aus?«

James Manton lachte ironisch. »Ihm etwas ausmachen? Wahrscheinlich war er froh darüber.«

»Und welche Gefühle hatte er gegen seine Töchter?«

»Arme Silva, er haßte sie. Sie hätte ganz anders werden können ... in einem glücklichen Elternhaus. Ich wollte nur ...« Er hob die Schultern. »Silva hatte nie eine richtige Chance. Und darum ist sie auch ...«

»Verschwunden«, ergänzte ich, als er seinen Satz nicht vollenden wollte. »Sie muß ein sehr trauriges Leben geführt haben. Anscheinend war sie ziemlich unberechenbar.«

»Wie sollte sie denn anders werden? Als ihre Mutter starb, war sie noch sehr klein. Und dann an einem solchen Ort aufzuwachsen ...«

»Ich erinnere mich an sie so wenig, ich war ja erst drei Jahre alt. Hatte er mich auch gehaßt?«

»Er hatte nie Zeit für Kinder.«

»Wissen Sie, was geschah, nachdem meine Mutter mit mir die Insel verließ?«

»Jedenfalls versuchte er nicht, Sie zu finden. Er vergab Ihrer Mutter nie, daß sie weglief, wie er auch Effie nie vergab ...« Er schüttelte seinen Kopf. »Ich sollte nicht so mit Ihnen über Ihren Vater sprechen.«

»Ich will ja nur die Wahrheit wissen. Wenn sie unangenehm ist, muß ich sie akzeptieren. Es ist mir lieber, daß ich alles weiß und es klar sehe, als daß man mir alles hübsch serviert.«

»Sie müssen mich entschuldigen«, sagte er. »Ich habe mich hinreißen lassen. Als er noch lebte, wollte er mich auf der Insel nicht sehen. Wir sprachen nicht miteinander. Hätte ich irgendwo nur einen Fuß an Land gesetzt, hätte er den Auftrag gegeben, mich ins Meer zu werfen.«

»Diese unglückliche Situation ist ja nun vorüber.«

»Ach, diese Familienfehden gehen ja oft über Generationen weiter. Sie existieren noch, wenn die Familien den ursprünglichen Streitpunkt überhaupt nicht mehr kennen. Ich würde die Kellaway-Insel nie betreten – nicht einmal daran denken. Bin ganz zufrieden auf meinem blauen Felsen.«

»Sie haben ihn ja auch ganz für sich selber.«

»Ja, und das ist auch gut so. Wenn ich da bin, male ich, und dann fahre ich nach London, wo ich ausstellen und verkaufen muß. Auf dem Festland stelle ich meine Bilder manchmal in Schaufenstern von hiesigen Geschäften aus und hoffe dann, daß kunstverständige, gutaussehende junge Damen wie Sie vorbeigehen und sie kaufen.«

»Ich bin so froh, daß ich *Die Möwen* sah und daß das Bild von Ihnen stammt. Hoffentlich hat meine Freude an Ihrem Werk ein wenig dazu beigetragen, daß der Streit ein wenig gelindert wird.«

Er lächelte. »Unvorstellbar«, sagte er. »Daß Sie seine Tochter sein sollen!«

Ein interessanter Nachmittag! Ich ruderte dann allein zurück und trug das Bild gleich in mein Zimmer hinauf. Packte es aus und betrachtete es noch mal genau. Dann steckte ich es in den Schrank, denn ich wollte es doch Jago geben, und das mußte bis Weihnachten geheim bleiben.

4

Es war ein goldener Oktober, und die Leute sprachen von einem herrlichen Altweibersommer. Warme, günstige Tage hatten wir, es gab keinen einzigen Sturm. Jago meinte aber, daß wir den Stürmen kaum entkommen könnten, wahrscheinlich kämen sie erst im November.

Jeden Tag fuhr ich mit der *Ellen* hinaus, meist um die Insel herum. Ich gewöhnte mich langsam an die Landschaft. Jago erzählte mir von den Sorgen der verschiedenen Leute, ich lernte immer mehr von ihnen persönlich kennen. Sie akzeptierten mich, und es bereitete mir große Freude zu spüren, daß sie mich mochten. Noch mehr freute es mich, von ihnen zu hören, wie sehr sie Jago schätzten.

»Streng ist er schon«, sagte eine alte Frau. »Aber gerecht. Man muß sein Häuschen und den Garten schön in Ordnung halten, aber dafür kümmert er sich auch um die Dachreparatur, wenn es nötig ist.«

Es war ein wunderschöner Nachmittag; die Sonne lag hinter einem leichten Schleier und verzauberte die Landschaft. Meine Gedanken waren bei den Bewohnern der Insel, nicht so sehr bei denen, die jetzt darauf lebten, sondern bei den vagen Gestalten der Vergangenheit, die nicht viel hinterlassen hatten und deren Existenz so schwer zu ergründen war.

Warum war ich so sehr am Leben der Menschen interessiert, die es nicht mehr gab?

»Eitle Neugier«, hätte Philip gesagt. »Du willst eben immer alles wissen«, hörte ich Esmeralda, »vor allem über Menschen.«

Doch, das stimmte schon. Aber das war es nicht allein, ich hatte irgendwie das Gefühl, daß mein Leben mit dem jener Leute verwoben und daß es für mich wichtig war, zu erfahren, was sie erlebt hatten.

Jago war ständig in meinen Gedanken, doch meine Gefühle veränderten sich so oft, daß allein dadurch alles interessant blieb. Oft betrachtete ich noch die Skizzen meiner Mutter, von denen ich mich nicht mehr trennte. Auch ihr war seine geteilte Persönlichkeit bewußt geworden. Das gleiche hatte sie dann auch bei Silva empfunden. Vielleicht wollte sie damit ausdrücken, daß in jedem Charakter zwei, wenn nicht mehr Seiten zu finden waren. Mein Vater zum Beispiel. Offenbar konnte man sehr schwer mit ihm zusammen leben, und doch hatten sich sowohl meine Mutter als auch Effie in ihn verliebt, sonst hätten sie ihn ja nicht geheiratet.

Ich ließ mich einfach treiben. Wie schön war es mit dieser schwachen Brise auf dem Gesicht und dem herrlichen Sonnenschein. Die Wolken zogen langsam vorüber, der Wind verformte sie zu merkwürdigen Gestalten. Jetzt sah ich ein Gesicht – ein Nußknackergesicht – und dachte sofort an Tassie. Dunkle Schatten liegen über uns allen, hatte sie gesagt. »Aufpassen!« War es eine versteckte Warnung vor einer Gefahr, vor jemand Bestimmtem, oder nur das übliche Geschwätz einer Wahrsagerin? Damals, als Jago dabei war, hatte sie nur von Glück gesprochen – wenn ich nur den richtigen Weg einschlüge. Bezog sich das nicht auf jedermann? Hatte nicht jeder eine richtige Richtung im Leben? Die einen zu Großartigem führen konnte … oder zum Glück, was immer man bevorzugt?

Ein wenig Wahrheit mußte wohl darin liegen.

Fast eineinhalb Kilometer war ich schon von der Insel entfernt. Es war wohl besser, zurückzukehren. Schon beim ersten Ruderschlag schrak ich auf. Der Boden des Bootes! Wasser kam herein.

Ich beugte mich vor und griff mit der Hand danach. Noch war die Pfütze flach. Offenbar hatte sich das Loch eben erst gebildet. Ich befühlte den Boden, hatte etwas Klebriges an den Fingern – es sah aus wie Zucker. Während dieser Untersuchung kam das Wasser bereits stärker herein. Bald war der ganze Boden bedeckt. Ich ruderte, so schnell ich konnte, auf die Insel zu.

Die *Ellen* hatte ein Leck! Darüber gab es keinen Zweifel mehr. Wie weit entfernt die Insel jetzt schien. Sicher versank das Boot bald. Und ich war keine gute Schwimmerin.

Es passierte noch schneller, als ich dachte. Auf einmal kippte die *Ellen* um, und ich lag im Wasser.

Ich suchte Halt am Boot. Zum Glück konnte ich mich am Kiel anhalten, als sie ganz umkippte. Das Boot schwamm auf dem Wasser, und ich hielt mich mit aller Kraft daran fest. Aber das würde nicht lange so bleiben. Dessen war ich mir sicher. Konnte ich zum Ufer schwimmen? Ich fühlte schon, wie meine Kleider ganz schwer wurden vom Wasser. Sie zogen mich nach unten. Bisher war ich wenig geschwommen. Esmeralda und ich badeten immer im Meer in Brighton, wohin wir mit der Gouvernante in den Ferien fuhren. Wir schwammen aber nur in den kleinen Badekäfigen, die vom Ufer ins Wasser geschoben wurden. Da schwammen wir nur ein paar Stöße weit und hielten uns gleich wieder am Seil fest. Wie sollte ich da allein zur Insel gelangen, noch dazu mit meinen schweren Kleidern? Mein Halt am Boot wurde immer schwächer. Ich rief um Hilfe. Meine Stimme war nur ganz schwach. Möwen schrillten über mir, drehten ihre Kreise, schienen mich zu verspotten.

»O Gott«, betete ich, »laß jemanden mich sehen.« Und plötzlich sah ich im Geist Silva vor mir. In einem anderen Boot. Sie wurde nie gefunden, nur das Boot trieb an Land.

Diese trügerische See. Wie kraftvoll schien sie mir jetzt sogar in ihrer gemäßigten Laune.

Ob ich es doch mit dem Schwimmen versuchen sollte? Ich fühlte, wie meine nassen Kleider sich um meine Beine wickelten, wußte, daß schon der Versuch zum Scheitern verurteilt war, aber mein Halt am Boot wurde von Sekunde zu Sekunde schwächer.

Die Hände wurden mir steif. Lange konnte ich mich nicht mehr festhalten. Ob dies das Ende war? Merkwürdig, daß es so weit hatte kommen müssen. Nein, nein, bestimmt kam jemand. Jago würde kommen. Jago mußte es sein. Wenn ich ihn doch nur beschwören könnte, gerade jetzt einen Spaziergang über die Klippen zu machen.

»Jago!« schrie ich. »Jago!«

Ich rutsche ab, dachte ich. Kann mich nicht mehr festhalten. Wie ist es wohl, wenn man ertrinkt? Jedenfalls würde ich versuchen, zu schwimmen. Wer weiß, vielleicht kam ich doch durch. Es hieß ja, daß einem die Gefahr übermenschliche Kräfte verleiht. Einfach so sterben wollte ich nicht. Ich würde um mein Leben kämpfen.

Und dann hörte ich einen Schrei. Es war, als wäre mein Gebet unmittelbar erhört worden. Ich wagte nicht, zum Ufer zu blicken, damit ich nicht den Halt am Boot verlor.

Der Schrei drang bis zu mir übers Wasser. »Festhalten, Miß Ellen. Bin schon unterwegs.«

Der Junge!

Er war schon ganz nahe. Ich wußte, daß er wie ein Fisch schwimmen konnte. Hatte ihn sich drehen und wenden gesehen im Wasser, in dem er zu Hause war wie an Land.

»Ist schon gut, Miß Ellen, bin gleich da …«

Wie klein er doch war, wie zart. Hatte einen Kinderkörper. Aber er war ja auch kaum mehr als ein Kind.

»So. Da bin ich.« Wie beruhigend und angenehm seine Stimme klang, als wäre ich ein verwundetes Vögelchen.

»So, so, jetzt bring' ich Sie zum Ufer.«

Ich hielt mich immer noch am Boot fest. »Ich … ich … schwimme sehr schlecht.«

»Macht nichts. Ich bin ja da.«

Und dann ließ ich los, tauchte einen Augenblick unter, kam wieder hoch und fühlte die Hand des Jungen unter meinem Kinn. Er hielt mein Gesicht über Wasser. Das Boot hatte sich von uns entfernt. Das Ufer schien entsetzlich weit.

Wie kann der zarte Junge mich sicher an Land bringen? dachte ich. Und dann hörte ich Jagos Stimme.

»Ich komme.« Jetzt wußte ich, daß alles wieder gut war.

Ich erinnere mich noch schwach daran, wie man mich an Land brachte. Fühlte Jagos starke Arme um mich, als er mich zur Burg hinauftrug. Ich weiß noch, daß man mich ins Bett legte und mir einen Heiltrank brachte. Ich wurde in Decken eingewickelt und mit Wärmflaschen umgeben. Zwei Tage mußte ich im Bett bleiben. Der Schock war größer, als ich im Augenblick wohl ermessen konnte. Beinahe wäre ich ertrunken.

5

Während ich im Bett lag, mußte ich immer wieder an den entsetzlichen Augenblick denken, als ich bemerkt hatte, daß das Boot leckte. Ich wußte, daß es mein Ende hätte sein können, wäre der Junge nicht dagewesen und später Jago. Ob der Junge mich wohl allein an Land hätte schaffen können? Wie gut, daß Jago gekommen war. Als ich seine Stimme vernahm, hatte meine Angst aufgehört.

Er kam auch jetzt an mein Bett, setzte sich neben mich.

»Was war denn los?« wollte er wissen. »Kannst du schon darüber reden?«

»Aber sicher. Alles schien in Ordnung zu sein, bis ich plötzlich merkte, daß das Boot leckte.«

»Das hätte nie passieren dürfen. Du mußt beim Landen irgendwo angestoßen sein. Jedes Boot muß sorgfältig überprüft werden, ehe man damit hinausfährt.«

»Zuerst war alles in Ordnung. Die ersten Minuten ließ ich mich vom Ufer wegtreiben. Als ich die Ruder nahm, fing es an.«

»So etwas ist ja schon öfter passiert. Gott sei Dank bin ich gerade vorbeigekommen.«

»Und der Junge.«

»Ja, er ist ein lieber Kerl, aber wahrscheinlich doch zu schwach. Er hätte dich bestimmt nicht bis ans Land schaffen können.«

»Ich spürte schon, wie mich meine nassen Kleider nach unten zogen.«

»Ja, das war das Gefährlichste. Liebste Ellen, wenn dir irgend etwas passiert wäre ...« Sein Gesicht schien echte Gefühle widerzuspiegeln. »Jedenfalls war es uns eine Lehre. Wir müssen jetzt noch viel mehr aufpassen.«

»Meinst du vielleicht, daß ich nicht mehr alleine rudern soll?«

»Wäre gar keine schlechte Idee. Im Augenblick meine ich allerdings, du solltest vor allem im Bett bleiben. So ein Unfall kann sich stärker auswirken, als du denkst.«

»Ich habe dir noch gar nicht genügend für meine Rettung gedankt.«

Er erhob sich und beugte sich über mich. »Ich brauche nur den Dank, dich in Sicherheit zu wissen. Vergiß nicht, daß ich dein Vormund bin.«

»Danke, Jago.«

Er beugte sich ganz zu mir herunter und küßte mich.

Ich war froh, daß er danach hinausging, denn ich konnte meine Gefühle nur schwer verbergen. Jetzt war ich einfach schwach von der ganzen Aufregung, das würde bestimmt wieder vergehen. Auch Gwennol besuchte mich.

»Was für eine unangenehme Sache. Und wo du doch nicht gut schwimmst.«

»Woher weißt du das?«

»Das hast du mir selbst erzählt. Meine Mutter hat mir schon als Kind Schwimmunterricht geben lassen; sie meint, wenn man auf einer Insel lebt, ist das nötig.«

»Ich habe Glück gehabt.«

»Vielleicht bist du ein geborenes Glückskind.«

»Das denke ich manchmal auch.«

»Jedenfalls wirst du in Zukunft wohl besser aufpassen.«

»Es war mir gar nicht bewußt, daß ich mich sorglos verhalten hatte. Wer hätte denn auch gedacht, daß ein Boot wie die *Ellen* ein Leck haben könnte.«

»Das kann bei jedem Boot passieren. Es ist übrigens noch nicht an Land gekommen. Vermutlich treibt es aufs Meer hinaus. Kommt vielleicht nie zurück. Bei einem Sturm würde es bestimmt zerschellen. Vielleicht taucht eines Tages ein Stück Holz mit dem Wort *Ellen* auf.«

»Und die Leute werden sich fragen, wer diese Ellen war.«

»Sie werden es als Bootsteil erkennen und daher wissen, daß es ein Bootsname war.«

»Immerhin machen sie sich vielleicht Gedanken, nach welcher Ellen dieses Boot benannt war.« Es war eine Spannung zwischen uns, die wir beide nicht wahrhaben wollten. Ich spürte, daß sie mich am liebsten gefragt hätte, ob ich Michael in letzter Zeit gesehen hätte. Sicher wollte sie gerne wissen, was an jenem Tag geschehen war, den ich in seiner Gesellschaft auf dem Festland verbracht hatte. Denn Jenifry hatte uns bestimmt zusammen ankommen gesehen und ihre Tochter davon unterrichtet. Aber Gwennol brachte es nicht über sich, mich danach zu fragen. Diese Kluft zwischen uns machte unser Gespräch peinlich, und sie blieb auch nicht lange.

Dann kam Jenifry mit ganz besorgtem Gesicht.

»Wie fühlst du dich jetzt?« wollte sie wissen. »Du meine Güte, hast du uns aber einen Schrecken eingejagt! Ich wollte meinen Augen nicht trauen, als Jago dich hereinbrachte. Im ersten Moment dachte ich, du seist tot.«

»Ich habe eine sehr gesunde Natur«, sagte ich, »mich bringt so leicht nichts um.«

»Wie beruhigend«, erwiderte sie. »Ich habe dir übrigens einen Heilsaft gebracht. Eine Mischung aus Kräuterextrakten und allerlei anderen Dingen, die bei Schock gut wirken sollen. Meine alte Kinderfrau gab mir das immer, wenn sie meinte, ich hätte es nötig.«

»Wie lieb von dir, mir das zu bringen.«

»Komm, trink, du wirst dich wundern, wie gut du dich bald danach fühlst.« Ich nahm das Glas, und dann sah ich ihre Augen auf mich geheftet und hatte wieder das unangenehme Gefühl wie damals, als ich ihr Gesicht im Spiegel beobachtete.

»Ich könnte jetzt nichts herunterbringen«, sagte ich. »Mir ist übel.«

»Davon wird dir aber besser.«

»Später«, sagte ich und stellte das Glas auf dem Nachttischchen ab.

Sie seufzte. »Du fühlst dich danach bestimmt besser!«

»Ich bin so müde«, sagte ich mit halb geschlossenen Augen. Durch die Wimpern konnte ich sie aber noch beobachten. Ein paar Sekunden lang sah sie mich schweigend an.

»Dann will ich dich jetzt alleine lassen«, sagte sie. »Vergiß aber nicht, den Saft zu trinken.«

Ich nickte verschlafen, und sie ging leise hinaus. Ich horchte ihren Schritten nach.

Irgend etwas Hinterhältiges meinte ich an ihr zu bemerken. Etwas, das mir vom ersten Tag an unangenehm war. Ich hörte, wie sie den Korridor entlangging, und hob dann das Glas und roch daran. Der Kräutergeruch war nicht unangenehm. Ich hob das Glas an die Lippen und dachte dann plötzlich an Tassie; ich hörte sie sagen: »Aufpassen!«

Wieso dachte ich gerade jetzt daran? Die Gedanken verwirrten mir den Kopf, ich war zu müde, sie zu entwirren. Du bist dem Tod ganz nahe gewesen, sagte ich mir. Dadurch ist deine Fantasie überreizt, und du bist allzu mißtrauisch.

Ja, mißtrauisch war ich. Ich stieg aus dem Bett und ging mit dem Glas zum Fenster, öffnete es und schüttete die Mixtur hinaus. Dann sah ich zu, wie sie die Burgmauern hinuntertröpfelte, kletterte schließlich ins Bett zurück und dachte nach.

1

Am nächsten Tag fühlte ich mich schon ganz wohl, und die merkwürdigen Ideen, die mich am Abend zuvor bedrängt hatten, verschwanden langsam. Zuallererst wollte ich zum Taubenschlag hinuntergehen und mich bei dem Jungen bedanken.

Er schien mich erwartet zu haben.

»Danke, daß du mir zu Hilfe gekommen bist.«

»Ich hätte Sie schon ganz alleine hereingebracht«, sagte er.

»Bestimmt, aber zufällig war ja Mr. Jago auch da.«

»Groß bin ich sicher nicht, aber ich habe ja meine besondere Kraft. Ich hätte Sie retten können, Miß Ellen, so wie ich kleine Vögel rette.«

»Ja, ich danke dir nochmals. Ich weiß, daß du es gekonnt hättest.«

»Ich mache mir so meine Gedanken darüber, was da passiert ist.«

»Boote haben eben manchmal ein Leck, nehme ich an.« Er schüttelte den Kopf.

»Was genau haben Sie gesehen?«

»Gesehen? Ja, daß plötzlich Wasser hereinkam. Und dann kam es mir so vor, als wäre da etwas Klebriges an diesem Loch. Wie Zucker… und danach konnte ich an gar nichts mehr denken, außer wie ich an Land kommen würde.«

»Klebrig? Wie Zucker?« Er runzelte die Stirn. »Wie hätte Zucker auf den Boden der *Ellen* kommen sollen?«

»Wahrscheinlich habe ich mich geirrt. Ich habe mir das wohl vor lauter Angst nur eingebildet.«

»Eher kleine Algen, nehme ich an.«

»Ja, anzunehmen. Aber jetzt bin ich ja in Sicherheit, und du kannst dir nicht vorstellen, wie froh ich war, als ich deine Stimme hörte.«

»Auch das war meine Kraft. Ich hatte so ein Gefühl. Geh zum Ufer runter, hörte ich eine Stimme sagen. Du wirst dort gebraucht. Manchmal ist es so, wenn mich ein Vögelchen oder ein anderes Tier braucht.«

»Dann muß ich wohl deiner Kraft genauso danken wie dir.«

»Ja, ganz recht, die dürfen Sie nie vergessen. Sie sagten, es wäre Zucker gewesen?«

»So sah es für mich aus. Ein paar Körnchen großen Zuckers.«

»Komische Sache. Aber machen Sie sich keine Gedanken darüber, ich kümmere mich schon um Sie. Wenn Sie mich brauchen, werde ich immer dasein.«

Sein sonst so blasser Blick war plötzlich feurig, fast fanatisch. Die Bedienten klopften sich meist an die Stirn, wenn sie von ihm sprachen. Ich hatte sie oft flüstern hören: »Nicht ganz da.« Doch es war etwas da, dessen war ich sicher. Der liebe Junge. Wie gut, daß ich ihn zum Freund hatte.

Der Vorfall mit dem Boot hatte mich dem Jungen nähergebracht. Nach dieser Geschichte hatte ich verständlicherweise keine Lust mehr, hinauszurudern, jedenfalls nicht alleine. Jago hätte mich gar nicht davor warnen müssen. Ich blieb auf der Insel und besuchte oft den Jungen, wenn er seine Tauben fütterte.

Er gab mir dann eine Schale mit Maiskörnern, und wir standen nebeneinander inmitten der umherflatternden Vögel.

Einmal sagte er dabei: »Haben Sie Zucker gesagt, Miß Ellen?«

Einen Augenblick lang überlegte ich, was er denn damit meinte, dann antwortete ich: »Ach so, als das Boot zu sinken begann. Viel Zeit zum Überlegen hatte ich ja nicht. Jedenfalls meinte ich, ein paar Körnchen davon im trockenen Teil des Bootes zu sehen. Und als das Wasser auch dorthin kam, schienen einige Zuckerkörner darin zu schwimmen. Ich war viel zu aufgeregt, um lange darüber nachdenken zu können. Es kam mir nur so in den Sinn, du verstehst schon. Ein entsetzlicher Augenblick.«

Er runzelte die Stirn. »Sehr grober Zucker löst sich in kaltem Wasser nicht so schnell auf. Salz löst sich viel schneller.«

»Aber wie käme Zucker da hinein? Das ist doch gar nicht möglich.«

»Von alleine kommt er nicht hinein. Es muß ihn jemand reingetan haben.«

»Was willst du damit sagen?«

»Wo ist überhaupt das Boot? Wenn wir's hätten und es nicht zerbrochen wäre ...«

»Du würdest den Zucker jetzt auch nicht mehr finden.«
»Nein, aber das Loch, das könnten wir untersuchen.«
»Daß ein Loch dagewesen sein muß, wissen wir ja.«
»Aber wie es reinkam! Das würd' ich gern wissen.«
»Junge, was reimst du dir da eigentlich zusammen?«
»Na, wenn das Loch von jemandem absichtlich gemacht worden wäre und der hätt' es mit Zucker gefüllt – beim Wegfahren hätten Sie das nicht gleich bemerkt. Der Zucker löst sich ja nicht so schnell. Und wenn er sich löst, ist das Loch da, das der Zucker verstopft hat. Und dann kann das Wasser hinein, wo es noch nicht reinkonnte, als Sie losgefahren sind.«
»Willst du damit sagen, daß jemand ...«
»Ich weiß selbst nicht genau, was ich glauben soll. Aber manchmal passieren schreckliche Dinge, das weiß ich. Und das sollte man nicht vergessen. Wir dürfen nicht einfach darüber lachen ...« Er brach ab und klopfte sich an die Stirn, als wolle er sagen, ich dächte vielleicht auch wie die anderen, daß er nicht ganz da sei.
Seine Vermutung war einfach absurd. Glaubte er wirklich, daß sich jemand am Boot zu schaffen gemacht hatte? *Meinem* Boot, das niemand außer mir nahm? Jemand, der wußte, daß ich früher oder später auf dem Meer sein würde damit? Wahrscheinlich allein!
Nein, das war zu weit hergeholt. Wer würde denn so etwas tun? Sicher, Gwennol war eifersüchtig, weil Michael Hydrock so nett zu mir war. Jenifry war reserviert wegen ihrer Tochter. Ihr gegenüber hatte ich überhaupt seit der ersten Nacht ein ungutes Gefühl. Ich hatte mich selbst schon deswegen ausgelacht. Nur weil ihr Spiegelbild in dem alten Glas einen Augenblick lang so bösartig aussah, hatte ich angefangen, ihr alle möglichen bösen Motive zu unterstellen. Und da kam dann natürlich noch diese Freundschaft mit Michael Hydrock hinzu. Trotzdem, nein. Der Grund war zu schwach. Schließlich hatte mich Michael Hydrock ja nicht um meine Hand gebeten. Dann hätte ich diese krankhafte Eifersucht verstehen können. Aber so war es ja nicht. Ich mochte ihn, und er mochte mich offensichtlich auch. Er war nichts als ein höflicher, freundlicher Herr, der mir geholfen hatte und sich sehr gastfreundlich zeigte. Gwennol hatte wirklich keinen Grund, auf mich eifersüchtig zu sein.
Und doch hatte sich die Beziehung zwischen uns verändert, seit

sie wußte, daß ich ihn schon von früher kannte. Dabei hatte sie sicherlich den besten Willen gehabt, sehr freundlich zu mir zu sein. Jetzt paßte sie immer nur auf und versuchte, mir Eingeständnisse abzulocken. Jedesmal, wenn ich ausging, überlegte sie vermutlich, ob ich mich mit Michael Hydrock traf. Und Jenifry hatte sich zweifellos Michael als Schwiegersohn in den Kopf gesetzt, und er war ja auch weit und breit die beste Partie. Ein Mann, den sich jede Mutter für ihre Tochter wünschen würde.

Die Sache mit dem Zucker war wohl bloß ein Hirngespinst, und es tat mir schon leid, dem Jungen etwas davon gesagt zu haben.

»Sie müssen aufpassen, Miß Ellen«, hatte er mich ganz ernsthaft ermahnt.

»Ich werde es auch tun. Bevor ich wieder hinausrudere, werde ich das Boot jedesmal genau untersuchen.«

»Nächstes Mal ist es vielleicht kein Boot.«

»Nächstes Mal?«

»Ich weiß selbst nicht, woher mir diese Wörter in den Mund kommen. Ich möchte mich um Sie kümmern wie um Miß Silva.«

»Wie hast du dich denn um sie gekümmert?«

Er lächelte langsam.

»Sie kam öfter zu mir. Sie hatte immer so Anfälle. Nicht daß sie sich auf den Boden warf und sich selbst weh tat. Nicht diese Art, nein, Anfälle von Traurigkeit und Wahnsinn, da wollte sie immer Sachen machen, die ihr selbst weh taten. Dann kam sie zu mir und sprach mit mir, und meine Kraft sagte mir, wie ich sie trösten könnte.«

»Du mußt mehr über sie gewußt haben als all die anderen.«

»Ich glaube schon.«

»Und in der Nacht, als sie wegfuhr, da war es doch stürmisch. Und trotzdem nahm sie ein Boot und wollte übersetzen?«

Wieder der abweisende Blick. »Darüber haben wir uns alle gewundert«, bestätigte er.

»Hast du gewußt, daß sie weg wollte?«

Er zögerte und sagte dann: »Ja, das habe ich gewußt.«

»Warum hast du nicht versucht, sie davon abzuhalten? Du mußt doch gewußt haben, daß sie das Land kaum sicher erreichen würde.«

»Es hätte nichts genützt, zu versuchen, sie davon abzuhalten. Sie war wie ein wildes Pony. Hat auf nichts gehört.«

»Irgend etwas muß doch passiert sein, daß sie auf einmal weg wollte.«

»Ja, das stimmt.«

»Und was war los? Du mußt es doch wissen.«

Er schwieg eine Weile.

Ich fuhr fort: »Sie war doch meine Schwester, vergiß das bitte nicht. Wir hatten denselben Vater, nur verschiedene Mütter. Wir hätten zusammen aufwachsen sollen.«

»Sie war nicht wie Sie, Miß Ellen. So verschieden wie Sie beide kann man sich gar nicht noch zwei Damen vorstellen.«

»Ich wäre sicher nicht in einer stürmischen Nacht weggefahren.«

»Sie kam vorher zu mir, hat die Tauben gefüttert, wie wir heute hier. Sie sind rumgeflattert um uns, haben so schön gegurrt. Und sie hat zu mir gesagt: ›Junge, ich gehe weg von hier. An einen Ort, wo ich so glücklich sein werde, wie ich es hier nie sein kann.‹«

»Meinst du, sie war so unglücklich, daß sie absichtlich da rausfuhr?«

Er schien zu überlegen. »Sie gab mir was. Hat dazu gesagt: ›Behalt das, Junge. Vielleicht nützt es dir mal. Oder ich hol' mir's eines Tages, wenn nicht alles nach meinem Plan geht.‹«

»Was hat sie dir denn gegeben?«

»Ich zeig's Ihnen.« Er nahm mich mit in sein Hüttchen. Im Schrank stand ein Kästchen. Er holte einen Schlüssel aus der Tasche und öffnete es. Darin waren zwei Hefte – von der gleichen Sorte wie die in meinem Schrank.

Erregung packte mich. War in diesen Heftchen vielleicht der Schlüssel zu Silvas Verschwinden zu finden? Ich hielt dem Jungen die Hand entgegen, aber er sah mich nur verwirrt an.

»Ich soll sie aufheben«, sagte er.

»Und niemandem zeigen?«

»Das hat sie nicht gesagt.«

»Hast du sie denn gelesen?«

Er schüttelte den Kopf. »Das wäre zu anstrengend für mich. Ich kann nur kleine Sätze lesen. Sie hatte Angst ... Angst vor jemandem im Schloß. Wahrscheinlich steht's hier drin.«

»Bitte, laß sie mich lesen«, flehte ich ihn an.

»Das habe ich mir auch schon überlegt«, sagte er. »Ich hab' mir gesagt: Zeig sie Miß Ellen. Immer wieder. Und als Sie das mit dem Zucker sagten, war es, als würde Silva zu mir sprechen. ›Laß sie's lesen. Vielleicht helfen sie ihr!‹« Er legte mir beide Hefte in die Hände.

»Ich gehe gleich in mein Zimmer hinauf und lese sie«, sagte ich. »Danke dir.«

»Hoffentlich war es richtig so«, sagte er unsicher.

»Ich werde nie vergessen, was mir ohne dich passiert wäre«, sagte ich nochmals.

»Aber er war ja auch dort. Ganz zufällig. Und ich bin sehr froh, daß ich da war.« Was er damit meinte, fiel mir im Augenblick gar nicht auf, erst viel später. Ich war so aufgeregt wegen der Hefte, daß ich keine Zeit verlor und sofort in mein Zimmer hinauflief, um sie zu lesen.

2

Es war die gleiche krakelige Handschrift, allerdings schien sie etwas gereifter als im ersten Heft.

»Ich habe das Heft gefunden, in das ich vor Jahren einmal schrieb. Mußte darüber lachen und weinen zugleich. Alles stand mir wieder so lebhaft vor Augen. Sicher wäre es interessant gewesen, wenn ich mehr aufgeschrieben hätte. Einen ganzen Stapel Berichte über mein elendes, eintöniges Leben. Das waren eigentlich noch schöne Zeiten, als meine Stiefmutter mit dem Baby hier war. Als sie ging, war ich plötzlich ganz allein. Erst dachte ich, mein Vater würde mich nun mehr mögen, weil jetzt keine Konkurrenz mehr da war. Wie sehr ich mich irrte! Sicher, ich war ein schwieriges Kind. Die Gouvernanten kamen und gingen. Alle sagten dasselbe. Sie verzweifelten an mir. Ich erinnere mich noch gut daran, daß mein Vater einmal nach mir schicken ließ.

Es war kurz nachdem meine Stiefmutter mich verlassen hatte. Ich muß etwa vierzehn gewesen sein. Wie aufgeregt ich war, als man mir seinen Auftrag überbrachte. Ich stellte mir vor, er würde mir jetzt sagen, daß er mich doch gerne habe und wir Freunde sein wollten.

Was für Bilder einem die Fantasie doch vorgaukeln kann, ohne daß es dafür irgendeinen Grund gibt. Ich sah mich in seinem Arbeitszimmer stehen, an Winterabenden zu seinen Füßen auf einem Schemelchen am Kamin sitzen und mit ihm reden. Hörte die Dienerschaft flüstern: ›Niemand kann ihn so trösten wie Miß Silva!‹ Gleich wenn er reinkommt, schreit er schon: ›Wo ist Miß Silva?‹

Was für ein dummes kleines Ding ich doch war. Als ob die Abwesenheit meiner Stiefmutter einen Menschen wie ihn besänftigen könnte. In Wirklichkeit spürte ich, als ich vor ihm stand, wie all meine Hoffnungen von seinem tödlichen Blick verzehrt wurden. Mein schönstes Kleid – erdbeerfarben mit dazu passender Schärpe, das, wie ich meinte, mir so gut stand – schien ganz verknittert an mir herunterzuhängen. Ich sah mich durch seine Augen. Und er verkündete nur, daß auch die letzte Gouvernante gekündigt habe und er keine Lust mehr habe, noch eine weitere anzustellen. Wenn ich dumm bleiben wolle, was ich offensichtlich vorhabe, sei ihm das egal. Ich sei faul, dumm und nutzlos, er wasche seine Hände in Unschuld. Er wundere sich nur, wieso er sich bisher überhaupt so um mich gekümmert habe, aber da niemand wissen sollte, daß er eine kleine Wilde in seinem Haushalt habe, hatte er sich nach langer Überlegung nochmals dazu entschlossen, eine Gouvernante zu beschäftigen. Kamen von ihr auch Klagen, so war es unwiderruflich die letzte, so drohte er. Ich kehrte völlig zerschlagen zurück, redete mir aber ein: Schließlich hat er nach mir schicken lassen und mit mir gesprochen. Ich konnte mich gar nicht erinnern, wann das zuletzt der Fall gewesen war. Und dann fiel mir noch etwas ein. Wenn ich ordentlich lernte und versuchte, die Tochter zu sein, auf die er stolz sein könnte, würde er mich mit der Zeit vielleicht liebgewinnen. Das war mir ein Trost, und meine Fantasie half mir. Ich sah gleich alle möglichen herrlichen Szenen vor mir aufsteigen. Wie wir zusammen auf Geschäftsreise gingen. ›Meine Tochter? Sie ist meine rechte Hand.‹ – ›Meine Tochter Silva. Ja, sie wird langsam sehr hübsch.‹ – ›Heiraten? Ich hoffe, noch nicht so bald. Ich möchte sie nämlich nicht verlieren. Wenn sie einmal heiratet, bestehe ich darauf, daß ihr Mann zu uns in die Burg zieht.‹

Wie dumm man doch sein kann. Denn ich wußte im Grunde meines Herzens, daß es nie so kommen würde.

Aber die Tage, da ich zwischen lächerlichen Höhenflügen und tiefster Depression hin- und herschwankte, da ich jedermann haßte, vor allem aber mich selbst – sie sind längst vorbei. Reine Zeitverschwendung, noch darüber zu schreiben. Heute ist vieles ganz anders, und so, wie ich es jetzt sehe, würde ich die Dinge vielleicht ganz falsch wiedergeben, als sie damals wirklich passierten.«

Dann kam eine leere Seite. Sie hatte wohl für eine Weile die Schreiberei aufgegeben. Das kleine Mädchen hatte, als sie einmal ins Zimmer eingesperrt war, in die Schrankwand eingeritzt: Ich bin eine Gefangene! Und auch später noch war sie eine Gefangene gewesen. Gefangen in ihrem eigenen Wesen. Aber die Menschen um sie herum waren mit schuld daran, daß sie so geworden war.

Dann ging der Bericht weiter.

»Nirgends kann ich hingehen, ohne daß ich mir seiner Gegenwart bewußt bin. Seit Vaters Schlaganfall hat er alles übernommen. Er war schon immer hier und den meisten Leuten mehr gegenwärtig als mein Vater. Er braucht den Leuten nur etwas aufzutragen, und sie gehorchen ihm. Mein Vater ist anders als er. Er wird zornig und bösartig. Hat nie irgend jemandem vergeben, der ihn irgendwann mal beleidigt hat. Jago ist anders. Ich glaube, ihn würde niemand zu beleidigen wagen. Also weiß man gar nicht, wie lange er einem etwas nachtragen würde.

Gestern schnitt ich gerade ein paar Rosen im Garten, als Jago zurückkam. Ich wandte mich plötzlich um und sah ihn neben mir stehen. Er betrachtete mich ganz ruhig, und das machte mich nervös. Er sagte dann: ›Meine Schwester Jenifry kommt mit ihrer kleinen Tochter hierher. Da wirst du Gesellschaft haben.‹

›Werden sie hier leben?‹ fragte ich.

›Ja, es wird ihr neues Heim werden. Es wird dir bestimmt Freude machen.‹

Jago hat eine Art, einem zu sagen, wann man sich freuen würde, als ob er einem verbieten wolle, es nicht zu tun.

›Was sagt mein Vater dazu?‹ fragte ich, denn ich wollte immer noch wissen, was er sagte und tat. Ich sah ihn immer nur, wenn er am Fenster stand und ich im Garten war. Ich schaute immer sehr hoffnungsvoll hinauf, aber er wandte sich jedesmal sofort ab. Manchmal erblickte ich ihn schon von weitem in seinem Rollstuhl, den Fenwick schob. Da mußte ich aus dem Weg bleiben, denn wenn er mich sah, tat er, als sei ich durchsichtig... Heiße Tränen steigen mir heute noch auf, wenn ich mich daran erinnere. Immer wollte ich laut schreien: ›Was habe ich dir denn getan! Sag es mir doch!‹

Fenwick ist immer sehr diskret. Jago sagte, mein Vater könne überhaupt nicht ohne ihn auskommen und Fenwick nicht ohne ihn. Aber jetzt warte ich schon begierig auf die Ankunft von Jagos Schwester und seiner Nichte.«

Wieder eine leere Seite, ein Zeichen, daß danach einige Zeit vergangen war, bis sie wieder schrieb.

»Gwennol ist etwa acht Jahre alt. Ein richtig frohes Kind. Baby dürfte jetzt auch etwa so alt sein. Jenifry mag ich nicht. Ich glaube, sie ärgert sich, daß *ich* die Tochter des Hauses bin. Der Gedanke, daß irgend jemand auf mich eifersüchtig sein könnte, ist direkt komisch. Immer versucht sie, Gwennol vorzuschieben. Dabei brauchte sie sich gar keine Sorgen zu machen. Gwennol ist viel hübscher, als ich je sein könnte. Wir haben dieselbe Gouvernante, und Gwennol ist viel klüger, als ich es je war.

Warum habe ich eigentlich mit der Schreiberei begonnen? Es gibt ja hier gar nichts zu berichten. Ein Tag sieht wie der andere aus. Ich werde damit aufhören.«

Danach stand nichts mehr in dem Heft, obwohl es noch viele leere Seiten hatte. Ich nahm das zweite zur Hand.

»Offenbar bin ich nicht zur Tagebuchschreiberin geboren. Die meisten jungen Mädchen meines Alters geben jetzt Partys, führen ein sorgloses Leben und haben nette junge Männer zu Freunden. Mein Vater hat angeblich erklärt, daß er dafür bei mir kein Geld hinauswerfen wird. Jenifry sorgte immer dafür, daß Gwennol ein bißchen in Gesellschaft kommt. Sie hat sich sehr mit Michael Hydrock angefreundet, dem begehrtesten Junggesellen in der Umgebung. Gwennol ist ganz aufgeregt, weil er besonders nett zu ihr war. Gestern abend kam sie zu mir ins Zimmer. Sie war eben vom Festland herübergerudert worden. Die Augen glänzten, und die Wangen waren gerötet, was ihr zu ihrem dunklen Haar sehr gut stand.

Sie erzählte von einer Gartenparty auf Hydrock Manor. So ein wunderschönes Haus, mit Pfauen auf dem Rasen und alles so hübsch. Sie haßte die alte Burg. Ob ich sie nicht auch haßte?

›Ja‹, sagte ich, ›hier ist zuviel Vergangenheit drin. Wenn ich zu den Verliesen hinunterkomme, bilde ich mir immer ein, die Seelen der armen Verstorbenen schreien zu hören.‹ ›Das verstehe ich nicht‹, sagte sie. ›Die Leute sind doch früher hier auch fröhlich gewesen, haben Feste gefeiert und das Leben genossen. Warum müssen Geister immer schrecklich sein, sie könnten doch auch einmal nett und friedlich sein, so wie der auf Hydrock. Ein netter alter Herr, der zusieht, daß die Leute auf Hydrock glücklich werden. Michael hat mir die Geschichte heute erzählt. Sie hat eine besondere Bedeutung für Bräute.‹

Sie sei wohl verliebt in ihn, sagte ich. Jeder sei in ihn verliebt, meinte sie. Dann müsse sein Leben aber recht schwierig sein, erwiderte ich.

›Warum?‹ fragte sie. ›Wäre es nicht nett, wenn jedermann in dich verliebt wäre?‹

›Da in mich noch *niemand* verliebt war, kann ich das nicht sagen.‹

›Arme Silva‹, sagte sie, ›ich nehme dich nächstes Mal mit mir nach Hydrock, dort lernst du bestimmt jemanden kennen.‹

Es ist Nacht, und ich kann nicht schlafen. Irgend etwas in diesem Zimmer beunruhigt mich. Es hat so viele Schatten. Vielleicht weil ich darin so oft unglücklich war. Jemand hat einmal gesagt: Das Leben ist das, was man daraus macht. Wenn das stimmt, dann habe ich aus meinem Leben nichts gemacht.

Ich schreibe an meinem Pult. Es hat keinen Sinn, im Bett zu liegen, wenn man nicht schlafen kann. Eben war ich am Schrank und habe mir meine kindische Kritzelei angesehen. Wenn ich sie nur wieder auslöschen könnte! Ich erinnere mich noch genau an den Tag, an dem ich sie schrieb. Damals wurde ich für zwei Tage und zwei Nächte auf mein Zimmer geschickt, weil ich irgend etwas angestellt hatte. Ich weiß nicht mehr genau, was es war.

Ich bin heute so nachdenklich. Auch wegen Gwennol. Ich habe sie mir genau angesehen und weiß jetzt, was in meinem Leben nicht stimmt. Keiner hat mich je geliebt, außer meine Mutter vielleicht. Und seit sie gestorben ist, gab es niemanden mehr. Ich wünsche mir das mehr als irgend etwas anderes. Und weil es niemand tut, tue ich all diesen Unsinn, verliere plötzlich die Beherrschung und schreie. Wenn sie mich schon nicht lieben, sollen sie mich hassen. Dann beachten sie mich wenigstens.

Während ich das schreibe, denke ich an Jago. Er hat sich mir gegenüber verändert. Ist sehr nett geworden. Nicht daß er früher nicht nett war. Er hat mich nur nicht bemerkt. Vor zwei Tagen ist er mit mir um die Insel geritten und hat viel geredet. Über alles mögliche, wie das so seine Art ist. Als ob sein Gesprächsstoff das Wichtigste von der Welt sei.

Ich war ganz aufgeregt. Warum interessiert sich Jago plötzlich so für mich?

Gestern saß Fenwick alleine im Garten auf der Korbbank. Ich ging zu ihm, weil es mir ungewöhnlich schien, ihn da so alleine im Garten sitzen zu sehen.

›Wo ist mein Vater?‹ fragte ich ihn.

›Er verbringt einen Tag im Bett‹, antwortete er mir.

›Geht es ihm schlechter?‹ wollte ich wissen.

›Er ist sehr krank‹, sagte er.

›Ich weiß, daß er einen Schlaganfall hatte.‹

›Ja, und jetzt …‹

›Ich wünschte, er würde mich zu sich rufen. Es tut mir ja so leid.‹

Er schüttelte den Kopf. ›Kommen Sie ja nie in sein Zimmer‹, sagte er. ›In diesem Zustand würde das seinen Tod bedeuten.‹

›Wissen Sie, warum er mich so haßt?‹ fragte ich ihn.

Er schüttelte nur den Kopf.

›Vielleicht wünschte er sich einen Sohn. Das scheinen die meisten Leute zu tun.‹

›Ich glaube eher, er mag überhaupt keine Kinder.‹

Fenwick schien besorgt. Er überlegte offensichtlich, was er tun würde, wenn mein Vater starb. Mein Vater konnte ja nicht ohne ihn leben, hatte Jago gesagt. Aber was würde Fenwick ohne ihn machen?

Ich würde so etwas nie zu jemandem sagen. Ich muß so aufpassen mit meinen Heften. Ich kann meine Gedanken nur aufschreiben. Glücklicherweise interessiert sich niemand dafür, was ich mache. Ich glaube, Jago überlegt, ob er mich heiraten soll.«

Ich legte das zweite Heft weg. Über Silva und Jago wollte ich nichts lesen. Das wäre zu indiskret gewesen. Aber angefangen hatte ich doch schon damit. Und ich spürte, daß mir die weiteren Dinge wahrscheinlich weh getan hätten.

Jago und Silva! Daran hätte ich nie gedacht.

Ich starrte das Heft an. Hier durfte ich wirklich nicht weiterlesen.

Warum hatte der Junge mir die Hefte gegeben, und warum hatte Silva sie ihm gegeben?

»Wir sind uns heute begegnet. Ich bin aufs Festland hinübergefahren, und er kam in den Gasthof. Er sieht blendend aus. Ich konnte es gar nicht fassen, daß er sich für *mich* interessierte. Wir tranken Wein und aßen Safrankuchen. Dann meinte er, wir könnten uns doch Pferde ausleihen und ein wenig reiten.

Was für ein herrlicher Tag! Wir nahmen einen Imbiß im Gasthof *Zur Strohpuppe.* Was für ein romantisches Haus! Mit diesen hübschen irdenen Lampen auf den Tischen und dem Strohpüppchen überall. Apfelmost und Pasteten gab es. Sie haben mir noch nie so gut geschmeckt.

Er sagte, das müßten wir öfter tun.

Kann man sich so rasch verlieben?«

Sie liebte also Michael Hydrock, dachte ich. Und hat er sie damals geliebt? Oder war er nur so höflich und charmant wie immer? Arme Silva! Hoffentlich hat es ihr nicht zu weh getan. Ich wandte die Seite um.

»Wer mag denn schreiben, wenn er glücklich ist? Er liebt mich. Jedenfalls sagt er das. Es ist alles so aufregend. Wir werden immer beisammenbleiben, sagt er. Und alles wird ganz anders werden. Ich habe ihm von meinem Vater und von dem Leben auf der Burg erzählt.

Das Leben ist herrlich!«

Dann kam wieder eine Unterbrechung. Danach las ich:

»Der Maler war heute auf dem Festland. Er hat uns auf den blauen Felsen eingeladen. War sehr lieb und gastfreundlich. Er zeigte uns ein Atelier mit all den Vogelbildern und Meeres- und Insellandschaften. Wir sollen wiederkommen.

Was für ein herrlicher Tag. Immer, wenn wir beisammen sind.«

Wieder eine Pause. Dann:

»Wenn ich nur nicht mit dieser Schreiberei angefangen hätte. Sie kommt mir jetzt so sinnlos vor. Vorher habe ich wohl nur über mein Schicksal gebrütet, mein Elend genossen, wenn man so etwas überhaupt sagen kann. Es scheint jedoch genau zu passen. Jetzt ist das alles vorbei. Ich bin so glücklich, daß ich jedermann liebe.

Heute sah ich zum Fenster meines Vaters hinauf. Er stand daran. Er sah sehr krank aus, und ich überlegte, ob ich es ihm sagen sollte, aber dann hatte ich Angst, hinaufzugehen. Ich erinnerte mich, daß Fenwick erklärt hatte, es würde seinen Tod bedeuten. Das wollte ich, gerade jetzt, nicht auf dem Gewissen haben.«

Weiter stand nichts mehr in dem Heft. Obwohl ich nun das Gefühl hatte, dem Geheimnis näher gekommen zu sein, war mir Silvas Schicksal noch rätselhafter als zuvor. Warum war sie mit dem Boot hinausgefahren, wo sie doch genau wissen mußte, daß sie ins Unglück fahren würde? Wie oft war diese Frage schon gestellt worden!

Eine Antwort genügte: Sie war verzweifelt gewesen. Hatte ihre plötzliche, eben gefundene Glückseligkeit ein bitteres Ende gefunden? Hatte sie deswegen beschlossen, hinauszufahren und sich den Elementen zu überlassen?

Meine traurige kleine Schwester. Wäre ich doch nur dagewesen, um ihre Geschichte anzuhören. Sicher hätte ich ihr helfen können.

Ich legte die Hefte in eine Schublade und schloß sie ein, denn niemand außer mir sollte sie zu Gesicht bekommen.

Dann versuchte ich, das Gelesene zu einem Ganzen zusammenzufügen, und fragte mich dabei, warum der Junge, der einen Teil ihrer Geschichte gekannt haben mußte, mir die Hefte gab. Sollte es eine Warnung sein? Es war merkwürdig mit ihm: Manchmal hielt ich ihn auch für einfältig wie die meisten Leute, dann wieder kam es mir so vor, als sei er besonders aufmerksam und empfindsam.

Silva verschwand in jener stürmischen Nacht. Zog er Vergleiche zwischen ihr und mir? Sie fuhr offenbar mit einem Boot hinaus, und das Boot kam ohne sie zurück. Alles würde sich vielleicht eines Tages wiederholen. Mit dem Namen *Ellen* auf den Planken des Bootes.

Sie war des öfteren aufs Festland gefahren, und jener Mann, dessen Namen sie nicht erwähnte, war nett zu ihr gewesen. Liebte sie. Er hatte es ja selbst gesagt. Sie gehörte bestimmt nicht zu jenen Menschen, die sich einbilden, daß sie jemand liebt. Es muß einem Mann wahrscheinlich sehr schwergefallen sein, sie davon zu überzeugen. Sie waren miteinander ausgeritten, kamen zu dem Gasthof, dort sagte er ihr wahrscheinlich, daß er sie liebe. Und doch war sie dann in einem Boot in den sicheren Tod gefahren.

Warum?

Aus Verzweiflung. Hatte sie, das ungewollte Kind, das nie geliebt worden war und plötzlich einen lieben Menschen fand, entdecken müssen, daß sie betrogen worden war? Hatte sie diese Entdeckung nicht ertragen können? Oder verlockte sie jemand auf irgendeine Weise, da draußen ihr Leben zu lassen?

Jenifrys Gesichtsausdruck, als sie mich mit Michael Hydrock am Ufer gesehen hatte, stand mir plötzlich vor Augen. Gwennol liebte ihn, und Jenifry wollte den begehrenswertesten Junggesellen im ganzen Umkreis zum Schwiegersohn. Merkwürdig, daß Silvas Boot ohne sie zurückkehrte und daß ich in einem lecken Boot fuhr und mir einbildete, Zucker darin zu entdecken.

Ich fühlte mich plötzlich sehr unbehaglich.

3

Jago ruderte mich zur Vogelinsel hinüber.

»Seit dem Unfall bist du nicht mehr auf See gewesen«, sagte er. »Es ist mir aufgefallen.«

»Mir ist alles noch viel zu lebhaft vor Augen. Es gab Augenblicke des Schreckens – als ich plötzlich mein Ende nahen sah.«

»Arme Ellen! Aber bei mir hast du keine Angst?«

»Nein. Wenn wir umkippen sollten, bringst du mich bestimmt sicher an Land.«

»Ich hoffe nur«, sagte er ganz ernsthaft, »daß ich immer dasein werde, wenn du mich brauchst.«

Am Ufer half er mir aus dem Boot. »Erinnerst du dich noch ans letzte Mal?« sagte er.

»Ja, als wir den Maler vom blauen Felsen trafen.«

»Genau.«

»Ich habe inzwischen einige seiner Bilder auf dem Festland gesehen. Sie gefielen mir recht gut. Magst du sie auch?«

»Doch, ja. Ich glaube, er ist ein guter Maler. Ach, Ellen, gewöhnst du dich schon an das Leben hier? Hab' ich recht, daß es dir mehr und mehr gefällt?«

»Ich finde es recht interessant, vor allem jetzt, da ich alle Leute kennenlerne. Sie reden alle mit mir, und das finde ich schön. Vielleicht weil ich dadurch das Gefühl bekomme, dazuzugehören.«

»Du gehörst auch dazu!«

»Ja, vermutlich, aber ich bin doch erst so kurz hier und habe meinen Vater nie gekannt …« Ich runzelte die Stirn. »Er scheint ja nicht besonders beliebt gewesen zu sein.«

»Du meinst, weil deine Mutter ihn verlassen hatte? Weißt du, gleich als ich sie gesehen hatte, wußte ich, daß sie nie hierher passen würde. Sie wollte ein lustigeres Leben führen. Brauchte mehr Abwechslung.«

»Das hat sie bei meiner Großmutter aber auch nicht gehabt. Ich finde, mein Vater hat sich so unnatürlich wenig um seine Kinder gekümmert.«

»Er war sehr krank.«

»Ich weiß, er hatte einen Schlaganfall. Aber vorher hat er sie auch nicht mehr gemocht.«

»Er war schon lange krank. Gleich nachdem deine Mutter mit dir weggegangen ist, ging es ihm schlecht.«

»Da war ja noch meine Halbschwester da.«

»Silva war ein merkwürdiges Mädchen. Sie mochte er nie.«

»Und warum nicht?« Ich wollte ihm nicht sagen, daß ich die Tagebücher gelesen hatte. Es war ein Geheimnis zwischen dem Jungen und mir.

Er hob die Schultern. »Silva war ein schwieriges Kind. Keine der Gouvernanten blieb lang. Sie war launisch und wollte am liebsten allein gelassen werden. Oft lief sie einen ganzen Tag lang weg, und kein Mensch wußte, wo sie war. Aber was soll's, den ganzen Kram wieder aufzuwärmen. Ich will mit dir über die Zukunft reden.«

»Deine Zukunft?«

»Und deine. Denn ich hoffe, daß es eine gemeinsame Zukunft sein wird.« Ich sah ihn überrascht an. Er setzte sich näher zu mir. »Seit du hier bist, ist alles anders geworden. Selbst die Insel hat jetzt eine neue Bedeutung für mich. Ich habe sie immer geliebt, mich immer für sie eingesetzt, immer versucht, sie schöner und fruchtbarer zu machen, aber jetzt kommt mir alles noch viel bedeutender vor.«

Mein Herz klopfte plötzlich ganz wild. Ich hatte an seinem Benehmen schon gemerkt, wie es um sein Herz stand, aber nicht geglaubt, daß er seinen Gefühlen so weit Ausdruck geben würde.

»Du willst doch nicht etwa …«, fing ich an, wobei ich natürlich genau wußte, daß er sehr wohl wollte. Er schlang den Arm um meine Schulter und zog mich an sich. Zugleich legte er mir die Hand unters Kinn und hob meinen Kopf. Er sah mir ins Gesicht.

»Ellen, ich glaube, ich bin dir auch nicht ganz gleichgültig.«

»Das bist du wohl niemandem.«

»Du meinst, die Menschen können mich entweder hassen oder lieben. Welches von beiden tust du?«

»Natürlich hasse ich dich nicht.«

»Dann mußt du mich wohl lieben.«

»Das hast *du* gesagt, daß man entweder lieben oder hassen muß. Es gibt auch noch Dinge dazwischen. Halbe sozusagen.«

»Halbe Sachen sind nichts für mich.«

»Deswegen gibt es sie aber doch.«

»Ich liebe dich, Ellen, ich möchte, daß du mich heiratest. Und das so bald wie möglich. Ich möchte gleich das Aufgebot bestellen. Ich glaube, es muß drei Wochen vor der Hochzeit geschehen. Fahren wir gleich hinüber?« Er war aufgesprungen, ich blieb jedoch sitzen.

»Du gehst zu schnell vor. Vergiß nicht, ich war noch vor kurzem verlobt und hätte heiraten sollen. Ich kann so eine Entscheidung nicht jetzt und hier treffen. Außerdem bin ich gar nicht so sicher, daß eine Heirat jetzt das Richtige wäre.«

Er starrte mich überrascht an. »Nicht das Richtige? Zwischen uns? Ellen, das meinst du doch nicht im Ernst.«

»Doch, das meine ich. Alles ist noch viel zu früh für mich. Voriges Jahr um diese Zeit hatte ich noch nicht einmal daran gedacht, *irgend jemanden* zu heiraten. Dann verlobte ich mich, und mein Verlobter wurde erschossen. Und jetzt willst du, daß ich dich in drei Wochen heirate.«

»Was soll diese Rechnerei mit Jahren und Wochen? Ich liebe dich, du liebst mich, warum sollten wir warten?«

»Weil ich meiner nicht sicher bin.«

»*Du* nicht sicher! Du weißt genau, wo du hinwillst. Du bist doch nicht eine von diesen Jammergestalten, die sich vom Wind in jede Richtung blasen lassen.«

»Doch, bin ich. Ich habe Philip nicht geliebt.«

»Nein, das glaube ich dir. Aber das weißt du erst jetzt, da du erkennst, was Liebe ist.«

»Bitte hör mir endlich zu. Ich lasse mich in nichts hineinhetzen. Ich mag die Insel. Sie interessiert mich mehr und mehr. Aber ich habe nicht an Heirat gedacht, und das mußt du einfach akzeptieren. Ich lasse mich nicht drängen.«

Er kniete sich auf die Decke. »Du enttäuschst mich«, sagte er.

»Das tut mir wirklich leid, aber ich muß dir ehrlich sagen, was ich fühle.«

»Und was fühlst du?«

»Ich genieße deine Gesellschaft. Ich erfahre immer mehr über die Insel. Ich finde sie sogar ausgesprochen faszinierend.«

»Mich auch?«

»Ja, dich auch.«

»Aber du liebst mich nicht genug, um mich heiraten zu können?«

»Ich *kenne* dich noch nicht genug.«

»Du kennst mich nicht? Nach all dieser Zeit!«

»So lange ist das noch gar nicht.«

»Und ich dachte, du wüßtest alles über mich, was du wissen willst.«

»Ich glaube, man weiß nie alles, was man über einen anderen Menschen wissen möchte.«

»Jetzt wirst du auch noch tiefsinnig. Ich weiß genug für uns beide. Weiß, daß ich liebe. Daß mir nie jemand so viel bedeutet hat wie du und daß ich, bevor ich dich kennengelernt hatte, gar nicht richtig gelebt habe. Und du siehst immer noch nicht ein, daß unsere Heirat genau das Richtige für uns ist!«

»Warum?« fragte ich.

Er sah mich liebevoll an. »Du und ich bis ans Ende unserer Tage auf der Insel! Zusammen würden wir es in ein Paradies verwandeln!«

»Wenn zwei Menschen einander lieben, ist es doch egal, wo sie leben.«

»Natürlich. Aber zufällig leben wir eben auf der Insel.«

Ich erhob mich.

»Jago, ich danke dir sehr, aber ...«

»Was willst du damit sagen – du dankst mir, aber ...? Wozu für etwas danken, was mir, wie du sehr wohl weißt, seit Wochen im Kopf herumgeht?«

Er hielt mich plötzlich fest und drückte mich an sich. Unsere Gesichter waren dicht aneinander. Ich sah, wie die schweren Lider sich über seine Augen senkten, als wolle er mich nicht alles sehen lassen, was darunter zu erkennen war. Er küßte meine Lippen, und augenblicklich spürte ich, wie sich seine Leidenschaft auf mich übertrug. Bei Philip war es mir nie so ergangen.

Ich hörte eine Möwe über unseren Köpfen kreischen. Jago schien sie nicht zu bemerken.

Da riß ich mich los. »Nein«, sagte ich, »ich muß es erst bedenken. Es ist so vieles zu überlegen dabei. Alles, was damals in London geschah, kommt jetzt wieder hoch. Ich kann es nicht einfach so vergessen.«

»Du wirst merken, daß alles zu deinem Besten geschah.«

»Zu Philips Bestem war es jedoch nicht.«

»Er ist tot. Lassen wir die Vergangenheit begraben sein. Du wirst doch nicht ewig trauern wollen.«

»Nein, sicher nicht. Wenn ich meiner Sache sicher bin, werde ich auch glücklich sein. Alles wird langsam verschwinden. Aber erst muß ich Sicherheit gewinnen. Vielleicht sollte ich dir einiges dazu erzählen. Als Philip mich bat, ihn zu heiraten, lag eine düstere Zukunft vor mir. Hätte ich wirklich darüber nachgedacht, würde sie mich sogar entsetzt haben. Irgendwie stellte ich mir aber immer vor, daß es gar nicht so weit kommen würde. Als Philip mir dann seinen Antrag machte, war es wie ein Wunder. Zu schön, um wahr zu sein. Erst nachher, ja schon kurz vor seinem Tod, fing ich an, Zweifel zu haben, und mein kindischer Glaube an das Glück wurde stark beeinträchtigt. Und jetzt bin ich hier. Fühle mich als Inselbewohnerin. Ja, das tue ich wirklich. Und habe deine Gesellschaft sehr genossen. Wenn wir einander nicht mehr sehen würden, wäre ich unglücklich. Trotzdem bin ich nicht sicher, ob das genügt. Gönn mir Zeit, Jago. Und auch wenn du es nicht begreifst, ich brauche sie. Laß uns noch eine Weile so weitermachen wie bisher. Wenn ich bei dir bin, glaube ich dich zu lieben, aber ich muß erst ganz sicher sein.«

Wir standen ganz eng beieinander, er hielt meine beiden Hände fest umfangen.

»Liebste Ellen«, sagte er, »ich tue alles, was du willst.«

»Ich danke dir, Jago. Bringst du mich jetzt zur Insel zurück? Ich möchte nachdenken.«

Er warf sich die Decke über einen Arm, den anderen schob er unter meinen.

Während wir zum Boot hinabstiegen, stimmten die Möwen ihren melancholischen Chor an.

Er ruderte mich zurück. Als wir die Burg betraten, sagte er zu mir: »Kommst du bitte noch in mein Zimmer? Ich möchte dir etwas geben.«

Ich ging mit ihm hinauf. Aus einer Schublade seines Schreibtisches holte er eine Halskette aus grob geschliffenen Steinen, die mit goldenen Kettengliedern aneinander befestigt waren.

Er hielt sie hoch. »Seit dreihundert Jahren in unserer Familie«, sagte er. »Die ›Inselkette‹. Schau dir die Steine an. Opale, Amethyste, Karneole und Achate. Alle auf der Insel gefunden. Wenn man zum richtigen Zeitpunkt am Ufer ist, kann man solche Steine dort finden, allerdings muß man gut danach suchen.«

Ich nahm die Kette in die Hand.

»Seit Jahrhunderten wird sie von Frauen unserer Familie getragen. Du wirst sie deiner Tochter geben, sie wieder ihrer, und so geht es weiter. Eine Kette durch Generationen. Und sie hat ihre Bedeutung, denn wer sie trägt, gehört zur Insel.«

»Dann ist es wohl zu früh für mich, sie zu tragen.«

»Keineswegs, Ellen.« Er nahm sie mir aus der Hand und legte sie um meinen Hals. Seine Hände verweilten, und als ich nach den Steinen griff, um sie zu betrachten, schloß er seine Finger um meine. »Und wie gut sie dir steht! Sieht aus, als ob sie genau am richtigen Platz wäre. Bitte trag sie doch, mir zu Gefallen.«

Ich zögerte, denn die Kette kam mir vor wie ein Verlobungsring. Ich konnte mich selbst nicht verstehen, denn meistens war ich mit meinen Entscheidungen doch recht schnell bei der Hand. Was empfand ich wirklich für Jago? Wenn ich die Insel verlassen müßte, würde ich dauernd an ihn denken. Ich würde traurig sein und mich nach seiner Gesellschaft sehnen. Ich wußte, es bedeutete mir mehr, mit ihm zusammen zu sein, als mit irgend jemand sonst. Und doch war ich nicht sicher, ihn wirklich zu kennen.

Ich verließ sein Zimmer und ging in meins hinauf. Öffnete gleich das Skizzenbuch meiner Mutter auf den Seiten mit meinen beiden Porträts. Zwei Menschen waren es. Ich hatte den freundlichen, schutzgebenden Jago oft erlebt. Den Vormund, der mich so warm willkommen hieß. Und der andere? Dann blätterte ich zu Silvas Bildern um: Ach, Silva, wieviel könntest du mir erzählen, wenn du nur hier wärest!

Ich blätterte weiter. Das Heft öffnete sich fast von alleine an der Stelle, die ich suchte. Das Zimmer – das einfache, gemütliche Zimmer. Und während ich noch die so genau meinem Traumbild nachgebildete Zeichnung betrachtete, überkam mich wieder dieses ungute Gefühl, an das ich mich aus meinen Träumen noch so gut erinnerte.

Ich sah zum Spiegel hinüber. Sah die Kette um meinen Hals liegen.

Wie wenig wußte ich doch, und wieviel mußte ich noch erfahren!

DAS TESTAMENT

1

Am nächsten Morgen traf ich Gwennol allein am Frühstückstisch an. Sie lächelte mich freundlicher an als in den vergangenen Tagen, und ich hoffte, daß sie endlich eingesehen hatte, wie unbegründet ihre Eifersucht im Hinblick auf Michael war. Ganz besorgt fragte sie mich, ob ich mich vom Unfall auch wirklich erholt hätte.

»Wie entsetzlich das gewesen sein muß«, sagte sie, während sie sich Eier und Speck nahm. »Wahrscheinlich wirst du lange keine Lust mehr haben, allein rauszurudern.«

»Heute bin ich zum erstenmal wieder gefahren. Jago hat mich auf die Vogelinsel gebracht.«

»Bei ihm hast du dich ja sicher gefühlt, oder?«

»Ja, völlig. Ach, ich werde schon darüber hinwegkommen. Ich möchte nur wissen, was mit dem Boot passiert ist. Und ob es zurückkommt.«

»Sieht nicht danach aus. Wahrscheinlich ist es schon weit draußen auf dem Meer. Vielleicht wird es auch an der französischen Küste angeschwemmt.«

»Wäre doch interessant, das Leck zu untersuchen.«

»Im Grunde sind diese Boote doch recht schwach gebaut. Mich wundert es sowieso, daß die Menschen sich früher so etwas auf weiten Fahrten anvertraut haben.«

»Andernfalls wären sie wohl nie sehr weit gekommen.«

»Vor allem nicht hier auf unserer Insel.« Sie lachte. »Na ja, eines Tages wirst du sicher auch wieder allein hinausrudern.«

»Ja, sicher. Es ist doch sinnlos, etwas aufzugeben, nur weil einmal etwas passiert ist.«

»Ist übrigens ein schöner Tag heute. Nach dem Aufstehen sah ich schon, wie glatt die See ist.«

Ob sie mir damit klarmachen wollte, daß sie nach Hydrock fuhr und ich auf der Insel bleiben sollte?

Wir plauderten noch weiter, während wir frühstückten. Als wir dann in die Halle hinausgingen, rannte uns der Junge vom Hof entgegen. Er hatte einen Zettel in der Hand. Gwennol lief voraus. »Eine Botschaft für mich?« fragte sie begierig.

Er sah betreten drein. »Nein, Miß Gwennol, nicht für Sie.«

Sie sah bitter enttäuscht drein. Der Junge stand eine Weile unschlüssig neben ihr, dann sagte er: »Es wär' für Miß Ellen.«

»Für mich?« Ich nahm den Zettel und las: »Fenwick gefunden. Bringe Sie heute vormittag vom Gasthof aus zu ihm. M. H.«

Fenwick gefunden! Ich spürte, wie mir das Blut in die Wangen stieg. Wenn Fenwick mir alles über meinen Vater erzählte! In der Aufregung über die Nachricht hatte ich Gwennol ganz vergessen. Ich fragte den Jungen: »Ruderst du mich bitte heute vormittag hinüber?«

»Ja, natürlich, Miß Ellen. In einer halben Stunde wär' ich fertig.«

»Fein.« Ich wollte schon in mein Zimmer gehen, um mein Reitkleid anzuziehen, als ich innehielt. Sollte ich Gwennol von der Botschaft erzählen? Während ich noch überlegte, wandte sie sich um und ging hinein.

Vielleicht kann ich ihr später erklären, daß es keine übliche Einladung war. Jetzt war es ohnehin zu spät. Ich ging ins Zimmer hinauf und zog mich um.

Am Strand erwartete mich der Junge schon mit dem Boot. Kurze Zeit darauf waren wir auf See. »Du kannst dann deine Eltern besuchen. Wenn ich zurückkomme, ruderst du mich wieder hinüber, ja?«

Als wir den Gasthof betraten, kam mir Michael entgegen.

»Ich habe bereits ein Pferd für Sie herrichten lassen, wir können also gleich losreiten. Oder wollen Sie erst eine Erfrischung zu sich nehmen?«

»Ich kann's gar nicht erwarten, Fenwick zu sehen.«

»Na gut, dann brechen wir eben gleich auf«, sagte er. »Es sind etwa zwölf Kilometer von hier. In der Nähe der Sümpfe. Sind Sie soweit?«

Seite an Seite ritten wir aus dem Hof. Was für ein schöner, leicht frostiger Morgen – eine Seltenheit in dieser Gegend. Die Wintersonne beschien die dünne Eisschicht der Pfützen an den Wegrändern – es hatte am Tag davor geregnet. Die kahlen Äste der Bäume streckten sich wie flehend dem Himmel entgegen. Oft schon hatte ich mir gedacht, daß die Bäume im Winter eigentlich schöner aussahen als im Sommer. Die Nadeln der Fichten und Tannen glitzerten hell – mir war, als sei ich auf Entdeckungsreise.

»Es war nicht einfach, ihn zu finden«, sagte Michael. »Offenbar will der Mann nicht in seiner Ruhe gestört werden. Er hat mir aber versprochen, sich mit Ihnen zu unterhalten.«

»Sie haben ihm also von meinem Kommen erzählt?«

»Das hielt ich für notwendig.«

»Da haben Sie auch ganz recht. Ich bin so froh, daß er mich empfangen will.«

Das Meer war nun ein gutes Stück hinter uns. Vor uns lag steiniger Boden, und man ahnte schon die Sümpfe dahinter. Und dann kamen wir in die ganze Pracht der Moorlandschaft. Die festgefrorenen Bächlein glitzerten im Sonnenschein – vor wenigen Tagen war das Wasser noch munter über die Steine gesprungen.

Wir ritten um die sumpfigen Stellen herum und erreichten schon bald unser Ziel, das Dörfchen Karem.

»Hier ist es«, sagte Michael. »Fenwick wohnt im sogenannten Sumpfhäuschen.«

Ein hübscher Garten lag davor. Es schien, als sei er erst vor kurzem angelegt worden. Auch das Häuschen sah entzückend aus. Efeu kletterte die Mauern hoch, ein kleines Faß stand daneben, um das Regenwasser aufzufangen. Ein gepflasterter Weg führte von der Straße zum Häuschen.

Wir banden die Pferde an Pfähle, und Michael führte mich zum Haus. Wir klopften, und ein mittelgroßer, sehr ordentlich gekleideter Mann öffnete.

»Mr. Fenwick«, sagte Michael, »ich bringe Ihnen hier Miß Kellaway.«

»Bitte treten Sie ein«, sagte Fenwick. »Ich höre, Sie wollen mit mir sprechen, Miß Kellaway.«

»Ja, sehr gerne. Und ich bin Ihnen sehr dankbar, daß Sie mich empfangen.«

»Das ist doch selbstverständlich.«

Michael erklärte, er habe in der Gegend zu tun, und er würde die Gelegenheit gerne wahrnehmen. Ob er mich in einer Stunde wieder abholen dürfe?

Fenwick war ebenso klar wie mir, daß Michael mit seinen unfehlbar guten Manieren uns damit zu verstehen geben wollte, daß er uns bei dem sicher sehr privaten Gespräch allein lassen wollte.

Fenwick brachte mich in ein kleines Zimmer, in dem ein Kaminfeuer brannte. Es hing viel Messingzeug an den Wänden, alles glänzend geputzt. Überhaupt hatte man den Eindruck, daß hier überall vollkommene Sauberkeit herrschte.

»Setzen Sie sich bitte, Miß Kellaway«, sagte er. »Am besten neben das Feuer. Es ist heute ganz schön kalt draußen.«

Ich setzte mich, er nahm sich einen Stuhl mir gegenüber.

»Was kann ich nun für Sie tun?« fragte er.

»Ich glaube, daß Sie mir eine ganze Menge erzählen können. Ich bin doch erst kürzlich auf die Insel gekommen und hatte vorher gar nichts von ihr gewußt.«

Er nickte. »Ich war ja lange bei Ihrem Vater beschäftigt, so daß mir die Geschichte wohlvertraut ist.«

»Sie kannten also auch meine Mutter?«

»Ja, und auch die erste Frau Ihres Vaters.«

»Und auch meine Halbschwester?«

»Allerdings.«

»Was für ein Mensch war mein Vater?«

Er zögerte.

»Sie kannten ihn doch gut.«

»Ich war jedenfalls bei ihm angestellt und hatte bis zu einem gewissen Grad sein Vertrauen.«

»Dann müssen Sie ihn besser als jeder sonst in der Burg gekannt haben. Können Sie mir sagen, warum er so gleichgültig gegenüber seiner Familie war? Gegenüber meiner Halbschwester, meiner Mutter und mir.«

»Er war nicht gleichgültig gegenüber Ihrer Mutter und Ihnen, zumindest nicht so lange, bis sie weglief.«

»Aber warum verließ sie ihn denn?«

»Sie konnte sich auf der Insel nicht eingewöhnen. Sie versuchte immer, wegzukommen. Versuchte, ihn zu überreden, woanders hinzugehen. Aber das tat er nicht. Er sagte, er habe der Insel gegenüber seine Verpflichtungen.«

»Aber als sie ihn verließ, war es ihm egal.«

»Keineswegs. Sie hatte es schon früher versucht, aber er konnte sie immer aufhalten. Er gab sogar Befehl, daß kein Boot ohne seine Erlaubnis die Insel verlassen dürfe. Wie sie wegkam, erfuhren wir nie.«

»Dann muß ihr also jemand geholfen haben.«

»Ja, aber wir haben nie herausgefunden, wer.«

»Und meine Halbschwester, was wissen Sie von ihr?«

»Ein merkwürdiges Mädchen, das viel Ärger machte.«

»Das habe ich schon gehört. Warum tat sie das?«

»Ich glaube, das war ihre Natur.«

»Hat er gar nicht versucht, ihr zu helfen? Sie glücklich zu machen? Schließlich war sie ja seine Tochter.«

Fenwick machte eine Pause. Er schien zu überlegen, ob er mir das Weitere erzählen dürfe.

Da drängte ich ihn: »Es ist doch *meine* Familie! Wir sprechen von *meinem* Vater. Wenn es irgendein Geheimnis in der Familie gibt, dann sollte ich es doch erfahren.«

Da sagte er: »Ihr Vater war nicht sicher, ob sie überhaupt seine Tochter sei.«

»Nicht sicher?«

»Offiziell war sie es. Aber seine erste Frau Effie ist ihm untreu gewesen. Als die Dinge nicht mehr gut liefen. Er fuhr plötzlich weg. War Monate außer Haus. Silva wurde sieben Monate nach der Rückkehr von seiner letzten Reise geboren. Ein völlig wohlgeformtes Kind, von dem man glaubte, es sei ein Sieben-Monats-Baby. Später meinten die Leute, daher käme auch ihre merkwürdige Art. Ob es so war oder nicht, blieb unklar. Fest stand jedenfalls, daß ihre Mutter einen Liebhaber hatte, und er dachte, Silva sei die Frucht dieser Verbindung. Ihr Vater war ein unversöhnlicher Mann. Er selbst hatte sehr strenge Moralvorstellungen, und alle, die sich nicht daran hielten, waren für ihn Verbrecher. Sie gab allerdings nie zu, daß das Kind die Frucht dieser Liebe war, und so konnte Ihr Vater den Verdacht niemals erhärten. Der Anblick dieses Kindes weckte aber jedesmal Mißtrauen in ihm, und er konnte ihn nicht ertragen. Effie starb an Lungenentzündung, als das Kind noch sehr klein war. Sie hatte nie sehr auf ihre eigene Gesundheit geachtet. Sie war sehr unglücklich, aber um Silva kümmerte sie sich stets.«

»Arme Silva! Hatte mein Vater nicht eingesehen, daß sie gar nichts dafür konnte?«

»Natürlich begriff er das«, sagte Fenwick, »aber er wollte sie trotzdem nicht sehen. Er sagte immer: ›Haltet mir das Kind vom Leib.‹«

»Und das wußte sie!« rief ich. »Es machte ihr Leben kaputt. Das war grausam von ihm.«

»Von sich selbst überzeugte Menschen sind oft grausam, Miß Kellaway.«

»Er hat also dann meine Mutter geheiratet. Wie lebten die beiden zusammen?«

»Er hatte sich einiges von dieser Verbindung erhofft. Ihre Mutter lernte er auf einer Geschäftsreise in London kennen. Und als er sie auf die Insel mitbrachte, schien er eine Weile lang verändert zu sein. Sie fühlte sich jedoch von der Welt abgeschnitten und unglücklich. Die beiden paßten nicht zusammen. Und ich glaube, er war sehr traurig, als er einsah, daß er erneut einen Fehler begangen hatte. Eigentlich eignete er sich nicht zum Ehemann. Er war zu jähzornig, erwartete zuviel. Auch auf der Insel. Er war bei den Leuten nicht beliebt. War viel zu streng. Er hielt sich für gerecht – das war er wohl auch –, aber die Leute wollen auch ein bißchen menschlich miteinander verkehren. Wenn sie das haben, vergessen sie leicht einmal eine Ungerechtigkeit. Die Insel ist jetzt viel glücklicher, und alles gedeiht auch viel besser als zu Zeiten Ihres Vaters.«

»Jago ist auch mit Leib und Seele dabei«, sagte ich.

»Er ist sehr ehrgeizig, und in gewisser Weise ist er besser für diese Aufgabe geeignet als Ihr Vater. Deswegen überließ es ihm Ihr Vater dann auch, denn er fühlte das selbst. Oft gab es Spannungen zwischen ihnen. Jago fühlte sich dieser Aufgabe so gewachsen – was er ja auch bewiesen hat –, daß es wohl zu verstehen ist, wenn er ein wenig verbittert darüber ist, nur zum illegitimen Teil der Familie zu gehören.«

»Meinem Vater muß das wohl bewußt gewesen sein, denn er hat ihm ja dann alles übergeben.«

Fenwick sah mich ungläubig an.

»Aber Sie müssen doch inzwischen schon den Inhalt des Testaments kennen?«

»Meines Vaters Testament, meinen Sie?«

»Aber sicher. Sie sind doch die Erbin der Insel! Ich weiß, wie alt Sie sind, ich erinnere mich noch an das Jahr, in dem Sie geboren wurden. Nächstes Jahr sind Sie einundzwanzig, dann können Sie Ihr Erbe antreten.«

»Mein *Erbe?*«

»Gewiß doch. Ihr Vater hatte ein starkes Gerechtigkeitsgefühl. *Sie* waren seine Tochter. Davon war er so überzeugt, wie er es bei Ihrer Halbschwester nicht sein konnte. Jago sollte das Gut bis zu Ihrem einundzwanzigsten Geburtstag verwalten. Falls Sie starben, würde Ihre Halbschwester – denn ganz sicher war er sich natürlich bei seinem Verdacht nicht – alles erben. Falls Sie beide ohne Erben sterben, bekommt Jago alles. Jago hat also die Insel nur bis zu Ihrem einundzwanzigsten Geburtstag in der Hand.«

Ich war völlig überrascht.

Wie oft hatte ich mich als arme Verwandte gesehen, und dabei war ich die ganze Zeit über eine reiche Erbin gewesen.

»Ihr Vater war sehr reich, Miß Kellaway. Sein ganzes Vermögen steckt zwar in der Insel, aber bei den Preisen, die man heute für Land zahlt, und bei den guten Erträgen auf der Insel – besonders in den letzten Jahren –, erben Sie etwa eine Million Pfund.«

»Ich … eine Millionärin? Das ist ja fantastisch!« rief ich. »Sind Sie ganz sicher, daß das stimmt? Ich habe bis jetzt noch nichts davon gehört.«

»Das überrascht mich aber. Ich war sicher, daß Jago Sie nach Ihrer Ankunft auf der Insel darüber informiert hat. Ich dachte, Sie seien deswegen gekommen.«

»Ich wußte nichts davon. Ich wurde eingeladen, weil ich in London etwas sehr Tragisches erlebt hatte.«

Er nickte. »Ja, ich weiß. Es stand in der Zeitung. Eine ungewöhnliche Geschichte.«

»Und Sie sind ganz sicher, daß Sie sich nicht irren?«

»Ganz sicher. Und es würde mich sehr überraschen, wenn es nicht stimmte. Ihr Vater sprach nämlich sehr oft mit mir über diese Dinge. Ich war ja sein Sekretär, habe mich immer um seine persönlichen Dinge gekümmert. Er vertraute mir. Wir waren von gleicher Art, ich verstand ihn. Er war unglücklich darüber, Sie nach Ihrem dritten Lebensjahr nicht mehr gesehen zu haben. Nach seinem Tod sollten

Sie aber die Insel kennenlernen und alles darüber erfahren. Und er hoffte sehr, daß Sie sie liebgewinnen werden. Er wußte, wie sehr Jago daran hing und daß die Insel bei ihm in guten Händen lag. Und er hoffte auch, daß Ihnen klar sein würde, wie notwendig Jago für die Insel und auch für Sie sein würde. ›Sicher wird sie einmal heiraten‹, sagte er. ›Und vielleicht kann ihr Mann dann alles für die Insel tun, was Jago jetzt tut. Aber das muß sie selbst entscheiden.‹«

Ich war sprachlos. Das rückte alles, was bisher passiert war, in ein anderes Licht. Ich, die Erbin der Insel!

Ich – Millionärin an meinem einundzwanzigsten Geburtstag. Also in wenigen Monaten!

Nach einer Weile sagte ich: »Da kam ich her, um etwas über meinen Vater und Silva zu hören, und erfahre statt dessen dies!«

»Mich wundert es ohnehin sehr, daß Sie das nicht schon längst wußten.«

»Ich hielt mich für Jagos Gast. Ich war sicher, daß er der Herr der Insel ist. Vielleicht haben Sie doch unrecht.«

»Möglich wäre es natürlich. Ich gebe Ihnen die Adresse des Anwalts Ihres Vaters. Suchen Sie ihn doch auf und fragen Sie ihn.«

»Wenn das alles stimmt, hätte er mich doch eigentlich verständigen müssen.«

»Ja, vielleicht hat er Sie ohnehin schon gesucht. Wir wußten ja erst seit den Zeitungsberichten über Ihre Verlobung, wo Sie wohnten.«

»Meine Mutter ist damals zu ihrer Mutter gezogen, und nach ihrem Tod kam ich zu einer ihrer Kusinen. So schwierig war es also wohl nicht, mich zu finden.«

»Das sieht vielleicht für Sie so aus. Aber Ihr Vater starb ja erst vor einem Jahr, und die Mühlen des Gesetzes mahlen – wie die Mühlen Gottes – eben etwas langsam.«

»Ich bin ganz durcheinander wegen dieser Neuigkeit.«

»Das kann ich gut verstehen – bei solch einem Erbe!«

»Ich meine nicht die Größe … natürlich muß ich mir auch darüber klarwerden, was das alles bedeutet. Ich meine jetzt nur die Tatsache, daß ich gar nichts davon wußte.«

Er sah mich mit listigem Blick an.

»Vielleicht hatte Jago seine Gründe dafür, Ihnen bisher überhaupt nichts zu sagen.«

Ich fühlte, wie ich rot wurde. Ich sah mich mit Jago auf der Vogelinsel stehen und dachte an seine Küsse. Natürlich wollte er mich heiraten. Die Insel gehörte mir, und er liebte sie wohl mit einer Leidenschaft, die er für niemanden und nichts sonst empfinden mochte.

Verletzt und verwirrt war ich und doch froh, hierhergekommen zu sein. Wie gut, daß ich diesen Mr. Fenwick unbedingt sprechen wollte. Er hatte mir mehr erzählt, als ich erwarten durfte.

Er hatte sich erhoben und war zu seinem Schreibtisch in der Zimmerecke gegangen. Er setzte sich daran und schrieb die Adresse der Anwaltsfirma auf einen Zettel.

»Suchen Sie die Herren doch einmal auf«, meinte er. »Falls sie schon versucht haben, Sie zu erreichen, werden sie froh sein. Sie werden Ihnen alles, was ich berichtet habe, bestätigen – oder es bestreiten. Ich kann nur sagen, daß Ihr Vater seine Absichten sehr gründlich mit mir besprach und daß die Anwälte ihn etwa ein Jahr vor seinem Tod einmal in der Burg besucht haben.«

»Merkwürdig, daß er selbst mich nicht zu finden versuchte, nachdem er ein solches Testament aufgesetzt hatte.«

»Er sagte damals, daß er in seinem Zustand sein Leben nicht noch komplizieren wolle.«

»Wann verschwand Silva?«

»Wenige Monate vor seinem Tod.«

»Machte es ihm eigentlich nichts aus?«

»Er hat sich nicht darüber geäußert.«

»Wie grausam er doch zu ihr war!«

»Sie erinnerte ihn eben immer an die Untreue ihrer Mutter. Wäre sie anders gewesen, attraktiver, normaler, hätte er sie vielleicht ein bißchen gemocht. Er fragte mich oft, warum er sich eigentlich mit ihr beschäftigen solle. Einmal sagte er zu mir, nur die Angst vor einem Skandal würde ihn dazu bringen, sie auf der Burg zu behalten.«

»Wußte Silva, daß er Zweifel an seiner Vaterschaft hatte?«

»Ich glaube nicht; das wußten überhaupt wenige Leute. Ich natürlich, weil er mir viel anvertraute. Er war zu stolz, um mit anderen über seine Zweifel zu sprechen.«

»Wenn sie doch noch da wäre! Ich hätte sie so gerne gekannt.«

»Sie war immer ungebärdig. Einmal drohte sie uns, sich von den Burgzinnen hinunterzustürzen. Die damalige Gouvernante sagte nur: ›Na schön, tu's doch.‹ Und da überlegte sie es sich. Nach diesem Vorfall nahm niemand mehr ihre Drohungen ernst. Vermutlich war die Bootsfahrt auch nur so eine Geste, mit der sie die Leute alarmieren wollte. Und es ist dann schiefgegangen. Mit dem Meer kann man sich eben nicht solche Scherze erlauben.«

»Ihre Leiche wurde aber nie gefunden, nur das Boot kam zurück.«

»Offensichtlich ertrank sie.«

»Eigenartig, daß ihre Leiche nirgends angeschwemmt wurde.«

»Das ist nicht immer der Fall. Es gibt bestimmt Hunderte von Ertrunkenen, deren Leichen nie gefunden wurden.«

»Was für ein trauriges, tragisches Leben! Es ist wirklich, als würden die Sünden der Väter an den Kindern gerächt. Ich bin Ihnen sehr dankbar, Mr. Fenwick. Sie haben mir viel mehr erzählt, als ich je zu entdecken hoffte.«

Ich versprach ihm, mich noch am selben Tag bei den Anwälten zu melden, wenn es sich irgendwie machen ließ, und ging.

Als ich Michael die Adresse zeigte, brachte er mich sofort dorthin. Es war eine kleine Stadt, zu der wir auf unserem Heimweg nur einen kleinen Umweg machen mußten.

Und im Büro von Merry, Fair und Dunn erfuhr ich dann, daß ich tatsächlich die Erbin eines immensen Vermögens war, das ich an meinem einundzwanzigsten Geburtstag bekommen sollte. Bis zu diesem Tag würde es von Jago Kellaway verwaltet, und mein Vater hatte mir den Rat hinterlassen, ihn auch weiterhin in dieser Position zu belassen.

Da war aber noch etwas. Es stimmte, daß Silva Kellaway die Insel erben sollte, falls ich ohne Erben starb. Da sie nun zweifellos nicht mehr lebte, war Jago Kellaway nach mir der nächste Anwärter auf den Inselthron.

Diese Neuigkeit hatte schon beim erstenmal in mir Alarm ausgelöst. Nur wollte ich partout nicht darauf hören.

2

Ich brannte darauf, Jago gegenüberzutreten. Ich mußte wissen, was er darauf antworten würde, wenn er hörte, was ich entdeckt hatte. Ich wollte sehen, welche Entschuldigungen er dafür vorbringen würde, daß er mich nicht selbst aufgeklärt hatte. Ich war noch immer recht verwirrt, und komischerweise dachte ich nicht so sehr daran, wie reich ich war, sondern daß Jago es mir nicht gesagt hatte, und vor allem, daß im Falle meines Todes, da Silva ohnehin für tot gehalten wurde, alles ihm gehören würde.

Leider traf ich ihn bei meiner Rückkehr nicht in der Burg an. Jenifry sagte, er käme erst zum Abendessen. Voll Ungeduld ging ich in mein Zimmer hinauf. Ich wusch mich und zog mich um, aber es war noch zu früh, um zum Essen hinunterzugehen. Ich setzte mich hin und blätterte nervös das Skizzenbuch durch. Kam natürlich auch wieder an die zwei Bilder von Jago.

Immer wieder mußte ich an den Augenblick denken, als ich das Loch im Boot entdeckte, durch das langsam Wasser eindrang. *Er* hatte mir die *Ellen* gegeben. »Du mußt ein eigenes Boot haben«, hatte er gesagt und mir stolz das kleine Fahrzeug mit meinem Namen darauf gezeigt. Wie ich mich gefreut hatte! Nicht nur über das Boot, sondern weil *er* mir das Boot schenkte. Warum mußte ich an all das jetzt denken?

Ich hörte wieder die kühle Stimme des Anwalts: »Falls Sie ohne Erben sterben, geht der Besitz an Jago Kellaway.«

Lange Schatten lagen im Zimmer. Etwas Bedrohliches hatte sich eingeschlichen oder war vielleicht immer schon dagewesen. Endlich war es Zeit zum Abendessen. Klopfenden Herzens ging ich hinunter.

»Hattest du einen schönen Tag?« fragte mich Jago.

»Ja, danke, es war sehr interessant.«

Gwennol beobachtete mich mit kaltem und hartem Blick; sie war offenbar überzeugt, daß ich mit Michael zusammen gewesen war.

»Ich war auf dem Festland«, sagte ich.

»Was, unsere Insel schon wieder im Stich gelassen?«

Unsere Insel, dachte ich, du meinst wohl *meine*. Zumindest wird sie das bald sein … oder sollte es … in wenigen Monaten.

Ich konnte es kaum erwarten, mit ihm zu reden. Wie lange die Mahlzeit mir erschien! Wie schwierig es war, Konversation zu machen, während ich nur an eines dachte!

Als wir endlich fertig waren, sagte ich sofort: »Jago, ich möchte dich sprechen.«

Neugierig blickte er auf. Ob er dachte, ich hätte mich zu einer Entscheidung durchgerungen? Nach seiner Denkungsart konnte das nur heißen, daß ich ihn jetzt doch heiraten wollte. Er konnte sich wohl nicht vorstellen, jemals der Verlierer zu sein.

Und dann stand ich ihm in seinem Arbeitszimmer gegenüber und kam gleich zur Sache.

»Ich habe heute eine außerordentliche Entdeckung gemacht. Es war ein richtiger Schock für mich, zu erfahren, daß ich eine reiche Erbin bin.«

Das schien ihn gar nicht zu erschüttern: »Es war klar, daß du das früher oder später entdecken würdest«, sagte er leichthin.

»Und warum hast du mir nichts davon gesagt?«

»Weil du es noch rechtzeitig erfahren würdest.«

»Ich hatte aber ein Recht, es zu wissen.«

»Es war wohl besser, daß du es noch nicht wußtest.«

»Nach wessen Meinung?«

»Meiner natürlich.«

»Ich fühle mich ... hintergangen.«

»Meine liebe Ellen, was soll denn *das* heißen? Niemand wird dich je hintergehen, solange ich bei dir bin.«

»Du hast mir gesagt, daß dich mein Vater bis zu meinem einundzwanzigsten Geburtstag zu meinem Vormund ernannt hat.«

»Das stimmt auch.«

»Aber du hast mir nicht gesagt, was dann passieren würde.«

»Das sollte eben eine Überraschung werden.«

»Die Sache gefällt mir aber nicht.«

»Es gefällt dir nicht, eine Insel zu erben?«

»Es gefällt mir nicht, absichtlich im dunkeln gehalten zu werden. Würdest du mir bitte die Sache erklären?«

»Ich dachte, du wüßtest jetzt Bescheid? Wer hat es dir denn gesagt?«

»Ich habe den Sekretär meines Vaters aufgesucht. Er gab mir die

Adresse der Anwälte. Mr. Dunn hat mir dann das Testament erklärt.«

»Nun, dann weißt du ja alles. Und wie hast du Fenwick gefunden?«

»Michael Hydrock hat ihn für mich ausfindig gemacht.«

»Ach ja? Ist er an deinem Erbe interessiert?«

»Was willst du damit sagen?«

»Daß er für eine Bitte von dir ziemlich viel Mühe auf sich nimmt.«

»Es war eine freundliche Geste. Du wirst doch nicht etwa behaupten, daß er an meinem Erbe interessiert ist! Soviel ich weiß, ist er sehr reich. An meinem Besitz dürfte er wohl kaum interessiert sein.«

»Da würde ich nicht so sicher sein. Leute, die reich erscheinen, müssen noch lange kein Geld haben. Je reicher einer ist, um so mehr Schulden kann er haben.«

Ich dachte: Er will mich ablenken. Greift mich an, anstatt in die Defensive zu gehen – wie ich es allerdings von ihm hätte erwarten können.

»Als du nach London kamst, wußtest du das alles schon!«

»Ellen, sei doch nicht so dramatisch! Dein Vater ist erst vor kurzem gestorben. Die Formalitäten sind immer noch nicht erledigt. Ich wurde zu deinem Vormund ernannt, darum nahm ich die Dinge in meine Hände. Ich wollte dich kennenlernen und mir den Mann ansehen, den du heiraten wolltest.

Sein Tod hat es mir ermöglicht, dich herzubitten. Ich wollte, daß du die Insel siehst, sie kennenlernst und liebst, ehe du wußtest, daß sie eines Tages dir gehören würde.«

»Warum?«

»Wenn du gehört hättest, daß du eine weit entfernt liegende Insel geerbt hast, die einen großen Verkaufswert darstellt, was hättest du dann wohl getan?«

»Ich hätte sie mir natürlich erst mal angesehen.«

»Und dann wahrscheinlich gleich verkauft. Irgendein Unbekannter hätte die Kellaway-Insel kaufen können, und das wollte ich nicht riskieren. Ich wollte dich herkommen lassen, damit du sie dir selber ansiehst, sie liebenlernst, ohne noch vom Testament deines Vaters zu wissen.«

»Und dich heiraten, ehe ich es wußte«, ergänzte ich.

»Das hat mit uns beiden gar nichts zu tun. Außer, daß es für dich praktischer sein würde, mich dabei zu haben, und wir die Insel zusammen noch schöner machen könnten, als sie schon ist.«

Ich blickte ihn unverwandt an. Was verbarg mir sein Blick? Wie elend mir zumute war! Jetzt, da ich ihm nicht mehr vertrauen konnte und mir gleichzeitig immer klarer wurde, wie langweilig und sinnlos mein Leben – egal, was er getan hatte – ohne ihn wäre. »Ach, Jago«, begann ich, und da kam er schon auf mich zu, nahm mich in die Arme und drückte mich so eng an sich, daß ich meinte, meine Knochen würden allesamt brechen.

Seine Lippen waren auf meinem Haar. »Mach dir keine Gedanken, Ellen. Ich bin doch für dich da. Bei mir brauchst du dich vor nichts zu fürchten.«

Ich löste mich von ihm.

»Es war alles so unnötig«, sagte ich. »Warum so geheimnisvoll? Wieso kamst du nach London, ohne zu sagen, wer du bist? Und dann noch in das Haus am Finlay Square. Warum?«

»Ich wollte dich sehen … dich kennenlernen, ehe du wußtest, wer ich war.«

»Ich kann keinen Grund dafür entdecken«, sagte ich.

»Ich wollte herausfinden, in welche Familie du da hineinheiratest. Und was wäre geschehen, wenn ich mich dir vorgestellt hätte? Du hättest mich *ihnen* vorgestellt. Und sie sollten aber nicht wissen, daß ich da war, denn ich zog Erkundigungen über sie ein.«

»Über die Carringtons? Die sind nicht nur in England bekannt, sondern weltweit.«

»Genau. Und wieso haben sie sich dann so über die Ehe ihres Sohnes mit einem Mädchen gefreut, das offensichtlich keinen Pfennig besaß?«

»Sie hatten so viel Geld, daß das für sie bedeutungslos war.«

»Jetzt hör mal zu. Geld ist bei den Carringtons das Allerwichtigste und nicht mehr allzu reichlich vorhanden. Ich glaube, daß sie von deinem Erbe wußten und sich deshalb für dich so begeisterten. Sie wollten das Geld haben. Die Insel wäre verkauft worden, und mit diesem Geld hätte man das Reich der Carringtons sehr bequem wieder stützen können.«

»Das ist doch eine bloße Einbildung von dir.«

»Nein. Die Dinge sind nämlich oft nicht so, wie sie zuweilen scheinen. Sicher, ich liebe diese Insel, und ich will nicht, daß sie jemand Fremdes übernimmt. Es war eine große Freude für mich, dich kennenzulernen und mich auf der Stelle in dich zu verlieben.«

»Wäre ich nicht Erbin der Insel gewesen, so hättest du wohl weniger Freude an mir gehabt.«

»Ich wollte vor allem *dich* für mich haben und hätte dann sicher auch eine Möglichkeit gefunden, die Insel zu behalten.«

Meine Vernunft befahl mir, ihm nicht zu glauben. Aber meine Vernunft hatte nichts zu sagen gegen die Anziehungskraft, die jetzt so stark wie eh und je war.

»Jetzt wirst du die Insel mit anderen Augen sehen. Ich werde dich in die Buchhaltung einführen. Die Archive gehen Hunderte von Jahren zurück! Es wird dich faszinieren. Wir werden zusammen arbeiten, werden Kinder haben, die mit der gleichen Liebe zur Insel aufgezogen werden.«

»Nicht so schnell, bitte. Ich habe noch nicht gesagt, daß ich dich heiraten werde.«

»Das ist doch pervers, du weißt genausogut wie ich, daß du es tun wirst.«

»Manchmal kommt es mir so vor, als würdest du dich nicht mehr für einen Menschen, sondern für einen Gott halten.«

»Ich finde es gar nicht so schlecht, eine gute Meinung von sich zu haben. Wenn man sie nicht selber hat, dann haben sie andere bestimmt auch nicht. Wo ist übrigens die Halskette?«

»In meinem Zimmer.«

»Warum trägst du sie nicht?«

»Der Verschluß ist nicht fest. Ich muß ihn reparieren lassen.«

»Ich sehe dich so gerne damit.«

»Ich werde sie schon tragen«, sagte ich. Und dachte gleichzeitig, wie schwach ich doch gegen ihn war, wo ich mir doch stets so stark und selbständig vorgekommen war. Ich war hergekommen, ihn zur Rede zu stellen, und er hatte sich mit einer Erklärung, die ich unter anderen Umständen als nicht plausibel abgelehnt hätte, aus seiner schwierigen Situation herausgeredet.

Was war mit mir geschehen? Ich *wollte* akzeptieren, was er sagte, wollte bei ihm sein.

Sowie ich wieder alleine war, würde es anders sein. Ich behauptete, müde zu sein. Es wäre ja ein langer Tag gewesen. Er drückte mich noch einmal an sich und wollte mich nicht loslassen.

Schließlich sagte er: »Gute Nacht, liebste Ellen. Hab keine Angst vor deinen Gefühlen. Das hätte ich mir bei dir nie gedacht. Hab doch keine Angst zu lieben! Es wird herrlich sein, das verspreche ich dir.«

Ich sagte ihm gute Nacht und ging dann sofort in mein Zimmer hinauf. Gleich überfielen mich wieder meine unguten Gefühle.

Ich hörte, wie der Wind stärker wurde, stieg aus dem Bett und ging zum Fenster. Ich sah auf das Meer hinaus. Im Licht der Sterne konnte man das Wasser gerade noch erkennen. Die Wellen fingen gerade wieder an, ihre weißen Schaumkronen zu bekommen. Konnte ich ihm glauben? War es möglich, daß die Carringtons über mein Erbe informiert waren? Philip bestimmt nicht. Ihm traute ich das nie und nimmer zu. Die anderen hatten mich fast zu eifrig akzeptiert, das stimmte. Aber Philip war bestimmt schuldlos. Hatte seine kluge Familie ihn als Lockvogel benützt?

Was Wunder, daß ich in jener Nacht wieder den Traum hatte. Ich war in dem Zimmer, und nun war es noch vertrauter, da ich es so oft im Skizzenbuch meiner Mutter gesehen hatte. Ich hörte die flüsternden Stimmen, mein Blick war auf die Tür gerichtet. Sie öffnete sich langsam, und wieder überkam mich das entsetzliche Gefühl, daß jenseits der Tür mein Schicksal lag.

3

Am nächsten Tag ging ich Jago aus dem Weg; ich sagte ihm, daß ich meine Gedanken noch einmal allein ordnen müßte. Die kühle, praktische Seite meines Lebens sollte wieder Oberhand bekommen, und ich wollte die Dinge so einschätzen, wie es ein von Gefühlen unabhängiger Außenstehender tun würde.

Ich zog Bilanz. Er kam nach London, ohne sich zu erkennen zu geben. Kam ins Haus am Finlay Square. Lud mich nach Philips Tod ein. Alles ganz logisch. Aber warum sagte er mir nicht, daß ich die Erbin der Insel war? Vielleicht fürchtete er wirklich nur, daß ich sie verkaufte, wollte, daß ich die Insel liebenlernte. Und er hatte nicht gesagt, wer er war, damit die Carringtons es nicht erfuhren. Jetzt, da er mich nicht so liebevoll und ernsthaft ansehen konnte, wirkte das alles wenig glaubhaft. Er hatte mich angeblich aus Liebe zu mir gebeten, ihn zu heiraten. Aber wieviel davon war Liebe zur Insel? Und dann bekam wieder die verliebte Ellen die Oberhand, denn daß ich in diesem Zustand war, meinte ich jetzt fest zu wissen. Er tut eben gerne verrückte Dinge. Kann es nicht ausstehen, wie ein sogenannter normaler Mensch zu handeln. Er wollte mich sehen und kam zum Finlay Square, weil es ihn interessierte, was für ein Haus wir uns da anschafften, vor allem aber, um alleine mit mir reden zu können. Rollo kam dazu und störte uns. Als Philip tot war, bat er mich auf die Insel, was ja schließlich nur natürlich war. Und daß ein Mädchen, das hauptsächlich in London gewohnt hatte, eine weit entfernte Insel, die sie erbte, baldmöglich verkaufen würde, stimmte auch. Ebenso aber stimmte es, daß ich mein Erbe liebgewonnen hatte. Es war mir ans Herz gewachsen.

Ja, ja, sagte die verliebte Ellen in mir. In gewisser Weise kann ich es verstehen. Und dann verließ ich die Burg und bestieg einen der Hügel, von dem aus ich den größten Teil der Insel überblicken konnte. Das viele Grün mit dem Goldrand der Ginsterbüsche. Die Häuser mit ihren orangefarbenen Dächern, alles so zauberhaft schön, und darüber beschützend die steinernen Mauern des mittelalterlichen Gebäudes, in dem die Kellaways schon seit Hunderten von Jahren lebten.

Und dies alles würde bald mir gehören.

Ein Mann kam mir auf den Hügel nach. Irgendwie schien er mir vertraut. Es konnte doch nicht wahr sein! Träumte ich? Diese Ähnlichkeit…

»Rollo!« rief ich.

»Ja«, sagte er. »Da staunst du, was? Ich dachte mir doch, daß ich dich irgendwo entdecken würde.«

»Und wie bist du hierhergekommen?«

»Mit dem Boot. Ich wohne für ein paar Nächte im Ortsgasthof. Ich habe geschäftlich in Truro zu tun und dachte, ich könnte dich auf dem Weg dorthin besuchen. Esmeralda hat mir die genaue Adresse gesagt. Und nun bin ich da, Ellen.«

»Ach so?«

»Ich wollte dich nämlich um Entschuldigung bitten. Es kam alles so plötzlich, so unerwartet. Mein Gewissen hat mich seither oft gedrückt. Schließlich war es für dich ja schlimmer als für uns.«

»Und die Sache hat sich nie aufgeklärt?«

»Nie. Jetzt, da ich ruhiger geworden bin, kann ich es auch nicht mehr glauben, daß er sich selbst getötet hat.«

»Ich habe es nie geglaubt. Ich denke mir, die Pistole ist von allein losgegangen, als Philip sie reinigte.«

»Es wies aber nichts darauf hin, daß er sie gereinigt hätte.«

»Irgendwas stimmt da nicht, aber wahrscheinlich finden wir das nie heraus.«

»Ich *mußte* dich einfach aufsuchen, Ellen, und dich um Vergebung bitten.«

»Ich verstehe es jetzt, ich weiß, was für ein Schock das für dich gewesen sein muß. Denk nicht mehr an das, was du zu mir gesagt hast. Es stimmte jedenfalls überhaupt nicht. Ich hatte niemals Streit mit Philip gehabt. Nie.«

»Je mehr Zeit verstrichen ist, um so mehr wurde mir das auch klar.«

»Also vergiß es. Ich bin nur froh, daß du nicht mehr glaubst, ich wäre verantwortlich dafür. Wie geht es deiner Mutter?«

»Wie immer. Sie spricht viel von dir. Die Familie deiner Kusine sehen wir nicht mehr oft. Esmeralda wird sich bald mit Freddy Bellings verloben. Sie wirkte sehr glücklich und zufrieden, als ich sie zuletzt sah. Übrigens, ich hörte von der Wirtin, daß du einen Unfall hattest.«

»Wie sich doch so etwas herumspricht! Wahrscheinlich hat die Dienerschaft geplaudert. Ja, mein Boot ist gekentert.«

»Wie ist denn das passiert?«

»Wie so etwas eben passiert. Ich bemerkte plötzlich, daß das Boot leckte. Ein Junge von der Burg sah mich zufällig und kam mir zu Hilfe. Und dann stand mir noch Jago bei.«

»Hast du herausgefunden, was mit dem Boot los war?«

»Es ist noch nicht an Land geschwemmt worden.«

»Da wird es wohl jetzt auch nicht mehr kommen.«

»Vermutlich nicht.«

»Dann muß ich dir ja zu deiner Rettung gratulieren. Du wirst doch nicht etwa zu Unfällen neigen, liebe Ellen? Ich erinnere mich, daß du einmal von einer Felswand gefallen bist. Kurz nach Philips Tod. Vermutlich warst du da nicht so aufmerksam, wie es sonst deine Gewohnheit ist. Beim ›Toten Mann‹, stimmt's? Eine gefährliche Stelle!«

»Das war auch eine schreckliche Sache. Ja, offenbar neige ich zu Unfällen.«

Er lächelte und legte seine Hand in meine. »Dann mußt du wohl in Zukunft ein bißchen mehr aufpassen. Deine Boote näher anschauen, ehe du mit ihnen hinausfährst, und ja nicht mehr an Felsränder gehen. Sag mal, wie gefällt es dir hier? Wirst du hier noch lange bleiben?«

»Es ist mir ein richtiges Zuhause geworden, vorher hatte ich ja keines. Bei Kusine Agatha jedenfalls nicht. Es wächst mir immer mehr ans Herz, von Tag zu Tag.«

»Eine recht wohlhabende Insel, wie mir scheint, mit sehr schöner Landwirtschaft. Bringt sicher eine Menge ein. Übrigens, die Aussicht von dort oben ist herrlich. Ich bin schon einmal dagewesen, wollte die ganze Insel sehen. Kommst du mit mir?«

»Gerne.«

»Ich wollte heute wieder abreisen. Habe schon gestern versucht, dich zu finden, damit ich mich bei dir entschuldigen kann.«

»Wie lieb von dir, persönlich zu kommen. Du hast doch sicher viel zu tun.«

»Wie immer«, antwortete er, und da fiel mir Jagos Behauptung ein, daß die Carringtons auf mein Vermögen scharf gewesen seien. Wie absurd! »Ich dachte mir, nimm die Gelegenheit zu der Reise nach Truro wahr, und ich bin froh, daß ich es getan habe.«

»Ich auch. Und wenn du Esmeralda siehst, dann sag ihr bitte, daß ich oft an sie denke und hoffe, bald alles über ihre Verlobung zu erfahren.«

»Das tu ich gerne.«

Wir waren inzwischen noch weiter hinaufgestiegen. »Du solltest aufpassen«, sagte Rollo. »Ein Fehltritt, und du fällst tief hinab.«

»Ich habe einen sicheren Tritt.«

»Damals hattest du ihn nicht«, sagte er.

»Da hat ja das Geländer nachgegeben, das hatte damit nichts zu tun. Außerdem passe ich jetzt besonders auf. Schau mal, da unten ist die alte Tassie. Sie sammelt Schnecken und Krabben oder so was.«

»Die sieht aber recht greulich aus.«

»Hoffentlich hat sie dich nicht gehört. Sie würde dich sonst verhexen. Ah, sie hat uns schon gesehen.« Ich winkte ihr zu.

»Guten Tag, Miß Kellaway«, rief sie herauf. »Wie geht's denn immer?«

»Gut geht's, Tassie«, antwortete ich. »Und Ihnen hoffentlich auch.«

Sie nickte nur und ging ihres Weges.

»Was immer sie da einsammelt, das wird sicher ein Trank für ein liebeskrankes Mädchen. Oder sie heilt damit Warzen und Gerstenkörner.«

»Du scheinst ja hier ein recht buntes Leben zu führen. Glaubst du, sie hat mich gesehen?«

»Natürlich hat sie dich gesehen. Die alte Tassie sieht alles. Und darum werden ihre Prophezeiungen wahrscheinlich alle wahr.«

Wir gingen den Hügel hinunter bis zu dem Platz, wo ich ihn getroffen hatte. Er nahm mich bei der Hand und sagte: »Du hast mir also vergeben? Dann kann ich mit gutem Gewissen zurückfahren.«

Ich nickte. »Und danke für dein Kommen. Möchtest du nicht zur Burg kommen?«

Er schüttelte den Kopf. »Nein, ich muß gleich fahren. Ich wollte ja nur dich sehen. Vielleicht komme ich beim nächstenmal wieder vorbei.«

»Das wäre aber nett«, sagte ich.

Während wir unserer Wege gingen, er zum Gasthaus und ich zur Burg, dachte ich an Jagos Behauptung, daß die Carringtons Geld brauchten, um ihr Imperium aufrechtzuerhalten. Das schien mir völlig lächerlich. Was für ein merkwürdiger Tag! Und wie stark Rollos Auftauchen mich gleich wieder in meine Verlobungszeit mit Philip zurückversetzt hatte.

4

Zwei Tage später kam der Junge aufgeregt zu mir. »Miß Ellen«, sagte er. »Sie ist reingekommen! Die *Ellen* ist da.«

»Wo denn?«

»In der Bucht. Ich habe sie hereingeschleppt und gleich versteckt.«

»Warum versteckt?« fragte ich.

Sein Blick wurde wieder ganz eigenartig. »Weiß ich selbst nicht genau. Als ob's mir jemand *befohlen* hätte.«

»Weiß denn niemand außer dir, daß sie reingekommen ist?«

Er schüttelte den Kopf. »Ich habe sie von weitem gesehen. Da bin ich hinausgeschwommen und habe sie reingeholt. In meine eigene Bucht, wo sonst niemand hingeht. Da liegt sie jetzt. Kommen Sie mal mit, ich muß Ihnen was zeigen. Es gefällt mir gar nicht.«

Er führte mich zum Ufer hinunter, an eine Stelle, die aussah, als würde sie bei Ebbe vom Land abgetrennt. Da lag das Boot vor mir.

»Das ist doch nicht die *Ellen*«, sagte ich sofort.

»Aber gewiß doch.«

»Wo ist denn der Name? Das Boot hat ja gar keinen.«

Er sah mich verschlagen an. »Ich habe ihn übermalt.«

»Und warum?«

Er kratzte sich am Kopf und sah wieder ganz verloren drein. »Kann ich nicht sagen. Kam mir irgendwie am besten vor.«

»Warum diese Geheimnistuerei?«

»Sehen Sie doch einmal da hin, Miß Ellen.« Er zeigte auf den Boden des Bootes. Das Loch war offensichtlich hineingebohrt worden.

»Wie mag das da hineingekommen sein?«

»Es gibt nur eine Möglichkeit: Jemand hat das Loch absichtlich da reingebohrt. Sie haben doch von Zucker gesprochen. Wenn man ein Loch mit grobem Zucker zustopft, dauert es eine Weile, bis er sich auflöst. Und so war es ja auch. Ist doch klar wie Sonnenschein.«

Das ist ja nicht auszuhalten, dachte ich, während ich versuchte, meine mißtrauischen Gedanken aus dem Kopf zu bringen. Jemand hat ein Loch ins Boot gebohrt. In mein Boot, mit dem nur ich hinausfuhr. Und jemand, der wußte, daß ich nicht gut schwimmen kann, der darauf baute, daß ich allein hinausrudern und nicht lebend zurückkehren würde. Ich starrte das Loch an, und dann wurde ich mir plötzlich der Hand des Jungen auf meinem Arm bewußt.

»Miß Ellen«, sagte er, »wenn Sie Schwierigkeiten haben, kommen Sie zu mir? Mit meiner Kraft werde ich Ihnen vielleicht beistehen können. Silva hat immer mit mir geredet. Wollen Sie das auch tun?«

»Ich danke dir; ich bin so froh, dich zum Freund zu haben.«

Den Tatsachen, die mir hier ins Gesicht starrten, konnte ich nicht mehr ausweichen. Ich mußte mit ihnen rechnen. Jemand hatte es ganz eilig, mich aus dem Weg zu räumen. Er oder sie hatte versucht, mich zu töten.

DIE VERLIESE

1

Angst überfiel mich. Jetzt war ich sicher, in Lebensgefahr zu schweben. Es gab nur eine Möglichkeit, und die schien mir auch am wahrscheinlichsten. Unlogischerweise wollte ich gerade ihr nicht genauer nachgehen. Ich suchte selber nach allen möglichen Einwänden, die dagegen sprachen, und weigerte mich, die Stimme der Vernunft in mir zu hören. Irgend etwas mußte ja dahinterstecken. Wenn ein Mensch einen anderen aus dem Weg räumen will, bedeutet das doch, daß er dadurch einen Vorteil hat. Konnte diese schöne, fruchtbare Insel der Grund sein?

Sie gehörte mir, zumindest bald, und jemand anders wollte sie für sich haben. Das konnte ich einfach nicht glauben.

Und doch war es bestimmt das Motiv, sagte mein praktischer Sinn. Du willst es nur nicht glauben. Willst die Tatsachen nicht akzeptieren. Wenn du aus dem Weg wärst, würde alles *ihm* gehören.

Aber er liebt mich doch. Hat mich gebeten, ihn zu heiraten. Ja, und du möchtest ihn auch heiraten. So sehr, daß du absichtlich die Augen vor der Wahrheit verschließt.

Wenn er mich heiratet, hat er Anteil an der Insel. Wenn ich sterbe, gehört sie ganz ihm.

Ist doch Unsinn, dachte ich. Nur weil ich in dem lecken Boot hinausgefahren bin? Und dann sah ich wieder das Gesicht des Jungen vor mir. Seinen besorgten, eigenartigen Blick. Er wußte mehr, als er zugeben wollte, und hatte mich auf seine Weise gewarnt.

Ich konnte Silva nicht vergessen. War ihre Geschichte ähnlich wie meine? Was war mit ihr geschehen? Wenn sie doch nur da wäre und ich mit ihr reden könnte. Ich ging in das Zimmer neben der Halle im Erdgeschoß, das meine Mutter bewohnt und in dem ich das Skizzenbuch gefunden hatte. Es war irgendwie beruhigend, auf der alten Bank zu sitzen und an meine Mutter, die mit mir von hier fortgegangen war, und auch an Silva zu denken.

Wie unglücklich mußte sie gewesen sein, als sie hinausruderte.

War es wirklich nur eine Geste, so, wie die Drohung, sich von der Burgmauer hinunterzuwerfen? Eher wohl enttäuschte Liebe. Soviel konnte ich aus ihren Notizen entnehmen. Zum erstenmal hatte sie sich geliebt gefühlt… oder jemand hatte sie dies glauben lassen.

Hatte dieser Jemand nur so getan, als liebe er sie? Vielleicht nur, weil sie die Tochter ihres Vaters war, seine älteste Tochter, von der man annahm, daß sie ihn beerben würde? Und hatte er dann entdeckt, daß ihr Vater sie gar nicht für seine Tochter hielt und sein Geld der anderen Tochter vererbte? Nämlich mir? Jagos Gesicht stieg vor mir auf. Sein liebevoller Blick, seine Leidenschaft, die Augen mit den schweren Lidern darüber, deren Blick nicht immer leicht zu deuten war. Er faszinierte und erregte mich. Ich wollte die ganze Wahrheit über ihn erfahren, egal, wie gefährlich das sein mochte. Eine abenteuerliche Natur hatte ich immer schon gehabt und mich nie an die sichere Straße gehalten. Mir war es, als winke mir Jago, mit ihm zu gehen, herauszufinden, wieweit mein Verdacht der Wahrheit entsprach. Die Antwort auf meine Frage zu finden: Will er mich oder die Insel? Die Antwort darauf konnte auch heißen, daß er beides wollte, was er wohl auch jederzeit zugeben würde. Die eigentliche Frage aber war, ob er die Insel allein besitzen wollte. Was wußte ich eigentlich von Jago, außer der überwältigenden Tatsache, daß es aufregend war, ihn zu kennen?

Beinahe wünschte ich, der Junge hätte das Boot nicht gefunden. Wieviel bequemer wäre es gewesen, es damit bewenden zu lassen, ich hätte mir die paar Zuckerkrümel nur eingebildet. Aber das gebohrte Loch war nicht mehr zu verleugnen.

Während ich mich rundweg weigerte zu glauben, Jago habe das Loch in das Boot gebohrt, in der Hoffnung, ich würde nicht zurückkehren, gingen meine Gedanken zu Michael Hydrock, der so lieb zu mir gewesen war und meine Gesellschaft so zu genießen schien. Und was, wenn Michael derjenige war, in den sich Silva verliebt hatte? Ich mußte an Jenifry und Gwennol denken, die so deutlich gezeigt hatten, daß ihnen meine Freundschaft mit Michael sehr mißfiel. Gwennol war sehr leidenschaftlich, sie liebte und haßte gleich stark. Dieser Zweig der Kellaway-Familie hatte den Teufel in sich. Es war auch Jagos Zweig; so besagte es zumindest die Legende. Jago begehrte also die Insel und Gwennol Michael Hydrock. Es war alles so mysteriös und verwirrend, und ich konnte mich nicht von dem Gedanken befreien, daß ich in Gefahr sei.

Wenn doch nur meine Mutter mir von der Insel erzählt hätte! Wäre ich früher auf die Insel gekommen, hätte ich Silva wohl noch angetroffen.

Während ich so über diese Dinge brütete, hörte ich plötzlich ein Geräusch. In meinem Gemütszustand rann mir gleich ein kalter Schauer über den Rücken. Ich starrte auf die Tür, die langsam aufgestoßen wurde. Ich weiß selbst nicht, was ich zu sehen erwartete. Meine Furcht kam wohl daher, daß ich überzeugt war, irgendwer wollte mich ermorden. Und dann stand nur der Junge da.

»Ach, Sie sind's«, flüsterte er. »Ich wunderte mich schon. Wußte irgendwie, daß jemand hier war. Ist ein guter Einfall, hierherzugehen, wenn man Schwierigkeiten hat.«

»Merkwürdige Sachen sagst du da«, sagte ich. »Was soll denn das bedeuten?«

»Ich meine einfach nur, es ist gut, hier zu sein.«

»Was ist denn so besonders an diesem Zimmer?«

»Miß Silva ist auch immer hierhergekommen, ist dann auf der Bank gesessen, genau wie Sie jetzt. Wenn ich die Augen schließe, würde ich meinen, Miß Silva sitzt hier.«

»Woher wußtest du, daß sie hierherkam?«

»Das spürte ich immer.«

»Meine Mutter kam auch immer hierher. Wohl so eine Art Refugium.«

»Was ist denn das?«

»Ein Ort, an dem man nachdenken kann, wenn man nicht ganz sicher ist, was man tun soll.«

»Ja«, sagte er, »das ist es ...« Er hielt inne und runzelte die Stirn. Offenbar wollte er mir etwas sagen und wußte nicht, wie er es ausdrücken sollte.

»Ja, was ist? Sprich weiter«, ermunterte ich ihn.

»Sie passen doch gut auf, ja?«

»Das hast du mich schon einmal gefragt.«

»Ja, stimmt, Sie müssen auch sehr aufpassen.«

»Es wäre leichter für mich, wenn ich wüßte, worauf.«

»Wenn Sie mal Angst haben, Miß Ellen, dann kommen Sie hierher. Ich komme dann zu Ihnen.«

»Hierher in dieses Zimmer?«

»Ja, kommen Sie erst zu mir, damit ich weiß, daß Sie hier sind, und gehen Sie dann hier rein. Das wär' am besten.«

Ich sah ihn genau an, überlegte, warum ihn wohl die Leute für nicht ganz richtig im Kopf hielten. »Und warum?«

»Es ist am besten so«, sagte er mir. »Miß Silva hab' ich es auch gesagt, und sie hat mir vertraut. Sie trauen mir doch auch, Miß Ellen?«

»Ja, gewiß.«

Er legte die Finger auf die Lippen. »Hier in dieses Zimmer«, flüsterte er, »das wär' das beste.«

»Warum?« fragte ich.

»Wenn die Zeit einmal gekommen ist.«

Armer Junge, dachte ich, er scheint doch ein wenig irre zu sein.

»Solltest du nicht die Tauben füttern?« fragte ich.

Er lächelte und wiederholte: »Wenn die Zeit dafür gekommen ist.«

2

Ein kräftiger Südwestwind blies über das Meer. Ich verließ die Bucht und kletterte auf einen Felsen, wo ich zwischen Ginster und Farnen ein Fleckchen zum Ausruhen und Denken fand. Hier oben, weit weg von der Burg, konnte ich besser nachdenken.

Ich trug ein grünes Cape, das ich bei Sonnenschein öffnen konnte. Für meinen Platz hier war es sehr nützlich. Ich verschwand im Grün der Landschaft. Ein Boot, das ich schon von unten aus die Insel ansteuern sah, kam herein. Der Ruderer stieg aus, er kam mir irgendwie bekannt vor. Ich war sicher, ihn schon einmal gesehen zu haben.

Dann hörte ich Jagos Stimme; wenige Augenblicke später ritt er in die Bucht, zum Ufer hinunter.

»Wie können Sie es wagen, hierherzukommen? Was wollen Sie denn?«

Ich hörte die Antwort des Ankömmlings nicht. Seine Stimme schien nicht so volltönend zu sein wie die Jagos. Er war offensichtlich sehr verärgert. Meine Vermutung, den Fremden schon einmal gesehen zu haben, verstärkte sich noch. Ich sah sie einen Augenblick stumm und nachdenklich dastehen. »Ich kann Sie hier nicht brauchen«, hörte ich Jago dann sagen. »Sie wußten genau, daß Sie nicht hierherkommen dürfen.«

Der Mann gestikulierte; der Wind heulte wieder auf, und ich konnte die Antwort nicht hören.

»Na schön«, sagte Jago. »Wir sehen uns dann heute abend. Halten Sie sich bis dahin versteckt, und lassen Sie sich ja nicht bei der Burg sehen. Wir treffen uns bei den Verliesen, dort kommt keiner hin. Um neun Uhr am Westtor. Aber Sie verschwenden Ihre Zeit, Sie kriegen nichts mehr. Wo bleiben Sie bis dahin?«

Der Mann zuckte mit den Schultern.

»Dann fahren Sie zurück zum Gasthaus und bleiben Sie bis zum Abend auf Ihrem Zimmer. Wenn Sie meinem Befehl nicht Folge leisten, werden Sie es bereuen.«

Mit diesen Worten wandte er sein Pferd und ritt wieder nach oben. Der Mann sah ihm nach und blickte dann zur Klippe herauf. Ich bückte mich ins Farnkraut, obwohl ich sicher war, daß er mich nicht sehen konnte. Aber als er sein Gesicht nach oben wandte, erkannte ich es genau.

Es war Hawley, der Diener bei den Carringtons, der mich bei unserem ersten Zusammentreffen im Park so irritiert hatte.

Ganz still saß ich da und starrte aufs Meer. Was mochte das bedeuten? Welchen Zusammenhang gab es zwischen Jago und Hawley? Was mochte wohl aus Bessie geworden sein, die sich in ihn verliebt hatte? Und vor allem wollte ich jetzt wissen, was dieser Mensch mit Jago zu tun hatte. Eine einfache Erklärung fiel mir nicht ein. Dafür wurde mir aber wieder sehr unbehaglich zumute. Mein altes Leben war mit der Reise auf die Insel keineswegs hinter mir zurückgeblieben, wie ich gedacht hatte. Philips Tod, Hawley und Jago – alles schien miteinander verknüpft zu sein.

Offensichtlich hatte Jago sich sehr geärgert, Hawley wiederzusehen. Und Hawleys Benehmen war unterwürfig, aber zugleich aufmüpfig. Sichtlich hatte er Angst vor Jago, aber es schien auch für Jago einige unangenehme Dinge zu geben, die ihn Hawley fürchten ließen. Und am Abend wollten sie sich an einem geheimen Ort treffen. Damit ja niemand Hawley sah. Wer denn? Ich vielleicht? Denn ich kannte ihn ja schon und wußte, daß er bei den Carringtons gearbeitet hatte. Was würde Jago sagen, wenn er wußte, daß ich Hawleys Anwesenheit auf der Insel bereits bemerkt hatte?

Wo führt das alles hin? fragte ich mich verzweifelt. Was hat Jago mit diesen entsetzlichen Vorfällen in London zu tun? Was wußte er über Philips Tod? Philip war nicht von eigener Hand gestorben, das wußte ich, dessen war ich ganz sicher. Also muß es jemand anders getan haben. Aber wer? Wußte Jago die Antwort?

Alles wurde zu einem Alptraum; ich konnte die Bilder nicht fortjagen, die mir dauernd durch den Kopf wanderten. Jago bei dem Konzert im Haus der Carringtons. Ohne Einladung war er hineinspaziert, weil er wußte, daß er mich dort finden würde.

Und er wollte die Familie sehen, in die ich heiraten sollte. Über die Carringtons konnte er leicht alles herausfinden, was er wissen wollte. Und warum war er dann zum Finlay Square gekommen? Seine Erklärungen hatten mich damals schon nicht überzeugt. Jetzt schienen sie mir weniger plausibel denn je.

Und Philip war tot. Selbstmord, hatte man gesagt. Aber es war keiner. Es war Mord! Und Hawley? Was wußte er darüber? Er war hergekommen, weil er von Jago irgend etwas wollte. Und sie trafen sich heute abend bei den Verliesen. Hier gab es für mich nur eines zu tun. Ich mußte auch dort sein, ohne daß sie das geringste merkten. Sie würden frei miteinander reden, und ich könnte alles hören, was da gesprochen würde. Also brauchte ich ein gutes Versteck. Nur so kam ich an die Wahrheit heran und konnte vielleicht das entsetzliche Geheimnis erfahren, das sich um Philips Tod rankte.

Der Tag wollte einfach nicht vergehen, mir war, als käme der Abend nie. Ich trug zum Abendessen ein gelblichbraunes Seidenkleid und für Jago die Kette mit den Edelsteinen. Heute abend würde es ihm zwar kaum auffallen, sicher war er viel zu sehr mit dem Treffen bei den Verliesen beschäftigt.

Als ich die Kette befestigte, fiel mir wieder auf, daß der Verschluß locker war. Aber für diesen Abend ging es wohl noch einmal.

Jago bemerkte dann doch, daß ich sie um hatte. Er sagte sogar, daß sie zu der Farbe des Seidenkleides besonders gut paßte. Sprach über die verschiedenen Steine, die auf der Insel zu finden waren, und meinte, ob man nicht einen Betrieb gründen sollte, in dem man die Steine zu Schmuck verarbeitete. Trotzdem spürte ich, daß seine Gedanken anderswo waren. Um zehn vor neun war das Abendessen zu Ende. Gwennol und Jenifry gingen in den Salon zum Kaffeetrinken. Jago folgte ihnen nicht, und ich murmelte etwas von einem Brief, den ich zu schreiben hätte.

Natürlich ging ich nicht in mein Zimmer, sondern schlich sofort hinaus und schlug den Weg über den Hof zum Westtor ein. Plötzlich hatte ich schreckliche Angst, daß Hawley schon dort sein und mich erkennen könnte. Wir hatten Vollmond, die Burgmauern waren in fahles Licht getaucht, und ich fühlte mich sehr unbehaglich, als ich da zur Westseite hinüberlief und die Wendeltreppe zu den Verliesen hinunterstolperte.

Nur einmal war ich hier gewesen. Solche Orte besuchte man ja kaum mehrmals. Außerdem waren sie so abstoßend, daß ich sogar damals, als Gwennol dabei war, am liebsten so schnell wie möglich wieder davongelaufen wäre.

Nun stand ich in dem kreisrunden Hof mit den Zellentüren.

Vom ersten Besuch erinnerte ich mich noch so ungefähr, wie die Räumlichkeiten angeordnet waren.

Eine Tür stand offen, ich sah in den Zellenraum. Ein kleines vergittertes Fenster war ganz oben zu sehen, schwacher Mondschein drang herein, in dessen Licht ich die feuchten Wände und den dunklen Boden erkennen konnte. Es war kalt und roch muffig hier. Ich ging trotzdem hinein und lehnte die Tür wieder an.

Dann wartete ich, unendlich lange, wie mir schien; endlich hörte ich Fußtritte die Treppe herunterkommen. Eine Holztür knarrte.

Durch den Türspalt sah ich einen Lichtschein. Jago trug also eine Laterne.

»Sind Sie schon da?« Keine Antwort.

Ich kauerte mich in meine Zelle und überlegte, wie Jago wohl reagieren würde, wenn er mich darin entdeckte. Endlich näherten sich nochmals Schritte. »Ah, da sind Sie ja. Was ist Ihnen eigentlich eingefallen, mir eine Botschaft zu schicken, daß Sie herkommen würden?«

»Ich *mußte* Sie sprechen«, sagte Hawley. »Die Zeiten sind schwer, ich habe Schulden. Ich brauche Geld.«

»Für Ihre Hilfe wurden Sie bereits bezahlt. Was wollen Sie noch mehr?«

»Ich will noch mehr Geld. Schließlich habe ich Ihnen gute Dienste erwiesen.«

»Sie haben Ihren Auftrag erfüllt und wurden dafür bezahlt. Das ist alles. Ich beschäftige Sie nicht mehr. Außerdem haben Sie ein ganz schönes Durcheinander gemacht.«

»Es war nicht leicht für mich«, sagte Hawley. »Ich war ja noch nie Diener.«

»Jedenfalls keine schlechte Übung für Sie«, meinte Jago.

»Und all die Schwierigkeiten ...«

»Daran sind Sie selbst schuld.«

»Man hätte mich des Mordes anklagen können!«

»Hat man aber nicht. Der Gerichtsbescheid lautet ja schließlich auf Selbstmord.«

»Es hätte aber auch ganz anders kommen können. Überlegen Sie mal, was ich alles tun mußte. Mich mit dem Stubenmädchen befreunden, um herauszufinden, was Ihre Dame jeweils vorhatte, den Schlüssel für Sie nachmachen lassen. Ganz schön schwierig das alles.«

»Das reinste Kinderspiel«, meinte Jago.

»So kann man das wohl kaum nennen. Schließlich kam einer dabei um.«

»Weil Sie sich so ungeschickt angestellt haben. Jetzt passen Sie mal auf, Hawley. Sie erklären mir: Entweder Geld oder ... Dafür gibt es einen hübschen Namen, nämlich Erpressung. Darauf gehe ich niemals ein.«

»Sie wollen doch sicher nicht, daß das Mädchen erfährt ...«

»Die Erpressung fängt ja schon an. Ich lasse das aber nicht zu. Wissen Sie, Hawley, was man hier mit Gesetzesbrechern, mit Leuten wie Ihnen, tut? Man steckt sie ins Gefängnis. In diese Verliese. Das gefällt Ihnen gar nicht. Sie haben etwas schrecklich Unheimliches an sich, Sie spüren es vielleicht auch. Weiß Gott, Hawley, ich sage Ihnen, ich sperre Sie hier ein und übergebe Sie dann einem ordentlichen Gericht. Als Erpresser.«

»Und Sie möchten sicher nicht, daß gewisse Dinge aufkommen, Mr. Kellaway. Das wäre Ihnen bestimmt nicht angenehm ...«

»Ich möchte vor allem *eines* nicht«, sagte Jago jetzt ärgerlich, »ich werde auf keinen Fall auf eine Erpressung eingehen. Sie waren auf dem Festland, stimmt's? Haben vielleicht einiges gehört. Es gehen Gerüchte um über die Kellaways, denen Sie hoffentlich nichts hinzugefügt haben. Denken Sie daran, was in Philip Carringtons Schlafzimmer geschah!«

»Ich habe ja schließlich für Sie gearbeitet.«

»Passen Sie ja auf! Das könnte Ihnen schlecht bekommen.«

Ich war ganz schwach vor Entsetzen, lehnte mich an die Wand und krallte unwillkürlich die Finger in die Steine der Kette. War Philip kaltblütig von einem Mann ermordet worden, den Jago dafür bezahlt hatte? Es gab ja Berufsmörder. Aber warum bloß? Jago wußte, daß ich die Insel erben würde. Ich sollte Philip nicht heiraten, weil er mich haben wollte.

Einige Sekunden Stille, dann hörte ich ein Klirren, als ob etwas zu Boden gefallen sei.

Auch Jago mußte es gehört haben. »Was ist los?« rief er scharf. »Ist jemand hier? Haben Sie jemanden mitgebracht?«

»Nein, ich schwöre es!«

»Ich werde mich selbst überzeugen«, sagte Jago. »Jeden Winkel werde ich hier durchsuchen.«

Ich schmiegte mich an die Wand. Nach alldem, was ich eben gehört hatte, müßte ich eigentlich starr sein vor Schreck, aber irgendwie konnte ich das alles immer noch nicht glauben. Sicher gab es eine Erklärung. Aber ich konnte oder wollte nicht wahrhaben, daß Jago der Mann war, der hinter alldem steckte.

Bald würde er mich entdecken, und ich würde ihn fragen müssen: Jago, was bedeutet das alles? Erklär es bitte, um Gottes willen. Hawley wurde von dir beauftragt, das weiß ich. *Du* hast ihn nach London geschickt. Warum?

Ich hörte ihn zu Hawley sagen, er solle die Laterne halten. Das Licht entfernte sich. Ich spähte durch den Türspalt. Sie standen mit dem Rücken zu mir und fingen gerade mit den Verliesen auf der anderen Seite an. Eine ganz kleine Chance hatte ich, ihnen zu entkommen, wenn ich schnell und leise genug war. Ich wartete auf den Augenblick, da die beiden so weit wie möglich von meinem Verlies entfernt waren, dann schlüpfte ich leise hinaus – ihre Rücken waren mir noch immer zugekehrt – und war im Nu die Wendeltreppe hinauf.

Und was jetzt? Ich lief wieder zum Westtor hinaus. Hoffentlich gelangte ich ungesehen ins Haupthaus und in den Salon zu Gwennol und Jenifry; inzwischen konnte ich ja überlegen, was ich weiter zu tun hatte. Ich zwang mich, in den Salon hineinzuschauen. Gwennol las, ihre Mutter stickte. Beide nahmen wohl an, daß ich den Brief schon geschrieben hatte. Ich holte mir eine Zeitung und blätterte darin. Und dabei dachte ich krampfhaft: Ach, Jago, was bedeutet das alles? Warum habe ich mir erlaubt, so dumm zu sein, mich in dich zu verlieben? Hatte ich denn nicht genug gehört? Hawley hatte Geld von ihm für die Fahrt nach London bekommen. Philip war gestorben. Was hatte er noch über Philips Tod gesagt? »Denken Sie daran, was in Philip Carringtons Schlafzimmer geschah.« Offensichtlich war Hawley Philips Mörder. Solche Leute gab es. Die wahren Verbrecher heuern sie an, um Verbrechen für sich begehen zu lassen. Zahlten gut dafür. Und Hawley wollte noch mehr erpressen.

Wie entsetzlich! Nein, ich hatte sicher etwas falsch aufgeschnappt. Sicher gab es eine Erklärung. Und ein Hoffnungsstrahl kam mir noch. Wenn Jago die Insel wollte, warum tötete er dann Philip und nicht mich? Warum kämpfte mein närrisches Herz immer noch gegen meinen Verstand? Warum versuchte ich mir immer noch einzureden, es sei alles ein lächerlicher Irrtum, falsche Vorstellungen? Es mußte eine einfache Erklärung geben, und ich mußte sie finden, denn bei allem, was ich an diesem Abend im Verlies gehört hatte, war mir eines überwältigend und unbezweifelbar klargeworden: Wer immer Jago war, was immer er getan haben mochte – ich liebte ihn.

Konnte ich, Ellen Kellaway, solch eine Närrin sein? Ich wußte, daß er die Insel wollte, er hatte es selbst zugegeben. Das war aber nicht alles. Er wollte auch mich.

Und dann betrat er das Zimmer; er hatte also Hawley loswerden können. Ich heftete meinen Blick starr auf die Zeitschrift, in der ich geblättert hatte, und fühlte seinen Blick auf mir ruhen. Ich fühlte, wie ich rot wurde, als er sich neben mich aufs Sofa setzte.

»Hast du nicht etwas verloren, Ellen?« Ich blickte überrascht auf.

Seine Augen glitzerten – ich entdeckte einen Ausdruck in ihnen, den ich mir nicht enträtseln konnte. Leidenschaft, Anklage und auch eine gewisse Ironie schienen darin zu liegen. Die Freude einer Katze, die mit der Maus spielte?

Er streckte seine Hand aus. Entsetzt sah ich, daß die Halskette darin lag, und wußte sofort, wo er sie gefunden hatte. Wußte jetzt auch, was das Geklirr verursacht hatte. Der Verschluß hatte nicht gehalten. In meiner Erregung hatte ich die Steine umkrallt, und als ich sie wieder losließ, fiel die Kette zu Boden. Jago war auf seiner Suche natürlich auch in das Verlies gekommen, in dem ich gekauert hatte, und da hatte die Kette auf dem Boden gelegen.

Er wußte also, daß ich dort gewesen war. Und daß ich zugehört hatte. Ich nahm die Kette in die Hand und hoffte nur, daß mein Zittern nicht allzu sichtbar wurde. Hörte mich selbst sagen: »Der Verschluß ist kaputt.«

»Wo, meinst du wohl, habe ich sie gefunden?« fragte er mich immer noch mit dem gleichen rätselhaften Gesichtsausdruck.

»Wo denn?«

»Du trugst sie beim Abendessen. Denk mal nach, wo du seither gewesen bist.«

Ich blickte ins Leere. Versuchte ganz unsinnig den Eindruck zu erwecken, als dächte ich nach.

»Du mußt dich doch erinnern – im Verlies unten. Was hast du denn *dort* gewollt?«

Ich lachte ziemlich zittrig und sah, wie Gwennol mich argwöhnisch beobachtete.

»Ach, ich gehe oft in der Burg spazieren, nicht wahr, Gwennol?« sagte ich.

»Ja, sie fasziniert dich geradezu«, sagte sie.

»Ganz schön mutig, nachts da hinunterzuwandern«, sagte er.

»Ich habe keine Angst.« Ich sah ihm jetzt geradewegs in die Augen.

Er legte seine Hand über meine und faßte sie ganz fest. »Ich habe dir eine Menge zu sagen«, sagte er dann. »Kommst du in mein Arbeitszimmer?«

»Ja, gleich.«

»Bitte komm bald.« Ich dachte: Jetzt muß ich rasch handeln. Es bleibt mir keine Zeit, darüber nachzudenken, was ich tun soll. Aber ich muß etwas tun. Ich brauche Zeit, um das zu verdauen, was ich gehört habe. Muß das, was dahinterzustecken scheint, herausbekommen und meine absurden romantischen Träume loswerden. Statt in mein Zimmer hinaufzugehen, rannte ich durch die Halle zum Hof hinaus. Der Junge war bei seinen Tauben.

»Sie sehen ja ganz ängstlich aus«, meinte er. »Ist es jetzt soweit?«

Ich dachte an Philip in seinem Zimmer. Erschossen ... und Jago hatte es so gewollt. Das war eine zu arge Version. Und ich konnte sie auch nicht glauben. Mußte erst mit ihm darüber reden. Mir anhören, was er zu sagen hatte. Aber ich hatte ihm schon so oft zugehört, und immer glaubte ich alles, wenn ich bei ihm war.

Nein, ich mußte weg von hier. Alles in Ruhe und sehr genau überdenken. Und das konnte ich nicht, solange er da war.

»Gehen Sie in das Zimmer, Miß Ellen«, sagte der Junge. »Ich komme dann nach. Keine Angst, es wird wie bei Miß Silva sein.«

»Wie bei Miß Silva? Was sagst du da? Miß Silva ist doch in einem Boot weggefahren, und das Boot ist ohne sie zurückgekommen.«

»Schnell, Miß Ellen«, sagte er. »Wir dürfen keine Zeit verlieren.«

Er nahm mich bei der Hand, und wir gingen zusammen in die Burg. Er holte in der Halle eine Kerze aus ihrem Ständer und entzündete sie an einer bereits brennenden.

»Bitte halten Sie die Kerze«, sagte er zu mir. Ich nahm sie ihm ab. Zu meiner Überraschung hob er den Sitz der Bank hoch.

»Willst du mich hier drin verstecken?« fragte ich überrascht.

Er schüttelte den Kopf. »Sehen Sie mal! Das ist keine gewöhnliche alte Bank.« Er beugte sich vor und hob auch den Boden der Bank hoch, der sich ebenfalls wie ein Deckel öffnen ließ. Darunter war es finster.

»Geben Sie acht, Miß Ellen, da unten sind Stufen. Können Sie sie sehen? Ganz langsam hinuntergehen, ich folge Ihnen. Gut aufpassen!«

Ich war hineingestiegen und hatte mit den Füßen nach den Stufen gesucht. Ging sechs davon hinunter. Er reichte mir die Kerze und schloß dann beide Deckel. Seite an Seite standen wir in einer Art Höhle.

»Wo sind wir?« fragte ich, denn es war mir recht unheimlich.

»Eine riesige Höhle unter dem Meer. Hierher habe ich Miß Silva gebracht, als sie floh.«

»Was ist mit ihr passiert?«

»Sie ist sehr glücklich geworden, hat sie mir sagen lassen. Wie sie es gehofft hat. Es geht hier tief hinunter. Immer weiter und weiter und dann wieder hinauf. Wir kommen beim blauen Felsen hinaus.«

»Woher wußtest du davon?«

»Von meiner Mutter. Es ist eine natürliche Höhle, aber die Zugänge wurden in den Schmugglerzeiten vor langen Tagen gemacht. Damals schmuggelte man hier viel. Vor hundert Jahren oder mehr. Seither hat man sie nicht mehr viel benützt. Meine Mutter ist doch die Tochter des Gastwirts, und sie wußte es von ihrem Vater, und er wiederum von seinem. Sie haben hier den Alkohol gestapelt. Ein ganz guter Platz dafür. Die Schiffe kamen aus Frankreich zur Insel. Die Fässer und Flaschen wurden abgeladen und gelagert, bis man sie unbemerkt an Land bringen konnte.«

»Und wenn wir auf dem blauen Felsen sind, was dann?«

»Der Maler wird uns weiterhelfen. Er hat auch Miß Silva geholfen. Er war sehr lieb zu ihr. Hat sie wirklich gern gehabt.«

»So ist sie also weggegangen.«

Er nickte. »Ja, sie ist weggegangen und ist jetzt sehr glücklich.«

»Und das Boot?«

»Das war nur ein Trick, sie war gar nicht drin. Erst in einer späteren, dunklen, ruhigen Nacht ist sie hinübergefahren.«

»Und wieso weißt du das alles?«

»Ich habe ihr ja geholfen. Mit mir hat sie sich unterhalten. Mit mir schon. Zuletzt war sie ganz anders als vorher. Hat immer mit mir geredet… als ob sie mit sich selbst reden würde, sie hat mehr ihre Gedanken gesagt, aber sie wollte, daß ich da bin, als Gesellschaft sozusagen. Ihr Vater ist sehr grausam zu ihr gewesen, schrecklich grausam… Sie hatte Angst, er würde sie auslachen, ihr ihre Pläne verbieten, darum ist sie mit ihrem Liebsten davon.«

»Was ist mit ihr geschehen? Wo ist sie hin?«

»Davon hab' ich nie was gehört. Geben Sie acht, der Boden ist uneben.«

Immer weiter hinunter ging es, einen steilen Abhang unter dem Meer entlang. Feucht und kalt waren die Wände, wir kamen an kleinen Pfützen vorbei. Manchmal versanken meine Füße im Sand, dann war wieder alles hart und trocken. Zum Glück hatte der Junge einen sicheren Tritt und kannte den Weg.

»Jetzt geht's wieder hinauf«, sagte er. »Der ganze Weg ist etwa einen Kilometer lang, die Entfernung zwischen Kellaway und dem blauen Felsen.«

»Was wird Mr. Manton sagen, wenn wir auftauchen?«

»Er hilft Ihnen bestimmt zum Festland hinüber, wenn Sie das wollen.«

Ich *wollte* aber die Insel gar nicht verlassen. Nein, ich wollte nur Zeit zum Nachdenken haben. Wollte mit Jago reden, eine Erklärung verlangen. Nur nicht jetzt. Ein paar Tage lang mußte ich mir über alles klarwerden. Die Dinge, die ich erfahren hatte, zu einem Bild zusammenfügen. Versuchen, außerhalb der unheimlich starken Gefühle zu stehen, die Jago in mir erweckte, und die Szene leidenschaftslos betrachten. Ich wollte herausfinden, wie sehr ich an dem Mann hing, der scheinbar so skrupellos war und durchaus an der Ermordung Philips beteiligt sein konnte.

Das war die Hauptsache. Seine Leidenschaft für die Insel und deren Besitz konnte ich begreifen. Um sie behalten zu können, mußte er mich heiraten oder mich loswerden. Daß er mich nicht wenigstens ein bißchen liebte, wollte ich nicht glauben. Ein so guter Schauspieler war er nicht. Und mit der Zeit würde er mich vielleicht sogar mehr lieben als die Insel. So besessen war ich schon von diesem Menschen, so sehr bereit, Kompromisse zu schließen. Aber wenn er mit dem Mord an meinem Verlobten etwas zu tun hatte? Das war etwas anderes.

Ich war völlig verwirrt. Falls er einen gedungenen Mörder zu Philip geschickt hatte, um ihn umzubringen, was für Absichten hatte er *mir* gegenüber? Und wie war es, wenn er mich nun überhaupt nicht liebte und mich doch heiratete? Ich sah mich schon ihm alles vermachen, und was würde er dann tun, wenn er keine Verwendung mehr für mich hatte? Was wußte ich denn überhaupt von ihm? Daß ich ihn liebte, mehr nicht. Kann man einen Mann lieben, den man eines solchen Mordes verdächtigte? Die Antwort dröhnte mir in den Ohren: Ja, ja, ja!

Nur eines wußte er nicht. Er meinte, Silva sei tot, während der

Junge davon sprach, daß sie glücklich lebte. Was bedeutete das? Sie mußte ihren Liebhaber, von dem sie geschrieben hatte und mit dem sie geflohen war, geheiratet haben. Auf der Insel hielt man sie für tot, weil das Boot zurückgekommen war. Aber wenn sie noch lebte, erbte sie alles nach meinem Tod. Er bedachte diese Möglichkeit bestimmt nicht, denn er hielt Silva für tot wie die anderen auch.

Wo war sie? Wenn ich das nur wüßte!

»Hören Sie das Meer?« sagte der Junge. »Gleich sind wir dort.«

Wir waren stetig aufwärts gestiegen, während ich über alles nachdachte. Jetzt hörte ich das Meer deutlich und spürte die frische Luft über mein Gesicht streichen.

»Wir sind durch«, sagte der Junge, und dann zwängten wir uns schon zwischen Büschen ins Freie hinaus. Der Wind verfing sich in meinen Haaren.

»Dort ist das Haus«, sagte der Junge. »Es ist Licht im Fenster.« Er nahm mich bei der Hand und zog mich weiter. Ja, dort stand das Haus, und die Tür war offen. Der Junge ging einfach hinein und rief: »Mr. Manton! Mr. Manton! Ich bin hier mit Miß Ellen!« Keine Antwort. Wir betraten den kleinen Vorraum. Der Junge stieß eine Tür auf, und wir gingen ins Zimmer.

Und da gaben fast die Knie unter mir nach. Da war es ja! Alles – die roten Vorhänge mit den Goldbändern, der offene Kamin, der Schaukelstuhl, der Klapptisch, auch das Meeresbild an der Wand. Jedes Detail stimmte – das Zimmer, von dem ich so oft geträumt hatte!

Es mußte ein Alptraum sein. Es konnte nicht wirklich sein. Irgendwie war ich in einen Traum hineingeraten. Das Verlies, die entsetzlichen Gedanken über Jago, all das gehörte dazu. Ein neuer Traum, ich werde jeden Augenblick aufwachen, sagte ich mir.

Der Junge sah mich überrascht an.

»Was ... wie ... wo ... wie heißt das hier?« stammelte ich.

Er schien mich nicht zu verstehen und sagte ganz sanft: »Machen Sie sich keine Sorgen, es ist alles in Ordnung. Miß Silva war auch hier ...«

Ich blickte starr auf die Tür, denn sie war immer im Mittelpunkt meines Traumes. Nicht die, durch die wir gerade hereingekommen waren, sondern die zweite gegenüber. Die langsame Bewegung dieser Tür, die nie ganz aufgegangen war, aber hinter der ich die Ursache meiner Furcht ahnte. Ich sah, wie die Klinke langsam hinuntergedrückt wurde. Die Tür öffnete sich langsam.

Das war's – der Augenblick in meinem Traum, wenn die entsetzliche Vorahnung mich überkam. Ich hatte Angst vor dem, was in der geöffneten Tür erscheinen würde.

Zahllose Gedanken schossen mir durch den Kopf, alle gleichzeitig und durcheinander, wie es einem in solchen Augenblicken geht. Sicher waren es nur wenige Sekunden, aber die Zeit war für mich fast stehengeblieben. Entsetzliche Angst hatte mich überkommen – genau wie im Traum. Nur war dies kein Traum. Eine Enthüllung stand mir bevor. Der Maler? dachte ich. Was hatte er mit meinem Leben zu tun? Ich kannte ihn doch kaum. Warum hatte ich so entsetzliche Angst vor ihm?

Die Tür öffnete sich, ein Mann stand auf der Schwelle. Nicht der Maler – nein, es war Rollo! Ich zitterte vor Angst, aber das kam wohl noch vom Traum her. Dann überwog Erstaunen die Furcht.

Rollo! Wieso war gerade er auf dem blauen Felsen?

»Ellen!« Er lächelte. »Wie schön, dich hier zu sehen. Wie bist du hergekommen?«

Ich stotterte: »Ich hatte keine Ahnung. Ich dachte... der Maler wohnt doch hier.«

»Er ist auf ein paar Tage nach London gefahren und hat mir sein Haus geliehen. Du siehst ja ganz entsetzt aus. Setz dich doch hin. Möchtest du etwas trinken?«

»Entschuldige bitte«, sagte ich. »Ich bin so durcheinander. Kann gar nicht richtig denken.«

»Beruhige dich erst mal, setz dich doch!«

Der Junge starrte Rollo an und flüsterte plötzlich: »Miß Silva muß etwas Entsetzliches passiert sein!«

Rollo führte mich zum Tisch und nötigte mich in den Stuhl, den ich so oft in meinen Träumen gesehen hatte.

Ich konnte noch immer nicht glauben, daß ich wach war und daß dies alles hier wirklich geschah.

»Du mußt mir alles erzählen«, sagte Rollo. »Was war los in der Burg? Wie ich sehe, hat der Junge dich hergebracht.«

»Wir sind durch eine Art Höhle hergekommen.«

Rollo goß etwas in ein Glas und sagte: »Trink das. Es wird dich beruhigen. Du hast offensichtlich einen Schock gehabt.« Er drängte mir das Glas auf, aber ich konnte nichts trinken und stellte es wieder auf den Tisch.

»Es gibt einen Tunnel von der Burg hierher«, sagte ich.

Er schien darüber keineswegs erstaunt. »Ich habe mir Sorgen um dich gemacht. Darum wollte ich nicht weg von hier. Ich fühlte, daß etwas los war hier, und darum bin ich noch nicht abgereist. Die Sache mit dem Boot ist mir nicht aus dem Kopf gegangen.«

»Du meinst, es hat mich jemand ermorden wollen?«

Er nickte. »Ich bin sogar überzeugt davon.«

»Aber nicht Jago, von dem würde ich es nie und nimmer glauben. Ich möchte aber jetzt aufs Festland hinüber, wenigstens für eine Weile.«

»Natürlich, ich rudere dich dann hinüber.«

»Ich werde mich im Gasthof einquartieren, bis ich alles überdacht habe.«

»Ist denn nicht schon alles klar? Du bist die Erbin der Insel, einer wohlhabenden Gemeinde. Du bist richtig reich. Manche Leute tun eine ganze Menge dafür, um solches Geld erlangen zu können.«

Ich lachte schwach. »Entschuldige bitte«, sagte ich, »aber ich bin völlig verwirrt, irgendwie verloren. Merkwürdige Dinge sind hier passiert. Ich, die arme Verwandte, bin jetzt so reich, und all das habe ich gerade erst erfahren.«

»Andere Leute wußten es schon und haben es vor dir verborgen.«

»Warum bist du plötzlich so nett zu mir?«

»Mir tut es leid, daß ich damals so verbittert war. Immerhin solltest du ja ein Mitglied unserer Familie werden. Wenn Philip nicht gestorben wäre …«

Wieder hörte ich die Worte: »Denken Sie daran, was in Philip Caringtons Schlafzimmer geschah!« Jago, von *dir* kann ich das nicht glauben. Ich kann es einfach nicht.

Rollo sah mich plötzlich scharf an. »Was ist denn mit dem Jungen passiert, der dich hergebracht hat?«

Ich sah mich um. Er war nicht mehr da.

»Er ist sicher nicht weit«, sagte ich.

Rollo ging zur Tür, ich hörte ihn nach dem Jungen rufen.

Jetzt war ich endlich allein in diesem Zimmer. Ich ging zum Fenster und berührte es. Alles war so viel lebendiger als im Traum.

Was sollte ich tun? Ich hätte doch drüben bleiben und mit Jago reden sollen. Ja, das wollte ich jetzt machen. Und ihm sagen, daß ich die ganze Wahrheit erfahren wollte.

Meine Mutter mußte oft in diesem Zimmer gewesen sein. Die Details waren zu genau. Wieso hatte das Zimmer in meinen Träumen eine so große Rolle gespielt? Welche Bedeutung hatte es für mein Leben? Ich stand sogar den entsetzlichen Augenblick durch, als sich die Tür öffnete und plötzlich Rollo vor mir stand. Auch er wirkte irreal, irgendwie anders. Er war nicht mehr das gottähnliche Wesen, das ich in ihm durch die Augen seines jüngeren Bruders erblickt hatte.

Die Tür öffnete sich erneut, und merkwürdigerweise stieg abermals diese Furcht in mir auf.

Es war wieder Rollo. Mit verzerrtem, zornigem Gesicht.

»Ich kann den Jungen nicht finden… den kleinen Verrückten«, sagte er. »Wo ist er denn hingelaufen?«

»Zur Burg ist er sicher nicht zurück.«

»Warum ist er weggelaufen? Was hat er zuletzt gesagt?«

»Irgendwas über Silva, meine Halbschwester. Er sagte, es sei sicher etwas Schreckliches mit ihr passiert.«

»Was meinte er damit?«

»Das weiß ich nicht.«

»Er ist ja verrückt, der Kleine.«

»Das glaube ich gar nicht. Er denkt vielleicht ein bißchen anders. Er spricht von Fantasien und sogenannten besonderen Kräften.«

»Er ist nicht ganz richtig«, sagte Rollo. »Du hast ja noch immer nichts getrunken. Du wirst dich danach bestimmt besser fühlen.«

Ich hob das Glas an die Lippen und nippte. »Ich möchte aufs Festland hinüber.«

»Ich werde dich hinüberbringen.«

Ich stand auf.

»Trink erst einmal aus, ich hole inzwischen das Boot.«

»Ich habe alles in der Burg gelassen«, sagte ich.

»Warum bist du denn so übereilt weg?«

»Es kam mir irgendwie notwendig vor. Und jetzt…«

»Bedauerst du es?« Er lächelte mich an, der Raum schien sich um ihn aufzulösen. Ich konnte nur seine Grimasse sehen.

»Ja, ich glaube, ich war zu hastig. Hätte warten sollen, mich mit Jago unterhalten …« Meine Stimme schien von weit her zu kommen.

Rollo lächelte mich immer noch an. »Du wirst ganz schläfrig«, sagte er. »Arme Ellen.«

»Ich fühle mich ganz eigenartig. Ich glaube, ich träume noch immer. Dieses Zimmer hier …«

Er nickte.

»Rollo, was wird hier gespielt?«

»Du wirst langsam müde«, sagte er. »Das kommt von dem Getränk. Es ist ein Beruhigungsmittel drin. Das hast du nötig gehabt und ich auch.«

»Du … Rollo?«

»Komm, wir gehen jetzt.«

»Wohin?«

»Zum Boot. Das wolltest du doch.«

Ich stand auf und schwankte sofort. Er fing mich auf. »Jetzt geht es um so leichter«, sagte er, »in diesem Zustand. Besser hätte es gar nicht sein können. Aber wo ist nur der verfluchte Junge hin?«

Er schob mir den Arm unter, damit ich nicht stolperte, und dann gingen wir in den Vorraum hinaus. In der frischen Luft erholte ich mich etwas.

»Was ist denn passiert?« fragte ich.

Ich hörte ihn leise lachen. »Alles in Ordnung. So viel Glück habe ich gar nicht erwartet. Es wird alles bald vorbei sein. Da hinunter … nur noch den Hügel hinunter und dann zum Ufer.«

Irgend etwas warnte mich plötzlich. Das verhängnisvolle Gefühl aus meinem Traum war jetzt ganz stark zu spüren.

»Ich glaube, ich möchte doch nicht fahren«, sagte ich fast unbewußt.

»Sei doch nicht so widerspenstig. Wir fahren jetzt!«

»Ich will erst mit Jago sprechen. Ja, ich muß mit ihm reden. Ich muß es einfach tun … er muß mir eine Erklärung für alles geben.«

Ich rutschte aus und fiel hin. Lag in den Büschen und hielt mich mit aller Kraft daran fest.

»Was ist denn los mit dir?« Rollo versuchte, mich auf die Füße zu stellen, aber ich hielt mich mit aller Kraft am Buschwerk fest. Ein entsetzlicher Gedanke kam mir. Der Traum war jetzt Wahrheit geworden; mein Verhängnis war gekommen, denn mein Verhängnis war Rollo. Er hatte mir Drogen in das Getränk getan, damit er mit mir machen konnte, was er wollte. Warum wollte er mich töten? Denn das wollte er offensichtlich, davon war ich jetzt überzeugt. Rollo war durch die verhängnisvolle Tür gekommen, und der Junge war verschwunden.

Selbst in dieser Lage spürte ich noch Erleichterung darüber, daß ich Jago offenbar zu Unrecht verdächtigt hatte. Ach, Jago, warum bin ich vor dir weggelaufen? Was bedeutet all dies?

Rollo zog mich vom Busch weg. Ich konnte nicht mehr, war zu kraftlos, ihm zu widerstehen; aber aufhalten konnte ich ihn noch ein wenig.

Er hatte mich hochgezogen. »Hör auf zu strampeln«, sagte er grob. »Das nützt dir auch nichts, und du machst mich nur zornig. Schlaf ein, Ellen, das ist das beste, was du tun kannst.«

Er hatte schwer an mir zu schleppen; ich hörte ihn leise fluchen. Die Wellen konnte ich noch im Halbschlaf hören, und ich wußte auch, was er mit mir vorhatte. Aus irgendeinem Grund war es wichtig für ihn, mich aus dem Weg zu räumen, und er wollte mich töten. Würde ein bißchen hinausrudern mit mir und mich dann ins Meer werfen. In meinem Dämmerzustand konnte ich mich nicht retten und würde auch nicht wissen, was mit mir geschah.

Ich hörte das Boot über den Sand scharren. Er hob mich hoch. Plötzlich kam mir ein Gedanke: »*Du* hast also das Geländer beim ›Toten Mann‹ gelockert«, sagte ich.

»Bisher hattest du immer einen guten Engel«, sagte er nur.

»Rollo, warum nur, warum … Was habe ich dir getan?«

»Du bist im Weg, sonst gar nichts.«

»Aber wieso … wieso denn? Was bedeute ich denn für dich?«

»Stell keine Fragen, bete lieber!«

»Du bist hergekommen, um mich zu töten. Warum?«

»Du sollst keine Fragen stellen.«

Er hatte mich ins Boot fallen lassen. Ich versuchte, wieder herauszuklettern, aber damit hatte er offenbar schon gerechnet. »Mach keine Dummheiten. Ich möchte keine Gewalt anwenden müssen.«

»Dir macht ein Mord mehr oder weniger nichts aus«, sagte ich. »Du warst es, du hast Philip ermordet.«

»Wenn Philip noch am Leben wäre, dann wäre das jetzt nicht nötig.«

»Rollo, ich weiß, daß du mich töten willst, aber gönn mir noch ein bißchen Zeit.«

»Es ist keine Zeit mehr zu verlieren, Zeit ist immer kostbar.«

Also dies war mein Ende. Ich wußte genau, was passieren würde. Mein bewußtloser Körper würde ins Meer sinken, meine schweren Kleider würden mich nach unten ziehen, auf immer verschwinden lassen.

Nein, das stimmte ja gar nicht. Ich hatte bisher meinen guten Engel gehabt … oder Menschen, die sich um mich sorgten.

Ich hörte einen Schrei. Hörte Rollo zornig brüllen. Und da war schon Jago herangekommen. Stand am Ufer, watete ins Meer hinaus. Wehrte Rollo ab und holte mich aus dem Boot.

»Ellen«, hörte ich seine Stimme noch in meiner Schläfrigkeit, die mich schon fast ganz überwältigt hatte. »Meine Ellen!«

3

Ich erwachte in meinem Schlafzimmer in der Burg. Es war schon taghell. Jago saß an meinem Bett, beugte sich zu mir herunter und küßte mich.

»Es ist alles wieder gut, Ellen«, sagte er.

»Es war nur ein Traum. *Der* Traum …«

»Nein, kein Traum, sondern leider sehr wirklich. Rollo ist mit dem Boot weg, während ich dich ins Haus trug. Die See war ziemlich wild, wahrscheinlich hat er das Festland gar nicht erreicht.«

»Ich bin noch so durcheinander.«

»Fangen wir einmal mit dem Wichtigsten an. Daß ich dich liebe und du mich auch. Wenn du es auch gestern abend nicht gezeigt hast. Ich hatte auf dich gewartet, du wolltest doch zu mir kommen. Ich wartete und wartete, suchte dich überall. Inzwischen kam der Junge ganz aufgeregt zurück. Du wärst auf dem blauen Felsen und ein Mann sei dort, der dir etwas antun wolle.«

»Woher wußte er das?«

»Er hatte ihn schon einmal gesehen.«

»Ja, er war ja schon vorher auf der Insel.«

»Und eine ganze Weile offenbar. Seit mindestens einer Woche bewohnte er das Haus auf dem blauen Felsen, seit Manton nach London gefahren war. Er hatte es ihm während seiner Abwesenheit überlassen.«

»Dann könnte er sich also an der *Ellen* zu schaffen gemacht haben. Aber warum nur? Warum wollte er mich töten?«

»Der Grund ist ganz einfach. Sobald du aus dem Weg warst, hätte seine Frau eine Menge Geld geerbt.«

»Seine Frau?«

»Ja, Silva.«

»Aber … sie … sie ist doch tot.«

Jago schüttelte den Kopf. »Anscheinend doch nicht, das heißt, sicher nicht. Denn sonst wären seine Handlungen sinnlos. Dieser Junge … dieser Schlaukopf, tut die ganze Zeit so, als ob er nichts versteht, und weiß viel mehr als wir anderen zusammen.«

»Daß Rollo Geld haben wollte, kann ich gar nicht glauben.«

»Ich habe dir gesagt, daß die Finanzen seiner Familie nicht mehr in Ordnung sind. Er sah den Ruin schon seit einiger Zeit kommen. Darum hat er wohl auch Silva geheiratet. Daß sie eine Erbin war, erfuhr er seinerzeit durch Manton. Und dann entdeckte er erst den wahren Inhalt des Testaments, nämlich, daß du die erste bist. Und so paßte es ihm gut in den Kram, daß du Philip heiraten wolltest, dann hätten sie das Kellaway-Vermögen auf jeden Fall in der Hand gehabt.«

»Philip … Philip, was ist eigentlich mit ihm passiert? Ich habe doch gehört, wie du …«

»Ja, ich weiß, was du gehört hast. Du warst im Verlies unten, als du entdecktest, daß ich Hawley dort treffen würde, und du hattest ihn erkannt. Hast dich versteckt, um zu horchen. Und dann verriet dich die Halskette. Ellen, wie konntest du nur so an mir zweifeln?«

»Ich mußte einfach Bescheid wissen. Hatte Angst, du hättest etwas getan, was …«

»Was deine Liebe zu mir beendet hätte.«

»Wenn es so gewesen wäre, wie ich es fürchtete, ja. Aber jetzt glaube ich es nicht mehr. Bitte erzähl mir, wie es wirklich passiert ist.«

»Ich war nicht schuld daran. Nicht direkt und absichtlich, das mußt du mir glauben. Aber ich will von Anfang an erzählen. Vieles mußte ich mir selbst erst zusammenreimen, und einiges ist bis jetzt noch nicht bestätigt. Aber ich sehe die Sache so: Dein Vater war nicht sicher, ob Silva seine Tochter war. Er vermutete stark, daß Manton ihr Vater sei. Manton dachte das übrigens auch, denn er hatte ja eine Weile mit Silvas Mutter gelebt. Sie liebten einander. Rollo lernte Manton in London kennen, wo dieser eine Ausstellung machte. Da er sich sehr für Kunst interessierte, kam er mit Manton tiefer ins Gespräch und erfuhr unter anderem von der Insel und den Kellaways. Suchte Manton auf, lernte Silva hier kennen, und da er wußte, daß sie die ältere Tochter war, nahm er natürlich an, daß sie die Insel erben würde. Was Manton wohl noch bestätigte. Er wußte auch, daß es eine jüngere Tochter gab, die mit ihrer Mutter weggezogen war und an der der Vater keinerlei Interesse zeigte. Die Wohlhabenheit der Insel ließ vermuten, daß sie bei einem Verkauf viel Geld einbringen würde, und genau das brauchten die Carringtons, um ihr wankendes Finanzimperium zu stützen. Also heiratete er Silva heimlich und nahm sie mit nach London. Nur der Junge scheint davon gewußt zu haben. Und Manton wohl auch. Niemand erfuhr aber, welch schreckliches Schicksal sie bei ihm hatte. Als dein Vater starb, entdeckte Carrington, daß du vor Silva Haupterbin warst. Hättest du Philip geheiratet, würde man dich überredet haben, die Insel zu verkaufen und das Geld so anzulegen, wie die Carringtons es dir rieten. Das heißt, sie hätten die Nutznießung gehabt.«

»Und dann kamst du nach London?«

»Um dich kennenzulernen und herauszufinden, was los was. Ich erfuhr, daß bei den Carringtons die Finanzen nicht mehr stimmten. Daß Rollo mit Silva verheiratet war, wußte ich damals noch nicht. Ich hielt sie wie jedermann für tot. Ich verstand also gut, wieso man dich so gerne in die Familie Carrington aufnehmen wollte. Du warst mein Mündel – bist es übrigens noch immer, vergiß das nicht –, und so hielt ich es für meine Pflicht, mich um dich zu kümmern. Ich engagierte einen Privatdetektiv, der die Geschäfte der Carringtons genau untersuchen sollte... Leider war er ein zweifelhafter Charakter. Wohl aufgrund der Arbeit, die er leistete, so geworden. Da er im Haushalt lebte, konnte er viel mehr herausfinden als ich auf anderem Wege. Ich kam dann nach London und verschaffte mir Eingang zu dem Musikabend, wo ich dich traf und mich auf der Stelle in dich verliebte.«

»Mit einer Insel im Hintergrund muß ich allerdings sehr attraktiv für dich gewesen sein.«

»Du und die Insel, ihr wart unwiderstehlich.«

»Die Insel bestimmt.«

»Du bist ja auch nicht gerade abstoßend. Und wie ich dein Temperament von Anfang an bewunderte! Das von der Langweiligkeit der armen Esmeralda so abstach ...«

»Und dann starb Philip.«

»Durch einen Zufall, einen Unfall. Der arme Kerl! Entsetzlich, daß das geschehen mußte! Hawley stöberte gerade eifrig in Papieren in Philips Zimmer, als er von ihm gestört wurde. Philip hatte neben seinem Bett eine Pistole und bedrohte Hawley damit. Wollte wissen, was er bei ihm zu suchen hätte. Hawley verlor den Kopf und kämpfte mit Philip um die Pistole. Wollte sie von sich wegdrücken. Und dann ging sie leider los und tötete Philip. Hawley ist ein mit allen Wassern gewaschener Abenteurer. Er sah sofort, in welcher Gefahr er sich befand. Arrangierte äußerst geschickt die Szene so, daß es nach Selbstmord aussah. Und alle fielen darauf herein.«

»Du hast ihn doch nicht dazu angestellt, daß er Philip töten sollte?«

»Um Gottes willen, nein. Sein Tod entsetzte mich.«

»Obwohl er mich hatte heiraten wollen und die Insel dann an mich gegangen wäre.«

»Genau das hatte ich verhindern wollen; ich wollte dir alle Informationen unterbreiten, die ich über die Carringtons zusammengetragen hatte. Ich sah auch, daß du nicht gerade verrückt nach Philip warst und daß du dir überlegt hattest, ob es überhaupt eine vernünftige Entscheidung sei, seine Frau zu werden. Ich hoffte, dich wenigstens so weit zu bringen, daß du diese Heirat ein wenig aufschieben würdest.«

»Dann hast du dir den Schlüssel zu dem Haus also durch Hawley besorgt?«

»Ja, ich wollte mit dir allein sprechen. Im neuen Haus. Ich suchte jede mögliche Gelegenheit, dich zu treffen. Dachte, wenn wir durch Zufall zusammenträfen, könnte ich vielleicht dies oder jenes andeuten.«

»Völlig verrückt.«

»Du wirst noch merken, daß ich oft Verrücktes tue. Und einiges davon wird dir sogar Spaß machen. Jedenfalls, ich täte bestimmt alles mögliche, um dich zu kriegen – aber einen Mord? Ich machte mir damals große Sorgen um dich, traute diesen Carringtons nicht über den Weg. Und dann wurde durch Philips Tod alles verändert.«

»Wie geht es jetzt mit den Carringtons weiter?«

»Man wird von ihrem Zusammenbruch schon bald hören, wahrscheinlich schon in ein paar Wochen. Aber was gehen sie uns an? Ich möchte mit dir reden, Ellen. Wir müssen so viel planen, so viel sagen. Denk doch nur, Ellen, wir beide auf der Insel!«

Ich lag ganz still da und dachte daran.

ALLES KLÄRT SICH

Einen Monat später heirateten wir. Bis dahin war mir alles klargeworden.

Rollos Leiche war übrigens ein paar Tage nach den Ereignissen auf dem blauen Felsen gefunden worden. Die See war ihm nicht wohl gesonnen. Ob er nur nicht genug rudern konnte, weiß ich nicht. Vielleicht hat er einfach die Niederlage akzeptiert, sich nicht gewehrt. Wenige Wochen danach stand bereits alles über den Zusammenbruch der Carringtons in den Zeitungen. Einer der größten Finanzskandale des Jahrhunderts. Viele Leute verloren dabei ihr Geld, und es hieß, wäre Rollo am Leben geblieben, so hätte man Anklage gegen ihn erhoben. Man nahm an, daß er sich freiwillig im Meer ertränkte.

Und wieviel verdanke ich doch dem Jungen! Er erkannte Rollo sofort als den Mann wieder, mit dem Silva geflohen war. Wußte plötzlich instinktiv, daß er aus keinem guten Grund zurückgekehrt war, und rannte deshalb durch den Tunnel zurück zu Jago, der mich gerade noch rechtzeitig erwischte. Das war unser Teil der Geschichte.

Gwennol heiratete schließlich ihren Michael Hydrock, und sie arbeiten noch an dem Buch über seine Familie. Jennifry lebt bei ihnen. Sie hatte ihre Tochter immer sehr geliebt und vom ersten Augenblick an gefürchtet, ich könne sie um irgendwelche Vorteile bringen. Heute sind wir recht gut befreundet. Nicht gerade eng, aber immerhin. Oft muß ich bei dem Gedanken lächeln, wie ich sie in Verdacht hatte, sie wünsche mir Böses, weil ihr Gesicht in dem Zerrspiegel bei Kerzenlicht so übel aussah.

Silva habe ich gefunden.

Arme Silva, welch tragisches Leben! Ich versuche, sie gesundzupflegen; meine beste Medizin ist es, ihr beizubringen, daß sie geliebt wird. Ihre kurzen Flitterwochen mit Rollo waren kaum vorbei, als sie begriff, daß er sie überhaupt nicht liebte. Da grämte sie sich natürlich noch viel mehr als vorher daheim. Er schloß sie mit einer Pflegerin ein, die fast eine Gefangenenwärterin war, und versuchte inzwischen, ihr Vermögen zu erlangen. Als er dann hörte, daß ich die Haupterbin war, begann er zu überlegen, wie er mich umbringen könne. Arme Silva! Sie hatte tatsächlich schon begonnen, sich für irre zu halten.

Meine Aufgabe ist es nun, sie davon zu überzeugen, daß das überhaupt nicht stimmt. Eher könnte man sagen, daß Rollo in allem, was er tat und wie er es tat, Anzeichen von Geistesgestörtheit zeigte. Besonders der letzte verzweifelte Versuch auf dem blauen Felsen war so plump, daß man ihm selbst bei erfolgreicher Durchführung sicher einmal draufgekommen wäre.

Silva fand ich in einem einsamen Landhaus, das den Carringtons gehörte. Ich holte sie auf die Insel, ohne ihre Wärterin. Jetzt nenn' ich sie meine Schwester, obwohl möglicherweise James Manton ihr Vater ist. Ein überaus gütiger Mensch übrigens, zu dem wir oft hinüberrudern und Tee in meinem Traumzimmer trinken. Im Grunde interessiert ihn aber nur seine künstlerische Arbeit, und bei all seiner Güte kann er Silva nicht die Liebe geben, die sie braucht.

Einfach war es nicht mit ihr. Sie wich zuerst aus, war mißtrauisch. Der Junge half sehr viel, er freute sich so, sie wieder dazuhaben. Wir sind beide seine Schützlinge, und ich sehe ihn oft zufrieden lächeln, wenn er uns anblickt.

Nach der Ankunft meines ersten Sohnes – Jago, nach dem Vater – veränderte sich Silva plötzlich. Sie liebt das Kind heiß, alle anderen übrigens auch. Und die anderen lieben auch sie, so daß sie nun endlich fast ganz glücklich ist.

Meinen Traum habe ich nie wieder geträumt. Ich glaube, jetzt weiß ich, warum er meine ganze Kindheit vergiftete und erst verschwand, als Rollo damals durch die Tür trat. Meine Mutter hatte sich mit meinem Vater nicht vertragen und wollte weg, er erlaubte es jedoch nicht. Sie mußte einfach fliehen. Mrs. Pengelly, damals noch ihre Kammerzofe, wußte von dem Tunnel zur Insel. Wie ich später von der Wirtin hörte, hatte meine Mutter eines Nachts mit mir durch diesen unterirdischen Gang die Burg verlassen. Der Künstler, der meine Mutter ja schon kannte und mit ihr befreundet war, half ihr. Ich war erst drei Jahre alt. Meine Mutter trug mich, und das Zimmer im Haus auf dem blauen Felsen hatte mich offenbar so stark beeindruckt, daß es mir all die Jahre im Traum erschien. Sicher spürte ich die Angst meiner Mutter, daß mein Vater uns gefolgt sei und durch die Tür, die in meinem Traum so bedrohlich war, hätte hereintreten können, um ihre Flucht zu verhindern. So intensiv muß ich die Flucht miterlebt haben, daß sie mich jahrelang in meinen Träumen verfolgte.

Ach, wie ich die Insel liebe! Mein Leben dort liebe! Jago und ich sind voller Zukunftspläne. Wir reiten oft aus, und die Leute kommen dann aus ihren Häusern und begrüßen uns. Auch die alte Tassie steht an ihrer Tür, ein neuer Kater schnurrt um ihre Röcke, und sie sieht mich an, als hätte sie durch ihre besonderen Kräfte unser Glück herbeigeführt. Oft liegen wir auf einer Klippe und sehen hinunter in die Bucht, in der ich Hawley ankommen sah; wir blicken zum Himmel hinauf und sehen manchmal unsere Tauben landeinwärts fliegen, wohl mit einer Botschaft zu Michael und Gwennol auf Hydrock Manor. Und manchmal sprechen wir auch von der Vergangenheit.

»Und jetzt gehört dies alles dir«, sagt Jago dann.

»Uns«, muß ich ihn immer wieder erinnern.

Ja, denke ich dann, unsere schöne Insel, unsere Kinder und unser herrliches Leben!

Marie Cordonnier

Das Geheimnis der weißen Frau

1

Es war gespenstisch, von einem Moment auf den anderen hatte ich das untrügliche Gefühl, daß mein Leben an einem Wendepunkt angelangt war. Von nun an würde nichts mehr so sein wie bisher. Eigenartig, daß mich diese Erkenntnis in einer schäbigen, halboffenen Telefonzelle am Stadtrand von Belleville so plötzlich überfiel. Ich starrte auf die halbverwischte Liebeserklärung, die einer Dame namens Michelle quer über eine verschossene Reklametafel gewidmet war, und wartete darauf, daß am anderen Ende der Leitung endlich der Hörer abgenommen wurde. Selbst auf die Gefahr hin, daß es sich bei Schloß Thivale um einen weitläufigen Prunkbau handeln mochte, irgendeiner mußte mein hartnäckiges Läuten doch hören. Ich wollte gerade wütend wieder auflegen und meinen Plan vergessen, da wurde abgenommen. Höflich brachte ich meinen Wunsch vor.

»Ich möchte gern mit Aurélie de Thivale sprechen.«

Keine Antwort. Hatte man mich nicht verstanden? War die Leitung gestört?

»Hallo? Hier spricht Pam Westby, ich bin eine alte Schulfreundin von Mademoiselle Thivale. Sie hat mich gebeten, daß ich sie...«

Eine Frauenstimme unterbrach mich kühl.

»Sie können nicht mit Aurélie reden.«

Du meine Güte, besondere Freundlichkeit zeichnete die Schloßbewohner nicht aus.

»Sie wartet auf meinen Anruf«, versuchte ich es erneut. »Sagen Sie ihr bitte, daß Pam Westby in Belleville auf sie wartet.«

»Ich kann Mademoiselle Aurélie nichts sagen.«

Es war heiß. Die Telefonzelle an der Südmauer des Postamtes von Belleville wurde von der Vormittagssonne in einen Backofen verwandelt. Meine Geduld schmolz in der Hitze dahin.

»Hören Sie, es kann doch kein unlösbares Problem sein, Mademoiselle de Thivale von meinem Anruf zu unterrichten. Wenn sie keine Zeit hat, werde ich versuchen, den Weg zum Schloß allein zu finden...«

»Kommen Sie nicht…«

Schweres Rauschen klang durch den Telefonhörer. Atmosphärische Störungen oder schweres Atmen? Stöhnen? Meine Gesprächspartnerin schien ebenso alt wie schroff zu sein.

»Kommen Sie nicht«, wiederholte sie. »Es gibt keine Botschaft, die Aurélie noch erreicht. Wir haben sie vor zwei Wochen auf dem Friedhof von Odenas in der Familiengruft der Thivales zur Ruhe gelegt.«

Ein eindeutiges Klicken, dann war die Verbindung unterbrochen. Ich stand da, starrte auf die restlichen Münzen hinter den Sichtschlitzen und vermochte mich nicht zu bewegen. Wenn ich mich heute an diesen entsetzlichen Augenblick erinnere, erscheint es mir fast unglaublich, daß ich nicht einen Herzschlag lang an der Richtigkeit der Auskunft zweifelte. Aurélie de Thivale, meine beste und einzige Freundin, war tot.

Aber woran konnte ein so hübsches, temperamentvolles und lebenssprühendes Mädchen von fünfundzwanzig Jahren von heute auf morgen sterben? Bei unserem letzten Telefongespräch war Aurélie gelangweilt, ungeduldig, verärgert und ungerecht gewesen, keinesfalls jedoch krank.

Es lag bereits einige Wochen zurück, daß sie zur Beerdigung ihres Vaters, der bei einem Verkehrsunfall ums Leben gekommen war, in das alte Schloß der Familie im Beaujolais gefahren war. Zu meiner Überraschung blieb sie länger als geplant, und unsere regelmäßigen Telefonate wurden seltener.

Ich versuchte mich an das letzte Gespräch genauer zu erinnern. Sie hatte mich um meinen Besuch gebeten. Sehr dringend sogar.

»Wenn du nur hier wärest, Pam«, hatte sie geseufzt. »Ich brauche jemand zum Reden. Jemand, der nicht seine Finger in dieser verdammten Thivaleschen Familiensuppe hat. Warum besuchst du mich nicht? Was hält dich in diesem schrecklichen Antibes?«

Meine Einwände, daß ich einen Beruf hätte, nicht einfach davonlaufen könne, Urlaub abwarten müsse, meinen Chef beschwichtigen, wischte sie mit der üblichen Unbeschwertheit vom Tisch.

»Schwachsinn. Dieser Sklavenjob ist nichts für dich. Hau den Krempel hin, und komm nach Thivale! Ich habe mich entschlossen, eine Weile hierzubleiben. Meine liebe Stiefmutter benötigt dringend ein paar scharfe Augen, die ihr auf die perfekt lackierten Krallen schauen. Du wirst dein Vergnügen daran haben, wie ich sie austrickse. Außerdem tut es mir gut, einmal mit einem Menschen zu reden, der sich nicht ausschließlich für Wein, Weinberge, Weinstöcke und Weinverkauf interessiert…«

»Immerhin wird damit das Geld verdient, das du so gern mit vollen Händen ausgibst.«

»Merde! Moralapostel!«

Eine typische Aurélie-Antwort. Sie war mit schöner Selbstsicherheit davon überzeugt, daß sich die Welt um sie drehte. Ihr Vater hatte sie jahrelang in dieser Einstellung bestärkt und ihr auch den verrücktesten Wunsch von den Augen abgelesen. Aurélie war zutiefst gekränkt, daß er sich mit vierundsechzig Jahren in eine attraktive Witwe verliebt und die Dame Hals über Kopf zur neuen Comtesse de Thivale machte. Eine Menge böser Worte wurde gewechselt, und das Verhältnis von Vater und Tochter kühlte merklich ab. Daß ihr Vater gestorben war, ohne sich mit seiner Tochter versöhnt zu haben, machte Aurélie ebenfalls ihrer Stiefmutter zum Vorwurf.

»In zwei Monaten habe ich Urlaub, dann komme ich, falls du mich bis dahin noch haben willst«, bot ich an.

Aurélie hatte wohl oder übel zugestimmt.

»Wenn ich bis dahin nicht vor Wut geplatzt bin, okay.«

Danach hörte ich nichts mehr von ihr und – ehrlich gesagt – meine eigenen Probleme verursachten mir genügend Kopfzerbrechen. Ich wollte meinen Arbeitsvertrag mit einem Drei-Sterne-Restaurant in der Nähe von Antibes vorzeitig lösen. Obwohl ich es Aurélie gegenüber noch nicht zugegeben hatte, ich dachte nicht länger daran, die Handlangerin für eingebildete Starköche zu spielen, in deren Augen Frauen lediglich zum Geschirrwaschen und Gemüse putzen taugten.

Nachdem ich gegen den Willen meiner entsetzten Eltern die Ausbildung zur Köchin ertrotzt hatte, wollte ich nicht in einer Garde namenloser Hilfsköche untergehen. Ich wollte beweisen, daß ich auf meinem Gebiet Erfolg haben konnte. Eines Tages würde ich mein eigenes Restaurant haben, und dieser Vorsatz erleichterte mir den Abschied. Ohne Bedauern drehte ich dem mondänen Betrieb an der Côte d'Azur den Rücken.

Ich war fürs erste mit meiner Mutter in Paris verabredet, aber als ich den nervtötenden Dauerstau durch die abgasgeschwängerten Stadttunnel von Lyon hinter mich gebracht hatte, fiel mir das braunweiße Tourismus-Schild mit dem Hinweis auf die ›Monts de Beaujolais‹ ins Auge. Aurélie! Ganz in der Nähe mußte Schloß Thivale sein. Sie würde es mir garantiert nie verzeihen, wenn ich vorbeifuhr, ohne daß wir uns sahen. Ganz abgesehen davon, daß ich ein schlechtes Gewissen hatte, weil ich Aurélie und ihre Probleme völlig vergessen hatte.

Spontan wechselte ich die Fahrspur und verließ bei Villefranche die Autobahn. In Belleville würde ich sicher eine öffentliche Telefonzelle finden, von der aus ich meinen Besuch ankündigen konnte.

Ich freute mich auf Aurélie, und die Stationen unserer Freundschaft glitten wie Filmausschnitte durch meine Gedanken. Madame Renards ›Ecole de jeunes filles‹ am Ufer des Genfer Sees unterhalb von Lausanne. Die zierliche, bildhübsche Zimmerkameradin, die das 13jährige, unscheinbare Pummelchen, das ich damals gewesen war, fassungslos anstarrte.

»*Wer* sind deine Eltern?«

Fragen dieser Art war ich gewöhnt. Obwohl ich meine Eltern sehr liebte, ging mir der Rummel, den alle um sie machten, ganz schön auf die Nerven. Abgesehen davon, war ich auch mehr als sauer, daß sie zu der Ansicht gekommen waren, daß ihr unruhiges Künstlerleben nicht dazu geeignet war, mir eine ansprechende Ausbildung zu verschaffen.

»Lisa und Marc Westby, soll ich dir's schriftlich geben?«

Ich war wütend. Ich bildete mir ein, zu wissen, was Aurélie dachte. Wie kamen diese beiden Stars zu einer Tochter, die auch nicht eine Spur ihres guten Aussehens geerbt hatte?

»Die Opernsängerin und der Dirigent?«

Ich zwang mich zur Ruhe.

»Eine weitere Dämlichkeit von dieser Sorte, und ich springe aus dem Fenster. Kreischend, wohlgemerkt! Ich bin Pamina Westby, italienische und englische Staatsbürgerin, dreizehn Jahre alt und von leidlicher Intelligenz. Wenn du mit mir auskommen möchtest, nennst du mich besser Pam. Und damit keine Zweifel herrschen, ich kann weder singen noch dirigieren.«

Die Fronten waren geklärt, und unsere Freundschaft konnte beginnen. Eine Freundschaft, die auch meine Eltern sehr begrüßten, denn Aurélie de Thivale war nicht nur aus bester französischer Adelsfamilie, sie war auch ein glühender Fan meiner Mutter. Sie verschaffte Lisa endlich die Art von Anbetung, die sie bei ihrer eigenen Tochter so vermißte, und ich gönnte den beiden die gegenseitige Zuneigung aus vollem Herzen.

Ich begriff schon sehr früh, daß ich für meine Mutter ein Wesen von einem anderen Stern war. Ich fand weder an der Musik noch an Musikern und schon gar nicht an der glitzernden Welt der Opern- und Konzertbühnen Gefallen. Ich war ein Kuckucksei in einer Musiker-Familie. Ein zwar geliebtes, aber auch bestauntes und nicht ganz verstandenes Mitglied. Die Tatsache, daß ich auch noch einen so normalen Beruf wie den einer Köchin ergriff, erschütterte meine Eltern zwar, aber sie überraschte sie nicht mehr.

Aurélie sprang in diese Lücke und wurde so eine Art Adoptiv-Tochter meiner Mutter. Ein kapriziöses, charmantes Wesen, das nicht zuletzt auch Lisas klassische, dunkle Schönheit unterstrich, sobald sie an ihrer Seite auftauchte. Ihre stundenlangen Diskussionen über Opernpartien, Dirigenten, Tenöre und Theaterklatsch verursachten mir nur Kopfschmerzen.

»Eh... Mademoiselle, Sie sind nicht allein auf der Welt. Wenn Sie nicht mehr telefonieren wollen, dann machen Sie die Zelle frei!«

Ich fuhr zusammen und nahm meine Umgebung endlich wieder wahr. Eine rundliche, empörte Frau, mit vollgepackter Einkaufstasche war nicht länger bereit, zuzusehen, wie ich – den Hörer in der Hand – ohne zu telefonieren, den Apparat blockierte. Ich entschuldigte mich hastig und stieg in meinen kleinen Wagen, der am Straßenrand parkte.

Ohne den Zündschlüssel zu betätigen, umfaßte ich mit beiden Händen das Steuerrad. Die schnurgerade Hauptstraße dehnte sich vor meinen Augen. Ich saß einfach da und wartete. Wartete auf das unausbleibliche Entsetzen, das nach einer solchen Nachricht, wie ich sie eben erhalten hatte, einfach kommen mußte. Aber nichts. Ich war wie erstarrt. Gelähmt, ohne jedes Gefühl. Doch nach einiger Zeit merkte ich, daß ich trotz allem klar und zielgerichtet denken konnte. Daß ich fähig war, einen schnellen, spontanen Entschluß zu treffen.

Die Straßenkarte in der Seitentasche der Fahrertür war noch originalverpackt. Hastig riß ich das Zellophan ab und faltete sie auseinander. Es fiel mir nicht leicht, mich zwischen all den winzigen Dörfern zu orientieren, aber die Strecke über Cercié und Saint Lager schien mir der schnellste Weg nach Odenas zu sein.

Odenas. Ein winziger Ort im Herzen des Beaujolais, von dem ich bis heute noch nie etwas gehört hatte. Ich wußte nur eines, ich mußte Aurélies Grab sehen. Vielleicht würde es mir dann möglich sein, aus meiner Trance zu einer normalen Reaktion zu finden.

Glücklicherweise war auf den winzigen, verwinkelten und schlecht geteerten Straßen nur wenig Verkehr. Ich bezweifelte, daß ich in einer kritischen Situation die Reaktionsfähigkeit besessen hätte, einen Unfall zu vermeiden. Aber außer ein paar majestätischen Katzen und gelangweilten Hunden begegnete ich kaum einem lebenden Wesen.

Ganz am Rande registrierte ich, daß fast jedes der Örtchen, die ich passierte, mit dem Namen eines bekannten Beaujolais-Weines untrennbar verbunden war. Dies war die Heimat einer Winzer-Tradition, zu deren markantesten Köpfen auch Aurélies Vater gehört hatte. Daß er neben seiner Tätigkeit als Weinbauer auch über den Ruf eines internationalen Kunstsammlers verfügte, wußten in seiner engeren Heimat nur die wenigsten. Von unseren Treffen – wenn er seine Tochter in der Schweiz und später in Paris besuchte – bewahrte ich das Bild eines silberhaarigen Grandseigneurs mit Schnauzbart, dessen sanft gerötete Nase verriet, daß er seinen eigenen Wein überaus schätzte.

Obwohl ich mich auf meinen Weg konzentrierte, hätte ich das halb umgesunkene Ortsschild mit der Aufschrift Odenas fast übersehen. Im Grund genommen hätte ich die paar Häuser, die sich um das steinerne, verwitterte Gotteshaus gruppierten, nicht einmal für ein richtiges Dorf gehalten. Abweisend geschlossene Fensterläden, romantische Gärten hinter halb eingefallenen Mauern, die ein grüner Überwurf aus Efeu und Kletterpflanzen gnädig verhüllte. Die winzige ›Alimentation‹ schon geschlossen, ein schlafender Köter im Schatten des Kirchturms. Mittagszeit. Ich mußte mir den Weg zum Friedhof selbst suchen. Fragen konnte ich hier niemand.

Hundertfünfzig Meter weiter war ich erfolgreich. Von einer Natursteinmauer umgeben, lag der Friedhof als seltsam weißes Karree vor den grünen Hängen der Weinberge. Eine jener typisch französischen Anlagen, die mit ihren Marmorabdeckungen und pathetischen Figuren an ein Schachbrett erinnern, das nur über cremefarbene Felder verfügt. Kein Baum, kein Busch, keine Blume milderte die Strenge der Reihen.

An der hinteren Mauer gruppierten sich halbhohe Mausoleen, von gebieterisch dreinblickenden Engeln bewacht. Sicher fand ich dort auch die erwähnte Familiengruft der Thivales. Obwohl es mir so wichtig erschienen war, hierher zu kommen, mußte ich mich nun zwingen, einen Fuß vor den anderen zu setzen. Ich fröstelte und statt verständlicher Trauer fühlte ich ein unbekanntes würgendes Gefühl der Angst. Aber wovor sollte ich Angst haben?

Vor einer Art Tempelchen, dessen Eingang auf beiden Seiten von dunklen Marmorsäulen gestützt wurde und in dessen Sims die verwickelten Zeichen eines altmodischen Wappens auszumachen waren, kniete eine zierliche schwarze Gestalt. Sie ordnete Blumen in einer hohen Vase, die das Eingangsportal verstellte. Die wilden, flammend roten Rosen kontrastierten mit dem dunklen Bronzeportal, und ich glaubte Aurélies Stimme zu hören.

»Die schönsten Rosen gibt es im Frühsommer in Thivale. Rot, riesengroß und duftend. Der Treibhauskram, den du in Paris bekommst, ist nicht damit zu vergleichen.«

Jetzt sah ich auch das geschwungene Steinband unter dem Wappen, das den Namen Thivale trug. Die Familiengruft. Ich trat näher und erregte sofort das Mißfallen eines mächtigen, zottigbraunen Hundes, der sich aus dem Seitengang erhob und mir mit einem tiefen Knurren mitteilte, daß ich hier nichts zu suchen hatte. Auf den ersten Blick war er eine eher amüsante Mischung aus Hirtenhund und Teddybär, aber beim genaueren Hinsehen entdeckte ich zwei Reihen imponierend gebleckter Zähne und hielt vorsichtig inne.

»Nou-Nours, halt!«

Das leise, fast freundliche Kommando einer brüchigen Stimme verwandelte die Bestie wieder in einen harmlosen Fellvorleger, und lediglich der kritische Blick seiner braunen Augen verriet, daß er wachsam blieb.

»Sie sind also doch gekommen«, stellte die gleiche Stimme gelassen fest, und ich begriff, daß es diese alte Dame gewesen sein mußte, mit der ich telefoniert hatte. Sie schubste eine letzte Rose zurecht und erhob sich schwerfällig, indem sie sich auf den Rücken des Hundes stützte, der an ihre Seite getapst war, sobald sie sich aufrichtete. Sie war winzig, kleiner als ich, wobei schon meine 161 Zentimeter nicht bedeutend sind. Da sie von Kopf bis Fuß in finsterstes Schwarz gehüllt war – sogar die grauen Haare waren von einem Tuch bedeckt –, wirkte sie wie ein Schatten. Nur das hagere Gesicht lebte. Ein scharf geschnittenes Antlitz mit eingefallenen Wangen, einem schmalen Mund und hellen, interessiert blitzenden Augen.

»Sie kennen mich?«

Ich konnte meine Überraschung nicht verbergen. Sie hatte nur meine Stimme am Telefon gehört, und ich hatte sie noch nicht einmal gegrüßt!

»Naturellement. Sie sind Aurélies Freundin. Das englische Mädchen, das sie im Internat kennengelernt hat.«

»Englisch-italienisch. Mein Vater war Römer«, verbesserte ich automatisch.

Eine ungeduldige Handbewegung tat meinen Einwand ab.

»Sie sind also gekommen, und nun möchten Sie wissen, was passiert ist!«

Der Hund fühlte wohl, daß das Gespräch länger dauern würde. Er ließ sich an der Seite der alten Dame nieder und duldete es, daß sie sich an ihn lehnte. Sie seufzte.

»Nun, es war ein Autounfall. Ein ganz normaler Unfall. Passiert immer wieder in dieser Gegend. Sie fahren alle zu schnell, diese jungen Leute. Unsere Straßen sind nicht für Rennen gemacht. Man fährt sie mit dem Traktor, nicht mit Sportwagen …«

»Bitte sagen Sie mir, wie das gekommen ist.«

Es gefiel ihr nicht, daß ich sie unterbrach. Mißmutig schüttelte sie den Kopf.

»Immer diese Ungeduld. Diese Eile. Sie hatte es auch immer eilig, die kleine Aurélie. Alles mußte sofort geschehen, nie wollte sie warten. Nun hat sie Zeit, soviel Zeit an der Seite ihres Vaters … eine Ewigkeit. Sie wollte nicht auf mich hören. Sie hat gelacht, als ich ihr sagte, daß die Thivales ihr Glück aufs Spiel setzen, wenn sie den Boden aufgeben. Warum hat sie nicht gewartet … es ist ein Elend.

Ein Unglück. Kehren Sie um. Kehren Sie um, ehe das Unglück auch Sie berührt ...«

Die kleine Gestalt sank noch mehr in sich zusammen. Sie murmelte Unverständliches, und ich starrte ihr wie hypnotisiert nach, während sie, die Hand auf dem Kopf des Hundes, davonhumpelte. Aber – verflixt, sie hatte mir nicht eine Frage vernünftig beantwortet. Nur Geschwafel, rätselhafter Unsinn. Mein Versuch, ihr zu folgen, sie zu klaren Sätzen zu zwingen, wurde von Nou-Nours vereitelt. Er bleckte die Zähne und bedachte mich mit einem so gefährlichen Knurren, daß ich widerwillig zurückblieb.

Was sollte ich davon halten? Die kapriziöse, intelligente Aurélie als Hauptdarstellerin in einem Schicksalsdrama? Das ging mir einfach zu weit. Da erschien es mir logischer, daß die alte Dame nicht mehr so ganz richtig im Kopf war. Ein Verkehrsunfall also. War nicht auch Aurélies Vater bei einem Unfall ums Leben gekommen? Kein Wunder, daß ein einfältiges Gemüt da Zusammenhänge und Schicksalsschläge vermutete. Indes, wenn ich ehrlich war, einfältig hatte diese schwarzgekleidete Norne nicht gewirkt.

Der stechende Schmerz in meinen Schläfen brachte mich in die Wirklichkeit zurück. Es war jetzt kurz nach zwölf, und die Sonne brannte von einem glasklaren hellblauen Himmel herab. Seit sieben Stunden war ich nun unterwegs, und statt mit meiner besten Freundin gemütlich zu plauschen, stand ich in diesem einsamen Friedhof und bemühte mich vergeblich, zu fassen, zu begreifen und zu glauben.

Ich spürte die würgende Faust in meinem Magen und wußte, daß ich erst wieder klar würde denken können, wenn ich etwas zu essen bekommen hatte. Es ist eine unheilvolle Angewohnheit aus meinen Kindertagen, die ich einfach nicht loswerde. In Streß- und Problemsituationen muß ich essen. Möglichst viel und möglichst gut. Lediglich die Tatsache, daß ich die unweigerlichen Figurprobleme immer wieder mit einem eisernen Sportprogramm in den Griff bekomme und zudem einen auch körperlich anstrengenden Beruf ausübe, verhindert, daß meine 161 Zentimeter zu sehr in die Breite gehen.

Fast fluchtartig verließ ich Aurélies Grabstätte und lief zu meinem Wagen. Die alte Dame war verschwunden. Merkwürdig, ich hatte kein Auto gehört, und doch lag die Route Départementale, die Odenas mit den übrigen Dörfern verbindet, menschenleer vor mir.

2

Vermutlich war es die hübsche Madonna, die das pummelige, naseweise Bauernkind an der Hand führt, die mich dazu veranlaßte, in St. Joseph en Beaujolais anzuhalten. Sie stand in einer Felsnische, rechts neben dem Eingang zur Dorfkirche und mutete so fröhlich und lebendig bodenständig an, daß ich mich wie von selbst nach einem Restaurant umsah und genau gegenüber im ›Relais de Vignobles‹ landete.

Der Patron, ein stämmiger Franzose, der seinen mächtigen Bauch nur mühsam in einem steifen, schwarzen Anzug unterbrachte, plazierte mich im Schutz einer riesigen, hölzernen Anrichte, die unter der Last der Servierplatten und Aufsätze ächzte. Mit zunehmender Dauer meiner Mahlzeit gewann er ein geradezu väterliches Interesse an mir. Auch die zwei gutgekleideten Herren – ich tippte auf Geschäftsreisende aus Lyon, die einen Abstecher in die Weinberge machten –, warfen mir respektvolle Blicke zu, als ich mich nach dem sechsten Gang, einer kleinen, aber sehr feinen Käseauswahl, nicht zwischen Erdbeertorte mit Vanillesoße und Schnee-Eiern in Waldbeerensoße entscheiden konnte.

»Madame verstehen etwas vom Essen«, freute sich der Patron und servierte mir, nachdem ich von beidem gekostet hatte, aus eigenem Antrieb einen wunderbaren, milden Calvados. Bei einem Café noir wartete ich auf die Rechnung und begann den Tatsachen wieder ins Auge zu sehen. In Gedanken sortierte ich Fragen und Informationen.

Ich hatte also erfahren, daß Aurélie vor knapp drei Wochen bei einem Verkehrsunfall getötet worden war. Die genauen Umstände, der Fahrer des Wagens, der Ort des Unglücks, all das lag noch im dunkeln.

Aber warum weiterforschen? Wäre es nicht vernünftig, die tragischen Tatsachen zu akzeptieren und weiterzufahren? Ich konnte Aurélie nicht mehr helfen. Sie hatte um meinen Besuch gebeten, doch ich war zu spät gekommen. Mit meinem Kummer, meiner

Trauer und meinen Schmerz mußte ich allein fertig werden. Wer sollte mir dabei schon helfen?

Mutter? Vermutlich war es der Gedanke an meine energische, tatkräftige, neugierige Mutter, die mir zum Bewußtsein brachte, daß auch ich um jeden Preis mehr wissen wollte. Ich konnte ihre Fragen förmlich hören: »Welche Verletzungen hatte sie? Was sagt die Polizei? Wer hat den Unfall verursacht? Wer trägt die Schuld?«

Fragen, die auch ich mir stellte. Fragen, die beantwortet werden mußten, ehe ich meinen Weg fortsetzte. Vielleicht war es dann leichter, sich mit den Geschehnissen abzufinden. Ich wußte, was ich zu tun hatte. Ich würde nach Schloß Thivale fahren und dort mit Aurélies Stiefmutter sprechen. Ich ließ mir vom Patron den Weg erklären und verließ die gemütliche Herberge gegenüber der Madonna voll Bedauern.

Über schmale Straßen, die sich teilweise in geradezu abenteuerlichen Kurven an den Weinbergen entlangzogen, schlug ich die angegebene Richtung ein. Es war eine anstrengende Fahrt, die mich bereuen ließ, daß ich den angebotenen Apfelschnaps bis auf den letzten Tropfen ausgetrunken hatte. Es war schon Spätnachmittag, da sah ich den Wegweiser, von dem der Patron gesprochen hatte, und betätigte den Blinker. Doch nur, um kurz vor dem Abbiegen mit einem leisen Fluch auf die Bremse zu steigen.

›Deviation‹ – Umleitung, das hatte mir noch gefehlt. Die Straße nach Thivale war gesperrt. Blieb nur die Möglichkeit, auf der Hauptstraße zu bleiben und nach der nächstmöglichen Abzweigung zu suchen. Glücklicherweise fand ich das zweite Hinweisschild nur wenige Kilometer weiter.

Diese Holperpiste schlug sogar die ohnehin schlechten Ortsverbindungen um ganze Längen. Tiefe Schlaglöcher und gerade so breit, daß mein Kleinwagen nicht die Rebstöcke links und rechts streifte. Wie der verstorbene Comte de Thivale seinen Rolls Royce über diesen Weg gebracht hatte, wagte ich mir nicht vorzustellen. Ob seine Frau nun das protzige Ding lenkte?

Ich ertappte mich bei der Frage, was das wohl für eine Frau sein mochte, die diesen überzeugten Junggesellen nach fünfundzwanzig Jahren Freiheit von den Vorteilen einer Ehe überzeugt hatte. Aurélie hatte kein gutes Haar an ihr gelassen.

»Sie ist hinter seinem Geld her, ich schwöre es dir. Das ganze liebevolle Getue ist nur Fassade, die Dame ist ein eiskaltes Luder.«

Daß Aurélie sich sogar weigerte, an der Hochzeit teilzunehmen, führte zum endgültigen Bruch zwischen Vater und Tochter. Sie vergrub sich beleidigt in ihrer Atelierwohnung in Paris, während auf Schloß Thivale großartig gefeiert wurde. Die Nachricht vom Tode ihres Vaters erreichte Aurélie, ehe sie sich mit ihm wieder versöhnt hatte. Verbittert und traurig schob sie auch dafür ihrer Stiefmutter die Schuld in die Schuhe.

»Ich werde es ihr nie verzeihen! Sie ist schuld daran, daß mein Vater sterben mußte. Aber ich sage dir eines, Pam, sie wird noch merken, daß sie nicht alle Thivales nach ihrer Pfeife tanzen lassen kann. Sie wird merken, daß ich ihr gewachsen bin. Ihr und ihrem ekelhaften Sohn, der sich aufführt wie der Schloßherr persönlich.«

Anschließend war sie nach Hause, ins Beaujolais gereist. Das Kunststudium, das sie lediglich zu ihrem Vergnügen betrieb, obwohl sie wirklich Talent zum Zeichnen und Malen hatte, ruhte. Der weitere Verlauf des Weges zwang mich dazu, in die Wirklichkeit zurückzukehren. Eine scharfe Rechtskurve, dann lag in etwa fünfzig Metern Entfernung eine Ansammlung von Häusern vor mir, die von einem massigen, quadratischen Bau beherrscht wurde. Chateau Thivale, zu Füßen des sanft gewellten Mont de Brouilly, datierte aus dem 15. Jahrhundert und die Wirtschaftsgebäude, die es umgaben, schienen nicht viel jünger zu sein.

Der Haupteingang mit dem gewaltigen Rundbogentor, dessen verwitterte Holzflügel rechts und links zurückgeschlagen waren, unterbrach die abweisende Fassade des Nordflügels wie ein offenes dunkles Loch. Lediglich die beiden Türme, die das Gemäuer an der Ost- und Westseite begrenzten, brachten Farbe in das Bild. Ihre bunt gefliesten Dächer glänzten wie frisch gewienert im Sonnenschein. Eine Taube flatterte um die Spitze der Wetterfahne, und einen Moment lang erahnte ich den Frieden, den ich an vielen Orten vergeblich gesucht hatte. Wir sahen uns an, Schloß Thivale und ich. Vielleicht beschloß ich in meinem Unterbewußtsein schon damals, länger als nur für eine flüchtige Auskunft zu bleiben, ich weiß es nicht. Gedankenverloren stieg ich aus, nachdem ich den Motor abgestellt hatte, und registrierte die Stille, die nur vom Gurren der Tauben und vereinzelten Vogelstimmen untermalt wurde.

Das dröhnende Ungetüm, das mit Lärm und Gestank plötzlich vor mir auftauchte, ließ mich vor Schreck zurückweichen. Halb verärgert, halb fasziniert starrte ich auf das Ding, das einem Traktor auf Stelzen nicht unähnlich war. Ich beruhigte mich erst, nachdem mir klar wurde, daß es sich um eine der Lesemaschinen handeln mußte, die auf flacheren Weinbergen zur Ernte eingesetzt wurden. Soweit ich wußte, mußten die steileren Hänge noch immer von Hand gelesen werden.

Knapp einen halben Meter vor meiner Stoßstange stoppte das Monster schwankend und krachend. Der Fahrer hangelte sich von seinem hohen Sitz herab und kam näher. Freundlich sah er nicht gerade aus.

»Das ist eine Privatstraße, können Sie nicht lesen?« murrte er. »Haben Sie das Schild vorne an der Straße nicht gesehen?«

Obwohl sein Benehmen unter aller Kritik war, veranlaßte mich sein Aussehen zu einem längeren, prüfenden Blick. Er trug olivfarbene, zerbeulte Cordhosen und ein T-Shirt von undefinierbarer Farbe mit einem Reklameaufdruck der Supermarktkette Lion Codec. Braungebrannt, überdurchschnittlich groß, mit provozierend hellblauen Augen und einem blonden Schopf, der in allen Tönen von Mittelbraun bis Goldblond schimmerte, paßte er eher in eine Surfreklame oder auf ein Piratenschiff, denn auf diesen Karrenweg. Das ausgeprägte, kantige Gesicht mit der großen, scharf geschnittenen Nase wirkte verschlossen und abweisend.

»Sind Sie immer so freundlich zu Fremden, die zum Schloß wollen?« erkundigte ich mich und erntete einen Laut, der an das Knurren des Plüschhundes auf dem Friedhof erinnerte.

»Der Weinverkauf ist für diese Saison eingestellt. Die Keller sind leer. Auch das steht auf dem Schild an der Straße. Kommen Sie nächstes Jahr wieder.«

»Ich denke nicht daran.«

Seine Flegelei führte dazu, daß ich unwillkürlich die Fäuste ballte.

»Benötigt man einen Passierschein, um die Familie im Schloß zu besuchen?«

»*Sie* wollen zur Gräfin? Tatsächlich? Zu Madame Lacorte-Thivale?«

Der Ton seiner Frage erstaunte mich. Was ging ihn mein Besuch an? Ich nickte kühl.

»Tja…« Er zuckte mit den Schultern, und die Geste kam mir erstaunlicherweise verächtlich vor. Dann sprach er weiter: »Trotzdem kann ich es Ihnen nicht ersparen, zur nächsten Ausweichstelle zurückzusetzen. Ich muß meine Arbeit tun. Sie begreifen wohl, daß ich mit dieser Maschine keine Rangier-Kunststücke vollbringen kann.«

Ohne meine Antwort auch nur abzuwarten, wandte er mir seinen breiten Rücken zu, ging zu seinem Gefährt und ließ den Motor an, der mit seinem dröhnenden Röhren jede weitere Diskussion erstickte. Es blieb mir nichts anderes übrig, als seinem Befehl zu folgen.

Obwohl ich eine halbwegs routinierte Autofahrerin bin, vermeide ich überflüssige Kunststückchen beim Rückwärtsfahren. Das Umsetzen optischer Eindrücke von hinten in die richtige Lenkbewegung des Steuerrades bereitet mir, offen gestanden, immer Schwierigkeiten. Aber jetzt, verärgert und nervös, kurvte ich wie eine blutige Anfängerin in aufregender Nähe an Weinstöcken, Zaunpfählen und Felsbrocken vorbei, ehe ich – mit klopfendem Herzen – endlich bremsen konnte.

Aus den Augenwinkeln warf ich einen Blick hinauf, während das Fahrzeug mit aufreizender Langsamkeit passierte. Er sah starr geradeaus, und ich existierte nicht mehr für ihn. Schade. Sportliche Riesen seiner Sorte brachten meine Gedanken immer auf Abwege. Ob er zum Personal des Schlosses gehörte?

Ich rief mich selbst zur Ordnung. Immerhin war ich nicht gekommen, um über gutaussehende Grobiane nachzugrübeln. Ich beabsichtigte nicht, ein zweites Mal mein mittelmäßiges Geschick im Umgang mit Autos unter Beweis zu stellen. Ich schloß den Wagen ab und klemmte mir lediglich meine Handtasche unter den Arm, dann legte ich den Weg zum Schloß zu Fuß zurück. Aus der Nähe erkannte ich jetzt, daß der größte Teil des Gemäuers sehr geschickt renoviert worden war, und daß die Anlage zwar romantisch, aber nicht verwahrlost war.

Die dunkle Höhlung des Toreinganges gab den Blick auf einen fast quadratischen, ungemein reizenden Innenhof frei. An der West- und Ostseite säumten ihn zwei Laubengänge, deren einzelne Säulen von blühenden Glyzinien überrankt wurden. Üppig bepflanzte Terrakotta-Töpfe flankierten auch den sorgfältig geharkten Kiesweg zum Hauptportal im Südflügel, und der Duft von Oleander, Rosen und Sommerblumen lag schwer und warm in der Luft.

Eine breite Freitreppe führte zur zweiflügeligen Eichentür, deren schwere Schnitzereien und polierte Messingangeln matt schimmerten. Ein wild fletschender Löwenkopf hielt einen imposanten Klopfring zwischen den Zähnen. Ehe ich ihn hob, schaute ich mich noch einmal um. Welch eine Atmosphäre! Hier müßte man, geschützt vor kühlen Winden, abends unter dem Sternenhimmel sitzen und kellerkühlen, jungen Beaujolais trinken. Ein Erlebnis!

»Sie wünschen, Mademoiselle?«

Hatte ich den Klopfring bewegt? Ich erinnerte mich nicht. Mühsam faßte ich mich, um dem Mann mit dieser leisen, samtweichen, sehr kultivierten Stimme zu antworten. Er verkörperte auf geradezu klassische Weise das Klischee des jungen, adeligen Schloßherrn.

»Entschuldigen Sie bitte, daß ich hier so einfach eindringe«, sagte ich hastig. »Mein Name ist Pam Westby. Ich bin eine gute Freundin von Aurélie de Thivale, und ich habe vorhin gehört, daß sie …«

Ich brach ab. Hatte mich der Rüpel auf der Erntemaschine geärgert, und dieser junge Mann, der jetzt vor mir stand, verunsicherte mich. Und das, obwohl ich an der Seite meiner erfolgreichen Mutter einiges Training im Umgang mit gutaussehenden Herren gesammelt hatte, die vom maßgeschneiderten Anzug, über das Seidenhemd, die italienischen Slipper und die Schweizer Luxusuhr, in etwa mein Jahresgehalt auf dem Körper trugen.

Auch rückblickend muß ich wohl der Wahrheit die Ehre geben. Léon Lacorte war damals die echte Verkörperung eines Märchenprinzen. Er war schön. Es gibt kein anderes Wort, um die Perfektion seiner Züge zu beschreiben. Der sinnliche, gut geschnittene Mund und die gerade Nase waren ohne Makel. Und erst die Augen! Tiefdunkel, schwarz mit glänzenden Jett-Reflexen, von buschigen Brauen beschattet, die ebenso blauschwarz wie seine kurzgeschnittenen Haare waren. Er stand völlig ruhig und in sich gesammelt da und blickte mich interessiert an. Eben jener Blick, der mir die Sprache verschlug.

»Es tut mir leid, Mademoiselle. Warum haben Sie nicht angerufen…«

»Habe ich doch.« Ich schluckte. »Eine Dame war am Telefon, sie sagte mir, daß Aurélie… ich meine, daß…«

Ich konnte es immer noch nicht in voller Lautstärke aussprechen.

»Eine Dame?«

»Ich habe sie dann auf dem Friedhof getroffen. Sie…«

»Aaah, ich verstehe. Bitte treten Sie ein, Mademoiselle… Westby? Ist das richtig?«

Ich folgte ihm ins Haus und nickte.

»Wir waren zusammen im Internat, in der Nähe von Lausanne. Ich hatte ihr versprochen, sie zu besuchen, sobald ich die Zeit dafür fände…«

Schon wieder fehlten mir die Worte. Warum zum Kuckuck hatte mir Aurélie, deren Lieblingshobby das Flirten war, nichts von diesem Wunderwerk von Mann erzählt? War er damals noch nicht im Schloß gewesen? Wer war er überhaupt? Diese Frage las er mir offensichtlich an der Nasenspitze ab. Er lächelte.

»Wie schrecklich, ich vergesse ganz meine Manieren. Darf ich mich vorstellen: Léon Lacorte. Meine Mutter hat in zweiter Ehe den Grafen Thivale, Aurélies Vater, geheiratet.«

Er hielt zuvorkommend eine Tür auf und ließ mich in eine Art Arbeitszimmer eintreten, das neben einem riesigen Schreibtisch, einigen Aktenschränken und gestapelten Kartons eine Vitrine mit gefährlich aussehenden Jagdgewehren und einen kleinen Tisch mit zwei gemütlichen Sesseln enthielt. Später erfuhr ich, daß es sich um das ehemalige Büro des Grafen handelte, von dem aus dieser die Arbeit in den Weinbergen und Kellern des Gutes gelenkt hatte. Jetzt sank ich nur dankbar in den angebotenen Sessel und bemühte mich, meine fünf Sinne zu sammeln.

»Auf dem Friedhof erfuhr ich, daß Aurélie bei einem Autounfall ums Leben gekommen ist. Sicher haben Sie Verständnis dafür, daß ich gern ein bißchen mehr darüber wissen möchte. Ich kann es gar nicht begreifen, daß Aurélie dort liegen soll.«

Hörte er mir zu? Was stand in seinem Gesicht? Höflichkeit? Interesse? Nachdenklichkeit? Vorsicht? Ich kannte ihn zu wenig, um es zu beurteilen.

»Nun, ich weiß nicht, ob wir Ihre Fragen zu Ihrer Zufriedenheit beantworten können, Mademoiselle Westby. Es war ein tragischer Unglücksfall, aber wenn Sie Aurélie de Thivale gut kannten, so wissen Sie sicher, daß sie stets ihre eigenen Wege ging und sich nur ungern etwas raten ließ. Sie hat das Unglück durch ihren Leichtsinn herausgefordert. Wenn sie nur auf mich gehört hätte ...«

Im Hintergrund meiner Gedanken war da eine hartnäckige Erinnerung, die mir keine Ruhe ließ. Aurélie hatte etwas gesagt. Etwas, das den Sohn ihrer Stiefmutter betraf. Und dann fiel es mir wieder ein: »... ihr ekelhafter Sohn, der sich aufführt wie der Schloßherr persönlich!«

Ekelhaft? Léon Lacorte? Das konnte nicht wahr sein.

»Sie sehen erschöpft aus, Mademoiselle. Darf ich Ihnen etwas anbieten? Einen Cognac?«

Die Flasche und die Gläser standen auf einem Tablett neben dem Telefon. Ich wehrte ab.

»Nein, danke. Ich muß schließlich noch Autofahren.«

»Autofahren? Heute? Jetzt nach diesem Schock, den Sie erlitten haben? Das kommt nicht in Frage, das kann ich nicht verantworten.«

Eine bestimmte Bewegung mit erhobenen Fingern, und ich klappte meinen protestierend geöffneten Mund gehorsam wieder zu.

»Sie wollten Ihre Freundin auf Schloß Thivale besuchen. Das mindeste, was wir für Sie tun können, Mademoiselle Westby, ist, Ihnen die Gastfreundschaft des Schlosses anzubieten.«

»Aber ich kann doch nicht ...«

»Und ob Sie können. Wir leiden wirklich nicht unter einem Mangel an Gästezimmern. Bleiben Sie hier, und lassen Sie uns später in aller Ruhe über die Geschehnisse sprechen. In dieser Familie wissen wir zu bitter, daß die Straßen unseres Weinlandes gefährlich sind.«

Ich lehnte mich zurück und überlegte. Der Gedanke, in Schloß Thivale zu bleiben, war verführerisch. Durfte ich das Angebot annehmen?

»Sie sind sehr freundlich, aber sicher findet sich auf der Autobahn ein Motel, in dem ich eine Nacht schlafen kann, ehe ich weiterfahre ...«

»Ausgeschlossen!« Er reagierte genauso, wie ich es erhofft hatte. »Es ist das Kennzeichen eines Schocks, daß man seine eigenen Kräfte überschätzt. Bitte bleiben Sie. Ruhen Sie sich einige Tage bei uns aus. Das Chateau ist ruhig, fast zu abgeschieden, genau das Richtige für angegriffene Nerven. Wenn es Ihnen etwas besser geht, können wir dann über alles reden.«

»Vielen Dank.« Ich sträubte mich nur noch pro forma. »Ich weiß nicht, ob ich das annehmen kann? Sie sind sehr freundlich, aber ich bin eine Fremde für Sie!«

»Aurélies Freunde sind auch unsere Freunde. Machen Sie sich bitte keine Gedanken darüber.«

»Und Ihre Mutter?« warf ich ein. »Ich möchte der Gräfin nicht zur Last fallen. Auch sie hat eine schwere Zeit hinter sich und Gäste ...«

Léon ließ mich nicht ausreden.

»Meine Mutter würde ernstlich böse mit mir sein, wenn ich Sie in diesem Zustand gehen lasse, Pam. Keine Widerrede. Es ist abgemacht, daß Sie bei uns bleiben.«

Noch nie hatte jemand die karge Abkürzung meines entsetzlichen Vornamens – die Pamina aus der ›Zauberflöte‹ von Mozart war eine Lieblingspartie meiner Mutter – mit soviel Wärme und Fürsorge ausgesprochen. Ich ließ mir nur zu gern die Entscheidung abnehmen.

»Wir werden Sie in einem der Turmzimmer unterbringen«, beschloß er. »Sie müssen sich wohl fühlen, damit die tragischen Geschehnisse Sie nicht bedrücken.«

Ein frommer Wunsch. Lag es in Léon Lacortes Macht, ihn zu erfüllen?

3

Das Turmzimmer, in das mich ein schweigsames, fast schüchternes Zimmermädchen führte, nachdem ich mein Auto geholt und in der großen Garage neben dem Nordflügel geparkt hatte, erinnerte mich auf den ersten Blick an Dornröschens Schlafkemenate. Ein gewaltiges, geschnitztes Holzbett auf einem zweistufigen Holzplateau, mit einer Stoffdraperie und fransengeschmücktem Baldachin, beherrschte den Raum. Eine Tagesdecke aus schwerem, besticktem grünen Samt gab ihm das Aussehen einer weichen Sommerwiese.

Schräg gegenüber in einer tiefen, bogenförmigen Nische öffnete sich das zweiflügelige, bleiverglaste Fenster für ein endloses Panorama über sanfte Rebhänge, vereinzelte Laubgruppen und wenige versteckte Weinbauern-Güter. Wenn ich mich weit hinausbeugte und den Kopf zur Seite renkte, nahm ich sogar noch die Kapelle auf dem Gipfel des Mont Brouilly wahr.

Der Rest der Einrichtung bewies die sachverständige Hand eines Schloßherrn, der etwas von Antiquitäten verstand. Geschnitzte Sessel, ein entzückender Spiegeltisch, ein Damensekretär aus Kirschholz und ein wundervoller altrosa Aubussonteppich. Wandbehänge, Bilder, alles war von erlesener Qualität, und ich fühlte mich um Jahrhunderte zurückversetzt. Wie viele Thivales hatten in diesem Raum gelebt, die Frühlings-Szenen auf dem Gobelin bewundert oder auf der eingelegten Platte des Sekretärs ihre Briefe geschrieben?

»Hier ist das Bad, Madame.«

Das Mädchen öffnete eine Tapetentür, die mir bis dahin noch gar nicht aufgefallen war und hinter der sich ein Badezimmer mit allen Annehmlichkeiten verbarg. Auf Schloß Thivale verstand man augenscheinlich zu leben.

Wieder allein ließ ich mich auf der gepolsterten Nische vor dem Fenster nieder. Ohne den faszinierenden Einfluß von Léon Lacortes magischen Augen gewann die praktische Seite meiner Natur wieder Übergewicht. Ein hinreißendes Quartier für einen Zufalls-Gast. Warum war ich hier untergebracht worden? Normale Gastfreundschaft oder gezielte Absicht? Wenn ja, welche Absicht? Daß Léon auf den ersten Blick von meiner absolut durchschnittlichen Person beeindruckt gewesen sein sollte, konnte ich mir nicht vorstellen.

Zwischen zwei so bemerkenswerten Frauen wie Lisa Westby und Aurélie de Thivale hatte ich es mir frühzeitig abgewöhnt, mir Illusionen über mein Aussehen zu machen. Mit den kurzgeschnittenen braunen Naturlocken, die jedem Versuch widerstanden, sich in eine modische Frisur legen zu lassen, einem ovalen Gesicht ohne besondere Merkmale, und Augen, die je nach Pulloverfarbe ihren Schimmer von Grau in leichtes Grau oder Grün verändern konnten, war ich so normal wie Millionen anderer Mädchen.

Vielleicht würde ich in dem Gespräch mehr erfahren, das mir Léon angeboten hatte.

»Machen Sie sich ein wenig frisch, und wenn Sie Lust haben, können Sie mich gern in der Bibliothek besuchen. Ich verbringe dort meistens die Zeit vor dem Abendessen, das bei uns pünktlich um zwanzig Uhr im kleinen Speisesaal serviert wird. Eines der Mädchen wird Ihnen gern den Weg zeigen.«

»Sie sind also doch gekommen!«

Zum zweitenmal vernahm ich heute diesen geflüsterten Satz, und ich unterdrückte im letzten Moment einen Aufschrei. Vor mir stand die alte Dame vom Friedhof, diesmal jedoch ohne ihren Schatten, den Hund.

»Mutig, sehr mutig«, fuhr sie ungerührt fort. »Aber sagen Sie hinterher nicht, daß ich Sie nicht gewarnt hätte. Sie wollte auch nicht auf mich hören. Das Böse bekämpft man nicht mit Wahrheit, man muß es mit seinen eigenen Mitteln schlagen...« Der Rest des Satzes war gemurmelt, fast unverständlich im Dialekt der Gegend, den ich nur in Bruchstücken erfaßte.

»Das Glück... die Thivales sind vom Glück verlassen... die Katastrophe wir...«

»Wenn Sie mir etwas sagen möchten, dann sagen Sie es bitte so, daß ich Sie auch verstehen kann.«

»Ach ja?«

Die hellen, wasserklaren Augen blitzten eine Sekunde interessiert auf. Sehr prüfend glitten sie über meine Gestalt, bildeten sich ein Urteil und schimmerten beunruhigend amüsiert. Bildete ich mir ein, daß ich schon einmal auf diese Weise klassifiziert worden war?

»Warum sollte ich Ihnen etwas sagen?« Sie lächelte jetzt. »Ich bin sicher, Sie werden alles selbst herausfinden. Lassen Sie sich nicht vom Geschwafel einer alten Frau beeindrucken. Vielleicht bin ich einfach schon zu lange auf dieser Welt. Es kann ja möglich sein, daß der Comte und seine Tochter tatsächlich durch einen normalen Verkehrsunfall ihr Leben lassen mußten. Hören Sie nicht auf mich. Ich bin nur gekommen, um nachzusehen, ob alles in Ordnung ist. Manchmal vergessen die Mädchen die Handtücher. Wir haben nicht mehr oft Gäste im Chateau, die Gräfin hat nicht viele Freunde...«

Das freundliche Geplauder hatte die Wirkung einer mittleren Bombe auf mich. Was sollte das heißen: »Es kann ja möglich sein...« Das Gegenteil würde ja bedeuten, daß...

»Hat Ihnen Aurélie nichts erzählt? Nichts geschrieben?«

Sie stand in der offenen Tür und sah sich um. Das helle Licht zeichnete die scharfen Falten in ihrem alten Gesicht unbarmherzig nach.

»Was sollte Aurélie mir erzählt haben? Wir haben seit Wochen nicht mehr miteinander telefoniert.«

Gab es einen Grund, daß ich mich wie eine Angeklagte verteidigte?

»Sie werden Sie das fragen, und überlegen Sie gut, was Sie antworten. Am besten würden Sie nur fragen und nie antworten.«

Das Schloß klickte. Ich stieß den angehaltenen Atem aus. Ich war wieder allein. Verwirrt versuchte ich Ordnung in das Chaos dieser Unterhaltung zu bringen. Umgab sich die alte Dame absichtlich mit diesem etwas hexenhaften Flair, oder war sie ganz einfach bereits verkalkt? Es fiel mir schwer, ihr Alter zu schätzen. Sie mochte ebenso gut Anfang Sechzig wie Ende Siebzig sein. Welche Funktion hatte sie auf Thivale? Eine Verwandte? Ein Dienstbote? Für Letzteres trat sie zu souverän auf. Ich wußte einfach nicht, was ich von ihr halten sollte. Und solange ich nicht endlich Genaueres über Aurélies Tod erfuhr, würde ich auch weiter wie eine Blinde durch dunkle Tunnel tasten. Ich erinnerte mich erneut an Léons Angebot.

Wenig später machte ich mich auf den Weg. Ich hatte meine Hosen mit einem sportlichen Lederrock vertauscht, der zusammen mit einem passenden Seidenpulli ein Ostergeschenk meiner Mutter gewesen war. Gestärkt von dem Gefühl, einigermaßen gut auszusehen, marschierte ich am Fuße der Turmtreppe den langen Gang entlang zum Südflügel, ohne mich erst nach der Lage der Bibliothek zu erkundigen.

Ich hatte Glück, die Tür zur großen Halle war nur angelehnt, und ich erkannte deckenhohe verglaste Bücherschränke. Nach einem vorsichtigen Klopfen trat ich ein. Léon, der auf einer braun gepolsterten Lederbank gesessen hatte, erhob sich höflich, und ich dankte dem Himmel, daß ich daran gedacht hatte, mich umzuziehen. Er trug einen dunklen Anzug, mit dem er auf jeder formellen Dinner-Party Ehre eingelegt hätte. Die Sitten auf Schloß Trivale schienen sehr streng zu sein. Er lächelte, und ich wich schnell seinen Augen aus.

»Haben Sie sich ein bißchen erholt? Ist das Zimmer in Ordnung? Wollen Sie nicht Platz nehmen?«

»Vielen Dank.«

Vorsichtig setzte ich mich auf die Kante des angebotenen Sessels, der ihm gegenüberstand.

»Das Zimmer ist hinreißend. Wenn Sie bereits Zufallsgäste so prachtvoll unterbringen, frage ich mich unwillkürlich, was Sie dann mit willkommenen Freunden machen?« Ich versuchte einen Scherz.

»Sie sind kein Zufallsgast, Pam. Sie sind Aurélies beste Freundin, und gestatten Sie mir, daß ich so ehrlich bin: Sie sind sehr charmant.«

Darauf fiel mir so gut wie nichts ein. Nüchtern, praktisch, ehrgeizig, ordentlich, vernünftig, all das war ich schon viele Male genannt worden, aber charmant? Dabei sah Léon Lacorte wahrhaftig so aus, als meinte er seine Worte ernst. Ich beschloß das Kompliment zu ignorieren und zur Sache zu kommen.

»Ich möchte Sie nicht lange aufhalten. Wenn Sie so freundlich wären, mir jetzt Näheres über Aurélies Unfall zu sagen?«

Léon räusperte sich. Es gelang ihm ohne ein Wort, geradezu vollkommen den Eindruck zu erwecken, daß er es haßte, mich zu bekümmern. Ich schaute ihn erwartungsvoll an. Endlich begann er zu sprechen.

»Vielleicht sollte ich vorher noch erwähnen, daß ich von Anfang an den Eindruck hatte, daß sich Aurélie in ihrer alten Heimat langweilte. Sie war ein so prächtiger Pariser Schmetterling, der sich in dieses alte Gemäuer verirrt hatte. Sie kam mir ruhelos, manchmal sogar launisch und ungerecht vor. Vielleicht hat sie Ihnen gegenüber erwähnt, daß sie sich mit meiner Mutter bedauerlicherweise nicht so gut verstand?«

Ich folgte der Warnung meiner eigenartigen alten Freundin und sagte nichts. Nach einer unmerklichen Pause setzte er seine Erzählung fort.

»Ich weiß nicht, was Aurélie den ganzen Tag unternahm, sie war ständig unterwegs. Möglicherweise hat ihr der tragische Tod des Grafen mehr zugesetzt, als wir alle annahmen. Ich sorgte mich um sie, wenn sie einfach einen der Wagen aus der Garage nahm und ziellos in der Gegend herumfuhr. Auf unseren Straßen ist so etwas zu leichtsinnig...«

»Unsinn.«

Die Bemerkung rutschte mir heraus, ohne daß ich sie aufhalten konnte. Léon zuckte förmlich zusammen. Die dunklen Brauen hoben sich fragend. Ich lächelte entschuldigend und versuchte meine Unhöflichkeit zu erklären.

»Tut mir leid, Monsieur Lacorte. Das ist mir so herausgerutscht. Aurélie konnte doch gar nicht Auto fahren! Ich weiß noch, daß sie einmal einen Versuch unternahm, das Fahren zu lernen. Sie ruinierte das Auto meiner Mutter und einen Pfahl der städtischen Straßenbeleuchtung am Place de l'Opéra in Paris. Danach hat sie nie wieder versucht einen Wagen zu lenken. Sie fuhr ausschließlich Taxi.«

Erneut entstand eine Pause. Léons Gesicht ließ nichts erkennen. Seine Stimme klang ruhig und beherrscht.

»Wann haben Sie Aurélie zum letztenmal gesehen?«

Ich überlegte.

»Es dürfte fast ein Jahr her sein.«

Er nickte und lächelte vorsichtig. Nicht, daß er mir widersprach, ich hatte nur das Gefühl, mich sehr dumm und kindisch benommen zu haben. Ich errötete und biß auf meine Unterlippe.

»Halten Sie es nicht für möglich, daß Aurélie in diesem vergangenen Jahr Dinge gelernt hat, von denen Sie nichts wissen, liebe Pam? Vielleicht sollte es eine Überraschung für Sie sein, daß sie doch mit dem Auto fahren kann? Wer vermag schon zu sagen, welche Ideen in Aurélies Kopf umgingen?«

»Und was ist nun wirklich passiert?«

Schroffer als beabsichtigt stellte ich diese Frage, aber er reagierte mit vollendeter Höflichkeit.

»Genau weiß es niemand. Aurélie scheint am Abend, ehe sie verstarb, einen Ausflug nach Fleurie gemacht zu haben. Man fand die Quittung von einem Restaurantbesuch in ihrer Handtasche. Auf dem Rückweg ist sie von der Straße abgekommen und in eine Schlucht gestürzt. Der Wagen überschlug sich mehrmals, brannte aber nicht aus. Die Flammen hätte vielleicht jemand gesehen. So wurde sie erst am nächsten Morgen von einem Weinbauern gefunden. Der Arzt bestätigte, daß sie an den Folgen eines Schädelbruchs gestorben ist. Wenigstens haben wir den Trost, daß sie nicht eine Nacht lang leidend in den Trümmern des Wagens lag. Allein der Gedanke daran ist schrecklich.«

Ich fror. Die Szene, die Léon da für mich gemalt hatte, war entsetzlich. Ein sterbendes Mädchen, allein im Wrack eines völlig zerstörten Autos. Ich fühlte mich elend und hätte am liebsten geweint.

»Man konnte ihr nicht mehr helfen. Sie hat die Gefahr unterschätzt.«

»Die Gefahr?« wiederholte ich verständnislos.

»Die Gefahr unserer kurvigen Straßen. Sie ahnen nicht, wie viele Unfälle hier im Laufe eines Jahres passieren. Ganz besonders, wenn noch Alkohol im Spiel ist. Aurélies Rechnung führt eine Flasche Wein auf. Es braucht nur ein plötzliches Hindernis aufgetaucht sein, ein entgegenkommendes Fahrzeug, das sie mit seinen Scheinwerfern blendete ... Es gibt leider keine Zeugen.«

Sanft beugte er sich vor und legte seine Hand auf meine verkrampften Finger.

»Es tut mir so leid, daß wir nichts von Ihnen wußten. Vielleicht wäre es ein Trost für Sie gewesen, wenigstens bei der Beerdigung dabeigewesen zu sein. Kannten Sie Aurélie schon lange?«

»Seit unserer gemeinsamen Internatszeit. Wir haben nie den Kontakt verloren. Sie war meine beste Freundin. Ich ...«

Das Gefühl, jeden Moment in Tränen auszubrechen, ließ mich innehalten.

»Vielleicht tröstet es Sie ein wenig, wenn Sie sich morgen aus Aurélies Sachen ein Andenken an Ihre Freundin auswählen. Die Zimmer sind noch so, wie sie sie verlassen hat. Meine Mutter brachte es nicht über das Herz, etwas anzurühren. Es war ein Schock für sie, ihre Stieftochter auf die gleiche Weise wie ihren Mann zu verlieren.«

Die letzte Bemerkung vertrieb die lästigen Nebel der Trauer und der Hoffnungslosigkeit aus meinem Kopf. Den Eindruck, daß die frischgebackene Gräfin ihrer Stieftochter auch nur eine Träne nachweinen würde, hatte ich aus Aurélies Worten nicht gewonnen. Ich suchte gerade nach einer passenden Antwort, da wurde mir diese Mühe abgenommen. Die Gräfin trat ein. Sofort sprang Léon auf.

»Mama, darf ich dir Pam Westby, eine liebe Freundin der armen Aurélie, vorstellen? Pam, das ist meine Mutter, Constance Gräfin Thivale.«

Eine formvollendete Vorstellung, die mich wieder an Aurélies spöttische Bemerkung erinnerte, daß Léon den Schloßherrn spiele. Die Gräfin neigte kühl den Kopf, betrachtete mich mit gepflegter Langeweile und ließ dezent erkennen, daß ich alles andere als willkommen war.

Constance Lacorte-Thivale war so makellos und frostig wie ein Eisblock. Von Aurélie wußte ich, daß sie die Fünfzig längst hinter sich hatte, aber so, wie sie da vor mir stand, schlank, in einem resedafarbenen Wollkleid, die silberblonden Haare zu einem schweren Knoten im Nacken zusammengefaßt, gab ihr auch ein kritischer Beobachter keinen Tag mehr als zweiundvierzig Jahre.

»Nett, Sie zu sehen, Miß Westby. Ich höre, mein Sohn hat Sie eingeladen, zu bleiben?«

Schüchterne Naturen hätten nach dieser Abfuhr vermutlich sofort ihren Koffer gepackt. An mir prallte diese Art von Arroganz ab. Zum einen blieben nach Léons Erzählung zu viele Fragen offen, zum anderen reizten mich gerade Menschen wie die Gräfin zum Widerspruch. Ich war sicher, daß sie sich ärgerte, und so lächelte ich honigsüß, als wäre mir der herzlichste Empfang zuteil geworden. Das mühsame Gespräch, das wir bei einem viel zu süßen Sherry führten, wurde glücklicherweise von dem Gong gestört, der uns zum Essen rief.

Das abendliche Diner war eine sehr förmliche und luxuriöse Veranstaltung. Kerzenlicht erhellte das Eßzimmer mit seinen bespannten Wänden und hochlehnigen Stühlen. Wir aßen aus kostbaren Limoges-Tellern und tranken den Wein aus schweren geschliffenen Gläsern. Der Schimmer der Kerzen schmeichelte dem elfenbeinfarbenen Teint der Hausherrin. Sie thronte hoheitsvoll am Kopfende des Tisches und wies in meinen Augen nur wenig Ähnlichkeit mit einer untröstlichen Witwe und Stiefmutter auf. Eher erinnerte sie mich an die unfreundliche Prinzessin Turandot, die sich damit vergnügt, die Köpfe ihrer Liebhaber rollen zu sehen. Ich konnte es mir einfach nicht abgewöhnen, meine Vergleiche aus Mutters Opern-Repertoire zu ziehen. Jetzt legte Ihre Hoheit das Besteck zur Seite.

»Sie leben allein, Miss Westby?«

Fast verschluckte ich mich an meinem Käsebissen. Ich nickte schnell.

»Nicht verlobt?«

»Nein, Gräfin.«

»Warum haben Sie uns nicht von Ihrem Besuch unterrichtet?«

»Es war eine ganz spontane Idee von mir. Ich dachte, Aurélie würde sich freuen.«

Das war keine Unterhaltung, das war ein Verhör. Was interessierte sie mein Familienstand? Hatte sie Angst um ihren kostbaren Sohn?

»Haben Sie Aurélie längere Zeit nicht gesehen?«

Trotzig straffte ich die Schultern.

»Gesehen nicht, aber wir telefonierten regelmäßig.«

»Wie schön, dann wissen Sie ja bestens Bescheid über uns alle.«

Wie sollte ich das verstehen? Immerhin wurde mir von Minute zu Minute klarer, warum Aurélie ihre Stiefmutter gehaßt hatte. Diese Frau mußte jeden normalen Menschen zur Weißglut bringen. Sie wartete auf eine Antwort von mir, ich sah es ihr an, und es machte mir Spaß, mich harmloser und naiver zu geben, als ich es war.

»Es geht.« Ich lächelte. »Sie wissen sicher, daß Freundinnen über alles mögliche klatschen. Es gibt eine Menge interessanter Themen, wenn man sich seit so vielen Jahren kennt... kannte.«

Der verbesserte Zusatz paßte ihr nicht. Ich schätzte das unmerkliche Stirnrunzeln richtig ein. Sie sprach nicht gern über Aurélies Tod. War das der Grund dafür, daß sie im Gegensatz zu meiner älteren ›Freundin‹, wie ich sie in Ermangelung eines Namens nannte, kein Schwarz trug? Oder machte sie keinen Hehl aus ihrer Erleichterung, wieder frei und ungebunden zu sein?

Nach dem Kaffee erhob sie sich.

»Bleiben Sie sitzen, Miß Westby. Ich bin sicher, daß Ihnen mein Sohn noch etwas Gesellschaft leistet. Mich entschuldigen Sie bitte, ich ziehe mich für heute zurück.«

Sie tauschte zwei flüchtige Wangenküsse mit ihrem Sohn, der ihr zuvorkommend die Tür aufhielt, dann waren wir allein.

»Meine Mutter ist von den Ereignissen sehr mitgenommen.« Léon bemühte sich um eine Erklärung. »Man sieht es ihr nicht an, aber sie schläft nur noch mit Tabletten, und ich mache mir große Sorgen um sie.«

Er mußte es wissen. In meinen Augen wirkte die Gräfin weder abgespannt noch leidend, aber wenn sie mit diesem Märchen ihren

Sohn tyrannisieren wollte, war das wohl ihre eigene Angelegenheit und ging mich nichts an. Ich fühlte nur Erleichterung darüber, daß sie fort war. Ich sehnte mich nach frischer Luft, nach einem Spaziergang durch die Weinberge, aber simple Vorschläge dieser Art macht man einem Mann nicht, der einem im Abendanzug gegenübersitzt.

»Ein Digestiv?«

Vermutlich bekam ich Kopfschmerzen von dem vielen Alkohol, aber vielleicht half mir ein letzter Drink auch dabei, Schlaf zu finden. Dankend nahm ich das Glas an.

»Pam?«

Ich fuhr zusammen. Merkte, daß ich nicht zugehört hatte. Das Stechen in meinen Schläfen war zurückgekehrt, und ich begann die Anstrengungen dieses Tages zu spüren.

»Entschuldigen Sie, Monsieur Lacorte. Es fällt mir schwer, zu begreifen, was in den letzten Stunden passiert ist. Ich denke fast, ich träume. Ich werde in meinem Bett aufwachen und den Kopf schütteln über all den Unsinn…«

Léons Hand berührte meine Schulter. Ich starrte auf die schlanken Finger mit den perfekt manikürten Nägeln. Viel hatten diese Hände noch nicht gearbeitet, das konnte ich sehen. Aber die tröstende Sanftheit seiner Geste tat mir gut und rührte mich zutiefst.

»Ich kann Ihnen den Schmerz nicht ersparen, Pam, so gern ich es täte. Wenn Sie morgen früh die Augen öffnen, wird sich nichts geändert haben. Aurélie ist für immer fort. Das ist schlimm, aber bitte glauben Sie daran, daß das Leben für uns weitergeht. Es bleibt lebenswert! Ich werde es Ihnen beweisen. Zuerst müssen Sie sich gründlich ausruhen. Ich sage in der Küche Bescheid, daß man Ihr Frühstück später serviert. Schlafen Sie gut.«

Léon fand die richtigen Worte. Ich ließ es nur zu gern zu, daß er mich persönlich vor meine Zimmertür brachte und sich dort auf französische Art von mir verabschiedete. Die beiden Küsse auf meine Wangen waren eine Spur zu zärtlich, aber ich besaß nicht mehr die Nerven, um mit einem Scherz darüber hinwegzugehen. Ich wußte nur, daß ich nicht zu allem anderen auch noch Komplikationen mit einem gut aussehenden Märchenprinzen haben wollte, der von einer herrschsüchtigen Mutter bewacht wurde. Ich schob Léon vorsichtig von mir und floh mit einem leisen »Gute Nacht« in die Sicherheit meines Turmzimmers.

Neben dem Bett wartete ein Glas warmer Milch auf mich und ein Tellerchen mit drei Pralinés. Wenn ich meine Fantasie zur Hilfe nahm, war es fast, als brächte mich meine Mutter nach einem anstrengenden Tag ins Bett. Ich schlief tief und traumlos, kaum daß mein Kopf in das unmerklich nach Lavendel duftende Kissen gesunken war.

4

Das anhaltende, gleichmäßig auf und ab schwellende Geräusch drang immer hartnäckiger in mein Bewußtsein. Ich wehrte mich gegen das Erwachen. Mit geschlossenen Augen tasteten meine Finger über bestickten Samt, berührten Schnitzereien. War ich nicht zu Hause?

Ich fuhr hoch, riß gewaltsam die Augen auf und erschreckte mit meinem Auftauchen eine braun-weiß gefleckte Taube, die auf dem Sims meines geöffneten Fensters saß und sofort ihr gurrendes Morgenkonzert abbrach. Ausdruckslose, dunkle Knopfaugen betrachteten mich neugierig.

Die Erinnerung kam wieder, und ich ließ mich mit einem Seufzer zurückfallen. Die bestickte Unterseite des historischen Baldachins wölbte sich wie ein prunkvolles Dach über mir. Ich war in Schloß Thivale, bei Aurélie – aber ich war zu spät gekommen.

Die Taube spazierte mit wippendem Kopf immer kühner in mein Zimmer. Sie erinnerte mich an eine füllige Matrone auf dem Markt von Antibes, die ihre kritische Nase in die Gemüsekörbe steckt. Ein humorvolles, geruhsames Bild, das in erschreckendem Gegensatz zu dem Chaos stand, das in meinen Gedanken herrschte. Der Versuch, Ordnung zu schaffen, endete damit, daß ich vor einem ganzen Berg von Dingen stand, von denen mein Verstand sich weigerte, sie so zu akzeptieren.

An der Spitze rangierte mit Abstand das Rätsel, daß Aurélie auf diesen schauderhaften, verwinkelten und schlecht geteerten Straßen tatsächlich mit einem Auto gefahren sein sollte. Unfaßbar. Aurélie, die sich selbst als ›technisches Untier‹ bezeichnet hatte!

Tatsache blieb unbestreitbar, sie starb bei einem Verkehrsunfall, in den nur eine einzige Person verwickelt gewesen war: Aurélie de Thivale, die meines Wissen nicht einmal eine Fahrgenehmigung besaß. Daß Aurélie hinter meinem Rücken ihren Führerschein gemacht haben sollte, konnte ich beim besten Willen nicht glauben.

Und dann war da jene alte, winzige Dame vom Friedhof, die irgendwo in diesen Räumen lebte und deren Unkenrufe mich mehr und mehr beunruhigten. Wollte sie mir zu verstehen geben, daß das Geheimnis um Aurélies Tod keine Ausgeburt meiner Fantasie, sondern Wirklichkeit war? Wußte sie, was sich am Abend des Unfalltages ereignet hatte?

Blieb noch ein letzter Punkt auf der Liste: Das Benehmen der unfreundlichen Gräfin und ihres charmanten Sohnes. Er gab sich auffällig Mühe, mich um seine manikürten Finger zu wickeln, das merkte sogar eine so naive Person wie ich. Aber warum? Liebe auf den ersten Blick? Blödsinn! Spontane Sympathie? Vielleicht …

»Und wie steht's mit deiner Sympathie?« wollte meine innere Stimme wissen. Ich zwang mich, die Angelegenheit kühl zu prüfen, und kam zu der Erkenntnis, daß es von meiner Seite weniger Sympathie war, als die Faszination, die jede Kerze auf eine Motte ausübt. Bei Léons Charme bestand die dringende Gefahr, daß ich leichtsinnig ins Licht flog und mich verbrannte. Lohnte sich dieses Risiko? Ich traf keine Entscheidung.

Wie spät mochte es sein? Meine Armbanduhr hatte ich im Badezimmer zurückgelassen, aber die frische Luft, die zum Fenster hereinkam, fühlte sich noch sehr früh an. Entschlossen schob ich meine Beine unter dem Laken hervor und machte meinen geflügelten Morgengast nervös. Daß ich die zusätzliche Frechheit besaß, zum Fenster zu treten, bewog ihn, empört flatternd endgültig das Weite zu suchen.

Vor meinem Turm dehnten sich die Weinberge. Endlose, ordentliche, grüne Reihen, deren Rebstöcke wie Soldaten, einer neben dem anderen, hügelabwärts standen. Ein samtiges Meer, in dessen Mittelpunkt das Schloß eine graue Insel aus Stein bildete. Eine lautstark jubilierende Schwalbe stieß steil in den blassen Morgenhimmel, und eigentlich hätte die heitere Ruhe des ländlichen Idylls besänftigend auf mich wirken müssen. Genau das Gegenteil war der Fall. Es gelang mir immer schwerer, das nagende, störende Gefühl der Furcht in meinem Inneren zu unterdrücken. Ich war weder abergläubisch noch neigte ich zu Vorahnungen, in diesem Moment war ich aber nahe daran, meine Koffer zu packen und abzureisen.

Höchste Zeit, daß ich etwas unternahm, ehe ich mich selbst verrückt machte. Die Uhr im Badezimmer stand auf sieben Minuten vor sechs. Mein Wunsch nach einem Frühstück würde sicher erst einmal unerfüllt bleiben. Ich beschloß, etwas für meine Linie zu tun und den Spaziergang zu machen, nach dem ich mich gestern abend vergeblich gesehnt hatte. Ein tüchtiger Marsch durch die Weinberge, der die dummen Gedanken vertrieb und den Kopf klärte, war jetzt genau das Richtige.

Ich duschte mit zusammengebissenen Zähnen heiß-kalt und schlüpfte in Jeans, eine bunt karierte Bluse und flache Slipper. Zusammen mit der leichten Strickjacke wirkte sie eher sportlich denn elegant und hätte sicher keine Gnade vor den Augen der eleganten Gräfin gefunden. Aber ich rechnete nicht damit, ihr oder einem anderen der Schloßbewohner um diese Zeit zu begegnen.

Zu meinem Erstaunen stand das Portal zum Innenhof bereits halb auf und ließ einen breiten Streifen Sonnenlicht auf das schwarzweiße Karomuster der gefliesten Eingangshalle fallen. Dummerweise lag genau in diesem Spalt ein guter alter Bekannter von mir.

Nou-Nours, der Riesenhund mit dem harmlosen Teddybär-Namen bewegte sich nicht. Sein Kopf ruhte auf den Vorderpfoten. Sollte ich mich ganz leise, auf Zehenspitzen… Nein, auf solche kindischen Spielchen ließ sich der Bär nicht ein. Er öffnete blinzelnd ein Auge und ließ ein drohendes Knurren hören, das seinem Namen alle Ehre machte. Seufzend wich ich einen Schritt zurück.

»Du dummes Vieh, du sollst vermutlich verhindern, daß hier einer reinkommt, aber du könntest mich ja wenigstens rauslassen«, murmelte ich, meinem Zorn Luft machend.

Ein leises, spöttisches Lachen ließ mich auf dem Absatz herumfahren. Ich rang nach Luft. Schon wieder ein Bekannter! Auch wenn er diesmal Jeans, ein Polohemd und eine braune Windjacke trug, weder das harte Gesicht noch die merkwürdigen Haare waren mir entfallen.

»Sie?«

»Wenn Sie es zulassen, daß Sie der alte Griesgram erschreckt, wird er größenwahnsinnig. Nehmen Sie sich ein Herz, und gehen Sie weiter.«

Typisch, dieser kühle, arrogant vorgebrachte Vorschlag. Dieser Mann besaß eine Art, die mich auf die Palme brachte. Auch wenn er recht hatte – ich mußte ihm einfach widersprechen.

»Ich nehme an, es bereitet Ihnen Vergnügen, wenn diese Bestie meine Waden frühstückt.«

»Unsinn, von diesem Bißchen würde Nou-Nours niemals satt.«

Obwohl mir das ›Bißchen‹ schmeichelte, fand ich den ironischen Ton unerträglich. Konnte er mich nicht ernst nehmen? Während ich nach einer passenden Entgegnung suchte, bückte er sich, schubste den Hund beiseite und öffnete die Tür ganz. Nou-Nours erhob sich gutmütig und wedelte erwartungsvoll mit seinem buschigen Schwanz.

»Kommen Sie, lassen Sie uns diese heiligen Hallen verlassen, ehe sich die Dame des Hauses über die lästige Störung beschwert. Ich war mit diesem Herrn hier gerade auf dem Weg zum Frühstück, könnte es sein, daß Sie ebenfalls auf der Suche nach Kaffee sind?«

Das Angebot war zu verlockend, um aus gekränkter Eitelkeit abzulehnen. Ich nickte.

»Wenn um diese Zeit in der Küche schon jemand auf ist?«

Er verstand die versteckte Frage.

»Auf Chateau Thivale gibt es eine Menge Leute, deren Arbeitstag schon sehr früh beginnt. Sie sind also zu Gast bei den Lacortes?«

Es fiel mir auf, daß er die Gräfin und ihren Sohn mit dieser Bezeichnung zu Außenseitern stempelte.

»Ist das so ungewöhnlich?« Ich reagierte mit einer Gegenfrage. Ein Achselzucken, dann fuhr er mit seinem Verhör fort.

»Kaufen Sie selbst Antiquitäten oder sind Sie die Sekretärin eines Sammlers, der sich informieren will?«

»Weder noch.« Es bereitete mir diebisches Vergnügen, ihn zu verblüffen. »Ich bin Köchin!«

»Köchin?«

Der Mund blieb ihm offen. Einen Punkt für mich.

»Will sie eine neue Köchin engagieren?«

Ich ahnte sofort, wen er damit meinte.

»Madame Thivale? Keine Ahnung. Ich habe mich auf jeden Fall nicht um eine solche Anstellung beworben. Schloßköchin... pah! Dafür habe ich keine jahrelange Ausbildung hinter mir. Ich werde eines Tages mein eigenes Restaurant haben und weiß Gott kein Schlechtes, das dürfen Sie mir glauben!«

Er lachte laut. Verflixt, warum konnte ich meine Zunge nicht im Zaum halten? Was gingen ihn meine Zukunftspläne an? Ich spürte, daß ich rot wurde und mied geflissentlich seinen vergnügten Blick. Wir waren unter den Arkaden des Ostflügels nur einige Meter weit gegangen, da hielt er erneut eine schwere Holzpforte auf.

»Kommen Sie. Wir sind hier vielleicht nicht bei Bocuse, aber die Brioches meiner Mutter sind seit Jahren unübertroffen.«

Seiner Mutter? Der verführerische Duft von frisch gebrühtem schwarzem Kaffee und ofenwarmem Hefeteig lenkte mich ab. Geblendet von der Helligkeit im Hof, sah ich im ersten Moment nur einen riesigen dunklen Holztisch mit blankgescheuerter Platte, auf dem in einer Ecke zwei mächtige Trinknäpfe, die Kannen mit Kaffee und heißer Milch sowie ein geflochtener Korb mit ofenfrischem Gebäck warteten. Das Wasser lief mir bereits im Munde zusammen.

»Nehmen Sie Platz.«

Von einer Anrichte nahm er ein drittes Gedeck, ließ sich an meiner Seite nieder und rief laut: »Maman!«

Ich schaute mich um. Der Tisch stand in der Schloßküche von Thivale, die eine unglaubliche Mischung zwischen Museum und modernem Arbeitsraum war. An der Stirnseite entdeckte ich alle erforderlichen Spezialschränke, Geräte und Wasseranschlüsse des 20. Jahrhunderts, aber man hatte die mächtigen Kohle- und Backöfen ebenso erhalten wie die Reihen glänzenden Kupfergeschirrs und die offene Feuerstelle für den Bratspieß.

»Enorm.« Ich verbarg meinen Respekt nicht. »Vielleicht sollte ich die Gräfin doch fragen, ob hier eine Stellung für mich frei ist?«

Er grinste.

»Kommt darauf an, ob meine Mutter damit einverstanden ist.« Er wandte sich der dunklen, schwarzgekleideten Gestalt zu, die eben näher trat. »Maman, ich habe einen Gast zum Frühstück mitgebracht.«

»Einen schönen guten Morgen, Mademoiselle. So früh schon auf? Wie nett, daß Philippe Sie eingeladen hat.«

Ich schluckte. Seine Mutter war niemand anders als die alte Dame vom Friedhof. Er rückte ihr fürsorglich einen Stuhl zurecht, und ich sagte mir, daß ich die Ähnlichkeit der klaren hellen Augen längst hätte bemerken müssen, wenn ich nicht so sehr mit meinen eigenen Schwierigkeiten beschäftigt gewesen wäre.

»Guten Morgen, Madame…?«

Geistesgegenwärtig betonte ich die Anrede sehr fragend und erhielt umgehend die Lösung des Rätsels.

»Mein Sohn und seine schrecklichen Manieren. Er stellt sich nie vor. Ich bin Annette de Thivale, Kind. Hier im Schloß sagen alle Annette zu mir und – wenn ich nicht dabei bin – die alte Annette.«

»Thivale?«

Sie gehörten zur Familie und aßen hier, einfachst gekleidet in der Schloßküche?

Philippes Lächeln war sarkastisch.

»Die arme Verwandtschaft. Mein Vater war der jüngere Bruder des Grafen, er ist seit langem tot, und ich übernahm seine Aufgaben und leite jetzt das Weingut. Meine Mutter…«

Sie unterbrach ihn.

»Solange Aurélies Vater allein lebte, war ich so etwas wie die Dame des Hauses. Nach seiner Hochzeit zog ich mich zurück und wurde Köchin, Faktotum…«

»… und guter Geist des Hauses.«

Es lag auf der Hand, daß er sie am Weitersprechen hindern wollte. Warum? Ich registrierte einen von ihrer Seite spöttischen, von seiner Seite ermahnenden Blickwechsel zwischen beiden. Annette de Thivale goß den Kaffee in die Schalen, fügte Milch hinzu und schob die Zuckerdose auf meine Seite. Philippe bediente sich beim frischen Gebäck, und ich überlegte, wie ich das unterbrochene Gespräch wieder in Gang brachte. Dann fiel mir etwas ein.

»Warum dachten Sie, daß ich auf Jagd nach Antiquitäten sei?«

Philippe kaute gemächlich.

»Habe ich das gedacht?«

Diese erbärmliche Angewohnheit, jede Frage mit einer Gegenfrage zu beantworten, da war sie wieder.

»Sie haben es sogar gesagt.«

Meine Stimme klang aggressiv, ich konnte es nicht verhindern.

Annette mischte sich ein.

»Der Ausverkauf hat begonnen auf Chateau Thivale. Die lebenden Hindernisse sind aus dem Weg, nun kann das große Geschäft vorangehen. Niemand …«

»Maman, ich bitte dich, hör auf damit!«

Eine scharfe, sehr wütende Zurechtweisung, die Annette nicht im geringsten beeindruckte.

»Die Wahrheit darf gesagt werden«, beharrte sie.

»Schluß jetzt, Mutter!«

»Philippe, wer laut spricht, hat deswegen nicht automatisch recht.« Annette blieb gelassen. »Ich nehme an, daß Mademoiselle Westby sehr gern mehr über die Gründe wissen möchte, die Aurélie so ungewöhnlich lange auf Thivale festgehalten haben.«

»Was hat Aurélie damit zu tun?«

Es erschien mir nicht fair, Philippe zwischen zwei Feuer zu nehmen. Ohne mir über meine Motive Rechenschaft abzulegen, klärte ich ihn bereitwillig auf.

»Ich bin keine Kunstsammlerin, und bei Antiquitäten kann ich mit Ach und Krach eine Jugendstillampe von einer Hellebarde unterscheiden. Mein Gehalt erlaubt mir keine Anschaffungen dieser Preisklasse. Ich kam lediglich ins Beaujolais, um meine Freundin Aurélie zu besuchen. Ich bin Pam Westby, wir haben uns im Internat kennengelernt.«

Diesmal lag keinerlei Arroganz in seiner Antwort. Im Gegenteil, neben dem Erstaunen bildete ich mir ein, Bedauern, vielleicht sogar Mitleid zu erkennen. War es möglich, daß er begriff, welcher Schock mich getroffen hatte?

»Es tut mir leid für Sie.«

Er runzelte die Stirn, setzte die Kaffeetasse ab, dann kam ihm ein Gedanke.

»Aber wieso sind Sie geblieben? Ich meine …«

»Monsieur Lacorte hat mich eingeladen. Er bestand darauf, daß ich gestern abend nicht mehr Auto fahren sollte. Er ist ein sehr gastfreundlicher Mann.«

»Und nun ist Mademoiselle neugierig geworden. Neugierig

genug, um mit ungeschützter Hand ins Wespennest fassen zu wollen.«

Ein sanfter, fast liebenswürdiger Kommentar, der wie alles, was Annette sagte, einen doppelten Boden zu haben schien.

Philippe gab einen ärgerlichen Laut von sich. »Bitte entschuldigen Sie, Mademoiselle Westby, es geht mich natürlich nichts an, welche Pläne Sie haben. Ich möchte Ihnen jedoch einen guten Rat geben…«

Gezwungenermaßen nickte ich.

»Es fällt meiner Mutter schwer, die Dinge zu akzeptieren, wie sie sich ereignet haben. Auch sie leidet unter einer Art Schock, den sie, so fürchte ich, noch nicht überwunden hat. Bitte berücksichtigen Sie diesen Umstand, wenn Sie ihr zuhören. Hinzu kommt, daß sie nicht mehr die Jüngste ist und eine zu lebhafte Fantasie besitzt.«

»Wie bezaubernd du mich beschreibst, mein Lieber. Ein echter Gentleman. Sollten Sie jemals Kinder bekommen wollen, Mademoiselle… ich kann Sie nur warnen.«

Annettes Stimme war leise, und in ihrem ungerührten Gesicht verzog sich keine Miene. Trotzdem fühlte ich, daß sie sich ärgerte und Philippe zum Kuckuck wünschte. Von Mal zu Mal wurde diese Frau rätselhafter für mich.

Aurélie hatte Philippe in keinem unserer Gespräche erwähnt. Warum eigentlich nicht? Immerhin sah er auf seine männliche, harte Art sehr attraktiv aus.

»Sie sind zusammen aufgewachsen. Großer Bruder und lästige kleine Schwester. Daran hat sich später nie etwas geändert. Sie war ihm stets zu kapriziös, zu unbeständig, zu unreif…«

Verflixt! Konnte sie Gedanken lesen? Nein, vermutlich hatte sie nur bemerkt, daß ich ihn eine Ewigkeit zu lange anstarrte. Es gefiel ihm nicht, im Mittelpunkt des Interesses zu stehen. Er erhob sich ungehalten.

»Ich kontrolliere jetzt die Rebstöcke, die gestern gegen Ungeziefer gespritzt worden sind. Wenn Sie mitkommen möchten…?«

Eine Bitte, die sehr nach einem Befehl klang. Hastig trank ich meinen Kaffee aus und folgte ihm. Ich paßte meine kurzen Schritte seinem Tempo an und kam schnell außer Atem. Zu spät fiel mir auf, daß ich wie ein gut gedrillter Soldat gehorcht hatte. Ich – die ich mir stets zúgute hielt, daß ich mir von keinem Mann auf der Nase herumtanzen ließ.

5

Der Morgen auf den grünen Hügeln besaß einen ungewohnten Reiz. Wir schwiegen, jeder auf seine Art tief in Gedanken verloren und doch der Gegenwart des anderen stets bewußt. Natürlich verglich ich die beiden Männer, die ich innerhalb der letzten vierundzwanzig Stunden kennengelernt hatte. Größere Gegensätze waren kaum denkbar. Der gepflegte, elegante, fast zu schöne Léon, eine Art Kronprinz ohne Rechte, von der Gnade seiner Mutter abhängig. Und Philippe, kantig, hart, sehr anmaßend, aber faszinierend.

Ich lächelte. Allzu frühes Aufstehen trübte vermutlich meinen Verstand. Ich tat gerade so, als wäre ich vor die Wahl zwischen beiden gestellt worden.

»Es amüsiert Sie, daß ich mich gegen meine Mutter nicht durchsetzen kann?«

Philippe machte sich einen eigenen Reim auf mein Lächeln. Ich klärte seinen Irrtum nicht auf, und er sprach schnell weiter.

»All das bedeutet sehr viel für meine Mutter. Sie ist eine Thivale, viel mehr als die jetzige Gräfin.« Eine weitausholende Bewegung deutete auf das Schloß, das hinter uns lag, und umfaßte das ganze Gelände. »Der plötzliche Tod meines Onkels und Aurélies Unglück haben sie verändert. Es fällt ihr schwer, einzusehen, daß alles nun in andere Hände kommt.«

»Muß es das denn?«

»Das Testament des verstorbenen Grafen ist eindeutig. Nach Aurélies Tod fällt alles seiner Frau zu. Sogar das Weingut…«

Ich hörte den versteckten Unterton des letzten Satzes. »Sie haben Schwierigkeiten?«

Die hellen Augen betrachteten mich voll unterdrücktem Groll. Eines war sicher, Philippe de Thivale bemühte sich vergeblich, gegen seine eigenen Empfindungen vernünftig zu sein.

»Schwierigkeiten? Sagen wir mal, ich wäre Aurélie zutiefst dankbar gewesen, wenn sie ihren sinnlosen Aufenthalt in Thivale abgebrochen hätte und nach Paris zurückgekehrt wäre. In ihr hätte ich einen Partner besessen, mit dem ich reden konnte und der Verständnis für die Sorgen des Gutes hatte … Ganz abgesehen davon, daß sie ohne ihren leichtsinnigen Ausflug vielleicht noch am Leben wäre …«

»Sie glauben also auch …«

Er ließ mich nicht weitersprechen.

»Nein, Sie verstehen mich falsch. Es ist zwar tragisch, daß Aurélie und ihr Vater so kurz nacheinander verunglückten, aber im Gegensatz zu meiner Mutter sehe ich daran nichts Ungewöhnliches. Das Beaujolais ist berühmt, nicht nur für seinen Wein, auch für seine miserablen Straßen und die überdurchschnittlich hohe Unfallrate. Machen Sie sich auf der Rückfahrt zur Autobahn einmal die Mühe, all die Fahrzeugwracks zu zählen, die am Straßenrand rosten, Sie werden erstaunt sein.«

Das klang alles sehr logisch und sehr normal. Trotzdem löste es nicht das eine, ungewöhnliche Rätsel.

»Aber Aurélie besaß doch nicht einmal eine Fahrerlaubnis! Warum sollte sie auf eigene Faust Ausflüge unternehmen?«

Philippe de Thivale blieb abrupt stehen.

»Woher wollen Sie das wissen?«

»Himmel, ich kann keine eidesstattliche Bestätigung dafür bringen, aber sie hat sich stets geweigert, einen Wagen zu fahren. Beim ersten Versuch demolierte sie das Cabrio meiner Mutter, und von da an wollte sie kein Steuerrad mehr anfassen.«

Philippe richtete sich von einem Rebstock auf, den er gerade näher untersuchen wollte.

»Nun, das wäre tatsächlich eine plausible Erklärung für diesen schlimmen Unfall.«

»Das finde ich auch. Wenn …«

»Lassen Sie mich doch einmal ausreden. Ich meine damit, daß ein Mädchen, das aus purer Langeweile ohne Führerschein Auto fährt, für sich selbst und die anderen Verkehrsteilnehmer eine Gefahr darstellt. Ganz abgesehen davon, daß es ihr mit Sicherheit an der nötigen Fahrpraxis für nächtliche Ausflüge fehlte. Typisch Aurélie, solche Kleinigkeiten zu ignorieren …«

Ich schlug mir gereizt mit der Faust in die offene andere Hand. Es war sein gutes Recht, die Sache so zu sehen, aber ich wußte es besser! So konnte es nicht gewesen sein! Kannte denn in diesem verdammten Schloß keiner Aurélie so genau, um Verdacht zu schöpfen? Ich gab mir selbst die Antwort. Es gab jemand. Annette de Thivale!

Wir waren fast an der Kuppe des Mont Brouilly, dort, wo die Weinberge an den Laubwald grenzen. Schloß Thivale lag wie ein kleines Spielzeug zu unseren Füßen. Ich vergaß meine Empörung.

»Wie schön. Sie müssen sehr glücklich sein, hier zu leben.«

»Ja. Ich werde es vermissen.«

»Vermissen?«

Er verzog keine Miene.

»Früher oder später werden wir gehen müssen. Madame Lacorte weigert sich, das Gut zu finanzieren. Bisher habe ich Düngemittel, Reparaturen, Löhne und was alles so anfällt aus den Einkünften des Straßenverkaufs gedeckt. Jetzt ist die Kasse leer. So leer wie der Keller.«

»Und die nächste Ernte?«

»Bringt frühestens im November mit dem Beaujolais Nouveau wieder Geld. Der wird jedoch meist als ganze Partie verkauft und nur kartonweise an Einzelkunden abgegeben. Außerdem ist bis November noch jede Menge Zeit.«

»Und was bedeutet das für Sie?«

Er wandte mir den Rücken zu.

»Ich nehme an, daß das Gut längst zum Verkauf steht, ohne daß ich informiert wurde. Sobald die Gräfin jemand findet, der auf ihre Preisvorstellungen eingeht, muß ich mir einen neuen Job suchen.«

Der ›Ausverkauf von Thivale‹, ich begriff, wie Annette das gemeint hatte.

»Und wenn Sie bleiben? Vielleicht betrachtet der neue Besitzer das Gut als Kapitalanlage?«

»Angestellter sein, wo ich zuvor der Chef war? Nein, dann schon lieber ganz von vorne anfangen.«

Ich fand seine Einstellung zwar verständlich, aber unrealistisch. Doch etwas in seiner Haltung warnte mich davor, das Thema weiter zu verfolgen. Ich spürte, daß er bereits bereute, was er gesagt hatte, und so platzte ich unüberlegt mit der ersten Idee heraus, die mir in meiner Teilnahme für ihn durch den Kopf schoß.

»Und da sind Sie nicht bereit, mir zu helfen, Näheres über Aurélies Unfall in Erfahrung zu bringen? Möglicherweise ändert das Ergebnis Ihre persönliche Lage?«

»Ach, Unsinn!« fuhr er gereizt herum. »Lassen Sie sich nicht von meiner Mutter und ihren Hirngespinsten anstecken. Sie ist krank. Sie erträgt den Gedanken nicht, Thivale verlassen zu müssen. Sie flüchtet sich aus Selbstschutz in ein wirres Gebilde aus Vermutungen und sinnlosen Träumen. Ich hätte Sie für vernünftiger gehalten.«

Unter diesem Angriff verflüchtigte sich mein Mitleid schlagartig. Wofür hielt er mich? Für eine hysterische Gans, die jedes Märchen fraß? Glaubte er, die Klugheit und Logik gepachtet zu haben? Nun, zumindest mein eigenes Urteil über ihn war vom ersten Moment an richtig gewesen. Ein unhöflicher, nüchterner Grobian, nicht wert, daß ich auch nur eine Minute an ihn verschwendete!

Auf dem Rückweg schwiegen wir, ich feindselig und er verärgert. Vielleicht war ich deswegen so liebenswürdig zu Léon Lacorte, der uns aus einem der Wirtschaftsgebäude entgegenkam. Sein erfreutes Lächeln tat mir gut.

»Pam, einen schönen guten Morgen. Wie hübsch Sie aussehen nach diesem Spaziergang. Ich bin überrascht, daß Sie schon so früh auf sind. Haben Sie schlecht geschlafen?«

Kein Wort, kein Gruß, kein Blick für Philippe. »Hallo, Monsieur Lacorte. Danke, ich habe blendend geschlafen, aber die Neugier trieb mich aus den Federn.«

»Léon, Pam! Haben wir nicht gesagt, daß wir Freunde sind?«

Wie mochte sich das Geplänkel in Philippes Ohren anhören? Ich bildete mir ein, seinen spöttischen Blick zwischen meinen Schulterblättern zu fühlen. Ich war so eine Art Puffer zwischen diesen beiden Männern, die normalerweise aneinander vorbeigegangen wären: Ich fühlte mich nicht sehr wohl in meiner Rolle. Ich reichte Philippe die Hand.

»Danke für den Spaziergang.«

Einen Augenblick zögerte er, dann faßte er zu. Das war kein Handschlag, eher eine Art Versprechen. Egal, ob wir uns gestritten hatten, das Kapitel Philippe de Thivale schien noch nicht erledigt zu sein. Ein letztes Nicken für mich, dann verließ er uns.

»Sie haben Differenzen mit Monsieur de Thivale?« startete ich einen Versuchsballon, während ich mit Léon durch den Innenhof ging. Sein lässiges Schulterzucken ließ viele Bedeutungen zu.

»Für meinen Geschmack maßt er sich zu viele Freiheiten an«, fügte er nach kurzem Nachdenken hinzu. »Mein verstorbener Stiefvater schenkte ihm zu viel Gehör. Daß er weder meine Mutter noch mich so einwickeln kann, scheint ihn zu erbosen. Was hat er Ihnen erzählt, Pam?«

Diese ständige Neugier nach allem, was ich erfuhr oder sprach, berührte mich langsam eigenartig. Dachte er, ich würde Philippes Vertrauen mißbrauchen?

»Erzählt er manchmal? Auf mich machte er viel eher den Eindruck eines großen Schweigers.«

Meine diplomatischen Worte entlockten ihm ein selbstgefälliges Lächeln. Es gefiel mir ganz und gar nicht. Hellwach und im Vollbesitz meiner Kräfte, beurteilte ich Léon Lacorte eine Spur kritischer als am Abend zuvor.

»Ich habe Sie gesucht, Pam«, wechselte er jetzt geschickt das Thema. »Ich wollte Sie fragen, ob Sie sich nicht Aurélies Zimmer ansehen möchten? Vielleicht finden Sie sogar ein kleines Andenken an Ihre Freundin, das Sie gern behalten möchten?«

Der bloße Gedanke, ohne Aurélie in ihren Sachen herumzuwühlen, war mir höchst unangenehm. Léon verstand meine Scheu anders und sprach weiter, wobei er seiner Stimme einen fast beschwörenden Klang verlieh.

»Wer kann besser eine Entscheidung darüber treffen, was mit Aurélies persönlichen Sachen passieren soll? Sie wollen bestimmt nicht, daß etwas in falsche Hände kommt? Wir haben bisher nicht gewagt, etwas anzufassen…«

Es blieb mir keine andere Wahl, ich mußte das freundliche Angebot annehmen. Na gut, warum sollte es mir auch peinlich sein? Lag es daran, daß ich die Illusion nicht loswurde, Aurélie wäre nur verreist und würde jeden Moment zurückkommen? Dann würde es höchste Zeit, den Tatsachen ins Auge zu sehen. Schließlich war es genau das, was mir Philippe bei unserem scheußlichen Krach vorgeworfen hatte.

»Gut, Léon, wenn Sie vorausgehen…«, stimmte ich zu und fragte mich, ob ich es mir nur einbildete, daß er erleichtert wirkte. Warum war es für ihn so wichtig, daß ich mich in Aurélies Räumen umsah?

Ich versuchte mich auf dem Weg durch die Gänge zu orientieren und kam zu dem Ergebnis, daß Aurélies Appartement an der südöstlichen Gebäudeecke, genau entgegengesetzt zu meinem Turmzimmer lag. Léon öffnete die Tür, wobei er wie zufällig seine Hand auf meine Schulter legte. Der angenehme Schauer, mit dem ich die Berührung registrierte, warnte mich vor seiner Anziehungskraft. Aber vielleicht war meine Befangenheit auch auf die merkwürdige Stille zurückzuführen, die in den stilvoll eingerichteten Zimmern herrschte. Es fehlte nicht viel, und ich hätte mich umgesehen, ob Aurélies Schatten hinter mir stand.

Was hatte ich erwartet? Schwarz verhängte Fenster? Keine Ahnung, aber daß alles so wirkte, als habe sie den Raum eben verlassen, um in fünf Minuten wieder dazusein, traf mich wie ein Schock. Ein Fensterflügel war halb geöffnet, und der warme Zugwind spielte mit den bunten Baumwollvorhängen. Auf dem polierten Tisch stand ein üppig blühender Rosenstrauß, und das Bett, das ich durch die halboffene Tür des Schlafraumes registrierte, war einladend aufgeschlagen.

»Sicher möchten Sie sich lieber allein umsehen.« Léon war die Freundlichkeit in Person. »Bitte lassen Sie sich dabei nicht stören. Ich bin in der Bibliothek. Sie können mich dort jederzeit erreichen, wenn Sie Fragen haben, Pam.«

Die Tür klappte, und der Vorhang sank lautlos in seine ursprüngliche Form zurück. Wie lange es dauerte, ehe ich mich aus meiner Erstarrung lösen konnte, weiß ich heute nicht mehr. Das scheppernde Motorengeräusch eines Traktors drang in mein Bewußtsein. Philippe de Thivale? Daß ich hier stand wie ein hypnotisiertes Medium, würde ihn in seiner schlechten Meinung von mir nur bestätigen. Trug er jetzt eigentlich den Titel eines Comte de Thivale, nachdem Vater und Onkel keine anderen männlichen Erben hinterlassen hatten? Ein Graf ohne Geld und ohne Land. Nicht einfach zu akzeptieren für einen so stolzen Mann wie ihn.

Ich sah mich mit plötzlicher Neugier um. Während mein Zimmer von geschickter Hand renoviert worden war, herrschte hier bunt gemischtes Durcheinander aus schönen Antiquitäten, verrückten Souvenirs und modernen Nützlichkeiten. So bewachte zum Beispiel die schaurig-schöne, lebensgroße Gips-Statue einer Burgfrau den stahlblinkenden Stereoturm. Ich lächelte. Die ›Weiße Frau‹! Hier war sie also gelandet. Ich sank auf einen Hocker und überließ mich meinen Erinnerungen.

Ein Oktober-Wochenende in Paris. Wie viele Jahre waren seitdem vergangen? Das Opernereignis der Saison. Marc Westby dirigierte die ›Weiße Frau‹ von Boieldieu, und seine Frau Lisa Westby sang die Titelpartie. Im Publikum die eigene Tochter, leicht gelangweilt, an ihrer Seite Aurélie de Thivale, hell begeistert. Sogar so begeistert, daß meine Mutter es nicht lassen konnte, sich einen Spaß mit ihrem treuesten Fan zu erlauben.

»Damit du mich nie vergißt, werde ich den Requisiteur becircen, daß ich nach Ende der Spielzeit die Gipsdame bekomme. Ich schenke sie dir zum Andenken an die weiße Frau«, versprach sie nach der Premiere.

Tagelang kicherten wir über diesen Einfall, studierten, in welcher Ecke von Aurélies großzügiger Wohnung die Burgfrau am besten aufgehoben wäre und verwarfen eine Idee nach der anderen. War es nicht erst gestern gewesen? Unfaßbar, daß nun schon zwei Menschen aus dieser fröhlichen Runde fehlten. Mein Vater erlitt ein knappes Jahr später einen Herzinfarkt, an dessen Folgen er starb. Mutter erholte sich nur schwer von diesem Schicksalsschlag. Sie trat fast zwei Jahre lang nicht mehr auf, und es war in erster Linie Aurélie zu verdanken, daß sie in der Rolle der Tosca ein sensationelles Comeback feierte. Hinter ihrer charmanten, selbstsicheren Fassade hatte sie meinen Vater sehr geliebt und war ihm stets eine treue Ehefrau gewesen. Wie, um Himmels willen, sollte ich ihr beibringen, daß nun auch Aurélie nicht mehr lebte?

Ich stand auf, trat zum Schreibtisch, an dessen Kopfseite eine Kork-Pinnwand wie ein unpassender Fleck auf der Tapete störte. Das Sammelsurium von Zetteln, Zeitungsausschnitten, Briefen, Fotos und Notizen war typisch für Aurélie. Beim näheren Hinsehen fiel mir auf, daß alle diese Kleinigkeiten bereits viele Jahre alt waren und an Ecken und Ausrißstellen vergilbten. Auch ein Foto von Mutter war dabei. Sie trug das Kostüm der Aida und sah mit majestätischer Arroganz in die Kamera. Sie wäre die passende Gegnerin für Constance Lacorte-Thivale, an Mutter könnte sich die Gräfin ihre makellosen Zähne ausbeißen. Schon der bloße Gedanke an dieses Gigantentreffen amüsierte mich.

Immer wieder wurde mein Blick von Mutters Bild angezogen. Es dauerte einige Zeit, ehe ich begriff, was mir da auffiel. Das stilvolle Kostüm mit dem ungewöhnlichen Kopfputz hatte bei der Aida-Aufführung im vergangenen November in der Mailänder Scala für Schlagzeilen gesorgt. Dieses Bühnenfoto war im Gegensatz zu den anderen Dingen an dieser Wand geradezu nagelneu! Vorsichtig löste ich die bunten Nadeln und starrte auf das Corneille-Zitat, das mit Mutters unverwechselbarer, flüchtiger Handschrift auf der Rückseite stand.

›Man lindert oft sein Leid, indem man es erzählt.‹

Eine Botschaft? Worauf bezogen sich diese Worte? Auf den Tod des Grafen? Auf Aurélies Schwierigkeiten mit Constance Lacorte? Und endlich die wichtigste Frage: Hatte meine Freundin diesen Rat überhaupt befolgt?

Ich zwang mich dazu, ruhig und logisch zu denken. Keiner der Schloßbewohner kam als Vertrauensperson auf Aurélie in Frage. Die Worte unseres letzten Telefongespräches erhielten jetzt einen völlig neuen Sinn: »Wenn du nur hier wärest, Pam. Ich brauche jemand zum Reden. Jemand, der nicht seine Finger in dieser verdammten Thivaleschen Familiensuppe hat.« Das schloß auch Annette für die Funktion der Mitwisserin aus.

Wenn Aurélie also nicht sprechen konnte, blieb nur noch das Schreiben. Natürlich! War ich dumm! Ich hielt doch den Hinweis darauf selbst in der Hand! Mutters Bühnenfoto. Lagen die Tage unseres Internatslebens tatsächlich schon so weit zurück, daß ich alles vergessen hatte?

Aurélie war eine leidenschaftliche Tagebuch-Schreiberin gewesen. Nur ich wußte davon, denn sie lebte in ständiger Angst davor, daß andere Mädchen diese Ergüsse heimlich lesen und sie auslachen würden. Niemand, außer mir, durfte von diesem Tagebuch erfahren, und so war sie auf die verrückte Idee verfallen, ihre geheimsten Gedanken auf der Rückseite großformatiger Bühnenfotos festzuhalten, die sie mit Fotoecken in ein knallrotes Samtalbum klebte. Mutter versorgte sie regelmäßig mit diesen Stand- und Autogrammfotos, mit Bühnenaufnahmen und Presse-Schnappschüssen. Das Lisa-Westby-Gedächtnis-Buch nannten wir es scherzhaft.

Meine Augen glitten suchend über den Schreibtisch. Kein Stäubchen, kein Blatt Papier, nichts. Aber schon in der ersten Schublade fand ich das Gesuchte. Der rote Samtbezug war mit den Jahren vergilbt und fadenscheinig geworden, die Technik der Fotografen nicht mehr die aktuellste, doch das Gesicht meiner Mutter, das mir in wandelnden Opernrollen von jeder Seite entgegensah, berührte mich vertraut und tröstend.

Vorsichtig hob ich die Bildecken hoch. Verblaßte Schrift, Worte, Satzfetzen, die sich auf vergangene Liebesgeschichten, Internatsklatsch und ähnliches bezogen. Alte Partien, alte Erfolge meiner Mutter. Hatte ich mich getäuscht? Nachdenklich blätterte ich um. Und dann wieder die Aida vom letzten Jahr! Ein ganzer Satz neuer Bilder, der gegen alte Aufnahmen ausgetauscht worden war. Wer nicht genau wußte, wann meine Mutter welche Rolle in welchem Kostüm gesungen hatte, würde keinerlei Verdacht schöpfen und das Album als Teenager-Unsinn beiseite legen.

Das Herz klopfte mir bis in den Hals hinauf, während ich die erste Ecke löste. Ein dunkler Filzstift, satt leuchtend königsblau. Fast fürchtete ich mich vor dem, was ich jetzt lesen würde. Ich atmete tief durch und begann.

›Scheußliche Heimkehr. Papas Sarg ist geschlossen. Sie behaupten, die Ärzte haben empfohlen, ihn nicht mehr zu öffnen. Alles Lüge! Ich hasse sie! Warum konnte ich meinen verdammten Stolz nicht überwinden! Armer Papa, hast du gewußt, daß sie nur von Geldgier und Berechnung geleitet wird?‹

Sie, das mußte die Gräfin sein. Ich entzifferte die Schrift nur mühsam. Stellenweise waren die Buchstaben verschmiert. Tränen? Schwer zu sagen.

›Die Beerdigung war eine Farce. Annette, Philippe, ein paar Arbeiter und die beiden Lacortes. Schwarz mit Leidensmiene. Verlogene Bande! Nicht einer unserer alten Freunde wußte von der Beisetzung. Sie hat sie nicht benachrichtigt. Ob sie unter ihrem dramatischen Schleier lächelte? Ich werde dafür sorgen, daß ihr die gute Laune vergeht. Noch herrscht sie nicht allein auf Thivale. Ich bin weder eine dumme Gans, die man einschüchtern kann, noch Annette, der man das Leben zur Hölle machen kann.‹

Das trockene Rascheln, mit dem ein verwelktes Blütenblatt aus dem Rosenstrauß auf den Tisch fiel, klang in meinen Ohren so laut wie Steinschlag. Ein Luftzug bewegte die Vorhänge. Ich war nicht allein! Ich fuhr so plötzlich erschreckt herum, daß ich das aufgeschlagene Buch von der Schreibtischplatte wischte und sich der dumpfe Ton seines Falles mit meinem leisen Aufschrei deckte.

Léon Lacorte stand in der Tür! Wie lange schon? Ich war so in meine Lektüre vertieft gewesen, daß ich die Tür nicht gehört hatte. Es sei denn, Léon hätte sie absichtlich lautlos geöffnet, um mich zu überraschen.

»Meine Güte, haben Sie mich vielleicht erschreckt.« Ich mußte nicht einmal lügen. Er lächelte. Glatt, unverbindlich und nicht zu durchschauen.

»Tut mir leid, Pam. Das lag nicht in meiner Absicht. Ich wollte nur mal nach Ihnen sehen. Haben Sie mein Klopfen nicht gehört?«

Sein Klopfen? Ich versuchte meine Zweifel zu verbergen. Ich bückte mich, um das Album aufzuheben und dankte meinem Glück, daß keines der beschrifteten Bilder beim Sturz herausgefallen war. Die kurze Pause gab mir meine Selbstbeherrschung wieder.

»Ich habe gar nicht bemerkt, wie die Zeit vergangen ist, Léon. Meinen Sie, ich dürfte dieses Album an mich nehmen? Es handelt sich um alte Bühnenfotos meiner Mutter. Aurélie sammelte diese Aufnahmen während unserer Internatszeit. Das Buch ist sicher für keinen anderen von Wert.«

Ich war stolz auf meinen ruhigen, beinahe gleichgültigen Ton, mit dem ich diese Frage stellte. Warum mir soviel daran lag, daß er nicht erkannte, wie wichtig dieses ›Andenken‹ für mich war, vermochte ich selbst nicht zu sagen.

»Natürlich, Pam.« Léon nickte. »Ich sagte Ihnen doch, es steht Ihnen völlig frei, sich hier umzusehen und auszuwählen, was Sie möchten.«

Meine Anspannung ließ nach. Wie rätselhaft die Rolle auch sein mochte, die Léon in diesem Schlosse spielte, seine unbestreitbar gute Erziehung und sein Charme sorgten dafür, daß ich mich in seiner Gegenwart wohl fühlte. Wesentlich wohler, als zum Beispiel an Philippes Seite, wo ich stets mit sarkastischen Spitzen und ungerechten Angriffen konfrontiert wurde.

»Sie sehen viel zu traurig aus, Pam. Lassen Sie die Vergangenheit für heute ruhen. In einer halben Stunde wird das Mittagessen serviert. Ich wollte Ihnen rechtzeitig Bescheid sagen, da meine Mutter Wert auf Pünktlichkeit legt. Es ist ihr Ziel, die Traditionen des Hauses unverändert weiterzuführen. Wenn Sie sich vorher noch etwas frisch machen möchten ...«

Ich bedankte mich und klemmte mir das Buch vorsichtig unter den Arm.

»Keine Angst, ich ziehe mich nur schnell um und lege das Buch in meinen Koffer.«

Der Rosenstrauß auf dem Tisch veranlaßte mich zu einer letzten Frage.

»Gespenstisch. Alles sieht so bewohnt aus. Die Blumen, das aufgeschlagene Bett, die offenen Fenster ...«

»Sie haben recht«, stimmte Léon mir zu. »Es ist verrückt, aber wie kann ich das einer alten Frau klarmachen, die um ihre Nichte trauert?«

Annette de Thivale? War sie es, die dieses Zimmer als eine Art Museum pflegte? Ich stellte mich ahnungslos. »Ihre Nichte? Gibt es noch Verwandte von Aurélie?«

»Die Mutter unseres Gutsverwalters. Sie war mit dem jüngeren Bruder meines Stiefvaters verheiratet, der ihr nach dem Tode ihres Mannes erlaubt hat, hierzubleiben. Sie fungiert als eine Art Haushälterin, aber eigentlich ist sie viel zu alt dafür. Wir haben ihr einen Platz in einem Pensionistenheim angeboten. Sicher wird sie irgendwann einsehen, daß eine solche Regelung auch für sie das beste ist.«

Annette de Thivale im Altersheim? Der Gedanke erschien sogar mir absurd. Sie gehörte zu Thivale wie die bunten Fliesen auf den Türmen. Trotzdem behielt ich meine Überlegungen für mich. Ich wollte eben eine nichtssagende Antwort formulieren, als Léon fortfuhr: »Sie muß es doch gewesen sein, mit der Sie auf dem Friedhof gesprochen haben. Fanden Sie, daß sie einen normalen Eindruck machte?«

»Tja, ich weiß nicht.« Ich versuchte Zeit zu gewinnen, während er mich zu meinem Turmzimmer brachte. »Ich habe keine große Erfahrung im Umgang mit alten Damen.«

In Gedanken bat ich Annette um Entschuldigung. Schließlich war auch ich davon überzeugt, daß die Version von Aurélies Unfall eine Menge Fragen offen ließ. Erleichtert blieb ich vor meiner Tür stehen.

»Bis gleich.«

»Bis gleich, Pam.«

Hübsch, wie Léon zwei so nichtssagende Worte so bedeutsam betonen konnte. Noch unter der Dusche hatte ich den samtweichen Klang in meinen Ohren. Und der Wunsch, besonders vorteilhaft auszusehen, ließ mich in ein blaßgelbes Hemdblusenkleid schlüpfen, das meine gebräunte Haut betonte.

Bis zum Essen blieben noch zehn Minuten. Zeit für einen weiteren, neugierigen Blick in Aurélies Tagebuch. Ich überflog die Eintragungen, Einzelheiten konnte ich später nachlesen.

›Krach in Papas Arbeitszimmer. Sie weigert sich, mir die Tresorschlüssel zu geben... Wenn ich nur endlich einen Beweis dafür fände, daß sie bei Papas Tod ihre Hände im Spiel gehabt hat...‹

Die Bildecke rutschte mir aus den Händen und schnappte zurück. Meine Gedanken überschlugen sich. Hastig las ich weiter.

›Papa soll die Jade-Sammlung verkauft haben. Ein Witz! Ich weiß, daß er sich nie davon trennen würde. War das sein Todesurteil?‹

Ich fror in meinem dünnen Sommerkleid. Gleichzeitig vernahm ich das dumpfe Dröhnen eines Gonges, der zum Essen rief. Ich durfte mich nicht verspäten. Aber wohin mit dem Tagebuch? Es widerstrebte mir, das Album liegenzulassen. Nach kurzem Nachdenken schob ich es in den Schrank unter meine Wäsche. Dort war es fürs erste in Sicherheit.

6

Die helle, durchdringende Stimme der Gräfin klang aus dem kleinen Raum, in dem mich Léon gestern empfangen hatte. Die Worte klangen deutlich zu verstehen, und ich erinnerte mich, daß auch Philippe heute morgen aus diesem Büro gekommen war. Neugierig lauschte ich.

»Ich habe dich nicht gefragt, was du dazu meinst, mein Lieber. Du wirst einfach tun, was ich dir befehle. Setze die Bank in Villefranche davon in Kenntnis, daß wir unsere Konten dort auflösen und transferiere das Geld nach Lyon. Ich möchte nicht, daß dieser Flegel auch nur über eines unserer Konten Verfügungsgewalt hat. Spritzmittel, willst du mich zum Lachen bringen? Soll ich in ein Unternehmen investieren, das aufgelöst wird? Was hat er überhaupt im Südflügel zu suchen?«

»Das hier ist das Gutsbüro. Hier sind alle Unterlagen...« Léon wurde rüde unterbrochen.

»Du weißt, daß ich ihn nicht sehen will. Er hat Hausverbot. Schick ihm den Papierkram ins Verwalterhaus. Oder hast du etwa Angst, ihm das zu sagen?«

»Mama, wir müssen vorsichtig sein, wir können es uns nicht leisten, daß...«

»Papperlapapp! Du mit deinen ewigen Bedenken! Ich bin die Gräfin Thivale! Hast du das Testament vergessen?«

Kein Zweifel. Die beiden sprachen von Philippe. Interessant, wie sich Léon von seiner Mutter abkanzeln ließ. Keine Spur vom selbstsicheren Schloßherrn. Ich begriff, daß es zwischen Aurélie und dieser Frau keinerlei Verständigungsmöglichkeit gegeben hatte. Aber mußte sie deswegen gleich eine Mörderin sein? Der Gong mahnte zum zweitenmal und machte mir meine Situation plötzlich bewußt. Ich stand mitten in der Halle von Schloß Thivale und ließ mir kein Wort eines Streites zwischen der Hausherrin und ihrem Sohn entgehen. Keine Lage, in der man gern erwischt wird. Ich betrat hastig das Eßzimmer, wo ein Serviermädchen mit der Vorspeisenplatte wartete und freundlich grüßte.

Gerade rechtzeitig, denn jetzt war das schnelle Stakkato hoher Absätze zu vernehmen, und Léon folgte seiner Mutter auf dem Fuße. Ein kühles Nicken, dann durften wir Platz nehmen.

»Danke, kein Aperitif«, bestimmte die Gräfin für uns alle. »Wir beginnen sofort.«

Nach dem ersten Bissen eröffnete sie den Angriff auf mich. Ich fühlte mich an ein Raubtier erinnert, das die Bestie fixiert und sich den wohlschmeckendsten Platz zum Zubeißen aussucht.

»Es geht Ihnen gut, Mademoiselle Westby? Fühlen Sie sich wohl bei uns?«

Für mich hörte sich das an wie: ›Wollen Sie uns noch lange mit Ihrer Anwesenheit belästigen?‹ Was hatte Aurélies Vater an dieser Frau fasziniert? Ich probierte ein harmloses Lächeln, das mir ganz gut gelang.

»Danke, Gräfin. Ihr Sohn ist ein wundervoller Gastgeber.«

Sie hob den Kopf. Fragte sie sich, ob ich ahnungslos oder boshaft war? Ich gönnte ihr die Zweifel von Herzen.

»Das Schloß und die Weinberge sind einfach wunderschön.« Ich spielte meine Touristenrolle weiter. »Sie müssen sehr glücklich sein, hier zu leben.«

Der verächtliche Laut, den die Gräfin von sich gab, bewies, daß sie hierzu eine völlig andere Meinung als Philippe de Thivale hatte. Aber ein mahnender Blick von Léon veranlaßte sie, nichts weiter zu sagen.

»Daß nicht jeder das Landleben bevorzugt, beweist ja auch die Tatsache, daß Ihre Freundin Aurélie lieber in Paris wohnte, Pam«, gab Léon zu bedenken. »Auch ist ein Anwesen wie Thivale hinter seiner romantischen Fassade nur ein Geschäftsbetrieb wie jeder andere.«

»Dann ist Philippe de Thivale wohl so eine Art Geschäftsführer?«

Ich wußte nicht, was mich dazu bewog, den Namen in die Diskussion zu werfen. Während ein verächtliches Lächeln die Mundwinkel der Gräfin nach unten zog, bemühte sich Léon um mehr Diplomatie. Er nickte nachdenklich.

»Hat er Ihnen das auf Ihrem Spaziergang heute morgen erzählt? Er sähe sich bestimmt sehr gern in dieser Position. Aber mein Stiefvater hat in seinem Testament alle Rechten und Pflichten klar meiner Mutter übertragen. Keine leichte Aufgabe für eine Frau. Deswegen bemühe ich mich ja auch, ihr mit besten Kräften zur Seite zu stehen.«

»Was man von Thivale nicht unbedingt behaupten kann. Schon der verstorbene Graf hatte eine Menge Schwierigkeiten mit ihm. Die Tatsache, daß er den gleichen Namen wie das Schloß trägt, bedeutet nicht unbedingt, daß er etwas von Weinbau versteht.«

Es fiel mir schwer, mein Erstaunen zu verbergen. Warum griff sie Philippe so offen an? Wollte sie mich dazu verleiten, meine Meinung über ihn zu sagen? War es Léon heute vormittag aufgefallen, daß wir uns gestritten hatten?

»Ich kann seine fachliche Kompetenz nicht beurteilen.« Ich

lächelte nichtssagend und verschwieg, daß meine umfangreiche Ausbildung durchaus ein sehr fundiertes Wissen über Wein und Weinanbau beinhaltete. »Er scheint kein sehr umgänglicher Mensch zu sein.«

»Das stimmt.« Léon zwinkerte mir mit einer Grimasse zu. »Ich fürchte auch, daß seine schlimmen Manieren der eigentliche Dorn sind, der meiner Mutter ins Auge sticht, sobald sie auch nur von ihm spricht.«

Perfekt, wie er dem Ganzen eine amüsante Note gab. Selbst auf die Gefahr hin, Philippe erfuhr von diesem spöttischen Tischgeplauder, eigentlich war ja nichts Konkretes gegen ihn gesagt worden. Wäre ich nicht Zeugin der vorangegangenen Auseinandersetzung im Büro gewesen, ich hätte mir nicht einmal etwas dabei gedacht.

Die Mahlzeit ging schweigend weiter. Das reichhaltige, mehrgängige Menü war viel zu schwer und zu üppig nach meinem Geschmack. Pure Verschwendung, denn weder Léon noch die Gräfin schenkten dem Essen Aufmerksamkeit. Beide aßen von jedem Gang nur wenige Bissen, und auch mir verging der Appetit, wenn ich an Aurélies Tagebuch dachte. Ich verbot mir energisch, voreilige Schlüsse zu ziehen. Es war möglich, daß sich Aurélie in diesen Zeilen lediglich ihre Wut und ihre Verzweiflung von der Seele geschrieben hatte. Im Moment gab es nicht den Hauch eines Beweises für ihre Vorwürfe.

Die Gräfin schob das Creme-Dessert nach einer winzigen Kostprobe zurück. Sie nippte an einem Café-au-lait und erhob sich abrupt.

»Ich nehme den Wagen, Léon. Ich bin verabredet. Ich denke, du benötigst mich nicht, um hier alles zu erledigen. Bis heute abend. Mademoiselle Westby ...«

Ihre Arroganz wurde wahrhaftig nur noch von Philippe übertroffen. Léon, diese Behandlung gewöhnt, lächelte mich an.

»Möchten Sie Ihren Kaffee mit mir in der Bibliothek trinken? Ich würde mich freuen ...«

»Das ist sehr lieb von Ihnen, vielen Dank.« Ich verpackte meine Ablehnung mit einem freundlichen Schleifchen. »Aber ich bin einfach zu müde. Das Vernünftigste wird sein, wenn ich mich ein bißchen hinlege. Ich bin es nicht gewöhnt, mittags so viel zu essen.«

Daß ich weder müde war noch zuviel gegessen hatte, konnte er mir glücklicherweise nicht an der Nasenspitze ablesen. Ich brannte vor Ungeduld, endlich in mein Zimmer zu kommen und das Tagebuch genau zu lesen. Untadelig wohlerzogen akzeptierte Léon meine Ausrede.

»Schade, aber meiner Arbeit tut es gut. Ich sollte auch nicht faulenzen, sondern mich um die Aktenstapel im Büro kümmern.«

»Es ist sicher nicht leicht, zwei so gegensätzliche Berufe unter einen Hut zu bringen?«

Léon runzelte die Stirn.

»Gegensätzlich? Ich verstehe Sie nicht ganz.«

»Nun, den eines Kunstsammlers und eines Weinbauern.« Eine Idee schoß durch meinen Kopf. »Aurélie hat mir immer von der bezaubernden Jade-Sammlung ihres Vaters vorgeschwärmt, meinen Sie, daß ich einmal ein paar Stücke anschauen dürfte, wenn ich mich ausgeruht habe, Léon?«

Die dunklen, samtigen Augen ließen keine Regung erkennen: Gelassen, ohne ein Zeichen von Nervosität, kam seine Antwort.

»Ich bin gerade dabei, die Kunstschätze mit Hilfe eines Fachmannes zu katalogisieren. Wir hoffen, daß die Arbeit in Kürze abgeschlossen ist. Dann können Sie die Jade-Figuren gern besichtigen.«

»Wenn ich bis dahin noch hier bin.«

»Natürlich, wenn Sie bis dahin noch hier sind, Pam.«

Eigenartig, wie bedeutsam eine harmlose Bemerkung plötzlich klang, wenn sie wiederholt wurde. Ich unterdrückte ein spontanes Frösteln und rief mich zur Ordnung. Mein Lächeln war künstlich, und ich hoffte, daß Léon es nicht bemerkte.

»Dann will ich Sie nicht weiter aufhalten.«

Ich begleitete ihn bis in die Halle und blieb nachdenklich stehen, während er die Bürotür hinter sich schloß. Eine Hausangestellte schob den Servierwagen mit den gebrauchten Tellern, Platten und Gläsern an mir vorbei. Ich dachte an das belauschte Gespräch. Da Philippe seine finanziellen Schwierigkeiten erwähnt hatte, begriff ich, daß die Auflösung der Bankkonten ein schwerer Schlag für ihn war. Sollte ich mich da einmischen?

»Mach dir nichts vor, Pam Westby«, sagte ich mir selbst. »Du steckst schon längst bis zum Hals in der Thivaleschen Familiensuppe. Aurélie hätte ihre helle Freude an dir. Ganz abgesehen davon, daß es eine Gemeinheit ist, wenn die Gräfin Philippe auf so üble Art ausmanövrieren möchte.«

Es war nicht nur mein Sinn für Fairneß, der meine Schritte lenkte. Ich ergriff klar Partei, und ich wußte es.

Annette stand vor einer dunklen Anrichte und polierte mit sorgsamen, präzisen Bewegungen die geschliffenen Rotweingläser, die wir am Abend zuvor benützt hatten. Gab es denn dafür kein Personal?

»Sie sind fast zweihundert Jahre alt, eine Kostbarkeit. Ich habe sie immer selbst gepflegt. Nun, Mademoiselle, Sie wollen mich sprechen?«

Meine Kehle spannte trocken. Ihr hexenhaftes Talent, meine unausgesprochenen Fragen zu beantworten, machte mich nervös. Sie schmunzelte.

»Gehen wir in das Bügelzimmer, dort sind wir ungestört. Und zerbrechen Sie sich nicht weiter den Kopf. Hat Ihnen noch niemand gesagt, daß man Ihrem Gesicht sehr leicht ansieht, was Sie denken?«

»Danke, dann bin ich ja die ideale Besetzung für die Rolle, die ich hier spiele.«

Mein Sarkasmus war verschwendet an sie. Die Hand wie immer auf Nou-Nours' mächtiges Haupt gestützt, betrat sie eine Art Hausarbeitsraum und nahm auf einem plastikbezogenen Arbeitshocker Platz.

»Was ist passiert?«

Ich kam ohne Umschweife zur Sache und befürchtete fast, mich lächerlich gemacht zu haben. Sie reagierte nicht. Sie saß einfach da und streichelte mechanisch das zottige Hundefell. Doch als sie mich ansah, schwammen ihre Augen in Tränen.

»Das ist das Ende. Philippe wird gehen. Schon seit dem Tode des Grafen gab es ständig Ärger um die laufenden Kosten. Wenn es um Gänseleberpastete und Champagner geht, wird jede Rechnung bezahlt, aber die Saisonarbeiter können aus Finanzgründen nicht mehr eingestellt werden. Wissen Sie, daß er achtzehn Stunden am Tag wie ein Verrückter arbeitet, um die Katastrophe aufzuhalten?«

In der plötzlichen Stille klangen die gedämpften Geräusche von draußen unnatürlich laut. Das Gelächter der Mädchen in der Küche, fernes Aufheulen eines Automotors. Vielleicht die Gräfin auf dem Weg in die Stadt.

Annette strich sich mit einer Hand über die Stirn. Sie tat mir entsetzlich leid. Am liebsten hätte ich sie wie ein Kind in die Arme genommen. Albern, sie war sicher dreimal so alt wie ich. Sie faltete penibel das Geschirrtuch, das sie noch immer in der linken Hand hielt. An was dachte sie? Sie seufzte.

»In jeder Generation der Thivales gibt es einen wie Philippe. Einen geborenen Weinbauern, der die Geheimnisse des Wetters und des Bodens nicht lernen muß, der nur seinem Instinkt gehorchen kann. Albert hat es erkannt, er sollte das Gut übernehmen. Alles war bereits besprochen ...«

Albert? Aurélies Vater? Ich wollte den Monolog nicht unterbrechen, aber wie zur Bestätigung des Gehörten fiel mir Philippes Miene wieder ein, mit der er am Morgen die taufrischen Reihen der Weinstöcke begutachtet hatte. Zufriedenheit war mir darin aufgefallen, fast der Stolz eines Vaters auf wohlgeratene Kinder.

»... sie will verkaufen. Für sie zählt nur Geld, Geld und noch mehr Geld. Daß ihr Ehrgeiz Traditionen zerstört, ist ihr egal. Sie begreift nicht einmal, daß an jedem Stück Kunst, das die Händler aus dem Hause tragen, ein Stück Leben ihres Mannes hängt. Sie saugt das Blut aus Thivale wie ein Vampir aus seinem Opfer.«

»Madame«, ich bückte mich zu ihr herab. »Sie dürfen sich das alles nicht so zu Herzen nehmen.«

Sie beachtete mich nicht. Ihr Monolog benötigte keinen Partner für die Stichworte.

»Wir werden die ersten Thivales sein, die dieses Schloß verlassen müssen. Diese Frau ist die Strafe für unseren Stolz und unseren Hochmut. Albert hat es zu spät begriffen ...«

Ich begann um ihren Verstand zu fürchten. Ihr abwesender Blick, das heisere Gemurmel. Hoffentlich hatte ich keinen Fehler gemacht. Ich versuchte, ihren tranceartigen Zustand zu stören.

»Ich verstehe Sie nicht, wer ist Albert?«

»Albert?« wiederholte sie und schaute mich mit einem Blick an, der sehr klar und ungeheuer wütend war. »Albert war der Narr, der uns diese Frau ins Haus gebracht hat. Albert-Frédéric Comte de Thivale. Ein alter Narr, der viel zu spät merkte, daß nicht sein gutes Aussehen, sondern sein Geld geliebt wurde. Und statt sich mit diesem Wissen abzufinden und die entsprechenden Maßnahmen zu treffen, setzte er seiner Einfalt die Krone auf und stellte seine Gattin auch noch zur Rede! Eigenartig, nicht wahr, daß er die angekündigte Testamentsänderung zugunsten Aurélies und Philippes nicht mehr veranlassen konnte. Er war auf dem Weg zum Notar, als er verunglückte ...«

»Verdammt, Mutter!« Philippe stand hinter uns in der offenen Tür. Er brachte von draußen den Geruch nach sonnenwarmer Erde und scharfen Chemikalien mit. Er war zornig. Man sah es an seinen stürmischen Augen und der deutlich pochenden Schläfenader. »Wie oft muß ich dir noch sagen, daß du deinen Mund halten sollst. Du kannst deine Wünsche nicht zur Wirklichkeit machen, indem du sie wieder und wieder erzählst.«

»Es sind keine Märchen, mein Junge.«

Ich duckte mich. Bemühte mich, nicht aufzufallen. Umsonst. Es überraschte mich nicht, daß er einmal mehr mir die Schuld an allem gab.

»Macht es Ihnen Spaß, eine alte Frau in sinnlosen Träumen zu bestätigen, Pam Westby? Ich muß verrückt gewesen sein, zu glauben, daß Frauen auch nur ein Gramm Verstand haben.«

Wütend ballte ich die Fäuste.

»Wie schön, daß Sie wenigstens von Ihrer eigenen Intelligenz überzeugt sind«, fauchte ich. »Sagen Sie mir Bescheid, wenn Sie ausnahmsweise davon Gebrauch machen!«

Ich war so wütend, wie noch nie in meinem Leben. Es tat mir geradezu gut, die schwere Küchentür mit einem Knall ins Schloß zu werfen, der sicher durch alle Flügel des Gebäudes drang.

»Du hast vielleicht eine Familie von Verrückten, Flegeln und Spinnern beieinander, liebe Aurélie«, knirschte ich in Gedanken mit den Zähnen und stürmte ohne anzuhalten in mein Zimmer. Mühsam unterdrückte ich den törichten Impuls, mindestens ein paar Blumentöpfe an die Wand zu werfen, um mich zu beruhigen. Doch erst als ich mir das Gesicht mit klarem, eiskaltem Wasser kühlte und den Guß auch über die Unterarme laufen ließ, konnte ich wieder klar denken. Es überraschte mich selbst, daß ich meinen ererbten italienischen Jähzorn nicht besser unter Kontrolle bringen konnte.

Erschöpft warf ich mich auf mein Bett und schloß die Lider. Mein

Herz raste. Philippe de Thivale konnte von Glück reden, daß ich ihm nicht wie eine Furie ins Gesicht gesprungen war. Nach und nach beruhigten sich meine Atemzüge, und ich setzte mich endlich wieder auf. Das wunderschöne Zimmer verfehlte seine ablenkende Wirkung auch diesmal nicht, und ich nahm meine Umgebung endlich wieder wahr.

Die Jeans, die ich heute vormittag getragen hatte, hingen über dem Fußende des Bettes und die karierte Bluse ordentlich daneben. Ich kniff die Augen zusammen. Es dauerte einige Sekunden, ehe ich das nagende, störende Empfinden analysieren konnte. Dann wußte ich es: Es war ordentlich. Zu ordentlich!

Schon meine Mutter hat versucht, mir die beklagenswerte Angewohnheit auszutreiben, alle Blusenärmel während des Ausziehens nach links zu drehen und sie dort zu lassen. Und ich kann mich nie dazu aufraffen, schmutzige Schuhe überflüssigerweise akkurat nebeneinanderzustellen. Aber genauso standen sie nun. Zudem war meine Bluse pedantisch nach rechts gewendet und zusammengelegt. Kein Zweifel, meine Sachen waren von einem Fremden berührt worden. Ich schoß hoch. Sprang auf beide Beine und brach im gleichen Moment in leicht hysterisches Gekicher aus.

»Du dumme Gans«, schimpfte ich mich selbst. »Natürlich gibt es in einem Schloß wie diesem Dienstboten, deren Aufgabe es ist, jedem Schlamper alles nachzuräumen. Was glaubst zu, wer dein Bett gemacht hat? Als nächstes siehst du noch das Hausgespenst um die Ecke düsen?«

Ich beruhigte mich nur oberflächlich. Ein Teil meines Verstandes, den mir Philippe so höhnisch abgesprochen hatte, arbeitete eigenständig weiter. Seine Vermutung ängstigte mich. Mit zwei Schritten lief ich zum Schrank und riß die Flügeltüren auf.

Keine Veränderung? Gut, meine nicht sehr umfangreiche Garderobe füllte kaum das riesige Möbel, aber daß die beiden Wäschestapel weiter nach links gerückt worden waren, fiel mir auf. Auch würde ich nie einen pinkfarbenen und einen orangen Pulli direkt aufeinanderlegen. Kleinigkeiten wie diese störten mich einfach. Ahnungsvoll faßte ich unter die Wäschestücke. Das Holz fühlte sich glatt, fugenlos, seidig und leer an. Aurélies Tagebuch war verschwunden!

Mit zusammengebissenen Zähnen suchte ich jeden Zentimeter ab. Kein Zweifel, das Album war weder verrutscht noch heruntergefallen. Es war fort! Wer hatte das Geheimnis der Hochglanzfotos entdeckt?

Ich preßte die flachen Hände zusammen und zählte langsam und bewußt bis fünfzig. Ich konnte es mir nicht leisten, jetzt verrückt zu spielen. Was auch immer in diesen Aufzeichnungen stand, derjenige, in dessen Besitz sie waren, mußte annehmen, daß ich sie gelesen hatte. Und diese Information war immerhin so brisant, daß sie einen Diebstahl erforderlich machte!

Konnten die Geschehnisse in ein gemeinsames Mosaik passen? Da war der Graf, der auf dem Weg zum Anwalt verunglückte, Aurélie, die auf eigene Faust ermittelte und die Gräfin, die ihr Erbe am liebsten innerhalb von Tagen meistbietend verschleudert hätte. Was trieb sie dazu? Das schlechte Gewissen? Böse Erinnerungen? Ein perfider Plan? War sie der Schurke in diesem Stück?

Ich begriff, es gab zwei Möglichkeiten für mich. Entweder drehte ich Thivale und seinen Bewohnern auf der Stelle den Rücken zu oder ich blieb bei meiner Rolle als lästiger Zufallsbesucher. Eine Rolle, die nicht ungefährlich war, je nachdem, was in dem verschwundenen Tagebuch gestanden hatte …

Keine Frage, wie ich mich entschied. Es kam mir damals gar nicht in den Sinn, daß ich leichtsinnig handelte. Das Bild Aurélies, die schwer verletzt in einem zerstörten Autowrack einen einsamen Tod starb, ging mir nicht mehr aus dem Kopf. Ich hatte nur einen Wunsch, ich wollte endlich die Wahrheit wissen, aber ich ahnte nicht, wie bitter ich diesen Entschluß in kürzester Zeit bereuen sollte.

7

»Pam, das kann nicht Ihr Ernst sein. Sie wollen die Unfallstelle besichtigen, wo Aurélie starb? Ich bitte Sie, warum wühlen Sie in traurigen Erinnerungen? Ist das klug?«

Léon betrachtete mich irritiert. Ich merkte ihm an, daß er nach Gründen suchte, mir diesen Plan auszureden, aber ich war darauf vorbereitet.

»Wenn es eine Dummheit ist, so ist es mein Fehler, Léon! Ich weiß einfach, daß ich Aurélies Tod erst richtig begreife, wenn ich mit eigenen Augen alles gesehen habe. Bitte helfen Sie mir, Sie sind der einzige, den ich um diesen Freundschaftsdienst bitten kann.«

Ein guter Schachzug, der ihm kaum eine andere Wahl ließ. Vollendet höflich gab er nach.

»Es gefällt mir nicht, und ich begleite Sie nur unter Protest.«

»Danke, Léon. Tut mir leid, daß ich Sie von Ihrer Arbeit abhalte, aber ich fürchte, mich allein zu verirren. Die Kommunen im Beaujolais scheinen etwas gegen die Anbringung vernünftiger Hinweisschilder und Ortstafeln zu haben.«

Er quittierte meinen Scherz mit einem leisen Lächeln, und ich wies einmal mehr den Verdacht weit von mir, daß er in die Machenschaften seiner raffinierten Mutter verwickelt sein könnte. Dafür war Léon viel zu sehr Gentleman. Trotzdem blieb ich bei meinem Vorsatz, das verschwundene Album nicht zu erwähnen. Sollte der Dieb nur denken, daß ich den Verlust noch nicht entdeckt hatte.

»Fahren wir mit meinem Wagen«, schlug ich vor. »Das heißt natürlich nur, wenn Sie sich meinen Fahrkünsten anvertrauen?«

Obwohl er nickte, zeigte mir die Art, wie er sich auf dem Beifahrersitz unbehaglich zusammenklemmte, daß er sich nicht besonders wohl fühlte. Ich konnte es ihm kaum verübeln. Er wirkte wie ein Märchenprinz, der aus Versehen in die falsche Kutsche gestiegen ist. Eine staubige Kutsche, die schon lange keine Waschanlage mehr gesehen hatte.

»Kaum zu fassen, daß sich Aurélie auf diesen Straßen hinter das Steuer eines Autos setzte…«, brach ich das Schweigen, als wir auf die Hauptstraße abbogen.

»Sie reagierte nicht sehr sonnig, wenn man es wagte, ihr Ratschläge zu geben.«

Léon ging zwar nicht auf meine Bemerkung ein, aber er bot mir die plötzliche Chance, mehr über sein Verhältnis zu Aurélie zu erfahren.

»Klingt nur schwach begeistert.« Ich warf ihm einen neugierigen Blick zu. »Ging Ihnen meine Freundin so sehr auf die Nerven?«

Er verzog den Mund. Ärgerlich? Nachdenklich? Schwer zu sagen.

»Ganz im Gegenteil«, überraschte er mich. »Ich fand sie sogar hinreißend. Schade, daß ich den Fehler beging, sie das merken zu lassen. Der ständige Streit mit meiner Mutter führte dazu, daß sie auch mich auf die Liste ihrer Lieblings-Feinde setzte. Kein Wunder, schließlich wurde sie gegen alles, was Lacorte heißt, aufgehetzt.«

»Ach ja?« Ich gab mich bewußt naiv.

»Pam.« Eine Spur von Ungeduld lag in seiner Stimme. »Sie sind intelligent. Wollen Sie mir erzählen, daß Ihnen Philippe de Thivale heute morgen einen Vortrag über die verschiedenen Anbaumöglichkeiten der Gamay-Traube gehalten hat?«

Ich begriff, daß ich keinen Fehler machen durfte.

»Es herrscht keine besondere Sympathie zwischen Ihnen, was?«

»Hat er das zugegeben?«

»Das war nicht nötig. Ich kann mir selbst einen Reim darauf machen, wenn sich zwei Männer so betont übersehen wie Sie beide heute morgen. Ich frage mich nur, ob es mehr ist als bloße gegenseitige Abneigung?«

Léon hob vage die Schultern.

»Aurélie steht zwischen uns. Hätte sie mehr auf mich gehört, statt auf ihn, ich glaube, sie wäre noch heute bei uns.«

Der melancholische Ton, mit dem er das sagte, war so perfekt, daß sich gerade deswegen mein Mißtrauen regte.

»Zwei Rivalen im Kampf um Aurélies Gunst? Ihr Verwalter macht nicht gerade den Eindruck eines Playboys ...«

Ich erntete ein bitteres Lachen.

»Sie sind ein ahnungsloser, sehr süßer Engel, Pam. Mein Stiefvater, Graf Thivale, hinterließ bei seinem plötzlichen Tod ein sehr kurzes, einfaches Testament. Aurélie und meine Mutter waren zu gleichen Teilen Alleinerben, starb eine von beiden zuerst, ging die Hälfte an den überlebenden Partner. Nach Lage der Dinge, meine Mutter ist immerhin 52, sollte das Aurélie sein. Philippe de Thivale ging leer aus. Daß er seine Seele dem Teufel verkaufen würde, um das Weingut zu bekommen, haben Sie sicher selbst gemerkt. Es blieb ihm also nur ein Weg, sein Ziel zu erreichen: Er mußte Aurélie heiraten. Was glauben Sie, warum sie diese einsamen Ausflüge unternahm, obwohl sie vielleicht nicht einmal einen richtigen Führerschein hatte? Sie wollte Philippe loswerden! Sie konnte kaum einen Schritt tun, ohne daß er ihr an den Fersen hing.«

Philippe, der seine Cousine in den Tod trieb? Nein, dieses Märchen würde ich nicht glauben. Trotzdem hielt ich meinen Mund. Léons Version der Ereignisse interessierte mich brennend.

»Philippe ist der nächste Erbe, sobald die normale Erbfolge der Familie eintritt, wie es zum Beispiel nach dem Tode meiner Mutter der Fall wäre. Begreifen Sie, daß die Arme nervös wird, sobald er ihr nur unter die Augen kommt?«

»Das glauben Sie doch selbst nicht!« Ich vergaß meine Beherrschung. »Die Idee ist absurd. Der Mann mag ja ein unhöflicher Rüpel sein, aber deswegen ist er doch kein Mörder!«

Ganz zu schweigen davon, daß ich der Ansicht war, Constance Lacorte-Thivale würde vor nichts und niemand Angst haben. Aber das konnte ich Léon, der seine Mutter geradezu anbetete, kaum ins Gesicht sagen. Jetzt hob er abwehrend die Hände.

»Sie fragen, und ich antworte, Pam. Ich habe keinen Einfluß darauf, welche Schlüsse Sie aus meinen Worten ziehen. Es ist immerhin ein merkwürdiger Zufall, daß sowohl Aurélie wie auch ihr Vater bei einem Unfall ums Leben kamen …«

Ich preßte die Lippen zusammen. Ohne seine Mutter direkt anzugreifen und ohne preiszugeben, daß ich einige Passagen des Tagebuches gelesen hatte, konnte ich nicht antworten. Also konzentrierte ich mich auf den Weg, bis mir eine Frage in den Kopf kam, die ich schon seit einiger Zeit stellen wollte.

»Wenn Ihre Mutter Angst vor Philippe de Thivale hat, dann wird sie doch sicher mit der Polizei über ihren Verdacht gesprochen haben?«

»Mit welcher Polizei?«

Léon sah mich so verblüfft an, daß ich mich meines Verdachtes fast schämte.

»Na eben mit der Polizei. Wurde Aurélies Unfall denn nicht untersucht und protokolliert?«

»Du lieber Himmel.« Er wirkte total entgeistert. »Was gibt es zu untersuchen, wenn keine Zeugen da sind und das Unfallopfer eine Restaurantquittung vom gleichen Tag bei sich trägt, die den Verzehr eines Aperitifs, einer ganzen Flasche Wein und eines Cognacs nachweist? Mit diesem Alkoholspiegel begeht auch der routinierteste Chauffeur Fahrfehler. Es war ein tragisches Unglück, von einer leichtsinnigen jungen Frau offensichtlich selbst verschuldet. Mehr fand auch die hiesige Polizei nicht heraus.«

Ich begann aus meinen Fehlern zu lernen und hielt den Mund, obwohl es mir nicht leichtfiel. Entweder waren das Mädchen, mit dem ich zur Schule gegangen war, und die Aurélie, die bei dem Unfall getötet wurde, zwei völlig verschiedene Menschen, oder ich hatte einen weiteren Beweis dafür, daß in diesem Spiel gelogen wurde. Ich wußte mit Sicherheit, daß Aurélie nie etwas anderes als Champagner oder Champagner-Cocktails trank, wenn es schon Alkohol sein mußte.

Aus einer Art Trotz-Reaktion gegen die ausschließliche Begeisterung ihres Vaters für Wein war im Laufe der Jahre eine Gewohnheit geworden. Ein Spleen, den wir alle respektierten und den sie sich als verwöhnte Tochter eines reichen Vaters mit gutem Gewissen leisten konnte. Die Getränke auf der erwähnten Rechnung hatte nie und nimmer Aurélie konsumiert, davon war ich überzeugt.

»Dort vorne links ist die Abzweigung nach Fleurie.«

Ich folgte Léons Hinweis und hoffte, daß er mir meine Zweifel nicht wie Annette von der Nasenspitze ablas.

»Woran denken Sie, Pam?«

Na bitte, meine schauspielerischen Qualitäten schienen miserabel zu sein. Ich griff zu einer Notlüge, die mit ein bißchen Wahrheit garniert war.

»An Aurélie. Wie schade, daß auch die innigsten Freundschaften im Laufe der Jahre loser werden. Es ist mir gar nicht aufgefallen, wie sehr sie sich verändert hat. Es tut mir leid, daß ich ihre Einladung nicht annahm, solange sie noch am Leben war.«

Trotzdem hätte sie es mir am Telefon erzählt, würde sie ein Cousin mit unerwünschten Heiratsanträgen belästigen, fügte ich in Gedanken hinzu. Und wenn nicht mir, dann zumindest meiner Mutter, die diese Neuigkeit nicht für sich behalten hätte.

»Ich lernte Aurélie erst einen Tag vor der Beerdigung ihres Vaters kennen«, griff Léon mein Thema auf. »Ich fand sie unter ihrer Sprödheit sehr verstört und einsam. Ein schwieriges Mädchen, das keinen Trost annehmen wollte und meiner Mutter ständig Vorwürfe machte.«

Das konnte ich mir nicht vorstellen.

»Sie verstehen sich sehr gut mit der Gräfin?«

»Ja, mein Vater kam beim Algerienkrieg ums Leben. Wir haben all die Jahre allein gelebt, und unser Verhältnis ist bestens. Sie dürfen sie nicht nach dem äußeren Eindruck beurteilen, Pam. Sie läßt sich ihre Gefühle nicht anmerken, sie hält das für Schwäche.«

Für mich betrachtete Léon seine Mutter durch eine rosarote Brille. Beherrschte sie ihn so sehr, oder war er so naiv? Hinter seiner wohlerzogenen Fassade verbarg sich vermutlich noch immer der kleine Sohn, der es gewöhnt war, zu gehorchen. Eigentlich schade, daß ein so attraktiver Mann nicht gleichzeitig auch stark und souverän war.

Die schmale Landstraße schlängelte sich jetzt paßartig die Weinberge entlang. Rechts fielen zwar sanft, aber unaufhaltsam die Hänge mit den Rebstöcken ab. Keine Leitplanke, kein Bremsstreifen, kein Rasenstück bot hier Sicherheit, wenn man ins Schleudern geriet. So zauberhaft die Gegend in der Nachmittagssonne wirkte, der Gedanke, bei einem möglichen Unfall frühestens nach zweihundert Metern zum Halten zu kommen, flößte mir Unbehagen ein. Ich war dankbar, daß sich nach einer weiteren Kurve auch rechterhand Berge erhoben und der Weinanbau dem schützenden Buschwerk der höheren Beaujolais-Regionen Platz machte.

Nur drei Kilometer weiter deutete Léon auf eine Stelle, an der ein schlichtes Holzkreuz den linken Straßenrand markierte. Zu Füßen des Kreuzes lag ein halb verwelkter, verblaßter Strauß aus roten Rosen. Jenen Rosen, denen ich immer wieder begegnete. Auf Aurélies Grab, in ihrem Zimmer …

»Ist es …«

Hart stieg ich auf die Bremse, und Léon hielt sich am Armaturenbrett fest.

»Ja.« Er stieg aus und deutete hinüber. »Dort unten wurde das Auto gefunden.«

Es kostete mich Überwindung, neben das einfache Kreuz zu treten. Frierend verschränkte ich die Arme vor der Brust. Die Lücke im Buschwerk gab den Blick auf einen romantischen kleinen Bach frei, der etwa zwanzig Meter tiefer seinen Weg suchte. Wilder Goldregen, blühende Brombeerranken und Haselnußbüsche wucherten über den Abhang. Wenn dort jemals Äste gebrochen waren, so hatte die Natur diese Wunden längst mit Blättern und Blüten wieder zugedeckt. Nur das Kreuz und die Blumen mahnten, daß an dieser Stelle ein Mensch gestorben war. Nicht irgendein Mensch. Aurélie de Thivale, meine beste Freundin, fast meine Schwester. Ein Ausspruch, den man Napoleon zuschreibt, drängte sich durch meine wirren Gedanken: Zehntausend Tote sind eine Statistik, ein Toter ist eine Katastrophe.

»Pam, ich bitte Sie! Es hat keinen Sinn, wenn Sie dieses Fleckchen Erde wie Ihren Feind anstarren. Sie können nichts mehr ändern. Bitte...«

Ich hörte nicht auf ihn. Ich versuchte zu verstehen, was passiert war.

»Was fuhr Aurélie für einen Wagen? Kann es eine technische Ursache für das Unglück geben?«

»Ausgeschlossen. Es handelte sich um einen kleinen Renault-Kastenwagen, der zum Fahrzeugpark des Gutes gehört. Diese Autos werden regelmäßig gewartet. Normalerweise fuhr Philippe de Thivale den Wagen...«

Er brach ab, so als wäre ihm genau in diesem Moment erst etwas aufgefallen, das er bisher übersehen hatte. Ich machte mir nicht die Mühe, auf diese Spekulation einzugehen, die ich ebenfalls albern fand, wie die Verdächtigungen seiner Mutter. Philippe war ein grobes Ekel, aber ich war bereit, ein Jahresgehalt zu verwetten, daß er durch und durch anständig war. Fast schon zu anständig, sonst hätte er nicht diese Schwierigkeiten mit der Gräfin.

Ich bezweifelte zum einen, daß meine Freundin auf diesen haarsträubenden Straßen einen Kilometer selbst gefahren war und zum anderen, daß sie einen schmutzigen Kleinwagen für diesen Ausflug gewählt hätte. Wenn überhaupt, dann vielleicht den Rolls Royce ihres Vaters, und sei es nur, um der Gräfin zu zeigen, wer auf Thivale das Sagen hatte. Blieb als Schlußfolgerung nur eine Möglichkeit: Aurélie de Thivale war bei ihrem letzten Ausflug nicht Fahrerin, sondern Beifahrerin gewesen! Wessen Beifahrerin? Bei aller Skrupellosigkeit, die ich der Gräfin zutraute, daß sie mit eigenen Händen einen Mord beging, erschien mir unwahrscheinlich. Sie mußte einen Komplizen haben. Wen? Léon? Léon mit seinen Maßanzügen, seinen gepflegten Händen und seiner sanften, freundlichen Art? Nein, undenkbar, für ein Verbrechen war er viel zu sensibel, ich mußte mich nur an die Auseinandersetzung im Büro erinnern. Sollte es mir gelingen, der Gräfin etwas nachzuweisen, würde es ihren Sohn aus heiterem Himmel treffen.

Damit war auch die Frage, ob ich mich Léon anvertrauen sollte, beantwortet. Die Gefahr, daß er sich seiner Mutter ahnungslos offenbarte, durfte ich nicht eingehen. Ich mußte allein entscheiden, was ich als nächstes unternahm. Zu diesem Ergebnis gekommen, sah ich Léon endlich an.

»Es bringt uns nicht weiter, zu spekulieren und zu vermuten. Ich glaube, es ist am besten, wir fahren wieder zurück.«

Sichtlich erleichtert nahm er seinen Beifahrersitz ein und schreckte geradezu hoch, als ich meine Pläne erneut änderte.

»Macht es Ihnen etwas aus, wenn ich über Odenas fahre? Ich möchte gern noch einmal zu Aurélies Grab gehen. Und dann werde ich wohl morgen meine Koffer packen und Thivale verlassen.«

»Aber, aber ...« Léon legte begütigend seine Hand auf meinen Arm. »Sie sollten ein paar Tage bleiben! Muß ich es büßen, daß Sie so traurige Nachrichten erhalten haben? Versprechen Sie mir, daß Sie keine voreiligen Entscheidungen treffen, bitte?«

Es war schwer, seinem geballten Charme zu widerstehen. Hinzu kam, daß meine Abreise nur ein Versuchsballon war. Es würde interessant sein, zu sehen, wie die Gräfin heute abend darauf reagierte? Ich wich Léons Augen aus und nickte.

»Wenn es Ihrer Mutter recht ist, gern ...«

»Oh ... meine Mutter.« Er schlug sich vor die Stirn. »Ich habe ihr versprochen, auf der Post in Odenas ein Päckchen für sie abzuholen. Wären Sie so freundlich, mich dort abzusetzen?«

»Gern, aber wie kommen Sie ins Schloß zurück?«

»Keine Sorge, Pam. Mein Wagen ist in der Tankstelle zum Waschen. Ich wollte ihn sowieso heute nachmittag abholen.«

Ich winkte ihm erleichtert nach, sobald er ausgestiegen war, und atmete auf. Endlich allein. Es gefiel mir nicht, sogar beim Denken darauf achten zu müssen, daß nur ja keiner merkte, daß ich nicht gar so harmlos war, wie ich mich gab.

Die grimmigen Marmorengel auf dem einsamen Friedhof von Odenas schienen mißbilligend die Stirn darüber zu runzeln, daß ich mich so formlos auf ihre Sockel setzte, um das Grabmal der Thivales in aller Ruhe in Augenschein zu nehmen. Gestern war ich zu verwirrt und geschockt gewesen, um Einzelheiten festzustellen. Heute erkannte ich, daß sowohl die Steinmetz- wie auch die Schmiedearbeiten der verschnörkelten Eingangshalle die Handschrift eines Meisters trugen. Es war das Mausoleum einer Familie, die voll Stolz auf ihre jahrhundertealte Tradition blickte. Thivale zu heißen, war für jedes Mitglied etwas Besonderes, eine Auszeichnung, ich brauchte nur an Annette zu denken.

Womit meine Gedanken auf Umwegen wieder bei Philippe anlangten. Außer der Erinnerung an vergangenen Glanz und einem Titel, für den er sich nichts kaufen konnte, blieb ihm buchstäblich nichts, wenn Léons Mutter Schloß und Weingut verkaufte. Motiv genug für einen Mord?

Unsinn! Ich verwarf die Idee auf der Stelle, wagte aber auch nicht genauer darüber nachzugrübeln, warum ich gerade von Philippe eine so gute Meinung hatte. Anlaß dafür hatte er mir bisher kaum gegeben. Oder?

Wenn ich Licht in das Dunkel von Aurélies Tod bringen wollte, blieb mir vermutlich nur ein Weg: die direkte Konfrontation mit Constance Lacorte-Thivale. Ich mußte ihr vorspielen, im Besitz von Informationen und Beweisen zu sein, die ich gar nicht besaß. Ein tapferer Entschluß, aber das mulmige Gefühl in meinem Magen zeigte mir deutlich, wie ungern ich mich mit dieser Frau anlegte. Vielleicht war das der Grund dafür, daß ich soviel Zeit auf dem Friedhof vertrödelte.

Die Sonne stand bereits tief im Westen, als ich zu meinem Auto ging. Die Hitze hatte es in einen brütenden Backofen verwandelt. Seufzend kurbelte ich die Seitenfenster herab und hoffte, daß ich auch ohne Léons Führerdienst den Weg nach Thivale fand.

Ich fuhr genau gegen das Licht der untergehenden Sonne und versuchte mich am Ortsausgang von Odenas, an der Kuppe des Mont Brouilly zu orientieren. Irgendwo rechts kam jetzt bald die Abzweigung zum Schloß. Da – geblendet von der Helligkeit – hätte ich die kleine Straße mit dem zerbeulten Hinweisschild fast übersehen. Im letzten Moment riß ich das Lenkrad herum und kurvte mit quietschenden Reifen auf das schlecht geteerte Wegstück. Der Fluch, mit dem ich die hiesigen Straßenverhältnisse einmal mehr bedachte, war nicht salonfähig. Ich beschleunigte eben wieder, da erhaschte ich im Augenwinkel die Bewegung eines schwarz-weißen Schattens, der aus den Rebstöcken schoß. Eine winzige, kleine Katze, auf der Flucht vor einem größeren Kater, der in weiten Sätzen hinter ihr herjagte.

Ich trat mit aller Macht auf die Bremse und spürte, wie mein Auto ausbrach und auf dem Rollsplitt ins Schleudern geriet. Es tanzte, ohne im geringsten auf meine Lenkversuche anzusprechen. Hilflos in diesem rasenden Gefängnis eingesperrt, fühlte ich nur eines, blinde Panik.

»Jetzt stirbst du wie Aurélie!«

Da war nur dieser schreckliche Gedanke in meinem Kopf, der mich vor Entsetzen lähmte. Ich weiß nicht mehr, ob ich schrie oder ob mir vor Angst die Stimme versagte. Ich erinnere mich nur an einen dumpfen Schlag, der mich mit Wucht in die Sicherheitsgurte warf, und an plötzliche Stille. Dann stand der Wagen. Zwar schräg, aber wenigstens bewegte er sich nicht mehr.

Vorsichtig öffnete ich meine Augen und blinzelte. Die grelle Sonne fiel jetzt wesentlich schräger durch die Frontscheibe. Merkwürdig. Behutsam richtete ich mich auf, klinkte den Gurt aus und schützte die Pupillen mit dem Schatten meiner Hand. Mein kleiner Wagen stand sehr schief, aber fast unversehrt in einer tiefen Regenrinne am rechten Straßenrand. Dieser Graben, offensichtlich gezogen, damit das Wasser nicht über die Straße lief, hatte mich gerettet. Die beiden vierbeinigen ›Unfallverursacher‹ waren längst zwischen den Rebstöcken auf Nimmerwiedersehen verschwunden.

»Glück gehabt, Pamina Westby«, sagte ich mir erleichtert und kletterte vorsichtig aus dem Auto, das bei dieser Bewegung verdächtig knirschte. Ich ging in die Knie und betrachtete den Schaden. Eine schöne Bescherung, die Bodenfläche hockte auf voller Länge auf. Aus eigener Kraft konnte ich mich aus dieser Klemme nicht befreien.

Ich richtete mich wieder auf, als mir ein gelbes Aufblitzen zwischen den Reben auffiel. Umweltsünder, die ihren lästigen Abfall einfach am Wegesrand ›verloren‹ hatten? Obwohl mich im Augenblick wirklich andere Sorgen drückten, siegte meine Neugier. Ich ging die paar Schritte zurück, um genauer zu sehen. Täuschte ich mich, oder handelte es sich tatsächlich um ein offizielles Verkehrsschild? Natürlich, ›Deviation‹ las ich in großen schwarzen Buchstaben. Umleitung. Die Warntafel, an die ich mich von gestern plötzlich sehr gut erinnerte, hatte ich erst im allerletzten Moment wahrgenommen.

Wie kam das Ding zwischen die Weinstöcke? Es stand auf einer Art Eisenrad und war so schwer, daß ich es kaum aufrichten konnte. Ein Dummejungenstreich? Die wütende Reaktion eines Bauern, der mit seinem Traktor nicht mehr die altgewohnte Straße fahren konnte? Eher letztes, wenn ich an Philippes Reaktion dachte, als er den Weg für sein Lese-Monster versperrt fand.

Inzwischen war die Sonne hinter den Mont Brouilly getaucht, und der länger werdende Schatten erreichte mich mit voller Kühle. Ich würde meinen restlichen Heimweg wohl oder übel zu Fuß absolvieren müssen, da ließ sich nichts daran ändern. Vorher wollte ich jedoch die Fenster schließen und meine Handtasche holen. Möglicherweise fand sich im Kofferraum auch eine alte Strickjacke. Nach der Erleichterung kam jetzt der Ärger über meinen Leichtsinn. Warum mußte ich auch so schnell fahren? Die hiesigen Holperpisten eigneten sich nun wirklich nicht dafür. Wie zur Bestätigung verfolgte ich den Verlauf der kleinen Straße, die jetzt ohne Gegenlicht endlich gut zu erkennen war.

Genauer gesagt, ich konnte sehen, wo die Straße verlaufen wäre, wenn sie existiert hätte! Schaudernd wurde mir klar, wovor mich die beiden liebeskranken Katzentiere gerettet hatten. Ich entlastete meine zitternden Beine, indem ich mich auf die Kühlerhaube meines Wagens stützte. Mein Herz klopfte in hektisch-harten Stößen.

Keine fünf Meter vor meiner Stoßstange endete der Weg und brach steil über eine tiefe Geröllhalde ab. Gute zehn Meter Straße waren hier, anscheinend durch ein Unwetter, mitsamt den umliegenden Rebstöcken, der Erde und dem Buschwerk, den steilen Hang herabgerutscht. Mein Versuch, die beiden Katzen zu retten, hatte mich selbst vor einem entsetzlichen Unfall bewahrt. Geblendet vom Gegenlicht wäre ich ohne Chance über den Abgrund gerast. Was von mir und meinem Wagen, selbst bei mittlerem Tempo, übriggeblieben wäre, ich wagte es nicht auszudenken…

Nach dem Schock kam der Zorn. Eiskalte Wut auf jenen Trottel, der um des eigenen Vorteils willen ein Warnschild beiseiteschob. Sicher gab es um diese Jahreszeit noch mehr Touristen wie mich, die sich in dieser Gegend nicht auskannten und mehr auf die bezaubernde Landschaft denn auf die gefährlichen Wege sahen. Jeder, der den Weg nach Thivale suchte, hätte sich in dieser Falle verfangen können.

Ich stutzte. Moment, wer ›jeder‹? Der Weinverkauf auf dem Schloß war eingestellt, das bedeutete, keine Fremden. Die Einheimischen kannten die zerstörte Strecke, denn das wuchernde Grün zeigte an, daß das Unwetter vor längerer Zeit niedergegangen sein mußte.

Und gestern war das Schild unten an der Straße auf seinem Platz gewesen. Ich zwang mich, logisch zu denken. Bis zur Hauptstraße waren es gute zweihundert Meter, niemand würde sich die Mühe machen, ein Verkehrsschild so weit zu schleppen. Die gefundene Tafel mußte hier den Weg versperrt haben. Wo war jedoch der Hinweis an der Abzweigung geblieben? Hatte ich ihn im schwierigen Licht übersehen?

Hastig versperrte ich mein Auto, nahm die Tasche und zerrte mit aller Kraft die Warntafel wieder in die Mitte der Straße. Es kostete mich zwei abgebrochene Fingernägel und einen großen Schmutzfleck auf meinem gelben Kleid. Bis ich die Abzweigung erreicht hatte, kochte ich vor Empörung.

Schon von weitem war zu erkennen, daß auch an der Gabelung jeder Hinweis entfernt worden war: Ich mußte nicht einmal lange suchen, um das Schild zu finden. Es lag im Gebüsch und war für alle vorbeikommenden Autofahrer völlig unsichtbar. Hinzu kam, daß ich entdeckt hatte, daß die Regenrinne, die mir so dramatisch das Leben rettete, auf beiden Seiten des Weges ohne Unterbrechung bis zur Hauptstraße führte. Nicht einmal ein Traktor würde diesen Graben ohne Schwierigkeiten passieren. Das entkräftete meine Theorie vom wütenden Weinbauern und auch die Alternative eines Streiches vermochte ich immer weniger zu glauben.

Ich spürte, wie sich die feinen Härchen in meinem Nacken beunruhigt sträubten. Sollte diese ›Falle‹, wie ich sie so spontan genannt hatte, niemand anderem gelten als mir? War ich in Gefahr? Vielleicht sogar in Lebensgefahr? Wenn ja, würde dies doch bedeuten, daß Aurélies Unfall an der Strecke nach Fleurie nur dazu gedient haben konnte, die Spuren eines Mordes zu beseitigen. Es würde auch bestätigen, daß in dem gestohlenen Album Dinge standen, die einen eindeutigen Hinweis auf den Täter gaben. Jenen Täter, der jetzt in mir eine Mitwisserin vermutete.

Wer hatte beobachtet, daß ich Thivale mit Léon verließ? Galt der Anschlag auch ihm? Fragen über Fragen, aber keine plausiblen Antworten. Sicher war für mich nur eines, der Mörder wohnte oder arbeitete im Schloß, sonst hätte er nie die kurze Zeit zwischen dem Mittagessen und meiner Unterhaltung mit Annette nützen können, um das Tagebuch an sich zu bringen. Die Gräfin? Sie wirkte nicht wie der Typ auf mich, der fremde Schuhe ordentlich zusammenstellte und Blusenärmel nach rechts drehte. Nein, mit jedem Stückchen Information oder Vermutung wurde das Rätsel größer.

Es fiel mir nicht leicht, den Weg nach Schloß Thivale einzuschlagen und quasi in die Höhle des Löwen zurückzukehren. Warum ließ ich mir diesen Vorfall eigentlich nicht eine Warnung sein und reiste umgehend ab? Möglicherweise war dieses bestürzende Empfinden daran schuld, daß Aurélie an meiner Seite stand und mich zum Handeln aufforderte.

Ich hatte eine Menge gutzumachen. Die Reue darüber, daß ich meine Karriere und meine beruflichen Pläne über ihren Wunsch setzte, eventuelle Nöte und Sorgen mit mir zu besprechen, machte mir schwer zu schaffen. Wäre sie noch am Leben, wenn ich damals hilfsbereiter, einfühlsamer, nicht so abwehrend gewesen wäre? Diese Frage würde leider ewig unbeantwortet bleiben.

Im Moment spürte ich nur eines: Angst. Mit feuchten Handflächen und stechenden Kopfschmerzen trat ich den etwa drei Kilometer langen Fußmarsch nach Thivale an. Was erwartete mich in seinen Mauern? Die Gelegenheit zur Rache? Der Tod?

8

»Mon dieu, Pam! Da sind Sie ja endlich! Wo haben Sie nur den ganzen Nachmittag gesteckt? Mama sagte mir, Sie seien mit Léon unterwegs, aber der ist schon längst nach Hause gekommen.«

Ich mußte zweimal hinsehen. War das Philippe de Thivale, der da so besorgt auf mich zukam und dessen düstere Miene sich bei meinem Anblick in ungewohnt freundliche Züge wandelte? Unzweifelhaft. Und dann fiel mir auch sofort auf, daß das gelbe Kleid unangenehm feucht an meinem Rücken klebte und daß sich meine Haare schweißnaß in der Stirn kringelten. Kein Anblick, der einem Mann Herzklopfen bereitet. Aber wohin verirrten sich meine Gedanken …

»Sie haben sich Sorgen um mich gemacht?« platzte ich endlich verblüfft heraus.

»Natürlich, Sie dummes Huhn«, war die barsche, aber durchaus nette Antwort. »Werde ich mir keine Sorgen um ein Küken machen, das mit dem Wolf persönlich in den Wald fährt?«

Der Vergleich heiterte mich auf, und ich kicherte. Der deutliche Unterton von Hysterie und Anspannung in diesem Lachen entging ihm natürlich nicht.

»Was ist passiert? Wieso kommen Sie zu Fuß? Sind Sie nicht mit Ihrem Wagen unterwegs gewesen?«

Er faßte mich an den Schultern und schüttelte mich sanft. Es gelang mir, mich zu fassen, aber im plötzlichen Schweigen, während wir uns ernst in die Augen sahen, war ich mir seiner Hände, die mich zum ersten Mal berührten, sehr bewußt.

»Pam, hören Sie mich? Geht es Ihnen gut?«

Aus den Fernen meiner Erinnerung klang Aurélies spöttische Stimme zu mir. Damals, als ich mitten in der leidenschaftlichen Anbetung zu unserem Sportlehrer schwelgte, hatte sie mich brutal in die Wirklichkeit zurückgeholt. »Du darfst dich nie verlieben, Pamina Westby. Wenn du hingerissen bist, siehst du aus wie ein Schaf.«

Verliebt? Ich? In Philippe? Blödsinn, das hätte mir für diesen Tag noch gefehlt. Ich riß mich zusammen und mied den Blick der blaugrauen, viel zu intensiven Augen.

»Danke, mir geht's ausgezeichnet«, antwortete ich mühsam. »Abgesehen davon, daß mein Auto mit seinem Blechbauch die Ackerfurchen des Beaujolais küßt und daß ich es nur einem liebeskranken Kater zu verdanken habe, daß ich noch am Leben bin, geht es mir geradezu phänomenal.«

»Ach, Pam, Sie verrücktes Ding.« Wie ein resignierter Vater schüttelte er den Kopf mit den ungebärdigen blonden Haaren. »Ist es Ihnen nicht möglich, mir kurz und präzise zu sagen, was sich ereignet hat? Ohne einen Rattenschwanz von Unsinn dazu? Seit ich Sie zum erstenmal gesehen habe, verpacken Sie jede kleine Information in einen Wust von Worten, durch den ich mich kaum hindurchfinde.«

Verliebt in diesen überheblichen, eingebildeten Kerl? Nein, ich mußte mich täuschen. Soviel Gefühllosigkeit auf zwei Beinen konnte bei mir kein Echo finden.

»Wenn Ihnen eine Art Polizeibericht lieber ist, bitte. Die Fahrerin eines mittelalten Kleinwagens verirrte sich auf die alte Straße nach Thivale, da sowohl das Umleitungsschild an der Abzweigung, wie auch die Warntafel vor dem Erdrutsch im Straßengraben lagen. Da ihr jedoch wenige Meter vor dem Katastrophensturz ein liebeskranker Kater über den Weg rannte, war sie zu einer Vollbremsung gezwungen, die zwar das vorläufige Schicksal ihres Wagens im Straßengraben enden ließ, aber dafür verhinderte, daß Schlimmeres passierte. Ende der Pressenotiz. Bleibt nur die Frage, wer die Schilder entfernt hat, damit ich mich auf diese unschöne Weise aus dem Weg räume ...«

Warum nahm er nicht endlich seine Hände von mir? »Das darf nicht wahr sein«, stöhnte er lediglich. »Fangen Sie jetzt auch noch mit dem Unsinn an? Wer sollte so etwas tun? Vermutlich hat irgendein Betrunkener die Tafeln nachts einmal umgefahren. Die Einheimischen kennen den Erdrutsch und benützen den Weg schon lange nicht mehr.«

»Eben«, stimmte ich friedlich zu. »Deswegen wirkte der Trick ja auch nur bei einer beschränkten Touristin. Gestern standen die Schilder an der Abzweigung übrigens noch da. Ich habe sie gesehen!«

»Bitte, Pam. Keine Räubergeschichten. Sie haben mich falsch verstanden. Ich habe mir Sorgen gemacht, weil Sie so lange unterwegs waren, das bedeutet aber nicht, daß ich die unhaltbaren Spekulationen meiner Mutter billige. Sie haben sich bereits von ihr beeinflussen lassen. Es gibt keinen Grund dafür, daß irgend jemand Sie ... Wie sagten Sie ... aus dem Weg räumen möchte.«

Meine angegriffenen Nerven waren dieser Unterhaltung nicht mehr gewachsen.

»Ich nehme an, Sie sind erst überzeugt, wenn Ihnen jemand meine Leiche vor die Füße legt, was?« fauchte ich unwillig.

»Himmel, Kinder wie Sie sollte man glatt übers Knie legen! Hören Sie auf, in Ihrer Freizeit zu viele Kriminalromane zu lesen, das trübt auf die Dauer den Sinn für die Wirklichkeit. Und jetzt geben Sie mir am besten Ihren Autoschlüssel, damit ich morgen früh einen Arbeiter mit dem Traktor hinschicken kann, der Ihren fahrbaren Untersatz wieder flottmacht. Für heute ist es zu spät, es wird gleich dunkel.«

Am liebsten hätte ich ihm die Zunge herausgestreckt und ihn mitten auf dem Hof von Thivale stehenlassen. Leider konnte ich mir kindische Gesten dieser Art nicht leisten, wie sollte ich sonst jemals wieder zu meinem Wagen kommen?

»Bitte«, knirschte ich und reichte ihm den Schlüssel. Er schloß die Finger der rechten Hand um den Schlüsselbund und stupste mir mit dem Zeigefinger der linken auf die Wange.

»Sie haben da einen Schmutzfleck. Ich sage Mutter Bescheid, daß man Ihnen eine Tasse Tee aufs Zimmer bringt. Ihre Kräuter-Mixturen sind Balsam für aufgeregte Seelen. Salut ...«

Der Kuckuck soll dich holen, Philippe de Thivale. Dich und deine Überlegenheit und meine ganzen verdammten Gedanken und Gefühle dazu! Glücklicherweise behielt ich diese zornige Rede für mich und nickte nur wortlos zum Abschied.

Die große Standuhr in der Halle zeigte mir, daß noch gut eine Stunde Zeit bis zum Abendessen blieb und ich mich in aller Ruhe auf meinem Zimmer frischmachen konnte. Es war mir recht, daß ich keinem Menschen begegnete, bevor ich die Tür des Turmzimmers hinter mir schloß. Wenig später klopfte es leise, und eines der Mädchen brachte mir ein Tablett, auf dem eine bauchige Tonkanne mit Tee, eine Tasse und ein paar Kekse standen. Ich bedankte mich und schlürfte das aromatische Getränk, während ich bis zum Hals in der Badewanne lag. Eine Weile lenkte mich die Frage ab, welche rätselhaften Kräuter Annette wohl dafür verwendet hatte, dann gab ich es auf, an irgend etwas zu denken. Ich genoß einfach die Wärme und versuchte, mich zu entspannen.

Das Rezept wirkte. Danach war ich fähig, mich anzukleiden und nach unten zu gehen, ohne daß mir die Knie zitterten oder ich befürchten mußte, in hysterische Krämpfe zu fallen. Vermutlich war in dem Wundertee eine gehörige Menge Baldrian gewesen.

Der Ausflug der Gräfin war nicht zu ihrer Zufriedenheit verlaufen. Ihre laute, zornige Stimme klang aus dem Salon, dessen Tür wieder einmal nicht richtig geschlossen war. Armer Léon, er hatte keinen leichten Stand bei seiner Mutter.

Es ließ sich gar nicht vermeiden, daß ich jedes Wort verstand.

»Ich ahnte, daß du ein unfähiger Hohlkopf bist, mein Lieber. Wie stellst du dir unsere Zukunft jetzt vor, nachdem es dir gelungen ist, unsere Pläne zu ruinieren?«

Léon hörte sich ruhig und gelassen an.

»Du tust mir unrecht, Mama. Woher sollte ich wissen, daß sie eine derart raffinierte Person ist? Damit konnte niemand rechnen. Ich dachte ...«

»Mein Gott, du dachtest! Mein Sohn denkt! Willst du diese Arbeit nicht besser deinem Vater und mir überlassen! Bisher ist bei deiner Methode nichts, aber auch gar nichts herausgekommen!«

»Ich bitte dich, Mama. Du bist ungerecht. Du hättest die Kleine einfach fortgeschickt, ohne dich um die Möglichkeiten zu kümmern. Ohne mich würdest du noch immer die Stecknadel in diesem Heuhaufen suchen, das mußt du zugeben.«

»Das wäre vernünftiger gewesen, als dieser erneute, völlig hirnlose ...«

»Bitte, Mama!«

Verblüfft vernahm ich, daß auch Léon scharf werden konnte.

Ob das der richtige Moment war? Kurz entschlossen stieß ich die Tür ganz auf und platzte mitten in das heitere Familiengeplauder. Die Gräfin fuhr auf dem Absatz herum und starrte mich an. Sie sah so fassungslos und vom Donner gerührt aus, daß ihr makelloses Gesicht förmlich zu einer grotesken Porzellanmaske erstarrte. Ihr halb geöffneter Mund formulierte ein Wort, das nicht über ihre Lippen kam.

Léon fand zuerst seine Sprache wieder.

»Pam, Sie?«

Wäre ich geradewegs aus der Deckenverkleidung herabgeschwebt, die beiden hätten nicht verdutzter sein können. Verdutzt, weil ich einen peinlichen Streit gestört hatte, oder erschrocken, weil ich bei bester Gesundheit vor ihnen stand?

Die Gräfin faßte sich blitzschnell.

»Natürlich sie. Wie kannst du das nur fragen«, zischte sie, und ich überlegte, wen sie angriff. Ihren Sohn oder mich?

»Seit vierundzwanzig Stunden ist es nicht mehr möglich, in den eigenen Räumen ein privates Wort zu sprechen, ohne daß Mademoiselle Westby daran teilnimmt. Ich hoffe, Sie genießen den unmittelbaren Familienstreit, nachdem Sie sonst allein leben?«

Für einen kurzen Moment raubte es mir die Stimme. Meine weltgewandte Mutter wäre in dieser Situation zur Höchstform aufgelaufen, mir war der sarkastische Angriff höchst unangenehm. Ich haßte es, in die Verteidigung gedrängt zu werden, und auch der Gedanke an Aurélie half mir nicht weiter.

»Tut mir leid, daß ich Sie gestört habe. Ich bekam keine Antwort auf mein Klopfen. Ich wollte Ihnen nur Bescheid sagen, daß ich mich für das Abendessen entschuldige. Ich habe keinen Hunger und möchte früh zu Bett gehen.«

Eine lausige Ausrede, aber besser als gar keine. Warum war ich in solchen Dingen nicht geschickter? Jetzt hatte ich mich selbst ins Aus geschickt. Was war aus meinen tapferen Vorsätzen geworden, Detektiv zu spielen und den Tod meiner Freundin zu rächen? Zwei Sätze dieser Frau, und ich befand mich bereits auf der Flucht.

Léon sah mich mitfühlend an.

»Ich begreife gut, daß Sie der Ausflug heute nachmittag erschöpft hat. Arme Pam! Wir sagen der Küche, daß man Ihnen einen kleinen Imbiß ins Zimmer bringt. Zwingen Sie sich, ein bißchen zu essen. Morgen sieht das Leben sicher wieder freundlicher aus.«

Obwohl er hinter meiner Müdigkeit die falschen Gründe vermutete, tat mir seine Anteilnahme gut. Aus den Augenwinkeln sah ich, daß sich die Gräfin in einem Sessel niedergelassen hatte und mich fixierte wie eine Schlange ihre Beute. Dann glitt ein Lächeln über ihr Gesicht, und sie lehnte sich zufrieden zurück. Was um alles in der Welt konnte ihr im Lauf der wenigen Sätze, die wir gewechselt hatten, ein solches Maß an Vergnügen bereiten?

Léon trat näher und verdeckte mir die Sicht.

»Kann ich noch etwas für Sie tun, Pam?«

»Nein danke, vielen Dank. Gute Nacht.«

Ehe ich die Tür hinter mir zugezogen hatte, hörte ich noch die sanfte, fast schnurrende Feststellung seiner Mutter: »Und nun, liebster Léon, möchte ich speisen. Die Tatsache, daß du trotz deiner Fehler eine neue Chance bekommen hast, müßte dich über alle Maßen erfreuen. Du weißt, ich erwarte, daß du dein Bestes tust.«

»Du kannst dich voll auf mich verlassen, Mama.«

Wobei sollte Léon sein Bestes geben? Obwohl der Verdacht nahelag, daß die Unterhaltung sich auf den Anschlag bezogen haben könnte, dem ich so haarscharf entkommen war, schloß die Reaktion der Gräfin auf mein Auftauchen diese Tatsache doch völlig aus. Wäre es ihr Plan gewesen, daß ich jetzt mit zerschmetterten Knochen am Fuß des Erdrutsches läge, sie hätte nicht so sichtlich zufrieden ihre rot lackierten Krallen an mir gewetzt.

Andererseits, bei der ›Kleinen‹, die sonst fortgeschickt worden wäre, konnte es sich durchaus um mich handeln. Léon war nicht der erste, der mir diesen Titel verliehen hatte, und auf die Gastfreundschaft seiner Mutter brauchte niemand zu hoffen. Trotzdem hatte ich nichts gesagt oder getan, das im geringsten den Beinamen raffiniert verdienen würde. Im Gegenteil, der spontane Einfall, Aurélie zu besuchen, entpuppte sich mehr und mehr als riesengroße Dummheit.

Zu diesem Schluß gekommen, verdrängte ich alle Spekulationen und ging früh zu Bett. Der Tag war nicht nur sehr lange, sondern auch sehr aufregend gewesen. Ich schloß die Augen und versuchte mich an ein paar Regeln des autogenen Trainings zu erinnern, auf das meine Mutter schwor, um ihr Lampenfieber zu bekämpfen. Ich weiß nicht, wie lange es dauerte, bis ich in einen unruhigen, von wirren Träumen heimgesuchten Schlaf sank.

Ich erwachte schlagartig, mit dem Bewußtsein, nicht allein im Raum zu sein. Mein Herz raste, und mein Kopf fühlte sich glühend heiß an. Durch das halboffene Fenster fiel eine silbern kühle Bahn aus Mondlicht auf den Teppich und schenkte den eingeknüpften Blumen geheimnisvolles Leben. Es war hell genug, um zu erkennen, daß ich mich täuschte. Ich war allein.

Was hatte mich geweckt? Ein Geräusch? Außer dem gleichmäßigen Sirren der Grillen, das von draußen hereindrang, herrschte nächtliche, vollkommene Stille über Thivale. Ich setzte mich auf und knipste die Lampe an. Ein gestörter Nachtfalter taumelte gegen den hellen Schirm, und sein Schatten tanzte über die Wandbehänge und polierten Holzpaneele.

Ich konnte wieder normal atmen und lehnte mich halb gegen das geschnitzte Kopfteil meines Bettes. Ein Wunder war es nicht, daß ich unter Alpträumen litt. Außerdem hatte ich Durst. War eigentlich noch Tee in der Kanne im Badezimmer? Ich tapste barfuß in das geflieste Kabinett und goß den Rest Tee in eine Tasse. Auf dem Rückweg ließ die Schwingung des Holzfußbodens die Tür des Kleiderschrankes aufgehen, den ich nicht richtig geschlossen hatte. Ich versuchte, sie mit dem Ellbogen zurückzustupsen und vergoß dabei ungeschickt einen Teil Tee über das Vorderteil meines Nachthemdes.

»Verdammt ...«

Auch das noch. Ich stellte die tropfende Tasse auf einem Papiertuch ab und betrachtete die Bescherung. So schnell würde das nicht trocknen, ich mußte mich umziehen. Erst jetzt merkte ich, wie kühl die Nachtluft war, und ich beeilte mich, das Nachthemd vom Wäschestapel zu nehmen. Leider riß ich dabei noch einen Teil anderer Wäsche heraus und mußte, schimpfend über meine eigene Unfähigkeit, frierend alles wieder zusammenlegen.

Als meine Finger auf dem Schrankbett gegen einen Widerstand stießen, dachte ich an nichts Besonderes. Ein Kleiderbügel? Eine Schachtel? Ungeduldig faßte ich zu und zog an dem schweren Gegenstand. Und dann erkannte ich, was ich in der Hand hielt, und meine Finger öffneten sich von selbst ...

Mit einem dumpfen Poltern fiel Aurélies Tagebuch auf den Teppich zu meinen Füßen. Die Kartonblätter öffneten sich beim Sturz, und ich schaute in das lachende, liebenswerte Gesicht meiner Mutter. Sie trug das Kostüm der Pamina aus Mozarts ›Zauberflöte‹. Ihre Lieblingsrolle. Die Partitur, nach der sie ihre Tochter benannte, in der Hoffnung, daß sie ebenso bezaubernd, schön und verführerisch würde wie jene Pamina. Daß nun eine praktische, vernünftige, unmusikalische Köchin mit diesem vermaledeiten Namen herumlief, ließ sich nicht mehr ändern.

»Aurélie ... mein Gott ...«

Ich wischte mir mit den Fingern die Augen aus. Sah ich richtig? Wie kam das Album wieder an seinen ursprünglichen Platz? Träumte ich? Nach dem Mittagessen hatte ich jeden Zentimeter dieses Schrankes untersucht. Jedes Fach, jede Luke, jede Vertiefung, jede Schublade. Entweder war ich blind gewesen, oder dieses Buch war erst viel später wieder an seinen alten Ort zurückgelegt worden.

Ich stockte ... eventuell sogar erst vor wenigen Minuten? Ich starrte auf die Tür. Konnte das Geräusch, welches mich geweckt hatte, das Zuziehen dieser Tür gewesen sein? Hastig drehte ich den altmodischen Schlüssel zweimal herum. Beim Zubettgehen hätte ich an diese Vorsichtsmaßnahme denken müssen.

»Aber vielleicht ...«

Ich brach ab, meine Stimme klang unnatürlich laut durch die Stille, und ich vollendete den Satz im Geiste. Vielleicht wäre ich dann nicht wieder in den Besitz des Tagebuches gekommen. Was mich automatisch zur nächsten Frage brachte, zum großen Warum?

Schaudernd merkte ich, daß ich noch immer in meinem feuchten Nachthemd herumstand. Kurz entschlossen wechselte ich die Nachtwäsche, legte das Buch neben die Lampe und vergrub mich bis zur Nasenspitze unter der Bettdecke. Eine Erkältung durfte ich mir jetzt nicht leisten. Sobald ich mich besser fühlte, griff ich nach dem Album. Keine Veränderung. Alles wirkte normal. Die großen Bilder saßen fest in ihren durchsichtigen Fotoecken und ließen auf den ersten Blick keinen Schluß auf das Geheimnis zu, das sie verbargen.

Konnte Léon in Aurélies Zimmer bemerkt haben, daß ich etwas las? Wie lange hatte er mich, in der offenen Tür stehend, eigentlich beobachtet? Schwer zu sagen. Sicher war nur eines, dieses Mal würde ich nicht aufhören zu lesen, bis ich bei der letzten Zeile von Aurélies Aufzeichnungen angelangt war. Dann kannte ich vielleicht auch die Antwort darauf, warum dieser Band entwendet und wieder zurückgebracht worden war. Oder rechnete man damit, daß ich das ›Ausleihen‹ nicht wahrnehmen würde? Oder daß ich, falls ich den Verlust entdeckte und das Buch dann wiederfand, meine eigene Schusseligkeit dafür verantwortlich machte?

Die ersten Notizen waren relativ uninteressant, vieles wußte ich aus meinen regelmäßigen Telefonaten mit Aurélie. Dann lange Zeit Pause und schließlich der erste Hinweis auf die neue Ehefrau ihres Vaters:

›Constance Lacorte. Vater muß den Verstand verloren haben. Seine Porzellanfiguren aus Sèvres sind lebendiger als diese Eiskönigin. Wenn er auf seine alten Tage ein bißchen Abwechslung und Liebe sucht, wird er sich täuschen ...‹

Danach folgten ihre schriftlichen Wutausbrüche über die geplante Heirat.

›Ich fahre nicht ins Beaujolais, um für diese Person die Brautjungfer zu spielen. Papa wird schon sehen, was er sich mit dieser Dame angetan hat. Und wie sie auch noch diesen Sohn aus der Versenkung gezaubert hat, meisterhaft. Ich würde mich nicht wundern, wenn sie darauf hinarbeitet, daß Papa mich enterbt und dieser Lackaffe Herr auf Thivale wird. Aber nicht einmal um diesen Preis werde ich mich entschuldigen!‹

Ganze fünf Monate waren die beiden verheiratet gewesen, da erhielt Aurélie die Nachricht vom Tode ihres Vaters. Ihre Verzweiflung, ihre Reue und ihre Trauer konnte ich nur ahnen. Sie hatte nur wenig schriftlich festgehalten. Lediglich ein Satz bewies mir, daß sie Hilfe gesucht haben mußte.

›Gott sei Dank, daß Lisa gerade in Paris ist. Ohne sie wäre ich verrückt geworden.‹

Die folgenden Notizen datierten aus Thivale. Hier begann auch die Serie der Aida-Fotos, die mir aufgefallen war.

›Ohne Papa ist dieses Schloß nur ein Haufen alter Steine. Ich begreife nicht, was Philippe daran so einmalig und bedeutend findet. Meinetwegen könnte er das Schloß haben und damit selig werden. Ich neide ihm weder die hervorragend einsame Lage noch die Sorgen um das verdammte Gut, die Rebläuse, den Weinabsatz und die EG-Normen. Papa hat ihn richtig eingeschätzt. Er wird damit glücklich sein und sich nie etwas anderes wünschen. Er gehört zu diesen nervtötend selbstsicheren Menschen, die stets genau wissen, was sie wollen. Pam ist die gleiche. Ob ich die beiden mal miteinander bekannt machen sollte?‹

Ich starrte auf den bestickten Baldachin über meinem Kopf. Es berührte mich eigenartig, meinen Namen in Verbindung mit Philippe de Thivale zu lesen. Es klang, als hätten wir einen Schritt aufeinander zugemacht. Ich freute mich spontan und verpaßte mir sofort eine energische Verwarnung. Es gab wichtigere Dinge im Moment. Und außerdem wollte ich nicht im geringsten darüber nachdenken, was ich für Philippe empfand. Wenn ich es einfach ignorierte, war es auch nicht vorhanden. Ich mußte nur fest daran glauben. Ich las weiter.

›... ein hervorragender Krach mit der Eiskönigin. Sie würde mir am liebsten Zyankali ins Frühstück tun. Ein Glück, daß Tante Annette für mich sorgt, ihr kann ich wenigstens trauen.‹

Das Leben im Schloß bestand im folgenden nur aus Streit und

Zwistigkeiten. Und dann der erste richtige Hinweis, daß Aurélie konkrete Vorwürfe zum Tode ihres Vaters erhob.

›Ich habe ihr gesagt, daß ich Papas Auto von einem Sachverständigen prüfen lassen möchte. Es erscheint mir unglaublich, daß er ohne Gegenverkehr auf einer Straße, die er wie seine Westentasche kannte, verunglückt sein soll. Es muß ein technischer Defekt am Wagen vorliegen. Als sie hörte, daß der Mann von der Spezialfirma aus Lyon in drei Tagen kommen soll, hat sie die Fassung verloren. Ich kann es nicht beweisen, aber ich bin sicher, daß sie etwas mit Papas Tod zu tun hat.‹

Dann die Notiz über die Auseinandersetzung im Arbeitszimmer. ›... sie weigert sich, mir den Tresorschlüssel zu geben. Gleichberechtigte Erben sollen wir sein, daß ich nicht lache. Sie wartet brennend darauf, daß ich meine Koffer packe und nach Paris verschwinde. Da kann sie lange warten ...‹

Und schließlich:

›Annette behauptet, daß die Eiskönigin einen Geliebten hat. Einen Antiquitätenhändler in Villefranche, den sie schon besucht habe, als Papa noch lebte. Angeblich hat er sie zur Rede gestellt und gedroht, sein Testament zu ändern. Vorher ist er verunglückt. Merkwürdig.‹

Es folgte die kurze Geschichte der verschwundenen Jadesammlung und einige wütende Zeilen darüber, daß die Gräfin Annette de Thivale von ihrer Position als Dame des Hauses verdrängt und in die Küche verbannt hatte.

›Sie hat eine Verabredung in Villefranche. Ich habe das Telefongespräch zufällig gehört, und ihr Schönling ist noch bis morgen in Lyon. Geschäftlich angeblich. Ich möchte wetten, daß er Papas Jade-Sammlung verkauft. Darum muß ich mich später kümmern. Heute nachmittag, wenn beide aus dem Schloß sind, kann ich mich endlich in aller Ruhe umsehen ...‹

Sie mußte diesen Vorsatz in die Tat umgesetzt haben, denn die nächsten Sätze führten dazu, daß ich mich abrupt aufsetzte und nach Luft rang.

›... ahnte, daß sie im Geheimfach des Sekretärs ihre Papiere aufbewahren würde. Dumme Gans. Jede Frau, die auf Thivale lebt, kennt den Mechanismus dieser Schublade. Die Urkunde ist der Beweis.

Jetzt ist sie dran! Constance Lacorte ist eine Bigamistin. Sie war nie rechtskräftig mit meinem Vater verheiratet, da ihre Ehe, die sie in Algerien geschlossen hat, nie geschieden wurde. Es gibt auch keine Unterlagen, daß der Mann verstorben ist. Hurra! Etwas Besseres kann Philippe und mir nicht passieren. Wir werden die Dame mitsamt ihrem Sohn umgehend los! Endlich!‹

Aurélie war sich aber auch der Gefahr dieser Entdeckung bewußt gewesen.

›Ich muß das Dokument verstecken, bis ich den Bericht des Gutachters in den Händen halte. Sollte sie etwas mit Papas Tod zu tun haben, kommt sie mir nicht so leicht davon... Ich habe ein Wahnsinns-Versteck gefunden. Nicht einmal unsere Gräfin wird ihre Heiratsurkunde jemals wieder finden. Dafür müßte schon Pam kommen, meine ehrgeizige Pam, die über ihren Kochtöpfen im schrecklichen Antibes so viel Arbeitswut entwickelt, daß sie nicht einmal Urlaub nehmen kann. Schade, sie hätte sicher ihre helle Freude an meinem tollen Einfall. Und Lisa erst. Ich wollte, sie wäre bei mir und könnte den Auftritt genießen, den Madame Constance Lacorte ablegt, wenn ich ihr mitteile, daß sie kein Recht hat, weiterhin den Titel einer Gräfin Thivale zu tragen. Solange ihre Heiratsurkunde in meinem Besitz ist, kann sie mir nichts anhaben...‹

Die Schrift brach auf der Hälfte des vorletzten Bildes ab. Danach gab es keine Eintragungen mehr. Keine Informationen, ob es zu der angekündigten Konfrontation gekommen war und wie das Ergebnis aussah. Auch kein Hinweis darauf, ob der Sachverständige das Autowrack geprüft und wie sein Bericht gelautet hatte. Sollte dieser Bericht nach Aurélies Tod eingetroffen sein, befand er sich in den Händen der Gräfin.

»Ein Wahnsinn...«, murmelte ich und ließ das Buch sinken. Jetzt mußte ich mich nicht mehr fragen, warum es auf so wunderbare Weise wieder in meinem Schrank gelandet war. Aurélie selbst hatte den nötigen Hinweis gegeben. Wenn jemand das Versteck und die wichtige Urkunde finden konnte, dann nur Pam Westby.

Dem Datum nach wurden die letzten Zeilen des Tagebuches achtundvierzig Stunden vor Aurélies Tod geschrieben. Für mich gab es keinen Zweifel mehr daran, daß sie ermordet worden war. Anschließend suchten der oder die Täter die verschwundene Urkunde wie eine Stecknadel im Heuhaufen. Wo hatte ich diesen Vergleich heute schon gehört?

Natürlich, Léons Auseinandersetzung mit seiner Mutter. Täuschte ich mich in ihm? Steckte hinter seinem sanften, liebenswürdigen Aussehen ein eiskalter Verbrecher?

Ich fror, obwohl ich geborgen unter meinen Decken lag, denn plötzlich wurde mir klar, warum die Gräfin so erfreut gewesen war, daß ich den Anschlag auf dem Weg nach Thivale überlebt hatte. Kein Wunder, sie benötigte mich, um das wichtige, verschwundene Dokument zu finden. Entgegen ihren Erwartungen waren ihre Probleme durch das Auftauchen des Tagebuches nicht gelöst worden.

Aurélies ahnungslose Freundin war in ihren Augen die Trumpfkarte im Spiel um den endgültigen Besitz des ergaunerten Vermögens. Fand sie mit meiner Hilfe diese Urkunde wieder, war die Gefahr gebannt, daß ihr jemand den Titel streitig machte. Dann würde sie in aller Ruhe Thivale an den meistbietenden Interessenten verkaufen, das Geld in Sicherheit bringen, und die wahren Erben, nämlich Philippe und Annette, ständen auf der Straße.

Ich versuchte das schreckliche Gefühl zu verdrängen, daß ich in eine schlau gestellte Falle getappt war und tun mußte, was man mir befahl. Wenigstens hatte ich genügend Vernunft besessen, um mich Léon nicht anzuvertrauen. Außerdem konnten mich weder seine Mutter noch er zu dieser Suche zwingen. Wenn ich einfach so tat, als ob ich mit Aurélies rätselhaften Andeutungen nichts anzufangen wüßte? So, wie die Dinge im Augenblick lagen, hatten beide kein Mittel in der Hand, Druck auf mich auszuüben. Oder doch?

Die unbeantwortete Frage ängstigte mich. Die Nacht war von einer unheimlichen Stille. Kein Windhauch bewegte die Vorhänge. Ich löschte das Licht und legte das schwere Buch auf das Tischchen neben meinem Bett. Es brachte nichts, auf die Schriftzüge zu starren. Ich lehnte mich in die Kissen. Was zum Kuckuck konnte Aurélie gemeint haben?

An Schlaf war nicht zu denken. Die Dunkelheit milderte zwar meine Furcht, aber dafür warf ich mich ruhelos von einer Seite auf die andere. Falls mir die Lösung des Rätsels einfiel, was würde ich damit anfangen? Mit dieser Heiratsurkunde hielt ich nicht zuletzt Philippes Zukunft in meiner Hand. Sobald ich ihm dieses Papier gab, war er der rechtmäßige Besitzer von Schloß und Vermögen. Ob er mich dann auch noch als konfuses Huhn bezeichnete, das zu viele Kriminalromane las?

Ich sah sein Gesicht vor mir. Die hellen Augen, die so besorgt und freundlich dreinschauten, wenn er einmal seine übliche Arroganz für ein paar Minuten vergaß.

Es waren erfreuliche Träume, die die Schrecken des Tages unmerklich in den Hintergrund drängten. Ich merkte nicht mehr, wie ich erschöpft und lächelnd einschlief.

9

Angenehme Wärme berührte mein Gesicht, und Helligkeit drang durch meine geschlossenen Lider. Reglos blieb ich liegen. Wenn ich keine Bewegung machte, nicht atmete, würde das die Zeit anhalten? Kindische Träume. Irgendwann rang ich nach Luft und blinzelte in die Bahn breiten Sonnenlichtes, das quer über mein riesiges Bett fiel. Ich vermochte mich nicht länger zu drücken. Immerhin, dieser Tag hatte einen entscheidenden Vorteil im Gegensatz zu gestern: Heute kannte ich meine Feinde.

Kurz nach neun. Ob ich heute ein Frückstück bekam oder ob ich mich zu Annette schleichen konnte, ohne die Aufmerksamkeit der Hausherrin und ihres Sohnes zu erregen?

Als ich den Schlüssel zurückdrehte und meine Tür öffnete, stolperte ich fast über ein kleines Tablett, auf dem neben einer Thermoskanne mit Kaffee, einem Kännchen Milch, etwas Zucker und einem Korb knusprig frischen Hörnchen auch eine halb aufgeblühte, dunkelrote Wildrose in einer schmalen Silbervase stand. Léon? Philippe? Annette?

Dankbar dafür, daß mir auf nüchternen Magen die Konfrontation im Eßzimmer erspart blieb, zog ich mir ein Tischchen vor die gepolsterte Fensternische und begann zu frühstücken. Meine Freundin, das Fräulein Taube, pickte emsig die Bröselchen, die ich ihr hinlegte, und wurde von Mal zu Mal zutraulicher. Sie hörte mir zu, wie ich meinen Plan mit ihr besprach, ohne ihre dunklen Knopfaugen von mir zu nehmen.

»Ich werde Philippe das Buch zeigen, meine Liebe. Meine Vermutungen kann er als Hirngespinste abtun, aber Aurélies Schrift wird er ja wohl kennen.«

Der Einfall schien gut, und ich fühlte mich schlagartig besser. Philippe würde wissen, was wir danach unternehmen konnten. Er wußte über das Schloß Bescheid, und an seiner Seite würde mir auch die Gräfin nichts anhaben können.

»Halt mir die Daumen, du Taube«, verabschiedete ich mich, nachdem ich das Tagebuch in eine voluminöse Leder-Umhängetasche gesteckt hatte, die ich diesmal bei mir trug.

Das Glück blieb mir gut gesonnen. Ich begegnete keiner Menschenseele, während ich mich auf den Weg in die Küche machte. Meine Ausrede, daß ich dem Personal Arbeit ersparen wolle und das Tablett selbst zurückbrächte, wurde nicht in Anspruch genommen, und auch Annette mußte ich nicht suchen. Sie saß wie eine gemütliche Großmutter, die ihre Enkelchen zum Spielen an die Sonne geschickt hat, an der Ecke des Tisches und palte mit akribischer Gründlichkeit Erbsen aus. Im Hintergrund plärrte ein Kofferradio die Zehn-Uhr-Nachrichten von France Inter. Ich lächelte ihr zu.

»Guten Morgen, Mademoiselle. Stellen Sie das Zeug nur auf die Anrichte. Geht es Ihnen gut? Es war sehr lange Licht im Turmzimmer in dieser Nacht?«

Beobachtete sie mich? Ich schwieg.

»Sie sollten vorsichtiger sein, mein Kind. Ein Menschenleben ist schnell ausgelöscht …«

Es war so leise gesagt, daß ich den Sinn der Worte erst mit Verzögerung begriff. Ich schluckte.

»Wie … Wie meinen Sie das?«

»So, wie Sie es gestern erlebt haben, als Sie für Sekunden dachten, daß Sie Aurélies Schicksal teilen müßten.«

Woher wußte sie? Philippe? Mein künstlicher Optimismus brach zusammen. Sie hatte recht. Es genügte nicht, die Schrecken einfach zu verdrängen. Sie blieben existent! Ich warf ihr einen neugierigen Blick zu. Die freundliche Großmutter war verschwunden, hatte sich in eine Mischung aus Hexe und Wahrsagerin verwandelt, durch deren Finger Erbsen glitten, während sie einen fixen Punkt hinter mir an der Wand betrachtete.

»Verlassen Sie Schloß Thivale, Kind. Nehmen Sie Ihr Auto, sobald es repariert ist, legen Sie Ihren Koffer hinein und fahren Sie ohne Abschied. Sie finden nie wieder einen Tag, an dem Ihnen das Schicksal eine solche Chance gibt. Die Gräfin und ihr Sohn sind nach Lyon zur Bank gefahren ...«

Wider Willen spürte ich die Gänsehaut auf meinen Armen. Ich wünschte, statt des sommerlichen T-Shirts einen Pulli angezogen zu haben. Trotzig schob ich mein Kinn vor.

»Ich laufe nicht davon. Ich bin es Aurélie schuldig, daß ich zu Ende bringe, was sie angefangen hat.«

»Ich habe Sie gewarnt, Kind ...«

Dessenungeachtet glaubte ich in ihren Zügen die Befriedigung über meinen Entschluß zu lesen. Das dumpfe Gefühl, geschickt manipuliert worden zu sein, streifte mich. In einer Beziehung hatte sich Aurélie getäuscht. Ihre Tante war weder eingeschüchtert, noch war sie bereit, eine Niederlage anzuerkennen. Es gehörte mehr dazu, eine Kämpfernatur wie diese alte Dame zum Aufgeben zu zwingen. Allerdings machten mir ihre düsteren Prophezeiungen nicht gerade Mut. Es wurde höchste Zeit, daß ich mit einem Menschen sprach, der mit beiden Beinen auf der Erde stand und die Lage nüchtern beurteilen konnte. Ich sah mich suchend um.

»Laufen Sie und legen Sie Ihren Kopf auch in diese Schlinge? Er ist im Weinkeller.«

»Wer ist im Weinkeller?«

»Er. Philippe. Oder reden wir von jemand anderem?«

Das durfte wohl nicht wahr sein! Unsere Augen trafen sich. Meine vermutlich ertappt und ein bißchen schuldbewußt, die ihren amüsiert und eine Spur mitfühlend.

»Ich habe Sie nicht wegen ihm gewarnt, Mademoiselle, obwohl mein Sohn auch seine Tücken hat. Aber Sie sind alt genug, Ihre eigenen Entscheidungen zu treffen. Er ebenfalls. Ich glaube nur, dies ist nicht der richtige Zeitpunkt für Liebesgeschichten. Sie könnten unter keinem guten Stern stehen.«

Liebesgeschichten! Pah! Wenn das nicht übertrieben war. Ich floh mit einem gemurmelten Gruß nach draußen und hoffte, daß sie nicht gesehen hatte, wie ich rot wurde.

»Nun bild dir nur keine Schwachheiten ein, liebe Pam. Daß die Mutter nichts gegen dich hat, bedeutet noch lange nicht, daß der Sohn von dir hingerissen ist!« rief ich mich selbst zur Ordnung. Der schwere Riemen meiner Schultertasche brachte mir zudem in Erinnerung, daß ich Wichtigeres zu tun hatte.

Im Innenhof störte ich drei Tauben beim Vormittagsspaziergang, und Nou-Nours, der auf der Haupttreppe in der Sonne lag, hob kurz seinen plüschigen Kopf. Immerhin schien er mich soweit akzeptiert zu haben, daß er nach kurzer Kontrolle wieder zurücksank und die Augen schloß.

Das kaum lesbare Pappschild für mutige Touristen, die sich bis zum Schloß vorgekämpft hatten, ›Cave fermé‹, wies mir meinen Weg zum Keller. Die grobe Pforte stand offen, und dahinter führten ausgetretene Steinstufen in dämmrige Tiefe hinab. Vorsichtig tastete ich mich nach unten. Im ersten Moment konnte ich nach dem Sonnenlicht draußen kaum etwas erkennen. Dann nahm ich die Umrisse der mächtigen Alufässer wahr, die gereinigt und leer auf die nächste Ernte warteten. Eine nackte Glühbirne baumelte an einer einfachen Fassung von der gekalkten Decke, und ich gewahrte Philippe, noch ehe er mich sah. Er lehnte an einem klobigen Holztisch, der aus einem einzigen, oben abgeflachten Stück Stamm geschnitzt war. Die Metallplatte mit dem Klemmbügel, auf der er einige Papiere befestigt hatte, lag schräg auf seinen Knien, und er sah so bekümmert und allein aus, daß mir mein Gruß auf den Lippen erstarb. Nachdenklich betrachtete ich ihn. Im Grunde genommen war sein Gesicht zu hager, und die Züge zu hart, um attraktiv zu sein, besonders jetzt, wenn er nicht sprach. Die große Nase beherrschte das Gesicht, aber er wirkte... das Wort fiel mir ganz spontan ein, er wirkte vertrauenerweckend. Ein Mann, auf den man sich verlassen konnte, an dessen Seite einem nichts passieren würde.

»Philippe.«

Er fuhr herum, erschrak, faßte sich wieder.

»Pam, du meine Güte, wollen Sie meinen ersten Herzinfarkt auf dem Gewissen haben? Wie kommen Sie hierher?«

»Ihre Mutter gab mir den Tip.«

»Und wie habe ich die Ehre verdient, daß Sie mich suchen?«

Ich dachte an unseren Abschied am Abend zuvor, meine impulsive Wut darüber, daß er mir nicht geglaubt hatte. Doch ich wollte nicht gleich mit der Tür ins Haus fallen.

»Versprachen Sie nicht, sich um mein armes Auto zu kümmern? Haben Sie etwas erreicht?«

Das Lächeln verschwand aus seinen Augen und machte einem so düstern Ausdruck Platz, daß ich einen Schritt zurückwich und mit dem Rücken gegen die kühlen Steinmauern stieß.

Endlich nickte er.

»Ich habe Ihren Wagen heute früh selbst abgeschleppt und in die Garage nach Odenas gebracht. Möglicherweise ist die Achse beschädigt, aber das müssen sie erst prüfen. Falls nicht, können Sie das gute Stück gegen Abend schon wieder abholen. Ich fahre Sie gern hin ...«

Eine normale Auskunft, aber da war so ein seltsamer Unterton in seinen Worten. Mein Mißtrauen erwachte.

»Sie sagen mir nicht alles, oder?«

»Tja ...«

Er wich meinen Augen aus und klatschte sich ungeduldig mit der Metallplatte auf den Oberschenkel.

»Es stimmt. Nach Ihrer abenteuerlichen Geschichte machte ich mir die Mühe, die Umgebung ein bißchen genauer zu durchforsten. Ich bin sogar durchs Gebüsch gekrochen und habe ein paar Ameisen erschreckt. Ehrlich gesagt, eigentlich nur, damit Sie mich nicht wieder mit diesen wütenden Augen ansehen und mich für einen taktlosen Lümmel halten ...«

Ich preßte die Lippen zusammen und verkniff mir den Protest, den er erwartete.

»... und ich habe etwas gefunden. Etwas sehr Seltsames.«

Er faßte in die Hosentasche seiner mehr zerbeulten als schönen Cordhose und präsentierte mir auf der flachen Hand einen matt und kostbar glänzenden Gegenstand. Ich begriff nicht gleich.

»Eine Uhr, na und?«

»Sie sollten sich das gute Stück genau ansehen.«

Ich trat heran und erkannte Einzelheiten.

»Eine Rolex. Nach Größe und Armbandweite ein Herrenmodell. Aus der Luxus-Serie. Mein Vater trug so eine. Wenn ich mich richtig erinnere, muß eine alte Frau ziemlich lange stricken, bis sie das Geld dafür beisammen hat.«

Philippe quittierte den müden Scherz mit einem lautlosen Auflachen.

»So kann man es auch beschreiben. Pam, wir sind nicht gerade arm, in den Weinbauern-Kreisen im Beaujolais, aber sogar ich kenne weit und breit nur einen einzigen Menschen, der sich das zweifelhafte Vergnügen leistet, fast einhunderttausend Francs am Handgelenk spazierenzutragen.«

Ich wußte die Antwort, ehe er den Namen aussprach.

»Léon Lacorte.«

Wo blieb nur mein Verstand! Ich hatte die Uhr doch selbst gesehen. Gestern nachmittag, als er davon sprach, das Paket für seine Mutter abholen zu müssen.

»Wo lag das Ding?«

»Zwischen den Rebstöcken«, antwortete Philippe. »Dort, wo nach Ihren Angaben das Warnschild irgendwo versteckt war. Nein, Pam, spekulieren Sie noch nicht, es könnte doch ein Zufall ...«

»Quatsch«, fiel ich ihm rücksichtslos ins Wort. »Werfen Sie mir jetzt bloß nicht wieder meine Kriminalromane vor. Ich lese nie welche. Wenn ich es täte, wüßte ich viel besser, was jetzt zu tun wäre. Sicher ist nur eines, Léon trug diese Uhr bis zur Mitte des gestrigen Nachmittags an seinem Handgelenk. Ich erinnere mich jetzt. Schließlich habe ich es schon von Berufs wegen gelernt, Menschen nach Kleidung, Schmuck und Benehmen zu beurteilen. Léon Lacorte bevorzugt in allem die oberste Kategorie.«

»Auf Kosten der Thivales.« Philippe hörte sich bitter an. »Und wo stehe ich in Ihrer Liste? Vermutlich bekäme ich in Ihrem geplanten Traum-Restaurant binnen Kürze ein dickes Lokal-Verbot, hm?«

Ich spürte das Blut in meinen Wangen und dankte im stillen für die diffuse Beleuchtung in diesem Gewölbe. »Sie machen sich lustig über mich«, protestierte ich lahm und mied seinen Blick.

»Aber Pam.« Sein Arm zog mich unaufhaltsam näher, obwohl ich steif und verlegen widerstrebte. »Ich mache mir Sorgen um Sie. Eine kleine, schlagfertige Spinnerin mit zuviel Fantasie wäre mir viel lieber wie ein Mädchen, das seine Finger ahnungslos in ein Wespennest gesteckt hat. Es wäre Sache der Polizei, sich um diese Dinge zu kümmern, wenn tatsächlich ein Verdacht vorliegt.«

Mein Herz klopfte mir bis in den Hals hinauf. Was war das nun, eine merkwürdige Liebeserklärung oder eine kühle Diskussion der Lage? Ich gab der Versuchung nach und legte meinen Kopf an die breite Schulter. Der Stoff seines Hemdes fühlte sich rauh und warm an. Ich genoß die Illusion vorübergehender Sicherheit.

»Wer redet hier Unsinn?« widersprach ich endlich. »Die Polizei will Beweise, und was können wir schon beweisen? Daß ich Schilder gefunden habe, die normalerweise in die Mitte der Straße gehören? Daß wir eine Uhr besitzen, die normalerweise Léon Lacorte gehört? Wenn's dumm kommt, bezichtigt man uns noch des Diebstahls. Pleite genug sind wir alle beide dafür, um ein Motiv zu haben.«

Ich merkte ihm an, daß er der gleichen Meinung war und diese Überlegungen längst schon angestellt hatte. Wir steckten fest. Wenn nicht ein Wunder geschah …

»Von wegen!«

Ich befreite mich unvermittelt aus seinen Armen und bemerkte im Unterbewußtsein sehr wohl sein enttäuschtes Gesicht darüber. Indes, es war nicht die Zeit für solche Dinge, Annette behielt einmal mehr recht. Philippes frappierendes Verhalten war schuld daran, daß ich für ein paar Augenblicke völlig vergessen hatte, warum ich ihn gesucht hatte. Ich holte tief Atem.

»Was würden Sie sagen, Philippe, wenn ich echte Beweise hätte? Vielleicht sogar auch eine Spur, um weiteres Material zu finden?«

Er sah keinen Zusammenhang darin, daß ich automatisch nach meiner Umhängetasche griff.

»Das ist kein Detektivspiel, Pam. Das hier kann bitterer Ernst werden.«

Ich senkte den Kopf.

»Dessen bin ich mir voll bewußt. Schon von dem Moment an, als mir Ihre Mutter am Telefon sagte, daß Aurélie tot ist. Kannte sie denn keiner von euch richtig? War es euch nicht der Mühe wert, mehr über sie zu erfahren?«

Philippes sorgenvolle Miene erhellte ein schwaches Lächeln.

»Bei sieben Arbeitstagen in der Woche, von denen die meisten zwischen fünfzehn und siebzehn Stunden lang waren, blieb mir sehr wenig Muße, mich um meine gelangweilte Cousine zu kümmern. Und – ehrlich gesagt – ich schenkte ihrem Versprechen, mir zu helfen, auch keinen besonderen Glauben.«

Léons Erzählungen fielen mir ein.

»Auch kein Flirt? Keine Heiratsabsichten? Im Falle einer Ehe hätten Sie ein Mitspracherecht in den Belangen des Gutes gehabt.«

»Pam, um Himmels willen, vertun Sie unsere Zeit nicht mit Albernheiten. Wenn Aurélie Ihre beste Freundin war, müssen Sie wissen, daß wir beide uns nur auf die Nerven gehen konnten. Sie paßte so wenig aufs Land wie ich vermutlich nach Paris.«

Schuldbewußt machte ich einen Rückzieher.

»Tut mir leid. Léon wollte mir diesen Bären aufbinden, aber ich habe ihn keine Sekunde lang für Tatsache gehalten. Vergessen Sie es. Es gibt da eine andere Geschichte, die ich noch niemand erzählt habe. Passen Sie auf ...«

In kurzen, knappen Worten schilderte ich ihm, wie ich das Tagebuch gefunden, versteckt und verloren hatte, ehe ich mich genauer darin vertiefen konnte. Als ich zu den Ereignissen der vergangenen Nacht kam, schüttelte er fassungslos den Kopf.

»Und wo ist dieses Buch jetzt?« drängte er ungeduldig, nachdem ich zu Ende erzählt hatte.

Ich klopfte triumphierend auf meine Tasche.

»Hier!«

Ohne seine Bitte abzuwarten, ließ ich mich auf der Kante der Tischplatte nieder und zog das rote Samtalbum heraus.

»Bitte, Philippe. Sie müssen die Bilder aus den Fotoecken lösen. Sie schrieb stets auf die Rückseiten. Ein alter Internatstrick, damit keiner ihre Geheimnisse lüften konnte.«

Ich ging im Keller herum, während er die Eintragungen überflog. Ich war so ruhelos, daß ich nicht einfach stehenbleiben und warten konnte. Ich zwang mich auch, sein Gesicht nicht ständig zu betrachten. Es brachte mich auf dumme Gedanken, und schließlich konnte es doch sein, daß ich die beschützende Geste der liebevollen Umarmung vorhin einfach mißverstanden hatte. Ich konzentrierte meine Gedanken auf Aurélie. Wie schade, daß sie nicht mehr die Zeit gefunden hatte, ihre Auseinandersetzung mit der Gräfin zu notieren. Endlich ließ Philippe das Tagebuch sinken. Unsere Augen trafen sich.

»Das ist Wahnsinn, Pam. Absoluter Wahnsinn«, murmelte er.

»Ich würde sagen, das ist zur Abwechslung einmal die Wahrheit. Aurélie war sehr wohl dabei, zusammen mit den Ihren auch alle übrigen Probleme der Thivales zu lösen.«

»Und dieses Versteck? Glauben Sie, daß Sie diese Urkunde wirklich finden könnten?«

»Ehrlich gesagt, ich weiß es nicht.«

Ich setzte mich neben Philippe und baumelte nervös mit den Beinen.

»Dieses Schloß ist von einer so einschüchternden Größe, daß ich nicht einmal wüßte, wo ich anfangen sollte. Ich habe die halbe Nacht gegrübelt, aber dann bin ich eingeschlafen, ohne zu einem vernünftigen Ergebnis zu kommen.« Daß ich mit seinem Bild vor den Augen eingeschlafen war, verschwieg ich in diesem Zusammenhang lieber.

Philippe seufzte.

»Im Grunde genommen kann auch niemand von Ihnen erwarten, daß Sie es tun. So wie die Dinge heute liegen, wäre es das beste, Sie packen Ihre Koffer und nützen die Abwesenheit der Gräfin aus, um schnellstens ein paar hundert Kilometer zwischen sich und Thivale zu legen.«

Warum wollten mich nur alle loswerden?

»Ihre Mutter hat mir den gleichen Rat gegeben.«

Er klappte das Album zu und reichte es mir.

»Sie hat recht. Tun Sie es, Pam.«

Ich suchte seinen Blick.

»Aber wenn ich das Dokument finde, dann bedeutet das für Sie den Besitz. Alles das hier ...«

Meine Handbewegung umfaßte nicht nur den kühlen, hallenden Keller, sondern auch alles andere.

»Natürlich würde ich lügen, wenn ich sage, daß mich dieser Gedanke völlig kalt läßt«, gab er zu. »Trotzdem sollten wir die Finger davon lassen. Aurélie scheint ihre Neugier mit dem Tod bezahlt zu haben. Ich werde nicht zulassen, daß Ihnen das gleiche geschieht, Pam.«

Sehr fürsorglich, trotzdem kränkte mich die strikte Ablehnung meines Angebotes.

»Und wenn Sie mir dabei helfen, Philippe? Warum versuchen wir es nicht wenigstens? Gerade heute ist die Gelegenheit dafür so günstig wie nie.«

Hatte ich gehofft, ihn umzustimmen? Doch nicht Philippe de Thivale.

»Nein, Pam. Was könnten wir in diesen paar Stunden schon erreichen? Sie haben selbst gesagt, daß Sie keine Ahnung haben, wo Sie anfangen sollten. Das Vernünftigste ist, wir übergeben dieses Tagebuch der Polizei. Wir zwei sind keine Detektive!«

»Das kommt nicht in Frage!«

Wütend sprang ich auf. Warum wollte er sich nicht mit mir verbünden?

»Wenigstens in Aurélies Zimmer müssen wir uns gründlich umsehen. Vielleicht finde ich einen Hinweis. Ehe ich Mutters Bild sah, hatte ich Aurélies Angewohnheit, Tagebuch zu führen, ebenfalls vergessen.«

Philippe schüttelte den Kopf.

»Es ist viel vernünftiger, Sie packen Ihre Sachen, und ich bringe Sie zur Tankstelle.«

Ich hatte Mühe, den Schlag zu verdauen.

»Sie wollen mich also loswerden. Sie teilen mir auf diese Weise mit, daß mich Thivale und seine Bewohner nichts angehen. Vielen Dank, die Botschaft ist angekommen.«

Verdrossen preßte ich die Lippen zusammen. Die Enttäuschung brannte hinter meinen Lidern, und es fehlte nicht viel, ich wäre wie ein kleines Kind in Tränen ausgebrochen. Das Wechselbad aus Zärtlichkeiten und Ablehnung, dem mich Philippe unterwarf, war zuviel für meine Nerven.

»Ach, Pam. Warum glauben Sie eigentlich ständig, daß ich Sie angreife oder kritisiere? Ziehen Sie Ihre Krallen wieder ein, mir liegt doch nur Ihre Sicherheit am Herzen.«

»Sicherheit, pah!« Jetzt standen mir wirklich die Augen voll Wasser. »Es ist deine verdammte Arroganz, sonst nichts. Du kannst einfach nicht zulassen, daß dir eine so dumme Gans wie ich tatsächlich helfen könnte ...«

Ich schlug mir mit der Hand auf den Mund. Was hatte ich gesagt? Auch der ahnungsloseste Mann mußte erkennen, daß hinter diesem Ausbruch ein wenig mehr als nur gekränkte Eitelkeit stand. Wir sahen uns an, und der Ausdruck seiner hellen, fast zu blauen Augen machte mich verlegen. Nach endloser Zeit räusperte er sich endlich und begann mit einer merkwürdig heiseren Stimme zu sprechen.

»Ein Friedensangebot, Pam Westby. Wir sehen uns gemeinsam in Aurélies Zimmer um. Aber wenn du nichts findest, fahren wir zur Polizei nach Villefranche und erzählen dort deine Geschichte. Einverstanden?«

Kein Hinweis auf die unausgesprochenen Worte zwischen uns, lediglich die Tatsache, daß er ebenfalls zum Du übergegangen war, zeigte, daß er sie sehr wohl gehört hatte. Entwaffnet schlug ich in die dargereichte Hand ein und fand meine Finger in einem festen warmen Griff geborgen.

»Gut, also los. Ich denke, es hat keinen Sinn, die Sache länger hinauszuzögern.«

Er ging vor mir die ausgetretenen Steinstufen hinauf und beleuchtete den Weg mit einer Taschenlampe. Daß unsere Schatten an der rauhen Steinwand zu einem gemeinsamen Fleck verschmolzen, machte mir Mut. Philippe hatte nachgegeben! Um des lieben Friedens willen oder um mir einen Gefallen zu tun? Ich würde es herausfinden, so wie alles andere auch.

10

Die stillen, menschenleeren Gänge des Schlosses verstärkten das Gefühl, etwas Verbotenes zu tun. Ich glaube, wir waren beide erleichtert, als Philippe sorgsam Aurélies Zimmertür hinter uns schloß. Er sah sich um.

»Nun, wo willst du anfangen?«

»Ich weiß es nicht. Ich muß nachdenken.«

Seine Blicke folgten mir, während ich durch die Räume ging und mich schließlich mit dem Rücken an die Außenwand neben der Fensternische lehnte.

»Wir können als sicher annehmen, daß die Gräfin alle Schränke, Kommoden, Matratzen, alte Kartons und Kleider bis auf den letzten Winkel durchsucht hat«, faßte ich zusammen. »Es muß in jedem Fall ein Versteck sein, das höchst ungewöhnlich ist.«

Philippe trat an den Schreibtisch, ließ sich auf den Stuhl davor sinken und streckte seine langen Beine von sich.

»Und es muß etwas mit dir oder eurer Freundschaft zu tun haben, so habe ich es wenigstens verstanden.«

Unruhig stand er wieder auf und wäre fast mit der Gips-Burgfrau kollidiert, die den Stereoturm bewachte. Mit gerunzelter Stirn musterte er das Monster.

»Heiliger Himmel, wie kann man sich nur ein derartiges Nachtgespenst in den Weg stellen. Ich möchte wissen, wer Aurélie auf diese Schnapsidee gebracht hat?«

»Meine Mutter, Lisa Westby.«

»Die Opernsängerin? Betätigt sie sich auch als Bildhauerin?«

»Als kulturbeflissener Franzose würdest du wissen, daß das kein Nachtgespenst, sondern die weiße Frau ist.«

»Tja, damit hast du meinen wunden Punkt aufs übelste bloßgelegt. Wer, bitte, ist die weiße Dame?«

Das Geplänkel entspannte die ernste Lage, und wir tauschten ein Lächeln, ehe ich antwortete.

»Eine Oper von François Adrien Boieldieu. Der Herr wurde bei Paris geboren und zählt zu den bedeutendsten Vertretern der französischen Opéra comique. Meine Mutter sang vor ein paar Jahren die Titelpartie in der weißen Frau. Aurélie war damals so begeistert von der Aufführung, daß ihr Mama ein Souvenir versprach. Kein Wunder, daß Aurélie das Unding in Thivale auf die Seite räumte ...«

Philippe klopfte gegen den Kopf der Dame.

»Gips, wie profan! Wenn's wenigstens Marmor wäre ...«

»Warte mal ...«

Ich schlug die Hände vors Gesicht, versuchte mich zu konzentrieren. Da war etwas. Ein winzig kleiner Widerhaken, der in meinem Kopf ziepte und nagte.

»Pam, was ist? Dir ist etwas eingefallen, ja?«

Auch er schien in meinem Gesicht ohne große Schwierigkeiten lesen zu können. Ich ließ die Hände wieder sinken.

»In dieser Oper ... in der weißen Frau, geht es um einen Schatz, Philippe. Einen Schatz, der am Ende Familienehre und Liebe rettet. Anna, die Titelheldin, findet diesen Schatz im Sockel einer Statue, die zur Erinnerung an eine Ahnfrau im Schloß aufgestellt wurde. Im Sockel *dieser* Statue, Philippe, begreifst du?«

»Dann würde also …«

Wie auf Kommando starrten wir beide der Gipsfrau ins Angesicht, die mit leeren Augen hochnäsig über uns hinwegschaute. Philippe bückte sich und tastete den Sockel mit den Fingerspitzen Zentimeter für Zentimeter ab.

»Meinst du nicht, daß es eine Art Mechanismus geben müßte?« fragte er, sich wieder aufrichtend.

Ich zermarterte meinen Kopf und umschritt die Statue, um sie von allen Seiten in Augenschein zu nehmen.

»Es war etwas mit Drehen. Es kreischte fürchterlich, dann glitt die Figur zur Seite. Im Sockel muß so eine Art Kasten oder Fach sein, in dem damals der Schatz lag.«

»Warum werfen wir das häßliche Ding nicht einfach in den Hof hinunter?« schlug Philippe voll Galgenhumor vor.

»Natürlich!« Ich griff die Idee sarkastisch auf. »Dann lassen wir auch die Scherben liegen und schreiben der Gräfin einen Liebesbrief, wo wir ihre lebenswichtigen Papierchen gefunden und versteckt haben.«

»Pam, bitte.«

Ich seufzte schuldbewußt.

»Na, ist doch wahr. Manchmal frage ich mich schon, welcher Teufel mich geritten hat, vor zwei Tagen die Autobahn zu verlassen und hierherzukommen.«

»Du wolltest Aurélie besuchen, die angeblich deine beste Freundin war.«

Beschämt senkte ich den Kopf. Er hatte recht. Es war kindisch und sehr albern, sich über Dinge aufzuregen, die man nicht mehr ändern konnte.

Minuten vergingen, während wir zu zweit vergeblich an der Statue zerrten und schoben. Das schwere Ding rührte sich keinen Millimeter. Mit hochrotem Gesicht kam ich wieder nach oben und fuhr mir ratlos mit beiden Händen durch die Haare. Dabei lehnte ich mich unbewußt zurück und stieß gegen den Arm, den die Gipsmadame auf ihre Hüfte stützte. Das Aufkreischen ließ Philippe hochfahren.

In Zeitlupentempo und unter grellem Lärm bewegte sich die weiße Frau in ihren Scharnieren und glitt nach hinten. Kopf an Kopf beugten wir uns über die dunkle Höhlung. Ein weißer Umschlag ruhte dort.

»Pam!« Philippe jubelte, und ich streckte die Hand aus, um danach zu greifen. Da geschah es.

Ein dumpfer Schlag warf mich vorwärts, und das Zimmer explodierte vor meinen Augen. Das letzte, was ich wahrnahm, war Philippes Gesicht. Triumphierend, lachend. Der Sieger! Um Himmels willen, was hatte ich getan? Ohne eine Antwort auf diese Frage sank ich in bodenloses Nichts.

Instinktiv wehrte ich mich gegen das Erwachen. Noch halb gefangen in der abklingenden Bewußtlosigkeit, begriff ich bereits, daß nur Schmerz und Scham auf mich wartete. Es war dunkel. Totale, undurchdringliche Finsternis. Ein pechschwarzes, tiefes Meer, das mich verschlungen hatte und nicht mehr freigeben würde.

Das nächste Gefühl war Kälte. Bis ins Mark hinein erstarrt, vermochte ich mich nicht zu rühren. Jeder warme Blutstropfen war aus meinen klammen Händen und Füßen gewichen. Nur mein Kopf glühte. Der kleinste Lidschlag jagte Wellen des Schmerzes durch meinen Schädel.

Ich begriff, daß die Kälte von dem harten Steinfußboden kam, auf dem ich lag. Die eisige Feuchtigkeit drang durch die Jeans und das dünne T-Shirt, das ich trug. Mühsam versuchte ich mich aufzurichten, mich zusammenzukauern, um etwas Wärme in mir selbst zu finden, da traf mich der nächste Schock. Ich war gefesselt! Meine Hände waren, Gelenk an Gelenk, brutal auf dem Rücken festgezurrt, und auch meine Beine hatte man mit Stricken zusammengebunden!

Mit dem Entsetzen kam auch die Erinnerung. Philippes lachendes Gesicht hatte sich in mein Hirn gebrannt. Die Enttäuschung über meine eigene Dummheit würgte wie bittere Galle die Kehle hoch. Das blieb mir nun von meiner eingebildeten, vorzüglichen Menschenkenntnis. Ich war auf einen Blender hereingefallen. Auf einen Verbrecher, der mich geschickt manipuliert hatte, damit ich freiwillig für ihn die Kastanien aus dem Feuer holte. Ebensogut hätte ich mich gleich der Gräfin anvertrauen können.

Ich war nicht nur gefesselt, man hatte mich auch verhöhnt und zum Narren gehalten. Kein Gedanke, der meine Selbstachtung förderte, ganz abgesehen davon, daß mein Herz vor Kummer schmerzte. Es fiel mir nicht leicht, zuzugeben, daß ich mich in Philippe de Thivale verliebt und ihm jedes Wort geglaubt hatte. Der hilfreiche Ritter, der sich der bedrohten Fremden annahm, war ein Produkt meiner Fantasie, das nichts mit der Wirklichkeit zu tun hatte.

Wirklich war nur meine qualvolle Lage und diese wahnsinnige, schwarze Dunkelheit. Mühsam kontrollierte ich meine aufsteigende Panik. Was hatten sie mit mir vor? Wo war ich? Wie lange lag ich schon in diesem Loch? Jedes Gefühl für Zeit war mir abhandengekommen. Wie viele Stunden waren seit dem Vormittag vergangen? Konnte ich damit rechnen, daß mich jemand vermißte? Annette? Falls sie nicht sogar mit Philippe unter einer Decke steckte, war es ihm ein leichtes, sie mit einer Lüge zu beruhigen.

Verdammt! Fiel mir nichts Besseres ein, als zu weinen? Feucht und kitzelnd rannen die Tränen über mein Gesicht. Wütend biß ich die Zähne zusammen. Nein, keine Träne für ihn. Nicht eine einzige!

Vorsichtig versuchte ich, meine gefesselten Füße heranzuziehen. Die bloße Absicht dieses Vorhabens jagte schon Millionen peinigender Nadelstiche durch meinen Hinterkopf, und ich konnte ein Wimmern nicht unterdrücken.

Aber da… Ängstlich hielt ich den Atem an. Ein mißtrauischer Schauer stellte alle Haare in meinem Nacken auf. Da war etwas. Ein Hauch. Nur die Ahnung eines Geräusches. Ich war nicht allein in diesem lichtlosen Gefängnis. Menschen? Tiere? Ratten? Ich war kurz davor, hysterisch aufzuheulen, da riß mich ein Fluch aus meinem Schrecken.

»Merde!«

Eine trockene, heisere Stimme, die große Mühe hatte, das Wort herauszubringen. Ich zuckte zurück. Traute meinen Ohren nicht. Heftig rang ich nach Luft und blinzelte die Feuchtigkeit aus meinen Augen, obwohl ich nichts sehen konnte.

»Philippe?«

So tonlos ich diesen Namen auch flüsterte, er fand ein Echo.

»Pam? Pam, bist du da irgendwo? Verdammt, warum macht denn hier keiner Licht?«

Das war zuviel für meine lädierten Nerven. Ich kicherte hemmungslos. Ich konnte gar nicht mehr aufhören, ich lachte und weinte zugleich und wünschte zusätzlich, ich würde meinen kaputten Kopf nicht in dieser unsinnigen Weise strapazieren. Jeden Moment würde er wahrscheinlich platzen. Minuten vergingen, ehe ich mich faßte und keuchend liegenblieb.

»Mon dieu, nachdem du dich ausgetobt hast, erklärst du mir vielleicht, wo wir sind? Mein Kopf dröhnt wie ein Preßlufthammer, und irgend jemand hat mich verschnürt wie ein Postpaket zum Versand.«

Seine Schilderung ernüchterte mich zusätzlich. Die wahnwitzige Hoffnung, die durch mein Gehirn gezuckt war, verpuffte im Nichts. Natürlich, hatte ich den Verstand verloren? Wenn Philippe mein Schicksal teilte, bedeutete das zwar, daß ich mich nicht in ihm getäuscht hatte, aber es hieß auch, daß er ebenso gefesselt und gefangen war wie ich.

»Ich weiß nicht mehr als du«, flüsterte ich endlich. »Die Figur schwenkte zurück, ich sah den Brief, und dann wurde es dunkel um mich. Ich … Philippe, was machst du da?«

Merkwürdige Geräusche schabten in meiner Nähe über den Boden.

»Ich versuche, mich mit der Regenwurm-Technik in deine Nähe zu bringen, liebe Pam. Wenn du sprichst, kann ich mich nach deiner Stimme orientieren. Also mach …«

In diesem Moment stießen wir mit den Nasen zusammen, und der Aufprall ließ erneut die Sternchen in meinem Kopf aufflimmern.

»Au …«

Jammernd, aber zutiefst dankbar für die menschliche Wärme, schmiegte ich mich so gut es ging an Philippe. Ich spürte seine Lippen in meinen Haaren und den Zorn, der seine Muskeln spannte.

»Wir sind wie Anfänger in die Falle getappt, mein liebes Huhn«, raunte er leise.

»Du meinst Léon?«

»Wer sonst? Ich traue der Gräfin nicht zu, daß sie mir ein Eichenscheit über den Kopf zieht und dir ebenfalls. Nach meinem Schädelbrummen muß es mindestens ein Werkzeug dieser Größenordnung gewesen sein. Es lag schließlich auf der Hand, daß du deine Suche in Aurélies Zimmer beginnen würdest. Die Fahrt nach Lyon war ein Vorwand, auf den wir prompt hereingefallen sind.«

»Aber wir waren doch allein. Niemand ...«

»Du vergißt das Badekabinett. Wir haben es nicht kontrolliert, ganz abgesehen davon, daß wir auch dann vermutlich nicht hinter den Duschvorhang geschaut hätten, hm? Wir waren dumm genug, uns laut und deutlich über unsere Pläne zu unterhalten, und er mußte nur den richtigen Zeitpunkt abpassen. Wir waren beide von den Ereignissen viel zu abgelenkt, um auf verdächtige Geräusche zu hören. Wir haben sogar die Köpfe gehorsam gesenkt, damit der Herr keine Mühe hatte ...«

Eine dunkle, fürchterliche Ahnung stürzte mich in neues Elend.

»Das heißt, wir haben unsere Aufgabe erfüllt. Die Gräfin ist wieder im Besitz ihrer Papiere und wir ...« Ich brach ab. »Philippe, ich habe Angst ...«

»Unsinn, Pam. Wer Angst hat, gibt auf, und so weit sind wir noch lange nicht. Léon Lacorte kann uns nicht einfach mit einem Zaubertrick verschwinden lassen. Wir sind erwachsen und ziemlich groß. Auch sollte in einer Familie, die durch zwei tödliche Unfälle die Aufmerksamkeit der Polizei bereits etwas auf sich gezogen hat, nach Möglichkeit kein weiterer Unfall passieren, findest du nicht? Warten wir einfach ab, was er vorhat.«

Trotz seiner beruhigenden Erklärung zitterte ich. Was war, wenn Léon diese Skrupel nicht kannte? Welche Chance hatten wir in diesem Loch, gefesselt und völlig bewegungsunfähig? Was würde sein, nach Stunden, nach Tagen ohne Nahrung und Flüssigkeit, wenn wir nicht einmal mehr die Kraft hatten zu beten oder zu fluchen?

»Denk nicht an so was.« Philippe interpretierte mein Schweigen nur zu richtig. »Wenn er kommt, müssen wir bei klarem Verstand sein, damit wir jede Chance nützen können.«

»Weißt du, wo wir sind?« Ich zwang mich zu dieser Frage.

»Ich kann es nur vermuten.« Philippes Mund berührte sanft meine Stirn. »Vielleicht ist es einer der alten Weinkeller unter dem Nordtrakt. Die Luftschlitze sind zum größten Teil zugewachsen, das würde erklären, daß wir zwar einen leichten Luftzug spüren, aber keine Helligkeit sehen.«

»Und ...«

»Leider kein Und, Pam. Die Keller wurden vor vielen Jahren aufgegeben, weil die Gewölbe nicht mehr sicher sind. Die Eingänge wurden verschlossen, nachdem man ein paar Metallstützen eingezogen hat, die die Stabilität garantieren sollen. Es war die letzte, größere Reparatur auf Thivale, und die liegt wer weiß wie lange zurück. Ich hatte völlig vergessen, daß es diese Keller gibt.«

»Das heißt, es kommt kein Mensch auf die Idee, uns hier zu suchen«, fügte ich hinzu. »Und wenn wir um Hilfe rufen?«

»Verschwendete Kraft. Die Mauern sind fast einen Meter dick, und hinter dem Gestrüpp beginnt der Weinberg. Um diese Zeit sind da nur Schwalben und Fliegen.«

»Um welche Zeit?«

Mein Einwurf brachte uns beiden zu Bewußtsein, daß wir nicht einmal wußten, welche Tageszeit es war. Wie lange lagen wir schon in der Dunkelheit?

»Wir dürfen den Mut nicht aufgeben. Laß das Grübeln.«

Wieder einmal mußte ich Philippe recht geben, wir mußten uns ablenken, durften nicht verzweifeln. Also suchte ich Zuflucht im Galgenhumor.

»Na, verpackt und verschnürt wie wir sind, bleibt uns nur eine gepflegte Party-Plauderei, um die Langeweile zu vertreiben. Wobei ich nicht verhehlen kann, verehrter Comte, daß ich die Gastfreundschaft in Ihrem historischen Haus eine Spur zu kühl, zu dunkel und zu hart finde.«

Unterdrücktes Lachen belohnte meinen tapferen Versuch.

»So ist's schon besser. Stell ein bißchen die Stacheln auf. Wenn du so richtig wütend bist, finde ich dich ganz besonders hübsch.«

Wie bitte? Ich bekam Luft in die falsche Kehle und mußte husten.

»War das ein Kompliment? Wenn ja, hätte ich mir nie träumen lassen, daß ich darauf warten muß, bis ich als Kellerassel mit den Zähnen klappere.«

Es war unvermeidlich, daß sich unsere Lippen trafen. Es war ein sanfter, unendlich zärtlicher, überwältigender Kuß, der das dünne Gerippe meiner Selbstbeherrschung erneut zum Einstürzen brachte.

»Entschuldigung«, schluchzte ich, um Fassung ringend, »es ist nicht gerade Dornröschens richtige Reaktion, wenn der Prinz sie küßt. Ich habe normalerweise auch nicht die Angewohnheit, bei jedem Kuß gleich loszuheulen.«

»Pssst.«

Ich fühlte Philippes warme Wange, auf der bereits die Stoppeln eines sprießenden Bartes zu fühlen waren, an der meinen und stutzte.

»Ab wann beginnst du zu kratzen?«

»Wie meinst du das?«

»Ganz einfach, wann wächst dein Bart nach? Wir könnten uns doch einen Reim auf die ungefähre Tageszeit machen.«

Er lachte so herzlich und vergnügt, daß ich beschämt zurückwich.

»Ich muß dich enttäuschen, darum habe ich mich noch nie gekümmert. Keine Ahnung.«

»Um was hast du dich dann gekümmert?« sagte ich etwas trotzig, daß mein Einfall nicht die erwartete Resonanz gefunden hatte.

»Ich muß dich enttäuschen. Eigentlich nur um Weinanbau, Weinberge, Weinmärkte und ähnliches. Schon als Junge hatte ich nur ein Ziel, den besten Wein der ganzen Gegend zu kultivieren. Ich habe in der Schweiz, in Italien und in Kalifornien studiert und hospitiert, aber ich zählte im Grunde immer nur die Tage, bis ich wieder nach Thivale kam. Ich bin hier daheim.«

Diese schlichte Feststellung rief mir das unruhige Wanderleben meiner Eltern ins Gedächtnis. Meine vergeblichen Versuche, in Hotelzimmern, möblierten Villen und Künstlergarderoben so etwas wie ein Zuhause zu finden. Meine Mutter hatte das nie verstanden, sie war auf der Bühne daheim.

»Und du?« raunte Philippe. »Erzähl mir von dir. Ich kenne dich gar nicht. Ich weiß nur, daß du eine unendlich störrische Person bist und daß du mir seit zwei Tagen die Seelenruhe raubst. Du hast ein bemerkenswert spitzes Mundwerk, kannst aber erstaunlicherweise beim Spazierengehen den Mund halten. Eine nicht zu unterschätzende Tugend!«

In dieser undurchdringlichen Dunkelheit fiel es plötzlich sehr leicht, Gedanken und Gefühle in Worte zu fassen. Es lenkte mich ab, und es war angenehm, mit Philippe über meine Kindheit und meine Eltern zu sprechen. Über diese verrückten, glücklichen Jahre, die von der Internatszeit mit Aurélie abgelöst wurden.

»Meine Mutter war drauf und dran, mich beim Psychiater anzumelden, als ich ihr erklärte, daß ich Köchin werden will. Es ist heute noch ein Wunder, daß sie doch nachgegeben hat.«

»Ich habe den Eindruck, du unterschätzt deine Stärke, Pam.«

Im Moment fühlte ich mich alles andere als stark, aber Philippes Bewunderung tat mir gut.

»Eines Tages, wenn ich mein eigenes Restaurant habe, dann darf sie wieder etwas für mich tun«, sagte ich. »Sie muß alle Bewunderer, Freunde, Kollegen und Liebhaber zu mir zum Essen schicken.«

»Liebhaber auch?« Das hörte sich fast schockiert an. Ich lachte leise.

»Warte nur, bis du in Mamas Klauen gerätst. Sie verschlingt Männer mit Haut und Haaren. Papa machte da keine Ausnahme. Keine Ahnung, ob sie ihm immer treu war, aber die beiden führten die glücklichste Ehe, die du dir denken kannst. Es hat Jahre gedauert, ehe sie sich von seinem Tod erholte. Inzwischen ist sie wieder in alter Form. Ein wenig melancholisch vielleicht, aber hinreißend, man kann ihr nicht böse sein. Es müßte ein Fest sein, zu erleben, wie sie Constance Lacorte in ihre Einzelteile zerlegt. Sie wäre ihr gewachsen, weißt du...«

Eine dumme Bemerkung. Sie brachte uns schlagartig in die Gegenwart zurück. Kein Lachen, nur Kälte und Schmerzen. Ich unterdrückte ein Stöhnen.

»Erzähl weiter. Wir müssen warten. Léon will mit seiner Raffinesse und seinem Triumph angeben. Er kann gar nicht anders. Er wird sich das Vergnügen kaum versagen, sich an unserem Anblick zu erfreuen...«

Ich versuchte näher an Philippe zu rücken, er fühlte sich fast noch kälter als ich an. Kein Laut der Klage war bisher über seine Lippen gekommen, im Gegenteil. Aber mein Mund ertastete die tief eingegrabenen Falten zu beiden Seiten seiner Nase, die gespannte Haut. Seine Stimme jedoch blieb ruhig und tröstend. Er mußte Nerven wie Stahl haben. Wie lange würden wir durchhalten?

11

Der grelle Schein einer Taschenlampe traf schmerzend und hell meine Augen. Geblendet schloß ich die Lider. Wo war ich? Was... Dann begriff ich. Ich spürte Philippe neben mir und wußte, daß auch er zusammengezuckt war. Wir mußten eingedöst sein, alle beide, denn weder Philippe noch ich hatten Schritte näher kommen gehört.

»Einen schönen guten Abend. Ich hoffe, dem jungen Paar ist die Zeit nicht zu lange geworden?«

Léon Lacorte. Es hätte seiner spöttischen Worte nicht bedurft, der Duft des teuren Rasierwassers, das er benützte, war wie eine Visitenkarte, die durch Modergeruch und Feuchtigkeit drang.

Vorsichtig blinzelte ich mit tränenden Augen in den Lichtstrahl, der jetzt über Philippe glitt. In letzter Sekunde unterdrückte ich einen erschreckten Aufschrei. Die häßliche Platzwunde an seiner Schläfe sah fürchterlich aus. Verklebte Haare und ein blutverschmiertes Gesicht zeigten, daß auch er brutal niedergeschlagen worden war. Wenn ich ähnlich zugerichtet war, mußten wir einen hübschen Anblick bieten. Ohne uns abgesprochen zu haben, schwiegen wir beide abwartend. Wir überließen Léon das Gespräch, und wir täuschten uns nicht.

»Ich wollte nicht versäumen, mich für Ihre hervorragende Mitarbeit zu bedanken, liebe Pamina. Daß Sie dieses Tagebuch auf Anhieb fanden, hat mich wirklich erfreut. Ich wußte, daß Sie auch das Versteck enttarnen würden, das wir so lange vergeblich gesucht haben. Ich sagte meiner Mutter von Anfang an, daß man das Wissen von Busenfreundinnen nicht unterschätzen darf.«

Seine samtweiche, freundliche Stimme troff vor Hohn. Ich hätte zu gerne die Fäuste geballt, um meinen jäh aufschießenden Zorn zu kontrollieren, aber in meinen abgestorbenen Händen war nicht das kleinste Restchen Kraft geblieben.

»Sie Mistkerl! Sie sind ein mieser Bastard, ein schleimiges Subjekt!«

Nach all den Stunden der Angst und Dunkelheit mußte ich meiner Wut einfach Luft machen, sonst wäre ich geplatzt. Den Ausbruch war ich mir schuldig, auch wenn sich Léon darüber nur amüsierte.

»Aber, aber, ist das die Höflichkeit, die man in den vornehmen Internaten in der Schweiz lernt, meine liebe Pamina?« spottete er süffisant.

Philippe machte dem nutzlosen Hin und Her ruhig und beherrscht ein Ende. Sogar hilflos und gefesselt, bewies er mehr Format als Léon.

»Schluß mit dem Gerede. Kommen wir zur Sache. Was haben Sie mit uns vor?«

Die Taschenlampe verharrte auf Philippes Gesicht. Die Abneigung zwischen den beiden Männern war mir schon einmal aufgefallen, doch inzwischen hatten sich wesentliche Dinge verändert. Léon konnte seine schmutzigen Pläne ungehindert in die Tat umsetzen, und der Mann, den ich liebte, lag wehrlos neben mir im Schmutz. Keine guten Karten für das letzte, gefährliche Spiel um unser Leben. Denn darum ging es, ich fühlte es nur zu genau.

»Tja, was habe ich vor mit dem jungen Paar, daß sich da so zutraulich zusammengekuschelt hat?«

Ich biß die Zähne zusammen, daß ich Angst hatte, sie würden abbrechen. Ein zweites Mal ließ ich mich nicht provozieren. Wenn Philippe Stärke zeigte, mußte ich das auch können.

»Sie werden alle beide die Ehre und das Vergnügen haben, meiner Mutter und mir zum endgültigen und unumstrittenen Besitz von Schloß Thivale und dem dazugehörigen Vermögen zu verhelfen. Sicher interessiert es Sie, liebe Pamina, daß es erneut einen dritten, tragischen Verkehrsunfall geben wird. Das Gesetz der Serie, verstehen Sie? Nur wird diesmal Philippe de Thivale am Steuer des Unglückswagens sitzen und seine bedauernswerte Beifahrerin Pamina Westby mit in den Tod nehmen. Schrecklich, nicht wahr?«

Ich schluckte, denn ich zweifelte keine Sekunde, daß er diesen Plan in die Tat umsetzen würde.

»Muß ich hinzufügen, daß die Polizei, die diesen dritten Unfall genau untersucht und seltsam findet, Beweise dafür entdeckt, daß Monsieur de Thivale seinen Onkel und auch seine Cousine ermordet hat, um sich in den Besitz des ansehnlichen Vermögens zu bringen? Da die Freundin der Cousine das heimtückische Verbrechen entdeckte, mußte sie ebenfalls ihr Leben lassen. Ein Glück, daß der Mörder ums Leben kommt, ehe er auch meine Mutter bedroht.«

»Diesen Blödsinn wird Ihnen kein Mensch glauben«, fauchte ich heiser.

»Ach ja?« Léon lachte unbeschwert. »Nun, vielleicht sollte ich sagen, daß die liebe Pamina erschossen wird und in Philippes Tasche der dazugehörige Revolver liegt. Beim Versuch, ihre Leiche zu beseitigen, verunglückt der Arme. Kein Zweifel, daß unsere Polizei aufatmend die Akten schließt und die Familie Thivale vergißt. Und wir können endlich diesen alten Kasten und das lästige Gut verkaufen.

Keiner wird uns verübeln, daß wir den Ort der tragischen Geschehnisse fluchtartig verlassen und an der Côte d'Azur eine Villa kaufen.«

Hatte ich Léon Lacorte einmal für einen schönen Schwächling gehalten, der nach der Pfeife seiner Mutter tanzte, wie es ihr gefiel? Nun, meine Menschenkenntnis hatte ich während meines Aufenthaltes in diesem Hause wirklich nicht unter Beweis gestellt. Die Hoffnungslosigkeit unserer Lage war so offensichtlich, daß ich es aufgab, nach Auswegen zu suchen.

Es war aus. Vorbei. Ich würde nie eine Chance bekommen, meine ehrgeizigen Pläne in die Tat umzusetzen. Weder würde es das Restaurant geben, das meinen Ruf als Köchin in Feinschmeckerkreisen bekannt machte, noch würde der Traum eines Lebens an Philippes Seite erfüllt werden. Wenn, dann höchstens ein Sterben an seiner Seite. War das Todesangst, dieses eisige Gefühl in meinem Inneren? Mein Bedürfnis, mich übergeben zu müssen, obwohl ich es nicht konnte?

»Und wie soll das vor sich gehen?«

Philippe brachte es unglaublicherweise auch jetzt fertig, interessierte, fast geschäftsmäßige Fragen zu stellen. So, als würde hier über einen Weinverkauf verhandelt und nicht über die Spanne, die wir noch leben sollten.

»Falls Sie damit rechnen, daß wir zufällig Ihrer geschätzten Frau Mutter begegnen oder vielleicht einem Dienstboten, muß ich Sie enttäuschen, Monsieur. Madame wurde mit einem Auftrag nach Odenas gesandt, und da wir inzwischen fast zwanzig Uhr haben, ist auch das Personal längst nach Hause gegangen. Niemand wird uns stören. Wir können in aller Ruhe zu Ihrem Wagen gehen. Er steht bereit.«

Léon beugte sich herab und schnitt mit seinem Taschenmesser meine Fußfesseln auf. Ich spürte Philippes Lippen in meinem Gesicht. Tröstend, aufmunternd. Zeig ihm nicht, daß du Angst hast, bleib ruhig. Ich verstand sehr wohl die wortlose Botschaft und nickte unmerklich. Ein bißchen Stolz, etwas Haltung, mehr blieb uns nicht.

Léon zog mich rauh nach oben, aber ich sank sofort mit einem leisen Jammerlaut wieder zur Erde. Meine abgestorbenen Füße trugen mich nicht. Quälend langsam setzte die Blutzirkulation wieder ein und verursachte schreckliche Schmerzen. Plötzlich überliefen mich Hitzeschauer, und mein T-Shirt klebte feucht auf dem Rücken. An Weglaufen war nicht einmal zu denken. Ich konnte froh sein, wenn ich mich überhaupt auf den Beinen hielt.

»Wenn Sie uns nicht beide tragen wollen, schlage ich vor, Sie befreien auch unsere Hände, damit wir unsere Füße etwas massieren können.«

Philippe machte diesen Vorschlag mit kühler, unbeteiligter Stimme. Trotzdem setzte mein Herz einen Schlag aus. Rechnete er sich eine Chance aus?

Léon gab einen zustimmenden Laut von sich.

»Warum nicht? Aber zu eurer Information, ihr zwei. In meiner rechten Hand habe ich eine Pistole mit sechs Schuß, und ich bin kein untalentierter Schütze. Ich treffe, wohin ich ziele.«

Ich tat ihm nicht den Gefallen zu weinen, obwohl ich nahe dran war. Ich sah Philippes zerschundene Hände mit den roten Malen an den Handgelenken, die jetzt meine Beine massierten. Mit seiner Hilfe kam ich endlich schwankend zum Stehen. Sein Arm lag beschützend um meine Schultern. Léon sah es natürlich.

»Wie rührend. Eine echte Romanze. Wie schon die liebe Aurélie feststellte, ihr beide paßt gut zusammen. Bis daß der Tod euch scheidet.«

Ich hätte alles dafür gegeben, Léon mit meinen zehn Fingernägeln ins Gesicht zu fahren, aber die gefährliche, mattschimmernde Waffe, die wir mehr ahnen als sehen konnten, belehrte mich eines Besseren.

»Vorwärts, bringen wir es hinter uns.«

Mit Philippes Unterstützung stolperte ich durch die Dunkelheit. Vorbeihuschende Stahlpfosten bewiesen, daß er mit seiner Vermutung, wir befänden uns in den nördlichen Kellergewölben, recht gehabt hatte. Im tanzenden Schein der Taschenlampe sah ich die Stufen zu spät und schlug mir schwer das Schienbein an. Ehe Philippe zugreifen konnte, stürzte ich zu Boden. Benommen blieb ich liegen.

»Verdammt, so leuchten Sie doch. Vielleicht hat sie sich verletzt!«

Philippe hörte sich zum erstenmal wütend an. Der mühsam beherrschte Zorn, der hinter seinen Worten steckte, tröstete mich, aber Léon lachte nur.

»Warum sollte ich? Die Kleine ist zäh wie eine Katze. Wenn sie im Graben landet, steht sie sofort wieder auf.«

Philippe kniete neben mir, und eine kostbare Sekunde lang zog er meinen Kopf an seine Brust. Ich vernahm das schwere, dumpfe Klopfen seines Herzens und rappelte mich wieder hoch.

»Es geht schon...« Meine Stimme krächzte, aber der auffordernde Stoß mit der Waffe in Philippes Rücken brachte mich schneller auf die Beine als alles andere.

Wenig später taumelten wir durch eine Tür in den Innenhof des Schlosses. Es war dunkel. Doch nach der absoluten Schwärze des Kellers wirkte das Mondlicht wie eine freundliche Laterne. Die romantische Szenerie des blumenduftenden, stillen Hofes stand in so krassem Gegensatz zu unserer Lage, daß ich mühsam ein Aufschluchzen unterdrückte.

Philippe verharrte ebenfalls. Sein besorgter Blick glitt von mir weg über die schweigenden, dunklen Fenster des Schlosses. Nicht der kleinste Lichtschein war zu sehen. Ein tiefer Atemzug weitete Philippes Lungen, und Léon vermerkte es sehr höhnisch.

»Ein letzter Blick auf das Schloß der Väter? Ein würdiger Abschied für den letzten männlichen Thivale. Den Herrschaften, die vor fast zweihundert Jahren ihren adeligen Kopf auf die Guillotine gelegt haben, war dieser einmalige Luxus nicht mehr vergönnt!«

Für einen winzigen Moment folgte Léon Philippes Augen und betrachtete das eingemeißelte Wappen über dem Hauptportal, das im Mondschein blaß schimmerte. Dann geschahen alle Dinge auf einmal! Ich spürte Philippes Stoß, der mich aus der Schußbahn in den Schatten der Arkaden warf. Hörte seine fliehenden Schritte in Richtung Tor, und dann war da ein kurzer, trockener, nicht allzu lauter Knall. Ein Schuß!

»Philiiippe!«

Ich wußte nicht, daß ich es war, die da schrie. Ich sah den Blitz des Mündungsfeuers und Philippe. Er blieb abrupt, mitten in der Bewegung stehen, als wäre er gegen eine unsichtbare Mauer geprallt. Dann sank er quälend langsam in sich zusammen. Eine Bewegung, bei der ich das Gefühl hatte, mein Herz würde ebenso verzögert in meiner Brust zerplatzen.

»Philippe, oh – nein...«

Ich beachtete weder Léon noch seine Waffe. Blind stürzte ich vorwärts und sank neben der leblosen Gestalt zu Boden. Aus einer Kopfwunde sickerte unaufhaltsam, dunkel und warm Blut in den Kies zu meinen Füßen. Das stille, harte Gesicht mit den geschlossenen Augen verschwamm vor meinem Blick. Ungeduldig wartete ich auf den Schuß, der auch mich treffen würde. Warum schoß Léon nicht endlich? Ich durfte Philippe doch nicht allein lassen, nie mehr…

Vor meinen Augen tanzten rote Kreise und zerstoben in einem platzenden grellen Feuerball. Dann wußte ich nichts mehr.

12

»Pam! Pamina, mein Schätzchen! Kleines, bitte…«

Diese Stimme. Wo hatte ich nur diese Stimme schon einmal gehört? Und dann Hände. Überall auf meinem Körper Hände. Was sollte das? Wollte mich Léon von Philippe wegzerren? Das durfte ich nicht zulassen.

»Nein. Nein, laß mich… Ich will bei ihm bleiben. Er ist tot. Ich lasse ihn nicht allein…«

Eine verzweifelte, verrückte Litanei, die ich mit spröden Lippen wieder und wieder aufsagte. So, als könnte ich damit diese kultivierte Stimme übertönen, die jetzt sehr laut und energisch wurde.

»So geht das nicht weiter. Du wirst jetzt endlich deinen Verstand zusammennehmen und dem Arzt erlauben, daß er sich um diesen jungen Mann kümmert. Wenn du dich weiter wie eine hysterische Heroine an ihn klammerst, bringt er es tatsächlich noch fertig, an einem harmlosen Streifschuß zu verbluten. Kein sehr erstrebenswertes Schicksal für meinen Schwiegersohn, wenn ich das anmerken darf.«

Wäre eine Kanone neben mir explodiert, ich hätte nicht fassungsloser sein können.

»Mutter?«

Ich richtete mich auf, stützte mich auf helfende Hände und starrte auf den weiß bekittelten älteren Herrn, der statt meiner jetzt neben Philippe kniete und routiniert die Wunde an seiner Schläfe säuberte.

Seine Lippen bewegten sich, auch seine Augenlider zuckten, und ich sah die abgeschürften Hautstellen und den Schmutz des alten Kellers, der ihn über und über bedeckte. Träumte ich? Wieso konnte ich alles in Einzelheiten erkennen? Verwirrt schaute ich mich um. Mein strapazierter Verstand weigerte sich im ersten Moment zu glauben, was sich doch klar und deutlich vor meinen Augen abspielte.

Nur wenige Meter von mir entfernt stand Léon Lacorte. Die sonst so sorgfältig gescheitelten Haare hingen wirr in seine Stirn, und die dunklen Pupillen wichen mir aus. Sein hübsches Gesicht war verkniffen und die stabil aussehenden Handschellen, die ihn fesselten, beruhigten mich ausgesprochen. Zwei Polizisten mit gezogener Waffe ließen ihn keinen Moment aus den Augen.

Scheinwerfer beleuchteten den Innenhof von Schloß Thivale, und es wimmelte förmlich von uniformierten Polizisten und Beamten in Zivil, die auf das Kommando eines energisch dreinblickenden, silberhaarigen Mannes hörten, der neben meiner Mutter stand.

Mutter. Ein ernstes, unbeschwertes, glückliches Lachen gluckste in mir auf. Sie beherrschte die Bühne wie überall, wo sie auftauchte. Es liegt nicht daran, daß sie mit ihrem ovalen pastellfarbenen Gesicht und den glühend dunklen Augen und Haaren eine klassische Schönheit ist, es liegt an ihrer Ausstrahlung. So auch heute.

Trotz des unbestreitbar milden Sommerabends trug sie über einem atemberaubenden grünen Seidenkleid wirklich und wahrhaftig einen cremefarbenen Luchsmantel. Jeder Zoll eine Primadonna. Jetzt legte sie einen Arm um mich, und der altbekannte Duft ihres herben Parfüms hüllte mich ein.

»Also wirklich, Mama. Ein Luchs ... mußte das sein?« murmelte ich glücklich, während mich die Pelzhaare in der Nase kitzelten.

»Bist du in Ordnung, Kind? Der Arzt sagte, daß du vermutlich nur einen gehörigen Brummschädel haben würdest. Stimmt das?«

Ihre Bemerkung brachte mir zum Bewußtsein, daß mir ein eiserner Ring die Schläfen zusammenpreßte. Ein Heer von Ameisen piekste und hämmerte in diesem Kreis, daß es die reine Freude war. Vorsichtig tastete ich mit den Fingerspitzen über meinen Kopf und zuckte zurück, als ich eine große Beule berührte.

»Wie ist das passiert?« forschte meine Mutter.

Ich deutete mit dem Daumen auf Léon.

»Mein Gastgeber war der Meinung, daß er Philippe und mich nur mit Hilfe eines stabilen Holzscheites zum Schweigen bringen konnte. Pech, daß in diesem verdammten Schloß überall offene Kamine sind.«

»Das also ist Philippe de Thivale.«

Interessiert besah sich Mutter den Gefährten meines Abenteuers, dessen Züge nun, vom Blut befreit, hager und blaß zu erkennen waren. Eben befestigte der Polizeiarzt den Verband und richtete sich auf.

»Ein Streifschuß. Er hat unverschämtes Glück gehabt und zudem einen recht stabilen Kopf. Er gehört ins Bett, dann kommt er in Kürze zu sich. Wo können wir ihn hinlegen?«

Auf die Schnelle fiel mir nichts anderes ein als mein eigenes Zimmer. Kurze Zeit später lag Philippe bis zum Hals zugedeckt in dem riesigen Baldachinbett, und ich belauerte jeden Atemzug, den er machte.

Meine Mutter hielt mir rücksichtslos einen Taschenspiegel vor die Nase, den sie aus ihrer Handtasche gezogen hatte. Ich hatte Mühe, hinter dem schmutzigen Gesicht mit den verwischten Tränenspuren, den verstrubbelten Haaren und den geröteten Augen mich selbst zu erkennen.

»Ach du meine Güte«, seufzte ich spontan, und Mutter stimmte mir ernsthaft zu.

»Finde ich auch. Möchtest du, daß das der erste Anblick ist, den er zu Gesicht bekommt, wenn er die Augen wieder aufmacht? Oder ziehst du es vor, dich zu duschen und deine Haare zu waschen?«

»Aber die Gräfin und ...« Ich brach ab. Aurélie! Über dem Ganzen hatte ich Aurélies Tod ja völlig vergessen. Wußte Mutter davon? Wie sollte ich ihr die Geschehnisse in wenigen Worten erklären?

Nun, wenn es jemand gab, der tatsächlich in meinem Gesicht Bücher lesen konnte, dann war es meine Mutter. Sanft legte sie einen Zeigefinger auf meine Lippen.

»Pssst. Keine Aufregung. Ich weiß eine ganze Menge von dem, was hier passiert ist. Aber solange du müffelst wie ein Bibermädchen und aussiehst wie die Miß Stallmagd, reden wir beide nicht miteinander. Und nun husch ins Bad. Ich passe schon auf deinen Helden auf ...«

Frisch gesäubert, in einen bequemen königsblauen Jogging-Anzug gehüllt und die nassen Haare zu meiner üblichen Kringelfrisur gekämmt, fühlte ich mich wesentlich besser. Lediglich das dumpfe Pochen in meinem Kopf beeinträchtigte mein Befinden. Als ich aus dem Badekabinett in mein Zimmer trat, hatte ich das ungewöhnliche Vergnügen, die beiden unterschiedlichsten Mütter, die ich kannte, an meinem Bett vereint zu sehen.

Annette hielt Philippes Hand, und ein so zärtliches, fürsorgliches Leuchten stand in ihrem Gesicht, daß mir mein überraschter Ausruf auf den Lippen erstarb. Da entdeckte mich meine Mutter.

»Setz dich, Kind. Mit den nassen Haaren solltest du nicht im Zug stehenbleiben.«

»Mein Gott, Mama, ich bin sechsundzwanzig Jahre und seit geraumer Zeit erwachsen«, protestierte ich.

»Was dich aber nicht daran gehindert hat, dich in die abscheulichste Klemme zu bringen, von der ich je etwas gehört habe.«

»Du bist unmöglich, Mama.«

»Gleichfalls, mein Schatz. Es liegt in der Familie.«

Lachend duldete ich ihre zärtliche Umarmung. Was auch immer sie genau im richtigen Moment nach Thivale gebracht hatte, wir verdankten ihr unser Leben.

Dann fielen meine Augen auf Philippe. Er war wach! Er sah sehr blaß, ernst und schrecklich schmal aus mit dieser weißen Binde, die sich quer um seinen Kopf zog und die vielfarbigen Haare sträubte. Ich hielt mich zurück, um nicht zärtlich darüberzustreichen. Unsere Blicke trafen sich. Meiner unsicher, seiner eisblau, sehr hell und mit einer Glut, die umgehend dafür sorgte, daß ich rot wurde wie ein Teenager. So viel war geschehen, so vieles lag mir auf der Zunge, aber konnte man sich eine Liebeserklärung machen, wenn zwei höchst neugierige Mütter mit langen Ohren daneben saßen?

Ich floh und setzte mich auf den Fenstersitz, in ausreichender Entfernung von Philippe und den beiden mütterlichen Wachsoldaten. Ich zog die Knie an und nickte meiner Mutter zu.

»Erzähl! Wie um alles in der Welt kommst du nach Schloß Thivale?«

»Typisch meine Tochter. Du bist sicher, daß dir der Schlag auf den Kopf nicht mehr geschadet hat? Hast du vielleicht vergessen, daß wir vor zwei Tagen in Paris verabredet waren?«

Ich hatte es effektiv vergessen! Die Nachricht von Aurélies Tod hatte mich aus dem Alltag in ein anderes Leben katapultiert. Ich war gar nicht auf die Idee gekommen, meiner Mutter Bescheid zu sagen, daß ich die Reise hier unterbrechen wollte.

»Nachdem ich zwei Tage lang vergeblich wartete«, erzählte sie jetzt weiter, »kam mir die Angelegenheit merkwürdig vor. Normalerweise bin ich gewöhnt, daß meine gewissenhafte Tochter Termine einhält, Telefongespräche beantwortet und keine Briefe vergißt. Habe ich etwas vergessen?«

»Ich mache keine Schulden«, warf ich ein, denn diese Litanei war ein altes Spielchen zwischen uns.

»Na gut. Ich begann mir Sorgen zu machen, da fiel mir auf, daß dein Weg sicher an Schloß Thivale vorbeigeführt hatte, und da ich seit geraumer Zeit ebenfalls nichts mehr von Aurélie gehört hatte, griff ich zum Telefon. Das war heute vormittag. Nach mehreren vergeblichen Bemühungen bekam ich endlich Madame Thivale an den Apparat.«

»Die Gräfin?« warf ich ein. »Wo steckt sie überhaupt?«

»Nein.« Die beiden Mütter tauschten einen Blick besten Einverständnisses. »Philippes Mutter natürlich. Sie informierte mich sowohl über Aurélies Tod wie auch über deinen Besuch. Gleichzeitig erklärte sie mir sehr besorgt, daß du zusammen mit ihrem Sohn seit einigen Stunden verschwunden seist. Sie nahm die Angelegenheit ganz und gar nicht auf die leichte Schulter und befürchtete, daß ihr beide euch in Gefahr begeben hättet.«

»Und was hast du dann unternommen?«

Ich konnte mir lebhaft vorstellen, in welche Hektik der Haushalt meiner Mutter anschließend gestürzt worden war.

»Nun, nach ein paar Minuten intensiven Nachdenkens erinnerte ich mich, daß ich auf der letzten Premierenparty einen wahnsinnig netten Herrn kennengelernt hatte, der mir erzählte, daß er der Polizeipräfekt von Lyon sei. Was hat man von Bekanntschaften, wenn man sie nicht ausnützt? Ich charterte eine Privatmaschine, flog nach Lyon und erneuerte meine Bekanntschaft mit Monsieur Ardaine.«

Ich realisierte, daß Philippe sich interessiert auf einen Ellbogen stützte, um meine Mutter besser zu sehen. Jetzt begriff er wohl, daß ich ihm nicht zuviel versprochen hatte.

»Wie empfing dich Monsieur Ardaine?« Ich gab Mutter wieder ein Stichwort.

»Na wie schon? Begeistert. Du vergißt, wer ich bin. Danach war er natürlich völlig entsetzt.«

»Entsetzt?«

Das Krächzen kam von Philippe, der dafür mit einem hinreißenden Bühnenlächeln belohnt wurde.

»Natürlich entsetzt«, wiederholte sie gelassen. »Immerhin war es ja meine Tochter, die da plötzlich vom Erdboden verschwunden war. Mal ganz abgesehen vom tragischen Tod Aurélies und ihres Vaters. Nach einer Stunde hatte ich ihn so weit, daß er selbst mit mir kam, um meinem Anliegen bei der Gendarmerie Nationale den nötigen Nachdruck zu verleihen. Die Herren in Villefranche waren sehr beeindruckt von meinen Beziehungen.«

»Und das alles im Luchs!« Ein bißchen Spott konnte ich mir nicht verkneifen.

Mutter hob die Schultern.

»Wenn du etwas erreichen willst, mußt du die Menschen in erster Linie beeindrucken. Das erspart Zweifel und Widerreden und beschleunigt die Angelegenheit ungeheuer.«

»So daß du glücklicherweise mit großer Besetzung genau im richtigen Moment in Thivale eingetroffen bist.«

Mutter nickte.

»Wo mich Madame Annette mitsamt meinen Polizisten in Empfang nahm und uns warnte, daß Léon Lacorte sehr wohl im Schloß sei. Wir legten uns also auf die Lauer, und der einzige Regiefehler war, daß wir nicht schnell genug reagierten, um den Helden vor einem Streifschuß zu retten. Statt uns die ganze Angelegenheit zu überlassen, mußte er sich einen Schlußauftritt mit Solo reservieren.«

Annette schien sich aufs prächtigste zu amüsieren, und Philippes Mundwinkel zuckten. Es war eigentlich wie immer. Alle Aufmerksamkeit konzentrierte sich auf meine charmante Mutter, und die alltägliche Tochter geriet langsam, aber sicher in Vergessenheit. Ich hatte mich daran gewöhnt, aber daß auch Philippe seine Bewunderung nun meiner Mutter zollte, tat weh.

»Tja ...«, fuhr sie fort. »Die Verhaftung Léon Lacortes war ein Kinderspiel, denn er warf seine Waffe selbst weg, als er die Sinnlosigkeit der Situation erkannte.«

»Und die Gräfin?« Philippe wiederholte meine Frage von vorhin.

»Ach, das hätte ich fast vergessen. Dank Madame Annettes Informationen konnte die Dame in Villefranche verhaftet werden. Sie hielt sich bei einem Antiquitätenhändler auf, der in den vergangenen Wochen ein blühendes Geschäft mit der Thivaleschen Kunstsammlung gemacht hat. Der Herr entpuppte sich als Monsieur Ernest Lacorte. Eben jener Herr, den die Dame laut Heiratsurkunde vor vielen Jahren in Tunis geheiratet hat. Ende. Leider kein gutes«, setzte Mutter mit ernster Miene hinzu, und wir begriffen alle, daß sie Aurélie und ihren Vater damit meinte.

»Das bedeutet, daß Alberts Testament ungültig ist und daß die Erbfolge nach der gesetzlichen Regelung in Kraft tritt. Du bist der neue Comte de Thivale, mein Sohn, ich hoffe, du bist dir der Verantwortung bewußt.«

Ich vergewisserte mich, ob es tatsächlich Annette war, die da sprach. Sie kam mir vor wie eine andere Frau. Jemand, dem man eine schwere Last von den Schultern genommen hat und der vorsichtig wieder anfängt zu leben. Ihre Augen ruhten auf Philippe, und ich konnte den Stolz und die Liebe erkennen, die sie für ihn hegte.

Das Leben auf Thivale würde trotz der schlimmen Dinge, die sich ereignet hatten, wieder in seine geordneten erfreulichen Bahnen zurückkehren. In Kürze, wenn wir alle dieses Schloß verlassen hatten.

Mein Herz hämmerte in schnellerem Rhythmus. Ich begriff, was das bedeutete. Das Abenteuer war vorbei. Ich sah hinaus ins Dunkel, dankbar dafür, daß mich die anderen vergessen hatten. Ich hätte in diesem Augenblick viel darum gegeben, allein zu sein, endlich all die Tränen weinen zu können, die wie ein dicker, feuchter Schwamm hinter meinen Lidern brannten.

»Pam?«

Ich drehte mich nicht um. Ich traute meiner Selbstbeherrschung nicht.

»Pam, komm endlich aus deinem Schmollwinkel heraus, sie sind weg.«

Ich fuhr herum. Wirklich! Wir waren allein in meinem Zimmer.

»Ich ... wo ... ich meine, wo sind die beiden?«

»Fort. Auf Zehenspitzen wie die Schloßmäuse. Deine Mutter hat eine sehr beredte Art, Anweisungen zu geben, ohne ein einziges überflüssiges Wort zu verlieren. Kommst du jetzt her, oder muß ich dich holen?«

Wollte er mir den Abschied noch schwerer machen? Widerwillig gehorchte ich und trat näher. Auffordernd klopfte er auf die Kante seines – eigentlich meines – Bettes. Störrisch blieb ich stehen.

»Was ist in dich gefahren?«

Das klang zornig, und die kräftige Hand, die mich nach unten zog, brachte mich umgehend an den befohlenen Platz, wo ich mit hängendem Kopf sitzen blieb.

»Nichts«, flüsterte ich sparsam und polierte mit dem Zeigefinger die Schnitzereien an der Bettkante, als gäbe es nichts Wichtigeres zu tun. Endlich platzte ich mit dem Nächstbesten heraus, das mir durch den Kopf ging: »Wenn mein Auto morgen fertig ist, werde ich abreisen.«

»Himmel, schenke mir Geduld mit dieser Frau.«

Philippes Ausruf enthielt ein unterdrücktes Lachen, und mit seinen verdrehten Augen schien er sich über meinen Kummer nur lustig zu machen. Dann wurde er schlagartig ernst.

»Bist du wahnsinnig, Pam Westby? Glaubst du im Ernst, du kannst so einfach deinen Koffer packen und abreisen? Nach allem, was wir zusammen durchgemacht haben?«

Wie meinte er das?

»Du wirst es nicht tun, hörst du? Ich weiß nicht, wie ich es dir sagen soll. Ich bin nicht sehr geschickt in solchen Dingen, aber du mußt einfach bleiben.«

»Warum?«

Wenn er wenigstens ein einziges Mal das Wort Liebe auch nur angedeutet hätte. Wie sollte ich denn die Blicke, Berührungen und Küsse, die wir unter ganz besonderen, schrecklichen Umständen getauscht hatten, sonst ernstnehmen?

Vielleicht war es nur der gemeinsame Versuch gewesen, die Gespenster der Hysterie zu vertreiben? Ich mußte alles vergessen, und wenn es noch so sehr weh tat.

»Warum? Warum?« murrte Philippe jetzt unsicher. »Weil ich dich liebe, hast du denn das nicht begriffen?«

Ich schloß die Augen und lauschte auf das Poltern des Felsbrockens, der von meinem Herzen stürzte. Dieser unmögliche Kerl, war das nun die romantische Liebeserklärung, von der ich geträumt hatte?

»Überleg's dir gut. Wir kennen uns nicht sehr lange.« Unsere Finger verflochten sich ineinander.

»An Zeit, an Tagen, an Minuten sicher nicht, aber glaubst du nicht auch, daß diese Stunden dort in der Dunkelheit ein ganzes Leben für uns waren?«

Besiegt sank ich in seine Arme. Er hatte recht. Was gab es noch zu sagen?

Epilog

Die schrecklichen Tage dieses Sommers liegen hinter uns. Nach der Gerichtsverhandlung, die Constance Lacorte, ihren Mann und ihren Sohn mit hohen Freiheitsstrafen bedachte, bemühten wir uns zu vergessen.

Es gab genügend Arbeit, die uns dieses Vorhaben erleichterte. Die Umbauten im Nord- und Westflügel nahmen fast ein ganzes Jahr in Anspruch. Und kaum hatte sich die Auberge Thivale einen Namen gemacht, platzten die Zwillinge dazwischen.

Wenn ich heute an meinem Schreibtisch in dem kleinen Büro neben dem Hauptportal sitze, kann ich im Hof die Stimmen der Kinder hören. Marc und Aurélie, die ihrer Großmutter nach besten Kräften auf der Nase herumtanzen.

Das Band, das damals zwischen Philippe und mir geknüpft wurde, hat sich als haltbar erwiesen. Nicht, daß es keine Diskussionen zwischen uns gäbe, dafür sind wir beide zu dickschädelig und zu geradeheraus, aber diese Kleinigkeiten können nichts daran ändern, daß wir zusammengehören.

Manchmal, wenn er meint, daß ich es nicht sehe, entdecke ich den Stolz in seinen Augen, wenn von der Auberge Thivale die Rede ist. Jenem Restaurant, das wir damals im düsteren Gewölbe des Nordflügels vor unseren Augen entstehen ließen. Mit meiner Speisekarte, seinem Wein und unserer gemeinsamen Gastfreundschaft, die auch dafür gesorgt hat, daß genügend Fremdenzimmer vorhanden sind, daß keiner unserer Gäste die Straßen unsicher machen muß, wenn ihm Philippes Weine zu gut geschmeckt haben.

Aber an manchen Tagen, wenn auf der geteerten Zufahrtsstraße, die auf meinen ausdrücklichen Wunsch hin verbreitert wurde, die Mittags- und Abendgäste heranrollen, glaube ich, daß das größte Verdienst am Erfolg unseres Lokales jener zierlichen, silberhaarigen Dame zuzuschreiben ist, zu der alle nur Madame la Comtesse sagen, weil sie viel eher dem Bild einer Gräfin entspricht als jene kleine Person, die unter ihrem weißen Kittel stets nur Jeans und Blusen trägt.

Annette de Thivale hat sich in eine Patronne verwandelt, die in dunklen Seidenkleidern, mit gekonntem Make-up und Charme jeden noch so schwierigen Gast zufriedenstellt. Niemand würde heute in ihr die verzweifelte alte Frau erkennen, die fürchten mußte, Heimat und Sohn zu verlieren. Souverän behauptet sie ihren Platz als Großmutter neben der Primadonna, die in regelmäßigen Abständen heranrauscht und Berge von Spielzeug für die wilden Kleinen des Hauses Thivale auslädt. Größere Schrecken als das Tauziehen der Großmütter um Aurélie und Marc kennt unser Leben nicht mehr, und ich bin jeden neuen Tag zutiefst dankbar dafür.

Barbara Michaels

Die verlorene Liebe

Für die Delaplaines
Einen und alle –
Bettie und George
Buckie und Ted
Jim und John

1

Der alte Pritschenwagen traf mit einem dumpfen Aufprall auf ein Schlagloch, so daß noch ein paar mehr Schichten der verblaßten, blauen Farbe von der rostigen Karosserie abblätterten. Joe Danner fluchte, aber nicht laut. Er hatte seit sechs Jahren keine unflätigen Worte mehr benutzt, nicht, seitdem er seinen Herrn Jesus in den hypnotischen Augen eines Wanderpredigers gefunden hatte. Er hatte auch keine starken Getränke und keinen Tabak konsumiert, und ebensowenig hatte er im Zorn seine Frau geschlagen – es sei denn, sie hätte ihm widersprochen oder seine von der Schrift angeordnete Autorität als Familienoberhaupt in Frage gestellt.

Es wäre Joe Danner nie in den Sinn gekommen, daß seiner Frau der alte Lebensstil lieber gewesen war. Damals gehörten gelegentliche Prügel zur natürlichen Weltordnung, und es kostete nicht viel, wenn sie sich Samstag abends im örtlichen Lokal gemeinsam ein wenig betranken, miteinander plauderten und mit Freunden scherzten und dann nach Hause gingen und sich fantasielos, aber vergnüglich in dem alten Bett vereinigten, das Joes Vater eigenhändig angefertigt hatte.

Seitdem Joe Jesus gefunden hatte, gab es keine Samstagabende mehr im Lokal. Es waren auch keine Kleinen mehr da. Joe junior hatte im vergangenen Jahr das Elternhaus verlassen; er war irgendwo im Norden und schwelgte in den Sünden, die zu verabscheuen man ihm beigebracht hatte… Nur hatte die Lehre irgendwie nichts gefruchtet. Auch nicht bei Lynne Anne. Sie hatte mit sechzehn Jahren geheiratet, gerade rechtzeitig, um ihrem Kind das Etikett ›unehelich‹ zu ersparen – aber nicht früh genug, um die Sünde der Unzucht auszulöschen. Sie wohnte in Pikesburgh, nur vierzig Meilen entfernt, aber sie kam nie nach Hause. Joe hatte sie an dem Abend, an dem sie ihnen sagte, sie sei schwanger, aus dem Haus geworfen, und Lynne Anne hatte ihm ins Gesicht gespuckt, ehe sie in den Schneesturm zu dem Vier-Meilen-Marsch aufbrach, um auf der Türschwelle ihres Zukünftigen zusammenzubrechen. Sie hatten auch einen fürchterlichen Skandal gemacht deswegen. Methodisten. Was konnte man von Methodisten anderes erwarten?

Ein zweites Schlagloch hob Joe vom Sitz, sein Kopf schlug an das Kabi-

nendach, daß es schmerzte und seine mürrischen Gedanken über die undankbaren Kinder beendete. Diese verdammte Bezirksverwaltung, dachte er. Neue Straßen, noch nicht einmal ein Jahr alt, und schon zum Teufel. Weshalb man sie nicht gleich richtig gebaut hatte, konnte er nicht verstehen. Die alte war in Ordnung gewesen. Die neue Route war vielleicht kürzer, aber … Nun, er mochte sie einfach nicht. Besonders die steile Kurve, die in die Niederung hinunterführte. Die Jungens nannten sie das Totenloch. Es hieß, daß es dort spukte. Dumme Jungens … Er fürchtete sich nicht vor Gespenstern oder Toten, nicht mit der Kraft des Herrn Jesus in seinem Herzen. Trotzdem hatte dieser tiefer gelegene Teil der Straße etwas Unheimliches an sich …

Joe trat auf die Bremse, als sein Wagen die abschüssige Kurve hinunterfuhr. Die Straße war schlüpfrig nach dem Regen in der Nacht; dichtes Gebüsch und krumme Bäume, die voll im Laub standen, schwächten das Sonnenlicht zu einem goldenen Dunst ab. Die Felder waren ein einziger Morast; ehe sie nicht trocken waren, konnte kein Pflanzer darauf arbeiten. Verdammter Regen, verdammte Verwaltung …

Jesus Christus! *Die Worte brachen aus den tiefen Winkeln seines Innern hervor und gipfelten in einem durchdringenden Schrei. Sein schwerer Stiefel trat das Bremspedal bis zum Anschlag durch. Die Reifen quietschten und schlitterten, und er fing den rutschenden Wagen mit dem Geschick auf, das er in langen Jahren auf schlechten Straßen bei schlechtem Wetter erworben hatte. Schließlich blieb das Fahrzeug mit einem Rütteln stehen, rutschte seitwärts über den schmalen Heckenweg; und Joe saß da und starrte auf das Ding, das auf der Straße lag.*

Hatte er es überfahren? Er hatte nichts gespürt. Er wußte, was für ein Gefühl es war bei Waschbären und Opossums und Wildschweinen, er hatte schon viel solches Zeug überfahren. Eine Leiche – eine menschliche Leiche – hätte einen noch härteren Schlag verursacht.

Schweiß trat auf seine mageren Wangen und tropfte in seinen Bart, als er vom Wagen runterkletterte. Er überlegte sich schon die Erklärung, die er vor der Polizei vorbringen würde. Es lag auf der Straße, als er es sah – regungslos lag es da, tot oder stockbetrunken – nicht seine Schuld – scharfe Kurve, nasse Straße …

Nicht seine Schuld. Wenn er wenden und den anderen Weg, den alten Weg einschlagen könnte – damit ein anderer es fand … Trotzdem, lieber durchstehen. Er hatte schon genug Scherereien mit der Polizei gehabt. Die-

ses Getue im letzten Jahr, weil er die Kinder in der Sonntagsschule geschlagen hatte – alles getreu der Schrift: Lege die Rute beiseite und verdirb das Kind. Aber irgendein Wichtigtuer hatte Krach geschlagen, und er war ein Senior gewesen.

Langsam ging Joe zur Vorderseite des Pritschenwagens und fürchtete sich vor dem, was er sehen würde. Aber es war alles gut. Er hatte es nicht berührt. Die Räder waren einen guten Fuß davon entfernt. Es mußte tot sein – oder stockbetrunken. Es hatte sich nicht gerührt. Es? Sie! Ein Frauenkleid, aber ein verdammt komisches – so lang, daß es sogar die Füße bedeckte, ein verschossenes, bedrucktes Baumwollkleid, das einmal blau gewesen war. Sie lag mit dem Gesicht nach unten, der Kopf war von einem Schal oder Tuch bedeckt. Ihre Arme waren gekrümmt, einer lag über ihrem Kopf, der andere an ihrer Seite. Die üppigen Stoffalten lagen merkwürdig flach, und als er langsam näher trat, verschwand Joes Furcht, und an seine Stelle trat ein wachsender Zorn. Es war nur ein leeres Kleid. Darunter konnte kein Körper liegen. Ein paar dumme Jungen – sie hätten einen Unfall verursachen können, wenn sie solche Scherze trieben.

Er hob den Schal an.

Es grinste zu ihm herauf – zwei nackte Reihen erdbrauner Zähne. Die elfenbeinfarbene Rundung des Schädels war blaß vor dem schwarzen Straßenschotter. Ein Wassertropfen am Rand der leeren Augenhöhle glitzerte im Sonnenlicht.

Irgendwie fuhr er mit dem Pritschenwagen zurück und wendete. Die letzte wilde Umdrehung des Rades erzeugte ein leises, knirschendes Geräusch, und es fuhr Joe wie ein Echo durch die Knochen. Aus irgendeinem Grund konnte er sich nur denken, daß es Lynne Anne war, die sich durch den Wintersturm gekämpft hatte. Er konnte auf diesem fleischlosen Horror auf der Straße noch ihr vom Haß verunstaltetes Gesicht sehen.

Er hatte nicht das andere kleinere Kleiderbündel gesehen, das halb verdeckt von dem vollen Ärmel und den gekrümmten Armknochen dalag, als wäre es bei einem Sturz heruntergefallen. Ein sehr kleines Bündel, nicht aus Baumwolle, sondern aus feinerem Stoff mit Rostflecken und zu einem merkwürdigen Muster aus Grün- und Brauntönen verfärbt. Es war einmal weiß gewesen – zarter, feiner Batist, mit Spitze gesäumt, handgenäht und bestickt, gerade in der richtigen Größe, daß es einer Puppe gepaßt hätte. Einer lebensgroßen Puppe.

Die Geschichte war makaber genug, um die Nachrichtendrähte der Nation heißlaufen zu lassen. Ich glaube, ich war einer der wenigen Menschen in den östlichen Vereinigten Staaten, der sie nicht gelesen hatte. Ich sah in jener Woche nicht fern und las keine Zeitungen. Schlußexamen standen bevor, und jenes erste Jahr des Medizinstudiums ist dasjenige, in dem die Spreu vom Weizen getrennt wird. Wenn ich mich nicht über meinen Schreibtisch beugte und immer wieder die Seiten durcharbeitete, die ich schon ein Dutzend Mal gelesen hatte, ging ich auf und ab und murmelte vor mich hin. Die zwölf Schädelnerven, die Gesichtsnerven – Nervus opticus, trigeminus, glossopharyngeus... hin und wieder hörte ich mich in den Singsang ausbrechen: »Der Hüftknochen ist verbunden mit dem Schenkelknochen, der Schenkelknochen ist verbunden mit dem Beinknochen...«

Dann machte ich ein paar Minuten aerobische Übungen oder raste hinaus und holte mir im Laden noch eine Büchse Instantkaffee.

Ich erinnere mich nur undeutlich daran, auf einem der Schundblätter in der Nähe des Ausgangs des Ladens am Zeitungsständer eine Schlagzeile gesehen zu haben. Da ich in der Schlange wartete, überflog ich unwillkürlich die Überschriften. Prinzessin Dis Privatleben wetteiferte mit gespenstischen Lügen über Hollywood und Rockstars, Versprechungen von Wunderdiäten, Krebskuren und Beweisen für ein Leben nach dem Tod. Eine Überschrift fiel mir auf: ›Aus dem Grab auferstanden! Um Rache zu nehmen???‹ Nur geschmacklose Sensationshascherei, und es prägte sich meinem Gehirn nicht dauerhaft ein, das von anatomischen Ausdrücken überquoll.

Wenn ich die Geschichte gelesen hätte, wäre ich dann nach Virginia gefahren? Ja, natürlich – und dies gewiß um so eher wegen der merkwürdigen Ereignisse und der fesselnden Seite des Falls. Auf der anderen Seite hatte ich Knochen bis obenhin satt.

Der Ruf kam. Ich benütze diesen altmodischen Ausdruck absichtlich; es war einer, den *sie* benutzt hätte. Der Ruf kam jedoch nicht von ihr. Er kam von meiner Mutter, die mir gereizt mitteilte, daß sie schon seit drei Tagen versucht hatte, mich zu erreichen.

»Ich sagte dir doch, ich stehe mitten im Examen.«

Es war fünf Uhr an einem regnerischen Frühlingsnachmittag, und ich lag im Bett mit einem Bier und einem Kriminalroman und einer Schale Brezeln. Ich hatte die Examensergebnisse noch nicht bekommen, aber in diesem Augenblick genügte es, die Prüfungen hinter sich zu haben. Mutters Beschwerden überschwemmten mich, ohne den geringsten Eindruck zu hinterlassen. Ich hatte alles schon einmal gehört: es wäre nicht gut, wenn ich mich von der Welt abschnitte; wie, wenn ich krank würde? Wie, wenn … sie zögerte aus Aberglauben, die Worte auszusprechen, und deshalb sagte ich an ihrer Stelle:

»Wenn jemand stirbt, würde ich es bald genug erfahren. Das ist nicht die Art Neuigkeit, auf die ich scharf bin.«

Obwohl Mutter seit Jahren in Pittsburgh lebte, hatte sie ihren hübschen Virginia-Akzent nie ganz abgelegt. Er machte ihre Stimme weicher, selbst wenn sie ärgerlich war, und ich glaube, er war teilweise verantwortlich für ihren Erfolg als Chefsekretärin. »Mrs. Newcomb ist so damenhaft.«

Sie seufzte leise: »Julie, ich wollte, du würdest über solche Dinge nicht scherzen. Das ist so gefühllos.«

Es war ein Segen, daß die gute Frau nicht einige der Witze hören konnte, die im Seziersaal gemacht wurden. Sie fand, daß ich gefühllos wurde. Ich fragte mich allmählich, ob ich jemals gefühllos genug werden würde.

»Ich wollte dich heute abend anrufen«, sagte ich, um vom Thema meines Humors abzulenken. »Ja, wirklich. Also, was gibt es Neues?«

»Was machst du diesen Sommer, Julie?«

»Du weißt, was ich vorhabe. Das gleiche wie im vergangenen Sommer.«

Ein weiterer Seufzer zitterte durch die vielen Meilen Draht, und ich sagte energisch: »Komm, Mutter, mach mir nicht die Hölle heiß. Ich weiß, du denkst, ich sei als Bardame nur einen Schritt von der Prostitution entfernt. Aber es ist eine völlig seriöse Beschäftigung, und ich kann auf diese Weise mehr Geld verdienen als in jedem anderen Beruf. Gott weiß, wir brauchen es. Es ist mir schrecklich genug, daß du deine Ersparnisse angreifst und Geld von deinem Chef leihst …«

Sie ließ mich ausreden, ehe sie sagte: »Das ist es nicht. Es ist wegen Martha. Sie braucht dich, Julie.«

Die Vorstellung, daß Martha irgend jemanden brauchte und ausgerechnet mich, war so widersinnig, daß ich laut lachte. »Sage nicht, daß sie endlich stirbt.«

»Ich wollte, du würdest nicht so reden.«

»Entschuldige. Aber sie ist bald neunzig.«

»Fünfundachtzig.«

»Also gut, das ist etwas anderes.«

»Julie …«

»Schön, schön. Aber sei ehrlich, Mutter, ihr Tod kann kaum einen Schock auslösen. Fünfundachtzig ist nicht gerade der Frühling des Lebens, und unsere Verwandtschaft zartfühlend und liebevoll zu nennen …«

»Du solltest nicht so über sie sprechen, Julie. Sie ist schließlich deine Großmutter.«

Sie war meine Großmutter. Sie war auch die Mutter meiner Mutter. Keiner von uns benützte die familiären, liebevollen Worte. Wir nannten sie Martha, falls wir nicht einfach ›sie‹ sagten, wenn wir von ihr sprachen.

Mutter fuhr fort: »Sie möchte, daß du den Sommer in Maidenwood verbringst.«

Die Brezeln fielen mir auf den Schoß. Aus Respekt vor meiner armen Mutter, die ich wirklich sehr mag, schrie ich nicht auf. Ich sagte nur: »Warum?« Und ich sprach mit ruhiger, beherrschter Stimme.

Sie war erleichtert über meine Ruhe. »Es ist logisch, Julie, wenn du es dir genau überlegst. Sie hat sich bis vor ein paar Tagen von dem Schlaganfall ziemlich gut erholt. Dann hatte sie noch einen. Ihr Arzt glaubte, es wäre das Ende, aber es scheint, daß sie sich auf ganz erstaunliche Weise gefangen hat … Was sagtest du?«

»Nichts!« Mutter beschloß, es dabei bewenden zu lassen.

»Sie ist gelähmt. Sie kann kaum sprechen.«

»Wie konnte sie dann nach mir verlangen?«

Sie hatte nicht nach mir verlangt, das gab Mutter ehrlich zu, aber erst, nachdem ich sie in die Enge getrieben hatte; sie bestand darauf, daß Martha nach mir gefragt hätte, wenn sie nicht … äh … nun … »Du weißt, Julie, wie ein Schlaganfall auf das Gehirn eines Menschen wirkt.«

Da ich an den Konversationsstil meiner Mutter gewöhnt bin, brauchte ich eine Weile, bis ich das Wirrwarr von konventionellen Klischees aussortiert hatte, das die Tatsachen verdeckte.

»Einen Augenblick, Mutter; das will ich genau wissen. Martha hatte noch einen Schlaganfall? Und sie ist zu Hause – in diesem baufälligen Wrack von einem Haus – und nicht in einem Krankenhaus?«

Eine weitere Dusche von Klischees ergoß sich über mich.

Der Wunsch der Sterbenden, ihre letzten Tage im eigenen Heim ... et cetera, et cetera. Es lief alles darauf hinaus, daß Martha es so wollte. Und was Martha wollte, das bekam Martha.

»Ja, ich verstehe«, sagte ich resigniert. »Ich verstehe aber nicht, warum du ausgerechnet mich als Opferlamm ausgewählt hast. Das ist Matts Problem. Er ist an Ort und Stelle, er ist Marthas Erbe, er hat keine Familie oder finanziellen Verpflichtungen – laß ihn damit fertig werden.«

»Aber Liebste, er ist ein Mann!«

»Ich dachte mir, daß er wohl inzwischen einer sein muß. Als ich ihn das letzte Mal sah, war er ein Junge. Deshalb ...«

»Julie, dein Vetter tut sein möglichstes. Er muß an seine Karriere denken. Dies ist ein Wahljahr, und er hat sehr viel zu tun.«

Bei der Ehrfurcht in ihrer Stimme hätte man denken können, Matt sei nicht nur ein kleiner Senator eines Bundesstaates, sondern er bewerbe sich um die Präsidentschaft.

Der Schlüsselsatz war der erste. Matt war ein Mann und daher automatisch aller familiären Aufgaben enthoben, die unter die Verantwortung einer Frau fallen. Die schmutzigen, unbezahlten, langweiligen Aufgaben – wie Bettschüsseln leeren und kochen, den Fußboden schrubben und Tabletts tragen.

Der Versuch, meine Mutter von der Ungerechtigkeit dieser Haltung zu überzeugen, wäre eine Vergeudung von Zeit und Energie gewesen. Sie war damit aufgewachsen; es war in ihr Gehirn eingeprägt. Deshalb schrie ich nicht: »Und wie steht es mit meiner Karriere? Was ist mit meinen Bedürfnissen?« Ich hörte mit wachsender Niedergeschlagenheit zu, wie meine Mutter die Argumente ausbreitete, die dafür sprachen, daß ich nach Maidenwood gehen sollte. Ich glaubte sicher, daß sie diese Argumente von Matt bekommen hatte;

sie hatten den zungenfertigen, bestechenden Reiz einer politischen Rede.

»Du mußt sie nicht wirklich pflegen, Julie. Nein... äh... keine widerlichen Arbeiten. Shirley Johnson ist dort... vielleicht erinnerst du dich noch an sie? So eine gute Frau, sehr gewissenhaft, und Matt sagt, sie hat ihr Diplom als Krankenschwester. Ein Diplom.«

Mutter bemerkte wahrscheinlich nicht, daß ihr Argument auf mich in einer Weise wirkte, die sie nicht vorhergesehen hatte. Ich erinnerte mich nicht an Shirley Johnson, aber sie tat mir in der Seele leid.

Ein weiteres überzeugendes Argument war, daß Matt sich bereit erklärt hatte, mich für die Einnahmen zu entschädigen, die mir entgehen würden. Das erheiterte mich ein wenig, denn ich war ziemlich sicher, daß Matt nicht wüßte, wie viel eine gute Bardame in drei Monaten verdienen kann. Natürlich rechnete er damit, das Geld von Martha zu bekommen. Ich wünschte ihm Glück. Vielleicht starb sie, bevor der Sommer vorüber war.

Aber das Argument, das den Ausschlag gab, war dasjenige, das Mutter nicht vorbrachte. Wenn ich nicht zu Martha fuhr, würde sie es tun müssen. Ich wußte, was sie über Martha dachte, auch wenn sie selbst es nicht wußte. Sie würde niemals vor sich selbst oder irgendeinem anderen zugeben, daß sie ihre eigene Mutter haßte und fürchtete; sie würde ihren Posten und ihre Gesundheit aufs Spiel setzen für ein althergebrachtes Pflichtgefühl. Ich war ihre Stellvertreterin, und wie die bezahlten Hilfskräfte während des Bürgerkriegs würde ich die Waffen schultern und marschieren, um getötet zu werden.

Ich mußte hinfahren. Und ich wäre auch hingefahren, wenn ich gewußt hätte, daß der fantastische Vergleich mit dem Opferlamm treffender war, als ich es mir vorgestellt hatte.

2

Matt holte mich an der Busstation in Richmond ab. Der Kostenpunkt war gewiß ein Faktor bei meinem Entschluß, den Bus zu nehmen – bis jetzt hatte ich von Matt kein Geld bekommen, nur Versprechungen, Versprechungen –, aber ich muß zugeben, ein anderer Grund war mein Verdacht, daß Vetter Matt eher tot umfallen als sich mit dem Pöbel abgeben würde, der mit dem Greyhound fuhr. Ich hatte erwartet, daß er einen seiner Lakaien schicken würde, um mich abzuholen, deshalb wäre ich fast umgefallen, als ich ihn an der Tür stehen sah.

Er trug eine lange, weite Arbeitshose und ein blaues, grobes Drillichhemd mit hochgerollten Ärmeln und offenem Kragen. Er winkte und rief mit einer Stimme, die so laut war, daß sich alle Köpfe nach ihm umdrehten: »Cousine Julie! Schön, daß du da bist, Liebste!«

Nun, natürlich hätte ich es mir denken können. Dies war ein Wahljahr. Es konnte Matts Image nicht schaden, wenn er gesehen wurde, wie er sich zwischen die Unterprivilegierten mischte, gekleidet wie einer von ihnen. Ich rechnete damit, daß ein Blitzlicht aufleuchten würde, aber es schien kein Fotograf in der Nähe zu sein.

Matt umarmte mich brüderlich und hielt mich dann auf Armeslänge von sich, die Hände auf meinen Schultern: »Du bist eine Wohltat für meine müden Augen! Hübscher denn je!«

»Du auch«, sagte ich. Es war nicht gerade ein Kompliment. Als ich Matt das letzte Mal gesehen hatte, war er sechzehn Jahre alt gewesen mit all den normalen Leiden dieses Alters – Akne, lange, dünne Beine und Arme und einer Stimme, die in unpassenden Augenblicken vom Sopran in Baß umschlug. Jetzt war er dreißig, sieben Jahre älter als ich, und trotz meines sarkastischen Kompliments mußte ich zugeben, daß er sich in einen gutaussehenden Burschen verwandelt hatte. Seine legere Kleidung stellte seine Sonnenbräune, seine Muskeln und seinen flachen Bauch zur Schau. Ich glaubte sicher, daß alle drei der Erfolg eines teuren Gesundheitsclubs waren, aber das Arbeiterimage stand ihm nicht schlecht. Er hatte die Familienzüge, die vorstehende Nase, hohe Backenknochen und ein kräftiges Kinn. Leider habe ich sie auch. Einer der Gründe, weshalb ich mein Haar lang wachsen lasse, ist die Hoffnung, diese hervorstechenden Merkmale zu mildern. Meine besten Freunde würden mich nicht hübsch nennen. Die Frauen meiner Familie sind selten hübsch. Wenn wir in die mittleren Lebensjahre kommen, sehen wir alle wie Stammesmütter aus. Aber bei einem Mann ist das ›Carr‹-Gesicht attraktiv; es vermittelt einen (trügerischen) Eindruck von Kraft und Zuverlässigkeit – das Abe-Lincoln-Aussehen, nur stattlicher. Wir waren einander so ähnlich, wir hätten Bruder und Schwester sein können, Matt und ich, bis zu dem dunklen Kastanienbraun unserer Haare.

Auch Matt bemerkte die Ähnlichkeit. Sein Lächeln verschwand, und er musterte mich noch einmal eingehender, ehe er sagte: »Niemand kann daran zweifeln, daß du eine Carr bist, Julie. Auch wenn du nicht so heißen würdest.«

Der Fahrer hatte den Gepäckraum des Busses geleert und deutete auf meine drei Koffer. Ich nahm den leichtesten der drei und ignorierte Matts höflichen Protest. Als er die anderen zwei angehoben hatte, protestierte er nicht mehr. Ein Ausdruck müden Mißmuts huschte über sein Gesicht, aber er trug sie ohne große Mühe; der Gesundheitsclub mußte gute Arbeit geleistet haben.

»Was hast du da drin, zum Teufel?« fragte er.

»Kleider, Bücher, das übliche. Wenn ich den ganzen Sommer hier verbringen soll, komme ich nicht mit einem Paar Jeans aus.«

Er nickte und holte Luft. Ich sollte bald herausfinden, wofür er sie brauchte; als wir uns dem Ausgang näherten, trat uns ein Mann mit ausgestreckter Hand in den Weg.

»Senator Ellis! Hallo, Senator!«

Matt stellte den Koffer, den er in der rechten Hand trug, auf meinen Fuß und ergriff die ausgestreckte Hand. Er hob die Stimme nicht, aber plötzlich konnte man ihn in der ganzen Busstation hören. Man nennt das Projektion, glaube ich.

»Mr. Busby nicht wahr? Schön, Sie zu sehen, Sir! Wie geht es Ihrer Frau?«

»Viel besser seit der Operation, Senator. Ich möchte Ihnen danken, Sir; wenn Sie nicht gewesen wären, hätten wir es uns nicht leisten können. Ich kann Ihnen gar nicht sagen, wie oft wir alle an Sie denken, Senator, und an die große Hilfe, die Sie uns gewährt haben …«

»Oh, bitte.« Matt ließ die Hand seines Bewunderers los und klopfte ihm freundschaftlich auf die Schulter. »Ihr guten Leute verdient alles, was ihr bekommt, und noch viel mehr. Ich freue mich zu hören, daß es Mrs. Busby gut geht.«

Sie trieben es auf die Spitze, während sich eine kleine Menschenmenge um sie herum ansammelte. Matt stellte mich vor – »Meine kleine Cousine Julie. Sie kommt, um unsere Großmama zu pflegen – die gute alte Seele verlassen die Kräfte …« Schließlich trat

Mr. Busby – falls er so hieß, was ich sehr bezweifelte – zurück, verbeugte sich und machte einen Kratzfuß. Matt verbreitete ein freundliches, bescheidenes Lächeln für die wartende Menge und führte mich zur Tür, gefolgt von einem bewundernden Murmeln. Erst draußen auf der Straße sagte ich: »Kann ich mich jetzt übergeben? Oder wäre es dir lieber, wenn ich warte, bis der Chauffeur es wegputzt?«

Der vierzehnjährige Matt wäre purpurrot geworden vor Zorn und hätte versucht, mich zu schlagen. Senator Ellis lächelte: »So wird das gemacht, Süße, und ich mache es gut. In fünf Jahren bin ich Gouverneur.«

Jetzt lächelte er nicht. Seine Stimme war todernst. Ich glaubte ihm.

»Und dann?« fragte ich.

»Jeder kleine Junge in Amerika möchte gern Präsident werden.«

»Und jedes kleine Mädchen.«

»Einverstanden, Süße. Du kannst mich mit den Frauenrechten nicht aufs Glatteis führen. Sieh dir meinen Ruf an.«

»Wie schaffst du es damit in deinem Distrikt? Das Wort ›Proletarier‹ kommt mir in den Sinn ...«

»Dieses Wort sprechen wir mit Stolz aus«, sagte Matt und verzog die Lippen. »Ich komme damit zurecht, weil ich auch im Jagen und Fischen groß bin und im Reden unter Männern. Image ist alles, meine Liebe.«

Er blieb neben einem unbeschreiblichen Vehikel stehen – einem fünf Jahre alten braunen Chevy mit Rostflecken. Ich warf einen einzigen Blick darauf und brach in Gelächter aus.

Matt fiel in mein Gelächter ein. »Image, Julie! Ich sagte dir ja, ich bin gut darin.«

Er half mir mit einer theatralischen Galanterie beim Einsteigen und setzte sich hinter das Steuer. Während er geschickt durch den Mittagsverkehr fuhr, unterhielten wir uns oberflächlich miteinander – die üblichen höflichen Fragen über das Leben des anderen. Erst als wir die Stadt verlassen hatten und in Richtung Süden fuhren, brach ich ein langes Schweigen. »Wie geht es ihr, Matt?«

Er brauchte nicht zu fragen, wer ›sie‹ war. »Wie immer! Sie könnte taub, stumm, blind und gelähmt sein und würde immer noch den Hühnerstall beherrschen.«

Er wartete darauf, daß ich eine Bemerkung dazu machte. Als ich dies nicht tat, sagte er, ohne mich anzusehen: »Fürchtest du dich immer noch vor ihr, Julie?«

»Nein. Ja. Woher zum Teufel soll ich das wissen? Ich habe sie seit fünf Jahren nicht mehr gesehen.«

»Aber ich«, sagte Matt. »Ich fürchte mich vor ihr.«

»Du warst immer ihr Liebling.«

»Steht nicht etwas darüber in der Bibel, daß man die, die man liebt, züchtigt?«

»Oh!«

»Sie hat mich bevorzugt«, gab Matt zu. »Ich war der Junge. Der einzige Junge, der seit Gott weiß wie vielen Generationen in der Familie geboren wurde. Es ist komisch, wie wir zu Mädchen neigen ... der gewöhnliche männliche Chauvinist kommt gegen diese zähen alten Damen nicht an, wenn es darum geht, andere Frauen zum Schweigen zu bringen. Aber ich bin sicher, wenn sie mit dir über mich spricht, lobt sie mich über den grünen Klee: Das war ihr Lieblingstrick – gehässige Vergleiche. Aber sie hat mir nie erlaubt, eine besonders gute Meinung über mich selbst zu haben.«

»Matt, sie ist eine kranke alte Frau, und du bist ein erfolgreicher junger Mann, und das Leben liegt noch vor dir. Sage nicht, daß du an einer Neurose leidest.«

»Nein.« Matts fester Griff am Steuerrad lockerte sich. Als er fortfuhr, lag nicht mehr die Bitterkeit in seiner Stimme. »Nein, ich glaube, ich bin mit meinen Neurosen zurechtgekommen. Was immer sie auch getan hat, jetzt bezahlt sie dafür. Es könnte keine schlimmere Strafe für sie geben, als hilflos dazuliegen. Wenn du sie sehen könntest ...«

»Ich werde sie sehen.«

Er nahm eine Hand vom Steuerrad und tätschelte mein Knie. »Glaube nicht, daß ich dir nicht dankbar bin, Julie. Ich will versuchen, es wettzumachen. Wenn du irgend etwas haben möchtest – Möbel, Porzellan, solche Sachen ...«

Die Sympathie und Zuneigung, die ich für ihn zu empfinden begonnen hatte, verschwand abrupt. Ich weiß nicht, warum das Angebot mich so abstieß. Der Himmel weiß, daß ich keinen Grund hatte, wegen meiner mürrischen alten Großmutter sentimental zu werden.

Er spürte, wie ich mich versteifte und nahm seine Hand von meinem Knie. »Das war nicht allzu diplomatisch«, sagte er.

»Nein. Ich habe nicht vor, das Haus zu plündern wie ein Tier, das nach Beute sucht. Sie ist noch nicht gestorben.«

»Sie wird den Sommer nicht überleben«, sagte Matt einfach.

Wir fuhren noch eine Meile schweigend weiter. Der Wagen war trotz seines mitgenommenen Äußeren in tadellosem Zustand. Der Motor lief ruhig, und die Klimaanlage kühlte das Innere angenehm. Unter einer grellen, heißen Sonne säumten die ebenen Felder grün die Flußufer nach der neuen Aussaat.

Schließlich sagte ich: »Sie ist eine zähe alte Dame, Matt. Sie könnte sich wieder erholen. Und ich werde mein möglichstes tun, damit sie wieder hochkommt.«

»Natürlich.«

Seine Miene war so mürrisch, daß ich lachen mußte, wenn auch mit wenig Humor. »Wir sind ein feines Paar liebender Enkel, nicht wahr? Es ist am besten, du unterrichtest mich – über das, was ich tun oder lassen soll, über Themen, die ich erwähnen oder vermeiden soll, über Dinge, die ihren Blutdruck vielleicht steigen lassen oder ihren Zustand verbessern – wenn es von den letzteren irgendwelche geben sollte …«

»Es gibt keine«, grollte Matt. »Aber erwähne nicht das Skelett von der Straße. Sie weiß nichts davon.«

»Das Skelett von der … Worüber sprichst du, um alles in der Welt?«

Matt warf mir einen Blick zu. »Hast du nichts davon gehört?«

»Nein.«

Matt trat auf die Bremse und betätigte den Blinker. »Es ist sowieso an der Zeit, daß wir anhalten und zu Mittag essen. Ich informiere dich am besten über die hiesigen Neuigkeiten, ehe du Martha siehst.«

Das Restaurant war eines jener Lokale am Straßenrand, die Namen wie ›Joe's Place‹ oder ›Flo's Place‹ oder ›Henry's Place‹ führen. Dieses ›Place‹ – falscher Tudorstuck und Balkenkonstruktionen, zwei Whiskyfässer voller Petunien, die den Eingang flankierten – gehörte Sam, wer immer das auch war. Es war offensichtlich eines von Matts

Stammlokalen; die Kellnerin begrüßte ihn beim Namen und fragte, ob er das übliche haben wolle, und es stellte sich heraus, daß dies Bourbon on the rocks war – eine Menge Bourbon auf ein paar wenigen Rocks. Wir waren nur noch eine halbe Stunde von Maidenwood entfernt, und ich stellte mir vor, daß Matt es sich angewöhnt hatte, bei ›Sam's‹ anzuhalten, um sich einen Schuß Mut anzutrinken, ehe er seiner Großmutter gegenübertrat.

»Und jetzt über dieses Skelett«, sagte ich und schlürfte meinen Gin Tonic.

Es waren eigentlich zwei Skelette; das eine war das eines neugeborenen Kindes. Ich hörte mit offenem Mund zu, zu erstaunt, um Fragen zu stellen oder Matt zu unterbrechen. Als die Kellnerin kam und fragte, ob sie unsere Gläser wieder auffüllen solle, lachte Matt über meine entgeisterte Miene und nickte dem Mädchen zu.

»Trink aus, Julie! Du siehst aus, als hättest du noch einen nötig.«

»In meinem ganzen Leben habe ich keine so verrückte Geschichte gehört! Gib es zu, Matt, du hast sie erfunden. Du hast mir früher Sachen erzählt...«

»So eine Geschichte habe ich nie erfunden. Schön, es ist verrückt, aber wenn du die Zeitungen so gewissenhaft lesen würdest, wie du solltest, wüßtest du, daß so unheimliche Dinge von Zeit zu Zeit geschehen. Leider passierte dies sozusagen in unserem Hinterhof. Die neue Straße führt durch unser Land.«

Ich trank mein Glas aus und schüttelte verwundert den Kopf. »Ich verstehe, weshalb ich Martha nichts davon erzählen soll. Sie würde es als persönliche Beleidigung auffassen. Glaubst du, das war das Motiv? Und woher stammen die Gebeine? Ich bin nicht so unwissend, wie du glaubst; ich habe gelesen, daß Friedhöfe entweiht werden...«

»Dort hat die Polizei natürlich zuerst nachgesehen. Es gibt in und um Carrsville drei Friedhöfe – den methodistischen, den episkopischen und den alten katholischen Friedhof. Dort gab es keine Anzeichen für Grabschändungen.«

»Dann waren es also Exemplare aus der Medical School.«

»Denke nach, Julie, und stelle deine Kollegen und die Polizei nicht als dumm hin. Sheriff Jarboe ließ einen Anthropologen vom William and Mary College kommen und die Knochen untersuchen.«

»Oh, natürlich. Das war der richtige Schritt.«

Ich dachte über die Angelegenheit nach, während Matt mich fragend ansah. Die Kellnerin brachte unsere zweiten Getränke. Ohne die abgegriffene Speisekarte anzusehen, bestellte Matt für uns beide.

»Nun?« sagte er.

»Was: Nun?«

»Ihr Medizinstudenten solltet etwas von Knochen verstehen. Was kann ein Experte aus einem Skelett schließen?«

»Ich bin kein Experte. Aber ich belegte einen Kurs in Gerichtsmedizin und habe etwas darüber gelesen. Ein Pathologe kann innerhalb gewisser Grenzen das Alter des Individuums bestimmen, das Geschlecht eines Erwachsenen oder Heranwachsenden – Geschlechtsmerkmale zeigen sich an den Knochen erst nach Beginn der Pubertät –, die Krankheitsgeschichte, den allgemeinen Gesundheitszustand, manchmal die Todesursache ...«

»Manchmal?«

»Nur, wenn die Todesursache eine Spur auf den Knochen hinterließ. Ein gebrochener Zungenbeinknochen kann darauf hindeuten, daß der Betreffende erwürgt oder stranguliert wurde. Ein Schädelbruch deutet auf einen tödlichen Sturz oder eine stumpfe Waffe hin. Aber Knochenbrüche können nach dem Tod eingetreten sein, und es ist schwer, mit Sicherheit zu sagen, ob dies vor oder nach dem Tod geschah.«

Die Kellnerin stellte zwei Teller Chef's-Salat vor uns hin. Der Kopfsalat war an den Rändern braun, aber ich war zu hungrig, als daß es mich gestört hätte. »Den weichen Geweben kann man viel mehr entnehmen, falls Teile davon übriggeblieben sind. Ich erinnere mich daran, daß ich über eine Untersuchung ägyptischer Mumien gelesen habe, bei denen die Pathologen histologische Untersuchungen vornehmen konnten, nachdem sie die verhärteten Gewebe mit Natriumkarbonat aufgeweicht hatten. Sie fanden parasitäre Würmer in den Innereien... Hast du keinen Appetit?«

Matt schob seinen Salat beiseite. »Tut mir leid, daß ich gefragt habe. Wechseln wir das Thema.«

Ich nahm ein Brötchen und strich Butter darauf. »Gut. Ich nehme an, dein langweiliger Anthropologe konnte die Todesursache nicht feststellen. Kein Wunder. Was hat er herausgefunden?«

»Nur das Alter, und bei den Überresten der Frau das Geschlecht.

Sie war zwischen sechzehn und zwanzig Jahre alt.« Matt starrte den Salat immer noch etwas angeekelt an.

»Mmmmm. Er konnte das Geschlecht des Kindes nicht feststellen. Vielleicht starb die Frau während der Geburt. Wann starb sie?«

»Das ist die Frage.« Matt nahm seine Gabel und sah mich zweifelnd an. »Hast du jetzt genug über... äh... histologische Untersuchungen gesprochen?«

»Für den Augenblick ja. Wenn sie herausfinden könnten, wann die Frau starb, hätte man vielleicht einen Schlüssel für die Frage, woher die Gebeine stammen.«

»Genau das wollte ich dich fragen, wie man so etwas feststellt.«

»Das ist nicht leicht. Viele Faktoren beeinflussen den Zerfall von Knochen und Geweben, die Art der Erde, das Wetter, das Vorhandensein oder Nichtvorhandensein eines Sarges, ob die Leiche einbalsamiert wurde...«

Matt hatte etwas von dem Salat gegessen. Er hörte auf zu kauen und sah mich vorwurfsvoll an. Ich lachte. »Schon gut, wir übergehen die Einzelheiten. In Wirklichkeit sind die Archäologen gewöhnlich auf mehrere Faktoren angewiesen, um Skelettüberreste datieren zu können, wie zum Beispiel auf die Gegenstände, die mit den Leichen begraben wurden, Kleiderreste, Knöpfe, Münzen und so fort. Ohne solche Hinweise oder die Anwendung eines Verfahrens wie der Carbon-14-Methode...«

»Ich habe darüber gelesen. Warum konnte sie in diesem Fall nicht angewandt werden?«

»Erstens funktioniert sie nur bei Exemplaren, die mehrere hundert Jahre alt sind, die Fehlerquote ist zu groß. Zweitens muß man die Gebeine zerstören, um Resultate zu bekommen. Matt, warum beschäftigt dich das so? Es ist doch ganz offensichtlich, woher die arme Frau und ihr Kind kamen. Es gibt im ganzen Staat alte, vergessene Friedhöfe, indianische Friedhöfe, Kolonisten-Friedhöfe, solche aus dem Bürgerkrieg... Wir gehen bei jedem Schritt auf dem Staub unserer Vorfahren.«

»Sehr poetisch«, sagte Matt angeekelt.

»Sehr wahr. Es ist auch wahr, daß in der Nähe von Maidenwood lange Zeit illegale Ausgrabungen vorgenommen wurden. Diese alte Geschichte über den Schatz von Blackbeard...«

»Sie ist nicht so weit hergeholt«, protestierte Matt. »Blackbeard operierte nämlich in den Küstengewässern; nachdem er in einer Seeschlacht getötet wurde, hat man einen Teil seiner Mannschaft in Williamsburg gehängt, und er …«

»Matt, mein Junge, ich sehe in deinen Augen ein gieriges Leuchten. Sage mir nicht, daß du selbst auf den Wiesen von Maidenwood nach dem Schatz gegraben hast.«

»Natürlich habe ich das getan. Welcher abenteuerlustige amerikanische Junge könnte einer solchen Geschichte widerstehen?«

»Du hast mich dir nie helfen lassen.«

»Du warst nur ein Mädchen«, sagte Matt ernst.

Ich mußte unwillkürlich lachen. Matt grinste mich an, und ich stellte fest, daß ich ihn wieder mochte. »Mit meiner eigentlichen Schatzsuche begann ich erst, als du weg warst«, sagte er halb entschuldigend.

»Ich glaube, ich war eine Nervensäge«, gab ich zu. »Sieben Jahre sind ein großer Altersunterschied zwischen Kindern. Ich meine, wenn Kinder … ich meine …«

»Ich weiß, was du meinst. Aber Blackbeards Schatz ist kein Mythos. Und immer wieder lebt das öffentliche Interesse daran auf. Martha erwischte vor ein paar Jahren einen Idioten im Wald mit einem Schaufelbagger – sie vertrieb ihn mit ihrem Gewehr. Er hatte für fünfzig Dollar eine Schatzlandkarte von einem Betrüger gekauft.«

»Da hast du es wieder. Kinder, die nach Silberdollars suchen, entdecken ein altes Grab und beschließen, einen Streich zu spielen. Ist das nicht der Schluß, zu dem auch die Polizei kam?«

»Ja …«

»Dann wäre das also klar. Ißt du noch den Rest deines Salates?«

Er schob ihn mir hin, und ich begann die guten Stücke herauszupicken – Schinkenstreifen und kleine Käsestückchen. Aus der Art, wie Matt mich ansah, hätte ich entnehmen können, daß wir das Thema noch nicht abgeschlossen hatten.

»Deshalb habe ich den Archäologen die Erlaubnis gegeben, Grabungen vorzunehmen«, sagte er. »Ihre Anwesenheit wird Unbefugte fernhalten, und wenn sie den Friedhof finden, von dem die Gebeine stammen, kann die Polizei die Akten schließen.«

Ich spießte eine Olive auf und schob sie in den Mund.

»Martha wird der Schlag treffen«, murmelte ich. »Sie hat es nie geduldet…« Dann begriff ich, und der Kern flog mir aus dem Mund und tanzte über den Tisch. »Archäologen? Du meinst doch nicht etwa einen bestimmten Archäologen? Doch nicht… nicht…«

»Sein Name ist Petranek«, sagte Matt. »Er behauptet, er sei ein alter Freund von dir.«

Ich griff nach dem Olivenkern und legte ihn auf meinen Teller. Der blasierte Ausdruck von Matts ansehnlichem Mund sagte mir, daß er die Wahrheit vermutete. Es war das gleiche Grinsen, das der Vierzehnjährige aufgesetzt hatte, wenn er mir Schlangen ins Bett legte und mir sagte, ich würde Tollwut bekommen, als ein Hahn mich ins Bein gepickt hatte. In Wirklichkeit war ich keineswegs beunruhigt, sagte ich mir. Es war lange her – fünf Jahre.

Ich war ein unschuldiger Neuling mit großen Augen im William and Mary College gewesen, und Alan war ein graduierter Student der Anthropologie, der sich sein Stipendium dadurch verdiente, daß er Einführungskurse in Anthropologie gab. Er sah wie ein junger Indiana Jones aus – schlank und braungebrannt, und sein Haar war nach einem Sommer auf den Feldern von der Sonne gebleicht. Ich fiel fast in Ohnmacht vor hingerissenem Unglauben, als er mich aus der Schar der bewundernden Mädchen herauspickte, die ihn umringten. Man sprach vage über eine Verlobung – hauptsächlich meine Mutter tat dies –, ehe ich den wahren Grund herausfand, weshalb er mir den Hof machte.

Schon damals hatte seine Zukunft festgestanden. Die historische Archäologie war eine relativ neue Disziplin, welche die Standardtechniken der Ausgrabung auf neuere historische Stätten anwandte. Man könnte denken, wir wüßten über die frühen Siedlungen in Amerika alles, was wir wissen müssen. Die Leute damals waren nicht nur zivilisiert, sie schienen auch den größten Teil ihrer Freizeit damit verbracht zu haben, Briefe, Deklarationen, Tagebücher und Dokumente zu verfassen. Aber es gibt Lücken, besonders über die Erkenntnisse der Lebensbedingungen des einfachen Volkes, die nur durch die Archäologie geschlossen werden können. Grabungen rund um Williamsburg, Plymouth und an anderen Stellen haben das bewiesen.

Ich könnte mit der Aufzählung fortfahren. Ich wußte wesentlich mehr über historische Archäologie, als ich wissen wollte. Ich hörte eine Menge darüber in jenem Jahr in Caféterias und College Bars, in meinem Zimmer und in seinem Apartment, im Bett und anderswo. Er sprach sogar im Bett darüber. Das hätte mir zu denken geben müssen.

Aber ich begriff es nicht, nicht einmal, als Alan sich über die Schwierigkeiten beklagte, die man auf einem so schlecht fundierten und so auf Wettbewerb eingestellten Gebiet hatte. Er zweifelte nicht daran, daß er sich schließlich durchsetzen würde. Bescheidenheit gehörte nicht zu seinen Tugenden – oder Schwächen –, und er hatte Grund zur Eitelkeit. Er war gut – intelligent, einfallsreich und konnte hart arbeiten. Aber er wollte nicht warten, bis er fünfzig war, bevor er sich seinen Weg zu einer ordentlichen Professur oder zu einer der großen Kuratorenstellen erkämpft hatte. Er wollte sofort Erfolg, und die einzige Art und Weise, wie er dies erreichen konnte, war, eine wirklich sensationelle, bedeutsame Entdeckung zu machen.

Er war nicht auf meine Mädchenhaftigkeit lüstern, er war lüstern auf Maidenwood. Ich habe niemals wirklich verstanden, weshalb Alan davon überzeugt war, daß die Entdeckung, die seine Karriere sichern würde, unter dem verflochtenen Gewirr von Büschen und unkrautüberwuchertem Lehm auf dem Land meiner Familie verborgen lag. Wie alle alten Häuser hatte auch Maidenwood seinen Anteil an Legenden; die über den vergrabenen Piratenschatz war nur eine davon. Und sie war, worauf Matt hingewiesen hatte, nicht so weit hergeholt, wie man denken sollte.

Dann gab es die Geschichte über die schöne Lady Jocelyn, die vom liederlichen Hof James' I. geflohen war, um in der Wildnis der Neuen Welt die Freiheit zu finden. Dies war nicht nur weit hergeholt, sondern meiner Meinung nach einfach lächerlich. Frauen des 17. Jahrhunderts waren in England nicht ihre eigenen Herrinnen. Sie konnten nicht ohne die Erlaubnis ihres Gatten oder Vaters oder Vormunds ein Schiff besteigen und zu einer Seereise aufbrechen – zumal wenn sie das Mündel des Königs waren, wie man es von Lady Jocelyn erzählte. Alan bestand jedoch immer darauf, daß die Geschichte einen wahren Kern hatte.

Und dann gab es den Maydon-Bezirk oder, wenn man leichtgläubig genug war, an Lady Jocelyn zu glauben, den Maiden-Bezirk. Fantasielosere (d. h. vernünftigere) Gelehrte spotteten über den Anspruch, den einige meiner romantischen Vorfahren erhoben hatten, daß die Carrs durch die Bank um ein paar Ecken herum von der Lady abstammten. Sie schrieben den Namen einem sonst unbekannten Siedler namens Maydon zu.

Ob Maydon oder Maiden, es war einer der Bezirke gewesen, der Anfang des 17. Jahrhunderts den Emigranten der Virginia Company zugesprochen wurde. In Maidenwood hatte es 1622 eine Siedlung gegeben, als der erste Indianeraufstand die junge Kolonie Virginia beinahe zerstört hätte. Dreihundert Siedler von insgesamt zwölfhundert waren massakriert worden, zwei der vier Städte bis auf die Grundmauern niedergebrannt, viele der Bezirke in rauchenden Schutt verwandelt, übersät von den Leichen der Einwohner. Ich wußte nicht, weshalb Alan glaubte, er könne sich einen Ruf schaffen, indem er verkohlte Balken und vermoderte Gebeine ausgrub, selbst wenn er sie auf den fünfhundert Morgen Land von Maidenwood fand. Aber das glaubte er eben, und darauf war er scharf. Auf eine Erlaubnis, Grabungen vorzunehmen.

In Martha fand er seine Widersacherin. Sie durchschaute ihn, verdammt sollte sie sein – nicht, weil sie seine Gedanken las, sondern weil sie mir weitschweifig seine Motive erklärte.

Ich hatte an jenem Nachmittag Alan auf seine Bitte hin nach Maidenwood mitgenommen. Ich weiß noch, wie das Sonnenlicht schräg durch die Fenster fiel und auf dem silbernen Teeservice schimmerte, das seit zweihundert Jahren in der Familie war. Ich erinnere mich an Marthas Lächeln...

Alan schmierte ihr mit großem Geschick Honig um den Mund. Nicht zuviel, nur den besten Honig. Es nützte nichts. Martha wies ihn rundweg ab. Sie hatte niemals Außenstehenden erlaubt, die Erde von Maidenwood zu entweihen, und sie würde es niemals erlauben – keinem Bauunternehmer, keinem Archäologen, keinem Schatzsucher. Sie ließ Alan keine Illusionen, daß er zum Erfolg kommen könnte, aber er nahm es scheinbar mit Fassung auf. Erst als er zu einem Rundgang hinausgegangen war, so daß ich ein wenig Zeit hatte, mit der lieben Großmama allein zu sein, kam Martha zum wesentlichen. Mit gnadenloser Präzision schilderte sie meine Mängel, sowohl die körperlichen als auch die emotionalen. Wie könne ich mir überhaupt einbilden, daß ein Mann wie Alan – stattlich, gebildet, weltgewandt – an einem unreifen, häßlichen Mädchen wie mir interessiert sein könnte? Mit einer flachen Brust, mit glanzlosem, glattem, braunem Haar und den Carr-Zügen ›so ungünstig für eine Frau‹ – und natürlich ohne jeden Charme.

Ich zog mich in keiner guten Verfassung zurück, noch ehe sie ganz geendet hatte. Im nächsten Jahr besuchte ich die University of Pennsylvania, obwohl ich dadurch das an die Familie gebundene Stipendium verlor, und das war auch mein Hauptgrund, in das College in Virginia zurückzukehren.

Alan versuchte ein paarmal, mich wiederzusehen, aber er war nicht der Mann, der angesichts so trotziger Empfindlichkeiten, so unvernünftigem Verlangen nach Rückversicherungen bei der Stange blieb. O ja, ich war unvernünftig gewesen, das konnte ich jetzt zugeben – jetzt, nachdem es zu spät war. Die Vergangenheit kann man nicht ändern. Alan würde sie wahrscheinlich gar nicht ändern wollen. Er war alles das gewesen und war es noch, was Martha über ihn gesagt hatte – stattlich, gebildet, weltmännisch. Es mußte zahllose Frauen in seinem Leben gegeben haben …

»Macht es dir nichts aus?« fragte Matt, als wir das Restaurant verließen.

»Was? Oh – die Ausgrabungen.« Ich lachte leichthin, und dann hielt ich den Atem an, als die warme Luft mich wie eine Sauna umhüllte. »Die Archäologen tun mir leid. Ich hatte vergessen, wie die Sommer in Virginia sind. Sie werden schweißgebadet sein, wenn sie nicht von Regengüssen durchweicht werden.«

»Ich dachte, es wäre der richtige Schritt«, sagte Matt. Er ließ den Motor an, und die Klimaanlage sprang an.

»Wie hast du Martha davon überzeugt?«

»Machst du Witze? Sie weiß nichts davon. Wenn sie es erfährt, bekommt sie wahrscheinlich noch einen Schlaganfall.«

»Hast du ihre Vollmacht?«

»Nein.« Matt runzelte die Stirn und scherte aus, um einen Traktor zu überholen, der mit zehn Meilen in der Stunde die Straße hinabfuhr. »Ich denke, daß ich sie bekomme – meine Rechtsberater bemühen sich darum. Im Augenblick handelt Marthas Anwalt für sie. Erinnerst du dich an ihn?«

»Nein.«

»Er ist achtundsiebzig. Es ist lächerlich, daß man einen Mann in seinem Alter Marthas Angelegenheiten regeln läßt. Ich bin sicher, das Gericht wird meinen Antrag zulassen, aber bis dahin muß ich mir die Gunst von Ronald Fraser McLendon erbitten, vielmehr erflehen – mit dem Hut in der Hand. Aber er stimmte mir zu, was die Ausgrabungen anbetrifft.«

Jetzt waren wir wieder bei den Ausgrabungen. Wußte Matt, daß er eine alte Wunde berührte? Ich war mir nicht bewußt gewesen, daß die Stelle immer noch so empfindlich war, bis Matt auf das Thema zu sprechen kam. Über die Jahre hin war die Erinnerung an Alans Gesichtszüge verblaßt. Jetzt konnte ich ihn plötzlich im Geist so deutlich sehen, als stünde er vor mir – seine Augen leuchteten vor Begeisterung, sein braunes Haar war zerzaust, und seine Hände bewegten sich in eindringlichen Gesten, während er sprach. Ich hatte die Argumente so oft gehört...

»Martha hätte ihnen schon längst die Erlaubnis geben sollen, Ausgrabungen zu machen«, sagte ich. »Das Erbe der Vergangenheit gehört jedermann. Schatzjäger und Grabräuber können eine Stätte zerstören; das Licht, das vielleicht auf unsere Vergangenheit geworfen werden könnte, ist dann für immer verloschen. Die beste Art, Vandalismus zu verhindern, ist die, Archäologen zuerst graben zu lassen.«

Matt lächelte. »Ist das ein Zitat?«

»Ich bin sicher, es ist schon gesagt worden«, murmelte ich. »War das nicht Mr. McLendons Argument?«

»Nun, nicht ganz. Er kümmerte sich mehr um die juristischen Feinheiten. Wir wollen unser möglichstes tun und mit der Polizei zusammenarbeiten, bis sie diese Gebeine identifiziert haben...«

Ich wollte nichts mehr über Gebeine oder Ausgrabungen oder Archäologen hören. »Wo fährst du hin?« fragte ich. »War es nicht die Abbiegung, an der wir eben vorbeifuhren?«

»Es gibt eine neue Straße«, erklärte Matt. »Da ist sie, gerade vor uns.«

Er bog in die schmale Straße ein, deren Zufahrt halb verborgen war von den Ästen der Bäume, die zu beiden Seiten dicht am Straßenrand standen. Der Straßenbelag schimmerte von der Nässe, und Matt fuhr nur noch vorsichtige fünfundzwanzig Meilen.

»Sie sieht genauso aus wie die alte Straße«, sagte ich.

»Erinnerst du dich noch daran?«

»Es ist ja nicht so lange her.«

Aber lange genug, um den Kontrast zwischen dem verkehrsreichen State-Highway und dieser unnumerierten Landstraße noch auffälliger zu machen. Entlang des Highways war das Land neu erschlossen, es gab Ansammlungen von Schachtelhäusern, Einkaufszentren, Fabriken. Die Landstraße aber hätte genausogut in einem anderen Land oder zu einer anderen Zeit so aussehen können – es gab keine Zeichen des gegenwärtigen Jahrhunderts bis auf die Stromleitungen und die Masten, die den durchweichten Schotterbelag säumten. Nicht einmal Zäune. Aber ich wußte, es war alles Maidenwood-Land, durchschnitten von Hohlwegen und Schluchten, ausgewaschen von den Flüssen, die sich in den James River und die Bay ergossen, und der dichte Wald hatte sich seit dreihundert Jahren nicht verändert. Es mußte genauso ausgesehen haben, als die ersten Siedler zum Maydon-Bezirk kamen – die Kavaliere aus der Zeit Jacobs mit den hohen Stiefeln und Halbharnischen und Frauen in langen Gewändern, die ihre Kinder in den Armen trugen. War die Kindfrau und ihr Säugling eine von ihnen gewesen? Es war nicht wahrscheinlich. Der schwere Virginia-Lehm hätte ihre zarten Knochen schon lange in Staub verwandelt.

Der Wagen fuhr um eine abschüssige Kurve und schlitterte hinunter in eine schattige Senke. »Ist das die Stelle, wo man sie fand?«

Matt hob die Augenbrauen. »Woher weißt du es?«

»Es ist genau das, was man eine passende Umgebung nennen könnte«, sagte ich.

Noch während ich sprach, wurde mir klar, daß die beiläufige, halb scherzhafte Bemerkung buchstäblich zutraf und grausam genau war. Durch die mit Flechten überwachsenen Baumstämme, deren Äste die schmale Straße beschatteten, konnte ich zu beiden Seiten dichte, ineinander verwachsene Vegetation sehen, fruchtbar und überwuchert wie ein tropischer Regenwald. Ich konnte die Feuchtigkeit fast spüren, sogar durch die geschlossenen Autofenster hindurch.

»Was für eine schreckliche Stelle«, sagte ich unwillkürlich. »Hat sie einen Namen?«

»Erinnerst du dich nicht daran?«

»Nein, sollte ich?«

Die Straße wurde wieder eben und gerade. Wir überquerten eine einspurige Holzbrücke, und das Sonnenlicht verdrängte die Schatten. »Sollte ich?« fragte ich noch einmal.

Matt zuckte die Achseln. »Es ist wahrscheinlich eine der Stellen, die für dich verboten waren, weil du eine Frau bist. Die hiesigen Kinder haben einen unheimlichen Namen dafür – ›Totenloch‹, irgend so etwas.«

Ich beharrte nicht auf dem Thema. Keiner von uns sprach, bis wir die Einfahrt zum Maidenwood House erreichten. Vor fünf Jahren waren noch Spuren der Torpfosten vorhanden gewesen – zusammengebrochene Steinpfosten, die von Unkraut überwuchert waren. Die Steine waren jetzt unter üppigem Grün verschwunden. Rosarote Trompetenwinden erhoben triumphierend ihre Blüten über die Ruinen. Die schmale Fahrspur zwischen ihnen war frisch mit Schotter bestreut, aber danach zu schließen, wie der Wagen darüber tanzte, nicht planiert. Die Bäume drängten sich näher an den Weg, als hätten sie etwas gegen unsere Anwesenheit – verkrüppelte Kiefern und Hartriegelschößlinge und Maulbeerfeigenbäume, erwürgt von dem Henkersseil des Geißblatts.

Matts Hände umklammerten das Steuerrad, und ich bemerkte, daß er ebenso zögerte, in Maidenwood einzutreffen, wie ich. Als wir die Bäume hinter uns hatten und das Haus vor uns lag, kam ich mir vor wie eine Fremde, die mit distanziertem und kritischem Blick eine Ungeheuerlichkeit betrachtete, die seit langer Zeit ihre Nützlichkeit oder Schönheit überlebt hatte.

Der Zerfall des Hauses war etwas, für das sie nicht die verdammten Yankees verantwortlich machen konnten. Es hatte den ›Krieg zwischen den Staaten‹, wie man in dieser Gegend sagte, intakt überlebt, dank einer Tochter des Hauses, wie es die Familienlegende behauptete, die den Hauptmann der Unionstruppen umgarnt hatte, so daß er das Herrenhaus und seinen Inhalt verschonte. In den achtziger Jahren war der Hausherr bedenkenloser gewesen als die Yankees. Als eingefleischter Spieler hatte er die Familienschätze verkauft und das Haus leergeräumt, die handgeschnitzte Walnußtäfelung abgenommen und sogar das Blei vom Dach verkauft. Eine andere Familienlegende behauptete, daß seine lange leidende Frau ihn schließlich vergiftet habe, ehe er ihre Juwelen und ihr bestes Bett verpfänden konnte. Die Juwelen hatten die Familie während des zu Ende gehenden Jahrhunderts ernährt. 1917 hatte ein Brand den Ostflügel zerstört, und da kein Geld für Reparaturen vorhanden war, hatte man diesen Teil des Hauses dem Wind und Wetter und dem Unkraut überlassen.

Ich sah es wie eine Fremde, und doch hatte ich es oft besucht, als meine Eltern in Richmond wohnten, und ich hatte vier endlose, schmerzliche Jahre in diesem Haus gelebt, von meinem achten bis zum zwölften Lebensjahr.

Mutter war nichts anderes übriggeblieben, als mich Martha anzuvertrauen. Alleingelassen, ohne Kenntnisse und ohne Ausbildung, mußte sie sich lange Zeit nach oben hocharbeiten, bis sie mich wieder zu sich nehmen konnte.

In den dazwischenliegenden Jahren war ich nur ein einziges Mal zurückgekehrt – bei jenem verhängnisvollen Besuch mit Alan –, und dies auch nur, weil er mich darum gebeten hatte. Ich hatte vor ihm nicht zugeben wollen, daß ich lieber den Fünften Kreis der Hölle besucht hätte, und ich hatte geglaubt, in seiner Gegenwart wäre es leichter …

Vor fünf Jahren. Es war nur ein Augenblick im Leben der alten Eichen, in deren Schatten der Rasen vor dem Haus lag. Sie sahen noch genauso aus. Auch der Rasen war unverändert – kein weiches, grünes Gras, sondern eine riesige Fläche voller gemähten Unkrauts.

Ich erinnerte mich noch an die Bäume. Ich erinnerte mich an den Abhang hinter dem Haus, der durch die dicht mit Klee bewachsenen Wiesen zum Flußufer hinabführte. Ich erinnerte mich auch nur allzu deutlich an das steife Empfangszimmer, wo Martha meine rührende kleine Liebesgeschichte in Stücke zerrissen hatte. Das war alles, woran ich mich erinnerte. Es war so, als ob eine schwarze Wand den Rest des Hauses und die Jahre, die ich dort verbracht hatte, verbergen würde – eine Mauer, die mehr als zehn Jahre dick war.

Matt hielt den Wagen an und griff nach einer Zigarette.

»Ich wußte nicht, daß du rauchst«, sagte ich neugierig.

»Ich habe nie das Bedürfnis zu rauchen, außer in Maidenwood«, sagte er mit einem schiefen Blick.

Ich lachte – aber nicht laut und nicht lange.

Wir saßen schweigend da, während Matt wütend Rauchwolken zwischen vorgewölbten Lippen ausstieß und ich mit seltsam konfusen Gefühlen das Haus betrachtete.

Das Haus bestand aus Backsteinen, die man an Ort und Stelle aus Lehm geformt hatte. Eine Treppenflucht führte zur Eingangstür in der Mitte der Westseite. Die schmiedeeisernen Geländer, die die Treppe flankiert hatten, waren schon lange nicht mehr da. Einer der Kamine war nur noch ein Stumpf, und das berühmte Bleidach war durch moderne Holzschindeln ersetzt worden.

»Wie scheußlich«, sagte ich.

In meiner Stimme lag kein Ärger, nur eine Befriedigung, die so stark war, daß nicht einmal Matt sie überhören konnte, der niemals für Anspielungen empfindlich gewesen war. Er antwortete jedoch so, als wäre meine Bemerkung Kritik und nicht ein Triumphschrei gewesen. »Ich kann das Haus nicht in Schwung halten. Martha hat keine Bohne, und ich stecke bis zu den Ohren in Schulden. Die Politik ist ein teures Geschäft.«

Ich fragte nicht, weshalb er von seiner Mutter keine Hilfe bekommen konnte. Ich bin nach meiner Tante Julia getauft worden, aber mehr als die Namen hatten wir nicht gemeinsam. Ein hübsches, frivoles Wesen, dem die Tragödie der ›Carr-Züge bei einer Frau‹ erspart geblieben war. Sie hatte einen aufstrebenden jungen Anwalt aus einer guten – das heißt armen – Familie geheiratet und Matt zur Welt gebracht, ehe sie die vornehme Armut satt bekam. Jetzt hatte sie ihren vierten Ehemann, und er war so wenig wie Tante Julia selbst geneigt, Geld für ein zerfallenes Haus in der Wildnis von Virginia zu verschwenden. Tara-Gefühle waren nicht ihre Sache! Es wäre nie irgend jemandem in den Sinn gekommen, und am allerwenigsten ihrem Sohn, vorzuschlagen, daß Tante Julia auf ihren Sommer in Europa verzichten sollte, um für ihre sterbende Mutter zu sorgen. So ein Mensch war sie. Ich hätte nur gern gewußt, wie sie damit zurechtkam.

»Ich weiß nicht, warum es dir etwas ausmacht«, sagte ich. »Solche Häuser sind Anachronismen. Laß es zusammenfallen.«

Matt antwortete nicht. Er saß da und rauchte und starrte das Haus an mit einer Mischung aus Verwünschung und Verlangen, und ich las seine Gedanken so deutlich, als wären sie auf sein Gesicht geschrieben – was sie in einem gewissen Sinn auch waren. Er sah Maidenwood so, wie es einmal ausgesehen hatte und wie es wieder aussehen könnte, wenn er eine halbe Million Dollar besäße, um sie hineinzustecken – anmutig und schön, ein perfekter Hintergrund für den aristokratischen Gouverneur des alten Dominions.

»Verkaufe doch Land«, schlug ich vor. »Ich glaube nicht, daß es viel wert ist, aber es sind Hunderte von Äckern, glaube ich.«

»Du weißt, das würde Martha nie erlauben, und«, fügte er hinzu und warf mir einen verstohlenen Blick zu, »ich würde nichts gegen ihren Willen tun.«

Ich lächelte im stillen. Matt war so leicht durchschaubar. Er würde niemals verhängnisvolle Eingeständnisse machen aus Angst, ich verriete Martha seine schändlichen Pläne und versuchte seine Stelle als Erbin einzunehmen. Angenommen, ich wäre so gemein, solch einen Trick zu versuchen – er würde nicht funktionieren. Wenn Maidenwood mir gehörte, würde ich jeden einzelnen verdammten Acker verkaufen, vorausgesetzt, ich könnte einen Käufer finden, der einfältig genug war, in ein zerfallenes Haus und fünfhundert Äcker Unkraut zu investieren – und Martha mußte wissen, daß ich es tun würde.

Matt als der arme romantische Snob, der er war, würde wenigstens versuchen, das Haus in Schuß zu halten. Aber wenn Martha das Besitztum nicht in irgendeine Art Stiftung einbrachte, würde es in Vierteläcker aufgeteilt werden, noch ehe sie ein Jahr tot war.

Ich glaubte sicher, daß sie sich aus schierer Bosheit weigerte, Matt vorher das Land verkaufen zu lassen, aber vielleicht war es klug von ihr gewesen, sich so an das Land zu klammern. Die Grundstückspreise waren gestiegen, die neuen Erschließungen entlang des Highway waren ein Indiz dafür.

Matt öffnete die Wagentür. »Gehen wir hinein«, sagte er und zertrat die Zigarettenkippe mit seinem Absatz.

Mein erster Gedanke war: Mein Gott, sie sieht schrecklich aus. Mein zweiter war: Sie ist immer noch die alte.

Als ich sie das letzte Mal gesehen hatte, war sie achtzig gewesen, das ist nach aller Regel alt. Nach den Regeln des 18. Jahrhunderts war es antik, uralt, älter als die Pyramiden. Aber es lag eine ironische Wahrheit in der scheinbaren Widersprüchlichkeit meiner Eindrücke. Martha hatte immer eines der ausdruckslosesten, starrsten Gesichter gehabt, die ich je gesehen hatte. Teilweise gelähmt nach dem Schlaganfall, wirkte es jetzt nicht kälter als früher.

Sie lag von den Kissen gestützt in dem großen Bett – Mary Carrs Bett, das sie gerettet hatte, indem sie ihren Mann vergiftete. Mein dritter Eindruck war der, daß Martha wesentlich besser aussah, als ich erwartet hatte. Ihr weißes Haar, immer noch füllig und gesund, war kurzgeschnitten und wirkte überraschend modisch und elegant. Es war ein wohlgeformter Kopf, glatt gekämmt. Ihre gepflegten Hände lagen schlaff auf der Bettdecke. Martha war immer stolz auf ihre Hände gewesen – eine Carr-Eigenschaft, die ich nicht geerbt hatte. In dem Zimmer war es stickig, aber sie trug eine rosarote Flanellbettjacke, die ein schmeichelndes Schimmern auf ihre bleichen Züge warf.

Sie blickte zur Seite, als ich eintrat – absichtlich geringschätzig, wie ich fand. Jetzt wandte sie den Kopf auf dem Kissen um, sehr langsam, und ich durchschaute ihr wahres Motiv. Der Schlaganfall, einer oder zwei, hatte hauptsächlich ihre linke Körperseite gelähmt. Das herunterhängende Augenlid und der schiefe Mund hätten bei jeder anderen alten Frau mitleiderregend gewirkt. Aber ihr rechtes Auge war weit offen, es blitzte vor Intelligenz und Stolz und wies jedes Mitleid zurück. Entweder hatte sich meine Mutter über das Ausmaß der Lähmung geirrt oder Martha hatte während der letzten paar Tage ein wenig Kontrolle über ihre Muskeln wiedererlangt. Sie konnte den Kopf bewegen, wenn auch mit Mühe, und sie konnte leidlich sprechen. Das Gekrächze, das von ihren straffen Lippen kam, hieß offensichtlich: »Komm her!« und es wurde von einer Bewegung ihrer rechten Hand begleitet.

Ich hatte beschlossen, sie mit ›Großmutter‹ anzureden, aber ich brachte es nicht fertig. Ich sagte »Hallo, Martha!« und beugte mich hinunter, um ihre Wange zu küssen. Sie wandte den Kopf ab. Eine Haarsträhne streifte meine Lippen, und ich richtete mich wieder auf und spürte, wie der vertraute Zorn in mir aufstieg.

Sie musterte mich von Kopf bis Fuß. Ein schwarzer Augapfel rollte wie eine Pechkohle in seiner Höhle. Sie sagte nichts mehr. Ihre Stimme war immer eine ihrer besten Waffen gewesen, ihre weichen Südstaaten-Kadenzen verliehen den schneidenden Worten, die so tödlich trafen, eine besondere Schärfe. Sie machte wieder eine Handbewegung, eine Geste, die wegen ihrer Langsamkeit um so herrischer wirkte, und ich gehorchte und drehte mich um und begrüßte die Frau, die auf einem Stuhl neben dem Kopfende des Betts saß.

Hinter mir sagte Matt: »Du erinnerst dich an Shirley Johnson. Ich weiß nicht, was wir ohne sie täten.«

»Mrs. Johnson.« Ich streckte ihr die Hand hin.

»Nennen Sie mich doch Shirley.« Sie schüttelte meine Hand und ließ sie dann los. Ihre Handfläche war feucht vom Schweiß, und das Haar, das unter ihrer Kopfbedeckung hervorsah, bildete drahtige Locken auf ihrer Stirn. »Erinnern Sie sich nicht an mich, Miß Julie?«

Ich konnte ihr sanftes, kaffeebraunes Gesicht in keiner Nische meines Gedächtnisses unterbringen. Sie war eine Frau, die gutherzig aussah, dicklich und mit vollen Lippen und warmen, braunen Augen. Ich schüttelte den Kopf, lächelte entschuldigend, und sie sagte: »Es ist lange her. Sie waren erst acht oder neun Jahre alt. Ich war damals noch schlanker.«

»Shirleys Mann war einer von Marthas Pächtern«, flüsterte Matt. »Sie zogen nach Atlanta, wo Shirley sich zu unserem Glück als Krankenschwester ausbilden ließ.«

»Als Krankenpflegerin«, korrigierte Shirley und sah auf das Bett. »Sie möchte jetzt ausruhen. Sie möchte, daß ich Ihnen Ihr Zimmer zeige und Ihnen sage, was man von Ihnen erwartet.«

»Gute Idee«, sagte Matt herzlich. »Ruhe dich aus, Martha, ich besuche dich am Wochenende.«

Marthas Finger verkrümmten sich krampfhaft. Shirley sagte mit der gleichen weichen, ruhigen Stimme: »Sie möchte, daß Sie hierbleiben, Matthew. Kommen Sie, Miß Julie.«

Sie klappte das Buch zu, das sie in der Hand hielt – ausgerechnet Tennysons Gedichte –, und stand auf. Ich folgte ihr zur Tür. Ich hätte erleichtert sein sollen, daß das Interview vorüber war, aber ich hatte das merkwürdige Gefühl, daß es unvollständig war. Nicht, als ob ich einen warmherzigen Empfang erwartet hätte, aber trotzdem … Ich sagte: »Bis später, Martha. Ruhe dich gut aus.«

Ich bekam die Antwort, die ich hätte erwarten können – keine.

Matt blinzelte mir zu, ehe er sich an Martha wandte.

Erst als Shirley die Tür geschlossen hatte und vor mir den Korridor entlangging, wurde mir bewußt, wie angespannt die Atmosphäre in diesem stickigen Zimmer gewesen war. Lag es nur an der Hitze? Im Korridor war es fast genauso heiß. Shirley trug weiße Schwesternkleidung, und als sie vorausging, sah ich den nassen Flecken am Rückenteil ihres Kleides.

»Können Sie Matt nicht dazu bringen, daß er an einem Fenster eine Klimaanlage anbringen läßt oder wenigstens einen Ventilator?« fragte ich, als ich sie einholte. »Dieses Zimmer ist wie ein Backofen.«

»Alte Leute frieren leicht«, sagte Shirley. »Das Blut läuft nur noch dünn in ihrem Alter, Miß Julie.«

»Lassen Sie das ›Miß‹ weg, Shirley. Sie und ich sind im Begriff, Leidensgefährtinnen zu werden.«

Sie ging auf den dürftigen Scherz nicht ein, sondern sagte nur ruhig: »Ich werde froh sein, wenn mich jemand bei der Arbeit ablöst, wirklich. Miß Martha braucht viel Pflege.«

»Sie wollen damit doch nicht etwa sagen, daß Sie sie die ganze Zeit allein betreut haben?«

»Miß Danner kommt an den meisten Tagen zum Putzen und Kochen. Nachmittags sitzt sie dann bei Miß Martha.«

»Und wann schlafen Sie, Shirley? Oder schlafen Sie überhaupt nicht?«

»Ich bin es gewöhnt, mit offenen Augen zu schlafen, könnte man sagen. Es ist hier nicht anders als in einem Krankenhaus, wenn am anderen Ende des Korridors die Schwesternstation ist, könnte jemand aus dem Bett fallen, ehe man es bemerkt und …«

»Ich habe Sie nicht kritisiert, Shirley, ich habe Sie bedauert. Wir werden uns von jetzt an abwechseln. Sagen Sie mir, was ich tun soll.«

Shirley deutete auf eine geschlossene Tür, und ich blieb stehen, fast wie von einem Schmerz getroffen. Die verlorenen Erinnerungen an meine Kindheit in Maidenwood kehrten wieder, nicht in langsamen Übergängen, als ich die Zimmer und Korridore sah, sondern sie drangen mit verletzender Kraft in die leeren Stellen meines Gedächtnisses ein. Ich erinnerte mich an diese Tür und das Zimmer, das dahinter lag. Ich hatte viele Stunden in diesem Zimmer eingeschlossen verbracht, als Strafe für meine verschiedenen Untaten.

Das Zimmer hatte sich weniger verändert als Martha. Es war unfreundlich und düster, und sein einziges Fenster lag zum Küchengarten hinaus.

Ein kleines eisernes Bettgestell stand im Zimmer, ein paar verschossene Teppiche waren darin und ein billiger Schrank. Ein Baumwollvorhang in einer Ecke des Zimmers verbarg die Schnur, auf die ich früher meine Kleider gehängt hatte.

Shirley stand schweigend neben mir. Aber ich glaube, sie spürte meinen Zorn. Martha hatte mir mein früheres Zimmer zugewiesen, in einer unbequemen Entfernung von ihrem eigenen, als Teil einer ausgeklügelten Strategie.

Nun, jetzt war ich keine Achtjährige mehr, die sich fügen mußte. Ich sah Shirley an, aber ich traute mich nicht, sie zu bitten, Möbel umzustellen. Sie hatte so schon genug Arbeit. Ich würde es selbst tun – aus den anderen Zimmern alles das holen, was dieses Zimmer hier komfortabler machen würde.

»Mein Zimmer liegt neben dem von Miß Martha«, sagte Shirley. »Wir haben ein gemeinsames Badezimmer. Sie werden das hinter dem Flur benützen müssen, glaube ich.«

»In Ordnung. Ich komme und löse Sie ab, sobald ich mich umgezogen habe.«

»Nein, schon gut. Miß Danner wird eine Weile bei Miß Martha sitzen. Sie möchte, daß Sie morgens bei ihr sind. Meistens will sie, daß man ihr vorliest.«

»Tennysons Gedichte?«

Shirley erlaubte sich ein kleines Lächeln. »Das ist besser als Dickens. Wir haben ihn ausprobiert, aber Miß Martha sagt, ich lese nicht gut.«

»Ich zweifle daran, daß ihr meine Bemühungen mehr zusagen werden, Shirley.«

»Dann möchte sie, daß Sie nach dem Abendessen wieder bei ihr sind. Sie möchte, daß Sie …«

»Sie möchte? Und wie steht es mit Ihnen? Ich bin nicht zimperlich,

Shirley. Ich kann Bettschüsseln ausleeren, sie baden und ihre Leintücher auswechseln. Ich kam nicht hierher, um Tennyson und Dickens zu lesen.«

»Sie möchte nicht, daß Sie solche Dinge tun.« Shirley fügte hinzu: »Sie ist die Patientin, Julie. Und das ist meine Aufgabe. Ich habe schon Schlimmeres tun müssen.«

Das glaubte ich gern. Und ich glaubte auch zu verstehen, warum Martha meine Dienste auf diejenigen einer Gesellschafterin beschränken wollte. Sie wollte sich den letzten Rest der Würde bewahren, die ihr blieb, solange sie noch atmete.

Nun, das konnte ich nachfühlen: Wenigstens würde ich keinen Pudel bürsten müssen. Martha haßte Tiere. Sie hatte in Maidenwood niemals Haustiere geduldet.

Matt kam herein und beendete die Diskussion. Shirley lächelte ihn an, viel wärmer als mich, ehe sie hinausging. Matt brachte meine Koffer. Er stellte sie achtlos auf den Fußboden und wischte sich über die Stirn.

»Gott, was für ein schreckliches Zimmer! Warum hast du dir das hier ausgewählt?«

»Das war nicht ich, es war Marthas Wahl.«

»Nimm ein anderes – das grüne Zimmer oder das Jefferson-Zimmer. Sie wird es nicht erfahren.«

»Nein, ich bin gern so weit vom Thronsessel entfernt, aber ich werde mir ein paar Möbel ausborgen.«

»Nur zu! Äh ... soll ich dir helfen?«

Er sah so erhitzt und zerzaust und erschöpft aus, daß ich Mitleid mit ihm hatte. »Schon gut. Ich bin sicher, du hast zu tun. Wenn ich etwas haben will, das ich nicht allein bewegen kann, nehme ich deine Dienste in Anspruch, wenn du das nächste Mal kommst.«

Ich begleitete ihn zur Haustür und überlegte mir, was ich ihn hatte fragen wollen. Er hatte mir eine Liste mit Telefonnummern gegeben, etwas Geld für meine Auslagen und mir versprochen, einen Wagen für mich zu leihen, sobald er jemanden finden konnte, der ihn herbrachte. »Bis zum Wochenende hast du ihn hier«, versprach er. »Das sind nur ein paar Tage. Wenn du vorher ausgehen willst, bin ich sicher, daß Shirley dir ihren Wagen leiht. Doc Green sagte, er wolle morgen vorbeikommen ... Warte – gibt es noch etwas?«

»Wahrscheinlich. Es wird mir einfallen, wenn du weg bist. Wo arbeiten die Archäologen?«

»Auf der Südostseite. Ich sagte ihnen, sie sollten nicht in die Nähe des Hauses kommen. Wenn Martha sie hört und sich nach dem Lärm erkundigt, sagen wir, daß ich junge Kiefern als Windbrecher pflanzen lasse.«

»Gut.«

»Du wirst sie nicht sehen, wenn du es nicht willst, Julie.«

»Mir ist es sowieso egal.«

»Schön. Nun ...«

Er öffnete die Wagentür und stieg ein. Die Luft war so klamm wie ein nasses Leintuch. Im Westen hatten sich die hochgetürmten Kumuluswolken von Weiß in ein schmutziges Grau verwandelt. Ein Gewitter zog auf – wahrscheinlich eines dieser Mordsgewitter, die in dieser Gegend häufig waren. Die Souterrains würden überflutet werden, das Licht würde ausgehen. Ein schreckliches Bild schoß mir durch den Kopf – eine Vorahnung des kommenden Abends. Ich las Dickens bei Kerzenlicht, und der Schweiß lief mir den Nacken hinab, und Marthas einziges Auge fixierte mich in schweigendem Hohn.

Es fiel mir schwer, nicht die Wagentür aufzureißen und ins Auto zu springen.

3

Der Abend war nicht ganz so schlimm. Die Lichter flackerten und wurden periodisch schwächer, aber der Strom fiel nicht aus. Das Gewitter ließ die Fensterscheiben zittern und grollte zwischen den Bäumen. Ich zuckte zusammen, als ein besonders heftiger Donner das Haus erschütterte, als ob eine Kanonenkugel auf das Dach gefallen wäre, und ich hätte schwören können, daß Marthas wachsames Auge aufleuchtete.

Am Wochenende war mir zumute wie noch nie in meinem Leben. Die morgendliche Pflicht machte mir nicht so viel aus, aber ich fürchtete die Abende. Die Tage zogen sich in die Länge, und die Dunkelheit war gewöhnlich schon hereingebrochen, wenn ich mich zu einer weiteren Sitzung mit Dickens niederließ. Shirley hatte über Dickens nicht gescherzt. Das Buch, das Martha mich lesen ließ, war *Bleak*

House. Die Geschichte war recht interessant, aber die Heldin, Esther Summerson, war so fromm und tugendhaft, daß sich mir der Magen umdrehte.

Martha duldete nur eine einzige Lampe, diejenige neben meinem Stuhl, und der große Raum mit der hohen Decke kam mir vor wie eine dunkle Höhle, bewohnt von einem unsichtbaren, gestaltlosen Wesen, das ebensogut ein Tier wie ein Mensch hätte sein können. Gelegentlich, wenn ich innehielt, um Atem zu holen, hörte ich leise Leinwand rascheln – Fingernägel, die über das Betttuch kratzten. Es hörte sich an wie tote Blätter, die rascheln, wenn ein Tier in der Höhle kauert und die Lage wechselt, bevor es springt.

Martha bat mich nie um irgendwelche persönlichen Dienste, nicht einmal um einen Schluck Wasser. Eines Abends, als es besonders heiß und stickig war, fragte ich sie, ob ich ihr Gesicht mit einem feuchten Tuch abwischen sollte. Ihre Antwort kam sofort und war unmißverständlich negativ.

Shirley löste mich um zehn Uhr abends ab. Deshalb hatte ich noch reichlich freie Zeit – den Rest des Abends und jeden Nachmittag von zwölf bis ungefähr sieben Uhr.

Zuerst fiel es mir nicht schwer, die Stunden zu füllen. Es verschaffte mir eine niederträchtige Befriedigung, die unbewohnten Zimmer nach Möbeln abzusuchen, die meinem eigenen schäbigen Zimmer etwas Komfort verleihen würden. Nicht, als ob es eine große Auswahl gegeben hätte. Ich war mir dessen nicht bewußt gewesen, wie wenig von einem einstmals wahrscheinlich wohlhabenden und gut ausgestatteten Herrschaftshaus übriggeblieben war. Es gab keine Chippendale-Kommoden mit Aufsatz oder Sheraton-Stühle. Ururgroßvater hatte seinen Nachkommen wahrhaftig einen schlechten Dienst erwiesen; die Gegenstände, die er verkauft hatte, wahrscheinlich für wenige Pennies, brachten jetzt auf Auktionen fünf- und sechsstellige Beträge ein. Ich vermutete, daß die spätviktorianischen Stücke von einigem Wert waren, da die Antiquitätenliebhaber neuerdings auch auf das Viktorianische versessen waren, aber für mich hatten sie keinen großen Wert, da die meisten zu schwer waren und ich sie nicht allein transportieren konnte. Ich holte mir Matratzen aus dem einzigen Schlafzimmer, das außer Marthas Raum ständig möbliert war. Shirley bestätigte meine Annahme, daß es das Gästezimmer war, welches Matt benützte, wenn er sich herabließ, hier zu übernachten.

Shirley schien sich über meine Aktivitäten zu amüsieren, fragte aber nicht, warum ich nicht einfach in das Gästezimmer umzog. Vielleicht kannte sie die Antwort. Es lag direkt auf der anderen Seite des Flurs, Marthas Zimmer gegenüber. Außerdem hatte ich ein kindisches Vergnügen daran, spät in der Nacht die Sachen zu holen, wenn Martha unter der Wirkung der Schlafmittel, die der Doktor ihr verschrieben hatte, tief schlief.

Außer Shirley, Martha und ›Miß Danner‹ – von der noch die Rede sein wird – war das einzige menschliche Wesen, das ich während der vier schrecklichen Tage sah, Dr. Green, der am Nachmittag nach meiner Ankunft vorbeikam.

Der Doktor war in seinen späten Fünfzigerjahren. Er hatte wache blaue Augen, strohiges weißes Haar und einen Akzent, der sich so anhörte, als spräche er mit einem Mund voller Sirup. Ich erzählte einen Witz über Ärzte, die Hausbesuche machten, worauf er todernst erwiderte: »Ich praktiziere seit dreißig Jahren hier in dieser Gegend, Miß Julie. Miß Martha ist ein Sonderfall.«

»In welcher Hinsicht?«

Wir saßen im Salon und genossen, wenn Sie den Ausdruck gestatten, einen Sherry. Wenigstens genoß ihn der Doktor, und dies mit Hingabe; ich nippte höflich an meinem Glas, um ihm Gesellschaft zu leisten. Von Shirley hatte ich erfahren, daß Maidenwood-Sherry als etwas Besonderes galt und daß der Doktor ein Anrecht darauf hatte, wenn er Hausbesuche machte. Ich war nicht beeindruckt, aber schließlich habe ich nie von mir behauptet, eine Kennerin guter Dessert-Weine zu sein.

Dr. Green starrte mich an, als dächte er, ich sei nicht ganz bei mir. »Sie kann schließlich nicht in meine Praxis kommen, oder?«

»Warum ist sie nicht im Krankenhaus oder in einem Pflegeheim?«

»Nun, Miß Julie …«

»Ich weiß, daß Krankenhäuser nicht gern todkranke Patienten aufnehmen, und ich weiß auch, daß es ein guter medizinischer Brauch ist und es dem Anstand entspricht, die Sterbenden ihre letzten Tage zu Hause verbringen zu lassen, wenn es möglich ist. Aber Martha ist meiner bescheidenen Meinung nach vom Sterben weit entfernt. Angesichts ihres Alters hat sie sich bemerkenswert gut erholt.«

Er sah mich überrascht an, so als hätte ein Hund ihn in verständlichem Englisch angesprochen. »Nun, Miß Julie, es mag vielleicht so scheinen. Die Haltung des Patienten ist wichtig, und Miß Martha hat sich entschlossen, nicht aufzugeben. Aber wenn Sie ihre Krankengeschichte sehen könnten …«

»Ich würde sie gern sehen.«

»Sie würden Sie nicht …« Er unterbrach sich. Er konnte mir kaum sagen, ich würde die medizinische Terminologie nicht verstehen, aber es war ihm offensichtlich unangenehm, von einer Studentin der ersten Semester ausgefragt zu werden. »Ich darf sie Ihnen nicht zeigen, meine Liebe. Die medizinische Ethik …«

»Ich weiß, ich habe kein Recht, Marthas Krankengeschichte zu sehen. Aber ich bin für ihre Pflege verantwortlich und muß wissen, was ich für sie tun soll.«

Seine gerunzelte Stirn glättete sich. »Sie brauchen sich keine Sorgen zu machen, Kind. Shirley Johnson ist eine der fähigsten Krankenschwestern im Bezirk. Sie weiß, was zu tun ist. Es ist nur eine Frage der Zeit, Miß Julie. Sie müssen sich damit abfinden. Sie geben ihr, was kein anderer ihr geben kann – die zärtliche Liebe einer Frau ihres eigenen Blutes.«

Er verabschiedete sich bald nach dieser bemerkenswerten und ärgerlichen Bemerkung. Aber die Tatsache, daß er Unsinn geredet hatte, anstatt mir eine offene Diagnose zu geben, war nicht unbedingt ein Zeichen für berufliche Unfähigkeit. Einem Mann seiner Generation im Süden mußte es schwerfallen, eine Frau ernstzunehmen.

Ob kompetent oder nicht, er war kein Spezialist, sondern nur ein Landarzt, und ich fragte ich unwillkürlich, warum er nicht darauf bestanden hatte, daß Martha in eine städtische Klinik zur Behandlung gebracht worden war. Man hatte in den letzten Jahren den Problemen des Alters größere Aufmerksamkeit geschenkt; ein guter Arzt zuckte nicht die Schultern und schrieb eine Patientin ab, nur weil sie fünfundachtzig Jahre alt war. Mit der modernen Therapie konnte Martha noch mehrere Jahre am Leben erhalten werden.

Die Frage war nur – wollte ich das?

Die Tatsache, daß ich diese Frage auch nur in Gedanken stellen konnte, erschreckte mich so, daß ich noch einen Schluck Sherry trank und mir vornahm, mir einen Vorrat von etwas Stärkerem anzulegen, wenn ich einkaufen fuhr. Die Frage war nicht, was ich wollte, sondern was der Anstand und die Ethik des Berufs, den ich zu ergreifen hoffte, von mir verlangten.

Ich stellte die Karaffe wieder auf das Büfett und räumte die benutzten Gläser weg. Ehe ich das Tablett nehmen konnte, klopfte es schüchtern an die Tür und ›Miß Danner‹ schlüpfte herein.

»Ich hörte den Doktor gehen«, sagte sie. »Soll ich das Tablett abräumen, Miß Julie?«

Ich hatte ihr gesagt, sie sollte mich Julie nennen, aber das konnte oder wollte sie nicht. Ich hatte sie tags zuvor kennengelernt; ich war in der Küche gewesen und hatte mir ein Glas Eistee zubereitet, nachdem Matt gegangen war, als sie mit hängenden Schultern hereinkam, als erwarte sie einen Schlag oder einen Vorwurf, und ich hatte das merkwürdige Gefühl gehabt, ich würde eine Doppelbelichtung betrachten. Ihr hagerer Körper und ihre nichtssagenden Züge hinterließen einen so flüchtigen Eindruck, daß sie durchsichtig hätte sein können.

Und doch sah ich gleichzeitig das Bild der Frau, die sie einmal gewesen war – kräftig und mit vollen Wangen und ungeschickt, aber fröhlich geschminkt. Sie begrüßte mich mit meinem Namen, ehe ich mich vorstellen konnte, und ihre stillschweigende Voraussetzung, daß wir uns kannten, erschütterte mein störrisches Gedächtnis. Natürlich, dies war der Grund für das Doppelbild. Ich hatte Mrs. Danner früher gekannt. Ihr Mann war einer von Marthas Pächtern. Sie wohnten in einem baufälligen Holzhaus ein paar Meilen entfernt von hier und bearbeiteten einige Acker, hatten ein paar Kühe und ein paar Hühner und Schweine. – Kein weißer Abschaum, aber auch nicht gerade aufstrebende Leute. Wenn ich sie besuchte, war es ein seltenes Erlebnis für mich: Sie hatte eine Tochter ungefähr in meinem Alter, mit der ich manchmal spielen durfte; Mr. Danner ließ mich auf dem Traktor mitfahren, und Mrs. Danner schenkte mir Plätzchen. Sie war eine hübsche Frau gewesen, hatte mehrere Pfund Übergewicht, war aber rosig und guter Dinge.

Ich war konsterniert, als ich sah, was die Jahre aus ihr gemacht hatten. Ihr graues Haar war zu einem häßlichen Knoten glatt zurückgekämmt, ihre grauen Wangen waren eingefallen, ein grauschwarzes Kleid bedeckte ihre Arme bis zu den Handgelenken und schloß sich eng um ihren Hals.

Ich überlegte mir, was ich sagen könnte. Selbst »Wie geht es Ihnen?« hatte ironische Untertöne. Ich konnte sehen, wie es ihr ging – schlecht. Bei meinem Versuch, auch nur einen kleinen *faux pas* zu vermeiden, beging ich einen noch schlimmeren. Etwas, das Matt mir erzählt hatte, kam mir in den Sinn, und ich sagte: »Wie geht es Mr. Danner? Es muß ein schrecklicher Schock gewesen sein, als er die ... äh ... Überreste fand. Er hat sie doch gefunden, oder nicht?«

Mrs. Danners Gesicht erstarrte zu einer Eissäule. Ohne zu antworten, wandte sie sich dem Küchenschrank zu und begann, lautstark mit Pfannen zu hantieren.

Glücklicherweise war dann Shirley erschienen, und ich entkam und schalt mich aus wegen meiner Taktlosigkeit. Ich hatte Mrs. Danner seither nicht mehr gesehen. Jetzt schien sie mir verziehen zu haben. Sie wiederholte die Frage: »Soll ich das Tablett abräumen?« und es klang beinahe heiter.

»Nein, danke, Mrs. Danner, ich mache es selbst. Kann ich in der Küche irgendwie helfen?«

Sie schüttelte den Kopf. »Das Abendessen ist fertig. Ich muß gehen. Mr. Danner holt mich jeden Augenblick ab.«

»Gehen Sie nur, ich kümmere mich um das Tablett.«

Sie sah mich an, als wolle sie darauf beharren, aber dann ertönte die Autohupe. Mrs. Danner erschrak. Sie fuhr sich mit der Hand an die Brust. »Da ist er. Ich habe mich verspätet.«

»Er ist zu früh gekommen«, korrigierte ich sie und sah auf meine Armbanduhr.

Mrs. Danner ließ sich darüber auf keine Diskussion ein, sondern schlurfte zur Tür. Ich folgte ihr, denn ich wollte sehen, was für ein Mann einen derart hysterischen Gehorsam verlangte. Sie hatte ihn früher nicht ›Mr. Danner‹ genannt. Damals sagte sie ›Joe‹ oder manchmal ›Stud‹. Dieser Name gefiel mir. Einmal nannte sie ihn ›Mr. Stud‹, und er lachte so sehr, daß er fast vom Traktor gefallen wäre. Dann warnte er mich, ich solle das Wort nicht vor Martha wiederholen ...

Ich kam zu spät, um zu sehen, ob Joe Danner eine ähnliche Wandlung durchgemacht hatte. Der Pritschenwagen fuhr weg, als ich die Eingangstür erreichte. Er ratterte zum Fluß hinab, und sein Auspuff stieß schwarze Rauchwolken aus.

Selbst dieser schwachen Hoffnung auf gesellschaftlichen Umgang beraubt, ging ich wieder in den Salon. Er war eine Oase der Sauberkeit inmitten des allgemeinen Zerfalls, und die paar restlichen Antiquitäten, deren Maidenwood sich rühmen konnte, standen hier. Mrs. Danner verdiente sich ihr Geld mit dem Putzen; ich wünschte, ich könnte über ihre Kochkunst das gleiche sagen. Wenn das Essen, das ich abends zu mir genommen hatte, ein Hinweis auf ihre kulinarischen Talente war, dann könnte ich vielleicht zu drastischen Schritten getrieben werden und zum Beispiel das Kochen selbst übernehmen.

Das Stew war eine Katastrophe gewesen – Fleischbrocken und lappiges Gemüse schwammen in einer faden, gelbbraunen, wäßrigen Fleischbrühe. Dazu gab es gekauftes Brot und tiefgekühlten Kokosnußkuchen.

Ich trug die Gläser in die Küche. Sie war der angenehmste Raum des Hauses, und das besagt zugegebenerweise nicht viel. Die Küchengeräte waren alt, das Linoleum abgetreten bis zur Unterlage, und die Holzmöbel mußten gestrichen werden. Ein alter Kühlschrank rasselte und grollte in der Ecke; wie Martha würde er es nicht mehr lange machen. Aber hier waren auf zwei Seiten Fenster, und eine gedeckte Veranda lag dahinter; die Holzstühle waren erstaunlich bequem, und der große Tisch hatte eine schöne Patina vom jahrelangen Schrubben. Es gab nichts von dem ländlichen Reiz, den man in einem Haus dieses Alters erwartet hätte – keinen Kamin, keine nackten Holzbalken. Der Küchenflügel war während einer relativ wohlhabenden Periode Ende des 19. Jahrhunderts angebaut worden, als der Hausherr es müde geworden war, das Essen eiskalt serviert zu bekommen, nachdem es aus dem abgesondert stehenden Küchenhaus über den Hof gebracht worden war. Die Küche lag trotzdem noch in einer beträchtlichen Entfernung vom Speisezimmer, am Ende eines langen, fensterlosen Korridors, zu dessen beiden Seiten Anrichten und Vorratskammern und kleine Schlafräume lagen, in denen einige der Dienstboten untergebracht gewesen waren.

Ich öffnete die Backofentür und fand meine schlimmsten Befürchtungen bestätigt. In der Kasserolle waren Nudeln, vermischt mit den Resten des Stews und bedeckt mit einer lederartigen Schicht Käse.

Ich dachte über dieses Unglück mit in die Hüften gestützten Händen nach und einem sarkastischen Lächeln auf den Lippen, als Shirley in die Küche kam.

»Soll Martha dies essen?« fragte ich. »Ich glaube nicht, daß ich es hinunterbringe.«

Shirley griff nach einer Soßenpfanne, die hinten auf dem Herd stand. Sie enthielt Suppe, die sie in eine Schale löffelte. Das Aroma der Suppe hatte keine Wirkung auf meine Geschmacksnerven; es war eine Vielfalt von Dosengerichten. Shirley legte noch ein paar Scheiben Brot auf das Tablett.

»In der Anrichte sind Dosen mit Suppen und Thunfisch, wenn Ihnen die Kasserolle nicht zusagt«, erklärte sie.

»Könnten Sie mir Ihren Wagen leihen? Ich fahre rasch in die Stadt und hole ein paar Sachen. Selbst ein Schnellgericht ist besser als dies.«

Die Bitte überraschte sie; zum erstenmal sah ich sie ernsthaft beunruhigt. »Ich kann nicht. Ich meine – hat Matthew nicht gesagt, er würde für Sie einen Wagen besorgen?«

»Am Samstag. Ich will nicht bis Samstag warten.«

Sie runzelte die Stirn, und ich brach in Gelächter aus. »Entschuldigen Sie. Ich rede wie ein quengelndes Kind. Ich bin eine gute Fahrerin, Shirley, ehrlich. Oder, wenn Ihnen das lieber wäre, gebe ich ihnen das Geld, und Sie fahren später einkaufen.«

»Daran liegt es nicht. Ich habe keinen Wagen. Ich habe ihn – jemandem geliehen.«

Fast hätte ich gefragt, wem, aber ich beherrschte mich rechtzeitig. Es war schließlich ihr Wagen.

»Tut mir leid«, murmelte sie. Sie nahm das Tablett und ging hinaus, etwas rascher als gewöhnlich.

Habe ich schon erwähnt, daß es jeden Tag regnete? Nicht die ganze Zeit, nur während meiner freien Stunden, so daß ich nicht einmal das zweifelhafte Vergnügen eines Spazierganges genießen konnte. Am Freitag war ich so weit, daß ich fast die Wände hinaufgeklettert wäre, und ich hätte für einen Cheeseburger getötet. Ich hielt mich bei Verstand, indem ich eine Einkaufsliste zusammenstellte, die ich jeden Tag ergänzte, und nicht nur Speisen und Getränke notierte, sondern auch Dinge wie zum Beispiel Glühbirnen; die einzige Hundertwattbirne im Haus steckte in der Leselampe in Marthas Zimmer. In den anderen Räumen hatten die Glühbirnen vierzig oder sechzig Watt, oder sie fehlten überhaupt. Selbst bei Tageslicht war die graue Düsternis so niederdrückend, daß ich mir vorkam, als wäre ich in einem tropischen Regenwald. Meine Liste wurde länger und länger. Elektrische Ventilatoren, Taschenlampen, Paperbacks, Zeitschriften, Zeitungen … Martha wollte kein Fernsehen im Haus haben, sie hielt sich keine Tageszeitungen, nur das zwölfseitige lokale Wochenblatt. Und mit dem Gefühl für das Geheimnisvolle, mit dem ich hierhergekommen war, schien es auch vorbei zu sein. Briefmarken. Ich hatte noch nicht einmal meiner Mutter geschrieben.

Am Freitag überließ ich Mrs. Danner nach dem Mittagessen ihren kriminellen Aktivitäten in der Küche und machte mich auf eine Entdeckungstour. Mrs. Danner bereitete Spaghettisoße zu, nahm ich an, Dosentomaten blubberten wütend auf dem Herd, mit einer kleingeschnittenen Zwiebel als Gewürz.

Es gab nur eine einzige Taschenlampe im Haus. Ich nahm sie mit, als ich zu dem Teil des Gebäudes aufbrach, in dem ich noch nicht gewesen war. Draußen goß es, der Nachmittagshimmel war so dunkel wie an einem Winterabend, und ich wußte, daß in den Regionen, zu denen ich aufbrach, die Lichter abgeschaltet und die Glühbirnen durchgebrannt waren. Dieser Flügel des Hauses war geschlossen. Aber er hatte eine Bibliothek enthalten, und diese war mein Ziel.

Warum war ich nicht schon vorher hingegangen? Das ist eine gute Frage. Jetzt weiß ich die Antwort. Damals hatte ich eine vage Abneigung empfunden, die Tür zum Westflügel zu öffnen.

Der lange, düstere Korridor führte an verschlossenen und mit Spinnengeweben bedeckten Türen vorbei – Salon, Eßzimmer, Musikzimmer, Billardzimmer … Ich war froh, daß ich die Taschenlampe mitgenommen hatte, und bereute es, daß ich hergekommen war. Es war dunkel und niederdrückend und roch nach Moder und Mehltau – selbst die Fußbodenbretter fühlten sich unter meinen Füßen wie durchweicht an.

Die Bibliothek lag am Ende des Flügels, und lange Fenster wie französische Türen öffneten sich auf eine mit Steinplatten belegte Terrasse. Ich griff nach dem Türknauf, und dann geschah es wieder – noch ein Schlag der wiederkehrenden Erinnerung. Ich hatte am Tag meiner Ankunft eine ganze Anzahl davon erlebt. Ich wankte buchstäblich zurück, als ob mich etwas getroffen hätte, ehe ich die Tür öffnete.

Ich hatte während der Jahre, die ich in Maidenwood lebte, viele Stunden in diesem Raum verbracht. Lesen war fast mein einziges Vergnügen gewesen. Ich hatte niemanden, mit dem ich spielen konnte. Martha wollte nicht, daß ich Mitschülerinnen ins Haus einlud, und man erlaubte mir selten, zu Danners zu gehen. Die Danners waren ›kein Umgang für uns‹. Ebensowenig waren es die anderen Familien, deren Kinder mit mir zur Schule gingen.

Die schweren Vorhänge waren zurückgezogen. Die Sonne hatte ihren Besatz zerfranst. Sie hingen in Fetzen an den vergoldeten Stangen. Die Möbel und Leuchter waren von Spinnengeweben wie in weiche, graue Staubschleier gehüllt.

Der Strahl der Taschenlampe bewegte sich suchend durch den Raum und beleuchtete vertraute Gegenstände. Der durchgesessene Ledersessel neben dem Fenster, mein Lieblingsplatz. Die Reihe der Kinderbücher im untersten Regal des Bücherschranks links vom Kamin – Bücher, die alle aus der Jugendzeit meiner Mutter stammten oder sogar noch älter waren. *Ruth Fielding at College, Kim,* und ein trauriges kleines Meisterstück *Beulah* über ein einfaches Waisenmädchen, das zu einem der abstoßendsten, dünkelhaftesten Menschen in der Literaturgeschichte heranwuchs. Wenn ich an Beulah dachte, empfand ich tatsächlich Zuneigung zu der tugendhaften Esther Summerson.

Martha verbot mir nicht, die Bibliothek zu benutzen, aber sie zensierte meine Lektüre wirksam, indem sie die verbotenen Bände auf so hohe Regale stellte, daß ich sie nicht erreichen konnte. Eine andere Erinnerung ließ mich zusammenzucken – der Abend, an dem ich in flagranti ertappt wurde, als ich die treppenartigen Regale hinaufkletterte, um an ein Buch namens *The Golden Bough* heranzukommen. Ich fand, der Titel klang wie eine Märchengeschichte. Als ich danach fragte, sagte Martha, nein, es sei kein Märchen (darin hatte sie jedenfalls recht), und ich dürfe es unter keinen Umständen lesen. Es mußten immer noch ein paar glühende Scheite der Rebellion in mir gebrannt haben, denn das Verbot machte mich um so entschlossener, das Buch zu lesen. Ich wartete eines Abends, bis es spät war und ich sicher sein konnte, daß Martha schlief. Es war ein Frühlingsabend, es mußte einer gewesen sein – ich nahm wieder den Duft von blühendem, sprießendem Grün wahr, als ich mich daran erinnerte... Ich hatte fast die oberen Regale erreicht, als das französische Fenster aufgerissen wurde und sie dastand. Sie sagte nichts, sie griff nur nach mir, und das Mondlicht fiel voll auf ihre ausgestreckten Hände. Sie waren fleckig, schwarzbefleckt bis zu den Handgelenken, als hätte sie ihre Hände in einen Eimer voll Öl oder feuchten Schmutz getaucht.

Ich verlor den Halt und fiel herunter, gute zehn Fuß. Ich mußte ohnmächtig geworden sein, denn ich wachte mit einem verbundenen Kopf in meinem Bett wieder auf und ohne die leiseste Ahnung, was geschehen war.

Kein Wunder, daß ich darum gekämpft hatte, so viele Kindheitserinnerungen zu vergessen. Ich wäre mit ihnen nicht fertig geworden. Ich war nicht sicher, ob ich jetzt mit ihnen fertig werden konnte. Meine Hände zitterten so heftig, daß der gelbe Strahl der Taschenlampe auf und ab und hin und her tanzte wie ein hysterischer Leuchtkäfer. Es hatte vollständig dem Charakter Marthas entsprochen, hier zu lauern, auf mich zu warten und mich diese schmerzhafte, gefährliche Klettertour machen zu lassen, ehe sie sich zeigte – plötzlich, schweigend, erschreckend, wie ein Ungeheuer aus dem schlimmsten Alptraum eines Kindes. Sie war mir nicht durch das Haus gefolgt. Sie war durch die französischen Fenster aus der Nacht gekommen. Was hatte sie draußen getan, daß ihre Hände so schwarz waren, oder hatte ich mir das nur eingebildet?

Ich griff nach einigen Kinderbüchern, ohne auf die Titel zu sehen, und rannte hinaus.

Die Wolken lichteten sich im Laufe des Tages, und ich hatte eine gewagte Idee, die aus der Verzweiflung geboren war. Ich mußte weg von diesem Haus. Shirley hatte nichts weiter über ihren Wagen gesagt, und ich wollte sie nicht danach fragen. Entweder wollte sie ihn mir nicht leihen, oder der unbekannte Ausleiher hatte ihn ihr noch nicht zurückgebracht. Aber es mußte eine andere Möglichkeit geben.

Ich lag auf der Lauer, die Geldbörse und die Einkaufsliste in der Hand, als Mr. Danner seine asthmatische Hupe betätigte. Mrs. Danner sah mich erschrocken an, als ich ihr hinausfolgte, aber sie stieg kommentarlos in den Pritschenwagen, und ich ging auf die andere Seite, um durch das Fahrerfenster zu sehen.

»Hallo, Mr. Danner! Erinnern Sie sich noch an mich? Es ist lange her. Sie sehen so ... Sie sehen ... äh ...«

Ich hätte ihn niemals wiedererkannt. Er war ein großer, stämmiger Mann gewesen, mit einer gesunden Röte unter seiner sonnengebräunten Haut und einem bereitwilligen Grinsen. Das Gesicht, das mich jetzt ansah, war das einer wohlkonservierten Mumie – die Wangen totenblaß, die Falten eingegraben wie durch Säure; er war mürrisch und häßlich. Seine Lippen öffneten sich gerade genug, um ein paar wenige Worte herauszuquetschen.

»Abend, Julie. Wie geht es Mama?«

»Gut, danke. Wie geht es ...« Ich konnte mich nicht an den Namen des Mädchens erinnern, und noch viel weniger an den ihres Bruders, den ich nicht so gut gekannt hatte. »Was machen die Kinder?«

»Ich habe keine Kinder. Wiedersehen, Julie.«

Ich war so verblüfft, daß ich nicht sofort reagierte. Er hatte die Automatik eingelegt und den Fuß von der Bremse genommen, ehe ich reagierte. Ich griff verzweifelt nach der Wagentür und rief: »Warten Sie, warten Sie eine Minute! Nehmen Sie mich mit in die Stadt. Ich möchte ein paar Sachen einkaufen. Es dauert nicht lange ...« Er betrachtete mich mit steinerner Mißbilligung, und ich fügte hinzu: »Ich zahle gern für das Benzin und Ihre Zeit.«

Seine Miene wurde noch finsterer. »Daran liegt es nicht. Ein Christ nimmt kein Geld für eine gute Tat.«

»Also dann ...«

»Mir fehlt die Zeit. Nachtdienst heute. Ich könnte Sie mit hineinnehmen, aber Sie könnten nicht zurück.«

»Ich fahre per Anhalter oder – gibt es dort ein Taxi?«

Er schüttelte den Kopf. Mrs. Danner piepste: »Es gibt doch Will Smith, Mr. Danner. Er fährt einige der Damen ...«

»Schweig, Frau! Will ist ein Trunkenbold und treibt Unzucht. Keine anständige Frau würde in seinen Wagen steigen.«

Ich steckte meinen Kopf zum Fenster hinein, denn ich hatte vor, den absurden Streit zu gewinnen.

Er kam über das vom Regen weiche Gras lautlos wie eine Schlange. Ich bemerkte ihn nicht, bis er sprach.

»Willst du mitgenommen werden, Julie?«

Ich richtete mich so rasch auf, daß ich mir den Kopf am Fensterrahmen anschlug.

Danner gab sofort Gas und fuhr los. Ich sprang zurück, glitt auf dem nassen Gras aus und wäre gestürzt, wenn Alan nicht meinen Arm gepackt hätte.

»Typische Joe-Danner-Höflichkeit«, bemerkte er. »Ist alles in Ordnung, Julie?«

Der Schlag auf meinen Kopf trieb mir Tränen in die Augen. Ich blinzelte sie weg und hoffte, daß Alan sie nicht bemerkte oder ihre Ursache mißverstand. Ich hätte mir denken können, daß ich ihm früher oder später begegnen würde. Ich hatte es mir alles ausgedacht – das beiläufige Lächeln, die kühlen, wohlgesetzten Begrüßungsworte. Soviel zu diesem Drehbuch. Ich tat mein möglichstes, um meine Würde wiederzuerlangen und versuchte, die tückische Wärme zu ignorieren, die sich von seiner Hand über meinen Arm bis zur Schulter hinauf ausbreitete, bis sie meinen ganzen Körper erfaßte.

»Danke, mir geht es gut. Es ist am besten, ich gehe wieder ins Haus. Martha ...«

»Ich dachte, du wolltest mitgenommen werden?«

Er hatte sich nicht verändert. Als einziger hier war er unverändert geblieben. Barhäuptig, das Haar dunkel und glatt von der Nässe, überragte er mich um beinahe 20 Zentimeter. Er trug Jeans und ein langärmeliges Hemd, das bis zum Hals zugeknöpft war – man wandert nicht durch Virginias Wälder mit nackten Muskeln, nicht, wenn man Respekt vor Giftefeu, Moskitos, Zecken, Milben und Brombeersträuchern hat. Aber ich brauchte die Muskeln nicht zu sehen, um zu wissen, daß sie vorhanden waren. Ich spürte immer noch die Finger, die meinen Arm gepackt hatten. Lange, schlanke Finger, die einer unendlich zarten Berührung fähig waren bei Ausgrabungen und anderen Gelegenheiten.

Ich sagte mir, daß ich ein erwachsener Mensch war und keine einfältige Heranwachsende mehr, und daß sich meine Gefühle für Alan Petranek auf eine höfliche Gleichgültigkeit beschränkten, und, was am wichtigsten war, daß er den einzig verfügbaren Satz Räder besaß.

»Danke«, sagte ich, »wenn es nicht zu viele Schwierigkeiten macht.«

»Überhaupt keine Schwierigkeiten.«

Der Jeep parkte hinter dem Haus neben dem alten Stall, der als Garage diente. Anstatt zur Vorderseite des Hauses zurückzufahren, bog Alan in eine Fahrspur ein, von deren Existenz ich bisher nichts gewußt hatte. Sie war mit einem Belag versehen worden, und wenn einmal Schotter daraufgeschüttet worden sein sollte, so war er in den Morast eingesunken. Zwei Fahrspuren, in denen Wasser stand, führten ostwärts auf den Wald zu, machten eine scharfe Kurve und mündeten direkt bei der Brücke in die Straße.

Als wir über die Brücke ratterten, sah ich hinab. Der Fluß führte Hochwasser. Wasser von der Farbe getrockneten Blutes rauschte zwischen den Ufern, welche die frischen Wunden der Flut trugen.

»Bis morgen wird er noch höher steigen«, sagte Alan, der mit der unheimlichen Genauigkeit meine Gedanken las, an die ich mich noch erinnerte und die mich ärgerte. »Vielleicht bis zur Brücke. Aber keine Sorge. Das Haus steht auf hohem Grund.«

»Ich bin nicht besorgt. Warum fährst du diesen Weg? Carrsville liegt hinten …«

»Ich weiß zu meinem Unglück, wo Carrsville liegt. Der langweiligste Ort von Virginia. Ich dachte, du würdest etwas Aufmunternderes vorziehen als Millies Laden.«

»Mir ist nicht bewußt, daß es etwas Aufmunternderes gibt.«

»Ein paar Meilen den Highway hinab gibt es ein Einkaufszentrum. Verglichen mit Carrsville bietet es eine Fülle von Vorzügen.«

»Oh. Ich … äh … würdige dies, Alan. Aber sei unbesorgt, es wird nicht lange dauern. Ich muß um sieben Uhr wieder zu Hause sein.«

»Wie geht es Miß Martha?«

»Unverändert.«

Er nickte. »Und deiner Mutter? Hoffentlich gut?«

»Ordentlich, danke.«

Die steifen, förmlichen Sätze hätten von Fremden geäußert werden können, die sich nicht besonders mochten. Er sprach noch befangener, als mir zumute war. Ich konnte nicht glauben, daß er es war; eine gewandte Zunge und charmante Manieren gehörten zu Alans Kapital; er konnte ein Gespräch mit einem Leichenbestatter führen und dabei so erscheinen, als interessiere er sich wirklich für die Zusammensetzung einer Balsamierungsflüssigkeit.

Ich ahmte seinen höflichen, desinteressierten Tonfall nach und sagte: »Wie kommst du mit deiner Arbeit voran?«

»Interessiert es dich wirklich auch nur im geringsten?«

Vor uns, durch eine Lücke in den Bäumen, zeigte sich ein karmesinroter Streifen, wo die Wolken aufbrachen, aber unter den Bäumen vertieften sich die Schatten. Alan schaltete die Scheinwerfer an. Er wirkte jetzt lockerer; vielleicht hatte meine barsche und nicht ganz ehrliche Erwiderung die Spannung etwas gelöst.

»Ich will es dir trotzdem erzählen«, sagte er freundlich. »Im Augenblick stagniert meine Arbeit. Jedesmal, wenn wir mit den Ausgrabungen beginnen, fängt es an zu regnen.«

»Zu schade.«

»Dein Mitgefühl erwärmt die letzten Winkel meines Herzens.«

»Was auch immer das sein mag.«

»Werden wir uns nun den ganzen Sommer lang sticheln?«

»Ich habe nicht vor ...« Ich unterbrach mich, ehe ich mich selbst in mein Schneckenhaus zurückzog, aus dem ich vielleicht nur mit Mühe wieder herauskam. Wenn Martha mir nicht den Gefallen tat und starb, stand mir ein langer, heißer Sommer bevor (wobei massive Langeweile das kleinste der Übel wäre, die sich daraus ergeben konnten). Matt hatte offenbar nicht die Absicht, mehr Zeit in Maidenwood zu verbringen als unbedingt nötig; die Danners waren nicht sehr kooperativ, und Shirley ... Shirley hatte ihre eigenen Probleme. Es war also sehr wohl möglich, daß ich mich in einer Notlage befinden könnte, als Ergebnis des schlechten Wetters, von Marthas Zustand oder irgendwelchen anderen Ereignissen. Wenn das der Fall war, könnte die Nähe von ein paar kräftigen Archäologen sehr willkommen sein. Außerdem – hatte ich mir nicht gesagt, daß die Vergangenheit aus und vorbei war?

»Keine Sticheleien mehr«, sagte ich. »Selbstverständlich interessiere ich mich für deine Arbeit. Wonach suchst du? Nach dem Maydon-Bezirk?«

Es fiel mir erstaunlich schwer, den Namen auszusprechen. Das letzte Mal, als ich ihn ihm gegenüber gebraucht hatte, hatte ich ihn wie ein Geschoß auf ihn geschleudert und Alan beschuldigt, er benutze mich, um die Ausgrabungsstätte zu finden, nach der er suchte. Aber sobald die Worte ausgesprochen waren, kam es mir vor, als hätte ich eine Hürde übersprungen. Die Barrikade lag jetzt hinter mir.

Wenn er sich an jenen Vorfall erinnerte, dann zeigte er es nicht. »Den hoffe ich zu finden, ja. Aber es gibt noch andere Dinge.«

»Zum Beispiel?«

»Die Überreste des ersten Herrenhauses. Aus den Eigentums- und Steuerakten geht hervor, daß hier Ende des 17. Jahrhunderts ein Haus stand. Mit dem Bau des jetzigen Gebäudes wurde erst 1735 begonnen. Deshalb ersetzte es wahrscheinlich ein früheres Bauwerk, das zerstört wurde. Ich glaube aber nicht, daß ich die Spuren davon finde. Es stand wahrscheinlich in der Nähe des jetzigen Hauses, und von dort soll ich mich fernhalten.«

»Wie steht es mit den Friedhöfen?«

Wir hatten den Highway erreicht. Alan befolgte ruckartig das Stoppzeichen und bog dann auf den Highway ein. »Hast du von unserem Skandal hier gehört?«

»Erst als ich ankam. Matt sagte, deshalb habe er dir die Erlaubnis zu graben gegeben.«

»Er gab nicht großmütig nach, er wurde dazu gezwungen. Es gab einigen öffentlichen Druck.«

»Zum Teufel mit der Öffentlichkeit«, sagte ich und vergaß meinen Vorsatz. »Ich wette, der Druck kam von dir.«

»Ich dirigierte einen gewissen Teil davon«, sagte Alan selbstgefällig. »Eine Ablehnung wäre für das Image des Senators nicht vorteilhaft gewesen. Der stolze Aristokrat, der die Vandalen das Gesetz mit Füßen treten läßt ...«

»Das Gesetz beschäftigt dich sehr.«

»Der Vandalismus beschäftigt mich mehr. Es sind zu viele Ausgrabungsstätten geplündert worden. Besonders in Maidenwood. Bei all dem Gerede über einen Piratenschatz. Da sind wir ...«

Ich vergaß seine Probleme, als der volle Glanz des Einkaufszentrums über mich hereinbrach. Helle Lichter, Menschen, Autos ... Ich kam mir vor wie eine hinterwäldlerische Bäuerin, die zum erstenmal die große Stadt sieht.

Alan bog in eine Parklücke ein. »Ich warte auf dich in der Cafeteria. Laß dir Zeit.«

Ohne einen Blick zurückzuwerfen, ging er weg, seine Aktentasche in der Hand. Ich zögerte, hin- und hergerissen zwischen den exotischen Angeboten von *Safeway* und *Drug Fair*. Es gab ein Alkoholgeschäft, einen Geschenkartikelladen, einen *McDonald's* ... ich hätte nicht geglaubt, die goldenen Bögen könnten so verlockend sein. Ich hatte seit vier Tagen nicht einmal eine Zeitung gesehen.

Ich kaufte Lebensmittel und scharfe Getränke und verstaute sie im Jeep, ehe ich zum Drugstore ging. Die Cafeteria war ein Teil davon, und als ich eintrat, sah ich Alan an einem der Tische, den Kopf über Papiere gebeugt, die er auf dem Tisch ausgebreitet hatte. Er beklagte sich oft über die Menge Schreibarbeiten, die für eine Ausgrabung notwendig ist ...

Ich kaufte einen Armvoll Zeitschriften, Taschenbücher und Zeitungen. Als Alan mich sah, raffte er seine Unterlagen zusammen und steckte sie in seine Aktentasche. »Fertig?«

Ein Blick auf meine Armbanduhr sagte mir, daß es später war, als ich gedacht hatte. Ich bat ihn, am Drive-in-Fenster von *McDonald's* anzuhalten und für unterwegs etwas zum Essen zu kaufen, denn ich wußte, daß ich keine Zeit haben würde, eine Mahlzeit zuzubereiten, wenn ich um sieben Uhr meinen Dienst antreten sollte, und Mrs. Danners Spaghetti waren ein Horror, den ich mir lieber ersparen wollte.

Ich bot Alan Pommes frites an. Er schüttelte den Kopf. »Das Zeug ist Gift für deinen Körper. Ich würde lieber verhungern.«

»So spricht ein Mann, der nicht Mrs. Danners Gerichten gegessen hat.«

Er lachte. »Ich hatte nicht die Ehre, aber wenn ihre Küche ihrem Äußeren entspricht ...«

»Sie ist so miserabel, daß ich noch dazu getrieben werde, das Kochen selbst zu übernehmen.«

Ich erwartete halb eine Bemerkung über meine kulinarischen Talente oder meinen Mangel daran; wir hatten früher oft darüber gescherzt. Aber Alan schien ebensowenig wie ich erpicht darauf zu sein, unglückselige Erinnerungen an die Vergangenheit zu wecken. Er fuhr fort:

»Hast du abends manchmal frei? Es gibt Besseres als Mrs. Danner oder als Ronald McDonald.«

Es klang wie eine Einladung zum Abendessen – eine überraschend vorsichtige Einladung. Vielleicht hatte er während der vergangenen fünf Jahre ein wenig Demut gelernt. Früher klangen seine Einladungen immer wie Befehle.

Ich sagte, ich wüßte es nicht. »Shirley ist den ganzen Tag beschäftigt, und ich bitte sie ungern darum, noch mehr zu tun als jetzt schon. Ich sitze morgens bei Martha und abends von sieben bis zehn.«

Ich hatte nicht gewollt, daß es wie eine Aufforderung klang.

Jedenfalls legte er mich nicht darauf fest. »Wenn du dich am Nachmittag langweilst, komm doch heraus und leiste uns Gesellschaft. Ich kann immer noch ein paar Hände gebrauchen.«

Das klang wieder wie der alte Alan. Da ich fast sicher war, daß ich mich langweilen würde, sagte ich, ich wolle es mir überlegen.

Er setzte mich an der Eingangstür ab. Er bot mir nicht an, die Einkäufe hineinzutragen, sondern fuhr in einem aufstiebenden Wirbel von Schmutz und Kies davon, sobald ich die Einkaufstüten aus dem Wagen genommen hatte. Zweifellos war er für seine Freitagabend-Verabredung spät daran, dachte ich.

Ich trug die Tüten in die Küche. Shirley war während meiner Abwesenheit hiergewesen. Die Lichter brannten, und das Tablett mit den Speiseresten von Marthas Abendessen stand auf dem Tisch. Die Hintertür war offen.

Mir war etwas unbehaglich zumute. Ich war nicht überrascht gewesen, die Eingangstür unverschlossen zu finden, denn Shirley wußte, daß ich außer Haus war. Aber Mrs. Danner hatte die Küchentür abgeschlossen, als sie ging, und der einzige Grund, weshalb sie jetzt offenstand, konnte nur der sein, daß Shirley hinausgegangen und nicht zurückgekehrt war. Was tat sie draußen in der Dunkelheit?

Die Wolken hatten sich wieder geschlossen. Draußen war es sehr dunkel – wie dunkel, das kann nur jemand ermessen, der in einer

Gegend ohne Straßenlampen und nahe gelegene Häuser gewohnt hat. Ich stellte die Lebensmittel auf den Tisch und ging auf Zehenspitzen zur Tür.

Shirley war da. Oder jemand war da ... Ich sah etwas Geducktes, Schwarzes auf der untersten Stufe der Veranda. Sie sprach offensichtlich mit sich selbst, mit leiser, flüsternder Stimme. Die Worte konnte ich nicht verstehen.

Ich ging über die Veranda. Shirley stand auf. Ich hörte Blätter rascheln, als etwas in die Büsche floh. Shirley hatte das Wesen verdeckt. Sie hielt eine Schale, gefüllt mit den allzu vertrauten Resten, den Überbleibseln der Kasserolle vom vergangenen Abend.

»Was machen Sie da?« fragte ich.

Es war eine einfältige Frage. Doch ich erwartete halb, daß sie mir sagte, sie füttere den Hausgeist – so unheimlich war die Atmosphäre. »Ich wollte es sowieso wegschütten«, verteidigte sie sich. »Ich wußte, Sie würden es nicht essen.«

»Um Gottes willen, Shirley, Sie können alle Speisen haben, die Sie wollen, und Sie können damit tun, was Sie wollen. Ist es ein Hund oder eine Katze?«

»Er gehört nicht mir, er wurde ausgesetzt – es ist ein Hund. Er treibt sich hier herum. Ich weiß, ich hätte ihn nicht füttern sollen, aber ...«

»Nicht mit diesen Resten. Sie sind recht für Bussarde. Ich habe Corned beef gekauft. Versuchen wir es damit.« Ich holte das Fleisch aus der Tüte und legte einen Teil davon auf einen Teller. Der Teller hatte einen Sprung, und sein Muster war verblaßt, aber es waren noch Spuren seines Goldrandes vorhanden, und ich lächelte – streunende Hunde mit Fleisch auf einem Sèvres-Teller füttern – typisch Maidenwood.

»Hier, Hundchen«, sagte ich.

In den Büschen raschelte es, aber das Tier zeigte sich nicht.

Shirley sagte: »Er kommt nicht heraus, wenn Sie hier sind. Ich habe eine ganze Woche gebraucht, bis er in meine Nähe kam.«

Ich folgte ihr ins Haus. »Wie wäre es mit etwas Milch?« fragte ich. »Oder Wasser? Er wird etwas zu trinken haben wollen.«

»Es gibt genug Wasser hier in der Gegend«, sagte Shirley mit unbewegtem Gesicht.

»Ja, richtig.« Ich wickelte das übrige Corned beef in eine Plastiktüte. »Morgen kann er den Rest bekommen. Wenn ich das nächste Mal einkaufen fahre, bringe ich Hundefutter mit.«

»Das ist nett von Ihnen, Julie.«

»Nett? Quatsch. Ich lasse kein Tier vor meiner Nase verhungern.«

»Ich glaube nicht, daß er verhungern würde. Es gibt eine Menge Wild in der Nähe. Aber er ist daran gewöhnt, gefüttert zu werden, das kann man deutlich sehen. Ich glaube, sein Besitzer wollte ihn nicht mehr haben und setzte ihn hier aus.«

Ich brummte etwas, nicht ganz leise, und Shirley sah mich tadelnd an.

»Es ist nicht gut, wenn man flucht, Julie. Menschen sind eben ... Menschen.«

»Die Menschen sind schlecht. Shirley, würden Sie bitte die Lebensmittel einräumen? Ich gehe zu Martha hinauf. Machen Sie sich etwas Anständiges zu essen – ich habe Käse, Schinken und frisches Obst mitgebracht.«

»Schon gut, gehen Sie nur. Ich kümmere mich darum.« Ich griff nach einer Banane und aß sie, während ich die Treppe hinaufging. Ich ließ die Schale auf dem Tisch vor Marthas Tür liegen.

Ich hatte mich verspätet, und Martha ließ es mich wissen. Wenn Blicke töten könnten, dann hätte mich dieses starrende Auge in einen Fels verwandelt. Ihre Hand bewegte sich mit fast normaler Kraft, als sie auf den Stuhl und das Buch deutete.

Ich wollte, ich könnte sagen, ich hätte die viktorianischen Romanciers in jenem Sommer lieben gelernt. Ich wollte, ich könnte es sagen, aber ich kann es nicht. Der Anblick eines Bandes Dickens in einem Bücherregal bewirkt bei mir fast eine körperliche Übelkeit, als ob die Ereignisse dieses unglaublichen Sommers in die Seiten eingedrungen wären und freigesetzt würden, wenn ich einen Band aufschlug, wie ein übelriechender Nebel.

Aber, wie Dickens gesagt hätte, das alles lag in der Zukunft. Anfangs verabscheute ich Dickens um seiner selbst willen – seine unerhörte Sentimentalität, seine wehleidigen, verweichlichten Heldinnen. Sie stießen mich ab – besonders die süßliche Esther Summerson. Ich lernte die Worte wie ein Tonbandgerät herunterzuleiern, während meine Gedanken anderswo waren.

Hatte Shirley wirklich geglaubt, ich sei solch ein Ungeheuer und tadelte sie, weil sie ein hungriges Tier fütterte? Jedenfalls hegte sie nun wärmere Gefühle für mich; ihr Lächeln war breit und freundlich gewesen. Ich war froh darüber. Ich brauchte Freunde. Und wenn es ein Hund war. Es wäre nett, ein Haustier zu besitzen. Ich hatte nie eines gehabt. Mutter war allergisch gegen Tiere gewesen ... zum erstenmal fragte ich mich, ob ihre angeblichen Allergien andere Ursachen hatten – zum Beispiel die heftige Abneigung ihrer eigenen Mutter gegen Tiere.

Während ich las, Seite um eng bedruckte Seite, wurde die Abendbrise angenehm kühl, und die Sterne begannen am Nachthimmel aufzuleuchten. Ich hätte eigentlich guter Stimmung sein sollen. Ich hatte etwas zu Essen, bevor ich zu Bett ging, und einen neuen Kriminalroman zum Lesen; Shirley war freundlich zu mir; und wenn Gott es wollte, würde ich am nächsten Tag vier Räder zur Verfügung haben. Ich weiß nicht, warum ich deprimiert war. Vielleicht war es der leise Schrei, den ich hörte, kurz bevor ich zu lesen aufhörte. Es klang wie ein Tier, das Schmerzen hatte oder in Not war.

Es konnte jedes beliebige Tier sein. Der Zyklus des Lebens ist auch ein Zyklus des Todes, und die natürliche Auslese scheint meistens darin zu bestehen, daß Lebewesen andere Lebewesen auffressen.

Aber lange nachdem ich mein Licht gelöscht hatte, lag ich noch wach und dachte an alle die heimatlosen, hungrigen Wesen, die in der Dunkelheit kauerten; und ich träumte, daß etwas Junges und Verstörtes an mein Fenster kam und ein weißes, nasses Gesicht an die Scheibe drückte. Seine Augen waren leere Höhlen in einem Rahmen von polierten Knochen, und die Finger, die am Fenster kratzten und um Einlaß baten, hatten kein Fleisch, um der Bitte Kraft zu verleihen.

4

Auf jeden Fall war es nicht der streunende Hund, der im nächtlichen Wald ein vorzeitiges Ende gefunden hatte. Ich erhaschte einen Blick auf ihn am nächsten Morgen, als ich seine leere Futterschale wieder füllte – nur ein paar ängstliche Augen und eine lange Schnauze, die durch die Büsche zu sehen war. Als ich auf ihn zuging, verschwand er ganz. Deshalb überließ ich ihn seinem Frühstück. Der Teller war saubergeschleckt, als wäre er gewaschen worden.

Ich war gewöhnlich morgens als erste unten, denn Shirley blieb bei Martha, bis ich sie ablöste, und Mrs. Danner kam erst um die Mittagszeit. Am Vormittag arbeitete sie für jemand anderen. Samstags kam sie überhaupt nicht; laut Shirley beging die Kirche, der sie und ihr Mann angehörten, den Sabbat im alten Stil. Nein, sagte Shirley, Mrs. Danner sei weder Jüdin noch Adventistin; sie gehörte einer dieser kleinen Sekten an – sie konnte sich nicht an den Namen erinnern.

Wegen Mrs. Danners religiösen Bedürfnissen mußte Shirley samstags die Last allein tragen. Shirley sagte, es mache ihr nichts aus; aber sie ging sonntags für ein paar Stunden nach Hause, wenn Mrs. Danner sich bereitfand, etwas länger zu bleiben.

Ich hatte mir über Shirleys häusliche Umstände nicht viele Gedanken gemacht. Ich glaube, ich hatte angenommen, die Familie habe sie aus Atlanta hergeholt, als sich die Notwendigkeit ergab, und ihr Mann und ihre Kinder lebten immer noch dort. Als ich etwas Ähnliches sagte, erstarrte ihr freundliches Lächeln. »Ich bin vor zehn Jahren hierhergezogen«, sagte sie und wechselte das Thema.

Aber sie zögerte nicht, über die Danners zu reden. Ich dachte über meinen *faux pas* nach. Ich hatte mich nach deren Kindern erkundigt und fragte mich, welchen Nerv ich unabsichtlich getroffen hatte. Wenn der Junge und das Mädchen, an die ich mich erinnerte, gestorben waren, tat es mir leid, unglückliche Erinnerungen bei ihnen geweckt zu haben.

Nein, sagte Shirley, sie seien nicht tot. Sie lebten und es ginge ihnen recht gut, wie sie letzthin gehört habe. Lynne Anne habe drei Kinder, und John junior arbeite irgendwo im Norden auf dem Bau.

Ich hörte aufmerksam zu. Sie können darüber lachen, wenn Sie wollen, aber Kleinstadtgerede ist der Stoff, aus dem große Romane gemacht werden. Sehen Sie sich Jane Austen an. Sehen Sie auch, nebenbei gesagt, Dickens und Tolstoi an. Wie ich erfahren sollte, gibt es wenige Absonderlichkeiten menschlichen Verhaltens, die sich nicht in Kleinstädten zutragen. Ja, sie zeigen sich hier um so deutlicher, weil sie isoliert dastehen.

Die bizarre Verwandlung der Danners von netten, liebenswürdigen Menschen in ernste Puritaner war der erste derartige Fall, der mir begegnete, und ich war darüber außer mir. »Ich kann es nicht fassen«, sagte ich. »Ich erinnere mich an sie – er lachte viel und roch nach Bier, und sie hat schreckliche Plätzchen gebacken, aber sie verteilte sie freigebig und scherzte mit den Kindern ... Er trieb tatsächlich dieses Mädchen in den Schneesturm hinaus?«

»Es war nicht so, daß er sie zum Sterben hinausgeschickt hat«, sagte Shirley nüchtern. »Es war etwas Verkehr auf der Straße, und eine halbe Meile entfernt wohnte ein Nachbar. Es war der reine Trotz, daß sie so weit gegangen ist. Aber so sind sie in diesem Alter.«

»Trotzdem ...«

»Er hat auch seine guten Seiten«, räumte Shirley ein. »Er trinkt nicht mehr und schlägt sich nicht mehr mit anderen, und früher war er ein richtiger Schürzenjäger.«

»Nun, ich bin froh, daß Sie es mir erzählt haben, Shirley. Ich werde die Kinder nicht wieder vor ihnen erwähnen.« Wir standen vor Marthas Zimmer und sprachen leise. Martha hielt einen Mittagsschlaf; ich war auf dem Weg nach unten, für den ganzen Nachmittag befreit. Ich dachte, ich könnte den Kühlschrank ausräumen oder vielleicht etwas Aufregendes tun, zum Beispiel einen Spaziergang machen.

Ich aß ein Schinken-und-Käse-Sandwich, trank eine Tasse Kaffee und spülte mein Geschirr. Der Kühlschrank brauchte nicht ausgeräumt zu werden; es war nichts darin, was man hätte ausräumen können, außer einem einsamen Huhn und etwas Obst und Käse. Als ich die leeren Fächer betrachtete, hätte ich gern Matt einen raschen Tritt versetzt, dorthin, wo es am ärgsten weh tut. Ich empfand auch keine so große Sympathie mehr für Shirley. Wie, zum Teufel, sollte ich hier das Haus versorgen ohne Speisen oder die Mittel, welche zu besorgen? Das Geheimnis von Shirleys fehlendem Auto war immer noch ungelöst; offensichtlich war es nicht zurückgegeben worden, denn es war nicht da. Ich wünschte, ich hätte Matt genau gefragt, wann er kommen wollte. Hatte er vor, zum Abendessen zu bleiben? Das Huhn würde nicht viel hergeben, besonders, wenn ich die Hälfte davon an den Hund verfütterte. Der Hamburger war aufgegessen, schon lange aufgegessen.

Ich fand, daß es sinnlos war, im Haus herumzuhängen und auf

Matt zu warten. Vielleicht kam er erst am Abend. Wenn er um sechs Uhr kam, mit einem großen, hungrigen Lächeln auf dem Gesicht und ein Essen erwartete, dann hatte er Pech. Und wenn er ohne einen Wagen für mich ankam, dann würde ich ihm tatsächlich einen Tritt versetzen.

Nachdem ich diesen Punkt im Geist geklärt hatte, ging ich hinaus. Das Futter, das ich dem Hund hingestellt hatte, war weg. Von ihm selbst war nichts zu sehen. Ich hatte eine Schüssel Wasser unter die Stufen gestellt, aber ich konnte nicht feststellen, ob er sie angerührt hatte.

Ich glaubte, dieser erste Rundgang auf dem Familienbesitz hätte mich eigentlich erschüttern sollen. Maidenwood war wirklich heruntergekommen, zugewachsen und ungepflegt; aber ich konnte mich nicht daran erinnern, daß es jemals anders gewesen war, und da ich zu einem radikalen sozialen Denken neige, deprimierte mich nicht, was manche Leute den Niedergang einer einstmals stolzen, alten Familie genannt hätten.

Es war nichts übrig von den terrassierten Gärten und weiten Rasenflächen, die einmal das Haus umgeben hatten, oder von den Nebengebäuden, die wie ein kleines Dorf den unterschiedlichen Bedürfnissen gedient hatten. Die Molkerei, die Tabakscheunen, die Werkstätten der Handwerker und die Sklavenhütten waren schon lange zerfallen. Als ich in Maidenwood lebte, war es mir verboten gewesen, in die Nähe dieses Teils des Grundstücks zu gehen, denn dort gab es aufgegebene Brunnen und eingefallene Keller unter dem Unkraut: Ein paar kleine Gebäude waren erhalten geblieben – das alte Räucherhaus, das solide, wenn auch grob aus Feldsteinen errichtet worden war, und zwei Backsteinhäuser, in denen Gartengeräte und Trödel aufbewahrt wurden.

Der Landrücken, auf dem das Haus stand, verlief ungefähr von Norden nach Süden und parallel zum Fluß eine halbe Meile östlich davon. Im Süden, getrennt vom Haus durch einen Baumgürtel, war Grasland, unbebaut und von Unkraut überwuchert. Offenes Land fiel von dort zum Flußufer hinab. In der fernen Vergangenheit war hier der Zugang zum Haus von der Landestelle am James River gewesen. Besucher bevorzugten manchmal den Wasserweg anstelle der holperigen, schmutzigen Straßen, und der Tabak, von dem der

Wohlstand der Plantage stammte, wurde hier für die Verschiffung verladen. Das meiste Land zwischen dem Haus und dem Fluß war dicht bewaldet; kleine Ströme hatten Hohlwege und Rinnen in den Boden gegraben.

An den schattigen Stellen war der Boden immer noch feucht, aber die Sonne schien hell von einem wolkenlosen Himmel, und alles, was zu dieser Jahreszeit blühen konnte, blühte, was das Zeug hielt. Weiße Blüten besternten das lebhafte Grün ineinander verflochtener Brombeer- und Himbeerdickichte, wilde Rosen hoben zerknitterte, rosarote Blütendolden aus dem Unkraut.

Ich folgte dem Weg, der zum Wald führte. Es war noch früh im Jahr für Moskitos, aber der Giftefeu sah sehr gesund aus, und in dem hohen Gras waren sicherlich Zecken, auch Schlangen. Ich blieb auf dem Weg, so daß ich sehen konnte, wo ich hintrat. Ich hatte ›Stiefel‹ auf meine Einkaufsliste geschrieben, aber alles, was ich im Moment besaß, waren Turnschuhe, und sie boten nicht viel Schutz vor einem Schlangenbiß.

Später im Jahr wäre der Wald fast undurchdringlich, außer an den verwunschenen, geheimen Stellen, wo dunkle Schatten und gefallene Blätter das Pflanzenwachstum eindämmten. Selbst jetzt war der Waldrand eingezäunt von einem mannshohen Gestrüpp aus Brombeerbüschen, Gleißblatt, wildem Wein und Giftefeu wie von einer Stacheldrahtbarrikade. An einer Stelle waren die rankenden Pflanzen abgehackt. Dort bog ein Pfad vom Hauptweg ab und tauchte in die dämmrigen Schatten.

Ich ging weiter und achtete auf alle Lebewesen. Wilde Tiere sind scheu und auf der Hut; ich wußte, wenn mir ein Tier begegnete; selbst ein harmloses wie ein Opossum oder ein Hase, und es stand nur da und sah mich an, anstatt wegzulaufen, bestand die Möglichkeit, daß es die Tollwut hatte. Ich bewaffnete mich mit einem kräftigen Stock und marschierte tapfer weiter. Wenn ich mich von solchen Gedanken nervös machen ließ, würde ich es den ganzen Sommer lang nicht wagen, das Haus zu verlassen.

Ich hatte noch ein anderes Motiv für meine Expedition außer der Langeweile und dem Verlangen nach Bewegung. Ich war neugierig, was Alan und sein Team taten. Dies war sicher eine gute Chance, mich hier umzusehen. Ich erwartete nicht, daß ich verstehen würde, was ich sah, vorausgesetzt, ich sah überhaupt etwas; in den alten Zeiten hatte Alan mich zu ein paar Ausgrabungsstätten hinausgeschleppt, und ohne Programm oder seine Erklärungen hätte ich eine archäologische Ausgrabungsstätte nicht unterscheiden können von einem Loch im Boden – dem einige Grabungsstätten eindeutig ähnelten.

Ich sah keine Schlangen und keine tollwütigen Opossums, aber ich fand einen Archäologen. Das erste, was ich von ihm sah, war seine Rückseite. Das übrige von ihm steckte kopfüber in einem Loch zwischen zwei Kiefern. Ein großer, brauner Schmutzfleck breitete sich auf dem Hinterteil seiner Jeans aus, aber ich erkannte Alan mühelos.

Die Gelegenheit war zu günstig, um sie verstreichen zu lassen. Nein, ich war nicht versucht, meinen Stock zu benützen, das wäre kindisch und ordinär gewesen.

Wenigstens war ich nicht sehr versucht.

»Hallo da!« sagte ich laut.

Die Folgen waren sogar noch besser, als ich erhofft hatte. Sein Fuß glitt am Rand des Lochs aus, und er fiel der Länge nach hin. Als er sich in eine sitzende Position gebracht hatte, war Schmutz auf seinem Gesicht, der zu dem Schmutz an seinem Hinterteil paßte.

»Habe ich dich erschreckt?«

Alan spuckte etwas Erde aus. »Mein Gott, bist du eine unfreundliche Frau! Ist dir jetzt wohler zumute?«

»Wesentlich!« Ich hockte mich nieder. »Findest du etwas Interessantes?«

»Vier Bierdosen, fünf Big Mac-Packungen und einige Präservative plus ein paar Knochen.«

»Menschliche?«

Er gab mir eine Probe. Es war ein langer Knochen, von dem roten Lehm befleckt und auf unheimliche Weise gesplittert.

»Was soll das, ein Test?« fragte ich.

»Nein, es ist kein menschlicher Knochen, wie du sehr gut weißt. Von einem Pferd?«

»Was würdest du zu Rotwild sagen?«

»Sehr unwahrscheinlich.« Ich warf den Knochen weg. »Es sieht so aus, als wärst du auf den Ort eines Stelldicheins gestoßen. Es ist aber nicht meine Vorstellung von einem idealen Ort für die Liebe.«

»Oh, ich weiß nicht.« Er lehnte sich zurück, stützte sich auf seine Ellbogen und hob das Gesicht zum Himmel. »Es ist abgelegen und friedlich, und in der Nacht kann man die Sterne sehen.«

Ich beschloß, die Angelegenheit nicht weiter zu verfolgen. Er hatte mit dem Gebaren eines Mannes gesprochen, der aus erster Hand wußte, worüber er sprach.

»Nun, es war schön, dich zu sehen«, sagte ich.

»Warte eine Minute.« Er stand auf.

»Nun?«

Er zögerte. Dann sagte er grob: »Vor fünf Jahren trennten wir uns im Unfrieden. Ich wußte nie warum.«

»Wirklich nicht?«

Alans Augen wurden schmaler. »Vielleicht war es meine Schuld, vielleicht auch deine, es ist mir egal, wer schuld war; ich habe nie an die beliebte moderne Theorie geglaubt, daß Leute ihre Probleme lösen können, wenn sie sie ausdiskutieren. Das Verfahren führt schließlich zu einem Austausch alter Beschuldigungen. Soweit es mich anbetrifft, ist die Vergangenheit tot und begraben. Ich hoffe, du denkst genauso.«

»Mir soll es recht sein«, sagte ich, »es hat mich schon lange nicht mehr gequält.«

»Gut«, sagte er kühl, »weil es nämlich gestern abend mein Ernst war, als ich sagte, ich könnte etwas Hilfe gebrauchen. Ich habe verdammt wenig Leute.«

»Und was soll ich tun? Graben?«

»Nein. Ich habe ein paar muskulöse Burschen, die die schwere Arbeit verrichten. Aber ich brauche jemanden für praktisch alles andere – Aufzeichnungen, Fotografien. Diese Ausgrabung hängt an einem seidenen Faden.«

»Bekommst du keine Gelder von der Universität oder vom Untersuchungsausschuß?«

Er lächelte nicht. Wenn es um seine Arbeit ging, hatte er sehr wenig Humor. »Das Schundblatt war schon hier. Ich mußte einen hartnäckigen Reporter mit einer Keule vertreiben. Auf diesem Gebiet kannst du sehr nützlich sein, du kannst unwillkommene Besucher verscheuchen. Als Familienmitglied kannst du Unbefugten mit der vollen Kraft des Gesetzes drohen.«

»Das werde ich tun. Du sprichst so, als erwartest du eine Invasion.«

»Das könnte geschehen, wenn das Wetter besser wird. Der Sheriff sagt, diese Wälder seien bei hiesigen Jägern und Trappern sehr beliebt und bei Liebespaaren.« Eine Handbewegung erinnerte mich an den Beweis dafür, der auf dem Boden herumlag. »Es ist das einzige große unbebaute Stück Land in der Gegend. Die Presse hat das alte Gerücht über den Piratenschatz wiederaufleben lassen, und ich möchte nicht, daß irgendwelche Lümmel eine möglicherweise wertvolle Ausgrabungsstätte ruinieren.«

»Hast du noch nicht herausgefunden, woher die Skelette stammen?«

»Um Gottes willen, es sind über fünfhundert Morgen Land abzusuchen, und der größte Teil davon ist zugewachsen. Ich bin nicht einmal sicher, ob die Gebeine von Maidenwood stammen, obwohl es natürlich am wahrscheinlichsten ist.« Ich zog eine Grimasse. Alan sah mich neugierig an. »Sage ja nicht, du bist abergläubisch. Wenn schon der bloße Gedanke an ein Skelett dich schaudern läßt, hast du vielleicht den falschen Beruf gewählt.«

»Beleidige mich nicht. Es sind nicht die Skelette, es sind die Psychos, die sie auf die Straße legten, die mich beunruhigen. Wie kann jemand so etwas tun?«

»Ich weiß keine Antwort außer der, die du selbst gegeben hast. Es gibt eine Menge kranker Leute auf der Welt, aber Grabschändung ist nicht notwendigerweise ein Anzeichen für sozialpathologisches Verhalten; es gibt gute, praktische Gründe dafür, darunter meine eigenen. Auch unsere Kultur vergräbt wertvolle Dinge mit den Toten.«

»Zum Beispiel Eheringe«, sagte ich. »Hatte sie einen?«

»Es wurde keiner gefunden. Was nicht bedeutet, daß sie keinen besaß.«

»Weshalb konnte die Polizei nicht feststellen, wer das getan hat?«

»Sie haben nicht viele Anhaltspunkte, Julie. Keine Fingerabdrücke, keine Fußspuren, keine Reifenspuren. Und die Kleider, die sie trugen…«

»Kleider! Was für Kleider?«

»Ich dachte, du wüßtest es.«

»Das einzige, was ich von Matt hörte, war das Wort ›Skelett‹. Ich habe über diese Geschichte nichts gelesen. Kannst du die Überreste anhand der Kleidung datieren?«

»Ihr Kleid und das Kinderkleid müssen nicht die Kleidung gewesen sein, in der sie begraben wurden, Julie. Der Stoff ist zu gut erhalten. Er war zerdrückt und muffig, als wäre er in einem Koffer weggepackt gewesen, aber er war nicht verrottet.«

»Du meinst, jemand bedeckte die armseligen Gebeine mit Kleidern, die er auf dem Dachboden seiner Großmutter gefunden hat? Das ist wirklich krank, Alan!«

»Unheimlich, aber nicht notwendigerweise krank«, sagte Alan so geschraubt, daß ich ihn gern geschüttelt hätte. »Kinder haben einen besonderen Humor; manche ihrer Streiche sind einfach bizarr, glaube mir. Die Kleider stammen offensichtlich von einem Dachboden, wie du sagtest. Also haben wir keinen Hinweis auf die Herkunft der Gebeine. Deshalb bin ich auch so wütend über diesen Vandalismus. Wenn wir die Skelette *in situ* gefunden hätten, wären Beweisstücke dabeigewesen – Knöpfe, Stoffetzen ...«

»Wie alt?«

»Was?«

»Die Kleider. Waren sie von Hand oder mit der Maschine genäht? Aus was für einem Stoff waren sie? Man könnte anhand ihres Schnitts ungefähr auf ihr Alter schließen.«

Alan sah mich ausdruckslos an. »Ich weiß nicht.«

»Ebensowenig wüßte es ein anderer Mann.« Ich rümpfte die Nase. »Ich nehme nicht an, daß es irgendeinem von euch Experten in den Sinn kam, sie von einer Frau prüfen zu lassen?«

»Was macht das für einen Unterschied?« fragte Alan gereizt. »Ich sagte dir noch, es waren nicht die Originalkleider.«

»Sie könnten einen Hinweis darauf geben, wessen Dachboden geplündert wurde. Wenn die Polizei die Witzbolde ausfindig machen würde, könnte man sie zum Reden bringen, wo sie die Skelette hergeholt haben. Dann müßtest du nicht fünfhundert Morgen Land umgraben.«

Der Vorschlag war so offensichtlich vernünftig, daß er Alan wütend machte – weil er selbst nicht darauf gekommen war. Sein Gesicht rötete sich. »Warum sprichst du nicht mit dem Sheriff? Ich bin sicher, er würde sich deinen Rat gern anhören.«

»Vielleicht tue ich das.«

Es war offensichtlich, daß Alan sich nicht weiter für das Thema interessierte; mit einem nachdenklichen Stirnrunzeln zerquetschte er die feuchten Lehmklumpen zwischen den Fingern, als erwarte er, darin verborgene Edelsteine zu finden.

»Schau her, Alan«, sagte ich. »Ich bin nicht abergläubisch oder so etwas ... nein ... aber ich träume von fleischlosen Gesichtern, die vor meinem Fenster wimmern. Knochen sind Knochen«, fuhr ich energisch fort. »Gegenstände, Dinge. Die Toten gehen mich nichts an. Es sind die Lebenden, die mich beunruhigen, wie jemand einmal gesagt hat, diejenigen, die vielleicht um das Haus herumschleichen.«

»Ich weiß, was du meinst«, sagte Alan freundlich.

»Verdammt, Alan, wo kamen sie her?«

»Die Skelette?« Alan wischte sich die schmutzigen Hände an seiner Hose ab. »Keine Ahnung. Vielleicht von eurem Familienfriedhof.«

Er sah, wie die Vorstellung mich erschreckte, aber er verstand nicht, weshalb. Mitleidig sagte er mit einer freundlicheren Stimme: »Ich glaube sicher, die Polizei hat dort nachgesehen, Julie. Obwohl die hiesigen Trottel ein offenes Grab nicht bemerken würden, es sei denn, sie fielen hinein.«

»Warum suchst du nicht danach?«

»Meine Liebe, wir einfachen archäologischen Typen dürfen nicht in die Nähe des Hauses. Dein einfältiger Vetter bestand darauf; jeder gottverdammte Schwindler von Virginia geht dort ein und aus, aber wir dürfen nicht. Sieh dir das an!« Er deutete auf das Loch zu seinen Füßen. »Es ist ganz neu – von letzter Woche. Ich kontrolliere von Zeit zu Zeit das Gelände, und dies war letztes Wochenende noch nicht da.«

»Glaubst du nicht, daß es ...«

»Ihr Grab war? Das kann es nicht gewesen sein. Die Skelette tauchten schon vor zwei Wochen auf. Nein, ich glaube, die Schatzgräber sind wieder unter uns.«

»Warum unternimmt niemand etwas dagegen?« fragte ich ärgerlich.

»Wer denn? Es ist unmöglich, dieses Gebiet vierundzwanzig Stunden lang zu bewachen.« Er schwieg einen Augenblick. Dann sagte er verlegen: »Ich wollte dich nicht anschreien, Julie. Es liegt einfach daran, daß mich diese Art von Zerstörung verrückt macht...«

»Ich weiß.«

»Willst du mir immer noch helfen?«

»Sicher. Wann soll ich mich zur Arbeit melden? Morgen?«

»Ich arbeite sonntags nicht. Nicht, weil ich irgendwelche Gewissensbisse hätte«, fügte er stirnrunzelnd hinzu, »sondern weil ich schon Scherereien mit einigen der hiesigen Hohlköpfe hatte, daß ich den Tag des Herrn nicht heiligte. Sie können sich offenbar nicht entscheiden, ob er den Samstag oder den Sonntag vorzieht, deshalb heiligen sie beide Tage. Wie wäre es am Montag?«

»Gut. Wo?«

»Ich zeige es dir.«

»Ich muß leider zurück ins Haus. Matt sagte, er möchte heute vorbeikommen, und ich darf ihn nicht verpassen.«

Alan nahm die Schaufel, die an den Baum gelehnt war, und ging voraus. Bald verließen wir den Wald und kamen auf eine Wiese, die hoch bewachsen war mit Gras und wilden Blumen. Einige hundert Schritt entfernt glitzerte der Fluß im Sonnenlicht. Links waren die Dächer und Kamine des Hauses, die Luft wimmelte von Insekten, ein paar Bienen schwirrten neugierig um mein Gesicht, und ich wehrte sie ab.

»Ignoriere sie, und sie belästigen dich nicht«, sagte Alan und schritt mannhaft voraus.

Sie belästigten ihn nicht, aber irgend etwas an mir war unwiderstehlich – vielleicht mein Shampoo. Ich hatte kein Parfüm benützt. Als wir die Wiese hinter uns ließen, drehten meine Bewunderer ab, wahrscheinlich, weil sie herausgefunden hatten, daß ich zwar köstlich roch, aber enttäuschenderweise keinen Nektar anbot.

Das benachbarte Gelände war gemäht, aber nicht gepflügt worden. Der Boden unter den Füßen war sumpfig. Große, schwarze Plastikplanen waren hie und da ausgebreitet. In den Falten schimmerte Wasser. Alans Jeep stand neben einem anderen Vehikel, einem kleinen Wohnwagen, dessen hintere Tür offenstand. Alan warf die Schaufel hinein, wo sie auf anderes Werkzeug fiel, und dann schloß er die Tür.

»Wie hast du den Wohnwagen hierhergebracht?« fragte ich und suchte vergeblich nach irgendeinem Weg.

»Unter großen Schwierigkeiten«, sagte er mürrisch. »Und ich bekomme ihn erst wieder von hier weg, wenn der Boden trocken ist. Das ist nicht gerade die bequemste Ausgrabung, die ich je gemacht habe.«

Die Erinnerungen, die in mir aufstiegen, als ich das Feld überblickte, waren ohne gefühlsmäßige Untertöne oder schmerzhafte, erschütternde Schocks – nur die gewöhnlichen, konventionellen Erinnerungen an vergangene Erlebnisse. Die Plastikplanen bedeckten Sondierungsgruben und Gräben; sie waren nicht so zufällig verstreut, wie es aussah, sondern waren ein Teil eines Musters, das das gemähte Gebiet durchzog. Ich griff nach einer losen Ecke der nächsten Plastikplane, die mit Steinen beschwert war.

Alan stieß meine Hand zur Seite, so heftig, daß es schmerzte. »Stecke nie deine nackte Hand in die Nähe von etwas, das du nicht sehen kannst«, sagte er. »Ich fand einmal eine sechs Fuß lange Mokassin-Schlange, die sich unter einer Plane verkrochen hatte.«

»Oh!«

»Es gibt sowieso nichts zu sehen«, fuhr Alan fort. »Dieses Gebiet scheint nie besiedelt gewesen zu sein; es ist steril. Wir werden noch ein paar Gräben ausheben, nur um sicherzugehen, und dann nehmen wir eine andere Stelle in Angriff.«

»Es klingt sehr aufregend. Ich kann es kaum erwarten.«

»Gib mir nicht die Schuld, wenn es langweilig ist, sondern deinem Vetter. Wenn ich in der Nähe des Hauses graben dürfte, würde ich Fundamente, Abfallgruben und ...« Ein nachdenkliches Leuchten wärmte seine Augen. »Sagtest du, er kommt heute nachmittag? Um welche Zeit?«

»Das sagte er nicht. Wenn du unbedingt hier herumhängen willst, in der Hoffnung, ihn zu sehen, dann vergiß es. Martha bekäme noch einen Schlaganfall, wenn sie wüßte, daß du auf dem Grundstück bist.«

»Sie wird es nicht erfahren.«

»Vergiß es«, sagte ich. »Ich weiß nicht, wann Matt erscheint, falls er überhaupt kommt.«

Alan sagte nicht ja, nein oder vielleicht, sondern stand einfach da und lächelte mich an, wobei die Lider seine Augen halb verdeckten. Ich hatte diesen Blick schon früher gesehen.

»Bis Montag«, sagte ich und wandte mich ab.

Er schrie mir nach, als ich ein kurzes Stück gegangen war, um mir zu sagen, daß ich die falsche Richtung einschlug. Ich winkte – es war keine freundliche Geste, sondern sie besagte, ›kümmere dich um dein eigenes Geschäft, und mach dich davon‹ – und ging weiter.

Etwas an der Ausgrabung beunruhigte mich, und es war nicht die Aussicht darauf, mich zu Tode zu langweilen. Ich begriff, weshalb Matt dagegen war, daß ein archäologisches Team in der Nähe des Hauses arbeitete. Marthas Gehör war immer abnorm gut gewesen – manchmal dachte ich, sie würde nicht hören, sondern die Gedanken der Leute auf eine gewisse Entfernung lesen. Aber diese Einschränkung ließ Alan noch eine Menge Land übrig, und wenn man erwartete, daß er nach einem aufgegebenen Friedhof suchte, aus dem das Skelett des Mädchens stammte, dann nahm er es nicht in der richtigen Art und Weise in Angriff. Niemand würde je an einer niedrig gelegenen Stelle in der Nähe eines Flusses, der regelmäßig über die Ufer trat, ein Grab ausheben. Und wenn er es getan hätte, dann wäre inzwischen von dem Inhalt des Grabes nichts mehr übrig. Ich erinnerte mich an die Flut, als dieses ganze weite Land unter Wasser stand.

Ich ging bergauf, als ich mich vom Fluß entfernte. Der Hang stieg langsam an, und dies bedeutete, daß das Haus weit über der Flußebene stand, und das gleiche galt für den alten Familienfriedhof, der eine halbe Meile nördlich von Maidenwood lag. Der höhergelegene Baugrund war der einzig vernünftige Platz für ein Haus und einen Friedhof, es sei denn, es war einem gleichgültig, ob die Überreste der Angehörigen alle paar Jahre weggeschwemmt würden.

Ich kletterte über einen verrotteten Holzzaun und schnitt die Ecke eines Feldes ab, das bis zur Brusthöhe mit Unkraut bewachsen war. Alan hatte meine Reaktion mißverstanden, als er den Friedhof erwähnte, was nicht verwunderlich war. Ich erinnerte mich plötzlich an etwas und wandte mich ohne Zögern vom Haus ab und ging den Backsteinweg entlang, der von den üblichen Friedhofszypressen gesäumt war.

Der Friedhof war von einer Backsteinmauer umgeben und von weiteren Zypressen, die so dunkel waren, daß sie fast schwarz aussahen, und so groß, daß sie einen beständigen Schatten über die Gräber warfen. Die Familientradition besagte, daß die Bäume von England hierhergebracht worden waren, Schößlinge von ehrwürdigen Giganten, die ein kreuzfahrender Ahne aus dem Heiligen Land mitgebracht hatte. (Wenn es darum geht, romantische Legenden zu erfinden, schlägt niemand die Carrs.) In der Mitte des Friedhofs stand ein rotes Backsteinmausoleum. Sein Dach war leuchtendgrün, die Schieferschindeln waren von Moos bedeckt.

Das schmiedeeiserne Tor war mit einem nagelneuen, glänzenden Vorhängeschloß gesichert. War dies ein Fall wie das verschlossene Scheunentor, nachdem das Pferd gestohlen war? Von außen konnte ich es unmöglich sagen. Aber das Vorhängeschloß war ein Beweis dafür, daß jemand das Mausoleum in jüngster Zeit aufgebrochen hatte. Es gab keine Anzeichen für eine reguläre Instandhaltung oder Pflege; die Pflanzen standen kniehoch, und einige der Grabsteine lehnten sich wie betrunken zur Seite, und ihre Inschriften waren von Flechten überwachsen.

Ah, die nostalgischen Erinnerungen an die Kindheit! Beim letzten Mal, als ich durch das Gitter gesehen hatte und das rauhe Metall sich in meine Handflächen grub, war ich acht Jahre alt gewesen – und ich hatte innerhalb des Tores gestanden, und die Nacht senkte sich herab, und der Wind ließ das hohe Gras über den Gräbern rascheln. Matt hatte mich eingeschlossen und war weggelaufen. Ich war heiser vom Schreien, als die Erwachsenen mich schließlich fanden. Ich hatte immer noch eine Narbe am Daumenballen, wo der Rost in eine blutende Wunde gedrungen war.

Der gute Vetter Matt. Wenn er nicht bald mit diesem Wagen auftauchte, würde ich ihn umbringen.

Er war noch nicht da, als ich zum Haus kam, und ebensowenig war Alan zu sehen. Ich hoffte, Alan hatte sich meine Warnung zu Herzen genommen. Vielleicht bemerkte Martha nicht, daß er da war, aber ich wollte ihn nicht in der Nähe haben. Eine männliche Bedrohung aus der Vergangenheit war genug.

Ohne mich umzuziehen oder die Hände zu waschen, ging ich in Marthas Zimmer. Shirley machte gerade ihr Bett. Ich bot ihr keine Hilfe an; ich hatte das schon einmal versucht und war mit eindeutigen Worten von beiden Seiten zurückgewiesen worden. Ich glaube, es fiel Shirley leichter, wenn sie es allein tat ohne meine ungeschickte Hilfe. Es war eine Aufgabe für Experten oder Gewichtheber; Martha war eine große Frau mit kräftigen Knochen, und sie hatte nicht nennenswert an Gewicht verloren.

»Ich werde jetzt das Mittagessen kochen«, sagte ich. »Es gibt Hühnchen – willst du es auf eine bestimmte Art zubereitet haben, Martha?«

Martha hatte ihre Abneigung, mit mir zu sprechen, überwunden, aber ich konnte sie nicht gut verstehen. Shirley übersetzte das krächzende Gebrabbel. »Sie möchte wissen, wo Sie waren.«

Ich hatte den Verdacht, daß dies nicht alles war, was sie gesagt hatte. Das feindliche Auge, das meinen unordentlichen Aufzug fixierte, sprach Bände, und sie war niemals zurückhaltend gewesen, wenn es darum ging, mein Äußeres zu kritisieren. Ich sagte: »Ich habe einen Spaziergang gemacht. Keine Sorge, Martha, ich werde mich duschen und umziehen, bevor ich koche. Ich bin keine große Köchin, aber schlechter als Mrs. Danner kann ich es nicht machen.«

»Kochen Sie das Hühnchen am besten«, sagte Shirley. »Sie soll keine gebratenen Speisen essen und nichts stark Gewürztes.«

Marthas Augen rollten in Shirleys Richtung, und die bewegliche Hälfte ihres Mundes fiel nach unten. Ich empfand unwillkürlich eine Spur Mitleid; sie hatte immer einen herzhaften Appetit gehabt, und wenn man im Bett liegt, hilflos und gelangweilt, bedeutet einem das Essen viel.

»Ich werde mir etwas ausdenken«, sagte ich. »Wird Matt zum Abendessen dableiben? Wann will er kommen?«

Ich brauchte Shirley nicht für die Übersetzung der Antwort. Sie lief darauf hinaus, daß Matt seine eigenen Gesetze hatte; er kam und ging, wann es ihm beliebte. Ich fing ein anderes Wort auf. »Doktor? Kommt er heute?«

»Ja«, sagte Shirley. »Miß Martha möchte wissen, ob genug Wein da ist.«

»Wein? Ich weiß nicht.«

Martha flüsterte Shirley etwas zu, die beruhigend nickte. »Es ist am besten, ich zeige es ihr. Das dauert nur eine Minute.«

Als wir die Treppe hinuntergingen, erklärte Shirley: »Miß Marthas Vater war berühmt für seinen Weinkeller. Es sind immer noch ein paar Flaschen übrig, und Miß Martha möchte sie den Herren vorsetzen. Ich zeige Ihnen, wo sie lagern, dann können Sie dafür sorgen, daß die Karaffe gefüllt bleibt. Aber Sie dürfen dem Doktor nicht mehr als zwei Glas von dem Amontillado servieren.«

»Wenn der Amontillado das ist, was ich vermute, dann bekam er das letzte Mal drei Glas«, sagte ich.

»Miß Martha fürchtet, er nützt die Gelegenheit aus. Er mag Wein, der Doktor.«

Keine erschreckende Erinnerung traf mich, als Shirley die Kellertür öffnete. Offenbar hatte Matt mich nie in den Keller eingeschlossen. Ich fragte mich, weshalb er nicht auf die Idee gekommen war, und dann fiel mir ein, daß die Kellertür stets abgeschlossen war. Wir durften dort nicht spielen; die Treppen waren unsicher, es konnte unten Ratten und Schlangen geben, und die tiefer gelegenen Teile des Hauses waren nie elektrifiziert worden.

Die Verhältnisse unten hatten sich in den letzten zehn Jahren nicht gebessert. Lebewesen huschten vor dem Strahl der Taschenlampe davon, als wir vorsichtig die Treppe hinabstiegen, die unter unseren Füßen bedrohlich nachgab. Shirley holte rasch die Flaschen aus dem mit Spinnengeweben überzogenen Regal, und wir gingen hastig, aber ebenso vorsichtig zurück.

Ich mußte mich wirklich duschen, nachdem ich die schmutzigen Flaschen im Arm gehabt hatte. Sauber und erfrischt ging ich in die Küche. Matt war immer noch nicht aufgetaucht, und es war schon vier Uhr vorbei.

In der Karaffe war nicht mehr viel Sherry. Ich goß ihn rücksichtslos über das Hühnchen. Ich brauchte saure Sahne und frische Pilze und Reis und eine Menge andere Dinge, ohne die würde das Essen nicht viel hergeben. Dann stellte ich den Rücken und den Hals auf den Herd und kochte daraus eine Suppe. Ich setzte mich mit der Flasche Wodka an den Küchentisch. Selten trinke ich allein, aber ich war wütend auf Matt. Wenn er nicht bald auftauchen würde, hätte ich keine Zeit mehr, in den Laden zu fahren, und es war nichts im Haus, nicht einmal Eier zum Frühstück.

Auf ein klirrendes Geräusch hin ging ich zur Küchentür, gerade rechtzeitig, um den Hund in die Büsche laufen zu sehen. Er hatte den Teller leergeleckt; der Lärm, den ich machte, hatte ihn in die

Flucht geschlagen. Er schaffte es in einer guten Zeit, wenn man bedachte, daß er nur drei Beine benutzte. Mit einer seiner Pfoten stimmte etwas nicht, mit der linken Hinterpfote.

Ich stand an der Gittertür und biß mir auf die Lippen. Mein Abendessen war hinfällig.

Das machte mir nicht viel aus – es gibt nicht viele Frauen, die finden, daß sie schon schlank genug sind. Was mich ärgerte, war die Ungerechtigkeit. Sie würde im stillen an mir nagen, bis ich etwas dagegen unternahm. Verstehen Sie mich nicht falsch. Ich bin nicht edel – Sie werden das schon bemerkt haben, nachdem Sie einige der Eingeständnisse auf diesen Seiten gelesen haben. Ich kann nur einfach nicht dastehen und Elend mitansehen, ohne daß ich etwas dagegen unternehme – nein, unternehmen muß.

Ich fand erst später heraus, daß man Hunden keine Hühnerknochen vorsetzen soll. Ich behielt die Brust für Shirley und Martha und gab den Rest dem Hund, einschließlich der Suppe. Er versteckte sich in den Büschen, als ich hinausging. Er kam nicht heraus, aber er zog sich auch nicht weiter zurück; ich fand, daß wir Fortschritte machten. Er gehörte keiner Rasse an, die ich kannte. Er war braun und weiß und mittelgroß – das war alles, was ich über ihn sagen konnte. Ein Mischling.

Ich setzte mich auf die Stufe. Der Hund blieb, wo er war, aber ich konnte ihn hecheln hören. Ich versuchte nicht, ihn zu mir zu locken; ich dachte, wenn ich still sitzen blieb und mich nicht bewegte oder sprach, würde der Hunger vielleicht seine Angst vor Menschen verdrängen. Sobald er mich kannte, würde er mich sicherlich lieben.

Ich hörte den Wagen erst, als er kreischend vor dem Haus stehenblieb. Ich überließ den Hund seinem – meinem – Abendessen und lief zur Tür. Aber es war nicht Matt; es war der Doktor, und er war schon im Haus. Da er sich nicht für sein Eindringen entschuldigte, schloß ich daraus, daß es in dieser abgelegenen Gegend korrektes gesellschaftliches Benehmen war, einzutreten, ohne anzuklopfen.

Er sagte, er ginge nach oben. Ich war im Begriff, ihn unaufgefordert zu begleiten, als ich einen weiteren Wagen vorfahren hörte. Dieses Mal war es tatsächlich Matt. Aber sosehr ich meine Augen anstrengte, ich sah nichts von einem weiteren Fahrzeug, und ich ging, bildlich gesprochen, mit hochgekrempelten Ärmeln hinaus.

»Wo ist mein Wagen?« forschte ich.

Matts breites Lächeln schwächte sich ab. »Begrüßt du so deinen Lieblingsvetter?«

»Wenn du mir keinen Wagen gebracht hast, bist du nicht mein Lieblingsvetter.«

Matt stieg aus und streckte sich. Er war formell gekleidet, in einen leichten Sommeranzug mit Krawatte. »Ich habe dir ein Geschenk mitgebracht«, sagte er gewinnend.

»Ich will keine Blumen oder Süßigkeiten, ich will einen Wagen.«

»Er kommt, er kommt. Nicht ganz so rasch wie ein Pfeil, aber er kommt. Ich bat einen meiner Helfer, ihn herzubringen. Er wollte eine halbe Stunde nach mir losfahren.«

»Oh, gut. Dann geht es in Ordnung.«

»Hallo, Julie.«

»Hallo, Matt. Was hast du mir mitgebracht?«

Matt lachte. Ich gab ihm Pluspunkte dafür; viele Menschen hätten mein grobes Benehmen nicht amüsant gefunden. Ich fand es selbst nicht amüsant, deshalb entschuldigte ich mich. »Tut mir leid, Matt. Ich bin vor Einsamkeit und dem Gefühl der Verlassenheit ganz von Sinnen. Wenn mir noch eine Woche bevorgestanden hätte ohne die Möglichkeit, hier herauszukommen, wäre ich Amok gelaufen.«

»Beklage dich nicht bei mir. Ich habe jahrelang die Ferien bei Martha verbracht, ehe ich einen Führerschein bekam. Hier ist dein Geschenk, weil du ein gutes Mädchen bist.«

Er gab mir eine braune Papiertüte, und ich setzte mich auf die Stufen und sah hinein. Pastete, französisches Brot, geräucherte kleine Muscheln, Anchovis … Er mußte eines der Delikatessengeschäfte in Richmond aufgesucht haben. Ich umarmte ihn und gab ihm einen schmatzenden Kuß auf die Wange.

»Du bist tatsächlich mein Lieblingsvetter. Ich verzeihe dir sogar, daß du mich auf dem Friedhof eingesperrt hast.«

»Worüber sprichst du, um alles in der Welt?«

Er half mir, die Delikatessen wieder in die Tüte zu packen, während ich ihm sagte, worüber ich sprach.

»Du machst Witze«, sagte er ungläubig. »So etwas habe ich nie getan.«

»Ich sagte, ich verzeihe dir.«

»Ich kann es nicht glauben. Ich war ein ekelhafter Bursche, aber das war… Nun, wenn du es sagst, muß ich es wohl getan haben. Bist du sicher, daß es nicht aus Versehen geschah?«

»Keine Angst, ich verrate es nicht der Presse. Geräucherte Muscheln machen eine Menge Sünden wett. Der Doktor ist da.«

»Ich weiß.«

»Gehst du hinauf?«

»Ich mache einen Frühstart zum Sherry«, sagte Matt. »Und zu den Muscheln.«

Er trug die Speisen in die Küche und machte sich mit Dosenöffner und Gläsern zu schaffen. Ich sah zur Hintertür hinaus. Der Hund war weg und ebenso das Hühnchen. Ich beschloß vor Matt nichts über das Tier zu erwähnen. Das war mein Problem, und es war sowieso unwichtig.

Dr. Green konnte nicht länger als fünf Minuten oben gewesen sein. Er begrüßte Matt ehrerbietig, redete ihn mit ›Senator‹ an und nahm ein Glas Sherry.

»Wie geht es ihr?« fragte Matt ernst.

Green schüttelte den Kopf. »Sie wissen, es ist nur eine Frage der Zeit, Senator.«

»Wieviel Zeit?« fragte ich.

Greens ernste Miene veränderte sich. Er warf mir einen mißbilligenden Blick zu. »Sie sind Medizinstudentin, glaube ich. Möchten Sie eine Vermutung wagen? Mehr kann es nicht sein – eine Vermutung.«

»Da sie fünfundachtzig ist, wären meine Vermutungen nicht zu gewagt, wenn ich sagen würde, ihre Chancen, die neunzig zu erreichen, stünden schlecht«, sagte ich. »Aber ihr Zustand hat sich in den wenigen Tagen, die ich hier bin, deutlich verbessert. Ihre Muskelkoordination ist sichtbar besser geworden, ihre Lebenszeichen sind gut…«

»Haben Sie sie untersucht?« forschte Green.

Er sprach, als wäre er im Begriff, mich einsperren zu lassen, weil ich ohne Lizenz medizinisch tätig geworden war.

»Sie hat mich darum gebeten«, fauchte ich. »Selbstverständlich werde ich ihr nichts verschreiben oder irgendwelche Maßnahmen ergreifen, für die ich nicht qualifiziert bin. So dumm bin ich nicht.

Aber es gibt kein Gesetz dagegen, daß man jemandem den Blutdruck mißt oder ein Stethoskop benutzt – die Leute tun das dauernd selbst, man kann die Instrumente in jedem Fachgeschäft für medizinische Geräte kaufen. Wenn Sie mich beschuldigen …«

»Niemand beschuldigt dich, Julie«, sagte Matt konziliant. »Wir alle sind dir dankbar, daß du deine Ferien opferst, um Martha zu pflegen, um so mehr, weil deine Ausbildung dich dafür qualifiziert, in einem Notfall rasch zu handeln, wenn je einer eintreten sollte. Ist es nicht so, Doktor?«

»Ja«, murrte Green. »Aber ich kenne Miß Martha. Sie ist eine sehr … äh … entschlossene Frau. Man kann es ihr schwer abschlagen, wenn sie etwas verlangt, was sie nicht haben soll.«

»Mit mir wird sie nicht mehr fertig. Auch ich bin ganz schön entschlossen, Doktor. Und sie ist im Augenblick sehr hilflos.«

Es war ein überflüssiger Ausbruch, aus der Abneigung geboren, aber als ich die Worte aussprach, erkannte ich, daß es die reine Wahrheit war. Martha hatte mich mein ganzes Leben lang beherrscht und geängstigt. Jetzt hatte ich die Oberhand.

Der Doktor hielt sich nach seinem zweiten Glas Sherry nicht länger auf. Als er sich erhob, um zu gehen, hörte ich das Geräusch, auf das ich gewartet hatte. Matt sah mich an und grinste. »Das wird Joel sein. Er schaffte es in kürzerer Zeit, als ich dachte.«

Der Mann an der Tür war jedoch nicht der unbekannte Joel. Es war Alan.

»Was machst du hier, zum Teufel?« flüsterte ich wütend.

Er antwortete mir nicht. Statt dessen sprach er Matt an, der hinter mir stand. »Ich sah Ihren Wagen, Senator. Ich wollte Sie schon die ganze Woche erreichen. Ich möchte mit Ihnen ein paar Dinge besprechen.«

»Treten Sie ein.« Matt öffnete die Tür und fügte verabschiedend hinzu: »Bis nächste Woche, Doktor. Vielen Dank.«

Green ging hinaus. Alan kam herein. Er schenkte mir nicht mehr Beachtung, als wenn ich ein Sofa oder eine Topfpflanze gewesen wäre. Matt führte ihn in den Salon. Sie überließen es mir, die Tür zu schließen, was ich auch tat.

»Ich dachte, ich berichte Ihnen über unsere Fortschritte«, sagte Alan.

»Ich dachte, du solltest nicht ins Haus kommen«, sagte ich.

»Beruhige dich, Julie«, sagte Matt. »Selbst wenn Martha Stimmen hören sollte, was unwahrscheinlich ist, weiß sie nicht, wer da ist. Wie kommen Sie voran, Dr. Petranek?«

»Bis jetzt hatte ich kein Glück. Ich will noch zwei Tage an der Ausgrabungsstätte weiterarbeiten. Wenn sich dann nichts zeigt, versuchen wir es anderswo.«

»Wo?« erkundigte ich mich.

»Ich habe mich noch nicht entschieden.«

»Es darf nicht in der Nähe des Hauses sein«, erinnerte ihn Matt.

»Ich bin mir der Einschränkungen wohl bewußt«, sagte Alan kalt. »Haben Sie irgend etwas dagegen, wenn ich ein paar Sondierungsgrabungen beim Räucherhaus mache?«

»Nun ...«

»Schauen Sie, Senator ...« Wenn Alan den Titel benützte, klang es wie eine Beleidigung. »Ich kann keine anständige Übersicht über den Ort gewinnen, wenn Sie mich von dem Gebiet fernhalten, das am wahrscheinlichsten besiedelt war. Ich schlage nicht vor, mein Team herzubringen. Ich möchte nur einige einzelne Sondierungsgrabungen machen. Sie können der alten Dame sagen, ich repariere die Senkgrube.«

»Schön. Aber wenn sie zu viele Fragen stellt, müssen Sie die Arbeit einstellen.«

Matts Stimme war geschmeidig wie Öl, aber es war offensichtlich, daß er sich nicht viel aus Alan machte. Ich konnte es ihm nicht verdenken. Die einschüchternde Art würde jedermann ärgern. »Ist das alles, weswegen Sie mich sprechen wollten?« fügte er hinzu.

»Nein. Wir haben immer noch Schwierigkeiten mit unbefugten Eindringlingen. Ich fand heute morgen Anzeichen einer frischen Ausgrabung. Ich möchte, daß Sie Schilder aufstellen und im Lokalblatt eine Annonce aufgeben, um die Leute davon abzuhalten.«

»Guter Gott, Mann, das ist die völlig falsche Methode«, rief Matt. »Man darf nicht die Aufmerksamkeit auf das Problem lenken.«

»Ist das die Art, wie Politiker ein Problem lösen?« fragte Alan mit seinem üblichen Taktgefühl. »Einfach ignorieren und hoffen, es wird sich von allein lösen? Ich habe in der vergangenen Woche ein Dutzend verschrobene Briefe erhalten.« Alan zog einen braunen Briefumschlag aus der Tasche und schüttete den Inhalt auf den Tisch. »Sehen Sie sich das an!«

Matt betrachtete angewidert den unordentlichen Haufen, machte aber keine Anstalten, Alans Vorschlag zu befolgen. »Ich habe solche Dinge satt. Die Leute sind alle verrückt.«

Ich nahm den Brief, der zuoberst auf dem Haufen lag. Er war auf billigem liniertem Papier geschrieben, das von einem Schreibblock abgerissen war. Die Buchstaben waren rund und unförmig, die Schrift eines Menschen, der nicht oft zur Feder griff. »Lieber Mister Arkeologe«, hieß es, »Sie versündigen sich gegen Gottes Heiliges Wort, wenn Sie tote Leichen ausgraben. Wenn Sie damit nicht aufhören, wird Sein Zorn Sie treffen.«

»Verrückt? Natürlich sind sie verrückt«, sagte Alan. »Wer, glauben Sie denn, begeht Verbrechen – gesunde Leute? Man sollte hier nachts eine Wache aufstellen.«

»Dafür hat der Sheriff nicht genug Leute«, unterbrach ihn Matt. »Wie viele Männer würde man brauchen, um dieses ganze Terrain zu bewachen?«

Alan schob dieses untergeordnete taktische Problem mit einer Handbewegung beiseite. »Vielleicht scheren Sie sich nicht um Ihre Rechte als Eigentümer. Aber Sie sollten an die drei Frauen denken, die hier allein wohnen – eine von ihnen ist bettlägrig. Wenn etwas passieren sollte …«

Zum Glück hörte ich in diesem Augenblick das lang erwartete Geräusch. Ich rannte hinaus, ohne mich zu verabschieden. Wenn ich ein Wort gesagt hätte, wäre es nicht druckreif gewesen.

Ich kann Ihnen nicht sagen, wie Joel aussah. Er war ein Mann mit einem Bund von Wagenschlüsseln, und das war alles, worauf es mir ankam. Wenn es nicht Joel gewesen wäre, sondern ein Versicherungsvertreter oder ein Polizist, dann hätte ich genau das getan, was ich tat – ich schnappte mir die Wagenschlüssel und murmelte: »Gehen Sie hinein, ins Zimmer rechts«, und sprang auf den Fahrersitz wie ein Romanheld, der sich in den Sattel eines mächtigen Hengstes schwingt.

Ich fuhr weg in einer Staubwolke und mit röhrendem Auspuff … kein Wunder, daß ich Joel hatte kommen hören. Dieser Motor war seit Jahren nicht gewartet worden, und auch mit dem Schalldämpfer war etwas nicht in Ordnung. Es war mir egal. Das Ding bewegte sich.

Wenn ich nicht das Haus verlassen hätte, dann hätte ich Alan eine Grobheit gesagt. Der verfluchte Kerl! Es war mir nie in den Sinn gekommen, mich zu fürchten. Nun würde ich wachliegen und jedesmal erschrecken, wenn ein Ast knackte oder eine Maus quietschte. Ich wußte, daß ich hier sicherer war als in einer Stadtwohnung. Ich zweifelte nicht daran, daß Drogenmißbrauch, Vandalismus und Einbruchdiebstahl auch in die ländliche Unschuld Carrsvilles eingedrungen war. Aber die willkürliche, krankhafte Gewalttätigkeit, die in Städten vorkommt, würde es hier sicherlich nicht geben.

Doch auf eine gewisse Weise hatte Alan mir einen Gefallen getan. Jetzt hatte ich einen Grund, mir einen Hund anzuschaffen.

Als ich zurückkam, standen keine Autos mehr in der Einfahrt. Matt war weggefahren, ohne zu warten und sich von mir zu verabschieden. Er hatte auch nicht gewartet, um mir Geld zu geben.

Als ich die Lebensmittel hineingetragen, die verderblichen Speisen weggeräumt und den Sèvres-Teller mit Hundefutter gefüllt hatte, war ich ausgehungert.

Shirley hatte sich und Martha bedient; sie hatte die Hälfte des Hühnchens genommen und es so genau geteilt, als hätte sie einen Zollstock benützt. Ich machte mir ein Sandwich und ging kauend hinauf. Irgendwann dieser Tage würde ich ein anständiges Essen bekommen, aber heute war nicht dieser Tag. Es war sieben Uhr vorbei, und Shirley war den ganzen Nachmittag auf dem Posten gewesen.

Marthas Tür stand offen. Shirley las – diesmal Milton. Ich glaube nicht, daß Martha zuhörte. Ihr Auge war auf die Tür gerichtet, und in dem Moment, in dem ich erschien, begann sie zu brabbeln.

»Ich weiß, ich weiß«, sagte ich kauend. »Es tut mir leid, daß ich mich verspätet habe. Dies war ein sehr aufregender Nachmittag. Ich bin nicht sicher, ob ich solch einen Wirbelwind von gesellschaftlichen Aktivitäten aushalten kann. Wie war das Hühnchen?«

Martha sagte: »Grmpf.« Shirley sagte: »Es hat ihr sehr gut geschmeckt, Julie.«

Ich bot an, mit Milton fortzufahren, aber Martha lehnte ab. Ich habe nie herausgefunden, warum sie die arme Shirley Gedichte lesen ließ – und noch dazu die langweiligsten, hochtrabendsten Gedichte unserer Sprache. Vielleicht machte es ihr Spaß, Shirley mit langen Worten kämpfen zu hören und mit dem gesetzten, schwierigen Versmaß, genauso wie sie meinen Abscheu gegen die süßliche Esther Summerson genoß. Esther genas von den Windpocken, die sie bekam, weil sie ein einsames Kind gepflegt hatte. Ihr Gesicht war entstellt, ihr Liebhaber war für sie für immer verloren, sie war so abstoßend edel, daß jede gesunde Frau sie gerne ermordet hätte. Sie sprach auch die ganze Zeit mit sich selbst. »Wieder einmal Pflicht, Pflicht, Esther! Und wenn du nicht mit großer Freude handelst, mehr als freudig und zufrieden … dann solltest du es. Das ist alles, was ich dir zu sagen habe, meine Liebe!«

Ich wechselte ein paar Worte mit Shirley, als sie heraufkam, um mich für die Nacht abzulösen. Sie sagte, Matt hätte Martha seinen üblichen Fünfzehn-Minuten-Besuch abgestattet. Er hatte für mich keine Nachricht hinterlassen.

Als ich die Treppe hinabging, stellte ich fest, daß Shirley die Küche geputzt und den Rest der Lebensmittel aufgeräumt hatte. Der Hund war gekommen und gegangen. Was immer ihm auch fehlen mochte, sein Appetit war jedenfalls ausgezeichnet.

5

Es war nach Mitternacht, als ich mein Licht ausschaltete und mich zur Ruhe legte. Die Nacht war kühl und trocken. Die Nacht war auch sehr dunkel. Was, zum Teufel, war mit dem Mond los? fragte ich mich. Als ich dalag und auf Geräusche in der Nacht lauschte, verwünschte ich wieder Alan.

Endlich schlief ich ein, um Minuten später – wenigstens kam es mir nur wie ein paar Minuten vor – von einem abscheulichen Geräusch wieder geweckt zu werden. Eine menschliche Stimme schrie vor Schmerz und Zorn, vermischt mit dem Heulen eines Hundes.

Ich rannte zur Tür hinaus, wobei meine Schienbeine schmerzten von ein paar Zusammenstößen mit den Möbeln, bevor ich richtig merkte, daß ich mich bewegte. Wenigstens waren meine professionellen Instinkte noch intakt; mein erster Gedanke hatte Martha gegolten, die von dem Lärm aus dem Schlaf hochgeschreckt war.

Ihre Tür ging auf, als ich in den Flur rannte, und aus ihrem Zimmer fiel ein willkommenes Licht auf die Szene.

Ein Blick auf Marthas Bett beruhigte mich über ihren Zustand; sie war hellwach und aufmerksam, und ihr Gesichtsausdruck zeigte keine Anzeichen von Angst, sondern nur angewidertes Interesse.

Sie hob eine zitternde Hand und redete undeutlich mit mir. Ich sagte: »Gut, ich gehe.«

»Warten Sie, Julie ...« Shirley packte mich.

»Rufen Sie die Polizei«, sagte ich zu ihr und verließ das Zimmer.

Sie wußte, wie sie die Polizei erreichen konnte; ich würde nur Zeit vergeuden, indem ich Nummern nachschlug und mit der Vermittlung stritt. Außerdem war ich zwanzig Jahre jünger und doppelt so viele Pfunde leichter. Ich lief die Treppe hinunter, schaltete die Lichter an und packte im Vorüberlaufen eine Bronzestatue von dem Tisch im Flur.

Das Geräusch war leiser geworden, ein Duett von animalischem Knurren, untermalt von monotonen Flüchen. Shirleys Vorstellung vom Türverschließen war nachlässig, um es milde zu sagen. Es war kein Riegel und keine Kette an der Tür, und der Schlüssel steckte im Schloß, eine dürftige, altmodische Angelegenheit, die ich mit einem Dietrich leicht geöffnet hätte. Ich drehte den Schlüssel um und machte die Tür auf.

Wenigstens hatte Shirley die Lichter draußen eingeschaltet. Die 60-Watt-Birnen beleuchteten eine Gestalt am Fuß der Treppe. Wenn es ein Einbrecher war, dann war er entweder einfältig oder sehr selbstsicher; er parkte einen Wagen, einen Oldsmobil aus den sechziger Jahren, direkt vor dem Haus. Der Mann war ein junger Schwarzer, der ein ärmelloses T-Shirt trug, das muskulöse Arme und Schultern enthüllte. Seine Blue jeans waren so eng, daß man sich fragte, wie er sich überhaupt darin bewegen konnte. Aber er bewegte sich nicht, sondern fluchte mit bewundernswerter Ausdauer. Der am wenigsten obszöne Ausdruck, den er benützte, war ›Hurensohn‹, und ich mußte zugeben, daß er paßte. An sein linkes Bein klammerte sich der Hund – mein Hund – der Köter.

Ich ging die Treppe hinab. Eine Spur der Wahrheit dämmerte mir, ich ließ die Bronze nachlässig hin und her pendeln. Der Mann wandte den Kopf um und sah mich finster an. »Ich wußte nicht, daß Sie einen verdammten Hund haben!«

Ich setzte mich auf die unterste Stufe. »Ich habe keinen. Wer sind Sie?«

»Ron Johnson. Sagen Sie ihm, er soll mich loslassen.«

»Ich weiß nicht wie. Sind Sie Shirleys Sohn?«

Er nickte und zog eine Grimasse.

»Was, zum Teufel, tun Sie hier um diese Zeit?«

»Ich bringe ihren Wagen zurück.«

»Um vier Uhr morgens?«

»Sie möchte zur Kirche fahren«, sagte Ron trotzig.

Ich lachte, machte daraus aber ein Husten. Seine Würde war schon genug angeschlagen. Es schien mir der einzige Teil von ihm zu sein, der wirklich gelitten hatte.

Ich sagte: »Ich bin Julie.«

»Ich weiß.« Nach einem Augenblick fügte er hinzu: »Tut mir leid, daß ich Sie geweckt habe.«

»Macht nichts. Ich habe sowieso nur geschlafen. Wie wollen Sie wieder nach Hause kommen – das heißt, sofern ich den Hund überreden kann, Sie loszulassen?«

»Ein Kumpel von mir wartet auf mich.« Mit einer Kopfbewegung deutete er auf das andere Ende der Einfahrt.

»Ein feiner Kumpel! Warum ist er Ihnen nicht zu Hilfe gekommen?«

Rons Miene zeigte deutlich, daß er fand, wir kämen vom Thema ab. Er war jünger, als ich gedacht hatte – achtzehn oder neunzehn vermutlich. Der herunterhängende Piratenschnurrbart ließ ihn älter erscheinen – zweifellos hatte er ihn sich deshalb wachsen lassen, aber seine Wangen und seine Stirn waren so glatt wie die eines Kindes. Die Nachtluft roch stark nach Bier, obwohl er nicht betrunken zu sein schien. Seine Bemerkungen waren der Situation angemessener als die meinen.

Ich wandte meine Aufmerksamkeit dem Hund zu. Er hatte aufgehört zu knurren, sobald ich sprach. Jetzt, da er spürte, daß ich ihn ansah, hob er den Schwanz und begann zögernd zu wedeln. Versuchsweise sagte ich: »Guter Hund. Dreimal hoch auf den Hund. Du kannst jetzt loslassen.«

Der Schwanz wedelte noch vertrauensvoller, aber der Hund ließ nicht los.

»Ich sagte Ihnen ja, es ist nicht mein Hund«, erklärte ich. »Was sollen wir jetzt tun?«

»Bitten Sie ihn nicht darum, sondern befehlen Sie es ihm«, sagte Ron ärgerlich.

»Oh. Laß los, Hund! Laß los!«

Es funktionierte. Ich war so erstaunt und erfreut, wie Aladin es gewesen sein mußte, als er sagte: »Sesam öffne dich«, und die Zaubertür reagierte.

Es dauerte eine Weile, bis man Martha beruhigen konnte. Ich erzählte genug Lügen, um mir ein paar hundert Jahre im Fegefeuer einzuhandeln – ein streunender Hund, ein verirrter, betrunkener Waschbärjäger ... Shirley war keine Hilfe. Sie schwieg und vermied es, mich anzusehen. Ich glaube, ich habe recht in der Annahme, daß sie die Polizei nicht gerufen hatte.

Ich prüfte Marthas Puls und Blutdruck. Sie war in guter Verfassung. Das war wahrscheinlich genau das, was sie brauchte, ein wenig Krawall hie und da, um ihr Interesse am Leben wachzuhalten.

Ich war in der Küche und sah zu, wie der Hund eine Schale Futter leerfraß, als Shirley hereinkam. »Er ist nicht verletzt«, sagte ich. »Ron. Der Hund hat ihn nicht gebissen, nur seine Hosen zerrissen.«

»Seine neuen Calvins!« Shirleys gequälter Tonfall war ein Echo auf den Zorn, den Rons Stimme ausdrückte, als er den Schaden untersuchte. Ich hatte darüber nicht gelacht, und ich lachte auch jetzt nicht. Ich hätte selbst geheult, wenn mir neue Designer-Jeans ruiniert worden wären.

Shirley ließ sich schwer auf einen Stuhl fallen. »Es tut mir leid, Julie. Ich weiß nicht, was ich mit diesem Jungen tun soll. Aber er ist ein guter Junge – er ist nie wirklich in Schwierigkeiten gewesen ...«

»Er hat sehr gute Manieren.« Nun konnte ich das Amüsement, das ich während der letzten halben Stunde unterdrückt hatte, nicht länger zurückhalten. Ich fügte lachend hinzu: »Unter diesen Umständen sehr nette Manieren, wirklich. Ehrlich, Shirley, es war sehr amüsant. Sie hätten auch gelacht.«

»Nein«, sagte Shirley grimmig.

»Er hat Ihren Wagen zurückgebracht.«

»Er hätte ihn schon gestern abend bringen sollen. Er sagte, daß er ihn braucht, weil er sich einen Job suchen wollte. Ich glaube aber nicht, daß er einen gefunden hat, sonst wäre er nicht mitten in der Nacht hier herausgekommen.«

»Es ist sicher nicht leicht für ihn, Arbeit zu finden«, sagte ich nüchtern.

»Nicht hier.«

»Die Arbeitslosigkeit unter schwarzen Jugendlichen ist überall hoch. Aber in einer größeren Stadt hätte er vielleicht mehr Chancen.«

Der Hund hatte sein Futter aufgefressen. Ich ließ mich neben ihm auf dem Boden nieder und hob seinen Fuß an.

»Ich weiß, es ist selbstsüchtig von mir, ihn hierzubehalten«, sagte Shirley seufzend. »Ich habe noch drei andere zu Hause, und er ist mir wirklich eine Hilfe. Aber es ist nicht nur das. Ich hatte Angst, in was er alles geraten könnte, wenn er von zu Hause weg ist. Es gibt so viele Versuchungen.«

»Ich mache Ihnen keinen Vorwurf. Schön ruhig, Junge«, fügte ich hinzu, als der Hund winselte und den Kopf wegdrehte. »Ich sehe es mir ja nur an.«

»Was ist los mit ihm?«

»Ich weiß es nicht. Da ist eine große Schwellung und eine Infektion, vielleicht ein gebrochener Knochen. Er kann von einem Auto angefahren worden oder in eine Falle geraten sein.«

»Können Sie ihm helfen?«

»Ich bin kein Chirurg.« Ich stand auf und füllte eine Schale mit warmem Wasser. »Ich will versuchen, die Wunde zu reinigen, aber vermutlich braucht er einen Tierarzt. Ich nehme ihn morgen mit – nein, ich glaube, es wird erst am Montag gehen.«

»Wollen Sie ihn behalten?«

»Ich kann keinen Hund ... ich kann überhaupt kein verletztes Wesen abweisen. Um ehrlich zu sein, mir ist wohler zumute, wenn wir einen Hund in der Nähe haben. Haben Sie sich hier nicht allein mit Martha gefürchtet?«

Shirley schüttelte den Kopf. Ihr Blick war auf den Hund gerichtet, aber es war offensichtlich, daß sie nicht an ihn oder an meinen Vorschlag dachte, ihn hierzubehalten. Ich vermutete, es war keine körperliche Müdigkeit – obwohl sie, weiß Gott, guten Grund dafür gehabt hätte, sondern Sorge, der ihren Mund und ihre Augenlider herunterhängen ließ.

»Er wird sich fangen«, sagte ich unbeholfen. »Alle Jungen machen solche Perioden durch.«

»Ich weiß. Aber es ist schwer, einen Jungen ohne Mann im Haus aufzuziehen.«

»Es ist überhaupt schwer, ein Kind aufzuziehen, wenn ein Elternteil die Arbeit für zwei macht«, sagte ich. »Sind Sie geschieden?«

»Nein. Ich habe nie – ich glaube, er hat auch nie ... Er ging einfach weg, Rons Vater – da war eine andere Frau ... Ich habe seit zehn Jahren nichts mehr von ihm gehört.«

»So wie meiner.«

»Was?« Shirley hob ihren gesenkten Kopf.

»So hat es mein Vater auch gemacht. Er ging einfach weg. Es ist jetzt fast fünfzehn Jahre her ...«

»Aber ich dachte ...«

»Sicher. Das dachten alle in Carrsville und Umgebung. Martha erzählte den Leuten, meine Mutter sei verwitwet.« Das Wasser in der Schüssel verfärbte sich häßlich rötlichbraun. Ich stand auf, putzte die Schüssel, füllte sie noch einmal mit Wasser auf und suchte ein Tuch, ehe ich wieder meinen Platz einnahm.

»Ich verstehe das nicht«, sagte ich fast zu mir selbst. »Warum hat es ihr so viel ausgemacht? Warum hat es sie überhaupt gekümmert?«

»Miß Martha? Das können Sie nicht verstehen. Eine kleine Stadt, alte Familie, Stolz. Sie wurde im Jahr 1900 geboren, Julie. Äußerlichkeiten waren in ihrer Jugend alles. Manche Leute passen sich dem Wandel der Zeit an, aber das liegt ihr nicht. Für sie ist eine Scheidung eine Schande, die gleich nach Mord und Totschlag kommt. Vielleicht sogar noch schlimmer.«

»Für meine Mutter auch. Können Sie glauben, daß ich erst vor zwei Jahren herausfand, daß mein Vater noch lebt?«

»Das glaube ich wohl. Ich denke – ich denke, ich empfinde genauso.«

»Sie sind vernünftiger«, sagte ich kurz. »Sie fühlen sich betrogen und gedemütigt und sind zornig. Diese Gefühle sind schon schlimm genug, ohne daß man noch eine unverdiente Last von Schuldgefühlen hinzufügt.«

Shirley lächelte zaghaft. »Danke, Julie. Ich wette, Ihre Mama hat es sich wirklich zu Herzen genommen, nicht wahr?«

»Sie sagte mir, ich solle mich um meine eigenen Angelegenheiten kümmern.« Ich grinste Shirley an. Sie lachte leise. Ich sagte: »Ich weiß, Sie können Ihre Gefühle nicht auf einen Knopfdruck hin ändern. Ich erzähle Ihnen nur, was ich darüber denke, das ist alles. Und Sie können mir jederzeit sagen, ich soll mich um meine eigenen Angelegenheiten kümmern, wenn Sie wollen.«

»Das will ich tun.« Sie lachte wieder. »Das sieht besser aus.«

»Wie?« Ich bemerkte, daß sie die verletzte Pfote meinte. Das andere Thema war abgeschlossen. Es war mir recht. Es machte mir keinen Spaß, darüber zu sprechen. Ich konnte mir nicht denken, warum ich überhaupt davon angefangen hatte. Man sagt komische Dinge, wenn man in den Stunden vor der Morgendämmerung wach ist.

»Es sieht schlimmer aus, als ich dachte«, sagte ich und untersuchte die Pfote. »Glauben Sie, einer der hiesigen Tierärzte würde sich den Hund am Sonntag ansehen? Er braucht Antibiotika, je eher, desto besser.«

»Ich rufe später meine Tierärztin an«, sagte Shirley. »Sie ist eine nette Dame. Ich glaube, sie macht sicher eine Ausnahme.«

»Haben Sie einen Hund, Shirley?«

»Katzen.« Shirley stand schwerfällig auf.

»Wie viele?«

Shirley zögerte. »Fünf. Nein, sechs. Letzte Woche wurde wieder eine ausgesetzt. Sie wissen ja, die Stadtleute machen das. Sie bringen sie heraus, lassen sie auf dem Land frei und denken, die kommen schon durch. Die meisten werden von Autos oder wilden Tieren getötet, oder sie verhungern oder werden krank...« Ihre Stimme starb ab.

Ich sagte: »Ich glaube, ich mag Sie, Shirley. Gehen Sie schlafen.«

»Sie auch.«

Sie ging hinaus. Ich fragte mich, ob es ihr Ernst gewesen war, daß ich zu Bett gehen sollte, oder... Der Hund leckte meine Hände.

Später lag ich wach und sah zu, wie die Vorhänge sich in der Morgenbrise blähten. Ich ängstigte mich nicht mehr. Der Gedanke an den Hund, der auf der Veranda auf einem alten Teppich schlief, den ich für ihn gefunden hatte, war gerade der kleine Schuß Sicherheit, den ich brauchte. Ich hoffte nur, er würde sich nicht verpflichtet fühlen, wegen jeder Motte zu bellen, die gegen die Gittertür flog.

Shirley war eine großartige Frau. Ich wußte nicht, was Matt ihr bezahlte, aber da ich Matt kannte, war ich sicher, daß es nicht mehr war als unbedingt nötig. Sie hatte ihre Familie zehn Jahre lang zusammengehalten – vier Kinder, hatte sie gesagt. Drei waren jünger als Ron, der ungefähr neunzehn war. Und sie brachte es immer noch fertig, genügend Geld zu sparen, um ausgesetzte Tiere aufzunehmen und eine Tierärztin für sie zu bezahlen.

Ich stieg aus dem Bett und stellte meinen Wecker. Ich wollte nicht, daß Shirley zu spät in die Kirche kam. Wenn sie nicht Verbindung nach dort oben hielt, tat es niemand, und man weiß nie, wann man vielleicht einen Freund an hoher Stelle gebrauchen kann.

Shirley kam am Vormittag mit beschwingtem Schritt und leuchtenden Augen und einem großen, blumengeschmückten Hut auf dem grauen Haar die Treppe herunter. Sie sah prächtig aus. Nach einigen Ermahnungen meinerseits hatte sie den ganzen Tag freigenommen, vorausgesetzt, daß ich es sie während der Woche wettmachen ließe. Vielleicht leuchteten ihre Augen bei der Aussicht darauf, den ganzen Nachmittag mit ihren Kindern verbringen zu können. Mütter sind merkwürdig.

»Gehen Sie«, sagte ich und schob sie zur Tür. »Und hören Sie auf, sich Sorgen zu machen. Ein ganzer Tag mit Martha zusammen bringt mich nicht um. Er kann mich vielleicht zu einer stammelnden Idiotin verkümmern lassen, aber er bringt mich nicht um ... Nur ein Scherz, Shirley. Gehen Sie. Machen Sie sich davon!«

Sie blieb stehen und zog ihre Handschuhe an. Weiße Handschuhe! »Mrs. Danner wird bei Miß Martha sitzen, während sie schläft ...«

»Ich weiß ... Gehen Sie. Na los! Gehen Sie!«

»Und am Abend kommt der Richter. Es ist sein Tag.«

»Wer ist der Richter?«

»Ich wußte doch, daß ich vergessen hatte, es Ihnen zu sagen. Das ist Miß Marthas Anwalt. Er ist ein sehr alter Freund von ihr und verbringt die Sonntagabende bei ihr. Die beiden sind gern allein. Deshalb können Sie sich dann ein wenig freinehmen.«

Ich überlegte mir eine anstößige Bemerkung, fand aber, daß sie geschmacklos wäre. »Ich glaube, ich setze ihnen den Sherry vor.«

»Sie wird Ihnen sagen, was Sie tun sollen.«

»Da bin ich sicher.«

»Sie dürfen das mit dem Richter nicht mißverstehen«, versicherte mir Shirley. »Er ist ein echter Herr. Sie werden ihn mögen. Jedermann mag Mr. McLendon.«

Schließlich ging sie. Ich drückte die Schultern durch und ging zähneknirschend zu Martha hinauf.

Sie schien an diesem Morgen munterer zu sein. Meiner Meinung nach bestand kein Zweifel daran, daß sie sich besser fühlte. Der alte Wichtigtuer Green hatte recht, früher oder später würde sie noch einen Schlaganfall erleiden; nichts kann das Unvermeidliche aufhalten, wenn der Patient fünfundachtzig Jahre alt ist. Aber ich dachte allmählich, es würde später als früher geschehen. Oder gab Green Matt keine medizinische Diagnose, sondern sagte das, was Matt gern hören wollte? Wenn Matt bei Marthas Beerdigung Tränen vergoß, würden es Krokodilstränen sein. Er konnte es kaum abwarten, bis er die Hände auf den Besitz legen konnte.

War Martha lebhafter, so war das gleichbedeutend mit gemeiner. Sie schlief immer wieder ein, aber jedesmal, wenn ich zu lesen aufhörte, klappte sie ihre Augen auf und ermahnte mich weiterzulesen.

Als sie zum viertenmal aus einem angenehmen Schlummer aufwachte und verlangte, daß ich fortfuhr, rebellierte ich. Ich saß schon gut zwei Stunden da, und Esther war abstoßender denn je. Sie hatte eben ihren früheren Liebhaber in England willkommen geheißen und freute sich über die Tatsache, daß sie ihm sehr leid zu tun schien.

Als Martha krächzte: »Lies weiter«, klappte ich das Buch zu.

»Du bemühst dich schon seit einer halben Stunde wach zu bleiben«, sagte ich. »Ich gehe jetzt und kümmere mich um das Mittagessen.«

Martha fauchte mich an, und ich fuhr energisch fort: »Wenn ich es nicht tue, kommt mir Mrs. Danner zuvor und setzt uns irgendeinen ungenießbaren Fraß vor. Hättest du gern einen schönen, saftigen Hamburger mit Käse und einen Salat?«

Ein gieriger Schimmer trat an die Stelle des Ausdrucks wütender Bosheit in Marthas Augen. (Es war nur ein feiner Unterschied, aber ich bemerkte ihn.)

»Gut«, sagte ich, »ich bin in fünfzehn Minuten wieder hier.«

Ich hatte den Salat fertig, als Mrs. Danner eintraf. Ich war sehr taktvoll; ich sagte, ich würde das Kochen übernehmen, weil ich fände, sie habe zu viel zu tun, auch wenn sie eine bessere Köchin sei als ich... Es war vergebliche Mühe. Sie achtete nicht auf mich. Sie schien überhaupt auf wenig zu achten.

Ich trug Marthas Mittagessen hinauf und fütterte sie. Sie murrte wegen meiner Unbeholfenheit. Sie hatte Grund dazu – ich war nicht sehr gut darin; aber sie hätte so oder so gemurrt; deshalb nahm ich mir ihre Kritik nicht zu Herzen. Ihr Appetit war ausgezeichnet. Sie aß alles bis zum letzten Bissen auf. Ich hoffte, das Essen habe sie besänftigt, aber als ich ihr bei den intimeren Bedürfnissen beistehen wollte, was ihre Hilflosigkeit nötig machte, schlug sie um sich und zeterte.

»Ich habe Shirley für den Nachmittag freigegeben«, erklärte ich, denn ich interpretierte ohne Mühe, worauf ihre Klagen hinausliefen.

Martha benützte niemals ordinäre Worte, nicht einmal ein ›Verdammt‹ oder ›Zum Teufel‹. Sie brauchte es nicht. Ich verstand, worum es ihr ging: Ich war ein übertrieben diensteifriger und aufdringlicher Balg, und ich hatte kein Recht, über Shirley zu verfügen.

Ich unterbrach ihre Tirade, weil ich fürchtete, sie könnte sich weh tun. »Macht geht vor Recht, Martha. Jetzt bin ich im Dienst. Wenn du wieder auf deinen eigenen Füßen stehen kannst, darfst du mich die Treppe hinunter- und zur Tür hinauswerfen. Ich rate dir, deine Kräfte aufzusparen, damit dieser glückliche Tag bald eintritt. Jetzt. Ich hebe dich hoch und schiebe dies... Oh, Entschuldigung. Ich werde es das nächste Mal besser machen.«

Es war für uns beide nicht angenehm, aber schließlich hatte ich sie gewaschen, hergerichtet und wieder hingelegt. Sie sah erschöpft aus. Ich hatte Gewissensbisse wegen meiner Unbeholfenheit, und weil ich die arme alte Hexe tyrannisiert hatte. Deshalb bot ich ihr an, sie in den Schlaf zu lesen.

»Wie wäre es mit Milton?« sagte ich. »Gott in ihm für sie, oder so etwas?«

Sie schüttelte den Kopf. »Sprich«, murmelte sie. »Mutter?«

Es war das erste Mal, daß sie Interesse an meinem mütterlichen Elternteil zeigte – ihrer Tochter. Ich setzte mich neben das Bett und begann zu erzählen. Ich berichtete über Mutters Arbeit und ihre kürzliche Beförderung, über ihre Wohnung, ihre Freundinnen, ihre Arthritis und so weiter. Martha schien es zu genießen – wenigstens unterbrach sie mich nicht –, deshalb fuhr ich fort und erzählte über mich. Die Medical School sei schwer, aber ich glaubte, ich würde es schaffen; meine Zensuren seien gut, und einer der Professoren habe mir ein halbherziges Kompliment gemacht.

Nach einer Weile unterbrach sie mich: »Freund?«

Ich konnte mir zuerst nicht denken, was sie damit meinte. Die Tatsache, daß ich sie nicht verstand, brachte eine leichte Zornesröte auf ihre Wangen. Erst als sie nach meiner Hand griff und am dritten Finger zog, dämmerte es mir. *»Freund?«* wiederholte ich. »Freunde? Einen oder zwei. Nein, ich bin nicht verlobt. Nichts Ernsthaftes. Ich habe nicht vor, mich zu binden, ehe ich mit der Ausbildung fertig bin.«

Martha starrte mich unverwandt an. Das herunterhängende Augenlid und ihr leicht verzogener Mund ließen ihren Gesichtsausdruck boshaft erscheinen.

Sie sagte ganz ruhig: »Richter kommt.«

»Ich weiß, Shirley hat es mir gesagt. Ich setze ihm den Sherry vor. Soll ich einige *Hors d'œuvres* anrichten?«

»Bring welche!«

»Gut.«

»Zieh dich … um. Sieh anständig aus.«

Ich blickte auf mein verschossenes Hemd und die Jeans. »Gut.«

»Respekt … Manieren …«

»Ich sagte: Gut.«

»Jetzt schlafen.« Sie schloß die Augen.

Sie hatte mich wieder um Punkte geschlagen. Sie interessierte sich nicht für das Leben meiner Mutter und auch nicht für das meine, es war alles nur dazu gedacht gewesen, das demütigende Eingeständnis zu hören, daß ich immer noch nicht begehrt war – kein Mann an meinem Rockzipfel hing. Dann die kurzen Befehle, so wie man sie einem Dienstboten erteilt hätte. Es war eine so verächtliche Art, es mir heimzuzahlen. Nicht so sehr wegen meiner Ungeschicklichkeit, sondern wegen der Tatsache, daß sie Hilfe brauchte. Ich hätte sie bemitleiden sollen. Ich tat es nicht. Ich fühlte mich nicht gedemütigt. Sie hatte die Macht verloren, mich zu verletzen.

Ich hatte einen Teil des Salats für Mrs. Danner übriggelassen, aber sie hatte ihn nicht angerührt. Als ich wieder in die Küche kam, aß sie gerade ein dickes Käsesandwich – keinen Salat dazu, keine Tomate, nichts. Sie blickte schuldbewußt auf ihre Füße, als ich eintrat.

»Lassen Sie sich Zeit«, sagte ich.

»Ich werde den Salon putzen.«

»Ich werde ihn selbst saubermachen. Wenn Sie gegessen haben, gehen Sie hinauf und setzen sich zu Miß Martha.«

Sie wollte das Geschirr abräumen.

»Das mache ich«, sagte ich ungeduldig. »Gehen Sie hinauf. Ich muß für ungefähr eine halbe Stunde wegfahren, aber ich bleibe nicht lange fort.«

Sie drehte sich um, und das Erschrecken war deutlich in ihre graubraunen Züge geschrieben. »Ich bin nicht gern mit ihr allein. Was ist, wenn ihr etwas passiert?«

»Dann rufen Sie den Doktor. Aber es wird nichts passieren, Mrs. Danner. Und ich bin in einer halben Stunde wieder da – spätestens in einer Stunde.«

»Ich möchte nicht...«

»Seien Sie nicht kindisch. Die Telefonnummer des Doktors steht auf dem Block neben dem Apparat. Shirleys Nummer auch. Sie ist heute zu Hause. Gehen Sie.«

Ich konnte ihr Zögern kaum übelnehmen. Auch ich hätte lieber Fußböden geschrubbt oder Toiletten gesäubert als bei Martha gesessen. Verlangte sie, daß Mrs. Danner ihr laut vorlas – T. S. Eliot oder Dostojewskij?

Nachdem ich das Geschirr abgewaschen hatte, ging ich zur Hintertür. Der Hund war nicht zu sehen. Mir wurde klar, daß ich ihn hätte anbinden oder einsperren sollen, nachdem er gefressen hatte. Shirleys Tierärztin war bereit gewesen, mich um ein Uhr in ihrer Sprechstunde zu empfangen. Es war aber zwecklos hinzufahren, wenn ich den Hund nicht dabeihatte. Ich konnte ihn nicht einmal rufen, denn ich wußte seinen Namen nicht.

Schließlich hatte ich eine meiner guten Ideen. Ich legte etwas Trockenfutter auf einen Teller, ging hinaus, rasselte damit und rief leise. Es war notgedrungen ein anonymer Ruf: »Hier, Hund – komm her, Hund!«

Es war wahrscheinlich eher das Geräusch und der Geruch des Futters als meine Stimme, was ihn anzog. Bei Tageslicht hatte er das Vertrauen verloren, das er in der Nacht zuvor gezeigt hatte. Er kam mit hängendem Schwanz und wachsamen Augen angeschlichen.

Ich verstand nicht viel von Hunden. Ich konnte eine Rasse nicht von der anderen unterscheiden. Er hatte lange, hängende Ohren und einen kurzen Körper, der kräftiger hätte sein sollen, als er war. Er war braun und weiß. Entweder war er sehr kurzsichtig oder sehr geistesabwesend, denn erst, als er langsam näher kam, erkannte er mich; er begann mit dem Schwanz zu wedeln und kam rasch näher. Während er das Futter hinunterschlang, band ich ihm einen Schal um den Hals. Er ging bereitwillig mit mir und kletterte auf den Vordersitz des Wagens, als wüßte er, was wir vorhatten.

Es war mein erster Besuch in Carrsville seit Jahren. Die Stadt hatte sich nicht sehr verändert. Ein Schild am Stadtrand erinnerte mich daran, daß der Ort 1350 Einwohner hatte. Die Häuser an der Hauptstraße – der einzigen Straße – sahen so aus, als wären sie nicht mehr gestrichen worden, seit ich von hier wegging. Es gab einen Block mit Geschäften – zwei Tankstellen, einen Drugstore und ein Hutgeschäft. Der Besuch der Stadt überzeugte mich davon, daß es außer der Tierärztin keinen Grund für mich gab, nach Carrsville zu fahren.

Ich fragte mich, wie eine Tierärztin in einer solchen Gegend praktizieren konnte, wo die Macho-Traditionen vorherrschten und der größte Teil einer Tierarztpraxis mit der Landwirtschaft zu tun hatte. Als ich May Rubin sah, begriff ich. Sie war über 1,80 m groß und mußte 190 Pfund wiegen, und das meiste davon waren Muskeln. Ihre braungebrannten Arme konnten leicht einer Kuh die Beine fesseln oder ein Schaf umwerfen – wenn man glaubt, daß dies das ist, was man mit Kühen und Schafen tut. Ihr ergrauendes Haar war kurz geschnitten, und sie hatte sich keine Mühe gemacht, ihr Gesicht zu schminken.

Auch ihre Augen waren grau; sie taxierte mich gleichgültig hinter ihrer Hornbrille hervor.

Ich sagte ihr, wie sehr ich es würdigte, daß sie am Sonntag in die Praxis gekommen war. Sie unterbrach meine Rede mit dem Achselzucken einer Person, die keine Zeit hat und wenig übrig für belanglose Höflichkeiten. »Lassen Sie sehen, was Sie da haben«, sagte sie.

Eine halbe Stunde später und um sechzig Dollar leichter fuhr ich nach Maidenwood zurück. Spritze gegen Tollwut, Spritze gegen Staupe, Parvolin-Spritze, Penicillin-Spritze, Schachteln mit Pillen, Salbe, Floh-Shampoo … Mir wurde bewußt, daß ich viel tiefer darin steckte, als ich erwartet hatte. Der Hund fand das auch. Er saß kerzengerade auf dem Sitz neben mir in einer eindeutig stolzen Art. Ich hatte auch ein kleines Buch mit dem Titel ›Wie Sie für Ihren Hund sorgen‹.

Als May erkannt hatte, daß ich von der Spezies Hund nichts verstand, verwandelte sich ihre Verachtung in Mitleid. Sie schenkte mir sogar ein altes Hundehalsband, das einer ihrer Kunden hatte liegenlassen.

Mir war schwindelig vor neuen Informationen. Der Hund war eine Mischung, teilweise Jagdhund, teilweise Schäferhund, teilweise Gottweißwas. Er würde immer hinken. Mehrere der kleinen Knochen seiner Pfote seien gebrochen, und sie hatten bereits begonnen, falsch zusammenzuheilen. Es würde eine schmerzhafte und teure Operation erfordern, die Knochen einzurichten, und May sah keinen Grund dafür, dies zu tun. Sie nahm an, es sei mir egal, ob er jemals Preise beim Hasenjagen erhalten würde. Ich versicherte ihr, daß ich diesen Ehrgeiz nicht besaß.

Also brauchen wir uns nur um die Infektion zu kümmern, sagte sie. Ich solle darauf achten, daß er zweimal am Tag seine Pillen bekam, ich seine Pfote viermal am Tag mit der Salbe bestrich und ihn davon abhielt, sie abzulecken, und daß ich ihn badete, flöhte, entwurmte …

Ich stöhnte. Der Hund sah mich an und wedelte mitfühlend mit dem Schwanz, aber er schien keineswegs verlegen zu sein, weil er mich in solche Schwierigkeiten brachte. Ich weiß nicht, woher er es wußte, aber er wußte es. Jedermann, der sechzig hart verdiente Dollar für einen Hund ausgegeben hat, *besitzt* diesen Hund.

Ich fuhr zur Rückseite des Hauses und ließ den Wagen im Hof stehen. Der Hund rollte sich auf seinem Teppich zusammen und fiel in einen wohlverdienten Schlummer.

Er hatte ein- oder zweimal gejault, als May seinen Fuß säuberte und desinfizierte, aber er hatte nicht nach ihr geschnappt. Ich sagte ihm, er sei ein guter Hund. Ich würde mir einen Namen für ihn ausdenken müssen. Ich konnte ihn nicht ständig ›Hund‹ nennen.

Der Ausflug hatte länger gedauert als gedacht. Aber ich stellte mir vor, ich hätte noch eine halbe Stunde Zeit, ehe Martha aufwachte. Ich briet das Fleisch an und goß einen großzügigen Schuß Wein darüber. Dann stellte ich die Temperatur kleiner. Das Ganze dauerte nur zehn Minuten. Ich wollte mich gerade hinsetzen und ausruhen, als mir einfiel, daß ich Mrs. Danner versprochen hatte, den Salon zu putzen. Das dürfte nicht viel Zeit in Anspruch nehmen; seit Freitag hatte niemand den Raum betreten, und ich hatte an jenem Abend die benutzten Weingläser in die Küche getragen.

Als ich mich dem Salon näherte, sah ich, daß die Tür offenstand. Mrs. Danner mußte etwas schwerhörig sein. Ich stand mehrere Sekunden lang an der Tür, ehe sie mich bemerkte. Sie erschrak und drehte sich um. Ihre Hände waren leer, aber auf dem Tisch stand eine Dose Möbelpolitur, und ein Staubtuch lag daneben.

»Ich habe Ihnen doch gesagt, Sie sollen bei Miß Martha bleiben.«

»Sie schläft. Ich wollte ...«

»Bitte gehen Sie hinauf.«

»Ich wollte ...«

»Ich sagte, ich putze dieses Zimmer. Gehen Sie bitte. Sagen Sie mir Bescheid, wenn sie wach ist.«

Sie gehorchte und senkte den Kopf, als sie an mir vorbeiging, wie jemand, der einen Schlag erwartete. Sie war so verdammt unterwürfig und demütig, daß ich ein schlechtes Gewissen bekam. Aber wofür, zum Teufel, war sie da, wenn nicht, um Shirley und mich bei Martha abzulösen? Nicht, als ob das Haus nicht eine voll angestellte Hilfskraft hätte brauchen können; in seiner Hochblüte mußte viel Personal hier gearbeitet haben. Aber man hatte sich nicht bemüht, den alten Standard aufrechtzuerhalten, nur damit ein paar Räume bewohnbar blieben. Und warum hatte sie die Arbeit übernommen, wenn schon die Vorstellung, mit Martha im gleichen Zimmer zu sein, sie so ängstigte?

Ich kannte die Antwort. Sie hatte es getan, weil sie Geld brauchte. Ich hätte es wissen müssen; ich hätte aus dem gleichen Grund viele Dinge getan, die ich verabscheute.

Der Tisch, mit dem sie sich gerade hatte zu schaffen machen wollen, war aus Mahagoni und hatte die weiche, rötliche Patina des Alters. Ich nahm die Möbelpolitur. Es war eine von diesen Spraydosen, und sogar ich wußte, daß man mit ihnen kein altes, schönes Holz behandeln durfte. Mutter benutzte eine Spezialpolitur zusammen mit einer Menge Kraft. Die Möbel mußten aber im Grunde gar nicht poliert, sondern nur abgestaubt werden.

Ich bezweifelte, ob Mrs. Danner überhaupt vorgehabt hatte, irgend etwas zu polieren. Sie hatte etwas betrachtet, und es war nicht schwer herauszufinden, was es gewesen war.

Der Brief lag auf dem Tisch, wo sie ihn hatte fallen lassen, als sie mich an der Tür hörte – einer der Briefe, die Alan mitgebracht hatte, um sie Matt zu zeigen und seinen Standpunkt klarzumachen, daß es notwendig war, Unbefugte vom Grundstück fernzuhalten. Auch die übrigen Briefe lagen da. Ich sah noch deutlich, wie Matt sich hartnäckig weigerte, sie zu lesen, und wie Alan es hartnäckig ablehnte, sie zurückzunehmen. Ich hatte sie nicht beachtet, als ich die Weingläser wegräumte.

Ich war ein wenig überrascht, daß Mrs. Danner sich für die Briefe interessierte. Ich raffte sie zusammen und legte sie auf einen Stuhl neben dem Fenster.

Der Brief, den sie in der Hand gehabt hatte, war derjenige mit der einfachen, kindlichen Handschrift, die den ›Mr. Arkeologen‹ mit dem Zorn Gottes bedrohte. Es lagen noch ein halbes Dutzend andere Schreiben da, aber sie hatten nichts miteinander gemeinsam außer der Verrücktheit ihres Inhalts. Ein Brief auf duftendem rosarotem Schreibpapier mit fantasievollen goldenen Initialen bot die Dienste der Schreiberin für ›Professor Alan‹ an, in Wendungen, die die Art dieser Dienste weit offenließen. Sie hatte sein Bild in der Zeitung gesehen und wußte genau, sie würden schrecklich viel gemeinsam haben. Ein anderer Brief, sauber auf Geschäftspapier mit gedrucktem Briefkopf verfaßt, stammte von einer Organisation namens

›Forschungszentrum für Psychische Archäologie‹. Das Institut wünschte – vielleicht wäre forderte richtiger – die Erlaubnis, in Maidenwood Ausgrabungen anzustellen, an einem Ort, der der Schreiberin während einer spiritistischen Sitzung enthüllt worden war. Ein dritter bot eine Landkarte zum Kauf an, auf der genau die Stelle eingezeichnet war, wo Blackbeard seinen Schatz vergraben hatte. Der Preis betrug zehntausend Dollar – keinen persönlichen Scheck bitte, nur Bargeld oder Bankscheck.

Die anderen Briefe waren noch exotischer. Wenn dies ein Beispiel für Alans Post war, dann fragte ich mich, was für einen Unsinn Matt erhalten hatte. Ich fragte mich auch, ob die Briefschreiber und ihresgleichen nachts die Felder und Wälder von Maidenwood durchstreiften. Jemand hatte dies getan – jemand mit einem widerwärtigen Humor. Ich bedachte meinen Vetter Matt mit ein paar stummen, aber leidenschaftlichen Adjektiven. Er hätte den Anstand besitzen können, mich über diese Seite der Angelegenheit zu unterrichten. Aber um ihm Gerechtigkeit widerfahren zu lassen – er hielt dies wahrscheinlich nie für eine wirkliche Gefahr. Er hatte sehr wenig Fantasie, ich dagegen wahrscheinlich zu viel davon.

Ich nahm die Briefe und ging Mrs. Danner suchen. Sie stand in der Küche, regungslos wie ein Monolith, und starrte zur Tür. Der Hund starrte mit flehentlichen Augen zurück; die Nase gegen die Gitterstäbe gepreßt.

Ich stieß sie mit dem Finger an. »Mrs. Danner.«

Sie deutete. »Da ist ein Hund.«

»Ich weiß.«

»Ich jage ihn weg!«

»Sie werden nichts dergleichen tun. Es ist mein Hund.«

»Es ist der Hund von den Beekins. Sie haben ihn vor einer Weile ausgesetzt.«

»Die Beekins müssen wirklich reizende Menschen sein«, sagte ich.

Mrs. Danner richtete jetzt ihren glasigen Blick auf mich. »Jedenfalls ist es nun mein Hund«, sagte ich energisch. »Sie brauchen sich nicht um ihn zu kümmern. Lassen Sie ihn einfach in Ruhe.«

»Miß Martha will keine Tiere im Haus haben.«

»Miß Martha wird nichts davon erfahren, wenn Sie es ihr nicht erzählen. Und«, fügte ich hinzu, »falls Sie es tun, ist es Ihre Schuld, wenn sie noch einen Schlaganfall bekommt. Ist das klar?«

Mrs. Danner starrte mich an.

»Gut«, sagte ich. »Wenn Sie sich langweilen, können Sie im Salon Staub wischen. Aber nehmen Sie nicht die Möbelpolitur, sondern nur ein Staubtuch. Begriffen?«

Mrs. Danner starrte mich immer noch an.

Martha war zu stolz, um nach mir zu rufen; wenn das nicht der Fall gewesen wäre, hätte ich sie unten an der Treppe gehört. Sie hatte viel zu sagen, sobald ich bei ihr aufgetaucht war. Sie beklagte sich darüber, daß man sie allein gelassen hatte.

»Ich habe es mir überlegt«, sagte ich. »Es geht dir schon viel besser; ich glaube nicht, daß ständig jemand bei dir sein muß. Außerdem mußt du es satt haben, dauernd Leute um dich zu haben. Ich will damit nicht sagen, daß du allein im Haus gelassen wirst; aber wenn ich Matt dazu bringen könnte, eine Glocke installieren zu lassen, wie man sie in Krankenhäusern hat… Wäre dir das recht?«

Sie deutete an, daß sie es sich überlegen wolle. Ich unterdrückte ein Lächeln, als ich meinen Pflegepflichten nachkam, denn ich wußte, daß sie die Für und Wider abwog, die ich nicht erwähnt hatte. Die Vorstellung, auf einen Klingelknopf zu drücken, damit ihre Sklaven angelaufen kamen, schnaufend und keuchend aus den fernsten Winkeln des Hauses, hatte ihren Reiz.

Ich schmeichelte mir, daß ich diesmal ziemlich geschickt gewesen war, als ich sie bettete, aber sie war unzufrieden. Sie wollte ihr Haar gebürstet und frisiert bekommen, sie wollte eine saubere Bettjacke – nicht diese, sondern die andere, nein, diese dort… sie wollte ihre Nase gepudert und ihre Fingernägel gefeilt haben und etwas Eau de Cologne. Ihre Eitelkeit war ein wenig rührend und mehr als grotesk. Es ist schwer zu glauben, daß man jemals alt wird, wenn man noch festes Fleisch und keine Falten hat; aber ich glaube, das Rührende daran hätte bei jedem anderen Menschen außer Martha das Groteske aufgewogen.

Als ich mit der Arbeit fertig war, sah sie mich tadelnd an. Ich wußte, was sie sagen würde. Meine einzige Verteidigung war es, ihr zuvorzukommen. »Ich gehe jetzt und ziehe mich um«, sagte ich. »Ich hatte bis jetzt keine Zeit dafür.«

Sie nickte widerwillig.

Der Richter kam etwas zu früh. Ich ging die Treppe mit der *Hors-d'œuvres*-Platte hinauf – Crackers und Käse –, als ich seinen Wagen hörte; aber es war nicht dieses Geräusch, das mich die Platte auf das nächste Möbelstück stellen und zur Tür schießen ließ. Es war ein bellender Hund.

Der Hund ließ sich jedoch leicht verführen. Als ich hinauskam, lag er auf dem Rücken und jaulte vor Wonne, weil sein Bauch von der Spitze eines Stocks mit goldenem Griff gestreichelt wurde.

Der Richter war ein gutaussehender alter Herr. Vermutlich hatte er in jüngeren Jahren nicht so gut ausgesehen; schlaffe Muskeln und schlaffe Haut hatten seine Züge verwischt und weicher gemacht, die dreißig Jahre vorher vielleicht zu verwegen, sogar grob gewesen waren. Er hatte sein schönes schneeweißes Haar aus der hohen Stirn zurückgekämmt, und er sah aus, als habe er sich für eine Hochzeit gekleidet – er trug einen dunkelgrauen, dreiteiligen Anzug, ein weißes Hemd mit seidener Krawatte.

Er sah mich fragend an. »Julie?« sagte er.

Ich meinte lächelnd: »Wahrscheinlich habe ich mich verändert.«

»Ja. Ja, ich dachte einen Augenblick ... Die Familienähnlichkeit ist sehr stark.«

Ich beschloß, dieses Thema nicht weiterzuverfolgen. Ich wollte wirklich nicht gesagt bekommen, daß ich ihn an Martha erinnerte.

Er mußte einen Bogen um den Hund machen, der ihn bewundernd ansah. »Ein schönes Tier«, sagte er höflich. Der Hund kringelte sich zu einer Brezel und begann, wütend an seiner Flanke zu beißen. Inzwischen wußte ich, was das bedeutete. »Ich fürchte, er hat Flöhe«, sagte ich.

»Ein schöner Rüde«, wiederholte der Richter. »Wie heißt er?«

Es muß das Wort ›Rüde‹ gewesen sein, das mich an Presleys Song erinnerte. Normalerweise bin ich einfallsreicher.

»Elvis«, sagte ich.

»Elvis?«

»Elvis.«

Der einfältige Hund starrte ins Leere und achtete nicht darauf. »Elvis«, wiederholte ich laut. »Guter Hund, Elvis, du kannst gehen und ... äh ... tun, was Hunde so tun ...«

Elvis starrte immer noch hingerissen ins Leere, deshalb gab ich es auf. »Kommen Sie doch herein«, sagte ich und öffnete die Tür. »Martha freut sich auf Ihren Besuch.«

»Ich mich auch. Aber kann ich zuerst ein paar Worte mit Ihnen sprechen?«

Ich ging voraus in den Salon. Er wartete, bis ich mich gesetzt hatte, ehe er selbst Platz nahm.

»Wie geht es Ihrer Mutter?«

Ich hätte wissen müssen, daß er zuerst die Formalitäten hinter sich bringen mußte. Selbst wenn das Haus gebrannt hätte, hätte er zuerst nach Mutter gefragt, bevor er ›Feuer‹ gerufen hätte. Wir einigten uns darauf, daß es Mutter gutging, und daß es mir gutging, ehe er zum Geschäftlichen kam.

»Ich fürchte, Sie haben Martha traurig verändert angetroffen.«

»Ich finde, es geht ihr erstaunlich gut.«

»Wirklich?« Ein Anflug von Freude wärmte seine eingefallenen Wangen. »Das höre ich gern. Dr. Green hat nicht so ermutigend gesprochen.«

»Er ist der Doktor«, sagte ich rasch. »Ich meine, nehmen Sie mich nicht beim Wort. Ich möchte keine falschen Hoffnungen wecken. Ich habe nur meine laienhafte Meinung geäußert.«

»Sie sind zu bescheiden.« Er lächelte beifällig. Bescheidenheit war eine angemessene Eigenschaft für eine nette, junge Frau. »Ich wollte keine Expertenmeinung hören, ich wollte Ermutigung. Green ist ein guter Mann, aber ...«

»Ich bin sicher, das ist er. Aber ich frage mich, weshalb Martha nicht in einem Krankenhaus ist – in einer städtischen oder in einer Universitätsklinik mit neuen Einrichtungen. Ich bin in einer schwierigen Lage. Dr. Green gab mir keinerlei Information, und ich kann kaum Fragen stellen, ohne daß ich wie eine smarte, wichtigtuerische Medizinstudentin klinge.«

»Sie haben das Recht, Fragen zu stellen. Aber es ist nicht Dr. Greens Schuld, daß Martha hier ist. Er empfahl das Krankenhaus der Universität von Virginia. Martha lehnte ab.«

»Ich kann ihre Gefühle verstehen«, begann ich.

»Sie können sie in Wirklichkeit nicht verstehen«, sagte der Richter sanftmütig. »Sie sind noch zu jung. Das Alter ist vor allem anderen demütigend. Unsere Kräfte schwinden. Arthritis und Rheumatismus verkrüppeln unsere Glieder, das Hör- und Sehvermögen läßt nach, die Schönheit vergeht... Martha klammert sich an den einzigen Halt, der ihr noch geblieben ist, an das Recht, in ihrem eigenen Heim zu sterben. Hier ist sie ein Individuum und nicht eine von vielen in sterilen Räumen, wo sie von gedankenlosen Internisten mit ›Oma‹ angesprochen wird, weil sie sich nicht die Mühe machen, sich ihren Namen zu merken, und mit ›meine Liebe‹ von Schwestern, die so jung sind, daß sie ihre Enkelinnen sein könnten.«

»Ich verstehe das gut. Aber Sie müssen zugeben, die Situation legt mir eine beträchtliche Verantwortung auf die Schultern. Shirley ist erstklassig, man könnte sich keine bessere Krankenschwester wünschen; aber sie ist nicht mehr jung, und wir sind so weit von jeder Hilfe entfernt, wenn ein Notfall eintreten sollte.«

»Ja, ich verstehe. Sie fürchten sich hier ganz allein, besonders nachts.«

»Ich fürchte mich nicht, ich bin verständlicherweise nur besorgt. Wir sind hier isoliert, und es sind einige merkwürdige Dinge geschehen.«

»Haben Sie sich deshalb den Hund angeschafft?«

»Ich habe mir den Hund nicht angeschafft, er hat sich mich angeschafft. Aber ich fühle mich wohler, wenn er da ist. Ich weiß, Martha haßt Tiere...«

»Sie täuschen sich sehr.«

»Sie ließ mich nie ein Haustier halten«, sagte ich. Ich hatte es nicht aussprechen wollen, es klang trotzig und kindisch.

»Martha haßt Hunde nicht. Sie besaß vor langer Zeit einen schönen Rüden. Ihr Vater schenkte ihn ihr zu ihrem zwölften Geburtstag, und sie hatte ihn über zehn Jahre lang. Sie fand ihn eines Morgens tot – erschossen –, und es brach ihr beinahe das Herz. Damals schwor sie sich, nie wieder ein Haustier zu halten.«

Feuchtigkeit glitzerte in seinen Augenwinkeln. Lieber, alter Mann, er fand die Geschichte rührend. Aber ich konnte dem Gedanken nicht zustimmen, daß man sich von der Liebe abschneidet, weil man fürchtet, sie zu verlieren.

»Das wußte ich nicht«, sagte ich sanft, aber unverbindlich. »Martha weiß nichts von dem Hund – von Elvis –, und ich habe auch nicht vor, ihr etwas davon zu erzählen, wenn es nicht sein muß. Aber wenn sie sich weigert, in ein Krankenhaus zu gehen, muß sie die Folgen tragen. Stimmen Sie mir nicht zu, daß es unverantwortlich von mir wäre, keine Sicherheitsmaßnahmen zu ergreifen?«

Der Richter begann: »Ein Gewehr ...«

Ich lachte. »Ich würde mir wahrscheinlich selber in den Fuß schießen. Außerdem möchte ich nicht irgendeinen harmlosen komischen Vogel erschießen, nur um ihn zu verscheuchen.«

Es war eine zweite Anspielung, die ich auf den örtlichen Skandal machte, und wieder umging Richter McLendon das Thema.

»Sie sind eine sehr umsichtige junge Frau, Julie. Und eine sehr sensible. Ich bin jetzt viel beruhigter, was Marthas Sicherheit anbelangt, nachdem ich mit Ihnen gesprochen habe. Und ich stimme Ihnen vollständig zu. Aber nun muß ich hinaufgehen, wenn Sie mich bitte entschuldigen wollen.«

Er stand mit Hilfe seines Stocks auf. Dann blinzelte er. »Ich werde von ... äh ... Elvis nichts erwähnen«, flüsterte er.

Ich kam gerade rechtzeitig in die Küche, um Mrs. Danner daran zu hindern, einen Liter Wasser auf den Braten zu gießen. Ich schüttete noch mehr Wein dazu. Als ich mich umdrehte, um nach einer Gabel zu greifen, starrte sie etwas an – nicht mich, sondern die Flasche, mit einer Miene, die nicht mißzuverstehen war.

Mich wunderte nur meine eigene Dummheit. Ich hätte es wissen müssen, schon an dem Tag, an dem sie so begierig darauf gewesen war, die Weingläser wegzuräumen, von denen eines noch mehr als halb voll war.

Nun, ich neidete ihr nicht einen gelegentlichen Schluck. Wenn ich mit dem wiedergeborenen Joe Danner verheiratet gewesen wäre, hätte ich selbst zur Flasche gegriffen.

»Sie können gehen, wenn Sie wollen«, sagte ich.

»Mr. Danner ist noch nicht hier.«

»Tun Sie, was Ihnen gefällt. Aber ich wüßte nicht, was Sie sonst tun sollten, falls Sie nicht die übrigen Briefe lesen wollen.«

In Kriminalgeschichten bringt eine unerwartete Anschuldigung ein schuldbewußtes Erschrecken hervor, oder ein schuldbewußtes Erröten, oder ein schuldbewußtes Irgendetwas. Mrs. Danner blickte mich nur ausdruckslos an.

Ich erklärte es ihr. »Diese irren Briefe, die Briefe auf dem Tisch im Salon.«

»Ich habe sie nicht gelesen, nur den Tisch abgestaubt.«

»Ich mache Ihnen keinen Vorwurf. Ich glaube nur, ein bestimmter Satz in einem der Briefe fiel Ihnen ins Auge. Es sind seltsame, verschrobene Briefe.«

»Ich habe nichts davon gelesen.«

Ich zuckte die Achseln. »Also gut. Setzen Sie sich auf die Treppe, und warten Sie auf Mr. Danner, wenn Ihnen nichts Besseres einfällt.«

Es fiel ihr nichts ein.

Elvis saß an der Hintertür mit aufgerichteten Ohren und wedelndem Schwanz. Ich hatte noch keine Zeit gehabt, mein Buch über die Hundepflege zu lesen, aber ich hatte das Gefühl, daß ich ihn nicht viermal am Tag füttern sollte. Zum Teufel damit, dachte ich. Er war sowieso zu mager.

Ich steckte eine Pille in sein Futter und rieb seinen Fuß mit Salbe ein, während er gierig sein Mittagessen hinunterschlang. Die Flöhe hüpften fröhlich auf seinem Rücken. Ich nahm mir vor, ihn morgen früh zu baden, nachdem ich das Buch studiert hatte. Kein Grund, deswegen niedergeschlagen zu sein.

Mr. Danner kam pünktlich, als die Standuhr im Flur gerade fünf Uhr schlug. Ich sah dem Pritschenwagen nach; die Danners saßen nebeneinander und starrten geradeaus. Sie sprachen nicht miteinander. Amerikanisches Mittelalter auf Rädern.

Ich fragte mich, ob sie je miteinander redeten, außer über die gewöhnlichen Bedürfnisse; und wenn sie es taten, worüber sie sprachen. Nicht über ihre Kinder. Vielleicht lasen sie einander laut aus der Bibel vor, mit besonderem Augenmerk auf die Prophezeiungen über das Jüngste Gericht.

Inwieweit war Joe Danner ein Fanatiker? Er war fanatisch genug, seine Tochter zu enterben und sich seinen Sohn zu entfremden. Ein solcher Mann konnte sich verpflichtet fühlen, an Gotteslästerer und Häretiker Drohbriefe zu schreiben. Es hätte mich nicht gewundert zu erfahren, daß Joe den Brief geschrieben hatte, der seine Frau so faszinierte; aber war er verrückt genug, über die Häretiker mit Feuer und Schwert herzufallen? Ich hoffte es wirklich nicht. Ich mußte unwillkürlich an einen Film denken, den ich mir törichterweise mit einer Freundin angesehen hatte, die eine Liebhaberin von Horrorfilmen war, je blutiger, desto besser. Dieser Film handelte von einem Monster, das ein Dutzend Leute mit verschiedenen Werkzeugen – mit Hammer, Säge, Meißel – um die Ecke brachte. Filmproduzenten lassen sich neuerdings erstaunliche Dinge mit besonderen Effekten einfallen. Blut spritzte, Köpfe fielen, Arme und Beine waren in der Gegend verstreut, ich konnte Joe Danner sehen in seiner verschossenen, groben Kattunkleidung, wie er die Treppe in Maidenwood heraufkam, eine Axt in der Hand …

Unsinn. Wenn Joe beschloß, jemanden auszulöschen, dann wäre es Alan, da er vorhatte, Gräber zu entheiligen. Beruhigt durch diesen logischen Schluß ging ich wieder in die Küche und nahm einen Drink.

Ich wartete im Salon, als ich hörte, wie Marthas Tür aufging und Richter McLendon die Treppe herabkam.

»Hoffentlich habe ich sie nicht ermüdet«, sagte er, sobald er mich sah. »Sie möchte, daß Sie jetzt hinaufgehen.«

»Ich bin sicher, es hat ihr gutgetan, mit Ihnen zusammenzusein.«

»Bitte rufen Sie mich jederzeit an, bei Tag und bei Nacht, wenn ich irgend etwas tun kann.«

Der Besuch hatte ihn gewiß nicht aufgeheitert. Er sah jetzt zehn Jahre älter aus als bei seiner Ankunft – und das heißt sehr alt. Für mich mochte es vielleicht so scheinen, als habe Marthas Zustand sich gebessert, aber für einen alten Freund, der sich noch an sie in ihrer Jugend erinnerte, mußte ihre Verfassung beklagenswert sein – besonders ein Freund, der weiß, daß nur viel Glück oder die Gnade Gottes ihn vor einem ähnlichen Schicksal bewahren würden.

Martha hatte an diesem Abend nicht viel zu sagen. Aber sie wandte den Blick nicht von mir ab. Sie jagte mir keine Angst mehr ein, aber dieses wachsame, unverwandte Anstarren wäre jedermann auf die Nerven gegangen. Ich übergab sie Shirley mit enormer Erleichterung.

Eine andere vernachlässigte Pflicht quälte mich, und ich beschloß, sie hinter mich zu bringen. Ich hatte vergessen, Briefmarken zu kaufen, und ich schuldete Mutter einen Anruf. Sie hatte mir einmal geschrieben, einen konventionellen Brief, in dem sie die Hoffnung äußerte, daß ich meine Pflichten nicht allzu erdrückend fand, aber ich wußte, sie würde nur dann anrufen, wenn sie in Not war. Ein Ferngespräch war für sie keine Annehmlichkeit, sondern die letzte Zuflucht.

Sie sagte, sie habe gehofft, daß ich anrufen würde. »Es ist eine so lange Zeit, Julie. Ich mache mir immer Sorgen.«

»Du hättest mich ja anrufen können.«

»O Liebling, ich hatte soviel zu tun. Die Arbeit wächst mir über den Kopf; du hast keine Ahnung.«

Ich lachte über die selbstgefällige Freude in ihrer Stimme. Sie liebte ihre ungezählten Pflichten und die Komplimente, die sie für ihre Leistung erhielt. »Ich weiß nicht, wie Sie so ruhig bleiben können, Mrs. Newcomb. Ich weiß nicht, was wir ohne Sie täten.«

»Ich wollte, ich könnte das auch sagen, Mutter. Ich hatte damit gerechnet, daß mich Martha drangsaliert, aber ich hatte nicht gewußt, daß es so langweilig sein würde.«

»Wie geht es ihr?«

»Leider muß ich berichten, daß sich der Zustand der Patientin ständig bessert«, sagte ich.

Mutter hatte es immer an sich gehabt, auf besonders unerhörte Bemerkungen mit gequältem Schweigen zu reagieren. Das war viel wirksamer als Schelte, und gewöhnlich endete es damit, daß ich mich selbst tadelte.

»Das war nicht fein«, bemerkte ich.

»Nein, Liebling, wirklich nicht.«

»Also, ich entschuldige mich. Aber sie ist so... Warum haßt sie mich so sehr, Mutter?«

Mutters damenhaftes Lachen klang ein wenig bemüht. »Nun, Julie, du weißt, sie liebt niemanden, nicht einmal ihre eigenen Töchter. Du darfst es nicht persönlich nehmen.«

»Es ist mehr als Abneigung, es ist reine, böswillige... Wenn sie mich ansieht, kommt es mir so vor, als sähe sie gar nicht mich, sondern jemand anderen – vielleicht das Kind, das ich einmal war. War ich so schlimm? Der Himmel weiß, mir war jede Sekunde zuwider, die ich in diesem Haus verbringen mußte.«

»Julie, ich holte dich von dort weg, sobald es mir möglich war. Ich konnte dich anfangs unmöglich bei mir haben.«

Das Kind, das ich gewesen war, glaubte dies nicht. Als Erwachsene konnte ich ihre Beweggründe verstehen. Sie hatte einen verzweifelten Kampf geführt; tagsüber hatte sie gearbeitet und am Abend die Sekretärinnenschule besucht. Das war mit einem kleinen Kind nicht unmöglich, aber nahezu unmöglich, und es gab noch andere große Erschwernisse – Schulen in der Innenstadt, ein billiges Zimmer in einer schlechten Gegend, Drogen, Männer, die Kinder belästigen… Ich verstand, ja, aber ich fragte mich auch mit meiner Erwachsenen-Weisheit, ob es nicht noch einen anderen Faktor gegeben hatte, eine Art gesellschaftlichen Snobismus, manchmal Stolz genannt, der Mutter veranlaßte, sich niemandem, sogar mir nicht zu zeigen, bis sie das erreicht hatte, was sie als Minimum betrachtete – ein hübsches Gartenapartment in einer angenehmen Vorstadt, einen Wagen, eine gute Schule für ihre Tochter.

Ich hatte ihr gegenüber nie etwas von meinen Zweifeln geäußert, und wenn Gott wollte, würde ich es auch nie tun. Sie fuhr fort, sich zu entschuldigen und begierig meine Anerkennung zu fordern, daß sie zu meinem Besten gehandelt hatte.

Ich unterbrach sie. »Sicher, Mutter, ich weiß. Wie ist das Wetter dort oben?«

Heiß. Das Wetter war heiß. Ich sagte, hier habe es geregnet. Schließlich sagte sie: »Also geht es Martha besser. Aber sie ist immer noch bettlägrig? Nun, wir können keine Wunder erwarten, oder?«

»Nein«, sagte ich, »wenigstens hoffe ich es nicht.« Ich verabschiedete mich und hängte ein, ehe sie diese Bemerkung verdaut hatte und ehe ich zugeben mußte, daß ich etwas Unerhörtes gesagt hatte.

6

Am nächsten Nachmittag ging ich zur Ausgrabungsstätte und wurde nicht gerade mit Enthusiasmus empfangen. Ich nahm es nicht persönlich; es war heiß und schwül, und über den Feldern schwebten Schwärme von Insekten aller Art. Ich konnte es Alan nicht verübeln, daß er mürrisch war, zumal seine neuen Versuchsgrabungen offensichtlich zu nichts geführt hatten (ich schloß dies daraus, daß ein großer, junger Mann die Gräben wieder zuschüttete).

»Ich bin gekommen, um dir zu sagen, daß ich heute nicht für dich arbeiten kann«, sagte ich zu Alan.

Durch eine Wolke von Mücken, die um seine Nase tanzten, sagte er: »Warum nicht?«

»Ich muß meinen Hund baden.«

»Deinen Hund«, wiederholte Alan. Er öffnete dabei kaum die Lippen; ob er einen leidenschaftlichen Gefühlsausbruch unterdrückte oder versuchte, ein Insekt daran zu hindern, ihm in den Mund zu fliegen, war nicht klar.

»Und ich muß mit dem Sheriff sprechen.«

»Mit dem Sheriff?« Dieses Mal drückte seine Stimme und sein Tonfall wachsendes Interesse aus. »Ist noch etwas geschehen?«

»Es tut mir leid, dich zu enttäuschen, aber es ist wegen dieser anderen Angelegenheit.«

»Ah. Irgendwelche neuen Informationen?«

»Ich glaube kaum, daß dich das etwas angeht, aber da es keine neuen Informationen gibt, zögere ich nicht, dich davon zu unterrichten.« Nach einem Augenblick, während dem ich zu dem Schluß kam, daß es wirklich keinen Grund gab, ihm die Fakten vorzuenthalten, fügte ich hinzu: »Er möchte wissen, was er mit ihnen machen soll. Mit den Gebeinen.«

»Überlaß das mir.«

»Seit wann bist du der gesetzliche Erbe all der verschiedenen Gebeine, die in dieser Gegend gefunden werden?«

»Ich will meine Bemerkung anders formulieren. Ich habe ein Interesse an diesen Skeletten.« Er warf seinen Notizblock und den Stift auf einen Kartentisch, der als extrem vergängliches und tragbares Büro aufgestellt war. »Ich fahre mit.«

Ich log. »Sheriff Jarboe hat eigens darum gebeten, daß du nicht dabei bist.«

»Aber ...«

»Ich möchte dich auch nicht dabeihaben.«

»Aber ...«

»Ich kann nicht länger hier herumstehen und mit dir streiten. Ich habe mich schon verspätet. Bis morgen.«

Ich blickte nicht zurück. Der große junge Mann mit der Schaufel hörte auf zu arbeiten und rief mir ein hoffnungsvolles »Hallo!« zu, als ich an ihm vorbeikam. Ich lächelte und ging weiter.

Ich hatte eine Fahrt von fast vierzig Meilen vor mir, deshalb hatte ich nicht gelogen, als ich sagte, ich sei knapp mit der Zeit. Auf Seitenstraßen, die von langsam fahrenden landwirtschaftlichen Maschinen verstopft waren, brauchte ich eine Stunde – genügend Zeit, um darüber nachzudenken, was der Sheriff gesagt hatte.

Ich war in der Küche gewesen, als das Telefon geläutet hatte. Es war halb neun Uhr gewesen. Das Frühstück wurde auf dem Herd kalt, während der Sheriff drauflos redete. Er hatte mich mit meinem Vornamen angesprochen. Das bedeutete gar nichts; jedermann in dieser Gegend nannte jeden beim Vornamen, sofern nicht ›Mr.‹ oder ›Miß‹ vorangestellt wurde, wenn die angesprochene Person die Würde des Alters oder die gesellschaftliche Stellung besaß.

Die Art, wie er mit mir sprach, schien zu bedeuten, daß er mich kannte und erwartete, daß ich mich an ihn erinnerte. Ich erinnerte mich nicht. Es machte mir allmählich Sorgen, an wie wenig ich mich aus jenen Jahren bei Martha erinnerte. Es hatte mir vor diesem Besuch nichts ausgemacht, weil ich keinen Grund hatte, mich zu erinnern – keinen Grund, über jene Zeit nachzudenken. Ich hatte vier Jahre meines Lebens mit einer Gründlichkeit ausgelöscht, die jetzt ziemlich entnervend war.

Auf jeden Fall kannte er mich, auch wenn ich ihn nicht kannte, und er billigte mir einen Status zu, den ich in Wahrheit nicht besaß – den einer verantwortlichen Verwandten.

»Ich habe versucht, Matt zu erreichen«, sagte er bekümmert. »Dieser Junge ist nie in seinem Büro.«

»Es ist ein Wahljahr.«

»Yeah, aber es ist noch verdammt früh für den Wahlkampf. Wenn ich für einen Mann stimme, möchte ich ihn arbeiten und nicht durch die Straßen fahren sehen auf der Jagd nach Wählerstimmen.«

Es war mir egal, ob der Sheriff für Matt stimmte oder nicht, deshalb hatte ich keinen Grund, ihn zu besänftigen. »Ich habe Matt seit Samstag nicht gesehen, und er sagte mir nicht, was er für Pläne hat. Kann ich irgend etwas für Sie tun?«

»Nun, yeah, sicher – deshalb rufe ich an. Ich muß etwas mit diesen verdammten Knochen unternehmen, Julie. Sie können nicht ewig hier herumliegen.«

»Oh, diese Knochen.«

»Sie wissen, welche ich meine – diejenigen, die man gefunden hat...«

»Ich weiß, welche Sie meinen. Was soll ich mit ihnen anfangen?«

»Das fällt rechtmäßigerweise unter Miß Marthas Verantwortung. Aber ich möchte sie nicht damit belästigen, wenn es ihr so schlecht geht. Ich kann Matt nicht finden. Deshalb dachte ich mir, Sie sind diejenige, die für die Familie spricht oder sie wenigstens dazu bringen könnte, daß sie sich endlich entschließen.«

Ich hätte ihm sagen können, daß dies nicht unter meine Verantwortung fiel oder mein Recht war, irgend etwas zu entscheiden. Ich weiß nicht, warum ich ihn nicht einfach an Matt zurückverwies. Doch, ich weiß es. Ich war geschmeichelt, weil man mich bat, an einer Entscheidung teilzunehmen, anstatt mich herumzukommandieren wie einen Dienstboten.

Mit einem Blick auf meine hart gewordenen Eier sagte ich: »Ich komme in Ihr Büro und spreche mit Ihnen darüber. Ist es Ihnen heute nachmittag recht?«

Er sagte zu, immer vorausgesetzt, daß er nicht wegen eines Mordes oder eines Unfalls weggerufen würde. Ich sagte, ich wolle es riskieren; wir einigten uns auf zwei Uhr.

Augenscheinlich war es für Verbrechen ein ruhiger Tag im Land. Der Sheriff saß in seinem Büro, in dem bewährten Landsheriffs-Stil, die Füße auf dem Schreibtisch und eine Zigarre im Mund. Er nahm die Füße vom Schreibtisch, als ich erschien, stand auf und drückte seine Zigarre aus.

Er war ein kleiner Mann. Aus der polternden, mürrischen Stimme, die über das Telefon gekommen war, hatte ich auf einen größeren, kräftigeren Mann geschlossen mit einem Bierbauch, der über seinen Gürtel hing, wie bei den Karikatur-Sheriffs in den Fernsehprogrammen. Wenn ich ihm auf der Straße begegnet wäre, hätte ich ihn für einen Barbier oder einen Bankangestellten gehalten. Dünner werdendes Haar, das einmal blond gewesen war und jetzt eine unbestimmte Schattierung zum Grau hin bekam, umrahmte ein schmales, fast asketisches Gesicht mit zerfurchten Wangen und großen, arglosen blauen Augen.

»Es ist wirklich schön, Sie wiederzusehen, Julie«, sagte er. »Sie sind ein hübsches Mädchen geworden.«

Er hatte mich damals also wirklich gekannt. Ich konnte mich nicht erinnern, ihn je gesehen zu haben. Ich sagte das nicht; ich schüttelte ihm die Hand und setzte mich auf den Stuhl, auf den er deutete. Er erkundigte sich nach meiner Mutter, und ich erkundigte mich nach seiner Familie – eine Fotografie auf dem Schreibtisch von einer kleinen Frau mit drei ungeschlachten Kindern gab mir das Stichwort.

»Ich weiß wirklich nicht, was ich Ihnen sagen soll«, begann ich. »Ich versuchte heute früh, Matt zu erreichen. Seine Sekretärin erklärte, er sei in Washington und käme erst Ende der Woche wieder. Sicher hat er mit Ihnen über diese Sache gesprochen.«

»Seit ein paar Wochen nicht mehr. Sehen Sie...« Er hielt inne, musterte mich, und mir wurde klar, daß die babyblauen Augen nicht so naiv waren, wie sie aussahen. »Wieviel wissen Sie darüber? Hat Matt mit Ihnen darüber gesprochen? Was steht in den Zeitungen im Norden?«

»Ich weiß nicht viel«, gab ich zu. »Nur die nackten Tatsachen und die nüchternen Vermutungen, die man darüber anstellen kann.«

»Nüchterne Vermutungen.« Sheriff Jarboe sah aus, als wolle er ausspucken. »Ich will Ihnen erzählen, was das Gesetz sagt, nicht was irgendein Professor vermutet. Menschliche Gebeine tauchen auf. Die Behörden müssen benachrichtigt werden. Gebeine tauchen öfter auf, als Sie vielleicht denken – Abzugskanäle, neue Straßen, Bauplätze –, von den verdammten Archäologen gar nicht zu reden. Wenn nun welche im Verlauf der Ausgrabungen auftauchen, bei Bauwerken oder etwas anderem, können uns die Professoren sagen, wie lange sie in der Erde gelegen haben. Wenn es das ist, was man wirkliche Altertümer nennen könnte, dann ist es uns egal, wie sie gestorben sind; aber wir müssen uns darum kümmern, was mit ihnen geschieht. Es gibt Gesetze gegen die Schändung christlicher Begräbnisstätten, und kürzlich haben die Indianer viel Aufhebens um ihr Volk gemacht. Das ist also das eine Problem. Alles regt sich darüber auf, was mit den Skeletten zu geschehen hat.«

Er griff nach seiner Zigarre, dann sah er mich an. »Sprechen Sie weiter«, sagte ich.

»Ich kann mit diesem verdammten Ding im Mund besser denken«, entschuldigte er sich.

»Sie haben sich auch so nicht schlecht gehalten, Sheriff. Ich sehe, worauf Sie hinauswollen. Es gibt ein Problem der Jurisdiktion sogar bei Skeletten, die *in situ* gefunden werden. Aber in diesem Fall können Sie nicht einmal sicher sein, ob es – Altertümer sind, wie Sie sich ausdrücken – oder Gebeine, die eine kriminalistische Untersuchung erfordern. Habe ich recht?«

Jarboes blaue Augen wurden schmäler. »Es wurde kein Verbrechen begangen, da gibt es gar keine Frage. Aber ich möchte die Burschen finden, die sich diesen Scherz erlaubt haben. Soweit ich es sagen kann, war dies das einzige Verbrechen, das geschehen ist. Es gibt keine Anzeichen für Gewaltanwendung. Ich überprüfte die Listen der vermißten Personen der letzten dreißig Jahre, aber niemand paßt auf die Beschreibung. Ich verstehe nicht, weshalb mir die verdammten Professoren nicht sagen können, wie alt diese Knochen sind, aber sie behaupten, sie können es nicht.«

»Genauso ist es. Der Zustand der Erde, die Art der Beisetzung ...«

»Yeah. Gut, das habe ich alles schon gehört. Der wesentliche Punkt ist der, daß sie schon lange tot sein muß, sonst hätten wir irgendeine Aufzeichnung in unseren Akten über vermißte Personen. Ohne Beweis ihrer Identität oder für kriminelle Gewaltanwendung habe ich keine Veranlassung, den Fall offenzulassen. Ich möchte sie aus dem Leichenschauhaus heraus und wieder in der Erde haben. Die Frage ist nur, wo?«

»Weshalb fragen Sie mich?«

»Weil ...« Er stocherte mit seiner Zigarre in die Luft. »Weil alles darauf hinweist, daß sie von Maidenwood stammt. Die Straße durchschneidet Ihr Land; ich kann mir keinen Grund ausdenken, weshalb die Spaßvögel diese Knochen hätten weit tragen sollen.

Wenn sie auf der Veranda von irgendwem gelegen wären, hätte ich mir vorstellen können, daß diejenigen etwas gegen den Betreffenden hätten, aber so konnten sie nicht wissen, wer als erster die Straße befahren würde. Der Doktor sagt, es war eine Weiße – keine Indianerin oder Negerin –, deshalb ist es möglich, daß sie eine Vorfahrin von Ihnen war.«

»Denken Sie an den Familienfriedhof in Maidenwood?«

»Irgendwelche Einwendungen?«

»Mir ist es egal. Ich glaube nicht, daß Matt etwas dagegen haben wird, aber ich will ihn fragen. Was brauchen Sie – irgendein amtliches Schriftstück?«

»Ich bin nicht sicher, was ich brauche«, murmelte Jarboe und kratzte sich am Kopf. »Aber ohne die Erlaubnis der Familie kann ich nichts unternehmen.«

»Meine Erlaubnis haben Sie, was sie auch wert sein mag. Um ehrlich zu sein, ich begreife nicht, warum man soviel Aufhebens macht.«

»Yeah. Nun, das meiste Aufheben machte dieser großmäulige junge Prof., der in Maidenwood gräbt.«

»Alan?« Ich lehnte mich im Stuhl zurück. »Was sollen Sie seiner Meinung nach tun?«

»Er möchte, daß ich ihm die Skelette gebe, damit er sie untersuchen kann. Er benimmt sich so, als wären sie aus Holz, wissen Sie.«

»Das sieht ihm ähnlich. Hat er die Gebeine schon gesehen?«

»Nein. Er platzte hier herein und hämmerte auf den Schreibtisch... Ich hätte sie ihm vielleicht gezeigt, wenn er nicht so verdammt anmaßend gewesen wäre«, fügte Jarboe mit einem zögernden Grinsen hinzu.

»Ich weiß, was Sie meinen.«

»Zum Teufel, er ist nicht einmal Anthropologe«, sagte Jarboe defensiv. »Wir hatten einen Professor von der Universität von Virginia hier; ich habe alles richtig gemacht. Sie können sie sehen, wenn Sie wollen.«

»Wer, ich?« sagte ich erschrocken. »Ich bin auch keine Anthropologin. Ich könnte Ihnen nichts sagen, was Sie nicht schon wissen.«

»Sie sind ein Familienmitglied«, sagte Jarboe. »Mir scheint, jemand sollte die Formalitäten erledigen. Wenn es Sie natürlich aufregt...«

»Es regt mich nicht auf. Ich weiß einfach nicht ... Oh, gut, warum nicht!«

Man muß ziemlich abgehärtet sein bei der Betrachtung von Leichen, um sich in einem Leichenschauhaus wohl zu fühlen. Jedenfalls abgehärteter als ich. Solche Orte haben einen gewissen Geruch an sich und eine kalte, harte Atmosphäre. Ich war jedoch nicht aufgeregt. Jarboes Vermutung hatte mich geärgert, daß mir übel werden könnte vor lauter überempfindlichem, femininem Getue beim Anblick eines harmlosen alten Skeletts. Ich war nicht auf das Gefühl vorbereitet, das mich überkam, als Jarboe die Schublade öffnete, in die man die Gebeine gelegt hatte.

Noch nie war ich mir der Gebrechlichkeit der inneren Struktur so bewußt gewesen, die uns aufrechterhält. Sie war eine kleine Frau gewesen. Die elfenbeinfarbenen Knochen waren zart wie eine Skulptur.

Ich war dem Sheriff gegenüber nicht ganz ehrlich gewesen, als ich bestritt, von Knochen irgend etwas zu verstehen. Ich war keine Expertin, aber ich habe einige Seminare besucht, die Professor Kaufman abhielt, der ›Knochenmann‹ in Pennsylvania. Er war ein beliebter Dozent, denn er hatte der Staatspolizei als Berater gedient und verfügte über ein Repertoire von gruseligen Fallgeschichten. Deshalb wußte ich genug, um einige Details zu bemerken. Zum Beispiel die Zähne. Sie waren in einem ausgezeichneten Zustand – keine Anzeichen von Karies oder Abszessen. Auch keine Füllungen. Das Fehlen zahnärztlicher Eingriffe hätte eine Identifizierung wirklich schwierig gemacht, selbst wenn in den Akten über die vermißten Personen eine mögliche Kandidatin aufgetaucht wäre.

Das Skelett des Kindes lag neben dem seiner vermeintlichen Mutter. Ob mit Absicht oder weil der Platz beengt war, kuschelte es sich nahe an das Gitterwerk ihres Brustkorbs. Die Knochen waren nicht so beschädigt wie die ihren; die zarte Schädelhülle hatte jedoch dem Gewicht der Erde nicht standgehalten. Ich nahm an, die Pathologen hatten befunden, daß diese Verletzungen nach dem Tode eingetreten waren. Ich nahm es deshalb an, weil ich nicht die Absicht hatte, diese zarten rundlichen Überreste in die Hand zu nehmen.

Ich glaube, ich zeigte keine Anzeichen von Betroffenheit, aber Jarboe bestand darauf, daß ich wie eine Dame reagierte. Er legte väterlich einen Arm um meine Schulter. »Ich hätte es Ihnen nicht zeigen sollen.«

Ich schüttelte seine Fürsorge ab. »Schon gut«, sagte ich kurz.

Jarboe schloß die Schublade. »Ich hätte es Ihnen nicht zeigen sollen. Gehen wir wieder ins Büro. Vielleicht kann ich ein wenig Bourbon auftreiben, strikt für medizinische Zwecke.«

»Die Kleider«, sagte ich und dachte an meine Bemerkungen gegenüber Alan. »Könnte ich die Kleider sehen, die sie … äh … trugen?«

»Yeah, sicher.«

Die Kleider waren in braunes Packpapier eingewickelt. Jarboe räumte seinen Schreibtisch ab, indem er den angesammelten Kram auf eine Seite schob, und öffnete das Paket.

Psychologen sagen, das Geruchsempfinden weckt leichter Erinnerungen als alle anderen Sinne. Ich weiß nicht warum, und nicht einmal, ob es wahr ist, aber die schwache Aura, die diese verblaßten Gewänder umgab, weckte in mir Bilder, und zwar lebhafte – ein Dachboden in einem alten Haus, Sonnenstrahlen, die auf abgetretene Fußbodendielen fielen, heiße, stickige Luft, Staub, der in der Nase kitzelte, und ein starker, deutlicher Geruch …

»Mottenkugeln«, sagte ich leise.

Jarboe nickte. »Jawohl. Sie waren irgendwo verstaut. Ich zeigte sie herum, aber niemand kannte sie. Ich dachte, vielleicht stammen sie von Maidenwood.«

»Das würde ich nicht wissen. Auf unserem Dachboden liegt eine Menge altes Zeug – ich habe dort oben früher herumgestöbert …« Wieder eine schlagartige Erinnerung – aber diese paßte nicht in das Konzept, sie zog mir durch den Kopf und verschwand. Ich bemerkte nicht, daß ich sanft schwankte wie ein Schilfrohr im Wind, bis Jarboes Arm mich zu einem Stuhl führte.

»Hier, jetzt«, sagte er ohne Befriedigung. »Ich wußte, ich hätte es Ihnen nicht zeigen sollen. Hier, das wird Ihnen guttun.«

Ich nahm das Glas, das er mir in die Hand drückte. Die momentane Schwäche war vorüber, aber ich konnte seine liebenswürdige Revanche nicht zurückweisen. Es geschah mir recht, weil ich so blasiert gewesen war.

Ich versicherte ihm, der Alkohol habe mich in der Tat wiederhergestellt, und schob seine Entschuldigung beiseite. »Es tut mir nur leid, daß ich Ihnen nicht helfen kann, Sheriff. Ich erinnere mich nicht...«

»Schade, daß ich Miß Martha nicht fragen kann.«

»Es ist kaum anzunehmen, daß sie von unserem Dachboden stammen. Wir haben zwar Schwierigkeiten mit Unbefugten, die auf unser Land kommen, aber ich kann nicht glauben, daß Diebe ins Haus eindringen konnten, ohne Anzeichen von Gewaltanwendung zu hinterlassen. Shirley Johnson ist da, seitdem Martha krank ist, und wenn jemand vorher eingebrochen wäre, hätte Martha die Hölle losgemacht. Sie hatte immer einen leichten Schlaf, und sie hat Ohren wie ein Luchs.«

Jarboe nickte zustimmend. »Abgesehen von einem doppelläufigen Gewehr. Ich glaube, Sie haben recht, Julie, wenn Martha einen Einbrecher im Haus erwischt hätte, dann hätte sie ihn tüchtig durchsiebt.«

»Martha hat ein Gewehr?«

»Ja, sicher; das hatte sie immer, oder nicht?«

»O ja. Ich – hatte es vergessen. Ich habe es nicht gesehen, seitdem ich hier bin.«

»Suchen Sie es am besten, und stellen Sie es bereit.«

Ich sah ihn konsterniert an, und er fügte hastig hinzu: »Nur falls Unbefugte kommen oder ein tollwütiges Tier... Sie brauchen sich keine Sorgen zu machen, daß jemand ins Haus selbst eindringt, darin haben Sie hundertprozentig recht. Carrsville ist ein hübscher, ruhiger Ort, nicht wie Pittsburgh.«

Ein hübscher, ruhiger Ort, bewohnt von Leuten, die sich einen Spaß daraus machen, mit menschlichen Skeletten zu spielen. Meine Miene überzeugte Jarboe davon, daß er dieses Argument besser fallenließ.

»Sie kennen diese Kleider also nicht?« fragte er.

Ich nahm das Kleid in die Hand. Die Baumwolle war ein schmutziger, braun bedruckter Stoff mit kleinen Figuren auf einem dunklen, graublauen Untergrund. Das Kleid sah so aus, als wäre es von einer ungeschickten Schneiderin genäht worden; die Ärmel waren unförmige Röhren, der Halsausschnitt einfach, nicht von einem Kragen oder einer Halskrause geschmückt. Das Kleid fiel von einem schmalen Schulterstück gerade herab.

»Ich will Ihnen eines sagen«, erklärte ich, »dieses Kleid wurde niemals für *sie* genäht. Es ist viel zu groß.«

»Das paßt zu meiner Vermutung«, sagte Jarboe. »Jemand hat es vom Dachboden seiner Mama geholt.«

»Das macht einen verrückt«, murmelte ich und prüfte das Kleid noch genauer. »Ich meine, dieses Kleid hat absolut nichts Bemerkenswertes an sich. Es wurde auf einer Nähmaschine genäht, aber Frauen benutzen sie schon seit – mindestens hundert Jahren, nehme ich an. Der Stoff sieht nicht wie Synthetik aus, und das Muster ist altmodisch, aber diese altmodischen Muster sind auch noch heute beliebt für Bettdecken und ländliche Kleider. Der Stil sagt mir nichts, weil das Kleid überhaupt keinen nennenswerten Stil hat.«

»Manche alten Damen auf dem Land tragen immer noch solche Kleider«, sagte Jarboe. »Wir haben das alles bedacht, Julie.«

»Es ist ein häßliches Kleid«, sagte ich vehement. »Kein junges Mädchen würde gern tot darin aufgefunden werden... Es tut mir leid, Jarboe, das war nicht fein.«

»Dies hier«, fuhr ich fort und berührte das weiße Kleidungsstück mit den Fingerspitzen, »ist etwas völlig anderes. Es ist handgenäht und wahrscheinlich alt.«

»Fassen Sie es ruhig an, wenn Sie wollen«, sagte Jarboe und beobachtete mich. »Sie können es nicht beschädigen.«

Ich zögerte, es in die Hand zu nehmen. Die Flecken waren wahrscheinlich Rost, aber sie sahen wie getrocknetes Blut aus. Ich sagte mir, daß ich mich sehr töricht benahm und hob das Kleid vom Tisch.

»Handgenäht«, sagte ich, »jeder Zoll davon, die ganzen Krausen und Rüschen. Ich glaube, es ist das, was man *broderie anglaise* nennt. Der Stoff ist aus Batist – ich bin nicht ganz sicher. Aber alles ist handgemacht.«

Ich ließ das kleine, fleckige Kleid auf den Tisch fallen. »Auch hier kein Hinweis. Jungen und Mädchen wurden vor Jahren so gekleidet. Wenn es darauf ankommt...«

»Nun, nein, das tut es nicht. Es sei denn, Leute bewahren Handarbeiten wie Familienerbstücke auf. Das Kleid der Frau ist kein Erbstück.«

»Das können Sie laut sagen.«

Ich wischte mir unbewußt die Finger am Rock ab. Dann steckte ich die Hände in die Taschen. »Es tut mir leid, daß ich Ihnen nicht weiterhelfen kann.«

»Sind Sie sicher, daß Sie nicht noch einen Schluck haben wollen?«

Ich nahm noch einen Schluck. Ich brauchte ihn. Ich hatte vor Jarboe nicht verbergen können, daß ich ›erregt‹ war, wie er es taktvollerweise ausgedrückt hatte, aber er wußte nicht, wie erregt ich war – oder warum. Es war nicht die gute weibliche Empfindlichkeit beim Anblick von ein paar Gebeinen. Die Skelette hatten mich weder erschreckt noch abgestoßen. Sie hatten mich nur traurig gestimmt. Aber die Kleider … Warum konnte ich diesen Erinnerungsblitz nicht festhalten wie so viele andere, die einmal verloren und unerwünscht waren? Meine Argumente, weshalb die Kleider nicht von Maidenwood stammen konnten, klangen tatsächlich überzeugend. Und die Vorstellung gefiel mir gewiß nicht, daß Unbefugte frei im Haus herumstreiften …

Ich verabschiedete mich von Jarboe und verließ das Gebäude, aber ich bekam diese erbärmlichen Kleidungsstücke nicht aus dem Kopf. Dieses Kinderkleid, das mit so großer Liebe und so schön angefertigt worden war – und solch ein Kontrast zu dem Kleid der Frau. Aber das hatte nichts zu bedeuten. Beide Kleidungsstücke müssen aufs Geratewohl aus einer Truhe mit alten Kleidern geholt worden sein; die Mutter, die dieses zierliche Kinderkleid angefertigt hatte, wäre selbst niemals so einfach gekleidet gewesen.

Als ich den Parkplatz verließ, dachte ich an etwas, das mir schon früher hätte einfallen sollen. Das Kleid wäre nicht zu groß gewesen für eine Frau in den letzten Monaten der Schwangerschaft.

Nach einem kurzen Halt beim Supermarkt, wo ich noch mehr Hundefutter kaufte (meine Einschätzung von Elvis' Appetit hatte weit danebengelegen), machte ich mich auf den Weg nach Maidenwood zurück. Ich ärgerte mich über mich selbst aus verschiedenen Gründen, und es besserte meine Stimmung nicht, als ich feststellte, daß Mrs. Danner aus dem Stewfleisch, das ich für das Abendessen vorgesehen hatte, Suppe kochte. Sie kochte offensichtlich schon lange. Das Paket tiefgefrorenes Gemüse, das sie der blassen, grauen Brühe hinzugefügt hatte, war zu einer weichen Masse verkocht, und in der Küche war es wie in einem Dampfbad.

Ich wollte die Treppe hinaufrasen, um sie anzuschreien, aber der

Anblick einer von Flöhen heimgesuchten Schnauze und zwei hoffnungsvollen Augen, die zur Tür hereinsahen, erinnerte mich an andere Pflichten. Weshalb haben Hunde so seelenvolle Augen? Gemäß der offiziell anerkannten Theologie haben sie keine Seele. Ich hatte eine ungefähre Vorstellung von der anerkannten Theologie – oder ich hatte immer geglaubt, ich hätte eine. Weshalb beunruhigte mich dann so sehr der Gedanke an die erbärmlichen Gebeine, die in einer kalten Metallschublade lagen? Warum bedrückten mich die Bilder von singenden Priestern und ordentlichen Grabsteinen mit der Aufschrift ›Hier liegt ...‹?

Ich schaltete den Herd unter der Suppe aus und füllte eine Schale mit Hundefutter. Elvis begann bei ihrem Anblick zu winseln, aber ehe ich sie auf die Veranda trug, machte ich mich verstohlen in der Küche zu schaffen, wobei ich den Rücken der Tür zuwandte, damit er nicht sehen konnte, was ich tat. Dann wartete ich, bis er intensiv mit seinem Futter beschäftigt war, ehe ich die große Waschschüssel, die Bürste, das Flohshampoo, das Handtuch und den Kessel mit warmem Wasser hinaustrug.

Elvis blickte nicht auf. Vielleicht hatte man ihn noch nie gebadet. Er sah jedenfalls so aus, als hätte er noch nie gebadet. Ich setzte mich auf die Stufe und überflog noch einmal die betreffenden Seiten des Buches ›Wie Sie Ihren Hund pflegen‹. Es klang nicht bedrohlich: »Geben Sie Wasser in die Schüssel und den Hund in das Wasser.«

Fünf Minuten später war ich von Kopf bis Fuß durchnäßt. Die einzigen nassen Teile von Elvis waren seine Pfoten. Er stand ein paar Fuß neben der Schüssel, grinste und wedelte mit dem Schwanz. Offensichtlich hielt er dies für ein neues und faszinierendes Spiel – du nimmst mich auf und stellst mich in die Schüssel, dann springe ich heraus. Je nässer du dabei wirst, um so mehr Punkte für mich.

Ich wollte es gerade wiederholen, als Elvis sich umdrehte und blitzschnell um die Hausecke davonschoß. Er war zurück, ehe ich Zeit hatte zu fluchen, begleitet von Alan, und dabei tat er so, als würden sie einander schon ihr Leben lang kennen. Er hatte nicht einmal gebellt.

Ich sagte bitter: »Schlimmer als ein Schlangenbiß ist es, einen treulosen Hund zu haben.«

Alan beantwortete den Scherz mit einem höflichen Lächeln. »Wir haben uns schon früher kennengelernt.«

»Oh.«

»Dein Vetter sagt, ich kann in der Nähe des Räucherhauses graben.«

»Oh.«

»Ich glaube, ich habe eine Abfallgrube entdeckt.«

»Das ist ja wunderbar.«

»Wenn dein Vetter uns nur ungestört arbeiten ließe.«

»Ach, hör auf damit, Alan. Du bist an dem ersten Herrenhaus in Wirklichkeit gar nicht interessiert. Du bist nur darauf aus, Matt auf die Nerven zu gehen. Ich glaube«, fügte ich hinzu, als Elvis sich unziemlich an Alans Füßen krümmte, »du hast in der Abfallgrube ein paar Steakknochen aus dem 18. Jahrhundert gefunden. Oder hast du das hier mitgebracht, um meinen Hund zu bestechen?«

»Er braucht nicht bestochen zu werden, er ist ein gescheiter Hund; er erkannte sofort meinen charmanten und liebenswürdigen Charakter.«

Ich seufzte. »Was möchtest du, Alan?«

»Ich wollte dir helfen, den Hund zu baden«, sagte Alan. »Ich dachte mir, daß du damit ein wenig Schwierigkeiten haben würdest.«

Alan musterte mich, denn ich tropfte vom Kopf bis zu den durchweichten Latschen. Er grinste niederträchtig. »Du hast dich immer vor Hunden gefürchtet.«

»Ich habe mich nicht vor Hunden gefürchtet. Meine Mutter hat sich vor Hunden gefürchtet.«

»Wie du willst. Komm her, Hund!«

»Sein Name ist Elvis«, sagte ich in einem liebenswürdigen Tonfall. Ich bin nicht zu stolz, um Hilfe anzunehmen, und außerdem hoffte ich, auch Alan würde durchnäßt werden.

»Elvis? Guter Gott!« Alan packte den Hund und steckte ihn in die Wanne. Das verdammte Tier stand da wie ein Fels und ließ seine Zunge idiotisch aus dem Maul heraushängen.

Alan wurde ziemlich naß, was mein Ego etwas besänftigte. Ich kam zu dem Schluß, daß es unmöglich war, einen Hund zu baden, ohne naß zu werden. »Das Schwierige daran ist zu verhindern, daß er sich im Dreck wälzt, sobald er aus der Wanne draußen ist«, erklärte Alan und packte Elvis fest am Hals. »Gib mir das Handtuch... verdammt!«

Ich trat zurück aus dem Schauer, den Elvis produzierte, indem er sich heftig schüttelte.

Alan zeigte mir, wie man abgestorbene Haare und tote Flöhe herausbürstet. Elvis gefiel dieser Teil der Prozedur, und ich konnte zu einem angemesseneren Gesprächsthema zurückkehren.

»In Wirklichkeit bist du gekommen, um zu erfahren, was der Sheriff gesagt hat«, bemerkte ich und beobachtete etwas angeekelt, wie Alan ein paar Flöhe zerdrückte, deren stärkere Konstitution dem Shampoo widerstanden hatte.

»Was sagte er?«

»Er möchte die Skelette loswerden. Er will sie aber nicht dir geben«, fügte ich hinzu. »Er wies darauf hin, daß es Gesetze über die Beseitigung menschlicher Überreste gibt.«

»Wußte ich es doch. Ich glaube, er möchte, daß du sie auf dem Familienfriedhof begräbst.«

»Ich wüßte nicht, was dagegen spricht.«

»Ich auch nicht«, sagte Alan liebenswürdig.

Elvis, der in seiner seligen Ungezwungenheit auf der Seite lag, versteifte sich und begann zu winseln. »Warte, ich bin noch nicht fertig«, sagte Alan. »Was ist los mit ihm?«

»Ab und zu fällt ihm ein, daß er ein Wachhund ist. Das klingt wie Mr. Danners Pritschenwagen. Verdammt, ich dachte, Mrs. Danner käme in die Küche, ehe sie abfährt. Ich wollte sie ausschimpfen, weil sie einen Brei aus meinem Abendessen gemacht hat.«

Nachdem ich es ausgesprochen hatte, wurde mir klar, daß es verdächtig wie ein Wink mit dem Zaunpfahl klang. Alan ging darauf nicht ein. Er bürstete weiter, und ich sagte: »Warum suchst du nicht nach Grabstellen?«

»Wieso glaubst du, das täte ich nicht?«

»Mitten auf der Wiese, die einen großen Teil des Jahres unter Wasser steht?«

Alan hob fragend eine Augenbraue in meine Richtung.

»Hast du Kurse in Archäologie belegt, oder kann es sein, daß die

Perlen der Weisheit, die ich früher während der ganzen Jahre fallen ließ ...«

»Es ist nur der gesunde Menschenverstand. Du suchst nach einem Beweis für die Besiedelung, nicht nach ausgeraubten Gräbern.«

»Beides schließt einander nicht aus.«

»In diesem Fall doch. Die Siedlung im Maydon-Bezirk datiert aus dem ersten Viertel des 17. Jahrhunderts. Ich sah die Skelette. Sie sind zu sauber und zu gut erhalten, um so alt zu sein.«

»Ich weiß.«

»Woher weißt du es? Du hast die Skelette doch nicht gesehen.«

»Perkins, der Pathologe, ist ein Freund von mir. Jedenfalls wußte ich, daß die Gebeine nicht dreihundertundfünfzig Jahre alt sind, sobald ich die Geschichte in der Zeitung las, sofern nicht ...«

»Sofern nicht was?«

Alan hatte mich vielleicht nicht gehört. Er ließ den Hund los, der sich sofort in die nächste Pfütze warf und darin wälzte. Alan saß mit übergeschlagenen Beinen da, die Hände ruhten leicht auf seinen Knien, und er blickte verträumt ins Leere, als sähe er die Szenen vor sich, die er beschrieb.

»Man kann sich schwer vorstellen, wie es für sie war.

Überwucherte Wildnis, so weit das Auge reichte, nichts von den Annehmlichkeiten, selbst den Notwendigkeiten, die sie immer für selbstverständlich gehalten hatten. Elisabeth I. war erst seit ein paar Jahren tot. James war König – dieser Schotte mit dem mürrischen Gesicht, der sich mit schönen, jungen Männern vergnügte und ernsthafte Forschungen über Hexerei anstellte. Die Männer, die bei Jamestown landeten, trugen Halskrausen und Degen; sie rühmten sich, ›Gentlemen‹ zu sein, zu gut, um ihre Hände zu beschmutzen, indem sie Land urbar machten oder Häuser bauten. Die Siedlung wäre fast untergegangen wegen ihrer Vornehmheit.

Aber sie überlebte. Städte entstanden. Die Bezirke schickten ihre Vertreter in die Versammlung nach Jamestown. 1622 gab es im Bezirk Maydon achtundsiebzig Einwohner. Sie bauten Häuser und eine Kirche, und alles drängte sich um das Fort, von dem sie glaubten, es würde die ›Wilden‹ einschüchtern. Die Indianer ließen sich nicht einschüchtern. Der Aufstand von 1622 löschte ein Drittel der Kolonisten von Virginia aus. Maydon wurde am härtesten getroffen. Das Massaker war so schrecklich, die Vernichtung so vollständig, daß niemals der Versuch einer Neubesiedelung unternommen wurde. Noch Jahre danach schworen Jäger, die in der Nähe der Stelle kampierten, daß die Geister der Toten sich in der Dunkelheit um sie drängten, ihre blutenden Wunden entblößten und mit hohen, klagenden Stimmen Rache verlangten. Die Stelle wurde gemieden, ihr genauer Ort vergessen. Maydon wurde der ›Verlorene Bezirk‹.«

Ich kannte die Geschichte, aber der Zauber seiner Stimme war so stark wie je. Sogar der Hund lag still. Er hatte den Kopf auf die Pfoten gelegt, und seine lebhaften braunen Augen fixierten den Erzähler.

»Aber es heißt, sie geistert immer noch in den grünen Schatten des Waldes«, fuhr Alan leise fort. »Nicht als ein verstümmeltes Opfer, sondern in ihrer ganzen jugendlichen Schönheit; schwarzhaarig und mit blauen Augen, Edelsteine am Hals und im Haar, und lange Samtröcke rascheln im toten Laub.«

Der Bann war gebrochen. Ich fuhr hoch, als wäre ich gestochen worden. »Du vergeudest deine Talente in der Archäologie«, sagte ich grob. »Du solltest fantastische Romane schreiben. Diese Geschichte ist ein fantastischer Roman. Ich habe ihn gelesen. *To Have and to Hold* von Mary Johnston. Eine dieser dummen, sentimentalen, altmodischen ...«

»Sicher«, unterbrach mich Alan. »Reine Fiktion. Die hochgeborene Dame, die mit dem Favoriten des Königs aus einer verhaßten Ehe floh und sich als eines der Dienstmädchen der Virginia Company verkleidete, die als Frauen für die Siedler rekrutiert worden waren. Aber diese Geschichte hat einen wahren Kern; es gab eine Lady Jocelyn Cartwright unter den Einwohnern des Bezirks Maydon ...«

»Das hast du mir schon vor fünf Jahren erzählt. Alan, ich begreife, warum Maydon wichtig ist. So wenig ist übriggeblieben von diesen ersten Ansiedlungen – man hat wenig gefunden und noch weniger ausgegraben. Aber deine Geschichte über die Lady war es, die deinen Artikel ruiniert hat. Alle Gelehrten auf diesem Gebiet machten sich darüber lustig; es hätte dich fast deine Karriere gekostet. Es hat sie nie gegeben.«

»Sie schrieb an den König. Es gab einen Brief.«

»Wo ist er dann? Der einzige Mensch, der behauptet, ihn in einer

Sammlung von Familiendokumenten gesehen zu haben, war jener dilettantische Historiker des 19. Jahrhunderts. Wahrscheinlich hat er alles erfunden.«

Alan ließ sich nicht provozieren. Er warf mir ein liebenswürdiges, träges Lächeln zu und sagte heiter: »Du hast das Porträt gesehen.«

Ich hatte nicht das Original gesehen. Das hing in der National Portrait Gallery in London – eine feine Miniatur aus Elfenbein, die einem der Schüler Holbeins zugeschrieben wurde und fast mit dem Genius des Meisters ausgeführt war. Ich hatte Kopien davon gesehen. Sie waren überall zu finden, auch in Maidenwood. Einer meiner verrückten Vorfahren hatte behauptet, wir stammten über mehrere Umwege von Lady Jocelyn ab. Über sehr viele Umwege, wenn man bedenkt, daß sie, wenn sie nicht ein Produkt der Fantasie war, 1622 ohne Nachkommenschaft gestorben sein mußte.

»Die Zuschreibung ist zweifelhaft«, sagte ich mit meiner widerlichsten pseudogelehrten Stimme.

»Aber nimm einmal an«, beharrte Alan, »nimm an, es geschah so, wie es in dem verlorengegangenen Brief stand. Als König James erkannte, daß es ihr Ernst war, gab er nach. Er gewährte ihr einen ausgedehnten Besitz hier in Virginia. Wenn ihr der Gatte, den er für sie auswählte, nicht gut genug war, konnte sie wohl oder übel als Jungfrau leben und sterben. Paßt das nicht zu seiner merkwürdigen Persönlichkeit, der Mischung von Grausamkeit und Gefühl, die seine Handlungen prägte?«

Dieses Mal riß mich der Zauber seiner Stimme nicht hin. Ich nehme an, auf eine merkwürdige Weise war ich immer auf die Lady eifersüchtig gewesen. Eifersüchtig, nicht einmal auf einen Geist, sondern auf den Geist eines Fantasiegebildes.

Aber die Miniatur war schön. Das schwarze Haar, die großen, blauen Augen …

»Und dann das Massaker«, fuhr Alan fort. »Eine Version der Geschichte behauptet, sie sei von den Indianern gefangen und entführt worden; sie habe sich in einen starken indianischen Krieger verliebt und ihm Kinder geboren. Eine andere Version besagt, sie habe sich lieber selbst getötet, als lebendig gefangengenommen zu werden. Als die Rettungsexpedition eintraf – zu spät –, fanden sie die Toten dort liegend, wo sie gefallen waren, verwest und von wilden Tieren zerrissen. Die Leichen wurden in hastig angelegte, ungezeichnete Gräber geworfen. Aber nur angenommen… angenommen, sie hätten sie einer respektvolleren Behandlung für würdig erachtet, ein ordentlicher Sarg – irgendeine Methode, die ihre Gebeine durch dreieinhalb Jahrhunderte hindurch erhalten hätte.«

»Alan«, sagte ich halb überzeugt, »du – du fantasierst nur, nicht wahr? Du glaubst im Ernst nicht wirklich…«

»Zum Teufel, nein!« Er sah mich direkt an. Seine Augen waren nicht mehr verträumt; sie funkelten vor Vergnügen. »Aber gibt das nicht eine großartige Geschichte? Du hast den Rest davon noch nicht gehört – das Kind, das gegen den Befehl des Königs geboren wurde…«

»Du Miststück«, rief ich, »willst du dieses Garn wirklich drucken lassen? Deine Kollegen werden dich kreuzigen.«

»Oh, ich werde es, ohne mich festzulegen, und mit aller angemessenen Reserviertheit verbreiten. Wenn alles andere mißlingt – oder nichts nützt –, ich werde es bestimmt publizieren. Ich muß etwas tun, um einen Beweis dafür zu bekommen, Julie. Ich habe zu lange gewartet, um mich von einer Lappalie wie Geld davon abhalten zu lassen.«

»Ich habe nie etwas so Unmoralisches, Unehrliches, Prinzipienloses, Schändliches…«

»Ich sagte, das sei nur eine Geschichte.« Alan grinste. »Aber der Bezirk Maydon ist keine. Er ist hier, verdammt noch mal, und ich werde ihn finden.«

»So weit haben Sie es jetzt kommen lassen«, sagte Shirley an der Verandatür. »Soll diese Brühe auf dem Herd das Abendessen sein?«

Wir aßen die Suppe zum Abendessen, denn es war das einzige, was wir hatten. Ich versprach Shirley für die nächsten Tage etwas Exotisches – Krabben, Hummer, was immer sie wollte.

Martha grollte über das Essen, was ich als Kompliment für meine Kochkunst aufnahm. Als sie fertig war, ließ ich mich mit dem *Bleak House* nieder, und diesmal fand ich Esthers gräßlichen Optimismus beinahe beruhigend. Jedesmal, wenn ich an Alans unehrlichen Plan dachte, Geld aufzutreiben, um sich seinen Herzenswunsch zu erfüllen, konnte ich mich nicht entscheiden, ob ich lachen oder fluchen sollte.

Nachdem Martha mich entlassen hatte, war ich zu ruhelos, um zu schlafen. Was ich brauchte, war körperliche Bewegung – ein langer, tüchtiger Spaziergang, begleitet von meinem treuen Hund. Aber die Dunkelheit schüchterte mich ein, nicht nur, weil die Möglichkeit bestand, daß ich über etwas stolperte und mir die Knöchel verstauchte, sondern weil die Nacht erfüllt war von Gefahren – uralten Phantomen oder verrückten lebenden Menschen. Ich vergewisserte mich, daß alles verschlossen und verriegelt war, dann ging ich in die Bibliothek.

Es war ein schrecklicher Gang in der Nacht, bei dem nur das schwache Licht einer einzigen Taschenlampe die Dunkelheit vertrieb. Ich dehnte meinen Besuch nicht aus, sondern ging sofort zu den Regalen mit den Geschichtswerken. Früher hatte ich mich für diese Bücher nicht besonders interessiert, aber ich erinnerte mich vage daran, ein Buch über Maidenwood gesehen zu haben. Das Regal war in Spinnengewebe eingehüllt, aber das Buch war da; mein Gedächtnis arbeitete bemerkenswert gut, nachdem es nun so oft aufgerüttelt worden war. Ich nahm das Maidenwood-Buch und ein paar andere über die Geschichte von Virginia und verließ die Bibliothek, wobei ich fast rannte. Geister spukten tatsächlich in Maidenwood, und der schrecklichste Geist war der Schatten des zornigen, unglücklichen Kindes, das ich gewesen war.

Ich wachte am nächsten Morgen mit einem schweren Kopf, sozusagen einem psychischen Kater, auf. Das Fenster war undurchsichtig wegen des sanften, weißen Nebels. Die Luft war feucht und warm; es würde einen heißen Tag geben, sobald der Nebel sich aufgelöst hatte, was unvermeidlicherweise geschehen würde. Ein unübertrefflicher Tag, um auf einem weiten Feld voller Insekten zu graben.

Ich hörte Marthas protestierende Stimme, als ich verdrießlich an ihrer Tür vorüberging. Ich hatte nicht das Bedürfnis, stehenzubleiben und mich zu erkundigen, worüber sie sich beschwerte. Ich stellte den Wasserkessel auf; und dann erinnerte mich ein Kratzen an der Tür an meine neuen Pflichten. Der Anblick von Elvis, sauber und mit wachsamen Augen und unverhohlener Freude, mich zu sehen, vertrieb einen Teil meiner schlechten Laune. Ich begann zu begreifen, warum Leute sich Hunde halten. Es ist nett, jemanden zu haben, der einen unkritisch verehrt, selbst wenn die Tatsache, daß man als Nahrungsquelle fungiert, einen großen Teil dieser Bewunderung ausmacht.

Er wollte nicht draußen fressen, auf der Stufe ganz allein. Er wollte herein. Ich war so benommen, daß ich mich konzentrieren mußte, ehe ich die Lösung fand: ich mußte die Küchentür schließen. Elvis hatte sein Frühstück wegpoliert, bis der Wasserkessel kochte. Er ließ sich zu meinen Füßen nieder, während ich meinen Kaffee trank, und sein Schwanz erzeugte ein leises rhythmisches Geräusch.

Ich wußte, warum ich schlechter Laune war. Es war nicht der Mangel an Schlaf, obwohl ich noch lange wach gewesen war und gelesen hatte. Es war das, was ich gelesen hatte, das mich irritierte.

Das kleine Buch über Maidenwood, verfaßt um die Jahrhundertwende von einem meiner verdrehten, fernen Verwandten, war eine unkritische Mischung von Tatsachen und Fantasie, von Legende und Geschichte, serviert mit einem großzügigen Schuß Selbstgefälligkeit. Alles, was den Stolz und den Ruhm der Carrs vermehrte, war für ihn eine Tatsache. Er glaubte nicht nur an die Lady, sondern er nannte sie auch ›meine Vorfahrin‹.

Die anderen Bücher stellten Lady Jocelyn in ihr richtiges Licht – ›eine hübsche Legende‹, wie es ein Historiker herablassend auszudrücken geruhte. Der Bezirk Maydon hatte ein solideres Fundament. Es hatte eine solche Ansiedlung gegeben, darin stimmten die Autoritäten überein. Sie waren sich nur nicht einig über seine Lage. Niemand hatte jemals eine Expedition unternommen, um nach den Überresten des Bezirks Maydon zu suchen, und dies aus sehr guten Gründen. Der schwerwiegendste Grund war der Mangel an Geld. Die Archäologie ist eine teure Beschäftigung, und es gab Dutzende anderer Ausgrabungsstätten, die größeres Interesse auf sich zogen. Der Autor des Buches über Maidenwood, der sich (irrtümlicherweise) für einen Gelehrten hielt, hatte einige flüchtige Ausgrabungen angestellt. Er war überzeugt davon, der verlorene Bezirk habe in Maidenwood gelegen, und er bot als Beweis dafür ein rostiges Stück Metall an, von dem er behauptete, es sei ein Teil einer Rüstung, die aus der Regierungszeit James' I. stammte. Das Buch enthielt eine Fotografie dieses Artefakts. Es sah aus wie ein Teil eines Schutzbleches von einem Ford Modell T. Ich konnte verstehen, warum es die Historiker nicht beeindruckt hatte. Einige stimmten zu, daß Maidenwood ein möglicher Ort war, aber es war nur einem von mehreren und niemandem wirklich wichtig genug, es zu erforschen.

Ich glaube, ich hatte herauszufinden gehofft, daß Alan in bezug auf den Maydon-Bezirk ebenso weit von der Wahrheit entfernt war wie im Hinblick auf die Lady, denn ich war nicht überzeugt, daß er seine ›hübsche Legende‹ ganz aufgegeben hatte. Ich hatte kein solches Glück.

Die Küchentür ging auf. »Warum haben Sie die Küchentür zugemacht?« begann Shirley. »Oh, ich begreife. Nun, Elvis, mach das nicht – du gehst mir auf die Nerven... Julie, an der Vordertür ist eine Frau und...«

Die Frau war nicht an der Vordertür, sie war an der Küchentür, direkt hinter Shirley. Elvis, der Shirley leckend und schwanzwedelnd begrüßt hatte, begann zu knurren. Ich packte ihn rechtzeitig am Hals und hielt ihn dadurch davon ab, den Neuankömmling anzugreifen.

»Wer...«, begann ich.

»Sperren Sie Ihren Hund ein, bitte«, sagte die Frau kurz. »Wenn er mich angreift, werde ich genötigt sein, rechtliche Schritte zu ergreifen. Meine Karte.«

Sie hielt sich in sicherer Entfernung vom Hund und streckte mir die Karte hin. Ich ließ sie auf den Boden fallen. Mit Mühe raffte ich meinen Verstand zusammen – Elvis hinaus, Shirley wieder zu Martha mit einer Tasse Kaffee in der Hand, die Küchentür geschlossen. Dann wandte ich meine Aufmerksamkeit der Besucherin zu, die stehengeblieben war, unbeweglich wie eine Granitstatue.

Sie sah aus wie eine Sekretärin, untersetzt und mit scharfen Augen, und sie trug einen neuen Nadelstreifenanzug und empfindliche Schuhe. Eine Hornbrille beherrschte ihr Gesicht; sonst hatten ihre Züge nichts Besonderes an sich außer jenen wissenden Augen. Sie hatte ihre Karte aufgehoben. Als sie sie mir das zweite Mal hinhielt, nahm ich sie.

»Pauline A. Hornbeak, P. A., B. A., M. B. A....« Ich blickte auf. »P. A.?«

»Psychische Archäologin.«

»Oh, verdammt«, rief ich.

Pauline A. Hornbeak zog die Augenbrauen hoch. »Ich bitte um Verzeihung!«

»Dazu haben Sie auch allen Grund. Was stellen Sie sich eigentlich vor, ohne Einladung in ein Privathaus einzudringen – und zu dieser gottlosen Stunde!«

»Ich entschuldige mich dafür, daß ich so früh komme«, sagte Pauline und sprach so unaufrichtig wie ein Politiker, der erklärt, was er mit jener Fächertänzerin getan hat. »Ich habe Senator Matthew Ellis geschrieben, aber er erwies mir nicht die Höflichkeit einer Antwort. Meine Briefe an Professor Alan Petranek sind ebenfalls unbeantwortet geblieben. Ihre unerklärliche Unhöflichkeit ließ mir keine Alternative, als zu Ihnen zu kommen.«

Mein Adrenalin begann zu fließen – träge, aber stark. Ich schrie sie an: »Keine Alternative? Sie hatten die offensichtliche und vernünftige Alternative, wegzubleiben. Was, zum Teufel, ist mit Ihnen los?«

Draußen stieß Elvis ein scharfes, aufgeregtes Bellen aus, und ich dämpfte meine Stimme. »Ich glaube Ihnen nicht. Gehen Sie, ehe ich die Polizei rufe.«

Pauline warf mir ein mitleidiges Lächeln zu. »Ihr Mangel an Höflichkeit berührt mich nicht, Miß Newcomb. Ich bin in Übereinstimmung mit meinen Meistern. Ich werde geschützt vor Verletzungen. Werden Sie mir einen Platz anbieten?«

»Nein.«

»Eine Tasse Kaffee vielleicht. Normalerweise nehme ich kein Stimulans zu mir, es ist reines Gift für den Körper und vernebelt die psychischen Sinne. Aber als Symbol des guten Einvernehmens …«

»Ich biete Ihnen keine Tasse Kaffee an. Eine Tasse reinen Giftes, wenn ich es hätte … Schauen Sie her, Miß – Mrs. …«

»Nennen Sie mich Pauline.«

»Nein, danke.« Ich glättete die Karte, die ich zwischen meinen Fingern zerknüllt hatte. »Das Forschungszentrum für Psychische Archäologie. Ich habe einen Ihrer Briefe gelesen.«

»Dann wissen Sie auch, weshalb ich hier bin. Lassen Sie es mich näher erklären. Ich weiß, wo …«

»Wenn Sie laufen, können Sie wahrscheinlich Ihren Wagen erreichen, ehe der Hund Sie einholt. Er lahmt ein wenig.«

Ich mußte sie zur Tür führen und in ihren Wagen drängen. Sie sprach unterwegs die ganze Zeit. Nur das Eintreffen von Elvis, hinkend, aber voller Eifer, hinderte sie daran, ihre Lektion fortzusetzen.

Ich hielt ihn fest, streichelte und lobte ihn, um ihn davon abzuhalten, dem Wagen die Einfahrt entlang nachzujagen und zu bellen. Entweder war er empfänglich für die Atmosphäre, oder man hatte ihm beigebracht, nicht unnötig zu bellen. Den meisten anderen meiner Befehle schenkte er jedenfalls keine Beachtung.

Ich ging wieder ins Haus. Shirley wartete oben an der Treppe. »Miß Martha ...«, begann sie.

»Gut, ich komme.«

Shirley überließ das Lügen immer mir. Ich sagte Martha, die Besucherin sei eine Zeugin Jehovas gewesen, in der Hoffnung, daß diese Sekte hier ebenso weit verbreitet und ebenso aufdringlich war wie in meiner eigenen Nachbarschaft. Augenscheinlich war dies der Fall, denn Martha stellte meine Geschichte nicht in Frage.

Es war ein unverdächtiger Tagesbeginn, der wenig Aussicht auf etwas Besseres versprach. Ich bat um Shirleys Nachsicht, während ich rasch zum Einkaufen fuhr. Als Mrs. Danner eintraf, schoß ich die Treppe hinab, um ihr einen schmerzhaften Tod anzudrohen, falls sie eine Hand an die Töpfe und Pfannen legte. Ich hatte Jeans und eine langärmelige Bluse angezogen; sie klebten an mir wie geschmolzenes Blei, so heiß war es, und als ich zur Hintertür hinausging, sah ich Elvis faul im Schatten liegen und hatte das starke Bedürfnis, ihm Gesellschaft zu leisten.

Aber er langweilte sich. Als ich den Weg zu den Wiesen einschlug, ging er mit. Wir fanden Alan, der seine Zelte zusammenfaltete. Ein paar Flecken nackte Erde waren die einzigen Überbleibsel seiner vergeblichen Ausgrabungen, und er verstaute seinen Kartentisch im Wohnwagen.

»Was hast du heute vor?« fragte er.

»Wohin du auch gehest«, erwiderte ich.

Er warf mir einen gemeinen Blick zu. »Komm mit, und ich stelle dich den anderen vor.«

Es waren nur vier. Der ungeschlachte junge Mann war Fußballspieler – Mittelstürmer, erklärte er mir stolz. Sein Name war Willkie. Er hätte mir mehr erzählt, aber Alan zog mich weg und stellte mich den Mädchen vor. Es waren wirklich Mädchen, nicht älter als achtzehn Jahre und offensichtlich von dem gleichen Virus infiziert, der mich blind gemacht hatte für Alans charakterliche Defekte, als ich im gleichen Alter war. Eine war blond und eine brünett, und beide sahen ihn mit feuchten Lippen bewundernd an und mich mit einer ebenso deutlichen Feindseligkeit.

Das vierte Mitglied des Teams war Alans Schützling, ein graduierter Archäologiestudent von der Universität von Virginia. Er war noch größer als Willkie – sehr stattlich, sehr schwarz, sehr muskulös. Er hätte ein Fußballspieler sein können, aber wie er mir sagte, hatte es ihm niemals wirklich Spaß gemacht, von anderen großen, muskulösen männlichen Wesen verprügelt zu werden. Er war offensichtlich ebenso intelligent wie stattlich. Alan behandelte ihn mit einer Höflichkeit, die er den anderen nicht zukommen ließ; die kommandierte er herum wie Galeerensklaven, aber zu Jono sagte er gelegentlich ›bitte‹ und ›danke‹.

Alan überließ es Jono, das Packen zu beaufsichtigen, und bot mir in seinem Jeep Platz an. Wir fuhren über die holprige Wiese auf einen erhöhten Baumgürtel im Nordwesten zu. Ich erwartete, Alan würde anhalten, als wir die Bäume erreichten. Statt dessen fuhr er über einen Damm aus Schutt, der einmal ein Teil eines Zaunes gewesen war, und steuerte direkt auf eine Kiefer zu, die ca. 60 cm Durchmesser hatte.

Er stieß nicht an sie oder den Baum dahinter an, aber es hätte nicht viel gefehlt. Nachdem ich die Augen wieder geöffnet hatte, sah ich, daß ein grober Weg durch den Wald geschlagen war. Er endete in einer Lichtung – es war keine natürliche Schneise, sondern eine künstlich geschaffene Öffnung im Wald. Die entwurzelten Bäume und Büsche waren auf eine Seite geschoben, wo sie wie eine Mauer lagen.

»Du hattest einen Schaufelbagger hier«, sagte ich, als Alan den Jeep neben dem Gestrüpp anhielt. »Hat Matt dir die Erlaubnis gegeben?«

»Ich habe ihn nicht gefragt. Paß auf, dies hier ist Giftefeu.«

Das stimmte, und es befanden sich unter dem Gestrüpp noch mehr unangenehme Pflanzen, die meiner Schulter auflauerten. Anstatt auszusteigen, kramte Alan unter dem Sitz und holte eine Papiertüte heraus, der er ein Sandwich und eine Flasche Bier entnahm.

»Möchtest du etwas davon?«

»Nein, danke.«

Er widmete sich seinem Mittagessen mit der gleichen hartnäckigen Konzentration wie seiner Arbeit. Nach einer Weile sagte ich: »Sind Schaufelbagger in deinem Beruf nicht verpönt?«

»Ich bin nicht scharf darauf, sie zu benutzen, aber in diesem Fall blieb mir keine andere Wahl.«

»Ich nehme an, du hattest einen Grund, gerade diese Stelle auszuwählen? Sie sieht nicht vielversprechend aus.«

»Das kommt daher, daß du nichts davon verstehst«, sagte Alan. »Dies ist wahrscheinlich die Stelle, wo dein Großgroßonkel Albert ein Stück Rüstung gefunden hat. Erinnerst du dich noch daran, was ich dir über Albert erzählt habe?«

Ich sagte ihm nicht, daß mein Gedächtnis so löchrig war wie ein Sieb. In diesem Fall gab es eine Entschuldigung für die Mängel, denn als er mir über seine Lieblingstheorien Vorlesungen hielt, hatte ich auf den Tonfall seiner Stimme geachtet und auf die Art, wie seine Lippen die Worte formten, anstatt auf das, was er sagte. Ich sah keinen Grund, ihm dies zu erläutern angesichts der Tatsache, daß ich über den Großgroßonkel frisch informiert war.

»Wo hast du das Buch gefunden?« fragte ich mißtrauisch.

Alan zerknüllte die Tüte und warf sie und die Flasche auf den Rücksitz des Jeeps. »Nicht in eurer Bibliothek, meine Liebe. In dieses Heiligtum der Heiligtümer wurde ich nie eingelassen, wenn du dich erinnerst.«

»Ich dachte, wir seien übereingekommen, nicht an die Vergangenheit zu rühren.«

»Tut mir leid. Dein Vorfahre schenkte Exemplare dieses albernen Buches allen Bibliotheken im Staat. Ich glaube nicht, daß er mehr als zehn Stück davon tatsächlich verkauft hat. Sie wurden mit der angemessenen Dankbarkeit entgegengenommen und prompt in den abgelegensten Lagerraum gebracht. Ein paar existieren noch – vergessen, aber nicht außer Reichweite.«

»Und hier fand er das – was immer es auch war?«

»Ich bin nicht sicher, er war kein Sachverständiger, und seine Messungen sind äußerst vage. Die Wiesen waren ein möglicher Ort. Ich begann dort, teils weil sie leichter zugänglich waren, und teils, weil viele der frühen Siedlungen nahe am Fluß lagen. Dieser Platz hier ist weiter entfernt davon, aber in einer gesünderen Lage, den Malaria-

Moskitos nicht so ausgesetzt, die so vielen Siedlern in Jamestown den Tod gebracht haben. Dies war vor neunzig Jahren ein offenes Feld. Wenn du dir die Vegetation betrachtest, siehst du, daß sie im letzten halben Jahrhundert hochgewachsen ist.«

Für mich sahen die umgestürzten Bäume älter aus, aber was verstand ich schon davon? Ehe ich etwas bemerken konnte, sagte Alan: »Da kommen sie«, und stieg aus dem Wagen.

Trotz meiner Grundausbildung in archäologischen Techniken hatte ich ein paar Fantasievorstellungen – wie ich meinen Spaten in die Erde stach und eine goldene Halskette, glitzernd vor Edelsteinen, oder eine Kiste Silberdollars zum Vorschein kam. Niemand stieß an diesem Nachmittag einen Spaten oder irgend etwas in die Erde. Die ganze Zeit verging mit dem, was Alan die Parzellierung des Ausgrabungsgeländes nannte.

Ich hätte es eine ganz gewöhnliche Arbeit genannt. Der Schaufelbagger hatte abgebrochene Äste und Zweige hinterlassen, vermischt mit Winden und Wurzeln. Unsere erste Aufgabe bestand daher darin, den Boden zu säubern. Wir benützten Rechen – einfache, gewöhnliche Gartenrechen, und Alan schrie uns jedesmal an, wenn wir einen Erdklumpen zerstörten.

Er hatte diese Stelle bereits überprüft. Er und Jono brüteten eine Weile über den Papieren und murmelten etwas über Dinge wie Bezugslinien und Datierung, und dann mußten wir alle helfen, das Gitter anzulegen. Das Gebiet wurde in gleich große Planquadrate unterteilt, die auf jeder Seite ungefähr 2,50 Meter lang waren. Sie wurden an den Schnittpunkten der Planquadrate und Stege mit Pflöcken abgesteckt.

Ich fragte, was ein Steg sei, und alle sahen mich mit einem unterschiedlichen Maß an Verachtung und Mitleid an. Alle außer Willkie – er wußte auch nicht, was ein Steg war, und ich vermutete, es war ihm egal. (Es ist eine Erdschicht zwischen den Planquadraten, so daß der Archäologe nicht auf das Terrain treten muß, das er ausgegraben hat. Indem man den Rand der Stege genau gerade hält, kann man auch die Erdschichtung überprüfen und die genaue Tiefe eventuell gefundener Gegenstände aufzeichnen.)

Ich war darauf vorbereitet, ein paar Pflöcke in die Erde zu stoßen, aber das genügte nicht. Sie mußten einzementiert und dann überprüft werden, so daß man ihre genaue Höhe in den Zement einkratzen konnte, ehe er hart wurde.

Ich fand, daß dies eine schrecklich komplizierte Prozedur war angesichts des winzigen Teams und der begrenzten Zeit, die Alan zur Verfügung stand, aber ich wollte nicht noch mehr idiotische Fragen stellen. Am Ende des Tages waren alle sichtlich erschöpft, und ich war erleichtert, meine Werkzeuge hinwerfen und meinen sofortigen Aufbruch verkünden zu können.

Willkie und die Mädchen sahen so aus, als hätten sie mich gern begleitet.

Alan blickte von irgendwelchen absonderlichen Berechnungen auf, die er in einen gelben Block schrieb. »Gehst du schon?« forschte er.

»Es ist nach fünf. Ich muß das Abendessen richten. Fährst du mich nach Hause?«

»Ich kann jetzt noch nicht aufhören.«

Mit einem finsteren Blick ging ich auf den Weg zu, den wir hergekommen waren. Jono fing mich ab. »Mein Motorroller steht dort drüben. Soll ich Sie mitnehmen? Es ist ein Umweg, aber besser, als zu Fuß zu gehen.«

Ich nahm bereitwillig an. »Weshalb bekommen Sie so früh frei?« fragte ich. »Gewalt oder Erpressung?«

Jono grinste. »Ich arbeite abends als Küchenchef in einer Schnellgaststätte. Es treibt Alan die Wände hoch, daß er mich um fünf Uhr weglassen muß, aber er kann es sich nicht leisten, mich zu bezahlen, und ich kann es mir nicht leisten, nicht zu arbeiten. Deshalb muß er sich damit abfinden.«

»Sie arbeiten den ganzen Abend und graben den ganzen Tag?«

»So verrückt bin ich. Archäologen sind Berufsglücksspieler.«

»Ist Alan so übel daran? Ich dachte, die Universität unterstützt Arbeiten wie diese.«

»Manche. Seine nicht. Es ist strikt eine Einmannshow.«

Der Motorroller lehnte an einem Baum.

Ich stieg auf. »Deshalb ist er so erpicht darauf«, sagte ich nachdenklich. »Und so peinlich genau im Hinblick auf das Vorgehen.«

»So ist es. Wenn er etwas finden würde – irgend etwas, das unanfechtbar aus dem frühen 17. Jahrhundert stammt, könnte er sich um einen Fonds bewerben und hätte eine gute Chance, ihn zu bekommen.«

»Ich an seiner Stelle wäre versucht, die Ausgrabungsstätte zu frisieren.«

Jono war aufgestiegen. Den Fuß über dem Pedal sah er mich an. »Das würde er niemals tun!«

»Es war nur ein Scherz.«

»Oh, in Ordnung.«

Ich schlang meine Arme um seine schmalen Hüften, und wir waren auf und davon. Als wir über Wurzeln und große Steine fuhren, schüttelte ich mich vor lautlosem Gelächter und stellte mir vor, was Martha sagen würde, wenn sie mich sehen könnte.

Mrs. Danner war schon weg, als ich zurückkam. Auf dem Tisch lag eine Nachricht, eine kurze Liste von Putzmitteln, die sie benötigte.

Die Schrift ähnelte nicht der des verschrobenen Briefes; aber sie wirkte ebenso mühselig und steif und war eher spitz als gerundet.

Nachdem ich begonnen hatte, das Abendessen zu richten, ging ich in die Bibliothek, um die Bücher zurückzubringen, die ich von dort geholt hatte. Ich stellte sie wieder ins Regal und sah mich um, ob ich etwas Geeignetes zum Lesen finden konnte.

Der Raum hatte jetzt für mich seinen Schrecken verloren; es war nur ein staubiges, verlassenes Zimmer.

Als ich die Regale mit den Klassikern und Belletristen überprüfte, fiel mir etwas anderes ein, das ich vergessen hatte. Es war fast meine einzige glückliche Erinnerung an jene Jahre – der Sommer, in dem ich die Lyrik entdeckt hatte. Martha hatte auch die Lyrik zensiert, aber sie konnte nicht viel gegen Keats und Tennyson einwenden. (Lord Byron entdeckte ich erst später: er führte, wie Sie wissen, ein äußerst ausschweifendes Leben.)

Und da war ein Buch, das Martha übersehen hatte. Eingequetscht hinter den *Collected English Poets,* in Leder gebunden und mit Goldrand, ein schmaler Band mit Versen von Edna St. Vincent Millay. Nach Milton und den anderen kamen mir ihre Gedichte vor wie ein frischer Wind, der vom Meer her weht.

Das Buch stand immer noch da.

Ich nahm es aus dem Regal und blies den Staub von seinem Rücken.

> Die Liebe ist vergangen, hat mich verlassen, und die Tage
> vergehen mit Klagen;
> Essen muß ich, und schlafen werde ich – und wollte,
> die Nacht wäre schon da!
> Aber ach! – ich liege und höre die trägen Stunden schlagen!
> Ich wollte, es wäre wieder Tag, und die Dämmerung nah!

Ich lächelte, als ich die Zeilen las, aber ich spürte, wie meine Augen naß wurden.

Es ist schrecklich, fast dreizehn Jahre alt zu sein; all die keimenden Hormone und romantischen Träume, all die Pickel und die langen, dünnen Beine... Es gab keinen annehmbaren Ausweg für solche Gefühle, gewiß nicht für mich, während Martha über mir lauerte wie eine puritanische Hexenjägerin auf der Suche nach Sünden. Wie hieß doch jener Junge? Rauh und sonnenverbrannt, das Kind eines der benachbarten Farmer. Er mochte mich auch. Er brachte mir Narzissen aus dem Garten seiner Mutter und staubige Wiesenblumen, die an einem Tag verwelkten.

Als Martha es herausfand, ging sie an die Decke. Es hatte nichts als Unschuld gegeben bei jenen scheuen Begegnungen, bis sie anfing, mich mit Schimpfworten zu überschütten, mich...

Ich griff nach dem nächsten Stuhl und setzte mich, den Kopf auf den Knien, bis die Lichtflecken aufhörten, in der Luft zu tanzen. Als ich das Zimmer verließ, nahm ich Edna St. Vincent mit.

7

Als die Tage verstrichen, wurden die sauber abgegrabenen Planquadrate in der Lichtung tiefer und tiefer. Wir fanden ein paar faszinierende Stücke. Eine Coca-Cola-Flasche, circa 1956 (Willkie sammelte Flaschen; er war sprachlos vor Freude, als Alan ihm diesen Fund grimmig überreichte). Ein rostiges Sichelblatt, circa... niemand wußte, von wann. Ein paar Scherben von grober, weißer

Töpferware, Sears Roebuck, circa 1946. Alans Gesicht wurde immer länger. Der einzige, der von der allgemeinen Atmosphäre der Niedergeschlagenheit und Verzweiflung unbeeindruckt blieb, war Willkie. Er blieb bei den Ausgrabungen nicht immer am Ball, aber ich fand seine gute Laune sehr besänftigend. Sogar die Mädchen wurden immer trübseliger, als Alans Stimmung schlechter und schlechter wurde. Die Temperatur stieg jeden Tag noch um ein paar Grad an. Ich gewöhnte es mir an, mich jeden Nachmittag von Jono nach Hause fahren zu lassen. Er verstand, warum er mich nicht am Haus absetzen konnte; einmal, als er ein paar Minuten Zeit hatte, setzten wir uns auf die verrotteten Torpfosten, rauchten eine Zigarette und unterhielten uns. Ich mochte ihn, obwohl er Alan als eine Mischung von Heinrich Schliemann und dem heiligen Petrus sah.

Ich versuchte immer wieder, Matt zu erreichen – ohne Erfolg. Seine Sekretärin weigerte sich wortkarg, mir zu sagen, wo er war. Sie gab zu, daß er zweimal am Tag anrief, um das Neueste zu erfahren; ja, sie hatte ihm gesagt, daß ich ihn sprechen wollte. Natürlich, wenn es ein Notfall sei …

»Seine Großmutter liegt nicht im Sterben, wenn Sie das meinen«, sagte ich barsch. »Wo, zum Teufel, ist er? Schließt er Geschäfte mit dem organisierten Verbrechen ab?«

Schockierte Geräusche kamen vom anderen Ende der Leitung. Die Frau hatte keinen Humor. (Oder vielleicht war sie schockiert, weil die Anschuldigung zutraf.) In Wirklichkeit stellte ich mir vor, daß Matt wahrscheinlich mit einer Freundin ein paar Tage freigenommen hatte.

Erst am Donnerstag ließ er sich herab, mit mir Verbindung aufzunehmen. Nachdem ich erklärt hatte, was ich wollte, stieß er einen lauten, verzweifelten Seufzer aus: »Ist das alles? Du sagtest, es sei wichtig. Ich dachte schon, Martha ginge es schlecht.«

»Das dachtest du nicht, du dachtest, ich wolle gehen und dich gestrandet zurücklassen. Und das kann ich immer noch tun.«

»Nun, Julie, Liebling …«

»Wir müssen miteinander sprechen, Matt.«

»Sicher, Liebling.«

»Nenne mich nicht ›Liebling‹. Deine Fünfzehn-Minuten-Besuche sind ein Schlag ins Wasser. Ich brauche mindestens zwei Stunden, um dir zu sagen, was mir auf die Nerven geht.«

»In Ordnung. Wann?«

Seine Kapitulation machte mich sprachlos. Ich hatte mich auf einen Streit vorbereitet. Schließlich sagte ich: »Ich möchte diese andere Sache zuerst geregelt haben. Hast du etwas dagegen, wenn ich dem Sheriff sage, daß er die Beerdigung in Angriff nehmen kann?«

»Ich glaube nicht. Obwohl ich nicht einsehe, weshalb er uns dies aufhalst.«

»Weil wir die Grundbesitzer sind«, sagte ich. »Die großen Herren. Ein bißchen angekratzt, aber trotzdem das Beste, was sie haben. Zum Teufel, Matt, ich würde sogar einem Hund einen Platz für ein Grab geben! Es ist nur ein Loch im Boden; wo siehst du ein Problem?«

»Nirgends.« Seine Stimme klang jetzt nicht mehr unsicher. »Du hast recht, Julie, ich rufe Jarboe sofort an und sage ihm, er soll die Vorbereitungen treffen. Ich rufe dich zurück.«

Er rief eine Stunde später wieder an. »Ich führe dich am Freitag abend zum Essen aus«, verkündete er. »Um sieben Uhr. Ich werde über Nacht bleiben. Soll ich meine eigenen Leintücher mitbringen?«

Er sprach selbstzufrieden. Ich versicherte ihm, daß alles vorhanden sei und wartete auf die nächste Mitteilung.

»Die Zeremonie ist für Samstag vormittag elf Uhr festgelegt«, sagte er. »Ich muß sofort danach zu einem politischen Dinner in Richmond. Kannst du ...«

»Zeremonie?« sagte ich verblüfft. »Was für eine Zeremonie? Ich dachte, sie würden einfach ein Grab ausheben und ...«

»Wenn wir das schon übernehmen, dann auch richtig«, unterbrach mich Matt. »Kümmere dich nicht darum, ich habe alles geregelt.«

Er legte auf, ehe ich weitere Fragen stellen konnte. Ich hätte ihn fast wieder angerufen, fand aber, daß es nichts nützen würde. Ich ahnte, was Matt beabsichtigte, und da es unmöglich war, ihn davon abzuhalten, hatte es auch keinen Sinn, sich Gedanken darüber zu machen.

Ich bin nicht sicher, warum ich mich entschloß, Elvis an diesem Tag zu der Ausgrabungsstätte mitzunehmen. Mrs. Pauline Hornbeak, P. A. et cetera, hätte zweifellos behauptet, ich habe eine Botschaft aus dem Unendlichen-was-auch-Immer erhalten. Ich glaube, die Botschaft kam von meinem häßlichen, mißtrauischen Unterbewußtsein, das Mrs. Danners Verhalten ein wenig merkwürdig fand. Als erstes bemerkte ich, daß sie eine Tasche bei sich trug. Ich hatte nie eine bei ihr gesehen; das war nicht überraschend, weil sie keine Kosmetika benutzte und nicht rauchte; und man konnte wetten, daß Joe Danner ihr kein Bargeld oder Kreditkarten anvertraute. Sie behandelte diese Tasche, als enthielte sie die Familienersparnisse. Als ich sie in die Hand nahm, um sie aus dem Weg zu räumen, blökte sie wie ein nervöses Schaf.

Es kam mir auch merkwürdig vor, daß sie einen schüchternen Versuch unternahm, sich Elvis dankbar zu machen. Sie hatte ihm vorher nie die geringste Aufmerksamkeit geschenkt; er hatte es gelernt, sie zu tolerieren, aber er zeigte ihr nichts von der Zuneigung, mit der er mich und Shirley überschüttete. Als sie sich jetzt hinunterbeugte, um ihm sachte den Kopf zu tätscheln, reagierte er überhaupt nicht, weder mit einem Knurren noch mit einem Schwanzwedeln. Ich kann jedoch ehrlicherweise nicht sagen, daß ich mißtrauisch war, nicht einmal, als sie sich anbot, ihn zu füttern, ehe sie an jenem Nachmittag ging.

Ich sagte, sie solle sich keine Mühe machen; aber als Elvis mich begleiten wollte, ließ ich ihn mitkommen.

Willkie war hocherfreut, ihn zu sehen. Willkie langweilte sich. Alan war nicht so enthusiastisch, besonders nachdem Elvis bei den Ausgrabungen zu helfen begann. Elvis wurde schließlich in sicherer Entfernung an einen Baum gebunden. Es schien ihm nichts auszumachen; manchmal beobachtete er die Vorgänge, manchmal schlief er, und manchmal machte er seine eigenen Ausgrabungen. Er war verletzt, als ich ihn nicht mit mir und Jono auf dem Motorroller nach Hause nahm, aber er genoß es, hinter uns herzulaufen.

Er war zurückgeblieben, als Jono und ich das Tor erreichten – gerade rechtzeitig, um zu sehen, wie Danners Pritschenwagen auf den Highway einbog. Sie fuhren in die andere Richtung, aber sie sahen uns; Mr. Danner blickte so starr herüber, daß er fast gegen einen Baum gefahren wäre.

Ich wartete, bis Elvis uns eingeholt hatte, und als er bei mir war, ging ich ums Haus zur Hintertür. Das erste, was ich sah, war seine Futterschüssel, bis zum Rand gefüllt mit einer unappetitlichen Mischung aus trockenem Hundefutter und dem, was Mrs. Danners Stew zu sein schien. Das Schlimmste befürchtend überließ ich es Elvis und schoß in die Küche. Aber sie hatte nicht gekocht; meine Vorräte waren nicht angegriffen, und es stand nichts auf dem Herd.

Ich schnitt Zwiebeln, Tomaten und Pfefferschoten für das Western-Omelett, das ich zum Abendessen zubereiten wollte, als Elvis entsetzliche Geräusche von sich gab. Ich rannte zur Tür. Er hatte ungefähr die Hälfte des Futters aufgefressen. Es war nicht lange bei ihm geblieben.

In der Rückschau kann ich nicht glauben, daß ich so einfältig gewesen war, aber damals hatte ich keinen Grund, mißtrauisch zu sein. Mrs. Danners Kochkunst genügte, daß jedermann sich erbrechen mußte. Ich nahm an, sie hatte etwas Futter von zu Hause mitgebracht, um den Hund für sich zu gewinnen – etwas, das ein wenig zu lange herumgelegen hatte. Ich verabscheute ihre Kochkunst, aber ich hatte keinen Grund, ihre Motive in Frage zu stellen.

Elvis, der unter dem Kinn so grün aussah, wie ein braunweißer Hund nur aussehen kann, war zu seiner Wasserschüssel gegangen und trank gierig.

Mrs. Danner verfluchend, kippte ich den Rest des Stews weg, säuberte die Schale und füllte sie wieder auf. Dann fand ich, daß ich mit den Speiseresten am besten etwas unternahm. Ich wollte keine Küchenabfälle direkt vor der Veranda liegen haben. Sie zogen Fliegen an, wenn nichts anderes. In einem der Schuppen mußte Werkzeug sein.

Ich hatte die Nebengebäude noch nicht erforscht. Im zweiten, in das ich hineinsah, lagen die Werkzeuge, verrostete Spaten und Rechen. Aber es war der Inhalt des ersten, der mich verwirrte; ich dachte darüber nach, während ich ein kleines Loch grub und die Futterreste hineinschaufelte.

Die Gegenstände im ersten Haus waren kein rostiger Abfall. Hölzerne Packkisten waren sauber entlang einer Wand aufgestellt. Der Fußboden war gefegt, und es roch schwach nach Insektenspray. Zusammengerollt in einer Ecke lag ein Daunenschlafsack.

Die Erklärung dafür kam mir lange nicht in den Sinn. Alan hatte zugegeben, daß er einige Sondierungsgrabungen in der Nähe des Räucherhauses vorgenommen hatte. Er bewahrte wahrscheinlich einige seiner Vorräte in dem Schuppen auf, er besaß genug Nerven, so etwas zu tun, ohne sich die Mühe zu machen, um Erlaubnis zu fragen.

Ich schenkte dem Umstand keine weitere Beachtung. Ich hatte Zeit verloren, und Martha würde nach ihrem Essen rufen. Ich ging wieder zu meinem unschuldigen Omelett, ohne den leisesten Verdacht, was mir bevorstand.

Und doch mußte in den dunklen Tiefen meines Geistes irgendeine Ahnung bevorstehenden Unheils gelauert haben. Martha war an jenem Abend noch zynischer als sonst; mir schien, daß ihr schiefes Lächeln noch ausgeprägter war, als ob etwas sie belustigte, und von Zeit zu Zeit stieß sie einen leisen, heiseren Laut aus, der ein Husten sein konnte – oder ein Kichern. Als ich sie fragte, ob sie sich erkältet habe, verwandelte sich das Grinsen in ein Starren. Der Herr weiß, sie hatte keinen Grund, sich zu erkälten. Das Wetter war drückend, und ich war schweißgebadet, als ich ihr Zimmer verließ.

Wetterleuchten flackerte ein wenig, als ich zur Hintertür hinaussah, ehe ich abschloß. Wenn es nur regnen würde! Elvis sah so aus, als nähme auch ihn die Hitze mit. Auf seinem Teppich hingestreckt, wedelte er mit dem Schwanz, stand aber nicht auf, um mich zu begrüßen.

Er war so schlapp und lethargisch, daß ich mich hinkniete und seine Schnauze befühlte. Sie war warm. Laut dem Buch bedeutete das gar nichts. Auch meine Nase war warm. Seine Lethargie bereitete mir jedoch etwas Unbehagen. Vielleicht war das Futter vergiftet gewesen. Es war nicht unlogisch, wenn Mrs. Danner einem Tier etwas zu fressen vorsetzte, das für den menschlichen Verzehr ungeeignet war.

Er leckte meine Hand, als ich ihn untersuchte. Er war das Zeug fast sofort wieder losgeworden; und wenn er mit vergiftetem Futter traktiert worden wäre, würde es ihm jetzt sicher schlechter gehen …

»Komm, alter Junge«, sagte ich. »Du kannst heute nacht drinnen schlafen. Ich wollte, ich könnte dich mit in mein Zimmer nehmen, aber die Küche ist angenehmer als die Veranda, besonders wenn es ein Gewitter gibt, wie ich hoffe.«

Er folgte mir hinein. Ich bot ihm ein Stück Hundekuchen an; der Genuß, mit dem er ihn zerbiß, beruhigte mich, was den Zustand seines Magens anbetraf. Dann sagte ich Gute Nacht und verschloß die Küchentür.

Es war vielleicht die Hitze, die mich lange wachhielt, oder meine Sorge um Elvis. Ich schlummerte ein und wachte wieder auf und schlummerte wieder ein, ehe ich in einen unangenehmen, tiefen Schlaf fiel.

Ein Geräusch weckte mich. Als ich nach dem Alptraum, in dem Elvis sich in Todeskrämpfen wand, wieder voll bei Bewußtsein war, dachte ich zuerst, ich hätte ihn bellen hören. Dann wurde mir bewußt, daß ich ihn nicht gehört haben konnte, dazu war die Küche zu weit entfernt. Die schreckliche Lebhaftigkeit des Traumes trieb mich jedoch aus dem Bett. Ich wußte, ich würde keine Ruhe finden, bevor ich mich vergewissert hatte, daß es ihm gut ging.

Ich hatte ein halbes Dutzend Taschenlampen gekauft und im Haus verteilt. Ich nahm eine vom Nachttisch und ging hinaus, wobei ich mich leise bewegte, um Martha oder Shirley nicht aufzuwecken. Wir ließen im Flur neben ihrer Tür ein Licht brennen; ich brauchte die Taschenlampe nicht.

Ich hatte fast den oberen Treppenabsatz erreicht, als ich etwas hörte. Es war nicht das gleiche Geräusch, das mich geweckt hatte, sondern leiser und weniger deutlich; es war kein fernes Knacken oder Pochen – für das es jede Menge Erklärungen gab –, sondern es war näher und vertrauter und um so beängstigender, weil ich wußte, was es war: das Knacken einer Fußbodendiele im Flur unten im Erdgeschoß.

Jemand war da. Alte Häuser stöhnen und krächzen, als Reaktion auf Schwankungen der Luftfeuchtigkeit und der Temperatur, aber dies war ein anderes Geräusch. Ich hatte es zu oft gehört, um mich zu irren – immer, wenn meine Füße auf diese Stelle traten.

Ich wollte glauben, daß es eine Pfote und kein menschlicher Fuß auf dieser knarrenden Diele sei, daß Elvis aus der Küche entkommen war und mich suchte. Ich wollte es glauben, aber ich konnte es nicht. Elvis konnte die Tür nicht aufstoßen. Ich hatte es ausprobiert, um sicher zu sein.

Ein weiteres, leiseres Knacken war zu hören, als der unsichtbare Fuß seine Stellung wechselte. Es war nicht Mut, der mich zwang, die Taschenlampe anzuschalten, es war Angst – Angst vor der Dunkelheit und dem Unbekannten. Kein sichtbarer Schrecken konnte so entnervend sein wie die Ungeheuer, die von meiner eigenen Fantasie erzeugt wurden.

Das Licht fing ihn ein und ließ ihn erstarren wie einen Keim auf einem Objektträger. Joe Danner in seiner verschossenen Kattunhose und seinem Arbeitshemd hatte ein langes, blitzendes Messer in der Hand.

Ich weiß nicht, warum ich nicht auf der Stelle tot umfiel. Ich glaube, ich befand mich in einem Schock, aber auch der reine Unglaube spielte eine Rolle. Ich erinnere mich noch daran, wie ich dachte: Mein Gott, du bist aber tapfer! als ich eine Stimme hörte, die nicht einmal wie meine eigene *klang* und scharf sagte: »Was machen Sie da?«

Sein Gesicht wurde lebendig. Das Messer fiel ihm aus der Hand. »Wer ist da?« keuchte er. »O Herr, wer ist da?«

»Julie.« Ich ging langsam die Treppe hinab und richtete den Lichtstrahl auf seine Augen.

Der Alptraum war verschwunden. Statt des wahnsinnigen Ungeheuers war es nur der abstoßende alte Joe Danner, auf frischer Tat ertappt, und er fürchtete sich mehr vor mir als ich mich vor ihm. Wenigstens hoffte ich das. Auf jeden Fall war es zu spät für einen Rückzug, und in der Meinung, daß eine gute Offensive die beste Verteidigung sei, fuhr ich mit der gleichen aggressiven Stimme fort: »Bleiben Sie stehen, wo Sie sind, rühren Sie sich nicht! Wie kamen Sie ins Haus, und was wollen Sie? Sie gehen nicht, bevor ich eine Erklärung dafür habe!«

Er wich langsam zurück, als ich die Treppe herabkam, als wäre *ich* das menschenfressende Ungeheuer. Das war beruhigend, ebenso die Tatsache, daß er nicht versucht hatte, seine Waffe wieder an sich zu nehmen. Ich blieb jedoch in sicherer Entfernung von ihm stehen.

»Schön, Mr. Danner, was haben Sie für eine Erklärung?«

Er war kein rascher Denker. Er leckte sich die Lippen und blickte zur Seite. »Ich… äh… bin zur Vordertür hereingekommen. Ich habe einen Schlüssel. Wir haben schon immer einen Schlüssel gehabt, falls Miß Martha etwas passiert.«

»Nichts ist ihr passiert. Was hatten Sie vor? Sie wollten etwas stehlen!«

»Nein, Ma'am.« Verwirrenderweise war ihm nach der Erwähnung Marthas wohler zumute. »Fragen Sie sie. Sie wird Ihnen sagen, daß sie nichts dagegen hat, wenn ich hier bin. Ich behalte Miß Martha im Auge, das ist mein Job.«

»Ich werde sie fragen. Bleiben Sie stehen, wo Sie sind.«

Martha saß aufrecht im Bett. Sie starrte mich klagend an. Ich unterbrach sie. »Es ist Joe Danner. Er sagt, er sei mit deinem Wissen und deiner Erlaubnis hier, aber ich glaube ihm nicht. Ich rufe den Sheriff.«

»Nein!« Das Wort klang klar und stark. Der Rest ihrer Rede war nicht so gut zu verstehen, aber ihre Aussage stand fest.

»Hast du ihm gesagt, das sei so in Ordnung?« forschte ich. »Wußtest du, daß er einen Schlüssel hat?«

Martha nickte.

Ich griff nach ihrem Handgelenk. Sie stieß meine Hand beiseite. Das einzige Wort, das ich in ihrer nächsten Tirade verstehen konnte, war ›treu‹.

»Du hättest es mir sagen sollen«, erwiderte ich ärgerlich. »Ich dachte, ich sei für dich verantwortlich.«

Marthas weit offene Augen leuchteten vor boshaftem Vergnügen. »Jetzt weißt du es«, murmelte sie. »Geh zu Bett. Schlafen.« Und damit schloß die alte Hexe die Augen und legte sich zurück.

Ich überließ sie Shirley. Ich fürchtete, wenn ich noch länger bliebe, würde ich sie erwürgen. Mr. Danner wartete auf mich, und seine Miene war beinahe unverschämt. »Wollen Sie, daß ich mich im Haus umsehe?« fragte er.

»Nein. Was ich will, ist Ihr Schlüssel.« Ich streckte ihm meine Hand hin.

»Aber Miß Martha ...«

»Geben Sie ihn mir!«

Er hatte tatsächlich einen Schlüssel. Ich nahm ihn und wußte, daß meine Geste nichts weiter war als eine bedeutungslose Betonung meiner Autorität. Wenn die Danners einen Schlüssel besaßen, dann hatten sie vielleicht ein Dutzend. Aber es verstärkte die Lektion, die ich mit meiner energischen Stimme erteilte.

»Tun Sie das nie wieder, Mr. Danner. Ich bin jetzt hier verantwortlich, nicht Miß Martha, und wenn ich Sie noch einmal ohne meine

Erlaubnis im Haus antreffe oder draußen herumschleichen sehe, klage ich Sie als unbefugten Eindringling an. Ist das klar?«

Er stritt nicht mit mir, aber er entschuldigte sich auch nicht, und der Blick, mit dem er mich ansah, kurz bevor ich die Tür hinter ihm zuwarf, sagte mir, daß ich keinen Freund gewonnen hatte.

Bevor ich wieder zu Bett ging, sah ich nach Elvis. Er war wieder der alte; ich mußte ihn am Hals kraulen, um ihn davon abzuhalten, aus der Küche zu schießen und nachzusehen, was geschehen war. Sein Blick war vorwurfsvoll: Wenn du mich nicht hier eingesperrt hättest, dann hätte ich dich gewarnt.

Richtig, Elvis, dachte ich. Aber wenn du das Futter, das Mrs. Danner dir hingestellt hat, nicht erbrochen hättest, dann wärst du überhaupt nicht in der Lage gewesen, mich zu warnen.

Ich konnte mich nicht bei der Polizei über Mr. Danner beschweren, wenn Martha mich nicht unterstützte. Aber ich wollte und würde mich bei Matt beschweren. Es war gut, daß er am Freitag über Nacht bleiben wollte. Ich hatte ihm vieles zu sagen.

Ich war schon fast eingeschlafen, als mir etwas anderes einfiel, das mir die ganze Zeit durch den Kopf gegangen war – die Waffe, die Danner in der Hand gehalten hatte. Er hatte sie aufgehoben und eingesteckt, während ich oben mit Martha sprach, aber ich hatte sie vorher deutlich gesehen – und es war kein Messer gewesen. Es war eine Schere.

Was um alles in der Welt hatte Joe Danner mit einer gewöhnlichen Haushaltsschere vorgehabt?

Meine Entrüstung hatte sich am nächsten Morgen nicht gelegt. Ich hielt Shirley eine lange Predigt über das Thema Danner, als sie kam, um Marthas Frühstück zu holen. Ihre einzige Reaktion darauf war ein resigniertes Achselzucken und ein Kommentar, der darauf hinauslief, daß Miß Martha ihre eigenen Gesetze hatte. Aber als ich ihr davon erzählte, daß Elvis sich erbrochen hatte, war sie schockiert und überrascht.

»Ich habe mich schon gefragt …«, begann sie.

»Was?« Sie antwortete nicht. »Glauben Sie, es könnte absichtlich geschehen sein?« beharrte ich.

»Das wollte ich nicht sagen. Aber warum fahren Sie nicht mit Elvis zur Tierärztin, damit Sie sicher sind, daß er gesund ist? Heute ist Dr. Rubins Tag in Carrsville.«

Tatsächlich hatte ich vorgehabt, genau das zu tun. Ich hatte sogar eine Probe von dem abstoßenden Futter wieder ausgegraben, um es mitzunehmen.

Elvis sah nicht wie ein Hund aus, der einer ärztlichen Behandlung bedurfte. Er fuhr gern im Auto; erst als wir in das Sprechzimmer kamen, erinnerte er sich daran, was ihm hier das letzte Mal zugestoßen war, und Dr. Rubin und ich mußten ihn gemeinsam unter meinem Stuhl hervorziehen.

Sie untersuchte ihn und bezeichnete mich als eine qualifizierte Hundebesitzerin. Der Fuß war gut geheilt, und die Flohpopulation hatte sich vermindert. Als ich ihr sagte, daß er sein Abendessen erbrochen hatte, lächelte sie. »Das kommt manchmal vor. Sie sind nicht wählerisch in dem, was sie fressen – tote Vögel oder Nagetiere ...«

»Das weiß ich«, sagte ich. »Das steht auch im Buch. Im Buch steht außerdem, daß man mit dem Hund zum Tierarzt gehen soll, wenn irgendeine Frage auftaucht.«

»Gibt es irgendeine Frage?« Sie deutete auf Elvis, der darum kämpfte, vom Tisch herunterzukommen. »Es geht ihm gut. Hat er heute früh gefressen?«

»Ja. Aber ich frage mich ... ob die Möglichkeit besteht, daß er vergiftet werden sollte.«

Ihr Lächeln verschwand. »Sie meinen absichtlich?«

»Ich bin nicht sicher. Jemand fütterte ihm Speisereste. Sie könnten vergiftet gewesen sein ...«

»Das kann ich so nicht sagen«, erwiderte sie langsam. »Was immer es auch war, er hat es nicht mehr in sich.«

»Ich weiß. Deshalb habe ich dies hier mitgebracht.«

Ich zog meine Probe heraus. Ihre schweren Augenbrauen hoben sich. »Es ist Ihr Ernst, nicht wahr?«

»Ja.«

»Gut, ich gebe Ihnen Bescheid, wenn ich das Resultat habe. Aber es kann ein paar Tage dauern.«

Ich dankte ihr. Sie nickte kurz. Als Elvis und ich zur Tür gingen, sagte sie: »Ich werde mich bald bei Ihnen melden, Julie.«

Und zum erstenmal, seitdem ich sie kannte, tätschelte sie mir den Rücken. Es kam mir vor wie ein Ritterschlag.

Ich hatte nicht vorgehabt, Alan über die jüngsten Entwicklungen etwas zu erzählen; wenn ich die Last hätte von mir abschütteln wollen, wäre ich enttäuscht worden, denn er war nicht in der Stimmung, für die Nöte anderer Menschen Mitgefühl zu zeigen. Seine Laune war während der Woche sichtlich schlechter geworden. Spät an diesem Nachmittag verlor er schließlich die Beherrschung. Willkie gab seinem glorreichen Führer einen neuen Fund – zwei rostige Pfeilspitzen und den Kieferknochen eines Rotwildes. Alan legte sie in die Schachtel, die den Funden aus diesem Quadrat vorbehalten war – im übrigen war sie leer. Er trug die Information erst in sein Arbeitsbuch ein. Dann sahen wir alle mit fasziniertem Schrecken, wie er ein halbes Dutzend Seiten aus dem Buch riß, sie in konfettigroße Fetzen zerriß und in die Luft schleuderte.

»Geht nach Hause!« sagte er mit einer unheilvoll ruhigen Stimme. »Das wär's. Nichts weiter.«

»Das wär's.« Willkie wurde ausbezahlt – er bekam den niedrigsten Lohn, aber er wurde ausbezahlt.

Er sah Alan erschrocken an. »Sie meinen, ich soll nicht wiederkommen?«

»Wovon sprechen Sie?« forschte Alan. »Seien Sie am Montag hier wie gewöhnlich.«

»Oh, in Ordnung. Sicher.«

»Bevor Sie gehen, legen Sie die Planen über die Quadrate.«

»Es wird nicht regnen«, sagte Willkie arglos. »Der Wetterfrosch sagt, es wird nicht …«

Alan räusperte sich.

Die Mannschaft zerstreute sich zitternd.

Nachdem die Planen ausgebreitet waren, stiegen Willkie und die Mädchen in den Jeep. Ich wollte Jono folgen, als Alan losbrüllte und ich innehielt. »Ich möchte mit dir sprechen, Julie.«

Ich gestikulierte. »Ich wollte …«

Alan mäßigte seine Stimme – nicht aus Rücksicht auf mich, sondern aus Respekt vor Jono, der ihn interessiert ansah. »Ich bringe Julie nach Hause, Jono. Fahren Sie zu.«

»In Ordnung, Boß.« Jonos Stimme war so übernatürlich ernst, daß ich wußte, er unterdrückte nur mit Mühe ein Lächeln. Ich konnte mir nicht vorstellen, was er für so lustig hielt.

Alan wartete, bis die anderen abgefahren waren. »Sollen wir zu Fuß gehen oder was?« fragte ich.

Er riß die Tür des Wohnwagens auf. »Steig ein!«

»Du kannst den Wagen hier nicht herausfahren, es sei denn, du zerstörst diese kostbaren Ausgrabungen ... Hier ist kein Platz zum Wenden.«

»Ich sagte, bitte steig ein.«

Er fuhr den Wohnwagen den ganzen Weg zwischen den Bäumen rückwärts hinaus. Ich konnte nicht zusehen. Als ich spürte, wie das Fahrzeug sich in einem wilden Schwung umdrehte, machte ich die Augen auf.

»Es tut mir leid, daß diese Ausgrabungsstätte sich als Pleite erweist«, sagte ich.

»So ist das Leben.« Die verrückte Fahrt hatte Alan einen Teil seiner schlechten Laune genommen. »Ich werde über das Wochenende meine Berechnungen überprüfen. Es sieht so aus, als wären wir wieder am falschen Platz.«

»Es sieht so aus«, stimmte ich zu. »Alan, hast du nicht irgendwelche anderen Anhaltspunkte außer jenen, die du aus dem verrückten Buch meines verrückten Vorfahren entnimmst?«

»Ich wollte, ich hätte welche. Das Terrain ist natürlich ein Faktor; manche Gebiete sind geeigneter für eine Besiedelung als andere. Lokale Legenden können nützlich sein – sogar Ortsnamen. Ich hatte gehofft, daß du mir in dieser Hinsicht vielleicht helfen könntest. Gibt es Geschichten über Maidenwood, die du mir nie erzählt hast?«

»Einige hundert, denke ich. Kennst du die eine über die junge Frau, die ihren Mann vergiftete, damit er den Besitz nicht ganz verspielte ...«

Alan grinste. »Die habe ich gehört. Ich interessiere mich nicht für neuere Skandale, sondern nur für Geschichten, die du vielleicht als Mythen oder Märchen abtust. Ein vergrabener Schatz, Geistergeschichten ...«

»Geistergeschichten?« wiederholte ich ungläubig.

»Die meisten sind natürlich Fiktionen. Aber du würdest dich wundern, wie lange die Erinnerung an ein schreckliches oder tragisches Ereignis überleben kann, wenn sie vom Vater auf den Sohn weitergegeben wird. Dabei wird sie natürlich entstellt und falsch interpretiert, aber oft enthält das Häcksel ein Korn Wahrheit. Ein Massaker wie das bei Maydon wäre solch ein Ereignis. Wie ich wahrscheinlich schon erwähnt habe, entstand bald danach eine Geschichte über klagende Geister, und die Geistergeschichten könnten überlebt haben, nachdem die eigentliche Ursache vergessen wurde. Ein bestimmtes Zimmer oder eine bestimmte Stelle, von der es heißt, daß es dort spukt – gemieden von denen, deren Väter sie davor gewarnt hatten, und die ihrerseits ihre Kinder warnten... Namen, die noch jahrhundertelang im Umlauf sind, wie ›Galgenhügel‹ oder ›Totenloch‹ oder – was ist?«

»Das ist der Name!« rief ich. »Totenloch! Es ist eine Stelle auf dem Maidenwoodland, die für mich in meiner Jugend streng verboten war. Martha sagte, der Boden dort sei morastig und voller Giftschlangen und Insekten... Die Jungen gingen dort manchmal hin. Sie forderten einander heraus, dort die Nacht zu verbringen, besonders an Allerheiligen. Ein Junge, mit dem ich... ein Junge, den ich in der sechsten oder siebenten Klasse kannte, erzählte mir davon. Du glaubst doch nicht...«

Alan schüttelte lächelnd den Kopf. »Tut mir leid. Davon habe ich schon gehört. Ich habe die Stelle sogar untersucht. Liegt sie nicht nahe an der Straße am Fuß der steilen Kurve?«

Ich nickte. »Dort wurde sie gefunden.«

»Sie?« Er brauchte ein paar Sekunden, um zu verstehen, wovon ich sprach. »Oh, das Skelett. Das bedeutet gar nichts, Julie. Die Spaßvögel, die es gefunden haben, konnten es dort hingebracht haben, um dem guten, alten Joe Danner die Furcht Gottes einzujagen. Oder dachtest du, sie kroch selbst auf die Straße?«

Sein Lächeln verschwand abrupt, als er meine Miene sah. »Julie! So habe ich es nicht gemeint – tut mir leid. Das war geschmacklos.«

Ich preßte die Hände an meine Wangen. Hände und Wangen waren eiskalt, als ob alles Blut aus ihnen gewichen wäre. Allmählich kehrten das Gefühl und die Wärme wieder, und ich brachte ein einfältiges Lächeln zustande. »Schon gut. Ich weiß nicht, was über mich kam. Es war so eine grauenhafte Vorstellung... grauenhaft.«

»Grauenhaft, schlecht, schwarzer Humor«, stimmte Alan rasch zu. »Nicht sehr humorvoll.«

Ich konnte mir wirklich nicht denken, was über mich gekommen war. Ich kam mir sehr einfältig vor.

Alan lächelte höflich. »Sogar der Ruf, in dem diese Stelle steht, scheint aus ziemlich neuer Zeit zu stammen. Ich habe in den älteren Aufzeichnungen keinen Hinweis darauf gefunden.«

»Oh. Gut, ich werde darüber nachdenken. Vielleicht finde ich etwas.«

»Wie wäre es heute mit einem Abendessen?«

Ich war so überrascht, daß ich den Fensterrahmen losließ und mit dem Kopf an das Dach des Wohnwagens stieß, als dieser über eine Schwelle holperte.

»Ich kann nicht«, sagte ich.

»Hast du nicht das Recht, gelegentlich einen Abend auszugehen? Du bist schon fast zwei Wochen im Dienst.«

Zwei Wochen... Der Satz löste eine Flut von Erinnerungen aus. Unser ›Zwei-Wochen-Jubiläum‹... Ich war so scharf darauf gewesen, Alan mit meinen Kochkünsten zu beeindrucken; aber ich vergaß, den Herd kleiner zu stellen, nachdem das Kalbfleisch angebraten war, und dann wurden wir ein wenig abgelenkt... Ich hatte acht Dollar pro Pfund für dieses Kalbfleisch ausgegeben. Der Geruch des angebrannten Fleisches riß mich schließlich aus seinen Armen, und kreischend wie eine viktorianische Jungfrau rannte ich zur Tür. Zu spät... Alan hatte so sehr gelacht, daß ich schon glaubte, er würde ersticken – und er hatte darauf bestanden, dieses verbrannte, geschwärzte, harte Fleisch bis zum letzten Bissen aufzuessen.

Ich sah ihn von der Seite an. Er blickte geradeaus. Sein Profil war teilnahmslos, aber ein Muskel an seinem Mundwinkel zuckte, als erinnerte er sich an jene mühsame Kauübung. Ich hätte beinahe etwas gesagt – aber ich getraute mich nicht.

»Ich kann nicht«, wiederholte ich. »Matt kommt und geht mit mir Essen. Ich möchte ein paar Dinge mit ihm besprechen.«

»Oh, yeah? Warum diese Abwechslung? Ich dachte, er käme sonst immer samstags.«

Sein kühler, ruhiger Tonfall traf mich wie ein Schlag ins Gesicht. Er war von den Erinnerungen, die mich weich gestimmt hatten, überhaupt nicht berührt. Ich verabscheute mich, weil ich mich der Sentimentalität hingegeben hatte, und ich haßte ihn, weil er dies bewirkt hatte.

»Wie hast du es herausgefunden?« forschte ich.

»Was?«

»Du wußtest genau, daß Matt heute abend kommt, und du wußtest auch weshalb. Wer hat dir gesagt, daß morgen früh die Beisetzungsfeier stattfindet?«

»Du selbst.« Ein langsames, befriedigtes Lächeln spielte um seine Mundwinkel. »Ich wußte, daß dies auf der Tagesordnung stand, aber ich wußte nicht wann.«

»Du bist ein Bastard.«

»Weil ich dich zum Essen eingeladen habe? Wann wirst du diese einfältige ...« Er hielt inne. Dann sagte er ruhig:

»Ich wußte nicht, daß Matt heute abend kommt. Ich habe dich im guten Glauben eingeladen. Und die Einladung gilt.«

»Danke. Aber ich will nicht, daß du dein kostbares Geld vergeudest. Du brauchst es sehr nötig zum Graben.«

Alan zuckte mit den Schultern. »Macht es dir etwas aus, wenn ich dem Leichenbegräbnis beiwohne?«

»Ja, es macht mir etwas aus. Aber abgesehen von einer gerichtlichen Verfügung, die ich nicht rechtzeitig bekommen könnte, und einem Gewehr, das ich aus Prinzip ablehne, wüßte ich nicht, wie ich dich davon abhalten sollte.«

Alan blieb vor der Toreinfahrt stehen. »Also bis morgen. Äh ... um welche Zeit, sagtest du?«

»Ich sagte nichts. Um elf.«

Als ich den langen Weg zum Haus hinunterging, sah ich Elvis kommen, einen braun-weißen Fleck, eingehüllt in eine Staubwolke. Er schien immer zu wissen, wann ich wiederkam. Ich setzte mich rasch hin. Einmal hatte er mich bei seiner überschwenglichen Begrüßung umgestoßen. Jetzt warf er sich in meinen Schoß, und wir tauschten Freundlichkeiten aus – Lecken, Umarmen, Komplimente, aufgeregtes Winseln. Er war zu groß für einen Schoßhund, aber das wußte er nicht.

Ich hatte mit Mrs. Danner ein paar Worte über Elvis gesprochen, ehe ich das Haus verließ. Nur ein paar Worte. Ich hätte noch mehr gesagt, wenn sie mir nicht den Wind aus den Segeln genommen hätte, indem sie zu weinen anfing.

Es war schrecklich. Ich hätte mich nicht so unbehaglich gefühlt, wenn sie in ein lautes Lamento ausgebrochen wäre, aber sie gab keinen Laut von sich. Erst als die erste Träne eine der tiefen Furchen auf ihrer Wange entlanglief und im Sonnenschein glitzerte, wurde mir klar, was vorging.

Was konnte ich ihr also anderes sagen, als daß es mir leid täte? Sie tat mir *tatsächlich* leid. Die arme Frau war gefangen zwischen Szylla und Charybdis, mit mir auf der einen Seite und ihrem Mann auf der anderen.

Wenn es einen Versuch gegeben hatte, Elvis zu vergiften, dann steckte Joe Danner dahinter; seine Frau wäre allein nicht auf die Idee gekommen, solch einen Schritt zu unternehmen, und ebensowenig würde sie es wagen, sich seinen Befehlen zu widersetzen. Trotzdem wiederholte ich meine Warnung, ehe ich ging. Shirley hatte versprochen, Elvis im Auge zu behalten, aber am beruhigendsten war für mich die Tatsache, daß Mrs. Danner ihre Tasche nicht dabei hatte.

Ich hatte keine Eile, zum Haus zu kommen. Deshalb blieb ich sitzen, wobei Elvis auf meinen Beinen lag und in meine Jeans knurrte.

Marthas Abendessen war schon vorbereitet – Thunfischsalat, zum zweitenmal in dieser Woche. Mir gingen die Ideen aus. Kein Wunder, daß die Frauen das Kochen hassen. Drei Mahlzeiten täglich Jahr um Jahr, tödlich… Hühnchen und Rindfleisch und Schweinefleisch und Fisch, Hühnchen und Rindfleisch und Schweinefleisch und Fisch… Wenn Matt versuchen würde, mich in sein hiesiges Stammlokal auszuführen, würde ich einen hysterischen Anfall bekommen. Ich wollte Kaldaunen oder Hirn oder Kalbsmilch – irgend etwas anderes als Hühnchen oder Rindfleisch oder Schweinefleisch oder Fisch.

Ich beschloß, Matt nicht zu erzählen, daß Alan zur Beerdigung kommen wollte. Er würde es bald genug feststellen – und wahrscheinlich mir die Schuld daran geben. Ich wünschte sowohl Alan als auch Matt in ein noch heißeres Klima als dasjenige, das im Sommer in der Küstenregion von Virginia herrscht.

Ich hatte vorgehabt, mein bestes Kleid anzuziehen, in der Hoffnung, daß mein Glanz Matt dazu inspirieren würde, mich in irgendein feines Lokal zum Essen einzuladen. Die Hitze besiegte mich. Ich begnügte mich mit nackten Beinen und Sandalen und dem leichtesten Sommerkleid, das ich besaß. Mein Haar war buschig und unbezähmbar, weil die Luft so feucht war; ich strich es mir energisch aus dem Gesicht und verknotete es am Nacken.

Martha war den ganzen Nachmittag sehr erregt und schikanierte Shirley mit Befehlen. Matts Zimmer mußte gesäubert und mit Blumen geschmückt werden. (Sie wußte nicht, daß ich seine Matratze geklaut hatte; diejenige, die jetzt auf seinem Bett lag, war das muffige, harte Ding, das mir zugedacht gewesen war, und ich hoffte aufrichtig, Matt würde gut darauf schlafen.) Ich war dreimal gerufen worden, um meinerseits Befehle entgegenzunehmen. Man hatte mir auch gesagt, ich solle kommen, bevor ich ging, um Gute Nacht zu sagen. Als ich angezogen war, fand ich, daß ich es am besten gleich hinter mich brachte, deshalb klopfte ich an ihre Tür.

Ihr bewegliches Auge musterte mich von Kopf bis Fuß und blieb schließlich an meinen nackten Beinen haften. »Es ist zu heiß für Strümpfe«, sagte ich und nahm ihre Kritik vorweg. »Wir gehen nicht ins Ritz-Swank-Carlton, Martha; ich will froh sein, wenn ich einen Big Mac mit Pommes frites bekomme.«

Die nächste Beschwerde betraf mein Haar. Sie war so aufgebracht darüber, daß ich nicht verstehen konnte, was ich ihrer Ansicht nach damit tun sollte, aber offensichtlich gefiel ihr die Frisur nicht. »Jetzt ist es zu spät«, sagte ich doppeldeutig.

Matt kam pünktlich, das heißt: für seine Verhältnisse. Ich glaube, Pünktlichkeit ist in der Politik notwendig; als Kind hatte er diese Eigenschaft nie an sich gehabt.

Matt lachte mit professioneller Herzlichkeit. »Kannst du noch zehn Minuten warten? Ich sollte Martha ein wenig Zeit widmen.«

Ich wußte, es würde länger als zehn Minuten dauern. Martha wartete auf ihn, rosa gekleidet und nach Cologne riechend. Wie ich gehofft hatte, nützte Shirley Matts Anwesenheit dazu, um unten zu Abend zu essen. Ich hatte das Essen fertig – Thunfischsalat mit Tomatenscheiben, Brötchen und Eistee.

»Das ist nett von Ihnen, Julie«, sagte sie beifällig. »Es sieht auch hübsch aus.«

»Mein Gewissen ist schon schlecht genug, weil ich Sie im Stich lasse. Sind Sie sicher, daß es Ihnen nichts ausmacht?«

»Guter Gott, Liebste, ich war zwei Wochen lang allein, ehe Sie kamen. Jedenfalls schulde ich Ihnen einen freien Abend.«

»Sie sehen schrecklich müde aus.«

»Das ist die Hitze, die macht einem zu schaffen, wenn man meinen Umfang hat.«

»Steht Ihnen aber gut. Punkt.«

Ich setzte mich ihr gegenüber an den Tisch und trank meinen Tee. »Ich hatte ganz vergessen, wie schrecklich die Sommer hier unten sein können.«

»Man gewöhnt sich daran.«

»Ich habe nicht vor, mich daran zu gewöhnen.«

Sie lächelte, sagte aber nichts, und eine Weile saßen wir schweigend da. Es war angenehm, mit ihr zusammen zu sein; ich spürte, wie meine angekratzten Nerven sich beruhigten und fragte mich, weshalb ich mich zum Teufel über kleine Dinge so aufregte. Verglichen mit Shirley hatte ich wenig Grund zur Klage.

»Wie geht es Ron?« fragte ich.

»Er hat Arbeit bekommen.« Shirley strahlte.

»Wirklich? Das ist ja großartig! Warum haben Sie es mir nicht erzählt?«

»Er arbeitet erst ab heute. Nachtschicht in dem Chicken-and-Chips-Lokal am Highway. Es sind nur sechs Stunden täglich, aber es ist eine Hilfe.«

»Was machen die anderen Kinder?«

»Die Nachbarn behalten sie im Auge. Frannie ist sechzehn, groß genug, daß sie die Kleinen beaufsichtigen kann.«

Ein suggestives Winseln an der Hintertür unterbrach das Gespräch. »Tut mir leid«, sagte ich ihm. »Du kannst nicht herein. Glaube mir, Elvis, hier drinnen ist es genauso heiß wie draußen.«

Elvis sah mich an, als hätte er noch mehr über das Thema zu sagen, aber die Ankunft von Matt verhinderte eine weitere Diskussion. Matt machte große Augen beim Anblick des pelzigen Gesichts, das nachdenklich gegen die Gittertür gepreßt war, aber etwas anderes beschäftigte ihn mehr.

»Gehen wir, Julie«, grollte Matt und wischte sich über die Stirn. »Dieses Haus ist der reinste Backofen.«

»Das ist eines der Themen, über die ich mit dir sprechen wollte.«

»Ich habe Martha eine Fensterklimaanlage angeboten. Sie lehnte ab.«

»Versuche, mir eine aufzudrängen, und du wirst keine Einwände hören. Von Shirley auch nicht.«

»Natürlich kann sie eine Klimaanlage bekommen, wenn sie eine möchte!« rief Matt. »Warum sagst du nichts, Shirley?«

»Nun, Matthew, die letzten paar Tage war es ganz erträglich. Julie ist die Hitze nicht gewöhnt. Sie spürt es mehr.«

Matt legte ihr die Hände auf die Schultern. »Du beschwerst dich nicht genug«, sagte er voller Zuneigung. »Du weißt, Shirley, daß du nur darum zu bitten brauchst. Woher soll ich wissen, was du haben willst, wenn du es mir nicht sagst?«

Mir schien, daß nur ein minimaler Grad an Intelligenz notwendig war, um zu bemerken, daß die Temperatur am Siedepunkt war; aber Shirley wurde wie so viele Frauen von einem charmanten Lächeln und einem Schulterklopfen leicht verführt. Sie sagte Matt, er solle sich keine Sorgen machen, alles sei in Ordnung: »Fahren Sie jetzt, und einen schönen Abend.«

Matt half mir in den Wagen und schloß die Tür. »Wohin möchtest du zum Essen ausgehen?« fragte er, schaltete den Motor und die Klimaanlage an.

»Das ist mir egal.« Der Schwall kalte Luft vertrieb einen Großteil der ziellosen Feindseligkeit, die ich empfunden hatte. In unserer kontrollierten Umwelt haben viele von uns vergessen, wie sehr übermäßige Hitze die Gefühle aufrührt; es gibt eindeutig einen Zusammenhang zwischen der Temperatur und Gewaltverbrechen, und ich kann verstehen, weshalb.

»Ich glaube nicht«, fügte ich sehnsüchtig hinzu, »daß es hier irgendwo in der Nähe so etwas wie einen Taco oder ein Moussaka gibt? Ich habe die Hühnchen und Hamburger satt.«

»Verwöhntes, weichliches Stadtkind«, sagte Matt. »Aber du sollst deinen Willen haben. Ich werde für dich einen Taco finden, und wenn wir nach Washington fahren müßten. Was willst du noch?«

Es gab so viele Dinge, ich wußte kaum, wo ich anfangen sollte. Ich begann mit dem, was mich am meisten beunruhigte. »Mehr Hilfe – oder bessere Hilfe. Sicher gibt es jemand Geeigneteren als Mrs. Danner.«

»Ich kann sie nicht feuern«, sagte Matt. »Die Danners sind seit dreißig Jahren bei der Familie.«

»Das ist mir egal. Selbst wenn die Danners hier wären, seitdem General Sherman die alte Plantage verwüstet hat … Sie ist inkompetent, und ihr Mann ist verrückt. Letzte Nacht ist er ins Haus eingedrungen.«

Ich erwartete einen wütenden Ausruf des Unglaubens – irgend etwas. Aber Matt sah mich nicht einmal an. »Warum sollte er einbrechen? Er hat einen Schlüssel.«

Ich war diejenige, die den Wutschrei ausstieß. »Ist das alles, was du dazu zu sagen hast? Der Mann schlich um drei Uhr nachts im Haus herum, und du teilst mir in aller Ruhe mit, er habe einen Schlüssel. Er hat mich zu Tode erschreckt!«

»Ich glaube dir, daß es ein Schock war«, sagte Matt großherzig. »Ich werde mit ihm sprechen.«

»Ich habe schon mit ihm gesprochen. Aber ich nehme an, er wird eher auf das hören, was du zu sagen hast. Ich bin nur ein schwachköpfiges weibliches Wesen, das außer sich gerät, wenn es fremde Männer im Haus antrifft.«

»Du verstehst die hiesigen Sitten nicht.«

»Wenn du mir die Geschichte über treue Familienstützen auftischst, schreie ich. Danners jagen mir Angst ein. Er ist nicht richtig im Kopf.«

»Er ist völlig harmlos, Julie. Martha hat sich nicht darüber aufgeregt, oder?«

»Nun – nein. Aber sie ist auch nicht richtig im Kopf.«

Matt lachte nachsichtig. »Sie weiß es, und sie vertraut Joe. Er hat Martha gegenüber ein ziemlich feudales Verhältnis – ungewöhnlich heutzutage und in diesem Zeitalter, das gebe ich zu, aber darum nicht weniger bewundernswert. Ich gebe auch zu, er ist ein wenig sonderbar. Er hat sich noch nicht völlig von dem Schock seiner Entdeckung an jenem Morgen vor ein paar Wochen erholt: Deshalb wanderte er wahrscheinlich in der vergangenen Nacht herum – er hofft, die Witzbolde zu erwischen, die ihm diesen grausamen Streich gespielt haben.«

Die Erklärung war so zungenfertig vernünftig, daß es mir den Boden unter den Füßen wegzog. Ich wußte, es war hoffnungslos, Matt dazu zu überreden, die Danners abzuschieben; im geheimen sonnte sich Matt in der Vorstellung, einen treuen Sklaven zu besitzen, der das Haus bewachte. Ich versuchte es noch einmal.

»Laß mich wenigstens Mrs. Danner feuern. Es muß jemand Besseren geben. Wenn Martha etwas zustoßen sollte, während Mrs. Danner im Dienst ist, würde sie einfach dastehen und die Hände ringen. Es ist auch nicht fair gegenüber Shirley. Sie trägt die ganze Last, obwohl ich da bin.«

»Shirley ist ein tüchtiges Mädchen, nicht wahr?« sagte Matt voller Zuneigung.

Ich bin sicher, Matt glaubte im Ernst, er zolle Shirley den höchsten Tribut, der in seiner Macht stand. Ich durchschaute sein Ausweichmanöver, aber anstatt ihm zu sagen, daß Shirley keine Komplimente brauchte, sondern Hilfe, hörte ich, wie ich ihm eine Frage stellte, die mich schon seit einiger Zeit gequält hatte.

»Wie lange kennst du sie schon, Matt?«

»Jahre – ich denke nicht gern daran, wie viele. Sie half mich aufziehen, weißt du.«

»Das wußte ich nicht.«

Matt sah mich überrascht an.

Ich sagte: »Ich kann mich nicht erinnern. Ich hatte sie vergessen. Ich habe fast alle Erinnerungen an die Jahre verloren, die ich in Maidenwood verbrachte.«

»Du erinnerst dich an meine Sünden«, sagte Matt leichthin.

»Ich hatte vergessen, daß du mich in den Friedhof eingeschlossen hast, bis ich neulich dort war. Oh, ich will damit nicht sagen, diese vier Jahre seien absolut ausgelöscht, aber ich müßte mich eigentlich an mehr erinnern, als ich es tatsächlich tue.«

»Hast du schon mit jemandem darüber gesprochen?«

»Mit einem Psychoanalytiker, meinst du?«

»Mit irgend jemandem. Einer Freundin, deiner Mutter… warum

nicht mit einem Analytiker? Ich hätte nicht gedacht, daß du ein Vorurteil gegenüber der Psychiatrie hast.«

»Ich habe mit niemandem darüber gesprochen, weil ich nicht wußte, daß ich ein Problem habe«, sagte ich und hob die Stimme. »Wie oft würdest du an die guten alten Zeiten denken, in denen du zehn warst, wenn du meilenweit davon entfernt lebst und nichts geschieht, was dich daran erinnert? Mutter sprach kaum einmal über Martha.«

»Das ist der Schlüssel«, sagte Matt trocken. »Sieh ihm ins Auge, Julie. Martha ist ein niederträchtiger alter Teufel. Früher war sie ein niederträchtiger junger Teufel. Sie ist nicht die Person, die ich auswählen würde, für ein Kind zu sorgen.«

»Du meinst, sie hat mich geschlagen?«

Matt brach in Gelächter aus, und ich errötete wegen meines kurzen Abstiegs ins Melodrama. »Martha teilte ein paar Klapse und Schläge aus«, sagte er, »aber sie brauchte nicht zu körperlicher Züchtigung zu greifen. Sie konnte dich mit einem Blick und ein paar wenigen Worten vernichten. Ich verstehe nicht viel von Psychiatrie. Aber ich vermute, wir beide haben Grund, viele von unseren Kindheitserinnerungen zu vergessen.«

Wir brauchten nicht bis nach Washington zu fahren, um Tacos zu finden. Matt kannte ein gutes mexikanisches Restaurant in Petersburg. Obwohl er mir riet, meine mangelhaften Erinnerungen nicht allzu ernst zu nehmen, erzählte er mir an jenem Abend eine Menge ›Weißt-du-noch‹-Geschichten, ohne eine direkte Frage zu stellen. Während er sprach, fielen mir die Ereignisse und Menschen und Orte, die er erwähnte, wieder ein. Es war ein vorsichtiges, sanftes Stochern in der Vergangenheit ohne Druck und ohne Risiko.

Wir waren auf dem Heimweg, als ich ihm sagte, ich wisse, was er geleistet hatte, und dankte ihm dafür. »Du hast mir Sicherheit gegeben, Matt. Ich erinnere mich an viel mehr, als ich dachte. Vielleicht habe ich doch noch alle Sinne beisammen.«

»Du bist nicht verrückter als irgend jemand von uns – falls das ein Trost ist. Um dir die Wahrheit zu sagen, Julie, ich habe gern darüber gesprochen. Die Erinnerungen waren nicht alle schlecht, oder? Es ist nett, wenn man Verwandte hat, die ein gemeinsames Erbe mit einem teilen. Die Blutsbande und all dieses Zeug.«

»Das alte Blut rinnt nur noch dünn, Matt. Es sind nicht mehr viele von uns übrig.«

»Nur wir beide in der direkten Linie. Es ist ein Muster, das sich lange Zeit wiederholt hat – deine Mutter und meine in der Generation vor uns, Martha und ihre Schwester davor.«

»Hatte Marthas Schwester keine Kinder?«

Matt lachte. »Ich weiß nicht. Hat dir deine Mutter nichts von ihr erzählt? Sie lief mit einem völlig ungeeigneten Mann davon, wie Martha es ausdrückte. Das ist das andere Muster, das in der Familie vorzuherrschen scheint – nicht standesgemäße Ehen. Martha hat nicht mehr mit meiner Mutter gesprochen, seitdem sie sich von Vater scheiden ließ, und sie sprach nie wieder mit ihrer Schwester. Die arme Frau schrieb mehrmals, nachdem sie aus dem Nest geflohen war, aber Martha antwortete nie. Schließlich gab Melissa auf, und man hat seit Jahren nichts mehr von ihr gehört.«

»Wenn Martha nicht von ihr spricht, woher weißt du dann das alles?«

»Vom Richter. Er warnte mich, ich solle Melissa nicht vor Martha erwähnen.«

»Du meinst, Martha hat ihr nie verziehen, nach all den Jahren? Wir sind keine sehr nette Familie, Matt.«

»Wir sind schon in Ordnung; nur Martha ist es nicht. Meiner Meinung nach war ihre Ehe eine schlimmere Sünde als jede Scheidung. Du weißt, sie heiratete einen Cousin, um den Familiennamen zu bewahren. Hast du einmal ein Bild von unserem Großvater gesehen?«

»Ich glaube, Mutter hat irgendwo eines. Hatte er nicht einen Schnurrbart?«

»Nicht einfach einen Schnurrbart – sondern einen großen, schwarzen, wehenden Schnurrbart wie ein Pirat. Und darunter die sanftesten Schmollippen … Der arme Teufel starb jung. Martha behielt ihn gerade lang genug, um zwei Kinder von ihm zu bekommen.«

Ich fröstelte bei der Verachtung, die in seiner Stimme lag, und sagte: »Und ich dachte, ich hegte Groll gegen sie! Was hat sie *dir* angetan, Matt?«

Ich erwartete, daß er mit einer Ausflucht antworten würde, aber die Form, die diese annahm, überraschte mich.

»Hier lieget einer, der gern Sein Schicksal abschütteln würde,
um deines auf sich zu nehmen.
Gib mir deinen Mantel; zieh meinen an.«

»Matt! Lyrik!«

»Ich bin kein Barbar, Julie. Aber sage es meinen Wählern nicht.«

»Was ist falsch daran, wenn man ein Gedicht zitiert?«

»Nichts, wenn es von Lincoln oder aus der Bibel stammt. Wenn bekannt würde, daß ich Gedichte lese, könnte es mich die Wahl kosten.« Seine Stimme klang wieder normal – beiläufig, belustigt, Gefühle verbergend.

Shirley hatte die Lichter draußen brennen lassen. Als wir aus dem Wagen stiegen, hob ich mein Gesicht in die Brise. »Es ist kühler geworden«, sagte ich, »vielleicht können wir heute nacht doch schlafen.«

»Am Morgen wird es regnen«, sagte Matt.

»Es wird nicht regnen.«

»Doch. Schau dir die Wolken an.« Wie zur Bestätigung blitzte in den Wolken ein rotes Licht auf, gefolgt von Donnergrollen.

»Ein Wärmegewitter«, sagte ich bestimmt.

Ich hörte die ersten Tropfen auf das Dach prasseln, nachdem ich ins Bett gegangen war. Matt hatte recht gehabt – er hatte immer recht, sogar was das Wetter anbetraf.

Es war ein idealer Morgen für eine Beerdigung. Nebel hing in den Bäumen wie dicke Knäuel schmutzig-grauer Baumwolle; Wasser tropfte von den Blättern. Als wir den Weg zum Friedhof hinabgingen, befand ich mich immer noch im Zustand des Schocks. Als Matt eine Zeremonie erwähnt hatte, erwartete ich irgendeine unpassende Demonstration, aber ich hatte mir nicht vorgestellt, daß er so weit gehen würde.

Sein Anzug war nicht schwarz, aber die Anthrazitfarbe verlieh ihm eine passend nüchterne Note. Der Regenschirm, den er über meinen unbedeckten Kopf hielt, war schwarz. Vor uns beschützte ein anderer in der gleichen Farbe den Geistlichen. Vor ihm trugen sechs kräftige Männer, die das Beerdigungsinstitut rekrutiert hatte, den Sarg – eine Kiste aus Kiefernholz, die so ostentativ einfach war, daß sie fast als wertvolle Antiquität gelten konnte.

Matt hielt meine Hand fest in seiner Armbeuge gefangen. Meine Leinensandalen und mein gelbes Baumwollkleid waren die einzigen unpassenden Details in der traurigen Szene. Ein schrecklicher Verdacht begann sich in mir zu regen. Er wurde bald durch ein helles Licht bestätigt, das mich blendete und helle Flecken vor meinen Augen tanzen ließ. Hinter den Flecken sah ich den Fotografen, der die Kamera bereithielt.

Matt blieb stehen. »Bitte!« sagte er vorwurfsvoll.

Ein anderer Fotograf rückte von links heran. Matt wiederholte seine Bitte um Intimität, aber er achtete sehr darauf, dem zweiten Mann ein günstiges Profil zu bieten. Ich streckte die Zunge heraus und zog eine Grimasse. Matt bemerkte nicht, was ich tat, bis der Fotograf zu feixen anfing. Matt stieß mich in die Rippen.

»Mache keine Farce daraus, Julie.«

»Ich kann es nicht schlimmer machen als du, verdammt, Matt ...«

»Nicht jetzt«, murmelte der künftige Gouverneur *sotto voce.* »Machen wir weiter.«

Begleitet von den Reportern gingen wir weiter auf unserem nassen Weg. Am Friedhofstor blieb Matt stehen. »Mach ein ernstes Gesicht, sonst gibt es keine Klimaanlage«, sagte er zu mir aus dem Mundwinkel. Laut erklärte er: »Meine Damen und Herren, ich bin mir im klaren darüber, daß dies Ihre Aufgabe ist, und ich respektiere das Recht der Öffentlichkeit auf Information. Aber ich bitte Sie, folgen Sie uns nicht in diese heilige Einfriedung. Ich werde nachher alle Ihre Fragen beantworten. Fair?«

Er schloß das Tor und ließ die Bande draußen. Ich bemerkte, daß das Grab nicht weit vom Tor entfernt ausgehoben worden war, und daß das Gitter die Fotografen nicht behinderte.

Ich war wütend auf Matt, aber ich wußte, wenn ich ihm eine Szene machte, würde dies die Peinlichkeit nur vergrößern.

Alan sah ich zuerst nicht und hoffte, er wäre so vernünftig gewesen wegzubleiben. Dann entdeckte ich ihn, wie er neben einem der

Steine in der Nähe der Ostecke kniete. Er stand auf, als die Prozession den Friedhof betrat, blieb aber in einiger Entfernung stehen. Er trug braune Hosen und ein weißes Hemd statt seines Arbeitsanzuges, den Jeans und dem blauen Hemd – konventionell, aber nicht theatralisch.

Er war nicht der einzige Zuschauer. In respektvoller Entfernung von Alan und vom Grab stand Sheriff Jarboe. Als er meinen Blick auffing, nickte er, ohne zu lächeln oder zu sprechen. Ich hatte angenommen, daß er vielleicht da sein würde; die Danners hatte ich nicht erwartet. Sie standen abgesondert von den anderen, und keiner von beiden sah mich an. Mrs. Danner hielt den Kopf gesenkt. Ihr Mann wandte den Blick nicht von dem offenen Grab.

Die Sargträger machten sich an ihre Arbeit, beaufsichtigt vom Leichenbestatter, einem dicken Mann in Schwarz. Er hatte volle Wangen und ein paar Kinne, aber das jahrelange Ernstaussehen hatte in sein Gesicht Züge eingeprägt, die es länger und schmaler aussehen ließen, als es wirklich war.

Der Geistliche nahm seine Stelle am Kopf des Grabes ein und schlug die Bibel auf.

»Ich bin die Erlösung und das Leben...«

Traditionellerweise gehörten die Carrs zur Episkopalkirche, wenn sie überhaupt zur Kirche gingen. Ich nehme an, Matt hatte aus diesem Grund einen episkopalen Geistlichen ausgewählt; die formelle Zeremonie hatte ihre Vorzüge, denn sie ließ dem Geistlichen keine peinlichen Probleme darüber, wie er eine Unbekannte preisen sollte. Ich hoffte, es machte ihr nichts aus, wer immer sie auch war. Joe Danner hätte es etwas ausgemacht. Er hatte seinen feindseligen Blick jetzt auf den Geistlichen gerichtet, und ich hatte das deutliche Gefühl, wenn jemand über seinen Gebeinen den falschen Gottesdienst abhielte, würden sich diese Gebeine protestierend erheben.

Die Zeremonie war rasch vorüber. Der Geistliche blickte von der Bibel auf. »Wollen Sie ein paar Worte sprechen?« Obwohl ich überzeugt war, daß Matt auch diesen letzten Akt geplant hatte, schienen ihm jetzt die Worte zu fehlen. Ich war ebenso überrascht wie alle anderen, als ich meine eigene Stimme das Schweigen brechen hörte; und obwohl ich wie eine andere wohlbekannte Person die Schrift für meine eigenen bösen Zwecke zitieren kann, stammten die Sätze, die ich wiederholte, nicht aus der Bibel.

»Hinab, hinab, hinab in die Dunkelheit des Grabes;
Sanft gehen sie, die Schönen, die Zarten, die Freundlichen;
Still gehen sie, die Intelligenten, die Klugen, die Tapferen.
Ich weiß. Aber finde mich nicht ab. Und gebe nicht auf.«

Ein Runzeln zerfurchte die geistliche Stirn wegen dieses heidnischen Gefühls. Aber es machte mir nichts aus; so war mir zumute. Und das Zitat schien in Matt eine Saite anklingen zu lassen. Wie ein kirchlicher Wechselgesang ertönten seine Worte:

»Die Sonne, die unsere gebeugten Rücken wärmte und das
entwurzelte Kraut welken ließ,
Werden wir nicht mehr spüren.
Wir werden sterben im Dunkeln und begraben werden
im Regen.«

»Wo hast du das her?« flüsterte ich überrascht, aber beeindruckt.

»Deine Schuld!« Er war so gut wie ein Bauchredner; seine Lippen bewegten sich kaum. »Ich hatte ein Bibelzitat bereit, aber du hast mich rausgebracht...« Er nahm meinen Arm und führte mich weg, aber ich schüttelte ihn ab.

Alan kam auf uns zu, und er sollte nicht denken, ich hätte aktiv an den Vorgängen teilgenommen.

Die Kameras blitzten, als Matt und Alan einander gegenüberstanden.

»Ich kann mich nicht daran erinnern, Sie eingeladen zu haben, Professor«, sagte Matt. »Dies sollte eine private Familienfeier sein...«

»Ich nehme an, dies sind alles Cousins«, erwiderte Alan und deutete auf die Reporter. »Ich wollte dies um alles in der Welt nicht versäumen, Senator, besonders den letzten Akt nicht.«

»Den letzten Akt? Was... was...« Matts Stimme versagte, ein Phänomen, von dem ich niemals gedacht hätte, daß ich es einmal, geschweige denn zweimal an einem Tag erleben würde.

Alan zeigte mit dem Finger: »Sie war die ganze Zeit dort hinter dem Mausoleum.«

Sie trat vor und versuchte, so auszusehen, als ob sie vorgehabt hätte, gerade in diesem Augenblick zu erscheinen. Sie trug den gleichen Nadelstreifenanzug, hatte sich aber eine durchsichtige Regenhaube über den Kopf gezogen. Sie ignorierte uns andere und ging vorsichtig durch das vom Regen durchweichte Gras, bis sie neben dem Grab stand.

»Heil dir, Schwester! Heil, Lady Jocelyn! Nicht mit deinen sterblichen Überresten, die hier liegen, sondern mit deinem unsterblichen Geist sprach ich in der vergangenen Nacht. Deine Wünsche werden erfüllt. Endlich liegst du in heiliger Erde.«

Diese Rede vertrieb das Grinsen aus Alans Gesicht. Er schoß auf Mrs. Hornbeak zu, die flink zur Seite auswich, ohne ihr vertrauliches Geplauder mit dem Geist von Lady Jocelyn zu unterbrechen. »Fürchte nichts, Schwester. Ich werde diesen Skeptikern die Botschaften übermitteln, die du mir aufgetragen hast. Jubiliere im Sonnenschein und der Liebe des Jenseits mit deinem kleinen Säugling – oh!«

Sie glitt aus, fing sich aber wieder, und ich folgte Alan, der tatsächlich so aussah, als wolle er die Frau erwürgen. Die Fotografen hatten ihren großen Tag. Die Blitzlichter flammten auf wie ein Feuerwerk.

Es war Sheriff Jarboe, der den possenhaften Vorgängen Einhalt gebot. Er nahm Mrs. Hornbeak am Arm und stellte sich zwischen sie und Alan. »Schämt euch alle beide«, sagte er ernst. »Wißt ihr nichts Besseres zu tun, als bei einem solchen Anlaß ein Schauspiel aufzuführen?«

»Ich kam zu einem Gang der Liebe und Gnade«, rief Mrs. Hornbeak. »Meine Botschaften blieben unbeantwortet, meine Hilfsangebote wurden ignoriert.«

»Nein, nein, natürlich nicht. Ich bin sicher, Mrs. Äh-hm wollte das Beste. Wenn sie sich ruhig entfernt, werde ich den ganzen Vorfall vergessen.«

»Aber ich weiß, wo sie einmal ruhte«, beharrte Mrs. Hornbeak. »Ich kann Ihnen die Stelle zeigen – sie möchte, daß Sie es wissen, Sie, die Sie ihre Nachkommen sind.«

»Wenn Sie diese Frau nicht zum Schweigen bringen, tue ich es«, sagte Alan und versuchte, an Mrs. Hornbeak heranzukommen.

»Sie halten den Mund, Professor, sonst lasse ich Sie verhaften, weil Sie Unruhe stiften. Alles hinaus hier!«

Der Leichenbestatter rang die Hände. »Aber Sheriff ...«

»Ich meine nicht dich, Sam. Mach weiter.«

Alan zuckte die Achseln. Er steckte die Hände in die Hosentaschen und schlenderte ärgerlich zum Tor. Einer der Reporter zögerte, dann ging er ihm nach.

Die anderen drängten sich um Matt. »Bitte folgen Sie mir zum Haus«, wies er sie an. »Ich werde dort mit Ihnen sprechen. Julie ...«

»Geh nur«, sagte ich, »ich komme in einer Minute nach.« Mrs. Hornbeak wurde von Jarboe weggeführt. Der Geistliche war irgendwie entkommen; ich nahm es ihm nicht übel, daß er sich von den Vorgängen distanzieren wollte. Auch die Danners waren gegangen. Der Leichenbestatter fuhr sich über die Stirn und folgte den anderen. Seine Helfer begannen, das Grab zuzuschaufeln.

Ich blieb stehen und sah ihnen zu. Der Nebel hatte sich verdichtet; ziehende Wolken aus einem weichen Weiß verschleierten die häßliche Szene. Das hohle Poltern, als die feuchte Erde auf den Sarg fiel, war das einzige Geräusch, das die Stille unterbrach.

Ich hätte gern gewußt, ob sie in diesem häßlichen, unförmigen Kleid beerdigt worden war. Ich hatte vorher nicht daran gedacht, sonst hätte ich vielleicht etwas unternommen, ein Kleid gesucht, das ihr besser stand... Besser stand – ausgebleichten Gebeinen und einem grinsenden Schädel? Billiger, moderner Polyester, gesäumt von maschinell hergestellter Spitze? Aber ich hätte vielleicht die alten Truhen auf dem Dachboden durchsucht ... Warum hatte ich das nicht getan?

Weil – die Antwort kam rasch und klar –, weil ich dort nicht hinwollte. Weil ich mich davor fürchtete, die schmale, staubige Treppe hinaufzusteigen, mich davor fürchtete, schmerzliche Erinnerungen zu wecken – mich fürchtete vor dem, was ich vielleicht oder vielleicht auch nicht finden würde.

»Wer immer du auch warst«, flüsterte ich, »es tut mir leid ... Aber es ist eigentlich egal, oder?«

Ich redete allmählich so wie Mrs. Hornbeak. Ich suchte nach einem formelleren Grabspruch, aber mir fiel nichts ein. »Ruhe in Frieden?« Ich hatte keinen Grund anzunehmen, daß sie dies nicht tat. Matts merkwürdige Worte fielen mir wieder ein, »begraben werden im Regen…«, wenigstens paßte es. Regen ist freundlicher als Sonnenschein auf den gesenkten Häuptern der Trauernden.

Ich ging zum Haus zurück und setzte mich auf die Veranda zu Elvis. Er hatte bessere Manieren und war vernünftiger als die meisten Menschen, die ich an diesem Vormittag gesehen hatte. Ich hatte Stimmen gehört, sogar Gelächter von der Vorderseite des Hauses, wo Matt die Presse unterhielt und sich auf den Stufen des alten Familiensitzes fotografieren ließ. Er vergewisserte sich, daß auf den Fotos die zerbrochenen Fensterscheiben und der überwuchernde Buchsbaum nicht zu sehen war. Es wäre so leicht gewesen, Matt zu verabscheuen, wenn es nicht jene gelegentlichen Augenblicke des Einvernehmens gegeben hätte. Ich mochte ihn, wenn ich ihn nicht gerade am liebsten ermordet hätte.

Schließlich legten sich der Tumult und das Stimmengewirr. Ich saß immer noch auf den Stufen. Ich sollte eigentlich etwas für das Mittagessen tun. Mrs. Danner hatte ihren freien Tag, und ich schuldete Shirley etwas Martha-Hüte-Zeit. Ich kam mir so gestaltlos und verloren vor wie der Nebel, der über den Bäumen hing. Kein Wunder, daß Matt der Bitte des Sheriffs nachgegeben hatte. Er hatte eine Möglichkeit gesehen, seinen Namen in die Zeitung zu bringen; denn das Ende der bizarren Geschichte zog die Aufmerksamkeit der Medien an. Und Alan war nicht besser. Er hatte über Matt gehöhnt, aber er hatte die Fotografen nicht gemieden.

Shirley traf mich immer noch mit Elvis auf dem Schoß an. »Hier also haben Sie sich versteckt. Miß Martha ist außer sich: Sie möchte wissen, was dieser ganze Lärm bedeutet.«

»Sagen Sie ihr, sie soll Matt fragen.«

»Der ist schon weg.«

»Zum Teufel mit ihm.« Ich stand mühsam auf und schob den armen Elvis aus dem Weg. »Wie gewöhnlich. Er ist weg und läßt mich die Kohlen aus dem Feuer holen. Was sollen wir Martha erzählen?«

»Ich weiß nicht«, sagte Shirley hilfreich.

Ich ging in die Küche und holte Lebensmittel aus dem Kühlschrank. »Ich bin versucht, Martha alles zu erzählen. Diese ganze fürsorgliche Rücksichtnahme auf ihre Empfindlichkeit – sie ist gar nicht empfindlich. Sie ist hart wie Stahl.«

»Wenn Sie die Verantwortung auf sich nehmen, dann tun Sie es«, sagte Shirley. »Das ist nicht meine Sache.«

»Meine auch nicht. Zum Teufel! Warum fahren Sie nicht für ein paar Stunden nach Hause? Ich bringe Martha das Mittagessen und richte sie zum Schlafen her. Ich habe sowieso nichts Besseres vor.«

Ich erzählte Martha einen Teil der Wahrheit – daß die Leute, die sie gehört hatte, Reporter und Fotografen gewesen waren, die Matt wegen etwas interviewten, das mit seinem Wahlkampf zu tun hatte. Sie war unruhig und aufgeregter als gewöhnlich, und als ich damit begann, sie zum Schlafen herzurichten, schüttelte sie vehement den Kopf.

»Möchtest du, daß ich dir vorlese?« fragte ich resigniert.

Noch ein Kopfschütteln. Sie wollte etwas von den Regalen neben dem Kamin.

Ich glaube, ich vergaß zu erwähnen, daß Marthas Zimmer so vollgepfropft war wie ein Hamsterbau. Es war makellos sauber – Shirley und Mrs. Danner sorgten dafür –, aber jede Schublade und jedes Regal war voll von Krimskrams: Fotoalben, Einklebebücher, Schachteln voller Zeitungsausschnitte, andere Schachteln mit Gott-weiß-was. Mehrere der Einklebebücher waren Matts Karriere gewidmet. Bis zu ihrem ersten Schlaganfall hatte Martha sie auf dem laufenden gehalten.

Sie wollte nicht die Einklebebücher, sie wollte nicht diese Schachtel oder jene. Ich fand schließlich die heraus, die sie im Kopf hatte, eine alte Keksdose, und ich gab sie ihr. Ihre Nägel kratzten vergeblich am Deckel.

»Laß mich …«, sagte ich und griff nach der Dose.

Marthas Klauen schlossen sich darüber. »Nein!«

»Schon gut.«

»Lies!«

Als ich ein wenig später von dem Buch aufsah, schlief sie. Ihre Hände lagen beschützend auf der Blechdose. Auch ich schlummerte ein, eingelullt von dem tropfenden Regen und dem düsteren Himmel. Aus einem Traum über Feuer erwachend – eine meiner wiederkehrenden Sorgen in diesem alten Schuppen von einem Haus –, bemerkte ich, daß die heulende Sirene das läutende Telefon war. Als ich beim Apparat ankam, war Martha wach und zeterte – oder vielleicht auch nicht, ihr Gemurmel klang gewöhnlich so, als ob sie zeterte.

Es war Matt. »Hallo, Julie.«

»Du Bast...«, begann ich und unterbrach mich, als ich Marthas waches Auge auf mich gerichtet sah.

»Was ist los?«

»Es war schade, daß wir dich nicht mehr gesehen haben, ehe du weggefahren bist. Du und deine Kumpane machten einen Höllenlärm. Es hat Martha gestört.«

»Was hast du ihr erzählt?«

»Die Wahrheit.«

Ein gurgelndes Geräusch am anderen Ende der Leitung besserte meine Stimmung. Ich wartete ein paar Sekunden, ehe ich ihn von seiner Besorgnis befreite. »Ich konnte ihr nicht sagen, worum es genau ging. Deine politischen Machenschaften sind mir ein Rätsel.«

»Oh!« Er stieß einen erleichterten Seufzer aus. »Ich wußte, ich kann mich auf dich verlassen, Julie.«

Martha gestikulierte mit den Händen und murrte. Ich sagte: »Martha möchte dich sprechen.«

»Heiliger Gott, Julie!«

»Hier.« Ich gab Martha das Telefon und lehnte mich zurück, um die Vorgänge zu genießen. Matt war derjenige, der am meisten sprach. Ich weiß nicht, was er sagte – ich bin sicher, neunzig Prozent davon war Bemäntelung und der Rest Lüge. Als ich das Telefon wieder an mich nahm, war Matts erste Bemerkung: »Dafür bin ich dir etwas schuldig, Julie.«

»Ich habe noch nicht einmal angefangen, die Zeche aufzuschreiben, Matt.«

»Warum kaufst du dir nicht morgen ein paar Klimaanlagen? Sage ihnen, sie sollen mir die Rechnung schicken.«

»Wem soll ich das sagen? Ich glaube, du willst mich bestechen, Matt.«

»Ich? Nun, Julie, du weißt...«

»Vergiß es, vergiß es. Woran denkst du?«

»Ist diese Frau aufgetaucht?«

»Du meinst Mrs. ...«

»Sssss!« Das Geräusch zischte mir in die Ohren. Er fuhr fort: »Du bist immer noch bei Martha, nicht wahr?«

»Ja.«

»Wir wollen nicht, daß sie über Mrs. Hornbeak etwas erfährt.«

»Ich rufe dich nachher zurück«, sagte ich. »Wo bist du?«

»Du kannst mich nicht anrufen. Ich bin ... äh ... bei einem Freund.«

»Du kleiner Satan«, sagte ich.

Matt ignorierte die Bemerkung. »Sie war sehr beharrlich. Wenn sie dich belästigt, rufe den Sheriff. Ich würde ihr zutrauen, daß sie ins Haus kommt.«

»Vielen Dank, das gibt mir ein gutes Gefühl.«

»Sie ist nicht gefährlich, sie ist nur eine Nervensäge. Ich möchte nicht, daß sie Martha verrückt macht. Das ist alles.«

»Nun, ich möchte auch nicht, daß sie mich verrückt macht. Was soll ich mit ihr tun, während ich warte, bis der Sheriff kommt?«

»Verdammt, Julie, wenn du nicht aufpaßt, was du vor Martha redest, kann ich nicht mehr mit dir sprechen. Halte einfach die Augen offen, das ist alles.«

Er legte auf, ehe ich mir eine angemessen vernichtende Antwort ausdenken konnte.

Ich drehte mich um und stellte fest, daß Martha mich mit steinernem Gesicht ansah. Sie konnte zwischen einem Atemzug und dem nächsten gestorben sein. Ich verfluchte mein Temperament und mein großes Mundwerk und griff nach ihrem schlaffen Handgelenk.

Ihre Finger wanden sich wie Würmer und umklammerten meine Hand.

»Wer?« murmelte sie. »Frau ... wer ...?«

Die unerwartete, schmerzhafte Kraft ihres Griffs war ein weiterer Schock. Ich kann mit einiger Leichtigkeit lügen, wenn ich Zeit habe, mir eine Geschichte auszudenken, aber ich bin nicht gut in spontanen Erfindungen.

»Ah«, sagte ich strahlend, »äh ... äh ... niemand Wichtiges. Sie sagt, sie sei ein Medium oder etwas wie ...«

Martha krächzte. Ihr Griff lockerte sich, und sie schob meine Hand beiseite. »Hornbeak. Institut.«

»Ja, richtig.«

Ich hätte mir denken können, daß Mrs. Hornbeak Verbindung mit Martha aufgenommen hatte. Maidenwood war der Gegenstand des Interesses vieler Leute und Institutionen gewesen, von Landerschließern bis zu Schatzjägern. Martha genoß es, sie abzuweisen und ihnen Strafanzeigen anzudrohen. Da sie soviel wußte, sah ich keinen Hinderungsgrund, ihr nicht auch den Rest zu erzählen.

Ihre Reaktion war typisch. »Gewehr!« sagte sie nachdrücklich. »Schieß!«

»Gewehr!« wiederholte ich. »Da fällt mir ein – was ist aus der Schrotflinte geworden, die du hattest?«

Marthas offenes Auge wurde verdächtig schmäler, so daß es zu dem anderen Auge paßte. Ich sagte hinterhältig: »Ich kann nicht auf sie schießen, wenn ich kein Gewehr habe, oder?«

Sie zögerte und glaubte mir fast. Dann murmelte sie: »Weg. Nicht hier. Besorge eines.«

Ich war halb versucht, ihr vom Hund zu erzählen, beschloß aber, den Weg des geringsten Widerstandes zu gehen. Elvis' Anwesenheit konnte sie beruhigen, es konnte sie aber auch wütend machen.

Sie murmelte immer noch etwas über Schießen und Gewehre und Schrot. Rachsüchtige, alte Hexe... War ihr nicht klar, daß ich angeklagt werden konnte, wenn ich einen Eindringling durchsiebte – und daß ich den Prozeß wahrscheinlich verlieren würde?

Plötzlich sagte sie etwas, das meine Gedankenkette unterbrach, wie wenn man auf dem Weg an einen Stein stößt.

»Gebeine. Was habt ihr mit... Gebeinen gemacht?«

8

Mir stockte der Atem. Marthas Finger krümmten und bogen sich. Sie sah aus, als wolle sie mich schlagen, aber dazu fehlte ihr die Kraft. Ihre andere Hand tastete an der Blechdose herum, die jetzt offen auf dem Bett neben ihr lag. Sie war angefüllt mit einem unordentlichen Wirrwarr von Dingen, hauptsächlich Nähzeug, Fadenrollen, Stoffetzen. Und Zeitungsausschnitten.

Der Artikel, auf den sie deutete, war nicht sauber ausgeschnitten.

Er war herausgerissen und zerknittert. Sie mußte es selbst getan haben, wobei sie darum kämpfte, das Handikap zu überwinden, das ihren einen Arm gelähmt hatte.

»Du hast es die ganze Zeit gewußt«, keuchte ich. »Matt machte sich solche Sorgen, daß du es erfahren könntest... Warum hast du bisher nichts gesagt?«

Martha spitzte die Lippen. Sie erklärte niemals, warum sie etwas tat oder warum sie etwas nicht tat. »Gebeine«, wiederholte sie eindringlich. »Wo?«

Ich wußte nicht, was ich sagen sollte, und nahm deshalb Zuflucht bei der Wahrheit. »Wir haben sie in unserem Friedhof beerdigt«, sagte ich. »Niemand wußte, wer sie waren und woher sie kamen, also...«

Die Geräusche, die sie ausstieß, ließen meine Stimme absterben, und ein Frösteln lief durch meinen Körper. Sie erinnerten mich an das Quietschen rostiger Scharniere. Nach einer Weile wurde mir klar, daß sie lachte.

Diesmal war ich froh, zu Dickens zurückkehren zu können. Es waren entnervende zehn Minuten gewesen, um das mindeste zu sagen. Martha war für ihre Verhältnisse sehr redselig; sie hatte Fragen gestellt und sogar einige beantwortet. Was hatte sie aus ihrer üblichen Schweigsamkeit gerissen? Konnte es etwas gewesen sein, das ich gesagt hatte? Sie hatte nur meinen Teil des Gesprächs mit Matt gehört, und ich konnte mich nicht erinnern, irgendwelche alarmierenden Erklärungen abgegeben zu haben. Nur etwas über eine Frau, die ins Haus wollte und Scherereien machte... Als Martha herausfand, daß ich über Mrs. Hornbeak sprach, schien sie erleichtert zu sein. Gab es noch eine andere Frau, die sie fürchtete, da sie vor dem Medium keine Angst hatte? Und dann der plötzliche Themenwechsel von Gewehren zu Skeletten, und ihr entsetzliches, unheimliches Lachen...

Ich stellte keine Fragen mehr. Ich war nicht sicher, ob ich die Antworten hören wollte.

In jener Nacht träumte ich nicht von Skeletten. Ich träumte, ich sei sechs Jahre alt, und Mutter habe mich zu einer Aufführung von ›Schneewittchen‹ mitgenommen. Als die böse Königin sich in die böse Hexe verwandelte und über den vergifteten Apfel redete, klang ihr Gelächter genauso wie das von Martha.

Der Sonntag dämmerte öde und naß. Shirley ließ ihren blumengeschmückten Hut liegen und nahm dafür einen Regenmantel mit einer spitzen Haube, in dem sie wie ein gütiger Gnom aussah.

»Ich lasse Sie nicht gern den ganzen Tag allein«, sagte sie besorgt. »Sind Sie sicher, daß ...«

»Ich bin sicher. Mrs. Danner kommt, und ich habe sowieso nichts zu tun. Gehen Sie nur. Und, Shirley ...«

»Ja?«

»Beten Sie für mich, damit ich nicht die Beherrschung verliere und meine Großmutter umbringe.«

Im Schatten der Haube leuchteten ihre Augen wie Sterne. »Das will ich tun.«

Sie mußte gebetet haben. Mrs. Danner zeigte sich nicht, und am späten Nachmittag war ich ernstlich versucht, nicht etwa Martha umzubringen, sondern heulend in den Regen hinauszulaufen. Nur Shirleys Ankunft am späten Nachmittag rettete mich vor der Selbstzerfleischung.

»Sie sind früh zurück«, sagte ich und hielt mich mit Mühe davon ab, sie zu umarmen.

»Ich wollte hier sein, bevor es dunkel wird. Es ist ein furchtbarer Tag, neblig und trüb. Ich richte das Abendessen.«

Martha machte eine flatternde Bewegung mit den Fingern.

»Sherry«, sagte sie deutlich. »Spät. Kommt bald ...«

»Sie meint den Richter«, sagte Shirley. »Heute ist sein Tag.«

Ich hatte es vergessen gehabt. Ich eilte die Treppe hinab. Alles im Haus war klamm vor Feuchtigkeit außer einer Schachtel Crackers, die ich in kluger Voraussicht in den Kühlschrank gestellt hatte. Ich strich Käse auf ein paar davon und legte sie auf einen Teller. Es schlug vier Uhr, aber von Richter McLendon war nichts zu sehen. Ich begann zu glauben, daß er nicht kommen würde. Das Wetter war scheußlich. Der Nebel war im Laufe des Tages noch dichter geworden; er preßte sich an die Fenster wie weiße Leintücher, die draußen zum Trocknen hingen. Sogar Elvis war unglücklich. Er saß vor der Tür und jaulte, bis ich sie öffnete. Dann kroch er in die Küche, unter den Tisch und legte sich hin, den Kopf auf seinen Pfoten. Ich konnte es ihm nicht verübeln, daß er Gesellschaft suchte.

Ich hatte den Richter schon fast aufgegeben, als ich einen Wagen vorfahren hörte. Ich ging rasch zur Tür. Der Nebel kam mit ihm herein wie eine Wolke aus Ektoplasma; die Blässe seines Gesichts, sein schneeweißes Haar und sein weißer Anzug vervollständigten das geisterhafte Bild. Ich nahm seine Hand, nicht so sehr als eine Geste der Höflichkeit, sondern um mich zu vergewissern, daß er leibhaftig vor mir stand. Seine Hand war so kalt und feucht wie die des Gespenstes, dem er ähnelte.

»Sie hätten nicht kommen sollen«, sagte ich.

»Na, na«, er lächelte. »Sehe ich so schlecht aus?«

»O nein. Ich meinte – der Nebel ist so dicht –, die Fahrt muß gefährlich gewesen sein.«

»Meine Augen sind so gut wie je«, sagte er bestimmt. Ein plötzlicher Hustenanfall verdarb das Bild der guten Gesundheit; seine Schultern schüttelten sich, und er griff nach einem Taschentuch. »Ich bitte um Verzeihung, Julie. Nur ein Anflug von Bronchitis. Bei feuchtem Wetter leide ich immer daran, aber das ist kein Grund zur Sorge.«

»Ich hole den Sherry.«

»Danke, meine Liebe. Das ist genau das, was ich brauche, um meine Brust zu reinigen.«

Als ich mit dem Tablett aus der Küche kam, war er erst halb die Treppe hinaufgestiegen. Er stützte sich schwer auf das Geländer und zog sich von Stufe zu Stufe hoch. Ich blieb außer Sichtweite, bis er den oberen Treppenabsatz erreicht hatte, denn ich wußte, er würde sich gedemütigt fühlen, wenn ich seinen schwerfälligen Aufstieg beobachtete, und er wäre verletzt, wenn ich ihm einen Arm anbot.

Nachdem ich den Sherry und die Crackers auf einen Tisch gestellt hatte, begleitete mich Shirley die Treppe hinunter. »Er sieht schrecklich aus«, sagte ich.

»Nun, er ist kein junger Mann mehr«, sagte Shirley nüchtern. Sie blickte zu dem verhangenen Fenster und schauderte. »Ich bin sicher, das ist keine gute Nacht für Mensch oder Tier oder für … andere Dinge.«

»Um Gottes willen, Shirley, haben Sie Mitleid mit mir. Ich bin schon nahe daran loszuheulen.« Shirley lächelte schwach, antwortete aber nicht. Nach einem Augenblick sagte ich: »Glauben Sie an ... andere Dinge, Shirley?«

»Ich glaube nicht daran«, sagte Shirley. »Ich glaube auch nicht *nicht* daran. Besonders in einer solchen Nacht.«

»Trinken wir einen Schluck.«

»Machen Sie nur. Ich brauche Kaffee; ich bin bei diesem Wetter so müde, ich kann kaum die Augen offenhalten.«

Ich stellte ein ziemlich nachlässiges Mahl zusammen, während sie gähnend vor ihrem Kaffee saß. Keiner von uns beiden sagte etwas. Ich konnte mir kein erfreuliches Gesprächsthema ausdenken, und ich wollte ganz gewiß nicht über ›andere Dinge‹ sprechen oder über die Gebrechlichkeit des Richters. Ich hatte Elvis vergessen, der immer noch still unter dem Tisch lag. Wie alle gescheiten Hunde wußte er, daß er bleiben konnte, wo er war, in der angenehm hellen, freundlichen Küche, wenn er niemanden an seine Anwesenheit erinnerte. Shirley hatte ihn nicht gesehen. Als er sich leise knurrend erhob, schrie sie auf und ließ den Teller fallen, den ich ihr gerade reichen wollte. Der Hamburger fiel auf den Tisch, und Pommes frites flogen durch die Luft.

Unmittelbar nach dem Knurren des Hundes hörten wir ein Geräusch, das im Flur und durch die offene Küchentür widerhallte. Keiner von uns hatte daran gedacht, die Tür zu schließen. Eine Serie von dumpfen Geräuschen, gefolgt von einem letzten, lauten Aufschlag ... Shirley mühte sich von ihrem Stuhl hoch, und ich schoß zur Tür.

Ich wußte, was geschehen war, noch ehe ich die Szene erreichte – dieser langsame, schwerfällige Gang die Treppe hinauf hätte mich warnen sollen. Ich erwartete, den alten Mann leblos auf dem Fußboden liegen zu sehen, aber als ich bei ihm ankam, bewegte er sich.

»Bleiben Sie still liegen«, bat ich. »Bewegen Sie sich nicht. Lassen Sie mich ...«

»Ich versichere Ihnen – es ist mir nichts passiert.« Sein Lächeln ähnelte dem eines Totenschädels. »Ungeschickt von mir. Ich habe den Tritt verfehlt.«

Shirley kniete neben ihm nieder. Ihre kräftigen, braunen Hände tasteten erfahren seine Beine ab und über seine Brust. »Er hat sich anscheinend nichts gebrochen …«

»Nein, nein. Nur blaue Flecken.« In einem plötzlichen beängstigenden Ausbruch von Kraft entkam er unseren Händen und taumelte auf die Füße. »Sehen Sie? Voll wiederhergestellt. Es tut mir so leid, daß ich Ihnen einen Schrecken eingejagt habe.«

Seine Farbe war so geisterhaft, daß ich mich nicht gewundert hätte, ihn vor meinen Füßen zusammenbrechen zu sehen. »Sie können nach einem solchen Schock nicht nach Hause fahren!« rief ich. »Ich wollte Sie sowieso bitten, hier zu bleiben. Matts Bett ist gerichtet …«

»Nein. Nein, danke, Kind. Ich muß nach Hause. Ich kann nicht bleiben. Ich muß … Es gibt Dinge, die ich noch heute nacht erledigen muß – sofort.«

Außer Gewalt gab es nichts, was ihn zurückgehalten hätte. Ich konnte ihn nur inständig bitten zu bleiben, als ich ihm zur Tür folgte. Er ging aufrecht, ohne zu schwanken, aber ich hatte das Gefühl – professioneller Instinkt oder weibliche Intuition –, daß es eine enorme Anstrengung für ihn bedeutete, nicht zusammenzubrechen. Als er an der Tür ankam, drehte er sich um und legte mir die Hände auf die Schultern.

»Sie sind ein gutes Mädchen, Julie«, sagte er sanftmütig. »Ich hoffe – ich bin sicher, daß bei Ihnen alles zum besten steht. Gehen Sie jetzt hinauf, und beruhigen Sie Martha. Sagen Sie ihr, sie soll sich keine Sorgen machen.«

Er schlug die Tür vor meiner Nase zu. Als ich sie wieder öffnete, hatte sich der Wagen schon in Bewegung gesetzt.

Ich wandte mich an Shirley. »Ich bin versucht, den Sheriff anzurufen.«

»Fahren kann er schon.«

Die Hecklichter waren rote Flecken im Nebel, aber sie hielten geraden Kurs. Sie leuchteten heller auf, als der Wagen an der Straße ankam, und verschwanden dann.

»Wir hätten ihn nicht fahren lassen sollen.«

»Kind, Sie konnten ihn nicht zurückhalten. Hören Sie auf zu jammern. Sie haben heute abend wirklich schlechte Nerven, und das ist kein Wunder. Ich gehe hinauf zu Miß Martha. Sie wird denken, er hat sich das Genick gebrochen oder irgend etwas. Essen Sie in der Küche einen Hamburger.«

Elvis lag in engelhafter Unschuld unter dem Tisch. Der Hamburger war weg. Ich zog es vor anzunehmen, er habe ihn gefressen, als sein Fehlen ... anderem zuzuschreiben.

Da wir gerade davon sprechen – sein Verhalten war etwas unheimlich gewesen. Er hatte sich einen kurzen Augenblick, ehe der Richter die Treppe herunterfiel, bewegt und geknurrt.

Ich befahl mir, vernünftig zu sein. Die schärferen Ohren des Hundes hatten ein Geräusch gehört, das mir entgangen war – ein Schlurfen oder einen unterdrückten Schreckensruf.

Mir war nicht nach Essen zumute. Ich legte noch einen Hamburger für Shirley auf den Rost, setzte mich an den Tisch und trank meinen Sherry aus. Elvis legte seinen Kopf auf meine Füße. Wenn ich während der Nacht aufwachen sollte und Heulen im Wald hörte und den Nebel an meinem Fenster vorbeiziehen sah, wie hohläugige weiße Gesichter, die hereinblickten, würde es tröstend sein zu wissen, daß er hier war.

Und das gab mir eine Idee ein. Ich stand auf und ging in den Flur.

Ich hatte nie Grund gehabt, eines der verschlossenen Zimmer am Küchenkorridor zu erforschen. Das erste stellte sich als Anrichte heraus. Die Regale waren völlig leer bis auf Spinnen. Das zweite und das dritte Zimmer hatten niedrige Decken und waren klein; durch die zerbrochenen Fensterscheiben hatte es reingeregnet, und die Fußbodendielen faulten.

Ich arbeitete mich auf der anderen Seite des Korridors zurück zur Küche und betrat ein weiteres armseliges kleines Kämmerchen – ein Dienstbotenzimmer vielleicht. Dann kam ein kleines Badezimmer, altmodisch, aber funktionsfähig.

Es war noch eine weitere Tür da, die ich nicht geöffnet hatte, und eine Weile dachte ich, ich brächte sie nicht auf. Die Tür war nicht abgeschlossen, sie klemmte nur. Als ich mein ganzes Gewicht dagegenwarf, gab sie plötzlich nach, und ich taumelte ein paar Schritt vorwärts, ehe ich mein Gleichgewicht wiedergewann.

Auf den ersten Blick unterschied sich dieses Zimmer nicht von den anderen, es war nur ein wenig größer. Im Zwielicht konnte ich ein paar Einzelheiten erkennen; etwas wie Fensterläden oder Draperien, die sogar das neblige Abendlicht ausschlossen, schien das Fenster zu verdecken.

Ich ging in die Küche und holte eine Taschenlampe. Mit ihrer Hilfe fand ich den Lichtschalter. Als ich ihn betätigte, geschah nichts. Ich hoffte, das einzige Problem wäre eine defekte oder fehlende Glühbirne, denn wenn mit den Leitungen etwas nicht in Ordnung war, würde ich den Raum nicht benutzen können.

Ich weiß nicht, warum ich ihn bewohnen wollte. Wenn jemand mich gefragt hätte, hätte ich zungenfertig rationale Gründe angeben können. Ich konnte dort Elvis in der Nacht bei mir haben. Dieser Raum stieß an das Badezimmer. Er war in keiner schlechteren Verfassung als die anderen... Vielleicht beeinflußte dieser Vernunftschluß meine Entscheidung, aber ich glaube nicht. Ich wußte einfach ohne Zögern oder Zweifel, daß ich in ihm wohnen wollte.

Ich wäre noch am gleichen Abend umgezogen, wenn das Zimmer bewohnbar gewesen wäre, aber das war es nicht, nicht einmal nach meinen großzügigen Vorstellungen von Haushaltsführung. Ich beschloß, Mrs. Danner mit der Aufgabe zu betrauen, es zu säubern. Wenn ich sie nicht loswurde, dann konnte sie ebensogut ihr Bleiben verdienen.

Ich trug Marthas Tablett nach oben und schickte Shirley hinunter zum Abendessen. Ich war eindeutig über Martha verstimmt, und sie tat ihr möglichstes, um meine Selbstbeherrschung zum Zerreißen zu bringen.

Ich hatte das Essen für sie zurechtgeschnitten, aber sie wollte unbedingt selbst essen und machte daraus einen matschigen Brei. Nachdem ich aufgeräumt hatte, befahl sie mir zu lesen.

Die Blechdose, die sie vorher inspiziert hatte, stand wieder auf dem Regal. Dieser Zeitungsausschnitt stammte aus dem Lokalblatt, das mit der Post kam. Die Skelett-Episode hatte sich nach Marthas erstem Schlaganfall ereignet, deshalb mußte jemand ihr das Blatt gebracht haben. Es war von Matt und von mir naiv gewesen zu glauben, sie würde sich damit abfinden, verhätschelt und versorgt und in Unwissenheit über das gehalten zu werden, was in der Welt vorging – besonders in ihrer eigenen, unmittelbaren Welt, in der sie wie ein Despot herrschte. Es sah ihr ähnlich, uns glauben zu lassen, wir hätten mit unserem Plan, alles von ihr fernzuhalten, Erfolg:

Kein Wunder, daß sie gekreischt hatte vor Lachen und gespottet über meine Dummheit. Es bewies, daß sie, wenn auch körperlich hilflos, immer noch das Kommando führte. Sie hatte die ganze Zeit Bescheid gewußt. Was wußte sie noch? Hatte das Lokalblatt über Matts Entscheidung berichtet, in Maidenwood Ausgrabungen zu erlauben?

Ich las weiter und weiter. Mr. Bucket, der große Detektiv, trieb die auf Abwege geratene Lady Dedlock ihrem Verderben entgegen. Martha schlummerte ein, wachte auf und schlummerte wieder ein. »›Miß Summerson‹, sagte Mr. Woodcourt, ›wenn ich, ohne mich in Ihr Vertrauen einzuschleichen, Ihnen nahe bleiben kann, dann, bitte, lassen Sie mich das tun.‹« Männer sprachen heutzutage nicht so, und das war verdammt gut so, dachte ich. War es tatsächlich gut? Ein wenig Freundlichkeit, ein wenig Höflichkeit...

Martha lag still da. Sie schlief. Ich ging auf Zehenspitzen zum Bett und beugte mich über sie.

Sie schlief tief und schnarchte, das schwere, mühsame Atmen des Alters. Ihre Augen waren nicht ganz geschlossen. Zwischen ihren Lidern sahen aus schmalen Spalten leuchtend weiße Augäpfel hervor. Die Schlitze waren nicht ganz symmetrisch, einer war breiter als der andere. Ich dachte, unpassenderweise und grausam, daß sie wie ein Vampir aussah – eine der Scheintoten im Sarg, die auf den Sonnenuntergang warten, bevor sie sich erheben, um das Blut der Lebenden zu saugen.

Die Schmerzen anderer hatten ihr Vergnügen bereitet, und sie taten es immer noch. Vielleicht war dies der Grund, weshalb der Schlaganfall, der eine schwächere Frau getötet hätte, ihr genügend Kraft gelassen hatten, um sich zu behaupten.

Shirley war nicht in ihrem Zimmer. Ich ging die Treppe hinunter, stolperte vor Müdigkeit, war aber zu wach, um zu schlafen. Fast hätte ich eine Matratze in die Küche gezogen und dort die Nacht verbracht mit Elvis' feuchter Schnauze im Gesicht.

Ich erwartete, daß Shirley in der Küche wäre, und dort war sie auch; aber sie war nicht allein. Elvis lag unter dem Tisch, und Shirley gegenüber saß Alan, Kaffee schlürfend wie ein alter Freund der Familie.

Shirley erschrak schuldbewußt, als sie mich sah. »O Herr, Julie, es tut mir leid. Ich dachte nicht, daß es schon so spät ist.«

»Sie haben sich nicht verspätet, ich komme früher als sonst. Martha war müde. Sie ist vor ein paar Minuten eingeschlafen.«

»Ich gehe sofort hinauf.«

»Lassen Sie sich Zeit. Für die Welt ist sie tot, wenn Sie diesen Ausdruck verzeihen.« Ich holte eine Tasse aus dem Schrank.

Shirley murmelte etwas Unverständliches und machte sich davon. Shirley war eine kluge Frau. Sie gab niemals Erklärungen ab, sondern ging nur hinaus. Sie mußte das von Martha gelernt haben.

Der Wasserkessel war noch heiß. Ich bereitete mir eine Tasse Kaffee zu und zog einen Stuhl heran. Alan rührte sich nicht. Elvis zuckte und wimmerte im Schlaf.

»Willst du nicht wissen, was ich hier mache?« fragte Alan.

»Nein.« Ich trank meinen Kaffee.

»Shirley und ich sind alte Kumpel.«

»Das wundert mich nicht.«

»Nicht?«

»Du bist gut darin, dich mit Leuten anzufreunden, die dir nützlich sein können.« Ein gigantisches Gähnen unterbrach mich, ehe ich die Beleidigung weiter ausführen konnte. Es schien nicht der Mühe wert zu sein.

»Mein sogenannter Charme hat Shirley nicht für mich erwärmt«, sagte Alan. »Ich gewann ihr Herz, indem ich ihr eine Annehmlichkeit bot, die ihr kein anderer gegeben hat – Schutz. Ich verbringe die Nacht gewöhnlich dort draußen.« Alan deutete vage zur Tür, aber ich wußte, er hatte einen speziellen Ort im Sinn.

»In dem Schuppen?«

»Oh, du hast mein Lager gefunden.«

»Mmmm.«

»Im Gegensatz zu gewissen Leuten nehme ich meine Pflichten ernst.«

»Wo warst du dann neulich nachts, als ich einem irrsinnigen Ungeheuer gegenüberstand?«

Die dramatische Frage ging ins Leere. Shirley hatte offenbar alles erzählt.

»Das tut mir leid«, sagte Alan ruhig. »Es war eine meiner freien Nächte.«

»Mmmm.«

»Von jetzt an werde ich besser aufpassen.«

»Ich fragte mich, ob du es warst, den Danner gesehen hat. Angenommen, er sagte mir die Wahrheit, als er erzählte, er habe einen Eindringling verfolgt.«

»Das war ich nicht. Hast du das Haus untersucht, ob es irgendwelche Anzeichen für einen Einbruch gab?« Ich hätte etwas gegen seinen einschüchternden Tonfall gehabt, wenn ich nicht so müde gewesen wäre – und wenn ich nicht so dankbar für seine Bemühungen gewesen wäre. Es mußte ihm wenig ausmachen, seine Nächte in diesem unbequemen Schuppen zu verbringen … Dann sagte ich mir müde, daß ich zu voreiligen Schlüssen kam. Er nahm seine Verantwortung tatsächlich ernst. Sein Handeln bedeutete nichts weiter als dies.

»Alan, das Haus ist ein solches Wrack, daß ich nicht sagen könnte, ob jemand eingebrochen ist. Ich hatte den Eindruck, daß Danner log, als er sagte, er habe einen Einbrecher gesehen. Noch etwas Merkwürdiges – er hatte eine Schere dabei.«

»Eine ekelhafte Waffe.«

»Dein Humor ist ebenso krankhaft wie der von Martha.« Mir war nicht danach zumute, diesen Ausrutscher zu erklären. Ehe er fragte, was ich damit meine, fuhr ich eilig fort: »Was wollte er mit der Schere?«

»Der logische Schluß ist der, daß er etwas schneiden wollte.«

»Oh, sehr klug.«

»War es eine große Schere, etwa eine Blechschere?«

»Ich glaube nicht, nur eine gewöhnliche Haushaltsschere.«

»Hmm«, sagte Alan.

»Laß die Schere. Danners sogenannter Geist arbeitet auf eine Weise, die der normalen Welt unverständlich ist. Hattest du bei deinen Nachforschungen Glück? Irgendwelche Ideen, wo du als nächstes graben willst?«

»Ein paar«, sagte Alan zurückhaltend.

»Dann behalte sie für dich. Es ist mir egal. Ich glaube, ich gehe schlafen.«

»Noch nicht. Ich habe ein paar Vorstellungen über ein anderes Thema, das dich unmittelbarer angeht.«

Ich seufzte und stützte mein Kinn in die Hand. »Fang an. Nichts kann dich davon abhalten, wenn du beschlossen hast, eine Vorlesung zu halten.«

Eine Vorlesung war genau das, was ich zu hören bekam.

»Der Bezirk Maydon wurde 1619 gegründet«, sagte Alan, »und 1622 völlig zerstört. Die anderen Orte wurden nach dem Massaker wieder besiedelt. Maydon nicht. Der Platz wurde aufgegeben, bis dein Vorfahr ein Jahrhundert später das erste Herrenhaus baute. Trotz deiner unterhaltsamen Familienlegenden gab es keine Verbindung zwischen den Bewohnern des Bezirks Maydon und dem ersten Carr – außer dem Namen Maidenwood, der auf eine alte Tradition hindeutet. Heh, wach auf, ich rede mit dir.«

Er rüttelte meinen Ellenbogen. Eingelullt von dem vertrauten akademischen Tonfall war ich halb eingedöst.

»Ich höre.«

»Das erste Herrenhaus wurde 1735 zerstört. Das jetzige wurde auf den Fundamenten des ersten errichtet oder in der Nähe davon. Mich interessiert keines der beiden Häuser sehr. Was mich beschäftigt – und es sollte dich und deinen schwachköpfigen Vetter auch beschäftigen –, ist die Frage, wo der ursprüngliche Carr-Friedhof lag. Die frühesten Gräber auf dem jetzigen Friedhof datieren aus der Mitte des 18. Jahrhunderts – aus der gleichen Zeit also wie das zweite Herrenhaus. Es muß einen älteren Friedhof gegeben haben aus der Zeit des ersten Hauses.«

Jetzt war ich hellwach. »Du glaubst, die Skelette stammen daher?«

»Die Verbindung ist nicht bewiesen, aber logischerweise verlockend. Ein vergessener Friedhof und Gebeine aus einem vergessenen Grab. Aber ich kann nicht verstehen, weshalb der alte Friedhof aufgegeben wurde.«

»Das ist eine gute Frage... O mein Gott!« Ich stand auf und trat dabei Elvis, der jaulend aufwachte. »Er liegt unter dem Haus! Das ist die einzige Erklärung, Alan. Sie konnten den alten Friedhof nicht mehr benutzen, weil sie das Herrenhaus darauf ...«

Alan brach in Gelächter aus. »Du hast zu viele Horrorfilme gesehen. Schlage dir das aus dem Kopf, Julie. Es gab keine Lücke in der

Besiedelung zwischen der Zerstörung des ersten Hauses und dem Bau des zweiten. Die Lage des Friedhofs wäre nicht mißachtet worden, die Leute waren nicht so gefühllos gegenüber den Überresten ihrer Verwandten. Und wie hätten die Witzbolde, die die Skelette gefunden haben, an sie herankommen sollen, wenn sie unter dem Haus gelegen wären? Deine Großmutter ist zwar alt, aber sie hätte es bemerkt, wenn Leute Abend für Abend im Keller gegraben hätten.«

»Oh.« Verstohlen wischte ich mir den Schweiß von der Stirn. »Es wird warm hier drinnen.«

»Eher etwas kühler. Du bist diejenige, die sich aufregt. Shirley glaubt heute nacht auch an Gespenster. Was ist los?«

»Nichts ist los. Ich habe einen anstrengenden Tag hinter mir. Und da sind ... Dinge dort draußen.«

»Du bist betrunken«, sagte Alan.

»Noch nicht. Aber ich erwäge es. Dieses Wetter ist nicht gerade beruhigend. War es eine Eule, die ich eben gehört habe, oder ein Vampir?«

»Eine Eule. Gutes Jagdwetter.«

»Es *gibt* Dinge dort draußen«, sagte ich, »putzige Charaktere, die es für lustig halten, Gebeine anzukleiden und sie auf die Straße zu legen. Verrückte Leute wie Mrs. Hornbeak. Ich würde ihr zutrauen, daß sie im Keller graben möchte.«

»Ich habe sie und ihr Team vor nicht langer Zeit vom Besitz verjagt.«

»Was hast du getan?«

Alan grinste zögernd. »Der Einfalt der Frau kommt nur ihre Unverschämtheit gleich. Sie fuhr über den Weg, den wir benützt haben, überall Taschenlampen und Laternen, Spitzhacken und Schaufeln...«

»Ich habe nichts gehört.« Ich beugte mich hinunter und blickte Elvis an, der gähnte. »Was hast du gemacht, während all das vorging, edler Hund?«

»Das war, ehe du ihn adoptiert hast«, sagte Alan. »Daß du dir diesen Hund angeschafft hast, war ein geschickter Zug. Warum steckst du die alte Dame nicht in ein Pflegeheim und machst dich hier davon?«

»Du weißt, wie sie ist.«

»Ja, ich habe allen Grund zu wissen, wie sie ist. Aber ich habe nie begriffen, warum ihr anderen euch von ihr tyrannisieren laßt. Um Gottes willen, Julie, sie ist fünfundachtzig Jahre alt und war nie ganz normal. Matt hat beträchtlichen Einfluß; warum kann er sie nicht für unmündig erklären und in ein Krankenhaus bringen lassen?«

»Ich glaube nicht, daß dich das etwas angeht.«

»Wahrscheinlich nicht«, sagte Alan.

»Du willst sie nur aus dem Weg räumen, damit du freie Hand hast. Du und deine Lady Jocelyn.«

»Ich weiß nicht, warum du sie mit ins Spiel bringen willst.«

»Ich auch nicht.« Ich stützte den Kopf in meine Hände. Elvis, der die Stimmung spürte, begann meine Knöchel zu lecken. »Ich habe die Jungfräulichkeit bis oben hin satt«, murmelte ich.

Alans unterdrücktes Lachen machte mir bewußt, was ich gesagt hatte. Ich spürte, wie meine Wangen brannten. Als ich ihn ansah, hatte er seine Miene unter Kontrolle bis auf die Augen, die vor Belustigung leuchteten.

»Ich habe es nicht so gemeint, wie es sich anhörte«, erklärte ich hochmütig.

»Was hast du gemeint?«

»Das Motiv ... das ... das Thema. Ist das nicht eine Definition des Wortes ›Maiden‹ – eine Frau, die nicht den, oh, so kostbaren Gebrauchsartikel verloren hat, von dem Männer solch ein Aufhebens machen.«

»Nun, ich würde nicht sagen ...«

»Sie *haben* jedenfalls ein Aufhebens davon gemacht, die Scarlett-Frau gebrandmarkt, die sündige Tochter in den Schneesturm hinausgetrieben. Sieh dir deine Lady Jocelyn an. Mit am faszinierendsten an dieser Geschichte ist der jungfräuliche Aspekt. Wenn sie eine Witwe mit fünf Kindern gewesen wäre, würde sich niemand auch nur im geringsten um sie scheren, auch Mrs. Hornbeak nicht.«

»Ich weiß nicht, worüber du dich so aufregst«, sagte Alan milde. »Ich stimme dir in jedem Punkt zu, von der Absurdität des Jungfräulichkeits-Fetischs bis zur Einfalt von Polly H. Die Skelette können unmöglich diejenigen von Jocelyn Cartwright und ihrem Säugling sein; so alt sind die nicht. Sie mögen vielleicht vom alten Friedhof von Maidenwood stammen. Obwohl ich mich für Skelette aus jener Periode nur am Rande interessiere, bin ich bereit, meine ganze

Aufmerksamkeit auf die Lage des Friedhofs zu richten, und wenn nur, um zu verhindern, daß andere Leute ihn ausrauben und möglicherweise dich und Shirley bedrohen.«

»Und Martha.«

»Sie braucht mich nicht«, fauchte Alan. »Sie hat dich und Shirley, und ihr beide seid bereit, für ihre Verteidigung zu sterben. Ich kann die Arbeit aber nicht übernehmen. Matt hat mir zu viele Knüppel in den Weg gelegt.«

»Ich werde mit Matt sprechen.«

»Viel Glück. Das habe ich schon versucht.«

»Ich sagte, ich werde mit ihm sprechen.« Weit draußen in der dunklen Nacht erhob sich ein Schrei und starb wieder ab. »Verdammte Eulen!«

»Das war keine Eule.«

Alan stand auf. Der Hund war schon an der Tür, winselte und kratzte.

Alan sagte: »Still, Elvis.« Er zog ein Seil aus der Tasche und befestigte es am Halsband des Hundes.

Ich folgte dem Paar, Mann und Hund, auf die Veranda. Elvis zerrte an der Leine, gehorchte aber Alans leisem Befehl, nicht zu bellen.

Der Himmel hellte sich auf. Nebel lag über den Flußwiesen wie ein blasser Teppich, aber am Himmel leuchteten die Sterne hell. Weiter unten waren andere Lichter zu sehen – halb verschwommen im Nebel, der zwischen den Bäumen auf dem Landrücken nördlich des Hauses verharrte, zitternd wie Irrlichter – Totenlaternen.

»Verdammt noch mal«, murmelte Alan und trabte davon, gezogen von Elvis.

Ich schloß die Verandatür, ehe ich ihnen folgte. Ich mußte schnell laufen, um Alan einzuholen. Ich schaffte es am Anfang des Weges, der zum Friedhof führte. Die Lichter waren östlich des Weges, zwischen dem Landrücken und dem Fluß.

Alan schickte mich nicht ins Haus zurück; er murmelte nur: »Verhalte dich so leise wie möglich.«

Danach ignorierte er mich, ließ mich über einen verrotteten Zaun klettern und meine Hosen an dem rostigen Stacheldraht aufreißen, ohne mir eine helfende Hand zu reichen.

Die Eulen heulten, und der Nebel wirbelte auf dem Boden, aber mir war hundertprozentig besser zumute als den ganzen Tag über. Trotz des unheimlichen Erscheinens der sich bewegenden Lichter wußte ich, daß sie menschlichen Ursprungs waren. Das einzige, was mich verwirrte, war die Kühnheit der Eindringlinge; es schien ihnen nichts auszumachen, daß ihre Lichter gesehen wurden. Als wir näher kamen, hörte ich Stimmen. Unbefugte würden sicherlich nicht so achtlos auftreten. Konnten es Leute sein, die nach einem vermißten Kind suchten?

Ich hätte es wissen sollen. Alan wußte es. Er hielt den begierigen Hund zurück und marschierte auf die Lichter zu, wo die Gruppe versammelt war, und obwohl er nicht lauter sprach als normal, verstummte des Gespräch.

»Ich habe Sie schon einmal gewarnt, Mrs. Hornbeak. Dieses Mal rufe ich die Polizei!«

Mrs. Hornbeak trug nicht mehr ihren Nadelstreifenanzug, sondern Reithosen und Schaftstiefel. Sie mußte die Ausstattung von einer alten Fotografie kopiert haben, die einen Archäologen um die Jahrhundertwende zeigte. Sie trug sogar einen Tropenhelm. Ihre Brille blitzte, als sie Alan begrüßte, und sie schwang eine Schaufel mit einer Begeisterung, die ihn ein paar Schritte zurücktreten ließ.

»Sie kommen gerade recht, um den großen Augenblick mitzuerleben«, rief sie. »Ich trage Ihnen nichts nach, Professor; wir sind auf dem richtigen Weg und über kleinliche Rache erhaben. Ich lade Sie ein, mit mir zusammen ...«

»Sie sind unbefugt hier eingedrungen«, sagte Alan.

Mrs. Hornbeak stützte sich malerisch auf ihren Spaten. »Sie sind nicht befugt, mich zu vertreiben, Professor.«

»Aber sie.« Alan schob mich vor.

»Ah, Miß Newcomb.« Mrs. Hornbeak nickte vertraulich. »Ich wollte Sie am Morgen besuchen. Wieviel passender ist es, daß Sie nun mit dabei sind, wenn wir die Überreste Ihrer Ahnen ausgraben ...« Sie deutete auf das Loch im Boden neben ihr.

Zwei Leute ihres Teams standen daneben. Einer hielt einen kleinen Spaten, ein anderer eine Schaufel. Eine Taschenlampe blendete mich, als ich näher trat.

Ich kniete neben dem Loch nieder. Jemand von der Gruppe richtete seine Taschenlampe bereitwillig in die Tiefe. Ich sah merkwürdige Klumpen und Ausbuchtungen unter einer dünnen Erdschicht. Andere Formen standen heraus, blaß vor der sie umgebenden Erde.

Ich brachte es nicht fertig, Alan anzusehen. »Es ist tatsächlich ein Grab«, sagte ich. »Dies sind menschliche Rippen.«

Eine andere Taschenlampe blendete mich. Mrs. Hornbeak hatte mehrere Gehilfen mitgebracht, die die Ausgrabung besorgten, aber mindestens einige Personen in der Lichtung waren Zeitungsleute. Das Fett war übergelaufen und brannte fröhlich.

9

Mrs. Hornbeak ließ sich weder von Alan noch von mir einschüchtern, aber sie fürchtete sich vor Hunden. Alan benützte Elvis, der ihm gern gehorchte, um die Frau und ihre Gehilfen zu vertreiben. Die Reporter waren nicht so leicht abzuschütteln, aber nach einer Flut von ›Kein Kommentar‹ von Alan beschlossen sie, sich an den zugänglichen Interviewpartner zu wenden. Aus mir bekamen sie nicht einmal ein ›Kein Kommentar‹ heraus, sondern nur unterdrückte, unartikulierte Grunzlaute. Ich wagte es nicht, den Mund aufzumachen, aus Angst, ich würde lachen.

Die Situation war so schrecklich, so komisch grotesk, daß Alan mir fast leid tat. Alle seine wissenschaftlichen Studien und intelligenten Forschungen hatten nichts gebracht, während Mrs. Hornbeaks verrückte Exkursionen in das Unendliche sie direkt zum Gold geführt hatten. Sogar ein Laie wie ich konnte sehen, daß das Grab, das sie gefunden hatte, alt war. Die Knochen waren zerbrechlich und fahl, und es war keine Spur von einem Sarg vorhanden. Also war Mrs. Hornbeak vielleicht doch nicht verrückt.

Alan schickte mich mit Elvis ins Haus zurück. Er blieb und brütete über dem Grab wie ein Geier. Ehe ich zu Bett ging, rief ich die Nummer an, die er mir gegeben hatte und verlangte Jono. Ich erklärte ihm, was geschehen war; Jono sagte ungläubig: »Sie scherzen.«

»Ich scherze nicht. Sie hat etwas gefunden, Jono. Alan ist dort draußen, und er möchte ...«

»Ich bin in einer halben Stunde bei ihm.«

Ich gab ihm den Rest von Alans Anweisungen weiter. Jono konnte es kaum erwarten, den Hörer einzuhängen und aufzubrechen. Das letzte, was ich von ihm hörte, war ein hingerissenes: »Verflucht, das könnte es sein!«

Alan hatte auch vorgeschlagen – womit ich meine: befohlen –, daß ich die Polizei anrief. Ich fand, daß dies bis zum Morgen warten konnte. Ich hatte keine Lust, einem schläfrigen Polizisten die Situation zu erklären, und ich zweifelte daran, daß Mrs. Hornbeak in der gleichen Nacht wiederkommen würde. Sie war zu sehr mit den Reportern beschäftigt.

Ich hätte tun sollen, was Alan mir befohlen hatte. Ich wurde dadurch geweckt, daß Shirley meine Schulter rüttelte. »Es sind ein paar Leute unten, Julie, Reporter.«

Ich setzte mich aufrecht hin. Das Sonnenlicht blendete mich. »Wie spät ist es?«

»Acht Uhr. Einer ist schon seit sechs Uhr da. Ich wollte Sie ausschlafen lassen, aber ...«

»Ich stehe auf. Lassen Sie mir eine Minute Zeit.«

»Ich habe Ihnen Kaffee gebracht.«

Ich griff nach der Tasse. »Sie sind ein Engel, Shirley. Rufen Sie den Sheriff an, und sagen Sie ihm, daß wir belagert werden. Ich gehe hinunter, sobald ich mir etwas angezogen habe.«

»Ist in der vergangenen Nacht etwas geschehen? Sagen Sie nicht, es gab noch ...«

»Oh, nicht so etwas. Ich erkläre es Ihnen später – rufen Sie gleich an, bitte.«

Ich schlüpfte in die Hosen, zog Hemd und Sandalen an und ging die Treppe hinunter. Die Eingangstür war verschlossen. Ich öffnete sie. »Ich habe eben die Polizei gerufen«, sagte ich.

Die Invasion bestand aus einem kahlwerdenden Mann mittleren Alters. Offensichtlich hatten die anderen aufgegeben oder waren hinter Alan her.

»Wie war Ihnen zumute ...«, begann er.

»Ist das die einzige Frage, die ihr Leute stellen könnt? Hören Sie, oben liegt eine alte Dame, die einen Schlaganfall hatte. Sie braucht Frieden und Ruhe. Warum lassen Sie ihr das nicht?«

Der Reporter sah mich nachdenklich an. Ich vergewisserte mich, daß er verstand. »Von welcher Zeitung, sagten Sie, sind Sie? Ich möchte nur wissen, wen ich verklagen muß, wenn sie noch einen Schlaganfall erleidet.«

Ich schloß die Tür, ehe er sich eine Antwort ausdenken konnte. Durchs Fenster sah ich befriedigt, wie er sich zum Ende der Einfahrt zurückzog. Mehr konnte ich nicht tun, die Straße war öffentliches Eigentum.

Ich sehnte mich danach, zur Ausgrabungsstätte zu gehen, um nachzusehen, wie Mrs. Hornbeaks Entdeckung bei Tageslicht aussah. Vielleicht war ich durch die allgemeine Hysterie irregeführt; vielleicht hatte sie nur den Kadaver eines Pferdes oder eines Rotwildes gefunden, aber ich zweifelte daran.

Shirley reagierte nicht auf meinen Vorschlag, daß sie hingehen und nachsehen sollte, was sich abspielte. Sie interessierte sich nicht für Archäologie. »Ich kümmere mich nicht um Knochen, solange sie dort sind, wo sie hingehören«, lautete ihre Zusammenfassung der Situation, und ich mußte zugeben, daß sie etwas für sich hatte.

Der Gesetzeshüter erschien erst kurz vor Mittag.

Ich war in der Küche und richtete für Martha ein Sandwich, als ich es an der Eingangstür klopfen hörte. Ich begrüßte Jarboe mit Vorwürfen.

»Was ist das für eine Dienstauffassung? Ich habe vor fast vier Stunden angerufen.«

»Hat man Sie belästigt?«

»Nun, nein, seit kurzem nicht mehr. Aber nicht dank Ihnen und Ihrer Männer.«

»Deshalb komme ich auch nicht.«

»Weshalb dann?«

»Wegen Richter McLendon. Er ist tot.«

»Nein«, sagte ich. »Das kann nicht sein. Ich sah ihn noch gestern abend.«

»Nun, er ist aber tot.« Der Sheriff kratzte sich am Kopf. »Darf ich eintreten?«

Ich sagte wie betäubt: »Sicher. Das tut mir leid. Ich kann es nicht glauben. Verdammt, verdammt, verdammt! Ich hätte dafür sorgen sollen, daß er hier bleibt. Er war nicht in der Verfassung, im Nebel Auto zu fahren nach diesem bösen Sturz ...«

»Was für ein Sturz?« Der Sheriff folgte mir in die Küche und setzte sich an den Tisch.

»Er fiel die Treppe hinunter. Ich versuchte ihn zu überreden, die ganze Nacht hierzubleiben ...«

»Das erklärt die blauen Flecken. Haben Sie eine Tasse Kaffee, Julie?«

»Sicher.« Dann wurde mir bewußt, was er gesagt hatte. »Blaue Flecken ... War es ein Autounfall?«

»Nein, er kam gut zu Hause an. Geben Sie sich keine Schuld. Es war eine Herzattacke. Er lebte allein; sein erster Kunde fand ihn heute früh an seinem Schreibtisch zusammengebrochen.«

»Das beruhigt mich keineswegs.« Ich schenkte zwei Tassen ein und setzte mich an den Tisch.

»Vielleicht wird dies Ihre Stimmung heben.« Jarboe zog ein zusammengefaltetes Blatt Papier aus der Jackentasche. »Er hat Ihnen eine Notiz geschrieben.«

Die Handschrift war energisch. »Meine liebe Julie«, begann er, »ich möchte mich dafür entschuldigen, daß ich Sie heute abend durch meine Ungeschicklichkeit erschreckt habe. Wie ich Ihnen versicherte, wurde kein Schaden angerichtet, außer für meinen Stolz. Bitte sagen Sie Martha, ich werde dafür sorgen, daß ihre Wünsche nach meinem besten ...«

Das letzte ›n‹ ging in eine holprige Schlangenlinie über. Sie war umgeben von Tintenklecksen wie Blutspritzern um eine Wunde.

»Er schrieb den Leuten immer Notizen«, sagte der Sheriff und wandte den Blick von meinem betroffenen Gesicht ab. »Eine altmodische Angewohnheit.«

»Aha.«

»Sein Herz war schlecht. Er wußte es; er sagte mir einmal, der Doktor habe ihm geraten, sich zur Ruhe zu setzen, aber er wollte in den Sielen sterben und nicht in einem Pflegeheim dahinsiechen. Sein Wunsch wurde ihm erfüllt. Man könnte sagen, er hat Glück gehabt.«

»Das könnte man sagen.« Ich faltete die Notiz zusammen. »Es tut mir leid, Sheriff, ich wollte nicht rührselig werden, aber ... Nun, ich mochte ihn. Er war ein liebenswürdiger und ein freundlicher Mann. Ich weiß nicht, wie ich es Martha beibringen soll. Sie wird erschlagen sein.«

»Da bin ich nicht so sicher. Alte Menschen sind merkwürdig, wenn Freunde sterben. Oh, sie sind bekümmert, gewiß, aber sie empfinden auch eine Art seltsame Befriedigung dabei – wie wenn sie eine weitere Runde im Überleben gewonnen hätten.«

Wenn das für alte Leute im allgemeinen zutraf, dann ganz bestimmt für Martha. Sie würde jedoch beunruhigt sein, denn McLendon hatte ihre Rechtsangelegenheiten geregelt.

»Haben Sie Matt benachrichtigt?« fragte ich. »Ich glaube, er muß einen anderen Anwalt suchen.«

»Ich habe ihn vor ein paar Stunden angerufen. Er meinte, Sie sollen sich nicht um das Geschäftliche kümmern, das besorgt er selbst. Er wird Sie heute abend anrufen, um zu hören, wie Miß Martha die Nachricht aufgenommen hat.«

Ich dachte an verschiedene Antworten auf diese kühle Ankündigung, beschloß aber, sie für Matt aufzusparen. »Kann ich irgend etwas tun?« fragte ich.

»Nein, danke. Ich dachte nur, Sie sollten es wissen. Ich habe dies sowieso kommen sehen. Machen Sie sich wegen der Reporter keine Gedanken. Diese Geschichte wird in ein paar Tagen vergessen sein. Das sind kleine Fische.«

»Wollen Sie damit sagen, daß Sie keinen Mann übrig haben, der unseren Besitz bewachen könnte?«

»Leider nein. Ich könnte höchstens eine Barrikade am Eingang aufstellen lassen.«

»Und wie soll ich dann hinauskommen?«

»Sie könnten sie bewegen, es wäre ein Sägebock – zum Beispiel, mit einem Schild ›Durchgang verboten‹. Wir können den Besitz nicht einmauern, Julie; man kann höchstens eine moralische Wirkung erzielen. Ihr Kumpel, der Archäologe, hat dort, wo er arbeitet, die Dinge unter Kontrolle – Seile, Schilder, und ein paar kräftige Burschen mit Spaten, die herumstehen und aggressiv aussehen.«

Ich hatte mir mehr erhofft, aber ich wußte, ich konnte es nicht bekommen. Jarboe hatte wahrscheinlich recht, wenn er sagte, die Neuigkeit sei lediglich eine Tagessensation. Deshalb dankte ich ihm und begleitete ihn hinaus. Dann ging ich zu Martha hinauf, um ihr zu sagen, daß ihr alter Freund tot war.

Ich hielt ihre Hand, während ich es ihr sagte. Der Puls unter meinen Fingern ließ keinen Schlag aus und veränderte nicht seinen Rhythmus. Ein überraschter und gequälter Aufschrei – aber er kam nicht von Martha. Als ich mich umdrehte, sah ich Shirley unter der Tür des Badezimmers stehen, das ihr eigenes Zimmer mit dem Marthas verband. »Tut mir leid«, sagte ich zu ihr.

Sie schüttelte den Kopf, und Tränen füllten ihre Augen.

Martha entzog mir ihre Hand. »Notiz«, sagte sie. »Notiz?«

»Es war eine Herzattacke, kein Selbstmord«, sagte ich. »Die Leute hinterlassen… oh.« Gerade sie kannte die Gewohnheit des alten Mannes am besten, Notizen zu verfassen. Vielleicht hatte er ihr an jenem Abend gesagt, er würde ihr schreiben.

»Er hat mir geschrieben«, sagte ich und zog das Blatt Papier aus meiner Tasche. »Aber da ist eine Nachricht für dich.«

Sie las sie ohne das leiseste Anzeichen von Rührung. Vielleicht hob sich ihr Mundwinkel um den Bruchteil eines Zentimeters, aber das war alles. Der Sheriff hatte recht. In ihre Trauer war eine Art Befriedigung gemischt.

»Matt«, krächzte sie. »Er soll kommen.«

»Er sagte, er wolle heute abend anrufen. Es ist hoffnungslos, wenn man ihn tagsüber erreichen will, Martha. Ich habe es versucht.«

»Hm«, sagte Martha entschieden, und diesmal war ich ihrer Meinung.

Als ich die Treppe hinabging, um ein abgestandenes Sandwich zu holen, war Mrs. Danner da. »Wo waren Sie gestern?« forschte ich.

»Lastwagen hatte Panne.«

Keine Entschuldigung, kein Ausdruck des Bedauerns. Ich sagte: »Wenn Sie angerufen hätten, dann hätte ich Sie abgeholt.«

»Wetter war schlecht.«

»Nicht so schlecht.«

Mrs. Danner starrte vor sich hin.

Ich gab das Verhör auf und wünschte, ich hätte gewußt, ob Mrs. Danner maßlos dumm war oder raffiniert genug, um zu wissen, wie sie sich gegen solche Angriffe zu verteidigen hatte. »Ich habe eine Aufgabe für Sie«, sagte ich. »Ich möchte, daß Sie das Zimmer neben der Küche säubern. Ich zeige es Ihnen.«

Das Zimmer war bei Tageslicht kaum heller als am Abend zuvor. Die Fensterscheiben waren undurchsichtig vor Schmutz. Mrs. Danner stand da und sah zu, als ich mich bemühte, das Fenster hochzuschieben. Schließlich gab es nach. Ich stützte es mit einem Stock, der auf dem Fensterbrett lag, und dann sah ich etwas, das das verschmutzte Glas verdeckt hatte. Vor dem Fenster war ein Gitter – dicke Eisenstangen in einem Rahmen, der auf die Außenseite des Fensterrahmens genagelt oder geschraubt war.

Als ich das Gitter sah, war mir bei dem Gedanken daran, unten zu schlafen, wohler zumute. Durch dieses Fenster würde niemand einsteigen; vielleicht hatten auch die andern Zimmer an dem abgelegenen Erdgeschoßkorridor vergitterte Fenster. Ich hatte nicht nachgesehen.

Ich wandte mich an Mrs. Danner. »Sie wischen am besten zuerst den Fußboden auf. Ich möchte, daß der Boden und die Wände gesäubert werden. Reißen Sie so viel wie möglich von der alten Tapete ab. Die Hälfte davon hängt sowieso schon in Streifen herunter. Und die Fenster müssen ebenfalls abgewaschen werden.«

Mrs. Danner stellte einen Fuß vor, dann zog sie ihn wieder zurück, als wäre sie auf etwas Unangenehmes getreten. Sie schüttelte den Kopf.

»Was ist?« fragte ich ungeduldig. »Putzen Sie keine Fenster?«

Ihr Kopf bewegte sich mechanisch von einer Seite zur anderen. »Ich putze Fenster sehr gut. Aber ich möchte nicht…«

Ich unterbrach sie nicht; ihre Stimme starb einfach ab.

Ich hatte keine Lust, mit Mrs. Danners wunderlichen Grillen nachsichtig zu sein. »Ich weiß, dies hier ist ein schreckliches Durcheinander. Aber je länger Sie dastehen und gaffen, um so länger dauert es, bis Sie die Arbeit hinter sich haben. Wo ist der Besen?«

Ich mußte sie praktisch in das Zimmer hineinschieben. Sie blickte von einer Seite zur anderen wie ein nervöses Tier, das einen im Hinterhalt verborgenen Jäger wittert. Als sie im Zimmer war, schien sie sich in das Unvermeidliche zu fügen. Sie begann zu fegen, während ich eine Leiter aus dem Schuppen holte und die Glühbirne in die Deckenlampe einschraubte. Sie funktionierte. Das war eine Erleichterung, obwohl ich darauf vorbereitet gewesen war, mich notfalls mit Taschenlampen und Laternen zu behelfen.

Ich überließ Mrs. Danner ihrer Arbeit und hoffte, sie würde nicht damit aufhören, sobald ich das Haus verließ. Sie war offensichtlich keine glückliche Frau, aber ich konnte nicht herausfinden, was sie quälte. Um ehrlich zu sein, es war mir auch egal.

Ich zog Arbeitskleidung an und erinnerte mich wieder daran, daß ich Schuhe kaufen wollte. Als ich zur Hintertür hinausging, erhob sich Elvis von seinem Teppich und kam angerannt, um mich zu begrüßen.

Stimmen führten Elvis und mich zur Ausgrabungsstätte. Es gab keinen Weg vom Haus dorthin, und ich brauchte lange, um mich durch das Unterholz zu schlagen, da ich alle paar Schritt die Hundeleine entwirren mußte. Als ich auf die Lichtung kam, trat mir ein großer junger Mann in den Weg, ein Willkie-Typ, der mich höflich, aber entschieden bat, mich zu entfernen.

»Es ist in Ordnung«, rief Jono. »Sie gehört zu uns. Kommen Sie hierher, Julie.«

Das geöffnete Grab war wieder zugeschüttet worden. Nur ein Quadrat aus schwarzer Erde deutete darauf hin. »Ich dachte, ihr hättet die Gebeine inzwischen ausgegraben«, sagte ich.

»Guter Gott, nein. Uns steht noch eine Woche Arbeit bevor, ehe wir mit den Ausgrabungen beginnen können. Julie, es gibt eigentlich nichts für Sie zu tun, falls Sie nicht helfen wollen, die Pinsel zu reinigen. Alan sagte nichts über …«

»Wo ist er?«

»In Richmond. Er holt noch mehr Ausrüstung und beginnt mit dem Papierkram. Es gibt staatliche Gesetze, die menschliche Überreste betreffen; es wird einige Tage dauern, bis wir eine amtliche Erlaubnis haben. Wir müssen die Ausgrabungsstätte säubern und beaufsichtigen, ein Gitter anlegen, einige Stichgrabungen vornehmen …«

»Mir scheint, Sie machen sich viel Mühe, ohne sicher zu sein, daß Sie etwas haben, wofür sich die Mühe lohnt. Wäre es nicht klüger, zuerst mit den Stichgrabungen zu beginnen?«

Jono schüttelte den Kopf. Seine Augen leuchteten. »Ich habe es gesehen, Julie – gestern abend, bevor wir es zuschütteten. Wir haben es gefunden. Es ist die richtige Periode.«

»Sind Sie sicher?«

»Ich kann ihn Ihnen nicht zeigen; Alan hat ihn mitgenommen. Ein verzinnter Messinghaken, wie man ihn um 1600 bis 1650 an den Kleidern getragen hat.«

»Dann ist er also hier, der Bezirk Maydon.«

Jonos leuchtende Augen verschleierten sich, als die professionelle Vorsicht seine Erregung dämpfte.

»Nun, wir können nicht sicher sein, bis wir einen Beweis für die Besiedelung finden. Aber das Grab stammt eindeutig aus der richtigen Periode, und sie hätten ihn nicht draußen im Wald begraben, meilenweit von der Siedlung entfernt.«

»Ihn?«

»Mit solchen Haken wurden Männerhosen an den Wämsen befestigt.«

»Aha. Nun, wenn Handarbeit alles ist, was Sie anzubieten haben, kann ich eine Menge davon anderswo finden. Ich komme morgen wieder vorbei.«

»Einer von uns ist jetzt ständig hier«, sagte Jono. »Also machen Sie sich keine Gedanken wegen Eindringlingen.«

»Was ist mit Ihrem Job?«

»Ich habe noch nicht gekündigt. Aber ich hoffe, daß ich das bald tun kann.«

»Aha«, sagte ich.

Alans Problem, abgesehen von Marthas Starrköpfigkeit, war das Geld gewesen. Es war das klassische Dilemma der Archäologen; ohne Resultate gab es keine Mittel, und ohne Mittel war die Chance, Resultate zu erzielen, gering. Alan war Weltmeister im Reden, aber nicht einmal er konnte aus dem Nichts einen überzeugenden Fall aufbauen. Mit einem Grab und einem Dingsda aus dem 17. Jahrhundert konnte er wahrscheinlich eine Stiftung oder eine Universität dafür gewinnen, die Ausgrabung zu unterstützen. Sobald er das Geld hatte, konnte er es sich leisten, sein Team zu bezahlen und noch mehr Leute anzustellen.

Ich wünschte ihm alles Gute. Wenn er eine große Zuwendung bekam, würde auch ich ein Gehalt verlangen.

Deshalb verbrachte ich den Nachmittag damit, Schmutz von Wänden und Fußboden abzuschrubben, anstatt ein Grab auszuheben. Angetrieben und unterstützt von mir, vollbrachte Mrs. Danner Wunder.

Aber das Ergebnis war immer noch nicht sehr überzeugend. Das Holz war blasig und hatte Risse, und die schäbige alte Tapete hatte sich in langen Streifen von der Wand gelöst, außer an den Stellen, wo sie überhaupt nicht abging. Wenigstens war das Zimmer bewohnbar.

Ich verließ Mrs. Danner, als sie das Fenster putzte, und ging hinauf, um nach einem Bett Ausschau zu halten. Als ich den oberen Treppenabsatz erreichte, ging Marthas Tür auf, und Shirley kam heraus.

»Um Gottes willen, was haben Sie gemacht?« fragte sie. »Sie sind draußen im Wald noch nie so schmutzig geworden.«

Ich erklärte ihr, was ich getan hatte. Shirley sah mich zweifelnd an. »Ich weiß nicht, was Miß Martha dazu sagen wird.«

»Ich habe nicht vor, es ihr zu erzählen. Wir können eine Art Signalsystem einrichten – eine Kuhglocke, wenn ich nichts Besseres finde –, damit Sie mich im Notfall rufen können. Kümmern Sie sich jetzt nicht darum; was soll ich, zum Teufel, zum Mittagessen kochen, Shirley? Mir gehen vollständig die Ideen aus.«

»Ich wollte Ihnen sagen, er hat vor kurzem angerufen. Ich soll Ihnen ausrichten, er käme ungefähr um sechs und würde ein paar Brathähnchen mitbringen.«

»Matt?« Der Vorschlag sah ihm nicht ähnlich, deshalb war ich nicht überrascht, als Shirley den Kopf schüttelte. »Alan. Er ist ein Teufelsbraten, dieser Junge. Er ließ mich nicht einmal ›Ja‹ oder ›Nein‹ oder ›Vielleicht‹ sagen. Er teilte es mir einfach mit.«

Man hüte sich vor Archäologen, die Geschenke mitbringen. Aber wenn das Geschenk eßbar ist und man die Hausarbeit gründlich satt hat… »Das klingt großartig«, sagte ich. »Dann ist es am besten, ich richte mich her. Ist mit ihr alles in Ordnung?«

»Sie ist etwas unruhig. Sie hat heute nachmittag alte Fotos und Papiere durchgesehen. Sie plagt mich dauernd, ich soll Matthew anrufen. Ich habe es versucht und eine Nachricht hinterlassen, und sie sagten mir das gleiche. Er ruft heute abend zurück.«

»Ich glaube, er hat viel zu tun«, räumte ich ein. »Der Richter hat Marthas Angelegenheiten geregelt. Aber ich bin immer noch der Meinung, Matt sollte vorbeikommen.«

Shirley enthielt sich klugerweise eines Kommentars. Nachdem ich mich hergerichtet hatte, durchsuchte ich die Schlafzimmer. Alles, was ich brauchte, war ein Bett, ein Tisch, ein Stuhl und vielleicht eine Lampe. Ich fand einen kleinen Tisch und trug ihn hinunter. Mrs. Danner putzte immer noch das Fenster. Ich lotste sie weg und ließ sie den Tisch abschrubben.

Die Außenseite des Fensters war immer noch schmutzig. Man kam durch das Gitter hindurch nicht an die Scheibe heran. Aber jetzt fiel genügend Licht herein, um mich davon zu überzeugen, daß ich die schorfigen Wände doch nicht ertragen konnte.

Ich hatte noch Zeit, um zum Einkaufszentrum zu fahren und ein paar Kübel Farbe zu kaufen. Gelb, dachte ich. Das Zimmer war dunkel mit seinem einzigen schmalen Fenster.

Als ich in meine Geldbörse sah, stellte ich fest, daß ich nur noch ungefähr zwanzig Dollar besaß. Ich würde Matt um mehr Geld für meine Ausgaben angehen müssen. Und war nicht irgendwie vage von einem Lohn die Rede gewesen? Ich setzte eine weitere Verwünschung auf den Stapel, der sich auf meinem Vetter anhäufte, und teilte Mrs. Danner mit, daß ich wegfahren würde.

Elvis beschloß, mitzukommen. Ich war nicht erpicht darauf, ihn mit Mrs. Danner allein zu lassen, obwohl ich glaubte, daß meine Lektion die gewünschte Wirkung erzielt hatte, und – was noch vielsagender war – ich hatte ihre Tasche nicht wieder gesehen.

Als wir wegfuhren, flatterten Elvis' Ohren in der Brise, und ich fragte mich, wie ich so lange ohne einen Hund hatte leben können.

Der Mann im Geschäft war bereit, meine Kreditkarte zu akzeptieren, so daß ich immer noch zwanzig Dollar besaß. Ich verschwand in den Lebensmittelladen. Elvis fraß auf dem ganzen Heimweg Hundekuchen, ich aß Plätzchen, und wir kauten um die Wette.

Meine hübschen, großen Farbeimer verlockten mich, mit dem Anstreichen der Wände zu beginnen, aber ich beherrschte mich; es war schon fast sechs, und aus Erfahrung wußte ich, daß Anstreichen während der ersten Stunde Spaß macht, danach aber nicht mehr. Jedenfalls wäre die beste Zeit dafür der Morgen, so daß der Farbgeruch sich verflüchtigen konnte, ehe ich zu Bett ging.

Der Tisch, den ich heruntergebracht hatte, stand mitten in der Küche, wo Mrs. Danner ihn zurückgelassen hatte. Es war eine billige, wackelige Angelegenheit aus grün bemaltem Fichtenholz und immer noch feucht vom Scheuern. Ich trug ihn in mein neues Zimmer. Es sah jetzt mit dem einzigen Möbelstück darin sogar noch leerer aus.

Ich schabte die restliche Tapete von der Wand, als Alan kam. Tapete von der Wand schaben übt eine bizarre, hypnotische Faszination aus; sobald man einmal angefangen hat, ist es schwer, damit aufzuhören.

Alan kam zur Hintertür herein, ohne anzuklopfen; nur Elvis' hingerissenes Winseln kündigte sein Kommen an.

Zwei braune Papiertüten lagen auf dem Tisch, und Alan entnahm ihnen Schachteln mit Lebensmitteln. »Stell das in den Backofen, damit es warm bleibt«, befahl er.

»Sagst du eigentlich niemals ›bitte‹?«

»Bitte stell das in den Backofen.«

Ich stellte es in den Backofen. »Willst du etwas trinken?«

»Du hast mich überzeugt. Was machst du damit?«

Der Schaber war mit Gips und kleinen Tapetenfetzen bedeckt. Ich beschloß, ihn nicht auf den Küchentisch zu legen.

»Ich schabe Tapeten von der Wand. Ich werde in dieses Zimmer hier neben der Küche ziehen.«

»Aus einem besonderen Grund?«

»Natürlich – damit es für Einbrecher und Unholde leichter ist, an mich heranzukommen.«

»Mmmm«, sagte Alan geistesabwesend. »Keine schlechte Idee.«

»Was, es Einbrechern und Unholden leichter zu machen?«

»Herunterzuziehen. Du hörst den Hund, wenn er bellt, und du bist mir näher, wenn du Hilfe brauchst. Ich schlafe heute nacht allerdings nicht im Schuppen.«

»Was hast du vor – neben dem Grab zu kampieren?«

»Richtig.«

»Ein netter, freundlicher Ort.«

»Nicht schlimmer als jeder andere Ort. Ich hätte nicht gedacht, daß ausgerechnet du wegen ein paar Gebeinen so zimperlich bist.«

»Ich zimperlich? Hör zu, Großmaul. Ich habe gerade einen Kurs in Anatomie hinter mir. Es gibt keinen Knochen im menschlichen Körper, den ich nicht beim Vornamen kenne.«

»Das habe ich ja gemeint. Wo hast du den Alkohol?«

»Dort unten. Nein, dort.«

Alan holte meine beiden Flaschen heraus. »Wie, keine Beerenauslese? Macht nichts, bei mir wäre sie sowieso vergeudet. Aber du wirst den Alkohol verstecken müssen, wenn du Mrs. Danner am Zechen hindern willst.«

»Sie trinkt heimlich. Ich habe mich schon gewundert.«

»Wenn du mit Joe verheiratet wärst, würdest du auch heimlich trinken. Ich höre, sie war früher das Stadtgespräch ... die Schönheit der Bars ... eine große, fröhliche, lachende Frau mit einem Wortschatz wie ein Lastwagenfahrer.«

»Ich kann mich an sie erinnern. Sie hat sich sehr verändert.« Ich nahm das Glas, das er mir reichte.

»Sie hat sich nicht verändert, *er* hat sie sehr verändert. Und sich selbst. Jesus zu finden, übt auf manche Leute eine abstoßende Wirkung aus.«

»Das ist ein schlimmer Ausspruch.«

»Ich gebe nicht Jesus die Schuld«, sagte Alan und schwächte seine Blasphemie ab. »Danner jagt mir Schrecken ein. Er ist einer der Gründe, weshalb ich im Schuppen schlafe.«

»Vielen Dank, daß du mich aufheiterst, Alan.«

»Oh, ich glaube nicht, daß er dich belästigen wird.«

Mir gefiel nicht die schwache Betonung des Wortes ›glaube‹, aber ehe ich protestieren konnte, fuhr Alan fort: »Danner ist bigott und dazu ein Sadist. Und der religiöse Wahn nimmt merkwürdige Formen an.«

»Zum Beispiel, daß man irre Briefe schreibt?«

»Ja, so ähnlich. Nachdem er seine Tochter aus dem Haus gejagt hat, machte er offenbar ein Freudenfeuer aus allem, was sie besessen hat – was sicher nicht viel gewesen war, das arme Ding –, und er hätte dabei fast die Scheune angezündet. Er ist ebenso dumm wie sadistisch, und diese Verbindung kann gefährlich sein.«

»Woher weißt du das alles?«

»Ich besuche die hiesigen Lokale«, sagte Alan grinsend. »Du glaubst, daß nur Frauen klatschen? Aber um auf das ursprüngliche Thema zurückzukommen ...«

»Ich erinnere mich gar nicht mehr daran, was es war.«

»Gebeine«, sagte Alan. »Anatomie. Warum hast du mir nicht gesagt, daß du bei Kaufman studiert hast?«

»Weil das Thema nie zur Sprache kam. Und weil es dich nichts angeht. Und«, sagte ich und erwärmte mich für das Thema, »weil ich mir denken konnte, daß du es sowieso herausfindest.«

»Du bist natürlich nicht qualifiziert. Aber im Moment kann ich mir keinen Anthropologen leisten. Ich habe eine Arbeit für dich.«

»Bezahlt oder als Volontär?«

Alan blinzelte. »Ich könnte vielleicht ein paar Dollar zusammenkratzen.«

Die Ehrlichkeit zwang mich, die Wahrheit zuzugeben. »Alan, wenn du über das Skelett sprichst, das du gestern abend gefunden hast, dann hast du zum erstenmal recht; ich bin eindeutig nicht dazu qualifiziert, mit so etwas umzugehen. Diese Gebeine sind so zerbrechlich, daß sie zerkrümeln, wenn man versucht, sie herauszuheben. Ich weiß nicht, wie ...«

»Oh, damit kann ich umgehen«, sagte Alan zuversichtlich. »Das ist einfach eine Sache des Erhaltungszustandes. Ich habe mir für dich etwas anderes ausgedacht.«

»Was?«

Anstatt zu antworten, griff er in eine der Papiertüten. Er benützte beide Hände; seine langen, kräftigen Finger und seine großen Handflächen bedeckten halb den Gegenstand, den er heraushob, und da ich an Lebensmittel dachte, glaubte ich einen Augenblick, er hielte einen Blumenkohl, einen verunstalteten, merkwürdig geformten Blumenkohl ...

Zu meinem Glück – nicht zu ihrem – wählte Shirley diesen Augenblick, um in die Küche zu kommen. Ihr Aufschrei erstickte mein überraschtes Keuchen. Alan zuckte zusammen: »Verdammt!« explodierte er und jonglierte mit dem Schädel.

Schließlich hatte er das Ding fest im Griff. Mit einem vorwurfsvollen Blick auf Shirley sagte er: »Sie hätten mich nicht so erschrecken sollen. Der Schädel ist zerbrechlich; er wäre zerbrochen, wenn ich ihn fallengelassen hätte.«

»Lege ihn nicht auf den Tisch«, sagte ich angeekelt.

»Warum nicht? Es ist hübscher, sauberer Gips.«

Er lehnte den Schädel an eine der Einkaufstüten, von wo aus er Shirley weiß angrinste. Sie trat einen Schritt zurück. »Eine perfekte Kopie«, sagte Alan und betrachtete das gräßliche Ding voller Zuneigung. »Ich habe noch die Gußform. Aber noch eine Kopie herzustellen, wäre eine Heidenarbeit. Er ist in Wirklichkeit nicht aus Gips, sondern aus einem dieser neuen Synthetikstoffe.«

»Mir ist es egal, woraus er ist«, sagte Shirley. »Aber nehmen Sie ihn mit, wenn Sie gehen. Ich komme ahnungslos herunter und will Miß Marthas Abendessen holen und sehe Sie mit diesem Ding in der Luft herumwedeln... Aber gut, daß ich gekommen bin. Was ist los mit Ihnen, Kind? Haben Sie Papier in den Backofen gelegt? Ich konnte schon auf der Treppe die verbrannte Pappe riechen.«

Sie holte die rauchende Schachtel aus dem Backofen.

»Ich habe sie nicht vergessen«, sagte Alan verletzt. »So mache ich es immer heiß. Das Hähnchen ist nicht verbrannt.«

»Hmmm. Ich glaube, ich esse heute abend bei Miß Martha. Nein, Sie bleiben hier sitzen, Julie – ich hole nur ein paar Teller, und dann können Sie beide Ihr Mahl genießen. Sie haben ja schon Gesellschaft, also brauchen Sie meine nicht.«

»Autsch«, sagte Alan. »Hier, Shirley, ich habe Kekse, Kohlsalat und Kartoffelsalat.«

Shirley sah argwöhnisch zu, als Alan in die Tüte griff, aber er nahm lediglich ein paar Plastikbehälter heraus. Shirley füllte die Teller und ging.

Alan schob den Behälter mit dem Kartoffelsalat zu mir herüber und nahm ein Hühnerbein. »Das ist die Aufgabe«, sagte er und deutete mit dem Bein auf den Schädel. »Rekonstruktion. Du kennst die Technik, nicht wahr?«

»Ich habe Kaufman zugesehen. Macht es dir etwas aus, wenn ich ihn beiseite räume, während ich esse?«

»Ich dachte, du würdest ihn vielleicht studieren wollen, während du kaust.«

Ich teilte ihm mit, daß er sich irrte. Mit einem Achselzucken legte er das Modell wieder in die Tüte. »Kannst du es machen?« fragte er.

»Ich würde eine Anleitung dafür brauchen.«

»Die kann ich dir besorgen.«

»Material?«

»Auch das. Du hast nichts zu verlieren, Julie. Es ist nur ein Experiment. Und eine gute Erfahrung für dich.«

Er wußte, daß ich in Versuchung war. Die Rekonstruktion ist eine der lehrreichsten Techniken der Anthropologie – die Restauration von Muskulatur und Fleisch auf trockenen Knochen, die Wiedererschaffung eines Gesichts auf Grund der darunterliegenden Struktur. Zwei deutsche Gelehrte waren im Jahr 1898 die ersten, die das Problem wissenschaftlich angingen; ihre Abhandlung enthielt eine Reihe von Tabellen, auf denen die durchschnittliche Stärke des weichen Gewebes an verschiedenen Stellen des menschlichen Gesichts angegeben war. Die Ergebnisse konnten nur Annäherungen sein; die Maße variierten je nach dem Alter und dem Geschlecht und einer Anzahl anderer Faktoren. Aber einige der Resultate waren erstaunlich gewesen; in einem Fall, den Kaufman erwähnte, hatte es die Rekonstruktion ermöglicht, ein Mordopfer zu erkennen und zu identifizieren.

Ich wußte noch, wie Kaufman vorgegangen war. Auch er hatte mit Gußformen gearbeitet. An festgelegten Punkten brachte er seine Markierungen an – er hatte Radiergummis benutzt –, und dann Tonschichten aufgelegt, die den Kurven der Knochen in den Grenzen folgten, die durch seine Markierungen festgelegt waren. Er hatte den Vorgang vervollständigt, indem er den Ton anmalte, falsche Augenwimpern und Glasaugen anbrachte und eine Perücke daraufsetzte. Einen Menschen nachbilden. Ich hatte immer gefunden, man müsse sich dabei vorkommen wie Dr. Frankenstein.

»Ich könnte es versuchen«, sagte ich.

»Gut.« Alan nahm noch ein Stück von dem Hähnchen.

»Warum?«

»Was meinst du mit ›warum‹?«

Ich berührte die Papiertüte. »Dies stammt von dem Skelett, das Joe Danner gefunden hat, nicht wahr?«

»Richtig.«

»Du und dein Freund, der Pathologe, überredeten Jarboe, einen Abdruck machen zu lassen, bevor die Gebeine begraben wurden. Ich wüßte nicht, weshalb er einer solchen Bitte nicht zustimmen sollte. Aber wozu die Rekonstruktion? Das ist deine Idee, nicht die von Jarboe. Sag mir nichts über Kenntnisse um ihrer selbst willen. Was du vorschlägst, ist zeitraubend und kompliziert. Weshalb willst du unbedingt wissen, wie sie aussah?«

Einen Augenblick konzentrierte sich Alan auf das Hähnchen.

Dann sagte er: »Ich glaube, du hast heute die Zeitung noch nicht gelesen.«

»Nein. Wir bekommen hier nur die Wochenzeitung.«

Alan griff in eine der Tüten und holte etwas anderes heraus – das *Pikesville Bulletin,* datiert von diesem Morgen.

Ich brauchte ein paar Minuten, bis ich die Geschichte fand. Die Schlagzeilen betrafen die jüngsten Schreckensmeldungen aus Afrika und Südamerika und die neuesten Präsidentenlügen über das Defizit. In einem Kasten am Fuß der Seite stand eine kleinere Überschrift: ›Grab der Virginia-Legende von Psychischer Forscherin gefunden. Lady Jocelyn lebte wirklich! Siehe Seite C-1.‹

Ich blätterte die Seiten um. Die Geschichte stand im Feuilleton, erste Seite. Das erste, was ich sah, war ein Foto von mir selbst, wie ich finster in die Kamera blickte. Mein Haar war ein wirres Büschel und meine Augen reflektierten das Blitzlicht. Unter dem Foto las ich: ›Julia Newcomb, Lady Jocelyns Nachfahrin, am Grab ihrer Ahnin.‹

»Zum Teufel«, sagte ich.

»Lies weiter«, sagte Alan.

Alan war abgebildet und Mrs. Hornbeak, die Schaufel in der Hand. Er war fotogener als wir alle zusammen. Mrs. Hornbeak hatte Rache geübt. Die Entdeckung wurde (mit Recht, wie ich zugeben muß) ihr zugeschrieben. Sie behauptete, in Verbindung mit Lady Jocelyn gewesen zu sein, ›der aristokratischen Schönheit, die vor der Wollust eines Favoriten des Königs floh, um in der Neuen Welt Liebe und Freiheit zu finden‹. Aber das Grab, das Mrs. H. freigelegt hatte, war nicht das der Lady. Jocelyns entweihte Grabstätte läge in der Nähe; aus ihr war sie von gottlosen Händen gezerrt worden, und obwohl sie nun zwischen ihren Nachkommen ihre Ruhe gefunden hatte, wollte sie die Welt die Wahrheit wissen lassen und ihre Freunde, die neben ihr ruhten, vor einem ähnlichen Schicksal bewahren... Der wirkliche Hammer kam jedoch im letzten Absatz. Sogar Mrs. Hornbeaks blutrote Prosa verblaßte im Vergleich zu der Enthüllung, die darin enthalten war. Die Zeitung fiel mir aus der Hand.

»Sie bietet an, die Ausgrabung zu finanzieren!« rief ich.

»Du hast es erfaßt.«

»Aber sie... du... woher hat sie das Geld?«

Alan wischte sich die fetten Finger sorgfältig an seiner Serviette ab. Sein Sauberkeitsbedürfnis war ein ominöses Zeichen, aber er hatte sich in der Hand. »Die Organisation, der sie vorsteht, schwimmt im Geld. Es gibt eine Menge reiche Verrückte auf der Welt.«

»Aber sie … du … du wirst das Angebot doch sicher nicht annehmen?«

»Ich versuche, Mittel zu bekommen. Bis jetzt ist dies nur ein Angebot.«

»Du darfst es nicht annehmen. Es würde dich ruinieren.«

»Nicht, wenn ich den Bezirk Maydon gefunden habe.«

Seine Besessenheit war größer, als mir bewußt gewesen war. Aber diesmal hatte ich recht, und er täuschte sich. Denn selbst wenn er die Überreste des untergegangenen Atlantis oder den Jungbrunnen entdeckt hätte, wäre dies trotzdem das Ende seiner Karriere. In den Augen der akademischen Welt wären die Ergebnisse hoffnungslos abwegig durch die Art ihrer Finanzierung.

»Du darfst es nicht annehmen«, sagte ich.

»Willst du mir helfen, es zu vermeiden?«

»Nun … ja.«

»Dann stelle diese Rekonstruktion für mich her.«

Ich glaubte zu verstehen, was er im Sinn hatte. Die Grundlage von Mrs. Hornbeaks Anspruch war Lady Jocelyn. Jeder Mensch mit einem Funken Verstand wußte, daß das erbärmliche Skelett nicht ihres sein konnte, sondern daß die nackten Gebeine keine Identität hatten. Wenn man das rekonstruierte Gesicht neben die berühmte Miniatur der Dame legte, würde Mrs. Hornbeaks Irrtum in einer Weise offenbar werde, die mehr als tausend Worte sagte. Und wenn die Rekonstruktion geschickt genug ausgeführt war, könnte sie Aufmerksamkeit erregen und die Mittel lockermachen, die Alan benötigte. Die meisten Menschen, sogar gelehrte Stiftungen, werden von hübschen Kopien stärker beeindruckt als von ruinierten Originalen.

»Du hast gewonnen«, sagte ich. »Falsche Augenwimpern und alles.«

Alan nickte. Er wußte schon die ganze Zeit, daß er mich geködert hatte. »Ißt du nichts mehr?« fragte er und griff nach dem letzten Stück des Hähnchens.

»Ich habe bis jetzt noch nichts davon gehabt«, sagte ich und nahm ihm das Stück aus der Hand.

Mein Appetit und meine gute Laune waren wiederhergestellt. Er glaubte, daß er mich ausnützte, aber auch ich hatte ein paar eigennützige Hintergedanken. Falls die Rekonstruktion gut war, würde es mir nicht schaden, meinen Namen in die Zeitungen zu bekommen. Außerdem war dies eine Möglichkeit, etwas zu tun, das Geschick und Intelligenz erforderte – etwas, das ich brauchte nach zwei Wochen Bettpfannen und Dickens.

Und es würde Lady Jocelyn für immer zur Ruhe bringen.

Alan wollte das Modell unbedingt bei mir lassen. Er wollte auch wissen, wo ich es aufbewahren würde; er wollte nicht, daß es zerstört wurde oder verlorenging.

Zuerst wußte ich nicht, was ich mit dem verdammten Ding anfangen sollte. Die Küche kam nicht in Frage; Shirley hatte schon angedeutet, sie hoffe, das Modell nie wiederzusehen, und wenn Mrs. Danner auf ihrer Suche nach Schmutz oder Alkohol darauf stieß, würde sie wahrscheinlich einen Anfall bekommen.

Wir beschlossen schließlich, es in meinem neuen Schlafquartier zu verstauen, da dieses Zimmer meine Werkstatt würde. Alan wies darauf hin, daß das Licht schlecht war. Ich wies darauf hin, daß ich sowieso mit künstlichem Licht arbeiten würde und es seine Sache war, mich mit angemessenen Lampen zu versorgen. Als Teil der Ausrüstung.

»Ausrüstung? Du hast nicht einmal einen anständigen Tisch«, beschwerte er sich und rüttelte an dem wackeligen Gestell, das ich die Treppe heruntergebracht hatte.

»Ich habe auch kein Bett, aber das kommt alles. Legen wir es vorerst in den Wandschrank.«

Mrs. Danner und ich hatten uns nicht sehr um den Wandschrank gekümmert, da ich nicht vorhatte, meine Kleider von oben herunterzuholen. Wir hatten den abgebröckelten Gips aufgefegt und die Spinnenweben entfernt, aber das war auch alles. Der Wandschrank war tapeziert gewesen – in den alten Tagen hatten sie übermäßig viele, billige Arbeitskräfte. Ich hatte die lose hängenden Streifen heruntergerissen und es dabei belassen.

»Als erstes brauchst du hier Licht«, sagte Alan und blickte verstohlen in die dunklen Ecken. »Und ein paar Regalbretter. Da drinnen solltest du deine Materialien aufbewahren.«

»Als erstes brauche ich Insektenspray«, sagte ich und verscheuchte eine große, fette, schwarze Spinne, die sich mir wie Tarzan entgegenschwang. »Aber jetzt muß ich zu Martha. Ich bin überfällig.«

»Geh nur.« Alan zog einen Zollstock aus der Tasche und begann den Wandschrank auszumessen, tapfer das Insektenleben ignorierend.

»Wenn du zu hämmern anfängst und zu pochen …«

»Mit dieser Tür und der, die in den Flur führt, würde mich deine Großmutter nicht einmal hören, wenn ich eine Ladung Dynamit zünden würde.«

Ich konnte dagegen nichts einwenden, und deshalb überließ ich ihn seiner Arbeit.

Der Abend war mir noch nie so lang vorgekommen. Nun, da es etwas gab, das ich erledigen wollte, tat es mir leid um die langweiligen Stunden bei Martha. Sie wollte, daß ich vorlas, obwohl ich daran zweifelte, ob sie überhaupt zuhörte.

Sie hatte eine emaillierte Dose auf dem Schoß und raschelte dauernd mit dem Papier, das darin lag. Matt rief endlich kurz nach neun Uhr an. Ich versuchte, nicht auf die Uhr zu sehen, aber ich konnte nicht anders. Die Klingel weckte Martha aus ihrem Schlummer, und sie krächzte Forderungen, schon während ich den Hörer abnahm.

»Sie möchte mit dir sprechen«, sagte ich, nachdem ich Grüße mit Matt ausgetauscht hatte. »Und ich ebenfalls, teurer Lieblingsvetter.«

»Gib sie her«, sagte Matt überdrüssig, »dann habe ich es hinter mir. Danach spreche ich mit dir.«

Ich habe Marthas Redeweise bisher nicht genau wiedergegeben. Um dies zu tun, hätte ich mehr als die Hälfte der Konsonanten auslassen müssen. Sie konnte sich nicht deutlich ausdrücken; wenn man sie verstehen wollte, kam es darauf an zu wissen, worüber sie sprach, und darauf, ihre Lippen und ihre Miene zu beobachten. Sie begann damit, daß sie Matt fragte, wann er sie besuchen komme, aber dieser Satz klang ungefähr so: »Wa'a 'oo uh?«

Matt kam dahinter; er erwartete eine solche Frage. Aber als sie weiterplapperte, schien er immer weniger zu verstehen, und jedesmal, wenn er sie darum bat, einen Satz zu wiederholen, wurde sie wütender und noch unverständlicher. Schließlich versuchte sie, mit dem Telefon nach mir zu werfen; es fiel auf das Bett neben ihr Kissen.

»Ich bin es wieder«, sagte ich zu Matt.

»Gott sei Dank, wie bist du dem gewachsen?«

»Auf meine gewöhnliche, unnachahmliche Art. Wann kommst du?«

»Ich glaube, am Samstag. Ich habe eine Menge zu tun.«

»Samstag«, wiederholte ich.

Martha kauderwelschte, und ihre Augen blitzten vor Zorn. Ich beobachtete sie und sagte: »Sie möchte, daß du früher kommst.«

Martha nickte. »Or'en«, sagte sie.

»Morgen«, wiederholte ich.

»Unmöglich. Ich hatte ein volles Programm, schon bevor dieses letzte Schlamassel passiert ist. Du hast keine Ahnung, wieviel Extraarbeit der Tod des Richters verursacht hat.«

»Sie besteht aber darauf«, sagte ich, als Martha weiter mit den Händen fuchtelte und redete. »Ich habe auch ein paar Punkte mit dir zu besprechen. Ich nehme an, ein aufstrebender junger Politiker liest jeden Tag die Zeitungen.«

Er wußte sofort, was ich meinte. »Verdammt!« rief er. »Es stand nichts in der *Post* oder der *Times* oder … Im *Pikesville Bulletin?*«

»So ist es.«

»Ich werde es mir ansehen. Ist es so wichtig?«

»Ich glaube, ja.«

»In Ordnung. Sage ihr, ich komme morgen abend. Vielleicht können wir kurz zusammen irgendwo etwas essen.« Ich übermittelte Martha die Nachricht. Eine weitere halbe Stunde Vorlesen brachte sie zum Einschlafen, und ich fand, daß ich für diesen Abend meine Pflicht erfüllt hatte.

Alan war weg, als ich herunterkam. In dem Wandschrank brannte Licht, und mehrere Bretter waren angebracht; es roch nach frischem Holz und Insektenspray. Untüchtigkeit gehörte nicht zu Alans Untugenden.

Nachdem sich Shirley für die Nacht zur Ruhe gelegt hatte, zog ich meine Matratze die Treppe herunter und legte sie auf den Fußboden des leeren Zimmers. Ein paar andere Dinge folgten ihr, alle klein und leicht zu transportieren – eine Lampe, Bettzeug, ein Stuhl. Bei den schwereren Sachen würde ich Hilfe brauchen, und ich wollte das Zimmer sowieso nicht mit Möbeln vollstellen, die ich wieder wegräumen mußte, wenn ich die Wände anstrich. Ich saß eine Weile in der Küche und las. Dann ging ich zu Bett. Wenn ich von Elvis einen Entzückenstaumel erwartet hatte, als ich ihn einlud, mein Quartier mit mir zu teilen, wurde ich enttäuscht; er ließ sich auf seinem Teppich nieder wie ein Hund, der endlich seinen richtigen und angemessenen Platz gefunden hatte, auch wenn es eine Weile gedauert hatte, diese Vorstellung seinem dickschädeligen Menschen verständlich zu machen. Wir beide schliefen die ganze Nacht in vollkommener Zufriedenheit. Ich hörte nicht die Eulen im Dunkeln heulen und dachte nicht an die Nähe des Dings im Wandschrank, das mit leeren Augenhöhlen in die Dunkelheit starrte.

10

Wir schliefen so tief, daß zumindest ich nicht aufwachte, bis Shirley die Tür öffnete und Elvis losrannte, um sie zu begrüßen.

»Dies sieht wie eines der Feldlager aus, von denen ich gehört habe«, sagte sie mißbilligend. »Ich weiß nicht, wie Sie es in diesem Zimmer aushalten, Julie. Es ist so dunkel und düster.«

»Mrs. Danner gefällt es auch nicht.« Ich richtete mich auf, gähnte und rieb mir die Augen. »So wie sie sich gestern benahm, hätte man denken können, ich hätte sie gebeten, eine mittelalterliche Folterkammer zu säubern, samt den verstümmelten Leichen.«

Shirley blickte sich im Zimmer um. Ihre Miene drückte nicht Angst oder Ekel aus, sondern wachsende Verwirrung. »Nicht als ob ich mich ängstige oder so etwas … Ich weiß nicht, was es ist. Düster. Traurig …«

»Mir behagt es.« Ich folgte ihr in die Küche. »Es tut mir leid, daß ich so lange geschlafen habe, Shirley. Der Schinken ist uns ausgegangen; wie wäre es mit Rührei zum Frühstück?«

»Miß Martha hat eine Vorliebe für warme Pfannkuchen«, sagte Shirley und holte Milch und Eier aus dem Kühlschrank. »Setzen Sie sich, Julie, bis Sie vollends aufgewacht sind.«

»Ich weiß nicht, wie man Pfannkuchen macht. Ich habe keinen Quirl.«

»Ihr jungen Leute mit euren Quirls. Seien Sie nicht beleidigt, Kind; Sie sind eine viel bessere Köchin als Miß Danner, aber ...«

»Aber das besagt nicht viel. Ich bin nicht gekränkt, Shirley, ich gebe demütig die Wahrheit zu.«

»Es ist nicht Ihre Schuld«, sagte Shirley. Sie mischte die Zutaten und begann sie kräftig zu schlagen. »Hat Ihre Mama es Ihnen nicht beigebracht?«

»Was Mutter anbetrifft, so hob sie nie einen damenhaften Finger für manuelle Hausarbeit. Die Dienstboten taten alles.«

»Dienstboten, meine Güte!«

»Gab es hier keine Dienstboten?«

»Oh, sie hatten Mädchen, die zur Aushilfe kamen – meine eigene Mama arbeitete eine Zeitlang hier. Aber es gab lange kein Geld in der Familie. Und was das anbetrifft, war es in der Jugend Ihrer Mama besser als vorher, während Miß Martha heranwuchs.«

»Ich nehme an, Sie haben über jene Zeit von Ihrer Großmama gehört«, sagte ich belustigt.

»Sie wissen, wie es in einer Kleinstadt ist. Jeder weiß über jeden Bescheid. Und die Carrs waren immer wichtige Leute, ob sie nun Geld hatten oder nicht.«

»Warum war es besser, als Mutter heranwuchs?«

»Nun, Miß Martha hat einen Vetter geheiratet – mit dem gleichen Familiennamen. Er war bei einer Versicherung tätig drüben in Pikesville und verdiente gut. Nicht genug, um diesen alten Schuppen von einem Haus in Ordnung zu halten, aber sie kamen gut zurecht. Miß Marthas Vater war ganz anders. Er behielt nie eine Arbeit. Ich glaube, er dachte, von einem Carr könne man nicht verlangen, daß er für den Lebensunterhalt arbeitet. Und wenn Sie glauben, es sei schwierig, mit Miß Martha auszukommen, dann hätten Sie deren Mama kennen sollen. Sie war ein regelrechter Drachen. Sie hielt die Töchter immer im Haus. Sie mußten die ganze Hausarbeit verrichten; und sie hatten kaum Freunde, weil niemand gut genug war für eines der Carr-Mädchen. Es ist kein Wunder, daß die Jüngste bei erster Gelegenheit weglief.«

»Aber Martha blieb da.« Ich war fasziniert von dieser kurzen Erzählung meiner Familiengeschichte. Es war ein ferner Nachklang der Andeutungen, die Mutter über das angenehme Leben im Vorkriegsstil hatte fallen lassen. Es fiel mir leichter, an Shirleys Version zu glauben, und das Bild, wie Martha schrubbte und kochte und niemals zu einem Stelldichein ging, befriedigte meine niedrigen Gefühle.

»Diese Art der Behandlung nehmen Kinder in unterschiedlicher Weise auf«, sagte Shirley philosophisch. »Manche rebellieren und brechen aus, manche fügen sich in das gleiche Muster wie ihre Angehörigen, und das hat Miß Martha getan. Meine Großmutter sagte, es sei erschreckend gewesen mitanzusehen, wie sie sich in das genaue Ebenbild ihrer eigenen Mama verwandelte – die gleiche Art zu sprechen annahm, sich ebenso kleidete und frisierte. Mr. Carr starb, als die Mädchen um die zwanzig waren; dann lebten nur die drei hier. Großmama tat Miß Melissa leid – sie war die Jüngste –, allein mit den beiden verknöcherten Frauen. Nun, Julie, passen Sie auf, was ich mache. Der Trick bei guten Pfannkuchen ist nicht der Teig, sondern das Backen.«

Es sah leicht aus, als sie es tat, und die Ergebnisse waren himmlisch – ich aß drei Stück davon. Ich hatte das Gefühl, daß sie nicht so gut wären, wenn ich es versuchen würde. Ich hatte nie Pfannkuchen backen können, nicht einmal mit einem Quirl. Sie klebten immer an der Pfanne fest.

Ich bot mich an, Martha das Frühstück zu bringen.

»Es wird ihr nicht gefallen, wenn Sie im Nachthemd bei ihr erscheinen«, gab Shirley zu bedenken.

»Dann wird sie es schlucken müssen.« Martha schrubbend auf Händen und Knien... Sie konnte mich nicht mehr einschüchtern. »Essen Sie«, fügte ich hinzu. »Sogar ich weiß, daß es nichts Schlimmeres gibt als kalte Pfannkuchen.«

Einer der Vorteile von Marthas Sprachschwierigkeiten war der, daß man sich konzentrieren mußte, um sie zu verstehen, und daß man sie daher nicht verstehen konnte, wenn man sich nicht konzentrierte. Ich glaubte sicher, daß ihre Kommentare etwas mit meinem Aufzug und meiner allgemein nachlässigen Haltung dem Leben gegenüber zu tun hatten, aber ich konzentrierte mich nicht, und als sie sah, was auf der Speisekarte stand, hörte sie auf zu lamentieren und widmete sich dem Essen.

»Ich trage das Tablett hinunter«, sagte ich, als sie fertig war. »Bin in einer Minute zurück.«

Shirley spülte das Geschirr. Ich sagte, daß ich ihr einen Vorschlag zu machen hätte.

»Soll ich mich heute früh zu Miß Martha setzen? Wenn Sie wegfahren wollen, könnten Sie noch ein paar Eier mitbringen.«

»Ich besorge Eier, sicher, aber in Wirklichkeit wollte ich anstreichen.«

»Dieses Zimmer? Liebste, warum wollen Sie das tun?«

»Weil ich dort schlafen werde. Ich kann Elvis bei mir haben und...«

»Ja, ich weiß, das haben Sie mir alles schon gesagt. Nun, tun Sie, was Ihnen Spaß macht. Wie wäre es, wenn Ron für Sie das Anstreichen besorgt? Nicht, daß es mir etwas ausmachen würde, bei Miß Martha zu sitzen, aber Sie sollten diese Arbeit nicht machen.«

»Ich bin eine verdammt gute Anstreicherin«, sagte ich verletzt. »Was Ron anbetrifft, würde ich ihn gern beschäftigen, aber – nun –, um die Wahrheit zu sagen, ich habe kein Geld, ihn zu bezahlen. Ich bin pleite.«

»Gibt Matthew Ihnen keines?«

»Ich weiß nicht, was ich aus ihm herausholen kann.«

Shirley fauchte. »Er ist wie alle Männer – sie stopfen sich mit Essen voll und verlangen ständig mehr, aber dann schreien sie, wenn man ihnen sagt, daß man Geld für die Lebensmittel braucht. Ron muß nicht sofort bezahlt werden. Wollen Sie, daß ich ihn frage? Vielleicht könnte er es an diesem Vormittag schaffen.«

»Können Sie ihn anrufen?«

»Er wird bald hier sein mit meinem Wagen. Ich habe ihn ihm gestern geliehen. Er hat versprochen, ihn am Abend zurückzubringen, aber...«

»Nach dem, was das letzte Mal passiert ist, nehme ich es ihm nicht übel, wenn er keine Lust hat, in der Nacht vorbeizukommen«, sagte ich lächelnd.

»Jedenfalls werde ich ihn fragen.«

»In Ordnung. Wenn er es an diesem Vormittag schafft und es ihm nichts ausmacht, auf das Geld zu warten... Matt will heute abend kommen. Dann gehe ich ihn um Geld an.«

»Heute abend?« fragte Shirley überrascht. »Das hat sicher etwas mit dem Tod des Richters zu tun.«

Ich war beschämt, weil ich den Anwalt vergessen hatte. So flüchtig ist unsere Anwesenheit in dieser Welt, so rasch vergessen ... Wenn man alt ist, gibt es weniges, woran man sich erinnert oder worum man sich kümmert.

Aber in der Jugend ist es nicht besser, sagte ich mir.

Eigentlich hätte ich mit dem *Bleak House* von Dickens schon fertig sein müssen, aber während der letzten paar Tage hatte ich gemogelt. Immer, wenn Martha einschlief, zog ich meinen Kriminalroman unter dem Rock hervor und las ihn, bis sie aufwachte und fragte, warum ich zu lesen aufgehört hätte. An jenem Morgen erwischte sie mich. Ich war so in den Roman vertieft, daß ich, als sie »Lies!« murmelte, dies tat.

»Die Leiche lag in einer Blutlache auf dem Teppich in der Bibliothek. Das schöne Bucharamuster war mit tödlichem Rot befleckt. Der weiße Busen des Mädchens ...«

Ich hielt inne und blickte auf. Martha starrte mich böse an.

»Ubs«, sagte ich.

Wenn ich sie richtig verstand, fragte sie: »Was ist das für ein Schund?«

Ich zeigte ihr den Umschlag. Der weiße Busen des Opfers war auffällig dargestellt, und überall war Blut.

»Hmmm«, sagte Martha.

»Gib es zu, Martha, du hast das *Bleak House* ebenso satt wie ich. Wie wäre es zur Abwechslung mit einem netten Krimi?«

Ich hätte geschworen, daß sie sich amüsierte. Aber ihr Gesicht war so entstellt, daß der Anflug von Humor ihr Aussehen nicht merklich besserte, aber ich empfand ihr gegenüber ein freundlicheres Gefühl. Vielleicht hatte ich ihr unrecht getan; vielleicht war Wärme und Freundlichkeit unter Schichten eiskalter Sturheit begraben, die nicht ausschließlich ihre eigene Schuld war. Auf jeden Fall hatte sie nichts dagegen, sich den *Mord auf dem Kaminteppich* anzuhören, sofern ich damit von vorn anfing.

Der einzige Nachteil des neuen Buches war der, daß es sie wachhielt. Schließlich entschuldigte ich mich, weil ich das Mittagessen zubereiten mußte. Ich stellte fest, daß Shirley eingekauft und einen Schinkenauflauf, gekrönt von Käsegebäck, zubereitet hatte.

»Ich werde mich revanchieren«, sagte ich schuldbewußt, »mit Geld und Zeit. Es ist nicht gerecht, wenn Sie das Kochen besorgen.«

»Ich koche besser als Sie«, sagte Shirley.

»Nun ...« Der Geruch des Auflaufs besiegte meine Skrupel. »Wir werden uns abwechseln. Wo ist Elvis? Ich hätte gedacht, er jault vor der Tür.«

»Ron hat ihn zum Einkaufen mitgenommen. Die Farbe ist ihm ausgegangen.«

Ron und Elvis kamen rechtzeitig zum Mittagessen zurück. Der junge Mann begrüßte mich mit einem schüchternen Lächeln, und keiner von uns verdarb den Tag durch die leiseste Erwähnung unserer ersten Begegnung. Ebensowenig bemerkte ich etwas zu der Tatsache, daß er und Elvis nun auf gutem Fuß miteinander standen.

Shirley brachte Martha das Mittagessen, und Ron, ich und Elvis aßen den Schinkenauflauf. Ron verschlang auch eine Portion Schokoladen-Eiscreme und eine Schachtel Kekse, unterstützt von Elvis, und dann gingen wir und besichtigten seine Arbeit.

Er war ein Anstreicher wie ich – sorglos, aber schnell. Ich bemerkte, daß die Tür des Wandschranks leicht offenstand. Ich hatte Shirley wegen des Modells gewarnt und sie gebeten, Ron zu sagen, er solle es nicht anfassen aus Angst, daß es zerbrechen könnte. Augenscheinlich war seine Neugier stärker gewesen. Ich konnte es ihm nicht verübeln, aber ich fand, daß es am besten war, wenn ich die Warnung bekräftigte.

»Machen Sie sich keine Mühe mit dem Wandschrank. Es sind einige fragile Gegenstände darin. Wenn es – wenn irgend etwas zerbricht, bekomme ich Scherereien.«

»Sicher, in Ordnung.« Er wich meinem Blick aus.

Ich ließ das Geschirr für Mrs. Danner stehen und ging zu der Ausgrabungsstätte. Ich ließ auch Elvis im Haus. Da Ron und Shirley da waren, hielt ich das für gefahrlos.

Ich hatte Ron gebeten, er solle Elvis nichts fressen lassen; der kurze, schräge Blick, den Ron mir zuwarf, sagte mir, daß Shirley ihm über Mrs. Danners Hundestew berichtet haben mußte, aber er sagte nur, daß er Elvis im Auge behalten wolle.

Ich war sicher, daß ich ihm vertrauen konnte, und ich nahm ihm nicht übel, daß er einen verstohlenen Blick auf den Schädel geworfen hatte. Aber als ich mir meinen Weg durch das hohe Gras bahnte, fragte ich mich, ob er nicht vielleicht mehr über das Original dieses Schädels wußte, als er zugeben wollte.

Ich konnte Jarboes Gründe verstehen, weshalb er meinte, daß hiesige Jugendliche für die Plazierung der Skelette verantwortlich waren. Die Jugendlichen konnten in den Wald gegangen sein, um sich zu betrinken oder Hasch zu rauchen oder um nach einem Schatz zu graben – oder um all dies zu tun. Und als sie die Skelette entdeckten, fanden sie es vielleicht lustig, jemanden zu erschrecken, besonders da sie wußten, daß Joe Danner wahrscheinlich als erster diese Straße entlangfahren würde. Joe war offensichtlich nicht der beliebteste Mann im Bezirk. Ron konnte zu der Bande gehört haben. Zumindest konnte er wissen, wer etwas damit zu tun hatte.

Ich wünschte, ich würde es wagen, Ron zu bitten, mit der Wahrheit herauszurücken. Es hätte mich beträchtlich erleichtert zu wissen, daß es nichts Unheimlicheres war als der makabre Humor einiger blauäugiger Jugendlicher.

Dieses Mal blockierte kein Wachposten den Eingang zur Ausgrabungsstätte, und ich wurde von allen Beteiligten mit schmeichelhaftem Enthusiasmus begrüßt. »Gerade zur rechten Zeit«, sagte Jono lächelnd. »Wir beginnen eben mit unserer ersten Ausgrabung.«

Die freigeräumte Fläche war in Quadrate eingeteilt mit den jetzt schon vertrauten Pflöcken, die die Schnittpunkte der Planquadrate und Stege markierten. Sie mußten gemeinsam wie die Wilden gearbeitet haben, um schon so weit zu sein. Der Sondiergraben war zwei Meter von dem Grab entfernt, das Mrs. Hornbeak gefunden hatte. Sie benutzten keine Schaufeln; sie hockten sich nieder, entfernten die Erde mit Maurerkellen und prüften jeden Erdklumpen, als enthielte er Gold.

Ich ging zu Alan hinüber und murmelte: »Ich kann anfangen, sobald du das Zeug besorgt hast.«

Mir war nicht bewußt, wie dunkel meine Bemerkung klang, bis eine der Gehilfinnen von der Grabungsstätte aufblickte und mir einen langen, vernichtenden Blick zuwarf.

Alan sagte geistesabwesend: »Ich habe es. Was ist das, Willkie?«

Der große junge Mann blickte einfältig auf einen Klumpen Erde, den er in der Hand hielt. Alan zog aus ihm geschickt ein viereckiges, mattes Metallstück heraus. Dann schob er Willkie aus dem Weg und übernahm selbst die Ausgrabung. Der Graben war nur einen Fuß tief, als er aufhörte. Er gab die Kelle Jono, der neben ihm stand; wie eine Krankenschwester, die einem Chirurgen assistierte, ersetzte Jono die Kelle durch eine Bürste. Schließlich sagte Alan äußerst angewidert: »Verdammt. Noch ein Grab.«

»Was ist schlecht daran?«

Eines der Mädchen lachte höhnisch. Alan nahm ohne Kommentar sein vorsichtiges Bürsten wieder auf. Es war Jono, der es mir erklärte. »Ich habe Ihnen schon gesagt, Julie, wir dürfen keine Begräbnisstätten anrühren, bis wir eine amtliche Erlaubnis haben. Außerdem wissen wir, daß in diesem Gebiet Bestattungen stattgefunden haben. Was wir brauchen, ist ein Beweis für die Besiedelung. Fundamente, Abfallgruben...«

»Fangt mit der zweiten Sondiergrabung an«, sagte Alan, ohne aufzublicken. »Ihr wißt wo.«

Jono entfernte sich zögernd. Er mochte wohl so tun, als blicke er professionell blasiert auf die Gräber herab, aber er war ebenso neugierig wie wir anderen. Er begann am fernen Ende des Geländes zu graben, in einer geraden Linie, die vom ersten Planquadrat dorthin führte, aber fünfzehn Meter davon entfernt war.

Alan setzte sich auf die Fersen und winkte mir. »Sieh dir das an.«

Es war kein schöner Anblick. Der Schädel lag in der dunklen Erde eingebettet. Die Kinnlade war heruntergefallen, so daß der Mund weit offenstand, als wäre der Betreffende schreiend gestorben.

»Nun?«

»Nun was?« Ich deutete. »Es ist ein menschlicher Schädel.«

»Männlich oder weiblich?«

»Wie, zum Teufel, soll ich...« Ich beugte mich vor, um genauer hinzusehen. »Kräftige Augenbrauenwülste. Ich vermute ein Mann, aber man kann unmöglich sicher sein, ohne das Becken und die Oberschenkelknochen zu untersuchen. Die Schneidezähne sind nicht schaufelförmig, deshalb ist es wahrscheinlich kein Indianer. Die Beschädigung des Schädels...«

»Faß ihn nicht an!« sagte Alan scharf. »Wir müssen die Erde darunter abtragen und ihn in einem Stück herausheben. Er ist zu zerbrechlich, als daß man ihn auf eine andere Art bewegen könnte. Nun? Was wolltest du über die Beschädigung sagen?«

Ich versuchte, mich an frühere Vorlesungen zu erinnern. »Er ist auf der linken Seite zerbrochen. Der Druck der Erde, die auf die Leiche gehäuft wurde, verursacht keine seitliche Beschädigung, aber ... Dies ist lächerlich. Ich kann einem halben Schädel nichts entnehmen.«

»Hmmm«, sagte Alan. Er ließ wieder Erde in den Graben fallen. »Es hat keinen Zweck, weiterzuarbeiten, bis wir alles herausholen können. Jono?«

»Keramik.« Jonos Stimme zitterte vor unterdrückter Erregung. »Praktisch an der Oberfläche, Alan. Es sieht wie ein alter Tierbau aus – vielleicht ein Murmeltier.«

»In Ordnung. Es könnte eine Abfallgrube sein. Sei vorsichtig.«

Die unerfahrenen Hilfskräfte – zu denen zu meinem Ärger auch ich gehörte – mußten die Fläche vergrößern. Später am Nachmittag wurde ich befördert und durfte Erde sieben. Jeder Kubikzoll, der aus dem Graben kam, mußte durch ein Drahtsieb gerüttelt werden, damit winzige Fundstücke wie Knöpfe und Nadeln nicht verlorengingen. Dem gespannten Schweigen, das nur durch unterdrückte Ausrufe der Freude unterbrochen wurde, die diese ganze Ausgrabung beherrschte, konnte ich entnehmen, daß Alan und Jono über die Ergebnisse begeistert waren, aber ich fand die ganze Angelegenheit ziemlich langweilig. Am Ende des Nachmittags hatten wir eine Handvoll Tonscherben und einige Stückchen rostigen Metalls. Die Zeiger meiner Armbanduhr standen auf fünf Uhr und bewegten sich weiter. Alan gab nicht zu erkennen, daß er mit der Arbeit aufhören wollte. Schließlich verkündete ich, daß ich gehen mußte.

»Meine Materialien«, sagte ich und stieß Alan in den Rücken, um ihn aufmerksam zu machen.

»Im Jeep.«

»Und wo ist der Jeep?«

»Dort.« Eine kurze, nachlässige Armbewegung.

Sie hatten die Fahrzeuge nicht zur Ausgrabungsstätte bringen können, da eine tiefe Rinne dazwischen lag. Sie war von ein paar Brettern überbrückt worden, über die ich mit einiger Nervosität balancierte. Der Jeep war da und Alans Wohnwagen. Ich durchsuchte den Jeep und fand die Tabellen, um die ich gebeten hatte, und eine Einkaufstüte mit Modellierton und einem Gros gelber Stifte. Ich nahm die Tüte und brach zum Haus auf.

Elvis lag auf den Stufen an der Rückseite des Hauses. Er teilte mir mit, daß er nicht gefüttert worden war, deshalb tat ich dies als erstes, und dann trug ich die Materialien in mein Zimmer. Ron war mit seiner Arbeit fertig geworden. Das Zimmer sah jetzt hübsch aus, wenn man das Holz nicht allzu genau betrachtete; weder Ron noch ich hatten es für nötig gehalten, die alte Farbe ganz abzukratzen. Die Tür des Wandschranks war geschlossen, wie ich sie zurückgelassen hatte.

Ich nahm an, daß Mrs. Danner gekommen und gegangen war, obwohl es keine Anzeichen für ihre Anwesenheit gab. Der Topf mit dem Hühnchen und dem Gemüse auf dem Herd roch Gott sei Dank nach Shirleys Arbeit.

Ich ging hinauf, um ihr zu sagen, daß ich wieder da war. Sie legte das Buch beiseite, aus dem sie vorgelesen hatte; ich bemerkte zu meinem Vergnügen, daß es weder Milton noch Tennyson war, sondern mein Kriminalromen. Martha fragte, wo ich gewesen sei.

»Ich war im Wald«, gab ich zu. Es war sinnlos, es zu leugnen; ich war voller Erde und Laub und anderer Vegetation.

Ich hatte erwartet, daß Martha ihre Mißbilligung ausdrücken würde, aber ihre Reaktion war wesentlich vehementer. Ihre Hand bewegte sich fast normal, und ihre Finger waren gekrümmt wie Klauen. »Habe dir gesagt«, spie sie aus, »vor Jahren … bleib weg … elende, dreckige …«

»Immer mit der Ruhe, Martha. Ich bin ein bißchen schmutzig, aber ich werde mich waschen.«

Wir waren mit dem Essen fertig, ehe Matt auftauchte. Ich las *Mord auf dem Kaminteppich,* aber lustlos; der Abschnitt, den Shirley gelesen hatte, enthielt mehrere wichtige Hinweise, so daß ich keine Ahnung hatte, was vorging. Ich hatte Marthas Tür offengelassen, und als ich den Wagen hörte, klappte ich das Buch zu.

»Ich möchte kurz mit Matt sprechen«, teilte ich Martha mit. »Über Ausgaben und solche Dinge. Ich schicke ihn bald herauf.«

Martha protestierte natürlich. Sie wollte Matt sofort sehen. Ich lächelte süß und schloß die Tür, als ich ging. Ich muß mich anständiger benehmen, dachte ich; sie tat mir fast leid, erregt und hilflos und unfähig, ihre Befehle durchzusetzen.

Matts erste Bemerkung war nicht ›Hallo‹, sondern: »Ich kann nicht lange bleiben. Das kommt mir verdammt ungelegen. Weshalb will sie mich sehen?«

»Sie vertraut sich mir nicht an, teurer Vetter. Ich glaube, es hat etwas mit den gesetzlichen Prozeduren nach dem Tod des Richters zu tun.«

»Nun, ich kann jetzt noch nichts unternehmen«, grollte Matt und folgte mir in den Salon. »Er wird erst morgen beerdigt.«

»Die Beerdigung ist morgen? Wo?«

»In Carrsville, in der episkopalen Kirche. Warum? Willst du etwa hingehen?«

»Einer von uns sollte dort sein. Martha kann nicht. Außerdem war er ein liebenswürdiger Mann.«

»Ich habe natürlich Blumen bestellt«, sagte Matt.

»Um wieviel Uhr?«

»Um zehn. Es wäre tatsächlich eine nette Geste, wenn es dir nichts ausmacht, die Familie zu repräsentieren.«

»Ich werde sogar ein Kleid statt der Jeans anziehen.«

»Toll. Bist du sicher, daß das nicht zuviel verlangt ist?«

Sein Lächeln verschwand, als ich zum nächsten Thema überging. »Geld? Wieviel?«

»Mein Gott, du sprichst wie ein Ehemann«, sagte ich. »Hier, nimm ein Glas Sherry.«

Matt brachte eine schwächere Version seines ursprünglichen Lächelns zustande. »Du brauchst mich nicht betrunken zu machen, Julie. Ich weiß, es kostet Geld, dieses Haus zu führen, und Gott weiß, daß ich es dir schulde. Ich bin aber nicht sicher, ob ich im Augenblick etwas von Marthas Konto abheben kann. Der Richter und ich waren gemeinsam bevollmächtigt, und bis das Gericht entscheidet und meine Eingabe billigt, allein das …«

»Das ist zum Schreien! Was sollen Leute in Marthas Lage tun, bis das Gesetz diese Dinge geregelt hat – von der Luft leben?«

»Das Gesetz kümmert sich einen Dreck darum«, sagte Matt bitter. »Ich will sehen, was ich tun kann, um die Dinge zu beschleunigen. Nimmst du inzwischen einen Scheck?«

Ich wollte schon ablehnen, doch dann fand ich, daß ich vielleicht so mehr aus ihm herausholen könnte, als wenn ich auf Bargeld bestand. Nachdem ich den Scheck in meiner warmen, kleinen Hand hielt, entließ ich ihn gnädig und sah ihm nach, als er zur Treppe ging wie ein Schuljunge in Whitters Gedicht, der sein zögerndes Ich zur Schule schleppte.

Ich stellte mir vor, ich hätte mindestens eine halbe Stunde Zeit, wenn nicht mehr, da Martha in redseliger Stimmung war. Ich setzte mich in die Küche und sah das Informationsmaterial durch, das Alan mir gebracht hatte. Er hatte nicht nur die Tabellen, sondern die ganze deutsche Monographie fotokopiert. Mein Deutsch ist nicht allzu gut, aber da der größte Teil des Vokabulars fachlicher Art war, konnte ich es verstehen. Die Tabellen waren immer noch eine grundlegende Quelle, obwohl sie fast neunzig Jahre alt waren. Alan hatte auch einige Artikel kopiert, die neuere Rekonstruktionen beschrieben, darunter die eines Siedlers aus dem Bezirk Martin, einer Ausgrabungsstätte, an der Leute von der Kolonie Williamsburg arbeiteten. Ich fragte mich, ob dieses Beispiel Alan auf die Idee gebracht hatte.

Ich nahm die Unterlagen mit in mein neues Zimmer. Ron hatte die verschiedenen Möbelstücke auf die Matratze gestellt und über das ganze Zeug ein Tuch gebreitet. Es war mit gelben und weißen Farbflecken bespritzt wie mit Vogeldreck. Der Tisch war mit Zeitungen bedeckt. Ich räumte sie weg und holte das Modell aus dem Fach im Wandschrank. Das Lesen des Materials hatte mich animiert; ich war begierig, mit der Arbeit anzufangen.

Mit einem weichen Bleistift begann ich die Stellen zu kennzeichnen, wo die Markierungsstreifen angebracht werden mußten. Der vorspringende Teil des Kiefers …

Ich war so in meine Arbeit vertieft, daß ich ihn nicht kommen hörte. Sein Ausruf erschreckte mich; ich ließ das Modell fallen und stieß an den Tisch, so daß er schwankte. Es gelang mir, den Schädel zu fassen, als er auf den Tischrand zurollte. Ich drehte mich um und hielt ihn mit beiden Händen fest.

Wir sprachen gleichzeitig. Ich sagte: »Verdammt, Matt, mach das nicht noch einmal. Wenn das zerbrochen wäre …«

Und er sagte: »Was, zum Teufel, ist das?«

Wir sahen uns mit gegenseitiger Entrüstung an. »Ein Geschenk von deinem Freund?« erkundigte sich Matt sarkastisch.

»In gewisser Weise.« Ich entspannte mich; schließlich war kein Schaden entstanden. »Ich nehme an, es sieht gräßlich aus, aber wenn es zerbrochen wäre... Ich versuche eine Rekonstruktion des Schädels, den Danner auf der Straße gefunden hat.«

Das Zimmer und der Korridor lagen in tiefem Schatten und außerhalb des hellen Lichtkreises meiner Lampe. Matts Gesichtszüge waren nur undeutlich zu sehen. Seine Lippen öffneten sich, aber er sprach eine Zeitlang kein Wort. Dann wiederholte er: »Rekonstruktion?«

»Es ist ein Prozeß, bei dem man das ursprüngliche Äußere der betreffenden Person wiederherzustellen versucht. Ton wird über den Knochen geformt anhand von Tabellen, die die ungefähre Stärke des Gewebes am menschlichen Kopf angeben. Sehr wissenschaftlich.«

»Das Ergebnis kann nicht genau sein«, sagte Matt. »Du weißt nichts über die Hautfarbe und die Augenfarbe oder ob die Person mager oder dick war.«

»Es ist nur eine Annäherung. Aber du wärst überrascht, was für eine naturgetreue Abbildung erreicht werden kann.«

»Wirklich?« Matt kam näher und sah das Modell neugierig an. »Versuchst du das jetzt?«

»Nein, ich habe nur herumgespielt, um auf ein paar Ideen zu kommen. Es wird Tage dauern.« Ich legte das Modell in die Tüte und stellte es wieder in den Wandschrank. »Als erstes muß ich die Markierungsstreifen ausmessen, sie schneiden und dann auf den Schädel kleben. Dann ...«

»Jedem das seine«, sagte Matt und trat zur Seite, um mich aus dem Zimmer zu lassen. »Wirst du hier arbeiten? Ich hatte ganz vergessen, daß es dieses Zimmer überhaupt gibt.«

»Es ist bequem hier«, sagte ich etwas vage. Ich hatte nicht vor, Matt zu erklären, daß ich in dem Zimmer schlafen wollte; Shirley hatte mir deswegen schon die Hölle heiß gemacht, und ich fürchtete, Matt würde mir ebenfalls eine Standpauke halten.

Matt folgte mir in die Küche. »Wo ist dein Freund?«

»Höre auf, ihn so zu nennen.«

»Entschuldigung. Ich dachte, ihr beide habt dort weitergemacht, wo ihr aufgehört hattet.«

»Nein, das haben wir nicht getan. Ich arbeite ein wenig für ihn, das ist alles.«

»Ich werde mit ihm sprechen müssen.«

»Worüber?«

»Er muß die Arbeit einstellen. Martha hat Wind von dem bekommen, was er tut, Julie. Ich habe keine Ahnung, woher sie es weiß, aber sie weiß Bescheid, und sie ist wütend. Dein ... Petranek wird gehen müssen.«

»Matt, das kannst du nicht tun! Er hat gerade einen wichtigen Fund gemacht – etwas wirklich Wichtiges.«

»Das ist mir egal, selbst wenn er Blackbeards Schatz gefunden hätte; ich werfe ihn hinaus.«

Ich war überrascht, wie sehr ich das bedauerte. Ein paar Tage vorher hätte ich gesagt, es sei mir völlig egal, ob man Alan erlaube, in Maidenwood zu arbeiten oder nicht. Ja, ich wäre sogar froh gewesen, ihn vom Besitz wegzuhaben. Jetzt steckte ich selbst mit darin, mit der Arbeit – und mit was sonst? Ich suchte nach einem Argument, das Matt beeindrucken würde.

»Es wäre für dein Image nicht gut, wenn du die Ausgrabungsstätte gerade in dem Augenblick schließen ließest, in dem etwas Bedeutsames gefunden wird, Matt. Wer bist du, daß du dem wissenschaftlichen Fortschritt im Wege stehen willst?«

»Verdammt!« Matt ließ sich auf einen Stuhl fallen. Zum erstenmal sah er älter aus, als er tatsächlich war. »Ich werde wahnsinnig bei diesen ganzen unvernünftigen Forderungen und Konflikten. Ich weiß nicht, was ich machen soll.«

»Es ist nicht so schwierig, Matt. Sage Martha einfach ...«

»Sie ist verrückt«, murmelte Matt. »Senil! Sie redet den irrsinnigsten Unsinn ... Manchmal glaube ich, sie hat übernatürliche Kräfte. Woher weiß sie über alles Bescheid?«

»Du bist wirklich in einer schlimmen Verfassung. Hat Martha dir die Hölle heiß gemacht?«

Matt lachte – es war ein unfrohes Lachen. »Das weiß man nie, Julie.«

»Ich weiß ...« Ich klopfte auf seine gebeugten Schultern. »Laß dich nicht unterkriegen, Matt. Es gibt eine einfache Erklärung für ihre scheinbare Hellsicht, und ich glaube, ich kenne sie. Mrs. Danner.«

»Rosie?«

Was für ein unpassender Name für dieses arme Gespenst von einer Frau. »Rosie«, wiederholte ich. »Sie besitzt keine einzige Gehirnzelle, die sie ihr eigen nennen kann, Matt. Sie fürchtet sich vor Martha zu Tode. Ich wette, sie hat ihr die Zeitungen besorgt und alle ihre Fragen beantwortet.«

Je mehr ich darüber nachdachte, um so mehr war ich davon überzeugt, daß ich die Erklärung gefunden hatte. Ich fragte mich nur, warum ich nicht schon früher darauf gekommen war.

Matt schien meine Theorie nicht aufzuheitern. »Das könnte stimmen«, sagte er teilnahmslos. »Es spielt aber im Grunde keine Rolle. Julie, ich muß jetzt gehen. Ich bleibe in Verbindung mit dir.«

Ich empfand Mitleid mit ihm. Niemand kannte besser als ich die Macht, die Martha über ihre unglücklichen Nachkommen ausübte.

Shirley war enttäuscht, weil sie nicht an der Beerdigung des Richters teilnehmen konnte. Ich nutzte sie ungern aus, aber wir konnten nicht beide hingehen, und Shirley stimmte Matt zu, daß jemand die Familie repräsentieren mußte. Ich zog es vor, nicht auf so formelle Art darüber zu denken; ›die Familie repräsentieren‹ bedeutete weiße Handschuhe und einen Hut, und ich besaß keines von beidem. Trotzdem wollte ich zur Beerdigung gehen.

Ich verspätete mich, weil ich nicht wußte, wo die Kirche war. Der Gottesdienst hatte schon angefangen, als ich atemlos in eine der hinteren Kirchenbänke schlüpfte. Zu meiner Überraschung war die Kirche beinahe voll. Ich hätte nicht überrascht zu sein brauchen; der Richter war eine bekannte Persönlichkeit gewesen, den drei Generationen gekannt hatten.

Ich entdeckte Matt erst, als wir aufstanden, um ein Kirchenlied zu singen. Er war als einer der ersten auf den Beinen – in der vordersten Reihe, wie ich es hätte erwarten können. Als der Gottesdienst zu Ende war, blieb ich sitzen, bis er mich sah.

»Zu spät, wie gewöhnlich«, sagte er aus dem Mundwinkel und hielt den Kopf dekorativ gesenkt.

»Ich dachte, du kämst nicht.«

»Ich habe es mir anders überlegt.«

»Gehst du zum Friedhof?«

»Nein. Gehen wir Mittagessen. Ich muß mit dir sprechen.«

Das klang ominös, aber ich sah keinen Grund, eine Einladung zum Essen abzulehnen. Ich hatte mich unter anderem deshalb verspätet, weil ich unterwegs Matts Scheck eingelöst hatte. Ich stritt zuerst mit dem Kassierer, und erst als einer der Bankangestellten mich als Marthas Enkelin erkannte, erhielt ich das Geld.

Wir traten aus dem Dämmerlicht der Kirche in den hellen Sonnenschein hinaus. Matt hatte meinen Arm genommen, und ich blieb stehen, als er das tat, geblendet vom Licht. Als ich wieder etwas sah, erkannte ich den unvermeidlichen Fotografen. Matt schien immer ein paar davon um sich zu haben; ich fragte mich, ob er sie selbst bezahlte.

Ich hielt mich aus Respekt vor dem Richter davon ab, eine Grimasse zu schneiden, und ließ mich von Matt zu seinem Wagen führen. Seine Vorstellung von einem Restaurant stellte sich als ein *Drive-in* am Highway heraus. Ich nahm verdrießlich einen Cheeseburger und einen Shake entgegen, und wir verzehrten beides im Wagen.

»Warum setzen wir uns nicht hinein?« beschwerte ich mich. »Hier ist es höllisch heiß.«

»Ich möchte mit dir unter vier Augen sprechen«, sagte Matt. »Sieh dir das an!«

Er entfaltete die Zeitung, die zwischen uns auf dem Sitz gelegen hatte, und hielt sie mir hin.

Alan mußte direkt von der Ausgrabungsstätte in sein Büro gefahren sein und alle Zeitungen im Staat angerufen haben. Er hatte sogar eine kleine Schlagzeile auf der ersten Seite der *Washington Post* untergebracht. »Neues Licht auf Virginias dunkle Zeiten. Aufsehenerregende Entdeckung auf der Maidenwood-Plantage.«

»Plantage«, sagte ich bewundernd. »Das ist ein hübscher Einfall.«

»Der Bastard hat mir den Boden unter den Füßen weggezogen«, sagte Matt mit zusammengebissenen Zähnen. »Lies den letzten Absatz.«

Nach einigen ein wenig vagen Vorhersagen, was die neuen Entdeckungen für die Historiker bedeuten würden, zitierte der Reporter Alan: »Virginia schuldet Mrs. Martha Carr und ihrem Enkel, dem bekannten Senator Matthew Ellis, besonderen Dank. Ohne ihre großzügige Erlaubnis und unermüdliche Unterstützung hätte dieser großartige Beitrag zu den kulturellen und historischen Traditionen des Alten Dominions nie geleistet werden können.«

Während ich schallend lachte, rief Matt: »Begreifst du, was er getan hat? Jetzt kann ich ihn nicht hinauswerfen.«

»Nein, das kannst du nicht. Sein nächstes Interview würde deine merkwürdige Gleichgültigkeit gegenüber der Tradition, der Geschichte und dem Alten Dominion beklagen. Er wird wahrscheinlich vom Präsidenten der Universität und dem Gouverneur unterstützt.«

Matt biß wütend in seinen Hamburger.

»Was wirst du tun?« fragte ich.

Matt schluckte. »Was kann ich tun?«

»Martha anlügen.«

»Das gewiß. Hör zu, Julie, wenn du recht hast, was Rosie Danner betrifft, werde ich sie hinauswerfen müssen. Ich kann nicht dulden, daß sie alles, was sie weiß, vor Martha ausplaudert.«

»In Spionagekreisen gibt es eine Theorie, daß man einen Spion nicht entfernt, sondern ihn mit falschen Informationen füttert.«

»Oh, komm, Julie, versuch nicht, raffiniert zu sein. Du kannst Rosie nicht sagen, dein Kumpan sei gegangen, wenn jeder in der Nachbarschaft es besser weiß. Rosie und ihr Mann haben immer unter Marthas Kuratel gestanden. Wenn sie Joe befehlen würde, er soll einen Unbefugten erschießen, würde er losballern.«

»Sie ist nicht sehr helle«, sagte ich und gab meine Idee zögernd auf. »Wenn wir ihr erzählen würden …« Dann ging mir die Bedeutung des letzten Satzes auf. »Rosie … Joe Danner … Sie hat es Martha schon erzählt. Sie … laß den Wagen an, Matt. Rasch! Ich muß nach Hause.«

»Wozu die Eile?«

»Elvis«, sagte ich schluckend. »Martha muß über Elvis Bescheid wissen.«

11

Ich zwang mich dazu, die Geschwindigkeitsbegrenzungen einzuhalten, obwohl es mein erster Impuls gewesen war, so rasch, wie der Wagen nur fahren konnte, nach Maidenwood zu gelangen. Ich konnte nicht fassen, daß ich so dumm gewesen war. Martha hatte seit einiger Zeit von dem Hund gewußt – wahrscheinlich vom ersten Augenblick an. Ich hatte geargwöhnt, daß die Danners versuchten, ihn zu vergiften, aber ich hätte wissen sollen, daß weder Joe noch Rosie einen derartigen Schritt unternehmen würden, ohne dazu aufgefordert worden zu sein. Martha würde nach einem einzigen Anschlag nicht aufgeben. Sie würde Joe sagen, er solle es wieder versuchen – diesmal mit einer anderen Methode, einem Gewehr oder einem Wagen. Shirley konnte ihn vor dergleichen nicht schützen. Sie nahm an, wie ich es getan hatte, daß der erste Versuch aus grundloser Bosheit geschehen war und daß die Danners nicht wagen würden, den gleichen Trick zweimal anzuwenden.

Ich hätte vor Erleichterung weinen können, als ich in die Einfahrt einbog und Elvis zu meiner Begrüßung heranhumpeln sah. Er würde immer hinken, obwohl er sich mit erstaunlicher Geschwindigkeit fortbewegen konnte. Ich hielt den Wagen an und öffnete die Tür für ihn. Er war überrascht, aber erfreut, als ich ihn so fest umarmte, bis er keuchte.

Shirley war in der Küche, hatte die Füße auf einen Stuhl gelegt und las den *Mord auf dem Kaminteppich.* »Ich habe es heute früh zu Ende gelesen«, erklärte sie ein wenig schuldbewußt. »Ich war irgendwie neugierig, deshalb dachte ich, ich lese am besten auch den Anfang, damit ich weiß, wie alles gekommen ist. Waren viele Leute beim Gottesdienst?«

Ich setzte mich und erzählte ihr alles über die Predigt, die Kirchenlieder, die vielen Menschen, die vielen Blumen. Sie fragte, ob ich die ihren gesehen hätte – »Lilien, ein hübscher Topf mit einem violetten Band«, und ich improvisierte. »Er stand direkt vor dem Sarg, Shirley.«

»War Matthew da?«

»Ja, wir aßen danach miteinander zu Mittag. Deshalb habe ich mich verspätet. Ich stehe in Ihrer Schuld, Shirley.«

»Liebste, wir führen nicht Buch, wir versuchen nur das möglichste zu tun. Es ist alles viel leichter, seitdem Sie hier sind, das kann ich Ihnen versichern.«

»Da fällt mir ein«, ich senkte die Stimme, »Mrs. Danner ist oben bei Martha, nicht wahr? Dann kann ich Ihnen sagen … «

Shirley interessierte sich nicht für Matts Dilemma, was die Ausgrabungen anbetraf – die archäologischen Aktivitäten waren ihr immer ein wenig absurd vorgekommen –, aber ihre Augen wurden größer, als ich erklärte, daß Mrs. Danner die Quelle von Marthas unheimlichen Kenntnissen sein mußte.

»Der alte Teufel!« rief sie. »Ich habe mich hin und wieder gefragt, ob sie etwas verlauten läßt... Ich habe es ihr nicht erzählt, und Sie auch nicht. Wer sollte es also gewesen sein?«

»Matt und der Richter sind die einzigen, die noch in Frage gekommen wären. Aber ich glaube nicht, daß einer von beiden den Informanten gespielt hätte. Matt hätte sie niemals wissen lassen, daß er gegen ihre Wünsche handelte, und der Richter hätte sie nicht aufregen wollen.«

»Aufregen?« Shirley schnaubte. »Es hat sie kein bißchen mitgenommen. Sie genießt ihre kleinen Geheimnisse.«

»Das stimmt. Wie ich es sehe, haben wir drei Möglichkeiten. Wir können Mrs. Danner loswerden. Zuerst habe ich diesen Weg für den besten gehalten, aber jetzt bin ich nicht mehr so sicher. Sie taugt nicht viel, aber sie löst Sie hin und wieder bei Martha ab. Die zweite Möglichkeit ist, Mrs. Danner zu behalten und Martha nichts mehr vorzuspielen. Sie weiß sowieso alles, was wir tun. Warum sollen wir sie dann anlügen?«

»Hmm«, sagte Shirley, beeindruckt von meiner Logik. »Und was ist die dritte Möglichkeit?«

»So weiterzumachen wie bisher. Martha glauben zu lassen, sie hielte uns zum Narren. Da wir wissen, daß Mrs. Danner alles ausplaudert, können wir Vorsichtsmaßnahmen ergreifen.«

»Das ist eine Möglichkeit. Miß Martha kann noch so viel Aufhebens wegen der Archäologen machen, aber sie kann sie nicht an der Arbeit hindern. Das einzige...«

Ihre besorgten, dunklen Augen richteten sich auf Elvis, dessen Kopf auf ihren Füßen lag.

»Ja«, sagte ich, »fast möchte ich es Martha gestehen und ihr sagen, falls Elvis irgend etwas zustößt...«

Shirley schüttelte den Kopf. »So wie ich es sehe, Julie, ist es egal, ob Sie es Martha sagen oder nicht. Das einzige, was wir tun können, ist, diesen Hund nicht aus den Augen zu lassen.«

Elvis kannte das Wort ›Hund‹. Sein Schwanz klopfte vor freudiger Zustimmung. Shirley fuhr fort: »Ich glaube, es ist gut, daß Sie sich entschlossen haben, nachts unten zu schlafen. Sie können ihn bei sich behalten. Ich denke nicht gern daran, daß Miß Martha sich so erniedrigen und jemanden befehlen würde, ihm Gift zu füttern, aber…«

»Sie haben recht wie immer, Shirley. Da fällt mir ein – ich möchte telefonieren.«

May Rubin war in ihrer Praxis. »Ich wollte Sie schon anrufen«, sagte sie.

Dem Tonfall ihrer Stimme entnahm ich, daß sie schlechte Neuigkeiten hatte, und mein Mut sank. Ich hatte gehofft, daß ich mich geirrt hatte.

Ich kannte den Namen der Chemikalie nicht. May übersetzte ihn mir. »Es ist ein Unkrautvertilgungsmittel – nicht die gewöhnliche Handelsform, sondern stärker. Viele Farmer benützen es. Haben Sie eine Ahnung?«

»Eine Menge Ahnungen. Keinen Beweis.«

»Kann ich irgend etwas tun?«

»Danke, May. Ich lasse es Sie wissen.«

Als ich es Shirley erzählte, war sie nicht überrascht, sondern machte nur ein grimmig entschlossenes Gesicht. »Das wird nicht noch einmal passieren«, sagte sie.

Obwohl ich es halb erwartet hatte, machte mich die Bestätigung meines Verdachtes wütend. »Ich werfe diese Frau sofort hinaus!«

»Das würde nichts nützen. Es ist nicht so sehr Mrs. Danner, sondern ihr Mann.«

»Ein Mann, der Kinder schlägt und seine eigene Tochter aus dem Haus wirft, würde es sich nicht zweimal überlegen, einen Hund zu erschießen«, stimmte ich zu. »Nun, wir müssen dem einfach gewachsen sein. Da fällt mir ein – ich habe von Matt etwas Geld bekommen. Wieviel haben Sie neulich für Lebensmittel ausgegeben, und was, meinen Sie, sollte ich Ron für das Anstreichen bezahlen?«

Wir einigten uns auf einen Betrag, der für meine städtischen Begriffe ungewöhnlich niedrig klang, und dann ging ich zur Ausgrabungsstätte. Ich nahm Elvis mit.

Augenscheinlich hatte Alan seinen Gerichtsbescheid bekommen. Er und Jono arbeiteten am ersten Grab – an dem, das Mrs. Hornbeak gefunden hatte. Die Gebeine waren freigelegt, und sie höhlten die ganze Erdmasse darunter aus als Vorbereitung dafür, sie herauszuheben. Ein Neuankömmling beobachtete die Arbeit, unpassend gekleidet mit einer Tweedjacke und sauber gebügelten Hosen.

Alan stand auf und kam mir lächelnd entgegen. Diese Demonstration kam für mich so unerwartet, daß ich ihn anstarrte. »Da ist sie«, sagte er. »Unsere physikalische Anthropologin. Julie, dies ist Mr. Barton Wilkes – von der National Geographic Society.«

Oho, dachte ich, und auch aha! Kein Wunder, daß ich die ganze Freundlichkeit, den Charme und die professionelle Höflichkeit entgegengebracht bekam. Physikalische Anthropologin noch dazu.

Mr. Wilkes trat vorsichtig mit ausgestreckter Hand um das offene Grab herum. Er trug eine Brille, in der das Sonnenlicht blitzte. Sein braunes Haar war von grauen Strähnen durchzogen. »Es ist mir ein Vergnügen, Miß Newcomb. Alan hat Glück, daß er die Unterstützung einer Dame hat, die nicht nur qualifiziert ist, sondern auch einer der alten, geachteten Familien Virginias angehört.«

»Nein, überhaupt nicht«, murmelte ich und versuchte, Elvis zurückzuhalten, der sich nicht entscheiden konnte, ob er bei der Ausgrabung helfen oder meinen neuen Freund begrüßen sollte.

»Was für ein schöner Hund«, sagte Wilkes.

»Würdest du ihn bitte an einen Baum binden«, sagte Alan und versuchte, die Gereiztheit in seiner Stimme zu unterdrücken. »Ich hätte gern deinen Rat, bevor wir versuchen, dies herauszuheben.«

Er wußte, daß ich wußte, daß ich nicht das geringste von der Prozedur verstand, aber mir war klar, daß dies alles ein Teil der Strategie war, einen möglichen Geldgeber mit unserer Hingabe und unserer Erfahrung zu beeindrucken. Wenn meine Mitarbeit Alan die Mittel verschaffte, die er benötigte, dann war ich bereit, zu tun, was ich konnte. Ich gab Elvis' Leine Jono und kniete neben dem Grab nieder.

»Faszinierend«, sagte ich.

»Ich weiß, Sie können unter diesen Bedingungen keine eingehende Untersuchung vornehmen«, sagte Wilkes. »Aber es würde mich sehr interessieren, eine vorläufige Stellungnahme von Ihnen zu hören.«

Das erste Wort, das mir in den Sinn kam, war einfach ›Scheusal‹. Dieses Skelett war noch stärker beschädigt als dasjenige, das Alan gefunden hatte. Viele Knochen hingen nicht mehr zusammen; der Unterkiefer stand im rechten Winkel ab. Alle Skeletteile waren dunkel verfärbt.

»Sie verstehen, daß ich mich in diesem Stadium ungern festlege«, begann ich.

Wilkes und Alan gaben ermutigende Laute von sich. Ich fuhr fort: »Das skelettierte Material scheint das eines Mannes zu sein.« Das schien sicher, nach der Länge der Beinknochen zu urteilen und der Tatsache, daß der Haken, der in diesem Grab gefunden worden war, von Männerkleidern stammte. Die oberen Zähne waren in gutem Zustand; sie waren alle vorhanden, nicht abgenutzt, und die Weisheitszähne waren durchgekommen. »Er war vermutlich zwischen achtzehn und dreißig Jahre alt«, sagte ich. »Durch Laborstudien kann man die Zeitspanne einengen, aber jetzt im Augenblick …«

»Ja, ich verstehe«, sagte Wilkes beeindruckt. »Es gibt wohl keine Hinweise darauf, wie er starb?«

Alan stieß mich nicht an, er wurde nur ganz, ganz still. Ich wußte, was ich seiner Ansicht nach sagen sollte. Die meisten Siedler des Bezirks Maydon kamen während des Indianermassakers von 1622 ums Leben. Wenn ich sagte, daß einer der Brüche in dem zerschmetterten Schädel durch einen Tomahawk verursacht worden zu sein schien, oder daß es ein Zeugnis dafür gab, daß der Mann skalpiert worden war, wäre Alan einen gigantischen Schritt weiter zur Bestätigung seiner Theorie gekommen und zu den Geldmitteln, die er benötigte.

Ich konnte nichts verlieren. Ich hatte meine Kommentare bereits bis zur Bedeutungslosigkeit eingeschränkt, und wie sollte ich meinen Ruf aufs Spiel setzen, da ich gar keinen hatte? Etwas hielt mich zurück. Ich würde gern denken, es sei der Anstand gewesen.

»Keine«, sagte ich, »ich kann in diesem Stadium nichts Definitives sagen. Aber Sie werden bemerken, daß der Kieferknochen verschoben ist. Der Druck der Erde könnte für eine gewisse Verschiebung verantwortlich sein, aber nicht in diesem extremen Ausmaß. Das deutet darauf hin, daß der Kieferknochen gebrochen ist, ehe die Leiche begraben wurde – vielleicht war die Leiche schon in einem fortgeschrittenen Zustand der Verwesung, ehe sie beerdigt wurde.«

»Höchst interessant«, hauchte Wilkes. »Nun, ich habe eine lange Fahrt vor mir und muß mich auf den Weg machen. Ich hatte nicht vorgehabt, hier so viel Zeit zu verbringen, aber es war alles höchst … äh … interessant!«

Wilkes und Alan gingen zusammen weg, und ich hörte Wilkes

sagen: »Sie hören in ein paar Tagen von uns, Dr. Petranek. Natürlich kann ich nicht sagen, wie das Komitee entscheiden wird, aber ich kann Ihnen versichern, soweit es mich anbetrifft…«

Den Rest seiner Worte hörte ich nicht mehr, als die beiden Männer den Fußweg entlanggingen. Jono verzog die Lippen zu einem breiten Grinsen, und er gab mir ein Zeichen mit erhobenem Daumen.

»Glauben Sie, er hat es geschafft?« flüsterte ich.

»Es sieht gut aus. Sie waren eine große Hilfe, Julie. Gute Arbeit!«

Als Alan zurückkam, war seine Einschätzung vorsichtiger. »Ich habe gelernt, den Champagner erst zu entkorken, wenn ich den Scheck in Händen habe. Aber wenn es klappt, Julie, schulde ich dir ein Glas oder drei, danke.« Ich begann gerade, mir etwas einzubilden, als er kritisch hinzufügte: »Mußtest du unbedingt diesen verdammten Hund mitbringen?«

»Ja, ich mußte. Kannst du eine Pause machen? Ich möchte über ein paar Dinge mit dir sprechen.«

»Das denke ich mir. Komm, wir setzen uns in den Wohnwagen.«

Gewitterwolken türmten sich am Horizont auf. Alan betrachtete sie besorgt. »Mach es kurz, bitte. Ich möchte dieses Skelett noch heute nachmittag herausholen. Regen würde es verderben.«

»Gut, entschuldige«, sagte ich.

Alan starrte mich an. Dann schüttelte er sich ein wenig, und ich bemerkte, daß er zu müde war, um zu wissen, was er sprach. Kein Wunder, wenn er seine Nächte damit verbrachte, auf Einbrecher zu achten… Ich war gerade im Begriff, ihn um Verzeihung zu bitten, als er mir zuvorkam.

»Tut mir leid. Ich bin in diesen Tagen ein wenig zerstreut. Um was geht es?«

»Nun, erstens möchte ich dir dazu gratulieren, daß du Matt einen Strich durch die Rechnung gemacht hast. Oder war diese Zeitungsgeschichte ein zufälliges Zusammentreffen?«

»Ich dachte mir, daß er nervös würde, was meine Ausgrabungen anbetrifft«, sagte Alan kühl. »Die alte Dame muß wissen, was vorgeht, da Rosie Danner unter ihrem Bann steht.«

»Wenn du so klug bist, warum hast du mich dann nicht wegen Elvis gewarnt?«

»Was meinst du damit?«

»Nun, Mrs. Danner muß Martha auch von ihm erzählt haben.«

»Und?«

»Und Martha haßt Tiere. Jemand schenkte mir einmal ein Kätzchen – aus einem Wurf seiner Scheunenkatze –, und sie ...« Zu meinem Entsetzen spürte ich, wie sich meine Kehle zusammenschnürte. Ich hatte fünfzehn Jahre lang nicht an jenen Vorfall gedacht.

»Das wußte ich nicht«, sagte Alan.

Ich wandte mich von ihm ab und kämpfte darum, mich unter Kontrolle zu bringen. Das ist das Schwierige bei der Amnesie; wenn die Erinnerung zurückkehrt, ist sie so frisch und schmerzlich, als wäre das Ereignis gerade eben erst geschehen. Einen Augenblick dachte ich, ich spürte etwas über meinen gebeugten Kopf streichen; aber als ich mich umdrehte, sah mich Alan nicht einmal an.

Er sagte ruhig: »Ich werde den Hund tagsüber bei mir behalten. Es wird ihm nicht gefallen, wenn er angebunden ist, aber er wird sich damit abfinden müssen. Nimm ihn nachts in dein Zimmer. Ich werde ein Wort mit Danner sprechen.«

Despotischer, arroganter, hochtrabender Mann ... »Vielen Dank. Vielleicht wäre es besser, wenn ich mit Mr. Danner spreche. Für ihn gehöre ich zur Elite, und von dir hält er nicht viel.«

»Wie du willst. Ich muß wieder an die Arbeit. Bleibst du in der Nähe?«

»Ich dachte, ich fange am besten mit der Rekonstruktion an, falls du mich nicht für etwas anderes brauchst.«

»Oh, das. Sicher. Nur zu.«

Sein Eifer, was dieses Projekt anbetraf, hatte offensichtlich nachgelassen. Nun, da er einen echten Fund gemacht hatte, den er den Geldleuten vorzeigen konnte, interessierte ihn die Rekonstruktion nicht mehr.

»Ich lasse Elvis bei dir«, sagte ich und stieg aus dem Wohnwagen.

»In Ordnung. Oh ... noch etwas ... du stellst am besten diese Barrikade wieder vor dein Tor.«

»Reporter?«

»Könnte sein. Aber ich dachte an Mrs. Hornbeak. Sie könnte ein wenig neugierig sein und sich vielleicht an dich wenden.«

»Danke. Ich freue mich schon darauf.«

Ich glaubte nicht, daß Alan mich hörte. Er ging so rasch er konnte wieder zu seinen morschen Gebeinen.

Ich wählte den längeren Weg und gelangte so zum Tor. Der Sägebock mit dem Warnschild stand dort, wo ich ihn zurückgelassen hatte, als ich am Morgen weggefahren war. Ich rückte ihn an Ort und Stelle. Es war keine richtige Barriere, und ich zweifelte daran, daß der moralische Effekt, über den der Sheriff gesprochen hatte, Mrs. Hornbeak beeindrucken würde, die an einem beklagenswerten Mangel an rudimentären Manieren litt, ganz zu schweigen von Moral. Es war jedoch das einzige, was ich tun konnte.

Ich war mir immer noch nicht im klaren darüber, was ich mit Mrs. Danner tun sollte. Wir brauchten jemanden. Shirley arbeitete für Lohn, Matt konnte ihr Pflichten aufbürden, soweit sie es zuließ – und offensichtlich hatte sie eine Schwäche für ihn, der Himmel weiß warum. Aber ich wollte verdammt sein, wenn ich es zuließ, daß er mich zu seiner Sklavin machte. Wenn ich Mrs. Danner feuerte, würde dies die Gefahr für Elvis nicht beseitigen.

Ich sah in den Briefkasten, ob Post gekommen war. Sie war gekommen. Das meiste davon waren Werbeschreiben, aber es war auch ein Brief von Mutter dabei und eine Postkarte von einer Freundin, die in Europa Ferien machte. Verwünscht sollte sie sein. Und noch ein weiterer Brief war an mich adressiert – ein großer Umschlag, so dick, daß er ein Taschenbuch oder eine Broschüre enthalten konnte. Die Adresse war handgeschrieben, und ich erkannte die Schrift.

Einen Brief von einem Toten zu erhalten, vermittelt einem ein unheimliches Gefühl. Ich stand da und drehte den Briefumschlag um und stellte fest, daß der Stempel das Datum von Montag trug. Entweder hatte jemand ihn auf seinem Schreibtisch gefunden und zur Post gegeben, oder der alte Anwalt hatte ihn spät am Sonntag abend selbst noch zur Post gebracht. Das letztere schien am wahrscheinlichsten zu sein; wenn er vorgehabt hätte, bis Montag zu warten, ehe er ihn aufgab, hätte er ihn sicherlich unverschlossen gelassen, bis er die Notiz für mich geschrieben hatte, an der er im Augenblick seines Todes saß.

Ich setzte mich ins Gras und öffnete den Umschlag. Er enthielt noch einen weiteren, etwas kleineren Umschlag, kreuz und quer mit Klebeband verschlossen. Ein Brief war beigefügt, und zwar so, daß er die Lasche des inneren Umschlags bedeckte.

Der Brief war kurz. »Meine liebe Julie, anbei ein kleines Andenken, das Sie, glaube ich, besitzen sollten. Ich weiß, ich kann Ihnen vertrauen, daß Sie den Umschlag erst öffnen, nachdem Ihre Großmutter verschieden ist. Mit den besten Grüßen, et cetera.«

Merkwürdiger und merkwürdiger, dachte ich. Ich war nicht versucht, einen flüchtigen Blick hineinzuwerfen, teils weil ich die letzte Bitte des alten Herrn respektieren wollte, aber hauptsächlich deshalb, weil ich vermutete, was das ›Andenken‹ war. Er hatte mich nicht gebeten, den Umschlag nicht abzutasten; ich spürte den Umriß von etwas, das ein Bilderrahmen sein konnte, einer der altmodischen Rahmen mit fantasievoll geschwungenen Rändern. Vielleicht war es ein Bild von mir aus meiner unglücklichen Kindheit oder von mir und meinen Eltern. Ich konnte mir eine Reihe von Gründen ausdenken, warum Martha nicht wissen sollte, daß er es mir geschenkt hatte – und keiner dieser Gründe gereichte ihr zur Ehre.

Mrs. Danner war in der Küche. Sie tat nichts, sie saß einfach da und starrte ausdruckslos ins Leere. Als ich eintrat, stand sie unbeholfen auf.

»Sie haben mir nicht gesagt, was ich tun soll. Ich weiß nicht ...«

»Schon gut, Mrs. Danner.« Ich wünschte, ich hätte die Frau aus ganzem Herzen und vollständig verabscheuen können, ohne irgendeinen abschwächenden Anflug von Mitleid. Aber es war unmöglich, jemanden zu hassen, dem so elend zumute war. Kein Wunder, daß sie nicht gern bei Martha saß. Sie konnte Marthas Forderungen ebensowenig widerstehen wie ein Feinschmecker sich von einem Schokoladenéclair abwenden kann. Sie war in Schwierigkeiten, was immer sie auch tat.

»Soll ich das Abendessen richten?«

Mein Mitgefühl schwand. So dumm oder vergeßlich konnte sie nicht sein. Sie hatte ihre eigenen kleinen Methoden, es Leuten heimzuzahlen, die sie ärgerten. Ich fragte mich, wie sie es ihrem Mann heimzahlte.

Ich ließ sie den Lattich und das Gemüse für den Salat waschen und ging in mein Zimmer. Obwohl ich Alan gesagt hatte, ich wolle mit der Arbeit an dem Modell beginnen, gab es eine Menge zu tun, ehe ich mit der Rekonstruktion wirklich anfangen konnte. Ich brauchte einen großen, kräftigen Tisch und eine Haltevorrichtung für das Modell. Und ein Bett. Ich war nicht scharf darauf, auf dem Fußboden zu schlafen. Es gab Mäuse im Haus und Schlangen außerhalb des Hauses, und ich fürchtete, eine davon könnte beschließen, einen Spaziergang über meinen Bauch zu machen.

In der Bibliothek stand ein großer Tisch aus Eichenholz. Ich konnte ihn nicht allein tragen, deshalb holte ich Mrs. Danner. Die Leichtigkeit, mit der sie das Tischende anhob, erstaunte mich. Ich hatte nicht gewußt, daß sie so stark war.

Ich stahl auch einen Teppich aus der Bibliothek – einen schönen, alten Perser, der aber so abgetreten war, daß man ihn nicht mehr hatte verkaufen können – und aus diesem Grund war er vermutlich noch da. Seine verblaßte Pracht verbesserte das Aussehen meines Zimmers so sehr, daß ich die Vorsicht in den Wind schlug und alle möglichen Dinge in das Zimmer schleppte, darunter ein eisernes Bettgestell aus einem der oberen Zimmer.

Jeder normale Mensch hätte gefragt, warum ich das Zimmer möblierte. Mrs. Danner stellte keine Frage und gab keinen Kommentar dazu ab. Sie war ungefähr so gesprächig wie ein Roboter, aber sie hatte maschinenähnliche Brauchbarkeit, und als wir fertig waren, wußte ich, was ich mit ihr tun wollte. Es war mir im Grunde egal, was sie Martha erzählte. Nur Elvis machte mir Sorgen, und Martha wußte schon von ihm.

Als es fünf Uhr schlug und Danners Pritschenwagen angefahren kam, lag ich auf der Lauer. Ich glaube, er hatte eine Konfrontation erwartet und war nur verwundert, daß sie nicht schon früher stattgefunden hatte. Nicht etwa, als ob er verlegen gewesen wäre oder sich entschuldigt hätte. Er stellte nicht einmal den Motor ab, und ich mußte schreien, um das Geratter zu übertönen. Es machte mir nichts aus zu schreien.

»Sie wissen, daß ich einen Hund aufgenommen habe«, begann ich. Ich mußte geraume Zeit auf eine Antwort warten. Schließlich machte er den Mund auf. »Miß Martha will keine Tiere um sich haben.«

»Das ist eine Sache zwischen mir und Miß Martha. Es geht Sie nichts an. Es gibt zu viele Leute, die hier nachts ohne Erlaubnis herumstreichen.«

»Miß Martha sagt, ich könnte…«

»Miß Martha führt jetzt nicht dieses Haus, sondern ich. Sie ist alt und krank und wird nicht mehr lange hier sein. Senator Ellis wird Maidenwood nach ihrem Tod übernehmen, und ich handle in seinem Namen. Wenn ich Sie irgendwo nach Einbruch der Dunkelheit auf dem Grundstück erwische oder wenn meinem Hund etwas zustößt, erstatte ich Strafanzeige. Ist das klar?«

Er warf mir einen langen, bösen Blick zu, ehe er die Augen niederschlug, und gab zögernd und grunzend zu verstehen, daß er begriffen hatte.

Mrs. Danner sagte nichts und rührte sich nicht, aber sie genoß die Demütigung. Ich konnte ihre Genugtuung fast spüren; sie blies die Wangen vor unterdrücktem Lachen auf. Ich wußte, sie würde später dafür bezahlen – nicht wegen ihrer mangelnden Loyalität, sondern wegen meiner Strafpredigt. Joe Danner würde an jemandem, der sich nicht wehren konnte, Rache nehmen.

Mir war ein wenig übel, und ich trat zur Seite und winkte sie weg.

Ehe der alte, blaue Pritschenwagen die Straße erreichte, bog ein anderes Fahrzeug in die Einfahrt ein. Joe Danner hatte den Sägebock nicht wieder vorgeschoben. Ich konnte es ihm nicht übelnehmen, aber ich fluchte leise, als ich sah, daß am Steuer des Wagens der Reporter mittleren Alters saß.

Ich lief die Einfahrt hinab und winkte ihm, damit er in einiger Entfernung vom Haus anhielt.

»Machen Sie sich nicht erst die Mühe auszusteigen«, sagte ich. »Wenden Sie einfach und fahren Sie wieder ab.« Ich glaube, Journalisten müssen sich einen Panzer als Haut zulegen. Lächelnd und ruhig hielt er mir eine gefaltete Zeitung hin. »Ich dachte, Sie haben vielleicht die Abendausgabe noch nicht gelesen, Miß Newcomb.«

Ich nahm die Zeitung. »Danke. Nun fahren Sie ab.«

»Was denken Sie über die Entdeckung von ...«

»Ich denke nie. Schauen Sie, Mister ...«

»Miller. Chris Miller.«

»Sie vergeuden Ihre Zeit, Mr. Miller. Mein Vetter, Senator Ellis, ist Mrs. Carrs Vertreter, und Dr. Petranek ist mit der Ausgrabung beauftragt. Gehen Sie hin und plagen Sie ihn. Selbst wenn ich Sie das Grundstück betreten ließe, was nicht der Fall ist, dürfte ich es nicht tun, und außerdem weiß ich nur das, was in den Zeitungen steht.«

Er stellte mir noch weitere Fragen – alle begannen mit: »Was denken Sie über …« Aber ich blieb standhaft, lächelte und schüttelte den Kopf. Schließlich gab er es auf. Ich folgte dem Wagen bis zur Einfahrt und stellte den Sägebock wieder an Ort und Stelle.

Als Shirley die Treppe herunterkam, trank ich einen Bourbon und las die Zeitung. Ich hatte einen schweren Tag hinter mir, und was ich las, hob meine Stimmung keineswegs.

Die Zeitung war die neueste Ausgabe; die Druckerschwärze war noch so feucht, daß sie auf meine Hände abfärbte. Matt mußte einen Reporter angerufen haben, sobald er mich verlassen hatte, und der sprang auf den archäologischen Wagen, der von Alan gezogen wurde. Er benützte sogar einige Sätze, die ich an diesem Morgen ironisch geäußert hatte. ›Großartiger Beitrag … historische Tradition … das Alte Dominion …‹

Als ich weiterlas, löste Amüsement meinen Ärger ab. Matt war nichts anderes übriggeblieben, als eine vollendete Tatsache mit so viel Grazie wie möglich hinzunehmen. Er war ein geschickter Redner, schön; Platitüden strömten ihm leicht über die Lippen wie Wasser. Das einzige Mal, daß er beinahe die Fassung verlor, war der Augenblick, in dem er über die erstaunliche psychische Entdeckung von Mrs. Hornbeak befragt wurde. ›Ein reiner Zufall‹, fauchte der Senator. Und Lady Jocelyn wurde als hübsche Legende abgetan. ›Sie gehört zu den Legenden von Maidenwood. Aber Historiker haben mir versichert, daß es keinen wirklichen Beweis für ihre Existenz gibt, und noch weniger für ihre Anwesenheit in Maidenwood. Mrs. Hornbeak ließ sich von ihrer überhitzten Fantasie hinreißen.‹

Ich lachte laut darüber, als Shirley hereinkam. Ich zeigte ihr die Zeitung, aber sie lehnte ab, sie zu lesen. »Das ist alles Unsinn. Ich hoffe nur, Matthew kann uns diese Reporter vom Hals halten. Sie gehen mir auf die Nerven.«

»Einer war eben hier.« Ich faltete die Zeitung zusammen und stand auf. »Ich bin ihn losgeworden. Aber ich wundere mich, daß wir nichts von Mrs. Hornbeak gehört haben. Sie wird Matts Verlautbarungen nicht schätzen.«

Vielleicht hielt unsere Barrikade Mrs. Hornbeak fern. Sie rief an, statt selbst zu kommen. Zuerst gab sie sich leicht vorwurfsvoll.

»Wir sind daran gewöhnt, lächerlich gemacht zu werden; aber Sie,

Miß Newcomb, müssen erkennen, daß ein Zufall meinen Erfolg nicht erklären kann. Ich hätte gern, daß Sie den Reportern sagen…«

Sie fuhr eine Zeitlang in der gleichen Art fort, trotz meiner Einwände und Unterbrechungen; gegen Ende der Diskussion wurde ihre Stimme schrill und ihr Verhalten nahezu beleidigend. Ich hatte gerade den Hörer aufgelegt, als etwas gegen die Gittertür sprang und ich Elvis sah.

Wir feierten ein enthusiastisches Wiedersehen auf den Stufen. Er teilte offensichtlich mein Gefühl, daß wir zu lange voneinander getrennt gewesen waren.

Alan saß auf den Stufen. »Wie wäre es, wenn du mir etwas zu trinken anbötest, sobald du aufhörst, diesen Esel abzuknutschen?«

Ich beschloß, angesichts seines Beitrags zu Elvis' Überleben die herabsetzende Bemerkung zu überhören. »Ich will ihm zuerst etwas zum Fressen geben.«

Ich brachte Alans Glas und meine Tasse Kaffee nach draußen. Die Sonne stand tief über dem bewaldeten Abhang im Westen, und ein Ring von regenbogenfarbigen Wolken umrahmte sie. Es wehte die schwache Spur einer Brise.

»Hast du die Zeitung gesehen?« fragte ich und gab sie ihm.

Alan lächelte ironisch, als er die Geschichte überflog. »Dein Vetter ist ein geschickter Politiker. Stupider Mann, geschickter Politiker. War die Presse hier?«

»Einer. Ich werde ziemlich gut darin, sie zu verjagen. Mrs. Hornbeak war nicht so leicht abzuschütteln.«

»War sie auch da?«

»Nein, sie rief an. Ich wollte, du und Matt könntet euch selbst mit euren Feinden befassen und sie nicht mir aufhalsen.«

Alan lächelte niederträchtig. Er lehnte sich zurück, stützte sich auf die Ellenbogen und hob das Gesicht in die Brise. Sein Haar klebte feucht an seiner Stirn.

»Aber sie sagte etwas, das mir zu denken gibt«, fuhr ich fort. »Ihre Entdeckung sei zu genau, um als Zufall beiseitegeschoben zu werden. Sie hat recht, Alan. Wie konnte sie in diesem großen, verwilderten Gelände die Stelle so genau finden?«

»Ohne Zweifel hast du dir darauf schon eine Antwort ausgedacht«, sagte Alan zufrieden. »Spirituelle Helfer?«

»Bah, Humbug.«

»Genau das denke ich auch.«

»Glaubst du nicht … Glaubst du an irgendeine Art von … nun, von Weiterleben?«

Ich fürchtete, daß er mich auslachen würde, doch statt dessen sagte er ernst: »Darauf gibt es keine leichte Antwort, Julie. Ich bin bereit, die Möglichkeit zu akzeptieren, daß die Geister der Toten vielleicht versuchen, mit den Lebenden in Verbindung zu treten, wenn eine dringende Notwendigkeit oder eine starke Verpflichtung besteht. Ich kann aber nicht glauben, daß sie ihre Zeit damit vergeuden, mit einem Pferdehintern wie Polly Hornbeak Gemeinplätze auszutauschen.«

»Hübsch ausgedrückt.«

»Danke. Was ist also die Erklärung für ihren Erfolg?«

»Offensichtlich hat sie Zugang zu Informationen, die du nicht hast.«

»Ich würde nicht sagen offensichtlich. Es ist eine Möglichkeit.«

»Du bist ein eingebildeter Schurke«, sagte ich ohne Bosheit. »Wo kann sie sie gefunden haben?«

»Auch hier gibt es mehrere Möglichkeiten. Sie haben im Institut eine ziemlich eindrucksvolle Bibliothek.«

»Ja, aber es gibt noch eine Möglichkeit, die mir Sorgen macht. Wie, wenn sie ihre Information hier gefunden hat?«

»Wo hier?«

»Ha? O Alan, dieses Haus ist voller Gerümpel, das seit Jahrzehnten nicht mehr gesichtet wurde. In der Bibliothek könnte Material sein, auf dem Dachboden … Ich glaube nicht, daß jemand eingebrochen ist, seitdem ich hier bin, aber wer weiß, was vorher geschah.«

»Eigenartigerweise habe ich an diese Möglichkeit auch schon gedacht.«

»Nun, du bleibst verdammt kühl dabei, muß ich sagen. Warst du nicht derjenige, der Matt die Vorlesung darüber gehalten hat, daß man nicht drei hilflose Frauen ungeschützt allein lassen sollte?«

»Ich zweifle daran, daß dich jetzt jemand belästigen wird, nachdem du den Hund hast«, sagte Alan mit einer Ruhe, die mich verrückt machte. »Wie kommst du mit der Rekonstruktion voran?«

Der Themenwechsel traf mich unvorbereitet. »Ich habe noch nicht angefangen«, murmelte ich. »Ich mußte zuerst das Zimmer einrichten.«

»Laß sehen.« Er stand auf.

Ich zeigte meine Inneneinrichtung, und Alan war freundlich genug, sie zu billigen. Er amüsierte sich über meinen Ständer für das Modell, einen Porzellantopf, der die runde Hirnschale umschloß.

»Nicht schlecht«, gab er zu. »Das reicht für den Anfang, aber ich besorge dir einen richtigen Ständer.«

Er schien noch bleiben zu wollen, aber ich führte ihn zur Tür und erklärte, ich müsse Shirley ablösen.

»Du bist nervös wegen eventueller Einbrecher, oder?« fragte er.

»Ich bin nicht nervös! Ich besitze ein vernünftiges Maß an logischer Sorge, was das angeht. Mrs. Hornbeak war regelrecht wütend. Angenommen, sie beschließt wiederzukommen und noch einmal nach geheimen Dokumenten zu suchen?«

»Ich würde dir etwas vorschlagen, wenn ich nicht fürchten müßte, daß du mir den Kopf abreißt.«

»Was?«

»Spielt keine Rolle.«

»Du meinst, ich soll dich zuerst nachsehen lassen?« Ich zögerte nur kurz. »Mir würde es nichts ausmachen, Alan, aber der einzige Ort, wo ich dich suchen lassen kann, ist die Bibliothek. Martha würde dich hören, wenn du auf den Dachboden gehen würdest.«

Er spitzte die Lippen, aber er sagte nur: »Du hältst mir am besten den Senator vom Leib. Ich möchte nicht verhaftet werden, jetzt, da ich vor einer großen Sache stehe.«

Martha machte es mir an jenem Abend schwer. Sie benahm sich wie ein Kind, das versucht, den Augenblick des Schlafengehens hinauszuschieben. Sie wollte ein Glas Eiswasser und eine Tasse Tee, und sie wollte, daß ich eine Tasse mit ihr trank, und sie wollte Toast, und der erste war zu dunkel, und der zweite war zu kalt… Zuletzt verlangte sie Schlaftabletten, aber da streikte ich; ich hatte mit Shirley vereinbart, daß sie allein für die Verabreichung von Marthas Medikamenten verantwortlich war.

Als Shirley mich endlich ablöste, nahm ich mein Nachthemd und die Pantoffeln und ging hinunter. Es war noch früh, deshalb beschloß ich, an dem Modell zu arbeiten.

Ich hatte schon die Punkte markiert und begonnen, die Markierungsstreifen auszuschneiden. Das letztere war eine knifflige Arbeit, da sie auf den Millimeter genau stimmen mußten. Es dauerte nicht lange, bis ich sie an ihre jeweilige Stelle geklebt hatte, aber es war beinahe Mitternacht, bevor ich Schluß machte. Ich wußte, ich hätte eigentlich ins Bett gehen sollen. Ich hörte ungern auf. Es würde noch viele Stunden dauern, bis ich eine ungefähre Vorstellung davon bekam, wie die Frau ausgesehen hatte. Ich betrachtete sie allmählich als meinen Besitz. Ich packte den Modellierton aus und begann mit dem nächsten Stadium – die Markierungen mit Tonschichten untereinander zu verbinden und dadurch die Grundlage zu schaffen, auf der die endgültige Modellierung beruhen würde.

Der Schädel sah wirklich gräßlich aus, als ich meine Arbeit beendete. Durch die verbindenden Tonschichten ähnelte er dem Helm eines Wikingerkriegers oder einem futuristischen Sternenkriegskämpfer. Erst als ich aufhörte, bemerkte ich, wie müde ich war, und ich beschloß, das Modell über Nacht in seinem Ständer zu lassen. Wenn Elvis eine Katze und kein Hund gewesen wäre, hätte ich es nicht riskiert, aber er hatte nicht die Gewohnheit, auf Tische zu springen, sofern dort kein Futter für ihn lag.

Ich ließ ihn einen Augenblick hinaus, und während ich unter der Tür wartete, sah ich ein Licht – keinen flackernden, fernen Hinweis auf Eindringlinge, sondern das Viereck eines erleuchteten Fensters. Alan hatte nicht gesagt, daß er im Schuppen schlafen wollte, aber das Licht mußte seines sein. Es leuchtete stetig und unverhüllt, und ich will offen zugeben, daß ich froh war, als ich es sah.

Elvis kam schließlich wieder herein. Ich gab ihm seinen Hundekuchen. Er kaute ihn dankbar, während ich die Tür verschloß. Wir beide schliefen innerhalb von Minuten ein.

Ich erwachte aufgeschreckt; jeder meiner Muskeln war angespannt und zitterte nach der Lebhaftigkeit des Traums, der meinen Schlaf unterbrochen hatte. Auch der Traum war zerstört; nichts blieb davon, außer diesem Gefühl einer verzweifelten Not und einem anhaltenden Geräusch – einem leisen, schwachen Klagen, das Jammern von etwas Kleinem, Hilflosem nach langem Weinen.

Ich wußte, daß ich wach war, aber mir schien, ich könne es immer noch hören – den traurigsten, herzzerreißendsten Laut, den ich je gehört hatte. Tränen füllten meine Augen und liefen an meinen Wangen herab. Und dann wurde ich schließlich vollends wach. Der Laut war nicht der eines weinenden Säuglings. Es war der Hund.

Meine Wangen waren immer noch feucht von den Tränen, als ich über das zerdrückte Bettzeug griff und nach Elvis suchte. Ein Hund, der in der Nacht knurrt, geht einem auf die Nerven, aber es ist besser – alles wäre besser gewesen – als dieses herzzerreißende Wimmern. Schließlich fand ich Elvis' Halsband. Er schwieg auf meinen geflüsterten Befehl hin, aber ich konnte spüren, wie sein ganzer Körper zitterte.

Die Nacht war still. Es wehte keine Brise, die die Zweige der Büsche draußen vor dem Fenster hätte rascheln lassen, nicht einmal eine Grille oder ein Laubfrosch war zu hören. Ich zweifelte nicht daran, daß Elvis etwas gehört hatte, und nach einem Augenblick hörte ich es auch. Es kam nicht aus dem Inneren des Hauses. Die Tür meines Zimmers war aus solidem Eichenholz, einen Zoll dick, und sie paßte genau in den Rahmen. Das Geräusch kam von draußen – es war ein metallisches Kratzen an der Hintertür.

Ich hielt immer noch das Halsband des Hundes und schlüpfte aus dem Bett. Die Büsche draußen vor dem Fenster verdeckten das Mondlicht, und einen Augenblick war ich völlig desorientiert.

Ich konnte meine Taschenlampe und meine Schuhe nicht finden. Es ist merkwürdig, wie schutzlos man sich barfuß fühlt. Ich hätte die Tür nicht gefunden, wenn der Hund mich nicht in ihre Richtung gezogen hätte.

Er würgte fast, so dringend wollte er bellen. Seine Gegenwart beruhigte meine Nerven. Er war gleichzeitig eine Alarmanlage und eine Verteidigungswaffe, aber ich wollte ihn in keiner von beiden Eigenschaften benutzen. Wenn der Einbrecher ins Haus kam, dann mußte er oder sie an der Tür meines Zimmers vorbei auf dem Weg in den vorderen Flur. Ich hatte nicht vor, in die Offensive zu gehen, ob mit oder ohne Elvis, aber ich wollte wissen, wer der mitternächtliche Besucher war.

Ich griff nach dem Türknauf. Meine Finger hatten sich gerade über ihm geschlossen, als ich spürte, wie er sich herumdrehte.

Es war mir nicht in den Sinn gekommen, daß der Eindringling mein Zimmer betreten würde, und es jagte mir einen solchen Schrecken ein, daß ich mich so weit wie möglich zurückzog und am Fuß des Bettes zusammenkauerte, wobei ich Elvis in den Armen hielt. Die Tür ging auf. Ein Lichtstrahl, spitz wie ein Schwert, drang in das Zimmer. Er fiel voll auf den Schädel mit seinen grotesken Schichten aus Ton. Ich hätte bei dem Anblick beinahe aufgeschrien. Die Person unter der Tür atmete leise aus und trat vor.

Bis dahin hatte Elvis meinen Befehlen gehorcht wie ein Lamm, obwohl es offensichtlich gegen alle seine Instinkte ging. Dies war zuviel. Sein Bellen explodierte in meinem Ohr, und er befreite sich. Ich setzte mich schändlicherweise auf mein Hinterteil. Ich zweifelte nicht daran, daß der Mensch mit der Taschenlampe etwas sagte, als der Hund auf ihn zustürzte, aber seine Bemerkung ging in Elvis' Geheul unter. Die Taschenlampe schwankte, fiel zu Boden und ging aus. Ich hörte einen scharfen Knall, den ich für einen Schuß hielt, und ein Jaulen von Elvis. Das brachte mich auf die Beine. Ich stürzte vorwärts, genau auf das Brett am Fußende des Bettes.

Die Kante des Pfostens stieß in mein Zwerchfell und mein großer Zeh an den unteren Rand des Pfostens. Es schmerzte stärker, als ich es für möglich gehalten hätte. Mein Aufschrei ging in dem allgemeinen Tumult unter – Krachen und Splittern und das furchtbare Bellen von Elvis. Jedenfalls war er noch am Leben. Als ich meinen schmerzenden Zeh betastete, hörte ich Schritte zur Tür gehen. Er – sie – es – wer auch immer – machte sich davon. Elvis rannte ihm nach. Die Schnelligkeit, mit der sein Bellen leiser wurde, deutete darauf hin, daß Verfolger und Verfolgter sich rasch bewegten. Ich wollte ihnen nachlaufen.

Mein Fuß trat in einen scharfen Gegenstand, der ihn bis zum Knochen zu durchbohren schien.

So kompliziert es auch klingt, das Ganze konnte nicht länger als dreißig Sekunden gedauert haben. Es kam mir wesentlich länger vor. Als ich zur Tür und dem Lichtschalter humpelte, konnte ich nicht verstehen, weshalb mir niemand zu Hilfe gekommen war. Der Lärm hätte jedermann in meilenweitem Umkreis wecken müssen.

Ich hatte gerade das Licht eingeschaltet, als ich laufende Schritte zurückkehren hörte. Wenn es mir möglich gewesen wäre, einen schweren Gegenstand zu packen, dann hätte ich dem Neuankömmling damit den Schädel eingeschlagen, aber ich konnte glücklicherweise keine Waffe finden, denn der Neuankömmling war Alan.

Er war voll angekleidet und trug auch seine schweren Arbeitsschuhe. Er hielt ein rostiges Brecheisen in der Hand. Ich taumelte auf ihn zu; er ließ das Brecheisen fallen und nahm mich in die Arme, wobei er mich so fest hielt, daß er mich eher zu bezähmen als zu stützen schien.

»Julie … was … Bist du …«

»Macht nichts«, rief ich. »Mir geht es gut – lauf ihm nach!«

Die Arme, die mich hielten, ließen locker. Ich konnte Alans Gesicht nicht sehen, da er sein Kinn auf meinen Kopf preßte, aber ich hörte, wie sein Atem rasselnd keuchte, was sowohl Erleichterung als auch verzweifeltes Gelächter ausdrücken konnte, oder …

»Es kann dir nicht viel zugestoßen sein. Hör auf zu treten, ja? Hier ist überall Blut. Hat er …«

»Er hat mich nicht angefaßt. Ich bin auf etwas Scharfes getreten … Oh, verdammt! Das Modell – es ist in tausend Stücke zerbrochen. Und Elvis ist weg. Er jagte ihn hinaus, er wird erschossen werden …«

Alan legte mich aufs Bett, kniete neben mir nieder und nahm meinen blutenden Fuß in die Hand. Mein Gejammer über Elvis endete in einem Schmerzensschrei, als Alans Finger vorsichtig tasteten und drückten.

»Ich möchte mich nur vergewissern, daß keine Glassplitter in der Wunde sind, Julie. Du mußt auf das zerbrochene Glas der Taschenlampe getreten sein; die Ränder des Modells sind nicht scharf genug, um so saubere Wunden zu schneiden. Seine Taschenlampe, nehme ich an?«

»Oder ihre. Autsch! Alan, hör auf, reg dich meinetwegen nicht auf, und schau nach Elvis.«

»Dem Hund geht es gut, Julie, wir hätten sonst Schüsse oder Jaulen oder Bellen gehört oder irgend etwas. Wo hast du dein Verbandszeug?«

Zum Glück für meinen Blutdruck kam Elvis wieder, ehe Alan meinen Fuß fertig verbunden hatte. Auf meinen Freudenschrei hin sprang er auf das Bett und erlaubte mir, ihn zu umarmen. Er sah sehr zufrieden mit sich aus – der heldenhafte Hund in Person. Obwohl er voller Schmutz und Gras war, hatte er keinen Schaden gelitten, und zu meinem Bedauern hatte sich auch kein Stoffetzen in seinen Zähnen verfangen.

»Halte ihn still. Ich räume das Glas weg«, sagte Alan und fegte den Fußboden, während ich zusah.«

»Das mit dem Modell tut mir leid«, sagte ich. »Ich hätte es in den Wandschrank stellen sollen, aber ich war so müde …«

»Ich lasse ein anderes machen«, sagte Alan kurz. »Wir haben die Gußform.«

»Du hast ihn zwar nicht gefaßt, alter Junge«, sagte ich zu Elvis, »aber du hast ihm wahrhaftig geholfen, eine mächtige Unordnung zu machen.«

Sobald Alan mit dem Fegen fertig war, stand ich auf. »Wo gehst du hin?« fragte er.

»Ich gehe und schließe Elvis in der Küche ein. Und dann sehe ich nach Martha.«

Das erste, was ich sah, als ich Marthas Tür öffnete, war der erschreckende Schimmer eines weißen Augapfels. Sie schien tief zu schlafen; aber das Geräusch der sich öffnenden Tür, so leise es auch war, weckte Shirley im Nachbarzimmer. Sie erschien in der Tür, und ihre großen Augen reflektierten das Nachtlicht.

»Miß Martha.«

»Es geht ihr gut. Ich habe nur hereingesehen, um … äh … ich habe einfach hereingesehen. Tut mir leid, daß ich Sie geweckt habe.«

Shirley ging schwerfällig zum Bett und beugte sich über Martha. »Ja, sie schläft.« Sie richtete sich auf und sah mich an; obwohl sie flüsterte, war die verletzte Würde in ihrer Stimme unüberhörbar. »Sie brauchen sich keine Sorgen zu machen, Julie, ich würde aufwachen, wenn sie mich braucht.«

»Ich habe nicht Sie kontrolliert, Shirley – wirklich nicht. Ich habe einfach … Schauen Sie, ich erkläre es Ihnen morgen früh. Gehen Sie jetzt wieder schlafen – bitte.«

Ich zog mich zurück und kam mir vor wie ein Wurm. Ich würde mich am Morgen entschuldigen und die Dinge in Ordnung bringen; es war nicht notwendig, Shirleys restliche Nachtruhe zu stören. Ich hatte gehört, daß Krankenschwestern sich soweit trainieren können, trotz äußerer Geräusche ungestört zu schlafen, aber sich beim geringsten Laut ihres Patienten sofort zu erheben. Mutter behauptete, sie habe das gleiche getan, als ich klein war.

Als ich nach unten kam, kochte Alan Kaffee. Er bot mir eine Tasse an. Ich schüttelte den Kopf. Die Reaktion hatte eingesetzt; ich spürte, wie ich am ganzen Körper zitterte und fürchtete, ich würde die Tasse fallen lassen, wenn ich sie zu halten versuchte.

Alan warf mir einen Blick zu und stellte die Tasse auf den Tisch. »Trink! Die Hälfte davon ist Zucker – du brauchst ein Stärkungsmittel.«

Was ich brauchte, war jemand, der mich festhielt und mich umarmte und mir sagte, ich bräuchte mich vor nichts zu fürchten. Aber ich wäre eher gestorben, als dies zu sagen. Ich hatte mir nur vorgestellt, daß Alans spontane Umarmung lediglich aus normaler Sorge erfolgt war. Vielleicht wenn ich geschluchzt und mich an ihn geklammert hätte... Nun, jetzt war es zu spät. Außerdem – so versicherte ich mir – würde ich niemals zu dieser Art emotionaler Verführung Zuflucht nehmen.

Alan beobachtete mich. Ich setzte mich hin und zog die Tasse näher, langsam, damit ich nichts verschüttete.

»Fühlst du dich jetzt besser?« fragte Alan. Seine Stimme klang kühl und teilnahmslos.

»Mir geht es gut.«

»Er kommt heute nacht nicht wieder«, sagte Alan. »In ein paar Stunden wird es hell. Warum gehst du nicht wieder ins Bett?«

»Ich könnte nicht schlafen.«

»Möchtest du, daß ich dableibe?«

Und ob ich wollte, daß er blieb! »Ich bin sicher, du hast andere Dinge vor, die dir lieber sind«, sagte ich.

Alan stand auf. »Sobald die Sonne aufgeht, nehme ich den Hund und versuche, die Spur deines Einbrechers zu verfolgen. Es ist sinnlos, in der Nacht herumzustolpern.«

»Wer, glaubst du, war das?«

Alan zuckte die Achseln. »Es kommen mehrere Personen in Frage.«

Als er gegangen war, saß ich da und starrte auf die geschlossene Tür. Eisige Kälte legte sich um mich. Einer von mehreren Menschen … darunter Alan selbst. Es wäre eine perfekte Tarnung für einen Eindringling – sich auf dem Absatz umzudrehen und als heldenhafter Retter wiederzukommen.

12

Das Tageslicht belebte mich ein wenig, aber nicht sehr. Was mir am meisten Sorgen machte, war der zwingende Schluß, daß der Eindringling hinter mir her gewesen war. Es gab keinen anderen Grund, weshalb er dieses Zimmer hätte betreten sollen.

Alan traf mich über den Küchentisch gebeugt an, während ich meinen kalten Kaffee anstarrte, als er kurz nach sechs Uhr zurückkam.

»Kein Glück gehabt«, verkündete er. »In der Buchsbaumhecke sind gebrochene Zweige, wo er sich seinen Weg bahnte. Aber der Boden ist zu trocken, um Fußspuren aufzunehmen, und Elvis gab auf, als wir zur Straße kamen. Er muß seinen Wagen dort stehengelassen haben.«

»Du sagst dauernd ›er‹. Woher weißt du, daß es keine Frau war?«

»Ich weiß es nicht. Wann kommt der Sheriff?«

»Wie?« Ich sah ihn dumm an.

»Hast du ihn nicht angerufen?« Alan griff nach dem Telefon. »Um Himmels willen, muß ich dir alles sagen?«

»Ich wollte ihn nicht aufwecken«, sagte ich gähnend.

»Irgend jemand wäre wach gewesen. Glaubst du, die Polizisten machen um fünf Uhr zu und erst um … Hallo?«

Als er den Hörer auflegte, war er mißmutig. »Sie haben mich zusammengestaucht, weil ich den Vorfall nicht früher gemeldet habe. Los, zieh dich an.«

»Kommen sie?«

»Natürlich kommen sie. Einbrechen und in ein Haus eindringen ist ein Verbrechen, wußtest du das nicht?«

Ich hatte das Gefühl, daß Sheriff Jarboe die Carrs und ihre Probleme allmählich satt bekam, aber er war sehr nett. Er gab mir nicht einmal die Schuld daran; er gab die Schuld Alan.

Ich schämte mich ein wenig wegen meiner Feigheit, riß mich aber zusammen und begann das Frühstück zu richten.

Als Shirley herunterkam, saßen Jarboe und sein Stellvertreter mit Alan am Küchentisch, und ich servierte Toast, Rührei und Kaffee.

»Sie hätten nichts tun können«, sagte ich und unterbrach Shirleys schuldbewußtes und gequältes Klagen. »Es war alles in wenigen Minuten vorbei.«

»Ja, aber ich hätte aufwachen sollen. Gewöhnlich schlafe ich nicht so fest.«

Der Sheriff unterbrach sie. »Sie hat recht. Shirley, hören Sie auf, sich Vorwürfe zu machen und gehen Sie wieder zu Miß Martha. Sagen Sie ihr lieber nichts davon.«

»Nein, bestimmt nicht. Ich weiß ja gar nicht, was los war. So etwas ist bei uns noch nie passiert...«

Sie ging mit Marthas Tablett hinaus, und wir anderen aßen das Rührei auf. »Wir schauen uns noch einmal um, bevor wir gehen«, sagte Jarboe und biß in seinen dritten Toast. »Aber ich sehe nicht das geringste. Es muß die gleiche Bande gewesen sein.«

»Bande?« wiederholte Alan und hob die Augenbrauen. »Julie sagt, es sei nur eine Person gewesen.«

»Sie hat nur eine gesehen. Die anderen waren wahrscheinlich draußen und warteten darauf, daß die Vorhut ihnen reine Luft verkündete.«

Jarboe blieb bei seiner Theorie. Alan antwortete nicht, aber sein sarkastisches Lächeln sagte mir, daß er Jarboes bequemer Theorie skeptisch gegenüberstand.

Ehe Jarboe ging, untersuchte er die Trümmer, die Alan vom Fußboden meines Zimmers zusammengefegt hatte. »Klug von Ihnen, sie aufzubewahren, Professor«, sagte Jarboe widerwillig. »Es ist aber nichts da.«

Jetzt war nichts da. Es wäre geschickt, den Fußboden aufzufegen, falls man nicht sicher war, ob man ein Zeugnis für seine Anwesenheit hinterlassen hatte. Aber warum sollte Alan in das Haus einbrechen? Es war ihm gelungen, mein Vertrauen und dasjenige Shirleys zu gewinnen; er konnte während des Tages kommen und gehen, wie es ihm gefiel.

Jarboe nahm seinen Hut. »Ich werde die Zahl der Patrouillen erhöhen, die der Streifenwagen macht«, versprach er. »Und ich sage den Jungen, sie sollen bis zum Haus vorfahren, anstatt nur auf der

Straße vorbei. Machen Sie sich keine Sorgen, wenn Sie in der Nacht einen Wagen hören.«

»Ich nehme nicht an, daß ich Sie dazu überreden kann, einen Mann nachts hierzulassen«, sagte ich.

Jarboe wiederholte die vertraute Litanei. »Nicht genug Männer. Äh ... Julie, ich hoffe, Sie schlafen nicht wieder in diesem Zimmer.«

Ich sagte, ich hätte noch nicht darüber nachgedacht.

»Lieber nicht. Oben sind Sie sicherer. Nicht, daß sie gerade nach Ihnen suchen«, fügte er rasch hinzu, »aber man kann nie wissen, was sie vielleicht machen, wenn sie eine Frau allein antreffen ... Ich meine, warum sollte man Risiken eingehen?«

Nachdem er all die falschen Dinge gesagt hatte, zog er sich hastig zurück. Ich wandte mich an Alan. »Ich fühle mich jetzt schlechter als vorher.«

»Schlaf ein paar Stunden, dann geht es dir wieder gut.« Alan stand auf. »Soll ich dir den Hund dalassen?«

»Ja. Nein ... Ich weiß nicht.«

»Ich lasse ihn da. Ich habe ein paar Besorgungen zu machen. Schau nicht wie ein verwundetes Reh. Niemand wird dich bei Tageslicht belästigen. Ich bin ungefähr um die Mittagszeit zurück.«

Auch Shirley schlug vor, daß ich etwas schlafen sollte, was meinen Verdacht bestätigte, daß ich so verstört aussah, wie ich mich fühlte. Ich fauchte sie an und bereute es dann, denn sie gab sich eindeutig die Schuld an meinem Mißgeschick. »Ich brauche keinen Schlaf mehr«, versicherte ich ihr. »Ich komme mit weniger als fünf Stunden pro Nacht aus, wenn ich in der Schule bin. Warum fahren Sie nicht für eine Weile nach Hause?«

»Sind Sie sicher, daß Sie sich nicht fürchten?«

Ich lachte herzlich.

»Vielleicht fahre ich rasch nach Hause und putze etwas«, sagte Shirley. »Ich muß etwas tun, um mich abzuregen. Ich muß wohl alt werden, daß ich so tief schlafe.«

Wir standen vor Marthas Tür, ich auf dem Weg in ihr Zimmer, Shirley auf dem Weg hinunter mit dem Tablett. »Sie muß auch gut geschlafen haben«, sagte Shirley. »Sie strahlte heute früh wie ein neuer Pfennig. Sie hat mich nicht einmal gefragt, was unten los war mit der Polizei und alledem. Sie liegt einfach da und lächelt. Ich hoffe, es ist kein Anzeichen für …«

Ich unterdrückte ein weiteres Lachen – mein erstes, echtes Lachen an diesem Morgen, als ich mir Martha vorstellte, die selig strahlte beim Anblick der Engel, die sie zum Himmelstor führen würden. »Es ist eher wahrscheinlich, daß sie vorhat, uns irgendeinen gemeinen Streich zu spielen«, sagte ich. »Gehen Sie und machen Sie sich keine Sorgen um mich.«

Martha war nicht freundlicher als sonst, aber ich glaubte den Grund zu verstehen, weshalb sie lächelte. Als ich das Zimmer betrat, ertappte ich sie dabei, wie sie sich in das Kissen zurücklehnte. Sie hatte sich aufgerichtet gehabt – und das mußte sie selbst getan haben, denn Shirley hätte sie nicht in dieser Stellung zurückgelassen. Die gute alte Schurkin trainierte heimlich ihre Muskeln. Es sah ihr ähnlich, ihre eigene Version von Gymnastik zu treiben, nachdem sie die Hilfe einer ausgebildeten Therapeutin abgelehnt hatte.

Ich hatte noch nicht lange gelesen, da läutete das Telefon. Als ich Matts Stimme hörte, wurde mir klar, daß ich ihn über die Vorgänge der vergangenen Nacht hätte unterrichten sollen. Er war abwechselnd besorgt, vorwurfsvoll und zornig.

»Woher weißt du es?« fragte ich und beobachtete Martha. Diesmal besaß sie die Höflichkeit, so zu tun, als höre sie nicht zu, aber ihr gutes Auge blickte in meine Richtung.

»Jarboe hat mich angerufen. Du hättest es mich wissen lassen sollen, Julie. Es ist wirklich schlimm, wenn ich von der Polizei erfahren muß, daß meine Cousine attackiert wurde …«

»Ich wurde nicht attackiert.«

»Bist du sicher, daß alles in Ordnung ist?«

»Ja.«

»Was, zum Teufel, hast du überhaupt da unten gemacht?« Seine zornige Stimme ärgerte mich nicht; ich nahm es als ein Zeichen vetterlicher Sorge und war eher erfreut darüber als alles andere. »Willst du wirklich, daß ich es dir erkläre?«

»Oh, du bist bei Martha. Dann laß es. Ich versuche, heute abend hinauszukommen. Laß mich eine Minute mit ihr sprechen, ja?«

Ich gab Martha den Apparat und beobachtete die verstärkte Kraft, mit der ihre Hand sich über dem Hörer schloß. Ihre Redeweise war das einzige, was sich nicht verbessert hatte. Sie ließ Matt das meiste sprechen. Ihre Augen funkelten, als sie zuhörte; ich nahm an, er berichtete ihr von seiner Absicht, sie bald zu besuchen.

Der Vormittag ging wie gewöhnlich vorüber. Um zwölf Uhr war Shirley noch nicht zurückgekehrt, deshalb klappte ich das Buch zu und sagte Martha, ich wolle das Mittagessen zubereiten.

Elvis lag unter dem Küchentisch und sah gelangweilt und einsam aus. Ich ließ ihn hinaus und erkundete die Lebensmittelsituation. Ich rührte gerade eine unattraktive Mischung aus Nudeln, Erbsen und Käse an, als Shirley hereinkam, atemlos und sich entschuldigend.

»Es tut mir leid, daß ich mich verspätet habe«, begann sie.

»Es wird Ihnen noch mehr leid tun, wenn Sie dies hier probieren.« Ich schwenkte einen Löffel über der Pfanne auf dem Herd.

»Ron hat seine Arbeit verloren.« Sie ließ sich schwer auf einen Stuhl fallen.

»Oh, Shirley, das tut mir leid! Was ist passiert?«

»Er sagt, er wurde gefeuert, weil ein Freund des Chefs den Posten haben wollte. Aber es würde mich nicht wundern, wenn er zu jemandem unverschämt gewesen ist.«

»Das ist schlimm, Shirley. Vielleicht kann ich hier in der Nähe Arbeit für ihn finden. Oder vielleicht braucht Alan noch jemanden.«

»Das wäre schön. Meine Güte, Kind, was haben Sie da in der Pfanne?«

Sie machte sich mit den Nudeln zu schaffen. Ich ließ das Thema fallen; auch ich hatte Mrs. Danner heranschlurfen gehört, und ich verübelte es Shirley nicht, wenn sie nicht vor Marthas Spitzel über Rons Lage diskutieren wollte – zumal über jenen Aspekt von Rons Lage, der seiner Mutter die meisten Sorgen machte. Sie mußte wohl wissen, in welche Richtung Jarboes Verdacht ging. Deshalb war sie nach Hause geeilt, um sicher zu sein, daß Ron ein Alibi für die vergangene Nacht hatte.

Offensichtlich hatte Ron keines, und der Verlust seiner Arbeit gab ihm ein stärkeres Motiv, sich dem Einbruch zuzuwenden oder zu ihm zurückzukehren.

Shirley trug Marthas Tablett nach oben, und Mrs. Danner und ich setzten uns hin und aßen die Nudeln, die dank Shirleys Eingreifen nur halb so schlecht waren. Mrs. Danner aß schweigend und blickte auf den Teller. Ich dachte, ich könnte selbst ein wenig eigene Detektivarbeit leisten und sagte plötzlich: »Heute nacht ist jemand ins Haus eingebrochen.«

Nicht einmal das Tempo ihres Kauens und Schluckens änderte sich. Das Element der Überraschung hatte versagt, und deshalb fragte ich sie geradeheraus, ob ihr Mann in der Nacht ihr Haus verlassen hatte.

»Nein, Ma'am, das hat er nicht getan. Soll ich den Salon putzen?«

»Was haben Sie für eine merkwürdige Vorliebe für den Salon?« fragte ich.

Der Sarkasmus war bei Mrs. Danner vergeudet. Sie sah mich ausdruckslos an. Ich kannte die Antwort auf die Frage: Die Karaffe stand im Salon. Ich sagte langsam: »Nein, Mrs. Danner, ich möchte nicht, daß Sie den Salon putzen. Gehen Sie und lösen Sie Shirley ab.« Ich konnte einem letzten Hieb nicht widerstehen, niederträchtig wie ich bin. Als sie zur Tür schlurfte, fügte ich hinzu: »Wenn Miß Martha fragt, was heute nacht hier vorgegangen ist, dann erzählen Sie es ihr ruhig.«

Mrs. Danners gebeugte Schulter zuckte, so wie eine Kuh zusammenzuckt, wenn eine Bremse sie sticht, aber das war ihre einzige Antwort.

Ich saß am Tisch und kritzelte eine Einkaufsliste, als mir Elvis winselnd Alans Ankunft ankündigte. Er war schwer bepackt mit Tüten. Deshalb öffnete ich ihm die Tür.

»Ich sehe, du bist noch am Leben«, lautete sein Gruß. »Keine weiteren Einbrecher?«

»Danke, daß du es bemerkst. Was hast du da?«

»Geschenke für dich.«

»O nein, nicht noch ein... Wie hast du das so rasch bekommen?«

Alan machte ein selbstgefälliges Gesicht. »Ich hatte einen Ersatz bereit.«

»Für den Fall, daß ich das Modell fallen lassen würde?«

»Es ist gut, daß ich eines hatte, nicht wahr?«

Das konnte ich nicht abstreiten. »Ich weiß nicht, ob ich noch in der Stimmung dafür bin.«

»Es wäre besser, du kämst in Stimmung.« Alan packte die Tüten aus. »Eile tut not. Ich möchte es schon gestern haben. Ich möchte, daß du sofort wieder anfängst.« Nach einem Augenblick fügte er hinzu: »Bitte.«

»Warum? Nein, sag nichts, laß mich raten. National Geographic zögert.«

»Ich brauche alle Munition, die ich bekommen kann«, sagte Alan.

»Soll ich nicht bei der Ausgrabung helfen?«

»Die Ausgrabungen sind vorübergehend eingestellt, bis ich weiß, wo ich finanziell stehe. National Geographic ist nicht mein einziges Eisen im Feuer. Ende der Woche soll ich von jemandem hören, und dann kann ich eine anständige Ausgrabung in Angriff nehmen.«

Mir schien, daß seine Bemerkung einen Widerspruch enthielt. Wenn er die Rekonstruktion benötigte, um potentielle Geldgeber zu beeindrucken, dann würden Zeugnisse, die er aus weiteren Grabungen gewann, dem gleichen Zweck dienen. Ich wurde jedoch von den Dingen abgelenkt, die er aus der Tüte zog. Ein weiteres Modell des Schädels – dieses breite, weiße Lächeln wurde allmählich so vertraut wie das Gesicht eines alten Freundes –, ein ordentlicher Ständer, Modellierton und Radiergummis und verschiedene andere Dinge. Ich schluckte, als er den Deckel einer Schachtel abnahm und mich ein paar Augäpfel anstarrten.

»Diesmal machen wir es am besten gleich richtig«, sagte er. »Ich habe auch falsche Augenwimpern und eine Perücke mitgebracht.«

»Sie sind braun«, sagte ich und starrte die Augäpfel an.

»Zweifellos.«

»Aber ihre waren ...«

Alan tat so, als habe er es nicht gehört. »Braun ist die häufigste Augenfarbe.«

»Wie meine.«

»Deine Augen sind nicht braun, sie sind haselnußfarben ... wie dem auch sei«, sagte Alan, ehe ich etwas dazu bemerken konnte. »Stellen wir es auf.«

Ich folgte ihm in mein Zimmer und sah zu, wie er die Materialien ausbreitete. »Was ist das?« fragte ich, als er einen letzten Gegenstand aus der Tüte zog.

»Ein Schloß für die Tür. Ich werde es installieren, während du anfängst.«

Er hatte auch das nötige Werkzeug mitgebracht. Als er zu bohren anfing, bemerkte ich beiläufig: »Ich schlafe heute nacht nicht hier.«

»Wie du willst. Aber ich möchte, daß das Zimmer abgeschlossen wird, ob du hier bist oder nicht.«

Bis er das Schloß angebracht hatte, war ich schon ziemlich weit fortgeschritten. Ich hatte die gleiche Prozedur erst vor so kurzer Zeit ausgeführt, daß es beim zweiten Mal leichter war.

Alan beugte sich über mich, ich spürte seinen Atem an meinen Wangen, bis ich gereizt sagte: »Würdest du damit aufhören? Ich kann mich nicht konzentrieren.«

»Du bist mit den Markierungen schon beinahe fertig?«

»Noch sechs.«

»Beeil dich, ja?«

Ich antwortete nicht. Als ich die letzte, die sechsundzwanzigste Markierung an Ort und Stelle angebracht hatte, wandte ich mich um. »Was willst du?«

»Was ich will? Eine ganze Menge.« Alans Augen waren verschleiert und dunkel. »Aber ich gebe mich mit ein oder zwei Stunden auf dem Dachboden zufrieden.«

»Alan, ich sagte dir, ich kann nicht...«

»Warum nicht?«

»Martha könnte dich hören. Sie...«

»Was würde sie tun?« Seine Stimme klang gleichgültig, seine Haltung war entspannt, aber ich spürte den Zorn, der unter der dünnen Oberfläche seiner äußeren Ruhe kochte. »Würde sie dich beschimpfen? Würde sie drohen, dich zu enterben? Wann geht es dir in deinen Schädel hinein, daß sie dir nichts mehr anhaben kann? Du bist kein Kind mehr, du bist eine gesunde, unabhängige Erwachsene – und sie ist eine kranke, alte Frau. Ich schwöre bei Gott, wenn ich sehe, was sie mit dir gemacht hat, könnte ich fast an Hexerei glauben.«

Ich sah ihn an, schweigend und bestürzt. Es war vielleicht mein hilfloses Aussehen, das seine Selbstbeherrschung erschütterte; sein Zorn kochte über in raschen, hitzigen Worten.

»Was ist, zum Teufel, los mit dir und deinem teuren Vetter? Macht es euch nichts aus, ob uneingeladene Besucher zu jeder beliebigen Nachtstunde im Haus herumspazieren? Ich könnte an allen Türen und Fenstern Schlösser anbringen – und das ist mehr, als der ehrenwerte Senator zu tun geruht –, aber das würde immer noch nicht deine Sicherheit garantieren. Irgend etwas Merkwürdiges geht hier vor, und ich möchte wissen, was es ist. Führst du mich nun hinauf, oder soll ich allein gehen – und unterwegs Martha ins Auge spucken und ihr sagen, was ich von ihr halte?«

Zorn kann ein Anzeichen der Sorge sein. Anstatt mich über seinen Ausbruch zu empören, fühlte ich mich von ihm gestärkt. Ich brachte sogar ein zittriges Lächeln zustande. »Das wäre Marthas Ende; sie bekäme bei deinem bloßen Anblick einen tödlichen Schlaganfall. Ich gehe mit dir hinauf. Aber was hoffst du zu finden?«

Alan entspannte sich. Er konnte sich das leisten; er hatte den Streit gewonnen. »Es ist mehr die Frage, was ich *nicht* zu finden hoffe. Anzeichen dafür, daß jemand kürzlich dort oben gewesen ist. Polly Hornbeak hat irgendwo einen Hinweis gefunden; der gute alte Joe Danner sucht nach Gott weiß was – und vergiß nicht die Kleider, die die Skelette trugen. Niemand in der Nachbarschaft hat sie gekannt. Aber sie müssen von irgendwo herkommen.«

Er ließ mir keine Zeit zu überlegen, sondern griff nach meiner Hand und zog mich auf die Füße. »Komm mit!«

Keiner von uns sprach, bis wir vor der Tür standen, hinter der die Treppe lag, die zum Dachboden führte. Marthas Tür war geschlossen, als wir auf Zehenspitzen vorbeigingen, jedenfalls ging ich auf Zehenspitzen. Alan bemühte sich nicht, das Geräusch seiner Schritte zu dämpfen. Die Treppe zum Dachboden war am äußersten Ende des Flügels, der abgeschlossen war, solange ich mich zurückerinnern konnte. Zuerst wollte die Tür nicht aufgehen, und ich empfand eine feige Erleichterung, als ich daran dachte, daß sie während meiner Kindheit immer verschlossen gewesen war. Jetzt war sie nicht abgeschlossen. Alan zog am Griff, und die Tür knarrte und gab nach.

Der Geruch abgestandener, modriger Luft löste den Erinnerungsblitz aus, von dem ich gewußt hatte, daß er kommen würde. Das Sonnenlicht griff mit langen Fingern über die Fußbodenbretter. Das schrille Summen einer Fliege, die von den klebrigen Fäden eines Spinnengewebes hoch unter den Dachbalken gefangen war, Holzspreißel, die meine nackten Knie aufschürften, als ich niederkniete, um hineinzusehen…

Hinein… in etwas. Ich konnte es nicht sehen. Es war weg. Auch

Alan war fort – die Treppe hinauf zum Dachboden. Ich hörte die Dielen unter seinen Füßen knarren.

Meine Hände waren feucht vom Schweiß. Es würde heiß sein dort oben wie an den Toren zur Unterwelt. Das große, runde Fenster unter der Dachtraufe war vermutlich seit Jahren nicht geöffnet worden. Ein Teil von mir – das feige Kind – wollte davonlaufen. Aber ein anderer, klügerer Teil von mir wußte, daß es keinen Weg zurück gab, daß ich nie wieder von Martha frei sein würde oder von der Vergangenheit, bis ich sah, was oben auf mich wartete.

Es schien eine Ewigkeit zu dauern, bis ich hinaufgestiegen war. Oben war keine Tür, nur eine Öffnung im Fußboden. Ich hielt den Blick auf die Stufen fixiert, bis mein zögernder Fuß die letzte erreicht hatte.

Trübes Sonnenlicht, von tanzenden Staubmotten übersät, lag auf dem kahlen Fußboden. Die Mitte des großen Raumes war leer: Abgestellte Möbel, Schachteln, Fässer, Kisten standen im Kreis an den Wänden. Die einzigen Fußspuren, die den Staub aufgewirbelt hatten, waren die von Alan; er stand da, wandte mir den Rücken zu und legte den Kopf auf eine Seite, als lausche er.

Ich sah es auf den ersten Blick, sah und übersah alles andere außer dem einen Gegenstand, der buckeligen Truhe in der hintersten Ecke, am weitesten von der Treppe entfernt. Ich erinnere mich nicht daran, daß ich aufschrie, aber ich muß es getan haben, denn Alan drehte sich mit geschmeidiger, erschrockener Schnelligkeit um.

»Julie? Was ist?«

Meine Stimme war nicht mehr als ein Flüstern. »Die Truhe. Ich habe hineingesehen. Ich brach das Schloß auf – ich weiß nicht warum –, es war das einzige, was verschlossen war. Ich dachte, es müsse etwas Besonderes darin sein … Sie fand mich. Sie fand mich immer – sie wußte immer Bescheid. Alan …«

Wortlos streckte er die Hände aus. Ich griff nach ihnen, als wären sie eine Rettungsleine. Im nächsten Augenblick lag ich in seinen Armen, gewiegt, beschützt; seine Lippen trafen die meinen mit einer Eindringlichkeit, die nicht kleiner war als die meine.

Wir hatten uns früher an manchen merkwürdigen Orten geliebt. Unter dem Tisch in Alans Büro, dem einzigen Platz, der nicht voller Bücher und Schreibtische und Aktenschränke war; auf einer feuchten Wiese außerhalb von Williamsburg mit drei verwirrten Kühen als Zuschauern. Nie konnte es einen so unangemessenen Platz geben wie diesen staubigen, heißen Dachboden – die splitterigen Bretter unter unseren Körpern; und der Staub kitzelte in unseren Kehlen und Nasen.

Und nie zuvor war unsere Liebe so gewesen wie an diesem Tag – eine schwindelerregende, verwirrende Verwirklichung der Einheit, die die letzten Zweifel beseitigte, so wie eine helle Flamme durch klebrige Spinnengewebe schneidet. Ich hatte nicht gewußt, daß die Barriere da war, bis sie fiel; und ich wußte, ich war jetzt für immer von ihr befreit.

Wir lagen nebeneinander auf dem Fußboden. Träge malte ich mit dem Finger ein Herz in den Staub; Alan lachte und zeichnete einen Pfeil hindurch.

»Sie ging regelmäßig hier herauf – alle paar Wochen. Immer allein. Sie trug nie etwas herauf oder herunter. Ich wurde neugierig. Ich hatte Gott weiß nicht viel, was mich in jenen Tagen beschäftigt hätte. Sie schloß die Tür immer ab. Aber das hinderte mich nicht; ich fand einen Schlüssel in einer der anderen Türen, der in das einfache Schloß paßte. – Beim ersten Mal habe ich mich zu Tode gefürchtet, als ich mich diese Treppe hinaufwagte; aber das machte das Ganze noch aufregender. Es war ein Abenteuer, ein kleiner, aber wichtiger Akt des Trotzes.

Ich muß drei- oder viermal hier oben gewesen sein, ehe ich mutig genug war, die Truhe zu inspizieren. Nichts anderes war verschlossen. Ich dachte, es müßten Schätze darin sein, Juwelen, Blackbeards Gold… Ich glaubte im Ernst nicht, daß ich sie öffnen könnte. Der Schließhaken muß verrostet gewesen sein; er gab mit einem schrecklichen Krachen nach, als ich an ihm zog. Ich hob den Deckel an… Ich hockte auf dem Fußboden, weißt du; ich kniete nieder und beugte mich vor, um hineinzusehen…«

Alan griff nach meiner Hand. »Sprich es aus«, sagte er sanft. »Was hat sie getan? Dich geschlagen oder…«

»Nein. O nein… Sie… Ich weiß nicht, wie sie sich an mich heranschlich, ohne daß ich sie hörte. Eines der Dielenbretter knarrte, aber erst, als sie direkt neben mir stand. Ich blickte auf, und da war sie, starr wie eine Statue ... Sie schien drei Meter groß zu sein. Als sie sich herunterbeugte, war es so, als ob ein Felsbrocken auf mich fiele. Ich konnte mich nicht rühren. Ich hörte sie etwas darüber sagen, daß meine Neugier befriedigt werden sollte ... Sie steckte mich in die Truhe. An mehr erinnere ich mich nicht ... Alan, du tust meiner Hand weh.«

Er umarmte mich und preßte mich an sich. Zuerst sprach er nicht, dann sagte er mit belegter Stimme: »Ich wußte, daß etwas nicht stimmte. Aber ich hätte nie gedacht, daß es so schlimm war. Warum hast du es mir nicht erzählt?«

»Ich hatte es vergessen. Ich löschte praktisch alle Erinnerungen an jene Zeit aus. Jetzt kommen sie wieder, ganz plötzlich und manchmal erschreckend. Jetzt weiß ich, warum ich mein Schlafzimmer im oberen Stock hasse. Sie schloß mich dort zur Bestrafung ein – gewöhnlich an stürmischen Tagen oder spät am Abend – und nahm die Lampe mit. Da war eine besonders grausame Geschichte mit diesem Zimmer verbunden – ein Mädchen sollte darin spuken, eine Besucherin, deren Haar Feuer fing, während sie sich zurecht machte, um ihren Geliebten zu empfangen. Sie beugte sich zu dicht über die Kerze neben dem Spiegel, um ihr hübsches Gesicht zu bewundern ... Martha sagte, ich dürfe nie der Sünde der Eitelkeit verfallen, unter keinen Umständen.«

»Ich würde die alte Hexe gern umbringen«, murmelte Alan.

»Ich habe es getan – in Gedanken –, immer und immer wieder. Aber meine Lieblingsidee daran, mich an Martha zu rächen, war es, daß Martha Reue empfand. Ich sah mich im Geist für einen Ball gekleidet in langen Röcken und Rüschchen und mit Juwelen im Haar – und Martha kniete vor mir und bat demütig um Verzeihung. Ich habe mich gefragt, ob Martha diese Geschichte über das Mädchen, das verbrannte, erfunden hat. Sie erzählte mir eine Menge moralischer Geschichten über ›leichte Mädchen‹, die vom gerechten Zorn Gottes heimgesucht wurden. Ich kannte Worte wie ›Dirne‹ und ›Unzucht‹, ehe ich das Wort ›Mississippi‹, aussprechen konnte.«

Alan zog eine Grimasse. »Und ich fragte mich, warum du solch ein Wesen um die Jungfräulichkeit machtest. Martha hat eine Menge angerichtet, Julie, einschließlich deiner Heimatlosigkeit und deinem Mangel an Sex Appeal. Ich wußte, du hattest keine gute Meinung von dir selbst, an die du dich klammern konntest, während ich jedesmal, wenn ich dich ansah, über meine eigenen Füße stolperte.«

»›Die Carrzüge sind zu ausgeprägt für ein Frauengesicht. Ich schlug nach den Verwandten meiner Mutter, du aber, armes Kind ...‹.«

»Das ist ein Zitat, nicht wahr?«

»Direkt aus der Quelle. War es nicht ein Jesuit, der sagte: ›Gib mir einen Jungen, bevor er sieben ist, und er gehört mir für den Rest meines Lebens‹? Ich war acht, als ich in Marthas Hände geriet, aber sie leistete in vier Jahren gründliche Arbeit. Es fiel ihr nicht schwer, mich davon zu überzeugen, daß du mich nur dazu benützt, eine Erlaubnis für deine Ausgrabungen in Maidenwood zu bekommen.«

»Ich kann es dir nicht übelnehmen«, sagte Alan mit einem schiefen Blick. »Sie hat auch mir einiges angetan. Ich glaube, es kam dir niemals in den Sinn, daß ich auch mein Fett abbekam.«

»Du? Ich hielt dich immer für durch und durch selbstbewußt.«

»Weißt du nicht mehr, was ich dir über meine Herkunft erzählt habe ... über meine Familie ...«

»Du stammst aus Brooklyn oder irgendwo daher«, sagte ich träge.

Alan beugte sich über mich und küßte mich gründlich.

»Das«, sagte er, »ist dafür, daß du dich nur an die wichtigen Dinge erinnerst. Es hat dir nie etwas ausgemacht, nicht wahr – daß mein Vater nicht lesen und schreiben konnte und meine Mutter abends Büros schrubbte und mein Onkel ... nun, am wenigsten erzählte ich von meinem Onkel, der ein Spieler war.«

»Mir ist es egal, was er war.«

»Aber mir nicht«, sagte Alan. »Ich war so ein verdammter Snob – alle Kinder sind das, glaube ich. Du weißt, das ist etwas, das Leute, die es haben, für selbstverständlich nehmen, ein Gefühl für den Selbstwert, das von geordneten Verhältnissen und familiärer Sicherheit herstammt. Ich vergrub den Slum-Jungen unter einem Stapel von College-Graden, aber er war immer noch da mit einem streitsüchtigen Wesen und vermutete Kränkungen, wo keine beabsichtigt waren. Niemand richtete für mich Schlimmeres an als diese leise sprechenden, eingebildeten Aristokraten. Ich weiß nicht, wie deine Großmutter meine Schwäche entdeckte, aber sie wußte wahrhaftig, wie sie sie ausnutzen konnte.«

Ich richtete mich erschrocken auf. »Alan! Sagte sie dir, ich sehe auf dich herunter, weil ... Du hast das doch nicht etwa geglaubt?«

»Der Professor nicht; aber Al Petranek fiel darauf herein.«

»Fünf Jahre«, murmelte ich. »Wir haben fünf Jahre verloren, die wir nie wiederbekommen. Wenn ich daran denke, was sie dir angetan hat ...«

»Mir? Was sie *dir* antat, war Kindsmißhandlung, klipp und klar. Die schiere Bosheit der Frau ... Bist du sicher, daß diese Truhe nicht schwarze Kerzen und unheilige Gegenstände enthielt und ein Exemplar des Vertrages, den sie mit dem Satan geschlossen hat?«

Er sprach leichthin, aber sein Gesicht war angespannt, als er sich auf einen Ellenbogen stützte und auf mich herabsah.

Lächelnd schüttelte ich den Kopf. »Ich bin von dieser Erinnerung nicht beherrscht, Alan. Ich habe nie genau in die Truhe hineingesehen. Etwas Weißes und Zerdrücktes – es fühlte sich wie Stoff an; aber was es auch gewesen sein mag, es lag ganz unten am Boden der Truhe. Für mich war noch genug Platz darin.«

Alan setzte sich auf und griff nach seinen Kleidern. »Verlassen wir diesen ekelhaften Ort. Ich werde mir nie verzeihen, daß ich dich hier heraufgeführt habe.«

»Es war das beste, was du tun konntest. Du hast den letzten Geist ausgetrieben, Alan. Ich werde mich nie wieder fürchten, hier heraufzukommen.«

»Gut ... Vielleicht war es doch keine so schlechte Idee.« Alan warf sein Hemd beiseite und griff nach mir.

Einige Zeit später ließ ich ihn glücklich zwischen den Büchern in der Bibliothek stöbern und machte mich wieder an meine Rekonstruktion. Ich war so benommen vor Glück, daß ich mir wie betrunken vorkam.

Zuerst gingen die Streifen des Modelliertons in alle Richtungen, aber sie waren leicht abzuschälen, und nach einer Weile bekam ich mich unter Kontrolle. Allmählich übte die Arbeit ihren eigenen Reiz aus. Meine Finger bewegten sich mit einem Geschick, von dem ich selbst nichts geahnt hatte.

Alans überraschtes Pfeifen riß mich aus meiner Konzentration. Seine Hände ruhten leicht auf meiner Schulter, und er studierte eine

Zeitlang schweigend das Modell. Dann sagte er: »Das ist gut, Julie. Das ist verdammt gut. Ich wußte nicht, daß du so geschickt darin bist.«

»Das bin ich nicht. Es geht nur darum, die leeren Stellen auszufüllen und den Konturen des Knochens zu folgen.«

»Da wir von Knochen sprechen, deine sind nicht übel.« Seine Fingerspitzen verfolgten sie – von den Schläfen zu den Wangenknochen und bis zu den Kanten des Unterkiefers; dann straffte sich sein Griff, und er bog meinen Kopf zurück. Der Kuß hatte kaum begonnen, als wir Schritte hörten und Alan fluchte.

»Mach die Tür zu«, schlug ich dreist vor.

»Ich muß gehen.«

»Oh. Nun, natürlich. Wenn du es eilig hast ...«

Ohne Rücksicht auf Mrs. Danners Nähe hob er mich aus dem Stuhl und überzeugte mich davon, daß er ebenso ungern ging, wie ich ihn gehen ließ.

»Ich habe mich für die Verabredung schon eine Stunde verspätet«, sagte er.

»Mit jemandem, der dir vielleicht Geld gibt?«

Ich lächelte, aber Alan nicht. »Ich würde nicht gehen, wenn es nicht wichtig wäre. Bist du sicher, daß du dich wohl fühlst?«

»Natürlich.«

»Ich komme vielleicht erst spät wieder zurück. Ich hoffe, du schläfst nicht hier unten.«

»Nein. Einmal war genug.«

»Vergiß nicht abzuschließen.«

»Das werde ich tun.«

Mrs. Danner war an der Tür vorbei und in die Küche gegangen. Alan küßte mich wieder. »Ich glaube, ich rufe sie an und sage ihnen, ich hätte mir ein Bein gebrochen«, murmelte er.

»Geh nur. Wir brauchen das Geld.«

»Was für ein schönes Wort.«

»Geld?«

»Wir.«

Nach einer Pause – einer langen Pause – gingen wir in die Küche. Mrs. Danner putzte das Spülbecken. Alan begrüßte sie; sie murmelte etwas und putzte weiter. Alan sagte beiläufig zu mir: »Jemand war in der Bibliothek, daran gibt es keinen Zweifel. Ich könnte nicht sagen, ob etwas fehlt, es herrscht dort solch eine Unordnung, aber ich habe dafür gesorgt, daß niemand diese Tür öffnen kann, ohne Alarm auszulösen.«

»Wie konntest ...«

Alan unterbrach mich mit einem Kopfschütteln und einem bedeutungsvollen Blick auf Mrs. Danner. »Oh«, sagte ich. »Danke.«

Ich folgte ihm hinaus. Als wir außer Hörweite von Mrs. Danner waren, sagte er: »Man kann diese Türen nicht sichern, aber wenigstens werden meine Worte in die Ohren eines der möglichen Verdächtigen gelangen.«

»Glaubst du, es war Joe Danner?«

»Ich glaube, Danner interessierte sich für die Bibliothek. Der einzige Grund, den ich mir denken kann, weshalb er eine Schere bei sich hatte, war der, daß er etwas ausschneiden wollte – zum Beispiel eine Landkarte.«

»Eine Landkarte?«

»Er kann vom Schatzfieber gepackt worden sein«, erklärte Alan. »Stell dir nur vor, wie sich sein Gott freuen würde, wenn er Blackbeards Beute geschenkt bekäme. Joe ist schlau genug zu wissen, daß in Bibliotheken alte Bücher mit alten Landkarten stehen; aber er ist nicht schlau genug zu wissen, daß keine davon für ihn brauchbar wäre.« Alan sah auf seine Armbanduhr. »Verdammt, ich wollte, ich müßte nicht gehen.«

»Kein Grund zur Sorge. Die Dinge sind jetzt nicht anders, als sie es die ganze Zeit gewesen sind.«

»Das ist es ja, was mir Sorgen macht.«

Romantische Romanautoren schwärmen von einer Sache, die man das innere Strahlen des Glücks nennt. So etwas mag es geben oder auch nicht, aber Glück zeigt sich auch im Äußeren. Martha bemerkte es. Ich glaube, das war immer ihr Geheimnis – nicht Hellsicht oder ein Pakt mit dem Teufel, sondern das gleiche Geschick, das erfolgreiche Wahrsager besitzen –, die Fähigkeit, kleine, unwillkürliche Muskelbewegungen wahrzunehmen und zu deuten. Nicht, als ob es viel Einsicht erfordert hätte, um die Veränderung zu sehen, die in mir vorgegangen war. Ich konnte offenbar nicht aufhören zu lächeln.

Ihr Kommentar war ein sarkastischer: »Du siehst sehr selbstzufrieden aus.«

»Ich bin in guter Stimmung. Seit wann ist das ein Verbrechen?«

»Warum?«

»Warum nicht?« entgegnete ich strahlend.

Marthas Lippen verzogen sich auf jene Weise, die immer einer vernichtenden Bemerkung voranging. Sie sah vielsagend auf meine linke Hand, und ich lachte. »Martha, du hast einen einspurigen Geist. Wenn und falls ich mich verloben sollte, wirst du rechtzeitig informiert. Nun, was soll ich dir vorlesen? Wir sind gestern mit *Tod auf dem Kaminteppich* fertig geworden.«

Martha war immer noch hellwach und starrte vor sich hin, als Shirley kam. Vorher hatte ich das Geräusch eines abfahrenden Wagens gehört. Er war nicht zurückgekommen, daraus schloß ich, daß Ron ihn wieder ausgeborgt hatte. Shirleys verhärmte Miene deutete auch darauf hin, daß sie eine Aussprache mit ihrem ältesten Sohn gehabt hatte, aber ich wollte das Thema nicht zur Sprache bringen, da es sie offensichtlich aufregte, und sie selbst äußerte nichts darüber.

Die Küchentür war abgeschlossen. Ich schloß auch die Tür meines Zimmers ab, ehe ich wieder an die Arbeit ging.

Dunkelheit legte sich über das Fenster, und die Bäume raschelten leise, als eine Brise ihre Blätter bewegte. Ich hatte gefürchtet, daß ich nervös würde trotz der Schlösser und Riegel, aber ich war es nicht. Die Anwesenheit von Elvis, der auf dem Teppich lag, im Schlaf zuckend und winselnd, war so gut wie ein Beruhigungsmittel.

Es war lange nach Mitternacht, als ich bemerkte, daß meine Hände ihre Feinfühligkeit verloren hatten, die in diesem letzten Stadium so wichtig war. Ich hatte die Gesichtszüge geformt, die von den Markierungen und den sie verbindenden Tonstreifen angedeutet wurden; jetzt kam der Teil, der rein auf Vermutungen beruhte, denn einige der Strukturen des lebenden Gesichts hinterlassen keine Spuren auf den Knochen. Hatte sie volle und rote Lippen gehabt oder schmale und blasse? Hatte sie eine Stülpnase oder eine Hakennase gehabt?

Als ich mich zurücklehnte und mein Werk betrachtete, hatte ich einen Gedankenblitz, etwas wie ein *déjà-vu*-Erlebnis. Es kam und ging so rasch, daß ich es nicht festhalten konnte. Ich hatte mit dem leichtesten Teil begonnen, der Stirn. Menschen haben kein dickes Stirngewebe, und die Stirn einer jungen Frau würde glatt und ohne Falten sein. Die Lage der Augen stellte ein Problem dar, aber ich hatte auch sie eingesetzt. Eingeschlossen in den Ton reflektierte das Glas das Lampenlicht, wie es lebende Augen getan hätten. Zögernd glättete ich eine leichte Erhebung über einer Schläfe. Der flüchtige Eindruck war verschwunden. Ich hoffte nur, daß ich nicht der Versuchung erlegen war, ein Gesicht zu reproduzieren, mit dem ich vertraut war.

Ich stellte das Modell in ein Fach im Wandschrank, schloß meine Tür auf und schaute vorsichtig hinaus. Elvis erhob sich und streckte sich. Er schien nicht beunruhigt zu sein. Ich verließ mich mehr auf seine Instinkte als auf die meinen. Ich ließ ihn zu seinem letzten Ausgang hinaus. Heute abend war kein tröstendes Viereck aus Licht zu sehen. Alan war noch nicht zurückgekommen. Jetzt wünschte ich, ich hätte beschlossen, unten zu schlafen. Das Zimmer war so sicher, wie menschliche Bemühungen es machen konnten, und dort konnte Alan zu mir kommen, egal, wie spät er zurückkam. Morgen abend würden wir bessere Abmachungen treffen. Mein Körper kribbelte bei dem Gedanken daran.

Elvis war angenehm überrascht, als ich die Leine an seinem Halsband befestigte und ihn die Treppe hinaufführte. Er mußte das neue Zimmer inspizieren und schnüffelte in jede Ecke, ehe er auf das Bett sprang. Seine Augen leuchteten, und seine Zunge hing heraus, als ob er lachte.

»Genieße es, solange du kannst«, sagte ich. »Du bist ein ausgezeichneter Gesellschafter, und ich bin froh, daß ich dich habe, aber ich wollte, du wärst ein anderer.«

Die Menschen tun törichte Dinge, wenn sie sentimental sind. Ich sprach mit Elvis; wenn er nicht dagewesen wäre, hätte ich mit mir selbst gesprochen. Ich studierte mich im Spiegel, und zum erstenmal gefiel mir mein Gesicht; es sah fast hübsch aus. Anstatt mein Haar zu Zöpfen zu flechten, ließ ich es auf die Schulter fallen und verbrachte lächerlich lange Zeit damit, es zu bürsten. Ich zog mein bestes Nachthemd an, die Imitation eines viktorianischen Gewandes aus weißer Baumwolle mit Unmengen von Spitzen und Rüschchen. Ich stellte mich in Positur und grinste mein Spiegelbild an. Nachdem ich zu Bett gegangen war … Nun, egal, woran ich dachte.

Ich konnte nicht sofort einschlafen, so müde ich auch war. Ich war zu glücklich. Ich schlummerte gerade ein, als der Hund sein Gewicht verlagerte und sich aufsetzte.

Der nahe Schlummer hatte meine Sinne eingeschläfert. Zuerst dachte ich, ich träume und erlebe die Ereignisse der vergangenen Nacht noch einmal. Es widersprach aller Vernunft, daß ein Blitz zweimal einschlug – und an die gleiche Stelle. Wie konnte Elvis durch geschlossene Türen und endlose Korridore Geräusche vom Erdgeschoß unten wahrnehmen?

Er hatte etwas gehört oder gespürt. Dieses Mal knurrte er nicht. Ich berührte ihn und spürte, wie sich das Fell an seinem Nacken über angespannten Muskeln sträubte.

Ich hatte meine Tür nicht abgeschlossen. Ich besaß nicht einmal einen Schlüssel dafür. Ich hatte jedoch Licht, und als meine Finger den Schalter der Nachttischlampe fanden, segnete ich Edison und alle die anderen Wissenschaftler, von dem Entdecker des Feuers angefangen, der die Menschheit von den Schrecken der Finsternis befreit hatte.

Ich fürchtete mich nicht sehr. Die Geräusche in diesem Teil des Hauses waren dem Hund neu; vielleicht hatte er ein Tier in den Büschen unter dem Fenster gehört oder einen Nachtvogel. Ich sagte leise: »Was ist, Elvis?«

Er wandte den Kopf um und sah mich mit einem so menschlichen Ausdruck an, daß es erschreckend war. Dann sprang er vom Bett. Mit steifen Beinen kroch er zur Tür.

Da fürchtete ich mich. So hatte er sich noch nie benommen. Seine Bewegungen waren schleppend und zögernd, als zwänge er sich dazu, einer Gefahr ins Auge zu sehen, die ihm Furcht einjagte.

Es kostete mich beträchtliche Anstrengung, das Licht auszuschalten. Aber wenn ich die Tür öffnete, ohne dies zu tun, bedeutete dies, daß ich mich vor demjenigen, wer immer es war, der im dunklen Haus herumschlich, ins Licht stellte. Ich hörte den Hund leise winseln, als ich an ihm vorbeiging. Ich hätte am liebsten ebenfalls gewinselt.

Der Flur vor meiner Tür war pechschwarz. Etwas war nicht in

Ordnung. Links, vor Marthas Tür, hätte das Licht brennen sollen. Die Wandlampe wurde niemals ausgeschaltet.

Dann hörte ich die Geräusche, die die schärferen Sinne des Hundes wahrgenommen hatten. Keine Schritte, sondern das Knacken der alten Fußbodendielen unter dem Druck von Füßen. Der Hund hatte sich nicht gerührt. Ich hörte ihn schwer keuchen, als wäre er um sein Leben gerannt.

Ich öffnete die Tür weiter und trat hinaus. Ein weiteres Knacken und dann noch eines, näher ... Jemand schlich durch den Korridor – auf mein Zimmer zu. Es mußte mein Einbrecher sein. Wie war er ins Haus und die Treppe heraufgekommen, und warum hatte der Hund nicht Alarm geschlagen wie in der Nacht zuvor?

Ich wagte nicht, an die Antworten auf solche Fragen zu denken. Wenn ich das getan hätte, wäre ich wieder in mein Bett gesprungen und hätte mir die Decke über den Kopf gezogen. Statt dessen knipste ich meine Taschenlampe an und richtete sie genau auf das Ende des Korridors.

Der Lichtstrahl fing sie voll ein wie in einem hellen Rahmen. Ich sah das lange Gewand und den schweren Stock und das Gesicht durch den Schreck zur plastischen Maske eines Ungeheuers erstarrt. Ich sah die Schrotflinte, die sie bei sich trug.

Elvis war unbemerkt an meine Seite gekrochen. Er stieß ein langes, zitterndes Geheul aus, einen Schrei der reinen Furcht. Martha öffnete den Mund. Sie krächzte: »Du kommst wieder. Wieder. Du ...«

Ihre Hände ließen Gewehr und Stock los, und sie stürzte nach vorn. Das ganze Haus schien unter der Wucht ihres Falls zu erzittern.

13

Das Erstaunliche war, daß sie noch lebte. Ich reagierte automatisch und ergriff die notwendigen Schritte mit maschinenartiger Präzision. Ich mußte Shirley ohrfeigen, um sie wachzubekommen; mein Geist notierte: ›Unter Drogen‹, als ich zurückrannte und neben Martha niederkniete.

Als die Ambulanz eintraf, hatten wir alles getan, was wir konnten. Es war nicht viel. Durch Marthas Mund rasselte immer noch der rauhe Atem, und sie lebte noch, als die Sanitäter sie hinaustrugen.

Sie ließen die Vordertür weit offenstehen. Ich wußte, daß ich eigentlich hinuntergehen und sie schließen sollte, aber ich hatte nicht die Kraft, mich zu bewegen. Shirley und ich saßen auf der obersten Treppenstufe wie zwei Überlebende eines Tornados. Elvis versuchte, auf meinen Schoß zu kriechen. Sein Kopf lag schwer auf meinen Knien. Wir saßen immer noch erschöpft und schweigend da, als ein Wagen die Einfahrt herabgedonnert kam und mit kreischenden Bremsen vor dem Haus anhielt.

Alans Erregung legte sich kurz, als er uns sah. Dann rannte er die Treppe herauf und ließ sich neben mir niederfallen. »Es geht dir gut! Ich bin dem Krankenwagen begegnet und dachte schon …«

Ich kroch auf seinen Schoß auf die gleiche Art und aus dem gleichen Grund, wie Elvis versucht hatte, auf meinen Schoß zu kriechen. »Gut, daß du da bist«, sagte ich. Mein Bericht über die Vorgänge der Nacht machte sogar Alan momentan sprachlos. Aber nur momentan.

»Es ist ein Wunder, daß dich nicht selbst der Schlag getroffen hat. Sie so dastehen zu sehen, nachdem zu dachtest, sie könne ihr Bett nicht verlassen, geschweige denn gehen.«

»Ich wußte, daß sie ihre Muskeln trainierte, aber ich hatte keine Ahnung, daß sie so erfolgreich gewesen war. Sie muß senil sein! Warum schlich sie herum und machte uns etwas vor? Sie gab Shirley ihre eigenen Schlaftabletten, damit sie nicht merkte …«

»Das ist nicht Senilität, das ist die reine Bosheit«, sagte Alan. »Ich weiß, man soll nicht schlecht über die Toten sprechen, aber …«

»Sie ist noch nicht tot.« Ich stand auf. »Es ist am besten, ich benachrichtige Matt und ziehe mich an und fahre ins Krankenhaus.«

Alan hielt mich fest. »Du gehst nirgendwohin außer ins Bett.« Er stand geschmeidig auf und hob mich hoch wie ein Kind. Dann wandte er sich an Shirley, die uns mit immer noch verschlafenen Augen anblickte. »Allein«, fügte Alan lächelnd hinzu. »Sie ist heute nacht zu erschöpft für Hokuspokus.«

Shirley lächelte schwach. »Ich bin selbst ziemlich erschöpft; ich würde nicht begreifen, was irgend jemand vorhat. Ich werde Matthew anrufen. Es ist seine Sache, ob er ins Krankenhaus fahren will oder nicht. Aber keiner von Ihnen kann nun noch etwas für sie tun.«

Ich klammerte mich an Alan, nachdem er mich sanft auf mein Bett gelegt hatte. Aber er trat zurück, schüttelte den Kopf und lächelte. »Schamlose Frau! Du siehst mit deinem auf dem Kissen ausgebreiteten Haar wie ein zimperliches, altmodisches Mädchen aus, also versuche dich auch so zu benehmen. Bis morgen.«

»Was ist morgen?«

»Alles, was du willst. Verstehst du nicht – du bist jetzt frei. Dies war das Ende. Ob sie lebt oder stirbt, du wirst nie wieder in diesem Haus leben müssen.«

Die Erleichterung durchdrang mich wie eine Flut Sonnenlicht. Ich war noch nicht dazugekommen, die Folgen des nächtlichen Schrekkens zu durchdenken.

»Willst du eine Schlaftablette?« fragte Alan.

»Nein, ich brauche keine. Ich fühle … Es ist so, als hätte sich eine schwarze Wolke aufgelöst, die über mir geschwebt hat.«

»Ein Hurrikan namens Martha«, sagte er rauh. »Schlaf gut, Liebste. Ich gehe und bringe auch Shirley ins Bett. Sie sieht mitgenommen aus. Dies wird sie allerdings nicht bekommen …«

»Arme Shirley«, murmelte ich.

Am nächsten Tag wurde ich durch Shirleys protestierende Stimme geweckt. Aber es war nicht Shirleys Gesicht, das ich sah, als ich die Augen öffnete.

»Matt«, sagte ich. »Geh weg, Matt.«

»Ich sagte ihm, er soll Sie nicht wecken«, erklärte Shirley. »Hier ist der Kaffee, Matthew. Aber Sie hätten nicht …«

»Es ist schon Mittag vorbei.« Matt setzte sich auf den Bettrand. Ich stöhnte und versuchte, mir das Leintuch über den Kopf zu ziehen. Er entfernte es und kitzelte mich am Kinn. Noch ein Trick aus den guten alten Tagen.

»Es tut mir leid, meine Liebe, wirklich.« Sein breites Lächeln strafte seine rücksichtsvolle Rede Lügen. »Du hattest eine schreckliche Nacht, ich weiß. Aber es gibt Dinge, die getan werden müssen. Trink etwas Kaffee.«

»Matthew, kommen Sie heraus hier«, beharrte Shirley.

»Schon gut.«

Ich preßte beide Fäuste in meine Augen und gähnte, bis ich glaubte, mein Kiefer würde zerspringen. Matt half mir hoch und klopfte das Kissen hinter mir auf.

»Hände weg«, sagte ich halbherzig.

Matt grinste. »Ich bin auch nur ein Mensch. Und du siehst gut aus am Morgen, Julie. Wesentlich besser als …«

»Bitte rezitiere nicht die ganze Liste. Gib mir einfach diese Tasse Kaffee.«

Ein mißbilligendes Fauchen von Shirley deutete ihre Meinung über Matts Verhalten an. Sie stolzierte hinaus.

Matt saß neben mir und betrachtete mich. In seiner Miene lag etwas anderes – eine neue Nachdenklichkeit, Neugier, Interesse. Mir wurde unbehaglich zumute.

»Du bist heute früh sehr vergnügt«, sagte ich. »Ist sie tot?«

Matt tat nicht so, als wäre er schockiert. »Nein«, sagte er düster, »aber mein Gott, sie kann nicht ewig so weitermachen.«

»Was sagt der Arzt?« Shirleys Kaffee war ausgezeichnet wie alles, was sie machte. Ich empfand mehr Freundlichkeit gegenüber Matt; nicht jeder Mann hätte daran gedacht, Kaffee zu bringen, um den Schock des Erwachens zu lindern. Ich verübelte es ihm wirklich nicht, wenn er es ablehnte, wegen Martha den Heuchler zu spielen. Sie hatte niemals Liebe gewünscht. Es war ihr Wunsch gewesen, nicht unserer, daß sie starb, ohne daß jemand um sie trauerte.

»Du weißt, wie diese verdammten Ärzte sich winden und Ausflüchte machen«, sagte Matt. »Sie wird schließlich einen weiteren Schlaganfall bekommen, vielleicht heute, vielleicht in einem Jahr, es wird der letzte sein – vielleicht auch nicht … Wie können sie so verschwommen daherreden?«

»Du, ein Politiker, sprichst von Verschwommenheit? Wirklich, Matt, sie können sich nicht festlegen. Die Wahrscheinlichkeit ist sehr gering, daß sie noch lange lebt. Aber manche Menschen übertrumpfen die Wahrscheinlichkeit, und ihr Herz ist in guter Verfassung.«

»In einer Hinsicht habe ich mich entschlossen«, sagte Matt, »sie kommt nicht mehr hierher zurück. Nachdem der Richter nicht mehr lebt und sie unterstützt, kann ich sie in ein Pflegeheim einweisen lassen, wo sie schon lange hingehört. Ich hätte dich von Anfang an nicht darum bitten sollen, diese Aufgabe zu übernehmen. Ich hoffe, es ist noch nicht zu spät für dich, und du findest noch einen Job.«

Die Frage überraschte mich. Meine neue Freiheit war mir nicht bewußt geworden; ich hatte keine Zeit gehabt, über die Zukunft nachzudenken. »Ich fahre nicht nach Hause«, sagte ich. Und dann, ehe er antworten konnte, sagte ich, weil ich es irgend jemandem mitteilen mußte: »Alan und ich sind – nun, wir sind wieder zusammen. Wir haben noch keine Pläne gemacht, aber wenn er mich nicht hinauswirft, werde ich hier bei ihm bleiben. Es besteht eine gute Chance, daß er Geld für seine Ausgrabungen bekommt, und ich kann ihm dabei helfen.«

»Das also hat Shirley gemeint«, sagte Matt. Er sah nicht so sehr mißbilligend aus, sondern wie vom Donner gerührt. »Mir war nicht klar …«

»Ich hoffe, du hast nichts dagegen einzuwenden. Nicht, als ob es den geringsten Unterschied ausmachen würde, wenn du etwas dagegen hättest.«

»Einzuwenden«, wiederholte Matt. Sein Gesicht hellte sich auf wie durch einen Zauber, aber sein Lächeln hatte etwas Wehmütiges an sich. »Liebste, wenn es das ist, was du willst, dann freut es mich. Bist du sicher?«

»Ja, o ja.«

»Also gut. Ich begann gerade schwache, inzestuöse Gefühle für dich zu empfinden.« Er sah, wie sich meine Miene veränderte, und fügte lachend hinzu: »Ich scherze nur … Ich glaube … Wie prüde du bist! Unsere Großmutter heiratete ihren Cousin.«

»Das war ein großer Fehler«, sagte ich.

»Ich wünsche dir Glück.«

Er küßte mich mit brüderlicher Zurückhaltung auf die Stirn. »Nun zum Geschäft«, sagte er kurz. »Ich fahre ins Krankenhaus. Willst du mitkommen?«

»Nein, ich glaube nicht. Ich sollte aber Mutter anrufen.«

»Das wollte ich schon tun, aber ich dachte, du würdest gern selbst mit ihr sprechen.«

»Was ist mit Tante Julia?«

Matt lachte kurz. »Sie sagte, ich solle sie wissen lassen, wenn irgendeine Veränderung eintritt.«

Mutter hatte eine Sommerinfektion. Ich bin sicher, sie glaubte wirklich daran. Ich sagte ihr, sie brauche nicht an das Krankenbett ihrer Mutter zu eilen, da die Ärzte über Marthas Zustand Ausflüchte machten. »Du läßt mich wissen, wenn es irgendwelche Veränderungen gibt«, sagte sie. Wieder diese beschönigende Ausdrucksweise.

Es war ein wundervoller Tag, jene Art Sommertag, der in Büchern über das alte Virginia vorkommt, und solche Tage gibt es selten. Das einzige, das mich davon abhielt, hinauszugehen und mich in die Sonne zu legen, wobei eine leichte Brise meinen Körper liebkost hätte, war die Tatsache, daß ich wußte, ich würde bei lebendigem Leib von Zecken, Milben und Moskitos aufgefressen werden.

Der einzige Wermutstropfen war das Bewußtsein, daß ich Alan an diesem Tag nicht sehen würde. Er hatte angerufen, während ich noch schlief, und gesagt, er müsse nach Washington fahren, aber er wolle am Abend wieder anrufen. Es sah so aus, als ob die Gelder, die er brauchte, fließen würden. Er hatte Shirley gesagt, sie solle mich nicht wecken, aber ich hätte gern seine Stimme gehört.

Matt stöberte in Marthas Zimmer herum. Ich wußte nicht, wonach er suchte. Er hatte mich aufgefordert, mich zu beteiligen, aber ich hatte abgelehnt. Ich tat nicht so, als hätte ich Martha gemocht, aber es hatte etwas Unziemliches an sich, ihr privatestes Eigentum durchzustöbern, während sie sich noch an das Leben klammerte.

Deshalb arbeitete ich an dem Modell. Dies erinnerte mich wenigstens an Alan. Ich mußte zugeben, daß wir eine eigenartige Romanze hatten, wenn die schönste Erinnerung an meinen Geliebten, die ich finden konnte, ein Totenschädel war.

Ich glättete den Ton über den Wangenknochen, als ich Matt rufen hörte. Das sah Matt ähnlich, dachte ich gereizt, ungerührt am anderen Ende des Hauses zu stehen und nach dem zu schreien, was er wollte. Ich schrie zurück und setzte meine Arbeit fort. Er kam lärmend die Treppe herab und rief immer noch. »Wo, zum Teufel, bist du?«

»Hier!« schrie ich.

Ich hörte ihn unter der Tür stehenbleiben. Ich wandte mich nicht um. »Was ist?« fragte ich.

»Ich dachte … Shirley sagte mir, dieses schreckliche Ding sei zerbrochen«, murmelte Matt.

»Es war nur eine Kopie – ein Modell. Dies ist ein zweites Exemplar. Du glaubst doch nicht etwa, der Sheriff würde das Original aushändigen, oder? Es gibt Gesetze. Hast du schon einmal von Gesetzen gehört – von der Legislatur verabschiedet…«

Er kam langsam zum Tisch, vorsichtig wie eine Katze, die sich einem verdächtigen Gegenstand nähert. »Menschliche Skelette sind nicht gerade meine Sache. Wie kannst du – dieses gräßliche Ding liebkosen?«

»*Chacun á son goût,* wie die Franzosen sagen. Hast du in Marthas Zimmer etwas Interessantes gefunden?«

»Leider nicht.« Matt lehnte sich an die Tür des Wandschranks und fixierte in unwilliger Faszination das halb vollendete Gesicht. »Ich dachte, sie hätte vielleicht etwas Bargeld beiseite geschafft. Man liest dauernd über liebe alte Damen, die Hundertdollarscheine in Büchern von Dickens und Sir Walter Scott oder in ihren Korsettschubladen verstecken.«

Ich bewunderte seine Offenheit, auch wenn ich seine Moral nicht schätzte. »Fährst du jetzt ins Krankenhaus?« fragte ich.

Matt löste sich von der Wandschranktür. »Hör zu, Julie, warum schickst du Shirley nicht nach Hause und schläfst heute nacht in einem Motel?«

Es war ein freundlicher Gedanke, den ich nicht erwartet hatte. Ich hatte die Idee selbst schon erwogen, aber wieder verworfen. »Es wäre nicht klug, das Haus allein zu lassen, Matt. Es ist jetzt nicht anders als vorher; wir waren immer zu zweit, ich und Shirley, und sie hat zugestimmt zu bleiben, bis … bis etwas geschieht.«

Eine weitere Beschönigung. Es war eine Gewohnheit, von der man schlecht abkam.

Matt nickte. »In Ordnung. Verbringt Alan die Nacht hier?«

»Nein, das tut er nicht.«

»Sei nicht so defensiv. Ich hatte gehofft, er wäre hier; mir wäre wohler dabei zumute.«

»Er ist in Washington«, sagte ich einlenkend. »Es ist schon in Ordnung, Matt, wirklich. Laß es mich wissen, wenn irgend etwas … Laß es mich wissen.«

Shirley und ich feierten, indem wir zum Essen ausgingen. Natürlich benützte ich das Wort ›feiern‹ nicht, als ich sie einlud; ich schämte mich, es auch nur zu denken. Aber es war ein Fest, aus dem Haus herauszukommen, und es schien ihr zu gefallen. Sie willigte ein, mit mir gemeinsam etwas zu trinken; der Alkohol lockerte ihre Zunge, und wir führten ein gutes, vertrauliches Gespräch. Sie machte sich keine Sorgen darüber, ob sie eine andere Arbeit finden würde. Es herrschte großer Bedarf an Frauen mit ihren Fähigkeiten. Ich sagte, ich hätte Alan gefragt, ob er für Ron bei den Fußballspielern eine Stelle finden könnte, und Shirleys Gesicht leuchtete auf.

Die Sonne war untergegangen, und das Zwielicht dämmerte zwischen den Bäumen, als wir zurückkamen. Auf Shirleys Vorschlag hin hatten wir ein paar Lichter brennen lassen, um unwillkommene Besucher zu entmutigen, aber sie sahen verloren und einsam in diesem bedrohlichen, dunklen Steinhaufen aus. Die Kamine lasteten schwer auf dem Haus wie gigantische Gestalten von Göttern oder Dämonen, fern und losgelöst von menschlichen Leidenschaften.

Das Telefon läutete, als ich die Eingangstür öffnete. Es läutete beharrlich weiter, während ich zur Küche lief. Wie ich gehofft hatte, war es Alan. »Wo bist du gewesen?« fragte er.

»Shirley und ich sind zum Essen ausgegangen.«

»Zum Leichenschmaus?«

»Ich fürchte, es war so etwas Ähnliches, wenn auch ein wenig voreilig. Wie ist es dir ergangen?«

Es entstand eine Pause, und mich verließ schon der Mut. Dann sagte Alan mit einer merkwürdig ruhigen Stimme: »Ich stehe auf der Liste. Zuerst du und dann dies ... Ich scheue mich fast davor, es zu glauben. Habe ich nicht geträumt – gestern auf dem Dachboden?«

»Wenn ja, dann haben wir beide das gleiche geträumt. O Alan, ich bin so glücklich. Hast du was bekommen?«

»Alles Erreichbare. Geldmittel für den Rest der Saison – für sechs Monate, wenn das Wetter nicht ekelhaft umschlägt ... vollständiges Personal, alle Publikationskosten ...«

»Erzähl mir mehr!«

»Nicht am Telefon. Ich kann es kaum erwarten, bis ich dich sehe. Ich breche in einer halben Stunde hier auf.«

»Fahr vorsichtig.«

Wir tauschten noch ein paar Worte aus, nichts Wichtiges, und dann rannte ich die Treppe hinauf und erzählte es Shirley.

»Heute abend den ganzen Weg von Washington hierher? Der Mann muß verrückt sein.«

Ihr mitfühlendes Lächeln machte einen Scherz daraus. Ich umarmte sie. »Warum fahren Sie nicht nach Hause, Shirley? Er wird in ein paar Stunden da sein, und ich weiß, Sie vermissen Ihre Kleinen.«

»Nein, Ma'am.« Sie schüttelte entschieden den Kopf. »Ich lasse Sie hier nicht allein, nicht einmal fünf Minuten. Aber ich glaube, ich gehe schlafen. Es war ein anstrengender Tag. Ich werde schlafen wie... ich werde heute nacht bestimmt gut schlafen.«

»Taktvolle Frau.« Ich umarmte sie wieder. »Gehen Sie nur. Ich glaube, ich sollte das Krankenhaus anrufen.«

Der Bescheid lautete: »Keine Veränderung.« Ich fragte, ob der Senator dort sei, und man sagte mir, er sei schon gegangen, würde aber wahrscheinlich später wieder hereinsehen. Nachdem Shirley die Neuigkeit gehört hatte, beziehungsweise, daß es keine Neuigkeit gab, zog sie sich mit einem meiner Kriminalromane in ihr Zimmer zurück, und ich ging hinunter.

Es war ein merkwürdiges Gefühl, im Haus herumzuwandern, ohne sich über Marthas Verbote und Beschwerden Gedanken zu machen – alle Türen offenstehen und Elvis herumschnüffeln zu lassen, wie es ihm gefiel. Er wußte, daß Veränderungen vorgegangen waren; die Art, wie er den Kopf hielt, drückte Vertrauen aus, und sein Schwanz hörte nicht auf zu wedeln.

Alan würde hungrig und müde sein, wenn er die ganze Strecke ohne Pause fuhr. Ich hoffte, daß er gelegentlich anhielt und einen Kaffee trank – und ich hoffte gleichzeitig, er würde es nicht tun, sondern so rasch wie möglich kommen. Ich sah in den Kühlschrank und dachte, er würde vielleicht gern ein Sandwich oder eine Suppe oder irgend etwas essen. Ich holte den geschätzten Sherry heraus und polierte zwei der kostbaren Kristallgläser. Dieser Abend würde unsere Feier sein – unsere erste Möglichkeit, uns über unsere Liebe zu unterhalten, vorauszuplanen und auf die Zukunft anzustoßen.

Ich war froh, daß ich das kleine Zimmer neben der Küche möbliert hatte. Abgelegen vom Rest des Hauses war es ein perfekter Ort für ein Stelldichein von heimlichen Liebenden... Ich fragte mich, weshalb mir dieses Adjektiv in den Sinn kam. Ein Anflug von außersinnlicher Wahrnehmung von Shirley vielleicht oder von Martha. Sie war meilenweit entfernt, lag auf der dämmrigen Grenzlinie zwischen Leben und Tod, aber ein Schatten ihrer Anwesenheit durchdrang immer noch das Haus und würde es immer tun für diejenigen von uns, die ihre beherrschende Gegenwart erlebt hatten. Vielleicht war dies die wahre Art des Spuks – die Erinnerung an die Toten durch den Geist der Lebenden. Auf die gleiche Weise war die Erinnerung eine gewisse Form der Unsterblichkeit. Wie das alte Paar in *The Blue Bird,* das aus dem traumlosen Todesschlaf erst erwachte, als ihre Kinder und Enkel sich an sie erinnerten.

Ich räkelte mich unbehaglich. Morbide Gedanken einer Frau, die sehnsüchtig auf ihren Geliebten wartete. Ich war vielleicht ängstlich. Es war reiner Aberglaube zu denken, daß gerade jetzt etwas geschehen könnte, da das Glück greifbar war, das uns fünf Jahre lang vorenthalten geblieben war. Und doch hatte ich ein merkwürdig bedrückendes Gefühl – als hätte ich etwas Lebenswichtiges zu erledigen versäumt.

Ich zwang mich, rasch und zielbewußt zu handeln. Ich betrat mein Zimmer und schaltete das Licht an. Ich brauchte nicht lange, um aufzuräumen und den Fußboden zu fegen. Ich mußte fünf Stunden füllen – vier, wenn Alan einen Strafzettel und seinen kostbaren Hals riskierte und so rasch fuhr, wie er es wahrscheinlich tat.

Ich holte das Modell aus dem Wandschrank und machte mich an die Arbeit. Ich schlug die Zeit tot, wobei ich nicht versuchte, fertig zu werden – obwohl es schön gewesen wäre, wenn ich Alan ein Ergebnis hätte vorzeigen können. Ich hoffte jedoch, er würde andere Dinge im Kopf haben.

Ich bemerkte nur vage, daß Elvis ins Zimmer kam und sich mit einem vertrauenerweckenden Plumps auf den Teppich fallen ließ. Die Luft war drückend und dumpf; die Wolken, die sich zusammengezogen hatten, als wir nach dem Essen nach Hause fuhren, waren jetzt dichter; sie erhöhten die Luftfeuchtigkeit und drohten mit Regen. Draußen vor dem Fenster verhüllte ein weicher, grauer Nebel die Umrisse der Büsche. Die Grillen übten für ein Konzert. Friedliche, vertraute Geräusche – und bei alldem dieses wachsende Verlangen, zwingend und doch unbegreiflich.

Meine Finger bewegten sich mit automatischer Präzision, während ich in Gedanken eine Liste von Pflichten durchging, die ich vielleicht vernachlässigt hatte. Telefonanrufe, die zu erledigen waren, Türen und Fenster, die zu schließen waren, Herd und Geräte, die abzustellen waren... Meine Zimmertür stand offen. Obwohl es noch um Stunden zu früh war, lauschte ich auf das Geräusch eines Wagens. Es bestand kein Grund zur Sorge, nicht, wenn Elvis auf dem Teppich schnarchte. Er würde einen verdächtigen Laut lange vor mir hören; ich hätte genügend Zeit, nach dem Telefon zu greifen oder mich einzuschließen, was immer mir als das beste erschien.

War es Martha gewesen, die in der Nacht dieses Zimmer betreten hatte? Nein, gewiß nicht. Sie hatte sich als fähig erwiesen, ohne Hilfe zu gehen; der Himmel wußte, wie oft sie die dunklen Korridore durchstreift hatte auf heimlichen und unvermuteten Gängen; aber sie hätte niemals die körperliche Kraft aufgebracht, den Hund abzuwehren und mit großer Geschwindigkeit ums Haus zu laufen und durch eine offene Tür oder ein Fenster wieder zurückzugelangen.

Mrs. Danner? Shirley hatte sie an jenem Morgen als erstes angerufen und ihr gesagt, daß sie nicht mehr gebraucht wurde. War sie wirklich so stur, wie es ausgesehen hatte, oder verbarg ihr phlegmatisches Wesen den Ärger und die Frustration, die manchmal in Gewalttaten umschlägt?

Joe Danner? Ich hatte keinen Zweifel daran, daß er zu Gewalttaten fähig war und auch dazu, sein Handeln mit seinem engen Glauben zu rechtfertigen. War seine Entdeckung der Skelette zufällig geschehen, oder gab es einen Zusammenhang, den ich nicht ergründen konnte? Welche Gefühle empfand er wirklich gegenüber der alten Frau, die ihn sein ganzes Leben lang beherrscht hatte – war es blinde Hingabe oder bitteres Ressentiment?

Die Namen wiederholten sich in meinem Geist immer und immer wieder. Rose Danner, ihr Mann, Mrs. Hornbeak, Ron, die ›verrückte Bande‹ aus Jarboes Theorie; Rose Danner, Joe, Mrs. Hornbeak... Wer von ihnen? Oder ein Unbekannter, angetrieben von Motiven, von denen ich nichts wußte?

Mir kam es vor, als hätte ich nur wenige Minuten gearbeitet, nachdem meine Hände aufhörten, sich zu bewegen; aber meine Muskeln waren steif und schmerzten, als hätte ich stundenlang in der gleichen gebeugten Stellung gesessen. Schwaden weißen Nebels griffen nach den Gittern des Fensters wie knochenlose Finger. Die Uhr auf dem Nachttisch zeigte zwanzig Minuten nach eins. Und auf dem Tisch sah mich das fertige Modell an, vollendet sogar mit der Perücke, die meine Hände gerade aufgesetzt hatten.

Ich hatte falsche Augenwimpern angebracht, die die großen, braunen Augen umrahmten, und mit brauner Farbe Augenbrauen gemalt. Die leicht geöffneten Lippen waren rosarot, und ein Hauch von blasserem Rosa lag über den kräftigen Wangenknochen. Das Haar war füllig; es fiel üppig dorthin, wo die Schultern hätten sein sollen. Und das Gesicht, das mich ansah, war wie ein Spiegelbild meines eigenen.

14

Ich hatte drei Stunden damit verbracht – Stunden, in denen meine Hände mit einem Geschick und einer Präzision, die ans Wunderbare grenzten, unabhängig von meinem Geist gearbeitet hatten.

Ich lehnte mich im Stuhl zurück. Meine steifen Muskeln protestierten, und ich ließ die Hände in den Schoß fallen. Ich sah, wie der Puls an meinen Handgelenken wie wild schlug. Das einzige, was mich davon abhielt, vor der schrecklichen Widerspiegelung meiner lebenden Züge zu fliehen, war das friedliche Atmen des Hundes.

Allmählich verlangsamte sich mein Atem, und ärgerliche Enttäuschung ersetzte den abergläubischen Schrecken. In egoistischen Meditationen versunken hatte ich unbewußt die Züge reproduziert, die ich am besten kannte – meine eigenen. Die Tatsache, daß die Perücke meinem dichten, glatten Haar ähnelte, war reiner Zufall; natürlich hatte Alan einen neutralen Stil gewählt, den man auf unterschiedliche Art frisieren konnte.

Kurz, ich hatte das Gesicht verpfuscht. Es war keine Katastrophe; Alan hatte die Gußform, wir konnten ein anderes Modell herstellen. Aber ich dachte ungern daran, ihm zu zeigen, wie schlimm ich versagt hatte. Meine Hände griffen zu und begannen den noch feuchten Ton herunterzureißen.

Etwas ließ mich innehalten, wie eine unsichtbare Hand, die sich sanft, aber unabweislich über die meine legte. Es war nicht das Geräusch – das hörte ich erst ein paar Sekunden später, als ich mich bemühte, den Akt der Zerstörung zu vollenden, den ich begonnen hatte. Das Geräusch war das eines Schrittes.

Ich fürchtete mich davor, mich umzudrehen. Ich konnte die Anwesenheit eines Menschen unter der offenen Tür spüren wie einen Eisblock, der Wellen kalter Luft ausstrahlte, die auf meinen nackten Armen eine Gänsehaut hervorriefen.

Der Hund hatte nicht gebellt. Er hatte auch in jener Nacht nicht gebellt, als er die lebendige Kraft des Bösen auf dem Flur vor meiner Tür gespürt hatte.

Die Lähmung, die mich gefangenhielt, löste sich, als ob jemand die Seile, die meinen Körper fesselten, zerschnitten hätte. Ich drehte mich um.

Sie trug das lange, graue Flanellgewand, das ich zuletzt an einem Haken in dem Schrank ihres Zimmers hatte hängen sehen. Eine Hand hielt einen schweren Stock. Ich hatte auch ihn schon gesehen. Ein Schal, den sie über den Kopf geschlungen hatte, verhüllte ihr Gesicht – die knochige, vorstehende Nase, die faltige Haut und die eingefallenen Wangen.

Die Gestalt stürzte auf mich zu. Es gelang mir, vom Stuhl aufzustehen, obwohl sich meine Knie wie rostige Scharniere anfühlten. Ich taumelte zurück und hob die Arme, um mein Gesicht zu schützen. Der Stock sauste auf meinen Kopf.

Ich konnte nicht länger als eine Minute bewußtlos gewesen sein. Als ich wieder zu mir kam, lag ich auf dem Fußboden unter dem Fenster. Die Zeiger der Uhr zeigten 1 Uhr 25. Die Tür war geschlossen, und der Schlüssel steckte nicht mehr im Schloß. Auf dem Fußboden zwischen mir und der Tür lagen Hunderte kleine Teile von Gips und Ton und Farbe, vermischt mit dem wirren Haar der Perücke.

Der Schlag auf meinen Kopf hatte die Fantasiegebilde aus meinem Gehirn vertrieben. Im ersten Schock hatte ich an das Unglaubliche geglaubt. Aber ich wußte, ich hatte nicht Marthas Geist gesehen, der in der Nacht hinausgeeilt war, im Augenblick ihres Todes. Starke, lebende Muskeln hatten mir den schweren Stock auf den Kopf geschlagen. Und ein lebender Geist hatte einen fatalen Fehler gemacht.

Das Modell war zum zweitenmal zerstört worden. Das Modell, nicht meine geringe Person war das Ziel der Invasion in mein Zimmer gewesen. Diese Tatsache konnte der Schlüssel zu dem Rätsel sein. Mir war, als hätte ich die Lösung fast in den Händen – ich sah sie über meinem Kopf in der Luft hängen.

Die Lösung zu finden war alles, was ich tun mußte. Ich konnte das Zimmer nicht verlassen, und ebensowenig hatte ich den Wunsch, dies zu tun. Die geheimnisvolle Gestalt wollte mich nicht verletzen, sie wollte, daß ich eingeschlossen blieb, bis sie ihre Aufgabe vollendet hätte. Sie hatte ihr Gesicht hinter einer Maske verborgen, damit ich sie nicht erkennen sollte. Solange ich hier blieb, war ich in Sicherheit. Ich machte mir auch keine Sorgen wegen Elvis, obwohl er lautlos verschwunden war. Ich wußte, warum er nicht gebellt hatte.

Ich griff nach dem Gitter, um mich auf die Füße zu ziehen. Als ich mich an dem rostigen, rauhen Metall festhielt, packte mich ein schreckliches Gefühl des Eingeschlossenseins. Ich hatte an so etwas niemals gelitten, deshalb war die Empfindung um so schrecklicher. Ein Teil meines Geistes klammerte sich an das Bewußtsein, daß ich in Sicherheit war, solange ich im Zimmer blieb, aber ein anderer Teil stöhnte: »Ich kann nicht hinaus – ich kann nicht hinaus ...«, und ich rüttelte mit blutenden Fingern an den Stangen.

Plötzlich herrschte eine große Stille – in meinem Geist und im Zimmer.

Weißer Nebel lag auf dem Boden; aber hoch darüber wanderte der Mond hell und makellos und beherrschte eine leuchtende Tapisserie aus Sternen. Verschwommen durch den Nebel und die Zweige der Bäume bewegte sich ein Licht wie ein heruntergefallener Mond, rollte den Abhang hinter dem Haus hinab in Richtung zum Friedhof. Und ich hielt eine rostige Eisenstange in der Hand. Sie war nicht durch übermenschliche Kraft der Verzweiflung herausgerissen worden; sie war schon vor über fünfzig Jahren gelockert worden.

»Schön«, sagte ich. Ich sprach nicht zu mir selbst. »Schön.« Ich ging zum Wandschrank und öffnete die Tür. Alan hatte einen Hammer, einen Bohrer und einen Schraubenzieher benutzt, als er das Schloß anbrachte. Da ich faul war, hatte ich das Werkzeug in den Wandschrank gelegt, statt es in den Schuppen zurückzutragen. Ich hoffte, ich würde keine Waffe brauchen, aber man wußte nie. Ich nahm den Hammer.

Dann, fast so, als ob ein anderer Geist meinen Körper bewegte, zündete ich ein Streichholz an. Ich hielt es tief, so daß es den schmalen Wandstreifen innerhalb des Wandschranks beleuchtete. Die Buchstaben waren im direkten Licht nicht zu sehen gewesen; nur in dem unendlich schwachen Lichtschein, den die Flamme warf, waren sie sichtbar. Ein Name und ein Datum und drei gekritzelte Worte: ›Denke an mich.‹

Als die Eisenstange entfernt war, konnte ich aus dem Fenster steigen. Ich mußte mich durchzwängen. Es war auch für sie eng gewesen… Ich ging durch eine am Boden liegende Wolke, die alle nahen Gegenstände weich erscheinen ließ, wie auf einem japanischen Bild. Hoch über mir schien der Mond, und die Sterne leuchteten.

Das schmiedeeiserne Tor des Friedhofs stand offen. Die verwitterten grauen Steine waren dunkel in dem sie umhüllenden Nebel. Eine undeutliche Gestalt bückte sich und richtete sich auf, und bückte sich und richtete sich auf bei ihrer dämonischen Arbeit. Ich konnte ihn schwer atmen hören. Jede Schaufel Erde schlug dumpf auf, als er sie auf den größer werdenden Haufen warf. Wie lange würde er dazu brauchen? Man hatte sie zwei Meter tief begraben, aber die Erde über ihr war weich und noch nicht von Zeit oder Wetter zusammengepreßt.

Ein lebhafter Windstoß ließ den Nebel wirbeln und machte ihn sichtbar. Er hatte das lange Gewand abgelegt, um leichter arbeiten zu können. Auch die Maske war weg – sie war nicht mehr notwendig –, aber wenn ich nicht gewußt hätte, wer er war, hätte ich ihn nicht erkannt. Erde und Schweiß entstellten sein Gesicht zu einer Karikatur desjenigen, den ich kannte.

Ich sah noch etwas anderes in dem sich teilenden Nebel, das der Szene etwas Komödienhaftes verlieh, wie den Totengräbern im ›Hamlet‹. Kein Wunder, daß Elvis mich nicht vor dem Eindringling gewarnt hatte. Elvis kannte einen Kumpel, wenn er einen sah, und Elvis wußte, was gut für ihn war. Der Ausgräber hielt einen Moment inne und atmete keuchend. Er steckte eine Hand in die Tasche, und Elvis machte Männchen und fing den Bissen auf, als er in seine Richtung flog. Er kaute ihn und setzte sich zurück und wartete auf den nächsten.

Die Intensität seiner Liebe zu Nahrungsquellen hielt ihn davon ab, mich zu bemerken. Dann drehte der Wind und kam jetzt von meiner

Rückseite, und mein treuer Hund kam auf mich zu und bellte hingerissen.

Ich konnte den Totengräber seine Aufgabe nicht vollenden lassen, die er begonnen hatte. Sobald das Objekt, das er haben wollte, zerstört war, gab es keinen legalen Beweis mehr dafür, was ich entdeckt hatte. Ein Gericht würde ein Gipsmodell nicht als Beweismittel akzeptieren ohne das Original, von dem es abgenommen worden war. Ich konnte nicht einmal mir selbst erklären, warum es so wichtig war, daß ich ihn daran hindern wollte; es stand fest wie ein Axiom in der Geometrie. Ich hatte nicht überlegt, wie ich ihm Einhalt gebieten konnte, ohne einen weiteren Schlag auf den Kopf zu riskieren von einer Waffe, die viel schwerer war als der Stock. Ich hätte vielleicht eine gute Idee gehabt, wenn Elvis mich nicht verraten hätte.

Ich kniete nieder und umarmte ihn. »Ich bin froh, daß es dir gut geht, Idiot«, sagte ich leise. »Du hast dich wahrlich als ein guter Wachhund herausgestellt.«

»Lauf nicht weg, Julie.« Die Stimme hallte merkwürdig wider in der schweren Luft. »Ich kann schneller laufen. Wie bist du herausgekommen?«

»Eine der Stangen war locker.«

»Du hättest bleiben sollen, wo du warst. Ich möchte dir nicht weh tun.«

»Gut, und ich möchte nicht, daß du weiterarbeitest. Warum tust du das, Matt? Was für eine Rolle spielt es jetzt für irgend jemanden?«

Er hob seine Laterne und stellte sie auf einen der Grabsteine, so daß ihr Licht genau in meine Augen fiel. Ich schützte sie mit meiner Hand.

»Was kümmert es dich? Du solltest mir lieber helfen, Julie. Es ist auch deine Familie, deine Scham, deine Schande.«

»Die einzige Schande ist es, wenn man die Wahrheit vertuscht. Das Verbrechen selbst – wenn es ein Verbrechen war, und nicht ein törichtes, selbstsüchtiges Stück Dummheit – war nicht deines oder meines. Aber wenn wir ein Verbrechen verheimlichen, begehen wir einen unmoralischen Akt, und das fällt in unsere Verantwortlichkeit.«

»Sehr nobel«, höhnte Matt. »Aber sehr unpraktisch. Wenn dies herauskäme, könnte es mich meine Karriere kosten.«

Ich war sicher, daß er sich täuschte. Aber meine Meinung zählte nicht. Er glaubte es, und er war bereit, das Gesetz zu brechen, um eine Enthüllung zu verhindern. Ebensowenig konnte ich bestreiten, daß seine Ansicht etwas für sich hatte. Wozu eine alte Tragödie ans Licht ziehen, wenn der Täter nicht mehr bestraft werden konnte und nur die Unschuldigen leiden würden?

Ich wußte keine Antwort. Ich wußte nur, was getan werden mußte.

»Ich will dir etwas sagen«, erklärte ich mit falscher Herzlichkeit. »Gehen wir ins Haus und sprechen wir darüber.«

»Schön, sobald ich hier fertig bin.«

Ich trat impulsiv vor, und Matt lachte. »Du wolltest mich überlisten, nicht wahr? Nichts zu machen, teure Cousine. Sobald ich dies beseitigt habe« – er hob die Schaufel und deutete –, »kannst du nichts mehr tun.«

Von Elvis, der vor meinen Füßen zusammengekauert lag, kam ein unterdrücktes Wimmern. Er war verwirrt. Der Tonfall unserer Stimmen, vielleicht der Geruch unserer Körper warnte ihn, daß seine Freunde nicht mehr freundlich zueinander waren. Er wußte nicht, was er tun sollte.

Ich wußte es auch nicht. Der Hammer nützte mir gar nichts; Matt konnte mich mit der Schaufel in seinen Händen niederschlagen, ehe ich nahe genug an ihn herankam, um den Hammer zu benützen.

Ich drehte mich um und rannte weg.

Er war hinter mir her wie ein Blitz. Auf dem höhergelegenen Land löste sich der Nebel auf; er bot keinen Schutz, und der Mond stand zu hoch und war zu hell. Elvis hielt mit mir Schritt. Er hatte völlig den Kopf verloren und bellte wie ein Jagdhund, und das war er im Grunde ja auch. In den kurzen Intervallen zwischen seinem Gebell hörte ich, wie Matt mich verfolgte. Er hatte recht; er konnte schneller laufen als ich.

Ich konnte den Weg nicht verlassen, das Buschwerk zu beiden Seiten war undurchdringlich, gesäumt von Brombeersträuchern und wildem Wein, so dicht wie ein Zaun. Vor mir, auf dem Landrücken, sah ich das Ende des Pfades, wo er sich auf eine unkrautüberwachsene Wiese öffnete. Sie sah wie ein helles Tuch aus, das aus Nebel und Mondschein gewoben war. Ich weiß nicht, warum sie mir wie ein sicherer Hafen erschien, denn dort gab es keine Sicherheit und keinen Schutz auf dem offenen Gelände; aber sie war ein Ziel, und ich stürzte darauf zu und hörte seine Schritte näher und näher kommen.

Ich stolperte über Elvis, dem es endlich in seinen dicken Schädel gegangen war, daß ich vor jemandem floh, der mich verletzen wollte. Er drehte sich um und stürzte sich mit einem mächtigen Geheul auf meinen Verfolger.

Flach auf dem Boden liegend, erwartete ich, daß die Schneide des Spatens meinen Schädel traf. Da hörte ich einen hohlen Aufprall und einen hellen Schrei von Elvis.

Ich stützte mich auf die Ellenbogen und rollte zur Seite. Er stand über mir, eine dunkle Gestalt gegen das Mondlicht. Er beugte sich mit ausgestreckten Armen herunter. Ich packte sein Bein mit beiden Händen und zog daran. Er taumelte rückwärts.

Ich erhob mich. Er setzte sich auf. Das Mondlicht fiel voll auf sein Gesicht.

»Jesus Christus!« rief ich. »Was, zum Teufel, geht hier vor?«

Matt lag flach im Gras mit ausgebreiteten Armen. Die Schaufel lag quer über seinen Beinen. Elvis dachte zweifelnd über den gedankenlosen Menschen nach, der auf seinen Schwanz getreten war; sollte er den Schmerz übelnehmen oder ihm verzeihen angesichts früherer Gunsterweisungen?

»Mein Held«, sagte ich zwischen Weinen und Lachen. »Wie bist du so rasch hierhergekommen?«

»Ich flog«, sagte Alan.

»Engel tun das«, stimmte ich zu.

Es war nicht die Begrüßung, die ich geplant hatte. Wir tranken den Sherry, der bereitstand, und die ganze Zeit saß Matt zusammengekauert auf dem Bett in meinem Zimmer und hielt sich die Hände vor das Gesicht. Wir beide sprachen über ihn, als wäre er nicht anwesend, was in gewisser Weise auch der Fall war.

»Ich bin sicher, er hatte niemals vor, mir weh zu tun«, sagte ich.

»Yeah. Vermutlich hat er diese Schaufel nur zur Übung geschwungen. Gott sei Dank war der Hund da; sein Bellen führte mich zum Friedhof, nachdem ich an die Tür geklopft und dann in dein Fenster hineingesehen hatte. Was ich sah, beruhigte mich nicht gerade.«

Alan sagte, er habe von allem Anfang an vermutet, daß das Ziel des Einbrechers die Zerstörung des Modells gewesen war, aber er konnte nicht verstehen, weshalb jemandem daran gelegen war.

»Wenn du die fertige Rekonstruktion gesehen hättest, dann würdest du es verstehen«, sagte ich grimmig. »Ich dachte zuerst, ich wäre idiotisch gewesen und hätte mein eigenes Gesicht kopiert. Dann wurde mir klar, daß es nicht meines war. Es war dasjenige Melissas.«

Die Familienzüge waren ausgeprägt; wie oft hatte man mir das gesagt. Wenn sie gelebt hätte, wenn es noch Menschen gegeben hätte, die sich an sie erinnerten, hätten sie mir gesagt, ich sei das Ebenbild Melissas. Martha erinnerte sich daran. Kein Wunder, daß sie mich verabscheute. Auch der Richter erinnerte sich daran.

Wieviel von der Wahrheit hatte er gewußt? Am Ende war ich sicher, daß er die ganze Geschichte gekannt hatte. Martha mußte sie ihm am letzten Abend seines Lebens erzählt haben, und der Schock hatte ihn getötet – so oder so. Seine Sterbebotschaft war für sie, nicht für mich: Ein Versprechen zu schweigen. Und bevor sein versagendes Herz – oder irgend etwas anderes – ihn von der Last des Schuldbewußtseins befreit hatte, schickte er mir eine Erinnerung. Er hatte nie vorgehabt, Martha zu hintergehen, aber es war ihm richtig erschienen, ebenso wie mir, daß jemand sich an Melissa erinnern sollte.

Ich öffnete den Umschlag, den er mir geschickt hatte. Die Botschaft bestand aus einer Fotografie, dem einzigen Bild von Melissa, das erhalten geblieben war. Martha mußte alle anderen vernichtet haben.

Ich gab sie Alan. Die beiden Schwestern standen nebeneinander, jede auf einer Seite des Gartenstuhls, in dem ihre Mutter thronte. Diese erinnerte mich an Martha, nicht, weil ihre Gesichtszüge einander ähnelten, sondern wegen der Gleichartigkeit ihrer Mienen. Martha sah ohne zu lächeln in die Kamera. Ihr gerades, schlecht passendes Kleid schmeichelte ihrer gedrungenen Figur nicht.

Melissa mußte ungefähr sechzehn Jahre alt gewesen sein. Sie trug ein einfaches, altmodisches Kleid, aber die Kamera hatte ihre pulsierende Jugend eingefangen, ihr Lächeln und ihre leuchtenden Augen.

»Ich sehe es nicht«, sagte Alan. »Es ist eine gewisse Ähnlichkeit vorhanden, aber ...«

Wieviel von dieser spiegelbildlichen Identität war Wirklichkeit gewesen und wieviel davon ein Produkt der – nun, nennen wir es mitfühlenden Einbildung? Man nenne es, wie man will, ich hatte in jener Nacht ihre Anwesenheit gespürt, ihre Verzweiflung, ihre Furcht, ihre kurze Flucht.

»Es war stark genug, um sie zu identifizieren«, sagte ich. »Sobald die Familienähnlichkeit bemerkt worden wäre, hätten die Leute angefangen, Fragen zu stellen. Sie haben in dieser Gegend ein gutes Gedächtnis; sie erzählen die Geschichten den Kindern weiter. Shirley wußte über Melissa Bescheid. Sie war mit einem Reisenden davongelaufen – das war es, was Martha jedermann erzählte. Niemand hat je wieder von ihr gehört. Martha log, wenn sie sagte, sie habe Briefe und Postkarten von ihr erhalten.«

»Aber es war eine bloße Möglichkeit«, gab Alan zu bedenken. Er warf einen verächtlichen Blick auf die geduckte, schweigende Gestalt auf dem Bett. »Er riskierte so viel für so wenig. Selbst wenn die Geschichte herausgekommen wäre, was hätte es ihm geschadet?«

»Es hätte niemandem etwas ausgemacht außer ihm. Marthas Einfluß auf ihn war so stark wie der auf mich, aber er nahm eine völlig andere Form bei ihm an. Er schwelgt in alten Traditionen und trinkt Bier mit Wählern aus der Arbeiterschaft, aber er träumt auch davon, wieder Herr auf dem Landsitz zu sein, ein Aristokrat mit einem ehrwürdigen Namen. Man könnte sagen, daß Martha ihn mit ihrem verdrehten Stolz angesteckt hat; und sie lebte nicht einmal nach dem Standard ihrer eigenen Zeit, sondern dem ihrer Eltern – viktorianische Prüderie in ihrer schlimmsten Form. Sie konnte vor niemandem zugeben, daß ihre eigene Schwester einem einfachen Fremden ein illegitimes Kind geboren hatte, der mit ihr ins Bett ging und sie dann verließ. – Es war nicht genügend Geld da, um Melissa wegzuschicken, wie es bei jungen Damen aus guter Familie üblich war, die einen kleinen Fehltritt dieser Art begangen hatten. Ich frage mich jedoch, ob Martha es getan hätte, selbst wenn das Geld dafür dagewesen wäre. Ich glaube, sie genoß es, Melissa hier als Gefangene einzusperren. Wenn sie selbst bei der Geburt geholfen hat unter Bedingungen, die …«

Ich hielt schaudernd inne. Sogar der Sherry konnte mich nicht trösten, wenn ich daran dachte. Alan nahm meine Hand. »Julie«, sagte er sanft, »es gibt keinen Beweis dafür, daß Martha etwas Schlimmeres getan hat. Keine Anzeichen für Gewalttätigkeiten. Vielleicht starb Melissa während der Geburt und das Kind mit ihr.«

»Ich wollte, ich könnte das glauben. Ich glaube nicht, daß Martha vorhatte – sie zu töten. Damals starben viele Kinder. Wenn es überlebte, gab es Möglichkeiten, es loszuwerden... Aber Melissa hätte nicht in den Plan gepaßt. Sobald sie ihr Kind gesehen hatte, es im Arm gehalten hatte, hätte sie sich nicht mehr von ihm getrennt. Martha hielt sie hier eingesperrt – in diesem Zimmer. Es gab keine Dienstboten; und dieses Zimmer war abgeschieden vom übrigen Haus; kein Besucher hätte geahnt, daß hier jemand lebte. Melissa gelang es, eine der Stangen am Fenster zu lockern. Sie fürchtete sich um des Kindes und um ihrer selbst willen. Sie gelangte hinaus. Aber sie kam nicht weit.«

»Das ist nur eine Theorie, Julie«, sagte Alan. »Nichts widerspricht der anderen Version. Es entlastet Martha nicht vollständig, aber sobald sie tot war, vergrub Martha sie heimlich irgendwo im Wald.«

»Und sie erschoß ihren Hund, damit er nicht nach Melissa suchte«, sagte ich schaudernd. »Deshalb wollte sie auch keinen Hund mehr auf dem Besitz haben. Sogar nach all diesen Jahren fürchtete sie sich...«

Matt hob den Kopf. »Es war ein Unglücksfall. Das Kind starb. Melissa – verlor den Verstand. Sie rannte blindlings in den Wald, trug ihr totes Kind bei sich, und Martha lief hinter ihr her, um sie aufzuhalten und ihr zu helfen.«

»Hat sie Ihnen das gesagt?« fragte Alan skeptisch.

»Ja, vor ein paar Tagen. Sie war die ganzen Jahre unglücklich vor Selbstvorwürfen und Bedauern; sie mußte sich entlasten, ehe sie stirbt.«

Matts Gesicht war ungerührt unter den Schichten von Schmutz. Seine Augen waren trocken; sie trafen Alans Blick mit scheinbarer Offenheit, die Leute in seinem Beruf vorzutäuschen lernen. Er fuhr zungenfertig fort: »Natürlich glaubte ich, Martha habe den Verstand verloren. Diese Geschichte konnte nicht wahr sein. Dann fing ich an, mich zu fragen, und deshalb beschloß ich, die Überreste auszugraben.«

»Das ist Ihre Geschichte, nicht wahr?«

»Sie wird sich eignen oder auch nicht!«

Matt lächelte anmaßend. Er stand auf und behielt Alan vorsichtig im Auge. »Ich gehe jetzt. Vielleicht sehe ich dich morgen im Krankenhaus, Julie.«

»Nur noch eine gottverdammte Minute, Sie heuchlerischer Bastard«, schrie Alan und sprang auf. »Wenn Sie glauben, Sie kämen damit davon, nach dem, was Sie getan haben...«

»Was genau habe ich getan? Ich hatte die Absicht, die Gebeine wieder in das Büro des Sheriffs zu bringen, und ihn die Nachforschungen noch einmal aufnehmen zu lassen. Julie hat mich mißverstanden. Als sie in der Dunkelheit davonrannte, lief ich ihr nach, damit sie sich nicht verletzt.«

»Da steht Ihr Wort gegen das ihre«, murmelte Alan.

»Richtig.«

»Man kann einen Mann nicht anklagen, wenn er sein eigenes Haus betritt. Außerdem«, fügte Matt hinzu, »kannst du nicht beweisen, daß ich es war, oder?«

Alan ballte die Fäuste. »Wie gern würde ich Ihnen dieses herablassende Grinsen die Kehle hinunterschlagen«, sagte er sehnsüchtig.

»Laß ihn gehen«, sagte ich. »Er ist zu schmierig für unsereinen. Als nächstes würde er dich wegen tätlicher Beleidigung verklagen.«

Matt schlich zur Tür. Alan trat einen Schritt auf ihn zu; Matt setzte sich in Trab und verschwand.

Alan ließ sich auf das Bett fallen und trommelte mit den Fäusten auf die Matratze. »Es fällt mir furchtbar schwer, ihn so davonkommen zu lassen. Es fällt mir wirklich schwer.«

Ich setzte mich neben ihn. »Ich weiß, Liebling. Aber wir können immer gegen ihn stimmen.«

»Ein kleiner Trost. Er log, nicht wahr? Martha erzählte ihm...«

»Die Wahrheit. Er wäre nicht so erpicht darauf gewesen, die Geschichte zu bemänteln, wenn Melissas Tod ein Unfall gewesen wäre. Er hat es seit geraumer Zeit gewußt. Martha hat es ihm wahrscheinlich gesagt, als sie nach ihrem Schlaganfall wieder sprechen konnte. Sie hielt es für notwendig, ihn zu warnen für den Fall, daß polizeiliche Ermittlungen einen belastenden Beweis erbracht hätten. Sie wußte nicht, was sie dem Skelett entnehmen konnten, und Matt wußte es auch nicht – bis ausgerechnet ich es ihm sagte. Er hatte zugestimmt, dich hier arbeiten zu lassen, weil er hoffte, das würde die Leute an alte Friedhöfe denken lassen anstatt an in neuerer Zeit vermißte Personen. Er machte so viele Fehler. Ich hätte ihn schon viel früher verdächtigen sollen.«

»Ich habe ihn verdächtigt«, sagte Alan bescheiden.

»Vielleicht hattest du ein kleines Vorurteil?«

»Wer? Ich? Du weißt, daß ich niemals eine persönliche Meinung ein akademisches Urteil beeinflussen lasse. Nein, ich vermutete einen örtlichen Skandal. Ich wußte, daß die Skelette nicht alt sein konnten, weil ich gesehen habe, wie sich langes Liegen in der Erde dieser Gegend auf sie auswirkt. Ich habe mich sogar gefragt, ob Joe Danners Tochter …«

»Ich auch. Aber Shirley versicherte mir, daß Lynne Anne lebt und es ihr gut geht.«

»Ich weiß. Ich habe sie besucht. Aber es konnte ein anderes unglückliches Mädchen in der gleichen Situation gewesen sein. Auch in dieser sogenannten zivilisierten Gesellschaft gibt es Menschen, die den alten unzivilisierten Regeln anhängen, was Frauen und Unzucht anbetrifft und den Fluch der unehelichen Geburt. So weit kam ich mit meinen Vernunftschlüssen, aber die Zerstörung des Modells verblüffte mich. Es war eine vergebliche Tat, da das Modell leicht wieder rekonstruiert werden konnte.«

»Das wußtest du, aber Matt nicht. Bis ich es ihm verriet. Als er es herausfand, wurde ihm klar, daß er den Schädel selbst vernichten mußte. Ohne ihn als Grundlage unserer Rekonstruktion wäre die Identifizierung fraglich gewesen.«

Alan umarmte mich. »Bist du sicher, Julie?«

»Ganz sicher.« Ich konnte ihm nicht alle Gründe nennen. Dieser unheimliche Augenblick der Identifizierung war mein Geheimnis und meine Bürde.

»In Ordnung. Aber das andere … wie sie starb … Vielleicht sprichst du lieber nicht darüber.«

»Nein, ich muß mich davon lösen. Du willst mir helfen, Alan, aber es klappt nicht. Martha hat ihre Schwester getötet, und sie sagte Matt, daß sie es getan hat; und der Grund dafür, da bin ich sicher, sind ein paar wenige Worte, die kein Gericht jemals als Beweismaterial akzeptieren würde. Matt zitierte an dem Tag, an dem wir Melissa und das Kind endlich an ihrem rechtmäßigen Platz beerdigten, ein Gedicht. Ich brauchte eine Weile, bis ich es erkannte, aber schließlich fand ich es in einem Buch, das vielleicht Melissa selbst gehört hatte.

Laß uns nach Hause gehen und im Salon sitzen.
Nicht an unserem Tag
Wird die Wolke vorüberziehen und die Sonne aufsteigen
wie zuvor …
Die Sonne, die unsere gebeugten Rücken wärmte und das
entwurzelte Kraut welken ließ,
Werden wir nicht mehr spüren.
Wir werden sterben im Dunkeln und begraben werden
im Regen.

Es ist ein Gedicht von Edna St. Vincent Millay über den Sacco-Vanzetti-Prozeß. Der Titel lautet ›Verleugnete Gerechtigkeit in Massachusetts‹. – Das wäre alles, Alan. Deshalb konnte ich ihn nicht ihre armen Gebeine zerstören lassen, den einzigen Beweis dafür, daß sie gelebt hat und zu früh gestorben ist. Es geht um verleugnete Gerechtigkeit.«

Wollen Sie wissen, was ›danach‹ geschah? Ich wollte, ich könnte Ihnen berichten, Matt hätte seine Wiederwahl verloren. Leider war dies nicht der Fall, und ich werde vielleicht bei der Gouverneurswahl gegen ihn stimmen. Ich zweifle daran, daß Melissas Geschichte seine Chancen vermindert hätte, und sie hätte es auch nicht tun sollen, aber die Geschichte kam nie an die Öffentlichkeit. Das Büro des Distriktanwalts lehnte es ab, den Fall aufzugreifen. Vom praktischen Gesichtspunkt aus hatten sie recht. Die Identifizierung war zweifelhaft, es gab keinen Beweis für einen Selbstmord, und jeder mögliche Verdächtige war tot. Weshalb sollten sie Zeit vergeuden, wenn sie mit gegenwärtigen Verbrechen überlastet waren?

Matt behielt weiterhin seinen guten Namen, aber Joe Danner ist nicht mehr unter uns. Eine Ladung Heu fiel auf ihn, und er erstickte, ehe Mrs. Danner ihn ausgraben konnte. Ja, sie war zur Stelle und half … Ich hörte, sie hat vierzig Pfund zugenommen und ist wieder Rosie, die Schönheit der Bars.

Wir fanden schließlich heraus, wie Pauline Hornbeak die Begräbnisstätte im Bezirk Maydon entdeckte. Es war keine Botschaft aus dem Jenseits, sondern eine Verbindung von Glück und dem Triumph der Einfalt über gelehrten Scharfsinn. Das kleine Buch meines Vorfahren gab konfuse Anweisungen darüber, wo er das Stück Rüstung gefunden hatte; Alan hatte bei ihrer Interpretation zu viele Korrekturen vorgenommen. Polly Hornbeak, deren Geistesgaben auf dem gleichen niedrigen Niveau wie die von Albert standen, hatte ihn wörtlich genommen – und war auf den Jackpot gestoßen. Aber sie gab es nie zu.

Der Fall der ausgesetzten Skelette wurde nie offiziell abgeschlossen, aber Sheriff Jarboe meint, er habe keine Hoffnung, ihn zu lösen. »Kinder wachsen heran«, sagte er gönnerhaft. »Sie werden es nicht wieder versuchen, besonders, wenn Sie und der Prof. auf dem Besitztum graben.«

Er ist zufrieden, daß er recht hatte. Ich nicht. Es gibt zu viele Dinge, die seine Theorie nicht erklärt.

Die Schrotflinte zum Beispiel. Ich kann leicht glauben, daß Martha sie versteckt hielt, sogar vor Shirley, aber was wollte sie damit in jener Nacht? Die Flinte war geladen. Hatte sie vorgehabt, sie zu gebrauchen – und gegen wen? Sie haßte mich, wie sie die tote Frau gehaßt hatte, der ich ähnelte; und gegen Ende gab es Augenblicke, in denen sie nicht sicher war, welche von beiden sie sah.

Hatte ich in der Truhe auf dem Dachboden in Maidenwood das Kinderkleid gesehen, liebevoll von Hand genäht und mit Spitzen besetzt? Dort liegt jetzt kein kleines weißes Gewand mehr. Die Truhe ist leer. Aber es war etwas darin – etwas, das Martha die Dachbodentreppe hinaufzog, Monat um Monat seit ungezählten Jahren. Ich frage Sie, was sah sie, wenn sie den Deckel der buckeligen Truhe anhob? Warum vernichtete sie nicht die Kleider – oder vergrub sie zusammen mit den Leichen? Und ist es nicht ein wenig mehr als ein Zufall, daß die Jungen, die die Skelette fanden – laut Jarboes Theorie –, auch auf die Kleider gestoßen waren, die sie getragen hatten, als sie starben?

Zu viele Fragen...

Aber es gibt noch einen anderen Grund, weshalb ich die bequeme Erklärung des Sheriffs ablehne zugunsten einer anderen, die so bizarr und unausdenkbar ist, daß ich es nicht wage, sie laut zu äußern, nicht einmal vor Alan.

Ich sah Melissa in jener Nacht. Nein – mehr als das –, ich war Melissa. Ihr Entsetzen ließ mein Herz heftig pochen; ihre Angst um ihr Kind zitterte in meinem Gehirn. Ich rannte mit ihr in verzweifelter Flucht durch die hohen Wiesen und durch den dichten Wald hinunter zum Totenloch.

Dort hatte Martha sie eingeholt. Dort vergrub Martha sie und das Kind. Wir sind dessen nun sicher. Alan fand den Beweis, nur ein paar klägliche Reste der Sterblichkeit und gewisse Flecken in der morastigen Erde ... Aber die Einzelheiten sind gleichgültig, Sie würden sie nicht hören wollen.

Ich erinnere mich an die Nacht, in der ich Martha in die Bibliothek kommen sah, die Hände schwarz von der feuchten dunklen Erde, die nur an tiefliegenden Stellen vorkommt – in Löchern ... Es war ein Frühlingsabend; die gleiche Jahreszeit, in der Melissa starb ... der gleiche Tag des Jahres? fragte ich mich. Die gleiche Stunde des gleichen Tages?

Ich kann die letzten Worte Marthas nicht vergessen. Ich kann nichts anderes als glauben, gegen allen gesunden Menschenverstand und alle Vernunft, daß sie nicht das Gemurmel im Delirium einer Sterbenden waren, sondern eine buchstäbliche Feststellung der Wahrheit. Martha starb wenige Tage nach den Ereignissen, die ich geschildert habe. Sie war am Ende bei Bewußtsein und fragte nach mir. Aber ich glaube nicht, daß sie wußte, wer ich war. Ich allein hörte ihre letzten Worte. Als ich mich über ihr Bett beugte, öffnete sie ihre Augen und fixierte mich mit dem gleichen dunklen Haß, den sie mir immer entgegengebracht hatte. Sie öffnete die Lippen.

»Wieder, Melissa. Jedes Jahr kommst du wieder ... Am gleichen Tag, am gleichen Ort ... Ich verbrenne deine Kleider. Nicht einmal, sondern jedes Jahr. Jedes Jahr hebe ich das Grab aus. *Warum willst du mit deinem Balg nicht dort bleiben, wo ich euch hingeschafft habe?*«